AtV

EVA MAASER wurde 1948 in Reken (Westfalen) geboren. Sie studierte Germanistik, Pädagogik, Theologie und Kunstgeschichte in Münster.

Sie veröffentlichte die Romane *Der Moorkönig* (1999) und *Der Paradiesgarten* (2001) sowie die Kriminalromane *Das Puppenkind* (2000), *Tango Finale* (2002) und *Kleine Schwäne* (2002).

Um das Jahr 1200 macht sich der Benediktinerzögling Christoph auf, um den Garten Eden zu suchen, der irgendwo im Süden liegen soll. Über Konstantinopel und Kairo gelangt er mit Kreuzrittern bis Bagdad, erfährt Gewalt und Liebe, lernt auf jeder Reiseetappe faszinierende Gärten kennen, muß aber schließlich einsehen, daß der Paradiesgarten für Menschen nicht mehr erreichbar ist.

Als er, inzwischen erwachsen, wieder europäischen Boden betritt, fällt er in einen tiefen Zauberschlaf, aus dem er erst hundert Jahre später erwacht. Seine Suche setzt er von jetzt ab als Zeitreise fort, auf deren Stationen in Italien oder Versailles er als Gärtner arbeitet – eingebunden in den Lauf der Jahreszeiten und zugleich wie der Ewige Jude aus dem Kreislauf des Lebens herausgelöst. Fast hat er sein Ziel aus den Augen verloren, da verschlägt es ihn nach England. Zum erstenmal beginnt er, selbst eine Gartenlandschaft anzulegen, um Natur und Kultur zu perfekter Schönheit zusammenzuführen.

Mit den phantastischen Abenteuern von Christoph dem Gärtner wird auf unvergleichliche Weise die Geschichte der Gartenkunst in Orient und Okzident sinnlich erlebbar.

»Kein Sachbuch könnte einen so in Atem halten wie dieses intelligente Erzählwerk!« *Lausitzer Rundschau*

Eva Maaser

Der Paradiesgarten

Roman

Aufbau Taschenbuch Verlag

Mit 14 Zeichnungen von Eva Maaser und Johannes Seiters

Die Arbeit an diesem Buch wurde gefördert
durch das Ministerium für Städtebau und Wohnen, Kultur und
Sport des Landes Nordrhein-Westfalen.

ISBN 3-7466-1960-2

1. Auflage 2003
Aufbau Taschenbuch Verlag GmbH, Berlin

Einbandgestaltung Lemme/Henkel
unter Verwendung eines Gemäldes von Friedrich Georg Weitsch,
Bildarchiv Preußischer Kulturbesitz
Druck Ebner & Spiegel, Ulm
Printed in Germany

www.aufbau-taschenbuch.de

Meiner Mutter Wally Sewald gewidmet

Erster Teil

Kapitel 1
Tegernsee

1

Die Luft roch nach Schnee. Wie Rauchschwaden hingen dichte Wolken tief über den schneebedeckten Bergen, dunkler als die Wolken schimmerte der Tegernsee, die weite Fläche des Wassers lag eingebettet zwischen den Hängen. Träge stießen Eisschollen aneinander, erzeugten im Zusammenprall einen dumpfen Laut, der sich bis zum Ufer fortsetzte, an den Mauern des Klosters brach und gleichsam in der Kälte erstarrte. Die ungefügen Steinmauern erhoben sich seeseitig direkt aus dem Wasser, sie umzogen in einem großen, unregelmäßigen Bogen die Benediktinerabtei mit ihren weitläufigen Gärten. Ein Ort der Stille, des Schweigens, an dem sich nichtiges Geschwätz und Geplapper verbat, selbst das Zwitschern der Vögel war gänzlich verstummt. Noch am frühen Morgen war ein Vogel erfroren aus dem undurchsichtig grauen Himmel in den verharschten Schnee herabgefallen. Das Leben schien in der Eishand des Winters erstickt.

Wo ein paar Steine aus der Mauerbrüstung herausgebrochen waren, hoben sich die braunen Kutten zweier Mönche vom Schneegrau der Gartenbeete ab. Die Hände tief in die Ärmel gesteckt, verharrten sie, die Köpfe dem Mauerschaden zugewandt, einen Augenblick fügten sich die Männer in die Unbewegtheit der Gartenlandschaft, als hätte der Winter auch sie in Todesstarre versetzt.

Dann aber stampfte der eine mehrmals auf, um das Blut in den nackten, sandalenbeschuhten Füßen zirkulieren zu lassen. Bruder Melchior, der Prior des Klosters, war klein und mager, sein Gesicht prägten scharfe Züge, die auf Askese hindeuten mochten, noch schärfer wirkten die Augen, die eine mögliche Begründung der Askese mit Demut oder schlichter Frömmigkeit in Frage stellten. Melchior war gekommen, um den Schaden an der Mauerkrone zu besichtigen. Er zog die Kutte aus schwerem

Wolltuch enger um sich, Ärger glomm in seinem Blick auf, als er den Bruder Gärtner neben sich musterte, den die Kälte augenscheinlich nicht im geringsten anfocht. Aus Anselmus' Sandalen stach Stroh hervor, das die Füße wärmte, der untersetzte Körper des Bruders wirkte trotz vorgeschrittenen Alters unverbraucht kräftig, von genug Lebensenergie durchglüht, um der unwirtlichen Witterung zu trotzen, der Atem wölkte vor dem derben Bauerngesicht. Der Mauerschaden war längst nicht mehr Gegenstand ihres Gesprächs.

»Gott schuf gen Osten einen Garten in Eden ...« Melchior bediente sich eines psalmodierenden Tones, um seiner dünnen Stimme Ausdruck und den Worten Nachdruck zu verleihen.

Eigentlich nur für den Mitbruder bestimmt, hallten die Worte in der stillen Luft, der Klang trieb über die Mauer hinweg. Von der anderen Seite her überragte sie eine Eberesche, einer ihrer Äste reichte an die bröckelige Stelle heran und konnte immerhin Wegelagerer und anderes Gesindel verleiten, ins Klostergelände einzudringen. Eventuell hätte den beiden Mönchen, wenn sie sich die Mühe gemacht hätten, über die Mauer zu spähen, auch das Lumpenbündel Sorge bereitet, das sich am Fuß des Baumes als dunkler Fleck im Schnee ausmachen ließ, der durch den Kontrast an dieser Stelle heller schimmerte als überall sonst unter dem wintertrüben Himmel.

Einem Wunder gleich belebte sich das Lumpenbündel durch Melchiors Stimme. Weiße Haut leuchtete auf, als sich aus dem Bettlergewand die mageren Arme eines Kindes ausstreckten. Der Knabe umfing den Stamm der Eberesche und begann sich langsam aufzurichten, während er lauschte.

»Vier Ströme durchzogen den Garten, Wasser floß in Fülle, es war süß und rein. Bäume pflanzte der Herr in seinem Garten, lieblich zum Anschauen und voll köstlicher Früchte«, fuhr Melchior fort.

Es mußte wohl am Klang der Stimme liegen, am Auf- und Abschwellen der Laute, einem Gesang nicht unähnlich und damit für das Kind ebenso ungewöhnlich wie die Worte selbst, daß der Junge nach den unteren Ästen griff, um den Baum zu erklettern. Das blasse Gesicht wirkte eingefallen und wie durchscheinend, vom Hunger gezeichnet.

»In die Mitte des Gartens setzte der Herr den Baum des Lebens; er überragte die anderen mit seiner herrlichen Krone. Zwölf Ernten trug er in jedem Jahr.«

»Glaubst du wirklich?« fragte Anselmus trocken. »Mir würden schon zwei Obsternten jährlich als Wunder reichen. Außerdem bewegt mich da etwas ganz anderes. Der Garten in Eden muß vor Gewächsen und Tieren aller Art gewimmelt haben, und Gott hatte bis dahin nur einen Menschen geschaffen, könnte doch sein, daß dieser zunächst weder Mann noch Weib war. Müßte merkwürdig ausgesehen haben. Ich frag mich bloß, ob die Geschöpfe in einer Art Zeitlosigkeit existiert haben, ohne die für uns natürliche Abfolge von Werden, Wachsen, Blühen und Reifen. Aber wie soll das gegangen sein?«

»Die Ewigkeit dieses Gartens in Eden, in den Gott den Menschen als erstes Menschenpaar, als Mann und Weib, Adam und Eva, gestellt hat, bleibt das Geheimnis Gottes. Versündige dich nicht in deinen Gedanken, Bruder Anselmus. Du denkst zu sehr als Gärtner und zu wenig als Mönch.« Melchior hatte den salbadernden Ton aufgegeben, seine Stimme klang scharf.

»Du hast die Schlange vergessen, wenn du schon Eva erwähnst. Ich kreide der Schlange die Geschichte mit dem Apfel an. Konnte sie nichts anderes nehmen, irgendeinen glitzernden Stein oder anderen Trödel? Vielleicht aber hat mit der Schlange erst alles angefangen, das Blühen der Wiesen, die süßen Äpfel, Birnen und Pflaumen, Honig und Wein und – ja, das Bier natürlich.«

Von jenseits der Mauer war ein verstohlenes Scharren zu hören, das die beiden in ihren Disput vertieften Mönche nicht bemerkten. Aufmerksam wurden sie erst, als über dem Mauerrand für einen Augenblick das bleiche Gesicht des Jungen erschien. Gleichzeitig teilte sich die Wolkendecke, ein Sonnenstrahl, eine gleißende Lichtbahn, ließ den Schnee in einem nahezu überirdischen Funkeln aufleuchten. Der Blick der dunklen Kinderaugen, von seltsamer Eindringlichkeit, schweifte über die Reihen der Kohlstrünke in den verschneiten Beeten bis zu den kahlen Gerippen des Baumgartens. Bruder Melchior schaute zu dem Kindergesicht auf, nahm ein Leuchten und Staunen wahr, wie es der Erscheinung von etwas Heiligem angemessen gewesen wäre und sicher nicht dem Anblick zweier Klosterbrüder, von denen einer, er selbst, mittlerweile gottserbärmlich fror. Er wandte sich um und erblickte nur den winterlich kahlen, wieder verschatteten Garten.

Plötzlich brach der Ast unter dem Jungen. In einem Regen von Eis und Schnee schlug er am Fuß des Baumes auf, rollte den Hang hinab und kam erst an einem zugefrorenen Bach schwankend auf die Füße. Dann lief er über das verschneite Feld heimwärts, unsicher den Fußstapfen folgend, die er auf dem Herweg hinterlassen hatte.

Bruder Anselmus schürzte eilig die Kutte, zog sich schweratmend an vorkragenden Steinen der Mauer hoch und starrte der kleinen, entschwindenden Gestalt nach.

»Komm zurück!« brüllte er, als ihm aufging, was der befremdliche Besuch zu bedeuten hatte. »Komm zurück, wir tun dir doch nichts!«

Bruder Melchior, der die Kletterei aus schmalen Augenschlitzen beobachtet hatte, trat rasch an die Mauer, langte hinauf und zupfte Anselmus am Kuttensaum. »Was siehst du?«

Der Gärtner schaute noch immer dem Kind nach.

»Was ist, Anselmus? Gib Antwort!« herrschte Melchior ihn an. Ein plötzliches Besinnen auf seine Amtsautorität ließ ihn heftiger am Wollgewand des Mitbruders reißen.

Anselmus wandte den Kopf. »Ein Kind, Bruder Melchior, ein kaum neun- oder zehnjähriger Bub, den wohl der Hunger hergetrieben hat, wollte Gott ihn behüten.«

Mit einem Satz sprang er von der Mauer und riß im Fallen Melchior, der noch sein Gewand gefaßt hielt, beinahe um. »Ich schick einen Klosterknecht hinterher. Es wäre doch schad, wenn das Kind im Wald erfriert.«

»Hat das Kind hergefunden, so findet es auch heim«, beschied der Prior, er rang noch um sein Gleichgewicht, »außerdem, wer sagt dir, daß es nicht zu einer Räuberbande gehört, die im Wald lagert und den Bengel auf Kundschaft geschickt hat. Die Knechte werden in dieser Nacht die Tore schärfer bewachen.«

Die Klosterglocke unterbrach den Disput der Mönche und rief sie zum Gebet.

Kurz vor Einbruch der Nacht kehrte Christoph heim. Die Hofstelle, auf der er mit den Eltern und zwei jüngeren Schwestern hauste – nicht mehr als eine Hütte mit Ziegenstall und ein paar Feldern –, lag oberhalb des Dorfes und des Benediktinerklosters als halbe Enklave im Wald. Sie gehörte wie ihre Bewohner dem Kloster und war eingerichtet worden, um die Urbarmachung des Landes voranzutreiben. Jedes Jahr mußten die schmalen Äcker aufs neue gegen die Wildnis verteidigt werden, denn der Boden spie immer wieder Steine aus, der Wind säte seine eigene Saat aus Kiefern und Tannen, Quecke, Disteln und dornigem Gestrüpp.

In diesem besonders eisigen und langen Winter, 1197, herrschte Hunger in den kleinen Weilern um den See. Und noch mehr als die Dörfler mußten die Bewohner der Einödhöfe darben. An manchen Tagen gab es für Christophs Familie kaum etwas anderes zu essen als das Brot, das der Vater vom Kloster erbettelt hatte, und auch das reichte selten für alle.

Wochen später führte der Wind aus Süden endlich weichere Luft heran. Der Schnee taute, das Eis in den Bächen begann zu singen, dann zu tropfen und schließlich unter dem leichten Druck von Christophs Händen und Füßen zu splittern. Die Lumpen um die Füße band er ab, als an den Feldrändern zaghaft das erste Gras sproß.

In den vergangenen Winterwochen hatte sich zuweilen, wenn ein Sonnenstrahl jäh den Schnee glitzern ließ, eine Erinnerung geregt, ein verschwommenes, schnell entschwindendes Bild. Wie ein Nachhall meldete sich das Gefühl eines überirdischen Friedens und einer strahlenden Heiterkeit und Wärme, und mit ihm wuchs in Christoph die Sehnsucht, der Quelle dieses Gefühls nachzuspüren.

An einem windigen Tag machte er sich auf. Der Wald, den er zu durchqueren hatte, wirkte mit seinen dunklen Föhren und Dickichten aus verfilztem Gestrüpp bedrohlicher als im Winter, da kein Schnee die Düsternis aufhellte. Seltsame Laute wie ein jähes Pfeifen in den hohen Wipfeln, schwerer Flügelschlag und ein Rascheln im Unterholz, bald nah, dann wieder ferner, erschreckten den Jungen. Er wäre umgekehrt, wenn es neben den vagen Sehnsüchten nicht einen zweiten Grund gegeben hätte, der ihn vorwärtstrieb: das saure, harte Klosterbrot, das den Magen mit angenehmer Schwere füllte. Schon der Gedanke daran machte die Leere in seinem Bauch noch fühlbarer, aber es würde ihm wohler werden, wenn er den Baum und die Mauer erreicht hatte, so wie beim ersten Mal, als sich etwas ereignet hatte, was sich dem Begreifen entzog.

Der Bach am Kloster hielt ihn eine Weile auf, er lief an ihm entlang, stocherte mit einem Stock nach Untiefen und fand endlich eine flache sumpfige Stelle, an der das seewärts schäumende Wasser Reisig und Geröll zu einer unter den Füßen schwankenden Furt zusammengewirbelt hatte.

Kein anderer Ast reichte so weit an die Mauer heran, wie der im Winter abgebrochene, erst jetzt fiel Christoph ein, daß er das nicht bedacht hatte. Unschlüssig strich er an der Mauer entlang, kehrte um, und ganz von selbst fanden die Finger die ersten Fugen, die Halt boten.

Auf dem bröckeligen Mauerkamm kauernd, erblickte er den Klostergarten, der noch beinahe winterlich wirkte, aber für ein unwissendes Bauernkind wie ihn trotzdem ein Wunder war. Erhöhte Beetrechtecke wurden von Bretterverschalungen in Form gehalten und durch einen breiten, geraden Mittelweg in zwei Partien getrennt, eine Reihe schmalerer Beete umrahmte das ganze Geviert, es gab nichts Krummes oder Schiefes. Hätte Christoph etwas von Mathematik verstanden, hätte er vielleicht sagen können, daß ihm die Geometrie des Gartens gefiel, die rhythmische Abfolge von Beet und Weg und dunkler, fruchtbarer Erde, die ein Versprechen auf das üppige Grün des Sommers barg, das sich in die strengen geraden Formen einpassen würde.

Erstaunt schweiften seine Blicke über den Garten, der doch wenig mit seiner Erinnerung an etwas überirdisch Schönes zu tun hatte, und kehrten unruhig immer wieder zu der untersetzten Gestalt in der Kutte zurück, die ihm einen breiten, gebeugten Rücken, kräftige nackte Waden und im Aufrichten den graumelierten Kranz der Tonsur zeigte. Bevor der Mönch den Kopf vollends wandte, war der Junge von der Mauer verschwunden. Aber schon wenige Tage später kam er wieder.

Anselmus hatte es halb gehofft, und dennoch wunderte es ihn beim ersten Mal, daß das Kind zurückkehrte. Meist nahm er nicht mehr als eine rasche Bewegung auf der Mauer wahr. Manchmal gelang es ihm aber, scheinbar abwesend auf die Hacke gestützt, einen Moment das Kindergesicht unter dem wirren, dunklen Schopf zu betrachten, den nachdenklichen Blick zu erfassen, in dem er Ausdauer und Lebhaftigkeit und eine für einen Bauernjungen ungewöhnliche Wißbegier erahnte. Hin und wieder überfiel ihn der Gedanke, noch etwas gutmachen zu müssen an dem Kind, das er an jenem Spätwintertag zu bereitwillig seinem Schicksal überlassen hatte.

Im späten Frühling schoben sich Büschel von Stengeln, Wedeln und Blättern immer höher aus dem Boden, hier und da verdickten sich schon ein paar Knospen und Knollen. Bald wehten Düfte bis zur Gartenmauer, fremde Düfte fremder Pflanzen, auf den Feldern des Vaters wuchs nur Korn.

Vollends ergriffen wurde Christoph vom Zauber ruhiger Bewegungen, mönchischer Gelassenheit und Sorgfalt im Umgang mit den Pflanzen. Beinahe vergaß er alle Vorsicht, bis die Klosterglocke ihn aufschrecken ließ, die den Mönch aus dem Garten rief. Christoph sah, wie er bedächtig aus der Hand legte, was er gerade hielt, und ohne Hast dem Klang der Glocke folgte.

Es konnte nicht ausbleiben, daß der Junge eines Tages die Mauer auf der falschen Seite herabkletterte, sich zwischen die Beete vorwagte und stahl, was er fassen konnte: junge Zwiebeln, kaum fingerdicke Mohrrüben, eine winzige Sellerieknolle. Seine Füße hinerließen Abdrücke auf den Wegen und noch deutlichere in der weichen Erde der Beete, er bemerkte es erst, kurz bevor er wieder über die Mauer klettern wollte. In fliegender Eile rannte er zurück und kratzte mit einer Hand über die Spuren, die andere hielt die Beute fest, eine Mohrrübe verlor er. Nach Hause trabend, aß er gierig, das Herz schlug ihm noch hoch im Hals. Das rohe Zeug blähte den Bauch.

2

Irgendwann Ende Oktober lag ein Apfel auf einem vorkragenden Stein der Mauer, an der Seite, die zum Garten wies. Die Frucht war gerade noch für Christophs Hand erreichbar. Vorsichtig nahm er sie an sich. Der Garten lag so still und verlassen unter ihm, daß er sich bäuchlings auf den Mauersteinen ausstreckte, bevor er den Duft einsog. Langsam drehte er den Apfel in der Hand und rieb ihn am Kittel, bis er wie Gold glänzte. An einem Feld des Vaters stand ein Apfelbaum, der holzige kleine Früchte trug, die die Mutter zu bitterem Mus verkochte. Dieser Apfel paßte beinahe nicht in seine Hand, er mußte alle Finger spreizen, um ihn zu halten. Die Apfelschale war kaum zu spüren, so glatt war sie, der Duft verriet schon eine Menge vom Geschmack, nicht eine Spur von Bitternis schwang darin. Es war etwas ganz Neues, den Augenblick der Vorfreude noch etwas auszudehnen. Er ließ seinen Blick vom Apfel bis zu den Bäumen schweifen, die hinter niedrigen Schuppen jenseits des Gartens wuchsen, und suchte den Punkt in ihrer Mitte, wo aus dem Gewirr der Baumkronen ein Balken herausragte, kantig, riesig, seltsam fremd.

Dann erst biß er herzhaft in die Frucht, schloß die Augen bei dem plötzlichen Genuß der feinen Säure, die den Mund füllte, und der nachklingenden Süße, die mit dem Saft in die Kehle schäumte. Mit jedem Bissen träumte er sich tiefer in eine glückliche Erinnerung.

Ein Ruf ließ ihn hochschrecken. Eine Gruppe von Knechten schlurfte durch die Pforte in den Garten, Hacken und Spaten über der Schulter, einer schrie einem nachfolgenden etwas zu. Christoph vergewisserte sich, daß ihn die Männer noch nicht entdeckt hatten, dann glitt er mit einer raschen Drehung von der Mauer.

Daß er nicht gleich am nächsten Tag nachsehen kam, ob wieder ein Apfel auf ihn wartete, lag an der herbstlichen Feldarbeit, bei der er gebraucht wurde. Die Felder mußten gepflügt und dabei die Steine abgelesen werden, damit die Halme des Winterkorns sich ihren Weg durch die Erde brechen konnten. Nach dem Einsäen ging er mit dem Vater Reisig sammeln. Bis zum Wintereinbruch gelang es ihm nicht mehr, sich fortzustehlen.

Mitte Februar hallte die Gegend von der Jagd wider. Reiter sprengten durch den Wald, duckten sich unter niedrig hängenden Zweigen, nichts ahnend von der grauen, kleinen Gestalt, die am Boden kauerte und im Gewirr des Unterholzes schwer auszumachen war. Christoph betrachtete das klingende, silberbeschlagene Zaumzeug der Pferde, die pelzgefütterten Mäntel der Reiter. Den Abt von Tegernsee erkannte er, bei einer anderen Jagd vor zwei

Jahren hatte der Vater ihn auf den geistlichen Herrn hingewiesen, den Spender des Klosterbrots. Damals hatte den Jungen neben Dankbarkeit auch Ehrfurcht gepackt, obwohl der hohe Herr auf seinem Roß mehr einem großen, mit einer kleinen Kugel gekrönten Sack glich, der beidseits des breiten Pferderückens herabhing, kaum fähig, die Balance zu halten. Ein anderer Reiter fesselte Christophs Aufmerksamkeit jetzt so sehr, daß er vorsichtig das Gezweig vor seinem Gesicht auseinanderbog, um besser sehen zu können. Wie dunkel glänzendes Metall hoben sich Pferd und Reiter von der Weiße des Schnees ab. Noch nie hatte er einen Mann gesehen, der sich mit solcher Leichtigkeit und Kraft im Sattel hielt, der Fremde bewegte das Tier mehr durch die Schenkel als die Zügel. Eine hochgewachsene Gestalt, ganz in Schwarz mit fremder Eleganz gekleidet. Dem heimlichen Betrachter zeigte sich ein hochmütiges, junges Gesicht mit dunkel getönter Haut und in einer Kopfdrehung ein Habichtprofil unter einem dichten, nachtschwarzen Haarkranz, in dessen Mitte der Spiegel der Tonsur aufschimmerte. Ein Mönch, der in einer fremden Zunge sprach, als er sich einem Nachfolgenden zuwandte, einem jungen Diener oder Knecht. Christoph wünschte sich, daß der schöne Fremde nicht so rasch seinem Gesichtsfeld entglitte, und tatsächlich zügelte dieser seinen Rappen, der feurig den Kopf hochwarf. Wie ein Schleier flog die seidige Mähne auf. Zärtlichkeit klang in der Stimme des Fremden, der seinem Tier zusprach und es gleichzeitig unter seinen Willen zwang. Christoph fühlte eine heiße Freude, Zeuge dieser kleinen Szene zu sein. Da drehte der Mann noch einmal den Kopf, unwillkürlich schauderte der Junge unter dem schwarzen Blick des Fremden, der beiläufig auf das Gebüsch, aber nicht auf ihn fiel.

Als es zu tauen begann, stahl sich Christoph wieder zum Kloster. So wie im letzten Jahr kletterte er über die Mauer, seine Finger und Zehen ertasteten die vertrauten Fugen. Obwohl ihm ein erster Blick bereits gesagt hatte, daß sich niemand zwischen den noch schneebedeckten Beeten aufhielt, drang er nicht sofort in den Garten ein, sondern stand eine Weile still und spähte aufmerksam in alle Richtungen.

In der Stille gehörte der Garten ihm.

Endlich hüpfte er über die letzten Beetreihen und schlüpfte

verstohlen durch das Tor im Flechtzaun, das zu den Schuppen und zum Baumgarten dahinter führte. An einem der Schuppen traf ihn ein oft geträumter Duft. Zwei Äpfel aus vorjähriger Ernte mit stumpf goldener Haut lagen auf einem schmalen Sims unter dem Fenster. Er zögerte keinen Augenblick, nach den Früchten zu greifen. Selbstversunken sog er den konzentrierten Duft nach Sommer und Süße ein.

Ein harter Griff packte seinen Arm, gleichzeitig hörte er eine fremdländisch klingende Stimme hinter sich, nah an seinem Ohr.

»Ein Dieb im Kloster.«

Der warme Atem des Unbekannten streifte seinen Nacken. Christoph wand sich in den Fängen des Habichts, dessen schwarze Augen ihn spöttisch und mitleidlos musterten. »Was geschieht mit dem Klosterdieb? Die frevelnde Hand werden sie ihm abhacken, vielleicht auch die diebischen Augen blenden.«

Eine Hand fuhr in Christophs Schopf, drehte den Kopf von links nach rechts unter einem Blick, in dem ein Höllenfeuer jäh aufflammte und heftiger loderte, je mehr sich der Junge wehrte.

»Ich werde dich lehren, was es heißt, sich am Klostergut zu vergreifen!«

Gegen die Kraft des anderen kam Christoph nicht an, obwohl er merkte, daß der Fremde an einem Gebrechen litt: er hinkte stark. Wäre es dem Jungen gelungen, sich loszureißen, hätte er seinem Häscher mit Leichtigkeit davonlaufen können. Aber der Fremde schleifte ihn unbarmherzig mit sich in den Baumgarten bis zu einer abgeschiedenen Stelle hinter einer Strauchhecke.

Ein Stoß ins Kreuz ließ den Jungen auf Knie und Hände fallen, ein eiserner Griff hielt ihn in dieser Stellung, eine Hand zog in einer flüchtigen Bewegung den Kittel hoch und die Hose herunter.

Christoph fühlte die Hände seines Peinigers über seine Haut streichen, besitzergreifend, zudringlich. Er spürte die fremde Zunge, während sich sein Körper in Abscheu bog. Er schrie, als die Zähne in seine Hüfte geschlagen wurden, die Hände sich in sein Fleisch gruben, es drückten, kneteten und schließlich ein sengender Schmerz in seinen Körper fuhr, der ihn zu zerreißen schien.

Der Schnee, der ihn fast erstickte, dämpfte seine Schreie. Über ihm stöhnte der Fremde. Rauhe, tierische Laute entrangen sich ihm tief aus der Kehle. Dazwischen keuchte er: »Du sollst begreifen, was Liebe heißt, hörst du? Liebe, du arme, einfältige Kreatur! Merk dir die Barmherzigkeit, die ich dir tue, und die Lehre, die ich deiner erbärmlichen Seele aufdrücke!«

Die Qual dauerte lange. Mit immer neu entfachter Leidenschaft fiel der Fremde über Christoph her, der längst jeden Widerstand aufgegeben hatte und nur noch wimmernd die Gewalt erduldete. Ein letzter heftiger Stoß warf ihn auf die Seite in den Schnee. Aus den Augenwinkeln sah er, wie sich der Habicht entfernte, gefolgt von einem Schatten, den er in der einsetzenden Ohnmacht nicht erkennen konnte.

Bruder Anselmus fand Christoph bei hereinbrechender Dämmerung. Sprachlos schaute er auf das Kind, die im Schnee liegenden Äpfel und ein paar weiße Blumen; um einen der Stengel krampfte sich die Kinderhand. Der Gärtner bückte sich hastig und zog den Kittel über die blutige Haut, schwerfällig sank er auf ein Knie, um den leblosen Körper zu bergen. Halb in die geschürzte Kutte geschlagen, trug er ihn ins Badehaus. Vor einem der hölzernen Zuber legte er seine Last vorsichtig nieder.

Der Junge gab keinen Laut von sich. Bruder Konrad, Bader und Apotheker, betrachtete kurz das wachsbleiche Gesicht und begann wortlos, das Feuer unter dem großen Kessel zu schüren.

»Gib acht auf den Jungen«, bat Anselmus leise. Sein Blick schweifte argwöhnisch durch den dämmerigen Raum, während Konrad gelassen mit der Zurüstung des Bades fortfuhr. Anselmus sah ihm noch einen Augenblick zu, erst dann begab er sich ins Krankenrevier, um den Bruder Medicus zu suchen, und ins Abthaus, den Abt zu benachrichtigen.

Prior Melchior und Abt Bonifacius kamen gerade noch rechtzeitig, um einen Blick auf den vom Arzt und von Anselmus entkleideten Kinderkörper zu werfen, bevor der geschundene Knabe behutsam in das warme, mit Kräutern und Heilsalz versetzte Wasser hinabgelassen wurde. Der Blick genügte, das Ausmaß des Verbrechens zu begreifen.

Trotz aller Vorsicht schrie Christoph gellend auf, das erste Lebenszeichen, seit ihn Anselmus im Baumgarten entdeckt hatte. Prior Melchior trat mit zwei raschen Schritten neben den

Badebottich, ergriff das Kind hart am Arm und schrie es an: »Wer war es?«

Christoph riß entsetzt die Augen auf.

»Wer?« schrie Melchior zum zweiten Mal und beugte sich dicht über ihn.

Der Junge bäumte sich unter dem Griff auf, das Wasser schwappte gegen die Holzwände, in Schwaden stieg der Dampf in die kühle Luft. Anselmus zog die Hände aus den Kuttenärmeln, trat einen Schritt vor, aber eine Handbewegung des Abtes und ein Kopfschütteln des Arztes hielten ihn davon ab, einzugreifen.

»Wer hat dir das getan?« drang Melchior zum letzten Mal mit inquisitorischer Härte in das Kind.

»Der Teufel«, schluchzte Christoph, »es war der schwarze Teufel.«

»Woher willst du wissen, daß es der Teufel war?« fragte Melchior streng.

»Er hinkt.« Der Kopf des Kindes sank an den Wannenrand, die Augen schlossen sich.

»Fulco de …«, begann Melchior erstaunt.

»Keine Namen«, unterbrach Bonifacius knapp. Der Einwand bewog Melchior, von der Wanne zurückzutreten, halb in den Schatten, den die massige Gestalt des Abtes warf.

»Auch ohne Namen kennen wir jetzt den Täter, der noch vor wenigen Stunden an unserem Tisch gesessen und mit uns gespeist hat«, fiel Anselmus sarkastisch ein. »Ein Mann mit hoffärtigen Manieren und auffahrendem Wesen, sogar unsere Knechte reden nichts Gutes über ihn.«

»Du hörst auf Geschwätz, Bruder Anselmus? Selbst wenn er der Missetäter wäre, was wiegt die Aussage eines Kindes, eines Bettel- oder Bauernbuben, gegen das Wort eines päpstlichen Gesandten?« Melchiors Stimme klang schrill, der Knabe im Bottich schreckte auf, sackte aber, ohne die Augen zu öffnen, wieder zusammen.

»Eines Benediktiners zudem, der sich in unserem Garten, hinter den Mauern dieses Klosters an einem Wehrlosen verging. Vater Abt, willst du die Aussage des Kindes auch in Zweifel ziehen?« stieß Anselmus gedämpft hervor.

»Nein, die Worte waren klar genug. Das Kind hat keinen

Grund, etwas anderes als die Wahrheit zu sagen«, antwortete der Abt.

»Und was ist die Wahrheit?« fragte Melchior. Er deutete mit seiner mageren Hand anklagend auf den Knaben. »Ihr seht es selbst, Brüder. Ein ansehnliches Kind. Es ist womöglich weniger unschuldig, als unser Bruder Gärtner, der zu wenig Ahnung vom Bösen in der Welt draußen hat, glaubt, und ohnehin hat es nichts im Kloster zu suchen, ein Eindringling, eventuell ein Dieb. Es kann durchaus ein Einverständnis gegeben haben.«

»Du scheinst nicht richtig hingesehen zu haben, Bruder Melchior«, warf der Medicus trocken ein, »ich kann mir kein Kind denken, das mit derartigen Verletzungen einverstanden wäre. Manches wilde Tier erscheint noch barmherzig gegen diese menschliche Bestie.«

Abt Bonifacius hob gebieterisch die Hand. »Ich will nicht, daß über diesen Mann weiter gesprochen wird.«

Anselmus hatte den Kopf tief in der Kapuze geborgen, er grub die Nägel in die Handballen, der kleine Schmerz half ihm, wenigstens äußerlich die klösterliche Disziplin zu wahren. »Was gedenkst du jetzt zu tun, Vater Abt?« Die Stimme wollte ihm kaum gehorchen, erst ein Blick auf Melchior, auf den geifernden Ausdruck im Frettchengesicht des Priors, gab ihr neue Festigkeit. »Wie du weißt, hat die Gesandtschaft das Kloster bereits wieder verlassen, die Tat muß kurz vor dem Aufbruch geschehen sein.«

»Jeder schnelle Reitertrupp wird ihn einholen«, warf der Bader ein.

Bonifacius funkelte einen Augenblick die Mitbrüder an, bevor sich sein Blick auf einen Punkt richtete, der hoch genug über dem Badezuber lag, um nicht seinen Inhalt sehen zu müssen.

»Wir leben in schwierigen Zeiten, meine Brüder«, begann er. »Papst Innozenz ruft zu einem neuen Kreuzzug auf und erwartet von uns wie von allen Klöstern einen Beitrag, den die päpstliche Gesandtschaft einfordern kam. Die Zisterzienser weigern sich, die Unterstützung zu leisten, wir verhandeln noch und warten ab, was die Brüder von der Reichenau und von St. Gallen sagen. Ein Skandal, wie er aus dieser Tat entstehen könnte, wäre für uns abträglich. Die Gesandtschaft steht dem Stuhl Petri nahe und hat, wenn nötig, ihr Ohr, wir nicht.«

»Du willst den Schuldigen laufen lassen?« fragte Anselmus erbittert.

»Anselmus, Bruder im Herrn, bring nicht göttliche und weltliche Gerechtigkeit durcheinander. Die weltliche ist nicht unsere Sache, die himmlische überlassen wir dem, dem sie zukommt, der Schuldige wird ihr nicht entgehen, wann immer Gott dafür den Zeitpunkt bestimmt.«

Anselmus musterte scharf das feiste Gesicht des Abtes und begriff, daß es zwecklos war, Einspruch zu erheben oder auch nur darauf hinzuweisen, daß das Kloster zumindest Anklage erheben könnte, wie bei jedem anderen Vergehen hinter seinen Mauern.

»Und das Kind?«

»Bleibt bis auf weiteres im Kloster, gib es zu den Knechten, die dir in den Gärten helfen.« Der Abt erteilte einen unbestimmten Segen über die Reihe der Bottiche. »Es ist ratsam, auch zum Wohle des Kindes, daß Schweigen über diese Angelegenheit herrscht«, fügte er im Umwenden hinzu und verließ mit dem Prior das Badehaus.

Christoph war eingeschlafen. Die Mönche hoben ihn aus dem Zuber, und der Medicus versorgte seine Wunden mit Ringelblumenbalsam. Trotz der vorsichtigen Behandlung regte sich der Geschundene und wehrte sich gegen die Berührung. Konrad zwang ihm den Mund auf und flößte ihm einen Baldriansud ein. Als der Junge in eine Decke gewickelt war, ging Anselmus zum Klosterverwalter und ließ sich eine Kutte geben, die er für den Kleinen zurechtschnitt. Die blutigen Lumpen verbrannten im Feuer unter dem Wasserkessel.

Nachdem er das Kind schließlich wohlversorgt im Quartier der Knechte wußte, kehrte er in die Badestube zurück, um aufzuheben, was der Hand des Knaben entfallen war: eine Christrose, im Schnee erblüht, eine weiße Blume der Unschuld, die mehr als alles andere dem Mönch für die Reinheit des Kindes sprach, trotz der zwei gestohlenen Äpfel.

Auf dem Altar der Kirche glomm das Ewige Licht. Im Schein der Kerze daneben, die im Luftzug flackerte und eher Schattenzonen schuf, als den Raum mit den gedrungenen Steinsäulen zu erhellen, sank Anselmus in die Knie. Wände und Säulen strahlten eine Kälte aus, die ihre Kraft scheinbar aus der Dunkelheit zog.

Trotzdem legte er sich mit weitausgebreiteten Armen auf den eisigen Steinboden vor dem Altar.

»Oh, Herr«, betete er. »Du gabst uns den Garten als Abbild des Paradieses, damit wir auf Erden etwas zu unserem Trost und unserer Hoffnung haben. Die vier Flüsse deiner Weisheit, die Klugheit, die Gerechtigkeit, die Mäßigung und die Tapferkeit, deinem eingeborenen Sohn entsprungen, die in deinem Garten fließen, sind durch mich versiegt. Deine göttliche Schöpfung offenbarst du uns in deinem Garten. Aber durch mich ist ihr Friede gestört, durch mich hat das Chaos Einlaß gefunden. Ich habe deine Weisheit mißachtet, die diesen Garten als *hortus conclusus* gewollt hat, durch Mauern von der Welt abgeschirmt und vor ihr geschützt. Nun ist wiederum die Schlange in den Garten eingedrungen und offenbart sich in ihrer Widernatur. Herr, durch mich wurde ein unschuldiges Kind zum Opfer. Mögen seine Wunden, die des Körpers und die der Seele, durch die Heilskräfte des Gartens gesunden, und gib mir die Kraft und die Möglichkeit, meinen Teil dazu beizutragen.«

3

In der Nacht noch erwachte Christoph aus der Baldrianbetäubung und begann zu schreien. Er warf die Decke ab und zerrte an der Kutte. Einer der Knechte packte den Schopf des Kindes, ein anderer drückte die um sich schlagenden Arme in den Strohsack. Unter der groben Berührung bäumte sich der kleine Körper noch wilder auf, ein dritter Knecht machte sich auf die Suche nach Anselmus, die anderen murrten schlaftrunken über die Ruhestörung. Anselmus, gerade von seinem nächtlichen Gebet zurückgekehrt, trug das Kind mit Hilfe des rasch alarmierten Baders in seine Zelle im Gärtnerhaus. Das Toben ließ allmählich nach, die Kräfte des Kindes erschöpften sich. Ihm versengten glühende Zangen den Körper, wimmerte der Kleine. Erst neuer Baldrian ließ ihn verstummen.

»Das ist der Wundschmerz«, erklärte Bruder Konrad.

»Das ist der Schmerz der verletzten Seele«, erwiderte Anselmus.

Am Morgen fällte er seinen schönsten Apfelbaum, den, der die goldenen Früchte trug. Christoph, auf zitternden Beinen hinter ihm, schaute stumm und verständnislos zu. Als die Glocke den Mönch zum Gebet gerufen hatte, strich der Junge, ein kleiner Schatten, schmerzgeplagt an den Gebäuden entlang, durch dunkle Durchgänge und Torwege. Die Knechte fingen ihn bei dem Versuch ab, über die Mauer zu klettern, und sperrten ihn in den Ziegenstall. Er kroch zwischen die warmen Leiber der Tiere.

Um einen neuen Fluchtversuch zu verhindern, stellte Anselmus einen Knecht als Aufpasser ab. Ein paar Tage später nutzte Christoph eine Unaufmerksamkeit des Mannes und stieg über die Mauer. Er rannte den Hang hinab, schlitterte über das Eis des Baches und brach am Rand ein. Die Kutte sog sich bis zu den Knien voll Wasser. Notdürftig wrang er den schweren Stoff am Ufer aus; als er weiterhetzte, klatschte er ihm schmerzhaft gegen die bloßen Beine.

Der Wald erschien ihm bereits wie eine Zuflucht, er stapfte etwas ruhiger und zuversichtlicher voran. Am Saum der Rodung, in der die elterliche Hütte lag, blieb er stehen, jäh begann sein Herz wie wild zu klopfen. Aus dem Loch im Dach der Kate stieg kein Rauch, die Tür schlug im Wind. Der dumpfe Laut, der von Leere und Verlassenheit kündete, drang bis zu Christoph, der bewegungslos noch einen Augenblick verharrte. Dann hastete er über den Acker, lauthals nach den Eltern und den Schwestern schreiend.

Die Asche im Feuerloch war kalt und fettig zusammengebacken. Er hockte sich davor, stocherte mit den Fingern zwischen den schwarzen Klumpen und begann, erbärmlich zu schluchzen. Licht fiel durch die Tür in einen vollkommen leeren Raum, nur etwas altes, durchgelegenes Stroh lag in einer Ecke. Für eine Weile wühlte sich Christoph ins Stroh, das dumpf, pelzig und ein wenig säuerlich roch, schon nicht mehr vertraut. Verzweifelt nach den Verschwundenen rufend, strich er um die Hütte und sah sich noch in dem Verschlag um, wo die Ackergeräte und ein paar Wintervorräte aufbewahrt worden waren. Auch hier gab es nichts, was die Trostlosigkeit dämpfen konnte.

Vom Wald schallten Tierstimmen und Geräusche lauter als sonst herüber, Christoph schauderte es in der Einsamkeit, die Kälte kroch ihm in die Glieder. Zwischen zwei Bäumen erhob sich ein dunkler, mächtiger Schatten, ein furchtbares Grollen brach aus ihm heraus. Der Junge schrak zusammen, wandte sich um und floh bereits den Pfad zurück über das Feld, bevor er nur einen Augenblick nachdenken konnte. Er durchquerte den Wald, ohne innezuhalten, sprang die verschneiten Hänge hinab und kroch atemlos an der alten Stelle über die Klostermauer. Gleich dahinter griff ihn unversehens sein Bewacher auf, ein vierschrötiger Kerl, der ihn ins Kreuz stieß und mit seiner fleischigen Pranke auf das Gesindehaus wies.

»Mach zu, du!« raunzte er. »Deinetwegen versäum ich nicht das Abendbrot.«

Christoph stolperte hastig vor ihm her, um aus der Reichweite der Hände des Knechts zu bleiben. Allein die Vorstellung, daß der andere ihn packen und mit sich zerren konnte, ließ sein Herz rasen.

Der Essensdunst schlug den Eintretenden entgegen, ein Geruch nach saurem Kohl und Fett, Christoph würgte.

»Hast' ihn eingefangen?« Einer der Knechte schaute von dem vor ihm stehenden Napf auf.

Der Junge sah sich nach seinem Aufpasser um, der die Hand nach ihm ausstreckte, wohl um ihn vorwärts zu schubsen, auf die anderen zu. Voller Angst wich er aus, glitt aus dem Lichtschein der Öllampe, die den schmalen, langen Holztisch und die Knechte auf den rohen Bänken beleuchtete.

»Wo hast du ihn gefunden?« rief ein weiterer.

»Er kam gerade wieder über die Mauer, ihr wißt schon, wo.«

Einer beugte sich über den Tisch. »Wollte er denn nicht nach Hause?«

»Sicherlich, hat aber nichts genützt wegzurennen.«

Die Männer rutschten auf den Bänken näher zusammen, der letzte Sprecher blickte sich flüchtig nach dem Kind um, bevor er fortfuhr. »Ich hab's in der Küche gehört. Der Prior hat die ganze Familie fortgeschickt, keiner weiß wohin.«

»Und warum?«

»Haben wohl was zu vertuschen, die Mönche, ihr habt den Bengel doch schreien gehört, in der Nacht, als die päpstliche Kommission abgereist ist. Da ging etwas nicht mit rechten

Dingen zu. Ist höhere Politik im Spiel, von der keiner was erfahren soll, nicht mal so ein Bauer, der vielleicht die Frage stellen könnte, was mit seinem Sohn im Kloster passiert ist.«

»Ach geh, die da droben am Wald sind doch dumm wie's Vieh.«

»Und wie's Vieh haben sie sie weggetrieben.«

»Gefällt mir gar nicht, daß sie uns den kleinen Teufelsbraten dagelassen haben, ist nicht ganz sauber, das Bürschchen, das sieht doch jeder.«

Daß Christoph nicht redete, fiel höchstens angenehm in einer Gesellschaft auf, in der Schweigen als Tugend galt und jedes unnütze Wort als Frevel. Er aß kaum etwas, tiefere Schatten erschienen unter Augen und Wangenknochen. Die Knechte befaßten sich wegen der umlaufenden Gerüchte nur widerwillig mit ihm, und den Zöglingen des Klosters begegnete er selten. Weil er weit unter ihnen stand, wurde er von ihnen nicht wahrgenommen. Nur Anselmus und der Medicus machten sich Sorgen. Was tut man mit einem, der weniger lebt, als vegetiert?

Im Gemüsegarten wies Anselmus den Jungen trotz seiner Schwäche an, die Pflöcke zu halten, die er zur Befestigung der Bretter um die kniehohen Beete in den Boden schlug. Christoph mußte umgraben, dreimal, bis die Krume genügend gewendet und durchlüftet war, danach hatte er Kannen mit Wasser zu schleppen, um Setzlinge zu gießen.

Wider Willen kam der Appetit. Christoph löffelte endlich so hungrig wie die anderen am Tisch den Gemüsebrei aus geschroteten Erbsen und Bohnen, den es oft als Beikost zum Brot gab und den er vorher nicht angerührt hatte. Außerdem stahl er noch Brot aus der Backstube und die ersten Erdbeeren vom Beet. Für Anselmus zählte vorerst nur, daß sich das Gesicht des Kindes allmählich rundete.

An einem Spätfrühlingstag führte er seinen Lehrling durch die vier Gärten des Klosters, um ihm deren Anlage, Nutzen und tiefere Bedeutung zu erläutern, denn er sollte begreifen lernen, daß hinter der äußeren Erscheinung unsichtbare Seinsweisen lagen.

Den Hortus, den Kohlgarten, in dem Gemüse für die Klosterküche angebaut wurde, kannte Christoph mittlerweile bis in den

Winkel mit dem Brunnenbecken. Bevor sie die Umfriedung verließen, flog sein Blick zur Gartenmauer. Anselmus, der den Blick bemerkte, scheuchte seinen Schüler über den Torweg zum Wurzgarten, dem Kräutergarten. Er lag in der Nähe des Küchenhauses und war viel kleiner als der Kohlgarten.

Auch hier hielten Bretter die Beete in Form, auf denen eine Fülle unbekannter Gewächse wucherte. Manche standen schon in Blüte, Schwärme von Hummeln und Bienen taumelten wie betrunken umher, so daß Christoph bei ihrem eindringlichen Gesumm beklommen zumute wurde. Den tiefsten Ton erzeugte jedoch eine breit gebaute Gestalt, die sich gerade zwischen zwei Beetreihen bückte und im Aufrichten die beiden Besucher mit einem scharfen Blick bedachte, der sich rasch milderte, als Anselmus dem Küchenmeister seinen neuen Zögling vorstellte. Der Küchenbruder gehörte wie der Gärtner zu den älteren Mönchen, er stöhnte, als er das Kreuz durchdrückte, eine Hand an der schmerzenden Stelle, in der anderen einen Krautbusch.

»Ein so mageres Bürschchen? Der kann doch keinen Spaten heben, wozu brauchst du den?« Der Küchenmeister zwinkerte. »Das würd ich mir überlegen, ob ich den Hänfling was lehren wollte.«

Das Lernen, erklärte Anselmus ernst, solle dem Schüler die Unarten aus dem Kopf treiben und ihn Ehrfurcht vor der Arbeit und ihren Früchten lehren.

Christoph fielen die Erdbeeren ein, ihm wurde immer ungemütlicher, er wandte sich fluchtbereit zum Gartentor um, dabei entging ihm der nachsichtige Blick, den die beiden Mönche tauschten, das Funkeln in den Augen, das Zublinzeln.

»Kennst du diese Kräuter hier?« Der Küchenbruder tippte dem Jungen nachdrücklich auf die Schulter. Christoph sprang vor Schreck zwei Schritte zurück, die Augen in aufkommender Panik geweitet.

Der alte Mönch schüttelte sachte den Kopf. »Der ist ja nur ein fliegendes Hemd, der Junge.« Er hielt Christoph wie einer störrischen Ziege am ausgestreckten Arm die Kräuter entgegen und begann, den Strauß zu zerpflücken. »Schau her. Das ist Fenchel, das Kerbel, das Kümmel, gute, erprobte Kräutlein, die die Klosterkost verdaulicher machen. Sie tun dem Magen gut, verstehst du?« Er klopfte sich auf den kugeligen Wanst. »Das hier sind Dost und Beifuß, die wachsen noch nicht allzulang in unseren nördlichen Gärten, die haben wir aus den Ländern weit im Osten erhalten, von den Heiden.«

Christoph wagte sich einen halben Schritt näher und schaute mißtrauisch in das runde Mönchsgesicht, »Und das essen wir auch?« fragte er empört.

Anselmus nickte erheitert. Pilger, erklärte er, brächten die Samen der Gewächse im Gepäck mit, und durch die lange Wallfahrt würden die Kräuter vom heidnischen Zauber gereinigt. Der Küchenbruder guckte skeptisch. Anselmus holte weiter aus. Auch Kreuzritter, fernosterfahrene jüdische Händler, christliche Gesandtschaften an den muselmanischen Höfen in sagenhaften östlichen Reichen, mit denen die Christenheit einen schwunghaften Austausch von Waren und Wissen betrieb und ab und zu einen Krieg, sorgten nebenbei für die Bereicherung der Klostergärten.

Als sie den Wurzgarten verlassen wollten, hielt sie der Küchenbruder noch einmal auf. »Schick mir den Jungen gelegentlich, ich will sehen, daß ich ihm den Kittel von innen her stopf, sonst kommt mir noch meine Küche in Verruf.«

Der Herbularius, der Heilpflanzengarten, den Anselmus mit seinem Schüler als nächstes aufsuchte, roch nach Baldrian. Christophs Herz schlug plötzlich mit jedem Atemzug schneller, es überschlug sich stolpernd, es war dem Jungen nicht möglich, weiterzugehen, eine gespenstische Furcht lähmte ihn. Mit beiden Händen griff er sich an den Kopf, um eine Flut schrecklicher, wirbelnder Bilder abzuwehren und die Erinnerung an einen durchdringenden Schmerz. Er keuchte laut auf. Anselmus warf beunruhigt einen Blick auf das bleich gewordene Kindergesicht und führte den Jungen eilig weiter in den Pomarius, den Baumgarten.

Sprenkel von Licht musterten den seidenweichen Rasenteppich unter den Bäumen. Anselmus wies seinem Zögling bedächtig die lichten Reihen von Apfel, Birne und Aprikose, Pfirsich, Pflaume, Kirsche, Walnuß, Hasel und Quitte, Baumarten, die bereits zur Römerzeit den Weg nach Italien und später über die Alpen gefunden hatten.

Christoph starrte folgsam die Bäume an, nach dem Aufruhr in seinem Inneren hatte sich eine Art Leere oder Teilnahmslosigkeit eingestellt. In der Mitte des Gartens ragte ein mächtiges Balkenkreuz auf. Christoph erkannte die stumpfe Spitze, die er vor mehr als einem Jahr von der Mauer aus erspäht hatte und die die Reihen der Baumkronen durchbrach. Der Benediktiner war bereits auf ein Knie gesunken, der Junge blieb stehen, bis er mit einem scharfen Ruck an der Kutte herabgezwungen wurde.

»Das Kreuz Christi ist der erhabenste und heiligste Baum des Gartens, der Baum des Lebens, den Gott als Zeichen und Sinnbild der Auferstehung in den Garten gepflanzt hat. An ihm duften die Früchte des ewigen Heils. Das sollst du dir vor allem anderen merken«, erklärte Anselmus.

Ohne Empfindung schaute Christoph zu dem schmucklosen Kreuz empor.

»Siehst du diese Erhebungen im Gras?« Anselmus deutete auf flache Hügel, in die schmale Steinplatten mit Schriftzeichen eingelassen waren. »Es sind die Gräber unserer Brüder. Die Toten ruhen hier bis zum jüngsten Tag in der Hut des Kreuzes, auf das sie als Lebende ihre Hoffnung setzten.«

Christoph spähte über die Gräber hinweg, sein Blick erfaßte die Hecke, hinter der sein Peiniger über ihn hergefallen war. Er begann zu zittern, Anselmus bemerkte es nicht.

Der Gärtner hatte sich bei den Gartenbetrachtungen so verausgabt, daß er seinen Lehrling in den folgenden Tagen mehr durch Tun als Reden zu unterweisen suchte. Leider naschte Christoph weiter heimlich Erdbeeren, die Seelenspeise der Jungfrau Maria, wie Anselmus auf dem Rundgang mit einem mahnenden Blick auf seinen Schüler erwähnt hatte, und statt die erforderliche Strafpredigt nun doch zu halten, schickte er ihn ein paar Tage später in die Küche, um die Unart seines Zöglings auf indirektem Weg anzugehen.

Zögernd betrat der Junge das Küchenhaus. Die angrenzende Backstube kannte er von gelegentlichen kleinen Raubzügen, aber die große Küche hatte er wegen des Betriebs, der dort ständig herrschte, nicht in seine Beutegänge einbeziehen können. Ein mächtiges Feuer flackerte in der gewaltigen Kochstelle, riesige Töpfe, Pfannen, Schüsseln und allerhand eisernes und hölzernes Gerät, dessen Zweck er nicht im entferntesten erraten konnte, hing an großen Haken. Vor Staunen stand ihm der Mund offen.

Mehrere Küchenhelfer eilten mit angespannten Gesichtern umher. Sie nahmen keine Notiz von dem Neuankömmling. Der Küchenmeister kam auf ihn zugewatschelt, sein rotes Gesicht glänzte vor Schweiß, und sein Bauch bebte bei jedem Schritt unter der Kutte. Mißtrauisch folgte der Junge seinem Wink bis zu einem langen Tisch mit Bänken davor. Er trat in die Bank, und schon drückte ihn der Küchenbruder mit einer Hand auf den Sitz hinunter. Mit einem Schreckenslaut sprang der Junge auf, es war eine Bewegung, die sich jeder Kontrolle des Willens entzog. Der Bruder stemmte beide Hände in die fetten Hüften und musterte das Kind, das bebend, mit gesenktem Kopf vor ihm stand.

»Daß dir die Knochen derart im Leib fliegen, ist ja krankhaft, und der Medicus in deinem Fall bin ich.« Der Küchenmeister schob den Kopf vor und spähte in das verschlossene Jungengesicht, bis Christoph langsam den Kopf hob und dem Blick des Mönchs begegnete. Der Bruder zwinkerte, als wäre ihm etwas ins Auge geraten.

»Ein Hemd bist du, hab ich Anselmus gesagt, aber so eins benötige ich gerade, so ein wendiges, aber kein windiges Bürschchen. Deshalb hab ich dich vom Bruder ausgeliehen. Du wirst schön brav im Refektorium den Mönchen aufwarten.« Der Bruder reckte mahnend einen Zeigefinger. »Damit du nicht nach den Speisen der Mönche gierst, denn das wäre eine Sünde, wirst du vorher hier essen, und zwar soviel, daß dir die Kutte nicht mehr flattert und du gerade recht für den Dienst zu gebrauchen bist.« Er hob die Stimme. »Also hock dich hin und iß.«

Christoph wartete nicht ab, daß der Mönch seinen Worten handgreiflich Nachdruck verschaffte. Zum Essen, einem in Kräutern und Butter geschmorten Bodenseefelchen, das wundersam und würzig auf der Zunge schmolz, schob ein Küchenhelfer einen Becher mit einer dunkelroten Flüssigkeit über den Tisch.

»Das ist Wein«, erklärte der Küchenmeister, »mit Sauerkirsche von Anselmus' Bäumen gefärbt, der macht gutes, kräftiges Blut. Daß du mir den Becher bis zur Neige leerst, oder du sollst mich doch noch kennenlernen.« Die fette Hand des Mönchs wedelte kurz, aber vielsagend vor den Augen des Essenden, der diesmal schon weniger entsetzt zurückwich.

Im Refektorium versah er den Dienst eines Mundschenks. Anfangs vermutete er, das sei eine Art Strafe, die ihm wegen kleinerer Vergehen wie dem Brotdiebstahl auferlegt wurde, bei dem er vielleicht doch ausgespäht worden war. Bald aber wischte der Trost, der in der üppigen neuen Kost lag, alle Grübeleien hinweg. Sorgsam, wie man es ihm gezeigt hatte, goß er bei den Mahlzeiten den rotgefärbten Wein in die Tonbecher der Mönche, ängstlich darauf bedacht, auch nicht einen Tropfen der kostbaren Flüssigkeit zu verschütten, die so wohlig den Magen erwärmte und für eine gewisse Zeit alle Ängste beschwichtigte.

Unauffällig und bescheiden bewegte sich Christoph zwischen den Mönchen, und doppelt vorsichtig, sobald er sich dem Kopf der Tafel näherte und damit in Sichtweite des Abttisches geriet. Die beiden Männer dort flößten ihm eine unbestimmte Furcht ein. Hin und wieder fing er einen wenig freundlichen Blick des Priors auf – der Abt dagegen bemerkte ihn nie. Christophs Hände, die den Weinkrug hielten, begannen zu zittern, und er beschleunigte seinen Schritt so weit, wie es möglich war, ohne besondere Aufmerksamkeit auf sich zu ziehen.

Ganz selbstverständlich lauschte er den Gesprächen der Brüder, und bald schon hörte er den Namen seines Peinigers, des Habichts: Fulco de Montferrat, Beauftragter des Papstes, Anwärter höherer kirchlicher Würden, vorerst noch zugehörig dem Benediktiner-Kloster San Salvi in Florenz. Von einer Säule gedeckt, spie Christoph heimlich aus, so oft Fulcos Name fiel.

4

Auf dem Rückweg vom Küchenhaus sah er sich eines Tages plötzlich von einer Gruppe von Klosterzöglingen umringt, die gelegentlich, wie er wußte, an der Küchentür um Leckereien bettelten. Er war den Schülern, die im Kloster eine ihrer adeligen Abstammung gemäße Erziehung genossen, bislang ausgewichen, wie er allen auswich, mit denen er es nicht unmittelbar zu tun haben mußte, hatte sie aber hin und wieder beobachtet. Vor allem der Anführer, Grazian, hatte es ihm angetan, sein Goldhaar leuchtete unter der Sonne auf wie ein kostbares Gespinst. Christoph hatte sich schon gefragt, ob es echtes Gold sei, was auf dem

Haupt des Knaben wuchs, und ob aus dem Jungen einmal ein Heiliger werden würde, denn er konnte sich nicht denken, warum Gott ihn sonst so schön gestaltet hatte. Daß der junge Adlige das feinste Tuch trug und Lederschuhe, hielt er nur für angemessen und rechtens, ebenso, daß er selbst nur die grobe fransige Kutte besaß und ihm der Dreck zwischen den Zehen hervorquoll.

»Was ist denn das für einer?« fragte Grazian über Christophs Kopf hinweg. Christoph versuchte, ihn zu umgehen, aber einer der Schüler trat ihm jetzt in den Weg.

»Ein Mönch ist er nicht, Grazian, es fehlt die kahle Stelle auf dem Schädel.«

»Aber eine Kutte trägt er«, sagte ein anderer.

»Wird er von seinem ehrwürdigen Vater haben, ist eh zu groß für ihn. Wer ist es denn, verrätst du's uns? Und die liebe Frau Mutter wird eine Nonne sein«, ergänzte Grazian.

Die Schar johlte auf. Christoph starrte verständnislos Grazian an, trat unsicher zurück und versuchte, sich seitwärts davonzutrollen. Grazians Faust, gegen seine Brust gestemmt, hielt ihn auf. Die Berührung rann ihm wie Feuer über die Haut. Einen Augenblick erfaßte ihn eine Lähmung, er keuchte nach Atem, sah noch einmal ungläubig in das hochmütige, schöne Gesicht, dann flogen seine Fäuste vor. Mit einer Wucht, die sein Angreifer wohl nicht erwartet hatte, stieß er diesen so heftig von sich, daß Grazian rückwärts taumelte, bis ihn einer der anderen auffing. Christoph rannte davon, bevor ihn jemand aus der Schar aufhalten konnte. Ihr Gelächter verfolgte ihn.

Von dieser Begegnung an machten die Zöglinge um Grazian ein übermütiges Spiel daraus, Christoph aufzulauern, so daß er ständig auf der Hut sein mußte und sich überall umblickte auf seinen Gängen von einem Garten zum anderen und zwischen den Gebäuden des weitläufigen Klostergeländes.

In der Dunkelheit der Nächte steigerten sich die Ängste ins Unerträgliche. Christoph lag zusammengerollt auf seinem Strohsack, das Gesicht der Wand zugekehrt, das gleichmäßige Schnarchen der Knechte klang zu ihm herüber. Ganz allmählich aber entwickelten sich andere Gedanken und Bilder, füllten und dehnten die Augenblicke des Wachseins und verdrängten am Ende für kurze Zeit die Furcht. Ein Zufluchtsort. Ein Ort des

Friedens und der Ruhe, der Schönheit, der Heiterkeit. Ganz zaghaft meldete sich eine Erinnerung, doch nie wollte sie sich zu einer Vorstellung verdichten, immer blieb sie vage. Mit ihr traten allerdings ein paar Worte aus dem Gedächtnis hervor: »Gott schuf gen Osten einen Garten in Eden.«

Der Satz warf Fragen auf, die er Anselmus nicht stellen mochte, um ihn nicht seine geheimen Gedanken wissen zu lassen; so wandte er sich an einen der gutmütigeren Knechte.

»Kennst du einen Ort namens Eden?«

»Eden?« Der Knecht kratzte sich am Kopf. »Nö, hier in der Gegend nicht, und was darüber hinaus liegt, weiß ich nicht, bin nie von hier weggekommen.«

»Und im Osten?« hakte Christoph verzweifelt nach.

»Bist du blöd? Im Osten sind Berge, das siehst du doch, und dahinter wieder welche, hab ich gehört. Aber das weißt du selbst, euer Hof lag dort in den Bergen.«

Christoph schlich eine Weile an der Klosterpforte herum und starrte auf die dunkle Front der bewaldeten Hänge, hinter der irgendwo ein unbekanntes, wunderbares Land ewigen Frühlings liegen mußte. Ganz in sich gekehrt, ging er zurück und versuchte mit aller Macht, das Sehnsuchtsbild in seinen Geist heraufzuzwingen. Unversehens überfielen ihn die Zöglinge wie ein Hornissenschwarm.

»Mönchskegel, Klosterbastard«, raunten sie ihm ins Ohr, ihn in engen Kreisen umrundend. Scheinbar unbeeindruckt, versuchte er, seinen Weg fortzusetzen, aber sie begannen, ihn zwischen sich zu puffen. Das ging ohne Gejohle in verhältnismäßiger Stille vor sich, nur mit halb unterdrücktem Prusten, und es lag vielleicht an dieser Gedämpftheit, daß auch Christoph nicht schrie, lediglich ein ersticktes Stöhnen entrang sich ihm. Längst waren die Stöße heftiger geworden, fühlbarer Schmerz war da und beschwor jenen anderen aus einer nur sehr notdürftig zugedeckten Erinnerung herauf. Sie lähmte ihn, machte ihn wehrlos, wie eine Strohpuppe flog der Junge hin und her.

Plötzlich blieb der Gegenstoß aus, Christoph brach halb betäubt in die Knie, dumpf drang ein mehrfaches Klatschen und Aufbrüllen an seine Ohren.

»Heh, heh, Bürschchen, habt ihr nicht zu studieren?« rief eine barsche Stimme. Aufschauend erkannte Christoph den Knecht, der zu Beginn seines Klosterlebens sein Bewacher gewesen war. Wie unbeteiligt beobachtete er, wie die Zöglinge davonliefen, einige, unter ihnen Grazian, hielten sich mit einer Hand Wange und Ohr. Noch immer nicht ganz das jähe Ende der Quälerei begreifend, kam Christoph auf die Füße und stolperte ein paar Schritte dem Knecht nach, der schon weiterging, sich aber beiläufig umdrehte.

»Hau ihnen was hinter die Löffel, wenn sie dir dumm kommen«, sagte er gutmütig.

Christoph schleppte sich in den nahen Baumgarten und übergab sich, als wolle sich sein Inneres nach außen stülpen. Er tappte ein Stück tiefer in den Garten, fiel in der Nähe des Kreuzes zwischen zwei Gräbern zu Boden und krallte die Hände in die Grasnarbe, bis er Erde spürte. Er zitterte lange am ganzen Leib.

Anselmus schickte ihn für eine Weile zu Bruder Konrad, dem Apotheker. Den Gärtner beunruhigte die Fahrigkeit, die er neuerdings an seinem Gartenhelfer bemerkte, und er hoffte, daß die Arbeit für die Apotheke, die außerordentliche Gewissenhaftigkeit verlangte, nicht nur das noch sehr oberflächliche Wissen des Jungen über Kräuter vertiefen, sondern seinen sonst recht anstelligen Schüler auch neue Ernsthaftigkeit lehren würde. Christoph folgte der Anweisung voller Mißtrauen, jede Änderung im festgelegten Tagesablauf schürte Ängste.

Er fürchtete, im Heilkräutergarten wieder vom Baldrianduft überwältigt zu werden, aber längst hatten andere Kräuter die Oberherrschaft gewonnen. Schon nach ein paar Tagen hatte ihn die Arbeit in dem stillen Garten, in dem er meist mit dem Bruder Apotheker allein war, in ihren Bann geschlagen. Die Pflanzen, eher bescheiden aussehend, schäumten über die Beete, einer Woge gleich, die sich an den Rändern des Gartengevierts brach, an schmalen Einfassungen voller üppig blühender Rosensträucher und schwelgerisch bunter Blumen.

Ein goldener Schimmer lag über dem Garten, denn die Kräuter waren von der Sonne in die Töne des frühen Herbstes umgefärbt worden, in helles Ocker, blasses Grün mit gelben Rispen, an denen die winzigen Perlen dunkler Samen hafteten.

Weich und warm strich der Wind über die Beete und über Christophs nackte Arme. Manchmal hockte der Junge still und selbstvergessen auf den Fersen zwischen hohen Kräuterbüschen und lauschte dem Geschwätz der Spatzen, dem Geraschel des Winds, der mit trockenen Samenhülsen spielte, beobachtete Lichtflecken zwischen den wippenden Stengeln und sah Spitzmäuse herumhuschen. Einmal setzte sich ein Falter auf seine Hand, kitzelte ihn mit den Spinnenbeinen und flog erst weg, als er niesen mußte. An solchen Tagen hätte er ewig bleiben mögen, aber das Abendkonzert der Grillen sagte ihm, daß er sich bald wieder vor den Klosterzöglingen und anderen Heimsuchungen vorsehen mußte.

Bruder Konrad erntete ganze Sträuße mal herb mal mild duftenden Krauts, ließ seinen neuen Helfer die Samen vom Grün trennen und bemerkte wohlgefällig die Geschicklichkeit der schmalen Kinderfinger. Nebenbei lernte Christoph, daß die hohlen Stengel des Knoblauchs gut gegen Beschwerden der Luftröhre seien und die sichelförmige Blüte der Braunelle gegen Schnittwunden.

»Similia similibus, Gleiches heilt man mit Gleichem«, erläuterte der Apotheker. »Bei solchen Erkenntnissen darfst du eines nie vergessen: die Pflanze ist ein Heilszeichen, in ihr tritt uns die Macht Gottes entgegen, sie ist ein Ebenbild des Schöpfers.«

Christoph schaute verwundert auf und vergaß die Scheu, mit der er Konrad bisher begegnet war. »Gilt das für alle Pflanzen?« fragte er.

Konrad geriet in Verlegenheit. »Sicher für alle in diesem Garten. Außerhalb herrscht die Wildnis, vor der du dich in acht nehmen mußt. Was dort wächst ist oft gefährlich, zumindest aber ungenießbar. Darum haben wir aus der Wildnis die Ordnung des Gartens geschaffen und nehmen dadurch Anteil an Gottes Schöpferwerk.«

Kräuter sortierend und für den Augenblick seinen Helfer vergessend, murmelte der Mönch: »*Pulegium*, Poleiminze, gegen Ungeziefer; *sisimbria*, Krauseminze, gegen Herzleiden, auch *atare gia*, das Bohnenkraut, ist gut für Herz und Magen.«

Christoph sprach gedankenlos die fremden Worte nach.

»Oho!« meinte Konrad. »So einer bist du. Nun, dann schau her: das ist *ruta*, die Raute, ihre Bitterstoffe sind gut für den Magen, *menta* ist die Pfefferminze, sie erfrischt und macht wohlgemut, *salvia*, der Salbei, reinigt die Wunden.«

»Wie sind die Pflanzen in den Garten gekommen?« fragte Christoph.

»Die meisten von ihnen, zum Beispiel alle diese Minzearten, stammen aus dem Osten, aber sie wachsen schon seit Jahrhunderten hier.«

Christoph starrte auf den Boden, als er seine nächste Frage stellte, seine Erregung verrieten nur die Füße, die Zehen krümmten sich angespannt. »Der Bruder Koch hat einmal von den Heidenländern gesprochen, aus denen Dost und Beifuß kommen, sind diese Kräuter auch von dort?«

»Die Heidenländer sind überall, im Norden, im Süden, im Osten. Nur der Westen ist ganz und gar christlich bis auf die sarazenischen Reiche in Spanien. Aber was diese Kräuter angeht, stammen die meisten tatsächlich aus den östlichen Ländern jenseits des Mittelmeers.«

»Gibt es dort auch Gärten?« Christoph fragte so beiläufig wie möglich.

Bruder Konrad seufzte. »Wenn man den Kreuzrittern glauben möchte, die Seltsames über diese östlichen Länder erzählen, die wunderbarsten.«

»Liegt einer davon in Eden?«

Bruder Konrad schüttelte den Kopf und gluckste vor Lachen.

Ehe Christoph diesem Kopfschütteln nachgehen konnte, hörten sie ein Husten hinter sich. Der Prior stand in der offenen Tür, die Stirn gerunzelt, eine Mahnung über das unziemliche Geschwätz und die Heiterkeit des Bruders stand ihm ins dürre Gesicht geschrieben. Die Mönche von Benediktbeuren bäten um Kreuzkümmel, teilte er dem Apotheker mit. *Cuminum*, dachte Christoph aufsässig. Den Benediktbeurern, fügte Melchior herablassend hinzu, sei die diesjährige Ernte verdorben.

Sobald die Aufmerksamkeit des Vorlesers, der auch für Ruhe zu sorgen hatte, nachließ, lief ein Murmeln um die schmalen eichenen Tische des Refektoriums, aus dem der Junge häufig »Osten« und »Kreuzzug« heraushörte. Seit der Bemerkung Konrads über die Kreuzritter, dachte er über mögliche Zusammenhänge nach.

Wenn sich die Gespräche der Mönche nicht um den Kreuzzug

drehten, dann um die Abgaben für den Papst. Beim Geld angelangt, stritten sie über einen neuen Kirchenbau, der die schlichte Klosterkirche ersetzen sollte. Abt Bonifaz hielt sie, wie er einmal deutlich erklärte, der Bedeutung des Klosters nicht mehr für angemessen. Die Mönche in Cluny, führte er aus, ließen ihre neue Kirche auf einem Wald schlanker Säulen von unvorstellbarer Höhe aufragen und von Licht durchfluten.

Einer von den alten Mönchen hielt dagegen, das hieße Gott versuchen. »Ihr wißt wohl nicht, was passiert ist?« fuhr er fort. »Ihr hochmütiger Bau ist ihnen auf den Kopf gekommen, das hat sie wohl Demut gelehrt.«

»Du weißt nicht, was du redest«, fiel ein jüngerer Bruder ein. »Das Gewölbe steht längst wieder, fünf Jahre nach dem Zusammensturz ist es eingeweiht worden.«

Prior Melchior klopfte mit der Faust Ruhe heischend auf den Eichentisch.

Christoph interessierte die Klosterpolitik nicht, aber mit den Gesprächen über den Kreuzzug schlich sich der Osten immer heftiger als magisches, schillerndes Gebilde in seine Gedanken. Es mußte sich doch ein Weg dorthin finden lassen. Vorsichtig fragte er Bruder Konrad, was es denn mit dem Kreuzzug auf sich habe und warum er nach Osten führe.

»Der Kreuzzug ist der große Krieg, die Schlacht gegen den Antichrist am Ende der Zeiten, die das Reich Gottes auf Erden begründen soll. Gottes Reich kann nicht kommen, solange das Grab unseres Herrn in den Händen der Heiden ist, der Sarazenen, die die Pilger erschlagen und die heiligen Stätten entehren. Dieser Kreuzzug soll den Frieden auf Erden einläuten – den Frieden für alle Menschen, die unseres Glaubens sind. Das Heilige Land mit dem Grab Christi liegt von hier aus gesehen im Osten, aber auch im Süden, denn es ist heißer dort als hier.«

Die Richtungen verwirrten Christoph, trotzdem fragte er weiter. »Findet der Kreuzzug bald statt?«

»In Franken und auch im Norden unseres Landes sammeln sich schon die ersten Kreuzfahrerheere. Es kommt noch einmal eine päpstliche Delegation hier vorbei, die die Kreuzpredigt im Norden gehalten hat.«

Christoph begriff sofort, was das zu bedeuten hatte, es konnte gar keinen Zweifel geben, und wie zur Bestätigung seiner Befürchtungen fiel schon wenige Tage später in einer Unterhaltung im Refektorium der Name Fulco de Montferrat.

Den ganzen Winter verbrachte der Junge in einer nervösen Anspannung, er wurde wieder fahrig, was ihm ab und zu einen Tadel von Anselmus eintrug. Als der Schnee schmolz und der Garten zu grünen begann, wurden Christophs Befürchtungen zur Gewißheit: mit der Delegation war nun von Tag zu Tag zu rechnen. Seine Aufmerksamkeit gegenüber den Klosterschülern ließ so weit nach, daß sie ihn eines Nachmittags wieder abfangen konnten, und diesmal kam ihm keiner zu Hilfe.

Anselmus grub grimmig in den Beeten und bemerkte die tiefe Bedrücktheit seines Schützlings nicht. Der sonst schweigsame Mönch stützte sich auf den Spaten. »In den Himmel haben sie gebaut, die Mönche in Cluny. Und Abt Suger von St. Denis wollte sogar den Glanz des Himmels übertreffen. Aber merk dir, Christoph: Gott hat uns die Erde gegeben, um sie in einen Garten zu verwandeln. Die Rosengärten Mariens zu pflegen ist uns aufgetragen und nicht, ein himmlisches Jerusalem aus Stein und Glas zu errichten, nach dem jetzt auch Bonifaz der Sinn steht. Dafür braucht er nämlich das Geld, das uns für die Reparatur der Klostermauer und für die Anschaffung neuer, eisenbeschlagener Spaten fehlt. Die hölzernen, das weißt du selbst, graben nicht tief genug.« Er stutzte. »Komm näher, was hast du da an der Stirn und der Wange?«

Endlich aufmerksam geworden, brauchte Anselmus nicht lange, um herauszufinden, woher die Beulen und Schrammen stammten, auch wenn Christoph auf seine Fragen nichts preisgab. Der Gärtner schlug bei nächster Gelegenheit ohne Bedenken Grazian und seine Freunde windelweich, und es tat ihm nicht leid um den Spaten, der dabei zerbrach. Bald danach wurde er vor den Prior zitiert, der ihn darüber unterrichtete, daß sich die Knaben bei ihm beklagt hatten. Anselmus klärte ihn über den Anlaß der Prügel auf, und noch während er redete, beschlich ihn ein ungutes Gefühl. Der Gesichtsausdruck Melchiors versprach ihm nichts Gutes für seinen Schützling.

Tatsächlich brachte erst das Gespräch mit dem Gärtner den Prior wieder auf den unerquicklichen Vorfall mit dem päpstlichen Gesandten im Jahr zuvor. Als er Christoph noch am gleichen Tag seinen Dienst als Mundschenk versehen sah, machte er den Abt auf ihn aufmerksam. Bei einer nachfolgenden Beratung fanden Prior und Abt, es wäre an der Zeit, möglichst noch vor Eintreffen der päpstlichen Delegation die Gesinnung des Jungen auf seine Verwendbarkeit für den weiteren Klosterdienst zu prüfen. Melchior unterzog ihn einer eingehenden Befragung.

»Der Junge ist verderbt«, berichtete er später dem Abt. »Er ist ganz und gar der Verlockung des Gartens erlegen. Ich habe schon immer gefunden, daß den Gärten in ihrer Lieblichkeit etwas Verderbliches und zu Irdisches innewohnt, das den Menschen vom Himmel und seinem Heil ablenkt. Der Bursche ist dem Sinnlichen zugeneigt. Seine Seele ist wohl bei dem Vorfall damals vergiftet worden. Ich finde wenig geistiges Streben in ihm. Wir sollten die Gärten in den nächsten Jahren auf das Notwendige und Nützliche beschränken; all diese Rosen und Veilchen unter dem Deckmantel des Marienlobs regen doch zu sehr die Sinne an und dienen einer anderen als der Himmlischen Liebe. Außerdem neigt der Knabe zur Hoffart. Er nennt die Pflanzen auf lateinisch und verdirbt uns am Ende den schlichten Sinn der Knechte. Er ist, um es abschließend zu sagen, weder zum Klosterbruder noch zum Klosterknecht berufen.«

Bonifacius zögerte, Melchiors Drängen nachzugeben und das Kind möglichst weit entfernt auf einem Bauerngut unterzubringen.

Seit dem Gespräch mit Melchior von bösen Ahnungen bedrängt, suchte Anselmus den Abt auf, um über die Zukunft seines Zöglings zu sprechen. Erst von Bonifacius erfuhr er von der Prüfung Christophs und widersprach dem Urteil über den Jungen so vehement, daß der Abt den Kugelkopf vorschob, den Gärtner aus kleinen, blutunterlaufenen Augen wütend musterte und barsch an seine Gelübde erinnerte. Demut habe er gelobt, herrschte er ihn an, und bedingungslose Unterwerfung unter die Klosterdisziplin.

»Der Junge«, beendete Bonifacius die Unterredung, »wird gehen müssen. Er richtet nur Unheil an, deine verblendete Parteinahme ist der beste Beweis dafür. Was die Abreise des Kindes und den Platz, an dem es künftig leben wird, betrifft, warte auf weitere Anweisungen von mir.«

Anselmus beugte erbittert und herzlich wenig demütig das Knie, um den Abtring zu küssen, den Bonifacius ihm hinhielt.

5

Als wäre jede Sekunde kostbar, als könnte jedes bißchen Wissen das Kind vor kommendem Unheil bewahren, lehrte Anselmus nun seinen Schüler die höheren Fertigkeiten seiner Profession, wie Stecklinge zu ziehen und die kostbaren, eisernen Okuliermesser zu führen, im Eilverfahren. Er weihte ihn in die streng gehüteten Geheimnisse des Pfropfens und Kreuzens ein, um bessere Obstsorten zu erzielen. Der Junge durfte dabeisein, als aus einem fremden Kloster Gartenkundige anreisten, und Anselmus las ihm sogar Briefe vor, die aus Abteien wie Benediktbeuren, Fulda, Hersfeld und Prüm eintrafen und in denen um Saatgut und Setzlinge gebeten wurde. Es war ihm wichtig, dem Jungen zu verdeutlichen, daß ihre Gartenarbeit Teil eines großen, bedeutenden Netzes war, das nahezu alle Abteien der Benediktiner und sogar anderer Bruderschaften umfaßte.

Der gemächliche Trott seines Klosterlebens geriet durch das viele Wissen, das auf einmal wie ein Sturzbach auf Christoph niederging, aus den Fugen. Es verunsicherte ihn vollends, den Mönch, den er bisher fast nur gelassen gekannt hatte, zunehmend um ihn besorgt zu sehen.

Eines Tages dann suchte der Gehilfe des Priors die beiden im Garten auf, um ihnen in dürren Worten mitzuteilen, daß Christoph vom Dienst im Refektorium entbunden sei. Anselmus riß den Spaten hoch, und einen Moment sah es so aus, als wolle er damit den Gehilfen schlagen, aber mit einem heftigen Atemzug stieß der Gärtner das Werkzeug zurück in die Erde.

Nachts träumte Christoph vom Habicht, stöhnend warf er sich auf dem Strohsack herum, bei der Arbeit dachte er erstmals wieder an Flucht.

Im Herbularius fand er eines Morgens auf einem der Wege einen alten Mönch auf den Knien liegend, als wäre er gestürzt. Der Mönch hob den Blick bis zu Christophs Kuttensaum, streckte eine Hand nach oben und sagte: »Hilf mir auf, sei so gut, aber langsam.«

Christoph schreckte zurück.

»Bitte!« wiederholte der Mönch. Die emporgehaltene Hand, eine feine, knochendünne, zitterte.

Christoph griff durch den Kuttenärmel, jede direkte Berührung vermeidend, nach der Hand. Es gelang ihm, den Mönch mit einem Minimum an Körperkontakt auf die Füße zu stellen. Etwas Ätherisches, Unleibliches haftete dem Gestürzten an, das Christoph eigenartig berührte. Zwar gehörte der Klosterbruder zu denen, die in der Nähe von Abt und Prior ihren Platz im Refektorium hatten, aber er hatte ihn dort nur selten gesehen.

Der Mönch holte mühsam Atem, einen mild erstaunten Blick auf Christoph heftend. »Was bist du für einer? Ein Klosterschüler?«

Der Junge schüttelte den Kopf.

»Für einen Mönch bist du zu jung, trotz der Kutte. Auch Knecht kannst du noch nicht sein.« Es klang wie ein Echo der Hänseleien Grazians.

»Ich bin nichts, ein Garnichts«, stieß Christoph trotzig hervor.

»Da hast du aber Glück. Wer nichts ist, kann alles werden«, sagte der Mönch heiter. »Begleite mich zu der Rasenbank dort, aber langsam, mein Herz will nicht mehr so schnell.«

Auf einen Stock gestützt, der neben ihm gelegen hatte, schleppte sich der Mönch Schritt für Schritt vorwärts. Alle paar Meter verhielt er, holte rasselnd Atem und trieb damit den Jungen zur Verzweiflung.

Liebenswürdig, als bemerke er die Ungeduld seines unfreiwilligen Begleiters nicht, nahm er die Unterhaltung wieder auf. »Weißt du, was du werden willst?«

»Gärtner«, antwortete Christoph zögernd. In der Stimme des Mönchs klang etwas mit, das ihn beunruhigte, gleichzeitig fühlte er sich von dem Unbekannten angezogen, eine seltsame Intensität ging von ihm aus. Der hinfällige, auf schwer faßbare Weise fremdartige Bruder neben ihm war so anders als Anselmus.

»Daran tust du recht, Kind. Unseren Herrn Jesus Christus nennen wir einen Hirten, aber auch einen Gärtner. Und welchen Weinberg willst du bestellen?«

»Von Wein versteh ich nichts, nur von Obst, Gemüse und Kräutern. Bruder Konrad sagt, gegen Herzleiden hilft *ataregia* und vor allem *sisimbria*, die Krauseminze, sie gehören zu den *medicamenta simplicia*, die wir im Garten ziehen. Ich hole dir einen Sud davon, der schafft deinem Herzen Erleichterung.«

Endlich waren sie an der Rasenbank angekommen, auf die sich der Mönch langsam niederließ, die Hand an die Brust gepreßt. Christoph wagte nicht, ihn allein zu lassen, schweigend betrachtete er die zusammengesunkene Gestalt.

Auf der Rasenbank, einem erhöhten Beet in der äußeren Umrandung des Gartens, war in den wenigen Wochen des Frühlings das Gras dicht und fein wie Samt gesprossen. Rechts und links rahmten den Sitz Rosensträucher ein. Der Mönch hob den Kopf und warf einen nachdenklichen Blick auf das Kind, das unruhig vor ihm stand.

»Du bist ein seltsames Nichts, das die lateinischen Namen der Pflanzen kennt und Gärtner werden möchte. Ich habe den größten Teil des Winters im Spital gelegen und mich nach der Luft im Garten gesehnt. Und nach dem heilsamen Duft der Blumen, der Rosen vor allem, nach ihrer herzerwärmenden Schönheit und dem Blau von Veilchen und dem Weiß der Lilien, sie alle erscheinen mir wie funkelnde Edelsteine. Ich wollte so gern dem Gesang des Windes und der Vögel in den Kronen der Bäume lauschen. Der Glanz des Sonnenlichts auf den Blättern ...«

Als würde sich ein schimmerndes Gespinst über den Garten legen, schufen die Worte des Mönchs in der fast noch winterlichen Kahlheit den Hauch einer wunderbaren Wirklichkeit. Aber auch ein kleiner Schauder des Unbehagens regte sich erneut.

»Prior Melchior sagt«, erklärte Christoph unsicher, »wir sollen uns nicht der Verlockung des Gartens ergeben. Er hat mir von einem Eremiten erzählt, der schon die Tugendleiter hoch hinaufgestiegen war und sich noch einmal nach seinem Garten umsah. Der heilige Mann ist von der Leiter gefallen.«

»Die Geschichte kenn ich. Sie stammt von Herrad von Landsperg aus ihrem Werk *hortus deliciarum*. Sie lehrt nichts weiter, als daß Akrobatik auf Leitern gefährlich ist. Wenn Melchior dir diese Geschichte als Moral serviert hat, ist er ein Dummkopf.«

»Aber er ist der Prior.«

»Um so schlimmer für ihn.«

Christoph sah den Mönch sprachlos an, der ihn heiter und gelassen musterte. »Hast du schon vom heiligen Hieronymus gehört? Nein? Er lebte vor langer, langer Zeit, als das Christentum noch jung war, und er schrieb einmal, daß viele der Leute, die er kannte, fromme Christen wie er, ihre Gärten aufgegeben hätten, weil ihnen das Plätschern der Quellen, das Rauschen der Bäume und das Leuchten der Blumen ein zu sinnliches Vergnügen bereitet hätten. Sag, läßt du dich von der Schönheit des Gartens verlocken?«

Der Junge sah zu Boden und nickte.

»Dann sind wir schon zu zweit.«

»Ich habe noch nie so über den Garten sprechen hören. Anselmus redet meist nur über Düngen, Gießen und Unkrauthacken. Aber einmal sagte er, jeder Garten sei ein Gleichnis für Christus und seine Auferstehung, und ein anderes Mal, der Garten sei ein Symbol für die Kirche Gottes auf Erden. Er hat mir das erklärt, damit ich im rechten Geist arbeite, und dafür ist es wichtig, daß ich nicht nur sehe, was außen ist. Aber sag, kann Duft heilsam sein?«

»Ich muß in deiner Gegenwart wohl besser auf meine Worte achten. Du bist ein scharfsinniger Zuhörer. Das, was in der Pflanze an Wirkstoffen enthalten ist, heilt die Gebrechen des Körpers, aber der Duft und die Schönheit heilen die Seele des Menschen. – Komm, hilf mir auf, es wird Zeit für die Rückkehr, ich werde sicher schon gesucht. Ich bin aus dem Siechenhaus fortgelaufen, weißt du.«

Es schien Christoph nun unsinnig, vor dieser gebrechlichen Gestalt, die ihn kaum um einen Kopf überragte, zurückzuschrecken. Trotzdem faßte er so zaghaft und ungeschickt zu, daß der alte Mann beinahe ein zweites Mal gestürzt wäre. Schweigend durchquerten sie den Herbularius, bis sie fast das Krankenhaus erreicht hatten, das gleich dahinter lag, damit es die Genesenden nicht weit in den Garten hatten.

»Ich bin schon zu lange Gast im Kloster. Ich sehne mich sehr nach meinem eigenen Garten, in dem ein Ölbaum vor dem Fenster steht, der in der Sommerhitze einen schönen, kühlen Schatten wirft. Hier gibt es nur die Winter und eine Zeit dazwischen, in der man etwas weniger friert.«

»Liegt dein Garten in Eden?«

Wenn den Mönch die Frage erstaunt hatte, so ließ er es sich nicht anmerken. »Nein, mein Sohn, aber auch den Garten in Eden hoffe ich bald zu sehen.«

»Bitte, kannst du mich mitnehmen, wenn du reist?« Es war eine sehr flehentlich vorgebrachte Bitte.

Der Mönch bedachte Christoph mit einem eindringlichen Blick, unter dem der Junge in plötzlicher Beschämung die Augen niederschlug. »Laß mich das letzte Stück allein gehen, sonst fallen meine Aufpasser noch über dich her, mein Freund. Ich hoffe, wir sehen uns noch einmal.«

Nach kaum ein paar Schritten traten Brüder, die den Krankendienst versahen, aus der Tür des Siechenhauses. Christoph konnte den Namen, mit dem sie den Mönch ansprachen, nicht verstehen. Der Bruder Medicus erschien, um den Kranken hineinzuführen, sein Blick streifte den Jungen.

Auf dem Weg zurück zum Wurzgarten kam Christoph Anselmus entgegen. Barsch fragte ihn der Gärtner, wo er so lange gewesen sei, dann wurde seine Stimme plötzlich tonlos, er sprach nur noch langsam weiter. »Bald mußt du fort von hier, Junge. Du wirst auf einen Hof gegeben, der dem Kloster gehört.«

»Aber warum?« schrie Christoph.

»Danach fragt man nicht. Es ist ein Beschluß des Klosters. Ich hoffe, ich kann dich einmal besuchen«, antwortete Anselmus bedrückt.

»Aber ich will doch Gärtner werden. Hab ich denn nicht fleißig gelernt, wie du es gewünscht hast?« Christoph stockte. »Ist es, weil ich Brot und Erdbeeren gestohlen habe?«

»Red keinen Unsinn. Ich hab noch keinen Jungen deines Alters gekannt, der nicht ewig hungrig gewesen wär«, fuhr ihn Anselmus an. Auf einmal schimmerten seine Augen feucht. »Nicht nur du mußt dich in etwas schicken, was du nicht begreifst, aber vielleicht wird es sich als segensreicher erweisen, als du im Augenblick glaubst. Das hoffe ich wenigstens für dich. Also faß dich!«

Anselmus schob sich die Kapuze über den Kopf und steckte die Hände tiefer in die Kuttenärmel. Stumm ging er weiter, den Jungen zurücklassend, der vom Weinen so geschüttelt wurde, daß er mitten auf dem Weg stehenblieb. Es fiel ihm nicht ein, daß er noch vor kurzem an Flucht gedacht hatte.

In der Nacht fuhr er aus einem seiner Alpträume auf. Er wußte nun, warum ihn die Stimme des Mönchs im Garten verwirrt hatte. Sie hatte einen Beiklang, der dem seines Peinigers Fulco glich. Trotzdem lief er am nächsten Tag in der Hoffnung in den Herbularius, den kranken Mönch anzutreffen, aber er fand ihn nicht.

Auch am folgenden Tag suchte er den Heilkräutergarten auf. Als er enttäuscht zurückkam, befahl ihm Anselmus, seine Habseligkeiten zusammenzupacken. Er solle fort, bevor Gäste eintrafen, die das Kloster schon lange erwarte. Christoph verstand, wer damit gemeint war: die päpstliche Kommission mit Fulco de Montferrat. Ehe sein Lehrmeister noch etwas hinzufügen konnte, drehte sich der Junge um und lief davon, auf das Quartier der Knechte zu. Außer Sichtweite des Gärtners, änderte er die Richtung und rannte zum Krankenhaus.

Auf der Schwelle hielt ihn ein Novize, der die lange Schürze eines Pflegers trug, an. »Was willst du hier?«

»Bitte, ich suche einen Mönch, ich hab ihn etwas zu fragen.«

»Dann sag mir seinen Namen und die Botschaft, ich richte sie aus.«

»Ich weiß den Namen nicht, ich traf ihn im Herbularius.«

»Wenn du den Namen nicht kennst, kann ich dir nicht helfen, hier drinnen hast du nichts verloren.« Der junge Mönch schloß energisch die Tür.

Christoph kauerte sich neben die Steintreppe, den Kopf auf den Knien, die Arme eng um den Körper geschlungen.

Zwei oder drei Mönche betraten das Siechenhaus, er hörte ihren Stimmen die Verwunderung an, ihn dort hocken zu sehen, hinter der Tür verklangen ihre Schritte. Er lauschte ihnen nach, bis zum letzten beinahe schon unhörbaren Tappen. Heftig Atem holend sprang er auf, rannte die Stufen hinauf und riß die Tür auf.

Ein Stück des Korridors lag bereits hinter ihm, sein Blick irrte zwischen mehreren fest geschlossenen Türen hin und her, als ihn der junge Pfleger abfing. Wahrscheinlich war er aus einer Tür in seinem Rücken getreten, ganz unverhofft faßte er seinen Arm. Christoph versuchte sich loszureißen und trat um sich. Ein weiterer Pfleger kam dem ersten zu Hilfe, gemeinsam schleppten die beiden den Jungen zum Eingang. Die wütenden Stimmen der Mönche und Christophs verzweifeltes Schreien riefen mehrere Klosterbrüder auf den Flur hinaus, unter ihnen der Medicus, der sich rasch den Novizen in den Weg stellte. Zornig funkelte er den Ruhestörer an, dann erkannte er Christoph. Mit einer Handbewegung veranlaßte er die Pfleger, das Kind loszulassen. Der Junge rang nach Atem, er wich zurück, als einer der beiden schon wieder die Hand nach ihm ausstreckte.

»Faß ihn nicht an!« sagte der Medicus bestimmt und zu Christoph gewandt: »Du bist doch Anselmus' Zögling?«

Christoph setzte mehrmals zum Sprechen an, einen flehenden Blick auf den Medicus gerichtet, der ihn geduldig musterte. Erst nachdem ihm der Arzt versichert hatte, daß er zum Krankenhaus zurückkehren dürfe und er vor der Tür auf ihn warten würde, ließ sich Christoph zum Badehaus schicken, um sich Füße, Gesicht und Hände zu waschen.

»Weißt du überhaupt, wer er ist?« fragte der Arzt bei seiner Rückkehr und winkte, ihm zu folgen.

Christoph blieb stehen.

»Der, den du sprechen willst, ist nicht mehr bei den Kranken. Komm mit, ich bringe dich zu ihm.«

Argwöhnisch ging Christoph dem Medicus nach, hielt aber auf Abstand, um jederzeit umkehren zu können. Es beruhigte ihn, daß der Arzt die Hände in den Kuttenärmeln behielt.

Antonius sei ein Gelehrter, der über acht Jahre das Scriptorium geleitet habe, erklärte der Medicus, Meister des Hebräischen und Griechischen, ein Übersetzer und Kommentator der heiligen Schriften, der den Wunsch geäußert habe, vor seinem Ende in sein Heimatkloster San Giorgio in Venedig zurückzukehren. Die Abreise stehe unmittelbar bevor.

Im Scriptorium, einem von blakenden Öllampen erhellten Raum, in dem kein Laut außer dem Rascheln der Pergamente beim Umblättern zu hören war, sah Bruder Antonius dabei zu, wie ein Novize einen gewichtigen Folianten in Leinen einschlug. Die Augen des alten Mönchs leuchteten auf, als er Christoph sah. »Der kleine Gartenfreund«, begrüßte er ihn.

»Bitte«, rief Christoph, die Köpfe der Schreibenden fuhren zu ihm herum, »bitte, Bruder Antonius, nimm mich mit.«

»Warum nicht?« antwortete Antonius, lächelte begütigend in die Runde und winkte einen der aufgeschreckten Schreiber heran, den er ausschickte, um den Prior ins Scriptorium zu bitten. Christoph wich ängstlich ein Stück zurück, als er Melchior herankommen sah, lauschte aber aufgeregt dem Disput, der sich gleich darauf entspann.

Die Bedenken des Priors wischte Antonius mit einer Handbewegung beiseite. »Das Kind wird mir auf der Reise ein Trost und eine Hilfe sein, und mach dir wegen der Reisekosten keine Sorgen. Mein Kloster wird dafür aufkommen, auch für die Rückreise des Jungen in einem Jahr oder später. Du wirst mir doch die kleine Bitte nicht abschlagen.«

Melchior betrachtete argwöhnisch den Jungen, dann hellte sich plötzlich seine Miene auf. Er befahl Christoph, dabei zu helfen, die kostbaren Schriften, die Antonius vor Jahren aus San Giorgio als Leihgabe mitgebracht hatte, in strohgepolsterte Körbe zu packen. »Du rührst dich von hier nicht fort, bis es Zeit zum Aufbruch ist«, schloß er bestimmt.

Christoph wartete, bis der Prior den Schreibsaal verlassen hatte. »Bruder Antonius«, wandte er sich an den Mönch, »ich muß Bruder Anselmus sagen, daß ich mit dir weit fortreise. Er wird wissen wollen, wohin, und verabschieden muß ich mich auch noch von ihm.«

Antonius hütete mit Argusaugen seine Bücherschätze, die die anderen Helfer nicht vorsichtig genug in die Körbe senken konnten. »Dazu ist keine Zeit mehr, du bleibst bei den Büchern, damit mir nichts abhanden kommt, weder du noch ein Buch. Schreib Anselmus deinen Abschiedsgruß.«

»Aber ich kann doch nicht schreiben.«

Antonius hob endlich den Blick von den Folianten und betrachtete den Jungen erstaunt. »Dann lernst du's, das verkürzt uns die Reisezeit. Und Latein natürlich.«

Der Klosterhof wimmelte von fremden Pferden, von fremden Knechten und Mönchen. Christoph hastete an ihnen vorbei in der Angst, den Habicht zu entdecken. Da er befürchtete, von ihm erkannt zu werden, zog er sich die Kapuze tief über den Kopf und rannte zur Angelegestelle, an der ein Boot wartete, das Antonius' Reisegruppe über den See setzen sollte. Nach dem Ablegen starrte der Junge über das graue Wasser auf das Kloster zurück, hinter dem die Berge wie eine dunkle Mauer aufragten. Statt sich erleichtert zu fühlen, einer Bedrohung entkommen zu sein, beherrschte ihn eine heftige Trauer um Verlorenes, die nicht nur um seinen alten Lehrmeister Anselmus kreiste.

Sie hatten den See schon mehr als zur Hälfte überquert, als er plötzlich erschrak. »Aber wir reisen ja gar nicht nach Osten!« schrie er.

»Nein, mein Kind, nach Westen, an den Bodensee, zur Insel Reichenau. Das ist die erste Station einer langen Reise.«

Christoph erhob sich halb von seinem Sitz, das Boot begann zu schwanken.

Der Mönch wies auf die majestätische Kette der Alpen, auf deren Gipfeln der Firnschnee glitzerte. »Wir werden vom Bodensee über die Alpen nach Süden in meine Heimat reisen, nach Italien. Es wird dir dort vielleicht so gefallen, daß du nicht mehr fort willst.« Antonius zupfte ihn am Ärmel. »Nun setz dich wieder und sprich mir nach, mein Junge, amo, amas, amat ...«

Nach zwei Wochen einer mühseligen Reise, als Christoph bereits ein paar lateinische Worte schreiben konnte, erreichten sie das Kloster Reichenau.

An das rauhe Klima am Tegernsee gewöhnt, empfing ihn hier eine schmelzende Sanftheit. Das Klostereiland lag in einem blau und grün schimmernden See. Früh morgens schwebte Dunst über dem Wasser, der die Reichenau in eine Feeninsel aus zarten Farbtönen und lichten Schatten verwandelte. In den ersten Tagen durchstreifte Christoph ungebunden die Insel, die ihm ein Wunder Gottes schien, ein einziger, blühender Garten.

Bevor Antonius nach Tegernsee gekommen war, hatte er die Reichenauer Buchwerkstatt einige Jahre geleitet. Die Wertschätzung, die das Klosters dem erlauchten Gast entgegenbrachte, begann sich als unverhoffter Segen auf Christoph auszudehnen. Er erhielt Sandalen und eine neue Kutte, und zu allen Inselwerkstätten wurde ihm freier Zugang gewährt. Neugierig sah er den Schreibern über die Schulter, die mit stoischer Geduld und Genauigkeit Schriftzeichen auf Pergament kratzten und die fertigen Seiten mit filigranen Bildern in Blau, Rot und Gold zierten. Ehrfurcht befiel ihn angesichts der Schönheit der Buchwissenschaft. Antonius nutzte die Ergriffenheit seines Schülers zu einem erhöhten Unterrichtsprogramm. Nach ein paar Monaten hieß er den Jungen, seinen ersten Brief schreiben, gefälligst in fehlerlosem Latein, wie er mahnte. Christoph schabte ein Blatt Pergament glatt und spitzte seine Feder, er schrieb:

Christoph an Bruder Anselmus, Gärtner im Kloster Tegernsee.

Dies ist ein Brief, den ich dir auf Veranlassung von Bruder Antonius, meinem neuen Lehrer, schreibe, aber auch auf meinen Wunsch.

Bitte verzeih mir, daß ich mich nicht von dir verabschiedet habe, ich durfte (konnte, verbesserte Antonius) es nicht, die Abreise ging so schnell vonstatten. Du wirst inzwischen wissen, daß die Reise hierher gefahrlos verlaufen ist, aber Bruder Antonius war sehr geschwächt (etwas müde, lautete die Korrektur), und so sind wir immer noch hier. Das Lateinische beherrsche ich inzwischen recht flüssig (erbärmlich, korrigierte Antonius, bestand aber nicht auf einer Verbesserung der Briefstelle), aber ich habe noch mehr zu lernen. Es gibt hier so unendlich viele Bücher, etliche hundert, heißt es. Ich weiß nicht, ob ein Mensch jemals in seinem Leben diese alle lesen kann, selbst wenn er fremde Sprachen beherrscht wie Latein, Griechisch, Hebräisch oder Sarazenisch.

Du wärst von den hiesigen Gärten sehr angetan, sie sehen anders aus als unsere. Hauptsächlich wegen des Wegekreuzes, das die Beete unterteilt, und wegen des Brunnens in der Mitte. Die Mönche ernten bis zu fünfmal im Jahr die verschiedensten Gemüse und Kräuter, das macht das milde Klima.

Gestern hat der Bruder Apotheker einen Salbei ausgraben lassen, er sagte, er tauge nichts. In seinen Wurzeln saß eine ekelhafte Kröte. Diese hat den Strauch durch ihren giftigen Hauch verdorben. Der Bruder Apotheker hat einen neuen pflanzen lassen, mit

Raute gesäumt, die durch ihre Bitternis die schädlichen Tiere vertreiben soll. Die Kröte muß der heilige Pirmin übersehen haben. Die Klosterbrüder erzählten mir, alle Kröten, Schlangen, Molche, Echsen und anderes widerwärtiges Getier sei in den See gesprungen und davongeschwommen, als der Heilige die von Ungeziefer verseuchte Insel betreten habe, um das Kloster zu gründen. Die Oberfläche des Sees war tagelang von dem Geschmeiß bedeckt. Das hätte ich sehen mögen.

Mehr habe ich nicht zu berichten. Bruder Antonius sagt, ich soll dich noch Gott befehlen, so beendet man einen Brief.

Also – gottbefohlen – Christoph

Antonius überließ den Lateinunterricht schon bald einem Novizen und begann, Christoph in die Anfangsgründe des Griechischen einzuführen. Er schien keine Eile zu haben, die Reise fortzusetzen, und ließ sich gelegentlich von jungen Mönchen in einem Tragsessel in den Garten bringen. Dort hielt er den Unterricht im Schatten der Bäume, neben aufspringenden Rosenknospen oder im betörenden Duft der Kräuterbeete ab.

Eines Tages, im blauen Abenddämmer, lehnte sich Antonius zurück und schloß die Augen. »In stillen Augenblicken wie diesem spüre ich ihre Gegenwart.«

»Wessen Gegenwart?«

»Wir verehren sie in den Gärten, wir sehen sie selbst als Garten, als einen Rosenhag oder als *hortus conclusus*. Die Lilien symbolisieren ihre Keuschheit, die Veilchen ihre Demut, die weiße Rose ihre himmlische, vollkommene Liebe und die rote Rose die Schmerzen um ihren Sohn. In der Schönheit des Gartens erkennen wir die Schönheit Mariens, der Himmelskönigin.«

Nach ein paar Monaten zwickte den Jungen der Hochmut. Er begann mit seinem Lateinlehrer zu diskutieren und teilte Antonius seine Berufung zum Gelehrtendasein mit. Um ihn Demut zu lehren, schickte ihn Antonius in die Weinberge, dort mußte er von früh bis spät Reben beschneiden und aufbinden, bis sich Blasen an seinen der gewöhnlichen Arbeit entwöhnten Händen bildeten. Danach fand sich eine Beschäftigung für ihn im Gemüsegarten: Umgraben und Jäten. Für eine Weile blieb nur abends

Zeit für die Studien. Christoph murrte und begehrte schließlich auf.

»Wissen ohne Anschauung«, beschied ihn Antonius, »ist nichts wert.«

Sie blieben das ganze Jahr und den größten Teil des folgenden auf der Reichenau und reisten erst im Herbst nach St.Gallen weiter.

Christoph schrieb einen zweiten Brief an Anselmus:

Christoph an Anselmus, den Bruder Gärtner in Tegernsee.

Wir haben die Reichenau verlassen und St. Gallen erreicht. Vorher hatte ich noch eine Auseinandersetzung mit Bruder Quirin, Gärtner in der Reichenau, die meinen Lehrer Antonius erheitert hat. Dich hätte es nicht gefreut. Ich mußte zeitweilig wieder in den Gärten alle die niederen Arbeiten verrichten, obwohl ich doch soviel mehr bei dir gelernt habe.

So habe ich, ohne zu fragen, einen Apfel auf eine kräftige rote Rose gepfropft, um der Frucht die Farbe zu geben, die du dir für deine Äpfel erträumt hast. Bruder Quirin nahm mein Tun, als er dahinterkam, übel auf. Er hat die neue Pflanze, die ein Apfelbaum werden sollte, mit Stumpf und Stiel ausgerissen und in den Abfall geworfen. Ich mißachte die göttliche Natur der Pflanzen, hätte Gottes Schöpfungsplan nicht begriffen, und es fehle mir an Demut. Aber, Anselmus, habe ich wirklich anderes getan als du, wenn du pfropfst und kultivierst?

Bruder Antonius hat mich nicht gescholten und nur gefragt, ob ich jetzt klüger geworden sei. Wie denn, wenn man mich nicht läßt?

Eine andere Sache, die den Garten betrifft, beunruhigt mich. Bruder Quirin und Bruder Antonius führten in meiner Gegenwart einen Disput über die Wesenheit des Gartens. Sie waren sich nicht einig, ob der Garten mehr als Spiegel von Gottes Schöpfung oder als Hort der Jungfrau Maria zu betrachten sei. Quirin sagte, für den Schöpfungsaspekt spräche, daß auch die Kirche selbst, die Gemeinschaft der Gläubigen, sich im Garten offenbare, und er fragte, ob Christus nicht der Gärtner sei, der seinen Weinberg, die Christenheit, hege?

Antonius hat geantwortet, Christus sei als Baum des Lebens in

Maria, den Garten, gepflanzt worden. Quirin sagte auch, daß neben der himmlischen Liebe Mariens sich jetzt zunehmend etwas Unedleres im Garten manifestiere, das nichts Himmlisches mehr an sich habe. Allein der Ton seiner Stimme flößte mir Abscheu vor dem ein, was er nicht aussprach. Ich glaube, daß er etwas Unreines meinte, das er meinetwegen ungesagt ließ. Bruder Antonius entgegnete, daß das, was Bruder Quirin andeute, nichts Neues, sondern etwas Uraltes sei, das Älteste überhaupt, und daß es schon immer Platz im Garten gehabt habe, seit die Schlange dort aufgekreuzt sei. Denn der Garten sei seit je auch ein Sinnbild des menschlichen Lebens und als solches auch das seiner Schrecken, seiner Schönheit, seiner Tiefen und labyrinthischen Verwicklungen.

Als Bruder Quirin fort war, habe ich Bruder Antonius gefragt, wie es sein könne, daß wir in ein und demselben Garten so vielerlei sehen. Er sagte, das sei wie mit den Jahreszeiten und dem Wechsel des Lichts: von der hellen Frühe bis zum dämmrigen Abend erschiene der Garten immer anders und bliebe doch derselbe.

Bruder Anselmus, wenn ich an das denke, was Bruder Quirin nicht aussprach, daß nämlich auch etwas Dunkles im Garten verborgen sei, beschleicht mich Furcht, denn ich spüre das Dunkle, sobald ich in mich hineinhorche.

Christoph überlas die letzten Sätze und schickte den Brief nicht ab.

Für die Weiterreise nach Italien war es zu spät, denn ein früher Wintereinbruch drohte. Bruder Antonius regelte Christophs weitere Studien und gab den Jungen außerdem in die Klosterschule, damit er in den sieben freien Künsten unterwiesen wurde: in Grammatik, das hieß Philosophie, in Rhetorik, Dialektik, Arithmetik, der euklidischen Geometrie, in Astronomie und Musik. Antonius selbst ergab sich in Gesellschaft der Gelehrten aus dem Scriptorium unbekümmert seinen wissenschaftlichen Neigungen, als hätte nie der Wunsch bestanden, nach Hause zu reisen.

Selbstverständlicher noch als auf der Reichenau wurde Christoph in St. Gallen der Zugang zu den Schätzen der Bibliothek gewährt. Er fand den *hortulus* des Walahfrid Strabo, den dieser vor mehr als dreihundertfünfzig Jahren auf der Reichenau verfaßt hatte, und arbeitete sich durch Strabos Schilderungen seiner Kräuterbeete. Sehr viel, teilte der Junge Antonius mit, habe sich seit Strabos Zeiten nicht geändert.

»Aber Strabos Werk fußt auf antiken Schriften«, erklärte Antonius, »er setzte damit eine alte Tradition fort, das naturkundliche Wissen der Antike hat auch heute noch Bedeutung. Hast du denn nichts aus diesem bedeutenden Buch lernen können?«

»Doch, Strabo schreibt, daß er ausgehöhlte und mit Wachs abgedichtete Kürbisse zum Kühlen von Wein benutzt hat. Ist das nun neue Wissenschaft oder alte?«

Gegen Ende des Winters trafen im Kloster immer mehr Fremde ein, die sich auf dem Weg in den Süden befanden und darauf warteten, daß die Pässe über die Hochalpen wieder begehbar würden. In Venedig, schwirrten die Gerüchte in St. Gallen, sammele sich das Kreuzfahrerheer, dem sich viele der Fremden anschließen wollten.

Christoph sah zum erstenmal das rote Kreuz mit den vier gleichlangen Balken auf den Mänteln. Namen wurden gehandelt. Mehrfach fiel der Name Montferrat. Der Habicht begann wieder in Alpträumen aufzuerstehen. Jede neu eintreffende Reisegruppe musterte der Junge sorgfältig, voller Furcht, der Verhaßte könnte sich darunter befinden. Als zöge ihn seine Furcht herbei, berichtete ein Mönch eines Tages im Scriptorium, daß Fulco nach einer ausgedehnten Reise durch Bayern und Österreich nun tatsächlich im St. Gallener Kloster zu erwarten war. Antonius bemerkte, wie die Farbe aus Christophs Gesicht wich und wie sich die Augen angstgeweitet auf die graue Wand des Saales hefteten, einen unsichtbaren Schatten gewärtig. Christoph flehte seinen Lehrer an, doch endlich abzureisen.

»Da sagst du was. Ich verspüre heftige Sehnsucht nach dem Olivenbaum in meinem Garten. In Venedig muß längst der Frühling eingekehrt sein. Was säumen wir noch«, seufzte Antonius. Sein Blick schweifte wehmütig über die aufgeschlagenen Bücher auf den Tischen des Scriptoriums.

Christoph war plötzlich erleichtert. Er hatte es sich nicht so einfach gedacht, die Abreise in die Wege zu leiten. So einfach, stellte sich heraus, war es auch nicht. Es könne keine Rede davon sein, aufzubrechen, bevor nicht sicher feststünde, daß die Pässe wieder offen wären, erklärten die St. Gallener Brüder unnachgiebig. Beinahe brach ein Streit aus, aber am Ende wischte Antonius alle Einwände mit einem standhaften Lächeln beiseite. Ihm sei zum Reisen zumute, sein wiedererstarktes Herz schlafe ihm im Klostertrott sonst noch vor der Zeit ein, meinte er.

Die kostbaren Bücher wurden wieder in Stroh verpackt, die Körbe aufgeladen. Christoph lief dicht neben Antonius' Sänfte zum Kloster hinaus.

Kapitel 2
Venedig

1

Christoph und Antonius brachen mit mehreren Knechten und einigen Reisenden auf, die mutig genug waren, sich ihnen anzuschließen. Außerdem gaben ein paar St. Gallener Benediktiner Antonius das Geleit bis zu einem Bergkloster, an dem sie umzukehren gedachten.

Die ersten Tage der Reise schienen den frühen Aufbruch zu rechtfertigen. Die Straßen waren trocken und die Sonne schien. Christoph hielt sich bereits für so reiseerfahren, daß er Antonius und die Knechte oft verließ und vorauslief oder dem ganzen Zug nachtrottete. Das Alpenpanorama fesselte ihn, die Zackenlinie der Gipfel, auf denen der Schnee glitzerte, fahlblau im vollen Tageslicht oder rosarot in der Morgen- und Abenddämmerung, ein seltsam unwirkliches Farbenspiel. Keinen Augenblick stellte er sich vor, daß sie bis in die Region dieser Gipfel vordringen würden. Die Mitreisenden sprachen von einem Paß, den sie überqueren müßten.

Einige schauten besorgt zum Himmel auf, als dieser sich mit einer dünnen Wolkendecke bezog. Es wurde merklich kühler, je weiter sie kamen, ein Eishauch streifte die Haut. Als sich die Straße zu einem Höhenpfad verengte, rieselte Schneeschmelze zwischen den Steinen. Der Weg wurde immer schlüpfriger, es gluckerte beinahe unter jedem Tritt.

Bald führte der Pfad an steil abfallenden Hängen entlang, auf der einen Seite eröffneten sich Aussichten in schwindelerregende Tiefen, auf der anderen ragten graue Gesteinsriesen auf: schroff, feindlich, ungezähmt. Je höher die Reisenden in die Bergwelt eindrangen, desto weiter wurden sie in den Winter zurückgeworfen. Christoph fror, die Kälte des Vorfrühlings brannte in den Lungen. Entsetzt und gleichzeitig gefesselt, beobachtete er, wie sich

Schneebretter an den Hängen lösten und als Lawinen zu Tal donnerten. Die Luft schien unter dem Getöse der Schneemassen zu vibrieren, ein Gefühl der Taubheit legte sich auf die Ohren.

Immer dichter rückte der Junge an Antonius' Tragsessel heran, aber erst als die Sänfte wegen einer Bodenunebenheit stärker schwankte, griff er nach einem der Tragholme. Der alte Gelehrte kauerte, pfeifend vor Atemnot in der dünnen Höhenluft, zusammengesunken unter seinen Fellen. Seine Hände steckten tief in den Ärmeln der Kutte, er war so geschwächt, daß er nicht einmal mehr imstande war, eine Hand tröstend auf die des Kindes zu legen.

Als sie endlich das kleine Bergkloster erreicht hatten, erzwangen die begleitenden Mönche für den Schwerkranken eine längere Rast. Aschgrau lag Antonius in seiner Zelle. Christoph lauschte dem mühsamen, immer öfter von erschreckenden Pausen unterbrochenen Atmen, verängstigt kniete er an der Bettstatt des Bewußtlosen nieder und weinte sich den Vorwurf von der Seele, die zu frühe Abreise erzwungen zu haben.

Die Rettung nahte schließlich in Gestalt einer Kräuterhexe von einem dem Kloster zugehörigen Einödhof. Die alte Vettel schob resolut das Kind beiseite und kramte in den mitgebrachten Beuteln. Bald war die Luft in der Krankenzelle von einem würzigen Duft aus einer Räucherpfanne durchdrungen, die die Alte murmelnd schwenkte und Antonius unter die Nase hielt. Hustend kam der Kranke zu sich.

Später entschuldigten sich die Mönche bei Antonius für den heidnischen Spuk. Die Hexe, erklärten sie verlegen, würden sie nur in ausweglosen Fällen holen. Noch zu schwach zum Sprechen, nickte Antonius Absolution. Christoph hütete sich, ein Wort über die Weiterreise zu verlieren, bis der Genesende mit einem Schimmer seiner früheren Energie selbst danach verlangte.

Als sie einige Wochen später wieder aufbrachen, war der Frühling in die Alpen gezogen. Nach ein paar Tagen begann der Abstieg von den Bergpässen, die Reise ging nun weniger beschwerlich vonstatten. Es atmete sich leichter, und von Christoph wich die Beklemmung, die die Reise durch die gigantische Bergwelt begleitet hatte, die nun wieder zu einem schönen Bild in die Ferne entrückte. An der Etsch entlang zogen sie Verona entgegen und legten auf einer Burg, dem letzten Posten im Machtbereich des St. Gallener Klosters, noch eine längere Rast ein. Mehr als um sich selbst sorgte sich Antonius um die mitgeführten Bücher und hielt es für nötig, sie einige Zeit unter seiner Aufsicht am Kaminfeuer in der Burghalle trocknen zu lassen.

Im Mai 1201 erreichten sie Venedig. Ein Bote war ihnen vorausgeeilt, so daß eine Abordnung des Klosters San Giorgio Antonius bei Lizza di Fusina, wo die Brenta in die Lagune mündet, empfangen konnte.

Die lebhafte Unterhaltung glitt schon der fremden Sprache wegen über Christophs Kopf hinweg, er fühlte sich aus der Gemeinschaft der anderen ausgeschlossen, unsicher trat er noch ein paar Schritte zurück. Antonius bemerkte erst nach einer Weile das verschlossene Gesicht des Jungen und wechselte unvermittelt vom venezianischen Dialekt ins Latein. Mit einer ausholenden Geste und einigen freundlichen Worten stellte er seinen Schüler vor, dessen Ohren sich vor Verlegenheit röteten, als er sich nun plötzlich im Mittelpunkt sah. Beinahe noch verlegener machte es ihn, daß ihn die Brüder mit beredter Herzlichkeit willkommen hießen. Es waren schon merkwürdige Leute, ihre Münder standen nie still, und ihre Hände fuchtelten beim Sprechen unentwegt in der Luft herum. Christoph versuchte, sich unauffällig von ihnen fernzuhalten.

Bisher hatte er auf seiner weiten Reise nur Klöster und die größeren Höfe und Burgen, die zu den Klöstern gehörten, kennengelernt. Die Stadt Venedig, von der so viel geredet wurde, dachte er sich daher wie eine Art größerer Abtei. Zu seiner Überraschung fuhr er aber bald schon auf einem Kahn an dichtgedrängt stehenden Häusern aus Holz und Stein entlang. Die Häuser stiegen direkt aus den Bächen auf, die augenscheinlich die ganze Stadt durchzogen. Eine eigenartige Furcht beschlich ihn, welche die unverständliche Sprache, in die die Mönche wieder verfallen waren, noch verstärkte. Er richtete sich halb auf, spähte an den abweisenden Fronten der Häuser entlang und in die höhlenhaft dunklen Tore dicht über der Wasserkante und wandte sich schließlich, seinen Mut zusammenraffend, an den Mönch, der neben ihm auf der Bootsbank saß.

»Bäume? Gärten? In Venedig?« Der junge Benediktiner lachte.

»Venedig ist auf ein paar Inseln erbaut. Platz ist bei uns kostbar und wird für Häuser, Straßen und Werkstätten gebraucht, Kirchen und Klöster nicht zu vergessen. Gärten gibt es nur auf den weiter in der Lagune liegenden Inseln. Auch unser Kloster liegt auf so einer Insel, und bei uns wirst du Bäume und Felder und Gärten sehen. Es wird dir gefallen.«

Christoph kroch auf der Sitzbank zusammen, die Arme um die Knie geschlungen. Ein Gefühl der Fremdheit schwappte auf einmal wie eine Welle über ihn hinweg.

Unvermittelt öffnete sich ein Ausblick in eine blaue Wasserweite, bevor das Boot mit einer Drehung auf die Klosterinsel zusteuerte. Christoph hielt den Blick so lange wie möglich auf die bis in die Ferne schimmernden Wellen gerichtet.

»Das ist die Lagune von Venedig, und hinter dem weißen Wellenkamm dort im Osten siehst du das Meer«, erläuterte der Mönch neben ihm.

Inbrünstig wünschte sich der Junge, das Boot würde auf das Meer zufahren, statt dessen legte es schon bald am Ankerplatz von San Giorgio an.

Die düsteren, säulenförmigen Bäume, die überall auf der Insel wuchsen, mußten die Zypressen sein, die dem Eiland, wie er inzwischen wußte, den Beinamen »Zypresseninsel« eingetragen hatten. Im Wirrwarr der Ankunft hatte sich Christoph fortgestohlen, um ungehindert die Gärten zu erkunden, außerhalb des eigentlichen Klosterbezirks fand er aber nur ein paar schlecht bestellte Gemüseäcker. Wo war nun das Ziel von Antonius' Sehnsucht in all den Jahren seiner Abwesenheit?

Antonius führte seinen Schüler in den Hof hinter seiner Zelle.

Zwei alte knorrige Weinstöcke zogen sich an einer baufälligen Mauer empor, in einer Ecke kümmerten ein verholzter Myrtenbusch und zwei Rosensträucher, und gegenüber stand ein Olivenbaum, dessen Zweige in die Fenster der Zelle nickten. Mit leuchtenden Augen deutete der Mönch auf den Baum. Vor dreißig Jahren habe er ihn selbst gepflanzt, und wie war er seitdem gewachsen. Sah Christoph nicht den seidigen, im Sonnenlicht flirrenden Glanz der grausilbernen Blätter und den weichen, köstlichen Schatten, den die Krone spendete?

Das war kein Garten, nur ein verwahrloster Hof, auf dem schon jetzt im Mai die Sonne brütete, allein dieser Ölbaum mit seinen staubgrauen Blätterwedeln widerstand ihr einigermaßen. Ratlos schüttelte Christoph den Kopf und begann, Unkraut zu jäten.

Antonius schien keinen anderen Wunsch zu hegen, als in seinem Lehnstuhl zu sitzen und zuzusehen, wie der Junge das winzige Geviert in etwas verwandelte, was seiner Vorstellung von einem Garten nahekam. Christoph lieh sich in der Küche ein Messer aus, beschnitt damit die Weinstöcke, band sie auf und bog zwei lange Triebe zu einem Bogen zusammen, der Herzstück einer kleinen Laube werden sollte. Danach entholzte er die Myrte und die Rosen, die durch die Verjüngung bald kräftig austrieben. Unter dem Unkraut hatte er Akeleien, Veilchen, Minzen und Wermut entdeckt, die ihre zarten Düfte entfalteten, als er sie in einem Beet zusammengepflanzt hatte.

Es dauerte nicht lange, und Christoph wurde damit betraut, sich um die Gemüseäcker zu kümmern, für die keiner der Mönche besonderes Interesse aufbrachte. Der Junge, kaum dreizehn Jahre alt, sah sich vor seine erste große Aufgabe gestellt. Er bekam ein Boot und einen Ruderknecht zugewiesen, um auf den Märkten in Venedig nach Belieben das nötige Werkzeug, Pflanzen und Saatgut einzukaufen, und einen unwilligen Novizen, der ihm als Übersetzer und Lehrer des Venezianischen dienen sollte.

Verzagt lief der Junge über die Gemüsefelder. Es war etwas anderes, einen winzigen Garten hübsch herzurichten, als den Ertrag von heruntergewirtschafteten Feldern zu steigern.

Die Erde am Tegernsee hatte dunkel und fettig geglänzt, eine Krume, die unter der Hacke leicht zerfiel. Diese dagegen war ockerfarben, er nahm einen faustgroßen Klumpen auf, wie er es bei Anselmus gesehen hatte, und zerbröselte ihn, eine Menge kleiner Steinchen rieselte herab. Der Erde haftete kein Geruch an, er war wohl von der grellen Sonne weggedörrt. Es schien Christoph unglaublich, daß auf einem derartig armseligen Grund überhaupt etwas wuchs. An verschiedenen Stellen riß er Pflanzen aus und untersuchte ihren Wachstumsstand. Es hatte etwas von einer Beschwörung an sich, daß er laut die Maßnahmen besprach, die Anselmus und die Gärtner der Reichenau ergriffen hätten.

»Ich weiß gar nicht, wo ich anfangen soll. Die Rüben müssen gehackt werden, Kohl und Wurzeln verzogen. Die Zwiebeln gehören zu den Wurzeln umgepflanzt. Der Boden ist viel zu hart, regelrecht verkrustet, da kann nichts wachsen, und Dung braucht er.«

Leone, der Ruderknecht, war ihm in respektvollem Abstand gefolgt, hatte verwundert ebenfalls in die Erde gegriffen und kam näher, als der Junge zu sprechen begann. Obwohl er kein Wort verstand, nickte er zustimmend.

»Barca?« fragte er hoffnungsvoll, deutete zur Anlegestelle hinter den Zypressen am Ufer und grinste Christoph an. Ein Schneidezahn fehlte, was ihm eine Aura von Gewalttätigkeit verlieh. Trotzdem vertraute Christoph dem jungen Hünen vom ersten Augenblick an.

Nach dem Rundgang erklärte Christoph Antonius, daß die ihm gestellte Aufgabe nicht zu bewältigen sei, vor allem nicht von ihm allein.

»Aber nicht doch«, widersprach der Mönch. »Du bekommst Hilfskräfte, und Niccolo wird, wie wir das schon besprochen haben, mit dir die Märkte aufsuchen.«

Niccolo, der Novize, saß abwesend auf dem Sitz der Barke, die Leone mit unbegreiflichem Geschick durch ein Gewirr von Booten lenkte. Mehrmals hielt Christoph den Atem an und krallte sich an die Bordkanten, weil er einen heftigen Zusammenprall erwartete. Ein Seitenblick auf den in lässig-eleganter Haltung verharrenden Niccolo vermittelte ihm das Gefühl, bäurisch und kindlich zu sein. Der angehende Klosterbruder wahrte während der ganzen Fahrt Stillschweigen. Dafür redete Leone, mit einer Hand das Boot manövrierend, mit der anderen gestikulierend und auf Häuser und Plätze verweisend, an denen sie vorbeiglitten.

Schließlich deutete er auf einen stattlichen Backsteinbau, der wie fast alle Häuser direkt aus dem Kanal aufstieg. »Fondaco dei Tedeschi!«

Durch ein paar Bewegungen seines langen Ruders bremste er die Fahrt des Bootes und lenkte es seitwärts an den Kai. Niccolo bequemte sich endlich, den Mund aufzumachen. »Das ist die Handelsniederlassung der Deutschen, dort wirst du deine Spaten und Hacken finden. Dafür brauchst du mich nicht. Ich werde dich zu gegebener Zeit am Ankerplatz erwarten.«

Die braune Mönchskutte war im Gewühl verschwunden, kaum daß die Barke an den Kai stieß. Christoph war froh, daß ihm wenigstens Leone nicht von der Seite wich.

Der Fondaco bestand aus einem großen Binnenhof, auf allen vier Seiten von dreistöckigen Laubengängen gerahmt, hinter denen die Kontore der Handelshäuser lagen. Jeden der vier Flügel durchbrach ein Portal.

Als sie den Hof betreten hatten, wäre Christoph gern auf der Stelle umgekehrt, so sehr entsetzte ihn das Gewimmel. Über dem Handelsplatz lag ein Gurren von Lauten wie in einem riesigen Taubenschlag. An klösterliche Gemächlichkeit gewöhnt, betäubte ihn die schwirrende Geschäftigkeit, er fühlte sich nicht imstande, eine Ordnung in dem Gewirr von aufgestapelten Waren und durcheinanderhastenden Menschen zu erkennen. Leone mochte die Nöte seines jungen Herrn wohl erraten haben, denn er übernahm nach einer fragenden Geste die Führung, sprach hier und da jemanden an und trat schließlich mit Christoph in ein Kontor, in dem dieser seine Wünsche auf deutsch vorbringen konnte. Die Zollformalitäten, die nach dem Einkaufen zu erledigen waren, gerieten zur Schinderei. Leone gestikulierte und Christoph zahlte.

Mittlerweile neigte sich der Nachmittag dem Abend zu, das geschäftige Treiben ließ gerade so weit nach, daß sich Christoph nach Abschluß ihrer Besorgungen etwas entspannter umschauen konnte, während er Leone folgte, der sich die schwersten Säcke mit Ackergerät und Saatgut aufgeladen hatte. Ein leuchtend roter Schopf fiel Christoph auf, der zu einem Jungen seines Alters gehörte. Mit einem Anflug von Neid bewunderte er die Gewandtheit des anderen, der hier und dort Leute begrüßte und augenscheinlich zwei Unterhaltungen zugleich führte. Er verlor ihn aus den Augen, als ihm ein Bündel mit Hacken von der Schulter glitt. Bis er seine Last wieder aufgenommen hatte, war ihm Leone so weit voraus, daß er sich beeilen mußte, um nicht den Anschluß zu verlieren.

Während sie im Boot auf Niccolo warteten, für den die gegebene Zeit noch lange nicht gekommen schien, vertrieben sie sich die Zeit damit, daß Leone ihm eine paar Brocken Venezianisch beibrachte.

Ins Kloster zurückgekehrt, schilderte Christoph Antonius seine Einkaufsabenteuer in allen Einzelheiten und lobte Leones Hilfe. Ohne ihn, erklärte er, wäre er verlassen gewesen. Daß seine letzte Bemerkung nicht allzu klug gewesen war, merkte er bei der nächsten Einkaufsfahrt.

Als sie den Fondaco erreichten, befahl der junge Novize Leone herrisch, diesmal bei der Barke zu bleiben, er selbst wich nicht von Christophs Seite, seine Begleitung hatte aber nichts Fürsorgliches. Deutlich spürte der Junge die Verachtung des anderen, wenn ihn sein eisiger Blick traf; bei den Verhandlungen wurde er zu wenig einbezogen, herablassend ging der Benediktiner über Fragen hinweg. Als Christoph wieder im Boot saß, wußte er, daß er einen Feind hatte.

2

Bevor er sich zu seinen Studien bei Antonius einfand, lief Christoph nach der Arbeit auf den Feldern oft zum Ostufer der Insel hinüber und starrte über das Wasser. Eines Tages im Herbst traf er dort einen alten Mönch, der mit vorgerecktem Kopf lauschte.

»Was ist das dort für eine Insel?« fragte er den Bruder auf Latein.

»Das ist die Isola di Lido, auf der sich die Kreuzfahrer sammeln. Es werden täglich mehr. Man hört sie schon bis hierher krakeelen.« Der alte Mönch seufzte.

»Und was liegt dahinter?« fragte Christoph weiter.

»Das Meer.«

»Und dahinter?«

»Wird wohl die Küste von Istrien und die Stadt Zara liegen, wenn ich mich nicht täusche.«

»Ist das eine große Stadt?«

»Vor allem war es eine venezianische Stadt, sie hat zu Ungarn gewechselt. Wer weiß, wie lange der Doge den Abfall von Venedig duldet.«

»Und hinter Zara, was liegt da?«

»Griechenland und noch weiter östlich, wenn du es wissen

willst, liegt Konstantinopel. Es ist die größte und herrlichste Stadt, von der ich je gehört habe, größer als Venedig, voller Kirchen, Paläste, Gärten und orthodoxer Ketzer, die die Oberhoheit des Papstes leugnen.«

»Und dahinter, noch weiter östlich, gibt es da noch mehr prächtige Städte mit Gärten?«

Der Mönch bedachte Christoph mit einem Seitenblick, rückte ungemütlich nah an ihn heran und legte ihm unversehens seine gichtgekrümmte Hand auf den Arm. »Du hast Fernweh, was? Spar dir das, es führt zu nichts. Auch du wirst noch lernen, daß es am besten ist, auf dem Platz zu bleiben, auf den Gott dich gestellt hat. Die dort drüben«, der Mönch zog endlich seine Hand zurück, um zu der Insel gegenüber zu weisen, und lachte meckernd auf, »sind allesamt Toren, die nicht schnell genug in ihr Verderben segeln können.«

Abends hockte der Junge im Hofgärtchen nachdenklich und trübsinnig Antonius zu Füßen.

»Ist das Kohlfeld auf dieser Insel der Platz, auf den Gott mich gestellt hat?«

Antonius musterte schweigend seinen Schüler. Als dieser schon nicht mehr mit einer Antwort rechnete und auch nicht den Mut aufbrachte, noch einmal zu fragen, begann der Mönch zu sprechen. »Wer weiß. Ich vergaß wohl, daß du ein Mensch auf der Suche bist.«

»Dem Garten in Eden«, sagte Christoph verzagt.

»Ja richtig, ich erinnere mich. Hol mir doch bitte die griechische Bibel, die auf meinem Pult liegt.«

Antonius ließ sich Zeit. Er fuhr mit der Hand über den goldverbrämten Einband, öffnete behutsam die Schließen, blätterte in dem Folianten und begann zu lesen: »Darauf pflanzte Gott, der Herr, einen Garten in Eden gegen Osten und versetzte dorthin den Menschen, den er gebildet hatte. Und Gott, der Herr, ließ aus dem Erdboden allerlei Bäume aufsprießen, lieblich zum Anschauen und gut zur Nahrung, den Lebensbaum aber mitten in dem Garten. Ein Strom entsprang in Eden zur Bewässerung des Gartens. Von da an teilt er sich in vier Arme. Der eine heißt Pischon; er umfließt ganz Chawila, das Goldland. Der zweite Strom heißt Gichon, er umfließt ganz Kusch. Der dritte Strom heißt Tigris, er fließt östlich von Assur, und der vierte trägt den Namen Euphrat. Gott, der Herr, nahm den Menschen und setzte ihn in den Garten Eden, damit er ihn bebaue und erhalte.«

Kein Laut unterbrach die Stille. Christoph hielt die Arme um die Knie geschlungen und starrte zu Boden. Eine Weile nachdem der alte Mönch geendet hatte, blickte er auf und schaute sich mit einer langsamen Kopfdrehung um. Sein Blick glitt über die von der Sonne erwärmte Mauer und die Rosensträucher, an denen sich ungezählte elfenbeinfarbene Blüten als letzte Pracht des Jahres geöffnet hatten und einen feinen Duft aussandten. Zwischen den Zweigen des Olivenbaums schlug ein winziges Vogelpaar zankend Kapriolen, zwei bunte fiedrige Bälle, die in Sprenkeln des Sonnenlichts juwelenhaft aufleuchteten.

Im Schatten unter dem Baum war der alte Mönch in seinem Stuhl zusammengesunken. Kraftlos ruhten die Hände auf den Armstützen, kaum merkbar hob sich bei jedem Atemzug der Stoff der Kutte über der eingefallenen Brust, die Augen lagen tief verschattet in den Höhlungen. Beinahe heftig sprach Christoph gegen die aufkommende Betroffenheit bei diesem Anblick an. »Es gibt ihn also doch, den Garten in Eden. Ich habe einmal eine Erscheinung von ihm gesehen. Er war wunderbar, aber ich kann mich an keine Einzelheiten erinnern, so sehr ich mich bemühe, ich weiß nur noch, wie glücklich ich war.«

Unversehens belebten sich Antonius' Züge, der Eindruck von Erschöpfung und großer Hinfälligkeit verwischte sich. »Christoph, der Garten in Eden ist das Paradies. Aus ihm hat Gott unseren Urvater Adam vertrieben, als er in Sünde fiel. Seitdem sehnen sich alle Menschen zurück ins Paradies. Die Sehnsucht ist jedem von uns in die Wiege gelegt worden.«

»Du meinst, es gibt das Paradies nicht mehr, es ist verschwunden?«

»Doch, das Paradies gibt es noch«, Antonius zwinkerte, »und ich hoffe wie alle Sterblichen, es trotz aller meiner Sünden eines Tages zu sehen.«

»Ich weiß, was du meinst, das himmlische Paradies, die ewige Seligkeit. Aber ich meine den Garten in Eden. Es muß ihn doch geben, wenn Gott ihn geschaffen hat. Einen richtigen Garten mit Obstbäumen, Rasenbänken, Blumen und anderen Gewächsen.«

Antonius schwieg einen Augenblick. »Vielleicht auch mit einem Kohlfeld? Möglich wäre es.« Er lächelte, als er nach dem Buch in seinem Schoß tastete.

»Dann will ich nach ihm suchen. Aber vielleicht wäre es nicht recht. Würde ich damit ein Sakrileg begehen?« fragte Christoph besorgt.

»Das ist eine theologische Frage, mit der sich, so weit ich weiß, noch kein Gelehrter befaßt hat. Ich neige allerdings zu der Meinung, daß es keine Sünde ist, im Gegenteil. Ich glaube, daß Gott jedem Menschen ein Ziel gegeben hat, und Eden scheint deins zu sein, wenn es dich so sehr danach verlangt. Aber du kannst es auch auf anderem Weg erreichen als durch Reisen.«

Christoph sah den Mönch zweifelnd an. »Ich weiß nicht, was du damit meinst.«

»Jeder Garten ist von Gott als ein Stück des Paradieses gedacht, dem Menschen als Trost und Hoffnung gegeben. Damit fällt dir als Gärtner die schönste Aufgabe zu, die ich mir vorstellen kann: ein Abbild von Gottes Paradies zu schaffen.«

»Ich glaub nicht, daß ich aus einem Rübenacker und einem Kohlfeld ein Paradies schaffen kann«, entgegnete Christoph bitter.

Antonius warf seinem Schüler einen forschenden Blick zu. »Möglicherweise liegt der Garten Eden für dich nicht auf dieser Insel«, sagte er vorsichtig.

Christoph blieb stumm.

»Ich weiß nicht, ob du findest, was du suchst, wenn du immer weiter nach Osten reist, und wohin willst du dich im Osten wenden? Der Osten ist groß.«

Der Junge blickte auf. »Aber der Ort, Eden! Und die Flüsse. Danach kann man doch fragen, vielleicht ...«, er stockte. »Gibt es nicht Karten, auf denen die ganze Welt aufgezeichnet ist? Ich habe eine Karte in St. Gallen gesehen, aber sie zeigte nichts weiter als die Städte des Frankenlandes.«

»Kartographie ist eine besondere Wissenschaft, in der ich nicht bewandert bin. Aber sicher ist, daß die Kreuzfahrer nach Osten reisen, ins Heilige Land. Irgendwo dort muß auch Eden liegen, denn von diesen Ländern handelt die Bibel, soviel ist gewiß. Das ist alles, was ich dir mitteilen kann außer einer Warnung, falls dich deine Phantasie bereits wieder fortträgt: Der Kreuzzug ist kein Abenteuer für Kinder.«

Antonius fühlte, wie die Hoffnung, die er gerade erst erweckt hatte, erlosch. »Aber weißt du«, er beugte sich im Stuhl vor, »die Stadt wimmelt vor Kreuzfahrern. Es wäre nicht verkehrt, wenn du dich einfach umhörst und umschaust. Wenn Gott dich nach Eden schicken will, wird er dir auch den Weg dorthin weisen.«

»Und was ist mit Niccolo? Wenn ich etwas brauche, kann es ihm nicht schnell genug gehen mit dem Einkauf.«

»Niccolo«, sagte Antonius ruhig, »ist kein Gartengehilfe, sondern ein angehender Gelehrter, ich brauche ihn in Zukunft bei einer Übersetzung. Du wirst mit Leone vorlieb nehmen müssen. Was das Umhören betrifft, scheint mir die Piazza von San Marco ein guter Ort. Sag Leone, er soll dich zur Piazzetta übersetzen, sie grenzt an den Markusplatz.«

Ein paar Tage später beschloß Christoph von einem Moment auf den anderen, Antonius' Vorschlag zu befolgen. Er klopfte die Erde vom Spaten und strebte zum Bootssteg. Nach dem Übersetzen bat er Leone, ihn in einigen Stunden an der Anlegestelle der Piazzetta zu erwarten. Er hatte sich vorgenommen – größtenteils aus Trotz –, sich allein in dieser merkwürdigen Stadt umzusehen, von der er bisher nur den Fondaco kannte. Sollte Gott in Erwägung ziehen, ihm in der Stadt einen Weg zum Ziel zu weisen, wollte er ihm reichlich Gelegenheit dazu geben. Leone nickte gleichmütig.

Noch bevor Christoph den Platz zur Hälfte überquert hatte, verließ ihn der Mut. Im Gehen sah er sich noch einmal nach dem Ruderknecht um, der allerdings längst im Menschengewühl verschwunden war. Den Kopf noch rückwärts gewandt, stieß er mit jemandem zusammen, der abrupt auf das Pflaster fiel und ihn mit einem Schwall von Schimpfwörtern überschüttete. Alles in allem verstand Christoph nur das Wort »Hornochse«, eine Perle aus Leones Sprachschatz. Weiter schimpfend, rappelte sich der andere auf. Aus seinem Kopf schienen die Unflätigkeiten Funken zu schlagen, die sein Haar entflammten. Haare wie Feuer. Ein

Leuchten war darin gefangen, das plötzlich in Christoph ein anderes Bild heraufbeschwor, das Grazians.

Zorn kochte in ihm auf, er ballte die Fäuste vor der Brust, aber erst als sein Blick abschätzend über den drahtigen Körper seines Gegners glitt, nahm er einen Unterschied zu Grazian wahr. Dieser Junge war nicht in feines Tuch gekleidet, sondern trug derbe Hosen und ein fleckiges Lederwams, die Ärmel seines Hemdes zeigten Rußflecken. Christophs Nase erreichte eine schwache Spur von Rauchgestank. Der Rotschopf beendete seine Tirade, indem er elegant eine Hand hob und damit gleichsam das letzte Schimpfwort über die Schulter warf, während er sich gleichzeitig geschmeidig auf der Ferse drehte, um davonzustolzieren.

Christoph löste sich aus seiner Erstarrung. »Selber Hornochse«, rief er dem Venezianer nach.

Der Junge wandte sich blitzschnell um, kam mit zwei Schritten zurück, breitete beide Arme aus und lachte. »Du sprichst Deutsch? Wirklich? Kommst du aus dem Norden?«

Christoph schob sich unauffällig rückwärts, die Nähe dieses quirligen Gesellen war ihm nicht geheuer. Langsam deutete er auf das Feuerhaar. »Ich habe dich schon einmal gesehen, im Fondaco dei Tedeschi.«

Der Fremde kniff argwöhnisch die Augen zusammen.

»Oder gibt es diese Haarfarbe in Venedig häufiger?« hakte Christoph nach.

Der junge Venezianer lachte wieder auf und drehte sich auf dem Absatz einmal im Kreis. »Noch mehr Rotschöpfe? Ich seh keine. Die Huren färben sich die Haare lieber blond als rot.«

»Huren? Ist das Venezianisch? Was ist das deutsche Wort dafür?«

»Sag mal«, der Junge trat dicht an Christoph heran, streifte mit einem neugierigen Blick dessen Kutte und dämpfte die Stimme. »Du weißt nicht mal, was Huren sind, Bruder? Sie machen Liebe mit dir. So …« Die schmalen Hüften des Jungen bewegten sich in einem drängenden Rhythmus nach vorn. Aus irgendeinem Grund schien Christoph diese Bewegung anstößig. Widerwille überkam ihn, und eine flammende Röte stieg ihm ins Gesicht. Ohne nachzudenken rannte er davon, wobei er mehrmals mit Passanten zusammenstieß und beinahe das Gleichgewicht verlor, während er weiterhetzte, von einer unerklärlichen Panik getrieben. Seine Flucht endete am Landesteg. Leone saß noch im Boot.

»Wohin so eilig? Mir ist eingefallen, daß ich dich auch schon im Fondaco gesehen habe. Sag, kommst du aus dem Norden, von jenseits der Alpen?«

Der junge Venezianer hatte ihn eingeholt, sein Atem ging völlig ruhig, während er selbst keuchte. Verwundert und mit einer Spur Mißtrauen starrte er den Jungen an.

»Wer ist der da?« fragte der Venezianer weiter. Christoph folgte der ausgestreckten Hand und wandte sich um. Hinter ihm hatte sich Leone aufgebaut, die Arme vor der Löwenbrust verschränkt.

»Leone, mein Ruderknecht.«

»Du mußt eine wichtige Person sein, wenn dir dein Kloster einen Ruderknecht gibt. Aus welchem Kloster kommst du?«

»Ich gehöre zu St. Giorgio, im Augenblick wenigstens, aber ich bin kein richtiger Bruder.« Etwas wie Stolz streifte ihn plötzlich. »Ich komme wirklich aus dem Norden, vom Tegernsee. Dort habe ich das Gärtnern erlernt, und die Mönche von St. Giorgio haben mir ihren Inselgarten anvertraut.« Langsam schob er sich auf das Boot zu, wachsam den anderen Jungen im Auge behaltend. »Ich muß jetzt zurück«, erklärte er abweisend.

»Aber bist du nicht gerade erst gekommen? Ich hab's doch gesehen.«

Christoph fuhr wütend zu ihm herum. »Hör auf, mir nachzulaufen. Ich kenn dich nicht.«

»Ich bin Marco, und du brauchst nicht gleich aus der Haut zu fahren, wenn dir jemand eine Frage stellt. Jeder in Venedig weiß, daß St. Giorgio eine Sumpfinsel ist mit staubigen Zypressen und einem Feld verschrumpelter Kohlköpfe. Ist das dein Garten?«

Gekränkheit und Wut schwappten gleichermaßen in Christoph hoch. Dicht trat er auf den anderen zu, der keinen Schritt zurückwich und sein überlegenes Lächeln beibehielt. »Du kannst dir die Kohlköpfe anschauen, du ...« Es fiel ihm kein geeignetes Schimpfwort außer dem bereits bemühten »Hornochsen« ein. Hilfesuchend drehte er sich zu Leone um, der auf einmal von dem Venezianer in ein schnelles, unverständliches Palaver verwickelt wurde. Ehe sich Christoph versah, saß Marco mit ihm im Boot, und beim Ablegen kam ihm der Verdacht, daß der

Bursche genau das gewollt hatte, er verstand allerdings nicht, warum.

Auf der Insel, inmitten des neugeordneten Kohlgartens, sah sich Marco mit dem Blick eines Träumers um. Jegliche Quirligkeit war von ihm abgefallen, er schritt in der gelassenen Haltung eines Klosterbruders über die neuen Wege, die Christoph mit den Knechten im Sommer angelegt hatte. Tief sog er die reine, weiche Herbstluft ein.

Christoph hatte die Gemüsefelder durch ein großes Wegekreuz und mehrere Querpfade in größere Beete unterteilt, hier und da durch Blumen gesäumt. Junge Zypressen, überall auf der Insel ausgegraben, bildeten jetzt eine Hecke, der in der milden Herbstsonne ein intensiver Balsamduft entströmte. Gegenüber der Hecke hatte er Obstbäume gepflanzt, deren Laub sich gerade verfärbte, die Blätter leuchteten wie mit Gold überhaucht. Marco hockte sich zwischen die Obstbäumchen. »Wahrhaftig ein Garten. Wie hast du das gemacht? Verfügst du über einen Zauber in deinen Händen?«

Christoph hatte sich ein Stück von ihm entfernt niedergelassen und sah verlegen auf seine schwieligen Hände.

»Dein Garten erinnert mich an meine Heimat. Ich bin auch jenseits der Alpen geboren. Mein Vater war Falkner eines Grafen und hat mich oft zur Jagd mitgenommen. Hast du schon einmal einen Falken im Flug beobachtet? Wie er sich mit seinen Schwingen hoch oben in den Lüften vom Wind tragen läßt? Sein Schrei hallt über die Wälder, und du wünschst dir nichts anderes, als durch offenes Bruchland zu streifen, den Falken über dir. Weißt du, ich bin nur ein halber Venezianer, mein Vater war Deutscher. Die Frische und Klarheit der Luft in deinem Garten hast du wohl aus dem Norden mitgebracht, und hier bist du doch ein König.« Marco sprang auf und drehte sich im Kreis, den Kopf in den Nacken gelegt, die Arme wie Vogelschwingen ausgebreitet.

Christophs Blick hing an den dichten roten Locken, die sich bis in den Nacken ringelten, und an der schlanken, ebenmäßigen Gestalt des jungen Venezianers. Nur weil Marco da war, fühlte er sich auf einmal tatsächlich wie ein Herrscher in seinem Reich. Durch die Augen des anderen betrachtet, erschien auch ihm der Garten als erquicklicher Ort, angenehmer wenigstens als die von der Sonne aufgeheizten Gassen an den Kanälen, auf deren schmierigem Wasser Küchenabfälle schwammen.

Das kleine Hochgefühl verpuffte schon wieder, mißmutig betrachtete er den anderen, als ihm einfiel, wie sich der Junge aufgedrängt hatte.

»Spring nicht wie ein Floh herum. Dein Gehopse macht mich schwindlig, und du zertrittst noch alles. Erzähl mir lieber, was in Venedig vor sich geht, oder weißt du als halber Venezianer auch nur halb Bescheid?« stieß er hervor.

Marco ging wieder in die Hocke, sein glitzernder Blick musterte Christophs herausfordernde Miene. »Ganze Wahrheiten kosten in Venedig doppelt, weil sie hier selten sind. Kann ich wiederkommen, wenn ich möchte? Es gefällt mir in deinem Garten.«

Christoph nickte zögernd.

»Dann sag mir, was du wissen willst.«

»Was ist mit den Kreuzfahrern? Wann werden sie aufbrechen, wie viele sind es?«

Marco sah ihn verblüfft an. »Ich dachte, du wolltest vielleicht was über Huren erfahren. Was hast du mit den Kreuzrittern? Hast du gesehen, wie sie in ihren langen hellen Mänteln mit dem aufgestickten Kreuz über den Markusplatz schreiten, als gehöre ihnen die Stadt? Immer haben sie gleich eine Hand an ihrem Langschwert, über das sie beinahe stolpern. Eine unbequeme Bande und obendrein Hurenböcke, Sauf- und Bettelbrüder, die schlimmer feilschen als die jüdischen Händler. Warum interessieren sie dich?«

Sicherlich hatte Marco erwartet, sich über den Ausdruck »Hurenbock« auslassen zu können. Christoph zweifelte nicht daran, daß ihn sein neuer Bekannter wieder auf irgendein schlüpfriges Gebiet zu locken versuchte, und bemühte sich, von seiner Unwissenheit abzulenken. »Ist das alles? Was soll das Gerede über das Feilschen?«

»Du hast gefragt, wann sie aufbrechen. Das weiß im Augenblick keiner, eben wegen des Feilschens. Die Serenissima, also die Republik Venedig, hat sich verpflichtet, das Kreuzfahrerheer über die Adria zu schiffen und sich mit fünfzig eigenen Galeeren am Kreuzzug zu beteiligen. Dafür sollen die Kreuzfahrer 85 000 Mark Silber berappen, das ist nicht gerade wenig, aber auch nicht zuviel. Erwartet wurden 4500 Ritter samt Pferden, Knappen und dazu noch 20000 Mann Fußvolk. Es sind aber nur halb so viele gekommen, die übrigen sammeln sich, habe ich gehört, in anderen Häfen. Nun können sie die 85000 Mark Silber nicht aufbringen. Venedig will ihnen aber nichts von der Summe erlassen, ohne das Geld keine Schiffe.«

»Ich dachte, es geht um die Rettung der Christenheit.«

Marco schlug sich prustend auf die Schenkel. »Sicher geht es darum, aber einer muß auch dafür zahlen, verstehst du?«

»Überhaupt nicht. Also gibt es jetzt keinen Kreuzzug oder nur einen halben, den die übrigen Ritter führen, die es nicht mit schachernden Venezianern zu tun haben?«

»Von Politik verstehst du wohl nichts. Die beiden Parteien werden sich einigen, Venedig läßt sich ein so gutes Geschäft nicht entgehen. Der Rat der Stadt denkt sich eine Verpflichtung aus, die das fehlende Silber aufwiegt, du wirst sehen.«

»Aber wann bricht das Kreuzfahrerheer auf?« fragte Christoph ungeduldig.

»Du willst dich nicht zufällig anschließen? Wenn du daran denkst, den Spaten mit dem Schwert zu vertauschen, laß dir gesagt sein, sie würden so ein Windei wie dich nicht mal als Sporenputzer nehmen, und als Betbruder gehst du auch nicht durch.«

»Was geht's dich an. Ich nehme an, das, was du mir gesagt hast, hätte mir auf dem Markusplatz jeder erzählen können.«

Marco erhob sich und starrte nach einem langen sehnsüchtigen Blick über den Garten auf Christoph hinunter. »Du hättest gern etwas intimere Kenntnisse? Die kann ich dir verschaffen, morgen schon, weil morgen eine Beratung stattfindet. Ich kann dich an den Ort bringen, an dem die Politik von Venedig gemacht wird. Allerdings ist ein kleines Risiko dabei. Wenn wir erwischt werden, hängen sie uns auf.«

»Und wenn schon«, erklärte Christoph großspurig, fuhr sich aber verstohlen an den Hals. Marco lächelte belustigt.

Sie verabredeten sich für den folgenden Tag. Christoph brachte den Venezianer zum Anlegesteg, damit ihn Leone übersetzen konnte. Beim Abschied fiel sein Blick auf die angeschmauchten Ärmel des anderen. »Hast du auch eine Beschäftigung?«

Marco wischte lässig über die Flecken. »Sag deinem Knecht,

daß wir morgen auf seine Begleitung verzichten. Es wird schon schwierig sein, einen Wurm wie dich unsichtbar zu machen.«

Etwas wie Furcht beschlich Christoph nun doch.

Zu seiner Überraschung führte ihn der Venezianer am nächsten Tag zur Kirche seines Schutzpatrons San Marco. Christoph hatte noch nie so eine Kirche gesehen. Er fragte sich, was die Baumeister auf die Idee gebracht hatte, statt eines Giebeldachs flache kreisrunde Wölbungen auf das Gebäude zu setzen; es sah aus, als werfe das Dach riesige Blasen.

Marco stieß ihn an. »Was ist, hat dich dein Schneid verlassen?«

Nachdem sie die Vorhalle durchquert hatten, blieb Christoph im Schutz des inneren Portals stehen, weil er nicht wagte, in den Kirchenraum vorzudringen. »Wenn diese runden Dächer jetzt einstürzen? Und das ganze Gold! Haben das die Engel dort hingemalt?«

Marco knurrte. »Hast du noch nie Kuppeln von innen gesehen? Glaub mir, die halten. Die da ist mit Goldmosaik ausgekleidet worden, nicht von Engeln, sondern von Männern auf Leitern. Die Serenissima will alle Kuppeln so verzieren. San Marco wird eine goldene Kirche zum Ruhm Venedigs. Aber komm jetzt.«

Christoph blieb noch einmal stehen. Sein Blick fuhr über die Säulenschäfte aus hellem geflecktem Marmor bis zu den Blattkapitellen. »Schau dir die Säulen an! Sehen sie nicht wie die Stämme hoher Bäume aus, sogar von Laubwerk gekrönt?«

»Du denkst immer nur an Gärten – das gefällt mir an dir.« Marco kniete neben einer Säule zum Beten nieder und zog Christoph zu sich herunter, dabei spähte er mit halbgesenktem Kopf um sich. Als eine Gruppe reichgekleideter Kaufleute die Kirche verließ und die Aufmerksamkeit der übrigen Besucher ablenkte, spürte Christoph einen Ruck am Ärmel und sah nur noch an einem Huschen, daß Marco hinter der Säule verschwand. Im rechten Arm des Querschiffs öffnete der Venezianer eine schmale Tür in der Rückwand. Dahinter verbarg sich eine Stiege zur Empore.

»Warum diese Heimlichkeit?« Christoph senkte unwillkürlich die Stimme.

»Damit sich keiner daran erinnern kann, uns anderswo als unten beim Beten gesehen zu haben. Zieh dir die Kapuze über den Kopf«, flüsterte Marco.

Erst nachdem er sich vergewissert hatte, daß sich niemand auf der Empore befand, durchquerten sie diese und verschwanden durch eine weitere Tür, die zu einer Folge kurzer Gänge, Verbindungen und enger Stiegen führte, in denen Christoph schnell jegliche Orientierung verlor. Nach Luft schnappend, fand er sich hinter eine Brüstung geduckt wieder, die zu einem auskragenden Steinband gehörte, das sich an der Schmalseite eines hohen Saales ein Stück unterhalb der Decke entlangzog. Von unten drang das Gemurmel erregter Stimmen herauf. Die Jungen spähten durch die Öffnungen im Gitterwerk hinunter. Am Corno, der seltsamen, dem Fürsten von Venedig vorbehaltenen Kopfbedeckung, von der ihm Marco auf dem Weg durch das Stiegengewirr erzählt hatte, um ihn auf die geheime Beratung vorzubereiten, erkannte Christoph nach längerem Hinsehen den Dogen Enrico Dandolo.

»Kreuzritter«, murmelte Marco kaum hörbar.

Von der Unterhaltung verstand Christoph nur ein Wort: »Zara.«

»Worum geht's? Kannst ...« Zu spät merkte er, daß der Schall seiner Stimme sich im Raum fortsetzte. Er verstummte und erstarrte vor Furcht, während sich Marcos Hand warnend in seinen Arm krallte. Die Jungen duckten sich tiefer an den Boden, während sich unter ihnen ein Tumult erhob. Das Geschrei fing sich an der Decke und hallte seltsam nah in den Ohren. Christoph wagte nicht mehr, den Kopf zu heben, um zu sehen, was sich unten tat, ihm brach der kalte Schweiß aus. Noch immer bohrten sich Marcos Finger in seinen Arm. Der Wunsch zu fliehen wurde übermächtig, seine Füße rutschten über den Stein, dem Spalt in der Wand zu, durch den sie gekrochen waren.

Marco blieb nichts weiter übrig, als ihm zu folgen und ihn schweigend über die geheimen Wege zurückzuführen. Christoph war viel zu beklommen zumute, um als erster den Mund aufzumachen. Schon an der Art, wie Marco die Stiegen hinablief – er drehte sich nicht einmal nach ihm um –, konnte er ausmachen, daß der Venezianer wütend war. Durch eine Seitenpforte verließen sie die Kirche.

»Warum rufst du nicht gleich: Hier bin ich!« schrie ihn Marco an. Der Tumult, erfuhr er, hatte gar nicht ihnen gegolten.

Auf der Rückfahrt fiel Christoph plötzlich ein, wann er den Namen Zara gehört hatte. Der alte Mönch, dem er am Ostufer der Klosterinsel begegnet war, hatte eine Stadt dieses Namens erwähnt.

»Ist es eine Sünde, wenn ein Kreuzfahrerheer eine christliche Stadt überfällt?« Es war eine unbedachte Frage, aus einer langen Kette von Gedanken heraus gestellt, die den Jungen schon den ganzen Abend beschäftigt hatten.

Antonius musterte ihn scharf. »Welche Stadt?«

»Zara, aber ich will nur wissen, ob es eine Sünde ist, wenn sie überfallen wird.«

»Ich bin kein Dummkopf. Ich habe schon von Marco gehört, mit dem du dich angefreundet hast, das war nicht ungeschickt. Marco, sagt man, verfügt über die größten Lauscherohren von ganz Venedig. Also, was hat er dir gesagt?«

»Das Kreuzfahrerheer kann die Überfahrt nicht bezahlen. Es fehlen noch 35000 Mark in Silber. Und deshalb …«

»Ich verstehe. Deshalb hat der Rat der Stadt mit den Kreuzfahrern ausgehandelt, daß sie Zara für die Republik zurückerobern. Sie werden also die Stadt überfallen, wenn sie nicht die Tore öffnet und die Rückkehr unter die Hoheit der Serenissima erklärt.«

»Aber ist das Recht?«

»Wohl kaum. Ein Kreuzfahrerheer«, fuhr Antonius erbittert fort, »das sich auf dem Weg ins Heilige Land nach Erteilung des Kreuzzugssegens an einer christlichen Stadt vergreift, begeht eine Ungeheuerlichkeit, die durch nichts zu rechtfertigen ist. Als Wahrer des Glaubens hat der Papst die Pflicht, gegen diesen Frevel einzuschreiten. Hör zu, Marco verdient seinen Ruf. Sag deinem Freund, dem Glasbläser, ich bin ihm dankbar für die Nachricht und wäre es auch für weitere.«

»Er ist Glasbläser?«

Marco, der schon bald wieder auf der Klosterinsel auftauchte, war nicht bereit, über sein Leben in Venedig zu reden und erst recht nicht über Glasbläserei, wobei Christoph nicht verstand, warum

Marco ein Geheimnis daraus machte. Von Antonius hatte er erfahren, daß der Beruf des Glasbläsers als einer der angesehensten in Venedig galt. Nur die Glasmacher führten ähnlich wie die Nobili der Stadt ein »Goldenes Buch«, in dem alle Meister verzeichnet standen.

»Ich habe Glaskelche in St. Gallen gesehen, die mehr gefunkelt haben als die Goldornamente der Bücher«, sagte Christoph.

»Dann waren es sicher venezianische«, stieß Marco unwillig hervor.

»Eines Tages wirst auch du solche Kostbarkeiten erschaffen.«

Marco fuhr wütend herum. »Laß mich mit der Glasbläserei in Frieden, ja? Es langt mir, daß ich gezwungen bin, jeden Tag vor den Öfen zu stehen, ich muß nicht noch darüber reden.«

»Wenn du absolut kein Glasbläser sein willst, warum gehst du nicht fort und machst was anderes? Du bist doch frei.«

»Kein Glasbläser, der die Geheimnisse des Glasmachens kennt, darf Venedig verlassen. Wer es versucht, wird zum Tode verurteilt. Flieht einer, schicken sie ihm einen Halsabschneider hinterher, verstehst du? Ich kann nicht weg.«

»Aber wie bist du überhaupt zu diesem Handwerk gekommen?«

»Durch den Rat der Stadt. Meine Mutter stammte aus dem Geschlecht der Fini, wenn auch nur aus einer unbedeutenden Seitenlinie. Die Finis gehören zu den Nobili und sind im Goldenen Buch der Stadt verzeichnet.«

»Dann steht dein Name sogar in zwei Goldenen Büchern.«

»In gar keinem. Meine Mutter hat eine reiche Cousine begleitet, die einem deutschen Grafen angetraut wurde. Dabei hat sie meinen Vater kennengelernt und heimlich geheiratet. Die Familie hier in Venedig erklärte die Heirat für unrechtmäßig. Als mein Vater bei einem Jagdunfall starb, blieb meiner Mutter trotzdem nichts anderes übrig, als nach Venedig zurückzukehren, mit mir.«

»Konnte euch die Cousine nicht helfen?«

»Sie ist eine Zange mit einem Bart, der selbst einer Ziege nicht zu Gesicht stehen würde. Meine Mutter war dagegen eine Schönheit. Die Cousine hat sie einmal allein mit dem Grafen angetroffen, und das gefiel ihr wohl nicht. Meine Mutter starb kurz nach unserer Rückkehr, und da ich für die Finis ja nur der Bankert eines

Falkners bin, wollten sie offiziell nichts von mir wissen und ließen mich zum Mündel Venedigs erklären. Über den Dogen sorgten sie dafür, daß ich zu den Glasmachern gegeben wurde, mich hat keiner gefragt.«

»Was mißfällt dir überhaupt an der Glasbläserei?«

Marco starrte in den Himmel, wo sich ein Schwalbenpaar im Gleitflug umkreiste, scharf gezeichnet hoben sich die Silhouetten der kurzen Schwingen und der langen gegabelten Stöße vom tiefen Abendblau ab.

»Beinahe alles an diesem so überaus edlen Handwerk.« Heftig stieß er einen Erdklumpen beiseite. »Die Enge, die Hitze, die Feuer, die Atemnot. Ein Freund von mir hat sich letztes Jahr zu Tode gehustet, er hatte noch nicht mal ausgelernt. Unsere Körper sind nicht für diese Hitze gemacht. Auch wenn wir nur sechs Stunden am Tag arbeiten müssen, ich hasse es.«

»Du schaffst aber Werke von unglaublicher Kostbarkeit. Wenn sie keinem Tölpel in die Hände fallen, können sie noch nach Jahrhunderten von deiner Handwerkskunst zeugen.«

»Die Blumen in deinem Garten sind mir mehr wert.«

»Meine Blumen welken in ein paar Tagen, und ich werfe sie auf den Mist.«

Marcos Blick schweifte über den Garten und füllte sich mit Zärtlichkeit, als liebkose er jede der späten Herbstblüten. »Eben weil sie so vergänglich sind, sind sie mir kostbar«, sagte er leise.

»Vielleicht sollten wir tauschen, ich bring dir gerne Umgraben und Mistfahren bei, es wäre mir ein Vergnügen.«

»Lieber Mist an den Händen als Ruß in der Lunge.«

»Hast du denn keine Angehörigen mehr in Deutschland, Verwandte deines Vaters, denen vielleicht an einem kräftigen Burschen gelegen sein könnte?«

»Den Bruder meines Vaters. Ich habe ihn nie kennengelernt, er soll ein Bauerngut haben, viel weiß ich allerdings nicht davon.«

»Wenn er sein eigener Herr ist, ist Bauer doch fast so gut wie Gärtner.«

Ohne Marco hätte sich Christoph weiterhin von der Stadt ferngehalten. Bot der Fondaco durch die vielen Deutschen noch einen Rest Vertrautheit, so schwirrte auf den Plätzen Venedigs ein undurchdringliches babylonisches Sprachgewirr, das eine bleierne Mutlosigkeit hervorrief, der Christoph nur die Bekanntschaft mit Marco entgegensetzen konnte, dessen ungestümes venezianisches Temperament ihn oft genug abstieß. Dabei hätte er sich gern einmal mit ihm gerauft, ihn gepufft oder ihm den Arm um die Schultern gelegt, freundschaftliche Berührungen, wie sie unter den junge Leuten Venedigs üblich waren. Derlei alltägliche Szenen konnte er auf allen Plätzen beobachten, sie ließen ihn innerlich ein wenig erstarren und verursachten einen seltsam tauben Geschmack im Mund, als lebte er in einem Traum, einem langanhaltenden Alptraum.

Christophs Wünsche und Marcos Vorlieben deckten sich auf ihren gemeinsamen Streifzügen durch die Stadtviertel keineswegs. Mit Erbitterung mußte der junge Gärtner hinnehmen, daß ihn der Venezianer über die Schönen der Nacht ausführlicher und aufdringlicher belehrte, als ihm, selbst das allermäßigste Interesse vorausgesetzt, lieb sein konnte. Am Ende der Unterweisungen genügte ihm schon ein flüchtiger Blick auf ein goldenes Haarnetz, die Wahrnehmung eines bestimmten Hüftschwenkens oder einer beiläufigen Geste der Finger, um eine Hure zu erkennen. Er beobachtete, wie überall, wo Huren und Kreuzritter gleichzeitig auftauchten, fast sofort Zeichen eines geheimen Einverständnisses zwischen ihnen ausgetauscht wurden. Ein merkwürdiger Schmerz brannte ihm in den Augen, wenn er die noblen Ritter in ihren malerischen weiten Mänteln sah, er konnte und wollte nicht von seiner Vorstellung eines hehren Rittertums lassen, das um die Erlösung der Christenheit rang – wieviel derbe Geschichten auch immer ihm Marco erzählte oder er selbst sich anbahnen sah.

Es gab Juden in der Stadt – ernst blickende Männer in dunklen Kaftanen mit langen wippenden Schläfenlocken – und zu Christophs maßlosem Erstaunen und Entsetzen Muselmanen. Um den Kopf trugen sie zu dicken Würsten zusammengedrehte Tücher, und einige, nicht alle, kleideten sich in äußerst farbenprächtige kostbare Gewänder, die einen Vergleich mit den herausgeputzten Huren nahelegten. Schon diese Übereinstimmung wertete Christoph als sichtbares Zeichen für die Verwerflichkeit der Söhne Mohammeds. Die gutmütigen, pausbäckigen Gesichter der oft dickbäuchigen Männer ließen allerdings auf kein schwerwiegenderes Laster als das der Völlerei schließen.

»Warum schlagen die Kreuzritter den Muselmanen nicht gleich hier die Köpfe ab, dann erübrigt sich der Kreuzzug und das Gezänk mit dem Rat der Stadt.«

»Bist du verrückt?« knurrte Marco. »Die hier in Venedig sind nur eine kleine Auswahl, wo sie herkommen, gibt es noch viel mehr und zwar richtige Krieger, Sarazenen, und nicht nur fettärschige Händler.«

»Ach«, warf Christoph widerspenstig ein, »die Fettärsche zählen also nicht im Heiligen Krieg?«

»Für Venedig zählen vor allen Dingen die Fettärsche, aber nicht im Krieg. Venedig wird durch den Handel reich, und ein nicht unbeträchtlicher Teil des Handels läuft über die muselmanischen Länder, denk doch nur an die Gewürze. Aber nicht nur Pfeffer und Nelken ...« Marco starrte einem beleibten Muselmanen nach, der bedächtig einen zerlumpten, blonden Knaben am Genick vor sich her schob. Passanten wichen dem ungleichen Paar aus oder wandten sich ab, sobald es ihnen nahekam. Marco dämpfte die Stimme. »Da läuft gerade ein Handelsgut. Wollte wahrscheinlich ausreißen, bevor sie ihn unters Messer nehmen konnten. Es gibt in Venedig einen Sklavenmarkt, über den nicht offen geredet wird, weil er der Stadt zwar Geld, aber keine Ehre einbringt. Christliche Jungen, wie der da, werden von Christen verschnitten und gebrauchsfertig verschachert, denn den Muselmanen ist das Verschneiden ihres Glaubens wegen verboten.«

»Was ...« Christoph brauchte die Frage nicht zu beenden.

»Sie schneiden dir«, Marco griff sich ungeniert an die Hose, »die Nüsse raus.«

Der Orientale strebte mit dem Kind einer Seitengasse zu. Die Hand im Nacken konnte Christoph nicht genau erkennen, aber er spürte geradezu die fleischigen, gut gepolsterten Finger, die klebrig warm auf dem Hals des Knaben lagen, und der Knabe war er selbst. Schon umgriffen die Finger, weniger weich und rund, sondern hart und quälend seine Hüfte. Das Gewicht der Erinnerung preßte ihm den Brustkorb zusammen, ganz flach pfiff der Atem. Inständig wünschte er sich, daß einer der Kreuzritter, die über den Platz flanierten, ohne Notiz von dem Händler und seiner seltsamen Ware zu nehmen, sein Schwert gegen den feisten Nacken des Mannes schwingen würde.

»Im Heiligen Land schlagen Christen und Muselmänner aufeinander ein und ...« Christoph beherrschte sich leidlich, um nichts von seiner ohnmächtigen Wut herauszuschreien.

»Hier in Venedig treiben sie einen sehr einträglichen und friedlichen Handel um alles, womit sich handeln läßt: Gewürze, Teppiche, Seiden und unverbrauchtes Christenfleisch«, ergänzte Marco spöttisch.

»Du magst Venedig nicht, stimmt's?« fragte Christoph, eine Hand am Nacken.

»Ich hasse diese Stadt.« Auch Marco sah noch einmal dem Sklavenjungen nach.

Den restlichen Nachmittag blieb Christoph einsilbig und reizbar und hielt bedachter als sonst Abstand.

3

Nahezu ein Jahr später brütete eine Hitzewelle über der Stadt, und aus den Kanälen stieg eine Wolke aus Verwesungs- und Kotgestank auf. Nicht ein Tropfen Regen fiel. Viele Venezianer flohen aufs Festland, die, die blieben, zogen sich in die Häuser zurück, die Gassen verödeten. Nur in der Dämmerung flackerte etwas Leben auf, aber der Ton der Unterhaltungen klang schärfer, gereizter.

Ohne daß sie es abgesprochen hatten, gaben Marco und Christoph ihre Streifzüge weitgehend auf, der Venezianer besuchte dagegen häufiger die Klosterinsel, auf der die Luft nicht ganz so unbewegt schien. Christoph machte diese Veränderung wenig aus, denn die Stadt Venedig war ihm ohnehin fremd geblieben.

Seinen Lehrer sah er seltener – der Mönch arbeitete mit Niccolo an seiner Bibelübersetzung –, und mehrere Male, wenn Christoph seinen Mentor aufsuchen wollte, wurde er von Niccolo brüsk abgewiesen. Er vermutete, daß Niccolo Antonius nicht einmal mitteilte, daß er nach ihm gefragt hatte. Im Refektorium saß er seit einigen Monaten am unteren Ende der Tafel bei den einfachen Mönchen und Novizen, seinen alten Platz in Antonius' Nähe hatte Niccolo nach Beendigung seines Noviziats eingenommen. Der alte Gelehrte fehlte allerdings häufig bei Tisch.

Niccolos offensichtliche Feindschaft hätte Christoph weniger ausgemacht, wenn ihn nicht das Gefühl bedrückt hätte, daß der junge Mönch etwas gegen ihn im Schilde führte, das über bloße Gehässigkeiten hinausging. Niccolo spionierte ihm nach, einmal meinte er ihn unzweifelhaft erkannt zu haben, als er mit Marco in Venedig unterwegs war. Noch am selben Tag sah er Niccolo in einer Unterhaltung mit dem Abt, und die nicht sehr freundlichen Blicke der beiden deuteten darauf hin, daß die zwei sich über ihn unterhielten.

Eines Abends, als er abgeschlagen von den Gärten heimkam, entdeckte er ein unbekanntes Gesicht an der Tafel, das ihn sofort beunruhigte. Je öfter er zu dem Fremden blickte, desto mehr fühlte er eine Spannung in sich wachsen, bis ihn die Erkenntnis überfiel, daß der fremde Benediktiner auf seltsame Weise Fulco ähnelte. Wie bei diesem sprang die Nase vor wie ein Raubvogelschnabel. Der Teint des neuen Tischgenossen war allerdings noch eine Spur dunkler. Wenn Fulco einem Habicht glich, so glich der Fremde einem Falken.

Christoph stupste seinen Nachbarn an. »Wer ist der Mann dort?«

»Bruder Enrico, genannt il Sarazeno, du verstehst?« Der Nachbar wedelte vielsagend mit der Hand. »Unser Bruder hat eine etwas unorthodoxe Herkunft.«

»Warum ist er hier?« fragte Christoph halblaut. Er schrak zusammen, als er merkte, daß der Fremde auf einmal ihn musterte und zwar langsam und gründlich. Vor Überraschung hielt er den Atem an.

»Bruder Enrico«, erklärte der Nachbar, »kommt zurück aus Rom, vom Papst.«

Marco, der Christoph am nächsten Tag half, die Beete zu wässern, konnte mehr erzählen. »Seine Mutter ist eine Sarazenin gewesen, sie kam eines Tages hier an, mit dem Kind an der Hand, und beschuldigte einen der Morosini der Vaterschaft. Der Junge war ein Ergebnis des vorletzten Kreuzzugs, der nicht ausschließlich im Töten Ungläubiger bestanden hatte. Pietro Morosini ließ die Dame in einem Hinterhof verschwinden und sorgte für sie und das Kind aus reiner Nächstenliebe. Die Sarazenin soll sehr schön gewesen sein, aber sie starb recht bald. Den Rest kannst du dir denken. Die Familie steckte Enrico zu den Mönchen, so wie mich zu den Glasmachern. Venedig ist weltoffen.« Marcos Stimme troff vor Bitterkeit.

»Ich weiß nicht, was mit dem Wasser ist«, klagte Christoph unvermittelt, »es riecht schlimmer als Katzenpisse und schmeckt bestimmt nicht besser. Das kann doch nicht nur an der Hitze liegen. Und das Wasser schadet den Pflanzen.«

»Du verstehst wohl nichts von den Elementen, mit denen du es als Gärtner zu tun hast? Ich will zwar kein Glasmacher sein, aber ich weiß alles über das Feuer: welches Holz am dauerhaftesten brennt, wieviel man braucht, um eine gleichmäßige Glut zu unterhalten, wie man die Luftklappen an den Öfen einstellt, um einen steten Zug zu erzeugen, ohne daß sich Ruß im Glas festsetzt. Die Hitze des Feuers erkenn ich am Farbton. Und du bist Gärtner und verstehst nichts vom Wasser.« Marco warf den Kopf in den Nacken und lachte unbeherrscht auf. »Deine Brunnen sind undicht. Das salzige Wasser der Lagune sickert ein. Such dir einen Brunnenmacher, der die Tonwandungen nachsieht.« Er warf den Ledereimer in die Büsche und stapfte ohne Abschied davon.

Gegen Abend betrat Christoph zögernd die Zelle von Antonius, der Mönch hatte nach ihm geschickt, und er wußte nicht, was ihn erwartete. Der alte Gelehrte ruhte, von vielen Kissen in eine halb aufrechte Lage gebracht, auf seinem Strohsack. Die Tür zum Hof war geschlossen, durch das winzige Bogenfenster drang gerade so viel Licht herein, daß die Schatten in den Zellenwinkeln um so tiefer erschienen. Auch Antonius' Gesicht lag im Schatten, nur die Hände, die unruhig auf der Decke herumfuhren, beleuchtete ein staubgesättigtes Flimmerlicht und ließ die Adern auf dem weißen, knochendürren Handrücken hervortreten.

»Geh jetzt!« Der dünne, scharfe Ton traf Christoph wie ein Schlag, er drehte sich um, erkannte aber aufatmend, daß nicht er gemeint war. Niccolo erhob sich von einem Schemel, verbeugte sich steif gegen das Lager und warf dem Jungen im Hinausgehen einen verächtlichen Blick zu. Verstört sah Christoph dem Mönch nach.

»Jetzt komm schon näher«, flüsterte Antonius ungeduldig.

Christoph schob sich an den schmalen Kasten mit dem Strohsack heran und ließ sich ohne Aufforderung auf den Rand sinken, als er wahrnahm, was der Schatten im Bettwinkel bisher verborgen hatte. Unter der wie glattgeschabtes und gebleichtes Pergament wirkenden Haut erschien der Schädel wie gemeißelt, Knochen für Knochen eine Totenmaske. Christoph hatte seinen Lehrer zwei Wochen nicht gesehen und schluchzte unwillkürlich auf.

»Laß das«, wies ihn Antonius zurecht, »weine um mich, wenn ich tot bin, aber auch dann nicht zu sehr. Ich bin alt genug zum Sterben, muß aber wohl noch damit warten, weil ich noch etwas zu erledigen habe. Neue Verhandlungen zwischen den Kreuzrittern und Venedig sollen unmittelbar bevorstehen, und es wäre günstig, wenn wir etwas darüber erfahren könnten, bevor es alle wissen. Kannst du deinen Freund Marco danach fragen? Ich hörte, er sei heute auf der Insel gewesen.«

»Ich weiß nicht, wann er mich das nächste Mal hier aufsucht. Er kommt und geht, wie es ihm beliebt.«

»Du mußt ihn morgen treffen. Weißt du nicht, wo Marcos Glashütte liegt?«

»Er hat mich nie dorthin mitgenommen.«

Antonius versuchte, sich in den Kissen hochzustemmen, fiel aber kraftlos zurück. »Es ist die Hütte der Dandolos im Sestiere Cannaregio. Hol Leone her.«

Als Christoph mit dem Ruderknecht zurückgekehrt war, sprach Antonius mit diesem in raschem Venezianisch, von dem der Junge kaum mehr als einzelne Brocken verstand. Leone nickte gleichmütig und verließ die Zelle.

»Leone wird dafür sorgen«, erklärte Antonius kurzatmig, »daß dich Marco morgen am Kai der Piazzetta erwartet, kurz bevor eine neue Verhandlung beginnt. Jetzt laß mich allein.« Der Kopf des Kranken sank zurück, der Mund klaffte.

Einen Augenblick verharrte Christoph wie gelähmt vor Entsetzen, bis ihn ein langer Seufzer davon überzeugte, daß der alte

Mönch nicht gestorben, sondern unversehens in Schlaf gefallen war. Mit weichen Knien schlich er aus der Zelle.

Am nächsten Tag fragte er nicht, wie es Leone gelungen war, Marco dazu zu bewegen, pünktlich zur Stelle zu sein. Der Glasbläser wirkte verdrossen. »Dafür, daß ich einen Tolpatsch wie dich noch einmal auf meinen Lauschposten mitnehme, gehöre ich eigentlich geschlagen. Wenn ich es dennoch tue, dann nur gegen ein Versprechen.«

»Und das wäre?« fragte Christoph skeptisch.

Ein plötzlich aufflammendes Lächeln glitt über Marcos Züge. »Versprich mir, daß du mir eines Tages einen Garten anlegst, den prächtigsten, mit allen Gewächsen, die es gibt, wie eine Arche Noah für Pflanzen.«

Christoph starrte den anderen einen Augenblick verblüfft an und hob dann langsam die rechte Hand. »Etwas Verrückteres habe ich noch nie gehört, aber beim letzten Spaten, den ich zerbrochen habe, verspreche ich dir feierlich, ich lege dir so einen Garten an, falls ich auf den Inseln von Venedig jemals über ein passendes Stück Land verfügen sollte.«

Marco nickte befriedigt, der Spott kümmerte ihn nicht. »Hat dir dein Lehrer, Bruder Antonius, erzählt, daß der Papst vom Kriegszug gegen Zara erfahren hat?« fragte er.

Christoph blieb stehen. »Nichts hat er mir erzählt.« Eine plötzliche Erbitterung stieg in ihm auf. »Gar nichts weiß ich, ich tu nur, was man mir aufträgt, und laufe dir wie ein Schaf nach.«

»Wenn du ein Schaf bist, woran ich nicht zweifeln will, solltest du hierbleiben und dich bei Leone im Kahn verkriechen, bis ich zurück bin.«

Als wollte er den Vorschlag erwägen, drehte sich Christoph zu Leone um und ertappte ihn bei einer flinken Geste mit der Hand, die Marco galt, und die dieser ebenso rasch erwiderte. Die Geheimnistuerei der beiden ließ den Pegel der Erbitterung noch höher steigen. Abrupt wandte sich Christoph um und setzte den Weg über die Piazzetta fort. Seine Stimme klang rauh vor Trotz. »Wird der Papst den Angriff auf Zara verbieten?«

Marco lachte auf. »Er wettert gegen den Kriegszug, aber gerade so verhalten, daß sich niemand daran scheren wird. – Schau!«

Sie waren an der Ecke von San Marco angekommen. Eine kleine Gruppe von Kreuzfahrern überquerte hastig, fast verstohlen, die Piazza und strebte auf den Dogenpalast zu.

»Komm, beeilen wir uns.« Marco zog Christoph zum Eingang. »Von Alexios, dem griechischen Prinzen, hast du wohl auch noch nicht gehört? Er soll an Dandolo herangetreten sein«, flüsterte er, als sie das Kirchenschiff so unauffällig wie möglich durcheilten. Christoph blieb keine Zeit, Fragen zu stellen, und vielleicht hatte Marco mit seiner unverständlichen Erklärung beabsichtigt, daß sich Christoph einmal mehr unwissend und abhängig fühlte.

Ihr Versteck erreichten sie gerade rechtzeitig, um zu sehen, wie die Kreuzritter von den drei persönlichen Räten des Dogen und Enrico Dandolo selbst empfangen wurden. Der Fürst von Venedig trug wieder den Corno und einen steifen, goldbestickten Mantel, der ihn vollkommen einhüllte. Autorität des Amtes, Prachtentfaltung und Würde eines biblischen Alters verbanden sich zu einem Eindruck unantastbarer Macht. Christoph erinnerte sich, daß der achtzigjährige Dandolo blind war, und erkannte in der starren Haltung und der Neigung des Kopfes die innere Sammlung eines Menschen, der vielleicht sogar Dinge hörte, die den Sehenden entgingen. Mit seinem großen Mantel ähnelte er einer Schildkröte, aber einer, der man nicht unbedingt über den Weg trauen konnte.

Unten im Saal entspann sich eine erregte Debatte. Christoph verstand kaum die Hälfte des Gesagten, obwohl er mittlerweile über mehr Kenntnisse des Venezianischen verfügte als bei ihrem ersten Besuch auf der Empore. So begnügte er sich damit, die Auseinandersetzung des Dogen mit seinem Gegenspieler, einem der Kreuzritter, zu beobachten.

Der kühlen Ruhe des Dogen begegnete der Ritter mit einem wütenden Schwall von Worten. Er zappelt wie im Netz einer Spinne, dachte Christoph. Im Gesicht des Kreuzfahrers und mehr noch im Auftreten entdeckte er einen vage bekannt anmutenden Zug, der ihn erneut in Unruhe versetzte, obwohl er sich selbst schalt, an Einbildungen und Ängsten zu leiden wie ein altes Weib.

In einer Pause der Debatte kroch er näher an Marco heran. »Mit wem verhandelt der Doge?« Er sprach so leise und tonlos, daß der Schall nicht über die Brüstung drang.

»Mit dem Anführer des Kreuzzugs, Bonifaz de Montferrat.«

Christoph mußte wohl einen Schreckenslaut ausgestoßen haben, das Gespräch unter ihnen brach plötzlich ab, in dem Augenblick der Stille wandten sich die Gesichter empor, und ausgestreckte Arme deuteten hinauf.

Dandolo gab unbewegt einen knappen Befehl, ein Ratsherr eilte davon, Marco wand sich schon durch den Spalt in der Mauer. Auf einer der abwärtsführenden Treppen hörten sie die Häscher der Signoria, die ihnen entgegenkamen, es blieb nichts anderes übrig, als umzukehren.

Schmale Treppen führten endlos aufwärts. Christophs Beine fühlten sich an, als wenn sie nicht zu ihm gehörten, ihm fehlte die Gewandtheit, mit der Marco die Stufen hinaufsprang, oft mußte der Freund innehalten und auf ihn warten.

Plötzlich befanden sie sich auf dem Dach. Einen Moment stand die Welt still, vom Glanz des Abendfriedens unter einem hohen, noch blauen Himmel erfüllt, die roten Dächer der Stadt verdämmerten in der Tiefe, nur die Spitzen der Campanili leuchteten wie von Feuer vergoldet. Laut schlug die Pforte ins Freie zum zweiten Mal.

Christoph setzte über Verstrebungen und Wölbungen, unter seinen Füßen federte die Dachverkleidung, die Angst ließ sein Herz im Hals schlagen. Er hatte Glück, daß er auf dem unsicheren Boden nicht hinfiel. Endlich nahm die Jungen die Dunkelheit wieder auf, als sie sich in ein neues Labyrinth von Durchgängen und halsbrecherischen Stiegen flüchteten. Eine kleine Tür entließ sie überraschend auf die schmale Piazza dei Leoni an der Seite der Kathedrale.

Marco wandte sich dem Rio de Palaz zu, dem Kanal hinter dem Dogenpalast. Hinter ihnen, in dem engen, winkligen Durchgang zum Kanal, klangen die Schritte ihrer Verfolger.

»Und jetzt, wohin?« schrie Christoph.

Der Venezianer bog scharf um die letzte Ecke des Gebäudes. Christoph stürzte ihm nach, unversehens ragte eine dunkle Gestalt vor ihm auf, sein Herzschlag setzte aus, als er Bruder Enrico erkannte. Er nahm noch das grimmige Gesicht des Benediktiners wahr, dann wurde ihm ein Sack übergestülpt, er wurde aufgehoben und kurz darauf fallengelassen. Unter ihm schwankte der

Boden, die Gluckergeräusche des Wassers bestätigten ihm, daß sich unter ihm Bootsplanken befanden. Obwohl er durch den groben Stoff wenig sehen konnte, bemerkte er, daß da noch ein zweiter Sack war, der sich noch bewegte. Er hatte Marco gar nicht schreien gehört, als sie ihn erwischten. Atemlos lauschte er dem Wortwechsel, der sich am Kai entspann.

»Habt ihr hier zwei Jungen laufen sehen, Vater?«

»Was für Jungen?« fragte Enrico.

»Und du, was ist mit dir, hast du wen gesehen?«

»Ich, Signori, ich habe gerade Kornsäcke eingeladen, eine Spende für das Kloster«, antwortete eine vertraute Stimme. Leone, dachte Christoph, bevor er leise aufstöhnte, als sich das Gewicht des Riesen auf ihn senkte.

Die gesamte Rückfahrt nach San Giorgio mußten die Jungen in den Säcken verbringen, von Ängsten und Mutmaßungen geplagt.

Enrico führte die beiden, gefolgt von Leone, in das Zimmer des Abtes. Mitten im Raum saß Antonius in einem Tragstuhl, seine knochigen Hände spannten sich um die Armstützen, sein Kopf ruhte zur Seite geneigt an der Rücklehne. Als die zwei Jungen eintraten, richtete er sich auf und nickte Christoph mit einem unmerklichen Lächeln zu, das dieser dankbar aufnahm. Der schwelende Zorn, den er seit der Ankunft an der Piazzetta gespürt hatte, begann sich zu legen. Leone bezog Posten an der Tür, während der Abt die ersten Fragen stellte.

»Der Kreuzzug wird nicht ins Heilige Land gehen, um die Stätten der Christenheit zu befreien, sondern gegen Ägypten«, berichtete Marco.

»Aber das ist sinnlos, wenn sie doch Jerusalem befreien wollen, das ist Betrug«, schrie Christoph.

»Keineswegs, das ergibt mehr Sinn als alle Kreuzzüge bisher, die höchstens bis Jerusalem vorgedrungen sind und ein paar Streifen an der Küste erobert haben. Die Sarazenen im Heiligen Land anzugreifen bringt weniger, als ihr Machtzentrum direkt anzugehen, und das ist Ägypten mit den Städten Damiette und Kairo. Und doch …«, erläuterte Enrico.

»Der freie Handel mit Ägypten«, fiel ihm Marco ins Wort.

Enrico nickte. »Der Junge hat Sinn für Politik.«

Christoph betrachtete verstohlen das dunkle Gesicht, das ihm schon deshalb mißfiel, weil es an das von Fulco erinnerte. Auch meinte er, wieder die Hände zu spüren, die ihn unversehens packten, er hatte nicht einmal vor Schreck aufschreien können. So wie der Bruder dastand, die Hände in den Ärmeln, eher schmächtig unter der groben Wollkutte, hätte er dem Mann weder die Kraft zugetraut noch die Beherztheit, ihn vor den Häschern der Signoria zu retten. Und welche Umsicht, die leeren Säcke aus Leones Boot parat zu halten. Antonius hatte ihn hinterhergeschickt, weil er sich Sorgen machte. Enrico hatte Leone an der Piazzetta getroffen und von ihm erfahren, daß er die Jungen am Rio de Palaz erwarten würde. Christoph begriff nun die Bedeutung der Handzeichen, der kleinen, wortlosen Absprache zwischen Leone und Marco.

Dankbar hätte er sein müssen, ohne Enrico säße er jetzt zusammen mit Marco im Kerker. Er war nicht dankbar, nicht sehr zumindest, weil der Bruder sie die Rückfahrt über in den Säcken gelassen und auf dem Weg vom Anlegesteg zum Kloster kein Wort gesprochen hatte, er redete wohl für gewöhnlich nicht mit Kindern.

»Würdet ihr Experten dann wohl die Güte haben, uns weltfremde Dummköpfe an euren scharfsinnigen Überlegungen teilhaben zu lassen?« fragte Antonius. »Und rasch, wenn ich bitten darf.«

Marco konnte leicht mit Leuten umgehen, Christoph verstand nicht, wie er das machte, auch jetzt spielten er und Enrico sich die Stichworte zu wie Jäger das Wild.

»Dandolo hat beim Papst eine Aufhebung des Handelsverbots mit Ägypten als eines unchristlichen Landes erwirkt. Venedig will den Handel, warum sollte Dandolo ihn durch einen direkt gegen Ägypten geführten Krieg gefährden?« sagte Marco.

»Wie sah Dandolo bei der Auseinandersetzung mit den Kreuzrittern aus?« fragte Enrico.

»Wie eine Katze vor dem Mauseloch«, antwortete Christoph. Es war ein Versuch, die Aufmerksamkeit Enricos auf sich zu lenken, aber der wandte nicht einmal den Kopf.

»Dann hat er noch ein drittes Ziel des Kreuzzugs im Auge.«

»Aber welches?« fragte Antonius.

»Was ist mit Alexios?« fragte Marco.

»Was ist mit Alexios?« wiederholte Antonius.

»Alexios ist der Sohn Isaaks, des rechtmäßigen Herrschers von Byzanz. Isaak wurde entmachtet, geblendet und zusammen mit dem Sohn von seinem eigenen Bruder eingekerkert. Prinz Alexios konnte aus der Haft fliehen und bettelt nun um Hilfe bei seinem Schwager Philipp von Schwaben, dem Gemahl seiner Schwester Irene«, erklärte Enrico.

»Und bei Dandolo. Eine Gesandtschaft des Byzantiners soll in der Stadt gesehen worden sein«, fügte Marco hinzu.

»Dandolo hat noch eine persönliche Rechnung mit Byzanz offen. Er war in Konstantinopel, als der Usurpator Andronikos 1182 zuließ, daß die Byzantiner dreißigtausend Italiener, Gott sei Dank mehr Genuesen und Pisaner als Venezianer, ermordeten und viertausend versklavten. Das Volk von Byzanz ist gegen den Westen aufgewiegelt worden«, erklärte der Abt. »Sie hassen die Vorstellung einer Union zwischen der Ost- und der Westkirche. Unter dem Vorwand, Alexios zu helfen – ist der nicht noch fast ein Knabe? –, könnte Dandolo die Untaten von damals vergelten, und das hieße, das Ziel Dandolos ist ...«

»Konstantinopel!« sagte Antonius bekümmert und zog sich langsam die Kapuze tief über den Kopf. »Noch eine christliche Stadt, die Habgier und Mordlust zum Opfer fallen wird. Möge Gott ihren Seelen gnädig sein.«

»Aber sie sind doch Ketzer, nicht?« sagte Christoph.

»Ach, Ketzer!« Marco winkte verächtlich ab. »Wen schert das schon. Venedig ist der Osthandel Konstantinopels ein Dorn im Auge, den will Dandolo an sich reißen. Außerdem dürften ihn die Schätze der Stadt reizen.«

»Die Reliquien«, sagte Enrico nachdenklich, »Konstantinopel sitzt auf dem größten und kostbarsten Schatz der ganzen Christenheit.«

Antonius hob leicht die Hand, um allen weiteren Spekulationen zuvorzukommen. »Enrico, du reist wieder nach Rom, auf der Stelle. Ich muß dir nicht erläutern, was du zu tun hast. Nun zu euch beiden. Du, Marco, gehst zurück in die Glashütte und verhältst dich ruhig, kein Lauschen mehr! Ich schicke dir jemanden zur Begleitung mit, der auch ein Wort mit dem

Meister spricht. Er ist ein gerechter Mann. Du, Christoph, hast mich in Zukunft um Erlaubnis zu fragen, wenn du die Insel verlassen willst.«

4

An einem Tag im September pflückte Christoph behutsam, beinahe ehrfürchtig, die ersten Birnen und Äpfel, die an den jungen Bäumen gereift waren, und legte die schönsten in ein Körbchen, das er Antonius zu bringen gedachte. Von Marco hatte er seit ihrem letzten Abenteuer unerklärlicherweise nichts mehr gehört, als hätte dieser plötzlich das Interesse an ihm und der Insel verloren. Christoph fühlte sich einsam und verletzt, und eine quälende Unruhe plagte ihn seit der Unterredung im Abtzimmer. Noch immer mochte er die Hoffnungen, die er für sich persönlich an den Kreuzzug knüpfte, nicht aufgeben, andererseits entsetzte ihn das widerwärtige Ränkespiel zwischen den Venezianern und den Kreuzfahrern, dem der Name Montferrat noch seinen besonderen Stempel aufgedrückt hatte.

Auf dem Weg zu Antonius' Zelle kam ihm Niccolo entgegen. »Der Abt verlangt nach dir. Geh zu ihm«, sagte er.

»Ich muß erst das Obst abgeben.«

Niccolo lachte verächtlich auf. »Es wird Zeit, daß du Gehorsam lernst. Einen Abt läßt man nicht warten.« Er nahm ihm den Korb mit den Früchten ab und wog ihn in der Hand. »Ist das alles, was der Klostergarten unter deiner Pflege hergibt?«

»Das Obst ist für Antonius bestimmt, ich bitte dich, bring es ihm.«

»Ich denke nicht, daß Antonius der Sinn noch nach irdischen Freuden steht.«

Christoph nahm an, daß es sich bei der rätselhaften Bemerkung um eine Bosheit Niccolos handelte, daher ging er nicht darauf ein, überdies hatte sich Niccolo mit dem Korb am Arm bereits abgewandt.

Der Abt betrachtete Christoph eine Weile schweigend. Der Junge rührte sich nicht und ließ kein Anzeichen von Ungeduld erkennen. Ein hörbarer Atemzug des Abtes beendete die Stille.

»Christoph, eine Stunde der Entscheidung ist für dich gekommen. Prüfe dein Herz und sage mir, ob du daran denkst, dich dem Kloster zu weihen, und ob du bereit bist, noch dieses Jahr das Noviziat anzutreten. Du bist erst vierzehn Jahre alt, aber deine fortgeschrittenen Studien, von denen mir Bruder Antonius berichtete, heben dich über dein Alter hinaus. Dieses Wissen verbietet es auch, daß du im niederen Stand eines Knechts oder Laienbruders auf unserer Insel bleibst, das würde Verwirrung in einer Gemeinschaft stiften, deren Frieden auch auf einer klaren Ordnung beruht. Wenn du das Noviziat nicht antreten willst, gehst du nach Tegernsee zurück und wirst dem Kloster dort wieder unterstellt, in deinem alten Stand. Wenn du aber bleiben willst, bist du uns als zukünftiger Mitbruder willkommen. Du weißt sicher, daß dein Lehrer, Bruder Antonius, bald für immer von uns gehen wird, so soll Niccolo, der bereits ein sehr vielversprechender Gelehrter ist, deine weiteren Studien leiten und dir im Noviziat zur Seite stehen. Die Gartenarbeit werden andere fortführen, wir haben sie dir als eine Bewährungsprobe übertragen, die du bestanden hast.«

Es sollte wohl ein Lob sein. Christoph begegnete zweifelnd dem Blick des Abts, das Lob erweckte keinerlei Freude in ihm, zu sehr wirkte der Satz nach, der Antonius betraf und der an die gehässige Bemerkung Niccolos erinnerte. Er wollte nicht begreifen, was da gesagt worden war, nicht jetzt, wo der Abt auf eine Antwort wartete. Ein flaues Gefühl breitete sich im Magen aus und der Eindruck festigte sich, wieder in einem Alptraum gefangen zu sein, ganz verloren ohne Halt. So ruhig, wie er konnte, bat er sich eine Bedenkzeit aus, sie wurde ihm für vier Wochen gewährt.

Verzweifelt streifte er über die Insel. Den Tod von Antonius, den er doch seit Monaten kommen sah, hatte er nicht als real bevorstehendes Ereignis begriffen, und nie hatte er über diesen Tod hinausgedacht. Gerade in den vergangenen Wochen war ihm gelegentlich das Noviziat als nicht unbedingt erstrebte, aber erträgliche Möglichkeit erschienen, sein Leben zuzubringen, aber immer sah er Antonius als seinen Lehrer und Beschützer, auf den sich sein Leben bezog, selbst wenn die Augenblicke der Begegnung seltener geworden waren. Ohne den alten Mönch würde ein

Verbleib auf der Insel unerträglich sein, gegenüber einem endgültigen Abschied von ihm bedeutete sogar die Aufsicht Niccolos eher eine Belästigung als eine Bedrohung. Selbst daß sein Garten ihm in Zukunft nicht mehr gehören sollte, machte nur ein paar Tropfen im Meer seines Jammers aus.

Allabendlich stand der Junge am Ostufer und blickte zum Lido hinüber, von dem häufig Geschrei, Pferdewiehern und Waffenklirren herüberklangen. Der Aufbruch der Kreuzfahrerflotte stand jetzt, Ende September, kurz bevor, und in der Lagune ankerten bereits die Schiffe für den Transport der Kreuzfahrer. Wie ein Schwan tauchte schließlich das Schiff des Dogen auf, das Banner der Republik mit dem Löwen, in Rot und Gold gestickt, leuchtete am Mast.

Antonius mochte Christoph mit seinen Sorgen nicht mehr beunruhigen. Nur noch für Stunden war der Sterbende in der Lage, das Bett zu verlassen und sich in sein Gärtchen tragen zu lassen, das in spätsommerlicher Pracht glühte. Jeder liebevolle Blick, der über den Garten schweifte, war ein Abschiedsblick. Christoph, der sich eines Tages unter dem Vorwand, im Höfchen das Unkraut zupfen zu müssen, Zutritt verschafft hatte, wagte es nicht, dieses Lösen vom Irdischen zu stören.

So sehr war sein Leben aus den Fugen geraten, daß er sich ohne weitere Bedenken über ein Verbot hinwegsetzte und Leone noch am gleichen Tag bat, ihn zur Piazzetta hinüberzurudern. Das Viertel Cannaregio, in dem Marcos Glashütte lag, war Christoph nicht vertraut, er kannte aber den Weg dorthin. Ob es nicht doch eine Möglichkeit gäbe, von Venedig wegzukommen, in die Gärten des Ostens, wollte er den Freund fragen, zwei Knappen, Diener oder Stiefelputzer würden die Herren Kreuzritter wohl noch brauchen können. Oder sie würden heimlich auf ein Schiff schleichen. Marco wollte ja auch weg.

Über Cannaregio hing eine Wolke aus Rauch und Ruß von den Feuern der Eisen- und Glashütten, die den klaren Septemberhimmel verdüsterte. Von Werkstatt zu Werkstatt fragte er sich zur Glashütte der Dandolos durch.

Als er durch die offenstehende Tür den Hauptraum betrat, verstand er auf beinahe schmerzhafte Art, warum Marco sich so sehr nach grünen Wäldern und frischer Luft sehnte. Eine Hitze wie aus dem Schlund der Hölle schlug ihm entgegen. Aus riesigen Öfen fauchten die Flammen, als wollten sie die ganze Welt in Brand setzen, und höllischen Geistern gleich fütterten die Lehrlinge und Gesellen die gierige Glut und stocherten furchtlos mit langen Stangen in ihr herum. Christoph war in den Anblick dieser fremden Welt so vertieft, daß er nicht bemerkte, daß jemand neben ihn trat.

»Wer bist du und was willst du hier?« fragte ein Mann mit rauher Stimme, aber nicht unfreundlich.

Christoph blickte sich noch einmal um, der rote Schopf Marcos war im Hin und Her der Leute nicht auszumachen.

»Ich suche Marco.« Unwillkürlich schrie er, um den Lärm der Werkstatt zu übertönen. Einige Gesellen fuhren herum, feindselige Blicke trafen ihn.

»Ich bin sein Freund«, fügte er ebenso laut hinzu, und seine Verwunderung über das abweisende Gehabe der anderen schlug in Furcht um, als mehrere auf ihn zutraten, Eisenstangen in der Hand wiegend. Im Hintergrund klappte eine Tür, als hätte jemand hastig den Raum verlassen.

Der Mann neben ihm fuhr Christoph grob an. »Marco ist nicht hier, und du scherst dich weg, je schneller, desto besser.«

Christoph wurde auf die offene Pforte zugestoßen, er wich zurück, die Männer mit den Stangen folgten ihm, bis er die Schwelle überschritten hatte, und wandten sich dann überraschend ab, als hätten sie nur ihr Territorium gegen einen Eindringling verteidigen wollen.

Draußen sog er in einem tiefen Atemzug die rußgeschwängerte Luft ein, sie brannte ihm in den Lungen. Auf einmal erschien ihm nicht nur die Hütte der Dandolos und das ganze Viertel Cannaregio von einem feindseligen Geist beherrscht. Das bißchen Vertrautheit mit Venedig, das er mit der Zeit erworben hatte, platzte ab wie Tünche von einer mit Fäulnis überzogenen Wand. Die zu lauten Stimmen in einer immer noch fremden Sprache, die zwischen den Häusern hallten, setzten ihm zu, wie die übertriebenen Gesten von Menschen, die viel zu viel Raum einnahmen und ihn an den Rand der Kanäle drängten. Trübe und unheimlich blinkte das Wasser zu ihm herauf, ein Schlund, der ihn verschlingen wollte. Nur Unbekannte, Fremde, die ihm in engen Durchlässen nicht Platz machten, die schimpften, wenn er sich hastig vorbeischob. Immer ungelenker wurden seine Bewegungen, immer schwieriger war es, überhaupt zu wissen, wo er war und wohin der Weg führte. Die Wände stürzten auf ihn zu, es dröhnte und rauschte in den Ohren, der Atem ging bleischwer.

Erst als er die Piazzetta erreicht hatte, wagte er, stehenzubleiben und darauf zu warten, daß das Herzklopfen nachließ. Sein Blick schweifte zur Lagune, zu dieser großen, stillen grauen See, die soviel Weite bot selbst mit den Tupfen der Kreuzfahrerschiffe. Die Klosterbarke ankerte noch am Kai, Leone erhob sich von der Ruderbank und winkte lässig herüber.

Im gleichen Moment packten zwei Schergen den Jungen rechts und links am Arm. »Bist du Christoforo, den sie den Gärtner nennen?«

Eigentlich hätte er sich sofort losreißen müssen, aber er konnte kein Glied bewegen, nur der Kopf nickte mechanisch.

»Dann kommst du mit uns. Der Rat der Stadt will dich sprechen.«

Als sie ihn fortführten, sah er gerade noch, wie sich Leone in die Riemen des Ruders legte.

Christoph wurde in eine winzige Zelle im Untergeschoß des Dogenpalastes eingeschlossen, sein Kopf stieß an die niedrige Decke.

Anfangs erschien es ihm von Vorteil, daß er die Zelle nicht mit irgendwelchen Galgenvögeln teilen mußte, dann wünschte er sich, jemanden bei sich zu haben, der den unaufhörlichen, quälenden Gedankenfluß wenigstens hin und wieder unterbrach. Der Wärter, der ihm Brot und Wasser durch eine Klappe in der Tür zuschob, ließ sich auf kein Wort ein.

Die meiste Zeit saß er an der Außenwand, eine Seite und den Kopf an die Steine gepreßt, seine linke Hand fand einen vorkragenden Stein, um den sie fassen konnte. Die unregelmäßige Kante drückte sich in die Handfläche, die Fingerkuppen ertasteten an der Unterseite eine Reihe von Vertiefungen, in die sie genau paßten. Halt in der Düsternis, in der es keine festen Konturen mehr gab. Jenseits der Wand gluckerte der Rio de Palaz.

Tag und Nacht glitten ineinander, das Licht, das die Schlitze in der Außenwand einließen, hellte die Dunkelheit kaum auf.

Immer wieder sank er in einen kurzen, flachen Schlaf, von Träumen heimgesucht, die sich schließlich auch in das Wachsein stahlen, in beinahe gestaltlose, angsterregende Traumphantasien. Eine Hand kam darin vor, die sich kalt und hart auf den Nacken legte, ihn herabdrückte, bis der Rücken sich krümmte, immer tiefer, der Körper verlor jede Kraft, war hilflos dieser Hand preisgegeben, die sich auf seine Hüfte schob. Er schrie im Schlaf, unbewußt preßte die Linke den Stein, der reale Schmerz vertrieb den geträumten und riß Christoph ins Wachsein, das in der Dunkelheit wenig Erleichterung bot.

Endlich fiel ein breiter blendender Lichtstrahl durch die sich öffnende Tür in die Zelle. In diesem Licht schwappte ihm der Fäulnisgestank, gemischt mit dem Geruch von Urin und eigenen und fremden Fäkalien in einer besonders heftigen Welle in die Nase. Geblendet und voller Übelkeit folgte er auf unsicheren Beinen dem Wärter.

Nicht mal zur Hälfte verstand er, was das richterliche Tribunal von ihm wissen wollte. Erst als ihm ein Übersetzer zur Seite gestellt wurde, begriff er, daß es um Marco ging. Erschrocken dachte er, man hätte ihn als einen der Lauscher auf der Empore erkannt. Auf Spionieren stand, wie er sich erinnerte, die Todesstrafe. Der Übersetzer, ein verdrossener Bursche, mußte alles noch einmal erklären.

Marco war auf dem Festland aufgegriffen worden, und er selbst wurde der Mithilfe zur Flucht beschuldigt. Wie oft sie sich heimlich im Fondaco dei Tedeschi getroffen hätten? Er hätte doch wohl die Verbindung in den Norden, zum Onkel Marcos, hergestellt, man wisse, daß er, der Klosterzögling, des Schreibens kundig sei. Die Fragen prasselten auf ihn herab.

Christoph erzählte zögernd von Marcos Sehnsucht nach grünen Gärten, den nördlichen Wäldern, dem freien Flug des Falken, während die Richter mit steinernen Gesichtern lauschten. Ein Bursche, der sich nach der germanischen Wildnis sehnte, obwohl ihm die Herrlichkeiten Venedigs und die der Glaskunst offenstünden? Undenkbar! Christoph fiel nur einer auf, der im wachen, ruhigen Blick Verständnis, fast so etwas wie Anteilnahme zeigte. Der Nuntius der Glasmacher, ihr Kanzler beim Großen Rat, flüsterte der Übersetzer.

Christoph wurde zurück in das Rattenloch geführt. Am nächsten Tag wiederholten sich alle Fragen. Er wußte schon bald nicht mehr, was er gesagt oder nicht gesagt hatte. Sein eigenes Schicksal bewegte ihn nur noch am Rande, seit die Gewißheit, daß Marco nach den Gesetzen Venedigs sein Leben verwirkt hatte, unumstößlich schien. Am letzten Tag der Verhandlung mochte er schon nicht mehr den Kopf heben, um sein Urteil zu erwarten, es mußte nur gerecht sein, Marcos Schicksal zu teilen. Dennoch bemerkte er eine kleine Bewegung, die durch die Reihe der Richter ging, wider Willen schaute er auf. Bruder Enrico stand neben dem Vorsitzenden und flüsterte ihm ins Ohr. Daraufhin lief das Geflüster durch die richterliche Reihe nach rechts und links und wieder zurück. Christoph sah verwundert, wie der eine sich am Ohr zupfte, ein anderer rückte an seinem bestickten Käppchen. Die Köpfe neigten sich erneut zueinander.

Enrico warf dem Jungen keinen Blick zu, er schaute gelassen über alle hinweg auf die Wand. Es wäre wohl für einen wie ihn zu viel gewesen, einen Schimmer von Anteilnahme zu bekunden. Nach einigem Räuspern verkündete der oberste Richter, daß die Serenissima bereit sei, die Jugend und bisherige Unbescholtenheit des Knaben Christoforo, genannt der Gärtner, in Rechnung zu stellen und von einer weiteren Verfolgung der Sache abzusehen, da ja nun feststehe, daß besagter Knabe entschlossen und willens sei, sich dem Kreuzzug anzuschließen und die gefahrvolle Reise ins Heilige Land anzutreten, von der nur wenige, wie man wisse, lebend zurückzukehren pflegten. Man befehle den Knaben Gott an und lasse ihn unverzüglich auf das vorgesehene Schiff bringen, die Zeit dränge.

Es war der achte Oktober 1202.

Als Christoph an der Seite Enricos aus dem Portal des Dogenpalastes trat, stellte sich ihm der Nuntius der Glasmacher in den Weg. In den Händen trug er einen Gegenstand, der mit einem Tuch bedeckt war. Langsam entfernte er das Tuch und enthüllte einen Glaskelch. Grün und Blau leuchtete er im Sonnenlicht auf und überzog sich im nächsten Augenblick mit einem milchigen, opalgleichen Schimmer. Passanten blieben stehen, starrten auf die Kostbarkeit, die der Glaser wie eine Opfergabe emporhielt.

»Marco hat eine neue Art des Glasmachens erfunden. Dieser Kelch birgt das Geheimnis, das wir nie mehr erfahren werden. Er wäre ein Großer der Glasmacherkunst geworden. Den Kelch hat er dir vermacht.«

Christophs Hände zitterten so, daß sie das Glas kaum fassen konnten, die Tränen, die darauf tropften, machten die glatten Wände schlüpfrig. Es kostete große Anstrengung, es nicht zu pressen, nicht zu zerdrücken, nicht fallen zu lassen. Christoph nahm kaum wahr, daß die neugierige Menge, die sich um die kleine Gruppe drängte, in plötzlicher Ergriffenheit schwieg, obwohl sie nichts von dem Geschehen verstand.

Enrico flüsterte ihm etwas ins Ohr. Der Junge nickte zögernd, hob den Kelch wie vorher der Meister hoch und räusperte sich ein paarmal, bevor er zum Sprechen ansetzte. »Bring das Glas in die Kathedrale, die Kirche von Marcos Schutzpatron. Ich gehe auf eine lange Reise und kann es nicht so hüten, wie ich möchte. Möge es der Heilige mit dem Gedächtnis an Marco, den Glasmacher, für die Ewigkeit bewahren.«

Die Zuschauer murmelten beifällig, als er das Glas dem Nuntius zurückgab.

Christoph warf einen abschätzenden Blick auf den stoisch schweigenden Mann an seiner Seite, die Beamten der Signoria, die sie bis zum Schiff flankierten, beachtete er gar nicht, dann fragte er nach Marco.

»Er wurde heute morgen enthauptet. Die Serenissima entsann sich, daß der Name seiner Mutter im Goldenen Buch verzeichnet steht, das ersparte ihm den Strick und das Abhacken der Hände«, antwortete Enrico, seine Stimme klang bleiern unbeteiligt.

Es war ein Schlag, der durch Christophs ganzen Körper fuhr, seine Schultern krümmten sich weit nach vorn, beinahe wäre er hingefallen. Als Enrico ihn unter dem Arm faßte, schüttelte er die Hand ab und stolperte noch ein paar Schritte geradeaus, bevor er stehenblieb und sich auf dem Absatz drehte, als wollte er zurücklaufen, schnurstracks in die Fänge der unmenschlichen venezianischen Gerechtigkeit.

»Ich habe ihn umgebracht«, stieß er hervor.

Diesmal griff Enrico härter zu und zwang ihn zu einer Kehrtwendung. »Wirst du still sein? Was bist du für ein Schwächling!

Denk an das Kloster, an Antonius. Er hat genug Sorgen um deinetwillen ausgestanden. Mach seine Fürsorge nicht zunichte. Wir reden später, auf dem Schiff.«

5

Die beiden lehnten an der Reling und schauten zur Piazzetta hinüber. Schiffe der Kreuzfahrerflotte wurden beladen, andere, schon aufbruchbereite, ankerten weiter draußen in der Lagune. Heimlich musterte Christoph den Mönch an seiner Seite. Das dunkle Gesicht spiegelte auch jetzt nicht eine Regung wider.

Christoph senkte die Stirn auf die Reling, seine Stimme war kaum zu hören. »Ich hab mich nicht verabschieden können. Was wird Bruder Antonius von mir denken?«

Nach einem langen Schweigen sagte Enrico ungewohnt behutsam: »Er hat mir Grüße an dich aufgetragen, im Geist wird er immer bei dir sein, sein Segen verläßt dich nicht.«

Christoph achtete mehr auf den Ton als auf den Sinn der Worte. »Er ist tot.«

»Seine letzten Gedanken galten dir. Er ist in Frieden heimgegangen zu Gott.«

Der Blick des Jungen irrte über die Lagune, suchte unwillkürlich die Klosterinsel, verfing sich am Campanile von San Giorgio, in dessen Nähe Christoph den Garten von Antonius wußte.

Vom Ufer stieß eine Barke ab, in der ein pechschwarzer Hengst stand, ein großartiges, feuriges Tier. Drei Männer mußten es halten und dabei den stampfenden Hufen ausweichen. Das Boot hielt direkt auf das Schiff zu, Taue wurden geworfen, um den Hengst an Bord zu hieven. Es gab ein Durcheinander, bevor das Tier keilend in die Höhe glitt, dabei wurde plötzlich der Besitzer sichtbar. Christoph schrak so zusammen, daß seine Knie deutlich nachgaben.

»Bist du dem Mann schon einmal begegnet?« fragte Enrico, aufmerksam geworden.

»Fulco de Montferrat.« Sehr leise sprach der Junge den Namen aus, eigentlich hatte er nicht antworten wollen, um sich nicht sofort dieser neuen, bösen Wirklichkeit stellen zu müssen.

»Der Vetter von Bonifaz«, ergänzte Enrico, das Manöver der Einschiffung kritisch verfolgend. »Brutal und hinterhältig«, fügte er nach einer Pause hinzu.

Christoph hätte gern laut dagegen angeschrien, daß Fulco jetzt seine Beine über die Bordwand schwang. Er hätte sich auf ihn stürzen mögen, auf ihn einschlagen, damit er zurück ins Boot oder besser noch ins Meer fiele, er nickte aber nur heftig und bemerkte nun erst, daß er von einem langen Blick gemustert wurde, der ihm das Blut in die Wangen trieb.

»Hüte dich vor dem Begleiter, ich hab gesehen, wie er heimlich nach dem Tier trat«, ergänzte der Mönch ruhig.

Christoph nahm auf einmal einen weiteren Mann wahr, der dem Pferd an Bord folgte. Wie ein Blitz überfiel ihn eine Erinnerung. Er sah sich wieder im winterlichen Wald nah bei der Hütte seiner Eltern, und der Diener, den Fulco damals bei sich hatte, war derselbe, der jetzt nach dem Zügel des Tieres griff.

Ein zweites Boot brachte Gepäck, darunter eine komplette Rüstung. Fulco behielt das Ausladen im Auge, während er mit dem Kapitän verhandelte. Als er sich umwandte, grüßte er Enrico mit einem beiläufigen Nicken.

»Du kennst ihn?« fragte Christoph entsetzt.

»Nicht persönlich, aber er ist Benediktiner, er gehört zu uns.«

Auf einmal befand sich Christoph jenseits aller Empfindungen, zuviel Schreckliches war an einem Tag auf ihn eingestürmt. Mit leerem Blick beobachtete er, wie das Schiff des Dogen mit dem Herrscher der Republik an Bord unter vollen Segeln Kurs auf die offene See nahm. Alle anderen Schiffe, an die zweihundert, reihten sich hinter ihm ein, der Kreuzzug hatte begonnen.

Die Flotte segelte in den folgenden Wochen die dalmatinische Küste entlang, und da der Doge in verschiedenen Städten Hof hielt, näherte sie sich nur langsam ihrem ersten Ziel, Zara.

Fulco und seinem Diener Ludovico wich Christoph nach Möglichkeit aus, aber der eintönige Tagesrhythmus an Bord führte sie immer wieder zusammen. Bei den gemeinsamen Mahlzeiten blieb ihm meist das Brot vor Anspannung im Hals stecken. Er fürchtete sich davor, von Fulco erkannt zu werden, nachts schrie er im Schlaf.

Kurz vor Zara wurde die See unruhig, Böen fegten über das Schiff, es neigte sich bald heftig zur einen, dann zur anderen Seite, und die Bewegungen waren immer schlechter vorauszusehen. Der Wind sang in den Segeln.

Mit gegrätschten Beinen stand Christoph an Deck und starrte in die aufgewühlte See, die weißgraue Gischtfontänen an der Bordwand hochwarf. Plötzlich rutschte er über die nassen Planken, die Kante der Reling grub sich in seinen Magen, während sein Oberkörper bereits nach vorn schwang und die Füße den Halt verloren. Die See kam auf ihn zu. Mit einem Ruck wurde er zurückgerissen, und zwar so grob, daß er meinte, der Arm werde ihm aus der Schulter gedreht. Ein siedendheißer Schmerz durchfuhr ihn, der noch zunahm, als er begriff, daß es Fulco war, der ihn umklammert hielt.

»Faß mich nicht an!« schrie er und wand sich in dem eisenharten Griff. »Ich will nicht, daß man mich anfaßt.«

Abrupt ließ ihn Fulco los. »In Ordnung, Junge, das nächste Mal laß ich dich über Bord gehen«, sagte er gelassen und wandte sich ab.

Mit fliegenden Fingern hängte sich Christoph an eines der von den Segeln herabhängenden Taue, Schreck und Abwehr schüttelten seinen Körper, haßerfüllt starrte er Fulco nach, der sich zu seinem Hengst durchschlug. Das Tier wieherte angstvoll.

6

Die Erstürmung Zaras am 24. November 1202 entwickelte sich für Christoph erst nachträglich zu einem Alptraum, denn während der Kampfhandlungen selbst blieb er mit Enrico auf dem Schiff. Schon bevor die Flotte vor Anker ging, hatte der Benediktiner erklärt, daß er nicht kämpfen werde. Warum er dann überhaupt den Kreuzzug mitmache, fragte der Junge.

»Ich reise im Auftrag des Papstes als eine Art geheimer Beobachter mit. Aber nicht nur deshalb halte ich mich aus diesem Kampf heraus, es gibt noch andere Gründe.«

Mit undurchdringlicher Miene schaute der Mönch Fulco zu, der mitsamt Roß, Rüstung und Diener von Bord ging. Noch am

Tag zuvor hatte Christoph beobachtet, wie Fulco sein Langschwert, das ihm quer auf den Knien lag, mit einem Wetzstein schliff. Der Stein sirrte über den Stahl der Klinge, und der Junge wünschte sich sehnlichst, dabeizusein, wenn sich die Ritter in ihren schimmernden Rüstungen in den Kampf stürzten. Er war unwillkürlich näher herangekommen, als Fulco plötzlich den Kopf hob und ihn unter schweren Lidern musterte.

»Du kämst lieber mit, als hier zu versauern?«

Die angenehm dunkle Stimme, in der ein Anflug von Spott mitschwang, traf Christoph wie eine unerwartete, körperliche Berührung, er wich zurück, mit einem Gefühl aufkommender Panik kämpfend.

Der erste Tote, den er sah, war ein Mann, dem ein Schwertstreich den Schädel bis zur Nasenwurzel gespalten hatte, der Kopf klaffte, das Gesicht, von Blut und grauem Gehirnbrei besudelt, war kaum noch menschlich. Die Leiche, bis auf ein Schamtuch ausgeplündert, lag in einer schon erstarrten Blutlache. Ein Arm endete in einem Stumpf, die abgetrennte Hand trug gerade ein Hund davon. Die Finger, die aus der Hundeschnauze ragten, wippten, von einem gespenstischen Leben beseelt.

Christoph erbrach sich über dem Toten, unfähig, einen Schritt beiseite zu treten, um dem Erschlagenen diese letzte Schmach zu ersparen. Danach wäre er gern fortgerannt, heraus aus der Stadt, in deren Straßen er jetzt einen bestialischen Geruch nach Blut und Gewalt wahrnahm. Der Tote sei ein venezianischer Ritter gewesen, erklärte einer der Mönche, nach einem geradezu pedantisch genauen Blick auf die Leiche. Enrico ließ dem Jungen gerade so viel Zeit, sein Bündel, das ihm entfallen war, wieder aufzuheben, dann trieb er ihn unerbittlich weiter. Auf die Mönche wartete eine Aufgabe, die keine Schwäche duldete.

Christoph saß vor einem Zuber, in dem eine dunkel braunrote Brühe schwappte, mit ein paar gallertartigen hellen Stippen und bräunlichem Schaum obenauf. Bis zu den Ellbogen hatte er die Arme eingetaucht, den Magen schwer wie ein Stein vor Ekel. Das Waschen der gebrauchten Tücher und Binden war aber immer noch erträglicher, als die Kranken zu berühren. Es waren nicht nur die Wunden, das klaffende Fleisch gewesen, das ihn schon nach kurzer Zeit hatte so fahrig werden lassen, daß ihn der Medicus zu den Wäschern geschickt hatte. Die Nähe der Verletzten war nicht auszuhalten gewesen, ihre Augen, die ihn in die Qualen einbezogen, die Bitten um Erbarmen, und dabei hatte er Arme und Beine ruhigzuhalten, während die Mönche Wunden vernähten und Verbände anlegten.

Es hatte nicht geholfen, daß er durch seine Kuttenärmel griff, um den direkten Hautkontakt zu vermeiden. Ebensowenig konnte er Schweiß von den Stirnen wischen oder Brei in aufgerissene Münder löffeln. Nichts von all den Samariterdiensten gelang ihm, weil seine Hände nicht gehorchen wollten. Das Mitleid ließ seine Lider wie entzündet anschwellen, ohne daß eine Träne nach außen drang. Aber am Waschzuber weinte er, seit drei Tagen schon, die scharfe Lauge ätzte ihm die Augen.

Der Kriegslärm, der bis zum Schiff gedrungen war, hatte ihn nicht auf all das Grauen vorbereitet, auf die Schreie Verwundeter, das Winseln Sterbender.

Einige der Mönche spendeten in den ersten Tagen von früh bis spät die Sterbesakramente. Manch einen Schwerverletzten erlöste nach dem letzten Segen ein Dolchstoß.

Irgendwann ging Christoph auf, daß sich sein Grauen und auch das Mitleid mit den Verletzten abstumpfte, er war sogar zu einigen Handreichungen im Krankensaal fähig, wenn er die frisch gewaschenen und getrockneten Tücher hereintrug, und er fragte sich, ob dieser barbarische Krieg ihn bereits verrohen ließ.

Im Nebengebäude eines Klosters hatte Enrico für sie ein bescheidenes Quartier gefunden, und dort traf sich der Benediktiner zum Austausch von Neuigkeiten mit Simon de Montfort und dem Abt von Vaux, beide bedeutende Heerführer und Gegner aller Ziele, die dem eigentlichen Sinn des Kreuzzugs entgegenstanden.

»Für Bonifaz ist das ein leicht erfochtener Sieg, eine Vorübung für den bevorstehenden letzten Heiligen Krieg. Es heißt sogar, seine Ritter sehen in dem Sieg ein Zeichen, daß Gott auf diesem Kreuzzug mit ihnen sei«, erklärte Montfort.

»Der Papst jedenfalls ist anderer Ansicht«, antwortete Enrico trocken. »Morgen wird auf allen Plätzen der Stadt ein Schreiben von ihm verlesen, in dem er den gesamten Kreuzzug wegen der an einer christlichen Stadt verübten Greuel exkommuniziert.«

Christoph wagte eine Frage. »Was heißt exkommuniziert?«

Der Abt von Vaux antwortete. »Alle, die sich am Kampf beteiligt haben, werden für vogelfrei erklärt und haben ihr Seelenheil verwirkt.«

»Sie sind des Teufels, Junge«, dröhnte Montfort und schlug sich an das rasselnde Schwertgehänge, »sei froh, daß du nicht dabei warst.«

Als ihm Fulco einfiel, glühten Christophs Augen in diabolischer Freude auf.

»Wird Dandolo die Exkommunikation zur Besinnung bringen?« fragte der Abt.

»Du meinst, ob er endlich die Plünderungen verbietet? Dandolo dürfte ein päpstlicher Bann kaum scheren, wenn nur die besiegte Stadt deutlich genug seine Ungnade spürt«, erklärte Enrico.

Zu Christophs Erstaunen erhob Enrico keine Einwände, als Fulco ein paar Tage später auftauchte, um seinen Hengst bei ihnen unterzustellen.

»Du sprichst noch mit einem Vogelfreien und Verdammten?« fragte er erregt, als Fulco sie verlassen hatte, um das Pferd selbst in den Stall zu führen.

»Fulco? Der Papst hat die Exkommunikation wieder aufgehoben, nur für die Venezianer nicht. Er gestattet aber weiter den Umgang mit ihnen, damit ist selbst deren Exkommunikation praktisch wirkungslos, was diesen Kriegszug betrifft.« Nach einer Pause fügte er hinzu. »Fulco ist kein Venezianer.«

Christoph schien es so, als wollte Enrico noch mehr sagen, aber er verstummte. Wenig später stürmten Montfort und der Abt von Vaux in ihr Quartier.

»Was für eine scheinheilige Kreatur ist dieser Papst«, wetterte Montfort. Er ließ sich auf einen wackeligen Stuhl sinken, die gepanzerten Beine weit von sich gestreckt. »Für mich ist dieser Krieg beendet. Für Vaux und seine Leute auch. Ein paar andere werden direkt nach Akkon ziehen. Der Kreuzzug geht nicht ins Heilige Land, sondern …«

»… gegen Konstantinopel«, sagte Fulco. Unbemerkt war er

eingetreten und lehnte sich lässig mit gekreuzten Armen an die Wand, die Daumen in den Schwertgurt eingehängt, eine Kutte trug er längst nicht mehr. Die Kleidung des Kriegers stand ihm wesentlich besser als dem untersetzten kurzbeinigen Montfort, mußte Christoph widerwillig feststellen.

»Angeblich will Dandolo den Thron für Alexios zurückgewinnen«, fuhr Fulco fort.

Montfort schnaubte. »Er will eine Handpuppe auf dem Thron von Byzanz, um durch sie den Osthandel und die byzantinische Politik zu bestimmen.«

»Dann weißt du sicher auch, daß Alexios mit allerhand Versprechungen um sich wirft. Es ist von 200000 Mark Silber die Rede, die an Venedig gehen sollen, und von der Zusage nachhaltiger Unterstützung für den weiteren Kreuzzug. Für den Papst soll auch etwas abfallen. Ohne den Patriarchen zu konsultieren, garantiert Alexios die Anerkennung der römischen Oberhoheit über die Ostkirche. Das ist der Grund, warum der Papst so zart mit den Venezianern umgeht.«

Montfort stand auf. »Das Ganze kotzt mich ohnehin schon an, aber die Aussicht, mit einem Bürschchen wie diesem griechischen Prinzen irgendwelche hinterhältigen Bündnisse zu schließen, bestärkt mich in meinem Entschluß: dieser Kreuzzug sieht mich ab jetzt von hinten, ich furz drauf.«

Nachdem die Besucher gegangen waren, fragte Christoph: »Sind die Byzantiner denn Christen?«

»Für die Ostkirche gelten die gleichen heiligen Schriften wie für die Westkirche, die Unterschiede liegen in der Auslegung. Glaube ist etwas Lebendiges, Wandelbares, da kann es schon zu verschiedenen Ansichten kommen. Ja, auch die Byzantiner sind Christen, sie glauben an Gott, den Allmächtigen.«

»Müßte der Papst dann nicht einen Krieg gegen Byzanz verbieten?«

»Er erhofft sich die Einheit der Christenheit von dieser Eroberung. Dafür nimmt er das in Kauf, was du hier in Zara gesehen und erlebt hast.«

Am nächsten Abend warf Fulco Christoph einen Mantel und ein paar Stiefel zu. »Zieh das an, damit wir sehen, ob's paßt.«

Der Mantel bestand aus schwerem Tuch, innen mit Pelz gefüttert. Christoph fuhr mit der Hand über die seidig weiche Innenfläche, glitt in den Mantel wie in eine zweite Haut: eine fast zärtliche Berührung. Einen Moment stand er wie verzaubert.

»Zu lang, aber der Junge wächst noch«, sagte Fulco.

Christoph wandte sich langsam zu ihm um. »Woher stammt der Mantel?«

»Von einem Bürger Zaras, der ihn nicht mehr braucht.«

Über Fulcos Schulter sah der Junge ein häßliches Lächeln auf Ludovicos Gesicht. Er ließ den Mantel fallen.

Enrico hob ihn auf. »Wir reisen zusammen«, sagte er knapp.

Christoph stand leise vor Morgengrauen auf und raffte seine Habseligkeiten an sich, Mantel und Stiefel ließ er liegen. Er schlich mit seinem Bündel durch die nachtdunklen Straßen, mehr als einmal von Stöhnen, plötzlichem Schreien und Gelächter erschreckt. Sein Ziel war das letzte Ritterkontingent, das sich nach Akkon aufmachte. Aus einem Pferch vor der Stadt wollte er irgendein Reittier stehlen.

Ludovico überraschte ihn dabei. Er fiel über ihn her, stieß ihn in den Dreck, band ihm die Hände auf dem Rücken zusammen und schleifte ihn an wenigen, manchmal mitleidig blickenden Frühaufstehern vorbei zurück zur Unterkunft. Enrico wischte das hämische Grinsen Ludovicos mit einer Handbewegung weg und warf ihn hinaus. Der Mönch und Christoph starrten sich einen Augenblick an.

»Warum sollen wir mit Fulco reisen?« schrie der Junge auf und rieb sich unbewußt die Handgelenke. »Bin ich so ein Niemand, daß du über mich ungefragt verfügst?«

»Warum sagst du nicht etwas, statt dich einfach fortzustehlen?«

»Hätte es etwas genützt?«

»Nein, aber ich gebe zu, einen Fehler gemacht zu haben.«

Christoph atmete etwas ruhiger.

»Aber warum mit Fulco, warum nicht mit den Kreuzfahrern?«

»Weil wir nicht nach Akkon, sondern wie Fulco nach Konstantinopel reisen. Was ihn betrifft und diesen Ludovico, weder der eine noch der andere ist ein Freund von mir. Du hast gehört, wie gut Fulco selbst über geheime Dinge Bescheid weiß. Die Montferrats haben vielfältige Verbindungen in den Orient, seit langem, das ist bekannt, nicht bekannt ist, wie weit sie reichen. Du hast gesehen, daß bei diesem Kreuzzug jeder seine eigene Suppe kocht, Dandolo, aber auch Bonifaz, so sehr er im Schatten des Dogen zu stehen scheint.«

»Aber warum Konstantinopel? Warum will Fulco dorthin?«

»Wir reisen nach Konstantinopel, weil die Stadt als nächstes Angriffsziel feststeht. Ich will vor den marodierenden Horden dieses Kreuzfahrerheers dort sein und sehen, ob ich warnen oder Schlimmes verhüten kann. Daß Fulco etwas vorhat, ist offensichtlich, und am leichtesten finden wir seine Absichten heraus, wenn wir in seiner Nähe bleiben.«

Daß Enrico ihm so bereitwillig Auskunft erteilt hatte, wunderte Christoph erst, als der Mönch sich längst wieder seinen Papieren zugewandt hatte. Wahrscheinlich wollte er ihn nur besänftigen, und es ärgerte ihn, daß er sich tatsächlich gezwungen sah, sich zu fügen. Enrico schien nichts anderes zu erwarten, denn er ging bald schon aus, ohne Maßnahmen zu ergreifen, die Christoph an weiteren Fluchtversuchen gehindert hätten.

In der Frühe stahlen sich die beiden Benediktiner, Christoph und Ludovico aus der Stadt, sie beabsichtigten, zunächst grob der Küstenlinie nach Süden zu folgen und dann quer über Land zu reisen. Ludovico hatte die noch fehlenden Reittiere besorgt.

Dem Auf und Ab des Pferdeleibes hatte sich Christophs Körper gegen Ende des ersten Tages noch kein bißchen angepaßt. Bei jeder Schrittfolge des Tieres fuhr ihm ein unangenehmer Stoß das Rückgrat entlang und brach sich unter seiner Schädeldecke. Schon leicht benommen, bemerkte er nicht, daß sich in das Getrappel der eigenen Pferde das fremder mischte. Sirrend fuhr plötzlich Fulcos Schwert aus der Scheide, und danach zog auch Enrico eine Waffe.

Die auf sie zu preschenden Reiter nahm der Junge trotzdem nicht als Bedrohung wahr, staunend beobachtete er, wie er mit seinen Gefährten eingekreist wurde. Kreuzritter waren auch die anderen, das sah er an den Mänteln, aber die Gesichter verbargen herabgezogene Visiere. Verspätet fiel ihm ein, daß einige von den höchst christlichen Rittern, die gegen Zara angetreten waren, sich die Langeweile eines ereignislosen Winters durch etwas Strauchrittertum abwechslungsreicher gestalteten.

Neun mit Helm und Kettenhemd Gepanzerte gegen drei Männer in Reisebekleidung und ein halbes Kind.

Fulco und Enrico trieben Christophs sanftmütige Mähre zwischen sich. Vor Zara hatten Christoph noch Träume von Rittertum und edler Kampfeslust bewegt, nun zeigte sich, daß es etwas anderes war, den Stahl der Klingen in der Luft singen zu hören und im nächsten Moment in lebendiges Fleisch fahren zu sehen, das plötzliche Aufklaffen eines Schenkels, einer gerade noch unversehrten Kehle direkt mitzuerleben und das gischtartige Sprudeln des Blutes, das die Pferde in blankem Irrsinn schreien ließ.

Fulcos Hengst stieg, nur von den Knien gelenkt, auf die Hinterhand, und die Hufe zermalmten den Schädel eines bereits Gestürzten. Christoph schwindelte es von dem Geschrei, dem Blutdunst und der Kreiselbewegung der um ihn tanzenden Pferdeleiber, die sich schutzgebend an ihn drängten. Tief duckte er sich über den Hals seines Tieres und aus den Augenwinkeln sah er, wie Blut aus einer tiefen Armwunde Fulcos quoll und Enrico ein helles rotes Rinnsal über die Stirn lief.

Zwei der Gegner waren erledigt, reiterlos stoben ihre Pferde davon, die Hufe der übrigen pflügten weiter die Erde auf und ließen Dreckklumpen bis zu den Sätteln hochspritzen.

Enricos Schwertarm parierte immer knapper die Hiebe. Wirr fuhr Christoph der Gedanke durchs Hirn, daß es allmählich Zeit für das Gebet wurde, mit dem man die Seele vor dem letzten, alles auslöschenden Schlag Gott dem Barmherzigen befahl.

Plötzlich fiel einer der Strauchdiebe, beinahe mittendurch gehauen, neben Christoph aus dem Sattel. Die restlichen Wegelagerer flüchteten rascher, als sie aufgetaucht waren, vor einem fremden Ritter, der wie der Engel mit dem Flammenschwert erschienen war, keiner hatte ihn kommen sehen.

Keuchend saßen die vier auf ihren Tieren und musterten ihren Retter, der mit vollständiger Konzentration seine Waffe, ein Krummschwert, reinigte und erst dann den Helm abnahm. Eine goldblonde Mähne fiel auf breite Schultern, tiefblaue Augen, kaum getrübt von der Anstrengung, wandten sich den Geretteten zu. Der Unbekannte hatte die Statur Leones, hünenhaft saß er auf einem riesigen grauen Hengst. Ein Templer, wie die Kreuzfahrer trug er ein aufgenähtes rotes Kreuz auf dem Mantel.

Bevor er seinen Namen nannte, kniete der Fremde mit selbstverständlicher Grazie zwischen Blutlachen und Leichen im Dreck und dankte der heiligen Mutter Gottes, der allerseligsten Jungfrau, für den Sieg. Fulco und Enrico stimmten, sich auf ihr Mönchshabit besinnend, in das Gebet ein.

Der Tempelherr hieß Roberto di Luiz y Tarascon. Noch während der Spanier sich vorstellte, bemerkte er den Blick Christophs, der an seiner blonden Mähne hing. Der Fremde lächelte zum erstenmal. »Ich bin Normanne.«

Fulco rief den Jungen ungeduldig zu sich und wies ihn an, ihm beim Verbinden seiner Armwunde zu helfen. Christoph weigerte sich brüsk.

Fulco musterte ihn aus verhangenen Augen. »Ich vergaß, daß du es nicht liebst, berührt zu werden. Auch das Berühren ist dir wohl zuwider? Dann kümmere dich wenigstens um meinen Rappen, er mag Ludovicos grobe Hände nicht.«

Das Tier stieg am Zügel hoch, an dem es der Diener niederzuzwingen suchte. Es schweißte aus einer Brustwunde. Christoph flüchtete sich zu dem Hengst, legte ihm instinktiv die Hände auf die Nüstern, als der Kopf herunterfuhr. Tatsächlich beruhigte sich Vento und schnaubte in die Hände.

Während Christoph die Wunde des Pferdes vorsichtig mit einem Tuch abtupfte, versorgte der Templer mit ungewöhnlicher Behutsamkeit die Armwunde. Merkwürdig lange traf sich sein Blick mit dem Fulcos, Christoph verstand nicht, warum ihn dieser Blickaustausch so unangenehm berührte.

Enrico wischte sich achtlos das Blut aus den Augen, lehnte jegliche Behandlung seiner Verletzungen ab und drängte zum Weiterreiten, bevor die Angreifer auf die Idee verfallen mochten, mit Verstärkung zurückzukommen.

Kaum verbunden, stand Fulco auf und ging auf seinen Hengst zu, betont langsam, so daß bei den ersten Schritten das Hinken kaum auffiel. Der Templer verfolgte die Bewegungen mit unverhüllter Aufmerksamkeit. Unter diesen Blicken verstärkte sich das Hinken zusehends, Fulcos Gesicht färbte sich dunkelrot, während er immer ungelenker und hastiger auf sein Pferd zustolperte, bis er sich schließlich an das Zaumzeug klammern konnte.

Einen Augenblick hielt er den Kopf gesenkt, warf ihn dann mit vor Wut funkelnden Augen in den Nacken und herrschte den Jungen an: »Du reitest den Hengst, bring mir deine Stute.«

Christoph weigerte sich und begann zu schreien, als Fulco wiederholte, daß der Tausch notwendig sei, um durch das leichtere Gewicht Vento zu schonen. An den Mienen der anderen las er ab, daß sie Fulco recht gaben, und fühlte eine demütigende Machtlosigkeit, während er zusehen mußte, wie Ludovico die Sättel austauschte.

Über dem Kampfplatz kreiste eine Schar schwarzer Vögel. Es fehlte die Zeit, die toten Strauchritter zu beerdigen, und wieder war es der Templer, der als erster niederkniete, um die Totengebete zu sprechen. Dann überließen sie die Leichen den Raben.

Roberto schloß sich den Reisenden ganz selbstverständlich an und erklärte seine Absicht, sie sogar bis Konstantinopel zu begleiten, da ihn keine Eile drängte, nach Akkon zu kommen, und er lieber in Gesellschaft reiste.

Das Meer lag grau in der Ferne, eisige Windböen pfiffen über kahle, karstige Hochebenen. Christoph war froh über den Mantel und die Stiefel, ansonsten gestaltete sich das Reiten zunehmend ungemütlich. Krampfhaft hielt er sich an der schwarzen Mähne Ventos fest, denn mit jeder Bewegung des Pferdes litt er mehr. Ein paar Tage später fühlten sich seine Schenkel wie rohes Fleisch an, brannten unaufhörlich, ein weißglühender Schmerz, der ihm die Tränen in die Augen trieb. Ganz fest preßte er die Kiefer zusammen, um nicht aufzuschreien.

Um sich von seinen Leiden abzulenken, taxierte er heimlich seine Mitreisenden. Roberto war der Älteste, etwa dreißig, Enrico und Fulco mochten gleichaltrig, Mitte Zwanzig, sein und Ludovico noch ein paar Jahre jünger. Eine oberflächliche Kameradschaft hatte sich zwischen den Männern eingestellt.

Christoph hatte sich gleich zu Roberto hingezogen gefühlt, schon bei dem ersten Blick auf sein leuchtendes Haar, das ihn ebenso an Marco erinnerte wie das gelegentlich aufflammende Lächeln, das die Strenge des Gesichts verwandelte. Der Templer begegnete dem Jungen freundlich und plauderte gern mit ihm, daher trieb er sogar manchmal trotz seiner Schmerzen den Hengst an, um neben den Grauen Robertos zu gelangen.

Gar nicht zu verstehen war, daß Enrico den Unterhaltungen mit Roberto meist rasch ein Ende setzte, indem er Christophs Pferd abdrängte und neben sich zwang wie ein Zuchtmeister.

In Durazzo gingen sie mit Vento und dem grauen Hengst Robertos an Bord eines Schiffes, mit dem sie um die griechische Halbinsel segeln wollten, um die Reise abzukürzen. Der Besitzer des nicht sehr seetüchtig wirkenden Kahns war der einzige, dessen persönliche Not groß genug schien, um die gefährliche Winterfahrt zu wagen. Die Pferde wurden an Deck angebunden, von einer Plane vor Regen geschützt.

Zwischen den Inseln Lesbos und Lentinos gerieten sie in einen Sturm. Der wirbelnde, kochende Schaum der Gischt übergoß Christoph eiskalt, ihr folgten Brecher, die sich in kleinen Sturzbächen verliefen. Das Schiff ächzte in allen Fugen, qualvoll schrien die Pferde. Der graue Hengst glitt auf den glitschigen Planken aus und brach sich die Vorderbeine. Mit ein paar Schlägen hieb Enrico die Taue durch, die das Tier hielten, Roberto tötete es gleichzeitig mit einem Stich ins Herz, die nächste Woge spülte es über Bord. Christoph sah dem Kadaver nach, während er sich mit aller Kraft an einem Tau festhielt, als plötzlich seine klammen Finger nachgaben, das Seil entglitt ihnen. Im nächsten Augenblick wurde er ergriffen, Enrico und Roberto banden ihn am Mast fest. Fulco hielt die Arme um Vento geschlungen, nur Ludovico machte sich unter Deck unsichtbar.

Nach Stunden flaute der Sturm endlich zu einem kräftigen Wind ab, der sie rasch in die enge Passage der Dardanellen trieb. Durch das stete Brausen des Windes in den Segeln war Ludovicos Schreien zu hören, den Fulco mit einer Peitsche schlug, weil er im Sturm seinen Platz bei den Tieren verlassen hatte.

Keinem tat der Bursche leid, und doch machte Christoph das Geschrei zu schaffen, er sah genau vor sich, wie der lange, geflochtene Lederriemen, den er vorher in Fulcos Hand gesehen hatte, auf Ludovico traf, auf ihn selbst. Er hielt sich die Ohren zu, aber es nützte wenig.

In Gallipoli kauften sie neue Pferde, um das letzte Stück der Reise über Land fortzusetzen.

Sofort brachen die verschorften Stellen an den Schenkeln wieder auf und schienen jetzt doppelt zu schmerzen. Zufällig oder absichtsvoll streifte Fulco ihn öfter beim Vorbeireiten, und einmal hob er ihn sogar mit einem Griff in den Sattel, als er schmerzgeplagt beim Aufsteigen zögerte. Er schrie auf. Ludovico wandte sich im Sattel um und griff sich mit einem vielsagenden Grinsen an den Hintern.

Ein paar Tage später begann Christoph gegen Mittag zu fiebern, er zitterte in dem noch halbfeuchten Mantel. Sein Reittier geriet von selbst neben das von Roberto. Über die Schulter zurück sah er Fulco und Enrico nebeneinander traben. Hoch über ihnen im blassen Winterhimmel kreiste ein einsamer Adler mit weit gebreiteten Schwingen. Sein melancholischer Schrei hallte durchdringend in der kalten Luft.

Wenn Fulco einem Habicht und Enrico einem Falken gleicht, dann Roberto einem Adler, dachte Christoph, vom Fieber benommen.

»In der heiligen Schrift steht: du sollst nicht töten. Ist es da recht, wenn Mönche das Schwert führen, und bist du auch einer?«

»Mönche kämpfen, wenn der Kampf vor Gott zu rechtfertigen ist und zur Selbstverteidigung. An ihrem Schlag konnte ich sehen, daß Fulco und Enrico nicht nur Mönche, sondern wie ich auch Ritter sind. Nicht jeder im Kloster ist für das Kloster erzogen worden. Wir Templer sind ein Ritterorden und haben uns neben dem Dienst für Gott vor allem verpflichtet, für Jerusalem, das heilige Grab und die Sicherung der Pilgerpfade zu kämpfen.«

»Warum hast du nach dem Überfall zur Jungfrau gebetet?«

»Weil wir Templer die Jungfrau verehren, sie ist die einzige Frau, die wir in unserem Leben lieben. Und warum steckst du in einer Kutte?«

»Ich bin Klostergärtner, und auch wir Gärtner verehren die Madonna in unseren Gärten.«

Enrico trabte heran und gab Christophs Stute einen leichten Hieb, die sie vorwärtsgaloppieren ließ. Eigensinnig kehrte der Junge an Robertos Seite zurück.

»Hast du keine Angst im Sturm gehabt? Dieses viele Wasser. Was ist Wasser, Roberto?«

»Etwas ewig Wandelbares, Veränderliches, mal gewalttätig, mal sanft als Regen oder Tau. So wie alles, nichts in dieser Welt außer der Liebe Gottes zu den Geschöpfen ist fest und immer gleich.«

»Aber ich will das Dauerhafte. Erde ist fest, und ein Garten ist etwas Dauerhaftes.«

»Wirklich? Was ist mit dem Blühen, Wachsen, Reifen und Vergehen im Wandel der Jahreszeiten? Nur in den Gärten des Orients herrscht eine Art Zeitlosigkeit, ein ewiger Frühling und ewiger Herbst, denn dort blüht immer etwas, und Früchte reifen das ganze Jahr.«

Der Rest der Reise verlor sich für Christoph in den Nebeln der Fieberschauer. Eingewickelt in den Mantel, lag er schließlich auf dem Pferd, den Kopf auf der Mähne, ein Gurt hielt ihn auf dem Pferderücken. Wie im Traum ragten eines Morgens hohe Mauern vor ihm auf: die Reisenden hatten Konstantinopel erreicht.

Kapitel 3
Konstantinopel

1

Die ersten Eindrücke von Konstantinopel gewann Christoph aus schwankender Perspektive. Im Takt der Pferdehufe nickten die Bilder vor ihm auf und ab. Kuppelkirchen und Paläste tauchten auf, zerdehnten sich in ganz unmöglicher Breite und Höhe, schimmerten in schwer glaubhafter Pracht, säumten gepflasterte Straßen und weite Plätze; die Gärten, noch halb im Winterschlaf, waren bereits über die Maßen grün. Wenn das, was er sah, keine bloße Fieberphantasie war, dann konnte Venedig gegen Konstantinopel nicht mehr als ein schmutziges Dorf sein.

Kurz hinter den Stadttoren hatten sich Fulco und Ludovico ohne Angabe ihres Zieles von den anderen getrennt, Roberto dagegen begleitete Enrico und den Jungen noch bis zu dem kleinen Kloster, das der Benediktiner als vorläufigen Aufenthaltsort gewählt hatte. Der Templer verabschiedete sich, als er den Kranken in der Obhut der Klosters wußte.

Tage des Dahindämmerns folgten. Christophs Atem rasselte derart, daß Enrico einen Arzt rief. Dieser verordnete Umschläge und Kräutertränke, die mild nach Honig und Salbei dufteten. Nach einer Woche schien die Krise überwunden und das Bewußtsein erwachte wieder, aber da brach sich die Trauer um Antonius und Marco Bahn, als hätte bis dahin Fulcos Gegenwart das Gefühl gelähmt. Ein krampfhaftes, unkontrollierbares Schluchzen erschütterte den ohnehin geschwächten Körper.

Das Essen, das Theodosius, ein alter Mönch, in einer angeschlagenen Tonschale brachte, wies Christoph mehrmals angeekelt zurück. Lauwarmer Kornbrei, gewöhnliche Klosterkost, tausendmal gedankenlos aus einer ähnlichen Schale gelöffelt. Vielleicht roch dieser Brei säuerlicher als üblich und war auch grauer, schmutzig graubraun wie das ganze Kloster, die dunklen, engen Flure, die Zellen, die unverputzten Steinwände.

Nach zwei Tagen konstanter Verweigerung trat gegen Mittag Enrico in die Kammer, frisches Weißbrot und einen kleinen Krug Rotwein in der Hand. Christoph drehte das Gesicht zur Wand und zog die Decke über sich.

»Wir hätten dich über Bord gehen lassen sollen«, hörte er Enrico trocken erklären, »das habe ich auch Roberto gesagt, als er sich nach dir erkundigte.«

Verstohlen drehte Christoph den Kopf und beobachtete den Mönch durch zwei Mottenlöcher in der lumpigen Decke. Enrico stand neben dem Strohsack, die Hände in den Kuttenärmeln, und starrte mit unbewegter Miene zur Zellendecke hinauf.

»Um die Wahrheit zu sagen, es langweilt mich, den Krankenwärter einer haltlosen Kreatur zu spielen.«

Als sich der Mönch zur Tür wandte, warf Christoph die Decke von sich und richtete sich auf. Kraftlos sank er sofort zurück, seine Stimme war kaum mehr als ein Röcheln.

»Was hast du Roberto gesagt?« Unwillkürlich schluchzte er wieder auf, mit einer verlegenen Geste wischte er die Tränen ab.

Enrico goß Wein in einen Tonbecher, stützte den Kranken mit einem Arm und flößte ihm stumm den Wein ein. Christoph trank ohne Gegenwehr, schon nach den ersten Schlucken breitete sich Wärme in seinem leeren Magen aus, während ihn ein leichter Schwindel benebelte.

Er verschluckte sich. »Roberto?« keuchte er auf.

Statt zu antworten, reichte ihm Enrico das Brot und kramte aus seiner Kutte Schreibblätter, Feder und Tintenstein hervor, die er auf das Ende des Strohsacks legte.

»Was soll ich damit?« fragte Christoph zwischen zwei Bissen.

»Wenn du es satt hast, die Fäulnisflecken an deiner Zimmerdecke zu zählen und dich selbst zu bejammern, fang an, deine Latein- und Griechischkenntnisse aufzufrischen, sie werden dir hier nützen.«

»Mit der Feder?«

»Ich habe die Mönche nach Büchern gefragt, aber ich habe in ihren Beständen nichts Geeignetes für dich gefunden. Es ist also das Beste, wenn du aus dem Gedächtnis schreibst.«

Christoph leerte ohne Hilfe einen zweiten Becher Wein und stopfte sich dabei das Brot in den Mund. »Ich will nichts schreiben, ich wüßte auch nicht, was.«

Enrico sah zu ihm hinunter, den Nacken gerade, den Kopf nicht um eine Fingerbreite dem Kranken zugeneigt. »Schreib Antonius einen Brief, berichte ihm von deiner Reise.«

»Du bist verrückt.« Christoph ließ sich müde zurücksinken. »Antonius ist tot, falls du das über deinen hiesigen Geschäften vergessen hast.«

»Ich glaube eher, daß du ein bißchen kleinlich vom Leben denkst, wenn du meinst, daß mit dem Tod alles endet.« Enrico nahm den leeren Krug an sich und wandte sich zur Tür. »Hast du nicht in Zara noch behauptet, ein wahrer Christ zu sein?«

»Was ist mit Roberto?« schrie ihm Christoph heiser nach, als schon die Tür klappte.

Im Wegdämmern hörte der Kranke einen Vogelruf, eine weiche Folge von Flötentönen, die durch das Fenster hereindrang. Mit ihr kam die Erinnerung an das Gartenhöfchen hinter Antonius' Zelle und die Gespräche über den Garten in Eden. Warum, fragte sich Christoph, beinahe vom Schlaf überwältigt, suche ich etwas, was noch kein lebender Mensch seit Adam gefunden hat?

Sporenklirren weckte ihn auf. Noch schlaftrunken, nahm er die hohe Gestalt des Templers wahr. Die rasch aufgeflammte Freude über den Besuch wich einer bitteren Enttäuschung, als er bemerkte, daß Roberto mit seinem Reisemantel bekleidet war.

»Du reist nach Akkon weiter? Ich hatte gehofft, ich könnte mit dir kommen.« Nur mit Mühe hielt er ein verräterisches Schluchzen zurück.

»Aber das kannst du«, lachte Roberto, »allerdings unter der Bedingung, daß du richtig reiten lernst.« Der Templer beobachtete belustigt, wie Christoph errötete. »Du bist nicht der erste, der sich Schenkel und Hintern aufgeritten hat. Schmerzt höllisch, nicht? Und wenn's fast vorbei ist, jucken die Krusten.«

Verlegen wandte Christoph den Kopf. »Du brichst noch nicht auf? Warum dann Mantel und Sporen?«

»Nur für eine kurze Reise auf die andere Seite des Marmarameeres, in zwei bis drei Wochen bin ich zurück. Meinst du, du kannst bis dahin aufstehen und dich gelegentlich auf einen Pferderücken schwingen?«

Enrico trat eilig ein und warf einen argwöhnischen Blick auf Roberto, der ungeniert auf dem Rand des Strohsacks hockte.

»Was machst du hier, Roberto? Ich habe dir gesagt, er braucht noch Ruhe, du solltest ihn nicht wecken.«

Der Templer maß den Benediktiner mit einem spöttischen Blick, bevor er sich langsam erhob und zu voller Größe reckte, so daß der andere zu ihm aufschauen mußte.

»Wir Templer verstehen uns auch auf die Krankenpflege, aber wir gehen nicht so weit, daß man uns mit barmherzigen Schwestern verwechseln könnte.«

Enrico reagierte gelassen. »Die Barmherzigkeit ist auch Sache von Brüdern, aber sie gebührt dem Kranken, und meine erstreckt sich nicht auf lästige Besucher.«

Noch am gleichen Tag saß Christoph im milden Abendlicht auf einer Bank im Klosterhof. Von da an machte seine Genesung zügig Fortschritte, aber bald langweilte er sich recht herzlich. Enricos Bemerkung über die Klosterbücher fiel ihm ein, er überredete Vater Theodosius, ihm die Schriften zu zeigen. Es gab nur wenige, von Ungeziefer benagte Exemplare, von denen er sich die zwei am besten erhaltenen zum Lesen ausbat. Schließlich bewogen ihn die Bücher, zur Feder zu greifen und der Aufforderung Enricos Folge zu leisten, indem er an einen Toten schrieb.

Christoph, der Gärtner, an Antonius, den Lehrer im Kloster San Giorgio in Venedig.

Wir sind jetzt in Konstantinopel. Die Stadt ist, wie wir vermutet haben, das nächste Angriffsziel des Kreuzzugs. Enrico spricht täglich in Klöstern und Kirchen vor, aber keiner der Äbte und Priester bis hin zum Patriarchen (er steht der Kathedrale, der Hagia Sophia, vor) will auf ihn hören, um Leben und Kirchenschätze in Sicherheit zu bringen. Ich habe ihn gefragt, warum er nicht gleich um Audienz beim Kaiser Alexios (er heißt genauso wie der Prinz) nachsucht. Was kriegerische und militärische Angelegenheiten betrifft, hat der Kaiser doch sicher mehr Verstand als Priester und Mönche.

Enrico sagt, der Kaiser sei kein Freund der Lateiner, womit er alle Bewohner westlicher, der Kirche Roms zugehöriger Länder meint. Vielleicht hält es Enrico für wünschenswerter, einen anderen, dem Westen zugeneigten Kaiser auf dem Thron zu haben, diesen Jüngling Alexios oder seinen Vater Isaak. Ich glaube, er befindet sich in einem Konflikt. Zumindest habe ich ihn noch nie so mürrisch und angespannt gesehen, und das will etwas heißen bei einem, der wohl nicht weiß, wie man lacht oder auch nur lächelt. Er kann seine venezianische Herkunft doch nicht verleugnen. Da ist auch noch die Sache mit der Einheit der Kirche, die der Papst sich wünscht. Aber das alles soll ohne Opfer, ohne Blutvergießen erreicht werden. Seit Zara kann auch Enrico nicht wirklich daran glauben, daß so etwas möglich ist. Daher wohl die schlechte Laune.

Um mein Griechisch aufzubessern, habe ich die Schrift eines gewissen Markion gelesen, eines Kirchenlehrers aus dem zweiten Jahrhundert, der längst als Irrlehrer gilt, wie ich von Enrico erfuhr, als er mir das Buch wieder fortnahm.

Dieser Markion sagt, der böse Gott Jahwe hat die Materie geschaffen, und sie hat keinerlei Wert. Dagegen erklärt Plotin, ein heidnischer Philosoph des dritten Jahrhunderts, den du vielleicht kennst und dessen Schrift Enrico ebenfalls an sich nahm, so daß ich sie nicht zu Ende studiert habe, die Materie sei die niedrigste Emanation der Weltseele, das »Nicht-sein-Sollende«. Die Materie ist nach Plotin übel und Ursprung allen Übels, und der Tod befreit von ihr. Vielleicht fürchtet Enrico, ich lasse mich von solchen Ansichten anstecken und hungere mich doch noch zu Tode, was seinem Ruf abträglich wäre, da er ja laut verkündet, für mich verantwortlich zu sein.

Übrigens ist das Kloster hier nicht römisch-katholisch. Aber das hast du wohl gewußt? Ich dachte, die Kleidung der Mönche ließe nur darauf schließen, daß sie keine Benediktiner seien. Aber sie gehören zur Ostkirche, und so große Unterschiede, außer dem merkwürdigen Hang, Bücher von Irrlehrern aufzuheben und, deren Lehre folgend, Gäste mit ihrer Küche an den Rand des Todes zu führen, habe ich bisher nicht entdeckt. Kann ich hier, bevor ich verhungere, noch zum Ketzer werden, ohne daß ich es merke?

Es grüßt dich – Christoph

Bereits beim Schreiben hatte er die Gegenwart Antonius' wie eine sanfte Berührung gespürt, die es in ihren gemeinsamen Jahren doch nie gegeben hatte. Eine tröstliche Nähe und ein behutsamer Anstoß zu neuer Zuversicht ging von ihr aus. Christoph saß auf dem Strohsack, die Hände vor dem Gesicht, um in angestrengter Konzentration dies Gefühl zu bewahren, als die Tür knarrte. Enrico trat in seine Kammer. Der Benediktiner musterte ihn prüfend, dann schweifte sein Blick über die beschriebenen Bogen, die noch auf der Bettdecke lagen.

»Wie ich sehe, beschäftigst du dich, das erleichtert mich. Denn ich muß dir sagen, daß ich nicht erlaube, daß du das Kloster ohne Begleitung verläßt. Die Mönche sind zu alt, um außerhalb ihres Hauses deine Aufpasser zu spielen, und ich habe keine Zeit.«

Christoph sprang wütend über die neue Bevormundung auf, im nächsten Augenblick schwankte er und fiel auf den Strohsack zurück. Enricos Schritte verhallten im Flur vor der Kammer, den Mönch schien bereits wieder anderes zu bewegen, als das Wohlergehen seines Schutzbefohlenen, und damit erhielt die Aufsässigkeit neue Nahrung.

Christoph wartete, bis sich die Mönche in der kleinen Kirche in eine ihrer endlosen psalmodierenden Gebetsübungen versenkt hatten. Sorgfältig rollte er die beschriebenen Pergamentblätter zusammen, steckte sie unter den Strohsack und zwängte sich unter den durch die Klostergänge schallenden Mönchsgesängen durch das kleine Fenster seiner Zelle.

Die engen Gassen hinter dem Kloster, an denen mehr Holz- als Steinhäuser standen, schienen ihm seltsam vertraut, ebenso wie der Klang der Gesprächsfetzen, die an seine Ohren drangen. Alles in allem aber stimmte das, was er hörte und sah, nicht mit jenem träumerischen Bild überein, das ihm noch vom Einzug in die Stadt im Gedächtnis haftete. Wo waren die breiten Straßen und die Gärten?

Sein Mut, sich in einer fremden Stadt, in einem fremden Land umzusehen, flößte ihm selbst Staunen ein, allerdings fühlte er sich noch von Antonius auf eine unbestimmte Art begleitet und beschützt. Marco hatte er es zu danken, daß er die prächtig aufgezäumten Huren, von denen ihm einige einladend zuzwinkerten, gleich als solche erkannte, und das bestärkte ihn in der Überzeugung, ein gewisses Maß an Weltläufigkeit von dem toten Freund geerbt zu haben.

Erst allmählich ging ihm auf, daß er sich noch in einem der drei italienischen Viertel befand, dem venezianischen, an dessen Rand ihr Kloster lag, vielleicht auch dem Pisaner oder dem Genueser, Vater Theodosius hatte ihm von ihnen erzählt. Wenig später überquerte er eine breite Straße, die wie eine Grenze zwischen dem italienischen und dem byzantinischen Teil der Stadt wirkte.

Zuallererst fiel ihm das Gras auf. Kurze, breite Halme mit einer lanzenartigen Spitze bildeten flache Rosetten am Boden, nur einzelne Halme stachen rund wie Speere nach oben. Ganz anders als das lange weiche Gras unter den Obstbäumen am Tegernsee und auf der Reichenau. Weit und breit gab es nur dieses wellige Rasengrün, das sich in unbestimmter Ferne verlor, unterbrochen von geraden Wegen, schmalen Blumenrabatten und Reihen von Bäumen, aber es waren keine Obstbäume darunter, das meinte Christoph gleich zu sehen.

Ganz langsam ging er in die Knie, um den Grasgeruch einzuatmen, sehr behutsam ließ er sich die Lungen füllen und atmete nach und nach die dumpfte Klosterluft aus, er hoffte, daß der Pesthauch, den er von sich ließ, nicht den Rasen versengte.

Nach zuviel Dreck roch es bei den byzantinischen Mönchen, nach einer ungesunden Vernachlässigung alles Leiblichen in der Nachfolge Markions und Plotins und im Dienst für den Allmächtigen. Die Flure und die von den klobigen Steinen der Wände nahezu zusammengedrückten Zellen mußten schon seit Jahrhunderten diesen Armutsgeruch gespeichert haben, der die Nase und die Augen reizte, in Christophs Kammer hatte der Winterregen zudem feuchte Flecken und Schimmelgeruch hinterlassen.

Auf dem kahlen Hof des Klosters kümmerte in den Ecken etwas winterlich gebleichtes Unkraut, ein einziger Baum trotzte den allgegenwärtigen Steinen von Gebäuden, Pflasterung und umgrenzenden Mauern mit einer schüchternen Krone, an der gerade die Blätter sprossen.

Dagegen verlor sich sein Blick in diesem Rasengrün, einem Meer aus leuchtendem Grün. Einen Moment schloß er die Augen.

Als er sie wieder öffnete, bemerkte er ein Ungeheuer, das einige Meter entfernt auf einem flachen Quaderstein hockte. Mit seinem furchterregend breiten Maul ähnelte es einer Riesenkröte, seltsam blicklos glotzte es in Christophs Richtung.

Sehr vorsichtig erhob er sich und zog die Füße rückwärts durchs Gras, ohne sie anzuheben. Das monströse Geschöpf bewegte sich nicht. Christoph ließ unauffällig, ohne den Kopf zu drehen, den Blick weiter schweifen und sah jetzt überall solche Tiere, einige waren recht merkwürdig anzusehen. Der Atem, der sich in seiner Lunge gestaut hatte, löste sich. Schon etwas lockerer in den Knien, schaute er wieder auf das erste Alptraumwesen. Eine Kröte aus geflecktem Stein.

»Hat sie dich erschreckt?« fragte eine Stimme auf Griechisch.

Christoph wandte sich um und sah sich einem jungen, gut gekleideten Paar gegenüber.

»Dabei sind sie doch so nützlich, die Kröten, Molche und Echsen.«

»Das Ungeziefer?« Christoph trat näher an das Paar heran und bemerkte, wie das Mädchen einen Schritt zurückwich.

»Sie erwachen in der Nacht zum Leben und sammeln allen Unrat auf, den die Leute fallen lassen«, erklärte der Begleiter.

»Das spart dir wohl die Gärtner.«

»Wieso mir?«

»Bist du nicht der Besitzer des Gartens?«

»Bestimmt nicht.« Der junge Mann zwinkerte belustigt seiner Gefährtin zu.

»Aber irgend jemand muß doch Sorge dafür tragen, daß die Früchte des Gartens geerntet werden, das Gemüse, die ...«

»Siehst du hier irgendwelches Gemüse?« fragte der andere grinsend.

Christoph sah sich verwundert um. »Aber wenn es nichts gibt, was man ernten kann, welchen Zweck hat dann dieser Garten?«

Das Paar lachte. »Wir gehen hier spazieren, dies ist ein öffentlicher Garten. Wir erfreuen uns an dem Duft, den schönen Bäumen«, sagte der Mann.

Die junge Byzantinerin, ein sehr hübsches, zierliches Mädchen, legte ihm die Hand auf den Arm. »Puh, wie der stinkt«, flüsterte sie laut genug, daß Christoph sie verstehen konnte, »wenn du mich fragst, so stinkt nur ein Lateiner, und schau dir doch die römische Kutte an.«

Christoph war zu verblüfft, um beleidigt zu sein. Unwillkürlich hob er den Arm, um an seiner Kutte zu schnüffeln, unterdrückte aber den Impuls sogleich, als er bemerkte, wie die Hand des jungen Mannes an den Dolch fuhr, der in seinem Gürtel steckte. Der Byzantiner sah eher schmächtig aus, wie ein Weichling, aber Christoph fühlte sich noch zu schwach, um sich auf eine Auseinandersetzung einzulassen. Dabei hätte es ihn gereizt, dem anderen die Herablassung heimzuzahlen. Eine dumpfe Wut über seine Unterlegenheit befiel ihn, als er im Zuckeltrab zum Kloster zurücklief, und dabei holte er nach, was er vorher hatte tun wollen: er roch an der Kutte und konnte nichts Abträgliches feststellen.

Obwohl er nur kurz fortgewesen war, hatte Vater Theodosius den Ausflug entdeckt, denn aus lauter Sorge um den kaum Genesenen hatte er noch vor Beendigung der Gesänge nach ihm sehen wollen, und es war auch Theodosius, der ihn empfing, als er vorsichtig das Tor zum Klosterhof aufstieß, um möglichst unbemerkt hineinzuschlüpfen. Unausgesprochene Vorwürfe klangen in der Stimme des Alten auf, obwohl er lediglich mitteilte, daß ihn Enrico in seiner Zelle erwartete.

Der Benediktiner fuhr Christoph mit mühsam beherrschtem Zorn an. »Hab ich nicht schon genug Schwierigkeiten am Hals? Mußt du dich, noch wacklig auf den Beinen, schon in Abenteuer stürzen, die du gar nicht überblicken kannst?«

»Du bist nicht mein Meister, ich kann über mich selbst entscheiden«, schrie Christoph.

»Antonius hat mir die Verantwortung für dich auferlegt, außerdem sage ich es ungern, aber du bist nicht frei, sondern stehst immer noch in Leibeigenschaft des Klosters, du hast keinen Freibrief. Ich werde allen hier noch einmal sagen, daß du ohne Begleitung keinen Fuß vor die Tür setzen darfst.«

»Ich laufe weg, wenn ich will«, brüllte Christoph.

»Ich schließ dich ein und lasse vorher das Fenster zumauern.« Auch Enrico schrie. Einen Augenblick später zuckte er resigniert die Schultern. »Wegen eines Bengels wie dir verliere ich die Beherrschung, ich wollte …« Ohne den Satz zu beenden, verließ er eilig die Zelle.

Christoph rief ihm nach: »Ich entbinde dich von allen Versprechungen, die du Antonius gemacht hast. Hör ja mit deiner scheinheiligen Fürsorge auf, sie belästigt mich.«

2

Zwei Tage später kehrte Roberto zurück.

»Bist du immer noch entschlossen, nach Akkon mitzukommen?« fragte er.

»Mehr denn je.«

»Dann laß uns sehen, was deine Reitkünste machen.«

Christoph brachte es nicht über sich, einzugestehen, daß es ihm nicht gelungen war, auch nur einem Pferdeschweif nahe zu kommen. Die Tiere, die sie bis Konstantinopel geritten hatten, waren irgendwo in einem Stall außerhalb des Klosters untergebracht, es wäre sinnlos gewesen, Enrico danach zu fragen.

Theodosius ließ sich leicht davon überzeugen, daß das Ausgehverbot für den Jungen in Begleitung des Templers nicht galt. Während Roberto Christoph quer durch die Stadt führte, erzählte er von den Nachrichten, die er aus Akkon erhalten hatte.

»Die Kreuzfahrer haben Jerusalem angegriffen, aber sie sind geschlagen worden. Es haben sich nur ein paar in die Festungen retten können, die von uns gehalten werden«, erklärte er.

»Wird der Kampf denn fortgeführt, wenn es kaum noch Ritter gibt, die kämpfen können?«

»Es kommen ständig neue Heere zusammen, sie werden sich wieder in Akkon sammeln.«

»Wann brichst du auf?« Es war die einzige Frage, die Christoph wirklich interessierte.

Sie hatten ein langgestrecktes Gebäude mit einem großen Tor erreicht.

»Wir sind am Hippodrom, warst du schon hier?« erkundigte sich Roberto, statt auf Christophs Frage einzugehen.

Der Junge schüttelte den Kopf, er konnte Pferde riechen, und sein Magen zog sich beim Gedanken an die bevorstehende Reitstunde zusammen.

»Es wird dir gefallen, dies ist ein Ort für festliche Aufzüge und Rennen, und du kannst die schnellsten und feurigsten Pferde sehen. – Komm hier herein.« Sie traten durch einen Torbogen in einen Gang, an den sich etliche Verschläge für die Tiere reihten. »Im Hippodrom werden Pferde vermietet, und wer keinen eigenen Stall hat, so wie ich, stellt sein Pferd hier ein. Wir werden von den Mietpferden eins für dich aussuchen.«

Der Templer begann, in die Verschläge zu spähen, Christoph kam der Verdacht, daß er bereits ein bestimmtes Tier ins Auge gefaßt hatte. Um sich nicht einfach mit der Wahl Robertos abfinden zu müssen, schaute er sich selbst nach einem möglichst lammfrommen Klepper um.

»Aber«, schrie er gleich darauf, »da sind ja unsere Pferde.« Mit einer Spur Erleichterung klopfte er den Hals der kleinen Stute, die er geritten hatte. Die Mähre hielt ergeben den Kopf gesenkt.

Der Templer, der ihn amüsiert beobachtet hatte, lachte laut heraus. »Nein, mein Freund, wenn ich dich reiten lehre, dann richtig und auf dem passenden Pferd. Mit Schwert und Dolch mußt du auch umgehen lernen. Die Gegenden bis Akkon sind nicht besonders friedlich. Du hast hoffentlich mit Enrico über dein Vorhaben gesprochen, und er ist damit einverstanden, daß du dich mir anschließt?«

Marco hätte ohne Bedenken gelogen, dachte Christoph, er selbst kam um eine falsche Antwort herum, da ein Pferdeknecht auf sie zutrat und nach ihren Wünschen fragte.

Das weite Feld des Hippodroms überraschte ihn. Ansteigende Ränge zogen sich um das Oval, das oben offene Bogenreihen bekrönten. Die Längsbahnen trennte ein Grünstreifen, auf dem Monumente standen, die er gern betrachtet hätte. Aber der Templer hetzte den Jungen unerbittlich um die Bahn.

Die Reitübungen erwiesen sich als erträglicher, als Christoph erwartet hatte, denn sein Körper hatte in der Ruhezeit der Krankheit das Bewegungsspiel des Pferdes so weit verinnerlicht, daß es ihm nun eher gelang, sich ihm anzupassen. Sein neues Reittier, ein junger Hengst, war allerdings weniger gefügig als die lahme Mähre.

Nach dem Reiten war er so zuversichtlich, daß er der ersten Fechtstunde gelassen entgegensah. Zunächst zeigte ihm Roberto, wie das Schwert beidhändig zu fassen und in einem Kreis zu schwingen war, dann trat er unversehens hinter ihn, legte ihm beide Hände mit festem Griff an die Hüften, um ihm begreifbar zu machen, wie die Bewegung von Schwert und Armen mit dem Körper fortgeführt und abgefedert wurde.

Statt den Händen nachzugeben, versteifte sich Christoph von den Knien bis zu den Schultern aus Abwehr gegen die Berührung. Er ließ den gutmütigen Spott Robertos, er wäre ungelenker als ein kreuzlahmer Hundertjähriger, über sich ergehen und verbiß sich darin, nicht um sich zu treten.

Gegen Ende des Unterrichts hatte sich Christoph in eine Art innere Taubheit und Empfindungslosigkeit gerettet, die es ihm ermöglichte, die Hände zu ertragen, die ohne die geringste Zweideutigkeit zufaßten, um Hüften, Ellbogen und Schultern zurechtzurücken. Vom Gesicht seines Lehrmeisters war nichts anderes als kritische Aufmerksamkeit abzulesen und hin und wieder Ungeduld. Ein oder zweimal streifte den Jungen der Gedanke, daß es ohne die quälenden Erinnerungen auch angenehm hätte sein können, von den kräftigen ruhigen Händen unterwiesen zu werden, den Händen eines Freundes.

Kaum hatte er nach zwei Tagen gelernt, bei den Übungen innerlich neben sich zu stehen, als wäre der Junge, den er linkisch das Schwert handhaben sah, ein völlig Fremder, da verschwand Roberto auf unbestimmte Zeit.

Christoph war froh um die Pause, denn die bösen alten Erinnerungen hatten sich hartnäckig in die Übungsstunden gemischt und sie gallebitter gemacht. Dabei war es doch gut gemeint gewesen, wenn ihm der Templer am Ende einer harten Übung aufmunternd auf den Rücken schlug. Und einen Augenblick hätte er sich gern müde an Robertos Schulter gelehnt. Die Vorstellung allein ließ seinen Magen schon krampfen.

Die Grübeleien trieben ihn aus seiner Zelle. Er lief die dunklen Flure entlang. Es mußte möglich sein, mit einem so großartigen Ritter und väterlichen Freund ganz entspannt umzugehen, Nähe zu spüren, die einen lächeln machte und Geborgenheit schenkte. Ein Gefühl von eisiger Kälte kroch ihm bei dieser Vorstellung über die Haut, sein Körper wollte von Nähe nichts wissen.

Eine Tür am Ende des Ganges führte in die Küche. Schon in Tegernsee waren die Brüder in der Küche am redseligsten gewesen. Christoph nahm unaufgefordert einen Reisigbesen zur Hand, fegte damit über Spinnweben und Dreck in den Ecken, stützte sich danach auf den Stiel und begann, die Brüder nach den Verhältnissen in Konstantinopel auszuhorchen.

Nach ein paar Tagen, die er mit mäßigem Eifer in der Küche zugebracht hatte, war er gerade auf dem Weg zurück in seine unwirtliche Zelle, als ihm zwei erregte Stimmen auffielen, die aus Enricos Kammer drangen. Der erste Impuls war, davon keine Notiz zu nehmen, der zweite, viel stärkere, zu lauschen. Flach drückte er sich an die rauhe Wand neben der nicht ganz geschlossenen Tür. Noch bemühten sich die Streitenden um einen gedämpften Ton, dann aber brauste der eine ungehemmt auf.

»Ich kenne deinesgleichen genau, und ich sage dir, laß die Finger von ihm.« Enricos Stimme klang schneidend.

»Du siehst in die falsche Richtung, Enrico«, entgegnete Roberto. »Glaubst du wirklich, unter so einer Benediktinerkutte verbirgt sich nur der Heilige Geist? Bist du so ein Heuchler, daß du nicht siehst, was du nicht sehen willst?«

»Kümmere dich um deine Angelegenheiten, wie ich mich um die meinen.«

»Das sehe ich. Du überläßt den Jungen den Tattergreisen und wunderst dich, daß ihm das nicht paßt. Er ist kein Schaf.«

»Und du kein Schäfer. Was willst du von ihm?«

»Nichts, du Holzkopf. Er tut mir leid, wenn er hier versauert oder durch deine Sturheit in der Stadt unter die Räder kommt. Noch einmal, ich will ihm nichts Übles. Zieh ihm endlich diese lächerliche Kutte aus, er ist kein Mönch und wird auch keiner.«

Christoph stieß die Tür weit auf und trat herein. »Wenn ihr schon über mich streitet, dann in meiner Gegenwart.«

Die beiden Männer starrten einen Moment sprachlos den Jungen an. Christoph spürte eine unerwartete Unsicherheit.

»Ihr habt doch über mich gestritten oder nicht?«

»Laß uns allein!« befahl Enrico schroff.

»Ich denke nicht daran, und daß du's weißt, ich lern von Roberto Reiten und Fechten und geh mit ihm nach Akkon.«

Enrico schaute schweigend den Jungen an, der sich unter dem betroffenen Blick des Benediktiners vor Ärger über die unbedachte Preisgabe seiner Pläne auf die Zunge biß.

»So ist das also, du hast dich hinter meinem Rücken mit Roberto verschworen und wolltest dich heimlich davonstehlen. Du bist nicht aufrichtig.«

»Hat er sich davongestohlen? Er ist noch hier, und ich habe bei dem Vorhaben auch ein Wort mitzureden. Ich hintergehe niemanden«, erklärte Roberto.

»Nur mich, nicht wahr? Du hast versprochen, mich mitzunehmen. Ihr schubst mich herum, wie es euch paßt. Ich bin nur Dreck für euch.«

Christoph wirbelte herum, um aus der Zelle zu stürzen. Mit zwei Schritten hatte Roberto ihn eingeholt und hielt ihn mit beiden Händen fest.

Diesmal war es anders als im Hippodrom, denn dieses Mal hatte er ein Recht, sich zu wehren, deshalb schlug er um sich und trat nach Robertos Schienbeinen. Der Templer schüttelte ihn so, daß ihm die Zähne aufeinanderklapperten und die Haare in die Augen flogen. Trotzdem sah er noch, wie die Tür zufiel, Roberto hatte ihr einen Tritt mit dem Stiefel gegeben.

»Ich sag dir zum letzten Mal«, Roberto keuchte beim Sprechen, »er ist bei mir so sicher wie bei dir. Der kleine Hitzkopf braucht Beschäftigung, sonst schnappt er noch über.«

Christoph schrie, daß er bei nächster Gelegenheit weglaufen würde, weg von ihnen beiden. Enrico hatte sich nicht einen Zollbreit von der Stelle bewegt, wie unbeteiligt sah er dem Geraufe zu. Christoph haßte ihn deswegen. Der Haß schwappte wie eine Welle hoch und lähmte ihn einen Augenblick. Wohl deshalb bemerkte er, wie Enrico mit einem deutlichen Anflug von Resignation Roberto zunickte. Christoph heulte auf und trat noch einmal um sich, Enrico hatte ihn nicht einmal angesehen.

»Gib Ruhe, du Kampfhahn!« brüllte der Templer. »Du gehst mit mir wieder ins Hippodrom, Enrico erlaubt es. Wie weit wirst du kommen, wenn du dich nicht mal im Sattel halten kannst? Damit du klar siehst: ich nehme dich nur dann nach Akkon mit, wenn Enrico dich freigibt.« Er ließ den Jungen los und riß die Tür auf. Im Gang drängten sich die Mönche.

»Ihr könnt gehen«, rief Roberto ihnen zu, »das Spektakel ist vorbei. Nur eine kleine Meinungsverschiedenheit unter guten Christen.« Er schlug die Tür wieder zu. »Was ist? Können wir jetzt in Ruhe miteinander reden?«

Er hatte neue Kleidung aus feinem Wollstoff besorgt, die er nun aus einem Sack zog und auf den einzigen Schemel in der Zelle warf. Tunika und Hose, die Tunika mit Krappsud dunkelrot gefärbt, dazu ein silberbeschlagener Schwertgurt, die Kleidung eines Edlen.

Christoph schlang die Arme abwehrend um seinen mageren Jungenkörper, er weigerte sich, die Kutte abzulegen.

»Wieso hängst du an dem alten, stinkenden Fetzen?« fragte Roberto ungeduldig.

»Weiß ich nicht«, gab Christoph verstockt zurück.

»Dann zieh das Ding aus, oder willst du doch noch Mönch werden?«

Der Stimmungsumschwung kam plötzlich. Christoph spürte nur noch Hilflosigkeit in der Gegenwart dieser zwei Männer und wünschte nichts anderes, als allein zu sein. Es fiel ihm schwer, auch nur den Kopf zu schütteln.

»Du weißt, daß ich Gärtner werden will, und die größten Gärten haben die Klöster«, sagte er stockend.

»Im Westen vielleicht. Aber im Osten gehören die prächtigsten Gärten den Fürsten, dem Kaiser, den Kalifen, und alle Klostergärten sind armselig dagegen. Also, was ist jetzt?«

Christoph schüttelte bloß wieder den Kopf.

»Deine Bockigkeit könnte einen Heiligen in Rage versetzen. Ich bin ohnehin keiner. Entweder du ziehst die Sachen an, oder ich verschwinde und komm dich auch nicht mehr holen. Also sag mir einen vernünftigen Grund für dein Verhalten.«

Die beiden Männer betrachteten ihn, als wären sie keinesfalls bereit, seine Aufsässigkeit länger zu dulden, sein Blick irrte zum Fenster hinaus, er hielt die Augen so starr, bis die Aussicht verschwamm, und dann wußte er die Antwort. Unbewußt krallten sich beide Hände in die Kutte. »Es sind die Erinnerungen an Anselmus und an Antonius, meine Lehrer. Ich habe Angst, sie zu verlieren und alles, was sie mich gelehrt haben, wenn ich dieses Gewand aufgebe.«

Robertos Stimme klang weicher. »Die Erinnerungen bewahrst du in deinem Herzen. Aber heb in Gottes Namen die Kutte auf, roll sie zusammen und behalte sie, bis du ihrer als Vergewisserung nicht mehr bedarfst.«

Christoph strich über die weiche Wolle der neuen Tunika und schaute zu Enrico auf. Das dunkle Gesicht des Benediktiners gab keine Regung preis, trotzdem spürte Christoph Enricos Mißbilligung oder zumindest Bedenken. Als er die Tunika aufhob, war ihm durchaus bewußt, daß er im Begriff stand, etwas Bedeutungsvolleres als einen Kleiderwechsel zu vollziehen.

»Ich werde das neue Zeug tragen, Roberto, auch wenn Enrico das nicht gutheißt, ich will nicht länger in dieser Kutte herumstinken.«

Roberto grinste. »Es soll Leute geben, die waschen sich gelegentlich.«

In der neuen Kleidung war der Junge von einem vornehmen Byzantiner kaum mehr zu unterscheiden, und seine gut gewachsene Gestalt kam zur Geltung. Die Blicke, die ihn auf dem Weg zum Reitplatz streiften, lösten etwas in seinem Inneren: sein Körper fand zu seiner natürlichen Geschmeidigkeit, ohne daß sich Christoph dessen bewußt wurde.

Im Reiten machte er bald Fortschritte, aber dem Schwertkampf konnte er auch weiterhin nichts abgewinnen. Erst Robertos Versicherung, daß Enrico ihm freien Ausgang in die Stadt gewähren würde, wenn er im Kämpfen genügend geschult sei, spornte ihn ein wenig an.

»Vielleicht sollte ich ja dankbar sein, daß du kein Ritter werden willst«, bemerkte Roberto kritisch.

Die Kampfübungen fanden in der Nähe der Ställe statt. Eines Abends ruhten sie sich gerade aus, als Fulco mit seinem Rappen die Bahn betrat. Vento tänzelte nervös am Zügel, brach auf einmal seitwärts aus und zwang dabei seinen Herrn in eine ungelenke Schrittfolge, bei der dieser stärker als sonst das Bein nachzog.

»Weißt du, warum er hinkt?« fragte Roberto.

»Wie sollte ich, meinst du, ich hatte Lust, ihn danach zu fragen?«

»Ich hab ihn gefragt. Er war ein ungebärdiger Fünfzehnjähriger wie du und hatte aus Übermut gewettet, das Pferd seines Vaters reiten zu können, einen wahren Satan. Fulco fiel herunter und brach sich den Fuß. Die Verletzung hat er geheimgehalten, und als seine Eltern endlich dahinterkamen, war es für die ärztliche Kunst zu spät: die Knochen wuchsen verdreht zusammen, und das Fußgelenk blieb steif. Es ist kein hübscher Anblick.«

»Er hat dir den Fuß gezeigt?«

»Es ergab sich so. Seine Familie entschied, daß er ins Kloster zu gehen habe.«

»Sein Gebrechen zwang ihn, etwas zu werden, was er vielleicht gar nicht wollte? Hat er dir das gesagt?«

»Nein. Aber manchmal verstehe ich auch ganz gut das Ungesagte.«

Christoph wandte sich rasch zu Roberto um, der gegen die Sonne anblinzelte, die ihm ins Gesicht schien.

Inzwischen hatte Fulco den Hengst bestiegen und preschte an ihnen vorbei. Für einen Augenblick bewunderte Christoph rückhaltlos seine Reitkünste. Zu einer Einheit verschmolzen, schienen Pferd und Reiter jede Erdschwere zu überwinden, Materie in Kraft, Bewegung und eine kaum noch faßbare Schönheit zu verwandeln.

»Er ist zum Ritter geboren. Es war ein schweres Unrecht, ihn ins Kloster zu zwingen.«

»Krüppel und Andersartige sind in den großen Familien nicht sonderlich beliebt. Wenn weitere Söhne da sind, versuchen sie, sich der Makelhaften unauffällig zu entledigen. Nur haben Menschen wie Fulco kein sonderliches Talent zur Unauffälligkeit. Auch Enrico gehört zu ihnen. Seine allzu dunkle Haut verrät seine gemischte Abstammung.«

»Aber er ist zum Mönch berufen.«

Roberto enthielt sich einer Bemerkung. Fulco wendete das Pferd im vollen Lauf auf der Hinterhand. In einer grandiosen Bewegung stieg das Tier nahezu senkrecht auf. Dann donnerten die Hufe über die Bahn, die trockene Erde flog in Klumpen zur Seite. Christoph hatte kaum begriffen, daß Vento auf sie zuhielt, da schwang sich Fulco schon aus dem Sattel und ließ den Hengst mit einem Schlag auf die Kruppe zum Stall galoppieren. Ludovico löste sich aus dem Schatten der Stallwand, um das Roß in Empfang zu nehmen.

Fulco war in schimmernde dunkle Seide gekleidet, ein breiter, kostbar verzierter Schwertgurt umschloß seine schmalen Hüften, nichts an ihm außer der Tonsur ließ an einen Mönch denken. In einer langsamen, gleitenden Bewegung zog er die Waffe aus der Scheide, der graue Stahl schimmerte elfenhaft im Licht.

»Ich hab gehört, du verdienst dir deinen Unterhalt jetzt als Instruktor, Roberto. Dann wollen wir mal sehen, ob dein Schüler deiner würdig ist. Komm, Junge, greif mich an.«

Christoph dachte nicht daran, der Aufforderung nachzukommen, Roberto legte sich auf die Ellbogen zurück ins Gras. »Schon müde, Kind?« fragte er träge.

Die Schwertspitze zog blitzende Kreise vor Christophs Augen, dann folgte ein Hieb, der das Schwert traf, das der Junge zwischen den Schenkeln hielt. Es wirbelte davon, Christoph fühlte einen heftigen Schmerz am Knie.

»Laß das!« schrie er und stand auf, um das Schwert zu holen.

Fulco schlug es wieder beiseite und ließ erst beim nächsten Mal zu, daß der Junge es fassen konnte.

»Greif an«, wiederholte Fulco durchaus freundlich, die Waffe lässig in der Hand.

»Laß mich in Ruhe, ich kämpfe nicht mit dir, mit einem ...«

»Krüppel? Ich kämpfe auch nicht mit dir, ich spiele nur.«

Diesmal parierte Christoph, die Waffe in letzter Sekunde mit beiden Händen fassend. Fulco reizte. Er schlitzte den Saum an der Tunika auf, klopfte dem Jungen mit der Schwertspitze auf die Schulter und stieß ihm urplötzlich den Knauf ins Kreuz. Christophs Schläge fielen rascher. Ohne überlegen zu müssen, nahmen seine Füße die Schrittfolgen auf, die ihn Roberto gelehrt hatte. Schließlich leuchtete Haß unverhüllt in seinen Augen auf, blanker Haß und der Wunsch zu vernichten, zu töten. Es war eine Befreiung, dieses Gefühl nicht verstecken zu müssen, sondern Kraft und Gewandtheit daraus zu ziehen, das Schwert war zum erstenmal kein Fremdkörper mehr. Er spürte, wie die Muskeln sich anspannten und eine mörderische Wucht in jeden Schlag legten.

Fulco tändelte auch weiterhin mit seinem ungleichen Gegner wie die Katze mit der Maus, gewandt trotz des Hinkens, das wie eine besonders raffinierte Art der Täuschung im Umkreisen des Gegners wirkte.

Urplötzlich war der Kampf vorbei, falls es auf seiten Fulcos einer gewesen war. Er trieb dem Jungen das Schwert mit einem so furchtbaren Hieb aus der Hand, daß dieser in die Knie gezwungen wurde, und holte mit flacher Klinge in einem weiten Kreis zum letzten Mal aus. Bevor er treffen konnte, hatte sich Roberto aus dem Gras erhoben und pariert.

»Vielen Dank für den Unterricht, Fulco. Du bist ein geschickterer Lehrer als ich, denn dir ist es geglückt, das nötige Feuer aus dem Jungen zu schlagen. Er hat sich besser gehalten, als ich bisher für möglich hielt, aber der Ritterschlag kommt verfrüht.«

Christoph lief davon. Er rannte an den Monumenten vorbei, die er noch nie mit Muße hatte betrachten können, und näherte sich wie magisch angezogen einer Säule, die genau in der Mitte des Hippodroms stand. In einer schwindelerregenden Spirale wand sie sich nach oben, dreifach und doch aus einem Stein gehauen. Den Kopf weit zurück in den Nacken gebogen, überlief ihn ein Schauder, als sein Blick drei Schlangenköpfe erfaßte. Wie Äste, die sich anschickten, eine Baumkrone zu bilden, wuchsen sie aus dem Ende der Säule in blaue Tiefen. Er unterdrückte das Atmen, um nicht den Sog in die Sphären zu verlieren, der Sog hielt an, bis sein Geist das unendliche Himmelsblau umfaßte, das ihn gleichzeitig ausfüllte, als wäre alles andere verschwunden, alle Materie der Welt, es gab nur Stille und Wunschlosigkeit, kein Selbst mehr.

Ziemlich hart schlug er auf dem Boden auf, er hatte das Gleichgewicht verloren.

Erst als Fulco den Platz verlassen hatte, kam er zurück. Von dem eigenartigen Hochgefühl war ihm nichts mehr anzumerken, eher verdrossen setzte er sich neben den schweigsamen Roberto. Nach einer Weile deutete er auf das Krummschwert, das der Templer oft bei sich führte, aber bisher nicht bei ihren Übungen eingesetzt hatte.

»Wer hat dich damit kämpfen gelehrt?«

»Die Sarazenen, es ist ihre Waffe.«

»Sie sind deine Feinde, und sie lehren dich, womit du ihnen schaden kannst?«

»Du hast das Wesen der Feindschaft noch nicht begriffen.«

»Was gibt es da zu verstehen? Feinde sind die, die ich hasse und bekämpfe.«

»Nein, Feinde sind die, die ich liebe und hasse, wie sie mich lieben und hassen. Wer wäre ich, ein Tempelritter, ohne meine Feinde, die Sarazenen? Ich liebe sie wegen dem, was sie sind und was sie mich lehren, und ich hasse sie wegen dem, was ich bin.«

»Dann scheint mir die Liebe etwas sehr Verdrehtes und Unreines zu sein.«

»Im Gegenteil, aber vielleicht sprechen wir von verschiedenen Dingen. Du kennst nur das, was dich Mönche über die Liebe gelehrt haben. Ich aber meine etwas anderes, Älteres, du magst es heidnisch nennen, die ursprüngliche Kraft des Eros, den Urgrund alles Lebendigen, in dem sich Helles und Dunkles zusammenfinden wie Nord und Süd, wie Nacht und Tag, Mann und Frau.«

»Ich frage mich, was für eine Art Christ du bist, wenn du so redest. Was mich betrifft, ich hasse meine Feinde und will nie etwas anderes.«

»An deiner Stelle würde ich darauf keinen Eid leisten. Liebe und Haß liegen näher beieinander, als du denkst. Was dein Christentum betrifft, scheinen deine Bibelkenntnisse ziemlich kümmerlich, oder weißt du nicht mehr, was als Christi Gebot geschrieben steht: Liebet eure Feinde. Mir scheint, ich bin mehr Christ als du.«

»Mein Freund Marco würde sagen, du redest wie ein syrischer Händler, der faule Trauben anbietet. Wenn du die Feststellung, daß ich mich gut geschlagen habe, Enrico gegenüber wiederholtest, darf ich wohl endlich mit eurer höchst gütigen Erlaubnis gehen und mir die Gärten ansehen, von denen du gesprochen hast. Ich geh übrigens auch ohne Erlaubnis.«

»Von mir aus. Die Gärten im Orient, und der Orient beginnt hier, sind mythische Orte, voll vom alten Eros. Halt nur die Augen offen, dann wirst du ihm unweigerlich begegnen. Die Säule, die du vorhin angestarrt hast, ist auch so ein Relikt aus alter, heidnischer Zeit. Niemand weiß, was sie darstellt, aber sie birgt

Magie. Es gibt eine Menge Leute, die sich wie du vor der alten Magie fürchten. Sie haben schon oft versucht, die Säule zu zerstören, aber sie hat alle Anschläge überstanden. Es heißt, sie kommt weit aus dem Osten.«

Roberto ließ Christoph nicht aus den Augen. »Du hast heute zum erstenmal so etwas wie Kampfgeist gezeigt. Wenn dir das Kämpfen an sich zuwider ist, warum willst du dich dann dem Kreuzzug in Akkon anschließen?«

»Das will ich gar nicht. Ich suche ein Land«, Christoph ließ seinen Blick an der Schlangensäule vorbei ins Unbestimmte schweifen, »das zwischen den Flüssen Euphrat und Tigris liegt. Kennst du es vielleicht?«

Roberto unterdrückte rechtzeitig ein Lächeln, bevor ihn der forschende Blick des Jungen wieder traf. »Euphrat und Tigris sind große Flüsse im Reich des Kalifen von Persien. Das Land zwischen den Strömen trägt den alten Namen Mesopotamien. Die Hauptstadt Bagdad liegt am Tigris und ist eine Stadt voller Gärten, aber das wirst du ja wissen. Die besten Reiserouten nach Bagdad führen von Akkon oder von Tyrus aus.«

Es klang sehr eindeutig. Euphrat und Tigris waren keine Traumgebilde, die sich nur in den Nebeln seiner Sehnsüchte zeigten. Über die lange, beschwerliche Reise würde ganz nüchtern nachzudenken sein, über Tagesetappen, Reisegeld, Schutz und Geleit, und was würde am Ende der Reise auf ihn warten? Plötzlich schauderte Christoph vor dieser Wirklichkeit zurück.

Roberto schaute ihn ruhig an, als erwarte er eine ausführlichere Erklärung. Unwillkürlich zog Christoph den Kopf zwischen die Schultern, seine Stimme schwankte.

»Jetzt weißt du, warum ich nach Akkon will.« Eine dumme Bemerkung.

»Wenn ich dir einen Rat geben darf: lerne Arabisch, die Sprache der Kalifen.«

»Und von wem?«

»Wenn nicht von mir, dann von Enrico, es ist die Sprache seiner Mutter.«

Christoph konnte den gelassenen Blick aus den blauen Augen plötzlich nicht mehr ertragen. Er rückte weiter ab, Roberto begann ihm unheimlich zu werden.

3

Christoph spürte selbst, daß er sich mit der neuen Kleidung und den Waffen veränderte, beides gab ihm mehr Sicherheit im Auftreten. In Gegenwart Enricos stapfte er extra fest auf, so daß das Schwert ein paarmal über den Boden schepperte und der Mönch bei dem Geräusch zusammenzuckte.

Trotzdem gab Enrico die ersehnte Erlaubnis erst, als er damit rechnen mußte, daß sich sein Schützling über das Verbot hinwegsetzte. »Bevor ich dir erlaube, allein in der Stadt herumzustreifen, laß mich dir einiges über Konstantinopel erklären.«

»Aber ich weiß von Vater Theodosius und den Brüdern alles, was ich wissen muß«, protestierte Christoph, »und ich war mit Roberto oft genug unterwegs.«

»Was sollten dir die Klosterbrüder schon zu erzählen gehabt haben? Die Stadt ist riesig und voller Gesindel.«

»Die Stadt ist riesig«, äffte ihn Christoph ärgerlich nach, »sie beherbergt in der Tat mehr als 500000 Einwohner, und außer den Byzantinern treiben sich Sarazenen, jüdische Händler, Venezianer, Genuesen, Pisaner und Gesocks aus gänzlich fremden Ländern in den Straßen herum. Die Stadt hat mehr Huren als Venedig und mehr Mönche, von denen es etliche mit den Huren zu treiben scheinen, so etwas war mir neu. Die Anhänger Markions und Plotins sind unter den Mönchen wohl in der Minderzahl.«

»Ganz recht«, fiel Enrico ein, »wenn es nach der Anzahl der Huren und der Mönche geht, die ihre Gelübde vergessen haben, dann ist Konstantinopel ein Sodom und Gomorrha, wenn du nur die Anzahl und die Pracht der Kirchen und Klöster in Betracht ziehst, ein himmlisches Jerusalem. Du findest hier so viel Verworfenheit wie wahre Frömmigkeit, so viel Ausschweifung wie Askese. Vielleicht haben dir die Mönche aus Respekt vor dem Herrscherhaus nicht erzählt, daß der Adel und die meisten Mitglieder der kaiserlichen Familie ein liederliches Leben führen und daß zu viele Bewohner dieser Stadt dem Vorbild der Vornehmen nacheifern. Der Klerus ist zu schwach, zu dumm oder selbst zu verderbt, um dem Treiben Einhalt zu gebieten, und die Gebildeteren verstehen sich mehr als Gelehrte denn als Priester.

Vielleicht magst du die Mönche in unserem Kloster nicht

besonders, aber sie halten sich von diesem Treiben fern und streben weder nach Macht noch nach Besitz, sonst wäre ihr Kloster weniger armselig. Sie mögen einfältig sein, aber wir sind in ihrem Schutz sicher vor Anfechtungen und Gefahren aller Art. Antonius hat uns ihre Gemeinschaft nicht ohne Grund empfohlen. – Glaubst du wirklich, daß du dich allein zurechtfindest?«

Christoph nickte. Enrico hatte wohl ein Zögern bemerkt, denn er zeichnete auf einem Stück Pergament einen groben Plan der Stadt auf. Christoph sah ihm gebannt dabei zu, es erschien ihm beinahe unheimlich, ein Akt der Zauberei, daß sich mit einigen Federstrichen eine ausgedehnte und verwirrende Wirklichkeit wie die Stadt Konstantinopel auf einem Blatt einfangen ließ.

Er mußte sich die Hauptpunkte der Stadt merken: das Hippodrom, hinter dem sich der ausgedehnte Bezirk der alten kaiserlichen Paläste am Bosporus erstreckte, das Taurusforum in der Stadtmitte, auf dem der Viehmarkt stattfand. Im äußersten Süden befand sich das Goldene Tor in der Stadtmauer, das offizielle Eingangstor in die Stadt noch aus antiker Zeit. Es war nicht weit von dort zum großen Studios Kloster. Im äußersten Norden lag der Blachernen Palast, an den sich wundervolle Gärten anschließen sollten. Zu der Befestigung, die ihn von der Stadt abschirmte, gehörte der Turm, in dem der entthronte Kaiser Isaak gefangen saß.

Bevor ihn Enrico entließ, mahnte er ein letztes Mal: »Hüte dich vor den Soldaten, den Schenken …«

»Und den Huren«, sagte Christoph grinsend.

So selbstsicher, wie er sich Enrico gegenüber gegeben hatte, fühlte er sich keineswegs. Nach Möglichkeit mied er anfangs die Marktplätze mit ihrem lauten quirligen Treiben und die breiten Straßen, auf denen ihm Militärtrupps begegnen konnten oder, fast noch schlimmer, eine der riesigen Viehherden, die auf dem Weg zum Taurusforum quer durch die Stadt getrieben wurden. Der Gestank, den die Tiere verbreiteten, hing noch stundenlang wie eine Dunstglocke in den Straßen. Seit Christoph zumindest äußerlich vornehm geworden war, hatte er Angst, daß etwas von diesen Gerüchen an ihm hängenblieb.

Nach einem langen Vormittag in der Stadt, wenn ihm der Kopf

zu summen begann von dem Geschrei, den verschiedenartigsten Aromen, den unverhofften und manchmal gefährlichen Begegnungen, vom Aufpassen und Spähen, zog er sich häufig in eine der vielen Kirchen zurück. Auch wenn diese dem falschen Glauben geweiht waren, liebte er sie, weil sie lauter kleine San Marcos waren mit einem Kreuz aus fünf mehr oder minder großen Kuppeln, innen mit Goldmosaiken ausgekleidet, die den fahlen Schein aus winzigen Fenstern auffingen und zu einem Himmelslicht vervielfachten.

Der Zufall führte ihn auf einem seiner ersten Streifzüge in die Kirche des Pammakaristos Klosters, das der Gottesmutter geweiht war. Kaum hatten sich seine Augen an das Dämmerlicht gewöhnt, entdeckte er Roberto, der ins Gebet versunken vor einer im Kerzenlicht schimmernden Madonnenikone kniete. Sie war in Gold, Silber und Edelsteine gefaßt, die einem Heiligenschein gleich um das dunkle Gesicht Mariens leuchteten. Christoph zog sich zurück, ohne den Betenden zu stören.

Von allen Kirchen gefiel ihm aber die Hagia Sophia am besten. In ihrem Vorhof spürte er den Salzgeruch des nahen Meeres, und er konnte nicht aufhören, über die doppelstöckigen Säulenreihen, die dreifachen Reihen der Bogenfenster und vor allem die riesige zentrale Kuppel, die auf einem Saum von Licht schwebte, das durch einen dichten Kranz von Fenstern einfiel, in Staunen zu geraten.

Es störte ihn nicht, daß die Kirche eine Baustelle war, vielmehr fühlte er sich am Schöpfungswerk dieses phantastischen Baus beteiligt, wenn er den Arbeitern zuschaute. Ein Teil der Marmorverkleidung wurde ausgebessert. Die zugeschnittenen Platten lagen auf dem Boden ausgebreitet. Handwerker drehten sie ins Licht, betrachteten sie lange, reihten sie aneinander, verschoben sie zu neuen Ordnungen – ein Ritual, das Christoph nicht verstand. Aber wenn er sich lange genug in die Maserung der in Rot, Gelb und Grün schimmernden Platten vertiefte, begann seine Phantasie mit den Mustern aus Adern, Wolken und Wellen ein Spiel zu treiben.

Eines Tages hatte er gerade die Sophienkirche verlassen, als er beinahe über Fulco stolperte, der am Hoftor vorbeiging, im Mönchshabit, ein mittlerweile ungewohnter Anblick. Fulco war augenscheinlich in Gedanken versunken, so daß er den Jungen übersah, der sich in die Tiefe des Tores zurückgezogen hatte. Christoph folgte ihm.

Nordöstlich der Hagia Sophia lag die Irenenkirche, in deren Vorhof Fulco verschwand. Christoph konnte sich nicht denken, was der andere im Mönchshabit der römischen Kirche in einem orthodoxen Gotteshaus zu schaffen hatte. Neugierig bezog er Posten hinter einem stämmigen Pfeiler im Innenhof der Kirche und lugte zum Kirchenportal. Fulco sprach mit zwei byzantinischen Mönchen, die ihn anscheinend erwartet hatten.

Mit allen Anzeichen der Ehrerbietung übergaben sie ihm einen in ein Leinentuch eingeschlagenen Kasten, von dem sie sich nur schwer zu trennen schienen. Immer wieder legte einer der beiden Mönche die Hand auf den Kasten und sprach mit offenkundiger Besorgnis auf Fulco ein. Zuletzt erteilten beide ihren Segen über den Gegenstand und über den Benediktiner, der sein Haupt leicht neigte. Der Junge huschte ein Stück weiter hinter den Pfeiler, aber ein undeutbares Glitzern in Fulcos Augen hatte er eben noch wahrnehmen können, als dieser mit raschen Schritten an seinem Versteck vorbeiging.

Nicht weit von der Irenenkirche bog der Mönch in eine kaum belebte Gasse, die auf einer Seite stattliche Häuser säumten, denen etwas Verwahrlostes anhaftete, eine verblichene Pracht. Gegenüber zog sich eine Mauer entlang. Hier und dort kroch Efeu und anderes Schlinggewächs die Mauer hoch, ein paar Bäume überragten sie, Christoph spähte in die Wipfel hinauf und fragte sich flüchtig, ob die Bäume zu einem öffentlichen oder einem privaten Garten gehörten. Fulco verlor er bei seiner Überlegung nicht aus den Augen, und deshalb nahm er rechtzeitig wahr, daß dieser sich umwandte.

Christoph drückte sich hastig in das Gestrüpp an der Mauer und wagte nicht, den Kopf vorzustrecken. Mit den Händen tastete er über die Steine in seinem Rücken und fühlte vorspringende Kanten, die genügend Halt für Fußspitzen und Finger boten. Es war ihm einen Versuch wert, über die Mauer zu spähen, um auszumachen, ob er Fulco nicht auf der andern Seite folgen und ihm am Ende der Mauer wieder auflauern konnte.

Mit einem Schwung setzte er über die Kante und ließ sich einfach fallen. Kaum war er in knietiefem Gras gelandet, war jeder

Gedanke an Fulco ausgelöscht. Nicht ein Laut von der Straße drang herüber, es war, als existierte die Welt jenseits nicht mehr.

Er war in einen Garten maßloser Üppigkeit geraten, in dem nichts an die Klostergärten erinnerte, an ihre Klarheit und zweckgebundene Lieblichkeit. Seltsam eindringlich hallten Vogelrufe in einer feenhaften Wildnis. Die Haare stellten sich an Christophs Armen auf, und er hielt den Atem an, stand eine Weile wie verzaubert, bevor er sich sehr vorsichtig durch das Gras bewegte, er schob die Füße nur flach über den Boden und trat auf die Zehenspitzen, hinter ihm erhoben sich die Halme wieder. Es schien ihm wichtig, keine Spuren zu hinterlassen.

Nicht einmal der öffentliche Park mit den Steinkröten hatte ihn derart verwirrt und beunruhigt, denn das Verwilderte zog ihn an und stieß ihn gleichzeitig ab.

Vielleicht hatte Roberto einen Garten wie diesen hier gemeint, als er von dem fremden Wesen Eros sprach. Er hatte Roberto noch einmal, fast widerwillig nach Eros gefragt, der sei ja wohl ein Abgott der Alten gewesen?

»Das ist die Frage«, hatte Roberto geantwortet, »ob er nur ein Gott der Alten ist. Im Eros offenbaren sich die Abläufe der Natur als eine ewige Wiederkehr, und in die ist alles Leben eingebunden. Wie ein Kreis, der keinen Anfang und kein Ende kennt. Die Ewigkeit liegt im steten Wandel. Wenn du also Gärtner werden willst, versuche die Zusammenhänge des Lebens zu verstehen. Eros kann man auch als das Heilige in der Natur und in uns betrachten. Das menschliche Leben spiegelt sich in der Natur und umgekehrt.«

»Das letzte habe ich bereits im Kloster gelernt, aber wie du es beschreibst, klingt es nicht christlich.«

»Das ist es auch nicht. Salopp gesagt, das Leben ist älter als das Christentum. Christus dagegen hat uns die Hoffnung gebracht, den Kreis zu durchbrechen und die endgültige Erlösung zu finden.«

Selbst in den Vogelrufen hallte etwas von der Ewigkeit oder dem Aussetzen der Zeit. Auf einem Stein zu sitzen, ganz unbewegt, nur zu lauschen und die Sonne im Nacken zu spüren wurde zu einem wunderbaren Zustand, auch ein Stück Ewigkeit.

Im Nacken kribbelte noch etwas anderes als die Sonne und

zwang ihn schließlich, wieder die Zeit zu akzeptieren und sich umzublicken. Das Gras bewegte sich hier und da gegen die Windrichtung, von allen Seiten strömte etwas auf ihn zu. Instinktiv zog er die Beine hoch. Ein kleiner Stich der Furcht veränderte den Ort, der plötzlich etwas Unheimliches annahm. Christoph fragte sich, ob sich Eros aus Wind und Gras zu einer Gestalt verdichtete, die im Begriff stand, ihn heimzusuchen.

Es waren aber nur Katzen. Sie hatten am Tegernsee als Hexentiere gegolten, und doch sank seine Furcht, sobald er sie sah. Anmutig und graziös strichen sie heran, und die erste, die ihn erreichte, nannte er wegen ihres rotgestromten Fells Marcolino. Als er dem roten Kater die flache Hand hinstreckte, tupfte dieser sie behutsam mit der Pfote an, ein Freundschaftsbündnis wurde besiegelt.

Von der kleinen Gesellschaft angespornt, begann Christoph, den Garten zu erforschen. Bald stieß er auf verwucherte Beete voll Kräuter, einige hatte er auf den Märkten gesehen, ohne zu wissen, wozu sie verwendet wurden. Und Rosen wuchsen hier, deren erste Blüten sich gerade öffneten: Lachsrot, Rosa, Purpurrot. Wein und Wildrosen überdachten Wege als geheimnisvolle grüne Gewölbe, in die das Licht durch Ranken und Blattwerk nur spärlich einsickerte. Feinste Tönungen im Blattwerk der Bäume von hellem, fast goldenem Gelbgrün bis zum düsteren Zypressengrün stellten beinahe die Farben der Blumen in den Schatten.

In der Mitte der üppigen schwelgerischen Selbstvergessenheit des Gartens entdeckte Christoph ein zerfallenes Gemäuer. Die Katzen liefen voraus, balancierten über zerbrochene Pfeiler und setzten sich in leere, marmorne Fensterrahmungen. Marcolino schritt grüne und blaue Ranken ab, die einen prächtigen Pfau in einem Fußbodenmosaik umschlossen. Die Säulen in den Höfen endeten in filigranen Blättern aus rosa schimmerndem Stein. Malereien oder bunt gefleckter Marmor bedeckte die noch erhaltenen Wände. Nicht eine der Burgen, die Christoph auf dem Weg nach Venedig gesehen hatte, war so prächtig gewesen, dieses Haus übertraf selbst halb zerstört die Hagia Sophia mit ihren Goldmosaiken. Wahrscheinlich, grübelte er, hatte das Gebäude der Zorn Gottes getroffen, denn es durfte den Menschen nicht erlaubt sein, Paläste zu bauen, schöner und größer als die Kirchen. Der Turm von Babel war ja auch zusammengebrochen.

Christoph hörte auf, in der Stadt herumzustreifen, dafür verschrieb er sich harter Arbeit, ohne jemandem etwas davon mitzuteilen. Mit dem Dolch beschnitt er in den folgenden Tagen das Gewucher und Geranke in Lauben und Beeten, er fegte Wege mit einem selbstfabrizierten Besen frei und jätete Unkraut. Aus Gras und Efeu hob er mühsam Steinfiguren und richtete sie auf. Götzenbilder, bocksbeinig und gehörnt, halbnackte Mädchengestalten, über deren Marmorleiber er in dem Bewußtsein fuhr, etwas Verbotenes, Unzüchtiges zu tun. In den Höfen des Palastes füllte er von grauen Flechten überkrustete Gefäße mit Blumen und in seinen Tagträumen bewohnte er die verlassenen Räume, da er annahm, daß nun, da das Haus in Trümmern lag, Gott diesen Ort nicht mehr mit seinen Strafen heimsuchte.

Niemand störte ihn, es herrschte eine versponnene Stille, nur von Tierlauten unterbrochen, wenn die Katzen sich kreischend zankten oder ihre Liebesspiele trieben. Er teilte mit ihnen sein Mittagessen aus Brot und Schafskäse.

Während er den Tieren die Bröckchen zuwarf, sann er über die Anlage des Gartens nach, er suchte ein Schema, eine beherrschende Ordnung zu erkennen. Es gelang ihm nicht. Der Garten war ausgedehnter als die Klostergärten in der Reichenau, zu unübersichtlich und zu verwildert. Er glich einem Buch, von dessen Sprache ihm zu wenig Worte geläufig waren, um den Sinn zu enträtseln. Es war ein Ärgernis, eine Herausforderung.

Zufällig strich er in einer Mittagspause über Enricos Stadtplan, ein paar Krümel waren auf das kostbare Blatt gefallen. Er fegte noch ein zweites Mal mit zwei Fingern über die Linien, die Straßen, Plätze, Häuserzeilen und Kirchen symbolisierten. Spielerisch begann er, in der Luft weitere Linien zu ziehen: Wege, Beete, Baumreihen. Am nächsten Tag brachte er sein Schreibzeug mit.

Wie viele Wege teilten die Rasenebene? Mit dieser Frage im Kopf begann er den Garten abzuschreiten; die Wege zu geraden Linien zu machen, war leicht. Aber wie unterschied man einen Laubengang von einem Weg? Wie konnte er das, was in die Höhe strebte, in die Fläche des Pergaments zwingen, und was ließ sich aus gebogenen oder sich hier und da kreuzenden oder parallel laufenden Linien herauslesen? Ein kindisches Gekritzel, ein Gewirr, kein Garten.

Aber nach und nach fand er heraus, daß in den byzantinischen Gärten der klösterliche Pomarius mit seinem Rasen unter den Bäumen in einen horizontalen und einen vertikalen Bereich aufgeteilt worden war. Den horizontalen nahm der Rasen ganz für sich ein, er erstreckte sich als baumlose Wiese, sogar in flachen Abstufungen, wie Christoph schmerzhaft erfuhr, als er mit seinen Pergamenten vor den Augen mehrmals über niedrige, längst überwachsene Stützmauern fiel. Die Bäume dagegen, das vertikale Element, schlossen sich in dichten Hainen zusammen oder standen in Reihen entlang der Wege.

In seiner Zelle brütete er über den Skizzen, versuchte sie zu verbessern und sich dabei noch einmal die Anlage des Gartens zu vergegenwärtigen. Ganz versunken in seine Arbeit, bemerkte er eines Abends nicht, daß Enrico hinter ihn getreten war. Der Mönch beugte sich über seine Schulter und tippte auf das Blatt vor ihm.

»Was ist das? Ein neuer Plan der Stadt?«

Christoph schrak auf und begann hastig, das Blatt zusammenzurollen, Enrico zog es ihm aus den Fingern und hielt es mit beiden Händen ins Kerzenlicht. Er wendete das Blatt, die Rückseite enthielt den Stadtplan, den er selbst skizziert hatte.

»Du übst dich im Zeichnen von Plänen? Ich denke nicht, daß das eine sinnvolle Beschäftigung ist. Du verschwendest nur das Pergament, wenn das ein neuer Plan von Konstantinopel sein soll, laß dir sagen, er ist völlig falsch.«

Christoph hatte sich nicht zu Enrico umgedreht, er starrte auf seine Hände, die flach auf dem Schreibpult lagen. »Es ist kein Plan der Stadt«, stieß er hervor.

Der Mönch nahm die anderen Blätter auf, betrachtete sie schweigend und legte sie vor Christoph auf das Pult zurück. »Dann sag mir, was sie darstellen sollen.«

»Du wirst es nicht wissen wollen.« Christoph rollte die Pergamente zusammen, hielt plötzlich inne und breitete sie wieder aus, bis bestimmte Linien auf einzelnen Blättern aneinanderstießen. »Aber sicher hältst du mir gleich einen Vortrag über deine Aufgabe als mein Mentor und deine Verantwortung. Es ist ein Garten, den ich versucht habe zu zeichnen. Er liegt ganz verwahrlost hinter der Irenenkirche, und sag mir nicht, daß ich mich dort nicht herumtreiben soll, kein Mensch kümmert sich um den Garten.«

Enrico tippte auf eine lange Doppellinie. »Das ist ein Weg, ein Mittelweg.«

Christoph wandte sich rasch um. Im Gesicht des Mönchs nahm er ein Interesse wahr, das ihn veranlaßte, seinerseits auf ein Blatt zu weisen. »Dieser kleine Kreis bedeutet einen Brunnen, der doppelte Kreis ist ein Brunnen mit zwei Schalen übereinander, er müßte wunderbar aussehen, wenn noch Wasser in ihm flösse.«

»Was ist das hier?«

»Eine Ruine. Theodosius sagte, daß es die eines kaiserlichen Palastes ist.«

»Der alte Manganenpalast, er wurde aufgegeben, weil er den Ansprüchen der kaiserlichen Familie nicht mehr genügte. Ich habe davon gehört. Vielleicht wäre es nützlich, sich dort einmal umzuschauen.«

»Du willst über zerborstene Säulen steigen und in einem verwilderten Garten herumstrolchen?«

»Viel lieber als unergiebige Verhandlungen mit mißtrauischen Leuten zu führen, außerdem mag ich Gärten sehr. Wir gehen morgen. Vergiß deine Pläne nicht, ich will sehen, ob sie was taugen.«

Sie waren bereits eine Stunde durch den Garten gestreift, über terrassierte Rasenflächen, durch die schattigen Laubengänge, an Rosenhecken entlang. Enrico schien keine Eile zu haben. Sein Gesicht wirkte beinahe weich, der Blick verloren, Christoph fragte sich, ob dem sonst so unnahbaren Mönch die frische Luft im Garten nicht bekam.

»Ist es dir aufgefallen?« fragte er zögernd, er wußte nicht, ob es sich lohnte, überhaupt etwas zu erklären. »Der Garten ist in Höhe, Breite und Tiefe gegliedert, wie ein Gebäude. Wer immer den Garten angelegt hat, hat den Raum gestaltet mit Rasenterrassen, Hecken, Lauben und Bäumen. Es ist nicht wie im

Klostergarten, wo nur der Boden aufgeteilt wird, um ihn anschließend zu bepflanzen. Verstehst du das?«

»Geometrie«, sagte Enrico, »die Geometrie des Raumes haben die Sarazenen erfunden.«

Christoph sah den Mönch verblüfft an. »Wie kommst du jetzt darauf?«

Sie waren an der Palastruine angekommen.

Ganz sicher war er sich nicht, ob sich Enrico nicht insgeheim über ihn lustig machte, als er ihn durch die Höfe und leeren Säle des Palastes führte. Allerdings hatte ihm Enrico noch nie so viel Zeit gewidmet und so aufmerksam nach seinen Angelegenheiten gefragt. Das Verhalten seines Begleiters wurde ihm immer unverständlicher.

Seiner Stimme war die Unsicherheit anzumerken. »Schau dir dieses Fußbodenmosaik an: ein Pfau, umrahmt von Weinlaub und an der Wand dort gemalte Bäume und Blumen. Die Säulenkapitelle ahmen Blattwerk nach, es ist Akanthuslaub, ich habe solche Blätter hier gefunden und sie Athanasius, dem Bruder Koch, mitgebracht. Sieh dir auch die Marmorverkleidungen an manchen Wänden an. Sie sind so angelegt, daß der Marmor wie ein Bild wirkt: gekräuseltes Wasser in einem Brunnenbecken, oder Wolken vor blauem Himmel und wogendes Gras. Alles, was du draußen findest, gibt es auch drinnen, das Haus ist ein steinerner Garten. Man könnte auch sagen, Palast und Garten verhalten sich wie Spiegelbilder, eins aus Stein, eins lebendige Natur.«

Enrico streckte die Hand aus. »Gib mir deine Pläne.«

Sorgfältig breitete der Mönch die Blätter in einem Palasthof aus. Christoph hockte neben ihm, sein Atem ging flach vor Anspannung. Endlich wandte Enrico den Kopf. »Du erfaßt das Wesen der Dinge, spürst unter der Oberfläche den Kern auf. Und du hast es ohne Hilfe oder Anleitung geschafft, auch deine Pläne sind großartig. Allerdings ...« Er hielt den Kopf schief. »Diese Kringel, die Bäume sein sollen, gefallen mir nicht. Denk dir etwas Schlüssigeres aus.«

Es war unverkennbar ein Lächeln, das Enricos Augen aufstrahlen ließ und den Lippen einen schönen Schwung verlieh, weil sie nicht mehr zu einem Strich zwischen Ober- und Unterkiefer zusammengepreßt wurden. Christoph lachte vor Erleichterung und

Überraschung auf, und da geschah das zweite Wunder dieses Tages: Enrico stimmte in das Lachen ein, er kniete auf den schmutzigen Marmorplatten und schlug sich so auf den Schenkel, daß eine Staubwolke aus der Kutte aufstiebte.

Zur Mittagszeit saßen die beiden auf einem umgestürzten Pfeiler, und Christoph kramte aus dem Sack, den ihm der Koch mitgegeben hatte, den Imbiß. Diesmal hatte Athanasius, weil er wußte, daß der Junge in Begleitung Enricos unterwegs war, einen kleinen Schlauch Wein hinzugefügt. Der Mönch legte den Kopf in den Nacken und ließ den hellen geharzten Wein in einem gebogenen Strahl in seine Kehle rinnen.

»Ich sollte mich dir anschließen, Unkraut jäten«, sagte er, nachdem er sich den Mund abgewischt hatte, »und meine Tage in diesem Garten verbringen – er weckt Erinnerungen.« Mit geschlossenen Augen wandte er das Gesicht der Sonne zu.

»Warum tust du's nicht?« fragte Christoph, träge ins Licht blinzelnd.

Enrico antwortete nicht. Christoph drehte sich nach ihm um und betrachtete sein Gesicht mit den auf einmal deutlichen Spuren von Müdigkeit und Enttäuschung. Das mußte der alte Eros sein, der das so asketisch Mönchische an Enrico in ganz gewöhnliches Menschsein verwandelte. Enrico öffnete die Augen einen Spalt breit, als hätte er den Blick gespürt.

»Es wird jetzt bald Krieg geben. Alle hier sind dumm genug, auf die Stärke der Truppen zu vertrauen. Sie halten Konstantinopel für uneinnehmbar, weil sie die Gier der Kreuzritter unterschätzen.« Er schwieg eine Weile. »Ich möchte wissen, was Fulco treibt, wahrscheinlich hat er Nachricht von seinem Vetter Bonifaz und weiß besser über das Vorankommen der Kreuzfahrerflotte Bescheid als ich.«

Christoph scharrte mit der Stiefelspitze über den Boden. »Vielleicht hätte ich es dir längst erzählen sollen, ich habe Fulco gesehen, nicht weit von hier. Er trug wieder die Kutte.« Er schaute auf und erst als Enrico ihm aufmunternd zugenickt hatte, berichtete er von seiner Beobachtung in der Irenenkirche.

»Es ist nicht ganz ungefährlich, die Nase in Fulcos Angelegenheiten zu stecken«, erklärte Enrico schließlich nachdenklich, »es könnte sich aber lohnen. Würdest du es wieder tun?«

»Was?« fragte Christoph erstaunt.

»Fulco folgen. Ihn ausspionieren, um genau zu sein.« Enrico betrachtete den Jungen nachdenklich. »Ich sollte dich wohl nicht darum bitten, wer weiß, was er tut, wenn er dir auf die Spur kommt.«

»Du meinst wirklich, ich soll ihm wieder heimlich nachschleichen?« Christophs Augen glitzerten.

Enrico zuckte zusammen. »Es könnte ziemlich langweilig werden, stundenlang auf der Lauer zu liegen, bis Fulco aus einer Kirche oder einem Haus auftaucht.«

»Ich weiß nicht einmal, wo er wohnt.«

»In einem Kloster im Pisaner Viertel. Gib mir den Plan von Konstantinopel. Wenn du ihm folgst, dann ...«

»Paß ich auf, geh kein unnützes Risiko ein und laß mich nicht von Fremden anquatschen.«

Enrico ging auf den spöttischen Ton nicht ein. »Wie gut kennst du dich in Konstantinopel inzwischen aus?«

Einen Augenblick geriet Christoph in Versuchung aufzuschneiden, dann entschloß er sich, ehrlich zu antworten. »Einigermaßen, es wird reichen, um mich zurechtzufinden.«

Auf die Ellenbogen zurückgelehnt, schloß Enrico wieder die Augen. »Dann laß uns diesen Tag hier genießen, etwas kostbaren Frieden vor dem Sturm.«

Für den Garten blieb wenig Zeit, aber es gelang ihm, wenigstens hin und wieder die Katzen zu füttern. Die Beobachtung Fulcos erwies sich tatsächlich als langweilig. Der Junge lungerte stundenlang in der Nähe von Fulcos Quartier herum, schon ermüdet von dem Versuch, nicht aufzufallen. Bei hereinbrechender Dämmerung tauchte Fulco dann plötzlich aus dem Tor auf und verschwand unglaublich rasch im Menschengewühl auf Marktplätzen oder im finsteren Vorhof einer Kirche. Immerhin wurde mit der Zeit deutlich, daß sich sein Treiben auf die orthodoxen Klöster und Kirchen konzentrierte.

Eines Abends entdeckte Christoph ihn überraschend vor einer Schenke. Ein Mann, der im Dunkel des Eingangs verborgen stand, hatte einen Arm vertraulich um seine Schultern gelegt. Die Tür der Schenke öffnete sich, Licht fiel nach draußen und beleuchtete den Unbekannten. Es war Roberto. Christoph fühlte sich verraten, als er die beiden so nah beieinander sah, er konnte den Anblick so wenig ertragen, daß er die Verfolgung Fulcos für diesen Tag aufgab. Nach seiner Rückkehr zauderte er, ehe er das Zusammentreffen erwähnte.

»Es muß nicht viel zu bedeuten haben, denk daran, wir sind zusammen gereist«, sagte Enrico. In seiner Stimme schwangen Zweifel und Unbehagen mit.

Etwa eine Woche später kam Roberto abends direkt in ihre Unterkunft, er hatte einen scharfen Ritt die Küste entlang hinter sich. Einer der Mönche hielt das erschöpfte Pferd, er selbst sank auf eine Bank nahe am Tor und erwartete dort Enrico und Christoph.

»Die Kreuzfahrerflotte segelt im Marmarameer. Morgen schon kann sie Konstantinopel erreichen«, erklärte der Templer, die Begrüßung sparte er sich.

Tatsächlich erschien das Dogenschiff am folgenden Tag, dem 26. Juni 1203, und kreuzte mit geblähten Segeln aufreizend vor der Stadtmauer, von der aus Christoph mit dem Templer und Enrico das Manöver der Flotte beobachtete. Auf der Mauer hatten sich eine Menge Konstantinopler Bürger eingefunden, die das Dogenschiff mit Schmährufen empfingen. Vorne am Bug neben Dandolo stand ein junger Mann, äußerst prunkvoll gekleidet, die Byzantiner erkannten in ihm den Prinzen Alexios.

Roberto neigte sich zu Christoph und Enrico. »Ihr werdet sehen, zu mehr als diesem albernen Hohngeschrei werden sich die Leute hier so bald nicht aufraffen.«

»Was ist mit den Truppen?« fragte Christoph, auf ein paar Soldaten weisend.

»Die da? Sie glauben auch, die Mauern der Stadt sind dick genug. Diese Hasenfüße werden nur ein bißchen heißes Blei und Pech von den Toren herunterkippen. Unterdessen schlagen die Kreuzfahrer in aller Ruhe ihr Lager auf, dort drüben, auf der anderen Seite vom Bosporus.«

In den folgenden Tagen sammelte sich die Warägergarde, die persönliche Schutztruppe des Kaisers, die aus dänischen und englischen Soldaten bestand. Es gelang ihr, die Kreuzritter mehrfach zurückzuschlagen. Grund zum Jubeln bestand nach Enricos Meinung trotzdem nicht, und so stand Christoph mit seinen zwei Begleitern nach den ersten Scharmützeln wieder auf der Stadtmauer. Sie hatten auf einem Turm Posten bezogen, alle drei bewaffnet.

Mittlerweile hatten die Venezianer ihre Schiffe in sehr seltsame Ungetüme verwandelt. Bis in die höchsten Spitzen waren die Masten mit Brettergerüsten umkleidet, zwischen denen die Seeleute nur noch mit Mühe die Segel bewegen konnten.

Christoph lachte laut heraus. »Hat Dandolo den Verstand verloren? Seine Schiffe sehen aus wie riesige Hühnerkäfige. Ein Windstoß und sie liegen alle flach auf dem Meeresboden.«

»Glaubst du!« sagte Roberto grimmig. »Der alte Fuchs hat seine Schiffe zu Gefechtstürmen umgebaut. Paß auf, sie werden von dort aus mit Wurfgeschossen und Mauerbrechern operieren. – Duck dich, das ist ein Brandgeschoß!«

Christoph drehte sich hastig um und sah hinter sich auflodernde Flammen, als ihn Roberto schon am Kragen packte.

»Weg hier mit dem Jungen. Sie werden die Stadt überrennen, das ist der Anfang vom Ende, und wenn wir nicht sofort von diesem Turm verschwinden, treten wir die Himmelfahrt früher als gedacht an.«

»Wollen wir denn nicht bei der Verteidigung helfen?« schrie Christoph und wehrte sich.

»Wir können nicht gegen unsere eigenen Leute kämpfen«, schrie Enrico zurück, das Gesicht von Zweifeln verzerrt. Sie blieben dann doch noch, um kleinere Brände im Balkenwerk des Turmes zu löschen.

Christoph sah, wie ein Pfeil als weißglühender Funke genau auf Enricos Rücken zuraste, der ein bequemes Ziel bot, weil Enrico mit einem Sack Flammen ausschlug und nichts von dem Tod ahnte, der ihn erreichen würde, schneller als ein Mensch zu denken vermochte. Es war alles nur ein Augenblick: eine Fahnenstange oder was es war ergreifen, das Ende hochreißen und Enrico aus der Flugbahn stoßen, so daß sich der Pfeil mit einem giftigen Zischen neben ihm ins Holz bohrte und dort weiterbrannte. Enrico griff sich ins Kreuz, wandte den Kopf, zeigte ein schiefes Lächeln, ein knappes Nicken, dann fuhr er mit dem Löschen fort.

Christoph mußte noch ein, zwei Atemzüge innehalten, es war das zweite Mal, daß Enrico gelächelt hatte, und es war ihm recht, daß es nicht mehr gewesen war, kein Wort der Anerkennung oder gar ein Schlag auf die Schulter. Aufregung spürte er, aber keine Furcht, wie er da mit den beiden erfahrenen Kriegern konzentriert Hand in Hand arbeitete. Er fragte sich, ob seine Kindheit jetzt endgültig vorbei sei.

Als sie wieder auf der Straße standen, roch Christoph noch das schwelende Holz und die Einschläge der Geschosse hallten ihm in den Ohren nach.

Später erfuhren sie, daß der Angriff abgewehrt worden war, daß aber der Kaiser die Stadt verlassen hatte. Der blinde Isaak wurde aus dem Kerker befreit und nahm unverzüglich seinen Thron wieder ein. Damit schien die alte Ordnung wieder hergestellt, und der Kreuzzug gegen Konstantinopel wurde offiziell als beendet erklärt. Am 18. Juli 1203 empfing Isaak seinen Sohn als Mitregenten in der Stadt und ließ ihn zwei Wochen später in einer prunkvollen Zeremonie krönen. Als Verbündeten des neuen Kaisers Alexios stand den Kreuzfahrern die Stadt nun offen.

Seit den Angriffen auf die Stadt fand sich Roberto häufig abends ein, um mit Enrico im Klosterhof Neuigkeiten auszutauschen. Christoph war überzeugt, daß die Besuche als Ersatz für die Unterrichtsstunden galten, die nun unterblieben.

Am Abend des Krönungstages hatte er bereits ungeduldig auf den Templer gewartet und ergriff den Zügel seines Pferdes noch vor dem Tor.

»Können wir jetzt abreisen?«

Roberto duckte sich unter dem Torbogen und schwang sich aus dem Sattel.

»Noch nicht.«

Aus einer Seitentür des Klostergebäudes trat Enrico zu ihnen und nickte dem Templer zu.

»Aber warum nicht?« schrie Christoph erregt. »Der Kreuzzug ist vorbei, zumindest hier.«

Roberto ließ sich auf die Bank im Hof fallen, Enrico blieb ein paar Schritte vor ihm stehen und betrachtete den Besucher nicht sonderlich freundlich.

»Ich habe gehört, daß du wie ein Maulwurf in einem verlotterten Garten in der Erde gräbst, Junge. Das scheint dich blind für die Verhältnisse zu machen. Sag du's ihm, Enrico.«

»Ich will deinen sicher treffenden Belehrungen nicht vorgreifen, außerdem hat er Pläne mit dir und nicht mit mir.«

»Warum hört ihr nicht mit dem Getue auf?« fuhr Christoph die beiden an.

Roberto beugte sich vor und fixierte den Jungen. »Der Tanz geht jetzt erst richtig los. Keiner läßt sich vom offiziellen Friedensgesäusel täuschen. Noch halten sich die Ritter zurück, weil ihnen Dandolo sonst auf die Füße tritt, aber ein paar Plünderungen hat es schon gegeben, ich hörte gerade davon. Es sind in jedem Sauhaufen ein paar dabei, die das Beutemachen nicht abwarten können.«

Christoph wandte sich an Enrico. »Was sagst du?«

»Das gleiche. Und so blind kannst du wirklich nicht sein, daß dir die Stimmung in der Stadt nicht aufgefallen ist. Die Byzantiner mögen die Kreuzritter nicht und Dandolo schon gar nicht.«

»Weil der jetzt die Hand aufhält und 200000 Mark Silber von Alexios und damit von der Stadt erwartet«, ergänzte Roberto.

»Und Akkon?«

Roberto schlug mit der flachen Hand auf die Bank. »Noch nicht.«

4

Enrico entband Christoph von der Aufgabe, Fulco nachzuspionieren, weil es ihm auf den Straßen zu gefährlich schien. Der Junge teilte zwar seine Besorgnis nicht, nahm aber die Gelegenheit wahr, dem verwilderten Garten wieder einen Besuch abzustatten. Er ließ sich den üblichen Imbiß für sich und die Katzen mitgeben.

Mit Gefahren in diesem verlassenen Garten hatte Enrico wohl nicht gerechnet, und es war auch durchaus fraglich, ob die zierliche Person, die auf einer Rasenbank saß und Marcolino aus einer glasierten Tonschale fütterte, direkt gefährlich werden konnte. Christoph hielt auf Abstand, kam aber nah genug heran, um die Unbekannte genau betrachten zu können. Eine Hand am Dolch, schaute er sich unauffällig nach einem etwaigen Begleiter um. Die ganze Auftakelung des Mädchens mit einem gespinsthaften blauschimmernden Seidenkleid, Goldsandalen, klimpernden Kettchen – sogar in ihrem Haar glitzerte Schmuck – sprach für ihren elenden Berufsstand, zeigte aber auch, daß diese junge Hure nicht zur billigen Sorte gehörte. Allerdings schien sie noch wenig von ihrem Gewerbe zu verstehen, da sie keinerlei Notiz von ihrem Beobachter nahm. Marco hatte ihm erzählt, daß die jüngsten und schönsten Huren in Häusern gehalten wurden, und er fragte sich, ob diese vielleicht ihren Aufpassern weggelaufen war, bevor sie ausgelernt hatte. Der Gedanke forderte ihn zu einer gewissen Ritterlichkeit gegenüber der unseligen Kreatur heraus, es störte ihn aber, daß sie ausgerechnet in seinem Garten Zuflucht gesucht hatte. Während er noch schwankte, wie er sich verhalten sollte, hob sie den Kopf und funkelte ihn aus meergrünen Augen an.

»Mach, daß du fortkommst, wer immer du bist!« zischte sie.

Jetzt war klar, daß sie wirklich nicht Bescheid wußte. Es hatte keinen Sinn, sich von einer wie ihr beleidigt zu fühlen, Christoph entschied, sie nicht weiter zu beachten. Er kam zwei Schritte näher, ließ sich auf die Fersen nieder und lockte den Kater. »Komm, Marcolino, ich habe dir etwas mitgebracht.«

»Er heißt Chrysos und gehört mir.« Ihre feste kleine Hand drückte sich ins Genick des Tieres.

Im Gras entstand Bewegung, von allen Seiten kamen die Katzen heran, auch Marcolino wand sich unter dem Griff und streckte eine Pfote wie zur Begrüßung aus. Christoph fütterte die Tiere, die sich an seinen Beinen rieben und ihn zärtlich anmauzten.

»Scher dich aus meinem Garten zu dem Gesindel, das sich jetzt in den Straßen herumtreibt, hier ist nichts zu holen«, fauchte das Mädchen.

Einige Katzen sprangen erschreckt davon. Christoph mißfiel das hochmütige, lasterhaft schöne Geschöpf immer mehr. Trotzdem mußte er sich eingestehen, daß sie ein ungemein liebliches Bild auf der Rasenbank bot, auf der eigentlich er hätte sitzen müssen. Gerade diese Lieblichkeit schmerzte ihn, der Schmerz empörte ihn, es durfte einer wie ihr nicht erlaubt sein, sich mit ihrem blauen Kleid, dem rötlich schimmernden Haar, der Elfenbeinhaut und dem Goldgefunkel in den Hintergrund aus glänzend grünen Lorbeersträuchern wie in einen kostbaren Rahmen einzufügen, als hätte der Garten nur darauf gewartet, sich mit diesem Mädchen auf der Rasenbank zu vollenden. Ein Schlange, dachte er trotzig. Langsam erhob er sich mit soviel Würde, als ihm möglich war, und verließ ohne Hast den Garten.

Die Begegnung hatte ihm den Garten verleidet, er benutzte ihn lediglich als Vorwand, um Enrico von seinen tatsächlichen Unternehmungen abzulenken. Fulco betrieb seine Angelegenheiten nun weniger heimlich.

Eines Abends folgte ihm Christoph zu seiner Verwunderung ins Viertel der muselmanischen Händler. Fulco führte einen mit zwei Kisten beladenen Esel am Halfter, das kleine Grautier verhielt sich so störrisch, daß die Verfolgung der beiden ein Kinderspiel war.

Sie befanden sich in der Nähe eines Brunnens, als vor ihnen eine heftigere Bewegung unter den Passanten entstand. Schon eilten die Menschen nicht mehr, sie rannten ihnen entgegen, einige schrien, die Hände anklagend erhoben. Beißender Brandgeruch wehte die Straße herab, über den Dächern quoll Rauch auf. Christoph geriet in eine Menschentraube, in der sich Fulco mit seinem Esel verlor.

Erst jetzt, ganz allein in der Menge, beschlich ihn Furcht. Ein irrsinniges Geschrei gellte mittlerweile in den Gassen, in das sich plötzlich scharfes Pferdegetrappel mischte. Hinter den flüchtenden Menschen tauchten Pferdeköpfe und gezogene Schwerter auf. Auf einmal barst eine Häuserfront, quer über der Straße stand eine Feuerwand. Aus der Lohe löste sich eine kleine Gestalt, ein Junge mit einer Flammenschleppe, und rannte auf Christoph zu. Ohne Möglichkeit, ihm auszuweichen, riß ihn Christoph zu Boden, um die Flammen zu ersticken.

»Wirf ihn in den Brunnen!« befahl jemand.

Christoph faßte in schwelenden Stoff, packte zu und warf das Kind mit einem Schwung in das Becken. Ein beleibter alter Mann brach neben dem Brunnenrand in die Knie und griff mit einer Hand in den dunklen Schopf, der eben aus dem Wasser auftauchte. Hinter ihnen war das Klirren aufeinanderschlagender Schwerter zu hören. Aufschauend erkannte Christoph Fulco, der sie mit blanker Waffe schützte.

»Hol ihn raus, worauf wartest du?« brüllte der Kämpfende über dem Lärm. Mit Hilfe des Alten, dem der Turban als lange Stoffbahn vom Kopf wehte, zog Christoph den Jungen aus dem Brunnen. Kaum auf den Füßen, sackte der Kleine zusammen, der Alte schrie verzweifelt auf. Fulco stieß ihn beiseite und legte sich mit einem Griff das Kind über die Schulter. Unterdessen hatte Christoph sein Schwert gezogen.

Wie vor ein paar Wochen auf dem Turm der Stadtbefestigung trug ihn ein Hochgefühl, eine Konzentration auf den Augenblick und die Gewißheit, sich auf den anderen verlassen zu können, auch wenn es Fulco war, mit dem er sich Seite an Seite, Schritt für Schritt aus der Feuerhölle kämpfte, der Alte zählte nicht, ungeschickt focht er mit einem Krummsäbel herum.

Der unglückliche, aber nur fragmentarische Eindruck befiel Christoph, daß sie gegen die falschen Leute kämpften, aber sie mußten sich wehren, mehr mit flacher als mit scharfer Klinge. Menschen mit Bündeln zusammengeraffter Habseligkeiten bedrängten sie, Frauen mit schreienden Kindern, die an den Umhängen ihrer Mütter zerrten, zwischen den Fliehenden tauchten bewaffnete Fußtruppen auf. Der Rauch über der Straße machte eine graue gesichtslose Masse aus ihnen allen.

Es waren Kreuzritter, die auf ihren Pferden die Straße herabdonnerten und vom Sattel aus auf die meist wehrlosen Menschen einschlugen. Nur knapp gelang es den dreien, den Berittenen auszuweichen und ein von dem Aufruhr noch unbehelligtes Viertel zu erreichen.

Ihre Gesichter waren bis zu den Augenbrauen rußgeschwärzt, die Kleider angesengt, ein kleiner Schwelbrand glomm in Christophs Umhang, er riß sich den Stoff von den Schultern. Fulco grinste schief. Der Alte rief etwas und winkte plötzlich heftig. Ein Trupp Waräger galoppierte auf sie zu. Wenige Augenblicke später waren sie das Kind und den Alten los und blieben verblüfft auf der Straße zurück.

Es ergab sich von selbst, daß sie zusammen weitergingen, um den Aufruhr endgültig hinter sich zu lassen. Fulco hinkte entspannt, beinahe heiter neben Christoph her, sein Gebrechen schien ihn nicht zu kümmern, sein ganzes Verhalten lud zu einer Kameradschaftlichkeit ein, die sich ganz natürlich aus dem gerade

Erlebten entwickeln mußte, mit ihr hielt das Hochgefühl noch ein wenig an.

»Weißt du, warum es zu dem Brand gekommen ist?« fragte Christoph.

Fulco zuckte die Schultern. »Du hast ja die Kreuzritter gesehen. Da sie bei den Byzantinern Zurückhaltung üben müssen, fallen sie über die Muselmanen her.«

»Aber sie haben unbewaffnete Menschen auf der Straße niedergemacht, sogar Frauen und Kinder.«

Fulco lachte und schlug an sein Schwert. »Sie müssen ihren Blutdurst stillen und das eigene Blut kühlen, nachdem sie ganz Griechenland in einer langweiligen Fahrt umschifft haben. Irgendeinen Grund werden sie gefunden haben, um den Muselmanen die Häuser über ihren Köpfen abzufackeln. Auf ein paar Ungläubige mehr oder weniger kommt es nicht an.«

Christoph rückte beiläufig von Fulco ab und beschleunigte den Schritt. »Ich habe dich mit einem Esel gesehen, was ist aus ihm geworden?«

»Er ist ersetzbar«, antwortete Fulco gleichmütig.

»Und die Kisten auf dem Esel?« Christoph beobachtete den anderen aus gesenkten Augenlidern.

»Trödelkram. Auch zu ersetzen, von dem gibt's noch genug.«

Das Bild, wie zwei Mönche im Hof der Irenenkirche Fulco, dem Andersgläubigen, etwas anvertrauten, stand Christoph überraschend scharf vor Augen und spülte alte Gefühle hoch, Haß und Wut, diesmal untermischt mit Verachtung. Angriffslustig drehte er sich zu ihm um, als ihn ein anderes, jüngeres Bild einholte.

»Warum hast du den alten Mann und den Jungen verteidigt? Zwei Turbanträger!«

»Das mußt du der Unbegreiflichkeit der menschlichen Seele zugute halten«, entgegnete Fulco spöttisch, »außerdem hege ich ein paar Zweifel, was die Herkunft des Fettsacks und des Knaben betrifft.« Er blieb keuchend stehen, das Gesicht von einer dunklen Röte gezeichnet. »Dir ist es nicht möglich, eine etwas geruhsamere Gangart anzuschlagen?«

»Warum?« Christoph betrachtete ihn haßerfüllt. »Ich brauche deine Begleitung nicht.«

Mit wenigen Humpelschritten kam Fulco an ihn heran. »Wenn

ich dich nicht heil in eurem Kloster abliefere, wo wir uns schon mal über den Weg gelaufen sind, schneidet mir Enrico die Tonsur eigenhändig bis über die Ohrenspitzen nach.«

Christoph lachte wild auf. »Das ist dein Problem, nicht meins.«

Bevor ihn Fulco festhalten konnte, hatte er sich umgedreht und rannte davon.

Eine Woche später ritt er mit Fulco und Enrico zu einer kaiserlichen Audienz. Er jammerte seiner schönen Tunika nach, die er mit ihren Brandflecken und Löchern nicht mehr tragen konnte. Die neue, erdbraune saß schlecht, ihr Saum zipfelte, Enrico war ein Knauser.

Sie wurden im Magnaura Palast, einer kaiserlichen Residenz direkt am Bosporus, von Fürst Arkadios, einem Mann mit dicken Tränensäcken in einem zinnoberroten, runden Gesicht, erwartet.

Christoph versuchte herauszufinden, was einen Fürsten von einem gewöhnlichen Menschen unterschied, und musterte so genau wie möglich die äußerst prächtige Gewandung, ein steifes, mit Perlen besticktes langes Kleid, und es dauerte eine Weile, bis er in dem Mann den fetten jammernden Alten erkannte, dem sie das Leben gerettet hatten.

Beinahe ohne Luft zu holen, beteuerte der Fürst mit angenehmer leiser Stimme seine Dankbarkeit, es war ein höfliches, elegantes Wortgeplätscher, ganz neu für Christophs Ohren. Immerhin erfuhren sie, daß es sich bei dem Kind um einen entfernten Vetter des Kaisers und einen Großneffen des Fürsten handelte. Es war die Idee des Kleinen gewesen, verkleidet das muselmanische Viertel zu erkunden.

In rechtschaffener Empörung, gab Arkadios diplomatisch die offizielle venezianische Version der Ereignisse wieder, hätten die Kreuzritter eine Moschee abgebrannt, die unrechtmäßig auf christlichem Boden in einer christlichen Stadt errichtet worden sei. Ihrem Zorn sei das ganze Viertel zum Opfer gefallen, samt einem nicht unbeträchtlichen Teil der muselmanischen Einwohner und ihres Besitzes. Er selbst, der Fürst, und das Kind wären in der Verkleidung ohne die heroische Hilfe wohl erschlagen worden, wenn nicht verbrannt.

Christophs Blick streifte kurz den still grinsenden Fulco.

Die Palastruine im Garten hatte ihn auf Kostbarkeit und Luxus vorbereitet, trotzdem übertraf der Magnaurapalast seine Erwartungen. Arkadios führte die Besucher durch Marmorsäle und Arkadenhöfe voller Licht und Glanz bis zu den reichverzierten Türen des Thronsaales, die langsam vor ihnen aufschwangen. Christoph wagte kaum noch zu atmen, in seiner schäbigen Kleidung kam er sich ungelenk vor, fast krüppelhaft, er schielte zu Fulco, der gleichmütig den Fuß nachzog, beinahe extra schleppend.

Das Kerlchen auf dem Thron gab Christoph eine Spur von eigener Würde zurück, denn in all dem steifen Prunk wirkte Alexios selbst äußerst kümmerlich. Die zwei Benediktiner und der Junge tauschten belustigte Blicke, als sie ausgestreckt auf dem Boden lagen, in der Prosgynese, dem Fußfall, einem für Christen ganz unwürdigen Zeremoniell, das nur mit heimlichem Spott und innerem Widerstand zu ertragen war.

Als sie sich wieder aufrichteten, schien der Mann mit dem stippigen Mausgesicht noch ein Stück höher über ihnen zu thronen. Ein Mirakel, das bei den Besuchern ungläubiges Staunen und bei den Hofleuten ein wissendes Lächeln hervorrief. Neben dem Thron erhob sich ein wundersames Gebilde, ein künstlicher Baum mit Ästen, Zweigen, Blättern und singenden Vögeln, die gelegentlich mit den juwelenfunkelnden Flügeln schlugen. Die Blätter aus Kupfer, Silber und Gold bewegten sich leise klingelnd in einem nicht spürbaren Luftzug.

Den Rettern wurden Prunkgewänder überreicht, auf Christophs Schultern sank ein schwerer, mit Gold bestickter Mantel. Ihm brach der Schweiß aus. Ein verdrossen blickendes Kind von zehn oder elf Jahren, der gerettete Großneffe, betrat den Saal. Zuerst hängte er Fulco eine Goldkette um den Hals, dann ging er mit einer zweiten auf Christoph zu. Dieser beugte den Kopf dem Kind entgegen, wie er es Fulco hatte tun sehen, ganz nah kam er dem Gesicht des Jungen, als dieser plötzlich die Zunge weit herausstreckte. Gleichzeitig traf Christoph ein Tritt vors Schienbein.

Während er sich scheinbar ergeben mit der Kette dekorieren ließ, kniff er den Jungen in die rundlichen Oberschenkel, bis er ihn leise aufjaulen hörte. Im Aufrichten bemerkte er, daß Fulco breit grinste, da tat ihm sein Vergeltungsakt schon fast wieder leid.

Eigentlich war das Ende der Zeremonie bereits erreicht, da schlangen sich weiche Arme protokollwidrig um Christophs Hals, schmale Hände zogen seinen Kopf herab. Hilfesuchend schielte er an einer rotbraunen Haarflut vorbei, fing einen besorgten Blick Enricos und ein Feixen Fulcos auf und widerstand der instinktiven Versuchung, sich zu wehren. Steif und widerwillig hielt er die Berührung aus, und trotzdem schlich sich eine betörend angenehme Empfindung ein, als sich eine duftende Wange an seine schmiegte.

»Im Garten«, wurde ihm zugeflüstert, »heute nachmittag, an der Rasenbank.«

Die Erscheinung verschwand so schnell, wie sie aufgetreten war, und hinterließ eine Duftwoge kostbarer Essenzen.

Von Fürst Arkadios erfuhr er, daß das Mädchen, die kaiserliche Prinzessin Verina, die Schwester des geretteten Jungen sei.

Die Palasttore hatten die drei Ehrengäste bereits passiert, als Fulco plötzlich den Zügel Ventos losließ und sich an Christoph wandte. »Hast du ihre Brüste gespürt? Waren sie wie junge Rehzwillinge?« Seine Hände formten zwei Schalen vor der Brust.

»Hör nicht auf den Schmutzfink«, warf Enrico ein.

Fulco lachte unbeherrscht auf. »Wir werden in Schmutz geboren und verrecken darin. Der Dreck klebt das ganze Leben an uns, lehr ihn das, dann wird er mit dem Leben und sich selbst besser zurechtkommen.« Er winkte, gab Vento die Sporen und preschte davon.

Bei ihrer Rückkehr saß Roberto auf der Bank am Tor. Christoph hockte sich vor ihn und zog langsam die Goldkette aus dem Ausschnitt und fuhr mit den Fingern die Glieder entlang, bis sie in einem gefälligen Bogen auf der Brust lag, er spürte ihr Gewicht und schielte hinab, seltsam genug machte sich die funkelnde Kette auf der schäbigen Tunika aus.

Roberto beugte sich vor, um das Prunkstück in Augenschein zu nehmen, dabei fiel ihm eine kleine, goldene Kugel an einem Lederband aus dem Hemdausschnitt. Eine Kostbarkeit, ein filigranes, durchbrochenes Gehäuse mit einem geheimnisvoll schimmernden Innenleben. Roberto nahm die Kugel mit leichter Verlegenheit in die Hand.

»Eine Reliquie. Eine Träne Mariens, in Glas eingeschlossen. Nicht, daß ich an die Echtheit glaube. Wer sollte Mariens Tränen aufgefangen haben? Es ist der Gedenkwert.«

»Ich dachte immer, Reliquien gäbe es nur in Kirchen und Klöstern.«

»Schon seit einer ganzen Weile werden auf den Märkten solche Dinge angeboten. Nicht nur der übliche Tand, um Pilger übers Ohr zu hauen, sondern echtes, wie dieses hier.«

»Aber du glaubst doch gar nicht an die Echtheit.«

»Nicht an die der Reliquie, aber an die der Fassung«, warf Enrico trocken ein.

»Trotzdem. Man kann doch mit heiligen Gegenständen keinen Handel treiben.«

»Du bist noch immer ein Schaf«, erklärte Roberto. »Mit den Reliquienschätzen Konstantinopels kannst du die halbe Welt kaufen. Du hast keine Vorstellung, mit wieviel Gold, Elfenbein, Silber und Edelsteinen Gewandfetzen, Knochen, Haare und Holzsplitter eingefaßt sind. Die eigentlichen Reste der Heiligen haben natürlich auch ihren Preis.«

»Ist der Handel mit etwas, das uns Zuversicht für unser Seelenheil gibt, nicht gottlos?« fragte Christoph und nahm die Kette ab. Er hielt in der Bewegung inne. »Könnte Fulco Reliquien aus den Klöstern holen?«

Roberto nickte gleichmütig. »Kommt ihr auch endlich drauf?«

»Will er die Reliquien vor Plünderern in Sicherheit bringen?«

»Ich weiß weder, was er damit vorhat, noch, mit welchen Versprechungen er die Kostbarkeiten ihren Besitzern abnimmt. Er muß irgendwo ein Lager eingerichtet haben, vielleicht auch mehrere Stellen, an denen er die Schätze hortet.«

Christoph vermutete, daß Roberto selbst Spione auf Fulco angesetzt hatte. Ein eigenartiges Netz von Verstrickungen und Verdächtigungen tat sich auf, vor dem ihm ekelte.

Später, beim Essen, fragte er Enrico möglichst beiläufig: »Wie geht man mit einer kaiserlichen Prinzessin um?«

Enrico reichte ihm den Wein. »Gar keine so leicht zu beantwortende Frage. Auf keinen Fall darf man ihr widersprechen oder etwas tun, was sie aufbringen könnte. Die Situation zwischen uns und den Byzantinern ist heikel.« Er nahm wieder den Becher entgegen, und diesmal merkte Christoph, daß er sich amüsierte. »Du hast das heute sehr gut gemacht, keiner von uns hätte besser stillgehalten«, ergänzte Enrico.

Christoph fragte sich, ob das Mädchen bei ihrer ersten Begegnung etwa geahnt haben könnte, was er über sie gedacht hatte. Die Verwechslung einer kaiserlichen Prinzessin mit einer byzantinischen Hure mochte durchaus die Situation zwischen Lateinern und Byzantinern noch etwas heikler gestalten, als sie ohnehin schon war, und er wollte an Zerwürfnissen der Parteien nicht schuld sein. Er nahm sich vor, recht höflich zu bleiben. Es war fast Abend, als er den Garten erreichte.

Verina empfing ihn in einem schlichten grünen Leinenkleid, das lange, schimmernde Haar zu einem Zopf geflochten, die Augen züchtig gesenkt, bis er nah genug heran war, dann funkelte sie ihn an.

»Was hast du für Manieren? Eine hochrangige Dame läßt man keinesfalls warten.«

Christoph zauderte gerade so lange, auf dem Absatz kehrtzumachen, wie Marcolino brauchte, ihn zu erreichen und sich anzuschmiegen. Ihm folgte die ganze verzweigte, vielfarbige, gemischtrassige Katzensippschaft. Der Junge ging in die Knie, um Marcolino zu streicheln.

»Du hast beinahe alles verdorben durch dein spätes Kommen. Ich hab mich doch bedanken wollen für die Rettung von Heraklios. Mein Bruder ist grauenhaft verzogen, aber ich hab nur ihn.«

Besänftigt von der weichen Stimme, schaute Christoph auf.

»Ihr kommt aus dem Westen über das Meer gesegelt und reißt alles an euch. Ihr wollt bestimmen, was wir glauben sollen, ihr raubt uns aus, dringt überall ein. Ich will keinen von euch in diesem Garten haben, er ist mein Geheimnis, mein Versteck, verstehst du?«

Er sah in ihre meergrünen Augen, die nicht mehr funkelten, sondern Schmerz und Trauer wiedergaben, und fühlte sich angeklagt, dabei hatte er bisher doch nichts Böses getan, all seine Schuld bestand darin, ein Lateiner zu sein. Er nickte beklommen.

»Aber du bist nicht wie die anderen Kreuzfahrer, ich habe mich geirrt, als ich dich das erste Mal sah. Du hast hier die Wege freigelegt und die Hecken beschnitten, nicht?«

Es blieb ihm wieder nur übrig, zu nicken, als ihre Augen noch einmal aufblitzten.

»Ich will das nicht, hörst du! Keiner hat das Recht, hier etwas zu verändern. Ich mag die Verwilderung. Warum hast du dir überhaupt die Mühe gemacht?«

»Ich bin Gärtner.«

Ihre Augen öffneten sich vor Staunen ganz weit und rund, und sie beugte sich etwas näher zu ihm herab. »Das ändert natürlich alles. Weißt du, das Gärtnern hat in meiner Familie eine lange Tradition. Alle Kaiser sind den Gartenarbeiten zugeneigt, auch mein Großonkel Arkadios.« Sie strahlte wieder.

Bei niemand, dachte Christoph, noch immer unbehaglich auf den Fersen hockend, ändert sich so schnell die Laune wie bei ihr, schlimmer als Aprilwetter.

5

Wenige Tage später erhielt er eine Einladung in den Privatpalast des Fürsten. Diesmal fragte er Enrico nicht um Rat. Arkadios hatte bei der Audienz sehr umgänglich gewirkt, auch der Mummenschanz mit der muselmanischen Verkleidung sprach für ein harmloses, geradezu kindliches Gemüt, so daß Christoph meinte, ohne besondere Verhaltensregeln einen Besuch wagen zu können.

Ein Diener führte ihn in die Bibliothek, einen hohen Saal mit einer von Säulen getragenen Kuppel, die mit Goldmosaik ausgelegt war. Das Mosaik stellte einen Hain dar; zwischen den Bäumen sprangen Hirsche und Rehe. Durch eine Öffnung in der Kuppel fiel weiches Licht. Den Boden des Saales bedeckte ein Teppich mit Blumenmuster, mit frischen Blüten bestreut. Christoph wagte nicht, ihn zu betreten, noch sich in diesem luxuriösen Raum zu bewegen. Nur seine Blicke schweiften zu den Wänden mit Büchergestellen, in denen es von goldgeprägten Buchrücken und kostbaren Beschlägen schimmerte.

»Wie gefällt dir mein anmutiger Obstbaumhain? Habe keine Bedenken, von den süßen Früchten, die du hier siehst, zu kosten.«

Leise war der Fürst eingetreten, er trug diesmal ein leichtes Hausgewand, das seinen feisten Hals sehen ließ und nackte Arme. Der Körper wirkte weich, wenn er sich bewegte, eher wie der einer Frau. Gewiß war der Mann kein Kämpfer, den Büchern nach aber ein Gebildeter, was Christoph einerseits freute, andererseits beschlich ihn ein Mißbehagen. So leicht, wie er es sich gedacht hatte, war der Umgang mit derart hochgestellten Leuten wohl doch nicht. Vor allem fragte er sich, ob sein Griechisch höfischen Anforderungen genügte. Hilfesuchend blickte er an den Säulen hoch, nahm Blattrankenkapitelle wahr und dachte plötzlich an den alten Manganenpalast. Ohne Einleitung begann er von den Marmorarbeiten in der Hagia Sophia zu erzählen, von Wellenbändern in einer blassen blaugrauen Marmorsee.

Der Fürst hörte ihm aufmerksam zu und schritt, als er geendet hatte, auf dem Blütenteppich nachdenklich einmal auf und ab, die Hände auf dem Rücken verschränkt, und blieb plötzlich vor Christoph stehen.

»Du überraschst mich, du hast tatsächlich das Wesen unserer Kunst erkannt. Es beruht auf unserer Verehrung der Natur, die wir als gottähnlich betrachten. Wir verstehen sie nicht nur als Maß der Schönheit, sondern wir entdecken auch in eigentlich nicht gegenständlichen Mustern wie im Geäder von Marmor die Bilder der Natur wieder. Du scheinst auch über diesen Sinn zu verfügen, das ist sehr ungewöhnlich für einen aus dem Westen. Wir übertragen die Anmut der Natur auf die Schöpfungen der Architektur, und es mag dich nicht weiter wundern, daß wir von blühenden Wiesen sprechen, wenn wir die Galerien der Hagia Sophia meinen.« Der Fürst zwinkerte Christoph zu. »Oder von Obsthainen angesichts einer Bibliothek.«

Christoph sah die Augen des alten Mannes aufleuchten und hörte leichte Schritte hinter sich, er brauchte sich gar nicht umzudrehen, er kannte diesen schwülen Blütenduft, der ihn nun erreichte und schwerer atmen ließ.

Verina lief auf ihren Großonkel zu, der sie in seine Arme schloß. Einen Moment verschmolzen die beiden zu einer Figur, Christoph sah nur das braune Haar des Mädchens, ahnte aber, daß die zwei einen Kuß austauschten, eine innige Geste unter Verwandten, die ihn dennoch verwirrte. Er fragte sich, ob alle

Byzantiner Edlen mit ihren Angehörigen so zärtlich umgingen, er selbst war so etwas aus seiner Kindheit nicht gewöhnt. Verina drehte sich in den Armen des Großonkels dem Besucher zu.

»Ich wußte, daß du kommst, ich habe Onkel Arkadios von dir erzählt.« Sie zog den Alten an der Hand zu den Bücherwänden. »Onkelchen, wo sind deine Romane mit den Gartenschilderungen? Ich will Christoph das Werk *Hysmine und Hysminias* von Makrembolites zeigen und werde ihm daraus vorlesen, ich glaube nicht, daß sein Griechisch gut genug ist, um alles zu verstehen.«

»Mein Täubchen«, Arkadios fuhr der Nichte über das glänzende Haar, »ich habe dir schon gesagt, daß es sinnvoller ist, mit dem Studium der Gärten in der Natur zu beginnen.«

»Aber ich gehe mit ihm in den Garten am Manganenpalast, um dort *in situ* zu lesen.«

Christoph gewann den Eindruck, in einen Disput geraten zu sein, der schon eine Weile währte, und in dem seine Meinung nicht gefragt war. In Verlegenheit geriet er, als ein Diener eine Flügeltür weit aufstieß, die sich zu einem Garten öffnete, und Arkadios den Besucher durch einen knappen Wink aufforderte, mit ihm zu kommen, während Verina, das Buch in der Hand, an der gegenüberliegenden Tür wartete.

Er bedauerte nun doch, sich nicht mit Enrico beraten zu haben, der Benediktiner hätte auch in einer solchen Situation gewußt, wie man sich korrekt verhielt, ohne diplomatische Verwicklungen heraufzubeschwören. Unsicher wechselte er von einem Fuß auf den anderen und sah betreten, wie sich unter seinen Sohlen auf dem Teppich häßliche, braune Flecken aus zerquetschten Blütenblättern ausbreiteten. Verina und ihr Onkel waren über den Teppich geschritten, ohne Spuren zu hinterlassen, vermutlich lastete auf den Vornehmen nicht die gleiche Erdschwere wie auf gewöhnlichen Leuten.

Noch einmal nahm er Verinas zappelige Ungeduld wahr und den bittenden Blick zum Onkel, und da wußte er plötzlich Rat. Bei aller Hochwohlgeborenheit war sie ja nur ein Mädchen. Rasch trat er nach draußen und folgte Arkadios, der wohl keinen Zweifel über die Entscheidung des Gastes gehegt hatte, denn er ging bereits, ohne sich umzuschauen, einen Mittelweg entlang.

Der Garten des Fürsten war um einiges kleiner als der am alten Manganenpalast, aber der Gartenraum war noch raffinierter angelegt. Berankte Terrassen führten in mehreren Stufen auf eine untere Rasenebene, sanfte Hügel wellten das Gelände, kleine Haine – regelrechte Baumrechtecke – verstellten den Blick und verlockten zu schauen, was dahinter lag. Niedrige, beschnittene Hecken aus Eibe und Taxus, die wie Mäuerchen wirkten, lenkten den Schritt, begleitet von schmalen, silbernen Wasserbahnen. Ausgedehnte Wasserflächen spiegelten den Himmel.

Arkadios legte Christoph, als dieser ihn eingeholt hatte, den Arm um die Schulter. Schwer lastete dieser Arm auf ihm, doch er wagte nicht, ihn abzuschütteln.

»Woher kommt eure Gartenkunst, die so viel reicher ist als unsere?« fragte Christoph und drehte sich unauffällig weg von dem schwammigen, viel zu nahen Körper, dessen Wärme er spürte.

»Du siehst hier das Erbe Roms vor dir.« Arkadios deutete mit der freien Hand um sich, mit der anderen zog er Christoph wieder näher heran. »Eine ungebrochene Tradition von mehr als tausend Jahren. Der Westen verfiel mit dem Untergang des weströmischen Reiches in die Barbarei und fängt jetzt erst an, altes Wissen auszugraben. Wir haben das Erbe bewahrt. Hast du denn Plinius nicht gelesen, Vergil oder wenigstens Dioskurides? Der schreibt allerdings mehr über Pflanzen und Heilkunde. Du kannst doch Latein?«

»Ja, aber ich habe nur die Bibel und die Kirchenväter gelesen.«

»Alles dummes Zeug, wenn du etwas über Natur und Gärten erfahren willst. Lies Plinius' Beschreibung seiner Villen, dann verstehst du eher, was du hier siehst. Wir sind natürlich nicht bei Plinius stehengeblieben.«

Mit einem Ruck machte sich Christoph frei, rannte ein paar Schritte und sog tief, fast gierig die Luft ein, zuletzt hatte er geglaubt, zu ersticken. »Was«, keuchte er, »ist das für ein Gebäude dort?« Seine Hand wies auf eine kleine, anmutige Kuppel, die sich in einiger Entfernung aus einem Kreis hoher Rosensträucher erhob.

»Ein Badetempel.« Arkadios schmunzelte, die heftige Reaktion seines Gastes schien ihn nicht zu verärgern, allerdings glitt der Blick des Fürsten prüfend über ihn. Als wolle er ein Pferd kaufen, dachte Christoph.

Ein Bach begleitete den Pfad, der zu dem Tempelchen führte, das Wasser floß mit einem sanften Murmeln auf das kleine Gebäude zu. Der Garten war von Blumenduft durchdrungen, der sich schwer auf die Sinne legte. Eine seltsam süße Leichtigkeit befiel Christoph, er schalt sich einen Narren, weil er sich dem freundlichen alten Mann gegenüber wie ein schlecht erzogenes Kind aufführte.

Hinter Arkadios betrat er das Tempelchen. Die farbigen Marmorwände mit ihren Wellen- und Wolkenmustern endeten auf halber Höhe, darüber erhoben sich schlanke Säulen, die die Kuppel trugen. In diese schmiegten sich die Äste eines künstlichen Baumes mit goldenen und silbernen Blättern. Von draußen schoben sich Rosenranken herein, umschlangen die Säulenschäfte, vermischten sich mit dem künstlichen Geäst und ließen bis in die Kuppel ihre dunkelroten Blüten leuchten.

Der kleine Bach ergoß sich in ein rundes Badebecken. Auf dem naßschimmernden marmornen Rand saß ein junges, hübsches Mädchen, mit den Füßen im Wasser plätschernd. Ganz deutlich wölbten sich ihre Brüste unter dem dünnen Stoff des Kleides oder vielmehr Hemdes, das sich feucht an ihren Körper legte. Ohnehin waren ihre Beine nackt bis zu den Schenkeln, da sie den Saum des Hemdes heraufgezogen hatte. Christoph fühlte, wie ihm eine heftige Röte ins Gesicht stieg. Wahrscheinlich hätte er sich abwenden müssen, aber das Mädchen strich sich ohne die geringste Verlegenheit eine Haarsträhne aus dem Gesicht.

»Die Natur«, erläuterte Arkadios, »dringt von draußen herein, begierig auf eine innige Umarmung mit der Kunst, während der Blick von drinnen nach draußen in den Garten schweift. Drinnen und draußen gehen ineinander über, spiegeln sich und verschmelzen. Kannst du mir folgen?«

Christoph sah nur, wie sich die Brüste mit jedem Atemzug hoben und senkten, und im Augenblick wünschte er nichts weiter, als sich ganz mit dieser sanften, lockenden Bewegung zu befassen, die neue, aufregende Empfindungen in ihm auslöste.

»Bäder sind eine löbliche Einrichtung, die ihr im Westen sträflich vernachlässigt«, erklärte Arkadios mit erhobener Stimme.

Christoph fuhr aus seiner angenehmen Betrachtung auf. »Aber wir haben auch Badehäuser in den Klöstern.«

»Düstere Kammern mit häßlichen Bottichen, in denen man sich Splitter in den ...« Kurz und heftig zwickten die fetten Finger des Fürsten Christoph ins Gesäß. Vor Schreck machte dieser einen Satz vorwärts und wäre beinahe in das Becken gefallen, wenn er nicht Halt am marmornen Rand gefunden hätte, Auge in Auge mit der Schönen, die nun, sehr langsam, einen Arm über die Brust legte und kicherte. Es war dieser kindliche Laut, der seine jäh aufflammende Wut im Augenblick wieder besänftigte und ihn hilflos grinsen ließ.

Hinter sich hörte er Arkadios schnaufen. »Komm, junger Mann, laß uns nicht länger das Bad stören, am Ende geniert sich das Kind noch. Sie ist eine meiner Nichten.«

Bevor er das Gebäude verließ, drehte sich Christoph nach dem Mädchen um, es lächelte unbefangen, das Lächeln galt allerdings dem Onkel, der es erwiderte, winkte und ein Zeichen mit der Hand anfügte. Christoph erinnerte sich an Marcos Gewohnheit, sich mit Gesten zu verständigen, und daß er schon damals diese ihn ausschließende Verständigung als ungehörig empfunden hatte, als beinahe hinterhältig, auch wenn er sich nun sagen mußte, daß es eben nicht so leicht war, die Verhaltensweisen in fremden Ländern zu verstehen.

»Ich habe eine Menge Nichten«, nahm Arkadios den Faden seiner Erklärungen wieder auf, als er den Gast gemächlich zum Palast zurückführte, »einige, wie Verina und Martina, die du gerade gesehen hast, leben bei mir. Die kaiserliche Familie ist groß, und wir alle sind Gartennarren, sind es schon immer, schon seit den Zeiten der Römer gewesen. Einer der ärgsten war Kaiser Konstantin IX. Er ließ ausgewachsene Bäume verpflanzen, so daß an einem Tag ein Wald stand, wo vorher eine Wiese war und umgekehrt. Eine Wiese komplett mit Bienen und Zikaden, sonst war Konstantin nicht zufrieden.«

»Klappte das denn?«

»Es gibt ein Buch darüber. Es sind die *vitae* der Kaiser, die Michael Psellos geschrieben hat. Das Buch enthält auch sehr hübsche Gartenbeschreibungen. Meine Vorfahren waren hervorragende Gärtner, wenn sie nicht gerade mit anderen Dingen beschäftigt waren.«

Es war nur eine leichte Drehung des Kopfes, ein halbes

Umwenden, das aber die Richtung andeutete, in die sich eventuell die Gedanken des Mannes bewegten. Sie können aber doch nicht ständig gebadet haben, dachte Christoph. Die intensiven Düfte des Gartens in der Schwüle der beginnenden Mittagshitze setzten ihm zu, eine leichte Übelkeit stieg in ihm auf. Er hätte sich gern in den Schatten eines Baumes gesetzt. Merkwürdige Gebilde hingen in den Ästen. Kleine Gegenstände aus unterschiedlichen Materialien, die ein sanftes Rauschen oder ein seltsames zartes Klingeln erzeugten, als ein Windstoß durch die Kronen fuhr.

Ein Pfau kam unter den Bäumen hervor, wie aus einem der Mosaiken zum Leben erwacht, sein unmelodischer Schrei mischte sich mißtönend mit dem Geklingel der Windspiele und ließ Christoph aus seiner Benommenheit aufschrecken. Er wischte sich über die schweißnasse Stirn. Erst als ihm Arkadios die Hand auf die Schulter legte, wurde ihm bewußt, daß er schon seit einer Weile in den Anblick des Gartens versunken stand. Die Berührung der weichen Hand störte ihn diesmal weniger, auf eine schwer erklärliche Weise schien ihr besitzergreifender Druck zu allem ringsum dazuzugehören.

»Wir wünschen uns«, raunte Arkadios dicht an seinem Ohr, »daß unsere Gärten alle unsere Sinne gefangennehmen, nicht nur das Auge. Deshalb verstärken wir den Klang des Windes und den Duft der Blumen.«

Christoph wandte sich zur Seite und starrte Arkadios verständnislos an. Das Gesicht des Mannes schien seltsam verjüngt. Glatt spannte sich die Haut, hell und rosig leuchtete sie im Schatten der Bäume, das Haar kräuselte sich in Locken über der Stirn wie bei einer der vielen marmornen Gestalten heidnischer Gottheiten, mit denen der Garten bevölkert war. Arkadios hätte eine von ihnen sein können. Vertraulich, beinahe schon liebevoll, rückte er noch näher an seinen Gast und drehte ihm den Kopf in die Richtung, in der das Tempelchen lag.

»Du glaubst doch nicht wirklich, daß die Rosen allein diesen Duft verbreiten? Wir helfen nach, um die Illusion eines ständig blühenden Gartens das ganze Jahr über aufrechtzuerhalten.«

Christoph schüttelte den Kopf, weniger um die Hand, sondern vielmehr um die Benommenheit loszuwerden und wieder einen klareren Gedanken fassen zu können.

»Gibt es noch mehr solcher außergewöhnlichen Gärten in Konstantinopel?« fragte er mit belegter Stimme.

Arkadios lachte amüsiert auf und trat mit ausgebreiteten Armen einen Schritt zurück. »Genügt dir meiner schon nicht mehr?« An den Fingern zählte er auf: »Der Anadendradiongarten am Maynaura Palast, einer weiteren kaiserlichen Residenz, dann den Mesokepion, und außerdem solltest du noch den Garten am Trichonchos Palast studieren mit seinem mystischen Brunnen und den Überflutungsanlagen, in Wasserspielen sind wir hier sehr groß. Würde es dich reizen, einmal den kaiserlichen Jagdgarten vor der Stadt zu besuchen? Ich könnte dich mitnehmen.«

»Ich versteh von der Jagd nichts«, wandte Christoph ein.

»Das ist nicht nötig, das Wild in unseren Jagdparks ist beinahe zahm und kann außerdem nicht entfliehen, weil das ganze Gehege eingezäunt ist.«

»Ihr jagt euer Wild hinter Zäunen?«

»Aber ja, es ist bequemer so. Treiber scheuchen uns das Wild entgegen, und wir brauchen mit dem Bogen nur draufzuhalten. Das erspart uns eine Menge Unbequemlichkeiten. Außerdem ist es ein Vergnügen, das Wild zu beobachten, wir jagen ja nicht ständig. Ich habe dir gesagt, daß Byzanz die Tradition des alten Rom fortführt. Genauer gesagt, liegen wir hier im Schnittpunkt von Westen und Osten. Die Mode der Tiergärten haben wir aus dem Osten übernommen. Sie heißen auf persisch Pardis, unser Wort dafür ist Paradeisos.«

»Bist du sicher?«

Der Fürst nickte vergnügt. »Ich weiß, woran du denkst, und es stimmt: Das Paradies der Bibel war nichts weiter als ein persischer Tiergarten.«

Der Garten Eden, das Paradies zwischen Euphrat und Tigris, lag in Persien, das war eine durch die Heilige Schrift verbürgte Tatsache. Christoph fragte sich jedoch, ob er einem Schwindel der Heilsgeschichte auf der Spur war, der an Größe jedes Maß überstieg. Aber sollte er der erste sein, der darauf kam? Antonius, flehte er, gib mir Festigkeit, laß nicht zu, daß ich in diesem verdorbenen Land am Glauben und der Heiligen Schrift irre werde.

»Ich sollte wirklich bald im Jagdpark nach dem Rechten

schauen, vielleicht schon morgen, und wenn du möchtest ...« Der Fürst ließ den Rest der Frage elegant in der Luft hängen.

Christoph kam sich selbst wie ein störrischer Esel vor, als er vehement den Kopf schüttelte. »Ich habe Pflichten ...« Beinahe äffte er den Tonfall des Fürsten nach. Ganz plötzlich hatte ihn die Lust überkommen, sich Luft zu verschaffen in dem betörenden Gespinst dieses Gartens und die Absichten des Alten zu durchkreuzen, die ihm nicht ganz klar waren, aber dennoch widerwärtig.

Arkadios hob in einer bedauernden Geste die Hände und schien von einem Augenblick auf den anderen das Interesse an seinem Besucher zu verlieren. Immer nachhaltiger schweifte sein Blick zum Badetempel, während er unverändert liebenswürdig die Verabschiedung einleitete.

»Für einen aus dem Westen bist du ein außergewöhnlicher Junge, es müßte mehr wie dich geben, um die bedauerliche Kluft zwischen Ost und West zu überbrücken. Daher liegt mir daran, daß du weiter meinem Hause verbunden bleibst. Ich weiß, daß auch Verina diesen Wunsch hegt. Sie wird dich sicher gern in die anderen Gärten einführen und in die Gartenwelten unserer Bücher. Jetzt mußt du mich entschuldigen. Du wirst sicher den Weg zum Haus allein finden.« Er winkte noch einmal leutselig.

Christoph blickte ihm nach und sah, wie er auf einmal eilte, als warte am Ende des Weges etwas Dringliches oder Vergnügliches, und es war ganz unausweichlich, daß Christoph an das Bad dachte und an die süßen, runden Brüste und weißen Schenkel von Martina. Die Frage Fulcos kam ihm in den Sinn. Nein, die Brüste Verinas hatte er bei der Umarmung im Thronsaal nicht gespürt, und das bedauerte er jetzt sehr.

Als er die Bibliothek wieder betrat, befiel ihn Verlegenheit, weil ihn noch immer die gleichen angenehmen, aber unzüchtigen Vorstellungen beherrschten.

Seine Sorge erwies sich als unbegründet, denn Verina war das Warten wohl leid geworden. Unschlüssig lief er in der verlassenen Bibliothek herum und entdeckte auf einem Tisch ein großes Blatt, das er erst bei längerem Hinsehen als Karte erkannte. Sein Finger berührte den Punkt, der Konstantinopel markierte, und fuhr die östliche Küstenlinie des Mittelmeeres entlang. Er sah Jerusalem und bemerkte, daß die Karte noch weiter östlich gelegene Länder umfaßte. Beide Hände legte er flach auf das Blatt, als könnte er dadurch von diesen Gebieten bereits Besitz ergreifen.

Eine schmale Tür zwischen zwei Bücherwänden öffnete sich, und ein Diener trat ein. Die Prinzessin, erklärte dieser gemessen, würde, wenn sie Zeit fände, wieder von sich hören lassen.

Auf dem Weg zum Kloster beschloß Christoph, den Badetempel nicht zu erwähnen, sollte ihn Enrico nach dem Besuch beim Fürsten fragen.

Der Benediktiner saß auf der Bank im Hof und überraschte ihn mit einer gänzlich anderen Frage. »Begleitest du mich zu einer geheimen Besprechung mit dem Patriarchen?«

Christoph zögerte zu antworten, er war noch in seinen jüngsten Erlebnissen gefangen und zu sehr verblüffte ihn die Aufforderung.

»Du mußt nicht.« Enrico erhob sich, ohne den Jungen anzusehen.

»Sicher komme ich mit, nur warum?« Hastig schloß er sich dem Mönch an, der bereits aus dem Hof strebte.

»Offensichtlich hat sich deine Heldentat herumgesprochen, und ihr Glanz hat auf mich abgefärbt. Der Patriarch will mit mir die Lage in der Stadt besprechen, und ich dachte, es fördert das Gespräch, wenn du mitkommst.«

Sie trafen den Patriarchen in einem düsteren Raum seines Palastes an der Hagia Sophia. Als sie eintraten, verließen ihn gerade zwei Kleriker.

Ein Blick unter schweren müden Lidern traf Christoph. »Das ist also der junge Held, der bereit war, sein eigenes Leben für andere hinzugeben.«

Christoph überlegte, ob er sagen sollte, daß er nur zufällig in eine gefährliche Geschichte hineingeraten war, in der er sich verteidigen mußte. Unsicher spähte er zu Enrico, der wieder die abweisend unbewegte Miene zeigte.

Der Patriarch hatte wohl nicht mit einer Entgegnung gerechnet, er wandte sich an den Benediktiner, und Christoph lehnte sich mit einem leisen Aufatmen hinter Enricos Stuhl an die Wand.

»Bruder Enrico, ich habe dich hergebeten, um dir mitzuteilen, daß ich und die Kirche des Ostens uns nur unter Zwang unter das Joch Roms beugen werden. Die Dispute mit dir haben mir gefallen, und ich schätze dich als brüderliche Seele im Namen des einen Gottes, an den wir alle glauben. Innozenz' Vision einer neuen Einheit der Christenheit ist auch unser Wunsch. Wir haben jedoch nicht die Absicht, dem Irrweg zu folgen, den die Kirche Roms nach dem Schisma von 1054 eingeschlagen hat. Aber wir sind bereit zu warten, daß ihr Lateiner euch auf die reine Lehre besinnt und unser Glaubensbekenntnis von jenen Zutaten befreit, die eure Kleriker ihm zugefügt haben. Wir sind die wahre Kirche.«

Gab es eine ältere und rechtmäßigere Wahrheit als die, die bisher seinen Glauben ausgemacht hatte? Christoph spürte fast schmerzhaft die profunde Sicherheit des Patriarchen, seine Unerschütterlichkeit, den festen, unzerstörbaren Kern eines Glaubens, neben dem sein eigener plötzlich zweifelhaft erschien. Er stöhnte unwillkürlich auf.

»Junger Mann, fühlst du dich geehrt durch die Prunkgewänder und das Geschmeide, die dir der Kaiser überreichen ließ?«

Aus den Gedanken gerissen, zuckte er unter der leichten Schärfe in der Stimme des Patriarchen zusammen. Die feurigen Farben der kostbaren Seiden, die aufgestickte Goldornamentik der Gewänder hatten in seiner Kammer einen Glanz entfacht, von dem sich die Armseligkeit des Klosters fast unerträglich abhob. Schließlich hatte er die Kleider vorsichtig zusammengerollt, die Kette obenauf gelegt und die Geschenke in eine alte Truhe, eine Leihgabe der Mönche, versenkt. Er hatte auf der Truhe gesessen und gelesen, und der Gedanke erheiterte ihn, die Kostbarkeiten eher zu besetzen als zu besitzen.

»Um die Wahrheit zu sagen, für jemanden meines Alters scheint es etwas viel Ehre zu sein. Wenn ich nicht befürchten müßte, jemanden zu beleidigen, gäbe ich diese Dinge fort.« Gern hätte er hinzugefügt, daß ihm eine neue Tunika aus feiner Wolle oder Leinen mit einer gestickten Borte tausendmal lieber gewesen wäre und auch ein wirklich gutes, eigenes Pferd. Er hoffte, daß ihm seine Gedanken nicht vom Gesicht abzulesen waren.

Auch Enrico hatte sich ihm zugewandt. Stille breitete sich aus, in der schwer faßbare Dinge vor sich gingen. Der Patriarch sprach wieder, Enrico lehnte sich in seinem Stuhl zurück.

»Alexios hat, um den Thron wiederzugewinnen, mit seinen Versprechungen den Kreuzfahrern gegenüber den Mund zu voll genommen, nicht nur, was die Einheit des Glaubens betrifft. Die zweiten 100000 Mark Silber kann er nicht aufbringen, und in seiner Dummheit will er durch höhere Steuern mehr Geld aus der Bevölkerung herauspressen. Die Stadt ist gebeutelt genug, und der Doge und Bonifaz von Montferrat werden ungeduldig. Es wird zu Unruhen und zu neuen Kämpfen kommen. Ihr solltet die Stadt verlassen.«

Er legte eine Pause ein, um Enrico Gelegenheit zu einer Entgegnung zu geben, aber dieser zog es vor zu schweigen.

»Ich mache mir Sorgen um die Kirchenschätze, wir sprachen schon darüber. Ich werde euch etwas zeigen. Folgt mir.«

Sie verließen den Raum, vor der Tür schlossen sich ihnen die beiden Priester an, als hätten sie die ganze Zeit gewartet.

Die Priester öffneten geheime Kapellen und schlossen Tabernakel auf. Im Schein der Öllampen entfaltete sich ein Glanz, der die irdische Entsprechung für die Glorie des Himmels sein mußte. Hinter nahezu undurchsichtigem Glas dämmerten Knochen und Tuchfragmente und das eingedickte Blut der Heiligen, fast anrührend bescheidene menschliche Relikte, erdrückt von Silber, Gold, Elfenbein, Edelsteinen und Email, eine Verquickung geistigen und materiellen Reichtums, die Christoph plötzlich als barbarisch und gefährlich empfand.

Der Patriarch nickte unmerklich einem der Begleiter zu. Der Priester öffnete eine Ebenholztruhe und entnahm ihr einen in starre Seide eingeschlagenen Gegenstand, den er ehrfürchtig enthüllte.

»Dies ist einer unserer größten Schätze. Eine Staurothek, ein Kreuzreliquiar mit Stücken des echten Kreuzes Christi.«

Das Kreuz Christi, Zeichen der Auferstehung, der Baum des Lebens im Garten des Paradieses, schoß es Christoph durch den Kopf. Das Reliquiar bestand aus einer reich mit Emailbildern und Edelsteinen verzierten, goldenen Lade.

»Die Sorge um diese Kostbarkeiten lastet schwer auf mir«, erklärte der Patriarch, »ihre Heiligkeit und die politischen Wirren verbieten es, sie aus der Stadt herauszubringen. Wohin auch sollten wir sie jetzt noch geben?«

»Ich werde darüber nachdenken«, antwortete Enrico.

6

Christoph lag träge im Gras und lauschte Verina, die aus dem Roman *Hysmine und Hysminias* vorlas. Tatsächlich gab er nur vor, der verwickelten Liebesgeschichte zuzuhören, und genoß statt dessen die Ruhe des Gartens, die das gleichmäßige Wortgeplätscher untermalte, und den Anblick des Mädchens, das sich ganz in das Vorlesen vertieft hatte, so daß er es ungeniert betrachten konnte. Sie war schöner als ihre Cousine Martina.

Eine Woche hatte es gedauert, bis sie ihn zu sich bestellt hatte. Er war einer Aufforderung gefolgt, die einem Befehl glich, aber der Gehorsam hatte sich gelohnt, denn in Begleitung Verinas durfte er noch einmal den Thronsaal im Magnaura Palast betreten, sie waren ganz allein in dem riesigen Saal. Deshalb konnte er auch den künstlichen Baum in Muße betrachten. Auf einmal hörte er hinter sich ein leises Rauschen und wandte sich um. Der Thron schob sich in die Höhe.

»Wie hast du das bewerkstelligt?«

Verina zuckte nur mit den Schultern, aber er fand selbst heraus, daß es ein paar Hebel gab, die nicht nur den Thron bewegten, sondern auch die Vögel auf den Ästen zwitschern ließen. Christoph lauschte angestrengt, um unter den lauten Tönen die leisen zu hören, die ein Geheimnis verrieten.

»Es ist Wasser! Auf irgendeine Weise bewegt Wasser den Baum und den Thron. Alexios' Erhöhung bei der Audienz ist also nichts als eine mechanische Gaukelei gewesen, um uns westliche Tölpel ...«

»Wenn dich solche Spielereien interessieren, von diesen gibt es hier noch mehr«, fiel ihm Verina schnippisch ins Wort.

Auf einem Brunnen im nahen Anadendradion Garten saßen Adler und Pfaue aus grünlicher Bronze, schlugen die Flügel und spien Wasser in hohem Bogen. Christoph hätte gern den Mechanismus untersucht, aber Verina lockte ihn auf eine kleine, tief liegende Rasenfläche. An zwei Seiten liefen schmale Kanäle entlang, von Steinplatten überdeckt. Plötzlich floß Wasser über das Gras, der Rasen verwandelte sich in einen spiegelnden Teich, und Christoph stand naß bis zu den Knöcheln mittendrin. Verina hüpfte erfreut am erhöhten Rand entlang.

»Ich weiß nicht, wie das funktioniert, aber ich hoffe, das Bad bekommt deinen Füßen.«

Als das Wasser versickert war, legte sich Christoph in das nasse Gras und tastete in den Kanälen, bis er fand, was er suchte: eine Reihe von Öffnungen dicht über dem Boden. Aber woher kam das Wasser und wie floß es ab?

Am darauffolgenden Morgen schlich er in der ersten fahlen Dämmerung in den verwilderten Garten am Manganenpalast. Der Ruf der Vögel, die gerade erst erwachten, schien den Tag herbeizulocken. So mußte es am ersten Schöpfungstag gewesen sein, als sich der Himmel gold und rot färbte und allmählich alle anderen Farben zu leuchten begannen. Aus den letzten Schatten der Nacht traten Bäume und Büsche hervor, Spinnenfäden glitzerten als flüchtige Kostbarkeiten, hauchzarte Gitter, die unter den Fingern zersprangen. Allein der reine, kühle Atem der Luft berauschte mehr als Wein.

Marcolino strich Christoph um die Beine, bettelte mauzend um Zärtlichkeiten, und als er ihn hochnahm, pustete der Kater ihm leise sein Schnurren ins Ohr, weich und glatt spürte Christoph das dichte Fell an seiner Wange. Es fiel ihm schwer, den kleinen Racker ins Gras zu setzen und endlich seinem Vorhaben nachzugehen.

Auch hier gab es die schmalen Kanalrinnen, allerdings waren die Abdeckplatten meist verschwunden. Einige Rinnen führten zu langgestreckten Becken, die längst Kriechgewächse füllten, für einen Augenblick stellte sich Christoph die Wasserflächen vor, wie sie einmal gewesen waren: silbern und in transparentem Blau den Himmel spiegelnd. Auf der Suche nach Spuren einer verborgenen Technik tastete er über jede Oberfläche, grub im Erdboden nach und fand ein System von Röhren und Einläufen in Metall oder Stein und Reste von Vorrichtungen zur Regulierung des Wasserdurchflusses. Obwohl ihm manches klar wurde, fehlte der große Zusammenhang und auch die Antwort auf die Fragen: Was brachte das Wasser zum Fließen, und wie konnte sich der Thron nach oben bewegen?

»Träumst du?« Plötzlich waren ihm Verinas grüne Augen ganz nah. Christoph sah sich selbst in ihnen eingeschlossen, winzig in zwei meergrünen Tiefen. Ein Seufzer stieg ihm aus der Brust.

»Ich glaube, die Geschichte nimmt dich jetzt doch gefangen.« Befriedigung klang aus ihrer Stimme, die bald wieder in den monotonen Singsang des Vorlesens fiel.

Als er nach jenem morgendlichen Besuch im Garten ins Kloster zurückgekehrt war, traf er Enrico über seine Gartenpläne gebeugt an.

»Vielleicht beschäftigt uns derselbe Gedanken. Ich hab gerade etwas im Garten entdeckt«, erklärte Christoph, »wir könnten dem Patriarchen einen Vorschlag zur Rettung der Reliquienschätze unterbreiten.«

Enrico zeigte sich auf seine trockene Art von Christophs Vorschlag angetan. Aber als der Benediktiner bald darauf im Patriarchenpalast vorsprach, wurde er abgewiesen. Briefe, in denen Enrico um eine Erklärung nachsuchte, wurden zurückgesandt. Es schien, als wären alle Bemühungen um eine Verständigung umsonst gewesen.

Obwohl es Christoph bis dahin nicht in den Sinn gekommen war, an den Unternehmungen des Benediktiners sonderlich Anteil zu nehmen, fühlte er sich von der schlecht verhohlenen Enttäuschung Enricos so betroffen, daß er Verina von der Sache erzählte. Dabei leitete ihn die Idee, daß die Ursache für die Zurückweisung des Patriarchen in einem unbegreiflichen Gegensatz westlicher und östlicher Anschauungen liegen müsse.

Sicher konnte er nicht erwarten, daß ein Mädchen etwas von Politik verstand, es war daher nur eine ganz schwache Hoffnung, daß Verina einen Rat wüßte. Tatsächlich war sie konzentriert damit beschäftigt, eine Spange in ihrem Haar zu befestigen, während er sprach. Er hatte schon vergessen, daß er sie überhaupt eingeweiht hatte, als sie ihm bei ihrem nächsten Treffen beiläufig mitteilte, daß die Staurothek und einige der größten Kostbarkeiten verschwunden waren. Das weitere konnten sich Enrico und

Christoph denken. Es mochte nicht allzuoft vorgekommen sein, daß Besuchern aus dem Westen die Kirchenschätze gezeigt worden waren, und nun gab es keine Möglichkeit mehr, sich vom Verdacht des Diebstahls reinzuwaschen.

Anders als für Enrico, der einmal gesagt hatte, daß Konstantinopel eine zwiespältige Stadt sei, und damit die Moral gemeint hatte, erwies sich auch für Christoph die Stadt als zweigeteilt. Er vergaß die täglich zunehmenden Krawalle und Scharmützel zwischen Byzantinern und Lateinern, die auf den Straßen immer aggressiver ausgetragen wurden, sobald er einen der Gärten betrat. Es war, als wenn er eine große eichene Tür zuschlug und der Lärm draußen blieb. In der milden Kühle des Herbstes durchstreifte er mit Verina die Gärten der kaiserlichen Paläste, bis sie in den Lauben und auf den Rasenbänken versponnene Rast hielten. Oft las Verina aus ihren Büchern vor, und wenn es zu dämmern begann, erzählte sie Geschichten.

»Kennst du die Sage von Eros und Myrte?« fragte sie einmal. »Eros hat den Vater der Myrte im Rausch dazu verleitet, seiner Tochter beizuwohnen. Sie gebar Adonis und wurde in einen Baum verwandelt. In allen Myrtenbäumen kannst du ihre Stimme hören, die nach Adonis schluchzt. Er wurde der Geliebte Aphrodites. Als er von einem Eber getötet wurde, flehte Aphrodite Persephone, die Göttin der Unterwelt, um die Rückgabe ihres Gefährten an. Stell dir vor, Persephone zeigte Erbarmen und erlaubte dem schönen Adonis, jedes Jahr für sechs Monate das Totenreich zu verlassen. In antiken Zeiten begingen die Frauen im Spätsommer ein Adonisfest, um an sein Schicksal zu erinnern. Sie säten Blumen in Töpfe und stellten diese auf ihre Hausdächer. Die aufgeblühten Blumen welkten rasch, weil sie nicht gegossen wurden, und die Frauen sangen Klagelieder auf den toten Adonis.«

»Seinen Tod muß man also im Welken der Blumen sehen. An der Geschichte gefällt mir vieles nicht, aber etwas ganz und gar nicht: Diese Frauen haben das Ende der Blumen absichtlich beschleunigt.«

»Es wird ja immer wieder einen Frühling geben, und Adonis kehrt jedes Jahr zu Aphrodite zurück. Sag, glaubst du an das Paradies?«

Überrascht blickte Christoph zu Verina auf, die vor ihm auf einer Rasenbank saß, ihren Rock sorgsam ausgebreitet.

»Das Paradies ist der Garten der Eva«, fuhr sie fort, »mit Eva erst wurde Adam zum Mann, und der Kreislauf der Natur konnte beginnen.«

»Und Eros, willst du sicher sagen, war auch da schon mit von der Partie.«

Sie lachte. »Der Garten ist der Ort der Liebe.«

»Das Paradies ist der Ort der ewigen Seligkeit und nichts anderes. Eros wird auf gut katholisch die Schlange genannt, und du weißt, was sie angerichtet hat.«

»Deine Vorstellung vom Paradies scheint mir armselig, dabei müßtest du in einer Stadt wie dieser etwas davon begreifen. Der Baum am Thron ist doch nichts anderes als der Baum des Lebens. Oder die Pfauen. Ist dir aufgefallen, wie oft der Pfau in den Mosaiken dargestellt ist? Er verkörpert die Unsterblichkeit, daher findest du ihn auf den Bildern vom Paradies. Das ist der Grund, warum wir Pfauen im Garten halten. Wir wollen in unseren Gärten das Paradies sehen.«

»Das tun auch wir im Westen, aber in einer reineren Vorstellung, in Verbindung mit der Jungfrau Maria und nicht mit Vögeln, deren Geschrei selbst die Toten vergrätzen und aus ihren Gräbern treiben müßte, schöne Unsterblichkeit!«

Später sollte er sich fragen, ob das, was Verina vorlas, nicht doch Eingang in seinen Geist gefunden hatte, obwohl er nicht zugehört hatte. Jedenfalls schien es ihm ganz natürlich, daß sie ihm sacht über den Arm strich, immer weiter hinauf, und sich schließlich gegen seine Brust stemmte. Die Augen hielt er geschlossen und spürte nur, wie ihr Haar seine Wangen kitzelte. Er griff nach ihr, noch bevor ihre Lippen seinen Mund streiften, zunächst flüchtig wie ein Windhauch, der durch das Gras fährt. Ihr Duft ging in dem der letzten Blumen des Jahres auf, ihr Mund war selbst wie eine eben sich entfaltende Blüte, eine Rose vielleicht, dachte er noch, und dann überließ er sich den Empfindungen, die ihn zwangen, seine Arme heftig um sie zu schlingen, sich im Gras mit ihr herumzuwälzen, bis sie unter ihm lag, und nach ihrer Brust zu greifen, dieser schönen, weichen Wölbung mit der kleinen Spitze, die er gern nackt gespürt hätte. Er nestelte am Ausschnitt ihres Kleides, die Augen jetzt tief in ihre gesenkt, die sich verschleierten, während sie leise aufstöhnte.

Ihre Finger bohrten sich in seine Rippen, eine Hand glitt über seine Hüfte herab, zerrte an der Tunika, und wieder drang ein tiefer Laut aus ihrer Kehle.

Sein Atem stockte, klumpte sich zu Eis, das Herz lag schwer in der Brust, die Muskeln erstarrten, deutlich fühlte er, wie sich die Haut zusammenzog; alles schmerzte nur noch, der ganze Körper.

Er mußte die Umklammerung durchbrechen und durfte nicht noch einmal zulassen, daß jemand von ihm Besitz ergriff und alles Leben und Empfinden erstickte. Er schrie gellend auf. Warf sich zur Seite, hockte sich auf die Fersen und starrte ihr böse ins Gesicht.

»Du bist doch eine Hure, ich habe mich nicht geirrt.« Beinahe spie er vor ihr aus.

Sie hätte ihn beschimpfen müssen, ihm mit ihren Krallen ins Gesicht fahren, statt dessen setzte sie sich gelassen auf, ordnete ihr Kleid, strich den Rock glatt, zupfte ihren Ausschnitt zurecht, in dem gerade noch der Ansatz einer Brust zu erkennen gewesen war.

»Ich hätte wissen müssen, daß du nur ein dummer Junge bist, ein Barbar, der uns nie begreifen wird.« Sie spottete nicht einmal, sie traf nur eine Feststellung. »Geh nach Hause«, fügte sie fast sanft hinzu, »und komm wieder, wenn du bereit bist, erwachsen zu werden.«

Langsam kam er auf die Füße und starrte verzweifelt auf sie herab. »Ich sag es noch einmal. Du bist nichts weiter als eine ganz gewöhnliche Hure, daran ändert auch deine feine Abkunft nichts.«

Der Blick, den sie ihm zuwarf und der dann über den Garten schweifte, schien ihm rätselhaft, sehr fern von ihm. In ihrem blauen Leinenkleid saß sie aufrecht im Gras, wie eine Verkörperung der Maria, und dabei war sie doch eine Eva, von der Schlange verdorben.

Es war dieser alte Eros, das Dunkle, vor dem die Mönche in Tegernsee einmal gewarnt hatten, er hatte nun begriffen, was es damit auf sich hatte, und daß gerade darin die Magie dieser Gärten lag, er hätte es im Garten des Fürsten Arkadios schon erkennen müssen. Der Fluch der Erbsünde.

Wie gern hätte er jetzt Antonius neben sich gehabt, der den unheiligen Zauber mit einer Handbewegung und einem milden Lächeln vertreiben würde, und dann hätte wieder das Bild Mariens aufgeleuchtet, rein und unverdorben. Er wandte sich nicht noch einmal nach ihr um, als er ging.

Ganz leer und erschöpft fühlte er sich. Nur als er die Mauer überstieg, überkam ihn ein Impuls, kehrtzumachen, vor sie hinzustürzen und den Kopf in ihrem Schoß zu bergen.

7

Mittlerweise war ein neues Jahr angebrochen, ohne daß er von Verina gehört oder es selbst gewagt hätte, im Palast des Fürsten vorzusprechen. An einem Abend im Februar trat Enrico in seine Kammer und legte ein Buch auf das kleine Schreibpult. »Ein Geschenk für dich. Das Buch heißt *Geoponika*. In ihm findest du Wissenswertes über byzantinischen Ackerbau und Gartenkunst. Oder magst du keine trockenen Schilderungen?«

»Woher hast du es?«

»Von einem besonderen Freund, dem Großonkel deiner kleinen Prinzessin, Fürst Arkadios. Er bat mich zu sich, weil er zwischem dem Patriarchen und uns vermitteln wollte. Übrigens rät er dir, deine Prunkgewänder und die Kette zu verkaufen, mit Geld kannst du mehr anfangen.«

»Aber wer kauft kaiserliche Prunkgewänder?«

»Fürst Arkadios sagt, in Konstantinopel findet sich für alles ein Käufer. Du kannst Roberto fragen, er kennt sich auf den Märkten aus.«

Lange zögerte Christoph, das Buch auch nur zu berühren, da er fürchtete, von den Gefühlen wieder überwältigt zu werden, die ihm ohnehin zusetzten. Als er sich eine weitere Nacht ruhelos herumwälzte, zündete er den Kerzenstumpf neben seinem Bett an und begann in einer verzweifelten Abwehr der überhitzten Phantasien, die ihn verzehrten, zu lesen. Es war eine heilsame Lektüre, die ihn veranlaßte, Enrico um neue Tinte und ein paar

Blätter Pergament zu bitten, um wieder den Frieden zu finden, den er schon einmal beim Schreiben empfunden hatte.

Christoph an Antonius, Mönch im Kloster San Giorgio in Venedig.

Es sieht mehr denn je nach Krieg aus. Alexios hat ein Putsch vom Thron gefegt, nach ihm kamen ein paar neue Kaiser, jetzt regiert bereits der fünfte, seit ich hier bin, und er heißt wie der erste Alexios. Er ist der Schwiegersohn von Alexios III., der Isaak entmachtet hat, und kein Freund der Lateiner. Im Gegensatz zu Isaaks Sohn, den der Doge auf den Thron gesetzt hat, ist er kein Weichling und Wendehals. Aber das ist Politik, und um die kümmert sich Enrico.

Ich möchte dir berichten, was ich in dem Buch *Geoponika* über Gartenkunst gelesen habe. Es ist alles sehr einleuchtend bis auf einige Angaben, mit denen der Autor vielleicht versucht, die Leser an der Nase herumzuführen und dazu zu treiben, sich mit den angeführten Maßnahmen lächerlich zu machen.

In der *Geoponika* steht, daß Gartenarbeit gesund für Körper und Geist sei und geradezu der Heilung von Krankheit dient. Dieses Lob der Arbeit gleicht ein wenig der benediktinischen Ordensregel. Der Luft im Freien und der Freude am Schauen wird eine wohltuende Wirkung zugeschrieben. Deshalb, so kann man lesen, empfiehlt es sich, ein Haus in der Nähe des Gartens zu errichten, wobei die Windrichtungen zu beachten sind, damit die gesunde aromatische Luft das Haus durchzieht.

Auch hier wird ein mystischer Sinn im Garten gesehen: Er ist Ausdruck menschlicher Dankbarkeit gegenüber dem Schöpfungswerk Gottes. So viel zum allgemeinen.

Die Anlage des Gartens bestimmt nicht wie bei uns der Nutzen, sondern die Anschauung, die Wirkung des Ganzen. So werden selbst Bäume nach Farbschattierungen des Laubes zusammengepflanzt, was ich ganz unglaublich finde, dabei sind sowohl die Verfärbungen des Herbstes wie auch die Farben des Frühlings samt Baumblüte zu beachten, um das ganze Jahr hindurch einen harmonischen Eindruck zu erzielen. Andererseits sollen wegen der leichteren Bearbeitung und der Ästhetik die Gewächse möglichst nach Sorten getrennt und in geraden Reihen angeordnet werden. Ich denke, daß es hier zwei Prinzipien gibt, die je nach der Bestimmung des Gartenteils angewandt werden: Es ist ein Unterschied, ob es sich um einen reinen Vergnügungsgarten oder um einen Nutzgarten handelt, eine Unterscheidung, die man bei uns nicht kennt. Ich glaube, selbst du würdest den Vergnügungsgarten als Ausschweifung bezeichnen trotz des gepriesenen gesundheitlichen Nutzens.

Dem Grün wird der Vorzug vor anderen Farben gegeben, so daß sich selbst in den Teilen, die dem Vergnügen dienen, Beete mit farbigen Blüten nicht allzu häufig finden. Aber es gibt auch Anpflanzungen mit Rosen und Blumen, die ich noch nicht kannte: ein blaublühendes Gewächs, das Eisenhut oder *aconitum* heißt, und Blumen mit gelben Blüten im Frühjahr, die ein Rasenstück in ein goldenes Meer verwandeln: *narcissus* und der kleinere Krokus, ich habe es gesehen, und es hat mich überwältigt. Ich habe neue Baumarten kennengelernt: die Zeder, den Lorbeer, die Terebinthe, auch Erdbeerbaum genannt, den Granatapfel und die Feige, die wunderbar süße Früchte trägt. Hier werden gern Blumen unter die Obstbäume gepflanzt, einerseits, um Bienen anzulocken, und andererseits, um den Blumen den nötigen Schatten zu spenden. Die Bewässerung vereinfacht sich dabei, und obendrein vertreibt der Duft das Ungeziefer. Dafür eignen sich besonders Rosen, diese werden aber auch gesetzt – da wirst du staunen –, damit die rote Farbe der Blüten durch die aufsteigenden Dämpfe die Früchte eines Pfirsich- oder Apfelbaums stärker röten läßt. Dem gleichen Zweck dient es, an den Bäumen so oft als möglich sein Wasser abzuschlagen. Das sollte Anselmus einmal versuchen, um zu den roten Äpfeln zu kommen, die er sich wünscht.

Der Schreiber der *Geoponika* hat auch keine Bedenken, verschiedene Pflanzen zu vermengen: so empfiehlt er, auf Myrte Trauben zu pfropfen, um Trauben zu ernten, die nach Myrte schmecken, und um ähnliche Wirkungen zu erzielen, soll Walnuß auf Erdbeerbaum oder Granatapfel auf Weide gesetzt werden. Leider habe ich noch keine Beispiele dieser Pfropfkunst gefunden, und ich kann mir denken, daß Anselmus solche Ausführungen mißfallen würden. Die Ostkirche scheint den Umgang mit Gottes Schöpfung lässiger zu nehmen, und ich gewinne ungeahnte Einblicke in die Alchemie der Natur.

Wenn ein Baum nicht tragen will, empfiehlt sich folgendes: Ein Mann rückt dem Baum mit einer Axt zu Leibe, und ein zweiter tritt im letzten Augenblick hinzu und bittet flehentlich um eine Gnadenfrist. Wenn der Baum das hört, bekommt er es mit der Angst und trägt dann doppelt.

Am allermerkwürdigsten finde ich eine Anleitung, um die natürliche Form von Früchten zu verändern. Eine Art Hohlform aus Metall wird über die sich entwickelnde Frucht gestülpt, und sie wächst dann in die Form hinein und paßt sich ihr an. Was hältst du von Birnen in Karnickelform oder Äpfeln als Rebhühner?

Eine Freundin hat mir einen mystischen Brunnen gezeigt, der nicht nur auf außergewöhnliche Art Wasser speit, nämlich durch die Schnäbel von Vögeln, die auf dem Rand des Beckens sitzen, sondern an manchen Tagen sogar Fruchtsaft und Wein, auch Mandeln und Nüsse. Es muß eine Mechanik im Innern der Figuren sein, die dies ermöglicht. Ich habe ihr Geheimnis nicht ergründen können, und das ärgert mich.

Ich habe wohl noch viel zu lernen, und es schmerzt mich, daß ich dich nicht nach dem fragen kann, was mir so furchtbar auf der Seele brennt. Vielleicht könntest du mich ja im Schlaf erleuchten.

Gottbefohlen – Christoph

Er verharrte grübelnd über dem Brief. War das jetzt das Wichtigste? Warum hatte er nicht erwähnt, daß die *Geoponika* die Anlage von zwei Gemüsegärten empfahl: einem für den Sommer und einen für den Winter?

Verblüfft hielt er in seinen Überlegungen inne. Zum ersten Mal seit Wochen hatte er nachdenken und sich mit etwas beschäftigen können, ohne daß sich das Bild Verinas dazwischendrängte.

Die neugewonnene Ruhe gab ihm die Kraft, unverzüglich zum Palast des Großonkels zu laufen. Würde es nicht auch die Höflichkeit erfordern, sich für das Buch zu bedanken? Mit diesem Vorsatz bat er, den Fürsten sprechen zu dürfen.

Sich aufgeräumt die Hände reibend, trat Arkadios in die Bibliothek, und in diesem Augenblick befiel den Jungen ganz unerwartet ein deutlicher Widerwillen. Er hoffte, daß Verinas Onkel ihm diesmal nicht den Arm auf die Schultern legte, denn das hätte er gewiß keinen Moment ausgehalten.

Vorsichtshalber trat er zwei Schritte zurück, den Blick unsicher auf den fetten Körper vor ihm gerichtet, der so gar keine Ähnlichkeit mit der anmutigen, schlanken Gestalt der Nichte aufwies. Richtig übel wurde ihm.

Arkadios hob höflich bedauernd die Hände. »Sie ist nicht hier, noch nicht.«

»Verina?« fragte Christoph, und indem er den Namen aussprach, war alles da, der Schmerz, die Qual, die Zerrissenheit.

Interessiert, auch amüsiert, betrachtete der Fürst das junge, ihm zugewandte Gesicht. »Sie hatte dir eine Nachricht schicken wollen, aber wie ich ihren flatterhaften Geist kenne, hat sie es vergessen. Schon vor ein paar Wochen ist sie auf meine Anordnung auf eines unserer Güter gereist, um sich dort auf ihre Hochzeit vorzubereiten.« Er verstummte für einen Augenblick, lächelte verständnisvoll, als er die Reaktion des Gastes sah – ein blankes Nichtbegreifen –, und fuhr fort: »Sie ist bereits fünfzehn und erwachsen. Ein netter junger Mann wird ihr Ehemann, jemand aus der Familie.«

»Dann«, stotterte Christoph, »muß ich ihr wohl Glück wünschen.«

Arkadios wurde auf einmal ernst. »Das wünsche auch ich ihr von Herzen, aber wer weiß ...« Der Alte tastete nach der Armlehne eines Stuhls, setzte sich und sank in sich zusammen. »Konstantinopel wird untergehen. Was soll nur aus meinen köstlichen Früchten werden? Die Horden aus dem Westen werden sie zertreten und alles Schöne vernichten.« Schwermütig ließ er seinen Blick über die Bücherwände gleiten.

Christoph zog sich Schritt für Schritt zur Tür zurück, auch er gehörte zu denen aus dem Westen, und da war es wohl unausweichlich, daß auch ihn die Schuld an allem Elend der Byzantiner traf.

»Junger Mann«, fuhr der Fürst fort, »es ist gut, daß du gekommen bist. Der Patriarch ist jetzt bereit, noch einmal mit dem Benediktiner Enrico und auch mit dir zu sprechen. Ihr solltet euch eilen.«

Damit war er verabschiedet, aber Christoph verharrte an der Tür, bis sich Arkadios ihm noch einmal zuwandte. »Sie kommt am 10. April zurück, eine Woche vor der Hochzeit, ich bin sicher, sie will dich vorher sehen.«

Die Hast, mit der er zum Kloster zurückkehrte, erwies sich als unnötig, Enrico nahm an einer Beratung des Dogen teil. Später berichtete er, daß Fulco neben Vetter Bonifaz gesessen und kein Wort für seinen alten Weggefährten und Ordensbruder übrig gehabt hatte. Er ist eine Schlange, dachte Christoph, weißt du das noch nicht?

Der Patriarch empfing sie mit einigen Priestern und Mönchen. »Das ist Vater Theodosius von der Sophienkirche und Bruder Leon vom Pantokratorkloster, Bruder Konstantinos vom Studioskloster …«

Christoph gab sich keine Mühe, sich die Namen zu merken.

»Ihr wißt so gut wie wir, daß es wieder zu Kämpfen kommen wird, Kaiser Alexios wird nicht auf die Forderungen des Dogen eingehen. Wir Priester und Mönche werden ertragen müssen, was der Herr uns schickt. Ohne Verbündete müssen wir vertrauen, wo uns Vertrauen geboten wird.«

Christoph fragte sich, ob damit auch Fulco gemeint war.

»Fürst Arkadios hat uns eurer edlen Absichten versichert«, fuhr der Patriarch fort. »Habt ihr überlegt, wie ihr uns beistehen könnt?«

Enrico schien seine Worte sorgsam abzuwägen. »Wie ihr wißt, bin ich dem Stuhl Petri verpflichtet.« Er zögerte. Christoph staunte, daß der Benediktiner mit sich zu ringen schien. War nicht klar, weshalb sie hier waren?

»Aber Mord und Plünderungen, wie sie im Gefolge von Kriegen scheinbar unausweichlich sind, entsprechen nicht den christlichen Geboten. Unter den Kreuzfahrern befindet sich mehr Gesindel als Ritterschaft von ehrenhafter Gesinnung.«

Viele der Mönche nickten nur heftig mit dem Kopf, einige andere dagegen hoben drohend eine Faust und sprachen so laut durcheinander, daß der Benediktiner Mühe hatte, sich weiterhin verständlich zu machen. »Es ist mein Wunsch, daß die heiligen Insignien des Glaubens nicht in die Hände des Pöbels fallen. Deshalb biete ich euch meine Hilfe an, sie vor beutegierigen Augen sicher zu verbergen, bis ein neuer Frieden herrscht und ihr sie unbesorgt hervorholen könnt. Der Junge hier und ich haben einen Plan ersonnen. Christoph, roll deine Zeichnungen aus.«

Nach der Unterredung warteten die beiden in einem angrenzenden Raum, während der Patriarch mit seinen Beratern sprach. Der Lärm heftiger Wortgefechte drang herüber und erfüllte sie mit Sorge. Dann herrschte einen Augenblick Stille, und die Tür zum Nebenzimmer schwang auf.

Der Patriarch und seine Mitbrüder erklärten sich mit Enricos Vorschlägen einverstanden. Auf dem Rückweg zum Kloster musterte Christoph mehrmals das angespannte Gesicht seines Begleiters, bis sich die Fragen, die ihm auf der Zunge brannten, beinahe von selbst herausdrängten: »Was hast du ihnen verheimlicht? Ich habe es dir die ganze Zeit angesehen, daß du etwas weißt, was du hättest sagen müssen. Du warst doch bei den Kreuzfahrern.«

Enrico schwieg.

»Findest du nicht, daß wenigstens ich wissen müßte, was gespielt wird?«

Enrico schaute den Jungen nicht an, als er sprach. »Es fällt mir schwer, darüber zu reden. Sie haben schon die Beute aufgeteilt, die sie noch gar nicht in Händen halten. Offiziell wollen sie das Kaiserreich Byzanz dem Gehorsam des Papstes unterstellen, die Ostkirche der Westkirche. Da der jetzige Kaiser ein Gegner Roms ist, liefert er einen vorzüglichen Vorwand, Konstantinopel zu überrennen und nach dem Fall der Stadt ein Lateinisches Kaiserreich einzurichten. Bonifaz macht sich Hoffnung auf die Kaiserwürde, aber ich würde nicht auf ihn setzen, er ist Dandolo zu stark und eigenwillig.«

»Das ist Verrat, das ist …« schrie Christoph, hielt aber inne, als er das gequälte Gesicht Enricos wahrnahm, »… und Fulco?«

»Ich nehme an, daß Fulco Bonifaz den Rücken stärken soll. Mit Sicherheit stiehlt er die Schätze für das Haus Montferrat und nicht für Rom oder die Kirche.«

»Du hättest den Patriarchen nach Fulco fragen sollen.«

»Das habe ich früher schon getan. Allerdings nicht so direkt, wie du dir das vorstellst. Der Patriarch setzt auf mehr als ein Pferd. Er traut weder uns noch Fulco noch sonst einem aus dem Westen sonderlich. Im übrigen ist er auf Fulco gar nicht eingegangen. Der größte Teil der Beute soll an Venedig fallen, das hat der Doge ausgehandelt. Ich schäme mich, ein Venezianer zu sein, wenn auch nur ein halber. Es war, als würden sie ein lebendes Lamm zerteilen.«

Christoph bemühte sich, ruhig zu bleiben. »Warum hast du das dem Patriarchen nicht gesagt?«

»Muß ich dir das noch erklären? Tu ich nicht, was ich kann, um meines eigenen Gewissens willen?« stieß der Mönch hervor.

Christoph wollte auffahren, aber dann sah er das Steingesicht des anderen, und zu so einem Gesicht mochte er nicht mehr reden.

Bis Anfang April gingen Enrico und Christoph einer Tätigkeit nach, die ihre Kleidung stark in Mitleidenschaft zog. Als Roberto sich wieder einmal sehen ließ, wunderte er sich überraschend wenig über den Staub in ihren Haaren und die Flecken auf ihren Gewändern, die sich auch durch sorgsames Bürsten nicht mehr entfernen ließen. Enrico lenkte Roberto von etwaigen Nachfragen ab, indem er ihn bat, den Verkauf von Christophs Kostbarkeiten zu übernehmen.

»Sollten wir ihn nicht ins Vertrauen ziehen? Wenn er uns helfen würde, kämen wir schneller voran«, fragte Christoph, als der Templer sie verlassen hatte.

»Es sind nicht unsere Geheimnisse«, antwortete der Benediktiner nach einem Moment des Zögerns.

Es schien Christoph, als wanderten alle Schätze der Welt durch ihre Hände, verbunden mit den allerheiligsten Namen: ein Unterschenkel des heiligen Theodor, ein Zahn der heiligen Theresia, Kreuzreliquiare mit Rubinen und Perlen besetzt. Die Flut heiliger Gegenstände, darunter auch goldene Monstranzen, Kreuze, Kelche, riß nicht ab, und doch versicherte Enrico dem Jungen, daß ihnen nur ein kleiner Teil anvertraut würde.

Während die Stadt mit ihren Palästen und Gärten, in frühmorgendliche Dunstschleier gehüllt, noch ruhte, lagen die beiden mit dem Bauch auf der Erde und angelten in Kanälen und ausgetrockneten, überwucherten Teichen nach verborgenen Abflußlöchern. Gelegentlich stellten sie sich silbern fallende Wasserfontänen und gekräuselte Wellen in den langen rechteckigen Wasserbecken vor. Sie wurden äußerst geschickt darin, die Rohre nach dem Füllen mit Steinen oder Erdklumpen zu tarnen.

Christoph beobachtete manchmal, wie sich Enrico auf die Fersen hockte und wie im Traum umschaute, wenn noch der Tau auf den Grashalmen glitzerte. Auf einigen Rasenflächen standen sonnengelbe Narzissen dicht an dicht und bewegten sich im Wind wie flüssiges Gold. Die Vögel zogen bereits ihre Jungen groß, und die Katzen machten Jagd auf sie. Marcolino schnürte mit einer ganzen Schar tolpatschiger rotgestromter winziger Kätzchen durch den Garten, ein stolzer Vater, ein Patriarch. Enrico streichelte ihn versonnen.

Bald wurde klar, daß nicht alle Schätze im Garten vergraben werden konnten, und so wurden sie auch in verschiedenen Klöstern tätig. Sie lernten, Hohlräume in kleinen Kuppeln, in Pfeilern, in doppelten Wänden aufzuspüren und frische Mörtelflächen mit einem Gemisch aus gesiebter Erde und Ochsenblut zu durchtränken, nach dem Trocknen abzubürsten und den Vorgang so oft zu wiederholen, bis das Neue sich nicht mehr vom Alten unterschied.

Es war weniger eine abenteuerliche als vielmehr eine kräftezehrende Aufgabe, dabei saß ihnen der näher rückende Kriegsausbruch im Nacken.

»Ich hab jetzt den vierzehnten Finger des heiligen Theodor gezählt«, erklärte Christoph eines Tages und legte die Mörtelkelle beiseite, »der Mann muß Gliedmaßen gehabt haben wie ein Tausendfüßler. Hier ist doch Betrug im Spiel. Geht es selbst bei heiligen Dingen immer nur um Geschäfte? Stört dich das nicht?«

»Wenn du das Kreuz Christi anbetest, das in jeder Kirche hängt, denkst du dann an das Holz, das du tatsächlich vor dir hast?«

»Du meinst den spirituellen Wert, den wir den Gegenständen zumessen. Aber ist es nicht ein Unterschied, ob ich vor dem echten Knochen des heiligen Theodor bete oder vor dem eines beliebigen Menschen? Nur dem echten wohnen Wunder- und Heilskräfte inne.«

»Wem gilt dein Gebet? Ich denke, daß das Mysterium des Glaubens über die Materie triumphiert, und so mag unter der Anrufung des Heiligen auch ein beliebiger Knochen eine Heilswirkung entfalten. Im übrigen geht mich der Betrug nichts an, ich bin kein Reliquienverehrer.«

»Warum setzen wir uns dann für sie ein?«

»Um der Raffgier einen Riegel vorzuschieben und der damit verbundenen Gewalt.«

In der ersten Aprilwoche brachte Roberto einen Beutel aus Ziegenleder mit etlichen Goldmünzen, dem Erlös für die kaiserlichen Geschenke. Christoph hängte sich den Beutel an einer Schnur um den Hals und ließ sich neben Roberto auf die Bank im Hof fallen. Enrico klopfte sich den Staub von der Kutte und hockte sich auf den Fersen davor.

»Ihr habt es schon gehört?« fragte Roberto.

»Der blinde Isaak soll tot sein«, antwortete Enrico.

»Angeblich vor Gram gestorben, als er erfuhr, daß man seinen Sohn erdrosselt hat. Der neue Kaiser war gründlich und vorsichtig.«

»Als Kaiser hat Isaaks Sohn ja nicht viel getaugt«, warf Christoph ein, um sich am Gespräch zu beteiligen.

Roberto wandte sich ihm mit ernster Miene zu. »Was du nicht sagst! Er hätte vielleicht den Krieg verhindern können.«

»Niemand kann den Krieg verhindern, den sich Dandolo und Bonifaz in den Kopf gesetzt haben. Sie werden Konstantinopel stürmen, es ist nur noch eine Frage von Tagen«, setzte Enrico dagegen.

Roberto musterte die beiden mit einem anzüglichen Grinsen. »Und deshalb geht ihr zwei bereits seit Wochen in Sack und Asche? Ihr solltet besser eure Schwerter schärfen, ihr werdet sie bald brauchen.«

8

Am 12. April 1204 wurde Konstantinopel von den Kreuzfahrern überrannt. Enrico und Christoph gerieten mitten in das Inferno, das sich rasch in der ganzen Stadt ausbreitete, als sie nach Erledigung eines letzten Auftrags in ihr Kloster zurückhasteten. Sie hatten beschlossen, den Mönchen, die ihnen so lange Gastfreundschaft gewährt hatten, beizustehen, statt sich den Kreuzfahrern zu unterstellen.

Das Taurusforum lag bereits hinter ihnen, auch bis hierher waren die Kreuzritter schon vorgedrungen. Mitten im Tumult auf der Straße fiel Christoph eine junge Frau auf. Sie wehrte sich gegen zwei Marodeure, die sie ergriffen hatten und in ein Haus zerrten, einer hatte ihr Haar gefaßt, üppiges rotbraunes, das ihr auf die Schultern fiel. Von da an verließ Christoph jede bewußte Wahrnehmung, bis er sich allein vor dem Palast des Fürsten Arkadios wiederfand.

Das Tor hing schief in den Angeln, dahinter lauerte gespenstische Stille. Christoph trat zögernd ein, die Furcht vor einer unverhofften Begegnung mit Beutemachern und die Begier, Gewißheit zu erlangen, hielten sich die Waage.

Fürst Arkadios lag mit gespaltenem Schädel in den Trümmern seiner Bibliothek. Die Anteilnahme an seinem Schicksal, die Christoph hätte empfinden müssen, stellte sich nicht ein. Mit einem gleichsam kühlen Interesse beugte er sich über den fetten, nackten Leichnam. Neben dem Fürsten lag die Karte, die Christoph bei seinem ersten Besuch entdeckt hatte, er zog sie unter der ausgestreckten Hand des Toten hervor und betrachtete sie. Weit östlich der Stadt Jerusalem verliefen zwei lange gewundene Linien, Euphrat und Tigris. Zwischen ihnen erstreckte sich das Zweistromland, Mesopotamien. Ein Geräusch ließ ihn herumfahren. Ein Diener, einen derben Knüppel in der Hand schwingend, starrte ihn mit offenem Mund an.

»Prinzessin Verina, wo ist sie?« fuhr er den Diener an, bevor sich dieser nur einen Schritt nähern konnte.

Der Mann sackte ein wenig zusammen, der Knüppel fiel ihm aus der Hand, ein paarmal nickte er, keines Wortes mächtig, und mit einer unsicheren Geste wies er in den Garten hinaus, inzwischen hatte er wohl den früheren Besucher des Hauses erkannt.

Christoph steckte hastig die Karte ein, ergriff sein Schwert und rannte wie gehetzt in den Garten, als müsse er die Zeit aufholen, die er mit der Karte verschwendet hatte.

Im Becken des Badetempels trieb eine Leiche mit ausgebreiteten Armen, die Kehle klaffte wie ein zweiter Mund, Blut hatte das Wasser in den Rosaton des Marmors eingefärbt. Christoph kniete am Rand nieder und starrte in Heraklions Gesicht, aus dem alle Farbe herausgebleicht war.

Von Verina fehlte jede Spur.

Es wäre besser gewesen, ins Kloster zurückzukehren, zu den Mönchen, zu Enrico, aber es war ganz unmöglich, schieres Entsetzen drängte Christoph, in die Straßen zurückzurennen, in den größten Tumult, das Geschrei, die unmittelbare Gefahr. Schon bald blutete er aus einer Armwunde, das Schwert wog bleischwer in seiner Hand, aber er mochte die Suche nicht aufgeben. Und da sah er Verina in ihrem blauen Leinenkleid ein Stück voraus die Straße hinablaufen. Er schrie ihren Namen, so laut er konnte, und schwang Aufmerksamkeit heischend die Waffe in einem Kreis über den Kopf. Ein Kreuzfahrer parierte, und plötzlich waren es drei, die auf ihn eindrangen.

»Laßt mich durch«, schrie er sie auf deutsch, lateinisch und griechisch an, aber sie nahmen wohl nur die byzantinische Kleidung und die Waffe in seiner Hand wahr. Obwohl er wußte, daß er ihnen unterlegen sein würde, wehrte er sich mit aller Wendigkeit und Schlagkraft, die ihm geblieben war.

Von hinten schob sich der mächtige Körper eines Rosses zwischen ihn und die Angreifer. Im nächsten Moment packte ihn eine Faust am Gürtel und warf ihn quer über den Pferderücken. Die Zügel zwischen den Zähnen, hielt Fulco Christoph mit einer Hand fest, hielt in der anderen das Schwert und trieb den Hengst mit den Schenkeln vorwärts. Ventos Hufe brachen einem der Angreifer das Kreuz und trampelten ihn in die Gosse. Christoph fühlte weder Erleichterung noch Dankbarkeit über die Rettung. Er bäumte sich unter Fulcos Faust auf, während sich der Hengst einen Weg durch die marodierenden Haufen bahnte.

Angestrengt hielt der Junge den Kopf hoch, und da sah er Verina an einer Hausecke. Zwei Kreuzritter hielten sie an den Armen fest, ein Messer blitzte an ihrer Kehle auf, während ihr ein weiterer das Kleid aufriß. Christoph meinte, ihren Schrei zu hören.

Ihr nackter Schenkel wurde sichtbar, dann schob sich einer der Männer ganz dicht an das Mädchen heran, stieß mit den Hüften zu, und im Stoßen hob sich ihr Körper an der Wand hoch, ihr Kopf flog zurück. Jetzt mußte sie den sengenden Schmerz spüren, das tierische Entsetzen, das alles Menschliche der Seele klein machte und für immer versehrte, bis in alle Ewigkeit, so wie bei ihm.

Christoph schlug um sich, schrie wieder ihren Namen, schrie Fulco an, ihn herunterzulassen, sie denen da zu entreißen.

Der Hengst wieherte zornig, stieg auf die Hinterhand, war kaum noch zu bändigen. Fulco schlug mit dem Schwertknauf zu.

Der Junge spürte den Schlag, die heraufkommende Bewußtlosigkeit, und das letzte, was er sah, war das erhobene Messer, das in Verinas Kehle fuhr.

Unter einem seidenen Zelthimmel glimmte eine Öllampe, als er mit verbundenem Arm erwachte, auf weiche Decken gebettet. Kaum regte sich die Erinnerung, sprang er auf, wurde aber sofort auf das Lager zurückgestoßen. Ludovico neigte sich über ihn und grinste: »Diesmal gehörst du uns, Kleiner.«

Christoph kratzte mit einer schnellen Bewegung dem Diener über das Gesicht.

Ludovico heulte auf, griff nach dem Dolch in seinem Gürtel, Fulco, der gerade hereintrat, schlug ihm die Waffe aus der Hand und stieß ihn aus dem Zelt. Halb aufgerichtet wollte sich Christoph auf den Benediktiner stürzen, hielt aber inne. Jeglicher Gedanke an eine weitere Berührung schickte Wellen eines tiefen Ekels über seinen Körper. Auch seine Stimme gehorchte ihm nicht. Sie überschlug sich vor Haß.

»Warum hast du mich festgehalten? Ich wollte deine Hilfe nicht. Du hast zugelassen, daß Verina getötet wurde, du mußt sie doch gesehen haben.«

»Ich kann nicht gegen alle kämpfen, die Appetit auf ein hübsches Mädchen haben. Warum hat sie sich auf der Straße herumgetrieben?« antwortete Fulco rauh.

»Wir hätten sie zusammen retten können, wie ihren Bruder damals, hast du das vergessen?«

»Sei froh, daß du lebst.«

Christoph kam schwankend auf die Füße und hob nun doch angriffsbereit die Fäuste. Seine Waffen hatten sie ihm abgenommen.

»Laß mich raus hier. Ich will dich nicht mehr sehen. Ich hasse dich.«

»Wo willst du hin?« fragte Fulco kalt.

»Zu Roberto und Enrico. Weißt du, wo sie sind?«

»Irgendwo in der Stadt, auf der anderen Seite des Bosporus. Du bist hier im christlichen Heerlager, und ohne meine Erlaubnis setzt dich keiner nach Konstantinopel über. Enrico sucht dich, ich habe Leute nach ihm ausgeschickt. Ich habe keine Lust, ständig hinter einem von euch herzuhetzen. Rührst du dich von der

Stelle, hast du Ludovico am Hals. Er mag dich nicht besonders, Gott weiß, warum.«

Als hätte Ludovico auf sein Stichwort gewartet, steckte er den Kopf zum Eingang herein. Fulco drängte ihn wieder hinaus, als er selbst das Zelt verließ. Mitten in der Nacht, der Junge war in einen erschöpften Schlaf gesunken, wurde die Zeltplane mit einem Knall zurückgeworfen, schwere Schritte näherten sich dem Lager, und im nächsten Moment wurde Christoph hochgerissen und in eine gewaltige Umarmung gepreßt.

»Der Bengel lebt und ist gesund.«

Er spürte tastende Hände und machte sich energisch los.

»Laß das, Roberto, ich bin keine Schlachtgans, bei der du prüfen kannst, ob sie fett genug ist.«

Der Templer lachte, und Christoph stimmte verhalten ein, bis ihn das wieder hochdrängende Entsetzen über Verinas Tod und die Wut überwältigten. Er schluchzte auf, hustete und fand dann erst seine Stimme wieder.

»Wo ist Enrico?«

Schlagartig wurde Roberto wieder ernst. »Er hat erst mich und Fulco aufgestöbert, damit wir ihm bei der Suche nach dir helfen. Im Augenblick streitet er sich mit Bonifaz wegen der Plünderungen.« Ein Ausdruck der Qual trat in seine Augen. »Er wird hier sein, sobald er begreift, daß er nichts ausrichten kann.«

Im Morgengrauen saßen Christoph, Roberto und Enrico, der irgendwann aus der Dunkelheit aufgetaucht war, um das Feuer, das vor dem Zelt loderte.

»Ich habe gesehen, wie Soldaten in der Hagia Sophia die Altarplatte zertrümmerten. Sie haben Esel in die Kirche geführt, um sie mit Schätzen zu beladen. Ein Tier glitt auf dem Marmor aus und brach sich ein Bein. Die Plünderer haben es in der Kirche abgestochen. Lachen von Eselsblut breiteten sich auf dem geheiligten Boden aus und mischten sich mit dem Dung der Tiere. Eine Hure setzte sich auf den Thron des Patriarchen und sang schmutzige Lieder. Das ist die christliche Wahrheit dieses Kreuzzugs«, erklärte Enrico.

Christoph erzählte vom Tod des Fürsten, über Verina zu sprechen brachte er nicht über sich.

»Ich habe gehört«, sagte Roberto leise, »daß der Abt Martin

von Pairs einem alten Priester der Pantokratorkirche das Messer an den Hals gesetzt hat, damit dieser den Kirchenschatz herausrückt.«

»Bonifaz und Dandolo richten Sammelstellen für das Beutegut ein. Ich will nicht wissen, wie viele der Plünderer sich das Zeug in die eigenen Taschen stopfen«, ergänzte Enrico.

»Immer nur Gold!« schrie Christoph. »Und die Menschen?«

»Werden wegen des Goldes umgebracht. Es müssen Tausende sein. Laßt uns für ihre Seelen beten.«

Etwa zweitausend Menschen waren umgekommen. Die Zählung der errafften Schätze an den Sammelstellen ergab den Gegenwert von 800 000 Mark in Silber, mehr als die Hälfte davon heimste Dandolo für Venedig ein. Nicht zu ermessen war, was sich Ritter, Priester, Mönche und gewöhnliche Diebe angeeignet hatten. Der Abt Martin von Pairs brachte zweiundfünfzig goldgefaßte Reliquien auf die Seite: Blutstropfen Christi, Holz vom wahren Kreuz, Knochen und Zähne diverser Heiliger.

Dandolo organisierte das Abbruchunternehmen Konstantinopel und requirierte Marmorinkrustationen, Säulen, Denkmäler und nicht zuletzt vier wunderbare Bronzepferde aus dem Hippodrom als Siegestrophäen für die Republik.

Ein paar Tage später erklärte Roberto, zur Abreise nach Akkon bereit zu sein, und Enrico bat überraschend, sich ihm mit Christoph anschließen zu dürfen. Die Wundheilung machte den verletzten Arm zwar vorübergehend steif, aber der Junge konnte trotzdem reiten.

Nachdem die Entscheidung gefallen war, vermochte sie nichts mehr im Heerlager zu halten. In zwei Tagen hatten sie die nötigen Pferde, ein Packtier für Enrico und Christoph und eins für Roberto besorgt, und Enrico hatte eine Botschaft an den Stuhl Petri gesandt.

Beim Aufbruch gesellte sich ein weiterer Mitreisender dazu: Fulco. Er brachte nicht nur seinen Diener mit, sondern einige aus dem Heer von Bonifaz angeheuerte Knechte, die etliche beladene Packesel an langen Zügeln führten.

Dem Jungen schossen die Tränen in die Augen, als er anklagend auf Fulco deutete: »Warum reisen wir wieder mit ihm?«

»Ihretwegen«, antwortete Enrico und wies auf die Knechte, »wir sind in einer größeren Gruppe sicherer.« Wie zum Trost steckte er Christoph noch ein Buch zu: die *Geoponika*.

Ihre Route sollte quer durch Kleinasien führen, eine Strecke, die Roberto nicht kannte, aber guthieß, da sie so schneller vorankamen als auf dem mühsameren Weg die Küste entlang. Sie hofften, sich in Attalia einschiffen zu können, um wenigstens den Rest der Reise über das Meer zurückzulegen. Christoph wäre alles recht gewesen, was ihm ein weiteres Zusammensein mit Fulco erspart hätte.

Kapitel 4
Kairo

1

In Nikaia mietete Fulco einen einheimischen Führer, der sie durch die Berge nach Karahisar-Sahip führen sollte, südlich der Stadt begann das Reich der Rum-Seldschuken.

Christoph nutzte den Aufenthalt in Nikaia, um den Basar aufzusuchen und einen Dolch mit einer Klinge aus bläulich schimmerndem Stahl zu erwerben. Als er über die scharfe, geölte Schneide fuhr, überflutete ihn eine Welle von Haß, aber auch von Trauer und Schuldbewußtsein, wie nach Marcos Tod.

Beim Aufbruch in Konstantinopel hatte Christoph Fulco noch einmal vor allen anderen zur Rede gestellt, warum er ein hilfloses Mädchen den übelsten Greueln überlassen hatte, ohne einzugreifen. Er sei ein Feigling, der den Ritter nur vor den anderen spiele, ein Hundsfott, mit dem sich ein anständiger Mann nicht sehen lassen könne. Christoph schrie seine Anklagen und Beleidigungen heraus, damit sie auch ja alle hörten, selbst die Knechte.

Fulco schritt an Christoph vorbei auf Vento zu, schwer zog er das Bein nach, hielt sich aber sehr gerade dabei.

»Wenn er nicht mit will, laß den Bengel hier, auf einen Narren mehr kommt es in Konstantinopel jetzt nicht an«, sagte er leichthin zu Enrico, schwang sich in den Sattel und gab Vento die Sporen. Den anderen blieb nichts anderes übrig, als zu folgen, als letzter reihte sich Christoph in den Zug ein. Auch in den ersten Tagen nach dem Aufbruch ritt er meist weit hinter den anderen, niemand sollte beobachten, daß er gelegentlich weinte.

Bei jeder Rast brauchte er nur zu sehen, wie liebevoll Fulco mit Vento umging – das Pferd schien seinen Herrn ebenso zu mögen, alle naselang wandte es den Kopf nach ihm –, und der Haß überwältigte Christoph.

Enrico und Roberto dagegen waren höflich zu Fulco, allerdings so höflich, daß deutlich wurde, sie mißtrauten ihm. Ihre Blicke glitten zu häufig über die Kisten und Säcke, die auf den Rücken von Fulcos zwölf Maultieren schaukelten.

Ganz gleich, wo sie übernachteten, ob in einer Herberge oder unter freiem Himmel, die Lasten der Maultiere wurden zu einem Haufen zusammengelegt, unter Decken verborgen und streng bewacht. Ludovico schlief nachts neben dem Gepäck mit gezogener Waffe und scheuchte sogar Christoph barsch fort, wenn dieser zu nahe kam.

In Küstennähe zeigte sich die Landschaft noch grün von den Frühjahrsregen. Nadelgehölze, aber auch Eichen und Platanen wuchsen hier zwischen Feldern und Olivenhainen. In den höheren Regionen wichen die Bäume Disteln und Dornengestrüpp. Schließlich reihte sich eine Bergkette an die andere, einer Hochebene folgte die nächste. An den Bergflanken wuchs nicht viel mehr als dürres Gras, über das ein steter Wind strich. Ziegen und Schafherden weideten die spärliche Vegetation ab und ließen das Land noch mehr veröden.

Christoph verlor sich so sehr in den Anblick der Landschaft, daß er zeitweise Trauer, Haß und die Verdrossenheit, die ihn sonst beherrschten, vergaß. Das Braun der Erde schien von der Sonne zu Ocker verbrannt, ähnlich wie auf der Insel St. Giorgio, hier aber barst die Erde unter den Hufen vor Trockenheit. Die Sonne stach auf die Reiter herab wie mit Speerspitzen, die Luft wurde ganz dünn unter dem Sonnenglast, zerbrechlich wie Glas und erhitzte sich wie in einem Schmiedeofen und das jetzt schon im Frühjahr. Christoph zerrte seinen Umhang herunter. Gott konnte dieses Land nicht lieben.

»Regnet es hier nie?« fragte er.

»Im Frühjahr gibt es Regen, und die Schneeschmelze vom Gebirge füllt die trockenen Bachläufe und bald danach bedecken Blumenwiesen aus Krokus und Narzissen die Hänge«, erklärte der Führer.

Dann war, erkannte Christoph, dieses unwirtliche Land die Heimat jener bezaubernden Zwiebelgewächse, von denen jetzt im Mai keine Spur mehr zu sehen war. Er fiel mit seinem Pferd ein Stück weiter zurück und dachte noch über die Wanderung der Pflanzen aus der Wildnis in den Schutz der Gärten nach, als

Fulcos Pferd plötzlich scheute und aufstieg. Beim Zurückfallen traf es mit dem Vorderhuf auf einen Stein, glitt aus und brach sich unter der Wucht des eigenen Gewichts das Bein. Fulco wurde aus dem Sattel geschleudert, stand aber sofort wieder unverletzt auf. Trotzdem hinkte er stärker denn je, als er auf den Hengst zuging. Vento versuchte, auf die Beine zu kommen, und wieherte in hilflosem Entsetzen. Obwohl Christoph so viel Schreckliches in Zara und Konstantinopel mitangesehen hatte, wurde ihm übel beim Schrei der gepeinigten Kreatur.

»Gib mir dein neues Messer«, forderte Roberto.

»Aber können wir das Bein nicht schienen? Wenn wir es fest umwickeln, dann ...« Der Templer nahm ihm ohne ein Wort das Messer ab und trat auf den Hengst zu, den jetzt zwei Knechte am Boden hielten. Der gebrochene Unterschenkelknochen stand zum Bein in einem seltsamen Winkel. Fulco tastete behutsam die Verletzung ab, und Vento wieherte furchtsam auf.

»Mach ein Ende, Fulco, oder laß es mich tun«, sagte Roberto ruhig.

Fulco entriß ihm das Messer, legte dem Pferd noch einmal beruhigend die Hand auf die Nüstern und stach ohne ein Schwanken mit einer raschen Bewegung zu. Wider Willen bewunderte Christoph seine Selbstbeherrschung. Im nächsten Augenblick war diese allerdings verflogen. Das Messer klirrte auf die Steine am Weg, und Fulco hinkte ziellos in die Landschaft hinaus. Roberto folgte ihm ein paar Schritte, zuckte dann aber mit den Schultern und gesellte sich wieder zu den anderen. Christoph rührte nur der Tod des schönen Hengstes. Ganz sacht strich er dem Tier über die seidige, im Licht blau schimmernde Mähne.

Als Fulco zurückkam, wirkte sein Gesicht finster und verschlossen. In der Zwischenzeit hatten die Zurückgebliebenen Sattel und Zaumzeug entfernt und Steine über den Kadaver geschichtet. Fulco stand stumm vor dem Steinhaufen.

»Den Sattel kann unser Packtier noch tragen, und du, Fulco, wirst bis zur nächsten Herberge das Pferd mit dem Jungen teilen, er ist der leichteste von uns«, schlug Enrico vor.

»Nein«, schrie Christoph, »niemals!«

Mit ein paar Schritten hatte er sein Pferd erreicht, sprang auf und ritt davon, aber schon nach einer halben Meile hörte er, daß ihm jemand folgte, verbissen trieb er das Pferd an. Roberto holte ihn trotzdem ein und griff in seinen Zügel.

»Er hat dir das Leben gerettet, findest du nicht, daß etwas Dankbarkeit angebracht wäre?«

»Er hat mich nicht gefragt.«

»Wenn einer schon das Messer an der Kehle hat, fehlt im allgemeinen die Zeit für Höflichkeiten.«

»Ich werde nicht mit ihm auf einem Pferd reiten, auch wenn er oder ich bis ans Ende der Welt laufen müßten.«

»Was macht dich so hart?«

»Jetzt kann er einmal den Schmerz erleben, wenn man einen Freund verliert.«

»Du verlierst jedes Maß.«

»Er hat nie eins gehabt.«

Mit einem heftigen Ruck straffte Roberto den Zügel von Christophs Pferd und kam so nah heran, daß sich sein Schenkel an dem des Jungen rieb. »Entweder spricht aus dir noch ein Kind oder ein Kretin.« Betroffen sah Christoph die Verachtung in Robertos Augen aufblitzen, bevor sich dieser abwandte und gleichmütiger fortfuhr: »Vielleicht bist du ja bereit, mit mir oder Enrico zu reiten. Wir sind allerdings beide schwerer als Fulco, das ist nicht eben günstig für die Weiterreise.«

Fulco hatte sie, als sie zurückkehrten, bereits aller weiteren Überlegungen enthoben. Das Gepäck hatte er so umladen lassen, daß ein Maultier zum Reiten für einen Knecht frei geworden war, er selbst nahm sich dessen Pferd. Zwei Tage später erreichten die Reisenden eine größere Herberge, wo Fulco ein neues Pferd erstehen konnte, ein erstaunlich gutes. Das Tier, dem er nicht einmal einen Namen gab, behandelte er nicht viel anders als seine Reisegefährten seit jenem Unglück. Er beachtete sie nicht, sprach nur gelegentlich mit Ludovico und den Knechten, bei denen er auch abends saß, es war, als verliefe eine unsichtbare Trennlinie durch ihr Lager.

Christoph dagegen gab seine bisherige Zurückgezogenheit auf und plauderte munter mit Roberto, an dessen Seite er sich von nun an meist hielt.

In Afyon mußten sie einen neuen Führer anheuern. Auch diesen, einen Muselmanen, der passabel griechisch sprach, suchte

Fulco aus. In wenigen Tagen entwickelte sich zwischen den beiden eine Verständigung, die die Kluft zu den anderen noch mehr betonte. Christoph empfand das Gebaren Fulcos als hochmütig und ganz besonders gegen ihn gerichtet, und das brachte ihn, während er allabendlich dem Abladen zuschaute, schließlich auf die Idee, das Geheimnis der Packkisten zu lüften. Nach einigen Tagen hatte er Roberto gewonnen, ihm dabei zu helfen.

Eine Gelegenheit bot sich, als sie die Stadt Dinar hinter sich gelassen hatten und auf einer felsigen Hochebene eine Mittagsrast einlegten. Zwei Maultiere zeigten Anzeichen von Schwäche und wurden daher abgeladen, was sonst bei den kurzen Rasten nicht geschah.

Fulco und Enrico suchten abgelegene Stellen auf, um sich zu erleichtern. Nur Ludovico bewachte das Gepäck der zwei Tiere, das halb im Schlagschatten eines Felsens lag. Roberto verwickelte den Diener in ein Gespräch und trat dabei wie unabsichtlich ein Stück beiseite. Ludovico folgte ihm arglos. Die beiden standen im gleißenden Sonnenlicht und konnten nicht sehen, was sich im Schatten tat.

Christoph verließ schnell der Wagemut, als er sich verzweifelt mit dem Knoten der nächststehenden Kiste abmühte, seine Finger wurden feucht und gehorchten ihm kaum noch. Vorsichtig schob er daher sein Messer in die Verschnürung, drückte mit der stumpfen Seite der Klinge gegen den Knoten und horchte angestrengt auf die Unterhaltung jenseits des Felsens.

Ein lautes Lachen Ludovicos schallte herüber. Am Geräusch der Stimmen merkte er, daß sich die beiden vor dem Felsen bewegten. Es klang beängstigend nah, und er wollte die Sache bereits drangeben, da gab der Knoten plötzlich nach. So rasch er konnte, knüpfte er das Seil auf und sah mit Entsetzen, daß er es halb durchgeschnitten hatte. Einen Moment hockte er bewegungslos auf den Fersen und griff dann hastig nach dem Deckel, aber erst jetzt stellte er fest, daß er zugenagelt war. Zum Glück ragten nur wenige Nagelköpfe aus dem Holz. Christoph lobte die Sparsamkeit des unbekannten Verpackers und schob die Messerklinge unter den Deckelrand. Leise quietschend gaben die Nägel den Deckel frei.

Wieder lauschte er, das Gelächter entfernte sich zum Glück. Mit fliegenden Fingern nahm er einen Gegenstand aus der Kiste und wickelte ihn aus der Umhüllung. Es war ein juwelenbesetzter Kelch. Das letzte, was er auspackte, war eine Staurothek, ähnlich der aus der Hagia Sophia. Mittlerweile befand er sich jenseits von Furcht und Aufregung, die seine Finger hätten zittern lassen können.

Beinahe wäre ihm entgangen, daß auf einmal kleine Steine gegen den Felsen prallten, Roberto gab das verabredete Zeichen, daß es höchste Zeit war, das Unternehmen zu beenden. Trotz der Warnung hob Christoph erst noch die Reliquie heraus, die aus dunklen, fast schwarzen Holzsplittern in einem Gefäß aus dickem grünschimmerndem Glas bestand, mit Goldfiligran überzogen. Holz vom wahren Kreuz, vom Baum des Lebens, ins Paradies gepflanzt, um den Bund Gottes mit den Menschen neu zu begründen, sann er, und eine ungeheure Hochstimmung erfaßte ihn. Ohne nachzudenken, steckte er die Reliquie unter das Hemd, wickelte in Windeseile die Schätze in die Tücher, legte sie zurück in die Kiste, drückte die Nägel in ihre Löcher und verknotete behutsam das beschädigte Seil. Schritte knirschten im Geröll, als er die Decke über den Gepäckhaufen schlug. Er richtete sich gerade noch rechtzeitig auf, als Ludovico ihn anfuhr: »Was machst du da? Wieso treibst du dich hier herum?«

»Kann ich nicht mal mehr scheißen gehen, ohne daß du mir nachspionierst?«

»Und was ist das da?« fragte Ludovico nicht weniger mißtrauisch als zuvor.

Von Christophs Hand tropfte Blut, einer der Nägel mußte ihm die Haut aufgerissen haben, rasch preßte er die Wunde gegen die Lippen und sog daran, das Blut schmeckte bitter.

»Zeig mal her«, mischte sich Roberto barsch ein. »Wie oft soll ich dir noch sagen, du sollst nicht mit deinem Dolch herumspielen, wenn du dich langweilst.«

Ludovico grinste einfältig.

Das beschädigte Seil hielt beim Aufladen. So unauffällig wie möglich fiel Christoph hinter die Reisegruppe zurück und wartete auf Roberto. Kurz nach ihm gesellte sich auch Enrico dazu. Christoph zögerte zu sprechen.

»Red nur«, forderte ihn Roberto auf, »Enrico weiß Bescheid. Er hat Fulco hingehalten.«

Christoph warf dem Benediktiner einen überraschten Blick zu, den dieser gelassen zurückgab.

»Es ist so, wie wir vermutet haben. Ich habe allerdings nur in einer Kiste nachsehen können. Sie war voller Reliquien. Er ist also ein Dieb.«

»Das wissen wir noch nicht. Selbst wenn alle Kisten voller Schätze wären, könnte es sich um den Anteil handeln, der den Montferrats als Beute zugesprochen worden ist«, sagte Enrico.

»Wenn dieser Transport rechtens ist, warum dann diese Heimlichkeit uns gegenüber?« ereiferte sich Christoph.

»Fulco ist uns keine Auskunft über den Inhalt der Kisten schuldig, also kannst du auch nicht von Heimlichkeit sprechen.«

»Fulcos Ziel ist das Heilige Land. Er wird wie wir über Antiocheia reisen, und dort werden wir ihn zur Rede stellen«, sagte Enrico ruhig.

Roberto nickte. »Ich kenne die Kreuzritterburg in Antiocheia und ihren Kommandanten. Er wird uns die notwendige Unterstützung gewähren.«

Beim Einschlafen umklammerte Christoph die gestohlene Reliquie und flehte zu Gott: Laß es das wahre Kreuz Christi sein und gib, daß es mich an seinen Ursprung führt, den Garten in Eden.

Die Stille weckte Christoph in der frühesten Dämmerung. Die gewohnten Laute der Tiere fehlten. Im Zwielicht richtete er sich auf und rieb sich erstaunt die Augen. Das Feuer schwelte kaum noch. Der Wächter, der es hätte unterhalten müssen, war wie die anderen fort. Ebenso die Maulesel, die Pferde und das Gepäck.

Auf Knien kroch Christoph zu den zwei in Decken gewickelten Gestalten, die zurückgeblieben waren, Enrico und Roberto, die ihre Köpfe auf die jetzt nutzlosen Sättel gebettet hatten. Neben ihnen nur Spuren im Staub. Auch die ihrer Waffen. Christoph richtete sich langsam auf und stolperte auf eine flache Anhöhe zu, den Hufspuren nach. Es war alles seine Schuld. Hätte ihn doch nicht der Wahnwitz befallen herumzuspionieren. Genaugenommen wußten sie jetzt auch nicht viel mehr als vorher. Wahrscheinlich war das angeschnittene Seil aufgefallen, oder er hatte Blutflecken an der Decke hinterlassen. Er kratzte an der Wunde, und ein scharfer Schmerz durchfuhr ihn. Er riß sich die verletzte Haut noch weiter auf. Seine Schuld, daß sie jetzt ohne Pferde, ohne Lebensmittel, ohne Führer allein in der Einöde saßen.

Auf dem Kamm der Erhebung spähte er in den erwachenden Morgen. Fahlblau wölbte sich der Himmel wie eine flache, bleierne Schüssel bis zu den Hügeln ringsum herab, ein paar Meilen entfernt, über der nächsten Anhöhe, stieg eine Staubwolke auf. Christoph kniff die Augen zusammen, verharrte einen Augenblick, bis er seiner Sache sicher war, und rannte dann hügelabwärts. Noch im Laufen schrie er, um die zwei Schlafenden aufzuwecken.

»Steht auf, Enrico, Roberto, ein Reitertrupp kommt auf uns zu.« Halb rückwärtsgewandt deutete er hinter sich.

Enrico sprang noch vor Roberto auf, der zunächst verdutzt sitzen blieb, um sich schaute und mit der Hand über den Augen in die aufgehende Sonne blinzelte, bevor er sich der Anhöhe zuwandte.

»Rechnet einer von euch damit, daß uns Fulco das Frühstück bringt?« sagte er und war mit einem Satz auf den Füßen. »Wir sollten uns verdrücken, bis wir wissen, wer da den Hügel herabkommt.«

Die drei ließen die Sättel zurück, rafften nur ihre Decken auf und liefen quer zur Straße davon, Enrico als letzter. Er zog seine Decke hinter sich her, um ihre Trittspuren auf dem trockenen Boden zu verwischen.

Bald wurde offenkundig, daß es nicht Fulco war, der mit den Knechten zurückkehrte, sondern unbekannte Reiter näherten sich, Sarazenen, und es sah so aus, als suchten sie nach ihnen. Sie ritten über den Lagerplatz hinaus, kehrten um und schwärmten beidseits der Straße aus. Den drei Flüchtlingen gelang es, sich noch rechtzeitig zwischen mannshohen Felsbrocken unter ihre grauen, staubigen Decken zu ducken. Das Morgenlicht ließ die Felsen lange, tiefschwarze Schlagschatten werfen und mußte außerdem die Reiter blenden, die von ihren Pferden aus versuchten, die Dunkelheit zwischen den Felsen zu durchdringen.

Christoph steckte in einer engen Spalte und spähte durch ein Loch, das er in die Decke gerissen hatte, nach den Sarazenen aus. Er hörte ihre schrillen Rufe, und nur einmal näherte sich ein

Reiter seinem Versteck. Ihm stockte der Atem, bis sich der Hufschlag entfernte. Plötzlich gellte ein durchdringender Pfiff, Christoph lugte um einen der Felsen und sah erleichtert, daß der Trupp sich sammelte und dann teilte, eine Hälfte entfernte sich auf der Straße nach Dinar, die andere in der Gegenrichtung.

Wenig später tauchten Enrico und Roberto aus ihren Verstecken auf, die drei beschlossen in einer kurzen Beratung, sich nach Westen zu halten, wo irgendwo die Grenze zum byzantinischen Kaiserreich verlaufen mußte. Es schien ihnen sicherer, bei Christen Zuflucht zu suchen.

Ihre wichtigste Habe bestand aus den Decken und Christophs Dolch, den er nachts unter den Sattel geschoben und nicht wie das Schwert neben sich gelegt hatte. Zusammen mit dem Dolch hatte er auch die *Geoponika* und Fürst Arkadios' Karte verwahrt, die allerdings nichts über die Gegend preisgab, in der sie sich befanden, als sie das Pergament entrollten. Ihr ungefährer Standort gähnte ihnen auf der Karte als weißer Fleck entgegen. Geblieben war ihnen außerdem der Lederbeutel mit den Goldstücken, den Christoph noch immer an einer Schnur um den Hals trug. Den beiden anderen hatten Fulco und seine Komplizen die Geldkatzen von den Gürteln geschnitten.

Der Durst meldete sich vor dem Hunger und entwickelte sich zur alles beherrschenden Folter. Unter der gleißenden Sonne lernte Christoph, was es bedeutet, wenn ein notwendiges Element fehlt. Daß ihnen auch ein zweites abging, fiel ihnen erst auf, als Roberto mit einem Messerwurf ein Kaninchen erlegte, das sie roh verschlingen mußten. Der Durst nach dem unappetitlichen Mahl ließ die Zunge anschwellen und bis fast zum Ersticken am Gaumen kleben.

In der Abenddämmerung erreichten sie einen See. Stilles Wasser mit einer hellen Kruste am Rand, Wasser von nahezu unwahrscheinlichem, gläsernem Blau, wie in Schnee eingebettet. Auf einmal wirkte das Land ringsum weniger öde und lebensfeindlich.

Langausgestreckt auf dem weißen Saum tauchte Christoph die Arme ein, fuhr sich mit nassen Händen über die Lippen, hustete, spuckte aus, Enrico neben ihm stöhnte auf. Obwohl die Wahrheit kaum noch zu leugnen war, mußte Christoph Wasser schöpfen, aber bevor er es zum Mund führen konnte, schlug es ihm Enrico aus der Hand. Ein Gestank nach faulen Eiern hing über dem See und seinem Ufer, übel konnte einem dabei werden.

Zuerst stand Enrico auf, dann kam Christoph auf die Füße, beide schauten ein letztes Mal auf das Trugbild des Sees, eine Ausgeburt der Hölle, dann wandten sie sich um, der Templer war stehengeblieben, er hatte es schon gewußt: das Wasser war bitter.

Der Durst glühte jetzt in der Kehle.

Am nächsten Morgen weckte sie das zarte Klingeln einer Ziegenherde. Ein alter Hirte begleitete die Tiere. Als er die aufgesprungenen Lippen der drei Wanderer sah, nahm er wortlos seinen Wasserschlauch von der Schulter.

Trotz einiger Verständigungsschwierigkeiten erfuhren die Flüchtlinge, daß vor ihnen Laodikeia und Hierapolis lagen, wo sie Pferde und neue Vorräte würden kaufen können und vielleicht eine Karawane fänden, die sie zur Küste mitnähme. Bevor der Hirte weiterzog, kramte er aus einem Sack noch einen kleinen, ranzig riechenden Ziegenkäse und ein trockenes Fladenbrot.

»Der Gestank dieses Käses wird uns das Fasten leichter machen«, sagte Roberto, als sich der Hirte mit seiner Herde entfernt hatte, und nahm Christoph den Käse aus der Hand.

2

Weil sie irgendwann die Richtung verloren hatten, erreichten sie Hierapolis und nicht das näher gelegene Laodikeia.

Das Ende der Strapazen versetzte die drei in Euphorie. Abwechselnd frisches Brot kauend und Wasser aus einem Schlauch trinkend, den sie wie das Brot beim ersten Straßenhändler am Osttor gekauft hatten, schlenderten sie durch die Stadt wie Mondsüchtige.

Unter den Arkadenbögen der Hauptstraße hatten Händler ihre Stände aufgeschlagen. Alles, was den Reisenden fehlte, lag dort ausgebreitet und viel unnützer Kram, der aber das Auge erfreute, sie konnten sich lange nicht an den Farben sattsehen. Einer machte den anderen auf vergoldete Vogelkäfige, Seidenteppiche oder bestickte Tücher aufmerksam.

Roberto ging ein Stück in eine Quergasse, in der weitere Stände lockten, die beiden anderen sahen ihm unschlüssig nach, als der Templer ihnen auf einmal zuwinkte.

»Kommt schnell!« Er verschwand.

Wenig später standen Christoph und Enrico an der Stelle, wo sie ihn zuletzt gesehen hatten, und erblickten ein einzigartiges Panorama. Vor ihnen zogen sich mehrere Terrassenstufen, in sich geschwungen und mehrfach abgetreppt, auf einer Länge von mehr als hundert Metern in die Tiefe. Die Terrassen wurden von einem seltsamen, grauweiß und gelb glitzernden Gestein gebildet, das sich wie Wolken oder Meeresschaum auftürmte. Wasser ergoß sich in übermütigen, dampfenden Kaskaden über die Stufen und sammelte sich in flachen, aus dem Gestein gewaschenen Becken.

»Wo bleibt ihr?« rief Roberto von unten.

Erst da entdeckten sie ihn am Rand eines Teiches, wie er bereits die Kleider abwarf. Bald saßen sie zu dritt in einer Mulde und ließen sich von dem warmen, salzigen, auf der Haut prickelnden Wasser den Reisestaub abspülen. Übermütig tauchten sich Roberto und Christoph gegenseitig unter, das Wasser wusch alle Berührungsängste Christophs weg, selbst die starke Hand im Nacken rief keine Panik hervor, sondern nur Übermut und eine lustvolle Gegenwehr, es war direkt schade, als der andere das Spiel aufgab und sich der Trägheit überließ, zu der das Wasser verlockte.

Robertos Blick glitt langsam über Christophs flach im Wasser ausgestreckte Gestalt.

»Kleiner, du bist in den letzten Wochen gewachsen. Ein Riese wird wohl nicht mehr aus dir, aber du führst einigermaßen sicher und elegant das Schwert, das hast du bei mir gelernt, und du sitzt fest im Sattel, wenn du dir Mühe gibst. Du strebst nicht sonderlich nach Besitz, hast Mut und eine hochherzige Gesinnung. Alles an dir außer deiner Herkunft, um die sich der Teufel scheren mag, spricht dafür, daß aus dir ein Ritter wird. Warum nicht ein Templer? Jetzt sag mir, warum du dein Leben damit verbringen willst, mit gebeugtem Rücken im Dreck zu wühlen.«

»Erst einmal« – Christoph riß sich vom Anblick der Terrassen los – »schnappen wir uns diesen Hund Fulco. Er hat Kirchen und uns, seine Gefährten, ausgeraubt. Außerdem hat er uns im Stich gelassen und obendrein sarazenische Reiter auf den Hals gehetzt. Er muß vom Teufel besessen sein.«

»Dann hätte er dir nicht das Leben gerettet und sich selbst in Gefahr gebracht«, antwortete Roberto. »Bis zu dem Verrat, für den er mehr als einen Tritt in den Hintern verdient hat, war er ein angenehmer und umsichtiger Begleiter auf der Reise. In ihm kämpfen Engel und Teufel miteinander wie in uns allen, nur in ihm sind es ein paar mehr als üblich. Er ist zum Bösen wie zum Guten in größerem Maße fähig als gewöhnliche Menschen. Denk gelegentlich daran, denn ich müßte mich sehr irren, wenn wir ihm nicht wiederbegegneten. Besonders dein Leben scheint mit dem seinen verknüpft, zwischen euch schwelt wohl eine alte Sache, die noch einer Lösung bedarf.«

Christoph atmete hörbar ein. »Hast du Umgang mit einer Hexe gepflegt, oder kannst du selbst in die Zukunft blicken?« spottete er, um über die plötzliche Verunsicherung hinwegzukommen.

»Wir Templer haben unsere eigenen Methoden der Vorausschau, und die meisten liegen in Versenkung und Gebet.«

Christoph tauchte unter und überließ sich dem Wasser, das um ihn strömte und ihn berührte wie mit tausend neugierigen Fingern. Nach Luft schnappend schnellte er an die Oberfläche, schüttelte sich das Wasser aus den Augen und versuchte, dem nachzuspüren, was er gefühlt hatte. Während er zuschaute, wie das Wasser von Stufe zu Stufe rann, rieselte, sprühte, hüpfte und schäumte, Strudel bildete, zurückflutete und sich um Buckel teilte, um in doppelter oder dreifacher glatter silberner Bahn herabzustürzen, erinnerte er sich an die Gewalt des Wassers, wie er sie in den Alpen und auf dem Meer erlebt hatte. Hier sah er ein Spiel, das zwei spielten, der Stein und das Wasser, und er ahnte, daß beide in einer immerwährenden Wandlung sich gegenseitig formten. In Gedanken begann er zu begradigen, Kurven zu vervollkommnen, dem freien Spiel der Natur mehr Maß zu verordnen, und ohne es zu wissen, ließ er die Klostergärtnerei hinter sich.

Beim Ankleiden fiel dem Jungen an seinen Freunden etwas Merkwürdiges auf.

»Schau ruhig hin«, erklärte Roberto belustigt, »Enrico und ich sind beschnitten. Man hat uns die Vorhaut entfernt.«

»Warum?«

»Eine der Segnungen des Orients. Viele Kreuzritter lassen die Prozedur als eine Maßnahme der Hygiene durchführen. Das haben wir von den Juden und den Muselmanen gelernt.«

»Und du, Enrico?«

»Ich wurde als Sarazene geboren«, antwortete Enrico.

Auf dem Viehmarkt kauften sie Pferde und zwei Maultiere und an den Ständen Sättel, Zaumzeug, Waffen und Vorräte für die Weiterreise. Der Rest von Christophs Goldstücken, rechneten sie aus, würde für die Reise an die Küste und die Überfahrt nach Antiocheia reichen. Selbst dann wäre noch etwas übrig, erklärte Enrico. Erst jetzt wurde dem Jungen klar, welchen Schatz er besessen hatte.

In Laodikeia schlossen sie sich einer Karawane nach Attalia an, in der Byzantiner und Muselmanen friedlich zusammen reisten. Als sie sich der Küste näherten, begrünte sich die Landschaft. Kleine Wälder aus immergrünen Hartlaubgewächsen wechselten mit Obsthainen und Feldern. Allein der Schatten, den die Bäume warfen, war eine Wohltat, und auch das Grün, selbst wenn es ein staubiges war, denn vor allem an den zähen Blättern der Immergrünen klebte der Staub in Körnchen, ganz rauh fühlten sie sich an.

Im Juni erreichten sie Attalia und segelten bei ruhiger See nach Seleukeia. Antiocheia, die Hauptstadt des gleichnamigen christlichen Fürstentums, lag nur noch zwanzig Meilen landeinwärts am Orontes. Christoph hatte viel von den Gärten und ihren großartigen Wasserspielen gehört, aber nach Konstantinopel und Hierapolis war er sicher, hier nichts Neues in der Wasserkunst entdecken zu können. Ohnehin sah er nur abweisende Mauern, zwischen denen die Straßen als dämmrige Schächte verliefen. Welch ein Segen wären hier öffentliche Gärten, dachte er.

Roberto schlug sofort den Weg zur Kreuzfahrerzitadelle ein, um sich nach Fulco und seinem Troß zu erkundigen, während sich Enrico mit Christoph in den Klöstern umhören wollte. Am Ende des Tages hatten sie erfahren, daß Fulco mit elf Maultieren, eins schien verlorengegangen zu sein, zwei Tage zuvor nach Süden aufgebrochen war.

Ein Mann hatte behauptet, daß Fulco beabsichtige, nach Jerusalem zu gehen, berichtete Roberto, wobei er sich mit einer zögerlichen Geste durch die Haare fuhr, einen deutlichen Zweifel im Gesicht. »Der Mann stand zu auffällig herum und drängte sich geradezu auf. Ich bin aber sicher, er kannte Fulco.«

»Mein Ziel ist ohnehin Jerusalem, genauer gesagt, die Benediktinerabtei Santa Maria Latina im Tal Josaphat bei Jerusalem«, sagte Enrico nachdenklich.

»Dann auf nach Jerusalem, aber vorher werdet ihr mich nach Montfort begleiten.« Als Roberto Christophs fragenden Blick bemerkte, ergänzte er: »Montfort oder das, was Saladin davon übriggelassen hat, ist eine Templerburg, die größte in Galiäa.«

»Salah ed Din«, warf Enrico leise ein, und Christoph sah verwundert, wie er sich verlegen abwandte, als täte ihm der Einwurf leid.

»Salah ed Din«, wiederholte Roberto mit einer gewissen Feierlichkeit, die Christoph um so mehr erstaunte, da sich Roberto auch noch vorbeugte und mit unverhohlener Neugier Enrico musterte.

»Wer ist denn nun dieser Salah sowieso?« fragte Christoph ungeduldig.

»Ich nehme an, daß Enrico dir deine Frage ebensogut beantworten könnte.« Roberto hob ein wenig die Stimme. »Die Macht des ägyptischen Sultans zerfiel bereits, als Salah ed Din oder Saladin, wie wir Kreuzritter sagen, diese Macht wieder festigte und sich schließlich selbst zum Sultan von Ägypten und Syrien machte.«

»Dann ist er der Hauptfeind des Kreuzfahrerheers, gegen den auch du kämpfst?« fragte Christoph.

Der Templer schmunzelte. »Er hat die Franken 1187 bei Hattin am See Tiberias geschlagen, und nur ein paar Küstenstädte wie Tyrus, Tripolis und Akkon, eine Handvoll Johanniterfestungen und Kreuzfahrerburgen blieben vom Königreich Jerusalem übrig. Akkon ist seitdem die Hauptstadt. Erst vier Jahre später hat Richard von England Saladin einen schmalen Küstenstreifen zwischen Tyrus und Jaffa abjagen können. Seitdem gehört uns Montfort wieder. Wir reparieren an unserer Ruine herum, aber uns fehlen Geld und vor allem Arbeitskräfte. Outremer, das Heilige Land, ist menschenarm. In all den Kriegen sind so viele umgebracht worden, vor etwa hundert Jahren fast die gesamte eingeborene Bevölkerung Jerusalems. Von diesem Aderlaß hat sich das Land bis heute nicht erholt, es gibt kaum genug Menschen, um die Felder zu bestellen. Das ganze Königreich hat nicht viel mehr als fünfzigtausend Menschen, und Jerusalem, die Stadt des Heils, ist ein ödes Dorf.«

»Das spricht nicht für Saladin.«

»Du hast nicht zugehört. Es kamen so viele Sarazenen wie Christen um. Was Salah ed Din betrifft, er wurde der Gerechte genannt und ist bis heute unvergessen, obwohl er vor mehr als zehn Jahren starb. Er führte nur Kriege, wenn er dazu herausgefordert wurde, wenn Abkommen und Verträge gebrochen wurden«, erklärte Enrico heftig.

Roberto lachte auf. »Da hast du die zwei Seiten jeden Krieges.«

Christoph spürte, daß Roberto mit Enricos Meinung nicht einverstanden war. Über Fulco wurde nicht mehr gesprochen.

In den nachfolgenden Tagen reisten sie durch Gegenden, in denen Christen, meist fränkische Siedler, in friedlicher Nachbarschaft von Muselmanen lebten. Christoph betrachtete die sorgsam gehegten kleinen Felder und die knorrigen weitverzweigten Olivenbäume, in deren zwielichtigem Schatten Ziegen und Schafe ruhten. Einmal sah er einen kleinen Jungen, der eins der gedrehten Hörner eines mächtigen, alten Ziegenbocks, eines wahren Patriarchen, hielt. Das Tier lag auf der Erde, die Vorderbeine untergeschlagen, der Bart hing lang herab auf das zottige, braun und hell gefleckte Brustfell. Beinahe konnte Christoph die vertraute, scharfe Ausdünstung des Tieres riechen, fast spürte er, wie der Junge die Hand um das riefelige Horn drehte und sich dagegen stemmte, die Vertrautheit mit dem Tier ließ die spielerische Berührung zu, das war deutlich, Sehnsucht kam auf, die Reise für mehr als eine kurze Rast zu unterbrechen. Aus den Blicken des Knaben und des Bocks, die ihm folgten, phantasierte er Mitleid mit dem heimatlosen Wanderer.

Eine wundersame Friedlichkeit lag über dieser bäuerlichen

Landschaft, und Christoph fragte sich, was das Christliche oder Muselmanische an Äckern, Bäumen und Tieren sei. Als ob er die unausgesprochene Frage aufgreife, erklärte Enrico, daß die Bauern, gleich welcher Herkunft oder Konfession, ihr Vieh zusammen weiden ließen. Und in den Städten wurde ein durch maßvolle Zollgesetze geregelter Handel zwischen den Völkern verschiedenen Glaubens getrieben. Es gab mehr Streit zwischen syrischen, ägyptischen und persischen Muselmanen als zwischen Sarazenen und Christen.

»Gib dir keine Mühe mehr«, sagte Christoph zu Roberto, der mißbilligend zugehört hatte und zu einer Entgegnung ansetzte, »du machst keinen Kreuzritter aus mir, ich bleibe bei der Gärtnerei.«

Häufig übernachteten sie auf Templerburgen, von denen es ein dichtes Netz im Fürstentum Antiocheia und in der Grafschaft Tripolis gab. Christoph überraschte es jedesmal, wenn hinter dem unbekümmerten Gehabe Robertos der Tempelherr zum Vorschein kam. Es lag nicht nur am Mantel mit dem Kreuzemblem, den er sich meist kurz vor der Burg überwarf. Eine tiefe Sammlung ergriff Besitz von ihm, eine Hingabe an seine Mission, die Christoph an den Augenblick erinnerte, als er Roberto in der Pammakaristos Kirche in Konstantinopel vor der Madonna knien sah.

In Beirut unternahmen sie den letzten Versuch, etwas über Fulcos Verbleib herauszufinden. Christoph fragte sich, ob sie ihm überhaupt noch nachjagten. Viel wahrscheinlicher schien es ihm, daß sowohl der Templer als auch der Benediktiner im geheimen längst andere Absichten verfolgten.

In jeder Templerburg vergrößerte sich Robertos Gepäck, so daß sie schließlich eine kleine Herde beladener Maultiere mit sich führten. Längst hatten sich ihnen andere Templer angeschlossen, das vertraute Verhältnis zwischen den dreien begann, sich unmerklich zu lösen.

Erst allmählich begriff Christoph, daß nicht nur die Christen, die Jerusalem wegen der Grabeskirche beanspruchten, zu den heiligen Stätten wallfahrteten. Enrico belehrte ihn darüber, daß die Anhänger Mohammeds die Stadt als Ort der Himmelfahrt ihres Propheten verehrten und die Juden dorthin pilgerten, weil es die

Stadt Davids war, und wegen der Reste des Salomonischen Tempels. Kein Wunder, dachte Christoph, daß diese Stadt so ein Zankapfel war.

Die Burg Montfort lag auf einem hohen Felssporn, dem sie sich über die Ebene näherten. Ein doppelter Mauerring aus gewaltigen Steinblöcken ragte vor ihnen auf, und erst im Näherkommen wurden die Beschädigungen sichtbar. Die Templer trieben mit schrillen Pfiffen die Tiere an, einige, auch Roberto, galoppierten voraus, Christoph und Enrico folgten mit dem Troß sehr viel langsamer.

Nach der Ankunft war Christoph bald sich selbst überlassen, denn Roberto wurde von der Templergemeinschaft aufgesogen, und Enrico zog sich Tag für Tag zum Gebet in die Kapelle zurück. So erkundete Christoph den Ort auf eigene Faust. Die Festung nahm den ganzen Felsen ein, war teilweise sogar in ihn hineingetrieben. Zwischen miteinander verbundenen Gebäuden taten sich kleine Höfe und Schächte auf. Neben dem Kapitelsaal, dem Palas und den Ritterhäusern gab es noch einen hohen Turm, den Bergfried, durch einen Graben von der übrigen Burg getrennt.

Ein paar Tage nach ihrer Ankunft beobachtete Christoph, wie die Templer schweigend, in Zweierreihen, an ihm vorüberschritten, als er jäh am Ärmel in ihre Prozession gezogen wurde. Empört wandte er sich um und entdeckte Roberto neben sich, er hatte ihn in der Gruppe gleich gekleideter, gleich andächtiger Männer nicht sofort erkannt. Im Schein der untergehenden Sonne überquerten sie die Zugbrücke zum Turm und stiegen eine Wendeltreppe hinab. Die Templer waren in einen monotonen, eindringlichen Gesang verfallen, der Christoph einhüllte, die tiefen Töne setzten sich als Schwingung im Körper fort. Von den endlosen Windungen der Treppe schwindelte Christoph bereits ein bißchen, als sie einen gemauerten Torbogen erreichten, der in einen Andachtsraum führte. Reihe um Reihe knieten die Templer nieder.

Erst als die Reihe vor ihnen auf die Knie gesunken war, wurde für Christoph sichtbar, worauf sich alle Augen richteten: eine Truhe auf einem einfachen Steinquader vor dem Altar. Nachdem Christoph so viele kostbare Reliquien gesehen hatte, erschien ihm die Lade, die nur mit Goldblech überzogen war, seltsam schlicht. Über die Ecken breiteten sich geflügelte Wesen aus, als wollten sie den Schrein mit ihren Flügeln umfangen. Tragestangen ragten über die Seiten, mit golddurchwirkten Bändern umwickelt. Wohl hundert Kerzen brannten in dem unterirdischen Gewölbe, und von Räucherpfannen rechts und links neben der Truhe stieg in Spiralen ein seltsam duftender Rauch auf. Der Gesang schwoll an, ein dumpfer Rhythmus schwang in ihm. Reihe um Reihe berührten die Templer mit der Stirn den Boden, richteten sich wieder auf, eine Wellenbewegung zog durch den Raum, und alles begann um Christoph zu kreisen.

Ein Schwall kalten Wassers, den ihm Roberto über den Kopf goß, brachte ihn wieder zu sich. Der Templer hatte ihn nach draußen getragen und an einen Brunnen gelehnt.

»Ahnst du, was du gesehen hast?« fragte Roberto ernst.

Christoph schüttelte den Kopf und bemühte sich, die Benommenheit loszuwerden.

»Die Bundeslade. Bezalel fertigte sie auf Moses' Geheiß aus Akazienholz, und Moses bewahrte in ihr die Gesetzestafeln auf. Jahrhunderte lang stand sie auf einem goldenen Thron. Die Tafeln und der Thron gingen verloren.«

»Was hat die Truhe ohne die Tafeln noch für einen Wert?«

»In ihr manifestiert sich die Gegenwart Gottes. Hast du sie nicht gespürt?«

Christoph vermochte nicht zu antworten. Was hatte er gespürt? Verwirrung angesichts der Templer, die sich wie zu einem Wesen zusammengeschlossen hatten, um anzubeten. Die Kraft dieser Vereinigung, die eines der Geheimnisse des Ordens sein mochte, hatte sich ihm mitgeteilt, ihn aber vom Gegenstand der Andacht so weit abgelenkt, daß er die Lade kaum beachtet hatte.

Er faßte nach dem Beutel an seinem Hals, der jetzt keine Goldstücke mehr enthielt, sondern nur noch Holzsplitter in einem winzigen gläsernen Kästchen. Das wahre Kreuz Christi, der Baum des Lebens, der Baum des Paradieses, das war es, was er nicht vergessen durfte, um zu wissen, wo seine Berufung lag.

Am nächsten Morgen war er sich sicher, daß ihn Roberto zu der Zeremonie mitgenommen hatte, um ein letztes Mal zu versuchen, ihn in den Kreis der Templer zu ziehen. Überrascht stellte er fest, daß ihn die mystische Verbundenheit der Templer tatsächlich reizte, sehr sogar, je länger er darüber nachdachte. Es war eine andere Gemeinschaft als die der Benediktiner, tiefer die Seele berührend, Geborgenheit und Sicherheit bietend über alle Unterschiede der Herkunft und der Fähigkeiten hinweg. Das vollkommene Einssein mit Gott und dem Nächsten, ein Paradies der Seele. War die Bundeslade das einigende Band?

Auf einmal war es ihm wichtig, Roberto sofort zum Templerleben zu befragen, solange die Zeremonie vor der Bundeslade noch in ihm nachklang.

Auf der Suche nach Roberto stieß er vor der Kapelle auf Enrico, der Benediktiner hatte die Nacht wohl im Gebet verbracht. Tiefe Müdigkeit und Anspannung verschärften die Linien seiner strengen Züge.

»Wenn du nichts dagegen hast, reisen wir heute weiter, und zwar gleich, um den Tag zu nutzen. Roberto wird bleiben.«

Christoph blickte ihn unschlüssig an, und als er sich noch ein paar Stunden Aufschub erbat, nickte Enrico zustimmend.

Während er Enrico ins Gesicht geschaut hatte, in die Maske aus mönchischer Entsagung und Askese, war Christoph etwas eingefallen, dem er nachgehen mußte, und deshalb rannte er, ohne Zeit zu verlieren, zur Zugbrücke. Unbehelligt stieg er die Wendeltreppe hinab. Kurz bevor sie in völliger Dunkelheit versank, schien das Licht einer Laterne herauf. Das Portal zu dem Andachtsraum war verschlossen, die Zedernholztür wies weder Schloß noch Griff auf. Christoph stemmte sich vergebens dagegen. Enttäuscht begann er, die Treppe wieder hinaufzusteigen, und bemerkte eine schmale Tür, die er vorher nicht beachtet hatte, sie gab dem Druck seiner Hand nach. Der Raum dahinter mußte über der Kapelle liegen. Christoph ertastete eine Fackel, es gelang ihm nach ein paar vergeblichen Versuchen, sie zu entzünden.

Tanzende Schatten glitten über rohe Wände und einfache Steinbänke. Das Licht fing sich auf den Wandungen goldener und silberner Gerätschaften, Edelsteine blitzten auf wie kleine Feuergarben. Auf den Bänken häuften sich Altargeräte und Reliquien wie in einem Warenlager, das er wohl tatsächlich vor sich hatte. Von einem Gegenstand fühlte er sich besonders angezogen, näherkommend erkannte er die Staurothek aus der Hagia Sophia.

Mit zitternden Fingern fuhr er über die Oberfläche, um sich zu versichern, daß er seinen Augen trauen konnte.

Dann entdeckte er die Ikone aus dem Pammakaristos Kloster. Ein Strahlenkranz aus Gold und Edelsteinen umgab sie, ein Gefunkel im blakenden Fackellicht, das das Gesicht der Madonna ganz in die Schatten zurückdrängte, in die Unkenntlichkeit.

Christoph ließ die Fackel in einem Halter weiterbrennen, rannte die restlichen Windungen der Treppe nach oben, stürmte durch die Höfe der Burg zum Kapitelsaal und fand Roberto endlich in einer Gruppe Templer. Mit voller Wucht warf er sich gegen ihn, so daß Roberto sich an ihn klammern mußte, um nicht zu fallen.

»Du hundsgemeiner Dieb. Du warst es, der die Hagia Sophia ausgeraubt hat.«

»Laß uns draußen reden.«

Roberto hatte sich umgewandt und schritt voran; bis sie den Hof vor dem Saal erreicht hatten, hatte sich Christophs Wut zu Verzweiflung gewandelt.

»Warum hast du das getan? Ich habe dich für edel gehalten, aber du bist ein noch armseligerer Gauner als Fulco, denn dir habe ich vertraut.«

Alles hast du verdorben, wollte er schreien. In Hierapolis, bei der Balgerei im Wasser, hatte er zum ersten Mal das Gefühl von Zuneigung ganz auskosten können, ohne Schatten auf der Seele, und nun zeigte sich, daß dieses wunderbare Gefühl auf einer Lüge gründete. Die Glieder wurden ihm seltsam schwer, nahezu unbeweglich. Sehr langsam schlang er die Arme um sich, die Bekümmerung im Gesicht des anderen wollte er nicht sehen.

Roberto trat einen Schritt zurück.

»Wenn du dich umschaust, wirst du bemerken, daß die Burg kaum noch zu verteidigen ist. Ich habe gestohlen, das ist wahr. Aber für die Gemeinschaft, damit wir Templer unsere Aufgaben erfüllen können. Wir brauchen Geld, um Montfort instandzusetzen und um den Kampf um die Heiligen Stätten fortzuführen. Wir brauchen einen neuen Ort für die größte Kostbarkeit, die wir für die ganze Christenheit hüten: die Bundeslade. Sie ist hier nicht mehr sicher, und wir werden sie fortbringen müssen. Du hast den Fall Konstantinopels erlebt. Meinst du nicht, es war besser, ich eignete mir die Kostbarkeiten an, als sie Marodeuren in die Hände fallen zu lassen, die sich nur persönlich bereichern wollten? Das macht auch den Unterschied zu Fulco aus.«

»Für mich nicht, wahrscheinlich brüstet sich auch Fulco mit Edelmut. Ihr kotzt mich an. Sag mir nur noch eins, wie bist du an die Schätze der Hagia Sophia gekommen?«

»Du hast mir doch selbst davon erzählt, nach dem Besuch beim Patriarchen, und der Rest war nicht schwer zusammenzureimen, trotz eurer Geheimniskrämerei.«

»Ich hätte auf Enrico hören und den Mund halten sollen. Wir haben Reliquien im Auftrag der Kirchen und Klöster versteckt. Hast du von denen auch welche gestohlen?«

»Einige. Aber die meisten stammen aus anderen Quellen. Ich wollte nicht eure ganze Arbeit zunichte machen.«

»Lügner, du hast unsere Freundschaft ausgenutzt. Jetzt ist mir auch klar, warum du diese kurzen Reisen unternahmst. Du hast dein Diebesgut auf den Weg geschickt und seit wir Antiocheia erreicht haben, alles wieder eingesammelt. Statt mit Fulco dem Dieb sind wir mit Roberto dem Dieb herumgezogen. Daher dein Verständnis für Fulco. Hattest du gehofft, ihm seine Beute abzujagen? Ihr seid beide des Teufels. Nicht einmal vor der Madonna hast du Respekt gehabt, auch ihr hast du nicht die Treue gehalten, alles an dir ist eine große, häßliche Lüge. Ich will nie wieder etwas mit dir zu schaffen haben oder deinen Tempelherren. Ihr seid Aasgeier.«

Immer kühler klang seine Stimme, so frostig wie die Kälte in seinem Innern. Roberto hörte ihm mit steinernem Gesicht zu, unternahm aber keinen Versuch mehr, sich zu rechtfertigen. Christoph wandte sich abrupt ab und ging Enrico suchen. Erst als er den Mönch sah, übermannten ihn erneut Wut und Abscheu, in wirren Sätzen sprudelte er seine Entdeckung heraus, bemerkte aber selbst in seiner Erregung einen Ausdruck in Enricos Augen, der ihn schreien ließ: »Sag mir nicht, das hast du geahnt.«

Enrico wandte sich wortlos ab, und Christoph brüllte hinter ihm her: »Wohin gehst du?«

»Ich hole unsere Pferde, hol du unser Gepäck«, antwortete der Benediktiner ruhig.

3

Wären sie später losgeritten, hätte ihr Schicksal vielleicht eine andere Wendung genommen. Sie passierten am Nachmittag Hattin und den See Genezareth und folgten dem Lauf des Jordan. Christoph achtete wenig auf den Weg, im Geist schrie er Roberto Verwünschungen ins Gesicht, die ihm am Morgen nicht eingefallen waren, mit jeder Wiederholung fraß sich der Schmerz um den Verrat der Freundschaft tiefer ein.

Daß da plötzlich zwei Sarazenen aus einer Bodensenke aufsprangen und Enrico, der ein ganzes Stück vorausritt, anfielen, begriff er im ersten Augenblick nicht. Bevor er überhaupt sein Schwert ziehen und das Pferd antreiben konnte, fiel Enrico aus dem Sattel und stieß dabei einen durchdringenden Schrei aus, eine Klage aus langgezogenen Lauten. Der Schrei eines wohl tödlich Getroffenen, denn die Angreifer schlugen nicht weiter auf ihn ein. Ohne nachzudenken, preschte Christoph heran, glitt vom Pferd und sank neben dem Gefährten auf die Knie.

Das war das Ende ihrer Reise nach Jerusalem, aber das kümmerte Christoph herzlich wenig, Enrico lebte, nur das zählte, wenigstens für den Augenblick.

Sie waren in ein Scharmützel um zwei Grenzfestungen bei Nazareth geraten. Enrico hatte ein paar Hiebwunden davongetragen und vom Sturz eine gebrochene Schulter, die notdürftig eingebunden worden war. Die Sarazenen hatten den Verletzten, der nur halb bei Bewußtsein war, gleich wieder aufs Pferd gesetzt und trieben das Tier gnadenlos vorwärts.

Abends trugen zwei Männer Enrico in ein größeres Zelt und ließen Christoph mit dem mittlerweile ganz Ohnmächtigen allein. Noch nie hatte er Enrico so schwach und hilfsbedürftig gesehen. Er zog die leichte Decke über ihm zurecht und schüttelte das Kissen auf, nachdem er den Kopf sehr vorsichtig angehoben hatte. Enricos Züge waren von den Strapazen, von Schmerz und tiefer Erschöpfung gezeichnet. Ein Gesicht, das Christoph vertraut und doch auch fremd geblieben war.

Die Zeltklappe wurde angehoben, zwei Männer schoben sich herein. Der eine stellte ein Tragbrett mit Verbandszeug neben dem Lager ab, der andere winkte Christoph energisch beiseite und ließ sich selbst neben dem Verletzten nieder. Als seine Hände die Schulter berührten, stöhnte der Kranke. Christoph schnellte hoch, um sich auf den Sarazenen zu stürzen, aber ein Schwall von Worten ließ ihn innehalten, auch der Diener, der einen Dolch gezogen hatte, senkte die Waffe. Zögernd ließ sich Christoph auf die Fersen zurücksinken und beobachtete, wie der Fremde behutsam die Schulter freilegte, bewegte und auf das zarte Knacken der Knochen lauschte, das dem Jungen einen kalten Schauder über den Rücken jagte. Beim Anlegen neuer Verbände durfte er helfen.

Nachdem Enrico aus der Ohnmacht erwacht war, kehrte der Arzt zurück und flößte ihm einen Trank ein, der ihn fast augenblicklich in Schlaf versetzte. Von nun an kam der Arzt täglich, und Enrico erholte sich rasch. Halb mißtrauisch lauschte Christoph der arabisch geführten Unterhaltung. Die Pflege verwunderte ihn, das reichliche Essen, die Unterbringung in einem komfortablen Zelt. Die unbekannte Sprache oder vielmehr die zunehmende Geläufigkeit, mit der sich Enrico in ihr unterhielt, ärgerte ihn, weil er sich ausgeschlossen sah. Es war schlimmer als damals, bei der Ankunft in Venedig. Vor allem beunruhigte es ihn, daß Enrico den Sarazenen immer ähnlicher wurde, während er in ihren raschen Kehllauten sprach.

»Ich dachte immer, sie halten ihre Gefangenen bei Wasser und Brot, prügeln und verstümmeln sie, wenn sie sie nicht gleich totschlagen.«

»Das tun sie oft genug«, antwortete Enrico ernsthaft, »aber manchmal behandeln sie ihre Gefangenen gut, weil sie auf ein Lösegeld hoffen.« Er studierte Christophs ungläubiges Gesicht. »Du mußt wissen, Benediktinermönche können einen höheren Wert darstellen, als ihre verlausten Kutten annehmen lassen, und gute Gärtner werden von den Sarazenen sehr geschätzt, deshalb habe ich ihnen deinen Beruf verraten. Wenn dich die Bequemlichkeiten zu sehr stören, weil sie deiner Vorstellung vom Feind widersprechen, läßt sich gewiß eine Wasser-und-Brot-Verpflegung für dich arrangieren.«

Christoph verstand nicht, daß sich Enrico so gelassen gab, die Gefangenschaft schien ihm nichts auszumachen. Nur das Reiten fiel ihm schwer, denn täglich legten sie eine beträchtliche Strecke zurück. Trotzdem brachte Enrico noch so viel Kraft auf, Christoph jeden Abend in Arabisch zu unterrichten. Der Junge hatte ihn nicht darum gebeten, hoffte aber, sich dadurch weniger hilflos und ausgeliefert zu fühlen.

Südlich von Gaza wechselten die Sarazenen die Pferde gegen Kamele. Die sonderbaren Tiere mit dem irren Geschrei hatte Christoph schon mehrmals gesehen. Sie flößten ihm kein Vertrauen ein, abwehrend stand er vor der Kamelstute, die sein Reittier werden sollte. Enrico dagegen, obwohl nur halbwegs genesen, ließ sich ohne zu zögern in den seltsam anmutenden Sattel helfen.

Sie ritten durch Hitzeschleier unter sengender Sonne, durch eine zunehmend unwirkliche Landschaft aus Fels und Geröll. Schließlich traten vereinzelt Sanddünen auf, flirrende Erscheinungen, die über der braunen Erde schwebten. Sie hatten die Wüste erreicht. Wenn sie rasteten, ließ Christoph ungläubig den Sand durch die Finger rinnen. Er hatte es nicht für möglich gehalten, daß die Ödnis der zentralen Ebene Kleinasiens noch zu übertreffen war.

»Kannst du die Sarazenen nicht aushorchen, wohin sie uns bringen?« fragte er Enrico einmal verzweifelt. »Es würde mich nicht überraschen, wenn unsere Reise in der Hölle endet, warm genug ist es jetzt schon.«

»Wir folgen dem Weg des Horus, dem alten Handelsweg durch den Sinai, und unser Ziel wird Al-Kahira oder Kairo sein, es gibt nur diesen einen Handelsweg nach Westen.«

Bei nächster Gelegenheit rollte Christoph seine Karte aus, fuhr mit dem Finger über die Linien und Punkte, bis er Al-Kahira gefunden hatte. Dann tastete er sich von dort durch die Wüste zurück weiter nach Osten, immer langsamer, bis er Bagdad erreichte.

»Mach dir keine Sorgen«, erklärte Enrico dem trostlosen Jungen, »eines Tages wirst du das Land zwischen Euphrat und Tigris sehen, das verspreche ich dir.«

Christoph schaute rasch auf. »Versprich nichts, was du nicht halten kannst. Du bist der einzige, der mir geblieben ist, und ich hoffe, daß du keine dunklen Geheimnisse verbirgst. Noch einmal ...«

Enrico antwortete nicht.

Christoph war mit Enrico lange genug unterwegs, um eine schleichende Veränderung zu bemerken. Der Mönch hielt die täglichen Gebetszeiten, die die benediktinische Ordensregel gebot, nachlässiger ein. Das war auf Reisen zwar nicht verwunderlich, aber doch Grund genug für eine heimliche, noch unbestimmte Beängstigung.

Wenn ihre Begleiter kleine bunte Teppiche auf der Erde ausrollten, sich davor stellten und mit gefalteten Händen nach Südwesten verneigten, verschloß Christoph innerlich die Ohren vor dem nachfolgenden Gesang des »La ilah illa lah«, das er als heidnische Zauberformel begriff und das er schon einmal gehört zu haben meinte. Er rief Gott und seine Engel an und vollzog zur Vorsicht noch beidhändig die Abwehrgeste gegen Teufel und Dämonen – Zeige- und Mittelfinger überkreuzt zur Erde gerichtet –, hinter dem Rücken. Einmal für sich und einmal für Enrico, der sich einer Gefahr für ihre Seelen wohl nicht bewußt war, da er geradezu gebannt die Rituale der anderen verfolgte.

Unmerklich änderte sich die Landschaft. Sie kamen an kleinen Palmenhainen vorbei, hier und da wuchs auch stachliges Gestrüpp und dorniges Gras, und eines Morgens schauten sie hinab auf eine smaragdgrüne Ebene, die ein breiter Strom durchschnitt, und eine ausgedehnte Stadt am Ufer. Es war ein so unwahrscheinlicher Anblick, daß Christoph sein Reittier zügelte, die Sarazenen dagegen trieben die Kamele mit lauten Rufen an.

»Al-Kahira«, sagte Enrico ehrfürchtig leise. »Gemessen am Alter Ägyptens ist die Stadt jung«, fuhr er fort, während ihre Reittiere widerspenstig stöhnend die häßlichen breiten Hufe in beschleunigtem Trott auf die abschüssige Straße setzten. »Nicht weit von einem ehemaligen Heerlager gründeten die Omaijaden, das erste sarazenische Herrschergeschlecht, eine Stadt. Als die Fatimiden die Macht übernahmen, bauten sie die Stadt zu ihrer Residenz aus und gaben ihr einen neuen Namen: Al-Kahira, die Siegreiche. Nach ihrer Vertreibung wurde Salah ed Din der Herr der Stadt. Siehst du die hohen Mauern und Türme? Sie gehören zur Zitadelle. Die großen Bögen dort sind Teil eines Aquädukts, das das Wasser des Nils zur Zitadelle leitet. Salah ed Din ließ es erbauen.«

Die freudige Erregung in der Stimme war so unmißverständlich wie die weitausholenden Gesten, beides machte klar, daß Enrico den Ort kannte, eine unheimliche Entdeckung, die unvermittelt Wellen des Entsetzens in Christoph hochspülten. Er hatte sich die langen Zügel seines Reittiers um die Arme geschlungen, so daß sie in seine Haut schnitten, der Druck half ihm, nicht die Beherrschung zu verlieren und unauffällig nach Möglichkeiten zur Flucht auszuschauen. Als sie die Stadt erreichten, spähte er durch die Lücken zwischen ihren Begleitern in die Straßen, durch die sie zogen und deren Bewohner kaum Notiz von ihnen nahmen.

Enricos ungewohnter Redestrom ließ immer noch nicht nach. Als Christoph hörte, daß die Angehörigen verschiedener Konfessionen und Berufsstände in eigenen Vierteln wohnten ähnlich wie in Konstantinopel, zeigte sich ihm endlich ein Hoffnungsschimmer. Vielleicht ergab sich früher oder später die Gelegenheit, sich in einem christlichen Viertel vor den Sarazenen zu verstecken. Allerdings sahen die Straßen alle gleich aus. Staubig, vom Hall der Stimmen erfüllt, rechts und links von Mauern begrenzt, die zu würfelartigen Häusern gehörten, die sich kaum voneinander unterschieden. Wie sollte sich ein Fremder hier zurechtfinden?

Von weitem sahen sie die Kuppeln, Türme und Mauern des Sultanspalastes aufragen, er mußte ein ähnlich ausgedehntes Gebiet umfassen wie die kaiserlichen Residenzen am Bosporus. Zu Salah ed Dins Zeiten, sagte Enrico leichthin, lebten im Sultanspalast fast dreißigtausend Menschen, davon zwölftausend Sklavinnen. Auf einmal war Christoph sein weiteres Schicksal klar. Er hatte nicht vergessen, was Marco ihm über die Sklavenmärkte in Venedig erklärt hatte. Entmannt würde er werden und zu erniedrigenden Diensten gezwungen. Aber noch immer verharrte Enrico in seiner unglaublichen Hochstimmung, ein Wahnsinniger, dessen Geist durch den sarazenischen Gebetszauber vergiftet war oder der in der Wüstenhitze den Verstand verloren hatte.

Zusammen wurden sie in eine finstere Zelle in der Zitadelle eingekerkert, aber überraschend bald erschienen zwei säbelrasselnde Wächter und winkten Enrico hinaus. Bevor sie ihn abführen konnten, stürzte ihm der Junge nach und krallte die Hand in den Kuttenärmel, ein Wächter stieß ihn grob zurück.

»Hab keine Angst«, sagte Enrico ruhig.

»Gott sei mit dir!« schrie ihm Christoph nach.

Es mußten wenigstens zwei Tage und Nächte mit unerträglich langsam verfließenden Stunden gewesen sein, die er in Einsamkeit und Ungewißheit verbrachte, von Schreckensbildern seiner Phantasie heimgesucht, gegen die er nichts als jenen letzten abgeklärten Blick Enricos beschwören konnte. Er wollte nicht weniger Mut zeigen als der Gefährte, der längst tot sein mußte, und betete inbrünstig für sie beide. Erst jetzt meinte er, die besondere Grausamkeit des Feindes zu verstehen. Die gute Behandlung, die Fürsorge des Arztes waren nichts als ein perfider Trug gewesen, hinter dem sich nun die andere Seite eines janusköpfigen Wesens enthüllte. Als endlich die Tür über den Boden scharrte, war er sich sicher, daß nun auch seine Stunde schlug.

Die Wächter setzten ihn auf ein Pferd und ritten mit ihm bis in den Palastbezirk. Eilig wurde er in einen kargen Raum geführt, wo ihn zwei Diener neben einer Waschschüssel erwarteten. Sie klopften ihm den Staub ab und wischten ihm mit feuchten, aromatisch duftenden Tüchern über Gesicht, Hals und Hände. Der sonderbare Aufwand überraschte ihn so sehr, daß er sich nicht dagegen wehrte, er fragte sich allerdings, ob nicht doch statt der Sklaverei die Hinrichtung auf ihn wartete und ob er dem Henker oder Schaulustigen zu Gefallen hergerichtet würde.

Auf einem langen Weg durch winklige Flure kam er mit seinen Wächtern an Höfen vorbei, in denen Springbrunnen sprudelten und tiefblau glasierte Kacheln an den Wänden die Illusion von Kühle hervorriefen. Arkaden aus schlanken Säulen und gestelzten Bögen säumten die Höfe. Mehr als einmal zögerte er weiterzugehen und mußte vorwärtsgestoßen werden, er sog die heiteren, schönen Bilder auf, die ihn in den letzten Augenblicken der Wirklichkeit entheben und in eine schönere Welt hinüberleiten sollten.

Bereits in einem merkwürdigen Taumel der Entrücktheit, wurde er in eine weite Halle geführt. An das Ende der Halle schloß sich ein erhöhter Raum mit einem von Teppichen bedeckten, kissenüberhäuften Lager an, über dem sich ein kostbarer Baldachin wölbte. Unter ihm, in die Kissen gelehnt, ruhten prächtig gekleidete Sarazenen, von denen sich einer erhob. Im gleichen Moment wurde Christoph zu Boden gestoßen. Ausgestreckt auf den matt glänzenden Marmorplatten, hörte er Schritte, die sich näherten, er hob den Kopf, sein Blick fiel auf bestickte Pantoffeln, die Spitze eines Krummschwerts.

»Laßt ihn aufstehen«, sagte eine vertraute Stimme.

Christoph nahm das Seidengewand, den goldverzierten Gürtel wahr, sein Blick glitt rasch bis zur juwelenbesetzten Agraffe am Turban und senkte sich dann erst auf das Gesicht darunter. Enrico. Es war ein Moment der Wahrheit, der blitzhaften Erkenntnis. Alles Unverständliche wurde in einem schneidend schmerzhaften Augenblick klar, es blieb nicht der geringste Zweifel. Er hatte bei Hattin nicht den Schrei eines tödlich Getroffenen gehört, sondern den Erkennungsruf eines geheimen Bündnisses. La illah ... Er stürzte sich auf den ehemaligen Mönch.

»Du Hund, du Verräter.«

Die Seide riß unter den Händen, Christoph griff in rasender Wut nach dem Krummschwert am Gürtel, konnte es aber nicht aus der Scheide ziehen, Enrico wehrte ihn ab.

»Wo hattest du deine Beute versteckt? Wie hoch ist dein Judaslohn, was geben sie dir dafür, daß du Kirchen und Klöster beraubt hast?« schrie er. Nicht ein Wort von Enricos Beschwichtigungen und Erklärungen nahm er auf, an Händen und Füßen gefesselt, zerrten ihn die Wächter aus dem Saal.

Wenig später saß er wieder in seinem Kerkerloch, aber noch vor dem Abend wurde er zurück in den Palast gebracht und in einer kleinen Kammer eingeschlossen, die nichts als Wandteppiche und ein Kissenlager enthielt. Ein schmales, vergittertes Fenster führte auf einen Hof. Während Christoph noch an der Tür zum Hof rüttelte, traten schwarzgekleidete Männer vom Korridor her ein, musterten den Jungen wie ein eingesperrtes, wildes Tier und unterhielten sich flüsternd, die Köpfe einander zugeneigt. Neben sie drängten sich Wachen.

Christoph starrte erst stumm zurück, dann brüllte er. »Sagt ihm, ich will ihn nie wieder sehen, diesen infamen Lügner.«

In immer wilderen Beschimpfungen verfiel er ins Deutsche, Lateinische und Griechische, sein bißchen Arabisch reichte seiner Wut nicht, es war ihm auch gleichgültig, ob er verstanden wurde. Als er erschöpft innehielt, trippelte der Kleinste und Älteste aus der Gruppe der Schwarzgekleideten an ihn heran, von einem Wächter begleitet. Der alte Mann nötigte den Jungen in die

Kissen, schaute ihm besorgt in die Augen, befühlte, beklopfte, preßte diverse Stellen an seinem Kopf und tätschelte zuletzt seine Wangen. Christoph hielt widerwillig still, von einem Krummsäbel in Schach gehalten.

Wieder allein, starrte er durch die Gitterstäbe in den Hof. In einem dünnen Strahl stieg das Wasser aus einem Brunnen empor, hielt schwerelos einen Augenblick inne und fiel in einem sprühenden Bogen herab. Ein stetes, gleichmäßiges Plätschern, in das der Wind fuhr, wenn er sich im Hof fing. Von einer lehmfarbenen Wand hoben sich zwei schlanke, dunkle Stämme mit zierlichen verzweigten Kronen und üppigem Blattwerk ab, Bäume einer unbekannten Art, nur das Flüstern der Blätter klang vertraut und doch zugleich fremd, Botschaften aus einem Reich irrlichternder Schatten in klaren Mondnächten, die er nicht enträtseln konnte oder mochte, nur hören wollte er sie. Noch nie war Fremdheit so süß und traumverloren gewesen. Im Mondlicht leuchtete der Wasserstrahl wie flüssiges Silber.

Gebannt von dem sanften Geplätscher, verharrte Christoph Stunde um Stunde am Fenster. Das Rinnen und Rauschen ging in seine Träume ein. Der kleine Hof wurde zum Ziel seiner Sehnsüchte. Nur einmal im Schatten der Bäume sitzen und im Gesicht den kühlen Hauch spüren, der jeden Abend durch den Hof wehte und den Betrachter am Fenster nur so weit berührte, daß das Verlangen fast übermächtig wurde. Nur einmal den feinen Strahl über die Haut rieseln lassen und die Hand ins Wasserbecken tauchen. Irgendwann fragte er sich, ob es die gleiche Sehnsucht war, mit der Antonius an eine weinüberwachsene Mauer und einen Olivenbaum gedacht hatte, in all den langen Jahren, die er hatte im kalten Norden leben müssen.

Wie viele Wochen er in dieser seltsamen Isolation verbrachte, wußte er nicht, anfangs hatte er noch die Tage gezählt, vor allem jene, an denen Enrico mit ihm zu sprechen versuchte.

Wenn er ihn in der Tür stehen sah, brannte die Wut jede klare Überlegung aus seinem Kopf. Christophs Wutgeschrei ertrug Enrico stumm, ohne eine Miene zu verziehen, am Ende blieben seine Besuche aus.

Eines frühen Morgens war die Tür zum Hof verschwunden, ein Vorhang bauschte sich in der Morgenbrise. Christoph stürzte hinaus und tauchte die Arme bis zu den Ellbogen ins Wasser und fuhr mit nasser Hand über den marmornen Brunnenrand. Er blinzelte ins Licht der aufgehenden Sonne und erstarrte jäh, als hinter ihm jemand zu sprechen begann.

»Das Plätschern des Brunnens habe ich oft in meinen Träumen gehört, nachdem meine Mutter mich fortgebracht hatte. Hierher sehnte ich mich zurück im Wintergrau Venedigs. Auch die Söhne Mohammeds träumen vom Garten des Paradieses. In allen Gärten, selbst in einem schlichten Hof mit einem Baum und einem Brunnen, lebt für sie sein Abbild. Dieser Traum, den ich von hier mitnahm, wärmte meine Seele im kalten Norden.«

Christoph hielt den Kopf gesenkt und wandte ihn nicht dem Platz unter den Bäumen zu, von dem die Stimme zu ihm drang.

»Meine Mutter war eine Cousine Salah ed Dins, mein Vater eine venezianische Geisel. Es gelang ihm, die Achtung Salahs zu erringen, der sogar seine Zustimmung zu einer Heirat gab, nachdem sich meine Eltern durch einen Zufall kennengelernt hatten. Mein Vater versprach, den Glauben meiner Mutter anzunehmen, doch noch bevor ich geboren war, verließ er sie, heimlich bei Nacht. Sieben Jahre wartete meine Mutter auf seine Rückkehr, bis sie beschloß, ihren Gemahl zu suchen. Mich nahm sie mit als Unterpfand ihrer Liebe.

Ich bin in dieser Stadt und in diesem Palast mit einer Vielzahl von Vettern aufgewachsen und habe mit ihnen Reiten und Fechten, Lesen, Schreiben und Rechnen gelernt. Mit sechs Jahren kannte ich die wichtigsten Suren des Korans, unseres heiligen Buches, auswendig. Als wir, meine Mutter und ich, endlich Venedig erreichten und den Palast der Morosini gefunden hatten, war mein Vater über das Wiedersehen nicht erfreut, denn längst war er eine christliche Ehe eingegangen und hatte Kinder von seiner neuen Gattin. Er zwang uns zu einem einsamen Leben, aber er sorgte dafür, daß aus mir, Imad ed Din, dem Neffen Salah ed Dins, Enrico wurde, ein christlicher Bastard. Ich begegnete ihm nur ein weiteres Mal in meinem Leben, als ich zwölf Jahre alt war und er mich von meiner Mutter fortholte. Knechte brachten mich auf die Burg eines Verwandten, damit ich dort zum Ritter erzogen wurde. Meine Mutter habe ich nicht wiedergesehen. Sie war schon tot, als auch mein Vater starb. So blieb nur das Kloster. Ich fand gute Lehrer dort, die sich meiner annahmen, und vertiefte mich mit Freuden in die Botschaft vom Frieden auf Erden und der Hoffnung auf ein himmlisches Paradies, in dem ich das Paradies meiner Kindheit wiederzufinden meinte. Ich war so sehr ein Christ und Benediktiner, wie es ein Mensch meiner Herkunft sein kann.

Es bedurfte der Erfahrungen von Zara und Konstantinopel, um mir zu zeigen, welche Kluft zwischen dem Wort und der Tat bei den Christen besteht. Die Söhne Mohammeds haben nicht nur die Regeln und Gebote des Korans, sondern auch die Sunna, die Aussprüche unseres Propheten, die unseren Alltag regeln. Leben und Glauben der Umma, der Gemeinschaft der Gläubigen, sind eins. Ich bin wieder ein Teil davon, das ist für mich wichtiger als der Empfang, den meine Verwandten mir bereitet haben, die mich ohne Vorbehalte als Mitglied der Familie Salah ed Dins willkommen hießen.«

Längst schon hatte sich Christoph dem Sprecher zugewandt, aber sein Gesicht blieb verschlossen, obwohl ihn die Erzählung Enricos wider seinen Willen berührte.

»Was deine Anschuldigungen betrifft, ich habe nichts gestohlen und nicht viel mehr als eine Mönchskutte hierhergebracht. Daß du mich reich gekleidet siehst, verdanke ich dem Vermögen meiner Mutter, das meine Verwandten für mich verwaltet haben.«

Christoph hockte sich nun doch vor den einstigen Gefährten. Ablehnung funkelte in seinen Augen. »Du hast mir etwas versprochen. Aber das Versprechen gab mir ein Mönch namens Enrico.«

»Dies Versprechen gilt auch für Imad ed Din. Abgesehen davon will ich für dich Enrico bleiben. Du wirst deine Reise in den Osten antreten und dein eigenes Paradies suchen. Aber erst in einem Jahr. Denn du wirst auf dich allein gestellt sein, ich werde dich nicht begleiten. Du wirst weiter Arabisch lernen, die Sprache des Korans, die alle Anhänger Mohammeds verstehen, und genug Persisch, um zurechtzukommen. Außerdem sollst du deine Kampfübungen wieder aufnehmen, damit du deinen Hals gegen jeden Gegner verteidigen kannst, auch mit einem Krummschwert.«

Christoph spürte eine nur allzu große Erleichterung, der Untätigkeit und dem Gefängnis der letzten Wochen zu entrinnen. Aber der alte Trotz war noch da.

»Ein Jahr! Und die ganze Zeit werde ich deiner Gnade und Großzügigkeit ausgeliefert sein.«

»Vergiß nicht, daß ich dir etwas schulde. Deine byzantinischen Goldstücke haben auch mir geholfen. Im übrigen kannst du für deinen Unterhalt arbeiten, wenn du möchtest.«

»Wo?«

»In den Gärten des Sultans. Der oberste Gärtner würde sich freuen, von dir etwas über die Gartenwunder Konstantinopels zu erfahren, und sucht deinen Rat für ein paar Änderungen an Beeten und Brunnen.«

Enrico stand auf, klopfte sich die Kleider ab und hatte bereits die Tür erreicht, als ihn Christoph aufhielt. »Was sind das für Bäume in diesem Hof?«

Ein sehr flüchtiges Lächeln huschte über Enricos Gesicht, als er sich umwandte.

»Sykomoren. Es ist eine Feigenart.«

Christophs bisheriges Gefängnis füllte sich mit wunderbaren Lampen aus durchbrochenem Silber, einem niedrigen Zedernholzpult zum Schreiben und Lesen, kleinen Truhen und Kästen. Als er die landesübliche Kleidung ablehnte, brachten ihm zwei Diener mit deutlicher Verachtung Kleidung byzantinischen Zuschnitts.

»Ich hätte beinahe vergessen, was du für ein Dickschädel bist«, seufzte Enrico, der den Dienern gefolgt war und sie gleich wieder hinausschickte.

Christoph starrte ihnen nach. »Warum schauten sie so, als hätte ich ihnen auf die Schuhe gepinkelt?«

»Sie sind Sarazenen und halten dich für einen Byzantiner. Sarazenen bezichtigen die Byzantiner der Vielgötterei, weil sie das Wesen der Dreieinigkeit nicht begreifen, sie halten die Griechen für habgierig und wortbrüchig, ihre Frauen für liederlich, weil sie sich nicht verschleiern, und die byzantinische Küche für ungenießbar.«

»Deine Muselmanen sind wohl ein Volk von Tugendbolden, es wundert mich nur, daß sie Handel mit Byzanz treiben.«

Enricos Stimme nahm eine leichte Schärfe an. »Die Christen und die Anhänger Mohammeds halten sich gegenseitig für Barbaren, daß das beide Seiten nicht vom Geschäftemachen abhält, sollte dir nach deinen Jahren in Venedig und Konstantinopel nicht mehr so fremd sein, wie du vorgibst.«

Enrico hielt sich fern, um ihm Zeit zu lassen, sich mit dem neuen Bild des Freundes abzufinden, regelte aber Christophs Alltag. Er stellte Lehrer ein, die ihn einem härteren Unterricht unterwarfen, als er je genossen hatte. Mit Wehmut dachte Christoph an Antonius, und selbst Robertos rauhe Unterweisungen erschienen ihm wie ein netter Zeitvertreib, wenn er blaugeschlagen und kreuzlahm in sein Zimmer zurückschlich, um den Abend über Büchern zu verbringen, bis ihm die Augen zufielen.

Eines Morgens erwartete Enrico den Jungen, der von einer frühen Kampfübung zurückkehrte, in dem kleinen Sykomorenhof. Christoph warf das Schwert auf den Boden und hockte sich übellaunig unter einen der Bäume.

»Mein Leben verrinnt in immer gleichen Kreisen«, murrte er, »nur daß mein Gefängnis diesmal komfortabler ist als das elende Kloster in Konstantinopel und mein Zuchtmeister so zuschlägt, als wäre es ihm eine ganz besondere Freude, mir den Kopf von den Schultern zu hauen.«

»Ihm nicht, aber vielleicht dem nächsten Fremden, dem du unterwegs auf deiner Reise in den Osten begegnest. Dein Lehrer ist ein Freund von mir, dem ich aufgetragen habe, dich zu einem perfekten Kämpfer auszubilden.«

»Ich sollte ihn erstechen, bevor er mich zu Tode prügelt. Du hast mir vor zwei Monaten etwas von Gärten erzählt.«

»In die Gärten kommst du früh genug. Der Sultan lädt dich heute zur Abendtafel ein, einem Essen mit Familienmitgliedern und Freunden. Auch der oberste Gärtner wird unter den Gästen sein, und damit du mit ihm reden kannst, habe ich einen Übersetzer bestellt.«

Das Gastmahl fand in der Halle statt, in die Christoph vom Kerker aus geführt worden war. Auf dem Marmorboden schillerten Sitzkissen in verschwenderisch bunten Seidenfarben, sofern sie nicht von den teilweise höchst fetten, aber ebenfalls bunt verhüllten Hintern der Gäste bedeckt waren. Ein Farbenrausch durchwogte die Halle, zu dem auch Teppiche und die auf kostbaren Schalen angerichteten Früchte beitrugen, von denen ein erfrischender Duft ausging. Ein einziger, gleichsam ruhender Pol bot Christophs umherirrenden Blicken Halt. Von seinem Platz am unteren Ende der Tafel konnte er recht gut den Querflügel betrachten, der dem Sultan und seinen nächsten Angehörigen vorbehalten war.

Enricos Kleidung stach durch ihre Schlichtheit von der der übrigen Gäste ab, er aß wenig, vor allem kaum Fleisch, und am liebsten hätte Christoph ihm zugerufen: du bist doch immer noch Mönch, du kannst dich deiner Gelübde nicht entledigen wie der Kutte, noch den wahren Glauben verleugnen.

Im Laufe des Abends gesellte sich Mustafa al-Chalil, der Verwalter der Gärten, zu ihm, und Christoph merkte, daß er den Übersetzer nicht allzu häufig benötigte.

Mustafas höflichem Geplauder entnahm Christoph, daß es seit den Zeiten der hellenistischen Eroberer zwei Berufe gab: den Gärtner, der die Pflanzen zog und pflegte, Obst und Gemüse erntete, und den Gartengestalter, der für die Anlage der Gärten zuständig war und andere nach seinen Anweisungen arbeiten ließ. Auch ohne einen Blick auf die gepflegten Hände Mustafas war Christoph klar, welcher der beiden Berufsgruppen dieser angehörte.

Der schwarzgekleidete Alte, der in der Kammer seinen Kopf befühlt hatte, saß ihm gegenüber am anderen Schenkel der Tafel. An vielsagenden, aber freundlichen Blicken merkte Christoph, daß über ihn geredet wurde. Von dem redseligen Übersetzer erfuhr er endlich, daß er Enrico sein Leben verdankte, weil dieser ihn nach seinem Wutausbruch in der Halle des Sultans für geistig mitgenommen durch die Hitze der Wüste erklärt hatte, die den Nordländern das Gehirn ausbrannte. Denn niemand, der Übersetzer hob mahnend einen Finger, schrie in der Halle des Sultans ungestraft außer dem Sultan selbst, und wäre es ihm gelungen, das Schwert Enricos zu ziehen, hätte ihm die zeitweilige Verrücktheit auch nichts mehr genützt, er wäre auf der Stelle enthauptet worden. Christoph klaubte nachdenklich ein paar Feigen aus einer

Schale, betrachtete die Früchte einen Moment, winkte dann einem Diener, ihm von dem kühlen Scherbett, einem Fruchtsaftgetränk, nachzuschenken.

Er stieß den Übersetzer an. »Was mir jetzt fehlt, um mich angemessen meines wiedergeschenkten Lebens zu erfreuen und die Dankbarkeit meinem Gastgeber gegenüber zu erhöhen, ist ein Krug Wein. Am liebsten wäre mir ein dunkler, schwerer, eventuell mit Honig ...«

»Bist du wahnsinnig«, fuhr ihn der Mann mit gedämpfter Stimme an. »Weißt du nicht, daß der Prophet Mohammed allen Strenggläubigen den Genuß alkoholischer Getränke verboten hat, und du fragst danach im Angesicht des Sultans?«

»Ich bin nicht so besonders strenggläubig«, zischte Christoph, »und der Sultan sitzt ziemlich weit weg von mir.«

Der Übersetzer drückte eine Feige zwischen den Fingern, warf erst seinem Nachbarn, dann Enrico einen abschätzenden Blick zu, bevor er die Frucht zerteilte. »Auf alle Fälle bist du sein Gast, und den Gast ehren wir, auch wenn er uns fremd ist. Dein Wunsch nach diesem Rauschmittel – ich könnte dir übrigens sehr gutes, preiswertes Opium besorgen –, kann erfüllt werden, allerdings nicht gleich und zu einem den Umständen entsprechenden Preis.«

Christoph begann die Unterhaltung Spaß zu machen. »Mit dem Preis bin ich einverstanden, zumindest symbolisch, praktisch gesehen fehlt mir jegliches Geld.«

»Darf ich dich darauf hinweisen, daß du die richtige Verbindung hast, dir welches zu beschaffen?« Der Mann nickte unauffällig zu Enrico.

»Ich soll Imad ed Din, einen engen Verwandten des Sultans, um Geld für Wein angehen?«

»Imad ed Din«, der Übersetzer steckte einen Feigenschnitz in den Mund und kaute genußvoll beim Sprechen, »ist seiner zwielichtigen Vergangenheit wegen nicht das, was ich unter einem wahrhaft Gläubigen verstehe, du kannst ihn getrost fragen.«

Christoph zog unauffällig den Dolch aus der Scheide und fuhr damit dem Mann an einen Punkt kurz über dem Sitzkissen. »Wenn du noch einmal etwas Abfälliges über meinen Freund Imad ed Din zu sagen beliebst, werde ich dein Loch hinten erweitern, damit es dir leichter fällt, die Feigenkerne und anderen Unrat, den du in den Mund genommen hast, auszuscheißen.«

Mit einem unterdrückten Schreckenslaut fuhr der Mann auf.

4

Schon einen Tag später überraschte Christoph Mustafa in seiner mittäglichen Ruhepause, um ihn an das vage geäußerte Versprechen zu erinnern, ihm die Gärten des Sultans hinter dessen Privatgemächern zu zeigen.

Zu den Räumen des Herrschers gehörten Arkadenhöfe, in denen Kübel mit blühenden Büschen und zierlich gewachsenen Palmen um Wasserbecken und sprudelnde Brunnen standen. Die Höfe betrachtete Christoph lediglich als Appetithappen auf Größeres und Beeindruckenderes. Der letzte, den er mit Mustafa durchschritt, ging in eine flache Terrasse zum Garten über. Begierig ließ Christoph seine Blicke schweifen und holte hörbar Luft. Keine ausgedehnten, tiefgrünen Rasengründe, keine Terrassen außer der einen, auf der sie standen, keine Marmornymphen auf kunstvollen Sockeln …

Mustafa, noch reichlich verstört durch die unerwartete Belästigung, sah, wie sich Enttäuschung im Gesicht seines Besuchers abzeichnete.

»Du hast in Konstantinopel die Gartenbaukunst studiert und bist bereit, mich Unwissenden an deinen Erkenntnissen teilhaben zu lassen?« fragte er mit ausgesuchter Höflichkeit.

Als sich Christoph einige Stunden später verabschiedete, war er davon überzeugt, es habe an seinen mangelhaften Sprachkenntnissen gelegen, daß er den außerordentlichen Reichtum byzantinischer Gärten nicht hatte vermitteln können.

Ein Diener führte ihn zurück. An einer Wegbiegung wandte sich Christoph zu Mustafa um, aber der Obergärtner beachtete seinen Besucher längst nicht mehr und klatschte gerade in die Hände. Als hätten sie auf dies Zeichen gewartet, näherten sich ihm zwei Männer.

Es gelang Christoph, den Diener loszuwerden, bevor er die große Terrasse vor dem Palast erreicht hatte, und sich so weit an

Mustafa und seine zwei Mitarbeiter heranzuschleichen, daß er, durch einen Feigenbaum gedeckt, ihrer Unterhaltung einigermaßen folgen konnte.

»Ich weiß jetzt«, erläuterte Mustafa, »warum die Byzantiner von den Franken besiegt worden sind. Sie sind ein degeneriertes Volk. Sie hängen Windmaschinen in die Bäume, um das Rauschen der Blätter zu verstärken, sie parfümieren die Blumen, weil ihnen deren Eigenduft nicht genügt, und sie lassen künstliche Vögel zwitschern, weil ihren verstopften Ohren der natürliche Vogelruf zu simpel erscheint. Ein Volk mit derart erschlafften Sinnen kann keine Kriege mehr führen. Wenn aber die Kampfkraft der Franken, eines noch barbarischeren Volkes als die Byzantiner, erst den dekadenten Sitten der Besiegten erlegen ist, haben wir leichtes Spiel und pflanzen das Banner des Propheten auf das Dach ihrer Hagia Sophia.«

»Das ist die Musik der Zukunft, Mustafa. Was aber hast du mit dem jungen Ungläubigen vor, den Imad ed Din dir aufgehalst hat?« fragte einer der beiden Männer.

»Dumm ist er nicht, dieser Christoph, der sich der Gärtner nennt. Er interessiert sich für die Wassertechnik und horchte auf, als ich ihm von unserem Garten erzählte, in dem wir alle uns bekannten Pflanzen ziehen, der Forschung und der Anschauung wegen. Ich möchte, daß einer von euch ihn an den Nil mitnimmt, ihm Schöpfräder und Kanalsysteme zeigt und die Gesetze des Wasserdrucks und der Fließgeschwindigkeiten erläutert. Möge ihn der Anblick der Nillandschaften empfänglicher für den Zauber unserer Gärten machen. Ein ausgedehnter Ritt in die westliche Sandwüste wird ihn dankbarer stimmen für Schatten, Kühle und Feuchtigkeit.«

»Hat er denn gar nichts für uns Brauchbares von den byzantinischen Gärten berichtet?«

Mustafa dachte einen Augenblick nach. »Doch, eine Sache gab es. Ein Wasserfall in mehreren Stufen über eine breite Bahn. Eine Kaskade. Die Stufen könnten sogar geschwungen sein, das vergrößert die Gesamtfläche. Durch das herabfallende Wasser würde eine viel größere Kühlung und Befeuchtung der Luft erzielt als durch Springbrunnen. Das Geräusch rauschenden Wassers müßte den Ohren angenehm sein. Übrigens hat er eine derartige Anlage nicht in Byzanz gesehen, sondern in der Natur, bei Hierapolis, was wieder beweist, daß Allah der größte aller Gestalter ist.«

Faruk, einer der beiden Männer, die Christoph im Gespräch mit Mustafa belauscht hatte, stellte sich bald danach als Wassertechniker der königlichen Gärten und Beauftragter des Obergärtners vor. Christoph gab sich überrascht vom Angebot Faruks, ihn in die Wassersysteme am Nil einzuführen. Gebührend dankbar ging er auf das Angebot ein, hoffte er doch, wenigstens das Geheimnis der Springbrunnen lösen zu können, wenn es schon sonst nichts gab, was ihn am Garten des Sultans reizte. Allerdings war er nicht darauf vorbereitet, daß er sich bei ihren Ausflügen an die Nilufer der gemächlichen Art Faruks anpassen mußte, der seine eigene Auffassung hatte, wie dem Fremden zu den gewünschten Erkenntnissen zu verhelfen sei. Stundenlang rasteten sie unter Palmen und schauten träge auf den Fluß hinaus.

»Das Wasser«, erklärte Faruk, »fließt.«

Christoph wand sich vor Ungeduld.

»Es fließt immer in eine Richtung, dem Meer zu. Halte deine Hand ins Wasser, und du fühlst den Ärger des Wassers über das Hindernis, das deine Hand bildet. Es versucht, sie wegzuschieben.«

Später lernte Christoph die Wasserräder kennen, mit deren Hilfe man das Wasser Stufe um Stufe heben konnte, und die es ermöglichten, das Wasser in Kanäle zu leiten, die die höher gelegenen Felder bewässern sollten. Entweder war der Fluß so freundlich, sie anzutreiben, oder ein Esel, der mit verbundenen Augen im Kreis ging. Wasser fließt, wenn es ein Gefälle gibt, sei es noch so gering. Auch das lernte Christoph, indem er mit Faruk entlang der Kanäle die Felder durchwanderte. Sie waren in kleine Parzellen geteilt, durch flache Erdwälle eingegrenzt und konnten überflutet werden.

Faruk wurde von den Bauern begrüßt, offensichtlich kannten sie ihn gut. Er seinerseits stieg ohne große Umstände und Erklärungen in die Kanäle und entfernte vom Rand gefallene Erdklumpen, die den Durchfluß behinderten. Es dauerte nicht lange, da hängte sich Christoph die Sandalen an ihren zusammengeknoteten Riemen um den Hals und stieg gleichfalls barfuß in die Wasserrinnen. Seine Zehen gruben sich wohlig in den Schlamm ein.

Ganz selbstverständlich teilten sie später die Mahlzeit mit den Bauern. Der vertraute Umgang eines Mannes, der im Dienst des Sultans stand, mit den einfachen Landleuten verwunderte Christoph, er verspürte aber nur eine sehr mäßige Lust, neugierige und vielleicht peinliche Fragen zu stellen, viel zu sehr behagte es ihm, in den gemächlichen Rhythmus aus Arbeit und Ruhe einzuschwingen. Die Gesellschaft seines jungen, freundlichen Führers war dabei recht angenehm.

Beim Essen lernte Christoph den Wert der Dattelpalme kennen, die Schatten und süße Früchte spendete, deren Stämme Brennmaterial, Holz für Dachabdeckungen und Regenrinnen lieferte und deren Wedel als Feuerung, Windschutz und zur Herstellung von Matten, Möbeln und Körben genutzt wurden.

Schwärme von Kuhreihern stakten bedächtig über die Felder auf der Jagd nach Insekten, der Schwarzmilan, ein Aasfresser, zog ruhig seine Kreise, und der flötende Gesang des Graubülbüls öffnete vollends Christophs Sinne für das Land am Nil. Mit weit weniger forderndem Drängen lauschte er Faruk, der ihm das System des Ziehbrunnens erklärte, des Schadufs, der aus einer beweglichen Stange auf einem Holzpflock bestand, die an einem Ende einen Ledereimer und am anderen einen Stein als Gegengewicht trug. Mit Hilfe dieses einfachen, aber wirkungsvollen Mechanismus konnte das Wasser zwei Meter hoch gefördert werden.

Am letzten Tag ihrer Ausflüge schauten sie einem Weißstorch zu, der mit seinem langen Schnabel im Sumpf der Wasserkante stocherte und hin und wieder gravitätisch ein Bein nach dem anderen hob und weiterschritt.

»Es war alles sehr lehrreich, was du mir gezeigt hast«, sagte Christoph träge, »die Kanäle, Wasserräder und Schadufs, aber es wäre schön, wenn du mir noch etwas anderes erklären könntest: Wie gelingt es einem Springbrunnen, das Wasser hochzuschleudern? Es eilt durchaus nicht. Vielleicht kommt es dir einmal gelegen, es mir im Garten des Sultans auseinanderzusetzen. Ich kann warten.« Er drehte sich zu seinem Begleiter um und sah, daß Faruk zufrieden lächelte.

Bei seinem zweiten Besuch in den Gärten des Sultans begriff Christoph endlich den Wert der Kühle, die von einem kleinen, sorgsam gepflegten Dattelhain ausging, in dessen lichtem Schatten Blumen gediehen, die in der Mittagshitze ihren Duft verströmten, und den der Stille, in der ein einzelner, silberner Wasserstrahl plätscherte.

»Die Springbrunnen«, sagte er halblaut zu Faruk, »beruhen auf zwei Eigenschaften des Wassers: auf dem Wasserdruck und der Fließfähigkeit, das habe ich inzwischen verstanden. Aber das ist doch nicht schon alles.«

»Es gibt zwei Möglichkeiten, das Wasser in einer Fontäne aufsteigen zu lassen: indem es aus einem höhergelegenen Behälter durch ein dünnes, gebogenes Rohr nach oben gedrückt oder indem es aus einem tiefer liegenden Behälter angesaugt wird. Man kann das Wasser auch in den Behälter zurückführen. So entsteht ein gebundenes System.«

An einem langgestreckten Wasserbecken trafen sie auf Mustafa, der vom Rand unbeweglich auf die Wasseroberfläche starrte. Christoph versagte es sich, ihn anzusprechen, denn auch Faruk machte keine Anstalten dazu. Als der Gärtner den Kopf zu ihnen wandte, verbeugte sich Faruk.

»Der junge Franke hat gesehen, was er sehen sollte.«

Mustafa deutete auf das Wasser. »Sieht er auch das? Die Wasseroberfläche ist ein Spiegel, der den Himmel auffängt und verdoppelt und damit ...«

Christoph glitt rasch auf die Knie neben den Gärtner und beendete den Satz. »... mehr Weite schafft.«

»... und außerdem einen Schimmer der Unendlichkeit sichtbar werden läßt«, fuhr Mustafa streng fort, »das Wasser ist für uns ein Sinnbild des ewigen Lebens und die Verheißung des Paradieses.«

»Wo du gerade vom Paradies sprichst: In deinem Garten gedeihen Gewächse, die von dort zu stammen scheinen, denn sie sind schöner als viele, die ich aus dem Norden kenne, wie diese Blume da, die sich über dem Wasser erhebt.«

Mustafa kam schwerfällig auf die Füße. »Die weiße Blume mit dem gelben Herzen ist Lotus, eine Nilpflanze, schon zu den Zeiten der Pharaonen hier heimisch, und dort am Rand des Beckens wächst Papyrus, aus dem früher Papier, das geschmeidiger als Pergament ist, hergestellt wurde. Hast du Papyrus denn nicht am Ufer des Nils gesehen? Allerdings ist er dort selten geworden.«

Sie wanderten zu dritt weiter durch den Garten und Mustafa wies auf verschiedene Bäume. »Das dort ist eine Nilakazie, sie bildet gelbe Blütenkelche, die verraten, daß sie zu den Mimosen gehört. Du hast sie wirklich nicht am Fluß entdeckt?« Ein mißtrauischer Blick traf Christoph. »Die Dumpalme erkennst du an den typischen Wedeln, daneben steht eine Sykomore, eine Feigenart, wenigstens diesen Baum solltest du inzwischen kennen, er wächst in vielen Höfen des Palastes. Die Sykomore ist ein heiliger Baum des alten Ägypten die Pharaonen haben ihn verehrt.«

»Du sprachst vorhin schon von den Pharaonen, ihr beschäftigt nicht zufällig welche in euren Gärten?«

Faruk lachte, Mustafa legte Christoph kurz die Hand auf den Arm. »Die Pharaonen gehörten zu einem Volk am Nil, das Ägypten bereits vor Jahrtausenden in einen blühenden Garten verwandelt hat.«

»Ach«, sagte Christoph geschmeidig, »und ich habe gedacht, diese ganze schöne Gartenkunst, die Springbrunnen, Lotusteiche und Sykomorenhaine seien muselmanisch.«

Nur ein Schimmer von Ärger blitzte in Mustafas Augen auf. »Die Pharaonen sind schon sehr lange tot und in der Wüste begraben, und dort kannst du bestaunen, was von ihrer Zeit übrig geblieben ist: ein paar riesige, nutzlose Steinhaufen.«

»Die sah ich schon von weitem, und ich habe kein besonderes Interesse an ihnen. Aber was ist mit diesem alten Volk, das die ersten Gärten angelegt hat, ist von denen keiner übrig geblieben?«

Die Frage, die ihn eigentlich bewegte, traute er sich nicht zu stellen. Byzanz stand ihm vor Augen. Würden von dessen reichem Leben später auch nur noch ein paar Steinhaufen zeugen?

»Die Fellachen, die Bauern, die du auf den Feldern gesehen hast, führen ihre Herkunft auf das alte Volk zurück, ebenso die Giptios, die bei uns Gins Farauni heißen, ›die von den Pharaonen abstammen‹. Ihr nennt sie Kopten, sie sind bedauerlicherweise Christen«, antwortete Mustafa abfällig.

Faruk, der bis dahin geschwiegen hatte, mischte sich in das Gespräch. »Die Giptios oder Kopten leben in eigenen Vierteln, wie auch die Berber und die Byzantiner, sie sind ein recht erbärmliches Volk. Weil ihr christlicher Glaube nicht ganz sauber ist, sind sie sogar von den Byzantinern, als diese hier die Herrschaft innehatten, herumgestoßen worden. Als die Anhänger Mohammeds Ägypten eroberten, hatten sich die Giptios von ihnen eine Befreiung von der byzantinischen Drangsal erhofft.«

Mittlerweile befanden sie sich in der Nähe der Terrasse vor dem Palast. An einer Seite war eine Mulde ausgehoben worden. Quadersteine lagen zu kleinen Haufen aufgeschichtet am Rand. Mit einem Aufseufzen ließ sich Mustafa auf einem Stein nieder und schien die beiden anderen vergessen zu haben.

Faruk zog Christoph beiseite. »Komm jetzt, wir dürfen Mustafa nicht weiter stören. Er muß über Höhe, Krümmung, Anzahl der Stufen nachdenken und über ein paar Experimente, die wir noch durchführen werden, um die optimale Gestaltung der Stufenkanten herauszufinden.«

»Ist es dir denn erlaubt, mir zu verraten, was ihr dort baut?«

Faruk rückte näher an Christoph heran. »Behalte es für dich, es soll eine Überraschung für den Sultan werden. Mustafa ist die geniale Idee gekommen, eine mehrstufige Kaskade zu bauen, über die das Wasser sacht herabrauscht.«

Christophs Gesicht blieb ausdruckslos. »So etwas wäre mir nie eingefallen. Woher nimmt er solche Ideen?«

Der Ägypter musterte ihn einen Augenblick verblüfft und lachte dann laut heraus.

»Sag mir«, forderte ihn Christoph auf, als das Gelächter verebbt war, »weißt du nicht noch etwas mehr über die Giptios oder Kopten?«

Faruk antwortete vorsichtig. »Du fragst nach ihnen, weil sie als Christen gelten? Man sagt, daß Markus, den sie den Evangelisten nennen, sie bekehrte und daß er die erste christliche Gemeinde gegründet hat, die nicht in Palästina lag. Sie sind tatsächlich so wenig angesehen, daß wir ihnen verboten haben, neue Kirchen zu bauen; ihre Klöster sind geschlossen worden, und selbst ihre Sprache dürfen sie nur noch während ihrer Gebetsfeiern benutzen.«

Christoph meinte, einen Anflug von Mitleid aus der Stimme herauszuhören.

»Aber tatsächlich behaupten sie, von den Erbauern der Pyramiden in der Wüste abzustammen. Sie müssen viele Kenntnisse besessen haben, mit denen wir uns nicht befassen, wie den

Weinanbau.« Er hielt kurz inne und streifte seinen Begleiter mit einem forschenden Blick. »Trauben für die Tafel ziehen wir, aber wir keltern den Wein für gewöhnlich nicht. Es ist mühsam, in der Stadt an Wein zu kommen, wenn man sich nicht auskennt, aber keinesfalls unmöglich.«

»Eine Frage des Preises?« erkundigte sich Christoph leichthin und wartete ab, bis sich Faruks Gesicht erwartungsvoll aufhellte, ehe er fortfuhr: »Weißt du, ich versuche mich den Sitten dieses Landes anzupassen, soweit mir dies als Christ und Weinliebhaber tragbar erscheint, daher ist es mir wichtig, daß sich herumspricht, daß ich dem Wein während meines Aufenthalts hier entsage, zu welchem Preis auch immer er mir angeboten wird.«

Er rechnete es Faruk an, daß er auch weiterhin freundlich blieb.

Christoph erhielt eine Anstellung in den Gärten des Sultans, wurde aber nicht, wie er gehofft hatte, im eigentlichen Palastgarten beschäftigt, sondern in dem abseits gelegenen Sondergarten, in dem alle bekannten Pflanzen kultiviert wurden. Es war ein Garten wie ihn Marco sich gewünscht hatte, und die Erinnerung an den Freund und das ihm gegebene Versprechen trieb Christoph dazu, sich seinen neuen Aufgaben mit viel Hingabe zu widmen. Vielleicht war es diese Versenkung, die in dem Jahr, das er hier tätig sein sollte, eine seltsame Gabe zur vollen Entfaltung brachte. Selbst Pflanzen, die aus weit entfernten Ländern in den Garten gelangt waren und vor sich hinkümmerten, gediehen unter seiner Pflege. Dabei tat er nichts anderes als das, was ihn Anselmus gelehrt hatte, er achtete die Pflanzen. Eines Tages, nahm er sich vor, wollte er selbst einen derartigen Garten schaffen, der die ganze Fülle von Gottes Schöpfung barg, und ihn der Erinnerung an Marco widmen.

Er lernte neue, köstliche Früchte kennen. An einem Strauch, der stacheliger war als jede Rose, wuchsen kleine grüne Beeren, die einen Pelz feiner Haare trugen. Wenn ihre Schalen noch hart waren, schmeckten sie mehlig und sauer, aber sobald die Oberfläche dem Druck der Finger nachgab, mischte sich saftige Süße unter die Säure. Er hatte diese Sträucher schon in Konstantinopel gesehen, aber er hatte nichts von ihren Früchten, den Stachelbeeren, gewußt. Sie kamen weit aus dem Osten wie auch zwei

Bäume, deren Blätter und Wuchsformen sich ähnelten. Die Frucht des einen war oval und gelb, die des anderen rund und leuchtend wie die untergehende Sonne. Beide dufteten aromatisch und weckten Erwartungen, die sie leider nicht erfüllten. Die eine Frucht schmeckte unglaublich sauer, die andere widerlich bitter, so daß sich der Gaumen zusammenzog, aber den Köchen des Sultans gelang es, den Geschmack so weit zu veredeln, daß er süßen Gelées und köstlich kühlen Scherbetts eine eigene, unverwechselbare Würze gab, ein kulinarisches Wunder, das er jetzt erst zu würdigen wußte. Christoph zeigte dem Gärtner mit einem fragenden Blick seine Landkarte. Dieser legte den Finger auf das Land zwischen Euphrat und Tigris.

5

Enrico hatte ihm zu seiner Anstellung eine weiße Stute geschenkt, ein zärtliches, kapriziöses Tier, das schon bald freudig aufwieherte und ihm die Nüstern in die Hände schob, sobald er sich ihm näherte. Mit der Stute durchstreifte er ab und an ziellos die Stadt.

Die schachbrettartige Anlage des Straßennetzes entdeckte er auf einem Ausflug zur Zitadelle, von deren Mauern er auf die Viertel aus kubenförmigen Häusern mit kleinen Höfen und Gärten hinabblickte. Zu seiner Überraschung befanden sich die Gärten vielfach auf den Dächern. Grüne Inselchen, die auf lehmgelben Würfeln schwebten. Er wußte, daß im Osten eine Steinwüste ähnlich der des Sinai lag und sich jenseits der fruchtbaren Nilebene, hinter den hellen ockerfarbenen Bergen im Westen, eine neue Ödnis erstreckte, die er nicht kennenzulernen wünschte: die Sandwüste.

Die Stadt selbst hatte einem Fremden wie ihm, der nicht am Handel interessiert war, nicht viel zu bieten. Lehmmauern schirmten die Häuser zur Straße hin ab. Hin und wieder verlor er die Orientierung und geriet durch offene Torbogen in enge, teils überdachte Gassen, eher Wohnstraßen als öffentliche Verkehrswege, aus denen sich Fremde herauszuhalten hatten, wie er erst nach und nach begriff. Die Frauen herrschten hier. Ihre Schleier um sich raffend, keiften sie ihn an, gelegentlich bedrohte ihn ein alter Mann mit einem Küchenmesser, und er hatte Mühe, den kleinen Tumulten unbeschadet zu entkommen.

Um die Moscheen schlug er einen Bogen, das Beispiel Enricos zeigte ihm, daß mit der fremden Religion nicht zu spaßen war, er wünschte nicht, von ihr infiziert zu werden.

Einmal stieß er in das Viertel der Kopten vor. Es wirkte nicht so schäbig, wie er erwartet hatte, aber Trostlosigkeit lag über den staubigen Gassen. Ein einzelner verkümmerter Weinstock, der sich an eine Hauswand klammerte, zeugte davon, daß die Kopten wohl nichts vom Erbe ihrer Ahnen, der Gartenbauer, bewahrt hatten. Unter den abweisenden Blicken von einigen Frauen und Greisen, die mißtrauisch heranschlurften, beschnitt Christoph den Weinstock und trug in den hohlen Händen Wasser aus einem Brunnenbecken heran, dessen grünlich schimmernder, bemooster Rand den einzigen Farbfleck in der Gasse bildete. Ein paar Jungen, die unversehens aus einem Tor auftauchten, warfen Steine. Wilden Haß sah er in ihren Augen, und da erst wurde er sich seiner byzantinischen Kleidung wieder bewußt. Ein drohender Griff ans Schwert genügte, die Jungen zu vertreiben.

Es kam für ihn nicht in Frage, Enrico an sein Versprechen zu erinnern und um Geld oder Ausrüstung für eine längere Reise zu bitten. Alles sprach dafür, daß ihn Enrico in Kahira halten wollte, aber Christoph begann, sich fortzusehnen. Daran waren die vielen Gewächse, die er bei seiner Arbeit kennengelernt hatte, nicht ganz unschuldig. Wie Orange und Zitrone kamen auch andere ursprünglich weit aus dem Osten. In seiner Phantasie wurde das Land zwischen Euphrat und Tigris immer mehr zu einem Wunderland üppig blühender Gärten.

An seinen freien Tagen trieb er sich jetzt zielgerichtet in der Stadt herum, um eine Reisemöglichkeit zu erkunden, und strich durch die Basare auf der Suche nach einem rettenden Einfall, wie die Reisekosten aufzubringen wären. Auf einem dieser Streifzüge stieß er auf einen Buchladen. Bisher kannte er nur die fliegenden Händler, die arabische Bücher auf dem Markt anboten. Aber nun stand er vor einem richtigen Laden, einem tiefen Gewölbe, das sich mit einer großen zweiflügeligen Tür zur Straße öffnete.

Christoph fiel die *Geoponika* ein, eines seiner wenigen wertvollen Erinnerungsstücke an seine Konstantinopler Zeit, der Gedanke, sich von dem Buch zu trennen, schmerzte daher sehr. Außerdem konnte er den Wert des Buches nicht einschätzen, er nahm aber an, daß es bei einem Verkauf genügend Geld einbringen würde, um wenigstens die erste Reiseetappe bis nach Palästina zu finanzieren.

Die Stute band er an einem eisernen Ring neben der Tür an und betrat das Geschäft. Säulen und durchbrochene Wandschirme verstellten den Blick in die Tiefe des Ladens. Lampen, die überallhin filigrane Muster streuten, trugen wenig zur Orientierung bei. Bücher, Schriftrollen, Folianten, Codices lagerten in kunstvollen Gestellen. Es roch unverkennbar nach gewachstem Pergament, Papier und Tinte und ein wenig nach den weichen Teppichen, die jeden Laut schluckten, jedes Geräusch des Umherstreifens, und Christoph empfand diese klösterliche Stille als sehr angenehm. Ohne sich nach dem Ladenbesitzer umzusehen, griff er in die Regale.

Arabisch geschriebene Bücher legte er rasch beiseite, ebenso griechische und lateinische, eine Rolle fiel ihm wegen der aufwendigen Verschnürung auf, die Knoten und Schleifen ließen sich allerdings unerwartet leicht lösen. Behutsam entrollte er einen langen Streifen, wurde dabei immer langsamer, je mehr von einem bezaubernd gemalten Bild sichtbar wurde, jedes weitere Stück enthüllte neue Kostbarkeiten in edelsteinhaften Farben. Ein wunderbares Bild, nicht auf Pergament, sondern auf einen viel glatteren, leicht schimmernden Untergrund aufgetragen. Im durchsichtigen Wasser eines rechteckiges Beckens schwammen vielerlei Fische, auf der Oberfläche Enten und blaue Lotusblüten. Das Bassin umgaben Blumenbeete, ein Schilfgürtel, Papyrusstauden und eine Reihe von Bäumen, unter denen er Sykomoren, Mimosen und Palmen erkannte. In ihrer Mitte entdeckte er einen sich emporwindenden Baum, der seltsamerweise mit einer Frauengestalt verschmolz. Eine zwittrige Erscheinung, die unauffällig als einziges menschenähnliches Wesen das Bild beherrschte und den abgebildeten Garten geheimnisvoll, beinahe dämonisch wirken ließ, als entrückten Ort, der mehr war als die bloße Wirklichkeit eines gewöhnlichen anmutigen Gartens. Merkwürdige Bänder aus

Ornamenten, aber auch winzigen Federn, Vögeln, Schlangen und Schalen rahmten das Bild. Er spürte, daß er etwas Altes, Kostbares in den Händen hielt.

Plötzlich hörte er ein Zischen in der Luft und fühlte den Rükken der linken Hand brennen, mit der er das Ende der Bildbahn hielt. Verstört schaute er auf und sah einen beleibten alten Mann vor sich, mit einem dünnen Stock in der Hand, der noch wippte.

»Warum hast du mich geschlagen?« fauchte Christoph, plötzlich wütend werdend, er ließ den bemalten Streifen los, der sich leise raschelnd aufrollte. Mit einer schnellen Bewegung nahm ihn der Ladenbesitzer an sich und verbarg ihn in seinem Gewand. Unwillkürlich streckte Christoph die Hand aus, als wollte er ihm das Bild wieder entreißen. Der Stock wippte stärker.

»Ich habe dir eine Lektion erteilt. Niemand berührt ohne mein Wissen einen der Schätze von Ibn Sura. Jetzt verschwinde. Der Laden ist geschlossen.«

»Der Laden ist offen. Ich bin durch die Tür hereingekommen und habe niemanden angetroffen, den ich hätte fragen können. Du bist ein unausstehlicher Grobian, sag das deinem Herrn. Ich will wissen, was das für ein Bild ist.«

Der Dicke hatte sich nicht bewegt, nicht das kleinste Zeichen gegeben, und doch stand auf einmal ein riesenhafter schwarzhäutiger Kerl, ein Mohr, neben ihm.

»Schmeiß ihn raus. Er ist ein Unwürdiger, auch wenn er ein Christ, ein Buchbesitzer, ist«, befahl der Alte.

Christoph wehrte sich gegen den Mohren, der ihn zur Tür zerrte und dabei noch auf ihn eindrosch.

»Es stimmt, ich habe ein Buch«, schrie er aufgebracht. »Es hat einen sehr wertvollen Einband mit Silberschließen, und ich will es eintauschen gegen die Bildrolle.« Er klammerte sich an den Türrahmen. »Warte, und sag mir wenigstens, ob es den gemalten Garten irgendwo gibt.«

Einen Augenblick später fand er sich auf der Straße liegend wieder, hinter ihm schloß sich die Tür mit einem nachdrücklichen Hall. Ein Passant blieb kopfschüttelnd stehen.

»Weißt du nicht, daß der Laden heute geschlossen ist? Wir haben Donnerstag. Ibn Sura mag keine Besucher am Donnerstag, es sei denn, er lädt sie ein.«

»Er war gar nicht da, nur ...«

»Ein Dicker mit einem dünnen Stock? Das war Ibn Sura.«

Der Passant entfernte sich, bevor Christoph ihn fragen konnte, wann Ibn Sura, der Fettwanst, der seine Kunden schlug, seinen Laden geöffnet hatte.

In den folgenden Tagen suchte er das Geschäft vergeblich auf und rüttelte an der Tür. Die *Geoponika* und schweren Herzens auch die Karte von Fürst Arkadios hatte er in der Hoffnung auf einen Tauschhandel mitgebracht. Sein Wunsch, die Bildrolle zu besitzen, hatte sich gegen jegliche Vernunft durchgesetzt, was ihn so hartnäckig trieb, verstand er selbst nicht.

Als er wieder einmal an der verschlossenen Tür klopfte, kam ein Mann aus dem Laden gegenüber herangeschlendert.

»Bist du nicht zu jung, um dich für Bücher zu interessieren, besonders die von Ibn Sura, die kaum ein Sterblicher bezahlen kann? Die Leidenschaft für Bücher muß dich verzehren, ich seh dich schon seit Tagen hier herumlungern. Der Laden ist geschlossen.«

»Das seh ich, aber irgendwann muß er ja mal geöffnet sein«, antwortete Christoph alles andere als höflich.

Der Mann legte ihm trotzdem begütigend eine Hand auf den Arm. »Komm mit in mein Gewölbe und trink eine Schale Minztee mit mir, das beruhigt und schwemmt den Ärger aus deinen Adern.«

Christoph klopfte der Stute den Hals, unschlüssig, ob er das Tier vor der Tür des gewalttätigen Ibn Sura lassen konnte. Der fremde Ladenbesitzer trat wieder neben ihn.

»Schon neulich habe ich gedacht, dein Pferd wäre eines Paschas würdig. Ich wette darauf, daß es eine solche Stute in ganz Kahira nur in den Ställen des Sultans gibt. Wir behalten sie von meinem Geschäft aus im Auge, du kannst mir unbesorgt folgen.«

Christoph war darauf aus gewesen, selbst Erkundigungen einzuziehen, und wenig gefaßt auf weitschweifige Betrachtungen über die Rösser des Sultans, fremde Gesandtschaften und weitreichende Handelsbeziehungen, in die feingesponnene Fragen eingeflochten waren, auf die die Höflichkeit eine Antwort gebot. Binnen einer Stunde wußte sein Gastgeber wohl alles über seinen Aufenthalt in der Stadt, was ihm wissenswert erschien, er dagegen hatte kaum etwas in Erfahrung gebracht und währenddessen zwei Kannen mit übersüßem, heißem Tee geleert, der ihm zunehmend den Gaumen verklebte. Es gab mehrere Buchläden in Kahira, er hatte nur zufällig gleich den mit den teuersten und seltensten Exemplaren gefunden. Nur montags und mittwochs öffnete Ibn Sura sein Geschäft, wenn überhaupt. Außerdem war der Buchhändler berühmt für seine Fähigkeit, die kostbarsten Handschriften aufzustöbern.

»Warum hat er mich gleich, als er mich sah, Buchbesitzer genannt?«

»Alle wahren Gläubigen, Christen und Juden zählen zu den Völkern mit schriftlichen Überlieferungen, mit heiligen Büchern, im Gegensatz zu den Barbaren, die nur eine Sprache, aber keine Schrift kennen. Wärst du ein Barbar, hätte dich der Türhüter vielleicht sofort erschlagen, weil du ein Buch angefaßt hast.«

Der nächste Tag war ein Montag, und die Tür zur Bücherhöhle stand wahrhaftig offen, das Geschwätz beim Tee war doch nicht ganz umsonst gewesen. Der Händler thronte auf einem Teppichberg mit einem Gast, beide waren in ein Buch vertieft und schauten nicht auf, mußten aber wohl den Besucher, der mit außerordentlicher Hast hereingestürzt war, bemerkt haben.

»Was willst du schon wieder? Der Papyrus ist nicht zu verkaufen«, knurrte Ibn Sura.

»Ich will die Bildrolle, wie du dich vielleicht erinnerst.«

Der Händler antwortete nicht. Argwöhnisch beäugte Christoph die beiden, die sich insgeheim über ihn lustig zu machen schienen, wohl weil er sich mit seiner Antwort als Unwissenden entlarvt hatte. Es war das Wort Papyrus, ging ihm auf, das nicht in den Wortwechsel paßte und das er auf einmal richtig zu deuten wußte. Aus Papyrus, hatte Faruk erklärt, hatte man früher eine Art Papier hergestellt. Mit neuer Sicherheit sprach er den Händler wieder an.

»Kann ich den Papyrus eintauschen? Ich habe ein byzantinisches Buch über den Gartenbau und eine Landkarte.« Er stellte einen Fuß auf die Teppiche und drängte dem Händler seine Besitztümer zur Begutachtung auf.

Ibn Sura blätterte flüchtig das Buch durch, legte es achtlos beiseite und entrollte die Karte.

»Die *Geoponika* ist eine schlechte Abschrift, ich habe wenigstens drei bessere. Und die Karte« – Christoph bemerkte das begehrliche Funkeln in den Augen des Händlers nicht –, »ist voller Irrtümer.«

»Sie gehörte einem Fürsten.«

»Ich besitze Bücher von Königen. Aber ich gebe dir ein halbes Goldstück für die Karte.«

»Nein, den Papyrus.«

»Er ist unverkäuflich.«

»Laß ihn mich wenigstens noch einmal anschauen. Ich will sehen, ob ich mich geirrt habe.«

»Wenn es dir nur ums Anschauen geht«, mischte sich der Gast ein, »warum suchst du dann nicht die Al Aziz Bibliothek auf? Dort findest du alles, was des Anschauens und Studierens wert ist, bebilderte Schriften, Karten und etwa eine Million Bücher. Wenn dich diese Fülle verwirrt, die Al Hakim Bibliothek enthält nur sechzigtausend Bände.«

»Wo sind diese Bibliotheken?«

»Das weiß jedes Kind, du kannst auf der Straße danach fragen, wen du willst. Jeder erhält Zutritt zu den Bibliotheken, im Gegensatz zu Ibn Suras Laden.«

Während Christoph hinausstürzte, hörte er noch, wie der Händler zu seinem Gast bemerkte: »Danke, daß du uns den christlichen Esel vom Hals geschafft hast.«

Christoph verfluchte den Buchhändler, als es ihm gelungen war, die beiden Bibliotheken ausfindig zu machen und er feststellen mußte, daß sie zu Moscheen gehörten. Erst als er sich bei Faruk vorsichtig nach den Risiken erkundigt hatte, die er beim Betreten dieser Einrichtungen einging, traute er sich, dem Strom der Besucher zu folgen und den Bibliothekar zu suchen, den der Wassertechniker ihm empfohlen hatte.

»Du bist nicht etwa hinter der sagenhaften Gartenkunst der Giptios her?« hatte Faruk augenzwinkernd am Ende ihres Gesprächs nachgehakt.

Diese Frage ging Christoph im Kopf herum. Papyrii, teilte ihm der Bibliothekar mit, waren viele tausend Jahre alt, unermeßlich alt, und stammten von dem Volk, das die Pyramiden in der Wüste bei Giza erbaut hatte. Christoph schnappte vor Überraschung nach Luft. Daß der Papyrus des Buchhändlers alt war, hatte er geahnt, aber so alt?

Antonius hatte einmal auf die Frage nach dem Alter der Erde erklärt, daß die sieben Tage der Weltschöpfung vor rund fünftausend Jahren stattgefunden hatten. Konnte »unermeßlich alt« fünftausend Jahre bedeuten? Möglicherweise hatte er das Bild des ältesten Gartens der Welt gesehen, gemalt von dem einen, der den Garten gekannt hatte. Die Kopten fielen ihm ein, die Nachfahren der Pharaonen. Sie mußten aber auch von Adam abstammen, und wenn seine Überlegungen stimmten, hatte er in ihren dumpfen Blicken die Last einer fünftausend Jahre alten Vergangenheit gesehen und die Scham der Nachgeborenen, ein wertvolles Erbe verschleudert zu haben. Aber warum Ägypten und nicht Palästina, und lag der Garten nicht im Zweistromland?

Sachtes Tappen einer Schuhspitze auf dem Steinboden der Bibliothek machte ihm bewußt, daß der Gelehrte allmählich die Geduld verlor. Moses war Ägypter und Israelit gewesen, war Moses der Schlüssel zum Geheimnis des gemalten Gartens, fragte sich Christoph noch, als sich sein Gesicht bereits zu einem mechanischen Lächeln verzog.

»Habt ihr denn Papyrii hier, und kann ich sie sehen?«

Der Gelehrte spreizte die Finger beider Hände, eine unmißverständliche Geste des Bedauerns. Vor Wut auf den fetten Buchhändler hörte Christoph nicht, was er sagte. Der Bibliothekar mochte die Erregung des Fremden gespürt haben, er bot ihm daher an, ihn ein wenig herumzuführen, um ihm andere Sehenswürdigkeiten zu zeigen, und die ruhige Würde des Mannes bewog Christoph, den Vorschlag anzunehmen, obwohl er lieber direkt aus dem Gebäude gerannt wäre, um schnurstracks zu Ibn Suras Haus zu laufen und dort, wenn er es nur gekonnt hätte, die Tür einzutreten. So aber lauschte er höflich und äußerst ungläubig, als ihm der Gelehrte an Hand einer großen Kugel, auf die alle Länder gemalt waren, weismachen wollte, die Erde sei rund. Er war davon überzeugt, daß ihn der Mann belog, auch als der noch einmal beteuerte, in keiner der öffentlichen Bibliotheken gebe es Papyrii. Wahrscheinlich waren die ägyptischen Gelehrten selbst hinter den Geheimnissen der Papyrii her, von denen einige den Garten in

Eden betrafen. Christoph stand bereits wieder auf der Straße, als ihm eines der Geheimnisse in den Sinn kam: Das Paradies war der Garten der Auferstehung und des ewigen Lebens.

Ibn Sura war auch am Mittwoch nicht freundlicher, aber die Hartnäckigkeit seines Besuchers begann ihm offenkundig Spaß zu machen. Er ließ ihn nicht sofort hinauswerfen.

»Du wußtest genau, daß ich in den Bibliotheken keine Papyrii finde«, begann Christoph ohne Umschweife.

»Was willst du mit dem Papyrus? Du kannst ihn doch nicht lesen.«

»Wieso lesen? Er ist eine Bildrolle.«

Ibn Sura erhob sich umständlich von seinem Teppichlager. »Nur weil ich dich endgültig loswerden will, zeig ich dir das Blatt noch einmal.«

Wieder fühlte sich Christoph von einer seltsamen Faszination ergriffen, als er die Malerei betrachtete. Er entdeckte Trauben von Früchten in den Bäumen, Vögel in der Luft, jeder von einer anderen Art. Eden! Es konnte kein Zweifel daran bestehen. Beinahe widerwillig hörte er dem Händler zu, der ihm begreiflich machte, daß die kleinen Figuren in den langen Reihen Schriftzeichen waren.

»Du meinst, hier steht etwas über diesen Garten, möglicherweise, wo genau er liegt?«

»Das weiß Allah, niemand kann die Zeichen lesen, wer immer es konnte, ist tot und begraben. Warum willst du wissen, was dort steht?«

»Seit so vielen Jahren schon bin ich auf der Suche nach diesem Garten, wenn er der ist, den ich meine. Ich bin um die halbe Welt seinetwegen gereist und habe fremde Sprachen gelernt und alle Menschen verloren, die mir etwas bedeutet haben.«

»Dann hast du bereits einen hohen Preis gezahlt«, sagte Ibn Sura und fühlte eine ihm unangenehme Rührung. »Komm ein andermal wieder«, sagte er barsch, raffte den Papyrus an sich und winkte dem Mohren, der schon im Hintergrund lauerte. »Der Laden ist jetzt geschlossen.«

»Aber warum?« schrie Christoph, bevor er vor die Tür gesetzt wurde.

Eine Woche blieb das Geschäft geschlossen, schier endlose Tage, in denen er darum rang, sich über einen einmal gefaßten Vorsatz hinwegzusetzen und seinen Stolz zu besiegen. Sehr demütig im Herzen suchte er Enrico auf.

Einen Tag später schob Christoph den schwarzen Diener beiseite, der in der offenen Tür stand und überrascht dem Druck nachgab.

Ibn Sura hielt den Mohr, der dem Jungen hastig gefolgt war, mit einem Wink auf. »Gehört es zu den Eigenschaften der Ungläubigen, anderen Menschen bis zur Grenze ihrer Geduld lästig zu fallen? Der Papyrus ist unverkäuflich, und gesehen hast du ihn jetzt oft genug. Die Farben leiden, wenn man ihn zu häufig entrollt.«

Christoph bemerkte, daß sich ein weiterer Kunde im Laden befand, der Kleidung nach ebenfalls kein Muselmane. Fast glaubte er, im Dämmerlicht einen Kopten zu sehen, verwarf aber den Gedanken, weil er sich nicht vorstellen konnte, daß Ibn Sura mit einem aus diesem Volk Geschäfte trieb.

Ohne den Fremden weiter zu beachten, zog er einen Beutel mit Goldstücken heraus.

»Ich habe mir sagen lassen, dieses Geld reicht, eine Karawane aufzukaufen.«

»Du bist ein anmaßender Wicht. Kauf dir für das Geld prächtige Kleidung, Waffen, einen goldbeschlagenen Gürtel, meinetwegen edle Pferde und Frauen, alles, woran das Herz Ungläubiger hängt. Warum dieser Papyrus?«

»Was soll ich mit Pferden und all diesem Zeug? Ich bin Gärtner. Ich habe dir schon gesagt, daß ich auf der Suche nach einem bestimmten Garten bin.«

»Welchem?« mischte sich plötzlich der andere Kunde ein und trat ins Licht. Er war tatsächlich ein Kopte. Hochgewachsen und zweifellos betagt, bewegte er sich mit der Geschmeidigkeit eines viel jüngeren Mannes, sein Blick war geradezu beängstigend bohrend und zwingend.

Christoph wich zurück, seine Stimme klang unsicher. »Einen Garten, den ich einmal in einem Traum gesehen habe. Es ist der Traum meines Lebens.«

Der Kopte wandte sich an den Ladenbesitzer. »Verkauf ihm den Papyrus.«

Überraschend nickte der Händler und strich eilig die Goldstücke ein.

»Aber betrüg ihn nicht.«

Christoph sah staunend zu, wie ihm ein Teil der Goldstücke wieder zugeschoben wurde.

»Behandle ihn sorgfältig, du mußt ihn vor Feuchtigkeit schützen«, flehte Ibn Sura, als er Christoph den Papyrus, in Leinen eingewickelt, überreichte und sich vor ihm zum Abschied verneigte. »Sei so freundlich, Ungläubiger, und meide in Zukunft diesen elenden Laden. Du raubst mich aus.«

»Bestimmt hast du noch zuviel bezahlt. Hör nicht auf sein Geschwätz«, erklärte der Fremde, »er ist der größte Gauner, den ich kenne. Für einen Papyrus verkauft er seine Schwiegermutter.«

»Ich schenke sie dir«, antwortete Ibn Sura ehrerbietig.

Christoph stand mit dem Kopten auf der Straße und wußte nicht, ob er ihm danken sollte.

»Wenn du über den Papyrus etwas erfahren möchtest, komm mit mir«, sagte der Fremde.

6

Zwei Wochen später brach Christoph mit Joannis, dem Kopten, zu einer Reise den Nil entlang auf. Er hatte sich von Mustafa verabschiedet, der auf dem Steinhaufen saß, der einmal die Kaskade bilden sollte, von Faruk und den Gärtnern des Sortengartens und von Enrico, der sich getraut hatte, ihn kurz in die Arme zu schließen. Das, was Christoph zu der Reise verlockte, war Joannis' Versprechen, ihn in die Kunst von Gärten einzuweihen, über die der Wind seit Jahrtausenden den Sand der Wüste wehte. Es sollte eine Reise in die Vergangenheit werden.

Enrico hatte keine Einwände vorgebracht, nachdem er Erkundigungen über Joannis eingeholt hatte.

»Keiner weiß viel über den Mann. Er wohnt nicht ständig in Kahira. Aber das wenige, das ich erfahren konnte, spricht dafür, daß er ein aufrichtiger und ehrenhafter Mann ist. Er steht seinen Nachbarn zur Seite, wenn sie seiner Hilfe bedürfen, und er macht keinen Unterschied zwischen Christen, Juden und Muselmanen«, erklärte er wohl mehr zu seiner eigenen Beruhigung, Christoph hatte längst Vertrauen zu dem seltsamen Mann gefaßt.

Joannis besaß in Kahira ein kleines, unscheinbares Haus aus braunen Lehmziegeln mit einem winzigen Hof, der gerade Platz bot für ein Wasserbecken und einen Baum. Seinen wahren Reichtum hatte Joannis enthüllt, als er eine Zedernholztruhe öffnete. Sie war mit Papyrii gefüllt, die er einen nach dem anderen sehr bedächtig vor Christoph ausgebreitet hatte.

In den zwei Wochen bis zur Abreise hatte Christoph den Kopten fast täglich besucht, um mit ihm die Papyrii zu studieren. Ohne Mühe las der Alte die Schrift, die aus den kleinen rahmenden Ornamentreihen bestand.

»Ibn Sura hat mir versichert, niemand kann die Papyrii mehr lesen«, hatte Christoph beim erstenmal mißtrauisch eingewandt.

»Es ist gut, wenn Ibn Sura nicht alles weiß.«

Leider stand nur sehr wenig von dem, was er erfahren wollte, in den alten Schriften. Auch sein eigener Papyrus enthielt nicht das, was er erhofft hatte.

Joannis drängte ihm sein Wissen über das alte Ägypten nicht auf, er sprach leidenschaftslos, oft zögernd, er hielt Abstand zu dem, was er zu sagen hatte, und kam Christoph auch körperlich nicht nahe, er schien ihn manchmal kaum wahrzunehmen. Nach einer Woche erwähnte er beiläufig eine Geschäftsreise nach Theben und Luxor, die er im Begriff stand, anzutreten. Beinahe hätte Christoph überhört, daß ihn Joannis einlud, ihn zu begleiten. Er war bereits einverstanden, als der Kopte in seiner kühlen Art hinzufügte, er könne ihm bei dieser Gelegenheit die Reste der großen Tempel des alten Ägypten zeigen.

»Ich frage mich allerdings«, wandte Christoph ein, »warum ich ein paar Tempeltrümmer erkunden soll, wenn ich eigentlich nur verstehen will, wie die Ägypter vor Jahrtausenden ihre Gärten angelegt haben.«

»Sie waren ein religiöses Volk. In ihren Gärten spiegelten sich die Anlagen ihrer Tempel.«

»Sie mögen ja fromm gewesen sein, aber ihr Glaube war doch barbarisch. Sie betrieben eine Vielgötterei, die schlimmer war als die der alten Griechen und Römer, über die ich in Konstantinopel etwas gehört habe. Ihre Götter sind oft nicht einmal von menschlicher Gestalt wie Bastet mit dem Katzenkopf oder der schakalköpfige Totengott Anubis.«

»Was ist mit der heiligen Dreifaltigkeit? Und der Heilige Geist, ist der nicht eine Taube? Die Muselmanen …«

»… halten uns Christen für Barbaren, die drei Götter anbeten. Das ist nicht das gleiche.«

Sie saßen in dem kleinen Hof am Wasserbecken. Der Kopte schaute in die Krone der Sykomore, in der ein paar Vögel lärmten.

»Alle Götter sind ein Gott, das wußten auch die alten Ägypter. Amun, Bastet, Anubis, Maat, Hathor, sie alle sind nur Anschauungsaspekte des einen Göttlichen, das sie auch als Dreieinigkeit aus Amun, dem Geist, Re, dem Schöpfer, und Ptah, dem Leib, ansahen. Wenn du es genau betrachtest, hast du hier die dir vertraute Dreifaltigkeit aus Gottvater, Heiligem Geist und Jesus Christus. Diese Verkörperungen machen das nicht Faßbare begreifbar.«

»Es überzeugt mich nicht davon, mir Gott mit einem Kuhkopf oder einem Vogelschnabel vorzustellen. Von allen mutet mich nur Osiris weniger götzenhaft an.«

»O ja, Osiris! Er ist der Schlüssel zu den Gärten Ägyptens, den der Lebenden und den der Toten mit ihren verborgenen Schätzen. Über Osiris sprechen wir noch, falls du mich wirklich begleiten willst.«

Sie waren beizeiten in der morgendlichen Kühle aufgebrochen, mit zwei Pferden und einem Esel für das Gepäck, den Joannis am Zügel führte. Der Kopte hatte jede weitere Begleitung, vor allem die von Enrico angebotene Leibwache, abgelehnt.

Trotz der frühen Stunde lastete schon die Hitze des Frühsommers auf dem Land, daher schlugen sie ein geruhsames Tempo an, um die Pferde nicht vorzeitig zu ermüden. Ihr Weg führte zunächst entlang der winzigen Äcker und Gärten am Ufer des Nils. Eine Menge Vögel folgte ihnen, zuweilen unternahm einer den Versuch, sich auf Joannis' Schulter niederzulassen. Der Nil, dessen träge schlammige Fluten immer wieder einmal in Lücken des Schilfgürtels und zwischen Palmen sichtbar wurden, sandte schwüle Luft mit einem süßlichen fauligen Odem zu ihnen, in dem eine Ahnung der Fruchtbarkeit spürbar wurde, mit der er

Ägypten beschenkte. Plötzlich zügelte Christoph das Pferd und starrte auf die kleinen Gemüse- und Obstkulturen, in denen die Fellachen arbeiteten.

»Ich weiß jetzt, was mir in den vielen Stunden aufgefallen ist, in denen ich mit Faruk am Rand ihrer Felder saß und ihnen zuschaute. Die Art, wie sie mit den Feld- und Gartenfrüchten umgehen, erinnert mich an die meines ersten Lehrers, Bruder Anselmus vom Benediktinerkloster Tegernsee. Ich frage mich, wie ein christlicher Mönch und ein ägyptischer Fellache, der zu Allah betet, etwas Gemeinsames haben können.«

»Die Ehrfurcht vor der Natur verbindet sie.«

»Nur Gott gebührt Ehrfurcht.«

»Aber Gott ist in der Natur.«

»Gott offenbart sich in seiner Schöpfung, aber er steht außerhalb«, widersprach Christoph.

»Wie kann er sich in der Natur offenbaren, wenn er nicht ein Teil davon ist? Gott an sich ist unfaßbar, wie du wissen müßtest. Aber er ist in der Natur, weil die Natur für uns faßbar ist, und zeigt uns so seine Liebe.«

»Dann wäre ja die Natur göttlich. Um es praktischer auszudrücken, die Feige ebenso wie die Distel oder eine Mohrrübe. Die Kopten haben eine nette Art, sich Gott vorzustellen«, stichelte Christoph.

Joannis lächelte hintersinnig und trieb sein Pferd an.

»Es ist seltsam zu sehen, daß die Fellachen genau so eine Hacke wie wir im Westen benutzen, nur ihre ist größer. Was bauten die alten Ägypter an?« begann Christoph nach einer Pause wieder das Gespräch.

»Das gleiche wie ihre Nachfahren. Wenig hat sich geändert in den Jahrtausenden. Die kleinen Felder waren schon mit Erdwällen eingefaßt, um das Land überfluten zu können; die alte Dreiteilung der Gärten in Gemüse-, Obst- und Weinanbauflächen hat sich, wie du siehst, vereinfacht, weil der Prophet Mohammed den Weingenuß verbietet. Die alten Ägypter liebten es, ihre Häuser von Wein beranken zu lassen. Sie bauten Getreide an und zogen Feigen, Datteln, Granatäpfel, Knoblauch und Zwiebeln, Kohl, Lattich und süße Muskatellertrauben. Lattich wuchs auch in den Tempelgärten nahe dem Sanktuarium, dem heiligen Bezirk, er galt als Götterspeise, als regenerierende Kraft, die Amun-Re zu sich nahm. Du weißt noch, wer Amun-Re ist? Er ist der Verborgene, der im Lufthauch Wirkende, der Urgott.«

»Ich hätte nicht gedacht, daß Götter überhaupt eine Speise nötig haben. Ist es nicht etwas erbärmlich, daß sich ein Gott mit Salat zufriedengibt?«

Es kam Christoph vor, als spräche der Alte mit seiner dunklen tonlosen Stimme nicht über lang schon Vergangenes, sondern über Gegenwärtiges und geradezu Selbstverständliches, eine überraschend irritierende Erfahrung. Er hätte sagen können, daß es in der christlichen Religion etwas Ähnliches gab, die Erdbeeren galten ja als Seelenspeise der Jungfrau Maria, aber hieß das nicht, die Madonna verunglimpfen, wenn er sie mit einem Salat essenden Götzen auf eine Stufe stellte?

Den Einwurf überhörend, fuhr der Alte unbeirrt fort: »Aber auch Blumen wurden kultiviert, die für die Tempelzeremonien benötigt wurden, Stockrosen, Kornblumen, Klatschmohn, Mandragora, weißer und blauer Lotus. Die größten Landbesitzer waren die Tempel, sie wurden in ihren Anbaumethoden erst von den Ptolemäern, den Nachfahren der griechischen Eroberer, übertroffen, die um das Jahr 300 vor Christi Geburt ins Land kamen. Die Griechen legten riesige Felder an mit nichts als Knoblauch oder Wein und exportierten die Erzeugnisse in Länder rund ums Mittelmeer.«

Sie überquerten den Fluß und setzten ihre Reise am anderen Ufer fort, ein Stück weit begleitete sie der Anblick der Pyramiden von Giza, die gleichsam über dem grünen Gürtel der Palmen schwebten. Niemand hatte Christoph sicher sagen können, wozu diese Bauwerke errichtet worden waren. Durch die elementare Form und die unmäßige Größe wirkten sie menschlichem Maß entrückt. Nur einem Gott, entschied er, kam etwas derartig Monumentales zu.

»Die Pyramiden«, erklärte Joannis auf seine Frage, »sind Grabmäler der Pharaonen Cheops, Chephren und Mykerinos.«

»Die alten Ägypter haben diese ganzen Steine über ihre toten Könige aufgetürmt? Dann müssen sie verrückt gewesen sein.« Christoph trieb mit einem Zungenschnalzen die kleine Stute an.

Erst nach einer Weile hatte ihn der Kopte eingeholt. »Du darfst in den Pharaonen nicht nur menschliche Herrscher sehen.« Er deutete auf die Pyramiden mit einer weiten Armbewegung, die den Ärmel seines Gewandes hochrutschen ließ und einen Arm enthüllte, der Christoph mit seinen kräftigen, ausgeprägten Muskelsträngen und der runzligen Haut an die Luftwurzel eines alten Baumes denken ließ. »Die alten Könige galten als das sichtbare Abbild des Gottes Amun-Re auf Erden, und sie garantierten die göttliche Ordnung vom Lauf der Gestirne bis hin zum Wechsel der Jahreszeiten. Im Pharao wird Gott menschlich. Wenn er stirbt, geht er den Weg einer Wandlung, denn Gott ist unsterblich. Die Pyramide weist dem toten Pharao den Weg zum Firmament. Die Pyramide des Cheops ist nach dem Sternbild des großen Jägers Orion ausgerichtet, du könntest es sehen, wenn jetzt Nacht wäre. Für die alten Ägypter war es allerdings nicht Orion, sondern Osiris, der am Himmel leuchtete. Die Pyramide verbindet die Erde mit dem Himmel und steht für den Glauben des Menschen, einst ebenso diesen Weg zu beschreiten.«

»Dann glaubten sie ja an die Auferstehung«, warf Christoph staunend ein.

»Viel sinnfälliger als die Christen. Sie waren ein lebensvolles Volk, das die Freuden des Daseins genoß, aber auch wußte, daß das kurze irdische Leben keine Bedeutung vor der jenseitigen Ewigkeit hat. Der Tod galt als Wiedergeburt ins eigentliche Leben. Wie kein anderes Volk trafen sie Vorkehrungen, im Diesseits die Existenz im Jenseits vorzubereiten, in allem Diesseitigen schien das Jenseitige auf.«

»Auch in ihren Gärten?«

»Ich werde dir ein Totengebet vortragen, danach magst du selbst urteilen: ›Gewähre, daß ich ein- und ausgehe in meinem Garten, daß ich mich kühle in seinem Schatten, daß ich Wasser trinke aus meinem Teich, jeden Tag, daß ich lustwandle am Ufer meines Teiches ohne Unterlaß, daß meine Seele sich niederlasse auf den Bäumen, die ich gepflanzt habe, daß ich mich erquicke unter meinen Sykomoren‹«, rezitierte Joannis leise.

Wo lagen noch die Grenzen der Wirklichkeit und der Gegenwart? Christoph erlebte, während sie weiter nach Süden reisten, das immer verwirrendere Verschmelzen der Zeiten.

Nachdem sie sich schon eine Weile in Luxor und Karnak aufgehalten hatten, setzte er sich eines Abends auf einen Sandsteinblock im Tempelbezirk und suchte Ordnung in seine Gedanken zu bringen. Er schrieb einen Brief.

Christoph an Antonius, Mönch und Gelehrter in San Giorgio in Venedig.

Ich habe die christlichen Wahrheiten für einzigartig gehalten. Jetzt scheint mir, daß sie nur Facetten einer Wahrheit sind, die sich verbirgt und die sich nach außen nur in vielen Spiegelungen bricht. Eine davon ist Osiris. Dieser Gott ist von seinem Bruder Seth, dem Herrn der Wüste, ermordet worden und vom Tod auferstanden. Mit seiner Auferstehung verbindet sich die Hoffnung der Menschen auf ein jenseitiges Leben. Ich brauche dir nicht zu schreiben, worin die Parallele zu dieser Geschichte liegt, in der ich auch noch den Brudermord von Kain und Abel wiedererkenne.

Seth verköpert die Unfruchtbarkeit der Wüste und Osiris die Fruchtbarkeit des Niltals, die sich alljährlich erneuert. Die Ägypter pflegten zur Zeit der Aussaat einen mit Korn gefüllten Leinensack, der menschliche Formen aufwies, zu begießen und zu beobachten, wie das Korn durch das Leinen zu wachsen begann, so begingen sie die Wiederkehr des Gottes. Von Joannis erfuhr ich, daß es im Osten mehrere solcher Auferstehungsmythen gibt und zumindest einen davon kenne ich. Die Geschichte von Adonis.

Leider existieren weitere Übereinstimmungen mit den heiligen Schriften, die mich in tiefe Zweifel an unseren christlichen Überlieferungen stürzen. In einem der Tempel hier, dem südlichen Tempel des Amun, gibt es einen Raum, der Geburtssaal genannt wird. Dort wurde jedes Jahr die Verbindung der Pharaomutter mit Amun und die Hervorbringung ihres Kindes, des Pharaos, gefeiert. Dieses Fest fand zu Beginn des Jahreszyklus statt, wenn die Nilüberschwemmung einsetzte. Du kannst dir denken, was mich an dieser Geschichte schmerzt. Unsere Heilsgeschichte ist nicht einzigartig!

Ich sollte wohl von vorn anfangen mit meinem Bericht. Wir sind seit zwei Wochen im alten Theben, das für die Ägypter einmal der Anfang der Welt war, und reisen zwischen den zwei großen Tempelanlagen im Norden und Süden hin und her. Hier in Theben hat der Überlieferung nach Amun die Welt geschaffen und aus dem Urwasser den ersten Hügel herausgehoben, auf dem die Menschen leben konnten. Und schon wieder bin ich bei der Bibel angelangt. Lag auf diesem Hügel der Garten Eden?

Du weißt, das Paradies wird von vier Flüssen durchzogen und einer davon, glauben die Muselmanen Ägyptens, ist der Nil. Sollte sich das Geschehen der Bibel in Wirklichkeit hier abgespielt haben? Ich bin zwischen den Trümmern herumgestolpert, habe nach Spuren gesucht und dabei über vieles nachgedacht.

Stelle dir einen Wald aus Stämmen vor, deren dickste sechs Meter im Umfang messen und die fünfundzwanzig Meter in die Höhe ragen und fächerförmige Kronen ausbilden. Von diesen Bäumen stelle dir einhundertvierunddreißig in einem Geviert von hundertvier Schritten in der Länge und zweiundfünfzig in der Breite vor, und du hast eines der Weltwunder der antiken Zeit vor dir: den großen Säulensaal des nördlichen Amuntempels. Die Säulen sind in wunderbaren Farben bemalt und tatsächlich Palmen oder Papyrusbündeln nachempfunden, also nach dem Vorbild der Natur gestaltet. Aber nach einer Natur, die gewaltig und erdrückend ist, sie läßt die Menschen gering erscheinen, es ist unausweichlich, ihre Heiligkeit zu empfinden.

Schon im Tempel, der den Urhügel wiederholt, tun sich die Beziehungen zum Paradies auf. Das Bodenniveau der Räume steigt bis zum Allerheiligsten, dem Sanktuarium, an, und die Beleuchtung nimmt stetig ab. Die Erscheinung des Göttlichen soll sich für sterbliche Augen im Dunkeln verlieren, was mir vernünftig erscheint: schon Moses fand die Erscheinung Gottes in einem brennenden Dornbusch schwer erträglich.

Zu jedem Tempel gehört ein kleiner See und meist ein Hain. Es ist, als fände der Säulenwald im Innern eine Entsprechung im Äußern, ähnlich wie in Konstantinopel, wo allerdings alles nur dem profanen Vergnügen dient. Der Hain, in dessen Bäumen die Götter hausen, säumt den heiligen See, der als das Urwasser Nun gilt. See und Hain, Wasser und Baum sind Symbole des Lebens schlechthin, und der blaue Lotus auf dem See ist das Zeichen der Wiedergeburt. Die Ufer waren in alter Zeit üppig mit Blumen bepflanzt. Solche Gärten aus See und Hain legten die Ägypter auch als Totengärten vor den Grabtempeln an, weil sie glaubten, daß der Verstorbene diesen Garten mit in die Ewigkeit nehmen könne. Die Seele des Verstorbenen trank Wasser aus dem heiligen See, das ihm regenerierende Kraft gab, ließ sich in den Bäumen nieder und nährte sich von ihren Früchten. Die Welt der Lebenden mischt sich mit der der Toten.

Osiris, der auferstandene Gott, verkörpert sich in einem Baum, der so zum Garant der Auferstehung wird und zum Baum des Lebens.

Ich habe den heiligen See gefunden, und an seinem Ufer haben Joannis und ich noch die Pflanzlöcher für Bäume ausmachen können. Es bewegen mich eigenartige Stimmungen an diesem Ort. Ist hier die Zeit über den schönsten Platz auf Erden hinweggegangen und hat ihn auf immer zerstört? Ich habe Angst, am Ende meiner Reise angelangt zu sein.

Es kann nicht verwundern, daß ein Volk, das so stark an ein Jenseits glaubte und alle Vorkehrungen für einen angenehmen Aufenthalt dort getroffen hat, auch die privaten Gärten nach dem Vorbild der Tempelanlage geschaffen hat.

Die Gärten, sagt Joannis, lagen vom Haus durch eine Mauer getrennt und eine weitere, höhere umschloß das ganze Anwesen, so daß es zu einem abgeschiedenen Ort wurde. Der heilige See, ein rechteckiges Becken, durfte in keinem Garten fehlen. Auch wenn er der Bewässerung diente, waren sich die Gartenbesitzer doch immer der tieferen Bedeutung bewußt.

Der Hain um den See bestand aus einer Obstpflanzung. In ihr befand sich ein Pavillon mit einem Opferaltar und einem Kultbild, und so schließt sich der Kreis: der gewöhnliche Garten wird zum Tempel.

In Byzanz habe ich gelernt, die Römer seien die Erfinder des Lustgartens. Jetzt weiß ich, daß die Ägypter, freilich nur die Wohlhabenden, schon Jahrtausende vorher Gärten zu ihrer Freude anlegten, auch wenn sie nie ganz den Nutzen vergaßen.

Auf dem ersten Papyrus, den ich gesehen habe und den ich jetzt besitze, ist eine Sykomore dargestellt, die mit der Gestalt einer Frau verschmilzt. Es ist die Göttin Hathor, die in ältesten Zeiten als Himmelsgöttin galt, aber auch als Göttin des Tanzes, des Rausches und – der Liebe.

Joannis sagt, die Sykomore mit ihrer ausladenden Krone spendet den Liebenden Schutz und Schatten. Es gibt eine Menge altägyptischer Liebesgedichte und Geschichten, die die Liebe im Garten preisen. Kann ich mir denken.

Seit gestern sind wir nicht mehr allein. Faruk ist überraschend angekommen und will sich uns für die weitere Reise anschließen. Mir gegenüber machte er dunkle Andeutungen über Joannis, der Dinge wisse wie sonst keiner. Joannis wiederum traut dem Ägypter nicht über den Weg und will ihn bald loswerden, da er mir noch etwas Besonderes zeigen will.

Antonius, mein Lehrer, was bleibt, wenn man versucht, all dem, was mir begegnet ist, auf den Grund zu gehen? Allmählich neige auch ich zu der Ansicht, daß alle Götter nur ein Gott sind, der sich uns in verschiedenen Gestalten offenbart, und daß vor allem der Garten das Göttliche in sich birgt.

Jemand, der einen Garten bestellt, nimmt teil an der Erhaltung der göttlichen Ordnung. Das findet sich sogar noch im Bewußtsein der Byzantiner, von denen viele jeglichen Glauben recht leicht nehmen. Der Baum ist das geheime Zentrum des Urgartens, des Gartens in Eden, ob wir nun Christus in ihm sehen oder Osiris, es ist der Baum des Lebens, und ich werde ihn suchen.

Gottbefohlen – Christoph

Früh in der Nacht brachen sie auf. Faruk schlief und rührte sich auch nicht bei den leisen Geräuschen, die das Tasten nach dem Gepäck verursachte. Christoph vermutete, daß an diesem festen Schlaf Joannis nicht ganz unschuldig war, er hatte Faruk beim Nachtmahl häufig Tee nachgegossen. Christoph war nicht wohl dabei, den freundlichen Wasserbaumeister ohne Erklärung zurückzulassen, aber Joannis bestand darauf. Die dicke Staubschicht auf dem Boden dämpfte das Trappeln der Pferdehufe. Die Trockenzeit vor der Nilüberschwemmung hatte begonnen. Über ihnen zog das Sternbild des Orion oder Osiris strahlend auf, um ihnen den Weg nach Westen zu weisen, denn im Westen lag das Totenreich, lagen die Begräbnisstätten mit ihren Gärten im Diesseits wie im Jenseits. In einem Dorf nördlich von Karnak rüttelte Joannis einen Fährmann aus dem Schlaf und überredete ihn, sie mit seiner Feluke über den Strom zu setzen. Geisterhaft bleich schimmerte über ihnen das Dreieckssegel. Auf der anderen Seite ließen sie rasch den grünen Streifen der Palmen und Felder hinter sich und ritten durch wüstenähnliches Gebiet auf die hochaufragenden Felswände zu, die die Heimstatt toter Könige bildeten.

Sand und Felsen leuchteten hell im Licht der Mondsichel. Wie ein Traumgebilde erschien Christoph der Tempel der Königin Hatschepsut, der stufenförmig in die Flanke des Berges gegraben war. Sie ließen die Pferde und den Esel am Fuß der untersten von drei Terrassen zurück. Joannis, dem der Tempel wohl sehr vertraut war, entzündete Fackeln und ließ ihr Licht über die Wände und Säulen der Hallen flackern.

Ein Teil der hinteren Querwand im Sanktuarium erwies sich als beweglich und öffnete den Zugang zu einem langen Gang, der zu drei tief im Felsen gelegenen Räumen führte. Beim ersten Blick in die Räume mußte Christoph blitzartig an Konstantinopel denken. Zwei Räume erwiesen sich als Schatzkammern, gefüllt mit den Dingen, auf die die große Königin im jenseitigen Leben nicht verzichten wollte: Mobiliar mit Gold und Email eingelegt, Schmuck, Spiegel, Vasen und ein Sammelsurium kurioser Gerätschaften. Die Wände waren mit Gartenszenen in den leuchtendsten Farben bemalt: Ein blauer Lotussee, ein schlanker Kahn mit einem fischenden Knaben, Reiher kreisten über dem Schilf. Es schien Christoph, als müsse er den Wind in den Halmen rascheln hören und seinen warmen Atem spüren und die träge Stille eines müßigen Frühlingstages. Joannis' heisere Stimme ließ ihn aufschrecken.

»Die Ägypter glaubten, daß auch ein gemalter Garten genug Realität besaß, um ihn ins Jenseits mitzunehmen«, erklärte der Alte ruhig.

In der dritten Kammer stand inmitten von Schätzen ein Sarkophag. Joannis bewies an Hand der Inschriften, daß in ihm eine früh verstorbene Tochter Hatschepsuts begraben lag. Der Sarkophag hatte die Form einer etwas plumpen menschlichen Gestalt, war aber fein bemalt. Das Antlitz zeigte dunkel umrahmte Augen, der Mund lächelte ein wenig; sehr jenseitig wirkend, zeugte der Ausdruck des Gesichts von einer schöneren, glücklicheren Welt.

Christoph drückte die Stirn auf den Rand des steinernen Behälters, auf einmal hatte ihn die Trauer um Verina überwältigt. Wenn sie doch auch in so einem Steinsarg ruhen könnte, von einem gemalten Garten umgeben, der ihr den eigenen ersetzte. Er schluchzte auf.

Joannis legte ihm die Hand auf die Schulter. »Die Tote braucht deine Tränen nicht, sie hat alles mitgenommen, woran ihr Herz hing, und das war eine ganze Menge.«

Bevor sie die geheimen Räume wieder verließen, beobachtete Christoph, daß der Kopte etwas einsteckte.

Auf der unteren Terrasse sitzend, sahen sie die Sonne aufgehen. Sie sahen und fühlten, wie ihr Licht die Luft, das Tal, die Bergflanke hinter ihnen und die weißen Tempelmauern golden überflutete. Aton-Re, Herr des Lichts, Schöpfer des Lebens, Prinzip des Lebens selbst. Was gestern noch unvorstellbar, blasphemisch, götzendienerisch erschien, gewann jetzt die Kraft einer tiefen Wahrheit. Wenn Gott in seiner Schöpfung anwesend war, warum nicht in der Sonne?

Christoph plagte nun ein weniger schlechtes Gewissen beim Gedanken an Faruk, der vielleicht gerade erwachte.

»Hast du Faruk wegen der Schätze nicht dabei haben wollen?«

Joannis antwortete nicht, er hielt sein Gesicht starr der Sonne zugewandt, die alle Runzeln daraus tilgte und es wie gemeißelt wirken ließ, wie das Antlitz einer der vielen Statuen des alten Ägypten, die Christoph auf der Reise mit dem Kopten gesehen hatte. Es fröstelte ihn plötzlich.

Lauter als nötig sagte er: »Wie kommst du darauf, daß Faruk eventuell ein Dieb ist, ich aber nicht?«

Langsam kehrte sich Joannis ihm zu und einen Augenblick verschlug Christoph die maskenhafte Leblosigkeit seines Gesichts den Atem, er meinte, nur weiße, blicklose Augäpfel zu sehen, dann aber nahm der Kopte wieder menschliche Züge an, er lächelte geringschätzig.

»Faruk spioniert mir nicht zum erstenmal nach. Er stammt aus einer Fellachenfamilie aus dieser Gegend und erhebt einen gewissen Anspruch auf das, was sich unter dem Wüstensand oder in verborgenen Grabkammern befindet.«

»Das habe ich nicht gewußt, ich meine, daß er Fellache ist.

Aber warum sollte er auch nicht hinter den Schätzen her sein? Wie ich die Sache sehe, sind diese Pharaonen seit Jahrtausenden tot, und vielleicht befindet sich ja einer seiner Vorfahren darunter. Es dürfte die Toten kaum kümmern, was mit ihren Schätzen geschieht.«

Joannis griff unversehens nach Christophs Arm und drückte ihn mit einer geradezu unmenschlichen Kraft, so daß Christoph teils vor Überraschung, teils vor Schmerz aufschrie.

»Die Toten bestiehlt man nicht.« Tief grollte Joannis Stimme.

Auf einmal verspürte Christoph Furcht vor dem Alten, sogar einen gewissen Abscheu, obwohl ihn der Mann gleich wieder freigegeben hatte. »Wenn du so eine Angst um die Schätze hast, frag ich mich, warum du sie mir gezeigt hast, und außerdem wüßte ich gern, warum du selbst etwas davon genommen hast«, sagte er, gegen die Furcht ankämpfend.

»Dich treibt nicht die Jagd nach Gold und Reichtum um. Du hast mir von deiner Suche erzählt und dem langen Weg, den du dafür auf dich genommen hast. Setz deine Reise ins Zweistromland fort, und laß dich nicht beirren. Du wirst wissen, wann sie zu Ende ist. In Bagdad frag nach den Feueranbetern, aber sei vorsichtig. Es müßte dort einen geben, der dir weiterhelfen kann. Ich habe lange nichts von ihm gehört. Er ist Gärtner wie du und heißt Maruk. Zeig ihm das hier, wenn du ihn siehst.«

Auf Joannis' flacher Hand lag ein aus Gold und tiefblauem Lapislazuli höchst kunstvoll gefertigter Mistkäfer, dessen lebende Vorbilder Christoph gelegentlich dabei beobachtet hatte, wie sie aus Dung Kugeln formten und herumrollten.

»Der Skarabäus«, erklärte Joannis, »ist ein Zeichen für die schöpferische Kraft, und wenn man ihn den Toten beigibt, ein Symbol für das neue Leben.«

Neues Leben aus Dungkugeln, dachte Christoph respektlos, als er den Käfer einsteckte, ist für einen Gärtner vielleicht nicht das abwegigste.

Sie verbrachten noch einige Zeit vor der untersten Terrasse, und Joannis legte mit Christophs Krummschwert Löcher im Sand frei.

»Hier wuchs einmal der heilige Hain. Die Gruben, in die man die Bäume pflanzte, erleichterten die Bewässerung. Es ist keine

Kleinigkeit, Feigen und Palmen in der Wüste zu ziehen, du siehst daran die Tiefe des Glaubens, der dahinter steht.«

Stromabwärts segelten sie auf einer Feluke bis Beni Suef. Ihr nächstes Ziel war Al Faiyum, eine fruchtbare Senke, die der Josefsfluß schon seit den Zeiten der alten Ägypter bewässerte. Das Land rund um den See, damals noch ein Süßwassersee, hatte als bevorzugtes Ausflugsziel für Jagden und Fischfang, das Freizeitvergnügen der Pharaonen, gedient.

Die Luft tanzte im Gluthauch der Sonne. Mit zusammengekniffenen Augen starrte Christoph in die flirrende Weite der westlichen Wüste, und da erschien eine grüne Insel, die über dem Saum des Horizonts schwebte, der Boden darunter verwandelte sich vor seinen Augen in einen blauen See. Trotz der beträchtlichen Entfernung erkannte er Bäume von sattem Grün mit leuchtenden Früchten. Vögel glitten mit trägem Flügelschlag über die Kronen. Die Erscheinung flimmerte, pulsierte in der Luft, trat mal deutlicher hervor und mal verschwamm sie fast mit dem goldenen Hintergrund der Wüste.

Für Christoph konnte es keinen Zweifel geben. Zitternd deutete er geradeaus. »Eden, Joannis, schau. Es ist Eden!«

Er hieb der Stute die Fersen in die Flanke, trieb sie in einen atemberaubenden Galopp, der Sand flog um ihn auf, aber die schimmernde Insel wich vor ihm zurück, es war ganz unheimlich, wie genau sie den Abstand zu ihm einhielt, als ritte er auf der Stelle, als drehte sich die Erde unter ihm; er war sich sicher, daß er die Grenzen von Zeit und Wirklichkeit sprengen würde, wenn es ihm gelänge, auch nur einen Meter Boden zu gewinnen. Als er das Pferd erneut mit rücksichtsloser Härte antrieb, bäumte es sich auf, warf den Reiter ab und stob davon. Der Sand fing den Sturz auf, unverletzt rappelte sich Christoph auf und kroch auf die Erscheinung zu. Neben ihm zügelte Joannis sein Pferd.

»Halt ein, es ist nicht Eden.«

Noch ehe Joannis vom Pferd steigen konnte, rannte Christoph weiter in die Wüste hinaus. Der Alte setzte ihm nach, überholte ihn, rutschte aus dem Sattel und stemmte sich dem Besessenen entgegen.

»Es ist eine Täuschung, glaub es mir.«

Christoph hörte nicht. »Es ist das Paradies, und es wird verschwinden, wenn wir uns nicht beeilen. Laß mich, ich muß es erreichen.«

Joannis hielt ihn mit seiner unglaublichen Kraft mühelos fest. »Viele glauben, es sind böse Geister, Dschinns, die diese Erscheinungen verursachen, um Reisende in die tödliche Wüste zu locken. Du wirst diese Insel nie erreichen und an ihrer Stelle nur Sand und Öde vorfinden. Viele sind so zugrunde gegangen.«

Christophs Stimme sank zu einem gequälten Flüstern herab, ein halbes Schluchzen, er krallte die Hände in Joannis' Gewand. »Es ist Eden. Ich weiß es. Deine Vorfahren hatten recht. Hier in Ägypten schuf Gott den ersten Garten für die Menschen.«

»Das mag sein, aber das Paradies ist nicht diese Insel, was du siehst, ist Faiyum, ich kenne diesen Ort, wir sind auf dem Weg dorthin. Das Trugbild dort hat Seth, der Herr der Wüste, geschickt.«

Um Christoph zu überzeugen, mußte Joannis mit ihm in die Wüste hinausreiten, bis das Gaukelbild vor ihren Augen im Sand zerrann. Die Stute war von allein zurückgekehrt.

Die Sonne verschwand über dem Horizont, als sie Faiyum erreichten.

Joannis besaß hier ein Anwesen, ein Haus mit einem Garten, das sich hinter einer Mauer verbarg. Es bestand aus den üblichen Lehmziegeln, wies aber nicht den üblichen Zuschnitt auf. Eine niedrige Mauer trennte es vom dahinterliegenden Garten, und als Christoph durch die Pforte trat, ahnte er, wo er sich befand: über die Jahrtausende hinweg war dies ummauerte Geviert ein Stück des alten Ägypten. Es gab den heiligen See, auf dem blauer Lotus schwamm und Enten Kreise zogen, die hohe Böschung war mit Papyrusstauden und Blumen bepflanzt. Stockrosen blühten und Mohn. Uralte Sykomoren warfen mit ihren Kronen breite Schatten, und tief im Hain fand er einen kleinen Pavillon und wußte, was er enthielt, bevor er ihn betrat.

Wer war Joannis? Den ganzen Abend grübelte Christoph über den Mann nach, der ihm in friedvoller Gelassenheit einen Becher mit dunkelrotem süßem Wein aus den Muskatellertrauben reichte, die das Haus berankten. Ein kleiner Vogel hatte sich auf Joannis' Schulter gesetzt.

Ein Mann mit grauem Haar, dem das Alter eher Kraft als Verfall einbrachte. Ein Mann wie ein alter Baum, schoß es Christoph viel später durch den Kopf, als sie sich bereits auf dem Rückweg nach Kahira befanden.

Bald nach der Ankunft suchte ihn Mustafa auf und lud ihn zu einem Besuch in den Garten des Sultans ein. Die Kaskade war vollendet. Ein schimmerndes Wunder aus seidigen Wasserbahnen, die sich mit einem leisen Rauschen über gerundete Kanten von Stufe zu Stufe bewegten. Kühle stieg auf, legte sich erfrischend und beruhigend auf die Sinne.

Mustafa strahlte. »Auch aus dir könnte, wenn du dir Mühe gibst, ein ganz brauchbarer Gartenkünstler werden«, sagte er.

Christoph bedankte sich gebührend für das Kompliment.

Alle Zweifel an Enrico waren verflogen. Christoph stellte erstaunt fest, daß ein neues Gefühl der Verbundenheit entstanden war, in das sich bald der Trennungsschmerz mischte. Enrico brachte keine weiteren Einwände gegen seine Abreise nach Persien vor, Christoph hegte keine Bedenken mehr, sich von ihm mit allem Notwendigen, auch einem Wechsel auf ein Handelshaus in Bagdad, ausstatten zu lassen. Eine einzige Bedingung stellte er: er würde nicht über Akkon reisen. Mehmed, der Führer einer Karawane nach Tyrus, verpflichtete sich, für Christoph in Tyrus die Weiterreise nach Bagdad zu sichern.

Eines Tages, das Wasser des Nils begann zu steigen, waren alle Vorbereitungen getroffen. Christoph suchte das Haus von Joannis noch einmal auf und fand es verschlossen. Nachbarn berichteten ihm, daß der Kopte verreist sei.

Der Abschied von der Stute fiel ihm schwerer, als er gedacht hatte, trotzdem ließ er sie zurück, weil er sicher war, daß der lange Ritt durch trockene, steinige Gebiete nichts für ihre verwöhnten Hufe wäre. Mit solchen Gedanken beschäftigte er sich, um den wirklichen Schmerz noch aufzuhalten: den Abschied von Enrico.

Aber dann saßen sie doch zum letztenmal in dem Hof mit den zwei Sykomoren, Christoph betrachtete das Gesicht Enricos, über das in unruhigem Wechsel Schatten und Lichtsprengsel glitten, so daß er nicht wußte, ob die Weichheit, die die scharfen Züge aufhellte, Wirklichkeit oder Täuschung war. Es drängte ihn,

Enrico den Arm um die Schulter zu legen, um sich und ihn ihrer Freundschaft und unverbrüchlichen Zuneigung zu vergewissern, er unterließ es aber, statt dessen fragte er: »Was wirst du tun?«

»Meine Verwandten haben die Heirat mit einer Cousine arrangiert. Vielleicht wird mir bald ein Sohn geboren. Dann bin ich endgültig mit diesem Land und diesem Leben verbunden.«

Christoph wünschte ihm Glück mit einem merkwürdigen Gefühl von Trauer und Angst, das er abzuschütteln suchte. Er schenkte ihm den Papyrus.

Es war nicht nur ein Abschied von einem wiedergefundenen Freund, sondern ein Lebensabschnitt ging zu Ende. Seit seinem Aufbruch in Tegernsee war er geleitet und behütet worden, jetzt begann die Zeit des Erwachsenseins und der Selbständigkeit. Enrico hatte es nicht ausdrücklich aussprechen müssen, daß er zurückkehren konnte, auch blieb immer noch die Möglichkeit, sich Roberto anzuschließen, über den er inzwischen etwas milder urteilte.

So nahm er das Gefühl der Freundschaft auf die Reise in den Sinai und noch fernere, unbekannte Länder mit, es linderte die Einsamkeit und eine neue Melancholie, die ihn nun begleiten sollte.

Ein Falke kreiste über der Karawane. Imad ed Din. Plötzlich fiel es Christoph leicht, und es erschien ihm vollkommen angemessen, den Freund in Gedanken so zu nennen. Der Habicht und der Adler, Fulco und Roberto. Und ein alter Mann in einem Garten, vor dem die Vögel so wenig Scheu zeigten, daß sie sich auf seine Schultern setzten.

Kapitel 5
Bagdad

1

Ob es an einem Mißverständnis lag, konnte Christoph nicht in Erfahrung bringen. Sie reisten doch über Akkon und blieben für einen Tag und eine Nacht. Die Herberge lag im Schatten der Johanniterburg, der größten Kreuzritterniederlassung in der Stadt. Bereits auf dem Weg zu ihrem Quartier begegneten ihnen Kreuzritter, Johanniter, aber auch Templer. Die Sehnsucht nach Roberto überfiel Christoph so heftig, daß er sein Gepäck auf den ihm zugewiesenen Strohsack legte, den Reisehof sofort wieder verließ und einer Gruppe Templer nachlief, die vor ihm in die Burg einritt. Niemand hinderte ihn, die Rittersäle und das Refektorium zu durchstreifen. Nach Roberto hielt er allerdings vergeblich Ausschau. Sich nach ihm erkundigen wollte er nicht, es war ihm wichtig, den Zufall walten zu lassen, in dem er Gottes Fügung hätte erkennen können und einen Hinweis auf eine höhere Gerechtigkeit. So ganz vergeben, stellte er fest, hatte er Roberto wohl doch nicht.

Schließlich suchte er die Kapelle auf, kniete nieder, erhob die Augen zum Kreuz. Nicht länger Jesus Christus, sondern der Unbekannte Gott manifestierte sich in den dunklen gekreuzten Balken. Christoph wußte plötzlich, daß er sich auf einer viel weiteren und einsameren Reise befand, als er geglaubt hatte.

Von einem Reisegefährten, der sich in Akkon umgehört hatte, erfuhr er etwas über das Schicksal Konstantinopels. Wie vorauszusehen gewesen war, hatte nicht Bonifaz von Montferrat den Thron des Lateinischen Kaiserreichs bestiegen, sondern ein aus venezianischer Sicht gefügigerer Kreuzzugführer. Bonifaz hatte ein Königreich Thessalonike als fränkisches Lehnsfürstentum begründet und die Insel Kreta, jetzt Candia, die ihm bei der Aufteilung der byzantinischen Territorien zugefallen war, an die

Venezianer verkauft, die somit das Mittelmeer unangefochten beherrschten.

Die Union der Kirchen war formell vollzogen, Zisterzienser- und Franziskanerklöster waren überall im ehemaligen Kaiserreich Byzanz gegründet worden. In der Gruppe von Reisenden, in der sich Christoph befand, entbrannte eine erregte Diskussion über die Frage, ob die neuen Machtverhältnisse von Dauer sein konnten. Zu seinem Erstaunen ließ ihn das Gerede der anderen seltsam unberührt, die Heftigkeit, mit der er einmal für die Freiheit Konstantinopels gekämpft hatte, erschien ihm in der Rückschau als eine kindische Torheit.

Wenn er überhaupt an die Stadt dachte, dann nur an Szenen wie diese: Verina im verwunschenen Garten, im Gras ausgestreckt, und sehr wehmütig fühlte er eine Zärtlichkeit aufkommen, mit der er jetzt gern über ihre Arme gefahren wäre, langsam, bis er den Pulsschlag unter der Haut in der weichen warmen Beuge gespürt hätte. Die Liebe zu Verina war nun ganz leicht geworden.

In Tyrus ließ sich die Weiterreise nicht so schnell in die Wege leiten, wie er gehofft hatte. Der Karawanenführer verwandte mehrere Tage darauf, Reisemöglichkeiten in den Osten zu erkunden, die soviel an mutmaßlicher Sicherheit boten, wie Imad ed Din gefordert hatte.

Christoph vertrieb sich die Wartezeit mit ein paar Besorgungen.

Tyrus war eine Stadt ausgedehnter Handelsverbindungen und großer Märkte. Die Luft ganzer Viertel war mit berauschenden Düften exotischer Gewürze getränkt, die sich schwer auf die Sinne legten und Visionen unermeßlich weit entfernter Weltgegenden aufdrängten.

Einen Vorgeschmack auf sein Reiseziel boten Teppiche mit eingewebten Vögeln, Pferden und Kamelen aus Hira oder andere mit bunten Blumenmustern aus Isfahan. Christoph erstand einen kleinen Teppich mit stilisierten Blumen, gerade groß genug, um mit untergeschlagenen Beinen darauf sitzen zu können und keineswegs entspannt an die Pracht persischer Gärten zu denken. In einem kleinen Käfig am Fenster pfiff traurig eine persische Nachtigall, die er ebenfalls gekauft hatte.

Ein paar Tage später entdeckte er direkt neben der Kathedrale eine erstaunlich umfangreiche Bibliothek. Von da an verbrachte er die meiste Zeit in der dämmrigen Abgeschiedenheit der Lesesäle und im vertrauten Geruch von altem Leder und Pergament und frischte seine lateinischen und griechischen Sprachkenntnisse auf, wenn er nicht aus dem Fenster starrte und sich wirren Träumen und Ängsten vor dem Unbekannten überließ. Mehrfach mußte er gegen das heftige Verlangen ankämpfen, trotz allem nach Roberto zu suchen.

Mehmed brachte zwei besonders wüstenerfahrene Kamele. Vor allem das Reittier pries er als Muster an Ausdauer. Christoph hatte es noch nie mit einer ähnlich häßlichen Kreatur zu tun gehabt. Das Tier war groß und grobknochig. Unter den spöttischen Blicken der Mitreisenden reihte er sich mit ihm in die Karawane ein. In einer Anwandlung von Galgenhumor nannte er die Stute »die Schöne«.

Schon nach ein paar Tagen bekam der Name seine ganz eigene Bedeutung. Christoph kannte kein Reittier mit einem derart wunderbar ausgeglichenen Gang, so daß das Reiten einem Gewiegtwerden gleichkam.

Nachdem sie die letzten Acker- und Siedlungsgebiete hinter sich gelassen hatten, wertete er jede Palme, die er sichtete, als geheimen Meilenstein, alle Mühsal des Reisens erschien ihm als eine Prüfung auf dem Weg zu seinem Garten der Verheißung. Wieder war eine Wüste zu durchqueren, diesmal der Rand der syrischen, und er richtete sich auf die eintönige, wie tot wirkende Landschaft ein.

Staub verklebte die Augen, drang in Mund und Nase, selbst durch die Tücher, die das Gesicht schützen sollten. Christoph fühlte beständig den trockenen, muffigen Geschmack des Staubes auf der Zunge, fühlte, wie er sich unter dem Hemd mit dem Schweiß vermischte.

Nachts deckte der Wind emsig die Kamele draußen zu, fand aber auch einen Weg ins Zelt, häufte Sandwellen neben den Kissen an, ein unangreifbarer Feind, der wahre Schrecken des Reisens, der keinen Augenblick Ruhe gab. Die Wüste lebte im Staub, in den stumpfen, ockerfarbenen Schwaden, die unversehens vom Boden auffuhren und Kamel und Reiter so einhüllen konnten, daß sie eine Insel in einem Meer der Ungewißheiten bildeten.

Der Karawanenführer Ali schaute gelegentlich bei ihm vorbei, aber da er keine Wünsche äußerte, noch Unzufriedenheit, hielt er sich nicht lange auf, und Christoph fuhr fort, in einer eigenartigen Stimmung innerer Sammlung und träger Ruhe seine Reisegefährten zu beobachten.

Eine Reihe von Händlern hatte sich zu der Karawane zusammengeschlossen, etliche wohnten in Bagdad und trieben Handel mit den Häfen am Mittelmeer. Die meisten waren Muselmanen, aber andere, das erkannte er an ihrer Kleidung, waren Juden und Christen. Zu keiner Gruppe fühlte er sich besonders hingezogen.

Die reicheren Händler wurden von Sklaven und eigenen Wachen begleitet, die die reguläre, vom Karawanenführer besorgte Truppe verstärkten. Auch ohne dieses Wissen hätte Christoph keine Furcht gehegt, zu sehr hielten ihn die Gewißheiten seines Traums gefangen.

Sein Reisenachbar hatte sich irgendwann als Sayyid Malik vorgestellt, Teppichhändler aus Bagdad. Christoph hielt »Sayyid« für den Vornamen, und erst Tage später klärte ihn Ali auf, daß Sayyid ein Ehrentitel war. Ob ihn der Teppichhändler zu Recht in Anspruch nahm, erfuhr Christoph nicht. Malik war ein Vielfraß und ein Geizkragen, der es vorzog, allein zu genießen, während sich seine Leute an einem eigenen, kleinen Kochfeuer mit Fladenbrot und Zwiebeln begnügen mußten.

Einer seiner Sklaven war ein Schwarzer, wie Christoph an seinen Händen erkannte, denn das Gesicht des Mannes verdeckte beinahe vollständig ein Turban, mit dessen Ende er das Gesicht gegen den allgegenwärtigen Staub schützte. Der Mann fiel durch seine Größe und die Leichtigkeit auf, mit der er selbst die schwersten Teppichrollen hob. Nur einmal sah Christoph sein unverhülltes Gesicht, allerdings stand der Mann im Gegenlicht, und seine Haut wirkte so tiefschwarz, als hätte sie die finsterste Nacht in sich aufgesogen. Nur die Augäpfel durchbrachen mit ihrem Weiß die Schwärze, die sonst keine Linie preisgab.

Es überraschte Christoph daher, als er ihn eines Morgens ganz nackt sah. Noch vor allen anderen war er aufgestanden und hatte sich ein Stück von den glimmenden Lagerfeuern und den Wachen entfernt einen Platz gesucht, an dem er sich ungestört erleichtern wollte. Der Schwarze stand etwas weiter, von ihm abgewandt, und diesmal fiel das noch frühe Morgenlicht so auf ihn, daß es jede Kontur des mächtigen Körpers nachmodellierte und die Haut wie poliertes Holz schimmern ließ. Christoph meinte, noch nie einen derart wohlgeformten menschlichen Körper gesehen zu haben, außer dem Robertos, aber selbst Roberto, gestand er sich ein, mußte hinter diesem Schwarzen zurückstehen. Er betrachtete den Mann, wie er auf dem Markt in Tyrus kostbare, seltene Gegenstände betrachtet hatte. Der Sklave reckte die Arme über den Kopf, um eine Partie zwischen den Schulterblättern zu erreichen, über die ein paar lange, rote Striemen liefen. Christoph hatte sich weder bewegt noch ein Geräusch verursacht, wie er glaubte, trotzdem schrak der Mann plötzlich zusammen und wandte sich um.

Diesmal allerdings schrie Christoph vor Überraschung auf. Beide Wangen des Sklaven waren durch tiefe kreuzförmige Schnitte gezeichnet, die in breiten, häßlichen Wülsten vernarbt waren und das Gesicht zu einer Teufelsfratze entstellten, deren Anblick kaum zu ertragen war.

Es war nur ein Augenblick, in dem sich beide wie erstarrt gegenüberstanden, dann erlösten gellende Pfiffe, die aus dem Lager zu hören waren, Christoph von der Scham, die ihn mit einemmal überkommen hatte. Sich umschauend, erkannte er, was die Pfiffe zu bedeuten hatten. Die Karawane wurde von einer Räuberbande angegriffen.

Mit einer raschen Bewegung streifte der Schwarze sein hemdartiges Gewand über, im Laufen wand er sich den Turban um, Seite an Seite erreichten die beiden jungen Männer das Lager. Christoph hatte seinen Dolch gezogen, der Schwarze trug keine Waffen.

Der Angriff war überraschend leicht abzuwehren – praktisch ohne Verluste –, den Sieg schoben die meisten Reisenden dem starken Schutz der Karawane zu.

Vergeblich mahnte Ali zur Vorsicht und ließ am Abend mehr Wachen als üblich aufstellen. Einige Händler, zum Wachdienst eingeteilt, zogen es bald vor, an den hochlodernden Feuern zu sitzen, die Wachen, die übrigblieben, lauschten dem Geplauder und Gelächter.

Christoph sah sich von Malik nach dessen üppigem Abendmahl leutselig herangewinkt und trat näher, weil er wie alle anderen an diesem Abend Gesellschaft suchte. Der Händler bot ihm einen Schluck seines sorgsam gehüteten Weinvorrats an.

»Trink auf unseren Sieg, Junge, der Wein ist nach einem solchen Schreck als Medizin vom Propheten erlaubt.«

Der Schwarze hockte hinter Malik, und Christoph betrachtete im flackernden Licht des Feuers wieder das entstellte Gesicht, bemüht, den Abscheu zu bezwingen, während er beobachtete, wieviel Malik von der Medizin für sein Wohlbefinden als nötig erachtete. Schon bald schwankte der Händler sacht auf seinem Kissensitz, er war aber noch lange nicht so betrunken, daß ihm das Interesse seines Gastes an dem Sklaven nicht auffiel.

Halb wandte er sich um und deutete mit einer Hand hinter sich. »Ich hab Yussuf gesagt, er soll sich dicht bei mir halten und sein Gesicht unverhüllt lassen. Seine Fratze erschreckt jeden, und das will ich mir zunutze machen, falls die Räuber wiederkommen.« Malik kicherte. »Gib es zu, auch dich packt das Grauen, wenn du Yussufs Gesicht siehst.«

Christoph beugte sich vor und dämpfte die Stimme. »Der ist aber nicht so geboren worden.«

Malik klatschte amüsiert in die Hände, lachte, und all sein Fett schwabbelte unter dem Gewand. Christoph malte sich mit boshaftem Vergnügen aus, daß die bebenden Wangen und das Doppelkinn in tiefen kreuzförmigen Narben auseinanderklafften wie eine Schweinebacke unter dem Messer des Kochs.

»Du denkst, ich hab das getan? Bin ich blöd? Würd ich je eine meiner Waren derart beschädigen, daß sie für jedermann sichtbar an Wert verlöre?«

»Aber er wird sich doch kaum selbst entstellt haben«, fuhr Christoph dazwischen, es war ihm unangenehm, daß der Schwarze jedes Wort verstehen konnte. Unauffällig versuchte er, seinen Gesichtsausdruck zu ergründen, was bei der grauenhaften Entstellung kaum möglich war.

»Zweimal ist er seinem vorigen Herrn weggelaufen.« Malik spreizte in einer selbstgefälligen Geste die Hände. »Es ist üblich, einen wie ihn zu kennzeichnen, wer das Gesicht sieht, weiß Bescheid. Dabei frag ich mich, wer ihn angestiftet hat, denn er selbst ist eigentlich zu blöd, um auf eine derartige Idee zu kommen. Er ist nicht zu dumm, um Anweisungen zu befolgen. Die Kraft, die er hat, macht zusammen mit seiner Einfältigkeit seinen Wert aus. Ich hab ihn vor zwei Jahren billig erworben und den Kauf nicht bereut.«

Christoph meinte, in dem dunklen Gesicht hinter Malik trotz der verheerenden Narben den Anflug eines Gefühls auszumachen. Vielleicht war es aber nur ein Lichtreflex des Feuers.

Extra laut sagte er: »Wenn du schon nicht mit dem Messer an ihm herumhackst, gibst du ihm doch wohl die Peitsche, wenn er nicht pariert?«

Malik lachte schallend. »An den Rücken eines Sklaven, wenn er nicht gerade krumm gewachsen ist, verschwendet niemand seine Aufmerksamkeit.«

Diesmal war sich Christoph seines Eindrucks sicher, er wußte nur nicht, ob der schwelende Haß in Yussufs Augen seinem Herrn galt oder dem Gast.

Malik wedelte mit der Hand zu Christophs Zelt hinüber. »Du hast nur ein Lasttier. Deine Ware muß besonders kostbar sein, wenn du nur so wenig davon mitführst.«

»Ich handele nicht«, antwortete Christoph abwehrend.

»Was treibt dich dann nach Bagdad?«

Christoph sah keinen Grund, dem Händler nicht wenigstens eine halbe Wahrheit mitzuteilen. »Ich bin Gärtner von Beruf und reise nach Bagdad, um das Land zwischen Euphrat und Tigris zu erkunden.«

Malik kniff verblüfft die Augen zusammen. »Was willst du erkunden?«

Christoph zögerte. »Die Wasserwirtschaft. Ich habe gehört, die Gärtner in Bagdad sind Meister der Bewässerung. Ich will von ihnen lernen.«

Malik begann, über das ganze Gesicht zu strahlen. »Da bist du in Bagdad tatsächlich richtig. Bagdad, mußt du wissen, liegt am Wasser und lebt vom Wasser, von viel Wasser, manchmal zuviel. Da ist auf der einen Seite der Tigris und auf der anderen der Euphrat. Beide sind durch Kanäle verbunden, um einen gleichmäßigen Wasserstand zu erzeugen und so die Überschwemmungen zu unterbinden, die es früher gab.«

»Wie am Nil?«

»Was weißt du vom Nil? Kennst du Ägypten? Hast du Verbindungen dorthin?« rief Malik erstaunt und fuhr dann belehrend fort: »Die Wasserwirtschaft am Nil ist gar nichts gegen die in Bagdad, wo zwei von drei Grundstücken am Wasser liegen, du mußt dir Bagdad als ein grünes schwimmendes Paradies vorstellen, überall Gärten und Paläste.«

Ein Nachbar am Nebenfeuer, der gelauscht hatte, wandte den Kopf. »Malik ist ein Schwätzer. Wenn du eine Stadt am Wasser erleben willst, komm nach Basra. Reisende haben Basra mit einer märchenhaften Stadt in Europa verglichen, mit Venedig. Im übrigen, wenn du lernen und studieren willst, mach es wie mein Neffe Raschid, der auf dem Weg ist, ein Gelehrter zu werden, und geh in Bagdad ins Haus der Weisheit. Dort findest du die größte Bibliothek der Welt und Bücher zu allem, was du wissen willst. Du kannst doch lesen?«

Im Morgengrauen griffen die Räuber ein zweites Mal an. Viele Feuer waren erloschen, und die meisten Wachen dösten, vom Alkohol betäubt. Bei den ersten Schreien schreckte Christoph auf und stürzte, das Krummschwert in der Hand, aus dem Zelt. In der fahlen Dämmerung sah er mehr die Staubwolken, die die Reiter aufwirbelten, als die Reiter selbst. Es schien, als hätten die Räuber Verstärkung erhalten, vielleicht aber war der erste Angriff nur ein listiges Geplänkel gewesen. Auf alle Fälle löste die gelungene Überrumpelung ein heilloses Chaos aus. Reisende stolperten verwirrt ins Freie, Kamele blökten, das erste Schwerterklirren war zu hören. Christoph kroch in sein Zelt zurück, rollte in Windeseile seine Habseligkeiten in Decken zusammen und warf sie auf das Lastkamel, das sich noch nicht vom Boden erhoben hatte. Beruhigend redete er dabei auf »die Schöne« ein. Während er noch sein Gepäck festzurrte, hatten die ersten Räuber die schwache Abwehr durchbrochen und ritten quer durch das Lager.

In aller Hast bestieg Christoph »die Schöne«, die sich als echtes Juwel erwies. Andere Kamele schrien verschreckt, sie dagegen trompetete wie eine Kriegsfanfare und schlug damit manchen Räuber in die Flucht. Mehr als einmal biß sie in einer unerwarteten Kopfdrehung einen Angreifer mit ihren grauenhaften gelben Zähnen bis auf den Knochen in den Arm.

Die Räuber hatten es weniger auf die Reisenden als auf ihr Gepäck abgesehen. Etliche waren dabei, die bereits beladenen Kamele vom Lagerplatz abzudrängen, plötzlich glaubte Christoph, sein Lasttier unter ihnen zu entdecken. Er trieb »die Schöne« an, den Blick starr auf das Lasttier gerichtet. Neben ihm setzten einige Männer der regulären Karawanenwache den Räubern nach, aber er war der erste, der sie erreichte, und mit einem Hieb schlug er dem Räuber, der sein Lastkamel am Zügel mit sich riß, die Hand ab, er sah, wie die Hand hoch in die Luft schnellte, über den Räuber hinweg. Christoph vergaß beim Anblick der blutenden fliegenden Hand, sich zu wehren, als zwei Räuber auf ihn eindrangen, zu seinem Glück griffen die nachsetzenden Wachen in den Kampf ein.

Immer noch sah er in einer Art Nachbild diese Hand vor sich, die ganz allein die Himmelfahrt angetreten hatte, er konnte nicht fassen, was er getan hatte, er wollte doch nur nach dem Zügel schlagen, das Bild machte ihn so konfus, daß er blindlings vorpreschte, dem Flug der Hand nach, die anderen Wachen folgten, und es gelang ihnen, noch einige andere Tiere zurückzugewinnen. Den Räubern schien ihre restliche Beute zu genügen, sie stoben davon.

Die Karawane hatte außer dem Verlust von Gütern einige Tote zu beklagen, die eilig in der Wüste verscharrt wurden. Die flachen Hügel boten einen so trostlosen Anblick, daß sich Ali entschloß, sofort ein Stück weiterzuziehen. Die gedrückte Stimmung hellte sich trotzdem nicht wesentlich auf, auch bei der nächsten Rast blieben die Stimmen eher gedämpft, Christoph hatte einen ganz persönlichen Grund, trübsinnig neben »der Schönen« zu hocken.

Das Kamel, das er für das seine gehalten hatte, gehörte Malik und war mit feinstem ägyptischem Leinen und Gewürzen beladen, Christophs eigenes Lasttier war dagegen den Räubern in die Hände gefallen. Damit hatte sich sein Besitz auf sein zertrampeltes Zelt, seine hervorragenden Waffen, den Beutel an seinem Hals, der den Skarabäus, die Reliquie und einige wenige Münzen enthielt, die Kleidung, die er trug, und »die Schöne« reduziert, die ihn wohl ungern so entsetzt sah. Sie legte ihm den häßlichen Kopf auf die Schulter, und er tätschelte ihr das Schlabbermaul.

Malik kam herübergewatschelt, bedankte sich überschwenglich für die Rettung seiner Handelsware und lud Christoph ein, eine Mahlzeit mit ihm zu teilen, doch Christoph fehlte der nötige Appetit. Hinter dem Händler hatte sich Yussuf aufgebaut, das Gesicht unverhüllt, unverkennbar breit grinsend. Christoph war elend zumute.

Das Unglück des jungen Fremden, der so tapfer und großmütig gekämpft hatte, dauerte die meisten Mitreisenden. Christophs Reise war zwar bezahlt, aber im Preis war die Verpflegung nicht inbegriffen. Ali, der Karawanenführer, übernahm das Futter für »die Schöne«, die Mitreisenden luden den Ausgeraubten jeden Abend an ein anderes Kochfeuer.

Malik hatte seine Dankbarkeit mit der Einladung zum Essen bereits bekundet und bot außerdem noch an, daß Christoph in Bagdad bei ihm als Gärtner arbeiten könne, falls er mal in Schwierigkeiten geriete, was aber kaum anzunehmen wäre, wie er sagte, bei einem derart klugen, aufs Studieren versessenen Burschen. Übrigens, fügte er hinzu, und es hörte sich an, als vergäbe er eine besondere, persönliche Gunst, die Benutzung der Bibliothek im Haus der Weisheit stünde jedem offen, gebührenfrei.

2

Ohne sich über die Gründe genauer Rechenschaft abzulegen, meinte Christoph, daß Eden und sein Garten irgendwo in der Nähe von Bagdad zu suchen seien. Er hatte vorgehabt, Kreise um Bagdad zu ziehen und sich dabei von seiner Vision leiten zu lassen. Seine prekäre neue Lage zwang ihn, stärker über Realitäten nachzudenken.

Sorgsam entrollte er seine Karte, die den Überfall in der Satteltasche »der Schönen« überstanden hatte. Sein Finger folgte dem langen Lauf von Euphrat und Tigris, dann dem bereits zurückgelegten Reiseweg und dem noch vor ihm liegenden, und die Größe des Landes Mesopotamien ließ sich in Tagesmärsche und Verpflegungsrationen umrechnen. Bei dieser wenig erfreulichen Beschäftigung fiel ihm ein, was er doch eigentlich gewußt und immer wieder verdrängt hatte: die Grenzen des Gartens Eden bestimmten nicht zwei, sondern vier Flüsse.

Von mitreisenden Christen lieh er sich eine Bibel, er las laut, und in den Ton der eigenen Stimme mischte sich die Erinnerung an die Stimme von Antonius: »Ein Strom entsprang in Eden zur Bewässerung des Gartens. Von da an teilte er sich in vier Arme. Der eine heißt Pischon, er umfließt ganz Chawila, das Goldland, der zweite Strom heißt Gichon, er umfließt ganz Kusch. Der dritte Strom ...«

Wieder fuhr sein Finger den Tigris und den Euphrat entlang. Wo lag die Teilung des Ursprungsstromes, wo verzweigte er sich in seine Arme Pischon und Gichon? Wer hatte noch gesagt, daß die Karte voller Irrtümer sei? Wo lag Kusch und wo das Goldland?

Ungebeten setzte er sich zu Malik, der eben in Honig eingelegte Feigen verzehrte, von denen er seinem Gast nichts anbot, und versuchte, den Händler nach der Umgebung von Bagdad auszuhorchen, um konkrete Anhaltspunkte für seine Suche zu gewinnen.

»Gärten«, erklärte Malik und leckte sich genußvoll den Honig von den Fingern, »gibt es viele rund um Bagdad. Riesige Obst- und Palmengärten und Weizenfelder, soweit das Auge reicht und die Bewässerungssysteme das Wasser leiten.«

Christophs Stimme zitterte bei der nächsten Frage. »Aber alte Gärten?«

»Ich weiß nicht, was du mit alten Gärten meinst. Es existieren schriftliche Zeugnisse über das Land zwischen Euphrat und Tigris, die beweisen, daß unsere Bewässerungstechniken schon seit Jahrtausenden angewandt werden, so lange muß es auch Gärten geben.«

Der Nachbar am Nebenfeuer, der mit dem gelehrten Neffen, mischte sich ein. »Malik redet wieder, ohne etwas zu sagen. Hör mir zu. Schon vor zweitausend Jahren ließ Sanherib, der Großkönig der Assyrer, Wasser über ein zwölf Kilometer langes Aquädukt heranführen. Ich hab das Land am Nil auch besucht, ich kenne die Wasserhebewerke dort. Du findest bei uns sogar noch ausgeklügeltere, denn laß dir gesagt sein, die Bewässerungstechnik beherrschen die Mesopotamier mindestens so lange wie die Ägypter.«

Christoph versuchte, sich auf anderem Wege seinem Ziel zu nähern. »Kennst du einen Garten mit besonderen Bäumen bei Bagdad?«

»Eine besondere Sorte von Dattelpalmen, Orangen, Zitronen?« fragte Malik.

»Ach, woher denn«, fiel der Nachbar wieder ein. »Schon zu Zeiten des Darius hat man einen herausragend schönen Baum wegen seines Wuchses und seiner Blätter oder Früchte mit bunten Bändern geschmückt. Ein Baum bedeutet Wasser und Wasser Leben.«

»Das weiß nun jeder«, brummte Malik beleidigt.

»Gibt es ein besonders ertragreiches Landgut in der Nähe von Bagdad, eines, das nur so überquillt vor Früchten, das ganze Jahr über?« Die Verzweiflung ließ Christophs Stimme rauh klingen.

»Ein Iqta? Ein Landgut? Das haben fast alle von uns«, sagte Malik rasch, um dem Nachbarn zuvorzukommen. »Ich besitze drei.«

Christoph stand auf und entfernte sich ein Stück vom Lager, er konnte das selbstgefällige Geschwätz der beiden Händler nicht länger ertragen. In der Dunkelheit gesellte sich jemand zu ihm, er wandte nicht einmal den Kopf. Die Stimme des anderen klang seltsam gedämpft.

»Diese Iqtas, zumindest einige von ihnen, waren mal die Güter von freien Bauern, bevor sie den Pfeffersäcken zufielen. In Bagdad werden den Bauern mehr Steuern auferlegt als den Stadtbewohnern, und sie müssen vor der Ernte bezahlt werden. Das Geld muß sich ein Bauer leihen, wenn er nicht die Ernte auf dem Halm zu einem Schleuderpreis abgeben will. Wie du dir denken kannst, stecken die Geldverleiher, die Aufkäufer und die Steuereinnehmer unter einer Decke. Nicht mehr lange, und wir kommen an verlassenen Dörfern vorüber, in denen sich kein Aas mehr rührt.«

»Und die Felder und die Leute, was ist aus denen geworden?«

»Die Felder werden früher oder später einem der großen Landgüter zugeschlagen und die Leute«, die Stimme hob sich plötzlich und klang deutlicher, »wenn sie sich nicht versklaven lassen wollen, schließen sie sich zu Räuberbanden zusammen und überfallen Karawanen. Ist doch vernünftig, nicht?« Der andere lachte spöttisch auf und entfernte sich, Christoph drehte sich rasch um. Es mußte Yussuf sein, dem das Ende des Turbans hinterherwehte.

Am nächsten Tag zeigte Christoph Ali seine Karte, der sie eingehend betrachtete.

»Der Lauf der großen Ströme scheint nicht zu stimmen. Es fehlen wohl auch Nebenflüsse. Wenn du nach dieser Karte etwas suchst, dann reist du wahrscheinlich in die Irre.«

Die Auskunft des Karawanenführers barg sowohl Enttäuschung wie auch Hoffnung. Am Ende schwang für Christoph in den Unsicherheiten das Unbekannte, weil Unentdeckte mit, denn keiner konnte behaupten, daß es das, wonach er suchte, nicht gab. In der Verzweiflung, mit der er schließlich in Bagdad einritt, flirrte ein Quentchen Zuversicht.

Die Stadt erstreckte sich größtenteils links des Tigris, der sich tatsächlich in viele Kanäle verzweigte. Schmutzig braun wälzte sich das Wasser durch enge Schächte. Die Häuser verbargen sich wie in Kairo hinter abweisenden Lehmmauern, die nur von Türen und wenigen runden Fenstern, Gucklöchern gleich, unterbrochen wurden. Hier und da lugten Palmen über die Mauern. Was immer die Stadt an Grün beherbergte, verbarg sich. Zwischen den Häusern lagen Ruinen, aufgegebene Behausungen, die einfach dem Verfall überlassen wurden. Um diese Grundstücke kümmerte sich niemand außer Ratten und Bettlern. Von der Pracht, die Malik gerühmt hatte, war nichts zu sehen.

Viele Mitreisende, darunter der Teppichhändler, hatten sich gleich hinter dem Stadttor verabschiedet, Ali führte die übrigen zu einem Khan, einer Karawanserei, die seinem Bruder Selim gehörte. Hier endete die Christoph gewährte Fürsorge, denn auch Mitleid erschöpft sich irgendwann.

Ali und Selim boten ihm in einem letzten Akt der Mildtätigkeit eine ansehnliche Summe für »die Schöne«, ein Angebot, das gut bedacht sein wollte. Christoph betrachtete seine häßliche Reisegefährtin, die sich aufstöhnend im Hof niederließ, unberührt von der verzweifelten Hoffnung, die er an sie knüpfte. Es war weniger Anhänglichkeit, die ihn das Angebot zurückweisen ließ, als vielmehr die Überlegung, daß er ohne Reittier nicht sehr weit über die Stadtgrenzen Bagdads hinauskäme. Immerhin brachte ihn der Vorschlag der beiden Brüder auf die Idee, sein spärliches Gepäck nach etwas Veräußerbarem durchzusehen.

Zunächst zauderte er, schließlich entschloß er sich aber, sein Krummschwert, ein Geschenk Enricos, zu verkaufen. Zur Verteidigung blieb ihm der Dolch. Überzeugt, sich als Habenichts und Landfremder Sentimentalitäten nicht mehr leisten zu können, zog er bei Selim Erkundigungen über die Basare und Märkte ein und suchte dann das Viertel al-Karkh auf, das Basarviertel, in dem jedes Handwerk und jeder Handelsstand Höfe und Gassen unterhielt. Bagdad war wie Kairo eine Stadt, in der viele Völker lebten, und die reichen Kaufleute, die Richter oder die kleinen Ladenbesitzer zogen es vor, unter ihresgleichen zu hausen. Der Warenverkehr fand wie in Venedig größtenteils auf dem Wasser statt.

Er hatte vorgehabt, seine Waffe mehreren Händlern zu zeigen, um dann den höchstmöglichen Preis herauszuschlagen, aber schon mit dem ersten wurde er handelseinig, ohne recht zu begreifen, wie das vor sich gegangen war. Der Händler hatte ihm eine Reihe von Münzen vorgezählt und immer noch eine dazugelegt, solange seine Hand den Schwertgriff fest umfaßt hielt, und blitzschnell die Waffe an sich genommen, als Christoph, obwohl keineswegs zum Kauf entschlossen, die Hand lockerte. Mit einer entschiedenen Geste schob ihm der Händler die Münzen über den Ladentisch zu, Christoph wagte nicht zu protestieren, weil er sich in den persischen Handelsgepflogenheiten nicht auskannte.

Selim, ein kleiner, lebhafter Mann, brach in ein theatralisches Gejammer aus, als er ihm von dem Verkauf erzählte. »Wie konntest du die Ehre meines Hauses derart beschmutzen? Du lebst unter meinem Dach und läßt zu, daß man dir das Fell abzieht? Erzähl mir nichts, ich kenne die Beutelschneider von al-Karkh. Warum bist du nicht zu mir gekommen und hast mir dein Vertrauen geschenkt?«

Christoph hatte sich bei den ersten Worten auf die Fersen gehockt und seinen kleinen Münzbeutel geöffnet und ließ, als das Gejammer anhielt, die Geldstücke auf den hartgestampften Lehmboden fallen.

»Ist das wirklich alles?« schrie Selim aufgebracht. »Das Schwert war mehr als den Arbeitslohn eines guten Handwerkers für zwei bis drei Jahre wert. Welchem Hundesohn hast du es verkauft? Sag es mir, und ich werde ihn vor den Kadi zerren.«

Selbst wenn er den Namen des Händlers gewußt hätte oder sicher gewesen wäre, den Stand wiederzufinden, hätte er sich geweigert, Auskunft zu geben, es genügte ihm, sich vor sich selbst und den Khanbrüdern zum Narren gemacht zu haben. Es beschämte ihn auch, Selims neues, noch höheres Angebot für »die Schöne« abwehren zu müssen.

Vom persischen Münzsystem hatte er immerhin genügend begriffen, um zu glauben, daß er jetzt über die Mittel für eine Erkundung der weiteren Umgebung von Bagdad verfügte. Um nicht genauso unüberlegt wie beim Verkauf des Schwertes zu handeln, fragte er sich zum »Haus der Weisheit« durch.

Selim hatte ihm erzählt, daß diese Einrichtung von Abu'l-Abbas Abdalla, dem Sohn des Kalifen Harun al-Raschid, im Jahre 830 gegründet worden war und daß sie außer einem Observatorium, einer medizinischen Hochschule, einem Übersetzungsinstitut auch die älteste, berühmteste und vor allem größte Bibliothek der Welt umfaßte.

Es gab eine unübersichtliche Vielzahl von Büchersälen, jeder einer anderen Disziplin gewidmet. Wo sollte er anfangen zu suchen, um etwas über Kusch oder das Goldland herauszufinden? Dabei war die Systematik der Bibliothek denkbar einfach: es gab Regale mit Folianten und gerollten Schriften und in jedem Regal ein Verzeichnis der vorhandenen Bücher.

In stummer Verzweiflung beobachtete er, wie wendig sich andere zwischen den Regalen bewegten, und stellte dabei verdutzt fest, daß er selbst beobachtet wurde. Eine Gruppe junger, prächtig aufgeputzter Männer betrachtete ihn so auffällig, daß er sich verlegen seiner reichlich mitgenommenen Kleidung bewußt wurde. Rasch wechselte er in einen anderen Saal, die jungen Perser folgten ihm, als hätten sie nichts anderes zu tun, und redeten über ihn, ohne Rücksicht, ob er diese aufdringliche Aufmerksamkeit bemerkte.

Er wußte nicht, ob er etwas falsch machte oder einfach ein paar Nichtsnutzen über den Weg gelaufen war. Um seine steigende Unsicherheit zu bemänteln, griff er wahllos nach mehreren

Büchern in einer Reihe, nahm sie an sich und ging an den Persern vorbei. Ein schwerer, süßer Duft, Hurenduft, wie er sich verächtlich sagte, stieg ihm in die Nase. Er zwang sich, langsam zu gehen, und legte dabei möglichst auffällig die freie Hand an den Dolch, eine Geste, die die Männer mit unterdrücktem Gelächter quittierten. Röte schoß ihm ins Gesicht, am liebsten hätte er einem der parfümierten Laffen seinen Dolch in den Bauch gerammt.

Wenig später stand er aufatmend auf der Straße, die Bücher an sich gedrückt. Das Entleihen hatte keine Schwierigkeiten bereitet, nachdem er einem Schreiber Name und Adresse Selims angegeben hatte. Noch im Hinausgehen fühlte er sich beobachtet, tatsächlich sah er einen Mann, der sich blitzschnell abwandte und in der Menge verschwand, bevor er ihn genau ins Auge fassen konnte. Einen Moment lang hielt er ihn der Größe wegen für Yussuf, es schien aber kaum denkbar, daß sich ein ungebildeter Sklave ins »Haus der Weisheit« verirrte.

Daß es gerade diese Bücher waren, die er herausgegriffen hatte, wertete er nach der Rückkehr in seine Unterkunft als Fingerzeig Gottes. Sie enthielten Reiseberichte von Diodoros und Strabo, einem griechischen Geschichtsschreiber und einem griechischen Geographen, die Persien im ersten Jahrhundert vor Christi Geburt bereist hatten, und von Herodot, der etwa fünfhundert Jahre später einen Ort beschrieben hatte, den Christoph als sein nächstes und dringendstes Reiseziel erkannte: Babylon mit seinen sagenhaften hängenden Gärten, die in alten Zeiten als Weltwunder gegolten hatten.

Ali und Selim rieten ihm dringend von der Reise ab, als sie hörten, daß er sie ganz allein unternehmen wollte, aber sein Entschluß stand unverrückbar fest.

Bevor er aufbrach, ritt er noch einmal vor die Stadt und folgte dem Lauf des Tigris nach Norden, um in die Landschaft im Norden auszuspähen und das Gefühl zu bestätigen, daß Babylon im Süden die richtige Wahl war.

An einem Kanal, der vom Fluß abzweigte, band er »die Schöne« an einen Baum, der die Böschung beschattete, und setzte sich. Erinnerungen an Ägypten wurden wach.

Auf einem Feld vor ihm wurde gepflügt. Ein Ochsengespann, massige Tiere mit weitstehenden Hörnern, zog den Holzpflug.

Ihm folgte eine Schar Vögel, die in der frisch aufgeworfenen Erde pickten. Der Mann hinter dem Pflug erschien Christoph uralt, die tiefen Furchen in dem erdbraunen Gesicht bildeten eine Landschaft der Verwitterung, in der nur die Augen noch menschlich wirkten. Ein kurzer Blick streifte Christoph, dann wandte sich die Aufmerksamkeit des Pflügers wieder der Arbeit zu. Der Augenblick der Ablenkung mochte schuld sein, das Gespann geriet aus dem Tritt, der Pflug fuhr aus der Erde und kippte um, unwillig schüttelten die Ochsen die schweren Köpfe und zerrten an den Leinen. Christoph lief zu dem Alten aufs Feld, richtete den Pflug auf, rannte zu den Tieren und zog sie ohne Angst vor den mächtigen Hörnern wieder in die Bahn. Der Bauer ließ seinen Helfer gewähren, als ginge ihn das alles nichts an.

»Bitte«, stieß Christoph atemlos hervor, »darf ich für dich pflügen?« Er hatte gar nicht nachgedacht, der Geruch der frisch aufgebrochenen Erde, der zu ihm aufstieg, hatte ihn zu der Bitte veranlaßt. Zu seinem Erstaunen nickte der Alte knapp, stapfte zum Feldrand und setzte sich in den Schatten.

Was so leicht schien, erwies sich als schwierig. Nur mit dem Aufgebot all seiner Kraft gelang es Christoph, den Pflug wieder in die Erde zu drücken und gleichzeitig das Gespann zu führen. Die neuen Furchen bildeten langgezogene Schlangenlinien und gerieten flacher als die seines Vorgängers. Staunend äugte er zum Feldrand, während ihm der Schweiß in die Augen tropfte. Woher hatte dieser zwar große, aber furchtbar alt wirkende Mensch noch so viel Kraft?

Er war froh, als er die Arbeit beendet hatte und der Bauer ihn nicht tadelte. Allerdings bedankte er sich auch nicht. Statt dessen klopfte er einladend auf den Platz neben sich. Aus einem Korb, der irgendwo an der Böschung gestanden haben mußte, holte er einen Fladen frischen, süßduftenden Weizenbrotes, zwei kleine, aromatische Zwiebeln, ein paar Feigen, aus denen schon bei der Berührung der rote Saft spritzte, und einen Tonkrug mit kaltem, leicht nach Zitrone schmeckendem Wasser.

Wann hatte er zuletzt so gut gespeist? Christoph ließ seine Blicke über den Acker wandern und bis zu einer Mauer schweifen, die sich ein Stück von den Feldern entfernt erhob. Dunkle und hellgrüne Wipfel ragten darüber hinaus, die Länge der Mauer zeigte, daß sich ein größerer Garten dahinter verbarg.

»Weißt du«, Christoph knetete müßig ein Stück Brot zwischen den Fingern und musterte verstohlen den Alten, der nicht einmal zuzuhören schien, so unbewegt blieb das Gesicht. »Ich bin Gärtner, daher kann ich nicht so pflügen wie du. An vielen Orten habe ich den Gartenbau studiert, und jetzt bin ich hier, um etwas über die Wasserwirtschaft Persiens zu lernen, aber offensichtlich gibt es nichts, was ich nicht schon aus Ägypten kenne. Die Perser von heute haben wohl für Gärten nicht viel übrig, sonst lägen nicht so viele mitten in der Stadt völlig brach. Dabei hat mir jemand gesagt, Bagdad sei eine Stadt der Gärten.« Christoph seufzte. »Ich geh nach Süden, die großen Gärten des alten Persien suchen, die Gärten der Semiramis in Babylon, die wohl immer noch mehr zu bieten haben als ein heutiger persischer Garten. Dich interessieren wohl nur Gemüsefelder?«

»Die Gärten der Amytis, der Frau Nebukadnezar II. Diodoros irrte, als er die Gärten Königin Semiramis zuschrieb«, sagte der Alte, ohne den Kopf zu drehen.

Christoph verblüffte der unerwartete Klang einer tonlosen, brüchigen Stimme, er brauchte einen Augenblick, bis er den Einwurf des Alten verstanden hatte.

»Du kennst die Schriften von Diodoros? Aber – nicht nur Diodoros berichtet von Semiramis.«

»Amytis war Mederin, die Tochter König Astyages von Medien. Sie kam aus den Bergen und sehnte sich nach ihrer Heimat. Deshalb ließ Nebukadnezar einen Terrassengarten anlegen. Dieser erreichte die Höhe eines mittleren Hügels und ruhte auf einem gemauerten Unterbau mit gewölbten Räumen, die als kühler Aufenthalt im Sommer dienten. Es war nicht einfach, den Unterbau, der nicht massiv war wie der Stufentempel, so anzulegen, daß er das Gewicht der Gärten tragen konnte. In den Wänden und Pfeilern wurde das Wasser zur Bewässerung der Terrassen hochgeleitet. Bis zu fünfzehn Meter hohe Bäume wuchsen auf ihnen, auch Blumen und Kräuter. Amytis liebte deren Duft und das Gezwitscher der Vögel in den Zweigen. Es war ein bezaubernder Ort.«

»Woher weißt du das?«

»Ich weiß alles.« Der Alte begann, die Reste der Mahlzeit einzusammeln, dann erhob er sich und schritt zu seinen Ochsen, die geduldig am Feldrand warteten. Er mußte verrückt sein oder Christoph für einfältig halten, wenn er glaubte, daß er mit seiner Geschichte von der Königstochter Amytis die schriftlichen Zeugnisse von anerkannten Gelehrten wie Strabo, Diodoros und Herodot widerlegen könnte. Christoph bezweifelte, daß der Alte überhaupt des Lesens kundig war, er blieb an der Kanalböschung sitzen und starrte dem Gespann nach, das gemächlich auf das Anwesen zutrottete und hinter der Mauer verschwand.

Eigentlich hatte er nicht erwartet, etwas über den Alten zu erfahren, als er Ali nach ihm fragte.

»Du meinst Ibrahim«, antwortete Ali, ohne zu zögern, »ein Verrückter, ein von allen Dschinns und Teufeln Besessener. Er hat tatsächlich mit dir geredet? Normalerweise verflucht er jeden, wenn er überhaupt etwas von sich gibt, weshalb ihn schon lange keiner mehr aufsucht, nicht mal der Steuereintreiber, was schade ist. Noch zu Zeiten meines Vaters oder Großvaters brachte er Obst und Gemüse auf den Markt, und es war das beste in ganz Bagdad. Früchte, so schwer von süßem Saft wie die des Paradieses. Er muß älter sein als Gott und schon Abraham verflucht haben, wenn der die Herden über seine Felder trieb. Kein Mensch kann so alt werden und noch einen Pflug führen, ohne tot umzufallen, außer mit Hilfe des Teufels. Halte dich von ihm fern, wenn du nicht dein Verderben suchst.«

Um ganz sicher zu gehen, daß die Könige, die Ibrahim erwähnt hatte, reine Hirngespinste waren, suchte Christoph in der Bibliothek nach weiteren schriftlichen Hinweisen über das alte Mesopotamien. Diesmal störten ihn keine Gaffer, und es gelang ihm herauszufinden, daß Nebukadnezar II. tatsächlich etwa fünfhundertfünfzig Jahre vor Christus in Babylon residiert hatte, also vor etwa eintausendundachthundert Jahren. Um so unglaublicher war es, daß der alte Bauer über die hängenden Gärten gesprochen hatte, als hätte er sie miterbaut.

Als er später wieder vor die Stadt ritt, lagen die Äcker des Alten verlassen da. Unschlüssig, was er tun sollte, streifte er über die anderen Felder, auf denen Spätsaaten von Kichererbsen, Lattich, Spinat, Melonen reiften und ein unbekanntes grünes Kraut wuchs, und lauerte darauf, daß sich das große Tor in der Mauer öffnete. Immerhin mahnte ihn Alis Erzählung, vorsichtig zu sein und nicht zu klopfen.

Am folgenden Morgen sattelte er »die Schöne« und verließ die Stadt in Richtung Babylon, das er nach einer recht gemächlichen Reise erreichte. Aus der Ebene erhoben sich im rötlichen Licht eines Spätnachmittags lehmfarbene, zyklopische Mauerreste und gesprengte Bögen, tief im Boden verliefen trockene Kanäle, in denen Ameisen lange Bahnen zogen. Wenig erinnerte an einstige Pracht, Vollkommenheit und Schönheit. Urplötzlich überkam Christoph ein schneidendes Herzweh, er setzte sich auf die nackte Erde und schlug die Hände vors Gesicht. Ganz allmählich erstand vor den geschlossenen Augen die Stadt, wie er sie aus den Reiseberichten der alten Griechen kannte, die allerdings auch bereits Ruinen vorgefunden hatten, aber schönere, farbigere, beeindruckendere. Das diffusere Licht half ihm, die inneren Bilder festzuhalten, als er sich noch vor Einbruch der Nacht aufmachte, die Trümmer zu erforschen, er konnte nicht bis zum nächsten Morgen warten.

Mitten im alten Stadtgebiet stieß er auf einen Haufen von Steinen und loser Erde, die eine Art Stufenpyramide bildeten, die einstmals scharfen Kanten der Stockwerke hatten sich in den weicheren Konturen eines Schutthügels verloren. Konnte es sich dabei nicht um die Reste des biblischen Turms zu Babel handeln? Die Sprachverwirrung mußte hier ihren Ausgang genommen haben, unter der er, ein an der einstigen Hoffart der Bewohner unbeteiligter Spätgeborener, zu leiden hatte: sein Persisch war immer noch dürftig.

Das Terrain der hängenden Gärten war nicht leicht auszumachen. Erst nach einigem Suchen entdeckte er noch intakte, massige Pfeiler des Unterbaus, einige trugen Teile der gewölbten Decke, darunter gähnte ihm ein höhlenhafter Raum wie ein riesenhafter Schlund entgegen. Sehr vorsichtig drang Christoph in das Innere ein. Lichtgerinnsel sickerten durch Lücken, bildeten Kringel und Flecken auf dem dunklen Grund und verstärkten das Grottenhafte der Säle. Er erinnerte sich an Ibrahims Erklärung und bildete sich für ein paar Augenblicke ein, noch immer einen Hauch von feuchter Kühle zu verspüren. Tatsächlich war die Luft so dumpf und stickig, daß es ihn schon bald wieder ins Freie trieb.

Als er die noch vorhandenen Terrassen erstieg, genoß er nach dem Dunkel das milde Abendlicht. Eidechsen raschelten in den Ritzen der Steine. Halb zugewehte Gruben deutete er als die Pflanzstellen von Bäumen, die längst fahlem dornigem Gestrüpp und einzelnen Inseln flach im Geröll wachsender Disteln Platz gemacht hatten. Er stellte sich die mit Palmen und Zypressen bewachsenen Stufen vor, die einer heimwehkranken Königin in einem sonnendurchglühten Land als Bild einer grünen Berglandschaft genügen mußten.

Plötzlich überfiel ihn eine unerklärliche Furcht. In der hereinbrechenden Dämmerung schienen sich die Schatten zu verdichten, Klagen schwangen in der stillen Abendluft und trugen zu ihm die Trauer über eine verlorene Zeit und über verlorenes Leben. Wie gehetzt lief er den einstigen Gartenhügel wieder hinab, als auf einmal die Erde unter ihm nachgab. Erschrocken sprang er zur Seite und verharrte einen Augenblick, unfähig sich zu rühren.

Neben ihm polterten Steine in die Tiefe und bröckelte Erde nach. Skorpione krochen aufgeschreckt aus ihren Schlupfwinkeln, eine Schlange wand sich durch das Gestrüpp.

Da er bis Babylon wenig Geld verbraucht hatte, reiste er weiter nach Süden. In einem anderen Trümmerhaufen glaubte er, Ur in Chaldäa zu sehen, die Stadt Abrahams. Ihn überkam das schmerzliche Gefühl, in der richtigen Gegend und doch wie blind zu sein, und er ärgerte sich, dem alten Testament während seiner Studien zu wenig Beachtung gewidmet zu haben.

Je weiter er nach Süden kam, desto fruchtbarer wurde das Land. Gegen Kost und Unterkunft half er bei der Ernte und lernte Feigen einzuritzen, um ihre Reife zu beschleunigen, eine Technik, die seit Urzeiten angewandt wurde. Auf ein Saatkorn, erfuhr er, wurden zehn Körner Ernte erzielt, in Europa, erinnerte er sich, höchstens zwei bis drei. Diese Fruchtbarkeit biblischen Ausmaßes konnte nur eine Ursache haben: die Nähe des Paradieses, das sich irgendwo verbergen mußte, dem menschlichen Zugriff wie mit dem Taschenspielertrick eines Gauklers entzogen. Hin und wieder schreckte er aus Träumen auf und meinte, den Zugang vielleicht hinter dem letzten Palmenhain oder Obstgarten übersehen zu haben. Dann kam es vor, daß er sich auf »die

Schöne« warf und in die Nacht hinausritt, darauf hoffend, daß Gott seine Suche zu dem ersehnte Ende führte.

Euphrat und Tigris, erfuhr er, hatten im Lauf der Jahrtausende ab und zu ihr Bett verlassen und sich ein neues gesucht. Es hatten sich sogar, erzählten ihm Bauern, weitere Nebenflüsse gebildet, und andere waren gänzlich verschwunden. Das alles glaubte er allerdings erst, als er mehrfach auf trockene Flußläufe gestoßen war. Wer konnte jetzt noch wissen, ob nicht einer von ihnen Pischon oder Gichon geheißen hatte, oder ob nicht alles Wasser, das sich hier in Flüsse und Flüßchen verzweigte, einmal dem Urstrom des Paradieses entsprungen war?

Schließlich durchstreifte er das Sumpfland im Delta von Euphrat und Tigris, in dem nur Schilf und Palmen gediehen, ein seltsames Niemandsland, in dem sich die Visionen von Eden verflüchtigten. Nach einem Monat trat er müde und enttäuscht von der vergeblichen Suche die Rückreise nach Norden an.

3

Bis Bagdad waren seine Mittel aufgebraucht, und seine Kleidung unterschied sich nicht sonderlich von der des Bettlerpacks, das auf den Straßen herumlungerte und die besser Gekleideten behelligte. Wie tief er selbst gesunken war, erkannte er daran, daß er seine »Schöne«, von deren Fell sich braune Flocken lösten, unbeachtet von dem Gesindel hinter sich herziehen konnte.

In den letzten Wochen seiner Reise hatte er mehrere Entschlüsse gefaßt. Kurz vor Babylon war ihm ein Rat von Joannis in den Sinn gekommen, und er haderte mit sich bis Bagdad, nicht früher daran gedacht zu haben. Er würde endlich Maruk, den Gärtner, suchen. Es kostete ihn Mühe, sich an die spärlichen Angaben über den persischen Gärtner zu erinnern, dann fiel ihm ein, daß Maruk zu den Feueranbetern gehören sollte, was immer darunter zu verstehen war. Aus dem Beutel an seinem Hals kramte er den Skarabäus, und kurz fuchste es ihn, nicht diesen zu Geld gemacht zu haben statt des Schwerts. Allerdings hatte ihm Joannis diesen kostbaren Gegenstand gewiß nicht zufällig mitgegeben, vielleicht half ihm das Juwel weiter, sobald er Maruk gefunden hatte. Bis dahin wollte er sich Malik als Gärtner verdingen, den Händler bei einem Wort nehmend, das dieser möglicherweise nicht ernst gemeint hatte. Christoph seinerseits nahm sich vor, so faul wie nur möglich zu sein.

Gassenjungen wiesen ihm den Weg zu Maliks Anwesen. Der Händler ließ ihn erst lange vor der Tür stehen und schien unschlüssig, ob er ihn überhaupt hereinbitten sollte, ein für die orientalischen Gepflogenheiten der Gastfreundschaft unerhörter Vorgang. Als Christoph gerade der Tür den Rücken zukehren wollte – hinter ihm pfiffen bereits die Gassenjungen –, öffnete sich diese weit. Auf Geheiß des Händlers ließ er »die Schöne« in der Obhut des Türstehers vor dem Eingang zurück.

Maliks Haus war das erste private Anwesen in Bagdad, das er von innen sah, und es bot nach der eintönig braunen Außenmauer, die er länger als nötig angestarrt hatte, eine angenehme Überraschung. Ihm fiel ein, daß sich Malik gern etwas Gutes gönnte. Malik führte ihn eilig durch Räume, die verschwenderisch mit den schönsten Teppichen und mehreren Sarirs, kniehohen Polsterbetten mit Samt- und Seidenkissen, ausgestattet waren. Glänzende, blaugrundige Kacheln mit Arabesken in Smaragdgrün schufen einen Eindruck von sanfter Kühle. Amberduft stieg von den Teppichen auf, Rosenwasser schimmerte in flachen Schalen aus Jade und Achat.

Mit dem Innenhof, auf den sich die Prachträume öffneten, war Malik nicht mehr zufrieden, wie er mit einem zweifelnden Blick auf Christoph erklärte. Ein paar Palmen in Kübeln, die den Hof beschatten sollten, kränkelten, im Brunnen gluckerte es traurig, die Düse war verstopft. Den zweiten Hof, der zum Harem gehörte, umgingen sie, Christoph konnte nur einen flüchtigen Blick in ein kleines, bescheidenes Geviert werfen, bevor ihn Malik weiterscheuchte, richtiges Elend tat sich dahinter, im Dienerhof, auf, der vollkommen verlassen unter der sengenden Sonne brütete.

Im Brunnenbecken lag Unrat, auf dem grünschillernde Schmeißfliegen saßen. Ein Sklave schlurfte aus einem der Bretterverschläge, die wohl als Unterkünfte dienten, und nahm Maliks Weisung entgegen, »die Schöne« in den hinteren Hof zu bringen. Christoph hätte ihm beinahe widersprochen, ihn schreckte die Aussicht, demnächst selbst in dem Elendshof einquartiert zu sein.

Malik führte seinen künftigen Gärtner in den Garten, der vom ersten Hof durch eine offene Halle zugänglich und vom dritten durch die Ställe und eine Mauer getrennt war, die eine schmale Pforte durchbrach.

»Ich habe dir in einem Augenblick des Mitleids versprochen, dich einzustellen, und ich halte Wort«, erklärte er und streifte Christoph mit einem schnellen, abschätzenden Blick. »Tatsächlich brauche ich keine weiteren Leute, ich habe schon zu viele, die mir die Vorratskammern leerfressen. Außerdem habe ich für Christen nichts übrig, aber zu deinem Glück gebietet Allah Barmherzigkeit gegenüber allen Menschen. Du wirst den ersten Hof und den Garten in Ordnung bringen, dafür gewähre ich dir den Schutz meines Hauses, Nahrung und Unterkunft.«

Christoph wollte schon zustimmend nicken, als er ein frohlockendes Glimmen in Maliks Augen wahrnahm, das ihn unangenehm, aber gerade noch rechtzeitig an sein Verhandlungsgeschick auf dem Basar erinnerte. Er dachte nach, während Malik ungeduldig mit dem Fuß auf den Boden tippte.

»Was gibt es noch zu überlegen? Du kannst meinetwegen auch auf der Straße verhungern«, schnauzte der Dicke.

»Wie steht es mit Kleidung?« fragte Christoph und klopfte auf seine Brust, von der sich eine Staubwolke erhob.

»Kleidung!« Malik warf beide Arme hoch. »Bei Allah! Willst du auch noch einen silberbeschlagenen Gürtel dazu?«

»Laß das Silber weg«, antwortete Christoph kühl, »aber der Gürtel soll aus geschmeidigem Kalbsleder sein, breit wie meine Hand und mit einem Schwertgehänge versehen.«

Einen Augenblick sah es so aus, als würde es Malik vorziehen, seinen Besucher mit einem Tritt vor die Tür zu setzen.

Sie einigten sich auf zwei Silberdirhams im Monat und Futter für »die Schöne« unter der Bedingung, daß das Kamel hin und wieder dafür arbeitete. Wär ja ungesund, wenn das Tier nur im Stall stünde, knurrte der Händler, drehte sich um und stapfte durch die offene Halle zurück in den ersten Hof. Dort angekommen, schien es ihn zu verblüffen, daß ihm Christoph gefolgt war.

»In den Dienerhof findest du ja wohl allein.« Malik drückte

ihm den Schlüssel zu der kleinen Pforte in die Hand, stöhnte auf und sank im Empfangszimmer in die Kissen des Sarirs.

Christoph blieb an der Tür stehen und beobachtete, wie Malik nach einer zierlichen Pfeife griff, die auf einem kleinen runden Tablett lag, zusammen mit einem Döschen und Utensilien zum Feuerschlagen. Malik entnahm dem Döschen ein Kügelchen, das er über einer Flamme erwärmte und in die Pfeife drückte. Ein süßlicher Duft wehte in den Raum, der Dicke hatte die Augen geschlossen, während er an der Pfeife sog. Von seinem Gärtner nahm er keine Notiz mehr.

Yussuf saß auf dem Brunnenrand, die Füße im Dreck.

»Heute beim Aufwachen habe ich mir schon gedacht, daß dies kein guter Tag ist. Malik muß den Verstand verloren haben, uns einen ausländischen Teufel auf den Hals zu laden«, sagte er mißmutig.

Der Sklave, der sich um »die Schöne« kümmern sollte, trat aus dem Durchgang zu den Ställen und spuckte auf den Boden. »Sein Kamel jedenfalls ist ein Geschöpf Allahs. Es hat mich gerade gebissen.« Er rieb sich vorsichtig über die Kehrseite. Christoph fragte ihn ungerührt nach der ihm zugedachten Unterkunft.

Der für den Gärtner vorgesehene Raum hatte wohl schon eine Weile als Ersatz für eine Abfallgrube gedient, es stank derart, daß er gleich wieder aus dem Verschlag stürzte. Yussuf beobachtete amüsiert, wie er sich aufkeuchend an die Wand neben der Tür lehnte.

»Willkommen auf dem zweiten Rang der Hölle.« Die weißen Zähne blitzten in dem dunklen Gesicht auf.

Wahrhaftig eine Höllenfratze, dachte Christoph, während er sich auf die Suche nach Besen und Schaufel machte.

Gegen Abend hatte sich im dritten Hof ein kleines Wunder vollzogen. Christoph hatte sein Quartier gründlich gereinigt, sogar die festgestampfte Erde in einer dünnen Schicht abgekratzt und den Raum mit aromatischen Kräutern ausgeräuchert, die er im Garten entdeckt hatte. Auch den Hof hatte er mit dem Besen bearbeitet, obwohl ihm keiner diese Arbeit aufgetragen hatte, und das Brunnenbecken gesäubert, auf dessen Grund sich ein schleimiger, übelriechender Bodensatz befunden hatte. Den gesamten Unrat hatte er zu einer Grube im Garten getragen.

Die Diener, die sich allmählich einfanden, sahen träge dabei zu, wie er den Brunnen untersuchte und mit dünnen biegsamen Stöcken in die Wasserröhren fuhr. Die Abendsonne stand bereits über den schrägen Dächern, als sich mit einem leisen Laut ein Wasserstrahl erhob. Im gleichen Augenblick begann eine Nachtigall zu schlagen. Ein andächtige, beinahe feierliche Ruhe senkte sich auf den Hof, das Wasser schuf schon nach ein paar Augenblicken eine Illusion von Kühle. Die Diener betrachteten Christoph scheu, aber keineswegs freundlicher.

Sein Magen knurrte gewaltig, und er überlegte gerade, wie er sich eine anständige Mahlzeit besorgen konnte, als sich aus einer Tür, die den Gerüchen nach zur Küche führen mußte, eine unglaublich fette Frau herausschob, eine Schwarze, die auf ihrem Wollkopf einen Weidenkorb balancierte. Noch mit dem Korb auf dem Kopf baute sie sich vor Christoph auf und musterte ihn von oben bis unten, ihre Hände versanken in der Fettmasse ihrer Hüften.

»Endlich mal einer, der hier aufräumt und einen Besen in die Hand nimmt.«

Laila, die Köchin, hob den Korb, der das Abendbrot für die Diener enthielt, herunter. Er war mit dunklem Roggenbrot gefüllt, das in Bagdad als Speise der Bettler galt, ein paar trockenen Feigen und kümmerlichen Zwiebeln.

Als Christoph die magere Abendkost sah, stemmte er seinerseits die Fäuste in die Hüften. »Ist das alles, was du schwerarbeitenden Männern zu bieten hast? Soll ich aus einer mickrigen Zwiebel die Kraft schöpfen, um Orangen und Feigen zu kultivieren und Melonen zu ziehen?« schrie er.

»Du Würstchen willst Melonen ziehen?« keifte Laila zurück.

»Größer als deine ...« Mit beredten Gesten formte er Lailas Brüste nach, die sich im Rhythmus einiger heftiger Atemzüge hoben und senkten wie Mehlsäcke auf dem Rücken eines Lastesels.

Die Köchin trat auf Christoph zu und stippte ihn in den Magen, er wich hastig zurück, von der Furcht ergriffen, in den Fleischmassen erstickt zu werden, falls Laila noch näher kommen sollte.

»Yussuf!« bellte sie. »Bring den Drecksack ins Bad. Er stinkt schlimmer als eine Jauchegrube, so einen dulde ich nicht in einem gepflegten Hof wie diesem, und wenn der Kerl wirklich Melonen zieht, dick wie meine Titten, kriegt er demnächst eine Zwiebel extra.«

Laila watschelte mit dem leeren Korb aus dem Hof, Christoph mußte feststellen, daß außer einer Zwiebel für ihn nichts übriggeblieben war. Unter den Blicken der feixenden Diener kaute er bedächtig, extra langsam, während ihn Yussuf mehrfach drängte, ihm endlich zu folgen.

Malik war zu geizig, seinen Dienern einen Baderaum einzurichten. Auf dem Weg zu einem der öffentlichen Bäder, von denen es zwischen 20000 und 60000 gab, die genaue Zahl wußte Yussuf nicht, wunderte sich Christoph darüber, daß der Sklave ohne Widerspruch den Anweisungen der Köchin folgte, allerdings schien ihm die großartige körperliche Verfassung des Mannes ein Hinweis darauf zu sein, daß er aus dieser Art von Unterwürfigkeit seinen speziellen Nutzen zog. Er selbst gedachte, auf seine Weise mit Maliks schwarzer Perle fertigzuwerden.

Es war sein erster Besuch in einem öffentlichen Bad. Eine ineinandergreifende Flucht von Sälen war bis zur Decke mit Fliesenornamenten ausgekleidet. Nischen öffneten sich hinter zierlichen Arkaden, Intimität und Ruhe verheißend. Durch kleine Doppelbogenfenster, von einem Spitzensaum aus Stuckornamenten gerahmt, fiel in schmalen Bahnen das Abendlicht, brach sich irisierend im Dunst, der aus den Warmwasserbecken aufstieg. Räuchergefäße verbreiteten Aloe- und Ambraduft. Durchbrochene Bronzelampen sandten das Licht in einzelnen Strahlenbündeln, die sich mit den Lichtbahnen aus den Fenstern kreuzten. Das Licht erschuf den Raum. Und damit erschien Christoph auch das Element Luft auf einmal plastisch, es war ihm, als könne er nach Licht und Luft greifen.

Noch auf dem Weg hatte er flüchtig daran gedacht, daß er Yussufs Körper wieder nackt sehen und das Muskelspiel unter der glänzenden dunklen Haut studieren könne, der Mann bewegte sich, obwohl er nur ein Sklave war, viel geschmeidiger und eleganter als er selbst. In den Badesälen verlor er seinen Begleiter allerdings im Handumdrehen aus den Augen.

Üblich war es, sich von einem Badeknecht abseifen zu lassen, Christoph wehrte sich beinahe rüde gegen derartige Dienste und besorgte die Reinigung in einer Ecke verstohlen und verlegen selbst, hastig spülte er den Schaum ab, er konnte es kaum erwarten, in einem der Becken unterzutauchen. Erst im Wasser gelang es ihm, sich wieder zu entspannen, er spürte die Wasserstrudel, die er selbst verursachte, als er sich drehte und wälzte wie in den Sinterterrassen von Hierapolis, die Augen geschlossen, keinen Gedanken daran verschwendend, daß er mit seinem Plantschen zwischen den meist unbeweglich im Wasser verharrenden Männern erst recht auffallen mußte.

Als er eine Weile später die Stufen zum Rand hinaufstieg, bemerkte er drei junge Perser, die ihn unverhohlen anstarrten, an diesem Starren erkannte er sie auch ohne Kleidung. Sie hatten zu der Gruppe gehört, die ihm in der Bibliothek lästig geworden war. Einer von den dreien, ein langgliedriger Junge, dem das gelockte Haar bis in die schwärmerisch weit aufgerissenen, dunklen Augen fiel – er hat einen Kuhblick, dachte Christoph –, deutete mit ausgestreckter Hand auf ihn.

»Habe ich nicht geahnt, daß er von göttlicher Schönheit ist?« Die Stimme hallte zwischen den Wänden, viele der Badegäste drehten sich der Szene zu. Christoph sah sich im Mittelpunkt allgemeiner Aufmerksamkeit, und noch benebelt von der Wärme des Bades, verharrte er auf der Stelle.

»Gleicht seine Haut nicht dem Schimmer einer vollkommenen Perle in ihrer Schale, dem Glanz des alten Goldes von Ägypten?«

Wie hypnotisiert verfolgte er die Hand, die sich ihm näherte, ihn beinahe schon berührte und auf seine Lenden zielte. Dunkle Röte stieg ihm ins Gesicht, als ihm bewußt wurde, daß er vielleicht der einzige Unbeschnittene im Raum war.

Verhaltene Heiterkeit kam auf, als er sich hastig umdrehte und zurück ins Wasser stürzte. Als er auftauchte, hatte die Wut Scham und Verlegenheit verdrängt. Das Wasser schäumte um seine nackten Schenkel, er stürmte die Stufen hinauf, drängte sich an den jungen Männern vorbei, indem er einen grob zur Seite stieß, es war der kleinste, der ihn aus rehbraunen, sanften Augen verwundert ansah. Im Umkleideraum tastete er in seinem Kleiderbündel nach dem Dolch. Bevor er ihn richtig fassen konnte, schlug ihm eine Faust unversehens auf das Handgelenk.

»Du wirst dich nicht mit den drei Narren anlegen«, sagte Yussuf bestimmt.

Christoph fuhr zu ihm herum. »Misch dich nicht ein. Ich kann es nicht leiden, wenn man mir ungefragt an die Eier faßt.«

Yussuf kreuzte die Arme über der nackten Brust. »Dann laß dich nicht aufhalten, wahrscheinlich bist du deine Eier vor Morgengrauen los.«

Unschlüssig spielte Christoph mit dem Dolch, Yussuf begann, sich anzukleiden, ohne ihn zu beachten, schließlich legte Christoph den Dolch beiseite und griff nach seiner Kleidung.

»Sag mir wenigstens, wer die drei sind«, forderte er auf dem Rückweg.

»Hast du schon einmal von Ibn al-Arabi gehört?«

»Ist das einer von den dreien?«

»Muhammed Ibn al-Arabi lehrt uns, daß die Schönheit die Schönheit Gottes ist, überall, in allen Erscheinungsformen. Sag mir, wie können wir Menschen Gott, den Unendlichen, sehen? Nicht mit den begrenzten Gaben des Verstandes, sondern nur mit den unerschöpflichen der Liebe. Gott, der Allmächtige, hat sich so weit zu uns herabgebeugt, daß er sich Grenzen auferlegte, die dem von ihm Geschaffenen gleichen, damit wir uns seine Erhabenheit vorstellen können.«

Yussufs Stimme hatte unvermittelt einen warmen, weichen Klang angenommen, Christoph spürte, wie sich unter diesem Ton seine Haut zusammenzog. Er glaubte, seinen Ohren nicht zu trauen. Yussuf, der Einfältige, bewegte sich mit elastischen, raumgreifenden Schritten neben ihm, und eine höchst eindrucksvolle Rede ging ihm leicht von den Lippen, besser hätte er, der Gebildete, sich nicht ausdrücken können. Irgendein fauler Zauber mußte im Spiel sein, den er nicht begriff.

»Gott offenbart sich in seiner Schöpfung. Das haben vor Ibn al-Arabi schon andere gesagt«, stieß er brüsk hervor.

Yussuf lachte leise auf. »Gott umfaßt die ganze Schöpfung, er erkennt sein Bild in ihr, er liebt nur sich selbst in seiner Schöpfung. Und der Grund der Liebe, jeder Liebe, ist die Schönheit, denn sie ist liebenswert in ihrem innersten Wesen, ihrer Essenz, und weil Gott schön ist und er die Schönheit liebt, liebt er sich selbst. Jede Liebe liebt in dem Gegenstand, auf den sie sich richtet, ihr eigenes Spiegelbild. Indem ein Mensch sich ganz der Liebe ergibt, kann er jene Eigenschaften aus sich hervorbringen, die ihm zur vollkommenen Entsprechung mit dem Gegenstand seiner Anbetung fehlen.«

»Was hat das mit diesen dreien zu tun?« Christoph schrie beinahe, um nicht zu sehr der eigenartigen Ergriffenheit zu verfallen, in die er sich hineingezogen fühlte, nicht nur durch die Worte, die an sich schon bemerkenswert waren, sondern mehr noch, weil Yussuf, der Sklave, es war, der sie aussprach, ein Mann, der einem gefallenen Engel glich, schön und entsetzlich zugleich, zwiegespalten, beklemmend undurchsichtig.

»Ist das nicht klar? Ibn al-Arabi sagt, es gibt drei innere Reisen, auf die sich ein Mensch begeben kann: die erste führt von Gott fort in die Welt, die zweite auf ihn zurück und die dritte ist eine Reise in Gott, sie führt in die Unendlichkeit. Sie sind Suchende auf dem Weg zu Gott.«

Christoph blieb stehen. »Wie die Gyrovagen, die bettelnd umherziehenden Mönche in Konstantinopel, die auf der Suche nach innerer Erleuchtung den Huren auf der Straße in den Arsch kneifen. Die hier scheinen sich nicht einmal an das übliche Geschlecht zu halten.«

Yussuf betrachtete ihn belustigt. »Der eine vielleicht, Idrisi, der dich angetatscht hat. Sein Vater ist ein echter Sayyid, nicht so ein selbstgemachter wie Malik. Er gehört zur Familie des Kalifen, den Abbasiden. Der mittlere heißt Karim, sein Vater steht einem der Divane, der Ministerien, vor, und der Vater Salehs, des Kleinsten, ist Theologe und ein Nadim, einer von den bevorzugten Gefährten von An-Nasir li-Din Allah, dem Kalifen. Alle drei Jungen gehören zur Futuwwa, einer Verbindung junger Männer, die sich der Pflege von Großzügigkeit, Nächstenliebe und Mut widmen. Sie verehren die Dichtung von Ibn al-Arabi, deshalb habe ich dich nach ihm gefragt. Aber von einem ungewaschenen Barbaren wie dir kann man wohl nicht annehmen, daß du einen der größten persischen Dichter kennst. Der kleine Saleh ist auch ein Dichter.« Yussuf schwieg für ein, zwei Atemzüge, als müsse er sich auf etwas besinnen, dann sprach er wie zu sich selbst mit einem neuen, schwingenden Ton in der Stimme.

»Ja, schön bist du, mein Geliebter, ganz hold und frisches
Grün ist unser Lager.
Zedern sind unseres Hauses Balken und unsere Sparren Zypressen.
Wie ein Apfelbaum unter den Bäumen des Waldes, so ist mein
Geliebter.
In seinem Schatten zu sitzen ist mein Begehr, und seine Frucht
schmeckt süß meinem Gaumen.«

Langsam wurde Christoph der Bursche geradezu unheimlich. »Nette Art von Dichtkunst, hast du die bei den Huren gelernt oder entspringt sie deinem eigenen Witz?«

Yussuf hielt sich vor Lachen die Seiten und konnte kaum weitergehen. Christoph betrachtete ihn erbittert. »Bei deinem traurigen Leben in Maliks verwanztem Sklavenhof biete ich dir wohl eine angenehme Belustigung. Was findest du so komisch?«

Yussuf verbeugte sich elegant. »Dich. Ich pflege sonst keinen Umgang mit Christen. Ihr scheint noch ungebildeter, als ich dachte.«

»Ich fange an, den Umgang mit dir zu bedauern. Warum hätte ich den drei aufgeblasenen Wichten nicht eins überziehen sollen, auch wenn sie reiche Väter haben? Wer kennt mich schon, ich wäre weggewesen, ehe sie mich ergriffen hätten.«

»Du täuschst dich. Die drei rezitieren nicht nur Gedichte. Sie verstehen auch zu kämpfen, besonders Karim.«

Sie waren an einem verlassenen Grundstück vorbeigekommen, Yussuf zog Christoph rasch weiter, als sich ein paar dunkle Gestalten aus den Trümmern des Hauses erhoben.

»Sie werden wohl sehen, daß wir nichts haben, aber man kann nie wissen. Die Jünglinge der Futuwwa patroullieren in Gruppen abends und nachts durch die Straßen, um sie sicherer zu machen, eine selbstgestellte Aufgabe, die ihrem Sinn für Gerechtigkeit und Tapferkeit entspricht. Die Polizei macht gemeinsame Sache mit den Diebesbanden. Ich weiß auch, daß sie von den Händlern Schutzgelder erpreßt. Und dann sind da noch die Assassinen, auf die richtet sich der Haß der Jungen in besonderem Maße.«

»Die Reichen hassen die Armen immer, sie könnten ja nach ihrem Geld trachten«, warf Christoph verächtlich ein.

»Die Assassinen sind nicht so sehr hinter dem Geld her, sie töten auf Bestellung.«

»Ein etwas sonderbares Gewerbe, wenn man damit nicht zu Geld kommt.«

»Es leitet direkt ins Paradies. Jedenfalls verspricht das der Scheich der Assassinen, und damit ihm seine Anhänger glauben, schickt er sie, bevor sie ihre Mordaufträge ausführen, für eine Nacht dorthin, danach soll keiner mehr sein wie vorher.«

Sie waren an Maliks Anwesen angekommen.

Yussuf streckte die Hand aus und drückte die Tür auf, die von dem schmalen Pfad an der rückwärtigen Seite in den Sklavenhof führte. Christoph ergriff hastig den in die Tür eingelassenen Eisenring und zog die Tür wieder zu.

»Du hast mir viel erzählt heute abend, aber das war das verrückteste, und wahrscheinlich kannst du mir auch noch sagen, wo dieses Paradies der Assassinen liegt.«

Yussuf wandte sich ihm zu und grinste. »Das fragst du am besten den Assassinenscheich persönlich.« Mit einem Stoß ließ er die Tür auffliegen und betrat den Hof, bevor ihn Christoph noch einmal aufhalten konnte.

In den folgenden Tagen beobachtete er Yussuf verstohlen. Möglicherweise hatte ihm der Schwarze absichtlich die Mitteilungen über die Futuwwa und die Assassinen aufgetischt, weil er aus seinen Gesprächen mit Malik sein eigentliches Ziel, den Garten in Eden, erraten hatte.

Die Vorstellung, daß der Sklave seinem inneren Geheimnis auf die Spur gekommen sein könnte, berührte ihn unangenehm. Wahrscheinlich sah Yussuf seine Stellung in Maliks Haus durch ihn, der mehr dem Herren- als dem Dienerstand angehörte, bedroht, und er sann darauf, wie er den Konkurrenten loswerden konnte.

Christophs Vorgänger in Maliks Diensten war vor einem Jahr, nachdem er sich an den geheimen Weinvorräten Maliks vergriffen hatte, betrunken in den Kanal hinter dem Anwesen gefallen und hatte nicht mehr lebend herausgefunden. Seitdem war der Garten nach und nach verkommen. Dennoch fühlte sich Christoph zwischen den hohen Mauern, die den Lärm von draußen dämpften, so daß sich eine beinahe klösterliche Abgeschiedenheit ergab, recht heimisch. Kein anderer Diener hatte Zugang, er selbst verwahrte den Schlüssel zu der Pforte, die vom Stallgang zum Garten führte, und achtete darauf, die Tür verschlossen zu halten. Malik hielt sich nur am Nachmittag für eine Stunde unter den Bäumen auf, wenn sich sein Opiumnebel gelichtet hatte, danach kehrte er in seinen Laden zurück.

Die Arbeit verschaffte Christoph mehr Freude, als er erwartet hatte, und der Garten gedieh, nachdem er das Bewässerungssystem wieder in Gang gesetzt hatte. Eine geheime Unruhe aber, die sich besonders abends und in den Ruhepausen deutlicher zeigte, verhinderte, daß er auch nur für einen Tag sein eigentliches Ziel vergaß. Seine Unrast trieb ihn wieder in die Bibliothek. Nach längerem Herumsuchen fand er eine griechische Ausgabe der Bibel, die er am nächsten Morgen mit in den Garten nahm.

Im ersten Buch Moses, im elften Kapitel der Genesis, stieß er auf Abraham. Abraham stammte von Sem ab, einem der Noahsöhne, ein weiterer Sohn, Cham, zeugte die Söhne Kusch und Kanaan, und von Kusch stammten Chawila und Nimrod ab. Nimrod war ein gewaltiger Jäger gewesen, der seine Herrschaft in Babylon und Akkad im Land Sinear errichtet hatte. Unter den Nachfahren Sems entdeckte er noch einen Chawila und klappte in kompletter Verwirrung das Buch zu. Was hatte es zu bedeuten, daß die Namen von Personen, Völkern und Ländern identisch waren?

Ein Hauch der Frische fuhr über seine Haut, die ihm trotz der frühen Stunde zu brennen schien.

Er legte das Buch beiseite und stand auf. Langsam folgte er dem Lauf des langen schmalen Wasserkanals, der sich genau in der Mitte des Gartens mit einem zweiten traf, beide teilten in einem Achsenkreuz das Gartenrechteck in vier gleiche Partien. Christoph fühlte sich an die Gärten der Reichenau erinnert, nur daß hier Kanäle das Wegekreuz ersetzten. Abwesend betrachtete er die niedrige Randbepflanzung um das kleine achteckige Becken, in das die vier Kanalarme mündeten. Er setzte seinen Weg am Querkanal fort, bis er die Gartenmauer erreichte, eine mächtige Wand aus Lehmziegeln, gut zwei Meter hoch, in Schuß gehalten dank Maliks Angst vor Dieben. Schon bevor er die Ziegel berührte, spürte er Feuchtigkeit und Kühle. Er trat ein paar Schritte zurück, und immer noch traf ihn ein kühler Hauch. Das also war das Geheimnis dieser Gärten. Die hohen Lehmmauern speicherten den Abendtau, sogen die nächtliche Kälte ein, atmeten sie am Tag wieder aus, so daß die Luft selbst an heißen Tagen einigermaßen frisch blieb, ein ideales Klima für ein üppiges Pflanzenwachstum.

Einen Tag später ritt er nach seiner Arbeit auf Ibrahims Felder hinaus, in der Hoffnung, den Alten anzutreffen, der nach seinen eigenen Worten »alles wußte«. Mit nichts als der Feststellung, daß Ibrahim dem Stand der Felder nach ein wirklich hervorragender Bauer und Gärtner sein mußte, kehrte er spätabends verdrossen in Maliks Haus zurück.

Bei seinem nächsten Besuch in der Bibliothek fragte er einen alten Mann nach den Feueranbetern. Der Alte musterte ihn lange, bevor er antwortete, und dabei hob er die Stimme so, daß andere Besucher aufhorchten.

»Allah erweist mir wenig Gnade, wenn er mir nach einem tugendhaften Leben in meinem Alter noch die Erfahrung zumutet, daß die Jugend wieder der schlimmsten Teufels- und Götzenanbeterei anheimfällt. Junger Mann, ich rate dir, studiere den Koran in Demut.« Der Alte stutzte und fuhr nach einem weiteren, eingehenden Blick fort: »Oder die Bibel, selbst das ist besser. Laß ab von dem, was du vorhast, oder Gott verdammt dich!«

Erst als alle im Saal ihn bereits feindselig anstarrten, nahm Christoph das schwarze Gewand wahr, er hatte einen Mullah gefragt. Verwirrt und wütend wandte er sich hastig zum Ausgang, weil er nicht wußte, was er diesmal falsch gemacht hatte.

In den nächsten Wochen zog er sich noch mehr in den Garten zurück, der sich in einen angenehmen Ort der Kühle, der Schatten und der Düfte verwandelte. Es war wohl dieses Alleinsein, das ihn veranlaßte, an einem Abend, neben einem Rosenstrauch sitzend, einen Brief zu schreiben, um den Geist seines alten Mentors wachzurufen.

Christoph der Gärtner an Antonius, Mönch im Kloster San Giorgio in Venedig.

Ich bin noch immer auf der Suche, aber ich weiß jetzt endlich genau, wonach. Wenn es je das Paradies, den Garten in Eden, gegeben hat, dann ist es ein Baumgarten gewesen oder ist es noch. Es steht ganz klar in der Bibel, man muß es nur zu lesen verstehen. Wenn man wie ich diese Länder zwischen Konstantinopel und dem Sinai, zwischen Ägypten und Mesopotamien bereist hat, diese endlosen Ebenen aus Staub und Geröll unter einer gnadenlosen Sonne, die alles Leben ausdörrt, sehnt man sich nach dem grünen Schatten unter hohen Bäumen und dem Geräusch plätschernden Wassers. Wie ein Traumbild taucht diese Vorstellung im Geist jedes Wüstenwanderers auf. Das Volk der Bibel lebte hier, hier aus der Öde erwuchsen seine Sehnsüchte.

Der rosige Blütenschaum und die goldenen Früchte des Pfirsichbaumes machten auf mich am Tegernsee und auf der Reichenau einen seltsamen Eindruck: es kommt mir heute so vor, als habe die Bäume das nördliche Grün ihrer Umgebung daran gehindert, sich in ihrem vollen Wert und Glanz zu zeigen. Hier dagegen, vor brauner, harter Erde und unter der Glut der Sonne erstrahlen sie wie ein Wunder der Frische, der Zartheit, des Lebens. In ihnen finde ich etwas von dem, was ich einmal zu sehen meinte: den Glanz des Paradieses, und noch immer spüre ich das alte Sehnen, das mich weitertreibt.

Ich werde, sobald es meine Mittel erlauben, das Land zwischen Euphrat und Tigris in nördlicher Richtung erkunden, um den ersten, vollkommenen Garten und jenen Augenblick vollkommenen Glücks wiederzufinden, den ich einmal vor vielen Jahren erlebt habe. Ich werde in die Mitte des Gartens vordringen und den Baum des Lebens umarmen und von seinen Früchten essen, um dem Glück Dauer zu verleihen. Denn das wünschen wir uns doch am allermeisten.

So ein Garten hier mit blaugekachelten Kanälen und Wasserbecken, weißstämmigen Platanen und immergrünen Zitronen- und Orangenbäumen spendet Ruhe und Gelassenheit. Du weißt von den weiten trostlosen Ebenen des Landes jenseits der Mauer und empfindest in der Umfriedung und in dem grünen Zwielicht Geborgenheit.

Das sind die wahren Gärten: Brunnen in der Wüste.

Gottbefohlen – Christoph der Gärtner

Wie er es gehofft hatte, verspürte er Antonius' Gegenwart. Vielleicht offenbarte sie sich in dem intensiven Rosenduft, der auf einmal den Garten durchzog, obwohl die Rosen nicht einmal Knospen zeigten.

4

Maliks Haushalt wurde von der Köchin beherrscht. Laila, erfuhr Christoph von den Dienern, stellte den größten Schatz und Luxus in Maliks Leben da. Schwarze Köchinnen galten als die besten der Welt, sie waren ihr Gewicht in Gold wert. Er fragte sich, welche Mengen an Nahrungsmitteln die Köchin auf Kosten der übrigen Dienerschaft verschlang, um dieses Gewicht zu halten, von ihren Kochkünsten hatte er noch nichts bemerkt.

Zugang zu Maliks Fleischtöpfen eröffnete ihm ein Kochbuch, auf das er in der Bibliothek zufällig stieß. Es enthielt 74 Rezepte für die Zubereitung von Hühnchen. Weil Laila nicht lesen konnte, las er ihr vor und erhielt dafür Reste, die bei Maliks Mahlzeiten abfielen.

Es war nicht ganz einfach, aus diesen Überbleibseln das herauszufischen, was ihm eßbar erschien, denn in der persischen Kochkunst hatten die Raffinesse der Zubereitung und das äußere Bild der häufig mit Blütenblättern und besonders kostbaren Gewürzen bestreuten und extra parfümierten Speisen Vorrang vor dem Wohlgeschmack. Er hielt sich die Nase zu, wenn er das Zeug hinunterschlang und beseitigte unauffällig, was übrigblieb, um die Köchin nicht zu kränken.

Ziemlich sicher war er sich, daß er sich mit seinen Vorlesediensten und dem Extraessen in der Küche Yussufs Haß zugezogen hatte. Er verließ sich darauf, daß er sich mit seinem Dolch in einer handgreiflichen Auseinandersetzung behaupten könnte.

Der Angriff erfolgte auf eine Weise, mit der er nicht gerechnet hatte.

Nauruz war ein altpersisches Frühlingsfest, das Juden, Christen und Muselmanen gemeinsam feierten wie nahezu alle Feste. Besonders beliebt waren die, die Gelegenheit zu Umzügen und damit verbundenen Vergnügungen boten. Laila buk für die Dienerschaft in einem von Malik genehmigten Anfall von Großzügigkeit kleine, süße Kuchen, die zu dem Fest traditionsgemäß dazugehörten. Außer der Zuteilung von Gebäck schien es im wesentlichen darin zu bestehen, daß jeder jeden naßspritzte. Christoph war schon durchnäßt, als er mit den anderen den Hof verließ und einer Menge folgte, die von Brunnen zu Brunnen zog und sich kreischend und schubsend um diese drängte. In einem ihm unbekannten Viertel merkte er plötzlich, daß er seine Begleiter längst verloren hatte.

Die Sonne hatte seine Kleidung beinahe getrocknet, als er, am Rand eines Kanals stehend, einen kräftigen Stoß im Rücken spürte, zufällig, wie von einem Ellenbogen. Er verlor das Gleichgewicht und fiel in den Kanal. Kein Zufall war, daß sein Kopf gleich nach dem Auftauchen wieder unter Wasser gedrückt wurde. Jemand krallte die Finger in sein Haar, in aufkeimender Panik riß er sich los, ruderte mit den Armen und versuchte, den Kopf soweit hochzuhalten, daß er den Scherzbold ausmachen konnte, der den Scherz zu weit trieb.

Er öffnete den Mund, um nach Hilfe zu schreien, aber der Schrei erstickte in einem Gurgeln, als sein Kopf wieder unter Wasser gestoßen wurde. Atemnot setzte ein, diesmal ließ die Panik keinen klaren Gedanken zu, reiner Instinkt hieß ihn, sich im Wasser um die eigene Achse zu drehen, die Füße nach oben zu schnellen, um die todbringende Hand abzuwehren, und sich dann wie ein paddelnder Hund vom Ufer zu entfernen. Das Wasser trug ihn. Es war eine ganz neue, eigenartige Erfahrung, es war wohl auch Glück, daß der Kanal einer von den schmaleren war und Christoph die andere Seite erreichte.

Dicht an der Kante wuchs eine breite Hecke aus Bäumen und Büschen, durch die er sich mühsam wand. Hinter der Hecke saßen junge Männer auf Teppichen und Kissen im Schatten hoher Bäume und ließen sich von Dienern mit Speisen und Getränken versorgen.

Christophs Zähne klapperten erbärmlich aufeinander, er fror in seinen nassen Sachen. Noch zwischen die letzten Büsche geduckt, unschlüssig, wie er einer Entdeckung entgehen sollte, bemerkte er, daß eine Horde lebhaft schwatzender Besucher herankam.

Es war nicht einmal schwer, sich unter die Leute zu mischen, einige sahen nicht weniger schmutzig und naß aus als er selbst. Er suchte sich eines der dickeren Kissen aus, klopfte es umständlich zurecht, ließ sich darauf nieder, winkte nachlässig einen der Diener heran und langte von einer Platte gebackene, in Honig und Mandeln gewälzte kleine Ziegenkäse. Auch von anderen Gerichten kostete er reichlich und spülte die aufkommende Übelkeit, die ihm die Mischung natürlicher Aromen mit schweren Parfüms verursachte, mit Scherbett hinunter.

Erst als der größte Hunger gestillt war, nahm er sich die Zeit, seine Umgebung etwas intensiver zu betrachten und entdeckte, daß ihm gegenüber der kleine, rehäugige Perser saß, den Yussuf Saleh genannt hatte. Der junge Mann lächelte ihm zu, während er sich mit Karim, einem der anderen Nichtsnutze aus dem Bad, unterhielt.

Schließlich wurde Karim aufmerksam, ihre Blicke begegneten sich, Christoph sah an einem Aufleuchten der Augen, daß Karim ihn ebenfalls wiedererkannte. Beinahe gleichzeitig griffen er und der Perser nach den Dolchen.

Saleh legte Karim beiläufig die Hand auf den Arm und hob die Stimme.

»Hört mir zu, meine Freunde, ich werde euch ein Gedicht von Ibn al-Arabi vortragen, das für ein Fest wie dieses, das Christen, Juden und wir gleichermaßen feiern, gemacht zu sein scheint.« Er hielt einen Moment inne und fuhr dann mit leiser, getragener Stimme fort:

»Mein Herz fügt sich jeder Form.
Wiese den Gazellen, Kloster für den Mönch,
Tempel für Götzenbilder, Kaaba der Pilgerfahrt,
Tafeln der Thora, Buch des Korans.
Ich nahm die Liebe zur Religion,
In welche Richtung sie weisen mag,
Religion und Glauben ist sie.«

Saleh lächelte wieder, ein wissendes und verzeihendes Lächeln, Christoph war sich auf einmal sicher, daß der junge Perser sein Eindringen in den Garten zwar bemerkt, aber nicht übelgenommen hatte. Er schien der Gastgeber zu sein, mit kaum wahrnehmbaren Gesten lenkte er die Dienerschaft. Karim betrachtete den

Eindringling jetzt ohne Feindseligkeit, ja geradezu mit Wohlwollen, ein Umschwung, der Christoph verblüffte, aber auch wieder leichtsinnig machte.

Laut wandte er sich an Saleh. »Euren Gedichten scheint ein magischer Zauber innezuwohnen. Kennst du mehr davon?«

»Ich werde eines speziell für dich vortragen, weil du heute mein Gast bist.«

Er klatschte in die Hände, tiefe Stille senkte sich über den Garten, selbst die Diener erstarrten, wo sie standen, und lauschten der wohlklingenden, dunkel schwingenden Stimme.

»Wie ein Apfelbaum unter den Bäumen des Waldes, so ist mein Geliebter«,

begann Saleh und Christoph fuhr unmerklich zusammen, als er die Worte wiedererkannte.

»In seinem Schatten zu sitzen ist mein Begehr«,

fuhr Saleh fort,

»und seine Frucht schmeckt süß meinem Gaumen.
Ein verschlossener Garten ist meine Schwester Braut, eine verschlossene Tür,
ein versiegelter Quell, ein Gartenquell, ein Brunnen frischen Wassers und ein Naß, so vom Libanon rieselt.
Ich komme in meinen Garten, meine Schwester Braut, und pflücke meine Myrrhe und meinen Balsam, genieße meine Wabe und meinen Honig, trinke meinen Wein und meine Milch!
Ich beschwör' euch, ihr Töchter Jerusalems, bei den Rehen und Hirschen auf der Flur:
Weckt nicht auf und stört nicht die Liebe, bis daß es ihr selber gefällt!
Die du in den Gärten wohnst, Gefährten lauschen aufmerksam – laß mich deine Stimme hören!«

Wie eine sanfte Berührung spürte Christoph die Stimme, nie war er sich derart seines Körpers und Geistes gleichzeitig bewußt geworden und einer quälenden Sehnsucht, eine verwirrende Erfahrung.

»Dieses Gedicht mußt du doch kennen«, sprach Saleh ihn unvermittelt an.

Christophs Blick begegnete aufmerksam forschenden Augen, ratlos hob er die Schultern und ließ sie wieder sinken.

»Es ist das Hohe Lied Salomos, das Lied der Liebe. Es ist Teil der biblischen Schriften. Ostern wird es überall in den jüdischen Tempeln verlesen.«

»Ich bin kein Jude, ich bin Christ.«

Karim verzog verächtlich grinsend das Gesicht. »Ich dachte, du kannst lesen, aber du kennst nicht einmal das Alte Testament.«

»Die Bibel ist ein dickes Buch, und so ein Liebesgesäusel von Salomo oder wem sonst brauch ich nicht zu kennen.«

Karim funkelte ihn an. »Ich kenne den Koran auswendig, jeder Spruch daraus ist uns heilig.«

»So heilig nun auch wieder nicht, daß sich nicht über die Bedeutungen die Gelehrten streiten. Hast du das Gedicht überhaupt verstanden?« Idrisi, der dritte der jungen Perser, denen Christoph in der Bibliothek und im Bad begegnet war, drängte sich durch die Reihen der anderen und setzte sich so dicht neben ihn, daß er abrückte.

»Was gibt es zu verstehen, wenn sich zwei, Mann und Frau, zusammen in die Büsche schlagen?«

Saleh lachte. »Das Gedicht handelt nicht einfach von der Liebe, sondern vor allem von der Begegnung mit Gott.«

»Jede Liebe spiegelt die Liebe zu Gott«, erklärte Idrisi ernst, dabei mit seinem Kissen näher an Christoph heranrutschend und ihn mit seinen großen dunklen Augen innig anblickend.

Christoph unterdrückte den Impuls, aufzuspringen und wegzulaufen, denn nach dem Überfall am Kanal schien ihm der Garten der verdrehten jungen Leute immer noch sicherer als die Straßen.

Je mehr der Abend fortschritt, desto verdrossener wurde er, das heitere Geplauder um ihn brachte ihn auf; als Saleh sogar anbot, sein schmutziges Gewand gegen eins aus seiner eigenen Kleiderkammer zu tauschen, lehnte er brüsk ab. Trotzdem ertrugen der Perser und seine Freunde seine Rüpelhaftigkeit mit geradezu engelhafter Langmut, fast tat es ihm selbst leid, daß er sein schlechtes Benehmen nicht aufgeben konnte, um die Heiterkeit der Nacht und die Schönheit des Gartens zu genießen, zu sehr hielten ihn sein Unglücklichsein und eine unbestimmte Sehnsucht gefangen.

Es war längst dunkel geworden und viele waren inzwischen nach Hause gegangen, als er sich bei Saleh halbwegs höflich für die Gastfreundschaft bedankte und den Heimweg antrat.

Als er in den Weg einbog, der an Maliks Hinterhof entlangführte, sah er Yussuf vor sich hergehen. Der Vollmond beleuchtete die Gasse so grell, daß er den Mann zweifelsfrei erkannte. Christoph hatte sich bereits gefragt, wie er sich in das Anwesen schmuggeln könnte, denn alle Türen wurden zur Nacht von innen durch Balken gesichert. Er drückte sich flach an die Mauer, um zu beobachten, wie sich Yussuf Zugang zum Hof verschaffte. Der Schwarze rüttelte einmal an der Tür, dann bückte er sich und klaubte etwas vom Boden auf. Es mußten Steinchen sein, die er zielsicher in ein kleines, vergittertes Fenster in der Mauer warf. Wenig später hörte Christoph an einem Scharren, daß der Türbalken entfernt wurde. Er begann zu rennen, während sich Yussuf bereits durch die nur spaltbreit offene Tür schob, und warf sich dagegen, bevor der Balken wieder vorgelegt werden konnte. Drinnen im Hof stand Laila und hielt das Kantholz in ihren Händen.

»Danke, daß du auf mich gewartet hast«, sagte Christoph laut und huschte vorbei.

Kaum eine Stunde später stand er wieder im vom Mondlicht übergossenen Hof, denn er hatte keinen Schlaf gefunden, zu sehr beschäftigten ihn die Erlebnisse dieses Tages, außerdem drückte ihn der Magen. Ihm fiel ein, daß er Laila um einen Kräutertrank bitten konnte, falls es ihm gelänge, die Köchin wachzurütteln.

Die Küche lag verlassen, aber ein Öllämpchen brannte. Unschlüssig schaute er sich um, als er ein Stöhnen hörte. Er fuhr zusammen. Das Stöhnen wiederholte sich. Vorsichtig, um nicht durch ein Geräusch seine Anwesenheit zu verraten, folgte er den Lauten bis zu einer Tür, die nur angelehnt war und beinahe lautlos dem Druck seiner Hand nachgab. Auch in der Kammer brannte ein kleines Licht und ließ schwarze, nackte Haut aufglänzen, ungeheuer viel schwarze Haut, mächtige Wülste, enorme Schenkel und einen breiten Rücken dazwischen, das Rückgrat bildete eine tiefe gerade Furche in den Wölbungen starker Muskeln. Zuckendes, bebendes Fleisch in rhythmischer Bewegung, die von grauenhaftem, gutturalem Knurren und Stöhnen untermalt wurde. Eine ungeheure Kraft ballte sich in den Leibern, eine Leidenschaft, die selbst die Flamme der Öllampe gleichmäßig zittern ließ, auch der Boden schien unter den Stößen zu beben.

Christoph schaute gebannt zu, ohne einen Anflug von Scham. Was er sah, schien zu dem verflossenen Tag zu passen, eine vibrierende Spannung ergriff ihn, er konnte den Blick nicht abwenden.

Der Umschlag kam ganz unvermittelt. Als hätte ihn eine Faust in den Magen getroffen, krümmte er sich, die Übelkeit überwältigte ihn, ohne weitere Vorsicht stürzte er auf den Hof hinaus, schaffte es noch bis in die Latrine und übergab sich. Danach fühlte er sich wie ein leerer Schlauch, völlig kraftlos, zitternd rollte er sich auf seinem Strohsack zusammen.

Es war sein Glück, daß er noch wach war, daß er das Aufklatschen nackter Füße hörte, das Schwingen der Tür in der Angel. Er hatte bereits alle Muskeln angespannt, als sich sein Angreifer auf ihn stürzte. Er wußte, es war Yussuf. Sich wie ein Aal windend, gelang es ihm, das Stroh unter sich so aufzuwühlen, daß es Yussuf in die Finger geriet, ihn stach, er hörte den Schwarzen fluchen und tastete nach dem Dolch. Den Griff der Waffe in der Hand, schnellte er sich mit einer Drehung von seinem Lager hoch. Als Yussuf aufgeben wollte und sich zur Tür wandte, stellte ihm Christoph ein Bein, brachte ihn zu Fall und setzte ihm das Messer an die Kehle.

»Und jetzt«, sagte er ruhiger, als er sich fühlte, »unterhalten wir uns.«

»Worüber?« stöhnte Yussuf.

»Zum Beispiel über einen Gärtner, der vor einem Jahr im Kanal hinter dem Haus ertrank. Da hast du nachgeholfen, nicht?« Der Gedanke war ihm gerade erst gekommen.

»Warum sollte ich den armen Kerl ersäuft haben? Er hat mir nie etwas getan und war ein vollkommener Trottel.« Ehrliche Überraschung klang aus der Stimme, Christoph ritzte trotzdem Yussufs Haut.

»Aber mich hast du heute zu ertränken versucht.« Selbst in

dem Licht, das vom Hof hereinfiel, erkannte er, daß der Schwarze grinste.

»Das war etwas anderes. Hat fast geklappt. Konnte ich wissen, daß du wie ein Köter im Wasser herumpaddeln würdest?«

»Warum?« fragte Christoph knapp.

Yussuf stöhnte auf, weil er erneut das Messer spürte. »Du hast dich in mein Leben gedrängt. Malik sagt, daß er dich bald mit in den Laden nehmen will, dann muß ich auf die Felder, und Laila steigst du auch nach. Ich hab dich vorhin in der Tür zu ihrer Kammer gesehen.«

»Du kannst Laila für dich behalten, für mich ist sie zuviel. Und was Malik betrifft ...«

Yussuf heulte plötzlich auf. »Warum verschwindest du nicht? Du kannst gehen, wohin du willst, ich komm nicht weit mit diesem Gesicht.«

Christoph beugte sich vor und krallte eine Hand in Yussufs Wollhaar. »Hör auf zu winseln. Ich bin unfrei geboren und habe die Unfreiheit hinter mir gelassen.«

Die Augen des Mannes funkelten ihn aus der Dunkelheit an. »Erzähl mir nicht, daß du weißt, was das bedeutet, ein Sklave zu sein.«

»Jedenfalls habe ich nicht vor, mein Leben als Halbsklave von Malik zu fristen. Du wirst mich so oder so bald los sein, dafür brauchst du mich nicht umzubringen.« Christoph ließ zu, daß Yussuf den Dolch beiseite drückte und sich aufrichtete. Er folgte dem Mann in den Hof, noch immer wachsam.

»Warte, bevor du dich wieder zu deiner schwarzen Perle schleichst, will ich etwas von dir erfahren, könnte sein, daß ich danach den Angriff von heute morgen und den von grade vergesse.«

Yussuf hatte sich auf den Brunnenrand gesetzt und blickte ihm nun ruhig entgegen.

»Erzähl mir von den Assassinen.«

»Daher weht der Wind«, Yussuf zog eine Grimasse, die Christoph frösteln ließ.

»Hast du schon einmal von Hasan Ibn Sabbah, dem Alten vom Berge gehört? Die Nizarii, wie die Assassinen auch heißen, sind Anhänger Nizars, eines Sohnes des Kalifen von Ägypten, den seine Gegner im Gefängnis sterben ließen. Die Nizarii gehören zur Isma'ilyja in Syrien und Westpersien, die wieder zu den Schiiten gehören.«

»Erspar mir die Einzelheiten, ich habe genug mit den Verworrenheiten meines eigenen Glaubens zu tun: ob Kopten, Nestorianer oder Byzantiner, sie alle meinen, im Besitz der alleinseligmachenden Wahrheit zu sein«, unterbrach Christoph.

»Es ist auch gleichgültig, welcher Gruppe der Gläubigen die Nizari angehören, sie haben sich weit von den Geboten Allahs entfernt und machen sich ihre eigenen Gesetze. Hasan Ibn Sabbah übernahm die Führung der Nizarija und bildete sie zu der Mörderbande aus, die sie jetzt ist. Er baute ihnen eine Festung auf dem Felsen von Alamut, und von dort regierte er sie bis zu seinem Tod vor rund achtzig Jahren. Seine Nachfolger halten es wie er: sie schicken ihre Anhänger aus und lassen sie in ihrem oder in fremdem Auftrag morden. Auf diese Weise mischen sie sich in die Politik ein, vor allem die der Kalifen von Bagdad, der Abbasiden, die seit jeher der Sunna angehören. An-Nasir bemüht sich allerdings um eine Verständigung mit den Schiiten, auch denen von Alamut.«

»Scheint aber wenig Erfolg damit zu haben, wenn trotzdem die Mörder des Assassinenscheichs in seiner Stadt ihrem Gewerbe nachgehen. Warum tut er nichts gegen sie?«

»Es sind keine gewöhnlichen Mörder, sie treffen unfehlbar ihr Ziel, weil sie keine Gefahr schreckt – sie gehen furchtlos und lächelnd in den Tod, wenn er sie in Erfüllung ihres Auftrags ereilt, sie suchen ihn geradezu, weil sie die Verheißung des Paradieses empfangen haben.«

»Befindet es sich in Alamut?« fragte Christoph spöttisch.

»Wo sonst? Die Auserwählten betreten es, wenn auch nur für eine Nacht, als Lebende, und gerade das überzeugt sie von der Verheißung.«

»Wo«, fragte Christoph mit größtmöglichem Gleichmut, »liegt Alamut?«

»Im Norden, jenseits des Tigris, es ist nicht weit von Rajj bis dort«, erklärte Yussuf und betrachtete Christoph lauernd. »Du willst dorthin?«

»Du weißt erstaunlich viel über die Assassinen, du trägst dich nicht selbst mit dem Gedanken, dich ihnen anzuschließen? Dein Gesicht wird sie nicht stören.«

»Ich glaube nicht, daß ich Meuchelmörder werden will.«

»Du hast aber viel Talent dazu.«

»Wenn du meinst. Irgendwann einmal, wenn du schläfst, werde ich wieder üben.«

5

Bis zum Morgengrauen wälzte sich Christoph schlaflos auf seinem zerwühlten Strohsack. In der Dämmerung erhob er sich, trat in den Hof, der noch vollkommen verlassen dalag, rollte neben dem Brunnen seine Karte aus und studierte sie, bis er den Ort namens Rajj gefunden hatte, ein Stück entfernt lag das Kaspische Meer. Zur Mittagszeit sattelte er »die Schöne« und ritt mit ihr vor die Stadt. Sie strebte schnurstracks zu dem Baum an der Böschung des Kanals, unter dem Ibrahim gerade seinen Mittagsimbiß verzehrte. Vorsichtig, als könnte er ihn wie einen Vogel verscheuchen, ließ Christoph sich neben dem Alten nieder, der ihm Brot und den Wasserkrug reichte.

»Hast du gesehen, womit sie in Babylon die Böden der Terrassen abgedichtet haben, so daß kein Wasser eindringen konnte?« fragte Ibrahim, als führte er ein am Vortag unterbrochenes Gespräch fort.

»Schilf und Bitumen zwischen Ziegelschichten. Sag, Ibrahim, wo liegen Chawila und Kusch, kennst du Flüsse, die Pischon und Gichon heißen? Warum feiern die Perser im Frühling ein Fest, Nauruz, dessen Bedeutung sie nicht mal kennen?«

»Ein Frühlingsfest wurde in Babylon schon zur Zeit der Assyrer gefeiert: die heilige Hochzeit der Himmelskönigin mit dem Frühlingsgott. Als Ischtar verkörperte sie Schönheit und Fruchtbarkeit, als Nergal war sie die verschlingende, todbringende Göttin der Unterwelt. Die heilige Hochzeit im Frühling garantierte die Fruchtbarkeit der Felder, die Erneuerung des Lebens. Der Zyklus der Natur endete im Winter unter Nergals Herrschaft mit dem Tod und begann im Frühjahr mit Ischtar von neuem. Ihr heiliger Baum war der Apfelbaum.«

»In der Bibel steht, daß Eva Adam mit einem Apfel zur Sünde

verlockte. Durch den Genuß der verbotenen Frucht verloren die ersten Menschen das Paradies, den Garten in Eden, aber vielleicht begann damals auch der erste Zyklus der Natur. Es ist merkwürdig, daß es mir gerade jetzt einfällt, aber ein Apfelbaum spielt in einem Gedicht eine Rolle, das ich kürzlich hörte, dem Hohen Lied Salomos.«

»›Wie ein Apfelbaum unter den Bäumen des Waldes, so ist mein Geliebter‹? Da hast du die heilige Hochzeit der Assyrer, versteckt in einem Lied, das Juden und Christen gleichermaßen in ihrer heiligen Schrift in Ehren halten. Es gibt noch eine Verszeile, die du kennen solltest. ›Unter dem Apfelbaum erweckte ich dich ... denn stark wie der Tod ist die Liebe‹.«

»Mit dem Erwecken ist die Auferstehung gemeint? Osiris, Adonis und dieser Frühlingsgott der Ischtar, das waren alles Geliebte, die teuer bezahlt haben, es läuft immer auf das gleiche hinaus. Nach der Bibel ist auch der auferstandene Christus in einem Garten erschienen. Mir hat einmal jemand gesagt, alle Götter sind ein Gott, und je mehr ich von dem Göttergewimmel in den verschiedenen Religionen höre, desto vernünftiger scheint es mir, nur an den einen zu glauben.«

Christoph hatte sich ein wenig in Rage geredet. Als er bemerkte, daß Ibrahims Blick über die Felder zu den Mauern um sein Haus glitt und der Alte Anstalten machte aufzustehen, mäßigte er sich und sprach hastig weiter. »Erzähl mir mehr von alten Gärten. Gab es vor Babylon schon welche? Wo lagen sie?«

»Meinst du die heiligen Haine in Elam und Assur? In Assur lagen sie in den Tempelhöfen und umgaben die gesamte Anlage. Den Eingang flankierten zwei Bäume.«

»Auch in Ägypten haben zwei Bäume vor den Eingangspylonen der Tempel gestanden.«

»Kennst du die Bedeutung? Besonders schöne und stattliche Bäume wurden mit Kränzen und Schmuck behängt. Sie waren Sinnbilder des ewigen Lebens.«

»Am Thron des byzantinischen Kaisers stand ein künstlicher, reich geschmückter Baum, ich habe ihn gesehen. Es hieß, er stelle den Baum in der Mitte des Paradieses dar. War es ein Apfelbaum?«

»Ein Apfelbaum oder eine Sykomore oder eine Zeder. Er lebt in verschiedenen Gestalten in den heiligen Schriften der Juden und Christen, auch im Paradiesgarten des Korans.«

»Wo liegt er? Irgendwo im Norden?«

»Es gab in Assur einen Garten, den der Assyrerkönig Sanherib siebenhundert Jahre vor Beginn der christlichen Zeitrechnung anlegen ließ, einen Garten, der jede bekannte Pflanze, jeden Baum und Strauch enthielt. Von allen assyrischen Königen war er der kühnste Gartenbauer vor Nebukadnezar. Er ließ riesige Gärten wie den in Ninive anlegen mit Brunnen, großen Wasserbecken und Hainen, in denen sich zahmes Wild tummelte. Er baute ein Aquädukt, um Wasser über ein Tal nach Ninive zu führen, Stauseen und Auffangbecken. Er scheute sich nicht, Flüsse umzuleiten und durch Kanäle einzudämmen. In verdeckten Tonröhren, um das Verdunsten zu verhindern, wurde Wasser durch die Gärten geleitet. Flutende Teiche, süß duftende Blumen, das Behagen und die Ruhe der wohlgeordneten Natur, das kennen wir alles schon seit zweitausend Jahren. Auch der Caharbagh, der viergeteilte Garten mit dem Achsenkreuz aus schmalen Kanälen, existierte lange vor der heutigen Zeit.«

»Der Garten Maliks, des Sklavenschinders, für den ich arbeite, wird genau so unterteilt, ich hielt das für einen witzigen Einfall.«

Ibrahim grunzte ärgerlich. »Der Caharbagh ist ein altes Schema, die Natur im Garten zu ordnen. Heute versinnbildlichen die vier Teile des Gartens die vier Gärten des Paradieses, unter denen Wasser fließt, wie Mohammed behauptet hat. Die muselmanischen Gärtner geben das als ihre Erfindung aus, dabei war schon der Garten in Pasargadae in den Zeiten des großen Königs Kyros so angelegt.«

»Laß dir gesagt sein, auch anderswo teilt man einen Garten gern in vier Teile. Aber jetzt sag mir: wo liegt Chawila?«

Christoph erhielt keine Antwort. So unvermittelt wie beim letzten Mal beendete Ibrahim sein Mahl und verließ ohne Abschiedsgruß den Platz. Christoph kam der Verdacht, daß der Alte nur antwortete, wenn es ihm paßte, ja, daß er eigentlich nicht zu ihm, sondern zu sich selbst sprach. Trotzdem trieb es ihn am nächsten Tag wieder auf Ibrahims Felder.

Diesmal wässerte Ibrahim Palmsetzlinge. »Du weißt, warum wir Palmen als Stecklinge ziehen?« fragte er zur Begrüßung.

»Die neuen Bäume tragen schon nach vier bis fünf Jahren, statt nach fünfzehn, das habe ich auf meiner Reise in den Süden gelernt.«

»Weißt du auch, wie man zur alten Zeit den Ertrag steigerte? Die Palme wächst zweihäusig. Es gab früher Meister für die künstliche Befruchtung der Bäume. Die Blüten mit den männlichen Samen wurden herausgebrochen und an die gerieben, die sich zu Früchten entwickeln sollten. Von tausend Bäumen wurden so dreihunderttausend Liter Datteln geerntet. Ich habe mich mein Leben lang mit der Palme beschäftigt und nicht ausgelernt. Es ist ein Unterschied, ob eine Palme zehn oder sechzehn Meter hoch wächst. Bei sechzehn Metern Höhe kannst du eine Feige in ihren Schatten pflanzen, bei zehn Gemüse oder Blumen.«

Das Prinzip der dreidimensionalen Gestaltung, das Christoph aus den byzantinischen Lustgärten kannte, ließ sich offensichtlich auch auf Nutzgärten anwenden. Eine überraschende Erkenntnis, die ihn ablenkte, so daß er einen Moment nicht zuhörte.

»Bitte, was hast du gesagt?«

»Ich habe dir ein paar Obstsorten aufgezählt«, sagte der Alte unwillig, »die die Gärtner mit den Datteln kultivierten, nämlich Birne, Sandbeere, Granatapfel, Kirsche, Maulbeere und Quitte, aber auch Kernfrüchte wie Mandel und Pistazie. Mir ist die Dattelpalme der liebste Baum. Liebst du frische Datteln, saftig und nach Honig duftend? Wenn du möglichst lange frische Früchte ernten willst, brauchst du Sorten, die nicht alle zur gleichen Zeit reifen. Züchtung erfordert Geduld. Mit ihr haben es die Gärtner der alten Zeit auf fünfundvierzig Dattelsorten gebracht.«

Christoph hatte begonnen, die kleinen Kanäle zu den Pflanzgruben von eingespültem Erdreich zu befreien. Er setzte sich auf seine Fersen.

»Wann, sagtest du, war das?«

»Vor drei- bis viertausend Jahren, zu Zeiten der alten Völker von Sumer und Akkad, lange vor Sanherib und Nebukadnezar.«

»Weißt du, ich habe die alten Gärten Ägyptens studiert und auch die byzantinischen Gärten und das, was von denen in Babylon übrig ist, und mir scheint, daß es heute nichts Neues gibt, daß im Gegenteil manches in Vergessenheit geriet, denn von deiner

Methode zur Befruchtung der Palmen habe ich noch nie etwas gehört.«

»Mir scheint«, sagte Ibrahim und richtete sich umständlich auf, »du bist ein Dummkopf.«

Christoph schwieg beleidigt. Ibrahim ging weiter die Reihe der Stecklinge ab, erst als er am Ende angelangt war und es so aussah, als wolle er zu seinem Haus zurückkehren, lief ihm Christoph nach.

»Ich habe viel über die vier Elemente gelesen und nachgedacht«, rief er, »ich kenne das Element Erde, weil ich es tagtäglich in Händen halte, ich kenne die Luft, heiß in der Wüste, kühl im Schatten der Bäume, von gewaltiger Kraft in Wind und Sturm, und das Wasser, das Element, das mir das liebste ist. Diese drei machen das Leben im Garten aus. Aber was ist mit dem vierten, dem Feuer? Es ist mir, als fehlte ohne das Feuer ein Teil an der Vollkommenheit der Schöpfung, und doch fürchte ich das Feuer wegen seiner Verheerungen.«

Ibrahim warf ihm einen merkwürdigen Blick zu. »Du weißt immer noch nicht, wo das Feuer zu suchen ist? Spürst du es nicht auf deinem Rücken brennen?«

Christoph reckte sich erstaunt und schaute auf – direkt in den rotglühenden Ball der Abendsonne.

»Die Sonne ist nicht das Feuer, das ich meine.«

»Jedes irdische Feuer ist nur ein mageres Abbild des Sonnenfeuers.«

»Ich habe dieses magere Abbild in Konstantinopel wüten sehen, Menschen brannten bei lebendigem Leibe.«

Ibrahim winkte ab. »Was du gesehen hast, ist die Kraft des Bösen. Das Feuer an sich ist gut. Ohne die Sonne gäbe es kein Leben im Garten, oder nenne mir eine einzige Pflanze, die im Dunkeln gedeiht. Die Feuer, die wir im Garten entzünden, dienen der Reinigung, sie vernichten, was die Ordnung stört: das Unkraut, das Ungeziefer, das Abgestorbene. Die Flamme steigt empor und schafft eine Verbindung zwischen Erde und Himmel.«

Die Nächte nach Yussufs Angriff hatte Christoph schlecht geschlafen, zwei Tage brauchte er, um aus dem Stamm einer jungen Palme, die er heimlich im Garten fällte, einen Balken zurechtzuhauen, mit dem er nachts seine Tür sichern konnte. Auf die ohnehin nicht bekömmlichen Reste von Maliks Mahlzeiten verzichtete er, um der Küche fernzubleiben und damit Yussufs Feindschaft einzudämmen. Eine überflüssige Maßnahme. Eine Woche nach Nauruz bestellte ihn Malik zu sich und eröffnete ihm, daß er ihm von nun an im Laden zur Hand gehen sollte.

»Ich bin Gärtner«, widersprach Christoph mit Nachdruck, »und kein Ladendiener. Du hast Yussuf.«

»Der Schwarze«, erklärte Malik, eine Marzipankugel kauend und ohne seinen Gärtner anzusehen, »verschreckt nur zu oft meine Kunden. Ich brauche jemanden, der ansehnlich ist wie du und gewandt genug, mit den Kaufwilligen zu reden.«

Christoph glaubte ihm nicht. Der Händler schien von einer eigenartigen Nervosität befallen, mehrfach wischte er sich die Hände an einem Leinentuch ab, als wollte er sich von einer Unannehmlichkeit befreien.

»Wir haben ein Abkommen, daß ich deinen Garten und deinen Hof in Ordnung halte, zu mehr habe ich mich nicht verpflichtet.«

»Und ich habe dir nicht aufgetragen, im Sklavenhof den Brunnen zu reparieren und dort sogar Palmen zu pflanzen, du mußt sie aus meinem Garten gestohlen haben.« Maliks Blick bekam auf einmal etwas Flehendes, Christoph registrierte es verblüfft. »Wenn du mit in den Laden kommst, nehme ich dich zu einem Empfang im Palast des Kalifen mit, der, wie du vielleicht weißt, von wunderbaren Gärten umgeben ist.«

»Ich glaube nicht, daß ich in den Palast gelassen werde, nicht einmal in deiner umfangreichen Gegenwart, ich sehe neben dir schäbiger als ein Bettler aus, obendrein wie ein halbverhungerter.« Wenn er gehofft hatte, daß Malik auf den Wink reagierte, sah er sich enttäuscht. Statt ihm von den Süßigkeiten anzubieten, griff Malik selbst zu.

»Mach dir darüber keine Gedanken, du bekommst von mir eine Dhurra'a, ein schwarzes Gewand, wie es für einen Besuch beim Kalifen vorgeschrieben ist.«

Die leisen Bedenken, die er anfangs wegen Yussuf gehegt hatte, wischte Christoph beiseite, als er einwilligte. Wieso sollte er sich um das Wohl eines Mannes sorgen, der ihm nach dem Leben getrachtet hatte?

Noch bevor er Malik zum ersten Mal in seinen Laden folgte, begleitete er ihn zum Kalifen, gekleidet in ein fransiges, schwarzes Gewand, in dem er womöglich abgerissener aussah als in seiner gewöhnlichen Kleidung.

Unter vielen anderen standen sie in einer weiten Halle. Malik führte halblaut Gespräche mit Geschäftsfreunden. Mit müßiger Neugier beobachtete Christoph, daß die Erhabenheit des Kalifen von Besuchern neun Fußfälle erforderte, statt der drei für den byzantinischen Kaiser vorgeschriebenen. An-Nasir ruhte auf einem Sarir unter einem Baldachin, durch schleierartige Vorhänge von seiner Umgebung abgeschirmt, so daß der Empfang Auserwählter nach dem Fußfall nur erahnbar war. Ein schwaches Aufblitzen der Ringhand des Kalifen zeigte den Zuschauern an, wenn eine Einladung zum Sitzen erfolgte. Christoph erfuhr von Malik, daß das Maß der königlichen Gunst daran abzulesen war, wie lange jemand auf diesen Wink zu warten habe.

Als Beamte die Reihen der Empfangsgäste abschritten, die nicht zu einer Audienz hinter die Vorhänge gebeten wurden, konnte sich Christoph verdrücken, ohne daß es Malik, der mit einem Bittgesuch in der Hand nach den Beamten ausspähte, gewahr wurde.

In den Staatsgemächern standen Schalen mit kostbaren und seltenen Blumen. Vorhänge aus Brokat mit goldgestickten Pferden, Kamelen, Löwen und Vögeln bedeckten die Wände, von denen manche eine erstaunliche Kühle ausstrahlten.

Einer der Empfangsräume führte auf einen kleinen Hof, der ganz in Rosa gehalten war. Rosa blühten die Bäume um einen zierlichen, mit rosa Stoff bespannten Pavillon, der einen Brunnen aus rötlichem Stein beschattete. Rosa glasierte Fliesen bildeten den Boden. Es erschien Christoph als eine bedenkliche, bizarre Laune, so ausschließlich auf eine Farbe zu setzen, die der Anlage etwas Künstliches, völlig der Natur Entrücktes verlieh. Selbst die Diener, die den Hof zu versorgen hatten, waren rosa gekleidet. Er zog es vor, ihnen auszuweichen, bevor sie ihn als Eindringling aufgreifen konnten.

Er geriet in einen Saal, dessen Kuppel auf achtzig schlanken Säulen aus durchscheinendem Alabaster ruhte, als würde sie schweben. Ihre Ornamente wiederholten sich im Muster des riesigen Teppichs, der den Boden bedeckte. Wie die Spiegelung des Himmels im Wasser eines Teiches. Durch drei Bögen öffnete sich der Saal zu einem ausgedehnten Garten, den Übergang bildete eine Terrasse mit einem Bodenmosaik, das die Ornamentik des Saales noch einmal aufgriff. Und als wäre es damit noch nicht genug, schimmerten die gleichen Muster wie eine doppelte Spiegelung, wie eine Verzauberung der unbelebten Natur in die belebte in den nahen Blumenbeeten wieder auf.

Christoph rannte mehrfach hin und her, betrachtete verwirrt Kuppel, Teppich, Mosaik und Blumenbeete, er verfiel in einen Rausch der Verzauberung, der ihn alle Vorsicht vergessen ließ, so daß ihn die drei in Rosa Gekleideten überrumpeln konnten. Sie erwiesen sich als viel kräftiger, als ihre nicht sehr männlich wirkende Kleidung hatte vermuten lassen. Zwei hielten ihn fest, einer tastete ihn flink nach Waffen ab, Christoph fragte sich, ob er für einen Dieb oder noch Schlimmeres gehalten wurde, er trug ja auch seinen Dolch unter der Dhurra'a, er sah bereits, wie ihm die Hand abgehackt oder die Augen ausgestochen wurden.

Ein Händeklatschen veranlaßte die drei, ihn unvermittelt freizugeben. Sich wie ein nasser Hund schüttelnd, entdeckte Christoph Saleh hinter sich, der die Diener mit einer Handbewegung entließ.

»Vielen Dank«, keuchte Christoph, »du kommst im rechten Augenblick, und wenn du mir noch sagst, wie ich in den Empfangssaal zurückfinde, werde ich nicht länger diesen Fußboden im Haus deines erlauchten Verwandten, des Kalifen, mit meinen alten Sandalen beschmutzen und den rosa Leuten Gelegenheit geben, mich für einen assassinischen Meuchelmörder zu halten.«

»Du solltest hier nicht von Assassinen reden«, entgegnete Saleh scharf, »aber was hast du hier wirklich zu suchen?«

»Was ich gefunden habe: Schönheit. Der Saal, die Terrasse, der Garten, alles eine phantastische Einheit, so fließend und berauschend. Es gibt also doch noch etwas, das das Alte übertrumpft.« Christoph deutete mit einer ausholenden Geste um sich, wich dabei rückwärts bis zur Wand, um sich mit den Händen an ihr entlang bis zur nächsten Tür zu tasten, durch die er rasch zu verschwinden gedachte. Er wollte nicht noch einmal auf die von der

Futuwwa geschätzte Nächstenliebe pochen. Hinter sich spürte er etwas Seltsames. »Und sag mir eins. Warum ist diese Wand so kalt?«

Salehs Augen funkelten amüsiert. »Sie ist hohl und mit Eis gefüllt.« Der Perser winkte nachlässig. »Komm mit mir. Du sollst die Schönheit Allahs in den Dingen erkennen dürfen.«

Christoph folgte ihm nicht nur, weil er nicht noch einmal aufmerksamen Dienern oder gar Wachen allein über den Weg laufen wollte, sondern auch aus Neugier, einer gedämpften allerdings, schon der Anblick des lächelnden, sanften und in schimmernde Seide gekleideten Saleh, neben dem er wie eine zerzauste Krähe aussehen mußte, weckte seine alte Widerborstigkeit.

Saleh führte ihn an ein Blumenbeet, in dem die Pflanzen als Schriftzug angeordnet waren: La illah illa-la, es gibt keinen Gott außer Allah.

Andere Blumenarrangements gaben Gedichtzeilen wieder. Einige Blätter immergrüner Bäume waren mit Gold und Silber überzogen, die Stämme mit Gold und Juwelen geschmückt, Kanäle unterteilten den Garten, von kleinen, kunstvollen Brücken überspannt. Über dem Garten lag ein Glitzern und Funkeln, das die Sinne verwirrte und zuweilen die Augen blendete. Im Schnittpunkt der Wasserläufe und Wege erhoben sich Pavillons mit Aussichtsterrassen. Sie schwebten gleichsam über dem Boden oder den Bassins. Christoph beugte sich lange über ein zierliches Geländer und vergaß Saleh neben sich, Malik, den Kalifen, sah nichts als das Gekräusel an der Oberfläche und die Fische, die in kleinen bunten Schwärmen über dem hellen, lichtgefleckten Grund schöne sinnlose Spiele trieben.

Lange nachdem Christoph Saleh sehr höflich, beinahe demütig, gedankt und Maliks Schimpfen den Heimweg über ertragen hatte, nahm er sich ein Öllicht, sein Schreibzeug und setzte sich im Garten auf den Rand des Brunnens, der am weitesten vom Haus entfernt lag. Stille herrschte, die das Sirren der Zikaden vertiefte. Er schrieb.

Christoph der Gärtner an Antonius, Mönch im Kloster San Giorgio in Venedig.

Kürzlich habe ich die Gärten der Römer entdeckt: ich habe in der hiesigen Bibliothek die *Historia naturalis* von Plinius dem Älteren gefunden und andere Bücher, wie die von Vitruv, Celsus, Varro und Plinius dem Jüngeren. Der letztere beschreibt in einem Brief seine Villa Laurentinum und sein Landgut Tuscum. Ich habe nie mit mehr Interesse eine Gartenschilderung gelesen, denn mir sind die verschlungenen Wege klar geworden, auf denen sich die verschiedenen Vorstellungen und Ideen des Gartens seit Jahrtausenden bewegt und befruchtet haben.

Plinius' Beschreibung ergibt leider nur eine vage Vorstellung, die ich mit dem, was ich schon kenne, vergleichen muß, in diesem Fall vor allem den Konstantinopler Gärten. Schon lange vor Christi Geburt haben die Römer Gärten angelegt, die vorwiegend dem Ergötzen dienten. Um verschiedene räumliche Ebenen zu gewinnen, wurde das Gelände terrassiert und damit bereits das Prinzip der Dreidimensionalität angewandt, das ich in Byzanz entdeckt habe. Die Römer bauten ihre ländlichen Villen gern in Hanglagen, um über ihre Gärten hinweg eine schöne Aussicht in die Landschaft zu genießen, da ergab sich wohl eine Terrassierung von selbst.

Ihre Häuser öffneten sich zu den Gärten und setzten sich in diese mit Arkaden und Laubengängen fort. Andererseits wurden die Gärten durch Gartenszenen an den Wänden in die Räume geholt (eine Mode, die ich in Konstantinopel kennenlernte und abgewandelt hier in Bagdad wiedergefunden habe). Motive der Göttergeschichten belebten die Malereien: geflügelte Eroten und solches Zeug. Selbst auf die Außenwände haben sie Landschaften mit Bergen, Seen, Gehölzen und wilden Tieren gemalt und auf diese Weise die ungezähmte Natur der gezähmten ihrer Gärten gegenübergestellt, um aus dem Vergleich neue Reize zu schöpfen.

Das Wasser war schon bei den Römern eines der wichtigsten Gestaltungselemente. Neu für mich sind Nymphäen, Grotten mit Wasserbecken und Statuen, schattige, verschwiegene Orte, die mich an die Grottensäle der hängenden Gärten von Babylon erinnern.

Wie in Byzanz bestimmten oft Rasenflächen, gegliedert durch niedrige Hecken, das Bild der Gärten. Dies ist wohl einer der wesentlichsten Unterschiede zu den orientalischen: hier gedeiht kein Rasen, denn er setzt ein feuchteres Klima voraus.

Schon die Römer haben die Kunst gepflegt, Ornamente und geometrische Figuren aus immergrünen Gewächsen wie Buchsbaum zu bilden, und die Byzantiner haben es ihnen nachgemacht. Aber auch größere Bäume haben die Römer in Formen geschnitten, die nicht der Natur entsprechen – ein Gedanke, der mir widerstrebt, denn ich liebe die Bäume so, wie Gott sie geschaffen hat. Die Römer haben ihre Gärten wohl hauptsächlich grün gestaltet, nur in der Anlage von Rosarien haben sie eine verschwenderische Blumenfülle entfaltet: ich stelle mir das Weiß und Rot der Blüten vor, den Duft und einen im Garten radschlagenden Pfau, den Vogel der Unsterblichkeit. Damit bin ich wieder am Anfang angelangt. Denn am Anfang der Geschichte des Gartens, vor vielen tausend Jahren, gab es neben den reinen Nutzgärten die Gärten der Götter, die Tempelgärten in Elam, in Mesopotamien und Ägypten, die die Erinnerung an das Paradies bewahrten, denn in allen spielt der Baum eine wichtige Rolle, ob als Baum des Lebens oder im heiligen Hain. Ein Baum wächst in den Totengärten der Ägypter und denen der Römer und kündet vom Glauben an die Auferstehung, an eine Unsterblichkeit im Paradies. Ähnlich verhält es sich mit dem Wasser, so daß sich Baum und Brunnen zu einer Einheit verbinden, einem Keim des Gartens.

Aus dem Tempelgarten wurde der Lustgarten, der schließlich dem Nutzgarten feinere Züge verlieh, wie es noch an unseren Klostergärten zu merken ist. Die Römer haben die Welt erobert und bei der Heimkehr in ihrem Gepäck die wunderbaren Gärten Ägyptens und Mesopotamiens mit sich geführt und mit eigenen Ideen bereichert, von denen viele bis heute in den byzantinischen Gärten überdauerten. Dann machten sich die abendländischen Ritter auf, um das Christentum zu verteidigen und haben sich von den fremden Kulturen bezaubern lassen. Ich habe die Mitbringsel dieser Reisen in den Klostergärten gepflegt. Ein vielfältiges Netz von Beziehungen und gegenseitiger Beeinflussung ist entstanden.

Wenn man die Geschichte der Gärten betrachtet und dann die der Völker, die voller Kriege, Arglist und Leid ist, voller Unterschiede der religiösen Anschauungen und der Lebensführung, so ist es erstaunlich, daß etwas alle eint: die Liebe zu den Gärten und die Sehnsucht nach dem Paradies. Ein Gedanke, der mich glücklich macht. Ich weiß jetzt, was ich tun werde, wenn diese Zeit des Suchens vorüber ist, ganz gleich, ob mich die Suche an das ersehnte Ziel bringt.

Mögest du dein Paradies gefunden haben – Christoph

Er kritzelte ein »Gottbefohlen« unter den Brief.

6

Den ganzen Sommer über bis in den Herbst hinein sollte er an mehreren Tagen der Woche in Maliks Laden beschäftigt sein, einem stickigen Gewölbe, dem der Garten bei weitem vorzuziehen war.

Malik handelte jetzt auch mit Weihrauch, er hatte also sein Gesuch beim Empfang des Kalifen dem richtigen Beamten zugesteckt. Unklar blieb Christoph, warum Malik ihn im Laden haben wollte. Yussuf versah seine Aufgaben wie Weihrauch abwiegen, heißen Minztee und süßes Gebäck für den Fettsack besorgen, den Laden sauberhalten durchaus zufriedenstellend. Das Aufrollen und Herumtragen der Teppiche fiel ihm außerdem bei weitem leichter als dem neuen Gehilfen, den er, mürrisch Maliks Geheiß nachkommend, anlernte.

Eine Zierde für den Laden war der Schwarze allerdings nicht. Wenn er nicht beschäftigt war, saß er mit stumpfem Blick im dunklen Hintergrund, sprach wenig und geradezu einfältig, und Christoph erinnerte sich wieder, daß Malik auf der Reise ja behauptet hatte, Yussuf sei geistig minderbemittelt.

Trotzdem kam er erst nach zwei Wochen dahinter, was für ein Spiel Yussuf spielte. Der Schwarze mußte zum erstenmal, so wie er befürchtet hatte, mit den anderen aufs Feld hinaus, und Christoph betrieb mit Malik allein die Ladengeschäfte. Der Händler schob ihm ein Bündel seiner Abrechnungen zu, Additionen von Tageseinnahmen, auf Papier geschrieben, das billiger als Pergament war.

»Rechne das nach.« Malik warf Christoph einen Blick zu, der ebenso mißtrauisch wie besorgt war.

»Warum?« fragte Christoph. »Hast du das nicht selbst ausgerechnet?«

»Jedem unterlaufen doch mal Fehler, nicht? Oder kannst du nicht rechnen?« Maliks Schweinsäuglein blitzten bösartig auf. Es war reine Neugier, die Christoph bewog, der Aufforderung nachzukommen statt zu behaupten, daß er nicht rechenkundig sei.

Alle Abrechnungen stimmten, auch nach zweimaligem Nachrechnen. Malik knurrte, als er die Blätter an sich raffte und zurück in die Kassette legte, in der er auch die Tageseinnahmen verwahrte. Er pflegte sich nicht einmal die Mühe zu machen, die Kassette abzuschließen oder mitzunehmen, wenn er zur Mittagszeit nach Hause schlurfte, um eine üppige Mahlzeit einzunehmen und bis zum späten Nachmittag ein paar Stunden im Opiumrausch zu verdämmern.

Zu Christophs Pflichten gehörte es, in dieser Zeit den Laden zu hüten. An diesem besonderen Tag vertrieb er sich die Zeit damit, ein paar der Additionen noch einmal durchzugehen. Mitten in der Rechnerei unterbrach ein Geschrei die Mittagsstille. Ein Händler beschimpfte seinen Esel, der sich nicht mehr von der Stelle bewegte. Christoph betrachtete einen Augenblick amüsiert die Szene, er war neugierig vor den Laden getreten, das letzte Rechnungsblatt noch in der Hand. Als er sich wieder zurückziehen wollte, fiel sein Blick auf das Blatt, das die Sonne beschien.

In der folgenden Stunde nahm er sich erneut die Abrechnungsbogen vor, zählte danach das Geld und legte alles wieder so zurecht, wie es Malik hinterlassen hatte.

Am Abend wartete er geduldig, bis zur Schlafenszeit die Diener einer nach dem andern den Hof verließen. Wie er gehofft hatte, war Yussuf der letzte, und er verstellte ihm den Weg.

»Ich habe heute deine Rechenkünste bewundert«, sagte er leise.

Yussuf setzte eine einfältige Miene auf und streckte eine Hand aus, um ihn beiseite zu schieben. »Ich kann nicht rechnen.«

Christoph hatte schon den Dolch gezogen, mit dem er den Mann bis zum Brunnen zurücktrieb.

»Es ist ziemlich einfach, nicht? Wenn Malik mittags über der Opiumpfeife duselt, kratzt du ein paar Zahlen von den Papieren, ersetzt sie durch andere und schreibst dann ein neues Ergebnis hin, und plötzlich ist etwas zu viel Geld in der Kasse, und du sorgst dafür, daß alles wieder stimmt. Sehr geschickt und nur zu entdecken, wenn in grellem Licht die Kratzspuren sichtbar werden. Wieviel hast du auf diese Weise beiseite geschafft?«

Yussuf sackte am Brunnen zusammen, ein Ausdruck grenzenloser Verzweiflung ging schließlich in leblose Stumpfheit über. Christophs Mitleid hielt sich in Grenzen.

»In den drei Jahren, seit ich bei Malik bin, habe ich immer nur sehr kleine Summen, nur Kupfermünzen, an mich bringen können, die ich dann nach und nach in Silber umgetauscht habe. Sehr weit wirst du mit dem Geld nicht kommen, ich hole es dir.«

Christoph drückte den Schwarzen auf seinen Sitz zurück. »Warte, wieso glaubt Malik, daß du ein Idiot bist? Ich bin jetzt sicher, dich in der Bibliothek gesehen zu haben.«

Ein schwaches Grinsen flog über Yussufs Gesicht. »Malik war der einzige, der mich überhaupt kaufen wollte, war aber nicht bereit, mehr als für einen billigen Lastesel zu zahlen. Daher hat mein Herr ihm nichts von meinen Kenntnissen mitgeteilt. Ich bin als Schreiber ausgebildet.«

»Das Los eines Schreibers kann doch so schlecht nicht gewesen sein, daß du weglaufen mußtest.«

»Die Schreiberei nicht, aber die Begleitumstände«, erklärte Yussuf eigenartig gleichmütig. »Als ich noch ein Kind war, hat der Mann, ein häßlicher alter Kerl, seinen Schwanz in mich gesteckt, und später, als er nicht mehr konnte, fand er Vergnügen daran, mich auszupeitschen und dabei nackt auf dem Boden herumkriechen zu lassen.« Der Schwarze stand auf. »Soll ich jetzt das Geld holen, oder wirst du mich Malik ans Messer liefern?«

Christoph steckte den Dolch ein. »Weißt du«, sagte er langsam, »ich hege keine sonderlich freundschaftlichen Gefühle für dich. Malik, diese Kröte, mag ich aber noch weniger. Es ist direkt schade, daß du beim Bescheißen auch noch bescheiden warst.«

Yussuf starrte Christoph aus schmalen Augen an. »Du willst dich beteiligen? Ganz dämlich ist Malik aber nicht. Er merkt sich ungefähr, wieviel Geld mittags in der Kasse war.«

Christoph schüttelte bedächtig den Kopf. Es war nicht unbedingt ein Anfall von Tugend, der ihn davon abhielt, sich an Yussufs Dieberei zu beteiligen, sondern mehr ein Widerwillen gegen diese erbärmliche Art und das Komplizentum.

»Mach, was du willst. Ich misch mich nicht ein. Lieber schlage ich Malik den Schädel ein und raube ihn ganz aus.«

Nach einem langen ermüdenden Tag in Maliks stickigen Teppichgewölben, als Christoph auf dem Weg zur Bibliothek war, erklang hinter ihm eine lang nicht gehörte Stimme.

»Man soll nie sagen, daß dem Basargeschwätz nicht zu trauen ist, meist enthält es mehr als nur ein Körnchen Wahrheit. Trotzdem fällt es schwer zu glauben, daß ein lateinischer Gärtner, der lauthals zu verkünden pflegte, ein Leben zwischen Veilchen und Radieschen führen zu wollen, sich dem schnöden Handel ergeben würde, obendrein im Dienst eines nur auf Profit bedachten Pfeffersacks.«

»Wenn das nicht ...«, schrie Christoph, wirbelte auf dem Absatz herum und stürzte Roberto in die Arme.

Die beiden umhalsten und pufften einander zur milden Verblüffung der Passanten. Roberto konnte es wohl nicht fassen, den Jungen gesund wiedergefunden zu haben, freundschaftlich zauste er ihm das Haar, das ihm in einer glänzenden Welle auf die Schultern fiel, die Haartracht eines Freien.

»Du bist ein Mann geworden. Als ich dich das letzte Mal sah, warst du noch ein quengeliges, verbohrtes Kind.«

Christoph fühlte eine sachte Verlegenheit. Er wich Robertos Blick aus.

»Weißt du, daß ich dich seit vier Wochen in der Stadt suche? Zuerst bei dem Händler, auf den dein Wechsel ausgestellt war, und heute abend habe ich endlich einen Hinweis bekommen, der mich zu diesem Malik geführt hat.«

Christoph packte ihn am Waffenrock. »Du weißt von dem Wechsel, den Enrico mir gegeben hat? Dann mußt du Enrico getroffen haben. Wie geht es ihm?«

»Sei ruhig, eins nach dem anderen. Es war nicht leicht, ihn zu finden. Ich hoffe, daß ihm nun der Frieden zuteil wird, den er sein Leben lang gesucht hat.«

»Red nicht darum herum. Du machst mir angst. Was ist mit Enrico?«

»Er hatte sich vermählt, daran wirst du dich wohl noch erinnern. Das erste Kind, das seine Gattin erwartete, war ein Knabe, der tot geboren wurde, und leider starb auch die Mutter. Das kommt vor. Aber Enrico redete sich ein, er habe sich sein kurzes Glück gestohlen, es sei nicht für ihn bestimmt gewesen, der Fluch Allahs liege auf ihm, weil er schon zweimal die Seiten gewechselt hatte. Als müsse er an sich die Strafe für einen gemeinen Dieb vollziehen, hat er sich selbst die Hand abgeschlagen.«

Christoph schrie auf. »Dann wird er mich brauchen, ich reise noch heute zu ihm.«

Roberto ergriff ihn an den Armen und schüttelte ihn sacht. »Warte, du Heißsporn. Wir Templer hatten eine Mission, die uns durch Ägypten nach Äthiopien führen sollte. Ich wußte, daß du nie in dem Kloster, zu dem Enrico wollte, angekommen warst, und weil ich dachte, daß ich dich vielleicht in Ägypten aufstöbern könnte, schloß ich mich unseren Männern an.« Roberto dämpfte die Stimme. »Es ging uns darum, die Bundeslade an einen anderen, sichereren Ort zu bringen. Auf einer Rast in Kairo habe ich von Enricos Schicksal erfahren oder Imad ed Dins, wie er zu dem Zeitpunkt hieß. Ich habe immer geahnt, daß es ihn zu seinen Wurzeln zurücktreibt. Jetzt hat er seinen hoffentlich letzten Richtungswechsel vollzogen. Er lebt im Sinai auf dem heiligen Berg Mose im Katharinenkloster unter seinem Mönchsnamen Enrico. Ich habe ihn auf der Rückreise besucht. Früher war er nicht gerade redselig, jetzt ist er so still geworden, daß er kaum noch auf der Erde zu weilen scheint. Das einzige, was ihn freut, ist etwas, was du verstehen wirst: er pflegt den Garten des Klosters.«

Um Roberto nicht anschauen zu müssen, bückte sich Christoph und hob das Buch auf, das ihm entfallen war, als er den Templer umarmt hatte. Er ging ein paar Schritte beiseite und starrte in das Buch, ohne es wahrzunehmen. Nur langsam formten sich die Schriftzeichen. Saleh hatte ihm das Buch recht dringend empfohlen, bevor er sich im Kalifenpalast verabschiedet hatte, eine Schrift Ibn al-Arabis, die Christoph zunächst nicht hatte lesen wollen.

Ibn al-Arabi lehrte, das Einssein mit Gott in allen Formen der Liebe zu suchen und zu sehen, und daß es drei Formen der Liebe gibt: als erste und erhabenste die Liebe Gottes zu seinen Geschöpfen und die Liebe der Geschöpfe zu ihm, als zweites die geistige Liebe, die nichts weiter erstrebt, als dem Geliebten zu dienen, und als niedrigste die physische, die nur die Erfüllung der eigenen Wünsche sucht; die Liebe der meisten Menschen ist so beschaffen.

Wo blieb Gottes Erbarmen, die Zerrissenheit der menschlichen Seele zu heilen? Hatte Enrico Gott nicht tief genug geliebt? Ihn verloren über der anderen Liebe seines Lebens, der zu seiner Frau?

Roberto stieß Christoph an. »Ich habe ihm versprochen, dich zu suchen und dir alle seine guten Wünsche zu übermitteln. Das habe ich hiermit getan. Für ihn können wir nur beten und Gottes Gnade und die der Jungfrau erflehen. Übrigens habe ich die leidige Angelegenheit mit dem Wechsel in Ordnung gebracht. Ich weiß nicht, was du damit angestellt hast, aber er ist erneuert, auf dich wartet ein Haufen Geld, von dem du ein wenig in neue Kleider stecken könntest. Ich entsinne mich nicht, dich jemals so abgerissen gesehen zu haben, oder hast du ein Armutsgelübde abgelegt? Es sähe dir ähnlich.«

Christoph faßte es kaum, daß seine Zeit bei Malik beendet sein sollte. Ein letztes Mal eilte er in dessen Haus, suchte seine Habseligkeiten zusammen und führte »die Schöne« aus dem Stall. Einen Augenblick sah Christoph einem Haussklaven, der den Hof fegte, bei der Arbeit zu. Er bat ihn, das Kamel um das Anwesen herum nach vorn zu Roberto zu führen, der an der Hauptpforte auf ihn wartete. Da er Yussuf nicht finden konnte, schlenderte er in die Küche, unterrichtete Laila von der Aufkündigung seines Dienstes, griff sich ein Kuchenstück und einen Pfirsich vom Tisch und stopfte sie vor Lailas Augen in den Mund. Bevor ihn die Köchin erreicht hatte und zum Abschied an ihrem Busen ersticken konnte, verließ er die Küche und schlug die Tür hinter sich zu. In Maliks Hof war er versucht, den Pfirsichkern in die Düse des Springbrunnens zu pressen, beinahe mit Bedauern nahm er Abstand von dem kindischen Vorhaben.

Der Händler kam gerade von seinen Geschäften zurück, als Christoph wie ein Gast aus der vorderen Tür trat. Malik begriff wohl sofort, daß sein ehemaliger Gärtner dabei war, ihn ohne formelle Kündigung zu verlassen, er stürzte sich auf den Kleidersack, riß ihn vom Kamelrücken und beschuldigte Christoph des Diebstahls und der Untreue.

»Die Schöne« schnappte nach Maliks Arm, der Händler schrie lauthals nach der Polizei. Vor seinem Haus sammelten sich die Gaffer. Roberto, der längst erfahren hatte, wie Christoph seinen Wechsel verloren und welche Rolle Malik dabei gespielt hatte, packte diesen vorne am Gewand.

»Hör zu, du größter Gauner und Geizkragen in der Geschichte dieser ruhmreichen Stadt.« Roberto blickte mit dem Gebaren eines Jahrmarktschreiers um sich, die Zuhörer rückten näher, bildeten einen dichten Ring um die Gruppe in der Mitte. »Dieser Mann hat sein junges Leben eingesetzt, um dich und dein Hab und Gut zu verteidigen, und hat dabei selbst alles verloren, was er besaß. Wie hast du es ihm gedankt? Hast du ihn etwa entschädigt, wie es die Sitte verlangt? Statt ihm die gebotene Gastfreundschaft zu erweisen, hast du ihn wie einen Sklaven gehalten und ihm obendrein seinen gerechten Lohn vorenthalten. Du bist ein Schmutzfleck auf der Ehre dieser Stadt, ein Schandfleck für die Gemeinschaft der Rechtgläubigen, die gut daran täte ...« Der Rest ging im Gejohle der Zuschauer unter.

Die Auseinandersetzung endete damit, daß Malik Christoph seinen Lohn auszahlte, sogar ein paar Münzen drauflegte und ihm einen kleinen Teppich schenkte. Die Umstehenden zwangen den Händler, den Teppich auszubreiten, und beklagten dann lauthals seine mindere Qualität. Christoph rollte das Geschenk hastig zusammen, warf es »der Schönen« auf den Rücken und zog das Kamel aus dem Kreis der gestikulierenden Leute.

»Mußte der ganze Aufruhr sein?« fragte er undankbar den Templer.

»Und ob. Ich weiß nicht, ob dieser Malik ernsthaft etwas gegen dich vorzubringen hat, aber jetzt wird er es nicht mehr wagen, dich anzuklagen.«

Christoph dachte auf dem Weg in die Herberge, ob ihm seine Mitwisserschaft an Yussufs Diebstählen vielleicht noch Unannehmlichkeiten eintragen könnte.

Roberto musterte ihn nachdenklich. »Du bist hoffentlich nicht vom Pfad der Tugend abgewichen, den du in Montfort so vehement vertreten hast?«

Christoph war verstimmt und verlegen zugleich. Ein erster leichter Mißton, eine Art von Ernüchterung trat ein und förderte jene Fragen zutage, die im Taumel der Wiedersehensfreude bisher verdrängt worden waren. Warum war Roberto nach Bagdad gekommen? Nur um Christoph zu suchen?

»Noch ein paar Tage, dann reite ich weiter in den Nordosten, in die Nähe eines großen Sees, des Kaspischen Meeres. Du weißt, die Templer pflegen überall Beziehungen. Was ist mit dir? Hattest du nicht vor, den Norden des Landes zu erkunden? Du kannst mitkommen, wenn du willst.«

Christoph hätte wohl aufgeschrien vor Begeisterung, wenn nicht die Verstimmung nachgewirkt hätte. So nahm er mit scheinbarer Gleichgültigkeit das Angebot an. Er besuchte mit Roberto die Basare, kleidete sich neu ein, verschaffte sich wieder ein gutes Schwert. Er genoß eine milde Freude über das Ende seiner Bedürftigkeit, erst jetzt im nachhinein erschien sie ihm als bitteres Los.

Die verbleibende Zeit bis zum Aufbruch der Karawane nutzte er, um noch einmal vor die Stadt zu reiten.

Ibrahim erntete späte Melonen. Die Mauer um sein Anwesen leuchtete hell, dunkel wippten darüber die Kronen von Zypressen und anderen, laubtragenden Bäumen. Die alte Neugier ergriff Christoph. Würde er abreisen müssen, ohne hinter die Mauer geschaut zu haben? Schweigend half er dem Alten, löste vorsichtig die Früchte von den Pflanzen und trug sie zu einem Karren, vor den ein Esel gespannt war. Ibrahim beachtete seinen Helfer nicht, und langsam wuchs Christophs Erbitterung.

»Ibrahim«, fuhr er den Alten an, als sie das Feld abgeerntet hatten. »Ich habe dir so oft geholfen, und du dankst es mir, indem du meine Fragen nicht beantwortest, obwohl du doch alles zu wissen vorgibst. Ich werde bald in den Norden ziehen, und deshalb frage ich dich zum letzten Mal: Wo liegen die Länder Kusch und Chawila? Kennst du Flüsse, die Pichon und Gischon heißen? Wo liegt Eden?«

Er schrie hinter dem Bauern her, der den Zaum des Esels ergriffen und das Tier angetrieben hatte. In dumpfer Wut starrte Christoph ihm nach. Aus dem Himmel glitt ein Vogel mit ausgebreiteten Schwingen herab, verhielt flügelschlagend in der Luft und setzte sich Ibrahim auf die Schulter. Ein weiterer kreiste über seinem Kopf.

Die Erkenntnis überwältigte Christoph. Er stolperte dem Gefährt nach. »Du bist nicht Ibrahim, du bist Maruk.«

Ibrahim wandte den Kopf, als Christoph fast herangekommen war, und musterte ihn mit einem durchdringenden Blick, der ihn zwang, stehenzubleiben.

»Ich erwarte dich morgen zur Mittagszeit.«

Gemächlich trottete der Esel weiter, verschwand mit dem Gefährt und seinem Besitzer hinter den Mauern des Gehöfts.

Morgen, sagte sich Christoph, und keine anderen Gedanken als die an seine jahrelange Suche, an das Ziel seiner Träume, bewegten ihn. Als er seine Kammer betrat, erhob sich aus einem Winkel eine dunkle Gestalt. Christoph sprang mit einem leisen Schrei zurück und griff nach den Waffen an seinem Gürtel. Die Gestalt streckte beide Hände nach vorn, die hellen Handflächen nach oben gedreht, aber da hatte Christoph bereits erkannt, wen er vor sich hatte. Stumm sah er zu, wie Yussuf auf ihn zukam, und bemerkte auch das armselige Bündel, das in der Ecke lag. Er wußte genug.

»Du bist wieder weggelaufen«, stellte er nüchtern fest.

»Ich habe gehört, du gehst nach Norden. Wenn du mich mitnimmst, sorge ich für dein Kamel und verrichte alle anderen Arbeiten, die nötig sind.«

Christoph antwortete nicht.

»Diesmal wird es mich Nase und Ohren kosten, wenn nicht den ganzen Kopf.« Das Turbanende vor Yussufs Gesicht dämpfte die Stimme.

»Um dir den Kopf abschlagen zu lassen, ist Malik zu geizig.« Christoph wünschte sich, daß der Schwarze aus seiner Kammer verschwände und aufhörte, ihn mit diesem stetigen, forschenden Blick anzuschauen. »Du hättest dir wenigstens überlegen können, daß ich jetzt in der Lage wäre, dich zu kaufen. Allerdings fällt mir nichts ein, was mich zu einem derartigen Kauf verlocken könnte.«

Yussuf schüttelte langsam den Kopf. »Malik würde mich aus reiner Rachsucht nicht an dich verkaufen. Außerdem habe ich es satt, wie ein Sack voll Fleisch und Knochen verhökert zu werden, lieber bringe ich mich um.«

Eine Weile standen sie sich gegenüber, keiner regte sich, dann ging Yussuf in die Ecke, um sein Bündel aufzunehmen.

»Vielleicht hat Malik noch nicht gemerkt, daß du fort bist.«

Yussuf drückte seine Habseligkeiten an sich. »Ich bin seit gestern abend weg. Es ist nicht so einfach, sich unauffällig nach zwei Franken zu erkundigen.«

Wenn er gebettelt oder um Barmherzigkeit gefleht hätte, wäre es Christoph vielleicht mit schlechtem Gewissen, aber sicher mit Erleichterung gelungen, ihn fortzuschicken. Die ruhige Würde des Mannes regte ihn auf, daß er nicht jammerte, sondern sein drohendes Schicksal mit der Haltung eines Edlen annahm.

Innerlich verwünschte er den Schwarzen, als er ihm seinen Entschluß mitteilte.

»Du kannst mitkommen, aber laß dich nicht blicken, bevor wir aufbrechen. Ich werde dem Herbergswirt sagen, daß ich ein zusätzliches Kamel für einen Diener brauche.« Yussuf wich ins Dunkel des Raumes zurück. »Hast du keine Angst, ich könnte irgendwo im Norden auf die Idee kommen, dich als Sklaven zu verkaufen?«

Yussuf ließ das Bündel fallen, seine großen Hände deuteten eine Schraubbewegung an. »Ich erwürge dich, bevor du den Gedanken zu Ende gedacht hast.«

Roberto brachte zwar Einwände vor, als ihm Christoph von der Einstellung eines Dieners erzählte, schien sich aber nicht sonderlich für den Mann zu interessieren. Recht früh am Morgen verließ er das Haus, um an einer Unterredung im Kalifenpalast teilzunehmen. In der Überzeugung, daß es sich problemloser als erwartet anließ, einen entlaufenen Sklaven zu verstecken, ritt Christoph gegen Mittag zu Ibrahim.

Der Alte saß an seinem gewohnten Rastplatz unter der Palme an der Kanalböschung. Christoph nahm den Skarabäus aus dem Beutel an seinem Hals und hielt ihn Ibrahim auf der flachen Hand entgegen. Der Alte warf nur einen flüchtigen Blick darauf.

»Hat Sinuhe die Schatzgräberei noch nicht aufgegeben?«

Christoph schloß die Hand über dem Skarabäus zur Faust. »Nicht Sinuhe. Der Mann, der mir das gegeben hat, hieß Joannis.«

»Als ich ihn das letzte Mal gesehen habe, hieß er Sinuhe und zählte im Tempel der Hatschepsut die Hinterlassenschaften der Königin. Ab und zu schickt er mir einen wie dich mit so einem steinernen Ungeziefer.«

Christoph sank der Mut. »Was wurde aus denen, die Joannis dir schickte?«

»Was weiß ich, sie kommen und gehen, sie taugen nicht viel. Ob du was taugst, weiß ich auch nicht.«

Christoph hätte aufstehen und fortgehen können. »Die Schöne« pustete ihm ins Ohr und begann, an seinen Haaren zu knabbern. »Laß das!« sagte er halb ärgerlich und stieß das Maul beiseite. »Joannis sagte mir, wenn ich dich suche, soll ich nach Feueranbetern fragen. Die Leute haben mich beinahe angespuckt. Solche wie du scheinen bei den Muselmanen nicht hoch in Kurs zu stehen.«

Täuschte er sich, oder huschte tatsächlich ein Lächeln über die verwitterten Züge Maruks?

»Wundert dich das? Das Neue verdrängt das Alte, und am besten gelingt das, wenn das Alte verteufelt wird.«

»Was haben die Muselmanen gegen euch?«

»Wir verunreinigen nicht die Erde mit unseren Toten, sondern geben sie dem Wind und der Sonne preis, denn das Wesen der Seele ist Feuer und Licht, sie steigt zum himmlischen Feuer auf, um sich mit ihm zu verbinden. Die Seelen gehen jenseits des steinernen Firmaments in das unendliche Reich der anfanglosen Lichter, in das Paradies, ein.«

»Auch wir Christen glauben an ein himmlisches Paradies. Hat es für euch nicht auch eins auf Erden gegeben? Warum hat mich Joannis zu dir geschickt?«

»Das mußt du den Ägypter fragen, was gehen mich seine Gedanken an?«

»Du hast mich gestern aufgefordert wiederzukommen. Ich nahm an, um mir zu erzählen, wer du bist und was dich mit Joannis verbindet.«

»Das willst du wirklich wissen?«

Christoph wartete und fixierte einen Punkt fern am Horizont, wo eine Schar Vögel über den Feldern auf- und niederstieg.

»Sie nennen uns verächtlich die Feueranbeter. Aber wir beten nicht zum Feuer, sondern durch das Feuer zum höchsten Wesen, das jenseits des steinernen Firmaments weilt, zu Ahura Mazda. Er ist der, der in allen Dingen wohnt, der die ganze Welt umfaßt. Der sternenbesäte Himmel ist sein Kleid. Dem Guten, Ohrmazd, das nichts anderes als ein Aspekt des Höchsten ist, steht Ahreman, das Böse, gegenüber, das in der anfanglosen Finsternis residiert. Ahreman sucht Ahura Mazdas gute Schöpfung zu verderben. Jedem Menschen ist die Entscheidung zwischen Ahura Mazda und Ahreman auferlegt, er hat den freien Willen dazu und die Fähigkeit, das Gute zu erkennen.«

»Aber das lehrt auch die christliche Kirche«, unterbrach Christoph.

»Woher, glaubst du, hat sie das? Zarathustra ist als Gesandter Ahura Mazdas zu uns gekommen. Von ihm wissen wir, daß die Dauer der Welt zwölftausend Jahre beträgt. In den ersten sechstausend wurde die Welt geschaffen, aber erst, als den Dingen außer ihrer geistigen Existenz auch eine körperliche verliehen wurde, schienen sie vollkommen. Aber Ahreman brach in die Schöpfung ein, er machte süßes Wasser salzig, Land zur Wüste, er verheerte die Felder mit Unkraut und Ungeziefer, er schlug die Menschen mit Unredlichkeit, Krankheit und Tod. Seitdem gibt es Ohrmazd und Ahreman auf der Erde, du begegnest ihnen in Licht und Finsternis, Sommer und Winter, Wachstum und Verfall. Nun sind die letzten dreitausend Jahre angebrochen und damit wieder die Herrschaft Ohrmazds und der letzte Kampf, der mit dem Sieg des Guten enden wird.« Maruk kam schwerfällig auf die Füße. »Ich bin zu alt für dieses lange Gerede.«

Christoph hielt die Worte für pure Ausrede, ihm war noch kein Mensch begegnet, in dem trotz dieses im Nebel der Vorstellung sich verlierenden Alters noch so viel Kraft steckte.

Es könnte so gewesen sein, grübelte er, durch das Hereinbrechen des Bösen könnte sich das Paradies in eine Einöde verwandelt haben, Kraut zu Unkraut, Tiere zu Bestien.

Ibrahim stapfte zu einer Ecke des Melonenfeldes, in der das vertrocknete Kraut aufgehäuft lag, und entzündete ein Feuer. Es brannte mit steter Flamme. Christoph war fest entschlossen, das Gespräch mit dem Alten fortzuführen. Ibrahim stand mit einer Forke neben dem Feuer und gab gerade so viel Kraut in die Flammen, wie sie verzehren konnten, ohne Rauch zu entwickeln. Plötzlich überkam Christoph die Erinnerung an Marco, der sich so viel auf seine Kenntnisse vom Feuer zugute gehalten hatte. Marco hätte in Ibrahim einen Meister des Feuers erkannt.

Am Rande des Feldes wartete das Ochsengespann mit dem Pflug.

»Willst du das Feld gepflügt haben?«

Der Alte nickte. »Aber zieh die Furchen gerader als das letzte Mal.«

Auch noch Ansprüche stellen, knurrte Christoph, während er zu den Ochsen stapfte. Er brauchte seine ganze Aufmerksamkeit, um die Ochsen in der Spur zu halten, dennoch kam sie nicht der des Alten gleich. Ibrahim nahm ihm die Zügel des Gespanns aus der Hand, kaum daß er mit dem Verbrennen der Abfälle fertig war, und hieß ihn, am Feldrand zu warten. Als er zum Rastplatz an der Böschung kam, stand die Sonne tief über dem Horizont.

Er bot Christoph wieder Brot, Wasser und Feigen an, die Früchte mußten gerade in seinem Garten reifen. Christoph griff zu und beäugte dabei Ibrahim zweifelnd von der Seite, es drängte ihn, den Mann zu bitten, ihn mit zu seinem Anwesen zu nehmen. Es würde die letzte Gelegenheit sein, schon am nächsten Tag begann die Reise in den Nordosten.

»Die Erde ist eine runde Scheibe«, nahm Maruk unvermittelt seine Erläuterungen wieder auf.

»Die Erde ist eine Kugel«, unterbrach Christoph, der im Haus der Weisheit so viel über die Gestalt der Erde erfahren hatte, daß er nicht mehr zweifelte.

»Die Erde ist eine runde Scheibe«, begann Maruk ärgerlich von neuem, »und du halt den Mund. Sie ist in sieben Regionen eingeteilt, und nur die mittlere ist von Menschen bewohnt.«

»Und dort muß auch das Paradies liegen, der Garten in Eden.«

»Erklärst du hier etwas oder ich?« fuhr ihn Maruk an. »Ich habe dir vorhin gesagt, daß Ahreman die gute Schöpfung Ahura Mazdas verdorben hat.«

»Mit Disteln und Ungeziefer«, warf Christoph ein, der es plötzlich nicht lassen konnte, den Alten zu ärgern.

»Mit Disteln und Ungeziefer«, griff Maruk erbittert auf, »und die Menschen müssen sich ebenfalls entscheiden, wozu sie gehören wollen. Du neigst zum Ungeziefer, will mir scheinen. Denk daran, daß du nach deinem Tod gerichtet wirst. Wer sein Leben lang gut war, geht in das Reich der anfanglosen Lichter ein, ins Paradies, die Schlechten wandern in die anfanglose Finsternis und die, die beides waren, werden die Zeit bis zum endgültigen Gericht in einem Zwischenreich verbringen ohne Freude und Leid.«

Maruk warf einen forschenden Seitenblick auf Christoph. »Am Ende der dreitausend Jahre, in denen wir jetzt stehen, wird Ahura Mazda die Toten erwecken. Die noch Lebenden und die Auferstandenen erwartet dann das letzte Gericht. Jeder Mensch wird durch flüssiges Metall geführt. Den Guten ist es wie ein Lüftchen, die Bösen und die Lauen dagegen brennen im Feuer, bis das Böse aus ihnen herausgeglüht ist und nur das Gute übrigbleibt. Denn die Menschen an sich sind gut, sie sind Ohrmazds Entsprechung auf Erden. Wenn alle im Feuer geläutert sind, leben sie zusammen mit Ahura Mazda im Reich der anfanglosen Lichter.«

»Weißt du, Ibrahim oder Maruk«, sagte Christoph nach einer Weile, »das ist das Beste, was ich an Glaubenswahrheiten bisher gehört habe, trotz des Fehlers mit der Weltscheibe, die doch eine Kugel ist. Es ist ein guter Gedanke, daß auf alle am Ende das Paradies wartet und auf keinen die ewige Verdammnis. Nur traurig, daß es in deiner Geschichte kein Paradies auf Erden gibt.«

»Ahura Mazda ist als Heilsein im reinigenden Wasser verborgen, als gute Gesinnung in der fruchttragenden Erde, als Unsterblichkeit in den Heilpflanzen und als Wahrheit im Feuer. Du hast Anteil am Heilsgeschehen, wenn du Wasser, Erde und Feuer rein erhältst, Abfall beseitigst oder vermeidest, wenn du dich dem Land widmest, der Fruchtbarkeit der Erde, den Heil- und Nutzpflanzen, dem Vieh, und das Unkraut und das Ungeziefer vernichtest. So stärkst du die Kraft von Ohrmazd, dem Guten, und nimmst teil an Ahura Mazdas Kampf gegen Ahreman.«

»Ich weiß jetzt, warum ich lieber den Spaten als das Schwert schwinge«, murmelte Christoph. »Aber sag, hast du nie von Kusch und Chawila gehört oder dem Garten in Eden?«

»Diese Orte haben keine Bedeutung, das müßtest du jetzt wissen. Im Nordosten findest du Berge, die Kuh oder Kusch heißen, und wohl auch ein Dorf dieses Namens, aber es ist müßig, dorthin zu reisen. Du brauchst nirgendwohin zu gehen, bleib hier.«

»Ich breche morgen auf. Ich kann nicht glauben, daß es den Ort, den ich einmal in einem Traum sah, nicht doch auf Erden gibt. Meine Reise führt mich auch nach Alamut, liegt das in der Nähe der Berge, die Kuh oder Kusch heißen?«

»Alamut ist ein gefährlicher Platz, von dem nur wenige lebend zurückkehren, und wenn sie es tun, sind sie nicht mehr sie selbst. Ich sehe, daß ich dich nicht umstimmen kann. Du suchst etwas, aber glaub mir, daß Reisen bei deiner Suche sinnlos ist. Sei morgen nach Sonnenaufgang hier, ich will dir etwas mitgeben, was dir von Nutzen sein wird.«

Zurück in der Herberge, erwartete ihn Roberto im Hof, packte ihn am Hemd, schüttelte ihn mit unterdrückter Wut und deutete mit dem Kopf in eine Ecke.

»Ich will mit dir reden, ungestört.«

Christoph folgte ihm langsam, innerlich bereits in Erklärungen verstrickt, mit denen er dem Zorn des Templers begegnen konnte.

»Ein Diener!« Roberto sprach gedämpft, die Leute im Hof sollten nicht auf ihren Streit aufmerksam werden. »Ich habe mir deinen angeblichen Diener heute vorgeknöpft, schließlich will ich wissen, mit wem ich reise. Es kann nicht dein Ernst sein, einen entlaufenen Sklaven mitzuschleppen. Bist du immer noch nicht zu Verstand gekommen, Junge?«

»Ich bin erwachsen«, schnappte Christoph.

Roberto trat nahe an ihn heran. »Es muß an Enricos Erziehung liegen, daß du ein Träumer geblieben bist. Ich kenn ein paar hochrangige Beamte, die werden die Sache regeln, so daß wir nicht weiter hineingezogen werden, wenn der Mann seinem rechtmäßigen Herrn wiedergegeben wird. Ich werde mich darum kümmern.«

Es wäre das Vernünftigste gewesen, Christoph wußte es genau, trotzdem fühlte er eine hilflose Wut in sich aufsteigen.

»Wenn du das tust, Roberto, dann hüte dich vor meinem Zorn.« Er griff nach seinem Dolch.

Roberto registrierte die Bewegung mit einem geringschätzigen Lächeln. »Auch den bin ich bereit in Kauf zu nehmen, wenn ich dadurch unsere Köpfe rette. Persische Richter gehen nicht zimperlich mit Fremden um, die gegen ihre Gesetze verstoßen.«

»Ich habe Yussuf mein Wort gegeben, daß ich ihn nicht ans Messer liefere, überleg dir, was mein Wort dir wert ist. Wahrscheinlich wenig, du Meister in Verrat und Hinterlist.«

Er ging, bevor er ihm noch Schlimmeres an den Kopf werfen konnte. Yussuf hieß er nur mit einer knappen Anweisung, ihr

Gepäck für die Abreise zusammenzusuchen und sich in seiner Ecke möglichst unsichtbar zu machen.

Nach einer unruhigen Nacht ritt Christoph vor Morgengrauen zu Ibrahims Feldern hinaus, während die beiden anderen noch schliefen. Ein letztes Mal wollte er mit sich zu Rate gehen und über sein Verhältnis zu Roberto nachdenken. Gern hätte er alle Schwierigkeiten vergessen oder sich ihrer entledigt, aber er wollte unbedingt Reinheit und Klarheit.

Ibrahim unterhielt am Rand der Felder ein Feuer. Christoph befiel ein Frösteln, als er nahe genug herangekommen war. Maruk hatte aus Feldsteinen einen Altar aufgeschichtet. Ein leicht gemuldeter Stein, in dem eine helle, rauchlose Flamme brannte, lag obenauf. Spuren von Feuchtigkeit zeugten davon, daß Maruk die Stätte vorher mit Wasser besprengt hatte. Mit einem Stößel zerrieb er ein Kraut in einem Mörser, in dessen Tiefe sich eine dunkle Flüssigkeit bildete, und tropfte dann aus einer Schale Milch an den Rand des Feuers. Sie zischte auf den heißen Steinen.

Maruk sprach halblaut. »Ich stärke mit dem Feuer die göttliche Kraft auf Erden. Der Stein von Stößel und Mörser ruft die Kraft des steinernen Firmaments herab, im Haomasaft sammelt sich die Heilskraft der Pflanzen, das Wasser reinigt die Opferstelle und vereint sich mit dem Element Erde. Die Milch ist das Opfer für Ahura Mazda, der dir die Kraft des Guten schenken möge.«

Maruk goß, als das Feuer herabgebrannt war, die Flüssigkeit aus dem Mörser in eine Glasphiole, die er mit einem Klümpchen Wachs verschloß. Er reichte Christoph das Fläschchen.

»In diesem Gefäß befindet sich Haoma, es stärkt die Vitalität des Leibes, indem es den Tod fernhält, und führt die Seele auf den rechten Pfad. Trinke es, wenn du glaubst, seiner zu bedürfen. In Alamut sei auf der Hut bei dem, was du trinkst und ißt, und gib vor allem acht auf das, was die Sinne berauscht.«

Christoph drehte das Fläschchen, das im Licht der aufgehenden Sonne zu funkeln begann, in der Hand. »Was ist das für ein Kraut im Mörser gewesen?« fragte er mißtrauisch.

»Haoma, das sagte ich schon, ich baue es auf den Feldern an, außer mir kennt es keiner mehr.«

Christoph erinnerte sich an das Grünzeug, das auf einem der

Äcker gewachsen war. Er steckte das Fläschchen mit dem Vorsatz ein, keinen Gebrauch von seinem Inhalt zu machen.

»Geh jetzt«, sagte Maruk mürrisch, als täten ihm diese letzte Begegnung und das Geschenk schon leid.

Christoph schwang sich auf »die Schöne«. »Gottbefohlen!« rief er zum Abschied, den heidnischen Göttern zum Trotz.

7

Roberto erwartete ihn mit gesatteltem Kamel im Hof der Herberge. Christoph sprang von »der Schönen« und rannte in die Schlafkammer. Der Schwarze war fort.

»Deinen Diener habe ich mit unserem Gepäck vorausgeschickt, wir werden auf ihn treffen, wenn wir die Stadt hinter uns haben, komm jetzt, die Karawane bricht auf.« Roberto stand im Türrahmen, das Frühlicht beleuchtete ihn von hinten, so daß sein Gesicht nicht zu erkennen war.

Wortlos reihten sie sich in den Zug der Leute ein, die mit einem Troß beladener Kamele die Stadt verließen. Einem festlichen Umzug gleich wand sich die Karawane durch die Stadt, denn viele Perser gaben den Abreisenden das Geleit. Christoph spürte sein Herz wie einen Stein in der Brust, beinahe unfähig zu schlagen. Die Rufe der Leute, ihre Fröhlichkeit zerrten an seinen Nerven, und doch mußte er sich die ganze Zeit sagen, daß es ein guter Einfall war, Yussuf vorauszuschicken.

Den Zweifel, ob Roberto ihn nicht belogen hatte, mußte er zwei Tage lang ertragen. Wie es Yussuf dann gelang, sich in die Karawane zu schmuggeln, entzog sich seiner Aufmerksamkeit. Plötzlich trottete der Schwarze auf seinem Reittier hinter ihnen, das Lastkamel am Zügel führend, als hätte er die beiden Tage nichts anderes getan. Christoph schielte zu Roberto hinüber, der so grimmig dreinschaute, daß Christoph »die Schöne« antrieb und an ihm vorbeizog, er wußte nicht, was er vor Erleichterung und vor Scham sagen sollte.

Bis dahin hatte er sich kaum um die Mitreisenden gekümmert, zum erstenmal musterte er sie genauer, vielleicht weil Yussuf jetzt bei ihm war und noch immer eine gewisse Gefahr bestand. Zwei Männer winkten ihm, er mußte länger hinsehen, bis er Saleh und Idrisi in ihrer schlichten Reisekleidung erkannte. Ihr Anblick jagte ihm einen Schreck ein. Er tat, als hätte er sie nicht bemerkt, wendete hastig und ritt zurück, von der Vorstellung gejagt, in neue Verwicklungen zu geraten, wenn er sich den Persern näherte.

Yussuf versorgte seine Herren auf angenehm umsichtige und unauffällige Art. Zwei Wochen später lösten sie sich von der Karawane und schwenkten nach Osten ab auf die Ausläufer des Elbursgebirges zu. Der Schwarze bemerkte als erster, daß ihnen jemand folgte, eine kleine Gruppe von vier Männern, selbst auf einige Entfernung waren sie in der Ebene auszumachen. Schwach leuchtete am Abend ihr Lagerfeuer zu ihnen herüber. Yussuf beharrte darauf, daß es seine Aufgabe sei, sich die Fremden anzuschauen, er verschwand im Schutz der Dunkelheit.

Beklommen wartete Christoph mit Roberto auf seine Rückkehr. Schon an der Art, wie Yussuf wieder herankam – ohne alle Heimlichkeit, sie hörten seine Schritte von von weitem –, wurde deutlich, daß ihnen keine Gefahr drohte. Der Schwarze hockte sich auf die Fersen ans Feuer und blinzelte Christoph zu.

»Alte Bekannte von dir, Idrisi und Saleh mit Dienern, anscheinend hängen dir deine zwei Bagdader Bewunderer an den Hacken.«

Roberto stieß mit einem heftigen Tritt einen Stein beiseite. »Noch eine Absprache hinter meinem Rücken?«

»Gar keine Absprache«, gab Christoph aufgebracht zurück. »Ich hab mit den beiden nichts zu schaffen, ich weiß nicht einmal, wohin sie wollen.«

»Nach Alamut«, antwortete Yussuf grinsend. »Ich habe sie belauscht.«

»Ganz recht«, hörten sie eine freundliche Stimme aus der Dunkelheit. Saleh trat unvermittelt ins Licht, er war wohl Yussuf gefolgt, ohne daß dieser es bemerkt hatte. »Wir gehen nach Alamut, Idrisi und ich. Vielleicht können wir ein Stück zusammen reisen.«

»Alamut ist auch mein Ziel«, entschlüpfte es Christoph, und an Robertos Blick merkte er, daß es ein Fehler war. »Du hast mir noch nicht einmal verraten, wo genau du hinwillst«, fuhr er ihn an.

»Kazvin«, antwortete Roberto.

»Von Kazvin«, sagte Saleh, »sind es nur noch zwei bis drei Tagesritte bis Alamut.«

»Was wollt ihr dort?« fragte Roberto scharf.

»Geschäfte.« Saleh zuckte nachlässig mit den Schultern.

»Ich wundere mich, daß Karim euch nicht begleitet, ich dachte, ihr drei seid unzertrennlich«, warf Christoph ein.

Trauer überschattete mit einemmal Salehs Gesicht. »Karim ist tot.« Er erhob sich und wandte sich noch einmal ruhig an die drei Männer am Feuer. »Es würde uns freuen, wenn wir bis Kazvin zusammen weiterreisen könnten, es ist von Vorteil, sich gegenseitig Schutz zu geben. Es liegt in eurem Ermessen.«

»Ich hätte auf einen Freund hören und gar nicht erst nach Bagdad kommen sollen«, brummte Roberto verärgert, als der Perser außer Hörweite war.

»Welcher Freund, war es Enrico?« hakte Christoph nach.

Roberto antwortete nicht, es schien, als hätte er schon zuviel gesagt.

Ohne stichhaltige Gründe ließ sich die Begleitung der Perser nicht ablehnen, und widerwillig mußte Roberto nach ein paar Tagen zugeben, daß die beiden recht angenehme Weggefährten waren. Bei aller Freundlichkeit wirkten sie allerdings in sich gekehrt, Christoph schob es auf die Trauer, selbst ihre Diener schienen bedrückt.

In Kazvin, einem öden Nest, das seine Bedeutung aus der Lage an der Straße von Täbriz nach Kum zog, quartierten sie sich für eine Nacht in einer bescheidenen Karawanserei ein. Roberto verlor kein Wort über den Abschied, den alle erwarteten.

Was der Templer an einem solchen Ort zu tun hatte, konnte sich Christoph nicht vorstellen. Er hatte beschlossen, die Perser nach Alamut zu begleiten, obwohl er damit das Risiko einging, in dunkle Händel verwickelt zu werden. Yussuf blieb bei ihm, und überraschend erklärte Roberto am nächsten Morgen, noch ein weiteres Stück mit ihnen reiten zu wollen.

Christoph hatte in den letzten Tagen Erkundigungen eingezogen. Noch nie hatte jemand von dem Land Kusch gehört, geschweige denn von einem Ort namens Eden. Der Alamut durchfloß ein Tal, das hohe Berge flankierten, einige davon mit Festungen besetzt, die größte war die Assassinenburg. All das gab Roberto widerwillig nach und nach preis und verriet damit eine erstaunliche Ortskenntnis.

Gegen Ende des Tages stießen sie auf einen abgelegenen Platz. An einem kleinen Feuer hockte unbeweglich eine schwarz gekleidete Gestalt, die nur unmerklich den Kopf hob, als sie sich ihr näherten. Christophs erster Impuls auf die Erkenntnis, wen er vor sich hatte, war, auf »die Schöne« einzudreschen und vorbeizugaloppieren. Er zügelte das Kamel im letzten Augenblick.

»Was soll dieser Auflauf, Roberto?« fragte Fulco.

Roberto stieg von seinem Reittier, ließ sich von Fulco ein Stück beiseite ziehen und in einen erregten Wortwechsel verwickeln.

Saleh wandte sich verwundert an Christoph. »Kennst du diesen Mann auch?«

»Fulco de Montferrat, er ist kein ausgesprochener Freund von mir, ich lege auf seine Gesellschaft keinen Wert, und das solltet ihr auch nicht tun. Was er hier tut, weiß ich nicht, Roberto kocht gern ein eigenes Süppchen, das er ungern teilt.«

Langsam wandte er den Blick von den beiden Streitenden ab und musterte die Perser. »Vielleicht ist es jetzt an der Zeit, daß ihr mir verratet, welche Art von Geschäft ihr in Alamut betreiben wollt.«

Idrisi legte die Hand ans Schwert. »Ein heikles«, erklärte er.

»Nein, warte«, fiel Saleh ein, als Christoph zu einer heftigen Entgegnung ansetzte. »Wir haben bestimmt nicht die Absicht, uns den Assassinen anzuschließen, sie haben Karim und seinen Vater getötet, weil Karims Vater gegen die Politik des Kalifen war, der eine Annäherung an den Nizarija-Scheich sucht.«

»Seid ihr sicher, daß die Mörder Assassinen waren?«

»Einer der Mörder wurde bei dem Überfall gefaßt, und bevor er selbst starb, gab er an, wer ihn geschickt hatte«, erklärte Idrisi und drängte sein Tier neben Christophs Kamel. »Jetzt bist du an der Reihe. Was zieht dich nach Alamut?«

Christoph lächelte ironisch. »Etwas weniger Blutrünstiges. Ich möchte lediglich das Geheimnis des Paradieses ergründen, ich frage mich gerade, wie eure und meine Absichten zusammenpassen sollen.«

»Wir wollen das gleiche wie du. Herausfinden, wie es dem Scheich gelingt, so viele Männer an sich zu binden. Wenn ...« Idrisi unterbrach sich und deutete auf Fulco und Roberto. »Sie winken dich heran.«

Christoph zögerte. Sein Blick traf sich mit dem Yussufs. »Die Schöne« am Zügel herumreißend, führte er sie neben den Schwarzen und beugte sich im Sattel vor. »Mir scheint, das ist eine Stunde der Wahrheit. Was kann einer wie du in Alamut wollen?« fragte er leise.

Yussuf schaute an ihm vorbei auf die zwei, die wieder winkten. »Du vergißt, daß ich nicht kämpfen gelernt habe und außerdem an meiner Haut hänge.«

»Du willst nicht einer der Assassinen werden?«

Yussuf grinste. »Zumindest nicht so, wie du glaubst. Auch der Scheich der Nizarija braucht zuverlässige Diener, und ich hoffe auf eine Möglichkeit, mich in ihr Paradies zu schleichen und gleich dort zu bleiben.«

Christophs Stimme wurde scharf. »Entweder lügst du oder du träumst. Als Diener der Mörderbande bist du doch gleich wieder Sklave, und jetzt möchte ich wissen, was die zwei im Schilde führen.« Er schwang sich von »der Schönen« und trat auf die beiden Kreuzritter zu. Ohne Fulco zu beachten, wandte er sich an Roberto.

»Von Anfang an war dein Ziel Alamut, das ist mir nun klar. Ihr sagt mir jetzt, was ihr beiden ausheckt. Du bist doch nicht zufällig hier, Fulco?«

»Kaum ist das Hähnchen ausgewachsen, fängt es an zu krähen«, antwortete Fulco.

Roberto grunzte ärgerlich. »Fallt später übereinander her, wenn wir mehr Zeit haben. Noch ein paar Stunden, und wir sind in Sichtweite eines Vorpostens der Festung von Alamut.«

»Was haben die Templer mit Alamut zu schaffen?« fuhr ihn Christoph an.

»Einiges. Du hast genug über die Assassinen gehört, um über das urteilen zu können, was ich dir erzählen werde. Amalrich I., König von Jerusalem bis zum Jahre 1174, führte Verhandlungen mit dem damaligen Assassinenführer, der wie seine Vorgänger seit Hasan Ibn Sabbah der ›Alte vom Berge‹ genannt wird, damit die

Leute glauben, der Alte lebe ewig. Templer haben sich in die Verhandlungen eingemischt und den Gesandten des Scheichs ermordet, und Amalrich hat sich angemaßt, den Mörder zu bestrafen, obwohl die Templer nur der Gerichtsbarkeit des Papstes unterstehen. Seitdem schwelt der Streit zwischen den Königen von Jerusalem, den Templern und den Assassinen. Ich bin mit einer offiziellen Mission von Amalrich II. betraut, dem jetzigen Herrscher von Jerusalem, der im Exil in Akkon lebt.«

»Eine merkwürdige Mission für einen Templer.«

»Es geht um Politik, ich versuche, die beiden anderen Parteien vom guten Willen der Templer zu überzeugen und überdies einen Waffenstillstand auszuhandeln, damit uns der Rücken frei bleibt, wenn wir wieder um die christliche Herrschaft in Jerusalem kämpfen. Unser Heer ist zu klein für einen Zweifrontenkrieg. Obwohl er die Christen haßt, ist der Scheich augenblicklich weniger an Jerusalem interessiert als an Bagdad. Die Kalifen sind verwundbarer ohne die Seldschuken-Schahs, ihre bisherigen militärischen Machthaber. Du erinnerst dich? Die Abbasiden-Kalifen gehören der Sunna an, die Assassinen der Schi'a.«

»Woraus sich einige Konflikte ergeben, ich meine aus deinem Auftrag und aus den Absichten von Idrisi und Saleh, die mir gerade eröffnet haben, daß sie die Assassinen auskundschaften wollen. Und ich vermute, wenn sie damit fertig sind, hauen sie noch ein paar von ihnen bei Gelegenheit die Köpfe ab. Was hat Fulco mit deiner Sache zu tun?« Er sprach ruhig, bedacht, die Stimme zitterte nicht, sondern hatte einen vollen Ton, der nur sehr wenig von der kalten Wut preisgab, die ihn beherrschte. Er war wohl erwachsen geworden. Auf Roberto aber wäre er gern mit dem blanken Schwert losgegangen.

»Fulco hat ...«

»Ich kann für mich selbst sprechen«, unterbrach Fulco. »Ich habe einen Verwandten durch die Assassinen verloren. Meine Absichten sind weniger diplomatisch und laufen mehr in die Richtung deiner persischen Freunde. Das bedeutet nicht, daß ich Lust verspüre, mir einen Haufen hitzköpfiger Träumer auf den Hals zu laden.«

»Das erklärt nicht, warum ihr euch zusammengetan habt. Fulcos Rachepläne können, List hin oder her, kein sonderlich förderlicher Umstand für dein Friedensangebot an den Scheich sein.« Verachtung gegenüber den beiden gewann jetzt die Oberhand.

»Die Absichten der Templer sind etwas vielschichtiger, als es den Anschein hat«, sagte Roberto.

»Verzeih, das habe ich vergessen. Du liebst Ränkespielchen. Und noch etwas. Yussuf will sich den Assassinen anschließen, angeblich als Diener, aber ich glaube ihm nicht.«

»Wenn wir gegeneinander handeln, wird es am Ende nur einen geben, der triumphiert: der Scheich«, brauste Roberto auf.

Christoph starrte den Templer abwartend an.

»Geh und hol sie alle zusammen.«

Erst am nächsten Morgen ritten sie weiter, nachdem sie die ganze Nacht gestritten hatten. Yussuf beteiligte sich nur soweit, wie es sein angeblicher Dienerstand zuließ. Christoph staunte, daß die beiden Bagdader seinetwegen nicht längst argwöhnisch geworden waren, aber vielleicht hielten sie sich auch in diesem Fall an die merkwürdigen Gebote der Futuwwa. Christoph mußte sich mit dem Abkommen zufriedengeben, das gegen Morgen zustande gekommen war. Ohne Vorankündigung würde keiner gegen die Interessen der anderen handeln, es galt zunächst abzuwarten, wie man sie alle auf der Burg empfing. Im Notfall würde es eher darauf ankommen, zusammenzustehen als gegeneinander.

Die beiden Perser sollten mit Yussuf die Diener der drei fränkischen Herren abgeben, von denen einer, Roberto, mit einer offiziellen Mission betraut war, während die beiden anderen seine Begleitung darstellten. Die wirklichen Diener erklärten sich nur ungern einverstanden, sieben Tage zu warten, wo sie waren, und den Zugang zum Tal von Alamut zu beobachten.

Christoph rechnete laut: etwa zwei Tage würden sie bis zur Festung des Scheichs benötigen, zwei zurück, blieben drei für ihre verschiedenen Vorhaben.

»Wartet acht«, bestimmte Idrisi.

Beim Aufbruch am Morgen, als die Perser sich in ihre Rolle als Diener einübten, indem sie nicht sonderlich geschickt die Kamele beluden und sattelten, fiel Christoph etwas ein.

»Wo hast du Ludovico gelassen?« fragte er Fulco.

Dieser zuckte gleichmütig die Schultern. »Der Hund ist an einem Fieber krepiert.«

»Ich weiß, was du denkst«, sagte Roberto mit gedämpfter Stimme zu Christoph. »Laß dir gesagt sein, er hat ihn zu den Johannitern ins Hospital gebracht, aber ihn bis zu seinem Tod selbst gepflegt. Ohne Furcht, sich das Fieber zu holen.«

»Der Teufel verschont die Seinen.«

»Noch immer der Alte? Schnell fertig mit dem Urteil über andere. Paß auf, daß du dich nicht in deiner eigenen Gerechtigkeit verfängst.« Roberto lächelte dünn.

Christoph trieb sein Kamel an, bis er neben den Persern reiten konnte.

8

Im Tal von Alamut wuchs bleiches, wintertrockenes Gras an den Flußufern, und in den Auen kränkelten ein paar verkrüppelte Aprikosenbäume und Sykomoren. Jenseits des Flusses waren die windschiefen Dächer eines verloren wirkenden Dorfes zu sehen, aber kein Mensch zeigte sich, weder am Fluß noch in den Obsthainen.

Am Fuß des Felsens von Gasir Khan, der Assassinenburg, erwartete sie eine schweigende, dunkel gekleidete Abordnung auf kleinen, kräftigen Steppenpferden. Als die Besucher nahe genug herangekommen waren, geriet die Gruppe der Nizarii in Bewegung, sie teilte sich, schloß die Besucher ein und drängte sie, ohne eine Erklärung abzugeben oder eine abzuwarten, auf einen steilen Pfad, der für die Kamele kaum begehbar nach oben führte. Sie mußten hintereinanderreiten.

Angesichts der stummen, waffenstarrenden Anhänger des Scheichs stellte sich rasch eine Beklommenheit ein, die der Anblick der hoch aufragenden Zyklopenmauern über ihnen noch verstärkte. Das Abenteuer, schien Christoph, wuchs ihnen schon zu Beginn über den Kopf. Er spähte zu den Burgmauern hoch und sagte sich, daß es noch einen weiteren Weg geben müsse, denn es schien unvorstellbar, daß die Masse von Steinen über diesen Pfad hinauftransportiert worden war.

Als sie oben angelangt waren, kam ihnen der Scheich in einem hellen Seidengewand mit ausgebreiteten Armen entgegen.

»Willkommen, Fremde, wer immer ihr seid, genießt den Frieden Allahs und die Gastfreundschaft der Nizarii.«

Die Erleichterung, die der freundliche Empfang auslöste, ließ Christophs Knie zittern; als wäre er ein alter Mann, halfen ihm Diener sehr fürsorglich von seinem Reittier. Allerdings entging ihm nicht, daß die Diener mit Krummsäbeln und Dolchen bewaffnet waren, die sie offen im Gürtel trugen. Als bei einem plötzlich das Gewand über der Brust klaffte, wurde ein schwerer Lederkoller sichtbar.

Die drei Diener wurden samt Kamelen und Gepäck fortgeführt. Die Christen dagegen folgten dem Scheich in ein Empfangszimmer, das sie nach Durchqueren mehrerer Höfe und dunkler, labyrinthischer Flure erreichten. Sie hatten kaum auf den Sarirs Platz genommen, als schon erlesene Speisen aufgetragen wurden, dazu ein leichter, kühler Wein. Überrascht musterte Christoph den Scheich, der mit einer leichten Verbeugung die Fingerspitzen aneinanderlegte.

»Trinkt und eßt und erfreut euch der Gaben, die Allah uns spendet«, forderte er die Gäste auf. Er selbst trank ebenfalls Wein.

Christoph ließ sich einen Becher vollschenken, drehte ihn in der Hand, betrachtete das Glutrot in der Tiefe, ein fruchtiger Duft stieg zu ihm auf, und auf einmal regte sich Widerborstigkeit. Es war ihm zuviel Höflichkeit, zuviel Freundlichkeit, es waren zu viele Allahs aus dem Mund eines Mannes, der die Gesetze des Korans ohne Zögern mißachtete. Gärtner erkennen einen besonders rotbackigen, überreifen Apfel als faule Frucht. Die Warnung Maruks drang nicht in sein Bewußtsein, saß aber wohl dicht unter der Oberfläche. Daher stellte er den Becher zurück, verzichtete sogar auf die Speisen und begnügte sich mit Brot. Roberto und Fulco dagegen stürzten ohne Hemmungen den Wein hinunter.

»Roberto de Tarascon, der junge Tempelherr. Du bist reifer geworden in den verflossenen sieben Jahren, ich dagegen alt.« Der Scheich lächelte den Templer versonnen an.

Roberto stellte den Weinbecher beiseite, mit einer plötzlichen Wachsamkeit in den Augen zog er ein Sendschreiben aus dem Ärmel. Der Scheich las schweigend, hin und wieder schweifte sein Blick über die Gäste.

»Der König von Jerusalem erwähnt nur dich als Boten, ist dir die Reise zu langweilig geworden, daß du dir Gefährten gesucht hast?« Das Schnurren der Stimme änderte kaum merklich den Ton.

Christoph beugte sich in den Kissen vor. »Roberto und ich sind viele Jahre zusammen gereist. Er kennt meine Vorliebe für Gärten und hat mir erzählt, du hütest hier die Gärten Allahs, die Gärten des Paradieses. Ich hab ihn bestürmt, mich mitzunehmen.«

Fulco schüttelte, plötzlich ernüchtert, ungläubig den Kopf, Christoph dagegen lächelte den Scheich in größtmöglicher Unschuld an.

Der Fürst lachte amüsiert auf. »So weit ist unser Ruf schon gedrungen? Sogar die Christen treibt es jetzt in die Gefilde Allahs? Du sollst sie sehen, junger Fremder, auch deine Freunde hier, morgen zur Nacht sollt ihr ins Paradies eingehen.«

»Warum nicht heute schon? Wo liegt dein Paradies? Das Tal von Alamut ist eine Einöde, und auf einem Felsen wie diesem dürfte nicht einmal so viel wachsen wie eine Ziege satt machen kann.«

»Die Unbekümmertheit der Jugend. Wie erfrischt sie mein Herz. Zügle deine Ungeduld, ruhe dich eine Nacht und einen Tag von der beschwerlichen Reise aus. Denn du sollst mit wachen Sinnen die Freuden des Paradieses genießen.«

Auf ein Händeklatschen traten Diener mit Lampen ein. Der Gastgeber erhob sich und führte seine Gäste selbst in ihre Kammern.

Christoph drehte sich in der Tür um. »Wo ist mein Diener Yussuf?«

»Mach dir keine Gedanken, für deine Bequemlichkeit sorgen meine Leute.«

»Ich danke dir für deine Güte, aber ich bin an Yussuf gewöhnt. Laß ihn holen.«

Roberto griff ein. »Verzeih diesem jungen Barbaren, der nicht weiß, was sich schickt. Er ist noch nicht lange genug seiner Amme entwachsen. Wenn du nach Yussuf schickst, laß auch unsere anderen beiden Bediensteten kommen, so bereiten wir deinem Haus weniger Ungelegenheiten.«

Der Scheich gab seinen Begleitern unwillig einen Wink.

Christoph verbrachte die Zeit, die er auf Yussuf wartete, allein in seiner Unterkunft, er hatte beschlossen, den beiden anderen, die sich eine Kammer teilten, nach Möglichkeit aus dem Weg zu gehen. Erst als er die Stimmen der drei angeblichen Diener auf dem Flur vor der Tür hörte, gesellte er sich zu ihnen, gemeinsam betraten sie die Kammer des Templers.

»Hast du nichts anderes im Kopf«, fuhr Fulco Christoph an, »als das Paradies?«

Fulcos Frage löste einen kleinen Wortwechsel über das Gespräch mit dem Scheich aus, unversehens hing Streit in der Luft.

»Aber es ist ein guter Anfang, hinter das Geheimnis der Assassinen zu kommen«, sagte Saleh ruhig.

»Das Paradies auf Erden! Wann begreift der Dummkopf, daß diese Erde eine Hölle ist?« warf Fulco ein, den Blick auf Christoph geheftet.

»Halt den Mund, Fulco«, schnauzte Roberto, »was glaubst du, wohin uns dein Gestänker führt? Saleh hat Recht. Je mehr ich darüber nachdenke, desto eher erscheinen mir Christophs vorlaute Fragen als kluger Schachzug. Wir alle wollen herausfinden, woher die Besessenheit der Assassinenmörder rührt. Haltet also morgen die Augen offen, wenn man uns tatsächlich irgendwohin bringt, wo unbeschreibliche Freuden locken. Jetzt zeichne ich euch einen Plan der Burganlage auf. Es gibt einen zweiten Weg zur Festung, einen wesentlich breiteren, geeignet für einen schnellen Ausfall. Er führt am Ende durch eine Schlucht, wird von oben scharf bewacht und kann jederzeit durch herabstürzende Felsbrocken versperrt werden. Kommt näher.«

Zögernd rückten die sechs in einem Kreis zusammen und schauten zu, wie Roberto mit einem Stück abgekühlter Holzkohle, aus einem Feuerbecken geklaubt, ihnen aufzeichnete, was er noch von den Ein- und Ausgängen, den Höfen, Fluren, Räumen und Verliesen wußte. Nirgendwo, entsann er sich, hatte er bei seinem früheren Besuch einen Garten gesehen.

Saleh nahm ihm die Kohle aus der Hand und fügte weitere Gänge und Räume hinzu, Dienstbotenquartiere, die ein fränkischer Ritter nicht kennen konnte. Das Kohlestück wanderte im Kreis, bis es jeder in der Hand gehalten hatte und die Zeichnung am Boden in den Einzelheiten kaum noch kenntlich war. Als sich die Männer spät in der Nacht schlafen legten, fiel es Christoph beinahe schwer, den schwelenden Groll aufrechtzuerhalten, das gemeinsame Abenteuer hatte begonnen, die Oberhand über alle Gegensätzlichkeiten zu gewinnen.

Die Perser hatten sich in Christophs Kammer einquartiert, anfangs mißfiel ihm die Enge. Später in der Nacht, als die Kälte von draußen trotz des Vorhangs am Fenster zunahm, erwiesen sich der Atem und die Körper der drei als wirksamerer Schutz gegen die Auskühlung als die glühenden Kohlen im Feuerbecken, außerdem bot die Gegenwart der anderen einen gelinden Trost und hielt von zuviel Nachdenken über die beiden im Nebenzimmer ab.

Auch am folgenden Tag nahm Christoph mit einer ihm selbst nicht ganz verständlichen Beharrlichkeit nichts anderes als Brot zu sich, er steckte einen Vorrat davon in den Ärmel und schöpfte Wasser aus dem Brunnen. Yussuf begleitete ihn auf einen Rundgang, der den Eindruck verstärkte, daß das Mördergewerbe ein einträgliches Geschäft sein mußte. Für eine Bergfestung war die Burg ungewöhnlich bequem, das Haus eines Herrschers.

In einem der Höfe stießen sie auf Saleh und Idrisi, die sie zurück zu einer Stelle auf dem Mauerumgang führten, von der aus sie auf den nächsten Bergrücken schauen konnten. Auch diesen umzogen Mauern, niedriger als die, auf der sie standen. Dunkle Silhouetten überragten die Mauern, Christoph meinte, Baumwipfel zu erkennen.

Yussuf beugte sich weit über den Mauerrand und spähte hinunter. »Der einzige Weg von hier scheint über den Grat zu führen, der die Bergkegel verbindet. Ich seh ein Tor da unten.«

Er folgte der Mauerkrone ein paar Schritte und winkte die anderen heran. »Schaut, hier unter uns liegt ein weiterer Hof, und wenn ich mich nicht sehr täusche, stehen dort unsere Kamele. Kann nicht einer von euch die Wachen, die sich hier herumdrücken, ablenken?«

Idrisi und Saleh verwickelten die Wachen in ein Gespräch, indem sie Fragen stellten und mit weitausholenden Gesten auf die Landschaft und die Berge in der Ferne wiesen.

Christoph half Yussuf über die Mauer und sah beunruhigt zu, wie dieser in die Tiefe kletterte. Wenig später erblickte er ihn im

Kamelhof. Der Schwarze klopfte den Tieren kurz auf die Flanken. »Die Schöne« bleckte gewohnheitsmäßig ihre Zähne, und Christoph hoffte, daß Yussuf rechtzeitig zur Seite sprang. Bevor er über die zweite Mauer verschwand, winkte er zu Christoph hinauf, der sich fragte, wie dieses Abenteuer weitergehen sollte. Kurz spähte er zu den Persern hinüber, die sich noch immer mit den Wachen unterhielten, dann schwang er sich selbst über den Mauerrand. Er kletterte in den Kamelhof hinab, wich »der Schönen« aus, damit sie ihn nicht lauthals begrüßte, und drang in die hinter dem Hof gelegenen Gänge ein. Auf dem Rückweg traf er auf Yussuf, der sich den Staub von den Kleidern klopfte.

»Ich glaube, ich habe eine Möglichkeit entdeckt, wie man unterhalb des Grats zum Nachbarkegel kommen kann, ohne gesehen zu werden.«

Christoph beschlichen zunehmend Zweifel, während er lauschte. »Nach dem, was du sagst, muß man über die Klauen von Bergziegen verfügen, um diesem Pfad zu folgen. Dagegen weiß ich jetzt, wie wir mit den Kamelen die Ausfallpforte erreichen können, die auf den breiteren Weg ins Tal führt. Laß uns lieber herausfinden, wie wir wieder in die Empfangsräume und zu unserer Unterkunft kommen.«

Sie verliefen sich ein paarmal und entdeckten dabei einen Raum voller Bücher, einen Raum des Wissens, der Gelehrsamkeit, einen lichten, heiteren Saal, der sich mit zwei Doppelbogenfenstern zu einem atemberaubenden Ausblick ins Tal von Alamut öffnete. Christophs Blick flog über die Bücherschätze.

Er brauchte nicht lange, um Abhandlungen griechischer Historiker und Philosophen und etliche hebräische Schriften auszumachen, ein köstlicher Geruch nach altem Leder und gewachstem Pergament hing im Raum. Angesichts der unleugbaren Zeugnisse einer höheren geistigen Kultur war Christoph geneigt, das Assassinen- und Mördergerede für übles Geschwätz zu halten. Aber Yussuf schüttelte abwehrend den Kopf, als er ihm seine Gedanken mitteilte, die dunklen Augen des anderen überflogen mißtrauisch die Buchreihen.

»Herr und Diener gleichermaßen bücherkundig.« Unbemerkt war der Scheich in den Saal getreten.

Christoph registrierte, wie Yussuf rasch einen Schritt zurücktrat und die Augen senkte, als hätte man ihn bei etwas Verbotenem ertappt, eine Reaktion, die Mißtrauen wecken mußte. Er selbst wußte nicht, wie er sich verhalten sollte, als ul Dschebal lächelnd auf ihn zukam.

»Suchst du ein bestimmtes Werk?«

Christoph überlegte einen Augenblick. »Hast du Bücher über Mesopotamien?«

»Ich habe ein Werk, das du sonst nirgends finden wirst. Ich zeige es dir. Es ist ein Epos über einen König, der einst in Uruk herrschte, vor Tausenden von Jahren. Er hieß Gilgamesch.«

Der Scheich griff nach einer gerollten Schrift, ließ sich auf einem Polster nieder und forderte Christoph auf, das gleiche zu tun. Yussuf lehnte sich, die Arme verschränkt, an die Wand.

Einem Mann zu lauschen, der unversehens in die Rolle eines Geschichtenerzählers schlüpfte, und für eine kleine Weile zu vergessen, daß sie hier waren, um genau diesen Mann zu Fall zu bringen, einen Gottesleugner und Meuchelmörder, aber auch Hüter eines Geheimnisses, das das Paradies betraf, schien Christoph auf einmal gar nicht abwegig in diesem Raum, in dem schräg einfallende Strahlen die Bücherwände aufschimmern ließen.

»Gilgamesch war der Sohn einer Jungfrau und von einem der alten Götter.« Ul Dschebal lachte leise auf. »Dein Jesus ist nicht die erste Jungfrauengeburt, aber Gilgamesch war ein echter König. Er hat seine Stadt Uruk mit festen Mauern versehen und trat seinen Feinden siegreich gegenüber. Er besiegte auch den Tod, denn er überquerte die Wasser der Unterwelt, drang in das Paradies der Seligen ein und kehrte lebend in die Welt zurück. Er hat die Äpfel von dem Baum gekostet, der Unsterblichkeit verleiht.«

»Der Garten der Hesperiden«, warf Christoph ein.

»So nannten ihn die Griechen«, bestätigte der Scheich.

Yussuf stieß sich von der Wand ab. »Erhabener, ich habe nur ein einziges Werk in deiner Büchersammlung entdeckt, das deinem Rang als einem Führer der Anhänger Mohammeds entspricht, ein einziges Buch vom Geist Allahs erfüllt, und es war nicht einmal der Koran.«

»Allah ist groß und der Geist des Menschen weit. Erzeige deinem Diener den Segen deiner Gelehrsamkeit, Christ. Wie ich feststellte, ist er ja sogar des Lesens kundig, ein seltener Vorzug.«

Der Scheich reichte Christoph die Schriftrolle und erhob sich. Nachdenklich strich er sich über seinen vollen Bart. »Bring deinen Diener zum Gastmahl am Abend mit. Er wird dich und deine Gefährten ebenso wie die anderen beiden Diener ins Paradies begleiten. Ihr alle sollt erfahren, wie weit meine Macht reicht.«

Als ul Dschebal die Bibliothek verlassen hatte, wandte sich Christoph an Yussuf. »Nachdem er gesehen hat, daß du lesen kannst, wird er auch Zweifel hegen, was die zwei Perser anbelangt. Wir müssen damit rechnen, daß er uns noch wachsamer und mißtrauischer begegnet als bisher.«

»Dir nicht, dich hält er für einen kompletten Narren. Ich konnte es an seinem geringschätzigen Lächeln erkennen, als du verzückt über sein Gerede zum Fenster hinausgestarrt hast. Offengestanden bin ich seiner Meinung.«

9

Christoph weigerte sich auch beim abendlichen Gastmahl hartnäckig, etwas von den Gerichten zu sich zu nehmen und gab, um nicht allzu unhöflich zu sein, vor, ein wenig unwohl zu sein.

Wieder war er auf der Schriftrolle dem Baum des Paradieses begegnet, in einem neuen, ganz unerwarteten Zusammenhang. So viele Quellen, so viele Überlieferungen an den verschiedensten Orten, die doch auf einen gemeinsamen Ursprung verwiesen, auf einen Kern, der sich, so vielfach belegt, als wahr erweisen mußte. Es war nicht die Warnung Maruks, die ihm nun doch bewußt geworden war, die ihn zu anhaltender Askese trieb, sondern der Wunsch nach Läuterung, nach der Befreiung des Geistes aus der Abhängigkeit des Körpers, um die Seele leicht genug für die vielleicht doch auf irgendeiner Ebene der Wahrnehmung mögliche Begegnung mit dem Garten von Eden zu machen.

In seine Gedanken versponnen, dauerte es eine Weile, bis ihm auffiel, daß die Augen seiner Gefährten immer stärker im Licht der Lampen glänzten. Er schob die Wirkung dem Wein zu, bis ihm aufging, daß die beiden Perser und Yussuf keinen tranken.

Die Stimmen um ihn wurden lauter, ausgelassener, Fulco rann

der Wein über das Kinn. Der Scheich behielt seine Liebenswürdigkeit, seine Haltung und die verstohlene Wachsamkeit. Christoph krümmte sich in den Polstern, sein Leiden übertreibend. Als man ihm einen Kräutersud aufnötigte, gelang es ihm, das Gebräu unauffällig aus den Mundwinkeln zwischen die Kissen laufen zu lassen. Er wischte sich den Mund ab und spuckte den Rest in das Mundtuch. Ein eigenartiger Nachgeschmack blieb.

Nach dem Mahl klatschte der Scheich in die Hände, und die Diener halfen den schwankenden Gästen auf die Füße. Christoph folgte dem Zug, bis er sicher war, welche Richtung er einschlug, dann drückte er sich heftig auf den Magen. Säure schoß ihm in den Mund, er erbrach sich, ging dabei in die Knie, die Wachen mußten ihm aufhelfen, und er ließ sich von einem der Männer in seine Kammer zurückführen. Er warf sich sofort auf sein Lager, das Gesicht zur Wand gedreht. Der Mann verharrte noch einen Moment in der Tür, als er ging, horchte Christoph auf die Schritte, die im Flur verklangen, dann glitt er von seinem Strohsack.

Wenig später befand er sich auf dem von Yussuf beschriebenen Weg, um die andere Bergspitze zu erreichen, auf der er mit einiger Sicherheit das Assassinenparadies vermutete. Als er den Fuß der Mauer erreicht hatte, kauerte er sich hin, schloß die Augen und beschwor das Bild des Paradieses, vieler Paradiese: die westlichen Gärten Ägyptens, das Reich der anfanglosen Lichter, schattige Haine mit kühlen Brunnen, goldene Äpfel am Baum der Unsterblichkeit, der Liebesgarten aus Salomons Hohem Lied, der Garten von Adam und Eva.

Schwindlig von der Kletterei und dem leeren Magen schob er sich an der Mauer hoch und stieg in den Garten dahinter ein.

Christoph kehrte vor den anderen zurück und stellte sich schlafend, als diese im Morgengrauen endlich hereinkamen, er lauschte ihrem Gestammel, das sich wie das Lallen Betrunkener anhörte, aber deutlich genug war, daß sich einzelne Erlebnisse der vergangenen Nacht herausschälten.

Die drei Bagdader achteten nicht auf ihn, sondern schwatzten weiter, bis sie der Schlaf übermannte. Christoph hatte angefangen, mit den Nägeln über die Wand zu kratzen und fuhr damit fort, obwohl nur noch die Atemzüge der andern und ein gelegentliches Aufseufzen zu ihm drangen, selbst als der erste blutige Streifen an der Wand erschien, fiel es ihm schwer aufzuhören.

Zusammengekrümmt, jeder Muskel angespannt, horchte er auf sein Kratzen und spürte dem allmählich deutlicher werdenden Schmerz in den Fingerspitzen nach, der ihm über den andern in seinem Inneren hinweghalf.

Gegen Mittag regten sich die Schläfer hinter ihm, sein Nacken war vor Anspannung inzwischen so steif, daß er kaum den Kopf drehen konnte, aus der Nebenkammer drangen schwache Laute herüber. Nur wenig später schob sich Roberto mit Eulenblick herein und hielt die Hände an den schmerzenden Kopf. Fulco folgte ihm, in seinen Augen lag eine Weichheit, die Christoph den Blick abwenden ließ.

Yussuf räkelte sich, noch halb im Schlaf, das häßliche Gesicht ungeschützt den Blicken preisgegeben. Zum ersten Mal redete er wieder mit der Stimme eines Poeten, diesmal von der Paradiesjungfrau, deren Gunst er genossen hatte. Sein schreckliches Gesicht leuchtete von innen her, als er den anderen mitteilte, daß seine Schöne geschworen hatte, sie wolle bis zu seiner Rückkehr ins Paradies auf ihn warten, und als ob er einem Zwang gehorchte, begann er von neuem die unglaubliche Anmut des Mädchens zu beschreiben.

»Die winzige Lücke zwischen ihren perlengleichen Zähnen, die du gerade erwähnt hast, klafft wie ein Scheunentor, deiner Hure fehlen ein paar Hauer vorne, und das Lächeln muß sie vor langer Zeit verlernt haben. Leider hast du die älteste und scheußlichste erwischt, die Brüste hängen ihr wie schlaffe Säcke bis auf den Nabel, und was ihr die Jahre nicht angetan, haben ihr die Besucher besorgt, die sie geritten haben.« Der Ekel machte Christophs Stimme schärfer als er wollte.

Yussufs Ergriffenheit schlug in blanke Wut um, schwerfällig kam er hoch. »Du hast mich schon einmal beobachtet, als ich auf einer Frau lag. Ist das eine besondere christliche Schweinerei?«

»Sei still«, fuhr ihn Christoph an, »ihr alle seid auf einen der dümmsten Tricks hereingefallen. Sie haben euch mit Drogen die Sinne verwirrt und dann Phantasien erleben lassen, die sie mit üblen Machenschaften herausgekitzelt haben. Heute nacht zeige ich euch die Wahrheit über den Ort, wenn es euch diesmal gelingt, nüchtern zu bleiben. Er liegt, wie wir vermutet haben, auf der anderen Bergspitze. Haltet euch im Essen und Trinken zurück, schützt Müdigkeit vor und geht früh schlafen.«

»Warum«, fragte Saleh, der wie die übrigen kein Wort glaubte, »hast du dieses Wunder der Liebe nicht mit uns geteilt?«

»Ich bin gewarnt worden, von einem Freund. Vertraut ihr mir so weit, daß ihr mir heute nacht folgt?«

Es kostete Christoph bis zum Abend einige Überredungskunst, um die anderen davon zu überzeugen, daß sie sich in der kommenden Nacht von ihm führen lassen mußten, wenn sie der Wahrheit auf den Grund gehen wollten. Vielleicht hoffte auch der eine oder andere auf eine zweite Nacht voller Leidenschaft und Yussuf glaubte möglicherweise, sich diesmal einen dauerhaften Platz im Paradies sichern zu können. Er war der erste, der zustimmte, und derjenige, der sich am heftigsten gegen das Mitführen von Waffen wehrte. Am Ende zwang ihm Roberto ein Krummschwert auf. Es nützte Yussuf nichts, zu beteuern, daß er nicht kämpfen konnte und wollte.

»Sie heißt Khairuzhan«, flüsterte er, als sie den anderen Bergkegel erreicht hatten und im Begriff waren, die Mauer zu überwinden. Vorsichtig drangen sie in das Gelände dahinter ein. Christoph folgte ihnen langsam, weil er wußte, was sie erwartete. Ein paar krüppelige Bäume wuchsen zwischen grellfarbigen Gebilden aus bemaltem Holz und Sackleinen. Dornbüsche, das einzige, was dem traurigen Ort angemessen schien, rahmten ein Becken, in dem Unrat in trübem, faulig riechendem Wasser schwappte. Noch in der Nacht zuvor hatte Christoph Saleh davon trinken sehen, es fiel ihm schwer, ein Schaudern zu unterdrücken.

Der Ekel legte sich ein wenig, als er sah, wie die Männer mit immer weniger Vorsicht zwischen Mauerresten und Säulenattrappen herumstolperten, ihre gestrigen Traumpaläste anstarrten und nur sehr allmählich begriffen, was sie sahen. Vergeblich wartete er auf Zeichen von Verlegenheit und Scham, schließlich zerrte er eine Frau hinter einem Busch hervor, wo er sie beim Lauern überrascht hatte, und warf sie Yussuf vor die Füße.

»Sag ihm deinen Namen«, herrschte er sie an.

»Khairuzhan.« Ihr Flüstern war kaum zu hören.

Yussuf faßte das Geschöpf unter das Kinn, bog ihren Kopf nach oben und starrte ihr ins Gesicht. Behutsam strich er ihr über die welke Wange, dann stieß er die Frau beiseite und brach in Tränen aus, sein Gesicht verzerrte sich zu einer kaum noch menschlichen Fratze.

Saleh berührte ihn sanft am Arm. »Du brauchst nicht zu klagen. Christoph, du kamst auf der Suche nach dem Paradies mit einer glühenden Hoffnung im Herzen hierher. Ich begreife deinen Schmerz und deine Verzweiflung. So wie wir jetzt erblicktest du nur eine Oberfläche und nicht das, was sie verbirgt. Es ist das Geheimnis, das der Nazarijafürst hütet. Habt ihr wirklich geglaubt, ins Paradies nach Belieben ein- und ausgehen zu dürfen?«

»Die Drogen können dir nicht derart den Verstand vernebelt haben. Was du siehst, ist Verderben und Verfall, blanker Hohn, ein teuflisches Spiel mit den Schnsüchten der Menschen, das Wirken des absolut Bösen. Ich habe euch gestern nacht gesehen. Es gibt keine andere Welt hier als die, die sich dir heute zeigt. Ich bin vor vielen Jahren ausgezogen, um das Paradies zu suchen, eine Reise, die an diesem Platz endet.«

Sein Blick traf den Fulcos, der ihn in heiterer Abgeklärtheit betrachtete, noch immer die unerträgliche Weichheit im Blick. »Unserem Freund fällt es schwer, zu begreifen, daß die wahren Paradiese nicht von dieser Welt sein können«, sagte er.

»Wer sich nicht einmal bemüht, dem Wahn ein einigermaßen passendes Bild zu schaffen, sondern nur Lumpen, Armseligkeit, Dreck und Verwüstung bietet, muß die Menschen tief verachten. Hier habt ihr das Herz der Nizarija«, schrie Christoph.

»Spar dir deine Philosophie für später, wenn wir heil hier herausgekommen sind«, fuhr Roberto grob dazwischen, »sag mir lieber, wohin das gräßliche Weib verschwunden ist.«

»Schnurstracks zu dem, der sie für den Dienst hier abgerichtet hat«, antwortete Fulco spöttisch.

»Dann laßt uns zusehen, daß wir die Kamele erreichen«, rief Roberto.

Weil ihnen sofort klar war, daß ihnen Heimlichkeit nichts mehr nützen würde, nahmen sie den direkten Weg über den Felsgrat. Es zeigte sich, daß sie bereits zu spät kamen, um ungehindert das

Tor zur Burg zu passieren, der Scheich erwartete sie, seine Fedawi hatten sich hinter ihm postiert.

»Ihr seid die ersten Fremden, die das Geheimnis der Assassinen enträtselt haben. Ihr werdet es nicht lange in euren Köpfen tragen. Meine Männer werden euch in Stücke hauen, und eure Köpfe sollen von den Mauern der Burg herabstarren.«

Die Waffen hatten Christoph und die andern schon auf dem Weg gezogen, Roberto schob Idrisi beiseite, um Platz für seinen Schwertarm zu schaffen.

»Wir werden sehen, wessen Kopf zuerst rollt.« Bereits im Sprechen hatte Roberto ausgeholt, aber der Fürst hatte sich blitzschnell hinter seine Gefolgsleute zurückgezogen. Der Kampf begann, doch die kleine Schar focht gegen eine Übermacht, die sich allerdings in dem engen Tor und dem schmalen Gang dahinter nicht entfalten konnte. Yussuf war verschwunden, schon bevor sie den Scheich erreicht hatten.

Sie kämpften, als wären sie noch von der Verheißung des Paradieses geblendet: furchtlos und scheinbar unbesiegbar, und daher gelang es ihnen auch, sich bis in den Kamelhof durchzuschlagen. Dort trafen sie auf Yussuf, der es geschafft hatte, den Tieren die Sättel überzuwerfen. Vereint drängten sie die Kamele in den Durchgang, der zum unteren Hof und auf den breiteren Ausfallweg führte. Im Laufen riß Idrisi einen Bogen und einen Köcher voller Pfeile von einer Wand.

Es war ihr Glück, daß das Burgtor nicht, wie sonst wohl üblich, zur Nacht von mächtigen Balken gesichert wurde, vielleicht hatte der Scheich noch späte Heimkehrer erwartet. Fulco sprengte mit einem Schwertschlag den verbliebenen leichten Riegel. Als die Torflügel langsam aufschwangen, griff er nach dem Zügel seines Kamels.

Bevor einer der Flüchtlinge im Sattel saß, erschienen die ersten berittenen Fedawi, einige auf Kamelen, andere auf kraftvollen Pferden, die an Schnelligkeit mühelos die Kamele übertreffen würden. Noch beherrschte ein Durcheinander die Lage, aber einige Nizarii drängten in das offene Tor, auf dem Mauerumgang postierten sich bereits Bogenschützen.

Christoph hatte »die Schöne« vor sich hergetrieben, ohne viel acht auf sie zu geben, sie wandte aber immer wieder den Kopf, weil ihr daran lag, ihren Herrn angemessen zu begrüßen. Sie waren schon im unteren Hof angekommen, als ihr der Geduldsfaden riß. Den langen Hals vorgestreckt, drückte sie ihre Empörung in einer Folge von Trompetenstößen aus, die den Männern des Scheichs für einen Augenblick das Mark in den Knochen gefrieren ließ. Die sechs Flüchtlinge, an die Unmutsäußerungen des Kamels hinreichend gewöhnt, nutzten diese eine, winzige Gelegenheit und bestiegen in Windeseile die Kamele.

Christoph bemerkte nicht, daß ein Fedawi seitlich an ihn heranpreschte. Ein scharfer Ruf Robertos hieß ihn den Kopf wenden. Er sah die Klinge von unten zustoßen, ohne Möglichkeit, ihr auszuweichen, als sich Fulco dazwischen schob. Von seinem Schwert getroffen, sank der Angreifer vom Kamel, Christoph passierte unverletzt gemeinsam mit Fulco das Tor, gleich dahinter ging ein Pfeilregen auf sie nieder. Ein Pfeil traf Christophs Sattel, ein weiterer schlitzte seinen Ärmel auf und fuhr ihm brennend über die Haut, er achtete nicht darauf, sondern blickte zurück, um zu sehen, ob die Gefährten nachfolgten. Hinter ihm ritten Roberto und als letzte Yussuf und Idrisi, der den Bogen fertigmachte. Ein Stück zurück tauchten die Verfolger auf, angeführt vom Scheich, der seine Gefolgsleute lauthals anfeuerte.

Beidseits des Weges ragten Felsen, von oben rieselten kleinere Steine herab, Christoph erinnerte sich an das, was Roberto über das Verteidigungssystem der Burg erzählt hatte. Er blickte hoch und entdeckte auf dem Felskamm ein paar Männer. Mit einem schrillen Schrei machte er die anderen auf die Gefahr aufmerksam.

Hinter ihm drehte sich Idrisi im Sattel um.

In einer fließenden Bewegung spannte er den Bogen, der Pfeil schnellte von der Sehne. Ul Dschebal sank auf seinem Pferd zusammen, die Männer hinter ihm zügelten ihre Tiere, konnten aber nicht verhindern, daß sie aufstiegen, auf der Hinterhand tanzten und sich gegenseitig bedrängten.

Idrisi streifte der erste Stein, der herabfiel, an der Schulter, dann war er der Felslawine entkommen. Yussuf dagegen zügelte plötzlich sein Reittier. Christoph sah noch, wie Reiter und Kamel von den herabstürzenden Brocken zu Boden gerissen und begraben wurden. In kürzester Frist füllte das Geröll den Durchgang und versperrte den Nachfolgenden den Weg.

»Die Schöne« hatte von allein angehalten, Roberto und Idrisi rissen ihre Kamele herum, alle drei trieben die Tiere in einem engen Kreis an die Felsbrocken auf dem Weg heran, Christoph hörte Fulco von weitem rufen und erkannte zugleich den Widerstreit von Empfindungen und Gedanken, die ihn selbst beherrschten, auf Robertos Gesicht. Dann hob der Templer den Arm und gab damit das Zeichen zum Weiterreiten. Idrisi nickte, auch er hatte verstanden, daß ein Rettungsversuch keinen Sinn machte, sondern nur die Gefahr für die Überlebenden vergrößerte.

Seltsamerweise setzte ihnen niemand über den schmaleren Weg nach. Die Verwundung oder gar der Tod des Scheichs – sie sollten nie erfahren, was von beidem es gewesen war – lähmte wohl die Kräfte der Assassinen.

Es blieb ihnen aber nichts anderes übrig, als die Nacht durchzureiten, dazu in einem Tempo, das die Kamele gerade noch halten konnten. Der Weg war im Vollmond leicht zu erkennen, Christoph kam es so vor, als bewegten sie sich wie eine Geisterschar, der Hufschlag verklang beinahe unhörbar in der Staubschicht des Bodens.

Erst als die Mondscheibe zu verblassen begann, zügelte Roberto, der die Führung übernommen hatte, sein Reittier. Alle ließen ihre Tiere niederknien, um absteigen zu können, nur Saleh machte keine Anstalten dazu, er stöhnte dumpf auf und hing über dem Hals seines Tieres, unfähig, sich zu bewegen. Idrisi lief zu ihm und zog das Kamel am Zügel nach unten, gemeinsam mit Christoph hob er Saleh aus dem Sattel und bettete ihn auf die Erde. Er blutete aus etlichen Wunden, es sah nicht gut für ihn aus.

Christoph und Roberto verbanden ihn recht notdürftig mit ein paar Leinenstreifen. Daß es einen von ihnen so schwer getroffen hatte, machte alle etwas mutlos. Um überhaupt mit dem Verletzten weiterreiten zu können, nahm Idrisi Saleh vor sich in den Sattel, Christoph führte sein Kamel am Zügel.

Die Überwindung des Höhenwegs, der aus dem Tal führte, kostete Saleh die letzte Kraft. Er schien vor ihren Augen dahinzuschwinden und gab nur noch schwache Lebenszeichen von sich. Keiner verlor ein Wort über den Tod Yussufs. Am späten Nachmittag endlich sahen sie ein schwaches Feuer, das in der Ebene vor ihnen brannte. Sie hatten die zurückgelassenen Diener, die Packtiere und die Vorräte erreicht.

Saleh brauchte dringend ärztlichen Beistand, daher war an eine längere Rast nicht zu denken; hastig fertigten die Diener aus Stöcken und Decken eine Bahre, die sie zwischen die zwei Kamele mit dem ruhigsten Gang spannten.

Saleh lächelte sogar schon wieder, als er auf seiner Behelfsbahre lag.

Warum hatte keiner bemerkt, daß sich Fulco immer häufiger an die Brust gegriffen hatte, daß alle Farbe längst aus seinem Gesicht gewichen war? Ohne einen Laut war er am Feuer zur Seite gesunken. Roberto beugte sich über ihn und öffnete den Mantel, den Fulco mit einer Faust zusammengehalten hatte. Das Hemd glitzerte feucht und blutrot im Feuerschein. Fulco zog Roberto dicht an seinen Mund.

»Reitet weiter, ich will allein sterben.«

»Warum hast du nichts gesagt?« flüsterte der Templer mit rauher Stimme.

»Du weißt, wann es vorbei ist.« Fulco schloß erschöpft die Augen.

Christoph schaute zu Idrisi hinüber, der bereits auf seinem Kamel saß und ungeduldig auf den Aufbruch wartete, ihn selbst drängte es, auf »die Schöne« zu steigen, dann aber traf sich sein Blick mit dem Robertos, und er wußte, daß er bleiben mußte, es war keine Frage, die er in Robertos Augen las, auch kein Befehl, nur eine Gewißheit. Ruhig trat der Templer an Idrisi heran, der Perser beugte sich vom Kamelrücken zu ihm herunter und versprach nach einem kurzen Wortwechsel, sobald als möglich Hilfe zu schicken.

Roberto schüttelte den Kopf. »Fulco stirbt, und wir werden ihn hier begraben. Haltet euch nicht länger als nötig in Kazvin auf. Erst in Mossul werdet ihr im Schutz des Atabegs sicher sein und gute Ärzte finden. Wir werden euch dort treffen.«

10

Fulcos Augen schienen Christoph überallhin zu folgen, als wartete er noch auf etwas anderes als den Tod. Christoph registrierte diese Blicke, wich ihnen aber aus. Erleichtert stellte er gegen

Abend fest, daß sich der Kranke ein wenig erholt hatte, obwohl noch immer Blut aus einer Brustwunde sickerte und den roten Fleck auf dem Verband vergrößerte. Vorsichtig erneuerte er mit Roberto die Leinenstreifen.

»Meinst du nicht, er könnte davonkommen, alle anderen Wunden sind kaum mehr als Kratzer, sie schließen sich bereits. Wenn wir den Verband fester zögen?«

»Du würdest ihm nur unnötige Schmerzen zufügen. Die Klinge hat von unten sein Herz erreicht, das Blut fließt auch nach innen und nicht nur nach außen.«

Christophs Hände erstarrten in der Bewegung. Ein Augenblick der Flucht blitzte in der Erinnerung auf: der Nizari auf dem Kamel neben ihm, Fulco, der sich mit erhobener Waffe zwischen sie drängte. Und jetzt sah er in der Rückbesinnung ganz deutlich die Dolchklinge, die von unten geführt wurde und Fulco trotz des abwehrenden Schwertstreichs ins Herz gedrungen sein mußte.

In sein Herz und nicht in meins, wie es eigentlich hätte sein sollen, dachte Christoph. Sein Blick traf den des Sterbenden.

Fulco lächelte dünn. »Habe ich jetzt genug gebüßt?«

Christoph achtete nicht darauf, daß Fulco aufstöhnte, weil er ihm zu nachdrücklich die Hand auf die verletzte Brust legte. Nichts war jetzt so wichtig wie die Antwort auf eine Frage, die er sich seit jenem Moment, als er Fulco in einer venezianischen Barke auf sich zukommen sah, mehr als einmal gestellt hatte.

»Du hast mich wiedererkannt? Du hast all die Zeit gewußt, wer ich bin?«

»Es war Ludovico. Zunächst hatte er nur einen Verdacht, aber Ludovico liebte das Enträtseln solcher Geheimnisse. Dein Haß vertrieb die letzten Zweifel.«

Christoph verstärkte unabsichtlich den Druck. »Wann hast du es gewußt?«

»Irgendwann in Konstantinopel war ich mir sicher.« Fulco stöhnte wieder auf.

Roberto riß Christophs Hand fort. »Was soll die Quälerei?«

»Halt dich da raus!« schrie Christoph. »Das geht nur Fulco und mich an.« Er stieß den Templer beiseite und wandte sich wieder dem Verletzten zu.

»Auf dem Schiff hast du es noch nicht gewußt?«

»Nein, da habe ich dir ohne Hintergedanken das Leben gerettet – ich erinnere mich«, spottete Fulco.

Christoph konnte den Ausdruck des Wartens, des Hoffens in seinem dringlichen Blick nicht mehr aushalten. Ohne sich mit Roberto zu verständigen, schwang er sich auf »die Schöne« und ritt ziellos geradeaus in die Dämmerung. Die Nacht war längst hereingebrochen, als er zurückkehrte. Er starrte auf die stille Gestalt hinab.

»Ist er tot?«

»Er schläft, und du wirst ihn nicht noch einmal grob anfassen.«

»Ich faß ihn bestimmt nicht mehr an. Er ist dein Freund, nicht meiner.«

Christoph ließ sich Zeit bei der Versorgung des Kamels und hockte sich erst danach ans Feuer, er stocherte mit einem Ast in der Glut und vermied es, nach dem Sterbenden zu sehen. »Wie lange wird es noch dauern?« fragte er brüsk.

»Daß etwas zwischen euch steht, ist mir schon lange klar, etwa so lange, wie ich euch beide kenne«, erklärte Roberto.

»Hat dir Fulco alles erzählt? Trägst du das Wissen auch schon seit Jahren mit dir herum und denkst daran, wenn du mich siehst?«

»Nein, und ich will es nicht einmal wissen, wenn du es für dich behalten willst. Aber Fulco wartet.«

»Worauf?«

»Daß du ihm vergibst. Das ist es, was ihn noch am Leben hält. Erlöse ihn.«

Christoph gab keinen Laut von sich.

»Auch Gott verzeiht alle Schuld«, sagte Roberto leise.

»Ich bin nur ein Mensch, ich habe nicht Gottes Güte, und du ahnst nicht mal, was er mir angetan hat.« Er hob den Blick und begegnete den dunklen Augen Fulcos, die ihn musterten: wartend, fragend.

Am Morgen lebte Fulco noch immer. Christoph ritt ein Stück zurück bis zu einem kleinen Nebenarm des Schah Rud und hielt sich dort längere Zeit auf, angeblich um frisches Wasser zu holen. Roberto versuchte, es am Nachmittag dem Sterbenden einzuflößen, aber der größte Teil floß über sein Kinn.

»Meinst du, Saleh erholt sich?« fragte Christoph.

Der Templer schüttelte den Kopf. »Sie werden beide sterben. Fulco, weil die Verletzung zu schwer ist und am Ende wohl auch, weil er den Lebenskampf leid ist. Er war nie ein glücklicher Mensch. Saleh stirbt als Dichter, der einmal die Freuden des Paradieses genossen hat und dem danach das Leben auf der Erde nichts mehr bieten kann.«

»Hast du für Yussuf auch eine so schöne Erklärung? Ich habe ihn das Kamel zügeln gesehen, er hätte der Lawine ebenso wie Idrisi entkommen können.«

»Entkommen wohin?«

Christoph schwieg und starrte blicklos ins Feuer.

»Warum hast du ihn überhaupt mitgeschleppt?« fragte Roberto nach einer Weile.

»Ich weiß es nicht. Vielleicht, weil er an eine Erinnerung gerührt hat.«

Gegen Abend wurde der Sterbende unruhig, stöhnte und schrie laut auf. Wie es kam, daß Fulcos Kopf in seinem Schoß lag, wußte Christoph später nicht. Möglicherweise hatte der Templer es so eingerichtet. Fulcos Hände fuhren unstet über den Verband, kamen erst zur Ruhe, als Christoph nach der einen Hand faßte und Roberto nach der anderen. Der umherirrende Blick, schon vom Schatten des Todes getrübt, fand schließlich, was er suchte. Es gab kein Ausweichen mehr.

Wann war menschliche Schuld getilgt? Wer tilgte sie? Christophs Kopf näherte sich dem Fulcos, sein Körper bog sich unbewußt wie eine schützende Hülle über den Sterbenden. Eine letzte irdische Wohltat: Geborgenheit.

Was wog Gottes Verzeihen, wenn das der Menschen fehlte? Christophs Lippen bewegten sich. »Du kannst in Frieden sterben. Gott hat dir schon lange vergeben, und ich tue es jetzt.«

Durch die Tränen, die seine Augen verschleierten, konnte er kaum sehen, wie sich die letzte Anspannung in Fulcos Zügen löste. Fulco lächelte für die Ewigkeit.

Roberto schloß ihm die Augen, löste seine Hand behutsam aus der Christophs und legte sie mit der anderen wie zum Gebet zusammen. Bevor er Fulcos Kopf auf die Erde bettete, beobachtete Christoph, wie Roberto niederkniete und das Kreuzzeichen schlug.

Der Frieden galt dem Toten, nicht dem Lebenden. Alte Dämonen wurden wach. Zehn Jahre Verletztsein, sich selbst fremd sein, zehn Jahre Abwehr, zum Trotz verhärtet. Innere Einsamkeit, in der die Seele wie eingefroren lag, am Leben gehalten von einer nun als sinnlos erkannten Suche. Christoph brach schluchzend am Feuer zusammen und schlug die Stirn auf die Erde.

Robertos erste Berührung kam beiläufig: eine Hand im Nacken, die sich in den dichten, dunklen Schopf tastete, zurückwanderte und den Nacken umfing. Christophs Kopf lag unversehens an Robertos Brust. Durch das Hemd spürte er das Herz ruhig und kraftvoll schlagen. Er ließ sich in eine Umarmung gleiten, die unausweichlich war. Aus dem Trost der Hände erwuchs langsam Leidenschaft, ohne Hast, Zögern und Gegenwehr. Im Spiel der Nacht brachen Wunden auf, die inneren, die nie verheilt waren, die äußeren, im Gefecht auf der Assassinenburg erworbenen. Das Blut begann wieder zu fließen, es war wie ein Opfer, wie ein Akt der Reinigung.

Christoph schrie in der alten Qual und lernte die andere Seite kennen: Lust und Leidenschaft, aus Liebe geboren und nicht aus blindem Haß. Er war nicht länger Opfer, sondern Liebender und Geliebter, er lernte zu geben wie zu fordern.

Erst gegen Morgen schlief er an Roberto geschmiegt ein, den Arm um seinen Hals geschlungen.

»Die Schöne« trompete ihnen so laut in die Ohren, daß sie erwachten. Ein langsames Erwachen, in dem die Nacht noch hätte nachklingen können, hätte Christoph vorgezogen, aber er sah sich unvermittelt der Tageshelle ausgesetzt, eine Spur von Verlegenheit wollte sich einstellen, als er plötzlich aufschreien mußte. Rostrot klebte Blut an ihnen, es war ein Schock, sich so beschmiert zu sehen bis in die Haare hinein, als wären in der Nacht alle Adern aufgegangen.

Christoph kratzte an der Haut, schaute Roberto an, der verblüfft zurückstarrte, er war der erste, der auflachte, dann lachte auch Christoph, eine ungehemmte Fröhlichkeit brach sich Bahn, beinahe Übermut.

Und Fulco lag noch neben dem Feuer, nur ein paar Meter von ihnen entfernt. Sein Gesicht hatten sie nicht zugedeckt, und das schien auch jetzt noch das Richtige zu sein. Mit Schwertern und

Händen gruben sie eine Mulde, in die sie ihn betten konnten, in seinen Mantel gehüllt, seine Waffen neben sich. Christoph zog aus dem Beutel an seinem Hals ein gläsernes Kästchen mit ein paar Holzsplittern und legte es ihm in die Hände. Fulco sollte im Schatten des Baumes ruhen, der in der Mitte des Paradieses wuchs. Auf das Grab häuften sie Steine, so viele sie finden konnten, zum Schluß Quader, die sie zu zweit schleppen mußten. Roberto legte sich den Templermantel um und sprach die Totengebete.

Christoph nahm die erstaunliche Wandlung vom Geliebten zum Ordensmann und dann wieder zum Freund wahr, als sie ein Wettrennen zu dem Bach veranstalteten, aus dem Christoph das Wasser geschöpft hatte. Sie rissen sich die Kleider vom Leib und sprangen in die kalte Flut. Der Bach wusch das eingetrocknete Blut ab, den Schweiß und den Geruch der Liebe. Ganz langsam strich sich Christoph über die Hüften, es machte ihm eine stille Lust, die eigene Haut zu spüren, weich, glatt und kalt vom Wasser, und nicht eine Spur von Verlegenheit befiel ihn, obwohl er sich von Roberto beobachtet sah. Der Templer lächelte amüsiert.

Christoph gingen die Szenen durch den Kopf, die er im Schwindelgarten des Scheichs beobachtet hatte. Er erkannte jetzt das Licht der Liebe in ihnen; nicht die abstoßenden Frauen waren mehr wichtig oder der üble Ort, sondern die Gabe der Liebe, die die anderen dargebracht hatten. Das Böse, Verruchte fiel auf den Scheich zurück.

»Bist du nur Männern zugetan? Ich sah dich mit Fulco zusammenliegen, ihn aber auch mit einer dieser Frauen.«

»Ich habe mich immer nur von Männern angezogen gefühlt, es war wohl auch ein Grund, in den Orden einzutreten. Du wirst vor allem Frauen lieben, aber ich fürchte ihre Macht, die Leben schenkt und zugleich den Keim des Todes in sich trägt. Männer haben nicht dieses Dunkle, nicht einmal in ihrer Brutalität. Fulco hatte mich schnell als das, was ich bin, erkannt, obwohl seine Vorlieben weniger eindeutig waren. Wenn du wissen willst, ob ich vor Alamut schon mit ihm zusammen war, ja, wir mochten uns, er war nicht nur der Teufel, den du in ihm gesehen hast.«

»Jetzt versteh ich, warum Enrico dich nicht in meiner Nähe dulden wollte.«

»Seine Begriffe von Tugend sind etwas engherzig, und die Verantwortung für dich machte ihn ängstlich. Dabei lag und liegt es mir nicht, kleine Jungen zu verführen.«

Irgendwann auf dem Ritt nach Kazvin erzählte Christoph von der Vergewaltigung, und es war ein letzter Akt der Befreiung, das Geheimnis preiszugeben.

»Mir ist einmal passiert, was Yussuf jahrelang von so einem Schwein hat ertragen müssen. Er erzählte es mir«, fügte er hinzu.

In Kazvin erfuhren sie, daß Idrisi mit Saleh einen Tag zuvor nach Mossul aufgebrochen war, nur wenige Stunden vor der Ankunft von Reitern, die nach ihnen gefragt hatten.

Christoph wollte ihnen gleich nachsetzen, weil sie vielleicht ihre Hilfe brauchten.

»Warte!« rief ihm Roberto zu und wandte sich dann an den Khanbesitzer. »Welchen Weg hast du den Reitern gewiesen?«

»Den nach Bagdad, es wird eine Weile dauern, bis sie ihren Irrtum bemerken.«

»Fürchtest du dich nicht vor ihrer Rache?«

»Ich habe einen Sohn an die Assassinen verloren, Herr, es ist kaum zwei Jahre her. Jetzt fürchte ich nichts mehr.«

Die zwei Perser, erklärte er, befänden sich im Schutz einer kleinen Reisegruppe, die bei ihm gerastet hatte und gleichfalls nach Mossul unterwegs war.

»Als Perser unter Persern fallen sie weniger auf. Ich rate euch, ihnen auf einer anderen Route nachzureisen, denn ihr seid leider nicht zu übersehen. Ich weiß nicht, womit ihr die Rache des Alten vom Berge herausgefordert habt, aber ich danke euch für das, was ihr tatet. Allah sei mit euch und nun laßt mich erklären, welchen Weg ihr nach Mossul nehmen könnt und eilt euch. Es wird nicht lange dauern, bis eure Verfolger zurück sind.«

Als sie Kazvin verließen, fiel Christoph ein, daß die Assassinen in der Nacht, als Fulco starb, an ihrem Lager vorbeigeritten sein mußten, ohne sie zu entdecken. Ein Engel des Herrn hatte seine Hand schützend über sie gehalten und sie den Blicken ihrer Feinde entzogen.

Unbehelligt überquerten sie zahlreiche Flüsse und die Gebirge des östlichen Kurdistan, die sich bis zu dreitausend Meter Höhe erhoben. Zwei Tagesritte vor Mossul senkte sich das Gebirge in die Ebene von Mesopotamien. Diesseits des Tigris lagen die Ruinen von Ninive, jenseits lag Mossul. Die Reste der alten Stadt waren leicht zu finden, denn sie brauchten nur weiter dem jetzt trockenen Kanal zu folgen, der Ninive einst mit Wasser aus den Bergen versorgt hatte. Die Steinwände waren bis zu drei Meter dick und aus Quadern von einem halben Meter Breite errichtet, der Kanal selbst an günstigen Stellen bis zu zwanzig Meter breit. Erde und Geröll hatten das grandiose Werk längst zunichte gemacht. Christoph erinnerte sich an den Namen des Erbauers: Sanherib, König von Assyrien, der in Assur einen Garten mit allen bekannten Gewächsen anlegen ließ und auch in Ninive große Gärten besaß. Die alten Geschichten erschienen angesichts der trockenen, baumlosen Landschaft nur schwer vorstellbar.

Roberto grub zwischen Trümmern eine glasierte Tonscherbe aus. Als er sie auf die flache Hand legte, leuchtete die Buntheit der alten Gärten auf: ein Blau von der Frische kühlen Brunnenwassers, das verschwimmende Rot des Granatapfels und das tiefe Grün der Haine.

»Hier hast du ein Stück von deinem Paradiesgarten, festgehalten auf diesem Tonscherben und verlorengegangen in der Zeit.«

Christoph nahm ihm die Scherbe aus der Hand. »Du kanntest Mesopotamien lange vor mir und hast gewußt, was mich erwartet, und hast mir doch nicht von der mühevollen Reise abgeraten. Warum nicht?«

»Hättest du mir geglaubt? Außerdem habe ich längst nicht jeden Fleck dieses Landes gesehen. Schon im nächsten Tal kannst du am Ziel deiner Sehnsüchte sein. Wer kann sagen, wie diese Welt in jedem Augenblick beschaffen ist? Denk an Saleh. Ich bin sicher, daß er auf seine Weise recht hat. Du warst auf der Suche nach dem Paradies, auf jeden Fall auf einer Pilgerreise, und die führt immer auf Gott zu. Ich dachte, du wirst entweder das eine oder das andere finden oder beides zugleich.«

Als sie den Tigris überquerten, fiel Christoph Maruks Garten ein. Es muß nicht das nächste Tal sein, dachte er, womöglich habe ich aus purer Dummheit versäumt, an einem sehr naheliegenden Ort nachzusehen.

Am Stadttor von Mossul schickte die Wache, statt sie passieren zu lassen, einen Boten in die Stadt, auf deren Rückkehr die Reisenden warten mußten. Roberto und Christoph verharrten voller Ungeduld und, als die Stunden vergingen, voller Ärger. Als sie eben im Begriff standen, diesem lautstark Luft zu machen, wurde ihnen unversehens der Weg und der Blick in die Stadt freigegeben.

Eilig aufgezogene farbige Banner des Atabegs säumten die Straße, und erst als ihnen Idrisi an der Spitze eines Reitertrupps auf prachtvollen, tänzelnden Pferden entgegenkam, begriffen sie, daß der festliche Empfang ihnen galt. Die Reiter schrien etwas, aus dem Christoph einmal Alamut herauszuhören meinte, aber er achtete nicht sonderlich darauf, denn Idrisi riß ihn beinahe von »der Schönen«, als er versuchte, ihm vor Wiedersehensfreude um den Hals zu fallen. Christoph ließ das Kamel auf die Knie sinken, sprang ab und drückte den Perser fest an sich. Er wich nicht zurück, als er auf beide Wangen geküßt wurde, Idrisi konnte gar nicht von ihm ablassen, immer wieder fuhr er ihm durch die Haare voller Zärtlichkeit.

Auch du, dachte Christoph amüsiert im Licht neuer Erkenntnisse, neigst eindeutig zur anderen Seite in der Liebe. Vorsichtig machte er sich los, bevor Idrisi noch mehr Feuer in der Umarmung entfachen konnte.

Auf dem Weg zum Palast des Atabeg erfuhren Christoph und Roberto, daß Saleh seinen schweren Verletzungen erlegen war, zwei Nächte nach dem Aufbruch in Kazvin. Am Morgen hatten ihn Idrisi und die Diener am Fuß eines Berges bestattet, wie Fulco ruhte er unter einer kleinen Pyramide aus Stein.

Bei einer feierlichen Audienz lud der Atabeg die Helden von Alamut zu einer königlichen Jagd in den nördlichen Bergen ein, die Vorbereitungen dazu hatten längst begonnen, so daß es eine schwere Beleidigung gewesen wäre, abzulehnen. Roberto gelang es dennoch. Sein Auftrag lege ihm gewisse Verpflichtungen auf, erklärte er dem Fürsten.

»Seit wann«, fragte Christoph trocken, als sie allein waren, »scherst du dich um Verpflichtungen?«

»Immer«, lächelte Roberto, »es kommt nur darauf an, um welche.«

Es war Zeit für den Abschied, das spürten beide. Roberto hatte ihn gefragt, was er in Zukunft zu tun gedächte, vielleicht hegte er die Hoffnung, ihn doch für die Templer zu gewinnen. Christoph mußte über das unausgesprochene Angebot nicht nachdenken. Weder lockte es ihn, sein Leben im Orient zu verbringen, noch, Ordensmann zu werden. Er wußte am genauesten, stellte er fest, was er nicht wollte. Ein Lebensziel hatte er verloren, aber noch kein neues an seine Stelle gesetzt.

In einem letzten Überredungsversuch schlug ihm Roberto vor, ihn wenigstens in Montfort zu besuchen, bevor er für immer den Osten verließ. Christoph gab ein halbherziges Versprechen, um den Abschied zu mildern und die Endgültigkeit, die in ihm lag, zu verschleiern. Es gab keinen gemeinsamen Weg mehr für sie, aber sie konnten nur merkwürdig schwer voneinander lassen, daher begleitete er Roberto auch bis weit vor die Stadt. Einen Augenblick war er mehr als nur flüchtig versucht, ihm nachzureiten. Der Augenblick dehnte sich in die Länge und war plötzlich vorbei. Als ob ihn der Templer endgültig freigegeben hätte. Schon im ersten Moment dieser Freiheit spürte er eine Leere in sich, einen Schmerz, der nicht nur vom Abschied herrührte. Niedergeschlagen kehrte er in die Stadt zurück.

Am nächsten Morgen brach die Jagdgesellschaft auf, eine endlose Karawane aus Kamelen, schnellen schönen Pferden und jugendlichen Reitern, die übermütig an dem sich vorwärtsschleppenden Zug entlanggaloppierten. Zu Christophs Verblüffung nahmen auch Frauen aus dem Harem des Sultans an dem Ausflug teil. Ihre Sänften schaukelten an langen Tragestangen zwischen jeweils zwei Tieren. Am späten Nachmittag, als das erste Lager aufgeschlagen wurde, war der Zug gerade so weit gekommen, daß Mossul mit seinen Kuppeln und Türmen als dünne Silhouette am Horizont schwebte.

Bis zum Jagdgebiet am Fuß der Berge dauerte die Reise eine Woche.

In einem großen, von Mauern und Holzzäunen umfriedeten Gelände wurde fast zahmes Wild gehalten, es war ein Pardis oder Paradeisos, ein Jagdpark. Eine Tribüne war instandgesetzt worden, deren Mitte ein seidener Baldachin einnahm, von dem aus der Atabeg mit Pfeilen auf das Wild schießen konnte, das Jagdgehilfen an der Tribüne vorbeitreiben würden. Ein sehr männliches Jagdvergnügen, dachte Christoph spöttisch, als er gegen Abend mit Idrisi und anderen Gästen an einem Feuer saß und die Vorbereitungen für den nächsten Tag beobachtete.

Walnußbäume wuchsen hier und hohe Zedern, riesige uralte Bäume, in deren Schatten neue nachwuchsen. Christoph sah in einiger Entfernung einen seltsamen jungen Baum, dessen Stamm sich schlangengleich emporwand. Erst nach einer Weile begriff er, daß zwei Stämme zu der eigenartigen Form zusammengewachsen waren, die ein Erinnerungsbild wachrief, das sich nicht ganz fassen ließ.

Mit etwas Proviant – Fladenbrot und getrocknete Feigen – hatte er auch eine kleine blaue Glasflasche aus der Satteltasche mit ans Feuer gebracht, die er müßig in den Händen drehte.

»Was hast du da?« fragte Idrisi.

Christoph wurde der Antwort enthoben, da der Atabeg gerade mit seinem Gefolge heranritt. Auch Christoph mußte aufspringen, die Glasflasche fester fassend, deren Wachspfropfen sich plötzlich löste. Verblüfft hob er das Wachs vorsichtig ab, roch an der Flasche, und ohne recht zu wissen, was er tat, setzte er das Fläschchen an die Lippen und trank. Honig schmeckte er und etwas ganz Unbekanntes, das an Rauch gemahnte und sich unter der Süße verbarg.

Maruks Gebräu, als das er es gerade erkannt hatte, schien keinerlei Wirkung zu entfalten. Aber worin hatte die Wirkung noch gleich bestehen sollen, fragte er sich und hatte Mühe, die Frage in seinem Kopf zu formulieren. Wozu überhaupt Worte? Und Gedanken?

Der Atabeg hob den Arm und deutete auf den Baum, der Christoph schon aufgefallen war. Ein Sklave mit einer Axt in der Hand folgte dem Wink, aber Christoph war schneller als der Mann, obwohl er nicht den Eindruck hatte, die Beine zu bewegen. Es war eher so, als käme der Baum auf ihn zu, und als würde er mit der doppelten Spirale der Stämme verschmelzen, kaum daß er die Arme darum geschlungen hatte. In seinen Fußsohlen begann ein Kribbeln, in den Füßen breitete sich ein Verlangen aus, in die Tiefe hineinzuwachsen, in Geröll, Humus und Erde. Leib und Arme folgten den Windungen nach oben, der Blick richtete sich himmelwärts, durchdrang die sichtbaren Schichten des Firmaments – bis in das Reich der anfanglosen Lichter.

Weder an diese Umarmung noch daran, was folgte, sollte er sich nachher erinnern. Idrisi erzählte ihm später, daß er gellend um Gnade für den Baum oder etwas ähnlich Verdrehtes geschrien hatte. Teilweise sei er in eine unverständliche, barbarische Sprache verfallen, der Wahn habe nicht nachlassen wollen. Der Atabeg habe schließlich, um der lästigen Angelegenheit ein glimpfliches Ende zu setzen, versprochen, daß nie, auch in tausend nachfolgenden Geschlechtern nicht, jemals eine Axt den Stamm dieses Baumes berühren dürfe.

Christoph verbrachte einige Tage in der Obhut der Leibärzte des Fürsten, die einen Blutstau im Gehirn und eine Unordnung im Fluß der Körpersäfte infolge zu reichlichen Essens nach einer Hungerzeit diagnostizierten und Ruhe für den Kranken in Abgeschiedenheit und Halbdunkel geboten. Die Kräuterbrühen, die sie ihm einflößten, spie er im hohen Bogen wieder aus, aber in den Tagen untätiger Ruhe reifte unbewußt ein Entschluß. Er würde nach Venedig zurückkehren, aber nicht als Mönch, sondern als Gärtner, er würde Gelerntes anwenden und endlich ein Versprechen einlösen.

Kurz vor der Rückkehr nach Mossul erinnerte er sich an die blaue Glasflasche. Trotz intensiver Suche blieb sie verschwunden und mit ihr der letzte Rest eines Getränks, das, wie ihm wieder einfiel, ein altes Volk Haoma genannt hatte: ein Trank, der die Seele auf den rechten Pfad führt und den Tod fernhält.

Idrisi stattete ihn auf das großzügigste für die Reise in den Westen aus und schenkte ihm eine Menge Kleidung, Waffen, Teppiche, genug Geld für die Reise und den Erwerb von Land. Christoph konnte nur mit einer Gegengabe aufwarten, mit »der Schönen«, damit ersparte er es sich obendrein, das Kamel an der Küste an irgendeinen Unbekannten zu verkaufen.

Der junge Perser begleitete ihn ein Stück aus der Stadt, und als Christoph sich zu einem letzten Winken umwandte, galten die Tränen in seinen Augen ihr, »der Schönen«.

Indem er sich entweder Reisegesellschaften anschloß oder Führer bis zum nächsten Etappenziel mietete, reiste er unbehelligt bis

Aleppo. Dort veräußerte er ohne Bedauern den größten Teil der Abschiedsgeschenke, darunter einen mit Edelsteinen eingelegten Dolch des Atabeg, unter den Neuerwerbungen für die weitere Reise befand sich ein Geldgürtel, in dem er seine Barschaft unter dem Hemd tragen konnte.

In Laodicea nahm er das nächste Schiff, einen kleinen Segler, der nach Zypern übersetzte. Von dort, so hoffte er, würde er sich bald nach Candia einschiffen können.

In Famagusta ging er von Bord und beschloß, vor der Weiterreise die Insel auf der Suche nach unbekannten Pflanzen zu erkunden, mit denen er seinen zukünftigen Garten bereichern würde. Dieses Vorhaben bot genügend Rechtfertigung, um einen Segler zu verpassen, der schon am nächsten Tag nach Venedig aufbrechen sollte.

Von einem Bauern kaufte er einen Esel, belud das Tier mit einem Krug Zypernwein, Fladenbrot, Ziegenkäse und kleinen, in Öl eingelegten Oliven.

Der Frühling überwältigte die Insel mit jungfräulichem Grün, das aus den Tälern bis in die Berge schäumte. Die Stimmen der Vögel überschlugen sich im Paarungsgesang.

In Kition machte er nach einigem Herumsuchen die Reste eines alten Heiligtums aus, denn ihm war eingefallen, daß Zypern einst die Insel der Aphrodite gewesen war. In ihren Tempeln sollte Prostitution im Dienst der Göttin üblich gewesen sein – wohl reellere Dienste als die der alten Vetteln im Lustgarten des Assassinenscheichs.

Bei Konion hatte ein Baumheiligtum gelegen, Apollon geweiht, der als der Gott der Wälder verehrt worden war. Davon zeugten noch sieben in den Fels geschlagene Pflanzlöcher mit einem gepflasterten Umgang. Christoph stellte sich den Tanz um die heiligen Bäume vor, während er Käse aß, Wein trank und dem Esel zuschaute, der das Gras zwischen den Pflastersteinen abweidete.

Die Verehrung der Bäume war auf der Insel nicht in Vergessenheit geraten, sie hatte nur eine Wandlung erfahren. An den vielen kleinen Kirchen wurden Bäume, oft ein besonders gut gewachsener Olivenbaum, mit bunten Bändern geschmückt, jetzt allerdings im Andenken an die heilige Jungfrau oder St. Spiridon.

Kurz vor Ostern lag im Hafen von Paphos ein Schiff nach Candia.

Von Candia hätte Christoph gleich nach Venedig weitersegeln können, er zog es aber vor, dort mit einem neuen Esel ein paar Tage die Küste entlangzuwandern, dann schwenkte er ins Inselinnere ab und stieg in die Hügel hinauf. Von oben sah er auf einen Dorfplatz aus gestampfter Erde hinunter, wo sich Kinder, junge Mädchen und Männer versammelten. Zu einer dudelnden Musik faßten sie sich bei den Händen. Ein Junge übernahm die Führung des Reigens, der sich im Takt der eintönigen Musik hob und senkte, sich wand und drehte in immer engeren Kreisen der Mitte zu. Bald gab es im Gewühl drängender Leiber keinen freien Platz mehr. Wie sollte der Tanz enden, wenn nicht in Auflösung und Chaos?

Christoph hatte sich längst aus dem Gras erhoben und spähte auf das Gewoge der Tanzenden hinab, er beobachtete sie mit dem sonderbar erregenden Gefühl, einem uralten Ritual beizuwohnen. Fast wäre er hinabgelaufen, um sich dem Tanz anzuschließen. Die Bewegung an der Spitze des Zugs verlangsamte sich. Plötzlich hob der Junge den freien Arm, und mit einem Schrei, der von den Bergen widerhallte, unter dem Jubel der Tanzenden, drehte er sich auf der Stelle und leitete die Umkehr ein.

Es war die Figur eines Labyrinths, das die jungen Leute in ihrem Tanz aufzeigten, und auf einmal sah Christoph in dieser Tanzfigur sein Leben auf geheimnisvolle Weise gespiegelt. Es konnte gar nicht anders sein, jeder Schritt in seinem Leben gewann eine besondere Bedeutung, ganz klar wurde ihm, daß ja jedes Leben durch den scheinbaren Irrweg der Windungen auf den eigentlichen Moment der Umkehr zuführte. Und was war die größte, die wichtigste Umkehr aller Zeiten gewesen? Christophs Blick erfaßte die kleine Dorfkirche am Rand des Platzes mit dem geschmückten Baum davor, der auf das Fest wartete, das sie in zwei Tagen feiern würden, das Fest der Auferstehung von den Toten, den Triumph über die Zeit und die Vergänglichkeit, den Osiris, Gilgamesch und zuletzt Christus für alle noch kommenden Generationen herbeigeführt hatten.

Christoph hielt es nicht mehr an seinem Platz, aber statt ins Dorf trieb er den Esel weiter in die Berge hinauf. Müdigkeit, vielmehr eine Mattheit überkam ihn. Der Zügel des Esels glitt ihm aus der Hand, aber der Esel, an Führung gewöhnt, trottete ihm nach.

Mit jedem Schritt schienen die Füße stärker im Boden zu versinken und sich schwerer von ihm zu lösen. Schließlich kroch Christoph auf Händen und Füßen aufwärts, an felsigem Gestein schürfte er sich die Knie auf. Wenn er sich umwandte, schienen die abfallenden Hügel, das Dorf in der Tiefe und die blaue Weite des Meeres hineinverwoben in eine riesige Fläche, eine Ebene, eine Landkarte, die Karte der Welt, auf der sich der geheimnisvolle Weg des Labyrinths abzeichnete. Irgendwo auf diesem verschlungenen Pfad befand er sich.

Vor ihm tat sich ein Spalt im Gestein auf, der Eingang zu einer Höhle, er kroch darauf zu. Das Tropfen von Wasser lockte ihn immer tiefer hinein, von oben drang ein Lichtstrahl ein, die Steinwand schimmerte weiß vor seinen Augen, geriet in rotierende Bewegung, bildete Spiralen, die das entgleitende Bild des Labyrinthtanzes festhielten.

Draußen vor der Höhle schrie kläglich der Esel, als er in einen tiefen Schlaf sank.

Zweiter Teil

Kapitel 6
Granada

Es war dunkel. Nicht etwa eine nachtschwarze, sondern eine absolute Dunkelheit umgab mich. Ich lag mit offenen Augen und sah nichts, hörte nichts, fühlte nichts. Es kam mir wie eine Ewigkeit vor, bis ganz vage meine Umgebung Gestalt annahm und ich versuchte, mich aufzurichten, dabei gehorchten mir meine Glieder nur sehr unvollkommen. Ich tastete um mich und griff in Erde und Geröll und kroch, mich mühsam daraus lösend, durch einen Gang ins Freie.

Lichtblitze drangen mir plötzlich schmerzhaft in die Augen. Heute weiß ich, daß es ein mildes Nachmittagslicht war, in das ich im Aufrichten blickte. Ein grauer Schleier trübte mir die Sicht. Als ich versuchte, mit meinen steifen Gelenken wieder auf alle viere zu kommen, um in die Höhle zurückzukriechen, riß mein Geldgürtel im Rücken und ein Regen von Goldstücken prasselte auf die Erde. Das Gold sammelte ich später auf, nachdem ich meinen Mantel oder das, was davon übrig war, von einem Felsvorsprung geklaubt hatte.

Kann Stoff innerhalb von Stunden verrotten? Eine Frage, die beinahe mehr als die anderen Merkwürdigkeiten meines Erwachens Furcht auslöste. Meine Hinterbacken, die ich der Sonne entgegenstreckte, als ich mit tauben Fingern die Goldmünzen auflas, waren nackt. Es klebte nicht ein Fetzen Stoff mehr an ihnen, auch am Rücken nicht, wie ich zu ertasten glaubte, meine Haut war so fühllos, daß ich nicht einmal die Brise spürte.

Ich mochte ein oder zwei Stunden gebraucht und mich etliche Male reichlich unbeholfen um mich selbst gedreht haben, ehe endlich das bißchen Mantel an mir herabzottelte; die Geldkatze um den Hals geknotet und an mich gedrückt, stelzte ich bergab.

Ich fluchte auf die Tuchhändler und das mürbe Zeug, das sie

mir im Heiligen Land verkauft hatten und das nicht einmal ein paar Stunden Berührung mit feuchter Erde standhalten konnte. Vielleicht, fiel mir ein, hatte ich auch eine Nacht und einen ganzen Tag geschlafen, es war schon Abend gewesen, als ich diese vermaledeite Höhle aufgesucht hatte. Die Furcht vor etwas noch Namenlosem streifte mich, deshalb fluchte ich wieder. Diesmal auf den Frühling, es war ja wohl noch derselbe, obwohl weder der Duft nach Salbei noch nach wildem Thymian die laue Luft erfüllte, keins der berauschenden Aromen der aufbrechenden, sich erneuernden Natur.

Auf das Dorf, wo die Jungen und Mädchen das Labyrinth ertanzt hatten, traf ich nicht. Ein Instinkt hieß mich, stur einen Weg hangabwärts zu suchen. In der ersten Dämmerung begegnete ich Frauen, die Wäsche an der Ausbuchtung eines Baches wuschen.

Der plötzliche Anblick des Wassers rief einen geradezu unmenschlichen Durst wach. So entging mir wohl zunächst das Erschrecken der Frauen, dann aber bemerkte ich, daß fast alle die Wäsche fallengelassen hatten. Einige rannten davon, andere starrten mich an. Ich sah die offenen Münder in ihren weißen Gesichtern.

Etwas wie Hochmut erfaßte mich. Es konnte doch keiner von ihnen derart grausen, einen gut gewachsenen Mann zu sehen, ein gesundes Kind Gottes, wenn auch etwas bettlerhaft abgerissen, um nicht zu sagen fast nackt. Um die Situation zu beenden, hielt ich ihnen ein Goldstück hin und hob mit einer Erklärung an.

Aus meinem Mund kam ein widerliches Schnarren.

Urplötzlich meldete sich mein Geruchssinn. Moder aus verfaulendem Herbstlaub stieg mir unangenehm in die Nase, und damit kroch mir die Furcht beharrlich das Rückgrat hoch. Bevor sie mir die Glieder lähmte, ähnlich einigen der Frauen, die noch immer dumm und großäugig wie Kälber glotzten, streckte ich die andere Hand aus, dabei knarrte der Arm, und deutete auf einen Korb mit nasser Wäsche.

Du mußt wissen, daß ich noch nichts begriffen hatte.

Ein wenig ist mir heute unverständlich, daß ich bis dahin so gar nicht meiner selbst gewahr geworden war, aber ich war wohl zu sehr mit meiner absonderlichen Lage beschäftigt. Meine Sinne waren noch immer merkwürdig stumpf, halb von einem Schlaf befangen, der weiterhin wie Blei an mir hing.

Das, was von meinem Mantel übrig war, zerbröselte unter den verkrampften Fingern meiner linken Hand, während ich die rechte immer angestrengter einer Frau entgegenhielt, die zögernd, die Augen auf das Goldstück geheftet, näher trat.

Blitzschnell griff sie zu, schob die Münze zwischen die Eckzähne, biß darauf. Nach einem prüfenden Blick nickte sie kurz in meine Richtung und rannte davon. Die anderen waren bereits verschwunden mitsamt ihren Körben. Ich wartete eine kleine Weile, dann langte ich nach den zurückgelassenen Wäschestücken, alle waren herrlich naß.

Hundegebell klang auf, das sich rasch näherte. Die zwei ersten Hunde setzten sich, bevor sie mich erreichten, auf die Hinterhand und jaulten leise, ein dritter klemmte zwar den Schwanz ein, strich aber doch heran und umrundete mich, den Kopf vorgestreckt, die Ohren nach hinten gedreht. Dann stand er still, stupste mir die Schnauze in die Kniekehle, drehte sich zur Seite, hob ein Bein.

Die Verblüffung war so vollständig, daß ich stocksteif stehen blieb, ohne das Tier in den Hintern zu treten. Ich schäme mich, es zu bekennen, der warme, nasse Strahl war meiner nackten Wade direkt angenehm. Erst als der Hund davontrottete, die anderen ihm nach, ergriffen mich Wut und maßlose Empörung. Ich riß den Mund auf – aber wieder waren nur ein Knarzen, Knarren und schwaches Röcheln zu hören, als wäre mir die Kehle vereist.

Das Entsetzen kam später. Da saß ich mitten in einem Bach, es war ein anderer, der Schneeschmelze von den Bergen herabführte. Die Kälte des Wassers wurde spürbar, mit beiden Händen fuhr ich über die Haut.

Der Mond war mittlerweile aufgegangen, sein Licht ergoß sich hell genug über die Landschaft, und meine Augen schärften sich allmählich. Das nasse Kleiderbündel hatte ich am Ufer abgelegt und mich der Länge nach in den Bach fallen lassen. Ich soff und soff, die Nase kaum über Wasser, und setzte mich schließlich auf. Da war dieses nachdrückliche Gefühl der Kälte und das kratzende Geräusch an einer Haut, die wie Borke erschien: dunkel, rissig, voller Falten und tiefer Schrunden. Jemand anders als ich selbst saß im Wasser, und ich fand mich in ihm gefangen. Das war mein erster, klarer Gedanke, das Verlangen nach mehr Wasser zwang mich, wieder zu trinken, mich überspülen zu lassen, das Wasser drang sogar über die Haut in den Körper, beim Auftauchen hatte sich ihr Aussehen bereits verändert.

Ich glaube nicht, daß ich schon den Fluch gefühlt habe, den aber die Frauen erspürt haben mußten. Ein sicheres Indiz wären auch der Bart und das Zottelhaar gewesen, zunächst hatte ich gar nicht begriffen, daß es sich bei diesem ellenlangen Filz nicht um Kleidungsreste handelte. Mittlerweile tat es ja auch weh, wenn ich daran riß. Ich weigerte mich, das alles zur Kenntnis zu nehmen, klammerte mich an meinen christlichen Namen und zwang mir den Gedanken auf, daß ich immer noch ich sei und alles andere Blendwerk, Magie. Wohl möglich, sagte ich mir, als ich in einem nassen Hemd und einer zu kurzen Hose abwärts zur Küste trottete, daß ich in eine Zauberhöhle geraten war, die sollte es in diesen wilden Bergen gegeben haben, wo noch immer ein paar Versprengte von den alten Götter hausten. Unentwegt habe ich als Gegenzauber Gebete gemurmelt. Gegen Morgen schwankte ich in einen Hafen. Meine Haut war wieder glatt.

Passenderweise lag ein Schiff, das gerade Segel setzte, in der Hafenbucht. Dem Kapitän, einem recht scheel blickenden Kerl, drückte ich ein paar Goldmünzen in die Hand, stolperte an Bord, warf mich auf die nackten Planken und verbrachte die Tage der Überfahrt dösend und reichlich asketisch, Brot kratzte mir im Hals, ich brachte nur Wasser herunter.

Dem Vogel hatte ich es wohl zu verdanken, daß sich der Kapitän und seine Mannschaft nicht an ihrem seltsam stummen und starren Passagier vergriffen, der einen Haufen Goldmünzen mit sich führte. Auf einmal war er da, ein großer Pelikan, der sich auf einer Rahe niederließ und auffällig zu mir herabspähte. Nicht nur den Seeleuten war der Vogel unheimlich. Unwirklich weiß leuchtete sein Gefieder gegen das helle Blau des Himmels.

Sie müssen mich für einen Dämon gehalten haben, der sie mit dem Gold geblendet und den magischen Vogel herbeigerufen hatte.

In einer lebhaften Hafenstadt warfen sie mich von Bord. Es war leider nicht Venedig, an das ich häufig auf der Überfahrt gedacht hatte, mir die Häuserzeilen an den Kanälen ins Gedächtnis rufend, während der Duft von Pfeffer und Kardamom über dem

Schiff hing. Männer in schmutzigen Dalabijas und mit nachlässig um den Kopf gewundenen Turbanen entluden am Kai die Schiffe. Sie schwatzten arabisch. Ich war in den Orient zurückgekehrt.

Den Kapitän hätte ich erwürgen mögen, dabei vergessend, daß ich mir nicht einmal die Mühe gemacht hatte, nach dem Ziel der Passage zu fragen. Als ziemlicher Depp muß ich dagestanden haben, wild um mich starrend, die Leute gingen mir aus dem Weg. Nur ein alter Mann im schwarzen Gewand eines Mullahs trat auf mich zu und zupfte an meinem Ärmel.

»Allah sei mit dir. Ich sehe, daß du fremd hier bist und der Hilfe bedarfst. Wie also kann ich dir helfen?«

Er hatte die Frage auf Arabisch gestellt und wiederholte sie, da die Antwort ausblieb, mit einer kleinen Unsicherheit auf Griechisch. Ich war noch immer wie betäubt von der Erkenntnis, mich am falschen Ort zu befinden.

»Wo?« krächzte ich.

Der Alte schüttelte mitleidig den Kopf. »Bist du ein Heiliger? Ein Eremit aus den Bergen, der seine Tage und Nächte im Gebet verbracht hat und jetzt die Stätten der Menschen aufsucht? Woher kommst du?«

Nicht im geringsten fühlte ich etwas Heiliges in mir, und der hutzelige Alte wäre wohl entsetzt gewesen, hätte er den Ausdruck in meinen Augen wahrnehmen können, zu seinem und meinem Glück hingen mir die Haare über das halbe Gesicht. All meine Wut über meine Lage konzentrierte sich auf das begriffsstutzige, mich treuherzig betrachtende Männlein, als ich erneut meine Frage raunzte.

»Wo?« Soweit man den ausgestoßenen Laut mit Sprache in Verbindung bringen konnte, war er arabisch.

»Hab ich dich recht verstanden, du erkundigst dich nach dem Ort hier? Das Fasten muß deine Sinne verwirrt haben, habe keine Furcht und folge mir, ich bringe dich an einen Ort, wo du Ruhe findest und alles, was du zur Erfrischung brauchst.«

Der Alte hatte einen empfindlichen Punkt berührt, meinen absolut leeren Magen. Als hätte ich einen Schlag erhalten, knickte ich in den Knien ein und ließ mich von dem Männlein hinwegführen, noch klappriger auf den Füßen als mein betagter Begleiter, der besorgt neben mir hertrippelte.

Der Geistliche brachte mich in eine Moschee, die uns nach dem Lärm des Hafens mit wohltuender Stille empfing. Wir durchquerten den Gebetsraum und betraten die dahinterliegenden Wohnräume des Alten. Es hatte etwas von einem Nachhausekommen. Nach der Erfahrung mit der christlichen Seefahrt ließ ich mich fast gern wieder auf sarazenische Gastfreundschaft ein.

Der Mullah begleitete mich in sein Bad und klatschte nach den Dienern. Als ich herauskam, geriet die Seelenruhe meines Gastgebers vorübergehend ins Wanken. Wir starrten uns an, das vertrocknete Gelehrtengesicht verzog sich ungläubig in tausend Falten.

»Ich hatte dich für einen alten Mann gehalten, aber ich sehe jetzt, daß du noch sehr jung bist. Bei Allah, es ist ein Wunder.«

Es war aber nur das Werk des Rasiermessers, das mich mit einigen raschen Schnitten vom größten Teil meines Barts befreit hatte.

Draußen herrscht tiefste Nacht, ich starre hinaus in diese Schwärze und will jetzt nicht an das denken, was sie verbirgt, sondern mich darauf konzentrieren, der Vergangenheit nachzugehen, viel Zeit bleibt nicht mehr, die Nacht wird zu bald vorbeisein.

Die Haare hatte ich gleich mit abgeschnitten. Obwohl ich in dem Bach ein mehr als gründliches Bad genommen hatte, hing in dem ganzen Gezottel noch manches Gewürm. Kein Wunder, daß der Alte so mitleidig geguckt hatte, ich empfand nun auch eine Menge Mitleid mit mir, wie mit den Dienern, die mich ängstlich, wenn nicht von Ekel getroffen, betrachteten.

Mein Haar hatte ich als glänzend und sattschwarz, mit einem Stich Dunkelbraun, in Erinnerung, das Geflecht, das ich wie eine Trophäe vor mir hochhielt, zeigte nur Abstufungen von stumpfem, hellerem Braun, von Grau und hier und da ein reines Weiß.

Neben mir stand ein Bottich mit einer Schale Seife, sehr emsig habe ich das Abgeschnittene gewaschen und gespült, die seltsamen Farben blieben. Erst jetzt ging mir die Wahrheit auf.

Die Diener haben mich dann so geschoren, daß nur ein kurzes Gelock übrigblieb, das gerade noch für einen freien Mann vertretbar war, während mir unaufhörlich Tränen über die Wangen liefen.

Einer hielt mir nach der Prozedur einen polierten Bronzespiegel vor, und ich sah in das Gesicht eines jungen Mannes, vom Haar eines alten umrahmt. Verstört, aber gebadet und gesalbt, habe ich mich in den Wohnraum des Mullahs zurückleiten lassen.

»Bitte«, flehte ich stockend und krächzend nach einem schweigenden Mahl, »wo – bin – ich?«

Der Mullah lächelte mich an, schon wieder besänftigend. »In Almeria. Du befindest dich im Reich der Nasriden, im Königreich Granada oder dem, was von der glorreichen Herrschaft der Omaijaden übriggeblieben ist.«

Nicht daß mich die Omaijaden interessierten, aber langsam dämmerte mir, daß ich mich nicht an der Ostküste, sondern am entgegengesetzten Ende des Mittelmeers, in Spanien, befand. Ein kleiner Lichtblick.

»Welchen Tag haben wir heute?«

Als ich endlich die muselmanische Zeitrechnung in die christliche übertragen und das Ergebnis meiner Rechnerei mit dem Mullah, ziemlich hitzig werdend, beredet hatte, fiel mir der Weinbecher aus der Hand, und was ich im Magen hatte, verwandelte sich in Säure.

»Aber es ist noch derselbe Frühling, es kann nicht das Jahr 1378 sein.« Ich hatte geschrien, aber auf einmal klang meine Stimme, als wäre sie mitten im Schreien geborsten. Laute, spröde wie altes trockenes Holz, kamen aus meinem Mund, und so ist es geblieben.

Alles in allem habe ich mich nicht sehr gut benommen im Hause des Mullahs. Aufgebracht bin ich in seinen Räumen herumgerannt, den Dienstboten bis in den mit allerhand Gerümpel angefüllten Hinterhof nachgestiegen und habe allen dieselbe Frage gestellt und dieselbe Antwort erhalten, die mich endlich hat verstummen lassen. Wie ein vom Sturm geknickter Baum hockte ich später auf dem Boden.

Der Alte muß irgend etwas geahnt haben. »Allah bestimmt den Lauf der Zeit. Hab Vertrauen in seine Weisheit. Es muß dir etwas Furchtbares zugestoßen sein, das dein Haar vor der Zeit hat ergrauen lassen.«

Bin ich in einem Traum gefangen? habe ich mich gefragt. Ich musterte meinen Gastgeber, der in den schwarzen Gewändern geradezu erschreckend wirklich erschien bis hin zu dem teilnehmenden Blick seiner dunklen Rosinenaugen, ein wahrhaft fürsorglicher Mensch, den nun hoffentlich längst der Himmel belohnt hat, auch für das Ertragen eines durch und durch rüpelhaften Gastes.

Wenn dies wirklich das Jahr 1378 ist, wie der Alte sagt, schoß es mir durch den Kopf, dann habe ich gut einhundertundsiebzig Jahre in einer Höhle verbracht, Zeit genug, um nicht nur Haare zu entfärben, sondern vermodern zu lassen, ebenso wie Haut, Fleisch und Knochen.

»Sie wären ja alle tot!« habe ich aufgeschrien.

Anselmus, Enrico, Roberto, selbst der lästige Idrisi, alle endgültig verschollen in einer Zeit, in die es keine Rückkehr gibt. Ich bin jeglicher Entscheidung, sie auf Erden wiederzusehen, enthoben. Habe ich etwa in dieser Höhle eine Auferstehung erlebt, eine Wiedergeburt? Dann muß meine neue Existenz eine Gotteslästerung sein.

Aufgesprungen bin ich, in den Baderaum gerannt und habe den Kopf in einen Bottich mit Wasser gesteckt, um mich zu ertränken.

Die Diener zogen mich gewaltsam aus dem Bottich und trockneten mir sorgsam den Kopf. Bevor sie mir noch mehr Gutes tun konnten, rannte ich aus dem Haus. In den Gassen der Stadt herumirrrend, fragte ich wieder und wieder die Passanten nach Jahr und Tag. Einige antworteten belustigt, andere gereizt, weil sie sich veralbert fühlten, andere auf eine offensichtlich idiotische Frage gar nicht.

Daß die nackte Wahrheit von mir Besitz ergriff, merkte ich, als ich alles um mich anders zu sehen begann. Es war, als verflachte sich das Bild der Erscheinungen, es rückte von mir ab – ich gehörte nicht dazu. Jetzt zeigte sich der eigentliche Schrecken.

Hat er je aufgehört?

Weil ich nicht wußte, wohin, bin ich in das Haus des Mullahs zurückgekehrt und fiel dem Alten und seinen freundlichen Hausgenossen zur Last – nach außen hin stumm, verdrossen, in mich gekehrt, tatsächlich kreischte meine Seele unablässig warum? und warum ich? bis sie allmählich leiser wurde, weil niemand antwortete.

»Betrachte es nicht als Unhöflichkeit«, sagte der Mullah etwa zwei Wochen später nach einem Frühstück, das ich ihm durch meine düstere Gegenwart verdarb, »daß ich das frage. Was hast du vor zu tun? Meine Diener fanden im Bad eine Menge Goldmünzen in deiner Kleidung. Es sind welche, die wir hier nicht kennen, aber reines Gold hat überall seinen Wert. Du bist zu meiner Freude also nicht mittellos.«

Die persischen Goldmünzen sind alles, was mir aus meinem alten Leben geblieben ist, dachte ich. Auch Joannis' Skarabäus ist verschwunden, ich habe vergessen, in der Höhle nach ihm zu suchen, und die alte Karte von Arkadios ist mit dem Esel verschollen.

»Willst du von hier nach Venedig segeln?«

An der Frage merkte ich, daß ich ihm wohl ein, zwei Dinge erzählt haben mußte. Nein, nach Venedig zog mich nichts mehr.

»Ich weiß nicht, wohin ich gehen noch was ich tun soll. Ich war Gärtner, aber wer weiß, ob ich in diesem Beruf noch etwas tauge.«

»Warum solltest du nicht? Als Gärtner kannst du hier leicht deinen Lebensunterhalt bestreiten. Wir leben ja vom Export der Erträge unserer Vegas, der Fruchtebenen, und der Huertas, der Nutzgärten.«

Da ich mich an diesem Tag besser fühlte, ging ich, obschon ohne wirkliches Interesse an diesem Gespräch, aus Höflichkeit auf den Alten ein.

»Was wird hier angebaut?«

Der Mullah wurde auf einmal lebhaft. »Getreide, Oliven, Wein, Zuckerrohr, Reis, Limonen, Auberginen, Artischocken, Baumwolle, Aprikosen und Pomeranzen, die wir aus Persien eingeführt haben. Sie gedeihen hier vorzüglich. Und Gewürze wie Zimt, Safran, Koriander, Kümmel, Ingwer, Muskat und Nelken. Das meiste davon ist für den Export bestimmt, aber seit der Zuwanderung aus den eroberten Gebieten erzeugen wir für uns selbst nicht mehr genügend Korn, wir müssen es aus Ägypten einführen. Es ginge uns besser, wenn wir nicht noch die Tribute an den kastilischen König zahlen müßten, es sind selten weniger als zwanzig Prozent unserer Erträge aus Landwirtschaft und Handwerk. Du könntest ein Stück Land erwerben und Gemüse anbauen.«

Ich fand den Gedanken, hier ansässig zu werden, aberwitzig, sagte aber nichts.

»Oder bist du einer von den Gärtnern, die die Gartenkunst beherrschen? Dann solltest du nach Granada gehen. Emir Muhammed baut wie schon seine Vorgänger auf dem Sabikah-Hügel über der Stadt seine Residenz Qal'at al-Hamra aus. Es soll dort wunderbare Gärten geben, und ständig entstehen neue. Allerdings werden durch unsere derzeitige Lage Christen nicht allzugern gesehen. Wenn du es wünschst, gebe ich dir eine Empfehlung an den Imam der Moschee von Granada mit, er wird dir weiterhelfen.«

Ich wurde wieder unhöflich. Ich starrte den Alten unwirsch an und schnarrte mit meiner schrecklichen Stimme: »Warum kümmert dich mein Schicksal?«

Er ließ sich gar nicht auf meine Ungezogenheit ein. »Als Christ gehörst du auf alle Fälle zu den ahl al kitab, den Völkern des Buches, von denen der Prophet sagt, daß ihnen göttliche Offenbarung zuteil wurde, obwohl ihnen der wahre Glaube fehlt. In unseren Ländern betrachten wir die Christen als ahl ad dhimma, Schutzbefohlene, denen Gott ihren eigenen Weg zur Wahrheit weist, sie hatten sogar ihre eigenen Gotteshäuser hier. Heute werden Christen nicht mehr mit der gleichen Duldung betrachtet wie früher. Mir ist die Tradition heilig. Unser größter Dichter schreibt: ›Ich nahm die Liebe zur Religion ...‹«

»›... in welche Richtung sie weisen mag – Religion und Glauben ist sie‹«, ergänzte ich leise. »Ich kenne die Werke Ibn al-Arabis. Ich habe sie in einem fernen Land gehört, in einer anderen Zeit.«

Wir schwiegen eine Weile, jeder in seine Gedanken versunken.

»Bitte, erzähl ein wenig mehr von diesem Land hier«, habe ich dann gefragt.

»Das Reich der Nasriden ist vom Kalifat der Omaijaden übriggeblieben, zu dem einst die ganze iberische Halbinsel gehörte. Der Kalifensitz in Cordoba ging vor einhundertvierzig Jahren verloren, wenige Jahre später auch Sevilla und Murcia. Aus all diesen an die Christen gefallenen Städten und Ländern, aus Kastilien, Portugal, al Andaluz, Aragon drängten jene hierher, die nicht unter fremder Herrschaft leben wollten. Seit einhundertdreißig Jahren halten die Nasriden, unser jetziges Herrschergeschlecht, dieses kleine Land gegen die Könige von Kastilien und Aragon.

Durch die Enge und ständige Bedrängnis verlor sich viel von der einstigen Toleranz zwischen Juden, Christen und Muselmanen.«

Er wiederholte drei Wochen lang seine Vorschläge für meine Zukunft mit der Beharrlichkeit einer Amme, die mit unbeirrbarer Zuversicht einem minderwüchsigen Wurm Nahrung einflößt, dann hatte er mich endlich vom Hals. Ich bewundere bis heute seine Freundlichkeit, Geduld und die Eleganz, mit der er sich meiner entledigte.

Auf einer ruhigen Stute verließ ich Almeria. Ich hätte in die christlichen Königreiche reisen können, aber dafür hätte ich mich rechts halten müssen, die Stute trottete dagegen geradeaus den Bergen und Granada zu, mir war alles eins.

Grün und üppig war dieses Land. Norias, riesige Wasserräder, schöpften Wasser aus den Flüssen in Kanäle, nicht anders als in Persien und Ägypten. Ich hatte es nicht nötig, mir ein paar Mahlzeiten mit Feldarbeit zu verdienen, aber meine Muskeln verlangten nach Betätigung und mein Hirn nach dem Beweis, daß Land und Zeit fest in der Wirklichkeit verankert waren. So half ich dabei, Einlaßschleusen, Regulierer und Strömungsteiler nach dem Ansturm der Frühlingswasser instand zu setzen. Mit etwas weniger Mißtrauen gegenüber dem folgenden Tag legte ich mich abends schlafen.

In Granada, einer Stadt, die damals 200 000 Bewohner zählte, Mohammedaner, Juden und Christen, saß ich anfangs nur tatenlos herum. Es gab noch immer diese Kluft in der Zeit. Mein Herz hing auf der Kante der fernen anderen Seite, und nur mein Verstand hatte den Sprung gewagt. Wie trauert man um Menschen, die vor mehr als hundert Jahren gestorben sind? Wer wußte noch von denen, um die ich weinte?

Als ich die Grübeleien und das Herzweh nicht mehr ertragen konnte, erwarb ich von einem alten Mann einen kleinen, vernachlässigten Weinberg.

Kaum hatte ich den Kauf getätigt, reute er mich schon. Die Last eines neuen Lebens war mir noch zuviel.

Bücher schlugen ebenso eine behelfsmäßige Brücke wie die zufälligen Gespräche in der öffentlichen Bibliothek, einer Institution, die, ganz gleich wie ihr äußeres Erscheinungsbild gestaltet ist, meist diese Fülle von Zeit und Zeiten enthält, in denen der hungrige Geist beliebig herumschweifen kann.

Das lateinische Kaiserreich existierte nicht mehr, dafür war das alte byzantinische in Resten wieder auferstanden und verteidigte die Welt der Christenheit gegen die aus dem Osten andrängenden Osmanen. Bagdad war schon 1258 von mongolischen Horden überrannt worden. Von der Festung auf dem Felsen von Alamut hatten sie nur ein paar Mauerreste übriggelassen.

Die Besucher im Lesesaal sahen verwundert auf, als ich einen Freudenschrei ausstieß und unversehens Tränen in meinen Augen glänzten bei einer hundertzwanzig Jahre alten Nachricht. Der Graben füllte sich.

Ich begann mich wieder für die antiken Schriftsteller zu erwärmen, weil das Tor in ihre noch fernere Vergangenheit aufsprang, ohne daß ich mich zu mehr als mildem Interesse oder Staunen verleitet sah. Plinius und Varro taten es mir an, und als Ergebnis meiner Studien gestaltete ich meinen Rebhügel nach antikem Vorbild um, sehr bewußt und gründlich, um zu sehen, ob sich der Gott der Zeit dadurch beeindrucken ließ.

Ich habe ein Wegekreuz mit einem Laubengang angelegt, der Laubengang war eine reine Spielerei und zunächst noch armselig. Varro hatte in seinen Schriften eine hübsche Einrichtung erwähnt, zu deren Anlage mir dann der Mut fehlte oder vielleicht auch nur die passende Gesellschaft, um sie zu genießen.

Es handelte sich um Obsthäuser mit Fenstern nach Norden und einem Steinfußboden, in denen man auch Kunstwerke hätte ausstellen und an kühlen Tagen das Essen servieren können. Solche Häuser wurden sehr viel später als Neuheiten gepriesen und waren doch alte Hüte, die findige Burschen aus den Ecken der Geschichte gekramt hatten. Ich zimmerte eine Art Stall, in dem ich meine Gerätschaften aufbewahrte.

Die Spuren der Römer waren mancherorts noch sichtbar. Halbzerfallene Aquädukte überspannten ein paar Täler, sie waren die Vorbilder für jüngere Bauwerke wie die Wasserleitung, die Emir Muhammed I., der Erbauer der Zitadelle von Granada, anlegen ließ, um das notwendige Naß für seine Gärten von weither heranzuführen.

Mit der Zeit hatte ich mir angewöhnt, abends an den Ufern des

Darro entlangzuwandern, und dabei schaute ich das eine oder andere Mal zum Sabikah-Hügel auf, den Qal'at al-Hamra, den die rote Festung des Emirs Muhammed V. krönte. Dem Emir gehörte auch ein Sommerpalast auf einem flacheren Hügel gegenüber der Festung, der den eigenartigen Namen Jinnaf al-Arif, das heißt »der Garten des Architekten«, trug.

Es hat tatsächlich zwei ganze Jahre gedauert, Jahre, die vergingen, ohne daß ich ihrer sonderlich gewahr wurde, bis der Entschluß reifte, die Hügelspitze einmal zu erkunden. Ich glaube, erst an jenem Tag bin ich richtig aufgewacht.

Schon bevor ich den steinigen Weg zum Tor der Gerechtigkeit, durch das ich Qal'at al-Hamra zu betreten gedachte, hinaufging, war mir dies und das über mein Ziel zu Ohren gekommen. Eine 2200 Meter lange, von zweiundzwanzig Türmen durchbrochene Mauer umschloß ein halbes Dutzend größere und viele kleinere Paläste, eine Moschee, Kasernen, Handwerkerviertel, Märkte, Bäder, Zisternen und einen großen Wasserkollektor, mithin eine Stadt im kleinen, prächtiger als die am Fuß des Hügels.

Hinter dem Tor der Gerechtigkeit ging es nach links zur Alcazaba, der eigentlichen Festung, ich wandte mich nach rechts. Ziemlich viele Gebäude wurden gerade umgebaut und einige neue errichtet, so daß sich mir unversehens Einblicke in die Geheimnisse einer Baukunst eröffnen sollten, die in ihrer Vollendung sich dem Begreifen merkwürdig entzog.

Schlicht wie ein Dienstbote oder Handwerker gekleidet, gelangte ich unbehelligt in den Mexuar, den ersten von drei neuen Palastkomplexen, die seit Beginn der Herrschaft von Yusuf, dem Vater Muhammeds V., im Jahre 1333 entstanden waren. Dieser Mexuar diente der Verwaltung und dem Gericht, eher öden oder unangenehmen Geschäften, die man beim Anblick der Gebäude jedoch gleich vergaß.

Es war um die Mittagszeit, die Sonne brannte in den Hof herab, in dem ich mich auf einer Stufe niederließ und eine Mahlzeit aus Zwiebeln und Brot zu mir nahm wie ein Bauer auf seinem Feld.

Obwohl ich eine ziemliche Weile dort saß und der Hof verlassen lag, wurde mir nicht langweilig. In Bagdad pflegte man schlichte Ziegelwände durch Ornamentbänder zu beleben. Die Wand mir gegenüber bestand ganz und gar aus Ornamenten, wie ein riesiger persischer Teppich breiteten sie sich in der Senkrechten aus mit Rauten, Rosetten, Palmetten und Ranken. In endlosen Wiederholungen und Verschlingungen begannen die Ornamente vor meinen Augen zu tanzen und zu verfließen, so daß ich in einen rauschartigen Zustand verfiel und am Ende meinte, meine Sehkraft ließe wieder nach. Dann aber konnte sich mein Blick an einem Rahmenwerk aus schmalen, geraden Leisten festhalten, die dem Fließen Einhalt geboten wie der steinerne Rand eines Wasserbeckens den Wellen.

Irgendein Handwerker zog polternd etwas hinter sich her und störte meine Versenkung. Mag sein, daß ich ihm ein Schimpfwort zugerufen habe, er schrie zurück, andere mischten sich ein. Als der Kerl endlich davonschlurfte und ich mich in die andere Richtung trollte, warf ich noch einen letzten Blick auf mein Studienobjekt. Das Licht fiel jetzt schräg ein, schuf Schattenzonen; was vorher teppichhaft plan erschien, gewann räumliche Tiefe und blieb doch ungreifbar wie ein Traumbild.

Ziemlich unbekümmert und ganz, als gehörte ich hierher, betrat ich die Räume hinter dem Hof. Ich habe sie noch oft gesehen, aber jedesmal durchfuhr mich der gleiche Schauder der Andacht wie beim ersten Mal und seither immer, wenn mir etwas von vollkommener Schönheit begegnet, es sind die zeitlosen Momente in meinem Leben. Wahrscheinlich klingt es banal oder erweckt skurrile Vorstellungen, wenn ich sage, die Kuppeln, die diese Räume überwölbten, glichen Bienenwaben, sie hingen scheinbar schwerelos herab. Die Krümmung der Wölbung wurde überspielt durch das feinteilige Netz der im Grunde einfachen Formen, das dem Auge nirgendwo Halt bot. Es waren Muquarra-Kuppeln, Sinnbilder der Unfaßbarkeit Allahs, dessen Name als stetiges, plastisches Ornament die Wände überzog. Ich begann, mich in dieser Umgebung wohlzufühlen.

Da mich noch niemand des Ortes verwiesen hatte, bin ich weiter in den Serail gegangen, der der Repräsentation bei offiziellen Anlässen diente. Bei diesem ersten Besuch in einem Hof, der später Myrtenhof heißen sollte, nach den Hecken, die ich dort pflanzte, habe ich Augenblicke wunderbarer Gelassenheit genossen, zu der die ganze Anlage dieses Hofes verführte. Ich konnte ja nicht ahnen, daß hier mein Herz noch heftig schlagen sollte,

der Löwenhof

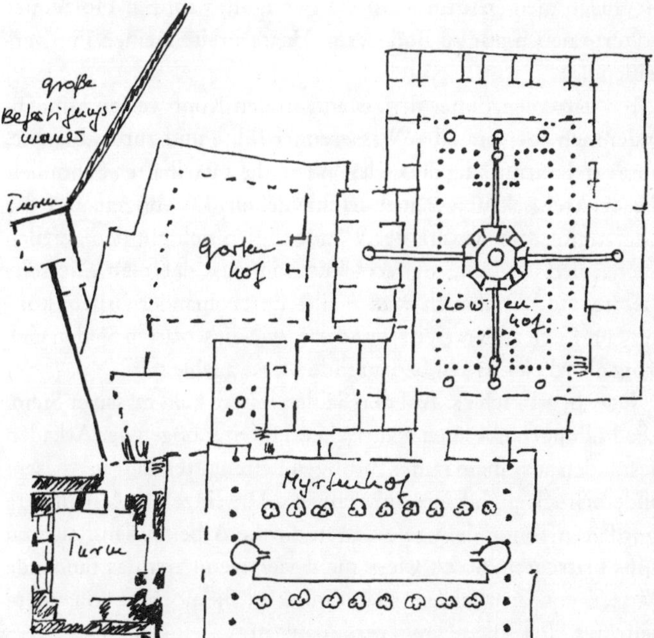

angetrieben von einer Leidenschaft, von der man sagt, daß sie beim erstenmal am schönsten sei.

Nein, mich überkommt keine Reue, wenn ich an diese Leidenschaft denke, auch wenn ich gefehlt habe. Beim erstenmal überwiegt die Unschuld.

Selbst den Harem, den Privatpalast des Emirs, zu besichtigen war problemlos möglich, da sich statt weiblicher Schönheiten nach Schweiß stinkende Handwerker hier tummelten. Was sie allerdings taten, ließ mich die Schönheiten für diesesmal nicht zu schmerzlich vermissen. Genaugenommen habe ich kaum mehr als den zentralen Hof gesehen, ein großes Rechteck, von Arkaden umgeben, an denen ich voll Staunen entlangschritt, bis mich einer der Handwerker anschnauzte.

»Du da, hol Wasser!«

Ich zog gerade Vergleiche mit den Peristyl- oder Säulenhöfen der Antike und den Umgängen der Klösterhöfe, die alle an diesen Hof nicht herankamen. Mitten in solchen Gedanken zog ein Geräusch meine Aufmerksamkeit endgültig ab. Ein Holzeimer polterte neben mir zu Boden, um Haaresbreite meinen Fuß verfehlend.

Ich hätte den Eimer dem Mann an den Kopf werfen können. Indem ich aber brav den Wassereimer füllte und zurückbrachte, nutzte ich unauffällig die Gelegenheit, der rätselhaften Schönheit dieser Architektur genauer nachzugehen. Die Bögen und das filigrane Ornamentwerk der Wände fügten sich mit den grazilen Steinsäulen des Umgangs so fein zusammen, daß man einerseits meinte, ein Windhauch müßte alles durcheinanderwirbeln können, und sich andererseits wunderte, wie diese zarten Säulen eine trotz aller Leichtigkeit bedeutende Masse aushielten.

Jetzt begriff ich es. Auf den Säulen lastete kein massiver Stein. Die Füllungen über den maurischen Hufeisenbögen der Arkaden bestanden aus einem rautenförmigen Lattengitter, und auf diesem bildete Stuck ein luftiges Spitzenwerk. Die einzelnen Ornamente wurden in Tonmodeln geformt, in die die Arbeiter den feuchten Gips klatschten. Stuck wiegt nicht viel, wenn erst das bindende Wasser, von dem ich ein paar Eimer für die noch unvollendete Seite des Hofes herantrug, verdunstet ist.

Die auf dem Boden in Reihen ausgelegten gleichartigen Ornamente sahen bescheiden aus, zusammengesetzt ergab sich mehr als die Summe dieser Teile, es war steinerne Poesie. Damals wußte ich nicht, daß diese Kunst, der längst der Untergang drohte, ihre letzte Blüte trieb. Viel prächtigere Paläste habe ich seitdem gesehen, und doch hat mich keiner der späteren ähnlich berührt. In der Transzendenz, der Leichtigkeit, die den Naturgesetzen zu widersprechen schien, in der Ruhe dieser Höfe bei gleichzeitiger Verspieltheit habe ich wie nirgends sonst den Hauch von etwas Umfassenderem gespürt, vielleicht der Gegenwart Gottes.

Mitten im Hof kratzte ein schlecht gelaunter Mann mit einem Stecken Zeichen in den Boden.

»O Allah!« schnaufte er. »Wie soll ich diesem Hof eine Mitte schaffen, die dem Rahmen standhält, wo der Holzkopf von Architekt alle Schönheit dieser Welt für sein Werk verbraucht hat. Einen Brunnen will Emir Muhammed. Natürlich, aber was für einen?«

Die Kleidung des Mannes ließ darauf schließen, daß er etwas Besseres als die Arbeiter war, dennoch gewann ich den Eindruck, daß ich es mit einem jener Trottel zu tun hatte, die, schon vom Alterswahnsinn gestreift, in der dritten Person mit sich selbst streiten.

»Du mußt der Zartheit und Anmut der Arkaden etwas Kraftvolles gegenübersetzen, dem Weiblichen etwas Männliches.« Nachdem ich den Wassereimer abgesetzt hatte, war ich herangetreten, eine vage Idee im Kopf.

Ein durchdringender Blick traf mich, der mein Urteil, einem Trottel gegenüberzustehen, revidierte.

»Stör nicht meine Gedanken mit deinem Gefasel.«

Ich aber sprach womöglich noch etwas lauter und bestimmter. »In Konstantinopel habe ich Adler aus Metall gesehen, die auf dem Brunnenrand saßen, mit den Flügeln schlugen und ihre Schnäbel ins Wasser tauchten. Der Adler verkörpert Kraft.«

Er tippte mir auf die Brust. »Ich mag kein Spielzeug. Kraft, ja? Meinst du, davon mehr in deinem Kopf zu haben als in deinen Armen?«

Ich blieb stumm und sah aus den Augenwinkeln zu den grinsenden Arbeitern an der Gipsbank hinüber.

»Falls du mit Wassertragen fertig bist, komm mit, du siehst

stark genug aus, um hier und da etwas für mich von der Stelle zu rücken, und verschon mich mit weiteren Eingebungen.«

Die Unterhaltung gefiel mir nicht sonderlich, der Mann schien einer von den Unleidlichen mit einer unverrückbaren Vorstellung von Hierarchie zu sein, sein Blick wies mir einen Platz ziemlich weit unten an. Ich verwünschte ihn im stillen.

In einem kleinen, unfertigen Garten stand eine Brunnenschale. Sie war flach gewölbt und glich mit ihrem in kleinen Bögen schwingenden Rand einer geschälten und quer halbierten Orange.

»Zu verspielt«, brummte mein Führer.

»Aber ein schlichtes rundes Becken erschließt sich nicht seiner Umgebung, es grenzt sich ab«, warf ich ein.

»Es gibt nichts Besseres als die klare Form des Kreises, sie ist von höchster symbolischer Bedeutung. Ein Vieleck böte sich auch an. Keine Kuppel auf Säulen über der Brunnenschale, der Emir wird es nicht dulden, daß der Blick auf die Arkaden verstellt wird. Überhaupt ...«

»Nicht noch mehr Säulen«, bemerkte ich unverdrossen.

»Es werden einhundertvierundzwanzig sein, alle Doppel- und Dreifachsäulen mitgerechnet.«

»Ein Wald von Säulen wie der Palmenhain des Paradieses.« An seinem unwirschen Blick war zu sehen, daß ich eine Bemerkung zuviel gewagt hatte. Ansonsten tat mein Begleiter so, als würde er sich mit dem Brunnen vor uns unterhalten.

»Kraft, Strenge, vielleicht auch Mut?« fragte er das Brunnenbecken. »Was verkörpert all das?«

»Ein Tier?« soufflierte ich. »Stark, mächtig, mit gewaltigem Haupt und Tatzen?« Ich verkniff es mir, noch die goldene Mähne zu erwähnen.

Mein Begleiter würdigte mich zwar keiner Antwort, schritt aber zielstrebig voraus in einen anderen Garten und wies auf zwei Löwen. Sie hockten am Rand eines rechteckigen Teiches und spien Wasser, zwei recht roh behauene Ungetüme.

»Der Löwe an sich verkörpert den Krieger des wahren Glaubens. Ich bin sicher, der Einfall mit den Löwen gefällt dem Emir.« Der Mann betrachtete mich nachdenklich. »Ich habe beobachtet, wie du durch den Harem geschlichen bist. Jetzt sage mir, wer du bist und was du hier zu suchen hast. Wasserträger reisen für gewöhnlich nicht nach Konstantinopel.«

Abdul Ibn Ishak, stellte sich heraus, war nicht der Architekt des Emirs, sondern der Gartenbaumeister, zuständig auch für die Gestaltung der vielen gartenähnlichen Binnenhöfe. Ohne viel Federlesens bot er mir eine Stelle an und ließ damit meine vage Idee Wirklichkeit werden. Ich hatte aber noch eine Rechnung mit ihm offen.

»Ich bin aber ein Dhimmi«, wandte ich ein.

»Du bist doch vor allem Gärtner, nicht? Ich brauche Männer wie dich. Solange kein ausdrückliches Verbot besteht, und solange du nicht nach meinem Posten schielst, kannst du hier arbeiten.«

»Aber ich habe einen Weinberg zu pflegen.«

»Die Arbeit kann jeder Bauer im Tal des Darro übernehmen, verpachte das Land.«

»Aber ich will selbst nach meinem Weinberg sehen. Ich will mir die Mühe um ihn nicht umsonst gegeben haben.«

»Ein so halsstarriger Esel wie du ist mir noch nicht untergekommen. Was ist mit der Ehre, für den Emir arbeiten zu dürfen, hä? Du kannst jeden siebten Tag zwischen deinen Reben im Unkraut kratzen«, schrie Abdul, »und jetzt mach, daß du mir aus den Augen kommst, oder du trittst deine neue Stellung mit einer Tracht Prügel an.«

Ich bin an ihn herangetreten, habe auf ihn herabgesehen und scheinbar demütig gefragt: »Du würdest wirklich deine Hände gegen mich heben?«

Für die Zeit der Bauarbeiten bezog ich eine Wohnung im Harem, zu der sogar ein Mirador, ein Aussichtserker, gehörte. Durch zierliche Doppelbogenfenster bot sich nach drei Seiten ein atemberaubender Ausblick, der allerdings erst durch die Fertigstellung eines kleinen, tiefergelegenen Gartens zwischen dem Mirador und der Umfassungsmauer seinen vollen Reiz aus dem Gegensatz zwischen der Intimität des Gärtchens und der wilden, ungezähmten Natur der Berge, die ihre gezackten Kronen jenseits des Darrotales erhoben, ziehen sollte.

In vielen dieser Gärtchen und Gartenhöfe habe ich gearbeitet, anfangs aber vor allem im Serail. Ich hatte es ja darauf angelegt, diesen Posten zu bekommen, aber so ganz wollte sich meine Seele noch nicht der neuen Existenz fügen. Immer war da ein Widerstreben fühlbar, ein Klagen, das nur am ganz frühen Morgen im Myrtenhof zur Ruhe kam, wenn in der verblassenden Dunkelheit noch die Sterne in der Tiefe des Wasserbeckens funkelten, als hätte sich der Himmel bis in den Hof herabgesenkt. Dieses große rechteckige Becken reichte an den Schmalseiten fast an die den Hof rahmenden Gebäude heran, in den Beckenrand war an beiden Seiten je ein flacher Brunnen eingefügt, das Geplätscher der dünnen Wasserstrahlen warfen die Wände zurück.

Mit dem heraufkommenden Licht verschwammen die Säulen der Arkaden im Wasser, in ihrer spiegelbildlichen Verlängerung dehnte sich der Raum. Wie damals in den ägyptischen Sultansgärten entgrenzte er sich in diesem Wasserhof, und für Momente hoben sich die festen Regeln der Zeit auf.

Ich hatte schon mehrfach darum gebeten, in den weitläufigen Gärten des Jinnaf al-Arif arbeiten zu dürfen, die in ihrer Abgelegenheit mehr meinem Wunsch nach Rückzug entsprachen, der Sabikah-Hügel war mir tagsüber oft zu lärmig. Eines späten Vormittags zeigte sich Abdul endlich geneigt, meinem Wunsch nachzukommen, er selbst wollte mich in den Gärten des Sommerpalastes herumführen, aber mir vorher noch etwas anderes zeigen.

Mitten im Hof der Steinmetzwerkstatt lag ein riesiger Block Alabaster.

»Daraus wird das Brunnenbecken gefertigt, eine flache, mehreckige Schale auf einem Sockel«, erklärte Abdul und trat ein paar Schritte zurück, bis er mit einem Blick den Steinblock und eine Figur erfassen konnte, die im Schatten der Hofmauer stand. Es war die Statue eines stehenden Löwen mit gelockter Mähne, runden Ohren, rundem Maul und kräftigen, kurzen Säulenbeinen. Mehr wie eine zu groß geratene Katze, habe ich gedacht.

»Wir stellen Löwen um das Becken, als würden sie es umschreiten.«

»Aber dieser Löwe schreitet nicht, er steht.«

Es war ein berechtigter Einwurf, der Abdul sichtbar wurmte. Mißbilligend starrte er den Löwen an. Ich aber begann mich zu langweilen und zog mit dem großen Zeh, der vorn aus meiner Sandale ragte, Striche in den Boden, eine Art Strahlenkranz.

Plötzlich puffte mich Abdul zur Seite, bückte sich und zog durch die Strahlen einen Kreis. Ächzend kam er wieder hoch.

»Genau so soll es werden.«

Ich mußte wohl reichlich verdutzt dreingeschaut haben, denn er lachte auf und schlug mir so kräftig auf den Rücken, daß ich meinen Fuß genau auf die rätselhafte Zeichnung setzte. Abdul blinzelte erheitert.

»Es ist ganz einfach. Wir lassen die Löwen das Becken tragen, so zeigen sie ihre Stärke, und das Licht kann den Alabaster besser durchdringen, als wenn er auf der Erde liegt. Das Licht wird dem Stein die Schwere nehmen.«

Mich überfiel eine Erinnerung an etwas, das ich in einer biblischen Schrift gelesen hatte, eine Beschreibung vom Vorhof des salomonischen Tempels in Jerusalem. Dort gab es eine Brunnenschale, die auf zwölf Stieren stand. Vorsichtig hob ich meinen Fuß, bückte mich und zählte die Strahlenstriche im Sand.

»Zwölf Löwen, die Zwölf ist eine bedeutende Zahl«, bemerkte Abdul, das Ergebnis meiner Zählerei vorwegnehmend.

Mir war etwas schwindelig, als ich mich wieder aufrichtete, auch ein wenig elend, ich starrte diesen Strahlenkranz an, diese Uridee, ich fühlte, daß ich einen wichtigen Beitrag geleistet hatte, der nie eine wirkliche Würdigung erfahren würde, und sah in einem grellen visionären Aufleuchten ein Schattendasein voraus. Einigermaßen mutlos folgte ich Abdul zum Jinnaf al-Arif.

Im Sommerpalast residierten Muhammeds Frauen mit ihren Kindern für die Zeit der Bauarbeiten am neuen Harem. Daher konnten wir die direkt an den Wohnräumen gelegenen Gärten nicht ohne weiteres betreten.

Eine Abordnung bewaffneter Eunuchen unter Führung des Obereunuchen empfing uns und folgte uns auf unserem Rundgang. Natürlich ließ sich keine der Frauen sehen, nicht einmal ein Kind spielte auf den Wegen, es war allerdings auch beinahe Mittag.

Die Gegenwart der Eunuchen rief in mir ein Gefühl des Unbehagens hervor, das Abdul nicht entging.

»Wenn du in den Gärten des Sommerpalastes tätig bist und den Wunsch verspürst, noch einmal diese Anlagen zu sehen und obendrein hoffst, einer Bewohnerin des Hauses zu begegnen, dann erinnere dich an diese Männer. Ihr Schicksal kann leicht deins werden, und das wäre noch das harmloseste.«

Der schönste dieser Gärten war der des Wasserlaufs, ein langgezogenes Rechteck, von einem schmalen Kanal in der Mitte beherrscht, gerahmt von schlanken Zypressen, hohen Hecken, Orangenbäumen und Palmen. Jedes Ende und die Mitte des Kanals betonte eine flache Brunnenschale, aus der ein dünner Strahl aufstieg. Das klingt vielleicht nach nichts Besonderem, tatsächlich aber hatte diese Anlage einen intimen Reiz; den Himmel Andalusiens muß man sich dazu denken und die Kühle, die Gewächse und Wasser ausstrahlten.

Erfrischung dieser Art ist ein Labsal, das ich hier in diesem kalten Land nie gefunden habe, es bedarf dazu der Hitze des Südens, die auch alle Düfte so unglaublich verstärkt. Manchmal träume ich noch davon.

Aus dem gepflasterten Rand des Kanals schossen auf einmal Fontänen hoch, die glitzernde Bögen bildeten, ein regelrechtes Wassergewölbe; sehr viel später habe ich so etwas wiedergesehen, und natürlich ist es wieder als Neuheit gepriesen und bewundert worden.

Der Garten grenzte an den Nordpavillon, dessen unteres Geschoß eine Bogenhalle bildete, von der man bis zu den Bergen und über die Stadt blicken konnte. Plötzlich war mir, als bewegte sich jemand hinter den Gittern der Rundbogenfenster im ersten Stock. Ich dachte gleich daran, daß Abdul erklärt hatte, dieser Pavillon würde von den Frauen des Emirs wegen seiner Kühle und der Aussicht bevorzugt.

Es gibt eine bestimmte Pose, die breite Schultern und schmale Hüften besonders vorteilhaft zur Geltung bringt. Es kann wohl sein, daß ich mich ein wenig gedreht hatte, die Hände an den Hüften.

Von oben erklang Gelächter. Abdul stieß mich in die Seite und zog mich aus dem Blickwinkel der Fenster, bevor die Eunuchen mißtrauisch werden konnten.

»Vergiß sie«, raunzte er übellaunig, »denk an die Eunuchen.«

In der Zwischenzeit hatte der Steinmetz einen fertigen Löwen und den Alabasterblock in den Haremshof schaffen lassen, und zu dritt mühten wir uns, in dem ungefügen Block und dem täppischen Löwen die zukünftige Brunnenanlage zu sehen, die der Eleganz und Feinheit der Arkaden gesammelte, aber nicht ungeschlachte Kraft entgegensetzen sollte. Die Beine der Löwen, sechsunddreißig immerhin, würden auf ihre Art das Element der Säulen aufgreifen.

»Willst du sie Wasser speien lassen?« fragte ich.

Abdul überlegte. »In ein ganz flaches, ringförmiges Becken.«

An den Schmalseiten des Hofes schoben sich die Arkaden in der Mitte vor und bildeten quadratische Pavillons. Auf diese schritt Abdul zu, die Füße weit voneinandersetzend, den Kopf vorgeschoben.

»Was hältst du davon, den Löwenbrunnen mit den Pavillons zu verbinden?« kam ich seinen Gedanken zuvor, neben ihm Schritt haltend.

Er grunzte ärgerlich. »Vier Wasserrinnen, zu allen vier Seiten bis in die Arkaden hinein, und flache Brunnenbecken an den Enden.«

»Der persische Caharbagh mit den vier Flüssen des Paradieses«, sagte ich schnell, »du hast schon vom Caharbagh gehört?«

»Pah!« antwortete Abdul. »In ›Madinat al-Zahra‹, der Palaststadt unseres Kalifen Abd ar-Rahman III. – sie lag am Hang von Cordoba und wurde vor dreihundert Jahren bereits zerstört und nie wieder aufgebaut –, gab es den Berichten nach wenigstens zwei dieser viergeteilten Gärten, auch in der Alcazaba von Sevilla findest du einen, soll ich dir weitere Orte nennen?«

»Kam nicht Abd ar-Rahman I., der Begründer der arabischen Herrschaft in Spanien, aus Rusafa in Syrien, einer Stadt der Gärten? Das ist nicht so ganz weit weg von Pasargadae in Persien, wo Kyros der Große schon vor mehr als tausendfünfhundert Jahren einen Caharbagh besaß«, sagte ich hochmütig.

Leider mischte sich der Steinmetz, der uns auf den Fersen war, in unser Gespräch. »Das Paradies ist noch älter, und wir sollten bedenken, daß wir den Zorn Allahs auf unsere Häupter herabrufen, wenn wir allzu laut verkünden, sein Werk nachahmen zu können.«

»Der viergeteilte Garten«, schnappte Abdul, »ist in seiner unübertrefflichen Ordnung ein Sinnbild der Lehre Mohammeds, und dieser Hof mit dem Löwenbrunnen wird vor allem der Stärke und der Macht des Bewahrers des Glaubens, seiner Erhabenheit des Emirs, Ausdruck verleihen.«

In den folgenden Wochen beschäftigte ich mich in der Nähe des Nordpavillons, soweit es die wachsamen Eunuchen zuließen, und blieb oft noch, wenn alle anderen Gärtner das Gelände längst verlassen hatten.

Eines Abends, als auch ich endlich gehen wollte, den Spaten über der Schulter, hörte ich einen Schrei.

In der Abenddämmerung war an einer kurzen Treppe, die in die unteren Gärten führte, nur ein Haufen Stoff auszumachen. Ziemlich forsch bin ich darauf zugegangen, habe mitten hineingegriffen und aufgehoben, was da lag. Dabei geriet der Stoff durcheinander, ein Seidenschleier fiel herab, ich blickte in dunkelblaue Augen.

Das Mädchen war wunderschön. Wenn ich darüber nachdenke, war ihre Nase vielleicht zu kurz oder der Mund zu üppig, so genau weiß ich es nicht mehr, nur der Eindruck von Schönheit bleibt, und damals hätte ich sie vermutlich auch an mich drücken wollen, wenn sie einen Klumpfuß gehabt hätte. Mit ihrem Fuß war allerdings wirklich etwas nicht in Ordnung, sie schrie leise auf, als ich sie auf den Boden stellte, ihre Lippen öffneten sich dabei und mich überkam eine überwältigende Lust, sie zu küssen.

Aber goldene Armbänder klimperten an ihren Handgelenken, am Hals schimmerte eine große Perle, Geschmeide blitzte an ihren Ohren, eine Aura von Reichtum und Vornehmheit umgab die Kleine, und ich war in den letzten Jahren wohl zu verbauert, um mich darüber hinwegzusetzen. Flüchtig streifte mich die Erinnerung an Verina. Was immer sich auf meinem Gesicht abzeichnete, sie hob die Hand und strich mir über die Wange und die Lippen, ganz langsam, ich rieche noch den Duft ihrer Hand, ein bißchen wie Rosenduft war er, aber feiner.

Eine ältere Dienerin schob sich unvermittelt zwischen uns, mich beiseite stoßend. Meine Schöne ließ sich von ihrer Magd die Treppe hinabhelfen, sie hinkte dabei leicht.

»Ich kann sie doch tragen«, rief ich und machte einen Schritt nach vorn.

»Verschwinde«, zischte die Dienerin von unten, »was machst du überhaupt hier?« Rasch kam sie herauf, bückte sich und riß den Schleier unter meinen Füßen hervor. Ich schämte mich wegen des Drecks an den Sohlen und versuchte doch, nach dem Schleier zu greifen, ich wollte wenigstens ein Andenken an diese Begegnung. Die Magd hielt ihn aber blitzschnell hinter sich und stemmte sich mit der anderen Hand gegen meine Brust.

»Ein hübscher, stattlicher Junge bist du«, lachte sie. Eh ich mich versah, griff sie mir ins Haar und zog meinen Kopf zu sich herab.

Recht heftig bin ich mir danach über den Mund gefahren, zwei, drei Mal, um den nach Fisch stinkenden Kuß der Dienerin wegzuwischen. Die beiden Frauen waren verschwunden, eh ich mich versah, und ich hörte bereits die Stimmen der Eunuchen.

Später hat mir Miriam erzählt, daß sie mich bei meinem ersten Besuch gesehen und auch hin und wieder in den Gärten beobachtet hatte, sie wußte sogar meinen Namen.

Von da an verbrachte ich halbe Nächte im Myrtenhof, träumend, sinnend, vor allem glühend vor Liebe starrte ich die Mondscheibe an, die auf der Oberfläche des Wassers zitterte, das Zeichen der Venus. Ganz in ihrem Bann lauschte ich den Nachtigallen.

Nach einigen dieser Nächte habe ich, eine frühere Angewohnheit aufgreifend, einen Brief geschrieben, um etwas Abstand von meiner Leidenschaft zu gewinnen, bevor sie mir das Gehirn ausbrannte.

Im Myrtenhof rief ich den lauteren Geist eines alten Freundes an, als wie jetzt noch tiefste Nacht herrschte, und wenn ich nach draußen starre in die Schwärze, so kann ich den Rahmen des großen Fensters hier in meinem Kontor als die Ränder des Blattes nehmen und die Worte aufscheinen sehen.

Christoph der Gärtner an Antonius, Mönch im Kloster St. Giorgio in Venedig.

Dem Paradies fühle ich mich jetzt so nahe, wie es ein Sterblicher, der den Tod noch vor sich hat, nur kann. Ich arbeite in Gärten, in denen du das Zwiegespräch Gottes mit seinen Geschöpfen vernimmst, wenn es dir gelingt, dich selbst zu vergessen und nur zu lauschen. Es sind Gärten voller sinnlicher Pracht und Üppigkeit, die aber nirgends bedrängend und übermächtig wird, denn die Meister hier beherrschen die Kunst der Stille. Zu ihr gehört das leise Murmeln und Flüstern der Brunnen. Ohne Wasser sind diese Gärten nicht zu denken, es gibt ihnen ihre poetische Schönheit und den Hauch der Bewegung, der sie lebendig werden läßt.

Das Wasser wird in so verschwenderischer Fülle von den Bergen herangeführt, daß damit ganze Höfe überflutet werden können wie einstmals in den Gärten von Konstantinopel. Es verbindet die Gärten mit der Architektur, denn in den Sälen, den Miradors und Pavillons plätschern die gleichen Brunnen wie draußen.

Auch im mohammedanischen Königreich Granada ist Wasser Leben, im Garten sogar das Wasser des Lebens schlechthin, und jeder ist sich dessen bewußt. So fordert das Wasser ebenso zur Andacht heraus wie die Segenssprüche, die in Stuck gegossen als Ornamente die Wände der Paläste überziehen, eingerahmt von Rosetten, Ranken, Blattwerk, eine steinerne Natur, die in ihrer Zartheit die Architektur als etwas Schwereloses erscheinen läßt ähnlich dem Duft der Rosen. Alles hier atmet die Liebe Gottes zu seiner geschaffenen Welt, es kostet keine Mühe, sich vorzustellen, daß Gott sich in der Schönheit dieser Welt spiegelt, wie Ibn al-Arabi geschrieben hat.

Ich fühle mich eingesponnen in einem vielfältigen Netz der Liebe, und die Geschöpfe dieses Gartens spüren das. Vögel setzen sich mir zuweilen auf die Schulter, als hätte der Frieden des Paradieses Einzug gehalten.

Wenn ich die Hand an den Stamm eines Baumes lege, befällt mich das Gefühl einer fast kreatürlichen Verwandtschaft. Sind wir Geschöpfe dieser Welt nicht alle in Gott, dem Schöpfer, miteinander verbunden? Ich streife oft die Schuhe von den Füßen, denn in meinen Sohlen regt sich gelegentlich eine kuriose Sehnsucht nach der Erde, fast als wünschten sie sich, Wurzeln hineintreiben zu können.

Ich lebe hier in einer nie gekannten Innigkeit mit dem Garten verquickt und bin mit großer Zufriedenheit Gärtner. Ich hege keinen größeren Wunsch, als ein wahrer Paradiesgärtner zu sein, der Gärten schafft, in denen die Schönheit Gottes erblüht, die Sehnsucht nach dem Allmächtigen und damit ganz besonders und in jeglicher denkbaren und vollziehbaren Hinsicht – die Liebe.

Gottbefohlen in unverbrüchlicher Zuneigung – Christoph

Wer war das Mädchen, habe ich mich zum wiederholten Mal gefragt, kaum daß ich das beschriebene Blatt beiseite legte. Ich habe ihr dann den Namen Miriam gegeben, in meinen sehnsüchtigen Träumereien mußte ich sie anreden können.

Ihre Dienerin hatte ich ganz vergessen. Als sie eines Tages im Haremshof herumstrich, beachtete ich sie zunächst auch nicht weiter, denn Abdul hob gerade zu einer weitschweifigen Erklärung an.

»Ich führe die Wasserrinnen nicht nur bis in die zwei Pavillons, sondern weiter in den dahinter liegenden Umgang und lege dort eine Reihe von drei zusätzlichen Brunnen an, so daß es an den Schmalseiten jeweils vier Brunnen gibt. Die Wasserläufe in der Querrichtung führe ich bis in die zwei großen Säle hinter den Arkaden, also richtig in das Gebäude hinein. Sie sollen ebenfalls in Brunnen enden. Der Harem wird vom Geräusch plätschernden Wassers erfüllt sein.«

Ich erinnerte mich jetzt, wer die Dienerin war, wieder hatte ich diesen Fischgeschmack auf den Lippen. Um die Frau auf mich aufmerksam zu machen, hob ich die Stimme.

»Du vereinigst das Haus mit dem Hofgarten, wie es inniger nicht sein könnte.« Ich schielte zu der Person hinüber, in der Hoffnung, daß sie die richtigen Worte aufschnappte. »Es ist mir ein Vergnügen, mir vorzustellen, wie das Ganze einmal vollendet aussieht, mit Teppichen, Seidenbehängen, schwellenden Kissen und der leisen Musik der Brunnen, die die Bewohnerinnen erfreut. Die Kraft des Löwen wird bis in die inneren Gemächer eindringen, und du läufst damit dem Architekten den Rang ab, du vermählst seine Schöpfung mit deiner.«

Abdul bedachte mich mit einem schrägen Blick und fuhr in seinen Erläuterungen fort. »Da du von der Kraft des Löwen sprichst. Ich setze den Viechern das Brunnenbecken nicht platt auf die Rücken, sondern laß es eine Handbreit über ihnen schweben, gleichsam von der Aura der Stärke emporgehoben, tatsächlich steht es natürlich auf einem Mittelfuß.«

»Ein wunderbarer Einfall«, pflichtete ich ihm geschmeidig bei und schob mich rückwärts zu der Magd hin.

Abdul hat mich gefragt, ob es nicht zur Not auch eine Jüngere tun würde? Das war eine Weile später, als ich mich bereits weniger auffällig verhielt, dafür aber inwendig brannte, daß ich glaubte, mit den Sohlen die Steine im Hof schwärzen zu können. In meiner Hand hielt ich ein zusammengefaltetes Zettelchen, und es zwickte mich an einer Stelle, die ich nicht näher bezeichnen möchte, in die mich die dreiste Vettel gekniffen hatte, als ich mit ihr zusammenstieß, mich umdrehte und ihre pludrigen Gewänder sich um uns bauschten.

Glaube mir, die Liebe in den Gärten ist die schönste, weil alle Sinne lebendig werden. Sag nicht, daß ich doch jetzt alles hab, was ich mir nur wünschen kann.

In der Nacht habe ich Miriam zum ersten Mal in den Armen gehalten, wir trafen uns in einem der hinteren Gärten des Jinnaf al-Arif. Obwohl es mich heiß dazu drängte, mir zu nehmen, was geboten wurde, erwachten unvermutet auch meine gärtnerischen Instinkte und beschenkten mich mit einem unglaublichen Genuß. Nie wieder habe ich es so erlebt.

Inzwischen weiß ich, wie altbacken all diese Vergleiche sind, aber damals waren sie ein Wunder. Wenn ich sage, daß ihre Brüste in meinen Händen lagen wie die prallen Früchte des Granatapfelbaums, so habe ich in diesem Augenblick wirklich beides gefühlt.

Wenn ich sage, daß ich Furchen in den Acker zog, so mag das obszön klingen, für mich ist es Gebet, ich liebe die Erde. Um ihr zu gefallen, habe ich den Schwung ihrer Hüften mit den Arkaden des Löwenhofs verglichen, und ihren Bauch mit einem Brunnenbecken. Wellen der Erregung liefen über die weiche Oberfläche. Nur mit ständigem Geplauder konnte ich sie länger halten, denn sie hörte mir gerne zu, hatte es aber ansonsten eilig. Mehr als ich fürchtete sie wohl das Entdecktwerden.

Heute kenne ich die Wahrheit, damals war ich wie berauscht. Die Hast im Paarungsritual habe ich nie gemocht, und allmählich wurde auch meine Geliebte immer freier und gestattete mir sogar, in aller Muße im Mondlicht ihren Venushügel zu betrachten, der vollkommen glatt und mit Henna rot gefärbt war, wirklich eine Frucht, die sich bereitwillig öffnete und genießen ließ.

Einmal tanzte sie nackt vor mir im Mondlicht, mit dem Schleier spielend, den sie nie ganz ablegte, als wäre die vollkommene Nacktheit mehr, als sie zu geben bereit war. Schlangenhaft wand sich ihr Leib, mal in aufreizender Langsamkeit, mal in einer wirbelnden Drehung, bis mir schwindelte und ich sie in wahnsinniger Gier zu mir zog. Das Aroma der Liebe verband sich untrennbar mit dem nächtlichen Duft der Gärten.

Die Schönheit der Blumen, der Reiz der Farben und Düfte, die Vielfalt lockender Formen in unzähligen Wiederholungen und Variationen enthüllten mir jetzt, daß alles nur dem einen geheimen, heiligen Prinzip diente, Kraft und Motor, der das Universum in Gang hielt. Der Augenblick der Liebe wird zum Moment der Ewigkeit, Tod und Auferstehung in einem.

Es mochte nach drei, vier Monaten sein, daß ihr Körper das Mädchenhafte abstreifte, ihre Brüste wurden voller, der Bauch runder, in ihre Augen trat ein neuer Ausdruck, etwas wie Triumph. Zärtlicher wurde Miriam nicht, unsere Begegnungen eher flüchtiger. Kaum noch gönnte sie mir die Zeit, über ihre makellos glatte Haut zu streichen und verborgene Winkel ihres Körpers zu erkunden, immer seltener bekam ich jenes rote Dreieck zu sehen, das sie lieber hinter ihrem Schleier verbarg.

Sehnsüchtig legte ich ein Beet nur mit blauen Blumen an und erfaßte zum erstenmal – ein blaues Augenpaar im Sinn – die Farbe in all ihren Tönen und Abstufungen und ihre Veränderungen durch den Oberflächenreiz der Blütenblätter von seidig zu samtig, von schimmernd zu stumpf im wechselnden Licht des Tages.

Ich habe Abdul diese Dinge zu erklären versucht, er hörte mir nicht richtig zu.

»Ich kenne die Anzeichen«, sagte er nur, »ich war auch mal jung, dann aber habe ich zwei Frauen genommen und mit ihnen einen Haufen Kinder in die Welt gesetzt, wie es schicklich ist.«

Ich war so dumm, ihn nach den Töchtern des Emirs zu fragen.

»Könnt ihr jungen Männer mal an was anderes denken?« wies er mich grob zurecht.

»Hast du mir nicht geraten, es mit einer Jungen, Hübschen zu versuchen?«

Ganz nah trat er an mich heran. »Such dir eine weniger gefährliche Spielwiese für deine Phantasie.«

Wir standen im Löwenhof. Die Wasserrinnen waren fertig, der Brunnen montiert, bald würde das Wasser in der Mitte aufsteigen, durch die Löwen in die Rinnen plätschern und weiter bis in die Gemächer der Favoritinnen des Emirs fließen, auch in die der Töchter, in Miriams.

Eines Abends erwartete mich Abdul in meiner Unterkunft. Trübsinnig hockte er auf dem Diwan.

»Hab ich dich nicht gewarnt?« fragte er, ohne den Kopf zu heben.

Hatte ich nicht die ganze Zeit mit Miriam die Gefahr gespürt? Ich muß gestehen, daß in ihr eine zusätzliche Würze gelegen hat.

Ich gab mich noch gelassen. »Wovor?« fragte ich kühl.

Abdul sprang auf, packte mich an meinem Gewand. »Du Idiot, du Bocksbengel!« Schnaufend gab er mich wieder frei und drehte mir den Rücken zu. »Es heißt, ein Mann habe sich einer der Frauen des Emirs genähert, ein Gerücht, das im Palast herumschwirrt.«

Ich habe nicht sofort begriffen, was er meinte. Wohl nur wegen meinem nicht allzu reinen Gewissen mußte ich blaß geworden sein.

»Dann weiß ich nicht, was es dich kümmert.«

»Ich könnte dich erschlagen, verdient hättest du es tausendmal. Du hast Glück, daß ich deine Arbeit schätze, und ich will nicht, daß ein Makel die meine befleckt, weil ich dich eingestellt habe und du unter mir gearbeitest hast. Ich reite mit dir zur Küste, ich erwarte in Almeria eine Sendung neuer Gewächse aus dem Osten, deren Weitertransport ich lieber persönlich überwache.«

Als ich wütend aufheulte, wurde Abdul ganz sachlich. »Willst du entmannt werden? Willst du, daß man dir die Augen aussticht, die Hände abhackt, bevor man dir die Eingeweide herausreißt? Ich weiß nicht, warum ich dich rette, du hast den Propheten, du hast Allah beleidigt, von mir ganz zu schweigen.«

Ich habe immer noch aufbegehrt. »Niemand kann, nur weil er liebt, Allah beleidigen. Allah ist die höchste Form der Liebe, sie schließt alle anderen in sich ein.«

»Schön, daß du wenigstens das bei uns gelernt hast. Jetzt komm. Die Pferde sind schon gesattelt.«

Abdul gestattet mir nicht einmal den Abstecher zur Umfassungsmauer, um von dort einen letzten Blick auf den Jinnaf al-Arif zu werfen, den Garten des Architekten, den Garten Miriams.

Heute schmerzt mich, daß ich nie die Wasser im Löwenhof habe fließen sehen.

Da Abdul wohl merkte, daß ich mit dem Gedanken spielte, umzukehren, ließ er sich zu ein paar Erklärungen herab, die ich ihm hätte in den Hals zurückstopfen mögen.

Eine der Frauen Abduls war mit den Frauen des Emirs befreundet.

»Diese eine, um die es geht, ist nicht die Tochter des Emirs, was dich allemal den Kopf hätte kosten können, sondern sie gehört zu den jüngsten Frauen des Herrschers, eine Nebenfrau. Ein Mädchen ohne Bedeutung, das nach zwei oder drei Jahren Ehe noch kein Kind geboren hat. Es ist verwerflich, was sie getan hat, aber eine Frau ohne Kind ist nichts wert.«

»Ist sie jetzt nicht in Gefahr?« fragte ich tonlos, mit einem letzten Anflug von Ritterlichkeit. Nicht mal mehr ihren Namen wollte ich erfahren.

»Sie hat Glück, daß die anderen Frauen sie mögen, sie werden die Sache vertuschen, das Problem bist du, denn einer der Eunuchen will dich erkannt haben.«

Als wir Almeria erreicht hatten, war eine eigenartige Schwere in meine Glieder gezogen, ein eisiges Gefühl, eine Stumpfheit aller Empfindungen, mag sein, daß sie von Abduls Eröffnungen ausgelöst worden war. Reichlich teilnahmslos folgte ich seinen Verhandlungen mit einem Kapitän. Sein Schiff sollte nach Italien übersetzen.

Abdul umarmte mich voller Rührung beim Abschied und nannte mich den besten Gehilfen, den er je hatte.

Das Schiff strandete in einer stürmischen Nacht in der Nähe von Neapel. Die Wellen haben mich an den Strand gespült, halb besinnungslos. Mit kaum noch beweglichen Gliedern bin ich einen Hang hinaufgekrochen, zwischen Geröll und Gebüsch schlief ich ein.

Kapitel 7

Castello

Wie ein Wurm bin ich aus dem Dreck gekrochen, vielmehr der Erdmulde, die sich im Lauf der Jahre um mich gebildet hatte. Wieder hatte es mich ereilt, das Debakel, der Fluch, für einen Augenblick glaubte ich sogar, die Zeit schnurre in einem Rad gefangen, denn wie beim erstenmal herrschte Frühling, und das löste ein verschärftes Entsetzen aus.

Außer den Goldmünzen klaubte ich aber auch eine aus Silber getriebene Lampe auf, ein ziseliertes Tintengefäß mit blauem Glaseinsatz und eine kleine Räucherschale aus schwefelgelb verfärbtem Alabaster.

Die wohlbekannte Gier nach Wasser war rascher zu stillen als ein neues Verlangen, eine Unersättlichkeit, die ich auf dem Weg nach Norden zu befriedigen suchte.

Ich traf etliche Frauen, die sich nur zu bereitwillig meiner Leidenschaft überließen, sie nicht selten sogar bewußt anstachelten. Brüste, Bäuche, Schenkel fügten sich schon bald in einen gewaltigen Wirbel willigen Fleisches, in dem die individuellen Züge der Caterinas, Julias, Claras untergingen, eine Miriam war nicht dabei.

Du bist etwas weltfremd erzogen und aufgewachsen und kennst mich nur als zurückhaltenden, wohlanständigen Mann, es wäre verständlich, wenn du Ekel empfändest. Laß mich versuchen, dir mein damaliges Verhalten begreiflich zu machen, soweit ich es selbst begreife.

In der Höhle auf Kreta mußte ein Dämon von mir Besitz ergriffen haben, einer der alten Götter oder Luzifer, der aus allen Himmeln gestürzte Engel. Es war dieser Dämon, der das Fleisch hatte vertrocknen lassen und meinen Geist gefangen hielt. Indem ich mich einer unbändigen Fleischeslust hingab, habe ich ihn kleingehalten, in den Augenblicken der Ekstase war er ganz aus meinem Bewußtsein geschwunden.

Manche Nacht habe ich auch allein in Ackerfurchen gelegen, zwischen der aufschießenden Saat und habe den Duft der fruchtbaren Erde eingesogen.

Im späten Frühjahr – es war das Jahr 1481, wie ich mittlerweile erfahren hatte – erreichte ich den Ort Fiesole und drang bei Nacht in einen Garten ein. In der Morgenfrühe klaubte ich mir ein kleines Frühstück aus einem zierlichen Erdbeerbeet, als mich ein Geräusch aufschreckte.

Ich muß wie ein brünftiger Ziegenbock gestunken haben. Der Mann vor mir, jung und gutgekleidet, wich zurück, wie von einem heftigen Wind angeblasen. Mir machte sein Anblick allerdings ebenfalls kein Vergnügen. Tatsächlich, erzählte er mir später, suche der Fürst, dem der Garten gehörte, Lorenzo de' Medici, so gern seine Gesellschaft, weil er noch häßlicher als er selbst sei, und Lorenzo war weiß Gott mit einem Gorgonenhaupt geschlagen.

Genauer, als mir angenehm sein konnte, musterte er mich von den bloßen Zehen bis zum Haarfilz, meinen groben, erdbraunen Kittel, den Strick, der als Gürtel diente.

Dem, was er auf Lateinisch mehr zu sich selbst als zu mir sagte, entnahm ich verblüfft, daß ich für etwas Heidnisches aus antiken Zeiten gehalten wurde. Ich habe in sehr reinem Latein geantwortet, das besser zur Geltung gekommen wäre, wenn meine Stimme nicht wie eine angerostete Baumsäge geknarrt hätte.

»Du nennst mich Priapus«, sagte ich, »Gott der Fruchtbarkeit und Zeugungskraft. Sitz ich vielleicht nackt hier und wedele mit einem überlangen Geschlecht? Oder ist es wegen der Erdbeeren, weil man Priapus auch durch Früchte zu kennzeichnen pflegte?«

Der Mann hockte sich auf die Fersen, um mir besser ins Gesicht schauen zu können, und ich bemerkte befriedigt, daß ihm der Gegensatz zwischen meiner äußeren Erscheinung und meiner gebildeten Rede zu schaffen machte. Ich aber hatte genug davon, als Studienobjekt zu dienen, legte daher die restlichen Erdbeeren, denen übrigens die Süße fehlte, beiseite und erhob mich, um zu gehen.

»Wenn ich deine Besitzerruhe gestört habe, verzeih mir.«

»Warte!« rief der Mann.

»Was willst du noch?« knurrte ich, nach meinem Bündel greifend.

»Wie wär's mit einem Bad?« fragte er und griff sich mit einem entwaffnenden Lächeln an die Nase.

Mit angezogenen Knien mußte ich mich in einen Zuber zwängen, der in einer engen, zugigen und schlecht belichteten Kammer stand. Eine Magd trug warmes Wasser herein, und ich bemerkte, wie sie nach mir spähte, als ich mich meiner Kleidung entledigte, die sie dann rasch und mit wenig Widerwillen ergriff und hinaustrug. Das Mädchen hieß Giovanna.

Als ich gebadet, zurechtgestutzt an Haar und Bart und leidlich sauber, wenn auch bäuerlich gekleidet, meinem Gastgeber zu einem Frühstück folgte, entnahm ich seinen Worten, daß er sein einmal gefaßtes Bild von mir nicht aufgab. Tatsächlich erwähnte er diesmal das Geschlecht der Titanen wie auch den Helden Herkules, wenigstens hielt er mich nicht mehr für einen antiken Bocksbeutel. Ich hatte vor, die Gelegenheit zu nutzen, die eine zivilisierte Tafel bot, und mich danach weiter nach Norden zu trollen.

Nachdem ich seine Beredsamkeit durch eine simple Frage nach Namen und Stellung in Gang gesetzt hatte, schwatzte Angelo Poliziano drauflos, als wollte er mich ganz bewußt in seine Zeit hineinholen. Während er über die illustre Familie Medici dozierte, die mich keinen Deut scherte, brach ich duftendes Weizenbrot und starrte hungrig auf die milchig-weiße Haut in Giovannas Hemdausschnitt.

Den Medici also gehörte das Haus. Cosimo, der Großvater des schon erwähnten Lorenzo, muß ursprünglich Krämer oder Pillendreher gewesen sein, es gelang ihm, ein ziemliches Vermögen zusammenzuraffen und sich nach und nach die Herrschaft über Florenz anzueignen, ohne jedoch ein Amt oder einen hochtrabenden Herrschertitel innezuhaben. Das Haus in Fiesole hatte er vor über zwanzig Jahren für seinen jüngeren Sohn Giovanni bauen lassen.

Seinen Enkel nannten die Florentiner des übermäßigen Reichtums und Prunks wegen – eine Untugend der Neureichen – »Lorenzo, den Prächtigen«, und die Stadtherrschaft war für diesen bereits zu einer Erbschaftsangelegenheit geworden, er brauchte nur in die Fußstapfen des Vorfahren zu treten.

Nun begann ich etwas aufmerksamer zuzuhören, meine Gedanken kreisten aber noch nicht um meine allgemeine Zukunft, sondern nur um eine spezielle, sehr lustbetonte, die ich mir für die nächste Zeit erhoffte. Über die Möglichkeiten, die Florenz tatkräftigen und gewitzten Leuten bot, wollte ich später nachdenken.

Betrachtet man mein Herkommen und schaute man sich hier um, könnte man sagen, ich habe es weit genug gebracht. Glaube mir, es ist nicht weit genug, und deshalb sitze ich hier in der Nacht.

Giovanni de' Medici, erläuterte Poliziano, habe sich in der Villa seinen Vorlieben gewidmet, der Musik und den Büchern.

»Bücher?« fragte ich. »Gibt es hier eine Bibliothek?«

Ein Prüfen ihrer Schriften hätte ein Anfang sein können, diese neue Zeit zu begreifen. Ich mag zu nachdrücklich danach verlangt haben, die Bibliothek zu sehen, Polizianos Blick wurde mißtrauisch, und unversehens stieg mir das Blut in den Kopf, die Sicherheit, die ich bisher empfunden hatte, zerstob, vor mir gähnte jäh der neue Abgrund der Zeit.

Mit einer Bauerntrine, auf der du gerade liegst, führst du keine tiefschürfenden Gespräche, und das Leben auf dem Land spiegelt in seiner Eintönigkeit wenig vom großen Lauf der Welt. Dieser hatte mich in Gestalt des Gelehrten Poliziano eingeholt, jetzt erst ahnte ich, welche zum Verzweifeln harte Aufgabe sich mir stellte, wenn ich wieder Mensch unter Menschen sein wollte.

Ich tappte hinter meinem Gastgeber her und spürte den Argwohn, der in Wellen zwischen uns flutete und mir den Kopf schwindeln machte. Er war jedenfalls so wenig klar, daß ich nach einem verblüfften Rundblick im Bücherzimmer unbedacht meine Gedanken preisgab.

»Sind das alle Bücher, die ihr habt, die paar Scharteken? In den Bibliotheken von Bagdad und Kairo zählte man die Schriften in Hunderttausenden, selbst in dem kleinen, mohammedanischen Granada ...« Ich machte eine ausgreifende Bewegung, um meine Worte zu unterstreichen, und wischte geringschätzig über die kümmerlichen Bestände dieses Giovanni de' Medici. »Legt ihr hier in der westlichen christlichen Welt keinen Wert mehr auf Gelehrsamkeit?« Es war, gebe ich zu, pure Aufgeblasenheit.

Poliziano kniff die Augen zu schmalen Schlitzen zusammen, seine Stimme wurde schneidend. »Granada? Ihr kennt Granada?«

Er war ins Italienische gefallen. Einige Brocken hatte ich von den Bäuerinnen und Mägden aufgeschnappt, meine Kenntnisse des Lateinischen und die Reste Venezianisch, die aus meinem Gedächtnis heraufdämmerten, waren mir dabei zugute gekommen.

»Woher seid Ihr?« fuhr Poliziano fort. »Aus Rom vielleicht? Habt Ihr einen besonderen Auftrag? Sagtet Ihr nicht, Ihr kommt aus dem Süden?«

Die schreckliche Furcht schüttelte mich, daß der Florentiner am Ende die Maskerade durchschauen und mich als Zeitfremdling erkennen würde, als wirklich dämonisches Geschöpf. Mit aller Kraft versuchte ich, meine wirren Gedanken zu sammeln, mich vor allem daran zu erinnern, wo ich das kostbare Bündel mit meiner Habe abgelegt hatte.

Ich hob Schultern und Hände in einer entschuldigenden Geste. »Bitte, sprecht Latein. Mein Italienisch ist mehr als kümmerlich.«

Ungeschickt stieß ich mit der Hüfte an einen Tisch, während ich mich auf dem Rückweg zur Tür befand, die Augen starr auf den Mann geheftet. Meine nach einem Halt tastende Hand legte sich auf ein geöffnetes Buch. Die Lage war weiß Gott nicht dazu angetan, mich mit Zahlen, Zeichnungen und Diagrammen zu befassen, aber Bücher haben die magische Fähigkeit, meine Aufmerksamkeit zu fesseln.

»Die Geometrie Euklids«, rief ich überrascht. Eine Zauberformel.

Eigentlich habe ich nie begriffen, was Gelehrte bewegt, sich sogar bei gegenseitiger Abneigung im allgemeinen auch Bosheiten mit Zuvorkommenheit an den Kopf zu werfen, ich denke, es ist eine Art Standesehre, vielleicht auch nur Dünkel. Wie wir so dies und das über Euklid austauschten, kam plötzlich ein Lächeln zwischen uns auf, wir wurden uns beide bewußt, jung zu sein, und Jugend hat sich schon immer bestens mit Jugend verstanden.

»Granada?« begann Poliziano behutsam von neuem.

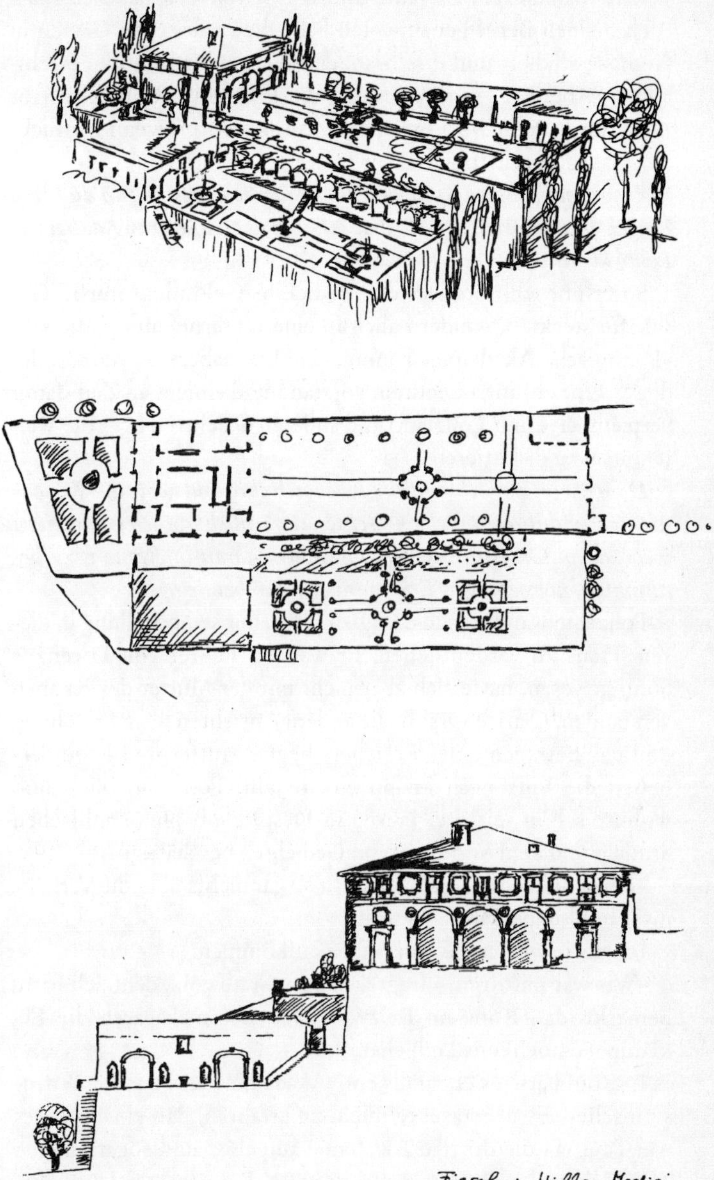

Fiesola: Villa Medici

»Mit meinen Namen, Christoforo il Giardiniero, habe ich Euch auch meinen Beruf genannt. Ich habe die maurischen Gärten in Granada studiert und ihre besondere Verbindung mit der Architektur. Aber sagt mir, was sollte die Frage mit Rom? Ihr habt noch mit keinem Wort erwähnt, was Ihr hier tut, wenn Ihr nicht der Hausherr seid, obwohl Ihr auftretet, als wärt Ihr es.«

Es war ein simpler Kniff, den du dir merken sollst: wenn du keine Fragen beantworten willst, stell selbst welche und bring dabei die Leute überdies in Verlegenheit.

So erfuhr ich nun, daß die Medici ihr Geld nicht nur in Geschäfte steckten, sondern auch in eine Unternehmung, die sich »Platonische Akademie« nannte, eine Liebhaberei Lorenzos, der dieser Einrichtung obendrein vorstand und einiges an Zeit damit verplemperte, mit Poliziano und anderen Gelehrten über die Welträtsel zu diskutieren.

Damit wir uns nicht mißverstehen, ich ehre und achte die Wissenschaften und ihre erlauchten Geister, tatsächlich bin ich gerade jetzt mehr als an Gütern, Ansehen und Macht daran interessiert, zu bestimmten, notwendigen Erkenntnissen durchzudringen.

Poliziano wand sich in dem Bemühen, mir seine Stellung in diesem Haus zu verdeutlichen. Er war der Lehrer von Lorenzos Sohn gewesen, hatte sich aber nicht mit der Mutter des Knaben verstanden, Clarice Orsini, die andere Ansichten über Erziehung und das Betragen eines Erziehers hegte. Mutter und Kind verließen die Villa nach knapp einem Jahr, Poliziano blieb und wohnte schon seit drei Jahren in Fiesole, mit philosophischen Studien und dem Verfassen von Gedichten beschäftigt.

»Ich kann nicht glauben, daß Ihr so gar nichts über die Verhältnisse in Florenz wißt«, sagte er.

Ich hörte wieder das Mißtrauen aufkommen.

»Was war mit Rom?« fragte ich aufs Gratewohl, denn ich hatte bemerkt, daß Rom ein Reizwort war. Diesmal waren die Erklärungen noch umständlicher.

In Rom hatte es ebenfalls eine Akademie gegeben, die »Vitruvianische«. Es überraschte mich, zu erfahren, daß ein Papst, es war Paul II., die dortige Akademie aufgelöst und sogar einigen Mitgliedern den Prozeß gemacht hatte. Ein gewisser Leon Battista Alberti, schon damals ein berühmter Gelehrter und Architekt, war vor der päpstlichen Verfolgung von Rom nach Florenz an die Platonische Akademie geflüchtet.

Ich bin in Klöstern erzogen worden, von Mönchen, die die Wissenschaft hochhielten und in einem zur Gelehrsamkeit befähigten Geist eine Gott gefällige Gabe sahen. Den Konflikt, der zwischen Kirche und Wissenschaft ausgebrochen war, konnte ich mir nicht erklären.

»Es weht ein kalter Wind aus Rom«, schloß Poliziano düster, »Florenz ist dem Papst zu frei im Geist, zu unabhängig.«

»Was hatte Papst Paul gegen Vitruv einzuwenden? Und sagt mir, kommt Alberti zuweilen hierher?«

»Er starb vor neun Jahren«, sagte Poliziano höflich, »ich habe einige seiner Schriften hier, er hat auch über Gärten geschrieben.«

Noch am gleichen Abend machte ich eine weitere Bekanntschaft, die von Pico della Mirandola, gleichfalls Akademiemitglied, der den Freund besuchen kam. Pico wohnte in der Nähe.

Der Gegensatz zwischen den beiden hätte nicht größer ausfallen können. Pico fiel das Haar golden glänzend auf die Schultern, die Augen leuchteten in einem klaren Blau. Ich wurde nicht müde, den Mann zu betrachten, der dem Alter nach kaum mehr als ein großer Knabe war, dabei ein überaus gelehrter. Ich hatte angenommen, ungewöhnlich in Sprachen bewandert zu sein, Pico dagegen beherrschte mindestens ein Dutzend, in denen er sogar seine Abhandlungen schrieb. Poliziano, das andere Genie an der Abendtafel, erfuhr ich von Pico, hatte bereits mit zehn Jahren lateinische Werke herausgegeben und war erst sechzehn gewesen, als er die Gesänge von Homers *Illias* übersetzte. Mit einiger Beschämung dachte ich daran, daß ich mit dreizehn Jahren beinahe über der Aufgabe verzweifelte, einen lausigen Kohlacker in ein paar anständige Beete zu verwandeln.

Solange die Unterhaltung auf Latein geführt wurde, konnte ich folgen, aber leider glitt sie häufig ins Italienische ab, ins Volgare. Pico hat mir einmal die Vorliebe für diese Volkssprache erklärt: in ihr ließe sich besser ausdrücken, was sie alle fühlten, nämlich die Lust am Dasein.

Alles in allem müssen sie mich als ein zu Kunststücken begabtes Haustier betrachtet haben, wenigstens anfangs. Sie beklatschten mich beinahe, als herauskam, daß ich außer Latein auch Griechisch sprach.

»Dann seid Ihr ja einer von uns«, rief Pico aus.

»Wo habt Ihr Griechisch gelernt?« fragte Poliziano dazwischen. »Es ist unter Gelehrten außerhalb von Florenz immer noch nicht sehr verbreitet.«

Pico redete dazwischen. »Wir haben Glück aus dem Unglück anderer gezogen. Von der Eroberung Konstantinopels durch die Türken muß ich Euch ja sicher nichts erzählen. Die byzantinischen Gelehrten sind damals, vor achtundzwanzig Jahren, zu uns nach Florenz geflohen. Bis dahin waren die Werke Platons und Plotins nur in der arabischen Übersetzung bekannt.«

Ich hätte mit solchen Schlägen rechnen müssen, mit einem Schmerz, der anderen so seltsam erschien, da er auf längst Vergangenes gründete. Der Raum drehte sich um mich, im Wirrwarr von Vergangenheit und unbekannter Gegenwart vergaß ich meine Beherrschung. Ich schrie entsetzt auf.

»Konstantinopel? Die Gärten, die Paläste, die Bibliotheken, das Wissen, die Kunst ...« Ich beendete den Satz nicht.

Pico hob belustigt die Brauen. »Sagt, wo habt Ihr eigentlich gelebt? Wie kann Euch etwas erschüttern, das fast dreißig Jahre her ist?«

Solche Fragen habe ich noch öfter gehört, aber mich nie an sie gewöhnen können.

»Hinter Klostermauern«, habe ich nach einer Bedenkpause geantwortet, »dort interessiert man sich mehr für ewige als für zeitlich begrenzte Wahrheiten. Nach der Klostererziehung habe ich Jahre in Granada verbracht, in mohammedanischen Landen, meist in Gärten, ich erwähnte es schon.« Ich registrierte die Skepsis in den Augen der beiden. »Von Plotin kenne ich nur wenig«, fuhr ich fort. »aber Platon habe ich ganz gelesen, in Griechisch wie in Arabisch, die Theorie der Materie und der Form.«

Warum sie mich baten, zu bleiben, war mir unverständlich, ich bezog aber gern ein Zimmer mit Blick auf Florenz und den Arno, zwei Türen von Giovannas Kammer entfernt. Das erwies sich recht bald als praktisch, ich habe auf unterhaltsame und angenehme Weise mein Italienisch vervollständigt.

Durch Vermittlung Polizianos erhielt ich eine Anstellung als Gärtner. Dafür, daß ich eine Art Oberaufsicht über die tatsächlich im Garten Beschäftigten führte, wurde mir neben Logis und Kost ein allerdings sehr bescheidenes Salär zugestanden. Genau betrachtet, war ich bezahlter Gast, und das wollte ich bleiben, bis ich mich stark genug fühlte, meine Reise nach Venedig fortzusetzen.

Nach der Bestallung streifte ich mit mehr beruflichem Interesse als zuvor über die zwei dem Steilhang abgerungenen Terrassen, die den Garten ausmachten. Auf der oberen lag das Haus, es nahm eine Schmalseite ein und setzte sich auf der tiefer gelegenen Terrasse in einem Anbau fort, einer Erweiterung des Kellergeschosses der Villa. Dort war ich einquartiert. Eine hohe Stützmauer, nicht unähnlich den Festungswällen von Al-Hamra, trennte die zwei Terrassen.

Eine überrankte Pergola am Fuß der hohen Steinwand milderte mit ihrem Weinlaub ein wenig den allzu rohen Eindruck. Wenn man von der unteren zur oberen Terrasse wollte, mußte man durch das Kellergeschoß hinaufsteigen, sonst gab es keine Verbindung.

Im Erdgeschoß des Haupthauses öffnete sich eine Loggia mit drei weiten Bögen zum Garten. Der Blick schweifte über einen Mittelweg geradewegs bis zu einer Mauer, die ein paar mit Figuren besetzte Nischen unterbrachen. In eine Ecke war eine kleine, halboffene Halle gesetzt, eine sogenannte Limonaia, in der man kühle Getränke zu sich nehmen konnte oder Schutz vor kalten Winden fand. Gerade diese Limonaia lobte Poliziano überschwenglich. Wenn man nichts Besseres kennt, schätzt man auch das Einfache, ich aber hatte die Miradors und Pavillons von Al-Hamra gesehen. Loggia und Limonaia sollten eine Verbindung von Haus und Garten schaffen, ich behielt für mich, daß diese Anordnung doch reichlich simpel wirkte.

Die Villa selbst war nichts weiter als ein quadratischer Klotz. Erst zu einer anderen Zeit habe ich die Klarheit ihrer Proportionen erkennen gelernt. Die Zierlichkeit und Leichtigkeit der maurischen Höfe noch vor Augen, erschien mir hier alles karg und nackt. Ich war noch nicht bereit für die offene, ländliche Heiterkeit, für Maß und Mäßigung oder besser die Temperentia, die bei den Florentiner Philosophen eine Rolle spielte, wenigstens in ihren Theorien, denn Lorenzo de' Medici galt jedenfalls als großer Hurenbock.

Ich war sehr davon angetan, daß mich die Gelehrten an ihren Disputen teilhaben ließen. Deutlich erinnere ich mich an ein Gespräch mit Poliziano, Pico und einem weiteren Akademiemitglied, Marsilio Ficino, den ich gerade erst kennengelernt hatte. Ficino war ein lebhafter Gnom von eineinhalb Metern, achtundvierzig Jahre alt, dem Gehabe nach aber nicht weniger jung als die anderen. Die drei bildeten eine beinahe groteske Gruppe: der Schöne, der Häßliche und der Zwerg.

Ich zog wieder einmal Vergleiche zwischen Granada und der Medicivilla.

»Wenn sie«, erklärte ich, von Ficino auf die Mauren in Spanien angesprochen, »die Schönheit einer Mondnacht, eines duftenden Gartens oder eines Liebesrausches besingen, meinen sie immer die Schönheit Allahs. Denn diese verbirgt sich hinter den Erscheinungen des Sichtbaren, aber sie offenbart sich auch in ihnen. Und jeder, der Gott sucht, sucht sie zu erkennen und zu erfassen.«

»Ein altertümlicher Gedanke«, wandte Ficino trocken ein. »Wir suchen nicht mehr das Jenseits oder das Transzendente hinter der Welt, sondern haben uns ganz dem Diesseits zugewandt, seiner Vielfalt, seinen wunderbaren Kräften.«

»Wir sind deshalb nicht zu neuen Heiden geworden, die alles nachbeten, was sie in den Schriften der Antike finden, etwa bei Plotin und Platon«, ergänzte Poliziano.

»Auch Plotin spricht vom wahren Urgrund der Dinge, vom Urlicht«, warf ich schnell ein, »vom jenseitigen Licht, welches das Diesseits durchleuchtet.«

Ficino lachte meckernd auf. »Das bestreitet auch keiner von uns. Aber wir leben hier, im Diesseits, und wollen von dieser Welt Besitz ergreifen.«

»Was Ficino sagen will«, griff Pico ein, »ist, daß die Schöpfung jetzt mehr gilt als der Schöpfer, wir wollen die Kräfte des Werdens erspüren und beherrschen, und wir stehen mitten in der Welt, in ihrem Zentrum.«

»Vielleicht solltet Ihr nicht zu laut schreien, daß Ihr jetzt über Gott steht, das schmälert die Position des Papstes«, sagte ich.

Die drei warfen sich einen Blick zu, dann ging Pico über meinen Einwand hinweg. »Es gilt, eine Welt wieder jung zu machen, die in der dunklen Zeit des Mittelalters in Furcht vor Hölle und ewiger Verdammnis zu ersticken drohte. Diese Furcht hat den Verstand vernebelt, sie ist das größte Hemmnis für die Wissenschaft.«

Ich habe mich davongeschlichen – sie merkten es nicht einmal –, und trug die Bürde der Verdammnis und der dunklen Zeit des Mittelalters mit mir. Hinter dem Haus lag ein giardino segreto, ein Gärtlein, von Mauern umgeben, mit blühenden Beeten um ein Wegekreuz und einem Brunnen in der kreisrunden Mitte. Mir kam der Garten vor wie ein Rest aus jener alten verschrieenen Zeit. In seiner klösterlichen Stille atmete ich auf.

Dieser giardino segreto bot einen weiten Blick auf das Arnotal. Neben Blumen wuchsen hier auch Kräuter, die Giovanna gelegentlich für die Tafel pflückte. Als höflicher Gast habe ich ihr dabei den Korb gehalten und zugesehen, wie sich ihr Rock beim Bücken über ihren schönen, breiten Hüften spannte. Merkwürdigerweise befiel mich in ihrer Gegenwart eine Befangenheit, die meine geheimen Wünsche in die Schranken wies. Dabei war sie ein Landkind, sie strahlte Gesundheit und Lebensfreude aus und hatte eine einfache, gradlinige Art.

An einem heißen Nachmittag beugte sie sich gerade weit über die Mauerbrüstung zum Tal – vielleicht hoffte sie auf einen belebenden Luftzug von unten –, als sie plötzlich wie unter einem Schwindelanfall aufkeuchte. Ich nutzte die Gelegenheit, sie von der Mauer zurückzureißen, obwohl tatsächlich keinerlei Gefahr bestand, daß sie hinabstürzte. Ihr Atem ging heftig, wie unter Atemnot, es lag daher nahe, ihr das Mieder aufzureißen, sicher nicht ganz so nahe, meine Hand hineingleiten zu lassen. Mit jedem Luftholen wölbten sich ihre vollen Brüste meinen Fingern entgegen, die mit den rosig braunen Spitzen spielten. Giovanna stöhnte dabei vielversprechend auf.

In der Nacht schlich ich zum erstenmal in ihre Kammer. Leider zeigte sich Giovanna von der bei dieser Gelegenheit weniger ersprießlichen Tugend der Temperentia verdorben. Nach einem reichlich schlichten Liebesakt rollte sie sich wie ein sattes Tier zusammen und nährte damit meine Zweifel an der allzusehr im Diesseitigen und Gegenwärtigen verhafteten Zeit. Sobald sie schlief, stahl ich mich hinaus in den Garten, der nun im Mondlicht doch ein wenig Zauber entfaltete.

Häufiger als bisher suchte ich nun auch tagsüber Giovannas Gesellschaft und schwatzte in der Küche mit ihr, um auf unverfänglichere Art als im Gespräch mit den Philosophen mein Wissen über die Zeit, in die es mich verschlagen hatte, zu ergänzen. Denn im täglichen Leben kommt es mehr auf die kleinen Dinge als auf die großen Gedanken an. Schon bald begann Giovanna, Fragen zu stellen, die sich einem Gast des Hauses Medici gegenüber nicht gehörten.

»Wer sind deine Eltern?« erkundigte sie sich einmal, als wir allein waren.

»Bauern.« Eine leichtsinnige Antwort, wie ich noch merken sollte.

»Das ist schön. Ich stamme auch von einem Bauerngut. Nicht so einem mit nur drei Feldern, sondern mein Vater Giovanni Casella hat ein ordentliches Gut von den Medici gepachtet. Wenn ich heirate, bekomme ich eine Mitgift.«

Plötzlich fand ich es reichlich schwül in der Küche.

Gelegentlich unternahm ich einen Spaziergang in die umgebenden Hügel, dabei lag die Stadt Florenz zu meinen Füßen ausgebreitet. Es gefiel mir, so den Überblick zu behalten, denn ich fürchtete mich davor, mich in den unbekannten Straßen zu verlieren. Mit der Zeit wurde mein Verhalten immer lächerlicher, die Hausgenossen, auch das Gesinde amüsierten sich darüber. Ich wagte es aber einfach nicht, der sanft abfallenden Zypressenallee bis zum Ufer des Arno zu folgen.

Oft saß ich, mich ein wenig einsam fühlend, über meine wenigen Schätze gebeugt in der Schlafkammer, schob die Goldstücke über den Tisch und rieb in wehmütiger Versunkenheit die Silberlampe blank. Dabei störte mich an einem Nachmittag Poliziano auf, überflog mit einem Blick den Tisch und schüttelte den Kopf.

»Ihr braucht Eure Goldstücke nicht zu zählen, sie werden in diesem Haus weder mehr noch weniger. Warum laßt Ihr das Gold nicht für Euch arbeiten?«

Ich habe ihn eher verlegen als erstaunt angesehen, er muß aber in meinen Augen eine Aufforderung nach mehr Erklärungen gelesen haben.

»Es gibt in Florenz mehrere Bankhäuser, eines der bedeutendsten, wenn nicht überhaupt das größte, ist das der Medici. Gebt ihnen das Geld, sie werden es in eine der neuen Manufakturen anlegen.«

In der Zeit, in der ich aufwuchs, machte ein Mann von Adel keine Geschäfte, mit schnödem Handel hatte er nichts zu tun. Das war mittlerweile anders geworden, wie ich erfuhr. Die Manufakturen, regelrechte Großbetriebe, in denen auf sehr effiziente Art alle möglichen Waren wie Teppiche und Stoffe hergestellt wurden, waren eine Quelle des Reichtums für alle großen Familien wie die Strozzi, Pazzi, Rucellai. Ich ahnte bereits, auf was das Gespräch hinauslief, und war sofort bereit, Poliziano meinen Goldschatz anzuvertrauen. Er machte mir dagegen klar, daß ich wegen der auszufertigenden Papiere und der Unterschriften selbst das Bankhaus aufsuchen müßte, bot mir allerdings an, mich zu begleiten.

Einen Tag später schon sind wir die Zypressenallee hinabgegangen. Ich hatte die Sache ein paar Tage oder Wochen aufschieben wollen, um noch einmal über Zinswucher und andere unchristliche Begleiterscheinungen von Geldgeschäften nachzudenken. Poliziano erklärte aber, mit jedem Tag, den ich wartete, verlöre ich Geld.

Wir machten uns zu Fuß auf den Weg, ich hatte darauf bestanden, obwohl wir hätten Maulesel nehmen können. Allzubald wuchs uns das Häusermeer entgegen und verdeckte die Sicht auf die runden Hügel der Umgebung, auf Rebhänge, Weizenfelder und arbeitende Bauern.

»Seid Ihr schon müde?« fragte Poliziano, dem mein immer langsamerer Gang zusetzte. »Oder beschäftigt Euch etwas in Gedanken?«

»Ihr legt soviel Wert auf die Gegenwärtigkeit. Wünscht Ihr Euch nicht manchmal, den Augenblick festzuhalten, ihm Dauer zu verleihen, Unsterblichkeit?« Ich weiß nicht, warum ich ihn das gefragt habe, immerhin hing ich solchen Grübeleien tagtäglich nach.

»Gerade in seiner Vergänglichkeit ist der Augenblick kostbar. Es macht auch die Würde des Menschen aus, daß er sich mit seiner Endlichkeit abfinden muß. Wen sollte noch der Augenblick kümmern, wenn er nie endete? Stellt Euch doch das Elend Ahasvers vor, der seit beinahe eineinhalbtausend Jahren über die Erde wandert, würde Euch so ein geradezu endloses Leben gefallen?«

Noch nie hatte ich von einem eintausendfünfhundertjährigen Mann gehört, hätte aber dem gelehrten Poliziano von einem erzählen können, der mittlerweile zweihundertundfünfzig Jahre auf dem Puckel hatte, ohne sie wirklich gelebt zu haben. Über diesen Ahasver wollte ich unbedingt mehr wissen, Poliziano winkte lachend ab.

»Vergeßt den Ewigen Juden und laßt uns an etwas Ersprießlicheres denken.«

Bis zum Bankhaus der Medici habe ich Florenz kaum wahrgenommen, ich dachte nur daran, wie ich mir das nötige Wissen über Ahasver verschaffen könnte. Meine Furcht vor der Stadt hatte sich darüber mehr oder weniger verflüchtigt. Unterdessen folgte ich dem Florentiner in das weitläufige Gebäude, das außer dem Bankkontor die Wohnräume der Medicifamilie, Amtsräume für die Regierungsgeschäfte der Republik und zudem Säle mit einer umfangreichen Kunstsammlung enthielt. Das einzige, was mich reizte, war die Bibliothek, nach meinen Erfahrungen mit dem spärlich ausgestatteten Bücherzimmer der Villa erwartete ich indes nicht viel.

Der junge Angestellte, den Poliziano ansprach, warf einen abschätzigen Blick auf meine bäuerliche Kleidung und gab uns zu verstehen, daß das Bankhaus Medici mir rein aus Gefälligkeit zur Verfügung stünde. Eigentlich hatte ich an diesem Punkt der Verhandlungen bereits umkehren wollen, Poliziano nahm mir den Geldbeutel aus der Hand und ließ die Münzen auf den Tisch fallen. Der Angestellte tippte die rollenden Goldstücke an, schob sie hin und her, sie blitzgeschwind zu Reihen ordnend, griff eine heraus und betrachtete sie, dabei wurden seine Augen immer runder.

»Woher habt Ihr die Münzen?« fragte er streng und laut.

Ich wagte nicht zu antworten. Leider waren andere aufmerksam geworden, sie traten hinzu, der junge Mann im Mittelpunkt hob die Stimme noch etwas mehr.

»Diese hier kommt fraglos aus dem Orient, aus Persien, und ist zwei-, wenn nicht dreihundert Jahre alt.« Plötzlich lächelte er mich an. »Ist mein Spezialgebiet, alte Münzen.« Rasch griff er zwei weitere heraus. »Die eine kommt aus Spanien, ist auch schon außer Kurs und diese letzte« – er hielt sie über alle Köpfe hoch – »ist eine augusteische oder anders ausgedrückt, sie stammt aus der Zeit unseres Herrn Jesus.«

Es gab einen ziemlichen Tumult um den Tisch, aus dem ich mich vorsichtig heraushielt und der Poliziano lediglich erheiterte.

Die Münze mit dem Kopf des Augustus habe ich behalten. Für zwei andere ließ ich mir gängige Währung auszahlen, alle anderen Goldstücke habe ich in Anteilscheine an einer Wollmanufaktur getauscht.

Erst als wir wieder vor der Bank standen, sagte Poliziano lächelnd: »Ihr seid ein Mann stets neuer Überraschungen. Viele graben heutzutage nach Schätzen, aber nur wenige mit derart glänzenden Ergebnissen.«

Mir jedoch brannte diese eine Münze in der Hand.

Da wir schon einmal in Florenz waren, zeigte mir Poliziano die gewaltige Domkuppel Brunelleschis, das Baptisterium und die marmornen Propheten von Donatello, Jeremias und Habakuk.

»Man könnte meinen, Ihr hättet Donatello für den Jeremias Modell gestanden. Die breiten Schultern, die Kraft, die sich in den Händen ausdrückt, das Cäsarenhaupt. Das Vorbild der Antike ...«, schwätzte Poliziano weiter.

Ich sah zu der steinernen Figur auf und mußte an Roberto denken, mir fiel ein, daß ich ihm an Größe und Kraft nun beinahe ebenbürtig gewesen wäre.

»Damit sind wir wieder bei der Schatzsuche«, fuhr Poliziano fort. »Überall wird nach Statuen der Antike gegraben, in ganz Italien, Sizilien und Griechenland. Auch die Medici sind Sammler von Antiken.«

Er hat sicher gehofft, ich würde etwas zur Herkunft der Münzen, vor allem der ältesten, verraten. Wie diese in meinen Besitz gekommen war, hätte ich selbst gern gewußt.

Auf meine Bitte sind wir zum Medicipalast zurückgekehrt und haben die Bibliothek besucht, eine öffentliche Einrichtung, von Lorenzo den Bürgern gestiftet, einzigartig in Europa, zehntausend

Werke umfassend. Ich muß zu den Erläuterungen Polizianos mitleidig gelächelt haben.

Ein gedrucktes Buch ist für dich beinahe alltäglich, damals gab es noch nicht allzuviele davon bei den Medici, ich habe mich nur schwer an sie gewöhnen können, obwohl mir die Vorteile der Buchdruckerei einleuchteten. Aber ein Buch wird ein sehr kalter Gegenstand, wenn du nicht mehr die Hand des Schreibenden spürst.

Am Abend saß ich im giardino segreto, die Münze in der Hand, und dachte über das nach, was mir Poliziano auf dem Rückweg doch noch über Ahasver erzählt hatte. Der Mann ist Jesus auf der Via Dolorosa begegnet, als dieser in der Mittagsglut des Freitags sein Kreuz schleppte. Ahasver war vor seine Tür getreten, weil draußen die Gaffer lärmten, und Jesus hat ihn gebeten, sich im Schatten seiner Schwelle ein wenig ausruhen zu dürfen. Ahasver hat ihn abgewiesen. Daraufhin sagte Christus zu ihm: »Von nun an sollst du auf Erden wandeln, bis ich wiederkomme.«

Ich fragte mich, was ich mit diesem Menschen Ahasver gemein hatte. Poliziano hatte die Geschichte als Legende abgetan, sprach aber vom Fluch der ewigen Wanderschaft, und der hatte mich ganz gewiß getroffen.

Die Münze zeigte das Haupt des Augustus, und ich erinnerte mich an eine Stelle in der Bibel, wo Jesus von einer solchen Münze sprach. Ahasver hatte dem Herrn Jesus Christus verweigert, was dieser gefordert hatte, ich dachte verzweifelt darüber nach, wann ich ähnlich gefehlt hatte, um einen solchen Fluch herauszufordern.

Einen Augenblick war ich versucht, die Münze über die Mauerbrüstung ins Arnotal zu schleudern, dann habe ich sie wieder eingesteckt. In der Nacht bin ich aus dem Schlaf geschreckt, aus einem wirren Traum über Ägypten. Joannis, der angebliche Kopte, hätte mir schon früher einfallen müssen, auch Maruk mit seinen Erzählungen von längst vergangenen Geschehnissen. Auf einmal lag es auf der Hand, daß es eine Gruppe seltsamer Zeitenwanderer gab, zu der nun auch ich gehörte. Diese Erkenntnis war kein Trost. Hatte mich Joannis etwa mit dem Skarabäus, dem kostbaren Ungeziefer, infiziert, das den alten Ägyptern als ein besonders heiliges Zeichen des Ewigen Lebens galt?

Du siehst, ich habe ständig nach neuen Erklärungen für meine unnatürliche Existenz gesucht.

Ich erkundigte mich auch bei Pico und Ficino nach Ahasver. Ficino wußte, daß er in Italien gesehen worden war, in Forli, irgendwo sollte es einen Bericht über sein Auftauchen geben. Dieser Bericht bewog mich, schon bald wieder nach Florenz hinunterzugehen, in die Medicibibliothek.

Erfolgreicher als dort waren meine Besuche bei einem Schneider, den Poliziano mir empfohlen hatte. Leider zog meine vornehmere Garderobe Wünsche Giovannas nach sich. Sie begann, Leinen in Truhen zu horten, und wurde derart anhänglich, daß ich, ohne ihr Rede und Antwort stehen zu müssen, kaum noch aus dem Haus kam, sie überredete sogar einen Hausknecht, mir nachzuspionieren.

Nach einigem Zögern deutete ich Poliziano gegenüber an, daß ich mich gern für eine gewisse Zeit verändern würde. Ob er meine Lage erraten hat, weiß ich nicht, jedenfalls vermittelte er mich für einige Monate an eine andere Florentiner Familie, die Rucellai, die eine Villa in Quaracchi, in der Nähe von Florenz, besaßen. Von dort bin ich nach Forli gereist, habe aber keinen Hinweis auf Ahasver gefunden. Zwei Jahre verbrachte ich danach im Stadtpalast der Medici, gelegentlich in den Beeten des Stadtgartens wühlend, öfter jedoch vergrub ich mich in der Bibliothek. Merkwürdig ist, daß ich tatsächlich diese Zeit in der Nähe der Stelle verbracht habe, an der ich auf den ersten konkreten Beweis für Ahasvers Existenz stoßen sollte.

Als ich nach drei Jahren nach Fiesole zurückkehrte, nahm ich mein Verhältnis zu Giovanna wieder auf, es gestaltete sich entspannter als vorher, weil sie mir nicht mehr mit ihren Ansprüchen und Hoffnungen zusetzte. Weitere zwei Jahre später fühlte ich mich so sicher in der Zeit, daß ich meinte, meinen ursprünglichen Plan, in Venedig Fuß zu fassen, aufgreifen zu können. Als ich soweit war, habe ich wieder einen Brief geschrieben.

Christoph der Gärtner an Bruder Antonius im Kloster San Giorgio in Venedig.

Ich lebe jetzt in Italien, wenn auch in einer anderen Zeit, einer, die viel mit dem Paradies zu tun hat und mir daher sehr entgegenkommen sollte. Die Menschen dieser Zeit suchen das Paradies allerdings nicht, sondern sie schaffen es sich selbst, hier, in dieser

Welt, kraft ihres Geistes und Verstandes, und scheren sich wenig um das Jenseits, das ihnen vor der schönen Wirklichkeit schal erscheint. Ihr Vorbild ist die Antike: sie lesen Platon und Plotin und deuten deren Lehren um.

Sie bemühen sich sehr ernsthaft um eine Synthese des alten Heiden- mit dem neuen christlichen Glauben. In den antiken Weisheiten sehen sie einen Vorhof christlicher Heiligkeit. Der Held Herkules, um ein Beispiel zu nennen, gilt ihnen als Verkörperung christlichen Muts. Ich glaube, wir würden zusammen herzhaft lachen über solche Ansichten. Ob sie dem Papst besser gefallen als die Glaubensgrundsätze der Orthodoxen?

Die Gärten sind den Gärtnern aus den Händen geglitten. Jetzt verfassen die Architekten Anleitungen zur Gestaltung der Gärten, die sich gefälligst der Architektur ein- und unterzuordnen hat. So hat Leon Battista Alberti einen Kanon dieser Gartenarchitektur geschaffen, der überall eifrig angewandt wird, auch hier in der Villa Medici und der Villa Rucellai.

Zunächst einmal empfiehlt er für Haus und Garten eine Hanglage, die sowohl Sonne als auch Schatten bietet und gute Luft, und verweist schon damit auf das große Vorbild für seine Gartentheorie: Plinius der Jüngere.

Der Weg zum Haus soll sanft ansteigen, das Gebäude allseitig klar sichtbar und in seinen Einzelheiten erkennbar sein. Im Haus selbst sollen Wandmalereien, am besten Darstellungen des Landlebens, auf den Garten einstimmen. Das hatte ich ebenfalls bereits bei Plinius gelesen! Grotten und Höhlen aus Bims oder Tuff mit einer Quelle und einem Muschelbecken bereichern den Garten (du erinnerst dich, daß ich dir einmal etwas über die Nymphäen geschrieben habe, die bei den Römern beliebt waren?), wie vor allem Wasser, unverhofft an vielen Stellen hervorbrechend, unverzichtbar ist. Viel von dem, was er sonst noch erwähnt, findet sich hier und in Quaracchi: die Pergola aus weinumrankten Marmorsäulen, Buchsbaumornamente, gerade Baumreihen (unsere Zypressenallee) und eine Anlage der Gartenareale mit ihren Beeten in Kreisen und Halbkreisen, wie sie auch bei der Gestaltung von Grundflächen an Gebäuden Verwendung finden.

Alberti zeigt sich von einer neuen Kunst angetan, die eigentlich eine alte ist, denn auch sie war bereits zu Plinius' Zeit in

Mode und ging nie ganz verloren, denn sie war, ist und bleibt in der Hand der Gärtner. Ich meine die ars topiaria, die Kunst, Bäume zu Figuren zu verschneiden. Der Garten der Villa in Quaracchi ist berühmt dafür, und dort habe ich mich in dieser Fertigkeit vervollkommnet. In Quaracchi nun sind Bäume als Kentauren geformt, als Schiffe, Tempel, Drachen.

Die Ausgewogenheit des Ganzen, die Proportionen und die Regelhaftigkeit, sind von größerer Bedeutung als der Reiz einzelner, hervorgehobener Teile.

Der Garten soll Spiegel der Persönlichkeit des idealen Gastgebers sein und eine Atmosphäre des wohlgelaunten Willkommens bieten. Ein hübscher und ein gefährlicher Gedanke, wirst du meinen: der Mensch steht auch hier im Mittelpunkt, ihm hat sich die Natur gefällig zu erweisen. Der Garten, sagt Alberti, bietet Entspannung durch die Berührung mit der Natur, er soll ohne tiefe Schatten sein, ohne düstere Note oder Melancholie. Der alte hortus conclusus, für uns Bild und Wirklichkeit zugleich, hat sich als giardino segreto in die Seiten und Abseiten verzogen und blüht dort für sich hinter Mauern und Hecken, er bildet einen Gegensatz zum übrigen Garten, der sich heiter der Weite und der Welt öffnet.

Mich zieht es jetzt stark nach Venedig, in die Gärten, die ich einst geschaffen habe, und ich will sehen, ob ich ein altes Versprechen einhalten kann. Ich werde wohl bald nach Norden reisen.

Gottbefohlen – Christoph

Du weißt, wie sehr ich die Bäume schätze, ja liebe, sie sind Brüder und Schwestern für mich, die Weiden am See, die ihre Füße ins Wasser tauchen, die Pappeln auf dem Hügel, deren Laub im Wind raschelt, als wisperten sie aufgeregt. Es muß dich erstaunen, daß ich einmal mit Bäumen umgesprungen bin, als hätte ich es mit leblosem Ton zu tun, mit beliebig formbarer Masse.

Tatsächlich fiel sie mir gar nicht so leicht, diese ars topiaria. Deutlich erinnere ich mich, wie ich erstmals die Zweige eines jungen Lorbeerbaums in ein Drahtgerüst flocht. Ein ziehender Schmerz fuhr in meinen Arm und in meine Finger, die sich nur sehr widerwillig um die Schere krümmten, um die für die zukünftige Form entscheidenden Schnitte zu tun. Ich habe mich am

Ende der Meinung des Medicus angeschlossen, daß ich an einem Gichtanfall litt.

Später hatte ich Fürst Lorenzo bei einem seiner Besuche in Fiesole den Vorschlag unterbreitet, ein paar von diesen Baumkunstwerken für die Gartenterrassen zu schaffen, er hat jedoch abgelehnt. Er wolle, sagte er, sich einen Garten der Philosophen erhalten, in dem nichts zuviel Aufmerksamkeit auf sich lenke und den Fluß der Gedanken störe. Dadurch hat er mir weitere Schmerzen erspart.

Den Brief habe ich offen auf meinem Schreibpult liegengelassen und vergessen. Mir fiel erst auf, daß er verschwunden war, als ich ein paar Tage später eine Unterhaltung belauschte. Ich war früher als geplant von einem Abstecher in den Stadtgarten der Medici zurückgekehrt und ungesehen durch das Kellergeschoß in die oberen Räume der Villa gelangt.

Die Tür zur Bibliothek stand offen, Stimmen drangen heraus und zunächst begriff ich nicht einmal, um wen es in dem Gespräch ging.

»Vielleicht haben wir uns durch seine Belesenheit und seine Versunkenheit in die Kunst der Gärten täuschen lassen. Ich hatte von Anfang an den Verdacht, daß er uns im Auftrag Roms bespitzelt.« Ich erkannte Polizianos Stimme.

Das meckernde Lachen Ficinos erklang. »Einen Haufen Philosophen? Wenn er wenigstens die Medicis im Visier hätte! Aber sagtest du nicht, er habe nicht einmal ihren Namen gekannt, als er hier auftauchte?«

»Das kann eine Finte gewesen sein.«

»Schon möglich, dann ist er aber ein begabter Komödiant. Ich erinnere mich an ein sehr unterhaltsames Gespräch über die Pazziverschwörung. Ich mußte ihm umständlich auseinandersetzen, was damals geschehen war, vom Mord an Lorenzos Bruder bis zu unserer Annahme, daß Sixtus V. dabei seine Hand im Spiel hatte. Und weißt du, was er dazu sagte? Er halte nicht allzuviel von Päpsten, seit Innozenz III. dem Heer des vierten Kreuzzugs bei der Eroberung und Plünderung Konstantinopels nicht Einhalt geboten habe.«

»Innozenz III.? Du bist sicher, er sprach von ihm?«

»Als hätte er persönlich etwas gegen ihn.«

»Man könnte meinen, sein Geist sei im Mittelalter stehengeblieben. Ich frage mich, was wir nach fünf Jahren wirklich über ihn wissen.«

»Daß er ein hervorragender Gärtner ist, dessen Hände mehr über das Leben der Pflanzen wissen als der Kopf. Es war ein Segen, daß er gerade hier auftauchte, als der alte Gärtner gestorben war. Dieser Garten hat noch nie so üppig gegrünt. Hast du ihn einmal bei seiner Arbeit beobachtet? Seine Versunkenheit hat etwas Mönchisches an sich.«

»Kommen wir auf diesen Brief. Er ist an einen Mönch gerichtet.«

»Laß mich raten, welche Schlüsse du daraus ziehst. Wir haben hier einen entlaufenen Klosterbruder, den man seiner Gelehrigkeit wegen von den Gemüsebeeten in die Schreibstube versetzt hatte, ein ziemlich ungewöhnlicher Aufstieg.«

»Ein mit allen möglichen Wassern gewaschener Bursche, der uns ganz bewußt wie eine Laus in den Pelz gesetzt worden ist.«

»Und der sich obendrein ins Pelzchen der hübschen Giovanna eingeschlichen hat. Aber der Brief ist schon interessant. Vor allem das, was er über Albertis Ansichten schreibt. Hab ich nicht immer gesagt, ein Spaziergang über die Hügel heilt die Melancholie?«

Ich hörte ein Stühlerücken, das mich zum Rückzug zwang. Genau wie die beiden Philosophen dachte ich über die letzten fünf Jahre nach und dabei auch über den Hausknecht, der mich bespitzelte. Es war nicht Giovanna gewesen, die ihn mir nachgeschickt hatte. Gelegentlich hatte ich mit anderen Gärtnern korrespondiert, diese Briefe waren durch die Hände des Hausverwalters gegangen. Ich sah mich in einem Netz von Intrigen, Nachforschungen und Beobachtungen, wußte mir aber keinen Reim darauf zu machen. Ich sollte ein Spion Roms sein?

Meine Kammer kam mir seltsam fremd vor, als ich sie betrat. Fahl leuchtete das Abendlicht herein, nur verschwommen waren die Hügel auf der anderen Seite des Arnotals zu erkennen, die Häuser der Stadt fügten sich zu einer undeutlichen Masse in der Tiefe zusammen.

In der Nacht bin ich Trost suchend zu Giovanna ins Bett gekrochen.

Mehr als sonst zeigte sie sich zu Zärtlichkeiten bereit, einer fast katzenhaften Anschmiegsamkeit, die nicht ihre Art war. Meine Hand glitt über ihre Haut.

»Deine Brüste, die Hüften, der Bauch sind schöne Wölbungen, sie werden immer üppiger«, sagte ich gedankenlos.

»Wenn der Sämann seine Arbeit richtig tut, wird auch Frucht reifen«, entgegnete sie.

Auf einmal spannte sich ihr Leib, mit einer heftigen Bewegung wandte sie sich mir zu, die Augen nur Schlitze.

»Du willst Gärtner sein? Hast du nie daran gedacht, daß das, was wir hier tun, Folgen haben könnte? Damit, was wir tun, einen Sinn ergibt, von Gott so gewollt?«

Sie drückte mir die Hand auf die Brust, als könnte sie eine Antwort aus mir herauspressen. »Du wirst einen Sohn haben, die Casellas haben meistens Söhne. Ich habe bereits alles bedacht. Ich weiß, daß du Geld auf der Bank hast, es kann nicht wenig sein, so wie du dich mittlerweile kleidest und wie du auftrittst, ein feiner Herr, wenn nicht dein Beruf und die Herkunft wären. Mit meiner Mitgift haben wir genug, um ein anständiges Gut zu erwerben – wir brauchen nicht zu pachten. Meine jüngere Schwester kann mir in der Küche helfen, und mein Vater wird dich lehren, was dir zu einem tüchtigen Bauern fehlt. Du bist ja nur Gärtner.«

»Seit wann«, unterbrach ich sie mit einer Stimme, die wenig menschlich klang, »weißt du es?«

»Seit zwei Monaten schon. Ich wollte völlig sicher sein, und jetzt bin ich's.« Ihr Triumph brach aus ihr heraus.

Ich sprang aus dem Bett und griff nach dem Hemd. Giovannas Einwand kam ich zuvor. »Laß mir Zeit, ich komme wieder.«

Sie legte sich langsam zurück, strich sich lächelnd über den sanft gerundeten Bauch.

Ich lief auf die Terrasse hinaus und starrte in die milchige Scheibe des vollen Mondes. In mir gärten Erinnerungsbilder. Andere Brüste, die sich rundeten, der Bauch, die Hüften. Miriams schöne, strahlende Augen verschwammen mit dem Blau der Nacht. Um mich abzulenken, um nicht mehr die alten, quälenden Bilder zu sehen, stieg ich die Treppe zum Haupthaus hinauf, durchquerte die Bibliothek. Meine Finger glitten über einen Buchdeckel, ich schlug das Buch auf. »Metamorphosen« las ich.

Meine Füße trugen mich eilig durch den oberen Garten, ein

Stück die Zypressenallee entlang, dann hügelaufwärts. Das Blut pochte in den Schläfen, auch das Blut wußte schon mehr als ich, als meine Füße sich bereits in einer Geröllmulde einrichteten und nach Erde tasteten.

Holzfäller fanden mich. Ich lag an einer Quelle ausgestreckt, den Kopf im Wasser. Leider war ich noch nicht in der Lage, mich nachdrücklich genug dagegen zu wehren, daß sie mich auf einer Bahre aus starken Ästen den Hügel hinab nach Florenz trugen und in das Hospital der Augustiner von Santo Spirito brachten.

Lieber wäre mir gewesen, sie hätten mich liegengelassen, ich war nicht sehr erpicht darauf, diesen und anderen Samaritern ausgeliefert zu sein, so lange ich noch nicht einigermaßen Herr meiner selbst war. Es ist kein schönes Gefühl, hilflos und gleichzeitig völlig unwissend zu sein, wie ein neugeborenes Kind im Körper eines alten.

Die Brüder hatten Mühe, mich in einem ihrer Spitalbetten unterzubringen. Vor meinen Augen erschien ein Gesicht, von einem grauen Haarkranz umrahmt. Ich meinte, Anselmus zu sehen. Gleichzeitig stieg mir ein Geruch in die Nase, gegen den ich mich schon aufbäumte, noch bevor ich den Becher mit Kräutermedizin in der Hand des Mönches ausmachte. Keinen Baldrian, wollte ich schreien.

Sie mußten mich zu zweit niederhalten, während mir andere die Zähne mit einer stumpfen Messerklinge auseinanderzwangen und den Sud in den Hals gossen.

Gegen den neuen Schlaf konnte ich mich nicht lange wehren und glitt in einen Traum. Er begann mit einem überirdischen Leuchten, aus dem sich ein silbriger Schatten löste, der sich in ein sattes, vor Frische funkelndes Grün wandelte. In meinen Ohren erklang ein Rauschen, eine riesenhafte Baumkrone wuchs über mir empor, ich glaubte sogar runde rote Früchte in ihrem Laub glänzen zu sehen. Der Baum stand mitten auf einer blühenden Wiese, es war mir, als umrundete ich ihn in einem weiten Kreis. Ich sah spielende Hasen, äsende Rehe, das gefleckte Fell einer Raubkatze, die in der Sonne döste, ein einlullender Reigen von friedlichen Bildern. Mein Blick aber wurde immer wieder von dem Baum angezogen. Während ich damit beschäftigt war, mir über die seltsame Form seines Stammes klar zu werden, gingen die Bilder in dem Eindruck eines sanften Gewiegtwerdens unter, als schaukelte ich in den Ästen, besänftigt von Gartendüften.

Mitten in der Nacht erwachte ich mit teuflisch schmerzenden, seitlich verdrehten Gliedern. Der Bruder mit Anselmus' Gesicht saß allein an meinem Bett. Kaum hatte er bemerkt, daß ich zu Bewußtsein gekommen war, da griff er neben sich und hielt mir ein Kruzifix vor. Es war mir nicht möglich, im Kerzenlicht allzuviel zu sehen, trotzdem teilte sich mir eine dringende Aufforderung, eine Erwartung mit, die ich nur langsam begriff. Äußerst ungeschickt, begleitet von diesem merkwürdigen Knarren meines Arms, hob ich die Hand zur Stirn, zur Brust, zu beiden Schultern und zu den Lippen. Möglich, daß ich versuchte, etwas zu sagen. Der Bruder neigte das Ohr zu mir und fiel in mein Krächzen mit kräftiger Stimme ein.

»In nomine patris et filii et spiritus sancti. Amen.« Er nickte befriedigt.

»Wasser!« raunzte ich, als er wieder versuchte, mir Baldrian einzuflößen. Ich glaube, ich habe im Verlauf der nächsten Stunden einen ganzen Eimer Wasser geleert. Bertoldo, der Mönch, strich prüfend mit einem Finger über die wieder straffe Haut der Arme.

»Was ist Euch geschehen?« fragte er.

Deutlich vernehmbar schnarrte ich: »Dämon« und hätte das Wort gern gleich zurückgenommen.

Meine Antwort veranlaßte Bertoldo, hastig das Kruzifix über mir zu schwenken.

Obwohl ich am nächsten Morgen merkte, daß meine Stimme mir wieder gehorchte, blieb ich dabei, statt vollständiger Sätze nur einzelne Wörter wie »Fiesole« und »Medici« zu krächzen, auf die sich die Mönche selbst einen Reim machen mußten.

Als Ergebnis dieser eingeschränkten Unterhaltungen führten sie ein paar Tage nach meiner Ankunft einen Bankangestellten an mein Bett. Glücklicherweise hatten sich die Mönche in der Zwischenzeit meines Äußeren angenommen, so daß ich einen hinlänglich gepflegten und ehrbaren Eindruck machte. Der Mann brachte ein paar alte Akten mit und las mir und den Mönchen eine Beschreibung vor, die Poliziano nach meinem unerklärlichen Verschwinden für die Medicikanzlei verfaßt hatte. Ich war recht froh, daß lediglich von meinem herkulischen Wuchs und von dem gestrüpphaften Haar die Rede war und meinen Kenntnissen als Gärtner und nicht von irgendwelchen dunklen Geheimnissen.

Es war dann nur ein logischer Schritt für den Mann, mich zu meinem eigenen Enkel zu erklären. Den letzten Beweis meiner Identität lieferte der Name: der Enkel hieß nach dem Großvater.

Um das mir sehr genehme Verwirrspiel glaubhaft zu machen, gab ich stockend eine dreiste Lügengeschichte über einen Raubüberfall zum besten, wobei ich meine Zuhörer im unklaren ließ, ob sich diese auf den Großvater oder den Enkel bezog, ich verwickelte mich teils absichtlich, teils ungeschickterweise in Widersprüche. Bertoldo rettete mich, indem er versicherte, daß ich an einem schweren Gedächtnisverlust litte, schließlich hätte ich nicht einmal das Jahr, geschweige denn Tag oder Monat gewußt.

Mittlerweile befand ich mich im Jahr 1563, daraus ergab sich, daß ich etwa siebenundsiebzig Jahre verschlafen hatte. Bertoldo sah es als seine Aufgabe an, mich über die Ereignisse der jüngeren Geschichte zu unterrichten, mich immer wieder begütigend, indem er mich zurechtwies. »Ihr werdet Euch selbst daran erinnern, wenn Ihr stilliegt und mir gut zuhört.«

Ich blieb so lange im Kloster, bis ich das Wesenliche erfahren hatte. Die Medici waren zu Herzögen aufgestiegen, es dauerte allerdings eine Weile, bis ich durch geschicktes Fragen herausbekommen hatte, daß es sich um eine Nebenlinie handelte, die Familie Lorenzos war im männlichen Stamm erloschen. Die neue Herzogswürde hatte keinen sonderlichen Wert, da mit ihrer Verleihung eine empfindliche Machteinbuße einherging. 1530 hatten die Spanier Florenz nach einer langen Belagerung erobert, damit endete die freie Republik Florenz, das Herzogtum war nicht mehr als ein spanischer Vasallenstaat. Die Spanier mit ihrem König Karl V. waren praktisch die Herren der Welt, daß das kleine maurische Granada längst ausgelöscht war, verwunderte mich nicht. Ich trauerte ein wenig um die schönen Gärten.

Meinen ersten Ausgang in einer geliehenen Mönchskutte trat ich in der Sorge an, die Stadt nicht wiederzuerkennen. Sie war großartiger als vorher aufgebaut geworden, nachdem die Heere Karls nicht viel davon übriggelassen hatten. Nur der Dom hatte den Krieg einigermaßen unbeschadet überstanden, ich habe lange in ihm gebetet.

Nicht durch Bertoldo, sondern durch eigene Studien kam ich auf wesentlich bedeutsamere Veränderungen. Ich erfuhr von neuen Erdteilen und daß die Kugelgestalt der Erde endgültig als Tatsache anerkannt war. Etwas anderes hatte mich jedoch viel mehr getroffen, rückte es doch meinen Alp, meinen Dämon, in ein anderes Licht. Die Erde hatte ihren Platz im Weltall verloren. *Du magst darüber lachen*, aber die Neuigkeit, daß ein Gelehrter namens Kopernikus bewiesen hatte, daß die Erde sich um die Sonne drehte und die Sonne im Mittelpunkt des Weltalls steht, brachte mich schier zur Verzweiflung. Wie sollten Gott und seine guten Engel die Menschen im Auge behalten, wenn diese mit der Erde auf einer gewaltigen Bahn um ein gleißendes Gestirn rasten?

In jedem Wind, der durch die Straßen von Florenz fuhr, meinte ich plötzlich den kalten Hauch des Alls zu spüren. Nie habe ich mich so klein gefühlt und so sehr von Gott verlassen. Ganz anders als zuvor plagte ich mich mit der Frage, wo nun das Himmlische Paradies mit Anselmus, Antonius und meinen drei ritterlichen Gefährten zu suchen sei.

Äußerlich habe ich sehr schnell wieder Fuß gefaßt. Die Medici hatten in den vergangenen siebzig Jahren trotz Machtwechsel und Kriegen ihr und mein Vermögen vermehrt. Daß mir mein Guthaben wieder zur Verfügung stand, rechnete ich dem jetzigen Herrscher, Herzog Cosimo, hoch an.

Die kleinen Dinge des Alltags bereiteten mir die größte Mühe. Fast verzweifelt bin ich daran, mich mit der Mode anzufreunden. Die Männer trugen jetzt enge Strumpfhosen und ausladende Pumphosen darüber, und über dem Geschlecht wölbte sich eine deutliche Ausbuchtung. Ich habe einige Zeit gebraucht, bis ich nicht mehr verstohlen und vor Scham errötend meinen Mantel um diese Ausbuchtung gezogen habe. Außerdem kniffen die Nähte im Schritt.

An sich plante ich, endlich zu tun, was ich vor siebenundsiebzig Jahren vorgehabt hatte, nämlich nach Venedig zu reisen, aber eine seltsame Lethargie hielt mich in Florenz fest. Als ich mich endlich traute, mich zu Fuß nach Fiesole aufzumachen, hatte ich meine Anstellung bei den Medici erneuert und einen Brief des Verwalters der Villa in Fiesole erhalten, in dem er ein paar Kleinigkeiten erwähnte, die meinem angeblichen Großvater gehört hatten.

Es war alles da, die Lampe, die Räucherschale, das Tintenfaß, ein Haufen alter Kleidung, aufgehoben in einer Truhe, die in Giovannas ehemaliger Kammer stand. Die Münze mit dem Römerkopf habe ich sofort eingesteckt. *Du kennst sie, sie hängt an einer soliden Goldkette auf meiner Brust.*

Den Garten zu betreten, hatte ich wie eine Heimkehr empfunden, mein schweres Gemüt hellte sich auf, als ich bemerkte, wie wenig sich verändert hatte. In Giovannas Kammer jedoch meldete sich eine überwältigende Traurigkeit, es war mir kaum möglich, mich umzuschauen und dabei die Tränen zurückzuhalten. Diese Kammer wäre nun meine gewesen, ich hätte in ihr mit meinen Erinnerungen leben müssen. Dabei kann ich nicht einmal heute sagen, ob ich Giovanna geliebt habe oder sie mich.

Der Verwalter war sehr erstaunt, als ich mich, ein unerledigtes Geschäft vorschiebend, wieder nach Florenz aufmachte. Er begleitete mich zum Tor.

»Als mein Großvater den Posten als Gärtner innehatte, gab es hier eine sehr hübsche Hausbesorgerin, Giovanna, wißt Ihr etwas über ihr Schicksal oder das ihrer Familie?« fragte ich und drehte dabei unablässig die Goldmünze in meiner Tasche.

Der Verwalter sah mich erstaunt an, dann lachte er. »Er hat ihr doch kein Kind gemacht?« Die Sache interessierte ihn nicht weiter, er sprach von notwendigen Arbeiten auf den beiden Terrassen, ich hörte ihm erst wieder zu, als er mir am Tor eine Frage stellte. »Der Familienname dieser Giovanna?«

Stumm schüttelte ich den Kopf.

Die Medici waren bereit, mich in einem Garten bei Castello arbeiten zu lassen, einem Örtchen in den Florentiner Bergen, wo sich ebenfalls ein Anwesen Cosimos befand, etwas wie ein Landgut. Bereits mit neuen Papieren ausgestattet, trödelte ich noch einige Zeit in der Stadt herum, die Aussicht, Obstbäume und Gemüse zu ziehen, reizte mich nicht allzusehr. Mit ein paar Büchern gedachte ich die Unruhe, die mich seit meinem Besuch in Fiesole beherrschte, zu besänftigen.

Eines der Bücher, die ich erwarb, war Albertis *De re aedificatoria* und ein anderes das Buch von Francesco Colonna, das den phantastischen Titel *Hypnerotomachia Poliphili*, der Traum des Poliphilus, trug. Der Buchhändler erklärte mir, das letztere sei die neue Bibel aller fortschrittlichen Gartenarchitekten, und es handele von einem überaus großartigen Garten auf der Venusinsel Kythera.

Eine Maulbeerallee führte vom Arno zum Anwesen der Medici ganz im Sinne Albertis in einem gemächlichen Schwung aufwärts, die Bäume bildeten ein grünes gewölbtes Dach über der Straße. Vor mir ging ein Knecht, ein Maultier mit meinem Gepäck am Zügel hinter sich herziehend. Ich folgte ihm mit einigem Abstand, um so möglichst unbeobachtet mit einem buchstäblich drückenden Problem besser zurechtzukommen.

Meine Füße wollten sich nicht mit meinem Schuhwerk befreunden. Ich wußte nicht, wann es angefangen hatte, daß mir verdickte Fußsohlen gewachsen waren, erinnerte mich aber, schon in Granada am liebsten barfuß gelaufen zu sein. Bekanntlich führt Barfußlaufen ja zu kräftigen Hornhäuten.

Als ich die Maulbeerallee hinaufschritt, die Schuhe an Schnüren um den Hals gehängt, konnte ich nicht wissen, daß diese Sohlen ein Zeichen waren, ein Hinweis auf das Rätsel meiner Existenz. Es schmerzte übrigens, wenn man hineinschnitt.

Die Allee endete an einem riesigen, rechteckigen Wasserbecken, über das eine Brücke zur Villa führte. Ich wußte, daß der ursprüngliche Name des Guts »Il Vivaio«, der Fischteich, gelautet hatte. In Gedanken versunken, überquerte ich die Brücke, an deren Ende ich auf einen Mann stieß, der mit der Hand über den Augen Ausschau hielt.

Es ist eine sehr suggestive Geste, und so wandte ich mich neugierig um und blickte zurück in die Tiefe des Tales, das vor mir ausgebreitet lag mit der Stadt Florenz am Ufer des Arno, der in der Mittagssonne dieses Spätfrühlingstages glitzerte. Ein schöner Ausblick.

Erst als ich mich wieder umdrehte, fielen mir die Schuhe ein, die noch an meinem Hals baumelten. Der Knecht wie der Mann starrten auf meine Füße, ich sah jetzt, daß die Strumpfhose an den Sohlen aufgeplatzt war und die Enden mir lappig um die Knöchel schlampten.

Ein amüsiertes Funkeln in den Augen des Mannes, der selbst einen staubigen alten Kittel trug, bewog mich, so zu tun, als sei mein Aufzug nichts Besonderes. Sehr von oben herab nickte ich zur Begrüßung.

Bernardo Buontalenti, der sich als Architekt Cosimos vorstellte, erzählte mir später, als wir vertrauter miteinander waren, daß er mein Auftreten für einen abgekarteten Scherz von Freunden aus der Akademie gehalten hat. Recht überschwenglich hieß er mich als Gast und Naturphilosophen willkommen.

Erst dem Hausverwalter, der mich in der Villa in ein schönes geräumiges Zimmer im ersten Stock führte, übergab ich mein versiegeltes Anstellungsschreiben.

Am Abend saß ich in einem nach Abort stinkenden Dienstbotenquartier auf einer mit altem Stroh ausgelegten Pritsche und wußte nicht, wohin mit meinen Sachen, den Büchern, der silbernen Lampe, dem Räuchergefäß und meiner feinen Kleidung, für die sich nicht einmal ein Haken fand.

Es war mir nur allzu klar, wie ich an diese wahrscheinlich schlechteste Unterkunft in Castello geraten war. Und es handelte sich bei dem Anwesen keineswegs um ein größeres Bauerngut, sondern um ein herrschaftliches Anwesen von herausragender Bedeutung. Ich sollte es noch erleben, wie Bewunderer von weither kamen, um die Gartenanlage zu sehen, die als führend in der Gestaltung galt. Einiges davon ahnte ich bereits am ersten Abend, gab aber wenig darauf.

Buontalenti hatte die Leitung der Arbeiten an der Villa in Vertretung von Giorgio Vasari inne, einem zweiten, sehr angesehenen Architekten, dem ich während meiner Jahre in Castello nur selten begegnet bin.

Vasari hat eine Reihe von Schriften hinterlassen, die hier in meinem Bücherschrank stehen, und in denen du – wenn du dir nur endlich die Mühe machtest – etwas über die bedeutendsten Künstler seiner Zeit und der drei Jahrhunderte vorher lesen könntest.

Die beiden Architekten wechselten sich ab, weil sie gleichzeitig mit anderen Projekten des Herzogs beschäftigt waren. Buontalenti war vor allem in der Festungsarchitektur bewandert und im Ingenieurswesen, ein nicht unbedeutender Mann. Und dieser war mir in einem verdreckten Kittel gegenübergetreten, unter dem allerdings ein Samtwams und ein fein gefältetes Hemd hervorlugten, und ich, der einfache Gärtner, war wie ein Vornehmer dahergekommen mit einem Knecht, der wie das Maultier gemietet war, und einem Haufen Gepäck samt einer Bücherkiste. Es ist klar, daß so ein Zusammentreffen Auswirkungen haben mußte, von denen eine am Abend meine Nase beleidigte. Unterkünfte gehören nicht in die Nähe von Aborten.

Die Villa war innen viel prächtiger ausgestattet, als sie von außen vermuten ließ. Ungehindert war ich gleich nach meiner Ankunft durch die Gemächer des Herzogs gewandert und habe den kostbaren Wand- und Deckenschmuck studiert, weil er einiges über die Gesinnung und die Selbsterhöhung des Besitzers verriet, und dabei stieß ich auf eine Reihe ungewöhnlich schöner Gemälde.

Von dem Maler Sandro Botticelli hatte ich damals in Fiesole bedauerlicherweise noch nichts gehört, ein wirkliches Versäumnis, zumal Botticelli eine überaus anmutige, schöne Geliebte hatte, Simonetta, die mir auf diesen Gemälden einmal als Venus und einmal als Primavera, als Verkörperung des Frühlings, entgegentrat.

In den Anblick Primaveras versunken, fühlte und roch ich den Frühling draußen, er drang mir in alle Poren und mit ihm die Leidenschaft für diese Frau. Sie war auch Ischtar, Venus, Aphrodite, auch unsere heilige Madonna Maria auf einem blühenden Wiesengrund. Plötzlich stand mir der Traum im Baldrianrausch vor Augen. Ich erkannte die Wiese auf dem Gemälde wieder, und es schien mir, als hätte ich Primavera, dieser Frau hier, begegnen müssen, hätte ich nur länger geträumt.

Vor dem Erdgeschoß der Villa erstreckte sich eine breite, gepflasterte Terrasse, und von dort gewann ich einen sehr schönen Überblick über den Garten. Er zog sich hangaufwärts in mehreren ausgedehnten Stufen.

Ich hatte mich während meiner allgemeinen Studien in Fiesole flüchtig mit der Perspektive in der Malerei befaßt, eine Spielerei, die damals die Maler beschäftigte. Sie begannen, den Raum zu malen. Der immaterielle Raum der Heiligen wurde in lauter Kuben und Linien zersplittert, um daraus einen realen zu zimmern. Ein despektierliches Unterfangen.

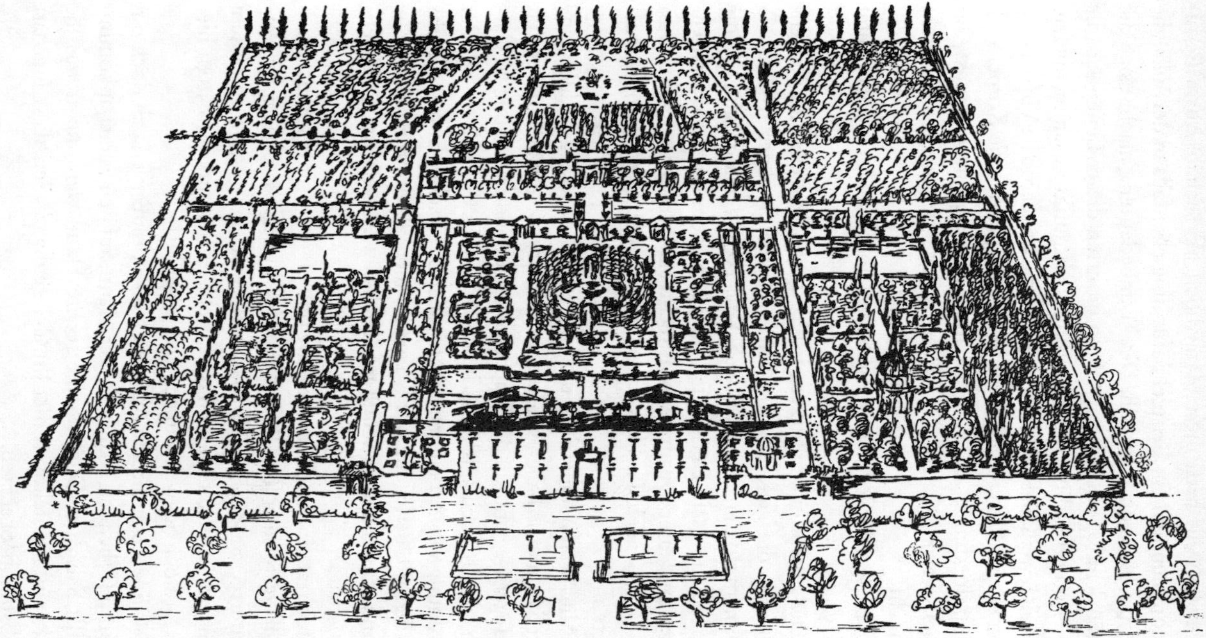

Castello, Villa Medici: Zeichnung nach der Idealansicht von Giusto Utens, 1599

Mittlerweile hatte diese Manie noch ärgerlichere Ausmaße angenommen und ein Beispiel dafür hing ebenfalls in der Villa, die Geburt Jesu von Botticelli. Direkt unbedeutend machte sich die entzückende Simonetta als Maria inmitten dieser Linien aus, die im Hintergrund im sogenannten Fluchtpunkt zusammenliefen. O ja, ich weiß, daß erlauchte Geister wie Leonardo da Vinci davon überzeugt waren, erst mit Hilfe der Perspektive die Körper real, rund, dreidimensional darstellen zu können. Illusionskunst, Taschenspielerei, die ein auf das Wesentliche gerichteter Geist nicht braucht.

Ich begriff sofort, was diese neue Kunst im Garten angerichtet hatte.

Die Fluchtlinien stürzten in Form von Mauern und Gartenwegen in die Tiefe. Mauern waren überhaupt allgegenwärtig, so daß man auf den ersten Blick eher das Netz der Aufteilung als die Einzelheiten sah. Der Garten mutete wie ein kolossales Schachbrett an, lauter Quadrate und Rechtecke, aus denen hier und da ein Brunnen, ein Pavillon, eine Limonaia wie Spielfiguren herausragten.

Alles war symmetrisch um eine Mittelachse angeordnet; eine Art Symmetrie haben wir Klostergärtner ja schon zu unserer Zeit in Tegernsee und auf der Reichenau angewandt. Ordnung im Garten schafft auch Ordnung im Geist und in der Arbeit. Mit der Ordnung der Arbeit war es hier allerdings schlecht bestellt. Bis zu dieser Überlegung war ich gekommen, als mir Buontalenti die Hand schwer auf die Schulter fallen ließ wie einem ertappten Sünder.

Ich trat einen Schritt zur Seite und deutete mit einer ausholenden Geste über das Panorama. »In Florenz hat man mir versichert«, sagte ich kühl, »daß nicht erst seit gestern an diesem Garten gearbeitet wird. Warum sieht er aber aus, als hätten hier jüngst noch Schweine in der Erde gewühlt?«

»Ohne Euch direkt tadeln zu wollen, muß ich Euch doch um mehr Höflichkeit ersuchen. Der Mann, auf den es hier ankommt, heißt Salvatore Ducci. Seine rechte Hand weiß nicht, was die linke tut, zweifellos werdet Ihr Gelegenheit haben, diese Eigenart selbst zu beobachten.«

Buontalenti hatte nun die Hände hinter dem Rücken gefaltet

und raschelte mit einem Blatt Papier. Ich konnte so weit zur Seite schielen, daß ich das rote Siegel der Medicikanzlei erkannte.

Natürlich präsentierte sich der Garten nicht annähernd so wüst, wie ich behauptet hatte. Ganz im Gegenteil bot er bereits eine Harmonie aus dem reichhaltigen Grün der unterschiedlichsten Gewächse, der Rasenflächen und niedrigen Hecken, aus den roten Farbtupfern von kleinen Dächern auf Torbauten und Nischenarchitekturen und dem Blau von rechteckigen großen Teichen. Aber eine Menge Leute tummelte sich auf den Wegen mit Hacken, Schaufeln und Schubkarren, dazwischen rackerten Handwerker und Steinmetze, es war selbst von unserem Standort zu erkennen, daß einer dem anderen in die Quere kam. Ich bemerkte auch Gärtner, die in Gruppen zusammenstanden und schwatzten. Es kribbelte mir in den Fingern dazwischenzufahren.

»Ich bin an die Tugend der Ordnung in allen Dingen gewöhnt«, knurrte ich. »Seit wann, sagtet Ihr, wird an diesem Garten gearbeitet?«

Buontalenti verbeugte sich elegant und schenkte mir ein liebenswürdiges Lächeln, wobei seine Augen ein bißchen zu sehr funkelten. »Gern bin ich Euch mit Auskünften dienlich. Sagt Euch der Name Niccolò Tribolo etwas oder habt Ihr von Niccolò Varchi, dem Historiker, gehört?«

Ich hatte eine Ahnung, was sein übertrieben höfliches Gebaren zu bedeuten hatte, er sollte aber vergeblich darauf warten, daß ich mir eine Blöße gab. Ich winkte ihm nachlässig, fortzufahren.

»Fünfundzwanzig Jahre dauert der Spaß hier schon an. Damals, 1537, war Cosimo gerade Herzog geworden. Ihr müßt das verstehen. Seine Mutter war eine arme Witwe, aber die Witwe eines Medici, und er, der Achtzehnjährige, hat sich, nachdem sein Vorgänger und Vetter Alessandro ermordet worden war, auf den Thron gesetzt, bevor sich alle anderen Medici, die hätten Ansprüche erheben können, auch nur die Augen gewischt haben.«

»Und da hat er zur Entspannung ganz dringend einen Garten gebraucht?«

Buontalenti blieb ernst. »Einen angemessenen Rahmen für eine neue Würde. Das Haus war einmal eine Benediktinerabtei. Tribolo hat die Entwürfe für den Umbau des Hauses und die Anlage des Gartens gefertigt, und Varchi hat das Programm entwickelt.«

Bei der Erwähnung des Programms musterte er mich hoffnungsvoll von der Seite, ich gab aber mit keiner Silbe oder einem Schulterzucken zu, daß ich nicht wußte, wovon er sprach. *Ich werde es dir noch erklären.*

Diese ganz Anlage sollte in ihrer Großartigkeit Tribolos Hauptwerk werden, leider starb er bereits 1550. Buontalenti hatte ihn noch persönlich gekannt. Nach Tribolos Tod gerieten die Arbeiten immer wieder ins Stocken, dabei waren sie zu seinen Lebzeiten schon wenig vom Fleck gekommen. Ein anderer übernahm die Leitung und nach ihm Giorgio Vasari und nun Buontalenti.

Ob mir aufgefallen wäre, daß man sich bei der Bepflanzung im wesentlichen auf grüne Gewächse beschränkt habe, fragte Buontalenti. Ich habe dem gelehrten Lümmel an meiner Seite erklärt, daß mir Alberti bekannt sei, der in Anlehnung an die Antike dem Grün bei der Gestaltung von Gärten den Vorzug vor der Buntheit der Blumen gebe. Grün sei erholsam fürs Auge.

Was ich von der Gestaltung der zentralen Achse halte?

Mir war bereits aufgegangen, daß die Mittelachse einige Male unterbrochen wurde – durch eine Quermauer, ein rundes Wäldchen in der Mitte, eine weitere Mauer mit einer Nischenarchitektur –, und ich hatte mir gedacht, daß diese Unterbrechungen ebenfalls wohltuend für das Auge seien, der Blick rennt dir nicht davon, ohne daß der Verstand ihm nachfolgt. Kaum hatte ich ihm diese feinsinnige Beobachtung mitgeteilt, da kam er in schneller Folge auf Details wie boscos und selvaticos und dergleichen zu sprechen. Begriffe schwirrten mir durchs Hirn gleich einem Wespenschwarm.

Boscos und selvaticos sind aus der Mode gekommen, ich bin mir sicher, daß dir diese italienischen Begriffe fremd sind, darum laß mich dir erklären, was du darunter verstehen mußt.

Ich ahne, daß es meine letzte Gelegenheit ist, dir die Schönheit und Komplexität der Gartenkunst begreiflich zu machen.

Beides sind Baumpflanzungen auf geometrischer Grundfläche, man kann auch sagen Wäldchen. Während im selvatico die Bäume in der Manier eines natürlichen Waldes wachsen – selvatico heißt wild –, so werden sie im bosco ganz regelmäßig gepflanzt. Ein bosco ist ein Zierwald, hier bildete er einen dichten, dunklen Ring um das Herz des Gartens, eine Brunnenanlage.

»Ich habe mir den Inhalt Eurer Bücherkiste angeschaut«, sagte Buontalenti auf einmal, »ein guter Anfang, Eure Auswahl: Alberti, Colonna. Fragt sich nur, ob Ihr abends noch den Atem habt, in Euren Büchern zu blättern. Ich werde Ducci sagen, daß er Eure Fähigkeiten voll ausschöpfen soll.«

Sehr anzüglich fuhr sein Blick mir über Nacken, Brust, Arme und Beine. Ich mag Anspielungen auf meine Körperkräfte nicht. Dann wedelte Buontalenti mit dem Blatt, das er hinter dem Rücken gehalten hatte, vor meiner Nase herum, es war mein Anstellungsvertrag, den ich dem Hausbesorger übergeben hatte. Der Architekt machte sich nicht die Mühe, mich selbst in das Elendsloch zu führen, in dem ich von nun an leben sollte.

Salvatore Ducci, der oberste Gärtnermeister, war ein schwergewichtiger Mann in den Sechzigern, ein Eigenbrötler und Chaot. Drei Tage kostete es mich, um herauszufinden, warum er seinen Posten noch innehatte, warum selbst Vasari und Buontalenti seit Jahren über seine Unfähigkeit hinwegsahen.

Tribolo hatte eine Menge Pläne und Anweisungen hinterlassen, nach denen noch immer gearbeitet wurde, nur ein Plan war vor oder kurz nach seinem Tod unerklärlicherweise abhanden gekommen, und die einzige Kopie befand sich in Duccis Kopf. Es handelte sich um den Plan für das sehr ausgedehnte, sehr komplizierte und trickreiche System der Wasserversorgung im Garten.

Ducci besaß also den geheimen Schlüssel zum größten Schatz des Gartens. Er hatte vor fünfundzwanzig Jahren unter Tribolo angefangen und wußte mit geschlossenen Augen jede Stelle zu finden, an der sich ein Rohr, ein Regulierungspunkt, eine Verzweigungsstelle befand.

Diese Wasserführung, die mit einem Aquädukt begann, das Wasser von höher gelegenen Quellen bis an den Garten heranführte und bis in jedes Beet verzweigte, stellte ein großes Kunststück des Ingenieurs Tribolo dar und war sozusagen zu einem Vermächtnis an Ducci geworden. Ich glaube nicht, daß dies Tribolos Absichten entsprach.

Ducci war unentbehrlich, weil sich ständig durch die unterschiedlichen und schlecht kombinierten Arbeiten irgendwo ein Bruch oder eine Verstopfung im Wassersystem ergab. Dem alten

Gärtner gelang es in seiner wuseligen Art, jeden davon abzuhalten, sich mit dem System vertraut zu machen. Seine Untergärtner, ein Haufen von Wirrköpfen und Faulpelzen, wären dazu auch kaum in der Lage gewesen.

Ich weiß mich sehr wohl unterzuordnen, auf der anderen Seite bin ich kein Duckmäuser und Wassersystemen galt schon immer mein Interesse.

Die ersten Wochen gestalteten sich äußerst unangenehm, dann hatte ich heraus, wie mit den widersprüchlichen Anweisungen Duccis umzugehen war. Meist zog ich mich in einen der beiden giardini segreti – Blumen- und Kräutergärten an den Schmalseiten der Villa – zurück und arbeitete in dem alten sinnvollen Rhythmus, den ich im Kloster gelernt hatte. Anselmus wäre mit mir zufrieden gewesen, auch wenn ich selten in den Pausen, die ich mir nahm, betete.

Mein Gebet verrichtete ich frühmorgens auf meine Weise, wenn ich vor Morgengrauen bis zur obersten Terrasse emporstieg und auf die Dämmerung wartete. Die Stille brachte ein Gefühl von Frieden hervor.

Ganz allmählich traten im noch diffusen Licht erste Umrisse aus dem Dunkel. Der bosco in der Mitte des Gartens hielt am längsten die Dunkelheit, eine dichte Masse, die das Licht einsog, nur in der Mitte glänzte hell der Marmor des Brunnens. Das Licht härtete die Konturen der Mauern und weichte die der Bäume in der umgebenden Luft auf. Es roch nach der Sattheit des Sommers. Das Helle und Dunkle, Harte und Weiche, Hohe und Niedere ordnete sich in Rhythmen und Taktfolgen. Ich habe nie viel Sinn für Musik gehabt, hier aber hörte ich die Vielstimmigkeit dieses Gartens, in die die Vögel mit ihren Lobgesängen einfielen, die der hohe Dom des Himmels zurückwarf.

Meine Versunkenheit erreichte den Punkt, an dem man seiner selbst nicht mehr gewahr ist, wenn ich aufstand, erhob sich ein Schwarm kleiner Vögel von meinem Kopf und den Schultern.

Als ich das erste Mal von meiner Morgenandacht kam, lief mir einer der Gärtnerjungen in den Weg. Er mochte zwölf, dreizehn Jahre alt sein, ein kräftiges, großgewachsenes Kind mit einem wirren dunklen Schopf mit braunen Glanzlichtern. Er warf mir einen scheuen, fast dumpfen Blick zu, dann verschwand er grußlos im nächsten Gartengeviert. Ein Kerlchen mit schlechten Manieren. Ich fragte mich, was er so früh im Garten zu suchen hatte, als ich einen weiteren Frühaufsteher bemerkte, einen untersetzten Mann, der mit einer langen Zange einen Weg entlangstapfte. Es war, wie sich herausstellte, Ducci.

Ich habe ihm nicht bewußt nachgespürt, aber es ergab sich eben, daß ich meist vor oder nach der Arbeit in der Dämmerung Luft schöpfte, wenn er mit seiner Zange, einem Spaten, einem Senkblei und anderen merkwürdigen Gerätschaften unterwegs war. Es ist nicht allzu schwierig, so ein Röhrensystem aufzuspüren, wenn man über die Druck- und Fließkräfte des Wassers Bescheid weiß.

Der Junge schien mir aufzulauern, wich aber aus, wenn ich ihm direkt begegnete. Eines Tages hatte ich sein Geschleiche satt.

»Was willst du von mir?«

Der Junge starrte zu Boden.

»Hast du keine Stimme?«

Er mußte sicher seinen ganzen Mut zusammenraffen, um aufzuschauen.

»Willst du nicht endlich den Mund aufmachen?« herrschte ich ihn an.

Er räusperte sich. »Ich will bei Euch lernen, Meister.« Seine Stimme klang wie ein Reibeisen.

»Du willst was?« fragte ich verblüfft.

»Alles über die Pflanzen und ihre Arten lernen, auch das Ziehen, Hegen und Kreuzen, alles was ein Gärtner wissen muß, von Euch.«

»Du willst mein Lehrling werden?«

Der Junge nickte heftig.

Ich war der einzige der Gartenmeister, der keinen Lehrling ausbildete. Vielleicht hätte ich mich geschmeichelt fühlen sollen. Der Junge hatte den Kopf geneigt und in die Schultern gezogen, zeigte also wieder diese verlegene Haltung, die mich abstieß.

»Kommt nicht in Frage. Ich will prinzipiell keinen Lehrling, ich lehre nicht, ich arbeite, und dich will ich schon gar nicht. Jetzt geh.«

Ich hatte ihn unterschätzt. Am nächsten Tag tauchte er in dem giardino segreto auf, in dem ich tätig war, und begann ohne ein Wort, sich an meiner Jätarbeit zu beteiligen.

Bernardo Vanucci begriff mit den Händen, er knickte keinen Zweig, brach keine Wurzel. Wie kein anderer verstand er, zu schweigen und zu lauschen. Nicht, daß ich viel sagte, er horchte auf die Stimmen des Gartens, die zu ihm sprachen wie zu mir. Eine wunderbare Stille umfaßte uns, als gäbe es das Getöse und Geschwätz der Steinmetze nicht, die eine große Brunnennische an einer Gartenmauer errichteten.

Mir ging auf, daß ich vergessen hatte, wie ein Kräutergarten zu duften vermag.

Der Dämon in mir trennte mich nicht mehr von allen anderen, er war in diesen Stunden nicht mein Feind. Ich ahnte, daß er mich am Leben erhielt, diesem sehr seltsamen Leben.

Die Ordnung, die wir in den folgenden Wochen errichteten, Bernardo und ich, zog zwei weitere Lehrlinge an, dann folgte Bernardos Meister, er hatte natürlich einen.

Jeden Tag empfing Ducci alle Gärtner und Lehrlinge vor dem netten kleinen Haus, das er auf dem Gelände der Villa bewohnte, und gab seine Anweisungen, von denen er die Hälfte bis zum Mittag zu widerrufen pflegte. An die Widerrufe hielt ich mich nie.

Nur ein einziges Mal baute er sich vor mir auf und forderte so lautstark, daß alle in der Nähe Beschäftigten aufhorchten, meine Sachen zu packen und zu verschwinden. Ich sah ihn sehr lange an, bis sich sein Gesicht noch mehr rötete als von seinem üblichen Weinkonsum, und die grauen Haare mehr denn je wie Stacheln vom Kopf abstachen. Auf einmal sackte er zusammen wie ein Blasebalg, dem die Luft entweicht, sein Blick flackerte.

»Nimm deine Zange, Ducci, geh zu deinen Wasserspielereien und laß mich arbeiten«, sagte ich ruhig.

In Zukunft ließ er mich tun, was ich für richtig hielt.

Es gab im Garten die verschiedensten exotischen Gewächse, die aus dem fernen Osten kamen und selbst mir, dem Weitgereisten, nicht bekannt waren. Dazu zählten der Banyanbaum, ein indischer Feigenbaum, und der Adamsapfel, ein besonderer Zitronenbaum mit großen prallen Früchten und glänzenden Blättern. Um diese Exoten hätte ich mich gern gekümmert, sie waren aber die einzigen Pflanzen, deren Pflege Ducci selbst besorgte.

Der Castellogarten war kein reiner Ziergarten. Es gab neben Gemüsen vor allem eine Fülle von Obst wie in allen Gärten dieser Zeit.

Du weißt, ich bin ein hervorragender Obstgärtner, es gäbe sonst hier nicht diese Fülle, für die unser Garten in den letzten Jahren bekannt geworden ist.

Es ging mir daher nahe, daß die Obstanlagen in keinem allzu guten Zustand waren. Die Ernte im Herbst machte mir trotzdem Freude. Jede Frucht, die du vom Baum pflückst, ist ein Geschenk des Himmels und der Erde und ein Siegel für das Bündnis zwischen Gott und Mensch. Ich leitete meine Leute an, die Früchte mit größter Sorgfalt zu bergen und dabei behutsam mit den Spendern, den Bäumen, umzugehen.

Einen großen Korb mit Äpfeln auf einer Schulter, überschlug ich, wie viele Leute nötig sein würden, um die Bäume im Winter einmal gründlich zu beschneiden, eine Maßnahme, von der Gedeihen wie Ertrag der Bäume abhängt, als ich Buontalentis gewahr wurde. Er mußte mich schon eine Weile beobachtet haben.

»Ich sehe«, sagte er nachdenklich, »Ducci hat dir die richtige Aufgabe zugewiesen. Du ersparst uns einen Maulesel.«

»Wenn ich auch auf die andere Schulter einen Korb nähme«, antwortete ich ebenso bedächtig, »wären es schon zwei.«

Er nickte anerkennend. »Was macht Colonna?«

»Der Traum von der Venusinsel?« Ich setzte den Korb ab und reichte dem Architekten einen Apfel. Er rieb ihn an seinem Kittel blank.

»Ich habe gehört, du schleichst in den Räumen des Herzogs herum und hältst Andachten vor dem Bildnis der Venus.«

»Nicht zu vergessen das der Primavera.« Es stimmte, wann immer ich wußte, daß sich niemand in den Prunkräumen aufhielt, schmachtete ich die schöne Simonetta an. Manchen Wachtraum habe ich vor diesen Bildern durchlebt. Geträumte Geliebte haben ihre Vorteile.

Da es Mittagszeit war, bin ich mit Buontalenti in den Hauptgarten zurückgeschlendert, ich hatte meinen Mittagswein zur Kühlung in den Brunnen vor dem bosco gehängt.

Buontalenti deutete vor dem Brunnen eine ironische Verbeugung an und wies auf die Figur, die den obersten Sockel krönte. »Du weißt, wer er ist?«

Ich habe einmal das Programm erwähnt, du erinnerst dich?

Das sogenannte Programm ist ein aufgeblähtes Gedankenspiel, erdacht für den Müßiggang der Gartenbesitzer, sie flanieren ja nur im Garten, und ihr Geist braucht dabei eine Beschäftigung, um nicht an Langeweile zu ersticken.

Bedeutungen im Garten zu sehen war nicht neu. Der Garten als Hag der Himmelskönigin Maria oder als Garten der Auferstehung Christi waren vertraute Vorstellungen, die dazu dienten, das Sichtbare mit dem Unsichtbaren zu verknüpfen und Gottes Schöpfung zu erkennen. Sie waren durch gelehrte Anspielungen abgelöst worden, die ihr Mark aus der Philosophie, der Antike, sogar der Geographie zogen und in erster Linie der Selbstverliebtheit der Herrschenden dienten.

Ich gebe ja zu, damals, als ich noch ein Junge war, haben auch wir an weniger Frommes gedacht, das Johanniskraut zum Beispiel galt als Liebesorakel, und die rote Rose stand für Liebe und Liebesgenuß.

Der größte Brunnen in Castello, direkt vor dem zentralen bosco gelegen, maß acht Meter in der Höhe und bestand aus drei übereinandergesetzten Brunnenschalen auf hohen Schäften, seiner Gesamtform wegen nennt man diese Art Kandelaberbrunnen. Auf ihn fiel der erste Blick von der gepflasterten Terrasse an der Villa.

Zwischen den Schalen tummelten sich nackte Putten und allerhand Fabelwesen, aber auch gewöhnliches Viehzeug wie Gänse, aus vielen Schnäbeln und Mäulern quoll Wasser hervor. Auf der obersten Schale stand Herkules und hielt den Giganten Antäus in die Höhe. Der Sage nach war Gaia, die Erde, die Mutter des Giganten. Solange seine Füße fest auf der Erde standen, war er unbesiegbar. Herkules, das Schlitzohr, hat ihn hochgehoben und zu Tode gequetscht. Da strampelte er nun in Todesqualen in der Luft, umschlungen von den kraftstrotzenden Armen seines Gegners, und aus seinem Mund schoß ein wunderbar hoher Wasserstrahl.

Die Idee zu diesem Brunnen stammte von Benedetto Varchi, der ja das ganze »Programm« des Gartens ersonnen hatte, und

Buontalenti erläuterte mir unwissendem Menschen, daß ich in diesem nackten Halbgott Herkules auch Cosimo zu sehen hatte. Ich erinnerte mich, auch einmal mit Herkules verglichen worden zu sein, und verkniff mir daher eine Bemerkung über den nackten Hintern des Herzogs.

»Erst haben die Philosophen aus Herkules einen christlichen Fürsten gemacht, jetzt macht ihr aus ihm Cosimo, Herzog der Toskana. Bezwingt er seine Feinde wie Herkules? War das Varchis Idee?«

»Varchis und Tribolos. Die Planung des Sichtbaren muß mit der des Unsichtbaren, die Gestaltung mit der Bedeutung, eben dem Programm, Hand in Hand gehen, wenn nicht ein Murks daraus werden soll.«

»Ich würde gern mal diese Pläne sehen«, sagte ich und holte die Weinflasche aus dem Wasser.

Buontalenti nahm sie mir ab und hielt sie prüfend an seine Wange. »Weißt du, es ist schade, daß Leute wie Varchi bei den großen Ideen stehengeblieben sind. Vielleicht läßt sich in die Pläne eine Notiz über den Brunnen als Weinkühler einfügen, komm mit, wir überprüfen das, während wir diese Flasche auf Varchis Wohl leeren.«

Für den Garten, entnahm ich den Plänen, waren acht große mit Figuren und Reliefs ausgestattete Brunnen vorgesehen neben etlichen kleinen an Wegkreuzungen und dazu noch sechzehn Einzelfiguren, die vor allem im Zentrum um den bosco aufgestellt werden sollten. Die Figuren verkörperten auf der einen Seite antike Tugenden und auf der andern Mitglieder der Familie Medici, etwa den Edelmut und Lorenzo den Prächtigen oder die Tapferkeit und Giovanni di Bande Nere, Cosimos Großvater. Die beiden Zweige der Familie Medici, der alte mit Lorenzo und der neue mit Cosimo, wurden ganz nebenbei vereint.

»Ein umfassendes Programm wie dieses hat es für einen Garten noch nie gegeben, nur für Gebäude. Kennst du den Freskenzyklus über den heiligen Franziskus in San Francesco in Assisi?« fragte mich Buontalenti.

Ich gebe zu, ich war nicht so ganz bei der Sache, denn ich mußte mir alles genau einprägen, vor allem die Angaben über das Gefälle des Geländes. »Meinst du nicht, es ist etwas anderes, das Leben eines Heiligen darzustellen als dieser Familie Medici, Herzöge hin oder her, ein derartiges Denkmal zu setzen?« entgegnete ich.

»Wer Macht hat, muß sie zeigen, und Cosimo muß sie auch noch mit dem Verweis auf seine Medici-Ahnen legitimieren.«

»Und wenn du den alten und den neuen Zweig zusammenrechnest, hat er mehr Ahnen als ein Straßenköter.«

»Hübscher Vergleich.«

»Wie ist er, Cosimo?«

»Kalt, ein Tyrann reinsten Wassers. Nach dem Krieg mit Spanien gab es keine Republik mehr, aber noch eine Menge Republikaner, Gegner des neuen Herzogtums. Unter denen hat er aufräumen müssen, um Florenz das Schicksal einer gespaltenen Stadt zu ersparen, die sich in Bürgerkriegen aufreibt. Viele haben sich damals freiwillig aus dem Staub gemacht, einige wurden in die Verbannung geschickt, etliche ließ Cosimo hinrichten.«

Wir waren bei der zweiten Flasche Wein, Buontalenti war schon über vierzig, konnte sich aber noch begeistern wie ein Schuljunge.

»Cosimo hat die Zügel der Regierung straff angezogen, aber denk nicht, daß er nur ein Schlächter ist. Wir hatten vor ein paar Jahren eine verheerende Überschwemmung in Florenz, ganze Viertel soffen ab. Er ließ Unterkünfte bereitstellen, Lebensmittel verteilen und die Schäden auf seine Kosten beseitigen. Er hat was geleistet, der Herzog. Florenz geht es gut unter ihm, die Bürger lieben ihn. Außerdem beurteilt er Leute nach ihren Fähigkeiten, nicht nach ihrer Herkunft, du müßtest sehen, wer bei ihm ein wichtiges Amt bekleidet.«

»Wie Ducci?« fragte ich sanft.

»Hör mir auf mit Ducci!« Buontalenti stieß die leere Flasche vom Tisch. »Weiß der Himmel, warum Cosimo an dem alten Saufhans hängt. Wahrscheinlich, weil der schon dabei war, als er selbst gerade anfing. Aber er redet auch gern mit einfachen Leuten, lieber als mit denen seines eigenen Standes.« Buontalenti schielte mich über den Tisch hinweg an. »Ich will, daß du Bernardo offiziell als Lehrling nimmst.«

So leicht ließ ich mich nicht überrumpeln. Abwehrend spreizte ich alle zehn Finger. »Bernardo Vanucci? Er hat schon einen Lehrherrn, und ich bin der letzte der Gärtner hier, ein Bauer, der Obst pflückt.«

Auf einmal wurde er ernst. »Du bist der einzige, der etwas Ordnung in den Sauladen bringt. Aber du darfst dein Wissen nicht für dich behalten. Du mußt es weitergeben an die nächste Generation, damit die Flamme des menschlichen Geistes auch weiterhin durch das Dunkel der Jahrhunderte leuchtet. Wir können nicht wegwerfen, was die vor uns, Alberti, Bramante, Tribolo, hinterlassen haben, und die Kette eigensüchtig und dumpf unterbrechen.«

Es ist lächerlich, wenn vernünftige, sachliche Leute plötzlich pathetisch werden. Leider hatte Buontalenti an etwas gerührt, was mich seit meinem Besuch in Fiesole beschäftigte. »Warum gerade Bernardo? Er ist ein Stoffel!«

»Seine Mutter ist eine Base dritten oder sonstwelchen Grades von mir, Familie eben. Seine Eltern sind rechtschaffene Leute mit einem hübschen Gut, die ihrem zweiten Sohn zu Bildung und Ansehen verhelfen wollen.«

»Kann er überhaupt lesen? Es hapert doch schon beim Sprechen.«

»Sie haben ihn zur Elementarschule geschickt und danach auch noch zur Abakusschule, dort hat er Mathematik gelernt. Er sollte Festungsarchitektur bei mir studieren. Weiß der Himmel, warum er sich die Gärtnerei in den Kopf gesetzt hat.«

Ich hatte mir nicht die Mühe gemacht, Bernardo nach seinen Verhältnissen zu fragen. Es überraschte mich, zu hören, daß er eine gewisse Bildung besaß.

»Er soll nicht wie ich sein Leben lang im Dreck wühlen? Er ist zu Höherem berufen?«

»Er ist viel klüger, als er aussieht.«

Ich erhob mich schwerfällig, der Wein sauste auch mir im Schädel herum. Ein Blick aus dem Fenster sagte mir, daß wir beinahe den ganzen Nachmittag verschwatzt hatten.

»Was weißt du über Wasserröhren?« rief mir Buontalenti nach, als ich zur Tür schwankte.

»Duccis Sache!« knurrte ich.

Bei Einbruch der Dämmerung stieg ich bis zur obersten Terrasse des Gartens empor. Verborgen hinter einem bosco lag dort ein weiterer Teich, der als Wasserreservoir diente. Ein breiter Weg führte durch das Gehölz und eröffnete schon von weitem den Blick auf ein Inselchen. Es bestand aus einem mächtigen bemoosten Felsblock, auf dem ein nackter Bronzeriese kauerte, den Rücken gebeugt, die mächtigen Arme wie frierend um sich geschlagen. Wasser tropfte ihm aus Haaren, Bart und den dichten, über der Nasenwurzel zusammengezogenen Brauen und floß in dünnen Rinnsalen über die herkulischen Schultern.

Einsamkeit, Trostlosigkeit, Fremdheit sprachen aus seiner Haltung. Ich kam nicht oft hierher, aber ab und zu trieb es mich an diesen Ort. Lange saß ich auch diesmal meinem Spiegelbild gegenüber, krümmte wie der Riese die Schultern fröstelnd nach vorn. Ich erzählte ihm, daß er eine Personifikation des Apennins sei, des Höhenzugs, der das Tal von Florenz beherrschte und dem die wichtigsten Flüsse der Region entsprangen und auch das Wasser, das den Garten grünen ließ.

Von seiner hohen Warte könne er überschauen, welche Ordnung im Garten herrsche, wie sich die einzelnen Elemente großen Ideen einfügten, denn die Selbstverherrlichung Cosimos und der Medici sollte man nicht isoliert betrachten. Es gab ja auch Brunnen und Standbilder, die die Naturkräfte veranschaulichten, die vier Jahreszeiten und die Flüsse Mugnone und Arno, die für die Fruchtbarkeit des Tals sorgten wie Cosimo für das Gedeihen der Stadt. Florenz selbst sei einer der Hauptbrunnen gewidmet, der im Zentrum des boscos. La Fiorenze sei eine sehr anmutige bronzene Nackte, die ihr nasses Haar auswinde, und ihr Brunnen sei immerhin halb so hoch wie der von Herkules-Cosimo.

Viel habe ich dem traurigen Bronzeriesen vorgeschwatzt, während meine Sicherheit wuchs, endlich tun zu können, wonach es mich bereits länger drängte. Schon vor Wochen war mir der Name von Giovannas Familie eingefallen, Casella. Ich hatte doch ständig die Villa, das Haus, die Casa, vor Augen und traf mich jeden Morgen vor Duccis Häuschen, der Casella, mit den anderen. Ich hätte früher auf den Namen kommen müssen.

Es verlangte mich seitdem sehr danach, mich in Fiesole nach der Familie Casella zu erkundigen, es mußte doch ein Kind gegeben haben, Giovanna hatte mir zudem versichert, die Casella-Frauen bekämen meist Söhne. Ein ganz schwacher Anker in der Zeit, ein Glied in einer Generationenkette.

Castello, Villa Medici : Brunnen der Fiorenza

Castello, Villa Medici : Brunnen der Fiorenza

Es war nicht die Furcht vor Enttäuschung, die mich von dem Gang abgehalten hatte, sondern ein grundsätzliches Widerstreben, den Ort, an dem ich Fuß gefaßt hatte, zu verlassen, wobei ich mich gleichzeitig wieder fort wünschte, nach Venedig.

Der Verwalter in Fiesole, den ich gleich am nächsten Tag aufsuchte, schlug mir vor, in der Kanzlei der Medici nach der Familie Casella zu forschen, ein Gedanke, der mir längst selbst hätte kommen können.

Den Weg zurück ritt ich auf einem Maultier, das mir der Verwalter bereitwillig auslieh. Auf diesem Ritt sah ich noch einmal den Garten in Fiesole vor mir und begriff den Fortschritt, den die Gartenkunst in Castello erreicht hatte. Vom Garten der Philosophen zum Garten der Herrscher, zu einem Instrument, das Macht, Gesinnung und Bildung veranschaulichte, ein Gedankenspiel für jene wenigen, die es in allen Ebenen erfassen konnten, eine Kunst für Eingeweihte.

Den Winter verbrachte ich mit Erkundigungen nach der Familie Casella und dem Beschneiden der Obstbäume. Der Ausflug nach Fiesole hatte etwas in mir gelöst, ich war wieder beweglich geworden und imstande, mich ohne weiteres nach Florenz zu begeben. Über die Kanzlei entdeckte ich mehrere Familien Casella, die weiteren Forschungen blieben aber ohne Ergebnis.

Da ich mich der Obstbäume angenommen hatte und dafür fast alle zur Verfügung stehenden Kräfte brauchte, deren Einsatz eine Menge Organisation erforderte, glitt ich beiläufig in eine neue, größere Aufgabe hinein. Noch immer versammelten wir Gärtner uns vor Duccis Häuschen, aber seine Anweisungen wurden vager, im Grunde sagte er nur, daß wir wie gewohnt fortfahren sollten, und so bestimmte ich die Arbeiten für den Tag, wenn er sich mit seiner Zange davongemacht hatte. Es gab natürlich auch Gärtner, die maulten, denen der alte Schlendrian mehr behagte, aber ich habe meine Methoden, mit Dummköpfen fertig zu werden. Zweimal kam mir keiner in die Quere.

Wenn Buontalenti in Castello war, studierten wir gemeinsam die Pläne, es lag mir daran, zu erfahren, wo er seine Steinmetze und Maurer einzusetzen gedachte, damit ich meine Gärtner entsprechend dirigierte. Arbeit kann einem Tanz gleichen und alle

Herzen erfreuen, tatsächlich hörte man jetzt häufig Gelächter, Heiterkeit kam auf, wo vorher nur geschnauzt wurde.

Ducci dagegen verkam zu einer traurigen Figur, mit seiner überlangen Zange auf der Schulter schlich er durch die Dämmerung. Ich glaube, im zweiten Jahr meiner Arbeit in Castello begann er das Bewässerungssystem hin und wieder zu sabotieren, um zu zeigen, daß er auch weiterhin unentbehrlich war.

Nur einmal habe ich eine Unterhaltung mit dem Herzog geführt, es war nach meinem ersten Winter. Wie üblich kam er mit Gefolge, darunter anmutigen Damen. Ich sah, wie er sich von seiner Begleitung absonderte, auf Ducci zutrat und sehr herzlich mit ihm sprach. Er legte dem Alten den Arm um die Schultern und führte ihn herum.

Als er sich endlich von ihm getrennt hatte, geriet ich ihm mit einer Leiter und einer Schere derart in den Weg, daß er zur Seite springen mußte.

Mit einer Hand stellte ich die Leiter aufrecht, die Schere in der anderen verbeugte ich mich und murmelte meine Entschuldigung, wie es sich gehörte. Herzog Cosimo war ein stattlicher Mann, ein dunkler Typ, dem man das herrische Wesen auf einen Blick ansah.

Seiner durchdringenden Musterung hielt ich ohne große Anstrengung stand. Ich gebe zu, daß ich seine Nähe gesucht hatte, um ihn meinerseits zu betrachten, ich wollte wissen, ob er dem Herkules auf dem Brunnen ähnelte. Um die Wahrheit zu sagen, die Bronzefigur entsprach eher meinem als seinem Bild.

»Erstaunlich«, sagte er, »daß Ihr noch eine Leiter braucht.«

»Die Bäume im bosco fangen an, die Brunnen zu überragen, das kann nicht Sinn der Anlage sein.«

Er winkte mir, ihm mit meinen Geräten in den bosco zu folgen. »Sind etwas widerspenstig, diese Bäume, nicht wahr? Wie meine Florentiner. Wären sie es nicht, wären wir zwei überflüssig, der Fürst und der Gärtner.« Er zwinkerte mir zu. »Ihr liebt die Ordnung, habe ich mir sagen lassen, ich ebenso, und ich bestimme sie auch.«

Es ist wohl unnötig zu sagen, daß ich an Ducci dachte. Einem Fürsten widerspricht man nicht, zumindest nicht direkt.

»Irgendwie schade«, sagte ich und deutete auf die Zypressen, Lorbeerbäume, Steineichen und Tannen, alles immergrüne Gewächse, die winters wie sommers das gleiche Bild boten, »diese Eintönigkeit. Kein Wechsel, keine Belebung.«

Cosimo schmunzelte. »Ihr habt den Sinn nicht verstanden. Ich will die Dauer, das Bleibende, einen immergrünen Garten, an dem die Zeit unbemerkt vorbeistreicht, die Illusion ewigen Frühlings.«

»Also um den Eindruck von Frühling zu erzeugen«, protestierte ich, »brauchte es blühende Bäume und Sträucher, junge …« Ich sprach ins Leere; ohne daß ich es bemerkt hatte, war er weitergegangen und hatte einen der vier bewachsenen Bögen durchschritten, die die Eingänge in den bosco markierten.

Am Abend erfuhr ich, daß Cosimo Ducci ein halbes Dutzend Flaschen besten Weins hatte zukommen lassen, über die sich die alte Saufnase sicher sehr gefreut hat, ich bezweifle allerdings, daß sie noch guten von schlechtem Wein unterscheiden konnte.

Mit Bernardos Eltern hatte ich den Lehrvertrag geschlossen. Der Umgang mit dem Jungen war mir wegen seines anhaltend linkischen Wesens nicht gerade angenehm, ich mußte ihm aber Gerechtigkeit widerfahren lassen, was seine Arbeit betraf. Dementsprechend äußerte ich mich eines Tages Buontalenti gegenüber, der Architekt und ich waren längst Freunde geworden.

»Die gärtnerische Ader in dem Jungen ist nicht zu leugnen. Weißt du, seine Art erinnert mich an die eines Mannes, der mich unterrichtet hat. Ein Klostergärtner.«

Buontalenti lachte auf. »Nicht das auch noch. Mach einen Gärtner aus ihm, aber keinen frommen Bruder.«

Der Wortwechsel beschäftigte mich mehr, als mir recht sein konnte. Du mußt wissen, daß ich mir über meine eigenen Talente nicht ganz im klaren war. Ich war Gärtner, sicher, aber genügte mir das noch? Um dem Grübeln ein Ende zu setzen und um meine vagen Gedanken zu klären, schrieb ich einen Brief:

Christoph der Gärtner an Antonius, Mönch im Kloster San Giorgio in Venedig.

Die Gärten dieser Zeit werden zunehmend prächtiger.

Ein Buch macht die Runde, um das niemand, der Gärten gestaltet, herumkommt, es ist der Roman *Hypnerotomachia*

Poliphili des Francesco Colonna, der seit 1499 gedruckt vorliegt, sich also mit seinen Ideen außerordentlich verbreiten konnte. Es ist zunächst einmal eine Liebesgeschichte, aber weniger anstößig als andere. Das Liebespaar Poliphilus und Polia gerät nach einer langen symbolreichen Reise durch ungezähmte Wälder, Ruinen und heidnische Zeremonien auf die Insel der Venus. Venus ist hier nicht nur als Göttin der Liebe zu verstehen, sondern vor allem als Personifizierung der Ordnung, die den Kosmos beherrscht. Ich bitte dich, das im Auge zu behalten.

Kythera, die Venusinsel, ist kreisrund (also von vollkommener Gestalt) und in Gartenringe um ein Zentrum mit einem Amphitheater gegliedert. Radiale Wege teilen die Ringe in Segmente. Doppelte Baumreihen, die Kronen laubenartig über Wegen und Kanälen verflochten, dienen als Trennungselemente.

Erfindungen wie diese mögen dir wie Hirngespinste erscheinen. Wie ernsthaft indessen solche Vorstellungen von den Architekten der Gärten aufgenommen werden, magst du daran ermessen, daß es auch hier in Castello ein Abbild der Venusinsel gibt, wenn auch ein bescheidenes. Es ist der zentrale bosco, kreisrund wie die Liebesinsel, mit Bäumen, die konzentrisch um die Mitte stehen, und diese Mitte beherrscht eine Figur, die sehr der Venus gleicht. So steht auch der Garten von Castello im Zeichen der Venus, das Fruchtbarkeit, Reichtum und Ordnung verspricht.

Die ars topiaria, die alte Baumschnittkunst, stellt Colonna in den erstaunlichsten Schöpfungen vor. Wandelgänge aus Kolonnaden und Arkaden verbinden Architekturteile wie Säulen mit Naturelementen. Die verbindenden Bögen und komplizierte Aufbauten aus Vasen, Tieren u. ä. sind aus geschnittenen Pflanzen, aus Buchs und Lorbeer geformt. Leider lassen Colonnas Zeichnungen nicht erkennen, wo die Pflanzen die nötige Erde finden, sie schweben gleichsam wurzellos in der Luft. Wenn aber diese zwittrigen Gebilde aus Stein und Gesträuch tatsächlich machbar wären (nicht einmal in Quaracchi habe ich etwas Vergleichbares gesehen), ergäbe sich eine größere Synthese aus Architektur und Natur als ich sie selbst in Granada kennengelernt habe.

Der gesamte Garten ist geometrisch durchformt, er bildet ein Universum der Natur unter der Herrschaft des Menschen, eine Art Überwelt.

Die Natur wird im Garten zwar mit allerhand Mythologischem verbrämt, mit Nymphen, Satyrn, Göttern und ähnlichem Gelichter, und doch geht gleichzeitig, will mir scheinen, die Ehrfurcht und der Schauder vor dem Göttlichen verloren, indem der Mensch forschend und sezierend in die Natur eindringt. Und das, obwohl es auch Philosophen gibt, die von der Beseelung der Natur sprechen oder dem Göttlichen in der Natur. Ich denke, daß sie es sich zu handgreiflich vorstellen, zu begreifbar, und nicht sehen, daß das Göttliche auch das Nichtfaßbare ist.

Ich habe gottbefohlen unter das Schreiben gekritzelt, obwohl ich mit meinen Gedanken noch nicht fertig war. Die Reise der beiden Verliebten in Colonnas Roman war letztendlich eine Wallfahrt zum Grab des Adonis, um mit Venus auf seine jährliche Auferstehung im Frühling zu warten. Ich weiß nicht, warum ich auf einmal gewahr wurde, daß ich noch immer meinem alten Traum nachhing, dem Garten von Eden. Eine Sehnsucht erfüllte mich, die mich nirgendwo Ruhe finden ließ. Am liebsten wäre es mir gewesen, ich hätte wenigstens einmal dieses vage innere Bild Gestalt annehmen lassen können.

Das gefaltete Blatt habe ich in meinen Schreibkasten legen wollen, und dabei fiel mir etwas auf. Bevor ich nach Castello aufbrach, hatte mir der Verwalter den Kasten aus Fiesole mit meinen Habseligkeiten geschickt, und erst jetzt stellte ich fest, daß ein Brief, der zuletzt geschriebene, fehlte. Es berührte mich eigenartig, aber dann redete ich mir ein, daß der über siebzig Jahre alte Brief keine Bedeutung mehr für irgend jemanden außer für mich haben konnte.

Von jetzt an widmete ich Bernardos Ausbildung etwas mehr Zeit. Ich mühte mich, ihn in die ars topiaria einzuführen, ein Vorhaben, dem nur geringer Erfolg beschieden war.

Zum erstenmal stellte sich Bernardo äußerst ungeschickt an, als wären ihm auf einmal die Hände falsch angenäht. Kugel, Kegel und andere einfache stereometrische Formen gelangen ihm auf Anhieb, als Prüfstein für ihn und mich erwiesen sich die komplizierten Formen. Man muß mutig und ohne Zagen die Äste und Zweige von jungen Bäumen, die einmal der Gestalt eines Hahns,

Hirsches oder einer Vase Colonnascher Art dienen sollen, biegen und verschneiden.

Er schreckte zurück, als könnte er von den Bäumchen gebissen werden, und zwirbelte die Äste und Zweige so sacht, daß sie schon beinahe mutwillig in ihre natürliche Haltung zurückschnellten. Zweimal habe ich ihn derb geohrfeigt, um ihn zur Vernunft zu bringen – ich hatte ja auch einmal meine Schwierigkeiten mit dieser Arbeit –, dann gab ich auf. Aus einem Maulesel ziehst du kein Roß. Ich hätte danach meinen Schüler links liegenlassen können, aber zu seinem Glück kam er selbst auf etwas, was ihm wieder Ehre eintrug.

In meiner Unterkunft – ich wohnte längst in einer besseren Kammer – stieß er auf das Buch Colonnas, das offen auf dem Tisch lag, und bat es sich für einige Tage aus. Als er es mir zurückbrachte, fielen ein paar Blätter heraus. Ich hob schon die Hand gegen ihn, weil er mein Buch beschädigt hatte. Noch rechtzeitig erkannte ich, daß es sich um neue Zeichnungen handelte. Bernardo war es nicht nur gelungen, die Muster, die Colonna zur Gestaltung von Beeten und kleinen Gartenpartien seinem Werk beigegeben hatte – Muster, die an persische Teppiche und persische Gärten erinnerten –, zu kopieren, sondern zu variieren, wenn auch noch stümperhaft.

Ich habe mit ihm die Umgestaltung der Beete in den giardini segreti besprochen und ihn neue Entwürfe dafür anfertigen lassen, er hat die Grundzüge des Gestaltens sehr rasch begriffen. Seine Zeichnungen zeigte ich Buontalenti.

»Na also«, grinste dieser, »fehlt noch das Dreidimensionale und ein bißchen Statik.«

»Wär mir recht. Besser für ihn, er arbeitet in Stein als in Buchs und Lorbeer. Das schmerzt ihn zu sehr.«

Ich weiß nicht, warum ich den Herzog für treu und gerecht hielt, im Sommer 1566 hat er uns etwas anderes bewiesen. Cosimo besuchte den Garten oft genug mit hochgeborenem Gesindel, mit dem er ausgelassene Feste feierte, aber auch gelegentlich mit einem besonderen Freund, einem Mann von großer Gelehrsamkeit und bescheidenem, freundlichem Wesen, voller Altersweisheit und Gelassenheit, dessen Freundschaft jeden adelte.

Carnesecchi, ein Florentiner aus guter Familie, war Diplomat, hatte sich bei einem Frankreichaufenthalt zum Protestantismus bekehren lassen und mittlerweile eine führende Stellung unter den italienischen Reformierten inne.

Ich habe nie viel auf die Lehren Luthers und Calvins gegeben, ich halte mich daran, daß alle Götter ein Gott sind.

Ich rechnete es Cosimo, dem Katholiken, an, daß er unbeirrt eine Freundschaft mit einem Mann pflegte, den bereits Pius IV. 1557 zum Ketzer erklärt hatte. Pius V., der Nachfolger, schlug in die gleiche Kerbe und verlangte Carnesecchis Auslieferung an die Inquisition, um ein ökumenisches Konzil zu verhindern, für das sich Carnesecchi stark machte. Ich kann nicht sagen, daß mich diese religiösen Streitereien irgendwie erregten.

Anders wurde die Sache, als mich eines Tages Buontalenti auf die Seite zog und zwang, meine Arbeit zu unterbrechen, um ihn anzuhören. Ganz in der Nähe bepflanzte Bernardo ein Beet für den Herbst.

»Er wird ihn ausliefern«, zischte Buontalenti.

»Sei so gut und erklär mir, wovon du sprichst«, sagte ich, erbost über die Störung.

Temperament und Empörung rissen ihn mit, er begann zu schreien. »Du weißt doch, daß Pius Carnesecchis Kopf will.«

Ich begriff. »Warum sollte der Herzog auf einmal der Forderung von Pius nachkommen?«

»Weil er auf einen Handel aus ist. Den Ketzer gegen den Großherzogtitel. Als Großherzog kann sich Cosimo von Spanien lossagen, die Toskana wäre nicht länger ein Vasallenstaat.«

»Ist doch nicht zuviel«, antwortete ich, »ein Kopf gegen eine Krone.«

Bernardo hatte aufgehört, die Pflanzen einzusetzen. Mit offenem Mund starrte er uns an. »Was glotzt du so?« fuhr ich ihn an. »Mach voran, ich schlag dich für jede Pflanze, die nicht einwurzelt.«

Ich hatte meine Gründe für diese Grobheit. Bernardo hatte sich mit Carnesecchi angefreundet. Es war merkwürdig, aber gegenüber dem Gelehrten verlor der Junge seine sonstige Scheu. Daher schritt ich nicht ein, wenn die beiden miteinander sprachen, obwohl es sich nicht gehörte, daß sich ein Bengel mit Dreck an den Händen mit einem Mann von Rang unterhielt. Tatsächlich war mir nur wichtig, daß er Carnesecchi nicht lästig fiel.

Erst jetzt machte ich mir ernsthaft Sorgen und stellte Bernardo noch am gleichen Tag wegen seines Umgangs mit Carnesecchi zur Rede.

Zunächst schien es so, als wäre der Junge wieder mit Stummheit geschlagen, dann hob er doch den Kopf und blickte mir gerade in die Augen. »Er ist so wenig Ketzer wie Ihr oder ich. Er glaubt an die Offenbarung, wie sie in der Heiligen Schrift steht.«

»Aber etwas ist faul an der Sache«, sagte ich ärgerlich.

»Gott erlöst die Menschen und wäscht sie von Sünde und Schuld rein. Aber Gottes Gnade läßt sich nicht erkaufen. Wir Christen brauchen keine Priester als Mittler zwischen uns und Gott.«

Ich lachte laut auf. »Darum geht es den Lutheranern! Rom das Geschäft kaputtzumachen.« Natürlich wußte ich vom Ablaßhandel, der großen Goldgrube des Papstes. »Du bist ein verdammter Dummkopf, wenn du dir um solche Dinge Gedanken machst, und ein noch größerer, wenn du darüber redest.«

Um ihn die nächsten Tage nur ja beschäftigt zu halten, trug ich ihm zu seiner gewöhnlichen Jät- und Pflanzarbeit noch die Bewässerung der Orangenbäume auf einer der oberen Terrassen auf. Um das Eimerschleppen kam der Junge nicht herum, auch wenn es dank Tribolos Ingenieurskunst eine ganze Reihe von Wasserzuleitungen gab. Leider löste ich durch Bernardos neue Verpflichtung ein Unglück aus.

Am folgenden Abend, als ich nach Einbruch der Dämmerung meinen gewohnten Gang durch den Garten unternahm, hörte ich einen Aufschrei und ein wüstes Schimpfen von der Orangenterrasse her. Mit langen Sätzen rannte ich auf den Lärm zu, der meinen Abendfrieden störte, und erblickte im Zwielicht Ducci, der mit seiner Zange auf jemanden einschlug, der die Arme über dem Kopf hielt, um die Schläge abzuwehren. Es war mir ein leichtes, Ducci das Werkzeug zu entwinden.

Der Alte schwankte und starrte mich wütend aus blutunterlaufenen Augen an, er hatte gewiß schon ein gehöriges Quantum Wein intus, wie er überhaupt kaum noch halbwegs nüchtern anzutreffen war.

»Was ist?« herrschte ich Ducci an. »Was hast du mit dem Gärtnerjungen?«

Ducci streckte seine zitternde Hand aus und deutete auf Bernardo, dem Blut aus einer Platzwunde lief. »Er hat sich an den Rohren zu schaffen gemacht, er macht sie kaputt«, heulte er, »damit ich in Verruf gerate.«

Vielleicht hatte er recht. Ich musterte den Jungen scharf.

»Ich habe Wasser geholt«, sagte er leise aufschluchzend, »ich bin noch nicht fertig mit dem Gießen.«

»Er lügt«, schnaufte Ducci, »er ist ein hinterhältiger Bursche, er will das Wassersystem ausspionieren, aber«, plötzlich warf er sich in die Brust, »nur ich weiß Bescheid, niemand außer mir wird es je begreifen.«

Bernardo hob ruckartig den Kopf. »Ach was, Meister Christoforo kennt das Wassersystem genau. Jedes Röhrchen.«

Ducci fuhr zu mir herum, ich hätte Bernardo eins aufs Maul geben sollen.

»Er hat oft genug etwas repariert, wenn Ihr gerade nicht zur Stelle wart, Meister Ducci, die meisten hier wissen es.«

Ducci starrte mich an und las die Wahrheit von meinem Gesicht ab. Seine Augen öffneten sich weit, eine Blutwelle färbte seine Wangen glutrot. Er fiel der Länge nach um, seine Zange schlug mit einem dumpfen Laut gegen den hölzernen Wassereimer.

Leider hatten sich ein paar Zeugen eingefunden, Gärtner, Lehrlinge, ich achtete nicht auf sie, hatte ich doch genug damit zu tun, Ducci in seine Hütte zu schaffen. Der Schlag hatte ihn getroffen, er lebte aber noch. Ducci hatte keine Angehörigen mehr, zumindest keine nahen, seine Frau war schon vor einigen Jahren gestorben. Ein paar Tage habe ich ihn gepflegt, nur von einer Magd unterstützt, während die Geschichte des unglückseligen Vorfalls die Runde machte. Ich mußte schließlich einsehen, daß ich nicht gleichzeitig die Gartenarbeiten leiten und den Krankenpfleger spielen konnte. Daher sandte ich eine Nachricht mit einer dringenden Bitte an Bruder Bertoldo von Santo Spirito.

Der Mönch traf gleichzeitig mit dem Herzog ein, und nur wenige Stunden vorher hatte mich eine Neuigkeit erreicht, die Buontalenti mitbrachte. Carnesecchi war an Rom ausgeliefert worden, damit war sein Schicksal besiegelt. Das geistliche Gericht, um es vorwegzunehmen, hat den alten Mann der Ketzerei für schuldig befunden und ihn verurteilt, er ist bei lebendigem Leib verbrannt worden.

Cosimo nahm mir den Becher mit Kräutersud aus der Hand, sank am Bett Duccis in die Knie, umfing den Alten mit einem Arm, bettete ihn an seine Schulter und sprach wie ein Sohn zu ihm, dabei flößte er ihm den Sud ein. Die Hälfte davon rann über das kostbare Wams des Herzogs, es kümmerte ihn nicht.

Mag sein, ich habe bei dieser überaus rührenden Szene mit den Zähnen geknirscht und die Fäuste an mich gedrückt, die zu gern losgeschlagen hätten. Bertoldo schickte sich in die Rolle des stummen Zuschauers, betrachtete aber den Kranken mit dem Blick des erfahrenen Arztes.

Der Fürst richtete sich endlich auf, und noch während er sich die Knie abklopfte, schnappte er: »Schickt mir den Jungen.«

Die Sache hätte schlimm für Bernardo ausgehen können, obwohl ihn keinerlei Schuld traf, wenn nicht in diesem Augenblick einer der Gärtner ins Krankenzimmer gestürzt wäre.

»Der Herkules wackelt, die große Fontäne ist nicht mehr zu bändigen«, schrie er, »alles wird überschwemmt.«

Das war das richtige Stichwort, um den Herzog nach einer Bemerkung über den alten Narren im Bett stehenzulassen und nach draußen zu stürzen.

Es sah tatsächlich so aus, als hätte Antäus einen Weg gefunden, Herkules zu Fall zu bringen. Auch alle anderen Münder und Mäuler gaben ganze Gischtfontänen von sich, hüllten das gesamte Brunnengebilde in einen gigantischen Wasserfall, hinter dem nichts mehr klar zu erkennen war und alle Umrisse schwankten. Das Wasser ließ sich nicht so leicht abstellen, es war Duccis letzter Sabotageakt gewesen, der etwas verspätet Wirkung zeigte, weil wir die Wasserzufuhr in diesem Teil des Gartens wegen einer Reparaturmaßnahme für einige Tage unterbrochen hatten.

Später, als ich mit Bertoldo allein am Krankenbett saß, erzählte mir der Mönch, daß er den Herzog hatte überzeugen können, daß Ducci bereits länger krank und der Schlaganfall unausweichlich gewesen war. Es lagen ziemlich viele leere Flaschen im Haus herum.

Der Mönch war nicht nur ein guter Arzt, sondern kannte sich auch in alten Schriften und Legenden aus. Ich weiß nicht mehr, in welchem Zusammenhang auf einmal der Name Ahasver fiel und warum ich mich veranlaßt sah, Bertoldo von meinem Interesse an diesem Mann zu erzählen und von meiner Suche nach schriftlichen Zeugnissen. Ich habe mich ziemlich warm geredet, immer dringlicher schien es mir, der Sache wieder nachzugehen.

Bertoldo wurde einsilbiger, geradezu abweisend, so daß mir der Verdacht kam, er wisse mehr, als er preisgab.

Er nahm den Kranken am nächsten Morgen ins Spital nach Florenz mit. Auf Buontalentis Anweisung wurde aller Besitz des Alten aus seinem Häuschen entfernt, es stand jetzt mir zur Verfügung. Erst ein paar Tage später zog ich ein.

Als ich meine Bücher in einem Gestell nahe der Feuerstelle unterbrachte, fiel mir ein Stein auf, der am Kamin seltsam vorstand und sich als lose erwies. In einem kleinen Hohlraum fand ich, eng gefaltet, den Plan für das Wassersystem des Gartens. Der Fund hat mich nicht sonderlich überrascht. Ich habe das brüchige Blatt behutsam glattgestrichen und die Spuren von Duccis Fingern verfolgt, die oft die Linien entlanggefahren sein mußten.

Immer heftiger überkam mich das Bedürfnis, dem Castellogarten für einige Zeit den Rücken zu kehren, auch Florenz war mir zunehmend verleidet, dabei hatte ich Grund für eine gewisse Dankbarkeit, denn ich rückte offiziell zum leitenden Gärtner auf. Es war klar, daß sich Ducci nicht mehr erholen würde, er starb aber erst im Winter.

Im Herbst reiste ich endlich nach Venedig. Mit einem Troß von Ochsenkarren, Knechten und zwei Gärtnern machte ich mich auf, um eine Schiffsladung seltener Gewächse und besonderer Sämereien aus dem Orient in Empfang zu nehmen.

Ich hatte erwartet, daß mir die Stadt Venedig fremd vorkommen würde, und dabei doch insgeheim auf so etwas wie Heimkehr gehofft. Die Jahre in Venedig, die gar nicht so besonders glücklich gewesen waren, hatten sich in meiner Erinnerung verklärt, dort war ich Kind gewesen und behütet, jetzt aber wehten mir allzusehr die scharfen Winde stets wechselnder Zeiten entgegen.

Die Stadt prunkte mit ihren Palästen in einem Reichtum, dessen Quelle ich überall auszumachen vermeinte. Der vierte Kreuzzug hatte eine Flut von Silber, Gold und Marmor in die Lagunenstadt gespült. Besonders widerlich erschien mir der Markusdom, auf dessen Dach die vier Bronzerösser aus dem Hippodrom in Konstantinopel im Sonnenlicht leuchteten. Trotzdem betrat ich die Kirche und ließ auf einem Rundgang keine der Kapellen und Seitengelasse aus. Ich war die Goldmosaike bereits überdrüssig und wollte den Dom verlassen, als mein Blick auf einen Gegenstand auf einem Nebenaltar fiel.

Staub hatte sich im Glas festgesetzt, es funkelte nicht mehr wie damals, als ich es auf dem Markusplatz emporhielt und die Sonne ein irisierendes Farbspiel hervorlockte. Marcos Glaskelch.

Unversehens sank ich in die Knie, brach regelrecht zusammen. Für einen Moment trieb ich orientierungslos in einem zeitlosen Raum, denn die Ordnung der Zeit hatte sich wieder aufgelöst. Die Augen wurden mir feucht, ich blinzelte im Rauch der blakenden Kerzen wie eine tagblinde Eule.

»Laßt Euch aufhelfen, eine Schwäche hat Euch befallen«, sprach mich eine angenehme Stimme an.

Zwei schmale, aber kräftige Hände umfaßten meinen Arm, mehr aus Höflichkeit gab ich ihrem Druck nach und schaute dabei auf.

Helles Feuer, Goldglanz. Sehr viel goldener als Marco fielen dem Jüngling neben mir die Haare auf die Schultern. Das Zusammentreffen mit dem Unbekannten an diesem Ort ließ mich derart zittern, daß meine Knie wieder nachgaben. Der Junge mochte im gleichen Alter wie Marco sein, außer dem Flammenhaar bestand allerdings nur eine oberflächliche Ähnlichkeit, ein so engelsgleiches Lächeln hätte mein Jugendfreund nie zustande gebracht.

»Ich komme oft hierher, um diesen alten Glaspokal zu bewundern. Mein Stolz auf ihn ist kindisch, aber es heißt, er stammt aus meiner Familie, eine Weihegabe.«

»Dann bist du ein Fini?« Meine Stimme hörte sich noch krächzender an als sonst.

Er lächelte wieder. »Ihr scheint Euch in Venedigs Nobilität auszukennen.«

Der Junge hieß Leonardo. Er begleitete mich hinaus, als wäre seine Begleitung selbstverständlich, und ich betrachtete ihn genauer, als die beklemmende Atmosphäre aus Goldgeflimmer, Weihrauchduft und schweren Erinnerungen hinter mir lag. Auch die Jungen dieser Stadt, dachte ich, haben sich in den vergangenen Jahrhunderten herausgemacht, dabei war Marco weiß Gott ein ansehnlicher Bursche gewesen. Aber diesen hier zeichnete Schönheit aus, in jeder Bewegung des wohlgestalteten, wenn auch nicht hochgewachsenen Körpers lag Eleganz. Seltsamerweise versöhnte mich diese Begegnung mit der Stadt. Außerdem, stellte sich schnell heraus, gewann ich in Leonardo einen amüsanten Führer durch das neue Venedig, auch in diesem Punkt ergab sich eine gewisse Familientradition.

Mit Leonardo an meiner Seite war es mir möglich, unbeschwerter durch die Stadt zu streifen. Da er das Kloster von San Giorgio kannte, lag es nahe, mich von ihm dorthin begleiten zu lassen. Leonardo hielt sich geziemend im Hintergrund, als uns der Pförtner öffnete. Ich nannte ihm meinen Namen und trug die Bitte vor, Garten und Friedhof im Gedenken an einen Toten besuchen zu dürfen, kein unbilliges Ansinnen.

Auf dem Weg zum Garten, den ich zielsicher einschlug, überkam mich Mutlosigkeit, ich war nicht imstande, mich angesichts der Kluft der Jahrhunderte meiner persönlichen Vergangenheit zu stellen, und machte an der Eingangspforte auf dem Absatz kehrt. Was Leonardo davon hielt, kümmerte mich wenig.

Auch den Friedhof wagte ich nicht zu betreten. Antonius war mir so fern wie nie, und nie habe ich so heftig seinen Verlust betrauert, ganz außer mir, weil es für diese Trauer weder einen angemessenen Ort noch eine begreifbare Zeit gab.

Auf dem Rückweg zum Anlegesteg holte uns der Pförtner ein und bat mich dringend, ihn zum Abt zu begleiten. Es wäre klüger gewesen, ich hätte mich herausgewunden und den Mann auf einen späteren Besuch vertröstet. Überhaupt überkam mich plötzlich das Bedürfnis, endlich mit meiner Vergangenheit abzuschließen.

Der Abt musterte mich eindringlich und winkte Leonardo ungeduldig beiseite, der ihm den Ring küßte. In der Hand hielt er ein paar beschriebene Blätter.

»Euer Name, Christoforo il Giardiniero, rührt an eine seltsame Sache. Ich habe hier Briefe, von denen der älteste einige hundert Jahre alt ist, der letzte datiert aus dem Jahre 1486. Alle sind von derselben Hand und an einen Mönch dieses Klosters gerichtet, einen Toten, dessen Name in unserer Chronik steht.«

Seine Habichtaugen forschten vergeblich in meinen Zügen. Der höllische Schrecken, der mir in die Glieder gefahren war, wich augenblicklich der Vorsicht. Es gelang mir, eine Maske höflichen Erstaunens aufzusetzen.

Die Hand mit den Papieren sank herab. »Ich sehe schon, ich habe Euch umsonst bemüht, es wäre auch ein sonderbarer Zufall gewesen, wenn Eure Familie ...«, er unterbrach sich und fuhr dann fort, ein Zug von Mißtrauen schwang in seiner Stimme, »Ihr habt unsere Gärten besichtigt und den Friedhof?«

»Ich bin ein Florentiner Gärtner. Zur Erweiterung meiner Erfahrung nutze ich jede Gelegenheit, fremde Gärten zu sehen. Venedig bietet leider nicht viele, so wollte ich wenigstens Euren kennenlernen.«

Ich ließ dem Abt keine Gelegenheit, auf meiner unbefriedigenden Antwort herumzureiten, und verabschiedete mich rasch.

Unbehelligt erreichte ich mit Leonardo das Boot, das uns über den Giudeccakanal setzte. Aufgeatmet habe ich erst, als der Kahn wieder ans andere Ufer stieß.

»Ein alter Trottel, der über unwichtigen alten Pergamenten brütet«, sagte mein Begleiter und traf mit seiner leichtfertigen Bemerkung schmerzhaft das, was mich bewegte.

Leonardo kam während der Woche, die ich in Venedig verbrachte, nicht auf den Vorfall im Kloster zurück, und ich hütete mich, ihn darauf anzusprechen. Im stillen ärgerte ich mich, nicht beherzter aufgetreten zu sein und Einblick in die Briefe verlangt zu haben. Gern hätte ich gewußt, um welche, außer dem zuletzt in Fiesole geschriebenen, es sich handelte. Das belauschte Gespräch zwischen den Philosophen war mir eingefallen. Sie mußten den Brief nach Venedig geschickt haben, nachdem ich verschwunden war. Nur, wie waren die anderen hierhergelangt? Aber was, beschwichtigte ich mich, sollte mir das Wissen jetzt noch nützen?

Es gab einiges zu tun, als das Schiff mit den Pflanzen und Sämereien anlegte. Beim Sortieren und Verladen all der exotischen Gewächse auf die Ochsenkarren kam mir natürlich das alte Versprechen an Marco in den Sinn, das jetzt keine Bedeutung mehr hatte. Leonardo gegenüber erwähnte ich, daß Castello mit den

Neuerwerbungen im Begriff stünde, sich in einen botanischen Garten zu verwandeln. Venedig, erklärte mir Leonardo von oben herab, besäße längst einen, allerdings in Padua, das zur Republik gehörte. Er könne mich dorthin begleiten, denn auch ihn würde so ein Garten, der den Reichtum der Erde wiederspiegelte, interessieren.

Dieses Interesse an Gärten nahm ich hin, wie alles an Leonardo, wie die Zeit, die er mir, augenscheinlich ledig aller Verpflichtungen, großzügig widmete, oder die Tatsache, daß er noch ein-, zweimal auf die Finis und den Pokal zu sprechen kam, ohne jedoch daran zu denken, mir sein Elternhaus zu zeigen.

»Mich reizt Padua nicht«, fuhr ich ihn indessen bei dieser Gelegenheit an, »und Venedig auch nicht mehr. Ich habe nicht gefunden, was ich suchte, und bin jetzt fertig mit der Stadt.« Eine äußerst dumme, gefühlsbetonte Bemerkung, die unangenehme Neugier herausfordern mußte. Leonardo stellte keine Fragen.

Zwei Tage nachdem ich mit meinen schwerfälligen Ochsenwagen aufgebrochen war, kam er mir nachgeritten. So richtig überrascht hat mich sein Auftauchen nicht, seine Aufdringlichkeit ärgerte mich auch nicht, dafür war meine Gleichgültigkeit zu groß. Amüsiert betrachtete ich die schlanke Gestalt auf einem übermütig tänzelnden Roß, das Aufblitzen der weißen Zähne in dem lachenden Gesicht, umrahmt von golden flutendem Haar.

»Meister Christoforo!« Es gelang dem Jungen, sich elegant auf dem Pferd zu verbeugen. »Was haltet Ihr davon, mich als Euren Zögling mit nach Florenz zu nehmen? Ihr habt mir so viel von Euren Gärten erzählt, daß ich die Steinwüste Venedigs leid bin.«

»Und deine Familie?«

»Ist einverstanden, sie glauben, daß mir ein paar Jahre harter Arbeit kaum schaden könnten.«

Ich habe das Ganze für einen Witz gehalten. Ein Edelmann, ein Fini, als Gärtner? Die nächsten Tage hat er auf mich eingeredet, mir eine Menge Pflanzennamen aufgesagt, die er von mir aufgeschnappt haben mußte. Ich gestehe, ich habe mich zu Gesprächen über Gartenkunst verleiten lassen und dabei den Zeitpunkt verpaßt, an dem ich ihm noch unbedenklich eine Abfuhr hätte erteilen können. Er hatte mir bereits die Verantwortung für sich aufgeladen, als mich das Geplänkel noch belustigte. Bologna besiegelte unser schwebendes Verhältnis.

Wir mußten wegen einer gebrochenen Achse eine längere Rast einlegen. Leonardo war ein unruhiges Geschöpf, das es nicht lange auf einem Fleck hielt, schon gar nicht in unserem nach Stall und Ochsen stinkenden Gasthaus vor der Stadt. Abends überredete er mich, in Bologna nach einer passablen Schenke Ausschau zu halten. Während wir durch die Gassen streiften, entging mir, daß der Bengel Blicke mit einer jungen hübschen Frau tauschte, die ihr rötlich schimmerndes Haar in einem Goldnetz trug. Unversehens zog er mich quer über die Straße an die Seite der Schönen und begann, auf sie einzuflüstern.

Ehe ich begriffen hatte, was vor sich ging, hatten wir ein gutbürgerliches Haus erreicht, in das uns die junge Frau einlud. Mir kam die Geschichte nicht ganz geheuer vor, ich zögerte noch, während Leonardo bereits zielstrebig den Flur betrat.

Es verblüffte mich schon sehr, daß uns unsere Begleiterin in ihr Schlafzimmer voranschritt. Die Decke auf dem breiten Pfostenbett war bereits zurückgeschlagen.

Nicht daß ich in den vergangenen Jahren keinerlei Umgang mit Frauen gepflegt hätte, ein großes Anwesen wie das in Castello bietet Möglichkeiten, gewissen Bedürfnissen relativ unkompliziert nachzukommen. Aber in diesem auf den ersten Blick reinlich und gesittet wirkenden Haushalt fühlte ich mich verlegen, erst recht, als eine kleine Magd eintrat, ihre Herrin bis aufs Hemd entkleidete und danach mit einem scheuen Seitenblick auf die Besucher verschwand. Nebenbei bemerkt, blieb die Entkleidungszeremonie nicht ohne anregende Wirkung auf mich.

Leonardo deutete mit einer schwungvollen Geste an, was von mir in dieser Situation erwartet wurde, ich blieb aber linkisch in einem Armlehnstuhl sitzen, die Hände um die Lehne gekrallt. Leonardo dagegen warf mit einem Auflachen seine Kleidung ab und verwandelte sich vor meinen Augen vom Knaben in einen Mann, noch dazu in einen, der sich ausgezeichnet auf sein Treiben verstand. Ich lernte eine Menge von ihm durch das Zuschauen. Die beiden gaben sich mit einer Freimütigkeit ihren Ausschweifungen hin, als wäre ich nicht anwesend, und gleichzeitig präsentierten sie sich derart, daß ich mich unbewußt einbezogen fühlte.

Noch als ich das Spiel ihrer schönen Leiber betrachtete, den goldenen Flaum auf Leonardos Haut, sah ich mich bereits mit ihnen verbunden, und endlich hielt mich die Erregung nicht länger auf meinem Sitz.

Es war ein herrlicher Rausch, zwei auf einmal zu lieben, Mann und Weib, Venus und Adonis gleichzeitig, ein vollendeter Genuß, ich habe in dieser Nacht das Diesseits ausgekostet.

Ich bedaure, daß du diese Lust nie begreifen wirst, weil man deinem Geist und deinem Empfinden von klein auf Zügel angelegt hat.

Es wurde ein teures Vergnügen, denn die hübsche Hure, eine der besten der Stadt, war nicht billig, und wir hatten sie ausgiebiger genossen als jeder andere Freier. Da ich nun eine derart intime Kenntnis von Leonardos Schönheit hatte, war es mir ein Bedürfnis, dem bereits gehabten Vergnügen ein weiteres hinzuzufügen, indem ich ihn am nächsten Tag beim Schneider neu einkleiden ließ. Seine alten Gewänder waren zwar standesgemäß, aber, wie er selbst bemerkte, etwas schäbig. Leonardo redete mir zu, mich ebenfalls der Kunst eines Schneiders zu bedienen, der fähig war, meiner Statur gerecht zu werden.

»Wie hast du das gemacht?« sagte er, als ich mich für die Anprobe entkleidete. »In San Marco krochst du als hinfälliger Alter auf dem Boden herum, und gestern nacht wäre es dir beinahe gelungen, mich und die Hure in deinen Armen zu Tode zu quetschen. Du bist ein Goliath oder Herkules.«

»Ich bin Gärtner«, sagte ich, nicht unbedingt geschmeichelt, »die leben mit den Jahreszeiten, sind jung im Frühling und alt im Winter.«

Leonardos Augen leuchteten auf. »Dein Frühling scheint bis in den Oktober zu dauern. Du mußt mir das Geheimnis gelegentlich näher erklären, ich möchte nie alt werden.«

Meine Begleiter trieben voller Erleichterung über eine glückliche Heimkehr die Ochsen für das letzte Stückchen Weg an. Buontalenti erwartete uns winkend am Fischteich vor der Villa. Neben dem Architekten stand Bernardo, ich freute mich sogar, den Jungen wohlbehalten wiederzusehen. Er trat erwartungsvoll auf die Karren zu, sicher reizte es ihn, sich der neuen Pflanzen anzunehmen. Ein wütender Ausruf Leonardos ließ ihn innehalten.

»Christoforo, was zum Teufel hat das zu bedeuten? Warum hast du mir verschwiegen, daß du einen Sohn hast?«

»Ich wünschte, ich hätte einen«, antwortete ich mehr erstaunt als verärgert.

Leonardo kreischte beinahe. »Und der da? Kannst du den leugnen?« Er wies auf Bernardo.

Buontalenti, der gern ein Feuer schürte, mischte sich ein. »So abwegig ist der Gedanke gar nicht.«

Natürlich nahm ich Buontalenti nicht ernst, betrachtete aber Bernardo, durch die dumme Bemerkung angeregt, genauer, als ich es in den letzten Monaten, vielleicht im ganzen letzten Jahr getan hatte.

Es berührte mich schon, festzustellen, daß Bernardo in den drei Jahren seiner Lehrzeit die Gestalt eines jungen Herkules entwickelt hatte. Eine Hand auf dem Rand des ersten Ochsenkarrens, bot der Junge ein Bild beherrschter Kraft, gegen das Leonardo wie ein aufgedrehtes Kampfhähnchen wirkte.

Mein neuer Lehrling warf dem alten einen giftigen Blick zu, wandte sich ab und schritt, elegant und schön in seiner neuen Garderobe, auf die Tür zu. Bernardo schlug die Augen nieder, er stolperte am Wagen entlang.

In meinem Häuschen fand ich eine bereits einige Tage alte Nachricht von Bruder Bertoldo vor, der mich um einen Besuch im Hospital bat, ich nahm an, daß er mich wegen Duccis Befinden zu sprechen wünschte.

Am nächsten Morgen machte ich mich auf den Weg nach Florenz. Sicher hätte die Angelegenheit noch einen Tag warten können, sie kam mir aber gelegen, um der schlechten Laune Leonardos ein paar Stunden auszuweichen. Es hatte am Abend einen häßlichen Streit gegeben, denn ich mußte ihm sehr deutlich sagen, wo in Zukunft sein Platz sein würde, nämlich zwischen den jüngsten Lehrlingen und keinesfalls auf der Stufe von Bernardo, der nicht mein Sohn oder sonstwie mit mir verwandt war und der dem Neuankömmling drei Lehrjahre voraus hatte.

Duccis Befinden hatte sich weder gebessert noch verschlechtert, ich brachte aber geraume Zeit an seinem Bett zu und sprach mit Bertoldo einige Gebete für ihn.

Danach führte mich Bertoldo in die Klosterbibliothek, die sich als erstaunlich umfangreich erwies und zudem über bemerkenswerte alte Schriften verfügte. Eine dieser Schriften enthielt einen Bericht über das Auftauchen eines gewissen Ahasver in Forli.

Bertoldo murmelte, er habe sich erst jetzt auf diese Schrift besonnen, eine etwas windige Aussage, auch war dem frommen Bruder dabei eine für ihn ungewöhnliche Verlegenheit anzumerken.

»Bevor Ihr lest«, sagte er recht heftig und legte seine breite Bauernhand auf das Pergament, »hört meine Meinung zu dem Fall Ahasver.«

»Die wäre?« fragte ich knapp.

»Ich habe in Euch, als Ihr Euch so fürsorglich um den Trunkenbold Ducci gekümmert habt, einen wahren Christenmenschen erkannt, aber ich erinnere mich sehr genau daran, wie man Euch vor Jahren aus dem Wald zu mir brachte und Ihr in der ersten Nacht im Hospital über das Wirken eines Dämons spracht.«

Ich wollte so etwas nicht hören, ich wollte auf gar keinen Fall, daß sich ein Mensch außer mir derart mit meiner zweifelhaften Existenz beschäftigte, mit Schattenseiten, die ich im Augenblick für einigermaßen gebannt hielt.

»Eure Fragen nach dem Ewigen Juden«, fuhr Bertoldo fort, »habe ich gleich mit Eurem Dämon in Zusammenhang gebracht. Vielleicht unterliege ich einem Irrtum, wenn nicht, rate ich Euch dringend, Euch nicht weiter damit zu befassen. Auf diesen Ahasver und alle seinesgleichen hat Gott seine Hand gelegt – wenn der Bericht auf Wahrheit beruht, was ich bezweifle.«

Ich begann zu schmunzeln, Bertoldo schätzte ich als Mann ein, der sich zwar in Legenden und Geschichten auskannte, aber letztlich eine handfeste und bodenständige Meinung von den Dingen der Welt hatte – wie Anselmus. Nachdem ich hatte versprechen müssen, dem Bericht mit der gebührenden Skepsis zu begegnen, begann ich zu lesen.

Das Schreiben hatte der Astrologe Guido Bonatti verfaßt, der dem Ewigen Juden im Jahr 1267, also vor fast dreihundert Jahren, begegnet sein wollte. Die Begegnung selbst war unwichtig, was er dagegen von Ahasver selbst zu berichten wußte, erschütterte mich derart, daß ich kalkweiß und in Schweiß gebadet nach

Schluß meiner Lektüre auf dem Stuhl hing. Bertoldo sah sich genötigt, mich mit einem kräftigen dunklen Rotwein aus dem Klosterkeller zu beleben und den Dämon, der augenscheinlich wieder die Hand nach mir ausstreckte, mit einigen pater noster in die Flucht zu schlagen. Zwei Stunden lang zwang mich Bertoldo, auf dem Steinfußboden zu knien und Gebete zu sprechen. Beim Abschied gab er mir den dringenden Rat, mich aller Hirngespinste zu entschlagen und in christlicher Demut auf die Gärtnerei zu konzentrieren. Er ließ mich keinen weiteren Blick in die Schrift werfen.

Ich schleppte mich den Hang nach Castello hinauf, mein Reittier am Zügel, bei jedem Schritt pochte mir der Fluch Ahasvers in den Sohlen. Denn in diesen bestand eines der augenfälligen Merkmale des Ewigen Wanderers. Bonatti berichtete, daß dem Juden auf seinem langen Weg durch die Welt zwei Finger dicke Sohlen gewachsen waren.

Bertoldo mußte, als er diesen Bericht las, ebenfalls an meine Füße gedacht haben, die er ja als mein Pfleger und Arzt gesehen hatte. Ich glaube aber, daß er mich dennoch nur für einen Verblendeten hielt, den seine Studien auf Irrwege geführt haben.

Nach meiner Rückkehr betrachtete ich die Unterseite meiner Füße und fuhr über die kräftige Hornhaut, ich versuchte sogar, sie wie Rinde mit dem Messer abzuschälen, und mußte danach tagelang hinken, so sehr schmerzten mich die Füße von den Schnitten. Ahasver aber wuchs sich zu einem Schatten auf meiner Seele aus, manchmal meinte ich sogar, ihn als dunkle Gestalt hinter mir zu spüren.

In den Schlaf der darauffolgenden Nacht schlich sich ein Traum, den ich bereits kannte, der sich aber erschreckend verändert hatte. Ich sah mich wieder auf einer Frühlingswiese in hellem Licht, das auf einmal ein Schatten dämpfte, der nicht gleich eine erkennbare Kontur annahm, aber aus mir zu kommen schien. Dann aber zog sich der Schatten zu einem ungeheuren Stamm zusammen, einem Baumstamm, der sich aus meinem Leib herausschraubte und eine schwere Krone entfaltete, die alles Licht vollkommen löschte.

Ich erwachte schreiend.

Von nun an brauchte ich nur einen Blick auf Antäus zu werfen, dem Herkules den Lebensatem abquetschte, schon fühlte ich den geträumten Baum auf mir lasten. In Anfällen geistiger Verwirrung begann ich dagegen, mich selbst für Ahasver zu halten. Denn in jenem Bericht war auch die Rede davon, daß den Juden alle hundert Jahre eine große Schwäche befiel und er sich danach auf mysteriöse Weise verjüngte. So ähnlich hatte ich ja bereits dreimal meine Rückkehr ins Leben durchlitten.

Meine beiden Schüler vertrugen sich nicht sonderlich. Leonardo liebte es, bei jeder Gelegenheit Bernardo als Trottel bloßzustellen, der keinen ganzen Satz von sich geben könne. Diese Pöbeleien verdrossen mich. Wenn jemand an Bernardo etwas zu bemäkeln hatte, dann war ich es.

Anfangs mahnte ich Leonardo hin und wieder, mir die Adresse seiner Eltern aufzuschreiben, damit ich die notwendigen Vereinbarungen treffen konnte, um einen offiziellen Lehrvertrag aufsetzen zu können. Da ich aber mit den bürokratischen Ordnungen der Welt, mit Pässen, Taufscheinen und Genehmigungen, nie viel im Sinn gehabt hatte, vergaß ich die Sache und erinnerte mich nur daran, wenn ich mich über meinen Schüler ärgerte.

Zu einem größeren Streit kam es, als ich mich weigerte, weiter seine Besuche in den Hurenhäusern von Florenz zu bezahlen, da ich sie selbst längst nicht mehr mit ihm zusammen aufsuchte. Die feine Gesellschaft, mit der Leonardo als seinesgleichen umging, war mir bald schal geworden, Sturzbetrunkene geben keine amüsanten Gesprächspartner her, Sudeleien mit Fleisch, Brot und Wein kann ich nicht leiden, und die Rumhurerei konnte man auch preiswerter haben. Ich hatte mir eine nette Magd zugelegt, die mir das Haus und alles andere besorgte.

Der Hang zum Lotterleben war die nicht eben erfreuliche Seite Leonardos, die bessere will ich nicht unerwähnt lassen. Der Bursche lernte schnell und gut. Obschon nicht übermäßig fleißig, verstand er es aber mit seinen bescheidenen Kenntnissen zu glänzen, indem er geschickt über Lücken und Seichtheiten hinwegglitt. Wenn Buontalenti nach Castello kam, heftete er sich augenblicklich an ihn. Manchmal nahm ihn der Architekt für einige Tage auf seine anderen Baustellen rund um Florenz mit.

Bernardo hatte sich unterdessen zu einem Experten in der

Pflege und Zucht der Exoten entwickelt, wie er überhaupt mittlerweile fast mehr über Pflanzen wußte als ich. Die Wege meiner Schüler strebten gewissermaßen auseinander, das hätte Streit vermeiden helfen sollen. Am Ende des fünften Lehrjahres gab es trotzdem noch einen letzten.

Eines von Buontalentis Projekten dieser Zeit betraf die Ausgestaltung der großen Mauer vor der obersten Terrasse. Die Mauer wurde von fünf Nischenarchitekturen unterbrochen. Die in der Mitte war als Kernstück angelegt, ihr kam eine besondere Bedeutung im Gesamtkonzept zu. Sie war mit Bims und Tuffstein als Grotte dekoriert und sollte Tieren aus farbigem Marmor Raum bieten. Die beherrschende Figur würde ein strahlend weißes Einhorn sein, umringt von einem kleinen Zoo aus Ziege, Löwe, Rind und Elefant. Die seltsame Gruppe illustrierte eine Legende, nach der eine Schlange eine Tränke mit Gift verseucht hatte. Das Einhorn nun reinigte das Wasser, indem es sein Horn eintauchte. Mit einigen Anstrengungen wurde diese nette Geschichte auf die Medici umgemünzt. Jetzt hieß es, die Wasser von Castello seien so rein wie die sagenhafte Tränke und verwiesen auf die Reinheit und Lauterkeit Cosimos und seiner Herrschaft über Florenz.

Mir wurde bei solchen Spitzfindigkeiten kotzübel. Ich hatte Cosimo den Tod Carnesecchis nicht verziehen.

Unter den Entwürfen entdeckte ich ein paar Zeichnungen für den Hintergrund der Grotte – ein kunstvolles Muster aus Muscheln, die zu geometrischen Formen und phantastischen Masken zusammengelegt waren –, schwungvoll von Leonardo signiert. Mit einem der Blätter wedelte ich Buontalenti vor der Nase herum.

»Der Junge taugt«, erklärte Buontalenti, »wenn du mich fragst, mehr zum Architekten als zum Gärtner. Wenn Cosimo demnächst nach Rom geht, um sich zum Großherzog krönen zu lassen, begleite ihn und nimm Leonardo mit. Schaut euch die römischen Gärten an, sie haben mehr Architektur zu bieten als die toscanischen. Oder würden dich die Kosten für den Jungen reuen? Übrigens hat mich dein Goldjunge gefragt, woher du das Geld hast, das du ausgibst. Du hältst ihn doch nicht zu kurz? Er ist dein Buhlknabe?«

Ich schlug so derb auf den Tisch, daß der Wein aus den vollen

Gläsern schwappte, und kam, als ich merkte, Buontalenti wollte mich ärgern, auf das Wesentliche zurück. »Du meinst, Leonardo soll zur Architektur wechseln?«

»Architektur, Gärtnerei. Wer von uns beschränkt sich schon auf ein Gebiet, außer dir Ochse? Tribolo war Bildhauer und Architekt, ich bin Maler, Miniaturist, Bildhauer, Architekt, Ingenieur, Wissenschaftler, hab ich was vergessen?«

»Aufschneider ...«

»Warum sollte der Junge nicht Gärtner und Architekt sein?« fuhr Buontalenti ungerührt fort.

»Und Bernardo?« fragte ich.

In diesem Augenblick trat Leonardo ein. Zufällig beugten wir uns gerade über einen Plan, auf dem die Beete und Mauerstücke zwischen den Grotten besonders hervorgehoben waren.

»Immer Bernardo!« fauchte mich mein Schüler an. »Ich will die Gestaltung übernehmen, es ist mein ausdrücklicher Wunsch. Immer ziehst du Bernardo vor.«

Bis dahin hatte ich mir über Beete und Mauer kaum Gedanken gemacht, sehr viel gab es auch nicht zu gestalten, ich hatte bereits Bäume bestellt, die das Mauerwerk verdecken sollten.

»Ich ziehe niemanden vor. Bernardo hat drei Jahre Lehrzeit mehr hinter sich, also ist das seine Aufgabe. Aber schau dir diese Skizzen an.« Ich wühlte ein, zwei Blätter heraus und schwenkte sie in der Luft. »Soll ich dir was sagen? Sie sind schludrig.«

»Ich bin nicht so ein lahmer Ochse wie Bernardo, mein Geist läuft schneller als die Hand.«

»Dann zügle deinen Geist«, knurrte ich.

»Immer nur soll ich bei dir hacken und jäten! Wie willst du wissen, was ich wirklich kann, wenn ich keine Gelegenheit erhalte, es zu beweisen? Ich will doch, daß du stolz auf mich bist.« Leonardo lächelte, ein Lächeln, das seine Augen aufschimmern ließ.

Den Abend haben wir zusammen in einem Hurenhaus verbracht, und am Morgen sprach ich Bernardo zu Leonardos Ärger frei, die Lehrzeit war beendet, das letzte Jahr erließ ich ihm.

»Ich habe dich als Lehrherr enttäuscht«, sagte ich bei der Lossprechung.

»Nein, Meister«, widersprach er mir, »von Euch habe ich gelernt, das geheime Leben der Pflanzen zu spüren, niemand außer

Euch hat es je wahrgenommen.« Seine erste selbständige Aufgabe betraf die Beete an der großen Mauer. Ich übertrug sie ihm, weil er reif dafür war, nicht weil ich mich schämte.

Im Jahr 1570 reiste Cosimo nach Rom. Ein Großherzog begibt sich ja nicht allein zu seiner Krönung, und daher fiel es Buontalenti nicht allzu schwer, mich mit meinem verbliebenen Schüler in das Gefolge einzuschmuggeln, nachdem ich einmal beiläufig erwähnt hatte, daß es mich schon reizen könnte, römische Gärten zu sehen. Buontalenti hatte mir sehr genau erklärt, welche eine Besichtigung lohnten.

Bei der Abreise hatte ich nicht die Absicht gehabt, Castello und Florenz für längere Zeit den Rücken zu kehren.

Auf der Reise freundete sich Leonardo mit etlichen Leuten des Gefolges an, deren kirchliche Würden in einem bedauerlichen Gegensatz zu ihrem geringen Alter und ihrer Vergnügungssucht standen, ich begann mich für Luthers Kritik an der Kirche zu erwärmen. In Rom nahmen wir Logis im Haus eines jüngeren Sohnes von Cosimo, Ferdinando, der im zarten Alter von vierzehn Jahren bereits mit dem Kardinalspurpur versehen worden war und damals als Zwanzigjähriger noch immer keine einzige priesterliche Weihe empfangen hatte.

Ferdinando machte aber im Gegensatz zu seinem Bruder Francesco einen recht gesitteten Eindruck, es waren vor allem Francesco und seine lärmigen Freunde, in deren Gesellschaft Leonardo die Nächte verbummelte. Tagsüber schlief er. Ich wandelte daher allein über das Kapitol und betrachtete die Schweine, die zwischen umgestürzten Säulen im Abfall wühlten. Ansonsten glich Rom einer gigantischen Baustelle, überall wurden die prächtigsten Paläste hochgezogen. Als ich mich aufmachte, eine der von Buontalenti angepriesenen Sehenswürdigkeiten, den Belvedere-Hof, zu studieren, schloß sich Leonardo überraschend an, obwohl es noch früh am Morgen war und er kaum aus den Augen sehen konnte.

1503 hatte der Baumeister Bramante vom damaligen Papst den Auftrag erhalten, das Belvedere, die Sommervilla des Papstes, mit den vatikanischen Gebäuden zu verbinden. Zwischen beiden erstreckte sich ein grasbewachsener, von Schafen beweideter

Abhang von dreihundert Metern Länge. Bramante ließ ihn teilweise planieren und teilweise zu zwei großen Terrassen umformen, die durch eine doppelte, gegenläufige Treppenflucht verbunden waren. Eine große Nische markierte die Mitte der Anlage.

Die ehemalige Schafsweide wurde zu einem geschlossenen Hof, als Bramante an die Längsseiten zwei riesige, dreistöckige Säulenhallen oder Loggien setzte. Ich schaute mir dieses ganze Gemäuer ringsum zweifelnd an. Nur auf den Terrassen gab es ein paar Beete.

»Möchte wissen, warum Buontalenti mich hergeschickt hat.«

Leonardo stieß mich in die Rippen. »Du begreifst es nicht. So eine Treppenanlage wäre die geeignete Lösung für Fiesole, um die zwei Terrassen zu verbinden.«

»Du kennst die Villa Medici in Fiesole?« fragte ich erstaunt.

»Sicher. Wie kann man besser lernen als durch das Studium der Fehler und Ungeschicklichkeiten anderer. Der Verwalter dort war sehr zugänglich, als ich ihm sagte, ich sei ein Schüler von dir.«

Ich hatte noch an der Antwort zu kauen, als zwei Kleriker aus Cosimos Gefolge zu uns traten. Leonardo hob unmerklich die Stimme.

»Ich erkläre gerade unserem Gartenmeister die Ideen Bramantes. Wie es gelungen ist, aus einer Schafweide einen Hof zu machen und nicht zuletzt durch die wiederkehrenden Elemente von Bögen und Säulen an den Loggien und der neuen Fassade der Villa einen Eindruck von Geschlossenheit zu erzielen ...« Leonardo gab noch mehr solches Zeug von sich, lächelte dabei überheblich und entfernte sich schließlich mit den jungen Männern.

Mich verdroß nicht nur die Tatsache, daß er sich vor den Leuten aufspielte, die Erwähnung Fiesoles hatte mir noch extra zugesetzt.

Ich sah die drei jungen Männer im Binnenhof der Belvedere-Villa wieder. Der Hof stand voller antiker Kunstwerke, die etliche Besucher hingerissen betrachteten. Diese Vorliebe für Antiken belustigte mich. Wie konnte man sich für Figuren begeistern, denen Arme und Köpfe fehlten? Unauffällig beobachtete ich Leonardo, der sich mit seinen Begleitern angeregt unterhielt und dann auf einmal zu mir geschlendert kam.

»Was sollte das aufgeblasene Gerede vor den anderen?« fuhr ich

Vaticanische Gärten

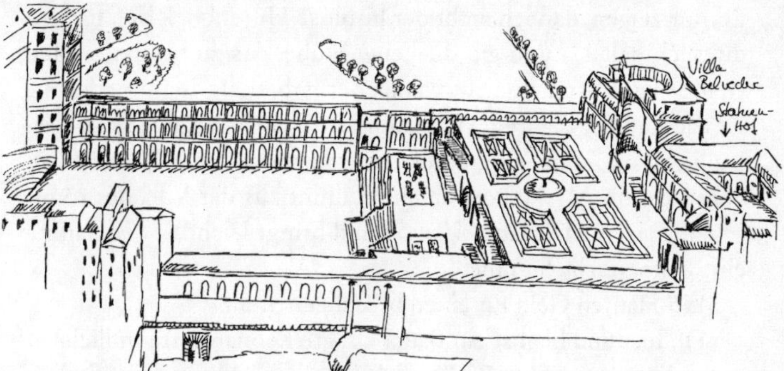

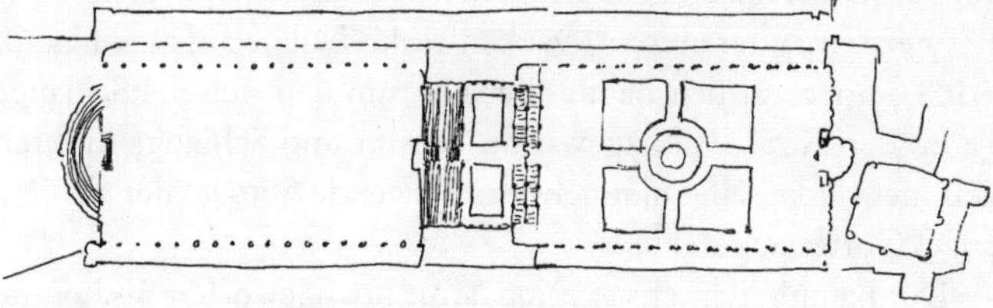

Rom : Belvedere-Hof von Bramante

ihn an. »Fühlst du dich als was Besseres in der vornehmen Gesellschaft?«

Leonardo antwortete überraschend friedlich. »Nein, ich wollte dir nur zeigen, daß ich nicht der hirnlose Hurenbock bin, für den du mich hältst – und gib dir keine Mühe, das zu bestreiten. Ich treibe meine Studien nicht weniger ernsthaft als du, nur anders.« Er wies auf die Figuren. »Ich kann dir zu jeder sagen, was sie darstellt, wo und wann sie gefunden wurde und welchen Wert sie hat. Schau dir die Maske dort an. Sie stammt aus der Villa des römischen Kaisers Hadrian bei Tivoli und bringt leicht ...« Er nannte eine erstaunliche Summe.

»Ein Haufen Geld für einen bröseligen Stein.«

»Du bist und bleibst ein Bauer«, sagte Leonardo freundlich.

Ich ließ ihn stehen. Ziellos durchstreifte ich die vatikanischen Gebäude und geriet schließlich, einem Strom von Besuchern folgend, in einen häßlichen Raum mit einer schwer lastenden Tonnenwölbung. Es handelte sich um die bis heute berühmte Sixtinische Kapelle, die große Künstler ausgemalt haben, um das Mißverhältnis in den Proportionen zu vertuschen. Ich starrte wie die meisten anderen zum Deckenfresko Michelangelos hinauf.

Ich starrte auf den Baum über mir, um den sich die Schlange wand, den Kopf Eva zugewandt. Stamm und Schlange drehten sich ineinander, eine himmelwärts steigende Spirale, der sich ein Engel Gottes zugesellte.

»Der Baum!« Ich schrie, beide Arme hochgeworfen, als könnte ich den gemalten Baum herunterreißen.

Es hallte ziemlich in dieser Kapelle. Schon bevor ich auf die Knie fiel, hatte ich alle Aufmerksamkeit für mich. Als ob sich mein Inneres nach außen stülpte, krampften sich meine Eingeweide in Zuckungen zusammen, eine gewaltige Fontäne aus Wasser, Wein, Speisebrei ergoß sich übelriechend über den schimmernden Marmor. Ringsum wurde reichlich viel und laut geflucht.

Leonardo hat mich mit einem Helfer zurück in unsere Unterkunft geschleppt, ich war nicht ganz bei Sinnen.

Du hast verstanden? Es war die Szene aus der Bibel, die Michelangelo gemalt hat – die Schlange am Baum des Paradieses, die Eva mit dem Apfel gelockt hat –, in der ich meinen Traum wiederzuerkennen glaubte, den Baum mit dem gedrehten Stamm, der aus mir herauswuchs.

Ein Kurpfuscher kam und ließ mich mächtig zur Ader. Gleichgültig sah ich zu, wie mein Lebenssaft in die Schüssel sprudelte, und wunderte mich, daß er rot war. Ein Bild drängte sich beharrlich in mein Bewußtsein, ein ziemlich eigenartiges. Ich sah mich, wie ich einen Baum umarmte, dessen Zwillingsstämme sich ineinander flochten. Es war mir tatsächlich, als könnte ich die Rinde unter den Händen spüren, am ganzen Leib, und seltsamerweise strebten meine Sohlen in die Erde, einer anderen Art von Leben zu, langsamer, stiller. Es war eine Erinnerung, kein Fiebertraum.

Am dritten Tag war ich meine Hinfälligkeit leid und entwischte, aber wieder spürte mich Leonardo auf, ein Teufel, den ich nicht loswurde.

»Christoforo«, kreischte er, »ich laß dich anketten! Sag mir, wo deine Familie lebt, ich will ihr schreiben, daß du krank bist. Woher stammst du?«

Wütend wandte ich mich ihm zu. »Aus dem Norden, vom Tegernsee. Dort lebt keiner mehr von meinen Leuten, seit Urzeiten nicht. Verschwinde!«

»Warst du jemals im Orient, in Konstantinopel?«

»Was gehen dich meine Vorfahren an oder irgendwelche Reisen? Hör auf in meinem Leben herumzuwühlen. Steck deine Nase in deine Angelegenheiten, hur herum, verkauf deinen Hintern.« Rasend vor Wut habe ich ihn durchgeschüttelt.

Viel hab ich danach von Leonardo nicht mehr gesehen, er verbrachte seine Zeit nur noch mit Francesco. Den Medici-Erben zeichnete außer den damals üblichen Lastern ein Hang zu obscuren Wissenschaften aus. Ich wußte von Buontalenti, daß er sich mit der Alchemie beschäftigte und in Florenz in einer stinkenden Küche alle möglichen Ingredienzien zusammenkochte. Das war auch so eine Mode der Zeit, mit Quarzen und chemischen Substanzen zu experimentieren. Sogar mein Freund Buontalenti war davon angesteckt. Er sei, hatte er mir einmal versichert, zusammen mit Francesco auf der Suche nach dem Geheimnis des chinesischen Porzellans.

Ich hätte Leonardo nicht bedrängt, mir zu folgen, aber er tat es, ohne zu zögern, als ich ihm erklärte, daß ich den Dienst bei den Medici quittieren wolle und im Begriff stehe, für den Kardinal Ippolito d'Este und seinen Baumeister Pirro Ligorio zu arbeiten.

Die Bekanntschaft mit Ligorio hatte sich in den Vatikanischen Gärten ergeben. Als ich erfuhr, daß er für das Anwesen des Kardinals in Tivoli verantwortlich war, einer Empfehlung auf Buontalentis Besichtigungsliste, habe ich nicht gezögert, seiner Einladung zu folgen.

Es ist ein Vergnügen, sich mit einem ernsthaften und wissenden Mann zu unterhalten, selbst wenn er das Temperament eines Stockfischs hat und meist dreinblickt, als hätte er in eine Zitrone gebissen. Ligorio war aber auch ein feiner, stiller Herr, mehr Gelehrter als Pragmatiker, mir schien er ein Mann mit zwei linken Händen, der Unterstützung gebrauchen konnte.

Nach dem Besuch begann ich, Erkundigungen einzuziehen, und alles, was ich erfuhr, sprach dafür, mir im Anwesen der Este in Tivoli eine neue Wirkungsstätte zu suchen.

Ippolito d'Este, ein Sohn Alfonso d'Estes, des Herzogs von Ferrara, und der schönen wie berüchtigten Lukrezia Borgia, war im diplomatischen Dienst zweier französischer Könige aufgestiegen und hatte dabei ein ungeheures Vermögen zusammengebracht, das er zu einem Großteil in Tivoli verpulverte. Auf den ersten Blick sah ich, daß der Tivoligarten noch kostspieliger sein mußte als der in Castello. Ippolito galt als Mann der Wissenschaften und großer Tugend, weil er sich nicht nur pro forma ans Zölibat hielt. Er verwies gern auf seinen antiken Namensvetter, Hyppolitos, den Sohn des Perseus, der den Verführungskünsten seiner jungen Stiefmutter Phädra widerstanden hatte. Ich sah in ihm eher ein Ebenbild von Narziß, der die Liebe der Diana zurückwies, weil er zu sehr in sich selbst verliebt war. Soviel zur Tugend der Keuschheit. Auf solche Gedanken kam ich allerdings erst später.

Die Verhandlungen über eine Anstellung zogen sich hin, und erst ein Zeugnis, um das ich Buontalenti bitten mußte, verhalf mir zu dem gewünschten Abschluß.

Auf Leonardo hätte ich gern verzichtet, dachte mir aber, daß in der Tugendatmosphäre Tivolis aus einem ewig angesäuselten, nach Hurerei stinkenden Gockel durchaus noch ein brauchbarer Gärtner werden konnte.

Tivoli lag nicht weit von Rom entfernt, ich sah die Stadt von der obersten Gartenterrasse, und im Anblick des nahen Sündenbabels, umgeben von einer keuschen marmornen Diana und dem Standbild des Jünglings Hyppolitos, im Ohr den blechernen Schrei einer künstlichen Eule, die Weisheit und Wahrheit symbolisieren sollte, suchte ich der vielfältigen, alle Sinne berauschenden Eindrücke des prachtvollen Gartens Herr zu werden, indem ich schrieb.

Christoph der Gärtner an Antonius im Kloster San Giorgio in Venedig.

Ich habe den Dienst der Medici verlassen.

Zuvor habe ich die Krönung von Cosimo de' Medici zum ersten Großherzog der Toscana am 8. März des Jahres erlebt. Inmitten all des Pomps, der prächtig gekleideten Würdenträger und der Schaulustigen wurde Cosimo, von der Gicht verkrümmt und von Schmerzen gepeinigt, in die Peterskirche getragen. Ich bezweifle doch sehr, daß er seinen Triumph hat genießen können.

Es gelingt mir nicht, mich zu einem milderen Urteil über ihn durchzuringen, obwohl das einfache Volk von Florenz ihn als Wohltäter rühmt. Er ließ Sümpfe trockenlegen und kahle Hänge mit Zypressen, Oliven- und Obstbäumen aufforsten, was mich als Bauernsohn freuen sollte. Silberbergwerke und Marmorbrüche wurden nach seinen Weisungen erschlossen, Straßen und Häfen angelegt, kurz, er hat aus seinem Herzogtum einen Musterstaat gemacht – und dennoch bleibt er für mich der Tyrann und Verräter.

Ich habe die Gelegenheit genutzt, mir einen neuen Herrn zu suchen, dem größere Tugend nachgesagt wird. Nach ein paar Tagen in seinem herrlichen Garten denke ich, recht getan zu haben.

Wenn nur je die Natur in den Rang der Kunst erhoben wurde, dann hier. Ich habe das Glück, den Schöpfer dieser Herrlichkeiten inmitten seines Werkes anzutreffen, und genieße den Vorzug, alles von ihm erklärt zu bekommen. Der Garten ist allein die Erfindung Pirro Ligorios, ein Werk, an dem seit zehn Jahren gearbeitet wird.

Es ist wie Castello ein Hanggarten, aber gleichsam in umgekehrter Anordnung: Du schaust zur Villa auf dem Hügel hinauf, wenn du den Garten von der richtigen Seite her betrittst, also auf der untersten von fünf Terrassen, wie Ligorio mir sagte. Das letzte Stück des Hanges steigt besonders steil an, und hier führen sich kreuzende Treppenrampen, die mich sogleich an Bramantes Belvedere-Hof erinnerten, zur Villa. Aber Bramantes Idee war zu einem netzartigen Auf und Ab weiterentwickelt worden.

Von unten nach oben fallen dir zunächst Quadrate und Rechtecke auf, die sich sauber aneinanderreihen, alles wie in Castello, aber reichhaltiger, gewaltiger. Ich könnte die Reihe der Adjektive noch fortsetzen, beschränke mich aber auf ein weiteres: phantastischer.

Am unteren Ende beginnt der viale di mezzo, der Hauptweg auf der Mittelachse, der von acht Parallelwegen begleitet und von dreizehn Querwegen durchtrennt wird, von hier entfaltet sich die Hauptblickrichtung. Auf dieser unteren Ebene liegt der giardino delle semplice, ein Garten für Kräuter und Heilkräuter mit einem Kreuz aus vier Laubengängen und einem zentralen Pavillon. Ligorio fand ihn eigentlich etwas altertümlich, und ich habe natürlich gleich an unseren Heilkräutergarten gedacht, haben wir nicht die Kräuter medicamenta semplica genannt?

Rechts und links sollen je zwei quadratische Labyrinthe den giardino delle semplice rahmen, die zur rechten Seite aus immergrünen, dichten Hecken sind fast vollendet. Nachfolgend, quer zur Hauptachse, liegen ausgedehnte rechteckige Fischteiche. Auf einen Wink Ligorios setzte ein Gartenhelfer die Wasserkunst in Bewegung. Vom Rand der Becken schossen aus Hermenpfeilern (das sind Gebilde, deren untere Hälfte aus einem Steinpfeiler und deren obere aus der Halbfigur eines Mannes besteht) Wasserstrahlen auf, überkreuzten sich fächerförmig, bildeten Bögen, du hättest sie sehen mögen. Ein dunstiges Wassergewölbe entstand, über das die Sonne einen irisierenden Regenbogen warf. Es erinnert mich sehr an den Garten mit dem Wasserlauf in Granada.

Auf der gleichen Querachse wie die Teiche, aber oberhalb – denn auch in dieser Richtung auf das Örtchen Tivoli zu steigt das Gelände an –, liegt eine Wasserorgel, ein Wunderwerk der Technik, das uns, Ligorio, meinen Lehrling Leonardo und mich,

Villa d'Este in Tivoli, Zeichnung nach dem Stich von E. Duperac, 1573

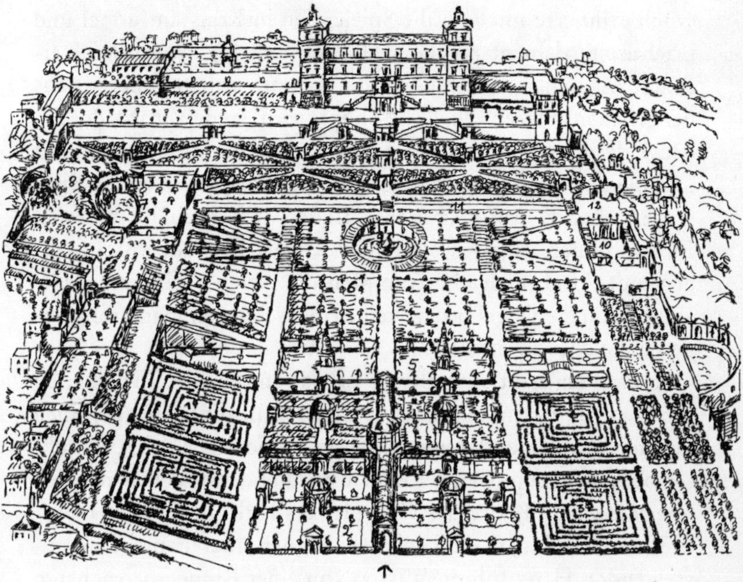

1. Labyrinthe: nicht ausgeführt
2. giardino delle semplice
3. Labyrinthe
4. Orgelbrunnen
5. Fischteiche
6. boscos
7. Ovatobrunnen
8. Tuffsteingebirge über dem Brunnen
9. Drachenbrunnen
10. giardino segreto mit Brunnen der Proserpina
11. Weg der 100 Quellen
12. Eulenbrunnen
13. Miniaturrom

mit Trompetenstößen empfing, bevor sich die Orgelpfeifen zu sanfteren Tönen bequemten.

Ich erinnerte mich an die Spielereien in Konstantinopel und machte eine dementsprechende Bemerkung. Ligorio hat mich erstaunt angesehen und gemeint, die Byzantiner hätten bereits aus der gleichen antiken Quelle geschöpft wie Claude Venard, der Erbauer des Orgelwerks. Er hat Vitruvs Beschreibungen erwähnt und die des Heron von Alexandria. Herons Prinzipien des wasserbetriebenen Automatenbaus finden sich auch im hiesigen Eulenbrunnen, einer weiteren mechanischen Kuriosität, angewandt. Und doch übertrumpfen die neuen Erfindungen die alten, denn die Orgel bedarf keiner menschlichen Hand mehr, es geschieht alles automatisch.

Ich will dir nicht die Fülle dieses Gartens in allen Einzelheiten schildern, aber denk dir eine Vielzahl von Brunnen und laß mich nur noch von einer der wunderbaren Erfindungen des Architekten berichten, dem Weg der Kanäle und hundert Quellen, der sich über die ganze Breite des Geländes erstreckt und zwei Hauptbrunnen verbindet. Drei schmale Rinnen übereinander im ansteigenden Hang führen Wasser, von einer Rinne zur nächsten plätschern Wasserfächer und Springstrahlen aus vielleicht hundert steinernen Schiffen und Vasen in den Kanalbrüstungen. Das Wasser murmelt, rieselt, rauscht dir seine ganz eigene Musik zu.

Ippolito d'Este war vom Papst zum Gouverneur von Tivoli bestellt worden, einer Region, die schon in römischer Zeit wegen ihrer mineralischen Quellen berühmt war und von deren einstigem Glanz Ruinen antiker Villen und Heiligtümer zeugen, in denen nach Statuen gegraben wird. Ippolitos Verdienste als Gouverneur bestanden bislang im Aufforsten der kahlen tiburtinischen Hügel, im Entwässern von Sümpfen, in der Gründung von Holzmanufakturen, um der Bevölkerung Arbeit zu verschaffen, in der Wiedererschließung alter Quellen und der Nutzbarmachung der Wasserläufe. Sie ermöglichten die Anlage dieses Gartens, durch den der Glanz der Antike neu erstand, wie Ippolito findet, eine Rinascita. Allerdings mußte zum Entsetzen der Bevölkerung ein Viertel der Häuser des Ortes Tivoli dem Garten weichen.

Aber dieser Garten ist auch der Garten der Este wie der in

Castello der der Medici, und auch in dem hiesigen herrscht Herkules. Denn die illustre Familie Este betrachtet den mythischen Helden als ihren Ahnherrn. Frag mich nicht, wie sie eine derartige Abstammung herausgefunden haben. Herkules erschlug den Drachen, der die Insel der Hesperiden bewachte – jetzt speit das Abbild des Untiers als Verweis auf die Legende Wasser im Drachenbrunnen, und dieser Brunnen steht im Zentrum.

Der Granatapfel mit seiner rotgoldenen Schale und dem geheimnisvollen Innern mit der Unzahl der Kerne ist der Apfel der Hesperiden, also der des Paradieses. Diese Frucht, die Unsterblichkeit verleiht und die Herkules stahl, findet sich als steinerner Zierat an verschiedenen Plätzen und verweist auf die tiefste Bedeutung von Ligorios Schöpfung: Garten der Hesperiden, Garten des Paradieses.

Wenn du das ursprüngliche Paradies mit dem Urlicht Plotins gleichsetzt, so wird dieser Garten zu seinem Schein in der Wirklichkeit, der, glaubt man Ippolito und seinem Architekten, seinen Ursprung längst überstrahlt.

Wenn ich an meine Vision denke, die mich einstmals weit in den Osten geführt hat, so habe auch ich das Gefühl, daß die Wirklichkeit, wenn ich lange genug lebe, diese Vision noch einholt. Immer heftiger bedrängt mich der Wunsch, selbst einen großen Garten zu schaffen, und ich denke, daß ich aus der Arbeit hier noch manche Anregung für meinen Plan gewinne, der langsam Gestalt annimmt.

Gottbefohlen – Christoph

Du kennst den Stich von Etienne Dupérac aus dem Jahr 1573, der eine Idealansicht des Gartens zeigt. Er hängt über dem Kamin in diesem Zimmer. Im Schein der Kerzen sind jetzt keine Einzelheiten auszumachen, ich habe sie dir aber alle einmal erklärt, auch die, die nie ausgeführt wurden, wie die Labyrinthe zur Linken oder der große, halbrunde Fischteich auf der rechten, äußeren Seite. Er sollte von Kolonnaden gesäumt werden, die über den steil abfallenden Hang hinweg eine Fernsicht wie ein maurischer Mirador erlaubt hätten. Du hast dich lediglich über die ganzen Künstlichkeiten und die geraden Wege mokiert, ich erinnere mich.

Ich erinnere mich auch an das, was kein Bild wiedergeben kann: den frühlingslauen oder sommerwarmen Wind, der von Tivoli her durch das Laub der Bäume fuhr, wobei das Sonnenlicht die hellen Blätter der Ulmen und Pappeln wie Münzen aus Feengold und Silber aufblinken ließ. Den Duft, das Rauschen. Vor allem das Gurgeln, Plätschern und Rieseln der Brunnen, Springstrahlen, Wasserkanäle. In den zwei giardini segreti, die keine Gärten mehr, sondern ummauerte Höfe mit Brunnen waren *(du siehst sie am rechten Rand von Dupéracs Stich)*, hallte die Stimme des Wassers zwischen den Mauern und mischte sich mit dem Schrillen der künstlichen Vögel, die zu einer der beiden Brunnenanlagen gehörten. Dort saß ich oft und beobachtete, wie die Eule hervorschoß und mit ihrem Ruf die anderen Kunstvögel unterbrach. Es war eine der technischen Spielereien, die aber wie alles hier mit einer Bedeutung befrachtet waren. In diesem Fall hieß es, die Wahrheit bringt die Kakophonie der Lügen zum Schweigen, ein naiver Wunschtraum.

Ich mochte nur ungern darüber nachdenken, wo ich noch nach der Wahrheit suchen sollte oder wo die Wahrheit in meiner Existenz anfing und damit die eine und andere Lüge aufhörte. Es hätte mich weder wundern noch verärgern sollen, daß Leonardo auf seine Weise der Wahrheit nachging.

Der Vogelbrunnen wurde von zwei Säulen flankiert, um die sich Ranken mit goldenen Äpfeln wanden, den Früchten der Unsterblichkeit, die mich an den Ewigen Wanderer denken ließen, der bis zum Ende aller Zeiten die Welt durchstreifen und die Ewigkeit noch im Fluß der Zeit erleben muß und nicht nur in der Zeitlosigkeit. Was hatte mich zu seinem Schicksalsgefährten gemacht? War es die unbezwingliche Sehnsucht, die mich an keinem Ort der Welt Ruhe finden ließ? Dabei wünschte ich mir nichts weiter als ein dauerhaftes Glück und Frieden, ein Paradies für Leib und Seele, die immer öfter verschiedene Wege gingen.

In jener Nacht, nachdem ich den Brief beendet hatte, war diese Trennung für einige Stunden aufgehoben. Ich sah die Sonne über den Hügeln verschwinden, der Wind legte sich, und desto lauter, nachdrücklicher und lockender erhoben sich die Stimmen des Wassers. Bis zum großen Ovatobrunnen im Hang zu Tivoli folgte ich ihnen. Das gleißende Licht des Vollmonds erhellte die Wege und ließ den Marmor steinerner Götter und Halbgötter zum Leben erwachen. Nackt warf ich mich in das weite Oval des Brunnenbeckens zu den Quellnymphen, glitt über das feuchte, weiche Moos an rauhen Steinen, ließ kleine Fische an meinen Zehen saugen, Wasserlinsen bekränzten mich.

Über mir ordnete sich Tuffstein zu einer Szenerie zerklüfteter Felsen. Wasser brach in Kaskaden aus dem Gestein hervor und vereinte sich über dem Rand einer gebogenen Plattform. Es perlte einem Vorhang aus silbrigen Schnüren gleich herab und ließ einen Ring aus weißer Gischt aufschäumen. Wasser hat mich seit jeher mehr in Bann geschlagen als jedes andere Element, denn es ist das wandelbarste und flüchtigste.

Die ganze Nacht bin ich durch den Garten getappt, habe mich an den Brüsten und Schenkeln der Figuren gerieben, an ihrem glatten, kalten Stein. Es war mir unerfindlich, wie sich Ippolito angesichts nackten wohlgeformten Fleisches so ausdauernd mit saurer Keuschheit begnügen konnte, mir raste die Begierde durch die Adern.

In allen Becken und Brunnen habe ich gelegen, ein Triton, ein Geschöpf der Flüsse und Meere. Gegen Morgen saß ich ruhiger und abgekühlter wieder im Ovatobrunnen. Nur noch schwach leuchteten die Marmorgötter, etliche davon waren alt, die üblichen Antiken.

Von meinem Platz aus sah ich die Figur der tiburtinischen Sibylle, einer Art antiker Ortshexe, düster vor sich hin brütend, im Tuffstein sitzen. In alten Zeiten soll diese Sibylle in den Hügeln von Tivoli geweissagt haben, Kaiser Augustus hat sie die Ankunft des Gottessohnes vorhergesagt. Leonardo hatte, als uns Ligorio am ersten Tag unserer Arbeit durch den Garten führte, auf beinahe jede Figur gewiesen und ganz unnötigerweise ihre Bedeutung heruntergeschnarrt. Ligorio fühlte sich ermuntert, von seinen Ausgrabungen zu erzählen. Daß Leonardo gerade darauf das Gespräch hatte lenken wollen, wurde mir erst klar, als ich im Brunnenbecken darüber nachdachte. Ligorio erwähnte Praeneste, eine antike Stadt, in der es ein Fortuna-Heiligtum gegeben hatte, mit einer Treppenkonstruktion, die Bramante als Vorbild für den Belvedere-Hof benutzt haben mußte.

»Ich grabe zur Zeit die Villa Kaiser Hadrians aus, die hier in der

Nähe auf dem Besitz des Kardinals liegt. Viele der Statuen im Garten stammen von dort.«

»Würdet Ihr mich einmal mitnehmen?« fragte mein Schüler.

»Wohin? Zu den römischen Resten?« mischte ich mich mißtrauisch ein. Mir war dies Interesse an den Antiken unangenehm, seit ich ihn im Belvedere-Hof mit den jungen Klerikern aus Cosimos Gefolge gesehen hatte.

»Die Vergangenheit birgt manches, was die Rätsel der Gegenwart löst.«

Ligorio nickte einfältig, Leonardo hatte aber nicht ihn, sondern mich dabei angesehen. »Selbst Bramante, dieses Genie, hat sich bei anderen bedient. Vielleicht kommt es nur darauf an, das Verborgene, aber Vorhandene vor den anderen zu entdecken und sich zunutze zu machen«, fuhr mein Lehrling fort.

Ich lehnte mit dem Rücken am steinernen Rand des Beckens und starrte noch immer zur Sibylle hinauf. Plötzlich spürte ich eine Hand. Eine mir vertraute Hand, die zunächst zögerlich, dann aber zärtlich über meine Schulter fuhr und den Arm entlangglitt. Leonardos rotblondes Haar schmiegte sich an meine Wange, sein Duft weckte Sehnsüchte und Begierden, eine Welle der Nachgiebigkeit.

Ganz leise flüsterte er mir ins Ohr. »Als ich dich vor vier Jahren das erste Mal sah, hielt ich dich für einen alten Mann. Wenn ich dich jetzt so betrachte … Sag mir, wie alt bist du wirklich?«

Ich rührte mich nicht.

»Es ist ein eigen Ding mit der Zeit. Sie macht uns alt, um uns auf das Ende vorzubereiten, macht uns weich und mutlos, bis es uns vor uns selbst, vor dem Gerunzel, dem schlaffen Fleisch ekelt und wir bereitwillig in die Grube fahren. Aber es gibt Glückliche, die diesem Schicksal entgehen. Du hast nicht zufällig die goldenen Äpfel der Hesperiden gefunden?«

In meinem Wasserbett lauschte ich auf das Verhallen der Zärtlichkeit in seinem Lachen und auf den scharfen Ton, der sich in die Heiterkeit mischte.

»Das Geheimnis«, sagte ich leichthin, »ist einfacher und naheliegender, als du glaubst. Dies ist ein Jungbrunnen.«

Ich packte ihn im Genick, zog ihn mit einem Schwung ins

Becken und tauchte ihn unter, ließ ihn kurz nach Luft schnappen und drückte ihn wieder unter die Oberfläche. Leonardo wand sich wie ein Aal und gurgelte nach Atem. Es überkam mich eine unbändige Lust, die eigene Kraft zu spüren, diesen Wurm zu beuteln und zu quälen. Das Wasser schien um uns zu kochen. Gischtfontänen spritzten über den Rand, wenn ich mich mit der zappelnden Kreatur in meinen Armen im Wasser herumwarf.

Die Besinnung fand ich erst wieder, als seine Gegenwehr beinahe vollständig erlahmt war. Ich hob ihn über den Brunnenrand und schaute zu, wie er keuchend auf die Knie kam, Wasser spie und dann in der lichter werdenden Dunkelheit verschwand.

Noch einmal ließ ich mich ins Wasser gleiten, unter die Oberfläche, bis mir der Herzschlag in den Ohren dröhnte, sich die Muskeln verkrampften und die Lungen in einem rasenden Schmerz zusammenzogen. Ich überschritt die Schwelle des Ichs und trieb in einen Zustand der kühlen leidenschaftslosen Schwerelosigkeit, in einen Frieden, den man schon nicht mehr braucht, wenn man ihn erreicht hat. Alles war hell um mich, ich sah sogar diese Fische glänzend ihre Kreise ziehen, ich war das Wasser, das sie trug. Ohne meinen Willen kam ich an die Oberfläche zurück und saugte die Luft ein, bis sie mir fast den Brustkorb sprengte.

Als ich das Wasser verlassen hatte, geschah etwas mit meinen Füßen. Sie hafteten am Grund, lösten sich nur widerwillig mit einem saugenden Geräusch bei jedem Schritt. Ich versuchte, den Kontakt mit der Erde so kurz und gering zu halten wie möglich. Wie ich mich nach meiner Kleidung und den Schreibutensilien bückte, schossen mir vor Schmerz Tränen in die Augen, weil ich meine Sohlen vom Boden regelrecht losreißen mußte.

Den Brief habe ich wie den anderen, in Castello geschriebenen, in einer Schatulle verwahrt, die sich abschließen ließ, den Schlüssel trug ich an einem Band um den Hals. Diese beiden Briefe sollten mir nicht aus den Händen geraten.

Am Morgen wußte ich nicht mehr, was in der Nacht in mich gefahren war, ich suchte daher nach Leonardo, um mich zu entschuldigen. Am Eulenbrunnen habe ich ihn dann gefunden.

Er hat mich gleich unterbrochen. »Wer mit dir zu tun hat, muß deine derben Scherze kennen und verstehen. Es genügt mir, wenn du mich in Zukunft nicht noch einmal durchspülst, das nächtliche

Bad reicht für eine ganze Weile ...« Aus der Haltung, den Blicken, die zu schnell von mir abglitten, sprach etwas anderes als aus seinen glatten Redewendungen, den Erklärungen, die er an meiner Stelle für mich fand. Ich sah ihm nach, als er sich entfernte, betont aufrecht, voll versteckter, reizbarer Energie, die nach außen drängte. Ich hätte ihn zurückrufen müssen, um ihn zu einer ehrlicheren Aussprache zu zwingen.

Ein paar Stunden später fragte Ligorio mich, ob ich ihn ebenfalls zu den Ausgrabungen an der Hadrian-Villa begleiten wollte, Leonardo stand neben ihm. Ich ließ die beiden allein gehen.

Obwohl Leonardo allmählich seine Arbeiten im Garten vernachlässigte, weil er zuviel Zeit bei den Ausgrabungen verbrachte, erhob ich keinen Einspruch. Er ritt einige Male nach Rom, holte sich von dort Studienmaterial, zu Hause brütete er nächtelang über Zeichnungen, während ich mich ruhelos auf meinem Bett wälzte. In seiner Abwesenheit ging ich seine Unterlagen durch, Ausgrabungsberichte, Mappen mit Skizzen, aber auch Architekturbücher.

Nach einem dreiviertel Jahr wechselte Leonardo ganz in das Ausgrabungslager der Hadrian-Villa, ohne mich, seinen Lehrherrn, um Erlaubnis zu fragen.

Ich traf ihn dabei an, wie er seine Kleidung und seine Besitztümer mit Hilfe unseres Dieners und einer Magd zusammenpackte.

»Du ziehst aus?« Ich denke, ich fragte noch sehr ruhig.

»Ligorio hat mir einen Posten als Aufseher an der Hadrian-Villa angeboten. Ich werde eigenes Geld verdienen und dir nicht mehr auf der Tasche liegen, es ist Zeit, daß ich mich selbständig mache.«

Es klang vernünftig und gerade darum aufreizend für mich, ich ließ die Zurückhaltung fahren. »Haben wir nicht einen Lehrvertrag?«

»Du bestehst tatsächlich auf einem Stück Papier, das es nie gegeben hat?«

Erst als ich wieder sprach, bemerkte ich, wieviel Schmerz sich in mir Bahn brach und die Stimme färbte, sie klang rauher als gewöhnlich und kaum noch verständlich bei der Lautstärke, zu der ich mich hinreißen ließ. »Ist das alles nach so vielen Jahren? Du packst dein Zeug heimlich zusammen und verschwindest, ohne mit mir zu reden? Du gibst mir einen Tritt in den Hintern.«

Leonardo lächelte grimmig. »Ich dachte, Gewalttätigkeiten wären deine Spezialität. Meinst du nicht, ich hätte oft genug überlegt, dir von meinen Plänen und Hoffnungen zu erzählen, aber dann habe ich an deine Hände gedacht, denen man in gewissen Situationen nicht zu nahe kommen sollte.«

Ich hob in einer hilflosen Geste die Hand, ballte sie unwillkürlich zur Faust und ließ sie beschämt sinken. »So schätzt du mich ein?«

Leonardo winkte dem Diener, beide schoben sich an mir vorbei, ich sah dem Auszug zu wie ein Esel. Mein ehemaliger Lehrling drehte sich in der Tür um.

»Warum kannst du es nicht als Chance sehen, neu anzufangen, jetzt, wo ich nicht mehr von dir abhängig bin? Abhängigkeit ist der Freundschaft nicht unbedingt förderlich.«

Leonardo galt von nun an als Schüler Ligorios und zwar bereits im Rang eines Gesellen. Der Architekt verblüffte mich mit einer Aufzählung der Kompetenzen, über die mein ehemaliger Lehrling verfügte und mit einem Lob seines Arbeitseifers. Jeder Mensch, gestand ich mir demütig ein, muß seine wahre Berufung finden, ich wollte Leonardo dabei nicht im Wege stehen, was immer zwischen ihm und mir vorgefallen war.

Das Salär eines Gesellen ist nicht eben üppig, aber nach einem Jahr ging er eher prächtiger als vorher gekleidet und ich schäbiger.

Für gewöhnlich erschien er in Begleitung junger Adliger oder hochrangiger Kleriker und hielt dabei höfliche Distanz zu mir. Weiß der Himmel, wie er es schaffte, selbst in ein Gespräch mit anderen vertieft, mich seine Gegenwart spüren zu lassen. Der schöne Knabe hatte sich zu einem Mann entwickelt, der durch sein Äußeres, sein Gehabe, seine Eloquenz bestach. Wenn ich mich bei seinem Anblick nicht versah, konnte mir das Herz weh tun.

Ich weiß, ich rede daher wie ein verschmähter Liebhaber, ich war aber doch ein enttäuschter Freund und eine einsame Seele.

Die Arbeit an den Labyrinthen verschaffte mir einen grimmigen Trost. Ein Labyrinth ist ein Weg, der verschlungen aber ungebrochen, ohne Sackgassen, vom Ausgangspunkt bis zur Mitte, zum Umkehrpunkt, führt. Das andere Gebilde, das mit den Sackgassen, ist ein Irrgarten.

Ligorios Entwurf sah Labyrinthe vor, und man kann aus dem Stich Dupéracs ihren wunderbaren Grundriß ersehen, symmetrisch und geometrisch, eine beinahe mathematische Form für etwas im Leben nicht Überschaubares. Im Mittelalter gab es in Frankreich Labyrinthe vor und in den Kirchen. Spiralen, in den Steinboden gekratzt oder den Kirchplatz gefurcht. Sie wurden Jerusalemweg genannt, und wer im Gebet den Weg abschritt, ersparte sich eine Pilgerfahrt.

Wie oft bin ich die Labyrinthe in Tivoli abgeschritten, als meine persönliche Pilgerfahrt, als Bußübung, als Beschwörung, indem ich meinem Schicksal nachging, dem magischen Schlaf, den Veränderungen, die er bewirkte und meiner Hoffnung auf Erlösung, wobei ich kaum noch sagen konnte, wovon. Erlösung, Auferstehung, Unsterblichkeit, Begriffe, die ihre Reinheit mehr und mehr im unerquicklichen Sumpf meines Lebens verloren.

Im Dezember 1572 erreichte Kardinal Ippolito das Zentrum seines Labyrinths. Seinem Tod folgte eine Phase allgemeiner Unsicherheit und Unordnung in Tivoli. Pirro Ligorio, ohnehin nicht gerade von sonniger Gemütsart, lief mit einer derart verdüsterten Miene herum, als wäre die Welt an einem Karsamstag stehengeblieben.

Dabei gab es bald gute Nachrichten. Der Erbe Ippolitos, Luigi d'Este, ließ uns wissen, daß wir bei unserer Arbeit an den alten Plänen festhalten sollten. Es schien also keinen Grund dafür zu geben, daß sich Ligorios Bedrücktheit immer mehr zur Nervosität und offenkundiger Ratlosigkeit steigerte. Sein besonderes Vertrauen habe ich nie besessen, so überraschte es mich, als er ausgerechnet mich um Hilfe in einer mißlichen Lage bat.

Wegen einiger Abrechnungen, die dem neuen Herrn vorzulegen waren, suchte ich ihn zu sprechen. Ich traf ihn in der Villa an, in einem der großen Säle, an dessen Wänden und der Decke sich das Gartenprogramm fortsetzte. Während meiner Unterhaltung mit Ligorio warf ich den einen oder anderen Blick auf die Taten des Herkules über mir, die Standhaftigkeit Hyppolitos fand sich in einer Reihe von Wandbehängen verewigt. Vielleicht bewog mich das Beispiel des jugendlichen Tugendbolds, mich in eine Sache zu mischen, die mich nicht betraf.

Die Abrechnung, die ich dem Architekten vorhielt, enthielt einen Fehler, der auf sein Konto ging.

»Es ist schwierig, allen Anforderungen gerecht zu werden, ich führe ja auch die Ausgrabungen fort«, entschuldigte er sich.

Die Erwähnung der Ausgrabungen, die mit dem Rechenfehler in keinem Zusammenhang standen, hätte mich warnen müssen.

»Da wir die Sache nun geklärt haben, ist sie schon nicht mehr von Belang«, erwiderte ich und wandte mich zum Gehen. Da aber traf mich der seelenvolle Blick Hyppolitos', einen Moment nur verlor ich mich in den Anblick der schönen Gestalt und fragte dabei eher beiläufig: »Was bedrückt Euch, Ligorio?«

Er seufzte tief auf. »Ihr habt den Kardinal gekannt und wißt, daß er wie auch ich die Kunst im Dienst einer höheren Moral gesehen hat ...«

Ich begann mich sacht zur Tür zurückzuziehen. Wenn die Rede auf die Moral kommt, wird es entweder langweilig oder unangenehm. Von Moral habe ich überdies sehr eigene Ansichten, die ich selten mit anderen zu diskutieren pflege. Leider waren wir in diesem Saal allein, keine neugierigen Bediensteten hielten durch ihre Anwesenheit Ligorio von Bekenntnissen ab. Außerdem war der Raum so lang, daß sich Ligorio bis zur Tür warmreden konnte.

»Es sind die Antiken. Ich habe ein Lager mit den Funden der Ausgrabungen eingerichtet, und dort und direkt vom Ausgrabungsplatz sind Fundstücke verschwunden. Es hat schon immer Diebstähle gegeben, mal ein Tonfigürchen, eine bemalte Vase oder eine Öllampe, sie fielen nicht allzusehr ins Gewicht.«

»Aber warum werden diese Dinge gestohlen?«

Ligorios Stimme hob sich vor Verblüffung. »Warum? Wegen des Wertes. Kardinal Ippolito ist nicht der einzige Antikensammler.«

Ich wehrte mich ein letztes Mal gegen das, was ich bereits ahnte. »Mit Antiken«, erklärte ich mit einer wegwerfenden Geste, »habe ich nichts zu schaffen.«

»Fast möchte ich Euch in diesem Augenblick dafür loben. Aber seht mal, halb Italien wird auf der Suche nach Antiken umgegraben. Riesige Sammlungen entstehen, und manche Sammler pflegen nach der Herkunft eines erstklassigen Stücks nicht lange zu fragen. Sie bezahlen.«

»Seit wann wird gestohlen?«

»Wie gesagt, schon immer. Aber vor einem Jahr etwa verschwand eine Maske, das erste wertvollere Stück, dann folgte ein Torso, und vor wenigen Tagen ist eine bezaubernde kleine Venus ausgegraben worden, die sich die Diebe in der darauffolgenden Nacht geholt haben. Wie soll ich den jüngsten Vorfall dem neuen Besitzer erklären?«

»Weiß Leonardo davon?«

»Er ist für ein paar Tage in Rom, von der Entdeckung der Figur hat er vielleicht gerade noch erfahren.«

Es hatte keinen Sinn, sich gegen den Verdacht zu wehren, auch wenn so ein Verdacht etwas Häßliches war, das gleich zwei herabzog. Eine üble Angelegenheit, in der sich auch Beleidigtsein, Vergeltung für mangelnde Dankbarkeit und Entfremdung ausdrücken konnten. Schäbigkeiten dieser Art liegen mir nicht, sie hinterlassen immer einen faden Geschmack. Ich hatte also allen Grund, mich herauszuhalten.

»Ihr wißt nicht, was man gegen die Diebstähle unternehmen könnte?« fragte Ligorio.

»Wenn ich Euch recht verstanden habe, droht am ehesten ein Diebstahl, wenn ein neuer bedeutender Fund ans Tageslicht gekommen ist. In diesem Fall solltet ihr verstärkt Wachen aufstellen, bei Tag und Nacht.«

»Das hat Leonardo längst veranlaßt. Er ist selbst einmal verletzt worden, als er sich an der Wache beteiligte. Ich habe ihm verboten, ein derartiges Risiko noch einmal einzugehen.«

Leonardos Heldentum beirrte mich nicht sonderlich. Es konnte schon lange kein Zweifel mehr bestehen, daß er mich damals in Venedig belogen hatte. Mit einiger Wahrscheinlichkeit hieß er nicht einmal Fini. Daß er aus Venedig stammte, nahm ich immerhin als gegeben an. Ich fragte mich, ob ich ihm jetzt nicht doch sein Glücksrittertum vorwarf. Andererseits war möglicherweise mein Versäumnis, Nachforschungen über ihn anzustellen, mit schuld an meinem Dilemma, Heimlichkeiten ziehen im allgemeinen neue nach sich.

Bei meinen seltenen Besuchen in Venedig stand ich öfter am Hafen und sah den Schiffen nach, die Kurs aufs Mittelmeer nahmen. In Gedanken verfolgte ich ihren Weg bis nach Konstantinopel und erwog die Möglichkeit, an bestimmten Plätzen auf Schätze zu stoßen, deren Versteck noch recht klar in meiner Erinnerung gegenwärtig war. Bei einer Reise nach Ägypten hätte ich auch auf Joannis treffen können, der wahrscheinlich immer noch eifersüchtig die Schätze toter Könige hütete. Hätte mich nicht der Gedanke an eine längere Seereise und an das Risiko, wieder Spielball des Schicksals zu werden, abgeschreckt, wäre ich eventuell der Versuchung erlegen, in den Gemäuern von Konstantinopel hier und da ein paar Steine zu lockern. Was sollten die Türken auch mit Kelchen, Kreuzen und Reliquien anfangen? Gegenüber geweihten kirchlichen Kleinodien schien mir die vielleicht nicht ganz korrekte Aneignung antiken Marmors verhältnismäßig unbedenklich.

Ligorio stand vor mir, ein kleiner, ängstlicher Herr, der um seine Reputation, um sein Lebenswerk fürchtete, zu dem der prachtvollste Garten gehörte, den ich kannte. Er war jetzt auch mein Werk.

»Ich will sehen, ob ich die Dinge im Auge behalten kann.« Ein sehr vages Versprechen, aber Ligorio bedankte sich mit mehr Herzlichkeit, als ich je bei ihm bemerkt hatte, der letzte Vorfall mußte ihn sehr erschüttert haben.

Besitz ist in Wahrheit nur eine Illusion, allerdings eine verhängnisvolle, wie Krieg, Raub, Mord und Betrug beweisen. Damals war ich mit meiner Weisheit noch nicht so weit. Heute dagegen bin ich bereit, alles aufzugeben, ich weiß, daß dich das erschrecken wird, aber am Ende wirst du meinen Entschluß billigen. Ich bin im Begriff, eine letzte Chance wahrzunehmen.

Im Lauf der nächsten eineinhalb Jahre ereigneten sich weitere Diebstähle, und ich half Ligorio, sie zu vertuschen. Das war nicht sehr schwierig, denn Luigi d'Este zeigte bald nur noch wenig Interesse an seinem Besitz in Tivoli, so daß wir uns fragten, für wen wir eigentlich arbeiteten.

Gestohlen wurde vor Feiertagen, wenn die Aufmerksamkeit der Wachen in Erwartung des Festes nachließ, und es verwunderte mich nicht, daß die Diebstähle mit Reisen Leonardos zusammentrafen, erstaunlich war nur die Blindheit Ligorios.

Einmal schloß ich mich Leonardo bei einer Reise nach Florenz an, ich hatte dort in Geldgeschäften zu tun. Nach meiner Rückkehr erhielt ich wie erwartet die Bestätigung eines weiteren Diebstahls, konnte aber Leonardo nicht damit in Verbindung bringen, unbekümmert, mit leichtem Gepäck war er neben mir geritten.

Ein paar Wochen später erhielt ich einen Brief von Buontalenti, den ich bedauerlicherweise in Florenz nicht angetroffen hatte. Er schrieb:

Bernardo Buontalenti an Christoforo il Giardiniero.

Mein Freund. Ich habe lange nichts von dir gehört. Du weißt, daß ich kurz nach deinem Weggang die Bauaufsicht über die Boboli-Gärten übernommen habe, eine Sache, die mir schon lange am Herzen lag. Falls du über sie nicht Bescheid weißt, laß mich dir kurz erklären, daß Eleonora von Toledo den Pittipalast und den Boboli-Hügel dahinter auf Anraten ihres Gatten, Herzog Cosimos, 1549 gekauft hat. Der erste Plan des Gartens stammt von Tribolo, ich trete auch diesmal in seine Fußstapfen, habe aber mehr Spielraum für eigene Ideen. Ich werde Castello bald ganz verlassen und mich mehr den Arbeiten in den Boboli-Gärten widmen und hätte dich dabei gern an meiner Seite. Ist dir Tivoli nicht zu langweilig ohne mich?

Hast du gehört, daß wir einen neuen Herzog haben? Es ist Francesco, der älteste Sohn Cosimos. Das Leben des alten Herzogs glich zuletzt einer traurigen Commedia. Er stritt sich ständig mit Camilla Martelli, seiner letzten Bettgefährtin, die den Witwer sogar zu einer neuen Ehe hat überreden können. Ein entsetzliches Weib, und noch schlimmer ist ihre habgierige, aufdringliche Verwandtschaft.

Kannst du dir Cosimo vorstellen, wie er öffentlich über seine Familienquerelen in Tränen ausbricht? Ich verwünschte den Tag, an dem er beschloß, Castello zum Alterssitz zu erwählen. Mag er nun in Frieden ruhen. Ich dagegen möchte dir Erfreulicheres berichten. Dein ehemaliger Schüler Bernardo stieg jüngst zum Gärtnermeister auf, er hat sich schon vor zwei Jahren verehelicht und präsentierte vor einigen Monaten ein schreiendes Balg, an dem er in Liebe hängt. Du würdest ihn nicht wiedererkennen, denn er hat nicht nur zu einer Familie, sondern auch zu seiner Bestimmung gefunden. Ich trug ihm auf, die Werke Leonardo da Vincis zu studieren, der, wie du weißt, nicht nur Maler, sondern ebenfalls Architekt war. Was tat der Flegel? Er vertiefte sich in da Vincis Studien zu Fauna und Flora und verschaffte sich Einblick in eine Sammlung von Pflanzendarstellungen von da Vincis Hand. Seitdem ist er wohl endgültig für die Architektur verloren, kein allzu großer Verlust, wie ich jetzt denke, da sein Augenmerk nur noch so nebensächlichen Dingen wie Wurzelwerk, Stengelbildungen und Blattstrukturen gilt.

Obwohl ich dich nie in derart seziererischer Art mit Pflanzen hantieren sah, spüre ich doch das Vorbild des Lehrers. Ach hättest du den Jungen doch etwas mehr noch vernachlässigt! So verschwendet er jetzt sein durchaus vorhandenes Talent. Die Angelegenheit wäre nur belustigend, wenn ich nicht neulich Kräuterbücher bei ihm entdeckt hätte, die allesamt von deutschen Protestanten verfaßt worden sind, Ketzern mithin, deren Schriften Bernardo nicht im Haus haben sollte. Ich habe in den Büchern geblättert, sie sind recht schön bebildert. Kennst du ihre Autoren? Du kommst doch aus dem Land jenseits der Alpen. Sie heißen Brunfels, Bock und Fuchs und ergehen sich seitenlang darin, Pflanzen aus dem Garten und wildes Zeug von Wegrändern und Wiesen nach Gestalt, Lebensweise und ähnlichen Betrachtungspunkten zu beschreiben. Denen eifert Bernardo jetzt nach. Vielleicht kannst du ihm bei einem Besuch wieder etwas mehr Verstand eintrichtern. Leonardo hab ich auch wiedergesehen. Er hat sich herausgemacht, es scheint ihm gutzugehen, was sicherlich deiner Freundschaft und fürsorglichen Gönnerschaft zu verdanken ist.

Wenn du von der Villa d'Este genug hast, auch dort hat es ja vor einiger Zeit einen Eigentümerwechsel gegeben, komm zu mir nach Florenz und teile meine Arbeit im Boboli-Garten. Aber lies vorher Ovids *Metamorphosen*, falls du sie noch nicht kennst.

Leb anständig bis zu einem baldigen Wiedersehen, das ich mir erhoffe – Bernardo Buontalenti

Mit dem Buch, das Buontalenti genannt hatte, sah ich Ligorio im Garten herumlaufen. Es ist kein Geheimnis, daß Künstler aus allen möglichen Quellen ihre Ideen ziehen, das erspart ihnen eigene. Ligorios neuester Einfall war, den Weg der Kanäle und Hundert Quellen entlang der Kanalwandungen mit einer Serie von Tonreliefs, die mythologische Szenen aus Ovids Werk wiedergeben sollten, zu dekorieren.

Der Begriff »Metamorphosen« ging schon eine Weile in mir um, schließlich brachte mich Buontalentis Hinweis darauf, den Garten unter diesem besonderen Begriff zu betrachten. Metamorphosen kennt jeder: die Raupe auf dem Kohl, die sich in einen Schmetterling verwandelt, und die Eier, aus denen die Hennen Küken brüten. Landmann und Gärtner sind sehr vertraut mit derartigen Vorgängen, die sie als den natürlichen Lauf der Dinge betrachten.

Daneben gibt es aber die Metamorphosen, die in der Natur nicht vorgesehen sind, die unserem Naturverständnis zuwiderlaufen. Das verführt schließlich dazu, Nichtzusammengehöriges zu etwas Neuem, Widersprüchlichem zu verbinden, das uns reizt und verwirrt, bis auch solche Bildungen in den Schatz des Gewohnten eingehen. Ich spreche von den Hermenpfeilern an den Fischteichen, von den fischschwänzigen Meerweibern an der Wasserorgel oder vom geflügelten Roß Pegasos, das der Sage nach aus dem Blut des Medusenhaupts aufgestiegen ist und in Stein gehauen oberhalb des Ovatobrunnens seinen Platz hatte. Ich kann nicht sagen, wann sich diese Zwittrigkeiten in den Garten eingeschlichen haben, auf einmal waren sie überall. *Una nuova maniera*, der auch Ligorio verfallen war.

An dieser Vorliebe war etwas, das an die dunkelste Seite meiner selbst rührte, die ich gern vergessen hätte, aber sogar im Sprudeln, Zischen und Rauschen der Fontänen schien eine Ahnung aufzuklingen, wohl auch eine verführerische. In sehr wunderlicher Stimmung trieb ich durch den Garten, als mich Ligorio anhielt und auf die Seite zog.

»Heute nachmittag haben wir die Figur eines kindlichen Fauns entdeckt. Möglicherweise ist die Figur ja nicht vollständig, der Kopf war abgetrennt. Ich lasse sie, wie sie ist, halb aus der Erde ragend, jedermann sichtbar.«

Ligorio hielt den Ovid in der Hand. Ich mußte mich zusammenreißen, um auf den Architekten einzugehen.

»In zwei Tagen feiern wir Pfingsten. Schönes Zusammentreffen.«

Er nickte. »Luigi d'Este wird nach den Feierlichkeiten im Petersdom herkommen, der Fund wird sich kaum vor ihm verbergen lassen.«

»Nehmt diesmal als Wache zuverlässige Arbeiter aus der Architekturwerkstatt, die den Mund halten können. Keinen von den Ausgrabungen, Ihr wißt nicht, wer die Hand im Spiel hat.«

Ich wollte ihn nach Leonardo fragen, er kam mir zuvor.

»Leonardo wird leider nicht dasein. Er reist nach Rom, Francesco de' Medici hat ihn eingeladen. Habe ich Euch erzählt, daß ich kürzlich in der Sammlung des Kardinals Ferdinando de' Medici eine der verschwundenen Figuren wiederentdeckt habe?«

Die Naivität des Mannes verschlug mir beinahe die Sprache. »Habt Ihr ihn nach der Herkunft gefragt?«

»Mit aller Vorsicht. Er sagte, sie stammt aus einer römischen Quelle, die er nicht preisgeben will, um sich keine Mitbewerber bei weiteren Einkäufen heranzuziehen. Eine römische Diebesbande also.«

Es fiel mir schwer, dem törichten Mann die Bitte nicht abzuschlagen, mich diesmal persönlich um das Ergreifen der Diebe zu kümmern. Voll Widerwillen traf ich die nötigen Vorbereitungen.

In der hereinbrechenden Dämmerung habe ich dann den Ausgrabungsort nochmals in Augenschein genommen, kurz einen Blick auf die Statue geworfen und bin scheinbar ziellos herumgewandert. Tatsächlich habe ich die Lage der Fundstätte zur Villa d'Este betrachtet und zur Straße nach Rom und habe mir dann ein ganzes Stück von der Hadrian-Villa entfernt einen Platz zum Warten gesucht, während Ligorios übrige Verbündete sich mehr oder minder geschickt hinter Säulenfragmenten und Erdhügeln in der Ausgrabungsstätte verbargen. Es war lächerlich.

Ich sah ihn schon von weitem kommen, das Pferd am Zügel führend, in einen dunklen Mantel gehüllt, eine Kapuze über den Kopf gezogen. Der Gang war unverkennbar, die fast weibliche Anmut und auch die nervige Spannung, die sich dem ganzen Körper mitteilte, von Jugend zeugte, von Hoffnungen und einer Menge hochfliegender, anmaßender Pläne. Erst als sie schon beinahe an mir vorbei war, war es mir möglich, der Gestalt entgegenzutreten. Mit einem Griff zog ich den groben Sack, der unter dem

Sattel hervorlugte, heraus, warf ihn Leonardo zu Füßen und packte ihn vorn an der Brust.

»Wie ich dich kenne, bist du der Kopf der ganzen Bande.«

Leonardo schüttelte die Hand ab. »Ich verdanke wohl unserer früheren Freundschaft die Ehre dieses Empfangs?«

Von der Grabungsstätte waren, gedämpft durch die Entfernung, Schreie zu hören.

»Meinst du, ich habe nicht gemerkt, daß du mir nachspioniert hast? Aber immer waren da die Hemmungen, den Dingen auf den Grund zu gehen. Ich kenne dich«, fuhr er fort.

Ich griff wieder zu, die Kapuze flog Leonardo vom Kopf. »Aber jetzt ist der Zeitpunkt gekommen. Schluß mit den Diebstählen. Du wirst Ligorio gegenüber alles zugeben.«

»Ligorio wird zufrieden sein, wenn er die beiden armen Tröpfe fängt, die ich vorgeschickt habe. Glaubst du, ich wußte nicht, was ihr vorhabt? Keiner von meinen nützlichen, aber dummen Helfern hat mich je genau genug gesehen, um mich wiederzuerkennen, noch hat einer meinen Namen erfahren. Ich weiß, wie man das Spiel spielt.«

»So, wie du mich angelogen hast?«

»Du wolltest belogen werden, du hast mich geradezu danach angefleht, wenn auch nicht mit Worten. Ich habe dir all die Jahre einen Gefallen getan. Und jetzt tu du mir einen: geh mir aus dem Weg. Falls Ligorio, der Esel, die Figur noch dort läßt, wo sie ist, hole ich sie mir, wenn alle weg sind.«

»Fein ausgedacht, doch so kommst du nicht davon, ich werde ...«

»Nichts tust du. Wir haben alle unsere Geheimnisse. Was ist, wenn jemand ein wenig in deiner Vergangenheit wühlt, jemand von der Heiligen Inquisition, durch Francesco kenne ich verschiedene Herren, die ihr angehören. Du kannst darauf wetten, sie stehen einem kleinen Kunstraub sehr viel nachsichtiger gegenüber als anderen Dingen.«

Leonardos Haar behielt sogar im blassen Mondschein einen Schimmer seiner Feuerfarbe, sein Anblick weckte die Erinnerung an die erste Begegnung in San Marco. Noch zeigte sein Gesicht einen Anflug jugendlicher Weichheit. Ihr widersprach der Ausdruck seiner Augen, den ich nie hatte wahrnehmen wollen. Ich fühlte mich schwach, unfähig, meine kleinliche Wut und schon gar nicht den blödsinnigen Anflug eines Triumphgefühls aufrechtzuerhalten.

Mein Griff verlor die Kraft. Leonardo lächelte wissend, klaubte die Hand vom Mantel, als entledige er sich einer Belästigung.

Mit einem hörbaren Atemzug nahm ich einen letzten Anlauf. »Verschwinde aus Tivoli, sofort, laß dich weder hier noch in Rom mehr blicken.«

»Schon recht, ich hab genug aus der Buddelei herausgeholt. Du kannst ja weitermachen, wenn du möchtest. Aber über meinen Abgang habe ich gewisse Vorstellungen. Muß alles seine Ordnung haben mit einer offiziellen Quittierung des Dienstes und einer freundlichen Verabschiedung. Ich bin kein Dieb, der sich mitten in der Nacht davonschleicht.«

Leonardo folgte kurz darauf einem Angebot Buontalentis und des Großherzogs Francesco, das ihn nach Florenz rief. Am Tag des Abschieds war ich in einer schrecklichen Stimmung. Neben mir stand der ahnungslose Ligorio, zusammen sahen wir dem Scheidenden nach, der lässig winkend davonritt.

Ich blieb in Tivoli und ließ mich gelegentlich zu Arbeiten in anderen Gärten rund um Rom heranziehen. Florenz mied ich, um es nicht auf eine neuerliche Begegnung mit Leonardo ankommen zu lassen.

Ovids *Metamorphosen* habe ich mir von Ligorio ausgeliehen und ihm das Buch nicht zurückgegeben, wahrscheinlich hat er vergessen, daß ich es besaß. Abends schlug ich es von Zeit zu Zeit aufs Geratewohl auf.

Kapitel 8

Bomarzo

Als der Kardinal 1572 starb, waren die meisten der dreiundzwanzig geplanten großen Brunnenanlagen fertiggstellt, das war ein Glück, denn in den folgenden elf Jahren bis zum Tod Ligorios wurde zwar weitergearbeitet, aber immer schleppender. Luigi d'Este zeigte kaum Interesse an seinem Besitz, nachdem die erste Freude über das Erbe oder besser das Erben abgeklungen war.

Zum großen Leidwesen Ligorios wurden etliche der Figuren abtransportiert. Es war merkwürdig, die Grotte der keuschen Diana und die der liebeslustigen Venus leer zu sehen. Mit den beiden steinernen Damen ging gewissermaßen ein Stück der Seele des Gartens dahin, einer sehr widersprüchlichen, denn es war ein Garten der Gegensätze.

Einen lustvollen Widerstreit der Empfindungen löste auch der Ovato-Brunnen mit dem Tuffsteingebirge darüber aus, der Verkörperung der Tivolihügel. In den rohen Felsformationen bot sich dem Betrachter ein Stück ungezähmte Natur dar, und doch war der Anblick seltsam wohlgefällig. Du verlorst dich in diesem Bild, spürtest dem Wilden nach, auch die sprudelnden, stürzenden Wassermassen hatten ihren Anteil daran, es war ein köstliches Erlebnis, das dich nicht unberührt ließ. Manchmal dachte ich noch an den Philosophengarten in Fiesole zurück, an seine Gemächlichkeit und daran, wieviel unbeteiligter er doch das Gemüt ließ.

Du kennst die Sage von der Nymphe Daphne, die sich der Nachstellungen Apolls erwehrte, indem sie sich in einen Lorbeer verwandelte. Aus Haaren und Fingerspitzen wuchsen ihr Zweige, Blätter; ihre Schenkel umschloß Rinde und aus ihren Zehen schoben sich Wurzeln in die Erde. Ovid hat die Sage in den Metamorphosen nacherzählt, wie unzählige ähnliche, dieses Gewimmel von Halbgestalten und Zwitterwesen begleitete mich und rührte Strudel in meiner Seele auf, die ich überall widergespiegelt fand.

Dagegen versank für den oberflächlichen Betrachter der Garten immer stärker in Abgeschiedenheit. Die Besucher fehlten, die Bewunderer, die der Kardinal anzulocken verstand.

Buontalenti hat mich in den stillen Jahren nach 1572 mehrfach besucht. Ich hegte den Verdacht, daß er etwas von meinem Zerwürfnis mit Leonardo wußte, er sprach selten von ihm und wenn, dann nur Gutes. Mein einstiger Schüler war im Rang eines Architekten an den Umbauarbeiten und der Ausgestaltung des Pitti-Palastes beteiligt, außerdem experimentierte er zusammen mit Buontalenti und dem Herzog in der Alchimistenküche.

»Du weißt«, erklärte mir Buontalenti bei seinem letzten Besuch, »mich interessieren die Geheimnisse der Elemente ebenfalls. Wir haben etwas dem Porzellan Ähnliches erfunden. Ich zeige dir gelegentlich ein paar der Stücke, die allgemein Medici-Porzellan genannt werden.«

Es amüsierte mich, daß die Pfuscherei mit Feuer, Zange und Tiegeln doch zu etwas Nützlichem geführt hatte, und ich hoffte, daß Francesco und seine Helfer darüber die Suche nach dem Stein der Weisen, der Formel für die Umwandlung unedler Metalle in edle und anderen Wahnsinn für eine Weile vergaßen. Die Natur reagiert auf die Eingriffe in ihr Reich gelegentlich recht rachsüchtig, und der Gedanke, daß Buontalenti bei einem seiner Experimente in einer selbstentfachten Feuerwolke in die Hölle fahren könnte, freute mich nicht gerade, seinen beiden Gehilfen hätte ich das durchaus gegönnt.

Jedesmal, wenn er mich besuchte, wiederholte Buontalenti sein Angebot, ihm in die Boboli-Gärten zu folgen, nach dem Tod Ligorios, 1583, nahm ich das Angebot schließlich an.

Mit dem Umzug und der Einrichtung eines neuen Haushalts ließ ich mir Zeit. Dessenungeachtet stöberte mich Buontalenti zwischen halbgeleerten Kisten auf und holte mich an meine neue Arbeitsstätte.

Tribolo hatte für den Umbau des Pitti-Palastes, hinter dem sich der Boboli-Hügel erhebt, genauso wie für den Garten die ersten Pläne gezeichnet. Nach seinem Tod 1550 stockte erst einmal die

Arbeit, dann führte sie der Architekt und Bildhauer Ammanati mit neuen Ideen fort. Er setzte dem alten Klotz des Palastes zwei Seitenflügel an, so daß der Bau ein »U« bildete, das eine Terrasse umschloß.

Die Terrasse diente zugleich als Festplatz und Aussichtspunkt, von dem aus man das Gartenpanorama genießen konnte. Direkt vor der Terrasse lag ein prachtvoller Brunnen des Meergotts Oceanus, und dahinter öffnete sich eine große, hufeisenförmige Mulde mit einer auf drei Seiten ansteigenden Böschung.

Auf den ersten Blick offenbarte sich bereits der Unterschied zwischen römischen und florentinischen Gärten. Die römischen sind architektonischer, mit großartigen Rampen und Treppenfluchten versehen, mit viel ummauertem Raum, während in Florenz mehr Gewicht auf die eigentlich gärtnerischen Motive gelegt wurde, auf Rasenflächen, boscos und dergleichen. So zogen sich die grünen Gevierte schachbrettartig hangaufwärts und setzten sich bis an die Gartengrenzen fort, ohne daß Terrassenmauern und Treppenanlagen diesen Fluß unterbrachen.

Ich sah sofort, welche Arbeit hier auf mich zukam, wie sehr das Wohl und das Ansehen dieses Gartens von meiner Planungskraft und meiner Pflege abhing, und begann sogleich, mir Notizen zu machen.

Ich war daher leicht ungehalten, als mich Buontalenti, der sich noch an meiner Seite hielt, als bräuchte ich jemanden, der mich das Wichtige sehen lehrt, nötigte, ihm in einen erst jüngst gestalteten Gartenabschnitt zu folgen. Es war der sogenannte Madama-Garten, den Johanna von Österreich, die Gemahlin Francescos, in Auftrag gegeben hatte. Ein lieblicher giardino segreto voller Blumen.

Ohne mir mehr als ein, zwei bewundernde Blick zuzugestehen, zog mich Buontalenti in ein kleines, in einen Mauerknick eingefügtes Haus am Ende des Gartens. Wir passierten einen schlichten marmornen Türrahmen, der seltsam unpassend in einer mit Tuffstein belegten Fassade saß. So rauh und uneben, wie ihn die Natur geschaffen hatte, bedeckte der Tuffstein auch innen Decke und Wände. Aus kleinen verborgenen Öffnungen rieselte Wasser oder sprudelte aus den Mäulern von Marmorziegen und ihren Zicklein.

Buontalenti sah mich mit glänzenden Augen an, seine Begeisterung ließ Mißmut in mir aufkommen.

»Grotten«, polterte ich, »überall Grotten. Da hat sich mal ein Kerl namens Plinius über Grotten verbreitet und seitdem will jeder Grotten im Garten haben, Alberti, Colonna, einer plappert's dem andern nach. Und was ist so großartig an einer Grotte mit Ziegen?«

Buontalenti drehte sich im Kreis und wies dabei auf die Wände. »Das ist nicht von mir. Vergiß die Ziegen, obwohl die gar nicht so übel sind, das sag ich dir als Bildhauer. Aber schau die unebenen Wände an und davor den schimmernden Marmor der Tiere.«

Ich starrte um mich. »Du wirst langsam kindisch. Was für eine Sache, rohe Steinklumpen an die Wände zu klatschen, als wollten die Menschen demnächst wieder in Höhlen wohnen.«

Buontalenti stieß mich unsanft an, gab dabei ein Meckern von sich, das ihm die Ziegen eingegeben haben mußten, und kniff so merkwürdig die Augen zu, daß sich sein Gesicht zu einer Bocksfratze verzog. Es hätte mich nicht überrascht, wenn ihm plötzlich Hufe gewachsen wären.

»Das hier ist nur ein Vorgeschmack für das, was ich im Sinn hab. Eine viel phantastischere Vermischung von Architektur und Natur, von Stein, Tier und Mensch. Wandlungen, Verwandlungen und Bewegung, ein Zwischenreich, das alles birgt und alles mischt.«

Es war nicht ersprießlich, in dieser künstlichen Tropfsteinhöhle dabei zuzuschauen, wie sich ein vertrauter Freund in einen überalterten Faun oder Satyr verwandelte. Auch hier geriet die gewohnte Welt aus den Fugen, ich sah es wohl und gedachte nicht, mich an diesem Unfug zu beteiligen, ich strebte der Tür zu.

»Ich habe dich nicht zum Spargel- und Radieschenziehen hergeholt!« schrie Buontalenti hinter mir her.

Ich drehte mich zu ihm um, er stand neben der Hauptziege und strich ihr mit einer beinahe erotischen Zärtlichkeit über das gelockte Fell.

Du kennst nur Schafe, die allenthalben in diesem Land gehalten werden und die wir auf den grünen Weidehängen als weiße Tupfen aus der Ferne wahrnehmen. Ziegen haben etwas Hintergründiges im Blick, gemahnen an Pan, den wilden Gott der Herden, und sein Reich der Natur, in der der Mensch nicht König ist.

»Weißt du«, fuhr Buontalenti ruhiger fort, »daß mir deine Gegenwart die seltsamsten Einfälle eingibt?« Sein Blick maß mich vom Kopf bis zu den Füßen. »Ich mußte dich nur zwischen diesen Brunnen im Tivoli Garten sehen, eine mythologische Gestalt, als wärst du vorübergehend von einem Sockel herabgestiegen und hättest dich zwischen Moos, Ranken und Lorbeer vermenschlicht. Ich könnte mir durchaus vorstellen, daß Bildhauer wie Giambologna, Ammanati und Rossi dich als Modell haben wollen, ich seh dich schon als Statue verewigt vor mir und würde auch gern selbst den Meißel in die Hand nehmen. Deine Füße noch im Stein gefangen, deine Haare ein Gezottel wie jetzt, nicht ganz unähnlich dem Laub und Gezweig eines Baumes. Du hast Ovid inzwischen gelesen?«

Einen Augenblick mußte ich mich an der Wand abstützen, die Luft war recht stickig in dem feuchten Gemäuer. »Ich schau nach den Spargelbeeten, die du erwähntest.«

»Wenn du Bauer spielen willst, hättest du in Tivoli bleiben sollen«, schrie er mir beleidigt durch die Tür hinterher.

Draußen blendete mich das Sonnenlicht. Ich stolperte gerade, sauber geharkte Gartenwege entlang, über denen der Duft von Geißblatt und Rosen hing. Leider hatte ich für ihre schlichte, beruhigende Schönheit keinen Blick mehr.

Es war nicht so, als interessierten mich Buontalentis Pläne nicht. So wollte er eine zweistöckige Grotte errichten, die im unteren Geschoß ein Becken mit Goldfischen erhalten sollte und darüber eine Reihe von kleinen Sälen. In die Decke des Hauptsaales sollte ein riesiges, rundes Aquarium eingesetzt werden. Das Sonnenlicht würde von oben einfallen, sich im Glas brechen und durch die schwimmenden Fische und die Bewegung des Wassers in einem Gefunkel an den Wänden irrlichtern. Ich fragte mich, wieso Buontalenti mir einen Anteil an diesen phantastischen Ideen zubilligte. Ovid hätte doch als Ideengeber vollkommen gereicht, er nahm ihn ziemlich wörtlich. *Auch wenn du andere Lek-*

türe bevorzugst und es dich langweilt, laß mich wenigstens diese eine Stelle aus Ovid zitieren, damit du Buontalentis Absichten besser verstehst.

»Keinerlei Schöpfung der Kunst; die Natur in eigner Erfindung
Hatte ein Kunstwerk geformt: aus lebendigem Bimsstein und leichtem
Tuff einen Bogen gezogen, der hier an der Stelle gewachsen.«

Du begreifst, was ich meine? Bögen aus natürlichem Material würden sich zwischen Wand und Deckenwölbung als Zwischenglieder der Fresken schieben. Eine Grotte, die wie gewachsen erschien. Er wollte fließende Übergänge: Bäume, die plastisch begannen und sich in Malerei fortsetzten; Figuren, die gleichsam aus den Wänden herauswuchsen, Flöte spielende Hirten, seltsame Halbgötter und Fabelwesen, halb Mensch, halb Natur, würden dieses Reich des Pan bevölkern. Ich hatte nur eine Frage zu den wirren Vorstellungen, die mir wie die Ausdünstungen eines schon mittags stark bezechten Hirns vorkamen.

»Also keine Glorifizierung der Medici mehr?«

Leonardo sah ich ein paarmal von fern, einmal kam er sogar zu mir herüber, um mich sehr flüchtig, sehr kaltäugig, aber höflich zu begrüßen, dann riefen bereits wieder Pflichten, auf die nur einige Zeichenrollen deuteten, die er unter den Arm geklemmt trug. Wie immer war er glänzend gekleidet.

Viel angenehmer gestaltete sich das Wiedersehen mit Bernardo, der eigentlich allen Grund hatte, mir zu grollen. Den Posten als erster Gärtner hatte er nur vertretungsweise bekleidet, bis ich mich endlich dazu bequemte, die Stelle anzunehmen, und ihn damit auf den zweiten Platz verwies.

»Es stört dich nicht?« fragte ich ihn direkt.

Er lachte. Bei diesem Lachen ging mir auf, daß nichts von der früheren Schüchternheit geblieben war; ruhig, mit festen Schritten war er auf mich zugekommen, eher flog mich eine Verlegenheit an, als er mir freimütig und freundlich in die Augen sah. Ein stattlicher, seiner selbst bewußter Mann.

»Nicht im geringsten. Unter Euch Zweiter zu sein ist besser als ohne Euch Erster. Es entspricht ganz meinen Wünschen, denn es entlastet mich von Verpflichtungen und ich habe mehr Zeit für andere Dinge.«

»Botanik?«

Er nickte bestätigend. »Habt Ihr Lust, Euch meine Studien anzusehen?« fragte er eifrig, und ich begriff, daß ihm viel daran lag, seinem einstigen Lehrherrn zu zeigen, woran sein Herz hing.

Bernardo erwähnte seine Arbeiten nicht mehr, und so verging der Winter, bis ich mich seiner Einladung mit leichten Schuldgefühlen entsann und bat, ihn in seiner Studierstube besuchen zu dürfen.

Er bewohnte ein kleines Haus, dessen Erwerb ihm eine Erbschaft nach dem Tod seiner Eltern ermöglicht hatte. Sein älterer Bruder hatte das Landgut übernommen.

Das Innere des Hauses wirkte ungemütlich und karg wie eine Bauernkate. Ich setzte mich in den einzigen einigermaßen bequem aussehenden Armlehnstuhl und sah träge einer nicht mehr ganz jungen, aber hübschen Frau zu, die eine Mahlzeit auftrug. Brot, kalten Braten, Früchte, Käse, eingelegte Oliven, rotfunkelnden Wein, die Kargheit schien sich nicht aufs Essen auszudehnen. Mein Blick folgte den gelassenen Bewegungen der Frau, und ich dachte, als ich das frische Brot brach, daran, daß ich für Haus und Bett noch jemanden brauchte, vielleicht auch so eine ruhige, stille. Trotz der Armseligkeit herrschte eine Art heiterer Versponnenheit in der Stube.

»Deine Ehefrau?«

Bernardo sah flüchtig auf das Brot in seinen Händen. »Carlotta besorgt mir das Haus und hilft, meine Tochter großzuziehen.«

Verspätet fiel mir ein, daß mir Buontalenti ja erzählt hatte, Bernardos Frau sei gestorben. Daher der Schatten von Trauer, den ich an Bernardo bemerkte, dem aber ein leichtes Lächeln folgte. Der Tod der Frau lag schon ein paar Jahre zurück, und mit dieser Dienerin schien er es gut getroffen zu haben. Ich sollte diese Carlotta fragen, ob sie eine jüngere Schwester hätte, sagte ich mir.

Plötzlich stand ein Mädchen in der Tür, zehn oder elf Jahre alt, ein kräftiges, gesundes Kind mit prachtvollem dunklem Lockenhaar und braunen, lebhaften Augen, mit denen es mich neugierig musterte. Ohne Scheu trat die Kleine heran, sie schien mehr nach der verstorbenen Mutter zu geraten.

Florenz, giardino di Boboli: Buontalentis Grotte

»Ihr seid Meister Christoforo, ich freu mich, Euch zu sehen, denn mein Vater hat mir viel von Euch erzählt. Ihr wart ihm ein guter Lehrherr.«

»Violetta«, mahnte Bernardo, seine Stimme ließ jegliche Strenge vermissen. »Ist das anständig, einen Gast so zu begrüßen?«

Dem Fratz gehörte der Hintern versohlt. Es ist wichtig, Kindern frühzeitig die wilden Triebe zu beschneiden, damit sie die rechte Form entwickeln. Mit Bedauern erinnerte ich mich an Bernardos elende Versuche in der ars topiaria. Da die Erziehung sein und nicht mein Problem war, zog ich die Kleine, nachdem sie übermütig ihren Rock gerafft und in einen anmutigen Knicks versunken war, rasch zu mir heran. An sich erwärme ich mich für Mädchen erst, wenn sie etwas älter sind und gefällige Rundungen entwickelt haben, dies hier zeigte zumindest gute Anlagen.

»Du erweist mir zuviel Ehre, und ich muß wohl die Wahrheit bekennen: ich war ein lausiger Lehrer und habe deinem Vater nicht viel gegeben.«

Warm und fein schmiegte sich ihre Hand in meine.

Bernardo widersprach. »Mehr als Euch bewußt ist, seid Ihr mein Vorbild gewesen. In Eurem Tun habe ich die Liebe zur Natur erkannt. In der Natur erblickte ich Gottes Schöpfung, in der ich mich Ihm näher fühlen konnte, in aller Demut des Geschöpfes gegenüber seinem Schöpfer.«

Bernardos volltönender Widerspruch störte meinen Seelenfrieden, den ich gerade erst mit der hübschen Kleinen an meinem Knie so recht zu genießen begann. Zuviel Fanatismus hörte ich heraus, Hartnäckigkeit, die an den Bernardo von früher gemahnte.

»Carnesecchi?« Es war ein bloßer Verdacht. »Du hängst noch an den Lutheranern und ihren Ketzereien? Ich frag mich, wie du dieses Kind erziehst.«

»Im rechten Glauben an den einen Gott.«

»An den wir alle glauben.« Ich schob das Kind von mir. »Und der Papst?«

Ich wußte, was folgen mußte, wollte es aber ausgesprochen haben.

»Papst und Priester haben ihren Platz in der Kirche, aber es ist nicht ihre Sache, die Vergebung der Sünden zu verkaufen und sich zwischen Gott und Mensch zu stellen.«

»Davon hat deine Tochter aber viel, wenn du das auf dem Scheiterhaufen noch einmal herbetest.«

Um seine Unerschütterlichkeit und Gelassenheit hätte ich ihn beneiden können, der Gedanke an das mögliche Schicksal dieses jungen, unschuldigen Geschöpfs vor mir versetzte mich dagegen in eine leise Wut.

»Meine Tochter geht mir über alles, aber wie kann ich meine Liebe zu ihr höher werten als das Heil ihrer Seele?«

Bernardo war leider ein Schafskopf geblieben. Mittlerweile fühlte ich mich so angewidert, daß ich lieber gegangen wäre, ich blieb aber aus Höflichkeit und beendete mit den dreien die Mahlzeit und ließ mich danach noch von Bernardo in sein kleines Studierzimmer führen. Zeichnungen bedeckten einen langen Tisch, Darstellungen von Pflanzen in allen Einzelheiten von der Wurzel bis zur Blüte und den ausgereiften Samen.

»Die hast du angefertigt?«

Bernardo nickte mit einem Anflug seiner alten Verlegenheit.

»Ich arbeite an einem Buch über die hiesige Flora. Kennt Ihr das Werk von Leonhart Fuchs? *De historia stirpium commentarii*? Ich habe mir Fuchs zum Vorbild erwählt, ihn und Hieronymus Bock, der Pflanzen nach ihren Ähnlichkeiten zu Gruppen geordnet und damit ein System entwickelt hat.«

»Wie bist du auf so etwas gekommen?«

»Durch Euch, ich weiß, es ist Euch nicht bewußt, und durch Leonardo da Vinci. Wißt Ihr, daß er die Behauptung aufgestellt hat, man könne das Alter eines Baumes an den Ringen im Querschnitt abzählen?«

Unwillkürlich sah ich auf meine Hände, auf die Rillen in der Haut. Als ich wieder aufschaute, hatte mir Violetta weitere Blätter zugeschoben. Sie verrieten eine kindliche Hand, aber auch unverkennbar Talent. Nach der Zeichnerin mußte ich nicht lange suchen. Sie wartete schon, daß ich sie fragte.

»Das hast du gezeichnet?«

Violettas Locken flogen um den heftig nickenden Kopf. Sie strahlte vor Freude. »Ich übe noch, und ich werde Papa helfen, wenn ich größer bin.«

Bernardo legte den Arm um seine Tochter, sie sträubte sich lachend. »Was soll ich sonst tun? Es gibt nichts zu spielen in diesem Haus, denn Papa gibt sein ganzes Geld für Bücher aus.«

Ich hatte die Bücher auf dem Bord über dem Tisch schon gesehen. Die mit Holzschnitten und Kupferstichen illustrierten Ausgaben mußten ein Vermögen gekostet haben.

Es ist sehr wichtig, Kinder nicht zu verwöhnen, sie aber notwendige Dinge nicht entbehren zu lassen. Bei meinem nächsten Besuch brachte ich für Violetta eine Puppe mit. Es war eine mit geschnitztem und bemaltem Holzkopf, nicht so ein Klapperding, das spätestens nach einer Woche auseinanderflog, und bekleidet war sie mit einem rostroten Seidenkleidchen, dessen Farbe einen Schimmer auf dem Haar der Kleinen aufnahm, ich dachte, das würde ihren Farbsinn schulen.

»Bitte Meister«, bat Bernardo starrköpfig, »schenkt ihr nichts mehr, schon gar keine Kostbarkeiten. Violetta hat alles, was sie braucht.«

Dessen war ich mir nicht sicher. Eine zukünftige Schönheit sollte bereits frühzeitig mit Bedacht an den angemessenen Rahmen für die Schönheit gewöhnt werden, so verhindert man spätere Mißgriffe und übertriebene Eitelkeiten. Sehr maßvoll kaufte ich daher gute Stoffe für Kleider, feineres Leinen für Hemden, Kämme aus Schildpatt mit etwas Silbermontierung, und ich vermute, Carlottas Einfluß trug dazu bei, daß ich mich als Patenonkel betrachten durfte und als solcher die Erlaubnis erhielt, meinen Teil zur Ausstattung Violettas beizusteuern. Unter meinen ersten Gaben befand sich auch ein Stoffballen für die Ziehmutter.

»Eigentlich«, erklärte ich meinem kleinen Schützling unbedacht, »könnte ich ja eher dein Großvater sein.«

»Aber du siehst nicht älter aus als Papa, Zio Christoforo«, antwortete Violetta vorlaut.

Zum Glück hatte Bernardo, der in seiner Studierstube nach einem Buch fahndete, die Bemerkung nicht gehört, und ich trug der Kleinen recht dringend auf, sie nicht zu wiederholen. Wahrscheinlich blieb sie ihr deshalb so gut im Gedächtnis, außerdem hätte ich wissen müssen, daß ein so lebhaftes Mädchen ein Plappermaul war. Bernardo streifte mich bei unserer nächsten Begegnung mit einem taxierenden Blick, ich sah sein Erstaunen, aber auch mit Erleichterung sein Schulterzucken. Ich hätte auch bedenken müssen, daß es noch andere gab, die Violetta zuhörten. Wäre sie nur weniger hübsch und unschuldig gewesen.

Oft besuchte ich Buontalentis Grotte, durch seine Entwürfe und die Erklärungen hatte ich Bilder im Kopf, die mich fesselten wie verstörten, das Grauen hat ja auch immer etwas Anziehendes. Zunächst überwog aber das Interessante, die technischen Spielereien. Auf die nackten Wände wurde ein Netz feiner Röhren gelegt, die in Düsen endeten. Dann verschwanden die Röhren hinter einer Putzschicht und die Stachelköpfe der Düsen hinter dem Tuffstein, der wie eine Flechte über die Wände kroch und sich hier und da zu Verdickungen zusammenschob, als würden sich Moospolster bilden. Als sich die ersten Figuren regten und Arme, Beine und Köpfe aus dem zähen Tuffstein des Untergrunds zu lösen versuchten, begann auch das Wasser zu tröpfeln und zu rieseln und einen feinen dunstigen Schleier über die Fresken zu legen, der die Farben wie frisch gemalt leuchten ließ.

Wenn ich den ganzen Tag Bäume beschnitten hatte, legte ich gern meine Hände an die feuchten Wände, als könnte ich allmählich ganz in das Reich des Pan eintauchen.

»Wenn du was kaputtmachst, brat ich dir eigenhändig eins über«, begrüßte mich eines Tages Buontalenti, als ich wieder versunken dastand, die Füße ein Stück von der Wand entfernt, die Beine gegrätscht, die brennenden Hände vom Wasser überspült, eine zugegebenermaßen zu bestimmten Mutmaßungen verlockende Haltung.

»Du trinkst keinen Wein mehr, hast du gesagt.« Mißtrauisch beroch er meinen Atem. »Ich wollte dir die Venus zeigen, die ich für einen der hinteren Grottensäle vorgesehen habe.«

Die Venus pudica, eine nackte Venus des Bildhauers Giambologna, stand auf einem Podest im Arsenal des Palazzo Pitti, in dem sich noch andere Kunstwerke befanden, für die es im Augenblick keinen rechten Platz gab.

Noch von meiner Versunkenheit in der Grotte befangen, ich war auch müde nach einem Tag harter Arbeit, schweifte ich durch den Raum und betrachtete die Venus auf ihrem Sockel.

Während ich sie umschritt, schien sie diese Bewegung mitzumachen, bis mir aufging, daß Leib und Gliedmaßen in einer schraubenartigen Drehung erstarrt waren. Mit der Hand fuhr ich diese außergewöhnliche Drehung in der Luft nach und kam dahinter, daß sie in sich selbst zurückführte, eine Art endloser Spirale, die einen leichten Schwindel auslöste.

Buontalenti hatte mit Kennerschaft beobachtet, wie ich dem Besonderen dieser Figur nachging, und lieferte wie ein Schulmeister die nötige Erklärung dazu.

»Man sagt heute, eine Figur ist dann gelungen, wenn man sie einen Berg hinabrollen kann, ohne daß etwas abbricht.«

»Du solltest die Probe machen, bevor du die Figur verwendest.«

»Nur wenn ich eine Vorprobe mit dir durchführen darf und es dir gelingt, die Haltung der Venus den ganzen Berg hinab beizubehalten.«

Umsonst wartete er darauf, daß ich auf sein Geplänkel einging. Eine Gruppe von vier anderen Figuren, die ein Schattendasein in einer schlecht beleuchteten Ecke führten, beanspruchte meine Aufmerksamkeit. Als hätte der Bildhauer die Arbeit an ihnen aufgegeben, hafteten sie gleichsam noch im Stein, waren gefangen, ohne die Hoffnung, jemals die Freiheit ihrer Glieder zu erreichen, die Fessel der rohen, ungefügen Materie abzuwerfen. Ich erkannte in ihnen mir verwandte Geschöpfe, spürte ihre Last, ihre Trauer. Ich deutete auf sie.

»Nimm diese. Setz sie in die Ecken der Hauptgrotte, sie werden das Gewölbe tragen und viel mehr ausdrücken als alle anderen Figuren, die du an den Wänden hast, die sind nur ein Spielzeug dagegen.« Langsam sprach ich weiter, ich wandte mich an die vier Gestalten vor mir, es war mir gleichgültig, daß Buontalenti zuhörte. »Es ist eine Qual, nicht ganz menschlich zu sein, gegen das anzukämpfen, das dich die Freiheit ahnen läßt und dich doch wieder zurückzwingt in den Urgrund, wenn du nicht damit rechnest.«

Es gibt einen Punkt zwischen den Schultern, an dem sich der innere Krieg der Gedanken und Empfindungen besonders festsetzt, ein Punkt, der mit einem heftigen körperlichen Schmerz auf den seelischen antwortet. Jeder Muskel wird fühlbar, Rücken und Schultern krümmen sich nach vorn wie unter einer Last. So stand ich den Figuren gegenüber wie eine von ihnen, den Arm über den Kopf gestreckt, nach dem unerreichbaren Punkt zwischen den Schulterblättern tastend.

»Wüßte ich's nicht anders, würde ich sagen, du hast Michelangelo Modell gestanden«, sagte Buontalenti langsam und bedächtig, er wich vor mir zurück und schüttelte sich, als wollte er einen unangenehmen Eindruck abwehren.

Die vier Figuren – es waren die sogenannten Sklaven, die für das Grabmal Papst Julius II. vorgesehen, aber nicht verwendet worden waren, weil sie unvollendet blieben – ließ Buontalenti tatsächlich in die Ecken der Hauptgrotte einbauen, ich habe dabei zugesehen und Hinweise gegeben, wie meine vier Spiegelbilder am besten in die bereits vorhandene Szenerie einzufügen waren, schließlich wußte ich am besten über sie Bescheid.

Unter dem Eindruck dieser Figuren schrieb ich einen Brief.

Christoph der Gärtner an Antonius, Mönch im Kloster San Giorgio in Venedig.

Seit ich den normalen Lauf des Lebens durchbrochen hatte, litt ich unter dem Gefühl, ich mogle mich in eine Zeit, die nicht mir gehört, ich mische mich zwischen die Menschen wie ein Betrüger. Das ist jetzt anders. Diese Zeit entspricht meiner eigenen Natur, dem Zwittrigen in mir. Überall begegne ich Abbildern meiner selbst, die mich erschrecken, aber auch anziehen, da ich angesichts ihrer vergessen kann, daß ich ein Monstrum bin.

An den Kunstwerken, die ich kürzlich sah, fiel mir auf, daß die Kunst sich von den der Antike entliehenen Idealen der Harmonie und Schönheit abgekehrt hat, statt der Ruhe ist jetzt mehr Ausdruck gefragt, starke Farbigkeit und eine Bewegtheit, in der sich die Unruhe der Zeit ausprägt. Nicht mehr Apollo, sondern Pan scheint mir den Olymp der Kunst zu beherrschen.

Die Architektur des Gartens – du merkst, daß man nicht mehr einfach von Gestaltung sprechen kann – verlangt figurenreiche Brunnenanlagen mit vielfältig bewegtem Wasser. Grotten und Nymphäen bilden eine Schein- und Unterwelt.

Der Garten wird zum Festplatz und zur Bühne. Auf der Terrasse hinter dem Pitti-Palast werden Komödien, Musikdramen, Stierkämpfe, Ritterspiele und andere aufwendige Inszenierungen aufgeführt, in denen die Zuschauer nicht selten auch die Akteure geben. Indes zeigt das Fest des Lebens, das ich nach meinem ersten Erwachen in diesem Land erlebt habe, längst Schatten. Savonarola und Luther haben die Sündhaftigkeit und die Eitelkeiten angeprangert, die politische Lage läßt nur Verschnaufpausen zwischen erneuten Unruhen zu. So nimmt es nicht wunder, daß der Garten gern als Zufluchtsort vor den Schrecknissen der Zeit angesehen wird. Doch die rauschenden Feste können nur die Einfältigen über die Erschütterungen ihrer Welt hinwegtäuschen.

Ich habe mich in der letzten Zeit viel mit zwei Philosophen beschäftigt, die meiner Natur entgegenkommen. Patrizzi hat in seiner *Nova de universis philosophia* den universellen Zusammenhang der Welt aufgezeigt. Es gibt nichts im Himmel und auf der Erde als das Ein-und-alles, das *Hen kai Pan* oder das *Unomia*, das Urlicht, das den unendlichen Weltraum erfüllt und alles mit seinem Lebenshauch durchdringt. Es gibt keine tote Materie, die Unendlichkeit findet sich in der Welt selbst, der Schöpfer ist ganz hinter seine Schöpfung zurückgetreten, in der Materie liegt alles Sein. Dementsprechend leugnet Pomponazzi in seiner Schrift *De immortalitate animae* von 1516 die Unsterblichkeit der Seele. Aristoteles, auf dem Pomponazzi fußt, nahm noch einen allgemeinen menschlichen Geist an, der weiterlebt, nur der individuelle Teil wird ausgelöscht. Pomponazzi dagegen sagt, daß der Mensch mit dem Tod ganz in die Materie zurücktritt. Damit wird der Kirche der Boden entzogen, denn es hat keinen Sinn, den Menschen noch mit Hölle und Fegefeuer zu kommen und ihnen Ablässe zu verkaufen. Pomponazzi hat sich übrigens mit einer sehr eleganten Wendung gegen den tödlichen Vorwurf der Ketzerei gewehrt. Er sagt, es gibt Wahrheiten, die nichts miteinander zu tun haben: die der Kirche und die der Philosophie, die eine widerspricht nicht der anderen.

Was mir das bringt? Mehr Ruhe. Ovid hat mir die Augen geöffnet. Ich bin mir jetzt sicher, eine Doppelnatur zu besitzen, nicht sicher bin ich mir über die Art der zweiten. Noch immer denke ich manchmal, daß es ein Dämon sein könnte, ein Geistwesen, das in mir Fuß gefaßt hat, dann spüre ich, daß das Fremde in mir auch etwas Kreatürliches, Körperliches ist, das sich mit meiner menschlichen Natur vermischt hat. Pomponazzi nun erspart mir die Furcht, irgendwann zwischen meinen zwei Naturen zerrissen zu werden, vor allem, wenn ich glaube, daß sich nicht nur, wie Aristoteles sagt, die Form im Stoff verwirklicht, sondern auch Gott.

Gottbefohlen – Christoph

Nach Beendigung dieses Briefes fragte ich mich, wie viele ähnliche Briefe den Mönchen von San Giorgio Sorgen machten. Diesen neuen Brief und die beiden anderen in meinem Schreibkasten habe ich nicht verbrannt, sondern ins Bettstroh gestopft, an den Platz, den ich für den sichersten in meinem Haus hielt.

Als Violetta zwölf Jahre alt geworden war, schickte Bernardo sie auf mein Betreiben für zwei Jahre in eine Klosterschule, es war mir gelungen, ihn davon zu überzeugen, daß die Nonnen dem Mädchen eine Bildung vermitteln würden, wie sie einem wohlerzogenen weiblichen Wesen anstand. Ich zahlte gern für die Ausbildung.

Als sie nach Hause zurückkehrte, vergaß ich über der Freude des Wiedersehens, mich danach zu erkundigen, ob es den braven Klosterfrauen gelungen war, eine ordentliche und unanfechtbare Katholikin aus meinem Patenkind zu machen. Ein bißchen wehmütig wurde mir zumute, als ich bemerkte, daß zarte runde Brüste Violettas Mieder wölbten. Mit kindlicher Unbefangenheit schlang sie die Arme um mich.

Eine Idee, die schon lange in mir gegärt hatte, gewann neue Kraft. Ich ritt über alle Hügel um Florenz und prüfte die wechselnden Landschaftsbilder. Hier und da terrassierte ich in Gedanken einen Abhang, setzte eine Villa obenauf, jonglierte mit Brunnen, Teichen, boscos und Orangenhainen. Es war aber ein mehr als schwieriges Unternehmen, auch nur den richtigen Platz zu finden, von einer Ordnung sich teils widersprechender Einfälle und dem Problem der Finanzierung meiner allzu großartigen Pläne ganz zu schweigen. Nur in einem war ich mir sicher: Violetta und ihr Vater sollten meine Hausgenossen sein.

Zum Fest Johannes des Täufers, bei dem die Florentiner auf der Piazza delle Signoria zusammenströmten, hatte ich Violetta ein neues Kleid anfertigen lassen, eine Robe für eine erwachsene junge Dame aus lachsrotem Samt, mit Goldborten und einem hellgrünen Seidenfutter verziert, das in den aufspringenden Ärmelschlitzen leuchtete. Sie trug es mit sehr viel Anstand, als Bernardo und ich sie auf den Festplatz begleiteten. Mit Einbruch der Dunkelheit sollte eine Girandole, ein Feuerwerk, abgebrannt werden, das Buontalenti zusammen mit seinem Sohn Francesco im Auftrag der Stadt entworfen hatte.

Als wir eintrafen, kontrollierten die beiden Feuerwerksingenieure noch die Zündschnüre rings um das komplizierte Lattenwerk der Girandole, die in der Form eines kleinen Kastells, einer Fortezza, gestaltet war. In Schwefelpulver und Branntwein getauchte Wergschnüre führten von einem Feuerwerkskörper zum anderen, die Kunst Buontalentis und seiner Helfer bestand darin, in genau berechneter Folge farbenprächtige Schiffe, Paläste, Tempel und vielerlei Fabelwesen an den Himmel zu zeichnen. Lämpchen schaukelten sacht in der Abendbrise am Holzwerk und beleuchteten die krönende Figur der Friedensgöttin.

Lautenmusik untermalte das Schwirren der Stimmen, das Gelächter. Junge Leute faßten sich an den Händen und schlängelten sich durch das Menschengewirr. Bernardo und ich hatten ein Auge auf Violetta, die sich brav bei uns hielt, aber dabei auf der Stelle hüpfte, angesteckt von der allgemeinen Begeisterung.

Trotz unserer Wachsamkeit kam sie dem Gerüst zu nahe und streifte ein Lämpchen, das sich mit seinem heißen Öl gefährlich neigte. Schneller als ich griff Francesco ein, seine kräftigen Hände legten sich um ihre Taille und zogen sie aus dem Gefahrenbereich. Ich bemerkte, wie die Augen des jungen Mannes flink über Violettas Haar, über ihr Gesicht und die Figur glitten. Ich weiß nicht, was ich getan hätte, wenn er sie nicht sehr rasch wieder losgelassen hätte.

Er verneigte sich. »Scusi, bellezza.«

Gärtnergehilfen und Schüler aus Buontalentis Werkstatt gesellten sich mit ihren herausgeputzten Freundinnen, Geliebten und jungen Verwandten zu uns. Die erste Rakete stieg in die Luft, von einem Aufschrei der Menge begleitet. Eine Stunde lang schickte die Girandole ihre kunstvollen Bilder in den Himmel und ließ sie in einem prachtvollen Farbregen zersprühen.

Violetta begann unwillkürlich zu tanzen, als die Gitarren und die Lauten den Festlärm stärker durchdrangen. Das Kleid unterstrich die Farben des Mädchens, das Schimmern der dunklen Haarpracht, die helle, rosig übertönte Haut. Sie war eine junge Venus, eine Flora, schon wegen der Blumen im Haar, auch wenn ihr Vater etwas anderes in ihr sehen wollte. Nicht nur Francesco wandte sich bei jeder Gelegenheit nach ihr um.

Auf einmal sah ich Leonardo, wie er durch das Lattenwerk der Girandole zu uns herüber spähte. Kurz darauf hatte er das Gerüst umrundet, stand auf einmal neben mir und schaute wie ich Violetta zu.

»Ein hübscher Vogel, wenn er erst einmal flügge ist«, sagte Leonardo, »hab ich neulich schon gedacht, als ich sie im Garten bei dir sah.«

Der Ton mißfiel mir ebenso wie die Worte, ich setzte schon zu einer scharfen Entgegnung an, da kam Francesco mit seinem Vater herangeschlendert. Ihre Arbeit war beendet, die letzte Folge von Raketen wurde durch die Wergschnur in Brand gesetzt. Wie eine strahlende Spiegelung erstrahlte die Silhouette von Florenz in gleißenden Funken über uns. Bevor das Bild ganz verglüht war, hatte Francesco Violetta die Hand gereicht und drehte sich mit ihr in einem Tanz, zu dem jetzt überall die Instrumente aufspielten.

»Schau an«, bemerkte Leonardo, »ein Freier hat sich auch schon eingefunden.«

Bernardo fuhr ihn an: »Laß das dumme Geschwätz über meine Tochter.«

Künstler und Wissenschaftler lobten Francesco de' Medici wegen seines Interesses an ihrem Metier und seiner freigebigen Förderung, darin liebte er die Geste der großen Herren gemäß den Traditionen seiner erlauchten Vorfahren. Im übrigen wußte jeder, daß er ein Liederjan war, schlecht in den Staatsgeschäften, weil er zuviel Zeit mit seiner Geliebten Bianca Capella verbrachte, einer von den Florentinern gehaßten Venezianerin. Womöglich noch mehr Stunden trieb er es mit billigen und allerbilligsten Huren, keine noch so primitive und abartige Vergnügung ließ er aus.

Wie ich hörte, leistete ihm Leonardo dabei öfter Gesellschaft. Beiden sah man das Leben, das sie führten, an. Oberflächlich betrachtet, schien Leonardo ein blendender Mann, schon wegen der kostbaren Kleidung. Seinen federnden Gang und die schlanke Gestalt hatte er nicht verloren, unter dem Engelsgesicht von einst war allerdings die Fratze eines gealterten Satyrs hervorgekommen mit Falten, Tränensäcken und einer Haut wie alter Käse. Das Haar fiel ihm noch in Locken auf die Schultern, glich aber wie mit dem Brenneisen gekraustem Stroh.

Ungefähr zu der Zeit, als Violetta nach Hause zurückkehrte, erhielt ich gelegentlich vom Großherzog Einladungen zu Geselligkeiten im kleinen Kreis, denen ich selbstverständlich nachkam, die ich aber keineswegs als Auszeichnung betrachtete. Schon deshalb nicht, weil Leonardo daran teilnahm. Meist waren auch zwei, drei Künstler, einige Mitglieder der Akademie und Kleriker anwesend, Francesco gab sich gern den Anschein einer angemessenen Frömmigkeit.

Die Gespräche drehten sich um Kunst, Philosophie und diverse Wissenschaften, was ich dabei zu suchen hatte, blieb mir weitgehend unklar. Unangenehm für mich waren sibyllinische Andeutungen Leonardos und Francescos, durch die ich den Eindruck gewann, daß die beiden aus mir gern den Hausnarren gemacht hätten. Von den Klerikern fiel mir Pater Giulio besonders auf, ein Dominikaner mit einer unangenehmen Art, mich zu fixieren, sobald ich – eher gezwungenermaßen – den Mund aufmachte. Wenige Tage nach dem Fest erhielt ich wieder eine Einladung.

»Habt Ihr Patrizzi gelesen?« wandte sich der Herzog an diesem Abend auf einmal an mich und beantwortete die Frage selbst. »Sicher, ich erinnere mich, daß Ihr den Namen schon einmal erwähntet. Das Unomnia. Kann man das nicht so interpretieren, daß alle Materie eins ist, also auch unendlich wandelbar in ihren Erscheinungen?«

Ich konnte mich nicht erinnern, jemals Patrizzi erwähnt zu haben. Wäre ich nicht so voller Widerwillen gewesen, hätte ich mir vielleicht das Richtige zusammenreimen können.

»Ihr meint nicht nur philosophisch, sondern praktisch, als Voraussetzung zu Materieumwandlungen?« gab Leonardo ein weiteres Stichwort.

»Was meint Ihr zu dieser Theorie, Messere Christoforo?« fragte Francesco wieder.

»Nichts«, antwortete ich plump, »ich bin nur Gärtner und habe noch nie erlebt, daß durch Zauberei aus einem Apfelbaum ein Birnbaum wurde, außer durch Pfropfen.«

»Ihr sprecht von Zauberei?« erkundigte sich Pater Giulio mit dem Eifer eines Spürhundes. Nicht umsonst werden er und seine Brüder domini canes, Hunde des Herrn, genannt.

»Wir sprechen von den Elementen«, warf Leonardo ein. »von Metallen und ihren Verbindungen, von Umwandlungsprozessen, Verschmelzungen, Beimischungen, der Einwirkung von Feuer und ätherischen Substanzen, von der Erkundung neuer und höchst alter Geheimnisse der Materie und der Zeit.«

Ich spreizte vielsagend die Finger. »Ich kenne nur ein Geheimnis aus alter Zeit. Ich kann Euch sagen, wie lange es ungefähr dauert, bis Würmer durch einen Abfallhaufen gekrochen sind und ihn in etwas anderes verwandelt haben, und was Ihr tun müßt, um diesen Vorgang zu beschleunigen, eine Gabe von Asche erweist sich zum Beispiel als nützlich. Am Ende habt Ihr eine wunderbare neue Erde, um Pflanzen daraus zu ziehen und den Kreislauf der Natur zu beleben, soviel zu dem, was ich von Materieumwandlung verstehe.«

Pater Giulio lächelte beifällig, aber nicht weniger aufmerksam.

Francesco beugte sich über den Tisch. »Aber ich habe gerade Euch wegen Eurer umfassenden Studien für einen Wissenden gehalten, von dem wir Suchenden lernen könnten, lest Ihr nicht sogar Bücher auf Arabisch? Wozu all das Wissen, wenn Ihr es nicht weitergebt, soviel ich weiß, habt Ihr keinen Erben.«

»Aber doch, Principe«, widersprach ich lebhaft, »es gibt einen Erben, vielmehr eine Erbin, ein bezauberndes Kind, und es soll alles erhalten, was ich zu hinterlassen habe.« Damals gefiel mir dieser Einfall außerordentlich, ich ging sogar so weit, innerhalb einiger Tage meinen Willen durch einen Notar beurkunden zu lassen.

Ein paar Monate vergingen in gewohnten Gleisen, vielleicht suchte ich noch etwas emsiger nach einem für meinen Traumgarten geeigneten Platz, und so dauerte es eine Weile, bis mir auffiel, daß ich nicht der einzige war, der Violetta Geschenke machte. Ich meine nicht das Naschwerk und den albernen Tand harmloser und ehrbarer Anbeter wie Francesco, Buontalentis Sohn.

Ich überraschte Violetta dabei, wie sie in ihrer Kammer mit einem goldenen Haarnetz ihre Locken zu bändigen suchte. Sie bot gewiß einen bezaubernden Anblick. Das Haarnetz stammte natürlich nicht von mir, und Bernardo hätte nicht einmal, wenn er gekonnt hätte, für so ein hoffärtiges Ding Geld ausgegeben.

»Von wem hast du das?« fragte ich barsch.

Verunsichert, aber voller Trotz nestelte sie weiter an ihrem Haar, mit einem Griff nahm ich ihr das Netz ab.

»Von Zio Leonardo«, antwortete sie leise, der Trotz war ihr vergangen.

Die Empörung, daß sie auch diesen alten Gecken »Onkel« nannte, schlug in meiner Stimme durch. Sie muß bedrängender geklungen haben als die eines auf schlüpfrige Bekenntnisse erpichten Beichtvaters.

»Siehst du ihn häufig, über was sprichst du mit ihm? Warum hat er dir das gegeben? Weiß dein Vater davon? Findest du, das ist ein anständiges Geschenk?«

Zorn blitzte in ihren schönen dunklen Augen auf. »Es ist ein Geschenk, weil ich bald fünfzehn Jahre alt werde. Er sagte, ich sei dann erwachsen. Ihr macht mir auch kostbare Geschenke, und Zio Leonardo hat einmal bei Euch gelernt wie Vater. Was erregt Euch sein Geschenk so?«

»Magst du Leonardo?«

»Er bewundert meine Zeichnungen und sagt, ich muß Papa eine große Hilfe sein. Es ist schön, zwei Onkel hier in Florenz zu haben.«

Blanke Unschuld sprach aus ihrem Blick, ich gab ihr das Netz trotzdem nicht zurück, es war nicht passend für ein halbes Kind.

Ich hielt es für richtig, mit Bernardo über den Vorfall zu sprechen. »Weißt du, daß Leonardo deiner Tochter nachsteigt? Du mußt sie vor ihm hüten.«

»Niemand steigt meiner Tochter nach, von dem ich nichts weiß. Sie soll einmal wie ich eine glückliche Ehe führen, aber noch ist sie zu jung dafür. Über Leonardo macht Euch keine Sorgen. Ich glaube nicht, daß er irgendwelche Absichten mit dem Kind hat.«

Bernardo war offenkundig zu dumm, um zu begreifen, was vor sich ging. Mit dieser Sorge machte ich mich auf den Heimweg. Schon wenige Tage später stürmte er mit einer für ihn ungewohnten Erregung in mein Haus.

»Ihr hattet doch recht mit Leonardo. Er war gerade bei mir und hat um die Hand Violettas angehalten. Er ist so alt wie ich, ihr Vater.«

»Du hast ihn abgewiesen?«

»Ich werde ihn auch wieder abweisen. Sein Alter wäre nicht wirklich wichtig, aber er hat mir gedroht. Er weiß, daß ich Protestant bin und daß sich die Bücher von Ketzern in meinem Haus befinden. Er will mich der Inquisition ausliefern, wenn ich nicht der Heirat zustimme.«

»Was willst du tun?«

»Ich werde Violetta von hier fortbringen. Noch heute. Ich bin nur gekommen, um Euch zu warnen. Er wird die Inquisition auch auf Euch hetzen, er hat etwas gegen Euch in der Hand. Ich glaube, er will Euch aus dem Weg räumen, damit Euer Erbe für Violetta frei wird. Wie kann sich ein Mensch in eine solche Bestie verwandeln? Verzeiht, wenn ich Euch jetzt verlasse, aber ich muß Vorkehrungen für meine Tochter treffen.«

Ich verharrte noch lange in meinem Lehnstuhl. Dann erhob ich mich langsam, ging ins Schlafzimmer hinüber und begann ganz ruhig, das Bettstroh zu durchsuchen, obwohl ich mir die Mühe hätte sparen können. Ich wußte, daß die Briefe verschwunden waren. Noch mit der gleichen Gelassenheit schnallte ich mir den Degen um und holte das Pferd aus dem Stall.

Ich hatte Leonardo aufsuchen wollen, um die längst fällige Auseinandersetzung mit ihm zu führen, änderte aber meinen Entschluß und ritt zu Bernardos Haus, von einer bösen Vorahnung getrieben.

Die Tür stand halb offen, von drinnen war Schluchzen zu hören. Ohne weiteres drang ich ins Haus ein. Carlotta beugte sich hin- und herschaukelnd über eine Gestalt am Boden. Es war Bernardo, tot, von mehreren Degenstößen getroffen. Sobald Carlotta mich erkannte, klammerte sie sich an meine Beine.

»Sie kamen zu mehreren, mit Masken vor den Gesichtern. Zwei haben Violetta ergriffen. Bernardo und ich haben uns dazwischengeworfen, dann traf mich ein Schlag am Kopf, und ich fiel in Ohnmacht. Als ich aufwachte, fand ich ihn tot. Das Mädchen ist verschwunden.«

Ich riß mich von ihr los und stürzte nach draußen. Wieder im Sattel, entschied ich mich, zu Buontalenti zu hetzen. Ich erzählte ihm nur, was ich für nötig hielt, und verlor kein Wort darüber, daß Carlotta keinen der Entführer erkannt hatte und daß nur ich sicher war, mit wem wir es zu tun hatten. Francesco war sofort bereit, mit mir nach Violetta zu suchen. Buontalenti hegte Zweifel an der Schuld Leonardos, das war seiner Stimme und seinem Gehabe anzumerken, er versprach aber, weitere Helfer zusammenzurufen.

Die ganze Nacht hindurch bis zum Morgen durchkämmten wir zusammen mit Gärtnergehilfen und Bildhauergesellen, die sich uns angeschlossen hatten, die Stadt. Eine Stadt, in der sich mit der Nachricht, Francesco de' Medici liege in seiner Villa Poggia a Caiano im Sterben, Unruhe wie ein Schwelbrand ausbreitete. Francesco hatte keinen Erben hinterlassen, der nächste in der Rangfolge war sein Bruder Ferdinando, der Kardinal in Rom. In Florenz wußte niemand, was von einem Gefolgsmann des Papstes zu erwarten war, allerdings konnte sich Ferdinando seiner kirchlichen Würden entledigen, da er immer noch keine Priesterweihe empfangen hatte. Keiner, den wir befragten, interessierte sich in der momentanen Lage für das Schicksal eines jungen, entführten Mädchens.

Gegen Morgen löste sich fürs erste der Suchtrupp auf. Einen der Gärtnergehilfen, einen Verehrer Violettas, postierte ich als Wachtposten vor Leonardos Haus. Er sollte mich benachrichtigen, sobald der Gesuchte auftauchte.

Ich kehrte zu Bernardos Haus zurück. In der Wohnung stieß ich auf eine geöffnete Truhe, deren Inhalt, Leintücher und Gewänder, halb über dem Rand hing. In der Studierstube saß Carlotta vor Bernardos auf dem Tisch verstreuten Papieren. Die Sichtung der Hinterlassenschaft hatte bereits begonnen.

Carlotta fragte mit stumpfem Blick: »Violetta?«

Zwischen den Zeichnungen von Vater und Tochter fiel mir ein Blatt auf, das keine Gräser und Blumenzwiebeln zeigte, sondern ein Frauenportrait, eine Meisterzeichnung von unbekannter

Hand. Je länger ich darauf starrte, desto vertrauter wurden mir die Züge der Dargestellten, bis ich mir vollkommen sicher war, diese Frau sehr gut gekannt zu haben. Es war ein Portrait Giovanna Casellas.

Ich hielt die Zeichnung Carlotta vor die vom Weinen geröteten Augen. »Wer ist das? Woher stammt das?«

Unbeholfen schob sie die Blätter auf dem Tisch zusammen, als käme ihr gerade das Ungehörige ihres Tuns zu Bewußtsein. Ihre Wangen bedeckten sich mit einer fleckigen Röte.

»Jemand aus der Familie. Die Großmutter oder die Urgroßmutter, ich weiß es nicht genau. Jedenfalls hielt er das Blatt in Ehren, vielleicht auch nur des Künstlers wegen. Es ist sehr wertvoll, nicht wahr?« Sie wollte nach der Zeichnung greifen, ließ aber die Hand plötzlich verlegen sinken. Hätte sie das nicht getan, ich hätte sie geschlagen.

Bernardo lag in seiner Schlafkammer aufgebahrt. Lang ausgestreckt, kam seine Größe zur Geltung, die breiten Schultern, die Gestalt, die so sehr der meinen glich. Ähnlichkeiten mit dem Portrait Giovannas wurden deutlich: der Schwung der Brauen, die breite Stirn und darüber ein Wirbel im Haaransatz. Jemand hatte dem Toten die Augen geschlossen. Es blieb mir keine Zeit, all den verpaßten Chancen nachzujammern und in dem Erwachsenen das Kind zu sehen, das vor vielen Jahren, geleitet von einem Instinkt, meine Nähe gesucht hatte und so oft abgewiesen worden war.

Hinter mir drängten die Nachbarsfrauen herein, um den Leichnam zu waschen.

Gegen Abend suchte mich der Wachtposten in meinem Haus auf und teilte mir aufgeregt mit, daß Leonardo allein zurückgekehrt sei. Bevor ich aufbrach, steckte ich mir als zusätzliche Waffe einen Dolch zu dem Degen in den Gürtel. Den Wachtposten ließ ich zurück, was zu tun war, sollte nur meine Angelegenheit sein. Tatsächlich bildete ich mir ein, nichts anderes im Sinn zu haben, als Aufklärung und Rechenschaft zu fordern, primitive Rache ist nicht meine Sache.

Leonardo schien mich erwartet zu haben, er zeigte keine Überraschung.

»Wo hast du sie versteckt?« fragte ich ihn geradeheraus.

»Ich nehme an, du meinst die kleine Violetta?« Leonardo lehnte sich entspannt im Stuhl zurück. Durch ein offenes Fenster drang kühle Abendluft herein. In der Nähe des Stuhls stand eine Säule, sie diente als Podest für den Marmorkopf eines Kindes. Mein Blick glitt flüchtig über das reizende, lächelnde Gesicht eines Fauns, das letzte in der Hadrian-Villa gestohlene wertvolle Stück.

»Du willst doch wohl nichts leugnen?«

»Woher denn, es war eine Verkettung von Unglücksfällen. Bernardo lief in meinen Degen.«

»Gleich mehrfach?«

»Das war der Übereifer meiner Gefährten. Bernardo wollte nicht begreifen, daß ich mit Violetta nichts Böses im Sinn hatte.« Leonardo hielt den Kopf schräg zum Fenster geneigt. »Violetta war ein bezauberndes Geschöpf, voller Anmut und Liebreiz, ich hätte sie aufrichtig lieben können und wäre ihr ein guter Ehemann geworden.«

Mit einem Schlag auf die Degenscheide forderte ich ihn auf, mit seiner Beichte fortzufahren.

»Sie hat einen nassen Tod im Arno der Ehe mit mir vorgezogen. Auf einmal riß sie sich los und stürzte sich kopfüber in den Fluß. Sie ist vor unseren Augen ertrunken, nicht einmal geschrien hat sie. Es war Bernardos Schuld und vielleicht auch deine. Eine bigotte Erziehung taugt wenig für ein feuriges Geschöpf wie dieses, zumindest du hättest es wissen müssen. Es war alles umsonst.«

»Und doch hast du jetzt noch eine Rechnung zu begleichen.«

Langsam zog ich den Degen aus der Scheide. Leonardo lachte auf.

»Du willst dich mit mir schlagen? In deinem Alter? Ich vergaß, du hast ja kein Alter. Seit über zwanzig Jahren kenne ich dich, und du bist kaum ein Jahr gealtert, denkst du, das fällt nie auf?«

»Komm mir nicht mit derartigen Hirngespinsten, lenk nicht ab. Du hast die Wahl, dich zu verteidigen oder dir von mir ohne Gegenwehr die Kehle durchhauen zu lassen.«

Leonardo griff hinter sich nach dem Degen, der blank an der Wand lehnte. In mir regte sich das Gefühl, in ein Spiel hineingezogen zu sein, dessen Regeln ich nicht kannte.

»Du dachtest, ich komme dir nie auf die Schliche? Ich habe dein Haus durchsucht, du hast es nicht einmal gemerkt. Übrigens ist das Bettstroh ein besonders dämliches Versteck.« Er zog einige Blätter Papier aus seinem Wams. »Diese Briefe passen hervorragend zu einigen anderen. Dieselbe Handschrift, derselbe Adressat. Neuere Briefe neben alten und sehr alten, was das Rätsel noch größer und vielversprechender macht. Briefe eines Lebenden an einen, der vor Jahrhunderten starb, ich habe sein Grab gesehen. Die Mönche in San Giorgio waren so freundlich, es mir zu zeigen und mir die Schriftstücke zu überlassen. Genaugenommen wissen sie nichts von diesen Leihgaben, für die sich die Inquisition bald interessieren wird. Jetzt sag mir, wo hast du es?«

Leonardo erhob sich langsam, blieb aber in der Nähe des Fensters.

»Wo habe ich was?« fragte ich, von der plötzlichen Wendung der Auseinandersetzung irritiert.

»Das Arkanum oder den Stein der Weisen, das, was dich seit Jahrhunderten am Leben erhält, noch dazu in dieser ausgezeichneten Verfassung. Francesco hat es auch haben wollen, der arme Trottel, ich habe ihn beredet, der Inquisition einen kleinen Wink zu geben, die Dominikaner könnten derartige Dinge ebenfalls interessieren. Du solltest die Wahl haben, wem du deine Kenntnisse anvertraust.«

Unvermittelt schlug ich zu. Leonardo parierte den Hieb mit Geschicklichkeit und tänzerischer Eleganz, während ich mich schwerfällig wie ein Bär um mich selbst drehte, ich hatte meine Wendigkeit im Laufe der Zeit eingebüßt. Es wunderte mich anfangs, daß es Leonardo nicht gelang, mich ernsthaft zu verletzen. Erst als er wieder zum Fenster sprang, scheinbar um einem Hieb auszuweichen, und einen kurzen Blick in die Gasse hinunter warf, erkannte ich die Lage. Leonardo hielt mich hin, sicher wartete er auf seine Spießgesellen oder, schlimmer noch, auf die Häscher der Inquisition. Mit einemmal überkam mich eine kalte Lust zu töten, ich wollte die Knochen unter meiner Degenspitze knirschen hören und diesen Mund, dessen Lachen mich so oft betört hatte, in tiefem Schrecken vor der Endgültigkeit des Schicksals verzerrt sehen.

Mit dem nächsten Degenstoß drang die Klinge in Leonardos Schulter, glatt fuhr sie durch den Körper. Der Getroffene wankte, fiel rücklings in den Stuhl am Fenster, die Spitze des Degens bohrte sich in das Holz der Rückenlehne. Leonardo griff mit einem Schrei nach der Waffe, die aus seinem Körper ragte, aber die Hand glitt kraftlos herab. Mit einem schmerzverzerrten, halb flehenden und halb noch ironischen Lächeln blickte er zu mir auf. Einer etwaigen Bitte um Schonung kam ich zuvor. Es war ein Reflex, eine Handlung, die sich ohne Überlegung vollzog. Ich sah Leonardos Lächeln auf diesem gealterten Faunsgesicht und gleichzeitig das unschuldig lächelnde marmorne Kinderantlitz auf der Säule. Mit beiden Händen ergriff ich den Marmorkopf und wischte Leonardos Lächeln weg, das sich zuletzt in Entsetzen wandelte, bevor unter der Wucht des aufprallenden Steins die Hirnschale barst.

In die nachfolgende Stille drangen Hufschlag, Klirren von Zaumzeug und verstohlene Rufe. Schritte schallten im unteren Flur des Hauses. Ich sprang aus dem Fenster, riß im Fallen jemanden vom Pferd, der Körper bremste meinen Sturz, so daß ich mich sofort aufrappeln konnte und mir das Pferd griff. Im Davonreiten habe ich noch eine Kutte erkannt. Es war doch die Inquisition.

Zum Glück traf ich Buontalenti zu Hause an. Natürlich habe ich ihm nicht alles erzählt, ich erinnerte mich daran, daß er Leonardo gern gehabt hatte. Einen Augenblick befürchtete ich, daß sein Tod für ihn schwerer wog als der Bernardos und seiner unschuldigen Tochter.

Mit beiden Händen fuhr er sich über das Gesicht, das müde und welk wirkte, sein vorgeschrittenes Alter ließ sich nicht mehr leugnen.

»Du mußt weg hier«, sagte er rauh. Er kritzelte ein Blatt Papier voll, während die freie Hand in einer Lade nach Geld tastete.

»Geh da hin, nach Bomarzo, Pirro Ligorio hat dort gearbeitet, im Sacro Bosco. Dort wird dich keiner vermuten. Sie werden denken, du versteckst dich in Rom, oder du fliehst nach Frankreich. Jetzt beeil dich.«

Verlegen wehrte er mich ab, als ich ihn zum Abschied und zum Dank umarmen wollte.

Bomarzo, der »sacro bosco«, war weniger ein bosco als ein selvatico, ein Wald mit einem langen Weg, der einen Hang aufwärts zu einem Tempietto führte, begleitet von den merkwürdigsten Gestalten und Ungeheuern, voller Andeutungen, voller Rätsel, mehr Traum als Wirklichkeit, gefährlich für Schlaf- und Traumsüchtige.

Pier Francesco Orsini, bekannt als Vicino, Herzog von Bomarzo, hatte das Gut Bomarzo 1532 geerbt und im Laufe der Jahrzehnte den Zauberwald des »sacro bosco« anlegen lassen. Ohne Blumenbeete, Alleen, seltene Bäume bot er ein schlechtes Terrain für einen ausgebildeten Gartenmeister, und doch spürte ich sofort die Magie des Ortes. Es war mit Buontalentis Brief nicht schwer gewesen, den Posten als Gärtner, den eh keiner wollte, zu erhalten. Vicino war zwei Jahre zuvor gestorben, und wie schon in Tivoli interessierte der Garten die Erben nicht, ich hatte den Eindruck, daß sie sich nicht einmal den Namen dessen merkten, der hier künftig nach dem Rechten sehen oder dem schon beginnenden Verfall zuschauen sollte.

Stell dir den Garten so vor: Gestalten wuchsen aus dem Boden, aus dem Tuffstein gemeißelt, den die Erde hier aus dem vulkanischen Untergrund gespien hatte. Symbiosen aus Stein, Moos und Moder begannen sich zu allem zu bilden, was an Überraschendem, Phantastischem und Häßlichem denkbar erschien. Das heißt, nicht alles war häßlich, die schlafende Nymphe, deren Hüften, Beine, Füße, Hände der Erde verwachsen waren, trieb mich durchaus dazu, über ihre steinernen Formen zu streichen und den Kopf in ihren Steinschoß zu betten, der so weich und lockend schien.

Ein labyrinthischer Ort, der das Chaos menschlicher Triebe sinnfällig vor Augen führte, die Roheit, die nackte Gewalt am Rand des Irrsinns. *Denk dir* nur als Beispiel einen steinernen Riesen, der einen anderen schreienden, kopfüber gehaltenen in der Luft zerreißt. Ein Ort der Prüfungen, dem Zauberwald Ariosts vergleichbar, den Roland zu bewältigen hatte oder der Held aus Tassos Epos »Amadigi«. Ein Wald der Schrecken und Verführung.

Es gab ein Höllentor, eine riesige Fratze mit geöffnetem Mund, der als Eingang in das Innere diente, mit dem stieren Blick toter Augen, die mich lehrten, diesen Ort als den meiner Prüfung oder vielmehr Sühne zu erkennen.

Ich verlor rasch jedes Zeitgefühl, aus Monaten wurden Jahre.

Auf meiner Stirn hatte sich kurz nach meiner Ankunft in

Bomarzo eine juckende Stelle gebildet, ich rieb oft daran, bis sich eine Entzündung entwickelte, von der ein dunkler Fleck blieb, ein Schatten, den ich im Spiegelbild eines Teiches oder Brunnens flüchtig wahrnahm – *du kennst ihn*.

Meine Haut überzog sich mit Krusten. Unter meinen stampfenden Schritten dröhnte der Boden. Immer mehr Zeit benötigte ich, um vom Obstgarten im Tal, vorbei an einem schief geneigten Haus, in dem ich gelegentlich die Nacht verbrachte, bis ans Ende des Wegs zum Tempietto zu gelangen, dem Tempelchen der Giulia Farnese, der sanften, tugendhaften Gattin Vicinos, die so früh schon gestorben war.

Für mich war er der Tempel Violettas, hier hoffte ich Ruhe zu finden und Vergebung. In meinem Geist kreisten die Sinnsprüche, die ich an den Figuren las, sie hielten mich noch eine Weile wach und unterstützten mein Ringen, dem Sog in den langen Schlaf zu entkommen.

»Ogni pensiero vola« – jeder Gedanke fliegt – stand auf dem Höllenschlund. Längst schon war meine Seele bereit, davonzufliegen in kommende Zeiten. An einem Tag, zwei oder drei oder mehr Jahre später, setzte ich mich zum letzten Mal auf einen Steinblock und lehnte den borkigen Rücken an einen Baum.

Meine Füße, nicht mehr aufzuhalten, gruben sich in den Boden ein. Der lange Schlaf triumphierte wieder.

Bomarzo, sacro bosco:
der Höllenschlund

Kapitel 9
Versailles

Ich trat wieder ins Leben mit einem Gefühl unendlicher Trauer und großer Müdigkeit, denn während meines mehr als siebzig Jahre dauernden Schlafes hatten sich verdrängte Empfindungen wie Schimmel auf einem verdorbenen Stück Fleisch angesammelt.

Wer meint, daß menschliche Beziehungen mit dem Tod enden, irrt. In Wahrheit hängen sich die Toten unerbittlich an uns, und auch wir können nicht von ihnen lassen. Die Trauer um Leonardo verschärfte die Schuld, die sich unendlich aufblähte, da niemand sie kleinreden konnte. An allen Wendungen seines verschlungenen Lebensweges sah ich mich beteiligt, an jeder seiner falschen Entscheidungen maß ich mir einen Anteil zu bis zum bitteren Ende. Diese Art Selbstquälerei ist die düsterste Seite der Liebe.

Ja, ich habe Leonardo geliebt, selbst dann noch, als ich glaubte, ihn zu hassen. Das Gesicht meines Geliebten habe ich ein letztes Mal voller Zärtlichkeit geküßt, als die Augen schon im Tod gebrochen waren und ich selbst zum Mörder geworden war. Ich hätte mich den Häschern ausliefern sollen, ich habe bis jetzt nicht begriffen, warum ich die Flucht antrat.

Die Akte der Selbstzerfleischung unterbrachen an einem kühlen Morgen mit Sägen und Äxten bewaffnete Männer, die begannen, den Hauptweg durch den Wald freizuschlagen. Ich hörte ihr Getöse und rührte mich dennoch nicht. Erst als sie herankamen, öffnete ich meinen noch mit Borken vernarbten Mund und stieß einen weithallenden Schrei aus. Voller Entsetzen ließen die Männer ihre Werkzeuge fallen und liefen fort. Mit einem hörbaren Knacken der Kiefergelenke klappte ich mein klaffendes Maul zu. Ich war wieder bei den Lebenden angekommen.

Da ich nicht sicher sein konnte, daß sie zurückkehrten und

mich in unerwünschter Barmherzigkeit in ein Hospital schleppten, erhob ich mich schwerfällig und machte mich davon.

Das schiefe Haus war vollständig leer und verwahrlost, nichts fand sich von meinen Besitztümern wieder, die mir Buontalenti nach und nach zugeschickt hatte. Alles, was ich noch besaß, war die Goldmünze samt der Kette an meinem Hals.

Ein Jahr verbrachte ich in den Schweizer Alpen mit Schafehüten, bewußt ein mehr als erbärmliches Leben führend. Ich glaubte mich den Stoikern verwandt, denn ich hatte mir eine Haltung vollkommener Gleichgültigkeit mir selbst und dem Leben gegenüber zugelegt und saß doch nur einer größeren Eitelkeit und einem höheren Selbstbetrug auf als je zuvor.

Als ich das Schafehüten über hatte und die Berge verließ, mochte es an meiner inneren Hornhaut liegen, daß mich weniger als früher die Furcht vor dem Unbekannten plagte. Ich ging nach Frankreich, lernte in zwei Jahren bei wechselnden Tätigkeiten leidlich die Sprache und reiste schließlich nach Paris, das mir die Stadt mit der größten Bedeutung in diesem Land zu sein schien.

Auf den ersten Blick machte Paris allerdings keinen günstigen Eindruck. Als ich ankam, an einem Abend Mitte August 1661, ging ein Platzregen nieder. Die Regenfluten milderten nicht den Gestank der Gassen, er quoll im Gegenteil in der warmen Feuchtigkeit geradezu auf.

Urinbäche mischten sich mit den Abwässern aus Schlachtereien und Gerbereien, die Rinnsale umspülten Kothaufen, frische und halbvermoderte Küchenabfälle und hier und da einen verwesenden Kadaver von Ratte, Katze oder Hund. Das Geratter der Kutschen dröhnte zwischen den Hauswänden.

Als die Dämmerung hereinbrach, kroch ich, erledigt von Lärm und Hektik, in einen Toreingang und rollte mich zusammen. Müde schloß ich für eine kleine Ruhepause die Augen. Ein oder zwei Stunden später weckten mich Stimmen. Mit einiger Verblüffung lauschte ich der Unterhaltung zweier Männer, die sich auf mich zu bewegten.

»Schau doch bloß die Ratten, L'Escargot, hier wimmelt's davon. Anständig fette Viecher. Ein Schlag ins Genick, ausgenommen, abgezogen und zerteilt in den Topf, durchgeschmort mit

Salbei, Thymian, Kreuzkümmel, etwas Knoblauch. Schmeckt besser als Karnickel oder Katze.«

»Hör auf mit deinen Schweinereien. Also, kommst du mit?«

»Wohin?«

»Ich hab's dir doch erklärt. Nach Vaux le Vicomte zum neuen Schloß Fouquets, etwa zwanzig Meilen von hier. In drei Tagen ist dort das große Einweihungsfest, wo der König sehen kann, was aus dem vielen Geld geworden ist, das sein Herr Finanzminister an der Staatskasse vorbeigeleitet hat, sagt Le Duc. Das Schloß und der Garten sollen die schönsten in ganz Frankreich sein.«

»Willst du dort Blumen pflücken?«

»Du brauchst nicht mitzukommen, Belette.« Die Stimme klang beleidigt.

»Aber wie willst du an die Klunker herankommen?«

»Ich verding mich als Lakai. Die nehmen jeden, der das Gesicht gewaschen hat und den sie in eine Livrée zwängen können. Fouquet erwartet sechstausend Gäste. Wer soll die alle bedienen?«

»Mit einer Hand servierst du ihnen die gebratenen Fasane und die Schnecken in Knoblauchbutter, deine Leibspeise ...«

»Laß das!«

»... und räumst mit der anderen bei den Damen und Herren ab. Wann willst du losziehen?«

»Morgen früh, Le Duc kommt auch mit, wir treffen ihn bei Sonnenaufgang an der Straße nach Fontainebleau, er besorgt den Wagen für uns.«

»Ich teile aber nicht gern durch drei, vor allem nicht mit dem Klugscheißer Le Duc.«

»Aber es ist besser so, einer klaut, einer lenkt ab, der dritte fängt das Zeug auf wie bei der Arbeit auf dem Jahrmarkt.«

Einer der beiden Nachtvögel stolperte über meine Beine, ich hatte sie im Schlaf ausgestreckt. Bevor mich das Licht aus ihrer abgeblendeten Laterne traf, hatte ich die Augen geschlossen und den Mund aufgemacht, den Kopf an die Torwand gelehnt.

»Der rührt sich nicht vor morgen früh.«

»Laß mich sehen, ob er was bei sich hat.«

Das Licht schwenkte ab.

»Bist du blöd? Das ist ein armes Schwein wie wir, der hat nichts.«

»Ich bin kein Schwein.«

»Du bist was Besseres, das hatte ich vergessen. Komm jetzt, Rattenfresser.«

Im stillen dankte ich dem, der von seinem Kumpanen L'Escargot, die Schnecke, genannt worden war. Sein Eingreifen enthob mich der Mühe, die beiden zu packen und ihre Köpfe aneinanderzuschlagen.

Kurz nach Sonnenaufgang zog ich stadtauswärts auf der Straße nach Fontainebleau. Ich wäre an den drei Männern vorbeigelaufen, hätte ich nicht zwei der Stimmen erkannt. Ihr zweirädriger Karren steckte in einer schlammigen Furche fest, je mehr sie an ihrem Gefährt rüttelten, desto tiefer sank die Radnarbe.

»Zieh endlich, du Mistbock!« schrie der Kutscher, die Peitsche schwingend. Es war Belette, das Wiesel.

Das Pferdchen legte sich zaghaft ins Geschirr, verspätet versuchten die zwei anderen Männer, den Karren von der Seite hochzustemmen.

»Warte gefälligst, bis wir dir ein Zeichen geben, sonst wird das nie was, Belette!« schimpfte L'Escargot.

Wortlos warf ich mein Bündel an den Straßenrand, kreuzte die Arme vor der Brust und wartete geduldig.

»Was willst du?« fragte L'Escargot mißtrauisch. »Zuschauen kostet was, Spektakel sind nicht umsonst.«

»Seid ihr blöd?« schrie Belette vom Kutschbock. »Fragt ihn, was er dafür will, daß er die Chaise aus dem Dreck wuchtet. Ihr seht doch, der Kerl hat Kraft wie ein unkastrierter Bulle.«

Der dritte, der bisher nichts gesagt hatte, lüpfte elegant den Hut. »Nun, mein Freund, wie können wir ins Geschäft kommen?«

Kurz darauf saß ich zwischen die anderen gepfercht auf dem Karren. Die Schindmähre machte den Hals lang vor Anstrengung und trottete im Schneckentrab. Hätten mir nicht die hornigen Sohlen von dem Marsch nach Paris wehgetan, ich wäre wieder abgestiegen. Zu Fuß wäre ich vermutlich schneller vorangekommen und hätte auch nicht die Ausdünstungen der drei Galgenstricke ertragen müssen.

Ich nahm Belette die Peitsche aus der Hand, als er das Pferd wieder schlagen wollte. L'Escargot, dem ein Doppelkinn über dem Rockkragen schwabbelte, wirkte dumm und gutmütig, der typische Diener, dem sein Herr außer Faulheit kein Laster zutraut. Der Dritte war mir wegen seiner guten Manieren nahezu sympathisch. Ein unauffälliger Zeitgenosse, mittelgroß, aber von kräftiger Statur, eher häßlich, dunkelhaarig, mit klugen nachdenklichen Augen, Philosophenaugen, die zu dem Gewerbe des Beutelschneiders nicht zu passen schienen. Alle drei standen etwa in meinem Alter, um die dreißig oder darunter, wenn man mein Alter nach dem Aussehen bestimmen wollte.

»Was willst du in Vaux le Vicomte?« erkundigte sich Belette.

»Die Gärten sehen.«

Die Antwort rief allgemeine Heiterkeit hervor.

»Willst du Fouquet deine Aufwartung in diesem Kittel machen, oder wie, meinst du, kommst du herein?«

»Als Diener, hab gehört, dort werden noch Lakaien als Aushilfen fürs Fest angestellt.«

Die drei rückten mehr symbolisch als tatsächlich von mir ab, ich spürte ihr Mißtrauen.

»Na, dann willkommen an Bord. Ich hoffe, du hast schon mal von einem Silbertablett serviert«, beschloß Le Duc die Angelegenheit.

Meine drei Gefährten stellten sich nach der Ankunft im Schloß als Schuster vor und wurden ohne großes Federlesen als Aushilfslakaien eingestellt. Ich gab mich in der vagen Hoffnung auf eine bessere Anstellung als Gärtner zu erkennen.

Der Gehilfe des Haushofmeisters spähte zweifelnd an mir hoch. »Du gehst in den Stall zu den Pferden und Kutschen.«

Meine Genossen hätten mich unzweifelhaft gern in den Ställen verschwinden sehen, aber zu ihrer Enttäuschung beschloß Monsieur Vatel, der Haushofmeister, mich für eine besondere Aufgabe einzusetzen. Wie die anderen wurde ich in eine Livrée gekleidet, die eine Rotte von Schneidern mit fliegenden Nadeln in zwei Tagen zusammennähte. Die Tracht saß derart eng, daß sich bei der geringsten Bewegung die Nähte spannten. Allerdings war nicht viel Bewegung für mich vorgesehen.

Um dir meine Aufgabe zu verdeutlichen, muß ich dir die Anlage des Schlosses erklären. Es lag auf einer rechteckigen Insel in einem rechteckigen Teich. Man betrat es über den Ehrenhof auf der Insel

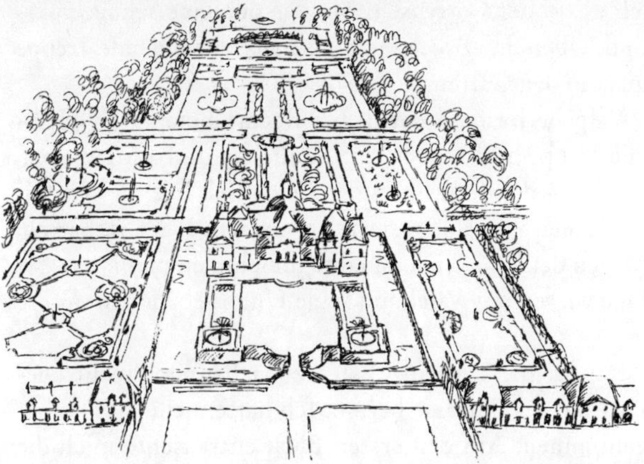

Vaux le Vicomte

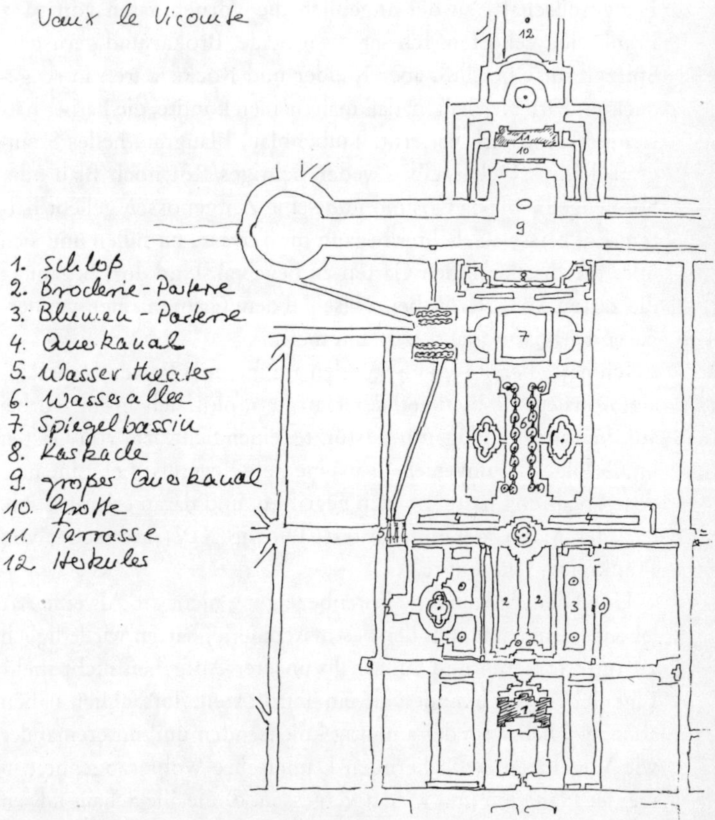

und verließ es auf der Gartenseite, an der sich eine schmale Terrasse befand. Über eine Brücke und eine ausschwingende Treppe gelangte man in den Garten.

Meine Aufgabe bestand darin, bei Bedarf betagteren Herrschaften die Treppe hinab- oder hinaufzuhelfen und achtzugeben, daß niemand von der Terrasse in den Teich fiel. Die meiste Zeit sollte ich zu einer Salzsäule erstarrt an meinem Platz verharren, was sich wegen der knackenden Nähte ohnehin empfahl.

Zwei Tage wiesen uns Vatel und seine Untergebenen in unsere Dienste ein.

Am Festtag, dem 17. August, liefen zunächst noch mehr Diener als Gäste auf der Terrasse herum. Ich hatte meinen Platz bereits eingenommen. Auf den ersten Blick enttäuschte mich die Festgesellschaft, zu der angeblich die Vornehmsten von ganz Frankreich gehörten. Ich sah zwar Seide, Brokat und gerüschte Spitzen im Überfluß, aber Kleider und Röcke waren in so gedeckten Farben gehalten, daß man meinen konnte, die Färber hätten ihr Handwerk verlernt. Taubenblau, Blaugrau, helles Steingrau, lichtes Ockergelb – weder richtiges Rot noch Blau oder Sonnengelb, wie es Cosimo und seine Zeitgenossen geliebt hatten. Ein blasses Gelichter begann die Terrasse zu füllen und sich über die Brücke in den Garten zu begeben. Und dort begannen die zarten Töne der Roben zwischen dem Grün in einer wunderbaren Farbharmonie aufzuschimmern.

Ich hatte bereits einige Stunden auf meinem Posten verbracht, als Monsieur de Fouquet, der Hausherr, plötzlich an mir vorbei auf die mittlere Flügeltür zustürzte, einen Schwarm von Gästen im Gefolge, der unversehens in eine tiefe Reverenz fiel. Eine nervöse Spannung hatte um sich gegriffen, und daran erkannte ich, daß der Mann, der nun auftrat, Ludwig XIV., Herrscher von Frankreich, sein mußte.

Uns Dienern kam eine Ehrenbezeigung nicht zu. Als eine Art lebendes Inventar, Teil der Festmaschinerie, hatten wir lediglich zu funktionieren und außerhalb unserer Aufgaben nicht mehr Eigenleben zu bekunden als ein Türpfosten. Tatsächlich haben aber reichlich viele der anmutig knicksenden und untereinander wie Vögelchen zwitschernden Damen ihre Wohlerzogenheit in meiner Nähe hin und wieder vergessen. Ohne alle Scham faßten mir etliche, wenn sie sich unbeobachtet glaubten, zwischen die Beine oder kniffen mich in den Allerwertesten.

Das Zentrum der Gesellschaft, sozusagen ihre Sonne – und diesem Begriff kam in Bezug auf den König eine besondere Bedeutung zu –, war Ludwig. Ein Jüngling, kaum mittelgroß, aber kräftig gebaut, in einen braunen Rock gekleidet. Erst später habe ich erfahren, daß nur dem König diese unansehnliche Farbe zustand. Warum er allgemein für gutaussehend galt, war mir unverständlich, seine Züge waren im Gegenteil von Pockennarben entstellt. Nur das Haar konnte als leidlich ansprechend gelten, es fiel in reichen, dunklen Locken auf seine Schultern.

Der Junge brachte es fertig, mit einer Gemessenheit und Würde aufzutreten, die fast augenblicklich Distanz zwischen ihm und den anderen schuf. Er mußte das lange geübt haben. Selbst der eher verhalten agierende Ippolito d'Este hätte so eine Gefaßtheit nicht aufgebracht, dem temperamentvollen Cosimo wäre sie bestimmt lachhaft vorgekommen. Dabei bewegte sich Ludwig mit gezierter Anmut und balancierte einen langen Stab in der Hand.

Frankreich und Ludwig, ein Land – ein König, so hat man es heute zu sehen gelernt, tatsächlich war es damals aber noch ein weiter Weg bis dahin. König von Frankreich zu sein, bedeutete zu Beginn seiner Regierungstätigkeit sehr viel weniger, *als du denkst*. Denn er hatte zunächst nur in ein paar Provinzen, in der Île de France, der Picardie, der Champagne und dem Loiregebiet, den Gebieten der alten Hausmacht der Könige, etwas zu sagen, die übrigen waren dagegen relativ selbständig.

In seiner Kindheit hatte es die häßlichen Frondeaufstände gegeben, in denen sich Adel und Bürger zusammenschlossen, weil Richelieu und sein Nachfolger Mazarin, die die Regierungsgeschäfte für den minderjährigen Ludwig ausübten, versucht hatten, das Gestrüpp von Privilegien und Sonderrechten von Ständen und Städten auszulichten. Ludwig hatte damals erfahren müssen, daß er ein hilfloses, abhängiges Kind war, ein Spielball der Mächtigen. Ich glaube, das hat er nie vergessen oder verziehen.

Mich hat er nicht wahrgenommen, obwohl ich schwer zu übersehen war. Er schritt an mir vorbei bis zur Treppe, sein Blick schweifte prüfend über das Panorama bis zu der leichten Anhöhe, die mit einer großen Herkulesstatue den Schlußpunkt des Gartens setzte.

Abrupt drehte sich der König um und verschwand im Inneren des Schlosses, ich nahm an, daß nun das Dîner beginnen sollte. Die Terrasse leerte sich.

Le Duc erschien an meiner Seite. Ich bemerkte, wie seine Augen flink über den Garten schweiften, vor allem über die der Terrasse nächstgelegenen Teile, als wollte er überprüfen, was sich meinem Blick von diesem erhöhten Standort darbot.

»Wie fühlt man sich als lebende Verkörperung von dem da?« Mit dem Kinn deutete er voraus auf den Herkules in der Ferne.

Schloß und Garten, *mußt du wissen*, waren das Gemeinschaftswerk dreier Künstler. Der Architekt Le Vau war für den Schloßbau verantwortlich, der Maler Le Brun für die Innenausstattung und der Gartenarchitekt Le Nôtre für den Garten. Weil alles aus dem Nichts geschaffen wurde, es gab keine Umbauten alter Gemäuer wie in Castello und Tivoli, konnten sie neue Ideen uneingeschränkter verwirklichen, es blieb aber in einer Hinsicht beim alten. Herkules mußte noch immer als Symbolfigur für die gloriose Selbsterhöhung der Mächtigen herhalten. Davon zeugte nicht nur die Figur auf dem Hügel, sondern auch der Hauptsaal, den Le Vau mit der Herkuleslegende ausgemalt hatte.

Belette wischte um mich herum. »Sie speisen da drinnen von sechstausend silbernen Tellern. Möchte wissen, wozu Fouquet die nachher noch braucht. Wenn du mich fragst, sind sie zu unhandlich, die Dinger, um …«

»Louis hat als einziger einen goldenen«, fiel Le Duc Belette ins Wort, ich hatte den Eindruck, er wollte mich ablenken. Er beugte sich über die Balustrade und wies mit einiger Anstrengung zu dem größeren der beiden rechteckigen Fischteiche fast am Ende des Gartens. »Du bist doch gestern überall rumgelaufen. Hast du den Neptun im hinteren Teich gesehen? Ist gar kein gutes Omen, so ein Wassergott. Fouquet wird baden gehen. Laß dich von Louis' Leutseligkeit nicht täuschen, er kocht vor Zorn.«

»Weil ihm Fouquet so ein hübsches Fest auf sechstausend silbernen Tellern unter den Augen des Herkules serviert?«

Das Metier als Finanzminister, das Fouquet betrieb, ermunterte angesichts der Pracht dieses Schlosses und seines Gartens gewiß zu einigen Fragen, die den persönlichen Reichtum des Ministers betrafen.

Le Duc grinste beifällig. »Hast du schon eine der königlichen Residenzen gesehen? Fontainebleau? Ein muffige, feuchte Bude. Den Louvre? Ein finsteres Rattenloch, in dem es nach dem nahen Schlachthof und nach Kloake stinkt. Ich gebe Fouquet noch zwei bis drei Wochen, dann hat Louis auf all dem hier die Hand.« Ein taxierender Seitenblick traf mich. »Schöner Überblick von hier oben.«

Belette schlug mir auf den Rücken. »Immer hübsch stramm stehen, denk an die Nähte.« Zu Le Duc gewandt, ergänzte er: »Hab gesehen, wie ihn die Damen befummelten. Und er darf sich nicht rühren und ihnen selbst an die Wäsche gehen.«

Die beiden trollten sich über die Brücke. Sie mußten mich sehr genau beobachtet haben, während ich von ihrem Treiben nichts mitbekommen hatte. Das ärgerte mich so sehr, daß ich sie mit den Augen verfolgte, mir Gestalt und Gang einprägte, um sie später im Gewimmel der anderen Livrierten ausmachen zu können.

Verzeih, daß ich dir bisher nicht sehr viel über den Garten selbst erzählt habe, das will ich nun in ein paar Sätzen nachholen, bevor ich mit meiner Geschichte fortfahre.

Der Garten lag praktisch wie eine schimmernde Lichtung in einen ausgedehnten Wald eingebettet. Er enthielt ähnliche horizontale und vertikale Bestandteile (hier ganz allgemein Kompartimente genannt), wie sie mir aus Tivoli und Castello bekannt waren, also boscos, jetzt als Boskette bezeichnet, und flache Partien oder Parterres wie mit Buchs eingefaßte Rasenflächen und dazu den üblichen Aufwand mit Brunnen, Teichen und Statuen.

Der wesentliche Unterschied zu den italienischen Gärten bestand darin, daß sich das Gartenpanorama in der Ebene ausbreitete, das Terrain war höchstens ganz flach gestuft, während in Italien die Hanglage bevorzugt wurde. Der Garten von Vaux Le Vicomte wirkte dadurch sehr viel großzügiger, gelassener und weiter als etwa der Boboli-Garten. Man könnte sagen, es lag etwas Majestätisches über diesen ausgedehnten Rasen- und Teichflächen, so daß es einen Souverän wie Ludwig, da es nicht sein Garten war, schon vergrätzen konnte.

Direkt an die hintere Terrasse grenzte ein Broderie-Parterre aus zwei spiegelbildlichen Kompartimenten mit kunstvollen arabesken Mustern aus Buchshecken, zwischen die roter Kies gestreut war. Diesen aufwendigen Teilen in Schloßnähe folgten immer schlichtere. Anfangs dominierten die Rasen- und Buchsparterre, später die Wasserelemente. Die gleichmäßige, schachbrettartige Reihung der Teile wie im Boboligarten war also einer Art hierarchischer Ordnung gewichen. Die Dynamik, die sich in Florenz und Rom eher im einzelnen Element, wie dem Ovatobrunnen, entfaltete, bestimmte hier den gesamten Garten in der Abfolge der sehr genau konstruierten, wechselnden Ansichten, die sich erst ergaben, wenn man die Wege des Gartens entlangschritt. Wobei sich die Elemente entlang einer Art Haupt-, Dreh- und Spiegelachse, dem Rückgrat des Gartens, aufreihten, über das mit Unterbrechungen der Mittelweg lief. Ich begriff gleich, daß dem Ganzen etwas Mathematisches anhaftete, die Geometrie hatte ich schließlich seinerzeit auf der Klosterschule studiert.

Überlegungen und Betrachtungen dieser Art lenkten mich immer wieder ab, so daß ich die drei angeblichen Schuster und jetzigen Lakaien fortwährend aus den Augen verlor, und hatte ich sie endlich ins Visier gefaßt, konnte ich nicht mehr als pflichtschuldigen Diensteifer erkennen. Vielleicht waren die drei doch recht harmlose Burschen.

Von den offiziellen Belustigungen hörte ich nur durch das Geplauder ringsum. Es war von einer Ballettvorführung die Rede und einer Komödie, die der Stückeschreiber Molière eigenhändig in Szene setzte; vom Feuerwerk, das das Fest beschließen sollte, würde auch ich etwas zu sehen bekommen.

Kurz vor dem Feuerwerk rannte Belette plötzlich eine Spur schneller, als selbst für einen engagierten Diener schicklich, die Treppe herauf, rempelte mich an und hastete weiter. Ein belangloser Vorfall, hätte nicht eine schnaufende, nicht mehr ganz junge, beleibte Dame das Wiesel offensichtlich verfolgt.

Ohne nachzudenken hielt ich sie auf und griff ihr in die aufgetürmte Lockenpracht. Es war eine jener Damen, die mich mehrmals gekniffen hatten. Sehr schmerzhaft hatten sich ihre Finger in einen Teil meiner Anatomie gebohrt, der eher Zärtlichkeit und sanfte Hingabe gewohnt ist und lieber selbst Besitz ergreift als besessen wird.

Einen verwirrenden Augenblick lang habe ich geglaubt, ich hätte die Dame unabsichtlich geköpft. Schreckensstarr sah ich auf das Lockengewirr in meiner Hand, dann ging mir auf, daß der zugehörige Kopf noch auf dem Hals saß. Hastig stülpte ich die Locken wieder auf einen Schädel, dessen dünne Zauseln an das Gefieder eines halbgerupften Huhns gemahnten.

»Eine Spinne, Madame«, sagte ich vernehmlich, damit es die Gaffer, die sich sofort eingefunden hatten, hören konnten, »ein giftiges Geschöpf, das sich in Ihrem Haar verfangen hatte.«

Zu meinem Glück lag etwas Unrat auf der Treppe, ich trat ihn mit dem Stiefel breit. »Da, sehen Sie, das Vieh hätte Sie töten können.«

Verstört griff sich Madame an die Kehle. »Aber mein Collier.«

Hinter ihr wurde eine ungeduldige, junge Stimme laut. »Marquise, Sie werden doch nicht über ein Halsband weinen, wenn Ihnen gerade das Leben geschenkt worden ist. Ich habe auch irgendwo einen Ohrring verloren. Kommen Sie, wir müssen zum Feuerwerk. Sie wollen doch nicht nach dem König Aufstellung nehmen.«

Die französische Höflichkeit, der ganze Schwindel mit der Etikette erwies sich als wahrer Segen. Dankbar sah ich den Davonhastenden nach, der Jungen, Hübschen, und der Alten an ihrem Arm, die die falschen Locken unversehens wieder verjüngt hatten. Langsam zog ich mich auf meinen Posten zurück. Le Duc trat plötzlich an meine Seite.

»Dafür hast du was bei uns gut, Kumpel. Wenn du uns brauchst …«

Verwundert ließ ich mir erklären, in welcher Pariser Kaschemme ich notfalls nach ihm fragen konnte, es verblüffte mich schon sehr, mit welcher Selbstverständlichkeit er annahm, daß ich jetzt zum Kreis seiner Spießgesellen gehörte.

Um ehrlich zu sein, waren meine Erfahrungen mit französischem Diebsgesindel noch zu gering, um zu begreifen, was wirklich vor sich gegangen war.

Das Trio verschwand unauffällig mit der Meute der Tagesdiener und Aushilfen und ohne sich von mir zu verabschieden. Ich blieb, weil ich nun doch den Kutschern beim Einschirren zur Hand gehen sollte.

In der frühesten Morgendämmerung, als auch der letzte übernächtigte Diener in sein Quartier gekrochen war, betrat ich erneut die hintere Terrasse, schaute in den erwachenden Morgen und gedachte, ganz allmählich, ganz friedlich bis zum Herkules auf dem Hügel zu schlendern und dabei den Garten bar jeder Betriebsamkeit allein zu genießen.

Mein bescheidenes Vorhaben wurde empfindlich beeinträchtigt durch die handgreifliche Feststellung, daß die Anwesenheit von sechstausend Gästen auf einmal Spuren hinterläßt. Ich hätte daran denken müssen, schließlich waren auch in Italien Feste gefeiert worden, wenn auch weniger üppige. Ich wollte den Garten unberührt, nur für mich, nicht von Kothaufen und matschigen Obstschalen besudelt, auf denen ich ausglitt.

Auf meinem Weg entlang der Kompartimente richtete ich geknickten Buchs wieder auf, pulte Kirschkerne aus den Düsen der Springbrunnen und trug ein wenig von dem Unrat zusammen. Im Gras lag ein vergessenes Glas, ein Rest Rotwein glänzte noch im Kelch. Ich roch das Pfirsicharoma des edlen Tropfens, voller Andacht ließ ich mir die Neige in die Kehle laufen. *Vergleich mich bitte nicht mit den Lakaien, die nach dem Dîner auf der Suche nach einem billigen Rausch die Gläser der Gäste ausleckten.*

Mir wurden die Augen feucht, als ich aus einem der flachen ebenen Brunnenbecken ein Frauenhemd fischte, dem ein schwacher Moschusduft entstieg. Dieses Hemd habe ich an mich gepreßt, mir die festen, runden Formen seiner Trägerin vorgestellt, während das Brunnenwasser die Livrée durchtränkte. Sehnsüchte sprengten mir fast die Brust, mit einem tiefen Atemzug und einem Seufzer verschaffte ich mir Erleichterung, die Nähte am Rücken und an den Schultern klafften auf einmal.

Dennoch war dieser Morgen schön. Berauscht von der bitteren Süße eines letzten Weintropfens und dem Liebesparfüm aus zerknitterter Seide, die mir das Fest übriggelassen hatten, wandelte ich den Hauptweg entlang.

Auch wenn du noch tausendmal sagen würdest, daß dir diese Art Gärten zu gekünstelt erscheint, der Garten Fouquets war ein Wunder der Vollkommenheit, und wenn ich jetzt zurückdenke, schätze ich ihn höher als den späteren Garten von Versailles, weil in Vaux le Vicomte mehr Klarheit herrschte, mehr Lichtheit, und mit weniger und weniger eitlen Elementen ein höheres Maß an Harmonie erzeugt worden war.

Ein schmaler Querkanal markierte die Grenze zwischen den beiden flachen Stufen, in denen das Terrain angelegt war. Auf der hinteren dominierte, *wie ich dir bereits erklärte,* das Wasser. Rechts und links der Hauptallee schossen zwei Reihen von Springstrahlen auf und vereinten sich zu schillernden Kristallbalustraden, die mich ein bißchen an Tivoli erinnerten, an die Wassergewölbe an den Fischteichen. Ich ließ mich vom Wasser ganz durchweichen, es schwemmte die Farbe aus der billigen Livrée, zu meinen Füßen bildeten sich blaue Pfützen.

Der vordere der beiden Fischteiche, denen ich mich gemächlich näherte, spiegelte wie eine mit Quecksilber belegte Glasscheibe in vollkommener Reinheit das Schloß wider, und das über eine nicht unbeträchtliche Entfernung. *Du erinnerst dich an meine Bemerkung über die Mathematik?* Diese Spiegelung war der beste Beweis für das mathematische Kalkül, das dem Garten zugrunde lag. Das zweite Becken befand sich ein Stück tiefer eingebettet, der vordere Rand war daher aus der Ferne nicht einsehbar. Erst wenn man direkt davor stand, entpuppte sich das Becken als Ausweitung eines Kanals, der quer durch den Garten verlief. Tatsächlich handelte es sich um die begradigten Ufer eines Flusses, des Anqueil. In seiner Mitte drohte Neptun, auf einem Inselchen stehend, mit seinem Dreizack und mahnte mich flüchtig an Fouquet, über dessen weiteres Schicksal le Duc seine dunklen Bemerkungen gemacht hatte.

Mittlerweile schritt ich auf eine Treppenanlage zu, die zu einer Terrasse über dem Becken führte, und bemerkte unversehens, daß ich beobachtet wurde. Jemand, möglicherweise ein letzter Gast, spähte von der Terrasse auf mich herab. Mit meinem nassen, zerrissenen Rock, aus dem die nackten Schultern herausdrängten, und dem tropfenden Haar wirkte ich sicher nicht mehr sehr vertrauenerweckend. Ich fühlte mich aber immer noch seltsam frei und beschwingt, als ich die Treppe erstieg.

Ein kleiner, äußerst sauber gekleideter Herr von etwa fünfunddreißig Jahren, mit ruhigen, schlichten Zügen, trat mir nachsichtig lächelnd entgegen.

»Sie sind zuweilen eine Last, diese Besucher, aber was wäre ein Garten ohne sie? Ich habe Ihre Bemühungen um Ordnung beobachtet. So verhält sich doch nur ein …«

»Gärtner«, ergänzte ich überrascht und verbeugte mich, wobei der Rest der Rückennaht aufplatzte, »vorübergehend als Lakai ausstaffiert und auch das nur noch unvollkommen.« Ein kühles Lüftchen strich über meine bloße Rückseite.

»Es scheint erwiesen«, sagte mein Gegenüber unverändert zuvorkommend, »welcher Beruf Ihnen mehr zusagt. Ich rate Ihnen, auf das Servieren und Türenaufhalten in Zukunft ganz zu verzichten. Wo haben Sie in Ihrer eigentlichen Profession gearbeitet?«

Scheinbar entspannt lehnte ich mich an die Balustrade und erzählte reichlich vage von Italien, schließlich konnte ich nicht wissen, wie es in den mir bekannten Gärten inzwischen aussah. Daher lenkte ich bald das Gespräch auf den Garten zurück.

»Da hatte wohl einer das Bandmaß verlegt, als er den Mittelweg fertigstellte. Nach dem Querkanal ist er breiter fortgeführt worden.«

Der andere zwinkerte belustigt. »Das haben Sie bemerkt? Ohne Bandmaß? Wir wissen doch, daß Parallelen rein optisch in der Tiefe zusammenlaufen. Das sagen die Gesetze der Perspektive.«

»Mit denen sich schon vor rund zweihundert Jahren Leonardo da Vinci beschäftigt hat, mein Herr«, warf ich in herausforderndem Ton ein. Es gab einen dringenden Grund, den freundlichen Herrn in ein Fachgespräch zu verwickeln. Denn über die Seitenwege näherte sich ein kleiner Trupp Gardisten und starrte zu uns hoch. Es schien mir geraten, mir den Herrn an meiner Seite gewogen zu machen, obwohl mir kein Anlaß außer der ruinierten Livrée einfallen wollte, aus dem sich die Gardisten für mich interessieren sollten. Monsieur Le Nôtre, ich war sicher, den Architekten des Gartens vor mir zu sehen, lachte.

»Descartes, mon chèr, ich spreche von seinen Ausführungen zur Optik. Mir ging es darum, den optischen Zug in die Tiefe zu bremsen, daher die Verbreiterung der Allee auf dem zweiten Stück. Es ist alles eine Frage der Berechnung. Mit Hilfe von Logik und der Anwendung einiger klarer, übersichtlicher Regeln und etwas Mathematik läßt sich eine Menge erreichen.«

Logik, ich war auf das Zauberwort dieser Zeit gestoßen, wußte es aber noch nicht, im Augenblick befahl mir die eigene Logik, ruhig zu bleiben, als mich rechts und links Soldaten flankierten, vier insgesamt, schmächtige Kerlchen, mit denen ich bei Handgreiflichkeiten fertigwerden konnte. Einer von ihnen lupfte die Kopfbedeckung.

»Verzeihen Sie, Monsieur Le Nôtre. Wir vermuten, daß dieser Kerl zu einer Diebesbande gehört, die sich gestern als Diener verkleidet unter die Gäste gemischt hat. Wertvoller Schmuck ist abhanden gekommen. Er hat nicht versucht, an Ihre Uhr zu gelangen?«

»Sicherlich kennen Sie die Schriften der beiden Mollets? Und die von La Barauderie?« fuhr Le Nôtre ungerührt fort, als existierten die Soldaten nicht. Trotz der Brenzligkeit der Situation, nickte ich leise belustigt und versuchte gleichzeitig, mir die Namen der Autoren zu merken.

Le Nôtre geruhte nun, von den Gardisten Notiz zu nehmen, indem er sie wie eine Hühnerschar von meiner Seite scheuchte. »Meine Herren, ich bitte Sie! Wenn dieser Mann ein Dieb wäre, hätte er längst das Weite gesucht, statt seinen Rock bei der Reinigung von Brunnen zu ruinieren. Er ist Gärtner. Ihr Spezialgebiet ...?« wandte er sich an mich.

Ich verbeugte mich so elegant, wie es der klaffende Schlitz in meinem Rücken zuließ. Dabei steckte ich das Frauenhemd in die eine Rocktasche und in die andere das Glas; mit den ausgebeulten Taschen wirkte ich sicher nicht manierlicher.

»Christoph Le Jardinier, zu Ihren Diensten, Monsieur, und um Ihre Frage zu beantworten: Bäume, die alte Kunst der ars topiaria, um genau zu sein. Was diese Zitrusgewächse in den Kübeln betrifft ...«

Wahrscheinlich haben mich diese Bäumchen gerettet. Ich warf mit den Namen spezieller Sorten um mich, die ich aus Italien kannte, und beeindruckte damit nicht nur Le Nôtre, sondern auch die Soldaten, die mitten in meinen detaillierten Ausführungen einen militärisch stramm geordneten Rückzug antraten. Tatsächlich erfuhr ich erst später, daß die Mode, Zitrusgewächse zu halten, noch relativ neu war, so viele Gärtner gab es nicht, die sich mit Gewächsen auskannten, die in Italien relativ problemlos gediehen und in Frankreich besondere Maßnahmen, nämlich die Unterbringung in Gewächshäusern zum Überwintern, erforderten.

Fouquet hatte eine ganz erstaunliche Sammlung dieser edlen und schönen Bäume zusammengebracht, darunter besondere Orangenbäume, die süße statt der mir vertrauten bitteren Früchte hervorbrachten. In der Hoffnung auf eine aussichtsreichere Stelle als die eines Lakaien, habe ich vor Le Nôtre ein bißchen geprahlt, trotz gewisser Lücken in meinen Kenntnissen.

Wir gingen zusammen zum Schloß zurück und dabei unterlief mir ein verhängnisvoller Fehler. Wir hatten die Schloßbrücke erreicht, da drehte ich mich noch einmal um.

»Aber es gibt ja überhaupt kein Obst hier, nicht einen Apfelbaum. In Tivoli, in Castello und im Boboli-Garten hatten wir Obst in Fülle und hier …«

Der Gartenarchitekt lächelte. »Dieser Garten dient allein der Schönheit. Die Orangenbäume werden des glänzenden Laubes wegen geschätzt und selbst die Früchte mehr der Farbe als des Nutzens wegen. Ist das so neu für Sie?«

Ach, Monsieur Le Nôtre, so neu ist das nicht, das habe ich schon vor mehr als vierhundert Jahren in Konstantinopel gesehen, hätte ich gern erklärt, begnügte mich aber mit der dummen Bemerkung: »Es erscheint mir fragwürdig, die Gärten so ganz ihrer Fruchtbarkeit zu berauben.«

»Aber darin liegt doch gerade das Bedeutsame, daß wir den großen, herrschaftlichen Garten aus dem profanen Kreislauf der Natur herausgeführt haben. Für das andere bleiben die Küchengärten.«

Ich schwenkte den Arm über das vor uns liegende Broderieparterre. »Die Immergrünen und roter Kies statt Blumen und Kräutern, ist das alles, was vom Reichtum der Natur in den Gärten übriggeblieben ist?«

»Mir scheint, Monsieur Le Jardinier, Sie sind in Ihrem Herzen ein Gemüsegärtner.«

Das bin ich dann tatsächlich geworden. Hinter den Bosketten lagen ausgedehnte Obst- und Gemüsegärten, die Potagers. Winterkohl zu pflanzen war vielleicht nicht ganz das, was ich mir vorgestellt hatte. Grund zur Dankbarkeit gegenüber Le Nôtre hatte ich trotzdem.

Als ich die Reste der Livrée von mir abschälte, förderte ich aus der Tiefe meiner Rocktasche neben dem Glas etwas zutage, was mich drei Wochen nach dem Fest bewog, die Kaschemme in Paris aufzusuchen, in der ich nach Le Duc fragen konnte.

Zwei mich mißtrauisch beäugende, zerlumpte Kerle führten mich durch den Hinterausgang des Wirtshauses in ein Gassengewirr und unversehens in die Unterwelt von Paris. Einer meiner Begleiter schritt vor mir, der andere hinter mir, ein Blick zurück zeigte mir ein offenes Messer in seiner Faust. Nur einen Augenblick meldete sich Furcht, dann gab mir die Erkenntnis, daß ich an diesem Leben nicht eben viel zu verlieren hatte, Gelassenheit.

Wir stiegen über so viele Treppen und Rampen hinab, daß wir die Sohle gewöhnlicher Keller hinter uns ließen. Altertümliche und doch seltsam vertraut anmutende Rund- und Spitzbögen auf mächtigen Säulen und Pfeilern trugen die Deckengewölbe von schlecht beleuchteten, weiträumigen Gelassen. Wer immer in dieser Schattenwelt zu tun hatte, blieb möglichst außerhalb des Lichts, das weniger von den Besonderheiten des Orts enthüllte, als mir mein Geruchssinn zutrug. In den Gestank von Verdorbenem, Fauligem mischte sich der von tierischen und menschlichen Ausdünstungen.

Bei meinem Eintritt in sein Privatgemach erhob sich Le Duc aus einem ramponierten, ehemals kostbaren Sessel und schwenkte mit einem graziösen Kratzfuß seinen speckigen Hut.

»Einen guten Tag hast du dir für den Besuch gewählt; Belette, L'Escargot, macht eure Aufwartung.«

Die beiden schoben sich ins Licht, Belette tippte nachlässig grüßend an seine Kopfbedeckung, L'Escargot grunzte nur. Ohne ein Wort kramte ich in meiner Hosentasche, zog daraus das Ding hervor, das ich in meiner Livrée gefunden hatte und legte es vor Le Duc auf den Tisch: ein rubinbesetztes Halsband.

»Hab mich schon gefragt, warum du noch nicht gekommen bist.«

Ich schob meinen Kopf dicht an den Le Ducs heran. »Ich habe es Monsieur Le Nôtre zu verdanken, daß die Schweizer Gardisten das da nicht bei mir gefunden haben.«

»Le Nôtre? Armer Kerl, ist ab heute arbeitslos, aber sicher nicht für lange. Belette, das Halsband, das du Madame la Marquise abgenommen hast, die dich vielleicht erwischt hätte, wenn unser Freund hier nicht gewesen wäre. Jetzt zahl ihn aus. Zehn Prozent, wie üblich. Hier seht ihr«, fuhr Le Duc feierlich fort, »den einzigen grundehrlichen Menschen in Paris, der sogar Dieben ihr Diebesgut hinterherträgt.«

Das Gelächter brach sich in den Gewölben zu einem schaurigen Echo.

Ich packte Le Duc hart am Arm und zuckte nicht, als mir L'Escargot ein Messer an die Kehle hielt.

»Herzlichen Dank für eure Freundlichkeit, das hätte mich leicht den Hals kosten können.« Langsam zog ich die Hand zurück, das Messer verschwand.

Belette zählte ein paar Münzen auf den Tisch und schob sie mir zu. Ich klaubte sie auf und wog sie abschätzend in der Hand. »Bißchen wenig für Gold und Rubine.«

Belette bleckte seine Nagerzähne. »Ist nur fürs Gold, die Steine sind nicht echt, hab mich vertan bei den Klunkern der alten Wachtel.«

»Eine Marquise mit billigem Zeug am Hals?« fragte ich ungläubig.

Le Duc lachte. »Schein und Sein ist für Diebe wie uns eine viel tiefschürfendere Frage als für Philosophen.«

Ich warf die Münzen wieder auf den Tisch, Belette strich sie hurtig ein. »Du willst sie nicht? Sind dir zu lumpig, was?«

Le Duc erhob sich von seinem Sessel, in den er sich nach der Begrüßung wieder hatte fallen lassen. »Dann laß dich wenigstens zu einer anständigen Mahlzeit ausführen, damit wir sehen, daß du trotz deiner ehernen Tugend menschlich bist.«

Wir aßen in der Schenke, in der ich nach ihm gefragt hatte. Das Essen war besser, als nach dem Äußeren des Lokals zu vermuten gewesen war, ich mußte an Le Ducs Bemerkung über Schein und Sein denken.

»Du hast mir was über Le Nôtre sagen wollen, Le Duc.«

»Habe ich das? Da muß ich aber mit Fouquet anfangen. Hast du sein Wappen betrachtet? Ein Eichhörnchen auf silbernem Feld, ein Tierchen, dessen hervorragendste Eigenschaft im Sammeln besteht.«

»Silberne Teller.« Belette nickte. »Ist jetzt aus mit dem Sammeln.«

»*Quo non ascendet*? lautet Fouquets Motto«, fuhr Le Duc fort. »Das heißt übersetzt ...«

»Wie hoch wird es nicht noch emporsteigen«, soufflierte ich gefällig.

Le Duc zog überrascht die Augenbrauen hoch. »Richtig. Die Frage ist, auf Fouquet gemünzt, vorerst beantwortet. Er wird heute oder morgen verhaftet.« Er lächelte versonnen. »Die Leute werden sagen, der König sei neidisch auf den Glanz seines Ministers. In Wirklichkeit war Fouquet längst fällig, er ging etwas zu selbstherrlich mit den Staatsfinanzen um. Selbst unter Betrügern wie seinesgleichen gibt es so etwas wie Standesehre und das rechte Maß. Louis ist kein Dummkopf, der sich spontan zu etwas hinreißen läßt.«

»Woher weißt du das so genau?«

»Ich beobachte ihn, unseren Louis, ein Mann braucht seine kleinen Beschäftigungen.«

»Wenn er nicht gerade seine Hände in fremde Hosentaschen steckt?«

Ich habe die Nacht bei Le Duc verbracht und bin erst am folgenden Tag nach Vaux le Vicomte zurückgekehrt.

Du magst dich fragen, was mich an der Gesellschaft reizte, denn natürlich täuschten die Höflichkeiten nicht darüber weg, daß ich es mit dem Abschaum von Paris zu tun hatte, wobei man davon auszugehen pflegt, daß zwischen einem großen Dieb wie Fouquet und einem kleinen wie le Duc die ganze Scala der menschlichen Gesellschaft flirrt.

Ich wußte mich zu dieser Zeit bar jeder vertrauten Beziehung, wie sie Familie und Freunde gewähren, was um mich her geschah, betrachtete ich mit einigem Interesse, aber ohne Anteilnahme. Von Le Duc erfuhr ich viel über den jungen König und seine ehrgeizigen Vorhaben für die Zukunft.

Ein paar Monate später, als Fouquet längst in Haft saß und sein schönes Schloß vom König regelrecht ausgeschlachtet worden war – sogar die kostbaren Orangenbäume waren abtransportiert worden –, erwähnte Le Duc ein neues Bauvorhaben Ludwigs.

An etlichen von den königlichen Residenzen, ich will nur den Louvre, Fontainebleau und St.Germain nennen, die übrigens alle von seinen Vorgängern stammten, wurde heftig gebaut und umgebaut. Die bescheidenste war ein Jagdschloss seines Vaters, Ludwig XIII., in Versailles, etwa zehn Kilometer vor den Toren von Paris gelegen.

»Versailles ist am wenigsten von seinen Vorbesitzern geprägt«, sagte Le Duc. »Eine häßliche Hütte mitten in einem Sumpfloch. Das muß ihn reizen. Außerdem liegt es weit genug von Paris entfernt, um zu den Parisern als Strafe für die Frondeaufstände Distanz zu halten, und doch nahe genug, daß die Stadt Hauptstadt bleibt.«

»Ludwig ist ein Diplomat«, bemerkte ich einfältig.

Le Duc schaute mich an wie ein Lehrer einen minderbemittelten, aber eifrigen Schüler. Er schob den Kopf vor, seine Stimme klang dramatischer. »Für Louis ist König zu sein ein Gottesgnadentum. Als gesalbter Monarch steht er über allen Menschen. Der Rang der anderen spielt keine Rolle mehr, er ist der König und alle übrigen sind Untertanen, gleich ob sie in einem Schloß oder in einem Loch geboren sind, er duldet niemanden neben sich. Gehorsam ist Louis nur Gott schuldig, wir alle aber Louis.« Er kicherte in sich hinein. »Der Finanzminister wie die Kräuterhexe auf dem Markt.«

»Und bist du gehorsam?«

Le Duc schaute über mich hinweg. »Er hat ein Programm. ›Meine Würde, mein Ruhm, meine Größe, mein Ansehen.‹«

»Le Duc, das ist kein Programm, das sind Albernheiten.«

An dieses Programm dachte ich, als ich Versailles im Frühjahr des folgenden Jahres aufsuchte. »Ein König«, hatte Le Duc mir noch auf den Weg gegeben, »verewigt sich auch in den Bauten, die er hinterläßt.«

Ich schloß daraus, als ich mich in Versailles umschaute, daß Ludwigs Vater ein Misanthrop gewesen war. Die Sümpfe, die das düstere Gemäuer umgaben, trieben ihren Moder- und Verwesungsgeruch bis in den Schloßhof.

Laß mich vorgreifen und dir sagen, daß auch noch später, als der Glanz Versailles' den aller anderen Residenzen übertraf, immer noch dieser Modergestank zu spüren war, keine noch so wohldurchdachte Maßnahme der Entwässerung hat ihn vertrieben, ich sehe darin ein Menetekel.

Das Dorf Versailles lag nicht weit vom Schloß entfernt im Osten. Das Haus selbst bestand aus einem Dreiflügelbau aus Backstein mit hellen Verblendungen, und einem davor gelegenen Wirtschaftshof. Die Zufahrt wies nach Osten, vor der Westfassade erstreckte sich ein bescheidenes Parterre.

Nach ein paar Baumreihen begann nach Westen die Ebene mit buschartigem Gestrüpp und Sumpflöchern, im Norden und Süden stieg das Gelände leicht hügelig an.

Ich stolperte über frisch aufgeworfene Erdwälle und wich Soldaten aus, die mit Hacken und Spaten die Erde aufrissen. Eine Weile mußte ich laufen, bis ich ein Terrain erreicht hatte, das noch nicht verheert war. Wenn ich mir die Landschaft heute vergegenwärtige, war sie in ihrer Ursprünglichkeit doch nicht ohne Reiz. Offen, sonnig, von einer stillen Genügsamkeit, viele Vögel nisteten dort.

Als ich zum Schloß zurückkam, hielt mich ein junger Offizier an. »Suchst du Arbeit? Einen wie dich können wir brauchen.«

Ich habe die Stelle angenommen, obwohl sie elender war als die in Vaux. Aber in Vaux le Vicomte hatte ich ein Ende miterlebt, hier bot sich ein Anfang. Während ich beim Ziehen von Entwässerungsgräben bis zu den Knien im Moder versackte, hörte ich in Gedanken den Dieb.

»Louis hat die Sonne als Symbol gewählt. Schließlich bildet die Sonne den Mittelpunkt der Welt. Sie besticht durch ihren Glanz und das Licht, das sie allen spendet.«

Die auf die baumlose Ebene herabbrennende Sonne hat uns, die Arbeiter, in den kommenden Monaten tatsächlich zur Genüge gestochen und ebenso die aus den Sümpfen schwärmenden Mücken. Ganze Kompagnien von Soldaten verstärkten das Heer gewöhnlicher Hilfskräfte, nicht eben glücklich schwangen die Männer Spaten statt Musketen. Die Verluste blieben sich gleich.

Schon als ich meine Arbeit aufnahm, wütete ein Sumpffieber, das im Lauf des Sommers noch zunahm. Ich habe mich als Kräuterdoktor betätigt und mich auf Dioskurides und Klosterarzneien besonnen, um die traurige Fracht der Leichenkarren zu verringern, die sich an bestimmten Tagen nach Sonnenuntergang in Richtung Paris in Bewegung setzten.

Laforge, der Unteroffizier, der mich angeworben hatte, erklärte mir die Sache. »Der Krieg ist da, wo du einen Soldaten hinstellst. Sie erwarten nichts anderes als Untergang oder Sieg. Also gib Ruhe. Wir führen unseren eigenen Feldzug zum Ruhm Frankreichs.«

Auf meine Weise habe auch ich dazu beigetragen. Der König weitete in den folgenden Jahren seine Macht aus, indem er die Eigenständigkeit der verbliebenen Provinzparlamente beschnitt und alle unter seine Herrschaft zwang. Wer sich nicht fügte, wurde unterworfen, Ludwig begann, als Kriegsherr zu glänzen.

In dieser Zeit war ich in Personalunion Maulwurf, Zugochse und Lastesel, hatte also wie Ludwig eine Reihe von wichtigen, um nicht zu sagen teilweise tragenden Aufgaben, ohne allerdings besonderes Ansehen damit zu erwerben.

Erst im dritten Jahr kroch ich endgültig aus den Gräben und stieg zum Gemüsegärtner auf, denn abseits des Lustgartens wurde ein riesiger Potager angelegt. Es galt nicht nur, Kohl für die Arbeiter zu ziehen, sondern auch Spargel für die Tafel des Königs. Mir wurde nur der Kohl anvertraut. Um auf diesem begrenzten Gebiet zu glänzen, borgte ich mir ein paar Karren aus, rief die gerade herumlungernden Gärtnerjungen zu mir und trug mit ihnen Berge von Pferdeäpfeln und die Mistfladen der Ochsen als Dünger für meinen Kohl zusammen.

Es dauerte nicht sehr lange, da wurde ich Pomme de Cheval genannt und nach einer Weile nur noch La Pomme, ein Name, der in Bezug auf meine hervorragenden Kohlernten als Ehrentitel gemeint war. Mit diesem Titel, sagte ich mir, sollte ich zufrieden sein, denn der Apfel ist in seiner runden Form vollkommen, ganz wie die Sonne, und ein Pferdeapfel verwandelt sich auf dem Gemüsebeet in pures Gold.

Als größtes Ereignis dieser ersten Jahre ist mir das Einweihungsfest in Erinnerung, das unter dem Namen »Les Plaisirs de l'Île enchantée« in den Annalen von Versailles verzeichnet wurde. Mit den geladenen Gästen strömte eine Menge Volk in den Garten, denn ein Divertissement des Königs war eine öffentliche Belustigung. Damit zeigte sich Ludwig als volksnaher Herrscher, der den kleinen Leuten wenigstens das Zuschauen gönnte. Bei den ungeheuren Steuersummen, die Versailles verschlang, ein billiger Ausgleich.

Unter dem zuschauenden Volk entdeckte ich mit einigem Mißvergnügen drei Bekannte.

»Treibt's ja nicht so auffällig, ich will wegen euch nicht in Schwierigkeiten geraten«, nörgelte ich bei der Begrüßung.

»Wenn du uns nur ab und zu deinen breiten Rücken als Deckung leihst, wird's schon gutgehen«, spottete L'Escargot.

Er verschwand mit Belette. Eine Weile beobachtete Le Duc mit mir zusammen den König, der mit seinem unmittelbaren Gefolge das Schloß verlassen hatte und sich im angrenzenden Broderieparterre erging. Das spätere Parterre d'Eau, das Wasserparterre mit seinen zwei spiegelbildlichen Becken, existierte damals noch nicht.

Eins der wenigen bereits fertigen Prunkstücke bildete eine kleine Grotte an der Nordseite des Schlosses, die einige Jahre später abgerissen wurde. In der Grotte ruhte sich ein marmorner Apoll von der Fahrt mit dem Sonnenwagen aus, von schönen, halbnackten Nymphen bedient.

Es war nicht besonders schwierig, Apoll und Ludwig in Beziehung zu setzen, wenn auch die Damen ringsum relativ züchtig bekleidet waren.

Ich stieß Le Duc an. »Wer ist diese schöne, blonde Dame in dem lichtgelben Seidenkleid in der Nähe des Königs? Schlag mich, wenn ich Unrecht habe, Ludwig hat ein Auge auf sie geworfen.«

Le Duc lachte so laut auf, daß sich Leute nach uns umdrehten. »Fein beobachtet, Monsieur Gärtner, auch wenn es die Spatzen längst von den Dächern pfeifen. Du zeigst Eigenschaften, die mir sagen, daß du zu Höherem berufen bist. Du verfügst zweifellos über eine gewisse Begabung für mein Gewerbe. Mit einer gründlichen Ausbildung ...«

»Komm zur Sache«, knurrte ich. »Die Frau könnte mir auch gefallen, wer ist sie?«

Le Duc maß mich mit einem langen Seitenblick, der meine ungepflegte Mähne, den erdbraunen, scheußlichen Rock, die Hose mit dem sackartigen Hosenboden, die aus den Nähten platzenden Schuhe einschloß.

»Du hättest Chancen bei ihr. Man sagt, sie liebt den Pomp nicht, erbittet nie etwas für sich selbst noch für andere, ist ein vollkommen unschuldiges Lamm und daher am Hof unmöglich. Sie wird sich nicht lange halten. Nicht mal den frommen Louis fesselt auf Dauer die Tugend ohne den Ausgleich eines belebenden Lasters. Außerdem munkelt man, sie wäscht sich am ganzen Leib. Das ist für eine Dame unanständig.«

Ich kniff Le Duc in den Arm, bis der Dieb aufschrie.

»Ich erklär's dir sofort. Sie ist die derzeitige Maitresse en titre, das offizielle außereheliche Vergnügen von Louis.«

»Irgendwie erinnert mich das an orientalische Verhältnisse, ich wußte nicht, daß sich auch ein König von Frankreich einen Harem halten kann. Aber vielleicht gelten für eine Allerchristliche Majestät andere Regeln. Also, wer ist sie?«

»Louise, Mademoiselle de la Valliere, Maitresse seit 1661. Hat im letzten Jahr einen königlichen Bastard geboren, Philipp. Da sie nur aus Provinzadel stammt, wiegt ihre Schönheit nichts gegen den Rang der Dicken mit den gelben Löckchen, der Königin Maria Theresia, die schon zwei Kinder hat und das dritte erwartet. Aber glaub ja nicht, daß sich Louis nur mit diesen beiden begnügt.«

»Maurische Verhältnisse, sag ich ja.«

Apoll und die Nymphen. Ich will nicht sagen, daß ich den König zu beneiden begann und darüber haderte, daß die Gunst des Schicksals ungerecht verteilt war. Über so etwas beklagen sich nur Einfaltspinsel. Es war lediglich so, daß etwas bis zum Grund meines dumpfen, bitteren Gemüts vorgedrungen war.

Nach diesem Fest weilte der König öfter in Versailles, und ich suchte jede Gelegenheit, die höfische Gesellschaft zu beobachten, vor allem ein bestimmtes Mitglied derselben.

Mlle. Valliere erschien mir wie ein sanft strahlender Stern am höfischen Kosmos. In Castello hatte ich ja nur die unbewegte Schönheit Simonettas anbeten können. Ich sah eine frappierende Ähnlichkeit zwischen der gemalten Primavera und Louise, nur fiel meiner lebendigen Schönheit das Haar in helleren, blaßgoldenen Locken auf die wie Schnee leuchtenden Schultern.

Meine Körpergröße erwies sich als hinderlich, um so häufig es mir behagte wie ein verliebter Kater um sie zu streichen. So begann ich, die Schultern einzuziehen, leicht gebeugt mit eingeknickten Knien zu gehen, kurz, ich stauchte mich zu einer grotesken Figur, einem Affen nicht unähnlich, zusammen.

Anfangs schmerzten mir noch Muskeln und Gelenke, dann wurde mir diese Haltung zur Gewohnheit, sobald ich zu Hacke und Spaten griff. Ich glaube nicht, daß ich damals schon auf die phantastische Doppelexistenz hinarbeitete, in die sich mein Leben verzweigen sollte.

Einmal wagte ich es, meiner Schönen aus dem Gebüsch in den Weg zu springen, um endlich von ihr wahrgenommen zu werden.

Erschrocken fuhr sie zusammen. Ich hastete in mein Versteck zurück, gleichfalls verstört durch Spuren von Tränen, die auf einem Gesicht glänzten, das ich bislang nur heiter und gelöst gesehen hatte. Allerdings hatte ich sie bis dahin noch nie allein angetroffen.

Durch Zweige gedeckt, blickte ich ihr nach. Die Schultern, deren weiche Kurve ich oft bewundert hatte, stachen aus der Seide des Kleides wie die eines mageren Kindes hervor, ein seltsam rührender Anblick. Erst im nachhinein fiel mir auch die Blässe des Gesichts auf. Sie wusch sich augenscheinlich zuviel.

Mit wem hätte ich über die Entdeckung sprechen können, daß das Leben dieser Schönen und Bevorzugten von Kummer gestreift wurde wie das einer gewöhnlichen Bauerndirne?

»Der König macht sie nicht glücklich«, habe ich Le Duc erklärt, der vor Belustigung kaum an sich halten konnte.

»Hat dich das königliche Theater gefangengenommen? Bißchen Würze für dein eigenes trostloses Leben geschlürft?«

»Hör zu, Le Duc«, fauchte ich ihn an, »ich bin zwischen meinen Kohlköpfen noch nicht so abgestumpft, daß ich nicht mehr in der Lage bin, die Not einer anständigen Frau zu begreifen, deren offizielle Rolle in fortgesetzter Unzucht besteht.«

»Ein Gimpel wie du begreift nicht die höheren Feinheiten des Spiels, das bei Hof gespielt wird. Das Beinebreitmachen ist nur die Grundlage eines nicht nur erotischen Verhältnisses. Leider hat sie so gar kein Talent.«

Ich tat Le Duc den Gefallen nachzufragen. »Kein Talent wofür?«

»Es ist die Aufgabe einer königlichen Maitresse, Vermittlerin zu sein, sich Anliegen vortragen zu lassen, die königliche Gunst zu kanalisieren.«

»Intrigantin zu spielen.«

»Keineswegs. Es ist ein angesehenes Geschäft. Die Maitresse läßt sich ihre Vermittlung bezahlen, denn die königliche Gunst verschafft dem Bittsteller oft ein Einkommen. Louis selbst hat seiner Pflicht, Gnaden zu verteilen, genügt und außerdem seiner Maitresse zu Geld verholfen und schont dabei seine eigene Kasse. Beziehungen, Verpflichtungen, so funktioniert der Hof. Du lebst seit Jahren in Versailles, du willst mehr sein, als du bist, gib es nur zu, aber es ist dir bis heute nicht eingefallen, im richtigen Moment durch eine kleine Inszenierung Louis' Aufmerksamkeit auf dich zu lenken, um wenigstens einen bescheidenen Beweis seiner Gnade zu erhalten, der dich weiterbringt als deine ganze Schufterei mit Mohrrüben und Küchenkräutern. Du und die Valliere, ihr seid aus dem gleichen Holz.«

Le Duc hatte mir eine wichtige Lektion erteilt, in aller Freundschaft, ich habe sie nicht begriffen. Eine andere Gefälligkeit veranschlagte ich viel höher als seine Lebensweisheiten. Er besorgte mir Bücher und stundete deren Bezahlung auf unbestimmte Zeit, ich schloß daraus, daß er sie gestohlen hatte.

Es handelte sich um die Bücher, die Le Nôtre erwähnte hatte, die Schriften der Mollets, das Werk von La Barauderie und Traktake von Descartes, also alles, was ich benötigte, um die neue Gartenkunst in der Theorie zu verstehen. In der Praxis blieb ich auf die Rolle des Zaungastes beschränkt, des unverständigen Gaffers, wie oft ich auch um das Schloß herumstrich, wenn ich wußte, Le Nôtre beriet sich mit Le Vau und Le Brun, die wieder wie in Vaux le Vicomte zusammen etwas Großartiges schufen, das an meine alten Sehnsüchte rührte und sie langsam aus dem Seelenwinkel hervortrieb, in den sie sich verkrochen hatten.

Ganz unabsichtlich gelangte ich an einem ruhigen Herbsttag 1666 zu einem Schimmer königlicher Gunst. Auf die Pfirsichernte konzentriert, stand ich gerade auf einer Leiter, um die Früchte in der Baumspitze mit einem behutsamen Drehen vom

Ast zu lösen, als sich jemand an einem der schon gefüllten Weidenkörbe zu schaffen machte. Im letzten Moment unterdrückte ich den Fluch, mit dem ich den Dieb anzufahren gedachte. Mit einem Satz sprang ich von der Leiter, verbeugte mich und griff, noch im Bücken, nach dem Korb, den ich dem König präsentierte.

»Sire!« Mehr brachte ich vor Überraschung nicht heraus und buckelte dabei ordentlich.

Der König wählte bedachtsam Früchte aus, die er mit gemessenen Gesten an seine Begleitung verteilte. Die schöne Louise war leider nicht dabei, ihre Gegenwart hätte mich sicher zu einem geschickteren oder besser eleganteren Verhalten angeregt.

Mich hatte Ludwig bis dahin nicht einmal angeschaut, ich fuhr daher zusammen, als er mich ansprach. »Sind Sie für diese Köstlichkeiten verantwortlich? Auch für die Erdbeeren, die in diesem Jahr ein besonderes Aroma entfaltet hatten? Wie gelingt es Ihnen, solche Früchte zu erzeugen?«

Ich antwortete vollkommen wahrheitsgemäß. »Pferdeäpfel, Sire, sind das beste für Erdbeeren, ebenso für Rosen, ich lasse sie von den Lehrjungen sammeln. Pfirsiche dagegen bekommen Mistfladen, von den Zugochsen.«

Verstohlen verschwanden meine goldenen Pfirsiche in Falten und Ärmelrüschen, die höfische Gesellschaft hielt den Atem an. Einen Augenblick sah mir der König abwägend ins Gesicht, als forschte er nach etwaigen Anzeichen von Insubordination.

»Meine Damen und Herren, es scheint mir außerordentlich vernünftig, daß das Futter für das Vieh, das horrende Kosten verursacht, noch diesen nützlichen Nebeneffekt hat und es hier einen Mann gibt, der davon Gebrauch zu machen versteht. Es gelingt ihm sozusagen, aus Mist Gold zu schlagen, ich wünschte, mein Finanzminister hätte dieses Talent.« Die Höflinge lächelten entspannt.

Hatte ich schon erwähnt, daß ein Vorhaben wie Versailles Unsummen verschlang? Dabei zeigte der König die Gepflogenheiten eines rechten Hausvaters, der seinen Leuten auf die Finger schaut, nicht nur mir, dem Gemüsegärtner. Wie ich wußte, rechnete er jeden Nagel nach.

»Wie ist Ihr Name, Monsieur Gärtner?« fragte er mich. Das

war auch so eine Marotte, mich höflich Monsieur zu titulieren und jede alte Vettel Madame und vor ihr den Hut zu ziehen.

»La Pomme, Sire.«

»Ein Obstgärtner, der Apfel heißt, scheint mir ein Fingerzeig der ordnenden Mächte.«

»Gewiß, Ihre Majestät, und um bei der angesprochenen Ordnung zu bleiben, gemeint ist der Pomme de Cheval, der Pferdeapfel.«

Noch am gleichen Tag überbrachte ein Bote eine Börse des Königs mit zwanzig Ecus für den Gärtner La Pomme, der mit den Resourcen des Königs so vorbildlich zu wirtschaften verstand. Ansonsten blieb alles beim alten.

»Dein Verstand muß unter der Arbeit mit Maultieren und Zugochsen gelitten haben«, kommentierte Le Duc später den Vorfall. »Louis mit Pferdeäpfeln zu kommen, kann nur die Idee eines kompletten Idioten sein. Du hast das unverschämte Glück, daß er das Ganze wohlwollend auffaßt, und du Schafskopf mußt ihn noch einmal herausfordern. Hättest du den zweiten Pferdeapfel nicht fallenlassen, wäre etwas Ordentliches für dich herausgesprungen statt dieses Almosens.«

Le Ducs selbstgerechte Bosheit bewog mich, über meine Kenntnisse und mein Können nachzusinnen, und wie immer in einer derartigen Verfassung nahm ich Zuflucht bei einem Geist aus meiner Vergangenheit und schrieb einen Brief.

Christoph an Antonius, Mönch im Kloster San Giorgio in Venedig.

Bin ich nicht mehr gut genug?

Ich hatte geglaubt, Wissen, Können, Erfahrung zählt, sind unverrückbare Güter, die mir auf meinem Taumel durch die Zeiten erhalten bleiben. Sicher wandelt sich dies und jenes. Aber ob nun ein bißchen mehr Marmor oder neue Wegemuster gefragt sind, was ändert das am Grundlegenden, an der Natur?

Laß dir erklären, was die neueren Gartengestalter schreiben und urteile, ob ich dem nicht mehr gewachsen bin.

Das Traktat *Traité du Jardinage selon les Raisons de la Nature et de l'Art* von Jacques Boyceau de la Barauderie aus dem Jahr 1638 legt die Quintessence aus einem langen Gärtnerleben dar. Du mußt wissen, Barauderie war Oberaufseher der Gärten Ludwig XIII.

Er spricht von *deux raisons*, zwei Grundlagen, die für den Garten entscheidend sind. Die Prinzipien der Natur bestimmen Bodenbeschaffenheit, Klima und Pflanzenwuchs, die Prinzipien der Kunst dagegen die Gestaltung. Da wir die erste *raison* als reine Selbstverständlichkeit betrachten können, laß mich von der letzteren reden.

Die Zeichnung bildet das Fundament der Gestaltung. Der Entwurf muß im kleinen so genau zeigen, was im großen ausgeführt werden soll, daß sich an ihm die Wirkung im voraus ablesen und überdenken läßt, selbst die Dreidimensionalität des Gartens. Denn es gilt, die vertikalen Elemente wie Alleen, Hecken, Lauben, Pavillons und Fontänen ins richtige Verhältnis zu den ebenen Partien der Parterres zu setzen. Dabei kommt es auf Vielfalt, Harmonie und Symmetrie an. Ein wenig, nicht wahr, hören wir den guten alten Alberti.

Aber während Alberti von Harmonie mehr in einem allgemeinen, eher philosophischen Sinn sprach, herrscht jetzt eine, die mit Rechenschiebern und Meßlatten auf das penibelste eingerichtet wird. Die gottgleiche Natur ist unter die Knute der Mathematiker gefallen.

In diesem Sinne haben sich auch zwei weitere Gartenkünstler geäußert. Claude Mollet, der Vater, und André Mollet, sein Sohn. Claude hat bereits die Verengung der Perspektive bei der Anlage von Alleen in Rechnung gestellt.

Claude Mollet hat seinem Werk *Théâtre des Plantes de Jardinage* sehr präzise Zeichnungen und Pläne von Labyrinthen aus der sicheren Erkenntnis beigefügt, daß gewöhnliche Gärtner nicht imstande sind, etwas zu entwerfen.

Der Sohn, André, war ein noch fleißigerer Schreiber als der Vater. Von seinem Buch, *Le Jardin de Plaisir* von 1651, habe ich mir folgendes für die mustergültige Anlage eines Gartens gemerkt: für Haus und Garten ist ein völlig freier Platz zu wählen. Vor dem und seitlich des Hauses erstrecken sich die Gartenparterres, deren Schmuckelemente mit der Entfernung vom Haus immer schlichter werden. Sie sollen so angelegt sein, daß sich vom Haus ein Blick über die gesamte Anlage ergibt, der Blick des Hausherrn über sein Gartenreich.

Um die Sache abzukürzen, André le Nôtre hat in Vaux le

Vicomte nichts anderes getan, als die Prinzipien der Mollets und Barauderies anzuwenden. Sag mir, was ist so großartig daran, das auszuführen, was andere beschrieben, berechnet und gezeichnet haben?

Sein Vater, Jean le Nôtre, ist unter der Oberleitung von Claude Mollet erster Gärtner seiner Majestät in den Tuilerien gewesen und stieg dort zum »Jardinier en Chef du Roi« auf. André hat außer der Lehre beim Vater auch im Atelier eines Malers gelernt, bei Simon Vouet, wo er Charles le Brun begegnet ist, und er hat außerdem Architekturstudien getrieben. Merkst du, wie es immer kurioser in der Gärtnerei zugeht? Nicht nur Architekt, sondern auch ein halber Maler muß man neuerdings sein, um als Gärtner zu Amt und Ansehen zu gelangen, und man sollte den richtigen Vater haben.

Bin ich noch in Gottes Hand? – Christoph

Ich habe den Brief ein paarmal überlesen, sehr sorgfältig gefaltet und mit der Absicht, ihn nie wieder in die Hand zu nehmen, zuunterst in meine Kleidertruhe gesteckt.

Damit du Bescheid weißt, es gab immer noch diesen Funken in meiner Seele unter sehr viel Asche und Bitternis. Die Begier, nur ein kleines Stück von Eden wiederzuerwecken, um endlich Frieden zu finden, ein Heim für eine unbehauste Seele. Ich habe einen Gestalter in mir gesehen, weil ich nicht erkannte, worin mein eigentliches Talent liegt.

Aus derselben Truhe kramte ich einen Beutel mit meinem Ersparten, den ich samt der zwanzig Ecus des Königs und meinen Büchern in einen Sack packte, und ging damit nach Paris. Als ich die Bücher verhökerte, habe ich mir keine Sorgen darüber gemacht, daß ich damit erst recht bei einem Dieb in der Kreide stand. Es war nämlich nicht meine Absicht, Le Duc allzubald die Bücher zu bezahlen.

Alles Geld, das ich zusammengekratzt hatte, legte ich in der Ostindienkompagnie an, einem der vielen Unternehmen, die Colbert, der neue Finanzminister, im Auftrag des Königs gegründet hatte, um die Wirtschaft des Landes anzukurbeln und nicht hinter England zurückzustehen.

Im Gegensatz zu anderen Gründungen wie der Teppichmanufaktur in Beauvais, in die ich auch hätte investieren können, brachte die Ostindienkompagnie nur Verluste ein. Ich sah mich gezwungen, Le Duc die Wahrheit zu gestehen, als er um Begleichung meiner Schulden einkam, kaum daß ich von meinem Pech erfahren hatte.

Le Duc hatte seine eigene Art, mich zu tadeln. Er lachte mich aus. »Warum hast du dein Geld nicht als Anzahlung in den Kauf eines noch so kleinen Amtes investiert?«

»Woher sollte ich wissen, daß man Ämter kaufen kann?«

»In Frankreich kannst du alles, jedes und jeden kaufen, vor allem Ämter, ganz gleich ob Richteramt oder Steuereinnehmer oder wenn du ganz hoch hinaus willst, das Amt des königlichen Nachttopfschwenkers. Aber dafür mußt du von Adel sein, wobei sich Adel natürlich auch kaufen läßt. Du solltest irgendwo anfangen, verstehst du?«

»Ich glaube nicht, daß ich als Höhepunkt meiner Karriere den königlichen Nachttopf herumtragen möchte.«

»La Pomme, dir die Grundlagen der Gesellschaft begreiflich zu machen, ist schwerer, als das bekannte Kamel durch das Nadelöhr zu schieben. Diese Ämter, ob königlicher Krawattensortierer oder Handtuchhalter, sichern dem Hofadel das Einkommen.«

»Du willst mir einreden, diese Hofadligen wären im Nebenberuf so etwas wie Lakaien, um sich über Wasser halten zu können? Le Duc, das ist ein ganz schlechter Witz. Die haben doch alle ihre Säcke voll Geld.«

»Das war einmal, bevor Louis sie zu ständiger Anwesenheit bei Hof gezwungen hat. Begreif das System. Er hat den Adel mattgesetzt, weil ihn noch immer das Gespenst der Fronde plagt. Das Hofleben ist enorm teuer, es ruiniert die adeligen Häuser, so daß sie auf die Ämter und finanziellen Gnadenbeweise von Louis angewiesen sind. Geschickter kann er sie kaum an der Leine führen. Er hält sich die hohen Damen und Herren als eine Art Haustiere. Die Positionen, mit denen eine Macht verbunden ist, die Louis bei anderen gerade noch duldet, weil er nicht alles allein machen kann, liegen in den Händen von bürgerlich geborenen wie Colbert. Die noble Gesellschaft ist nichts weiter als Dekoration, aber ein König kann schlecht als Mittelpunkt glänzen, wenn er allein herumsteht. Wenn du ein bißchen zu Verstand gekommen bist, zeige ich dir Wege, in die von dir bewunderte Gesellschaft zu kommen. Erspar mir deine Lüge, daß dir das alles gleichgültig ist. Denk lieber daran, alles hat seinen Preis, und der ist in der Nähe des Königs naturgemäß hoch.«

Seine Arroganz war schwerer zu ertragen als die Belehrungen. »Wenn du so genau Bescheid weißt, ist es erstaunlich, daß du immer noch in diesem Dreckloch haust.« Ich ließ meine Stimme anschwellen wie Le Duc, wenn er seine penetranten Vorträge hielt. »Ich habe es immerhin ohne jede Protektion zum dritten Gärtner gebracht.«

Le Duc warf einen amüsierten Blick um sich. »Ich bin hier, weil es mir gefällt. Du magst dritter Gärtner sein, von unten oder oben gerechnet, wenn du erster bist, bist du immer noch einer, der Anweisungen ausführt. Ich gebe längst selbst die Anweisungen.«

Der Dieb und seine Umgebung erschienen mir unverändert schäbig, obwohl sich in seinem Gemach hin und wieder Kostbarkeiten fanden, die allerdings so geheimnisvoll verschwanden wie sie aufgetaucht waren. Erst jetzt fiel mir auf, daß L'Escargot und Belette weniger kumpelhaft, aber dafür unterwürfiger mit Le Duc verkehrten.

Dem Dieb Geld zu schulden, war mir auf einmal unangenehm. Daher schränkte ich meine Ausgaben auf das äußerste ein und vernachlässigte mich selbst über das Maß des Zuträglichen. Das kam auch von meiner neuen Mutlosigkeit. Ich würde nie einen eigenen Garten anlegen. Meine Ungepflegtheit und Verwahrlosung vollendeten den Ruf als Sonderling, mit dem keiner der Gärtner und Lehrbuben gern Umgang pflegte, sie alle suchten ja in Kleidung und Gehabe den Vornehmen nachzueifern. Nur Laforge verkehrte weiterhin freundschaftlich mit mir, er rechnete mit meinen Diensten als Heilkundiger.

Der Garten dehnte sich wie das Schloß in Etappen aus, es schien mir ein Wettstreit zwischen Le Vau und Le Nôtre entbrannt zu sein. Kaum hatte der Gartenarchitekt dem Vorhandenen ein paar weitere Parterre, Boskette und Brunnenanlagen hinzugefügt, baute Le Vau das Schloß Ludwig XIII. weiter aus, so daß das alte Gemäuer zunehmend hinter neuen Flügeln und Galerien verschwand.

Auch Frankreich strebte über seine Grenzen, so daß ich schließlich begriff, es war Ludwig, der jedem Ruhmesblatt auf dem Schlachtfeld und dem Parkett der Diplomatie ein weiteres in seiner Lieblingsresidenz hinzufügen ließ, man kann auch sagen, so wie Schloß und Garten wuchsen, so wuchs Ludwigs Ruhm und Ansehen.

Nach Paris wurde eine Allee angelegt, ein wahrhaft königlicher Weg mit doppelten Baumreihen. Die Bäume hatten sich gerade eingewurzelt, da rumpelte eines Tages ein langer Zug von Karren auf das Schloß zu. Aus einiger Entfernung konnte man denken, ein Wald käme angereist, denn die Wagen waren mit großen, mehrjährigen Bäumen beladen, deren Kronen vom Holpern der Gefährte durchgeschüttelt wurden. Ich hatte mit zwei Lehrjungen frisches Gemüse für die Küche geliefert und war im Begriff, mich zu meinen Mohrrüben- und Zwiebelbeeten zu trollen, da wurde ich unversehens von diesem wandernden Wald eingekreist. Möglicherweise hatte der Zugführer angenommen, daß auch diese Bäume für die neue Allee vorgesehen waren, jedenfalls begannen seine Leute, die Karren auf dem großen freien Platz am Schloß zu entladen.

Viele der Ballen platzten dabei auf, nackte Wurzeln wiesen gen Himmel.

Stell dir einen Chor klagender Stimmen vor, tonlos für gewöhnliche menschliche Ohren. Meine Schuhe hingen mir auf einmal wie Steine an den Füßen, ich streifte sie ab, um barfuß davonzulaufen. Kaum spürte ich Erde an den Sohlen, kaum berührte mich eine der Wurzeln brüderlich, da erhob sich eine Stimme in mir, machtvoll, gewaltig, der Dämon war erwacht.

Mittlerweile herrschte völlige Verwirrung unter den Leuten. Ich habe mich eingemischt, um den Dämon zum Schweigen zu bringen.

»Wo ist Le Nôtre?« brüllte ich.

Jemand kam auf die Idee, Laforge zu holen. Bevor er noch die Lage überblicken konnte, packte ich ihn an den Rockaufschlägen.

»Hilf mir, das Leben der Bäume zu retten.«

»La Pomme, jetzt drehst du völlig durch.« Laforge versuchte sich loszumachen, ich habe ihn unversehens ein bißchen in die Höhe gehoben. »Hast du nicht gesagt, der Krieg findet da statt, wo du einen Soldaten hinstellst? In ein paar Tagen sind Tausende von Bäumen hinüber. Denk an den König. Er hat Verschwendung nicht gern.«

Als ich ihn wieder auf die Erde stellte, wurde er vernünftig. »Ich beginne zu begreifen, La Pomme. Der König will seine Bäume. Was sollen wir tun, bis Monsieur Le Nôtre uns sagen kann, wohin sie gepflanzt werden sollen? Sie naßspritzen?«

Ich mußte es Laforge nachsehen, daß er von Bäumen nichts verstand. Seine gegenwärtige Aufgabe bestand darin, mit seinen Leuten mehrere Gruben für künftige Bassins auszuheben. Eine Grube lag im Norden, dort sollte das »Bassin du Dragon« entstehen, das Drachenbecken, zwei im Westen: die Grube für die Vergrößerung des Latona- oder Letobrunnens und ein ganzes Stück weiter die Kuhle für den zukünftigen Apollobrunnen, das Herzstück des Gartens.

»Kein reines Wasser, das spült nur die Erde von den Wurzeln. Ich brauche den Schlamm aus den Kuhlen, um damit die Baumwurzeln feuchtzuhalten. Ihr müßt die Ballen wieder festzurren und mit Säcken und allem Tuch verstärken, das ihr auftreiben könnt, und wenn ihr dafür den Küchenmädchen an die Unterröcke geht.«

»Die hübschen ziehen wir gern aus«, mischte sich einer von Laforges Unteroffizieren ein.

Ich wußte, daß ich mich auf Laforge verlassen konnte, daher machte ich mich nach Paris auf, wo sich der Gartenarchitekt aufhalten sollte. Mein Äußeres hatte ich notdürftig in einen präsentableren Zustand versetzt. Ich war zu allerhand Opfern bereit, deshalb zwängte ich meine Füße in mein einziges Paar ordentlicher Schuhe und fuhr mir mit einem nassen Kamm durchs Haar, eine Mühe, die ich aufgab, als die Zinken ausbrachen.

Le Nôtre war auch für die Tuileriengärten zuständig, dort führte mich ein junger Gärtner zu ihm. Sehr artig habe ich meine Verbeugung gemacht.

»Ich kenne Sie doch«, empfing mich Le Nôtre überrascht.

»Maître«, fiel ich ihm mit plötzlicher Erbitterung ins Wort, »ich will nicht Ihre kostbare Zeit verschwenden. Ich bin einer der Gärtner von Versailles, und dort sind heute ganze Wagenladungen von Bäumen angekommen. Keiner weiß so recht, wohin mit ihnen.«

»Aber sie sollten erst in vier Wochen ...«, wandte Le Nôtre ein.

»Sie sind jetzt da.« Meine Stimme wurde noch schärfer. »Ich nehme an, daß neue Boskette geplant sind. Aber wo? Wie ist deren exakte Form, die Anordnung der Bäume, das Wegenetz in den Bosketten?«

Le Nôtres Gesicht lief ein wenig rot an, der Architekt blieb aber höflich, trotz meines immer gröberen Auftretens. »Ich bedaure, daß ich im Augenblick unabkömmlich bin. Ich werde sehen, wen ich schicken kann. Er müßte die Pläne kennen.«

»Wo sind die Pläne? Geben Sie sie mir, ich werde sie ausführen.«

»Sie können Pläne lesen?«

»Ich bin ein ausgebildeter und erfahrener Gärtner. Ich habe auch die Schriften der Mollets und La Barauderies studiert, die Sie mir empfahlen und Descartes kann ich nahezu auswendig hersagen.« Es klang sehr bitter.

Auf einmal hellte sich Monsieur Le Nôtres Miene auf. »Vaux le Vicomte! Am Morgen nach dem Einweihungsfest hatten wir das Vergnügen eines Gesprächs. Aber Sie sind Gemüsegärtner, und hier handelt es sich um Bäume. Ihre Behandlung erfordert einen Fachmann. Es sind verschiedene Arten, Ulmen und Linden aus der Gegend um Compiègne, Buchen und Eichen aus der Normandie, und es sollten auch immergrüne Eichen aus der Dauphiné dabeisein, sie kommen aus fremder Erde und müssen an die in Versailles angepaßt werden. Also frage ich Sie, was wissen Sie über Bäume?«

Ich weinte fast. »Alles, Maître. Ich kenne Bäume besser als mich selbst. Ich brauche nur meine Hand an ihre Rinde zu legen und kann Ihnen etwas über die Chancen der Bäume sagen, groß und mächtig zu werden.«

Le Nôtre betrachtete mich nachsichtig, aber auch zweifelnd. »Monsieur ...«

»La Pomme.«

»Monsieur La Pomme, Sie werden warten müssen, bis ich zu einer Entscheidung gekommen bin, die Sache ist zu wichtig, um hastig darüber zu befinden.«

Bis zum Abend saß ich in einer Art Abstellkammer, die mir ein Gärtnerbursche angewiesen hatte. Vornübergebeugt hockte ich zwischen Spaten und Weidenkörben und hatte nichts anderes zu tun, als darüber nachzudenken, wie ich dazu kam, mich in fremde Angelegenheiten zu mischen. Ich glaube, in diesen Stunden der Untätigkeit begann aus einem Geist der Unzufriedenheit, der Verbohrtheit und der Gottferne die Wende meines Schicksals. Meine Erregung und Sorge um die Bäume in Versailles war dagegen ganz abgeflaut.

In der Dämmerung steckte Le Nôtre den Kopf zur Tür herein. »Ich suche Sie schon eine Weile. Sie sollten längst auf dem Weg zurück sein, die Sache duldet keinen Aufschub.«

Ich bin zum Chefgärtner für Boskette und Alleen aufgestiegen, nachdem alle Bäume ordnungsgemäß nach den Plänen eingepflanzt waren. Nur sehr wenige sind mir eingegangen. Die Pläne, die mir nun zugänglich waren, habe ich sehr genau studiert, nachdem mir ein Konstruktionszeichner das Gewirr der Linien erläutert hatte.

Ich sagte dir bereits, daß mir Vaux le Vicomte besser gefiel. So großartig Versailles in den Einzelheiten war, so erwiesen sich doch die ständigen, nachträglichen Erweiterungen als Nachteil, es fehlte letztlich die Einheitlichkeit.

Irgendwo in einer Schublade dieses Schreibtisches muß noch ein Plan von Versailles liegen, der die fertige Anlage zeigt. Eine einfache Skizze ohne Maßangaben, an der sich dennoch das Wichtige erkennen läßt: Rauten fügen sich in Quadrate oder Kreise ein, durchdringen sie, verbinden sich mit anderen, es ist ein ausgeklügeltes Gefüge von Formen und Formvarianten zur Einpassung der Natur in die Abstraktion.

Von der Schloßterrasse aus entpuppte sich die Geometrie in der Abfolge von Parterren, Bosketten, Alleen und Fontänen als Modulation durch Licht und Schatten, als Wechsel von Fern- und Nahsichten, von offenen und kleinen, intimen Räumen.

Außer im schloßnahen Bereich mit seinen Parterres bestand der große Garten im wesentlichen aus Bosketten, in die nach und nach die erstaunlichsten Kreationen der Gartenkunst eingefügt werden sollten, wie das Wassertheater und die riesigen Becken der

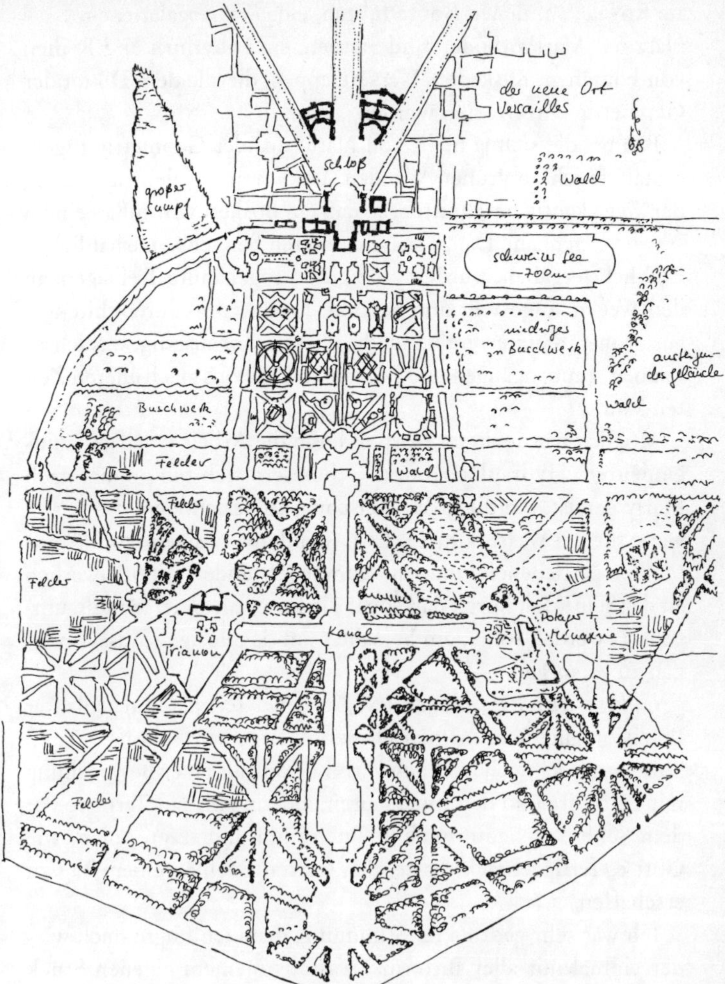

Versailles, Gesamtplan

Île Royale, auf denen Boote fuhren, eine Wassergalerie, ein Ballplatz mit Marmorboden und Statuen, ein Labyrinth und Reihen von Fontänen, Kaskaden, Wassertreppen, die alle dem Diktat der Geometrie unterworfen wurden.

Bäume, die sich ja nicht von Natur aus der Geometrie fügen, gestaltete ich zu grünen Wänden. Und zwar wurden sie entlang der Wege kantig beschnitten, so daß ein Boskett von außen einem Würfel gleichkam. Damit sich im unteren Bereich keine häßlichen Einblicke ergaben, wurden Holzgitter, sogenannte Treillagen, an den Wegen aufgestellt und berankt. Eine Art Freiluftarchitektur aus grünen Räumen entstand, die über das hinausging, was ich an Lauben, Laubengängen und begrünten Pavillons aus früheren Zeiten kannte.

Möglich wurde dieser Garten durch die Arbeit von Tiefbauingenieuren, Hydraulikern und Geometern. Ich bin einmal nach Marly gereist, um die große Maschine zu besichtigen, das Kraftwerk für die Wasserkünste. Es bestand aus riesigen, von Windmühlen getriebenen Pumpen und war verbunden mit Stauwerken an der Seine. Ich hörte, daß sogar die Eure, ein anderer Fluß, umgeleitet werden sollte, um Versailles mit den nötigen Wassermengen zu versorgen.

Laß es mich aussprechen: Diese Art neuer Technik und geplanter Präzision ging über meinen Horizont. An einem schönen klaren Sommertag kam ich reichlich wirr im Kopf aus einer Besprechung mit Le Nôtre und den Ingenieuren und ging bis zur Terrasse vor dem Schloß, schaute mich staunend um und fragte mich, wie Gott es fertiggebracht hatte, den Garten Eden an einem Tag zu erschaffen.

Ich war sehr gedrückter Stimmung, denn ich fragte mich wieder einmal mit aller Bitternis, was aus meinem eigenen Stück Eden werden sollte, und außerdem hatte ich versucht, Le Nôtre ganz bescheiden meine besonderen Kenntnisse zu empfehlen, aber leider bestand gar kein Bedarf mehr für meine hübsche Kunst der ars topiaria.

Wenig später erfuhr ich, daß Mlle. La Valliere einer anderen Platz machen mußte, einer Frau, die besser begriff, was die Zeit erforderte. Athénais de Montespan, Tochter eines Herzogs, war eine

Versailles: Ausschnitt aus dem Gesamtplan

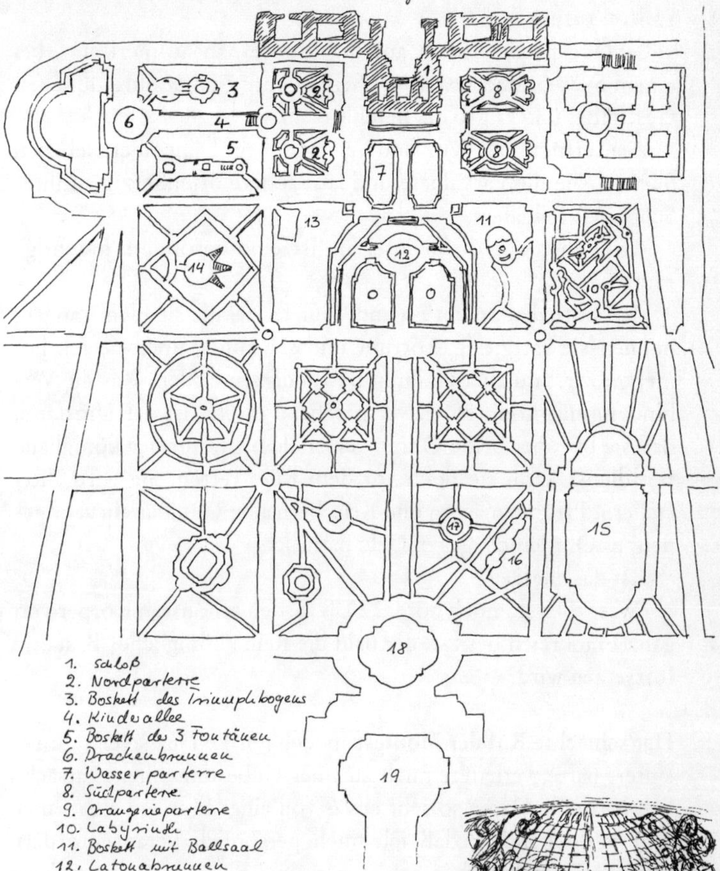

Entenbrunnen im Labyrinth

verheiratete Frau, deren Gatte vergebens gegen die königliche Liaison aufmuckte.

Le Duc machte mich auf die Montespan aufmerksam, bei einem Spätsommerfest 1667. Seine Leute trieben ihre üblichen Geschäfte, und er gab die Befehle dazu.

»Sie verfügt über Witz und Verstand, hegt keine übertriebenen Skrupel wie die La Valliere und läßt andere offenherzig an ihrer Schönheit teilhaben.«

»Ich sehe, was du meinst. Sie ist eine besonders prächtige Hure.«

»Ich bitte dich, mein Freund. Nur Leute, die sie nicht mögen, nennen sie raffgierig, korrupt und schamlos, und wie ich bemerke, wirst du eher zu ihren Bewunderern zählen. Was die Verbindung mit Louis so vielversprechend macht, ist der Umstand, daß sie bis über beide Ohren verschuldet ist, nur der königliche Bettdienst kann sie noch vor dem Ruin retten. Sie wird Bittstellern, Pfründenjägern und Kriechern aller Couleur ein sehr geneigtes Ohr leihen, gegen Geld natürlich.«

»Ist das alles?«

»Was willst du noch hören? Daß sie den schönsten Körper von ganz Frankreich besitzt, der bald die Reihe königlicher Bastarde fortsetzen wird?«

Der schlechte Ruf der Montespan, den mir Le Duc so erfreut erläutert hatte, verleitete mich zu einer Unbesonnenheit. Tatsächlich hatte die Dame so sehr etwas von einer Hure an sich, einer sehr verlockenden, daß ich mich persönlich herausgefordert fühlte, endlich aus dem Schatten meiner niederen Existenz herauszutreten.

Zunächst einmal besuchte ich Schneider, Schuhmacher, Weißnäherin und Hutmacher, leistete geringe Anzahlungen und machte mir wenig Gedanken um den Rest.

Die Qual, meine Füße mit den dicken Hornhäuten in Schnallenschuhe zu zwängen, bewog mich um ein Haar, von meinem Vorhaben Abstand zu nehmen, ging ich doch in den Dingern wie auf einer heißen Ofenplatte.

Zunächst habe ich nur Eindrücke gesammelt, diesmal aber in den Sälen und Salons, die der noblen Gesellschaft vorbehalten waren. Mir Zutritt zu verschaffen, war bei meiner Kenntnis des Hauses eine Kleinigkeit, ohnehin genügte es, Degen und Dreispitz zu tragen. Ich ließ das Plaudern und das Gelächter auf mich wirken, das Rascheln der Kleider, die Andeutungen, die in Blicken und Gesten lagen und die in das Zeremoniell des Hofes eingesponnen waren.

Ganz unmerklich bin ich an die Wand zurückgewichen und fand mich bei Verwaltern, Pächtern, Subalternen wieder – wie ich anständig gekleideten Leuten –, die verschüchtert auf eine Gelegenheit warteten, Briefe oder Botschaften zu übergeben.

Lange bemühte ich mich vergeblich, in das Spiel der Blicke einzutauchen, dann aber fing ich das Lächeln einer schönen Frau in einem rostfarbenen Seidenkleid auf. Ein Glanz wie Perlmutt, wie Sternenstaub haftete an den großzügig entblößten, üppigen Brüsten, an den Wangen und den langen dunkelgoldenen Locken, die ihr in den Nacken fielen. Einen Augenblick hielt ich die Dame für die Montespan, dann erkannte ich meinen Irrtum. Trotzdem trat ich, um nicht unhöflich zu sein, auf die Unbekannte zu, verbeugte mich und schwenkte mit einer großen Geste meinen Hut. Noch im Aufrichten sah ich, daß ein anderer ihre Hand ergriffen hatte, ihr Lächeln hatte nicht mir gegolten.

Sie hatte mich nicht einmal bemerkt. Weder meine täppische Verbeugung noch meinen hastigen Rückzug zur Wand. Anschließend schaute ich weniger euphorisch und zuversichtlich um mich, und so blieb mir die unschöne Erkenntnis nicht erspart, daß ich für die Noblen weniger vorhanden war als die Fliegen an der Wand, als die Lakaien und Domestiken.

Ich machte Le Duc ohne besonderen Anlaß einen Freundschaftsbesuch und ließ mich zu einer Flasche Wein einladen, obwohl mir der Wein nicht mehr recht schmeckte, und blieb dann noch zu einer zweiten. Wir sprachen natürlich über den Hof und die Valliere, die sich weiter als Maitresse en titre bei Hof zu präsentieren hatte, obwohl mittlerweile der letzte Türsteher über den Wechsel in Ludwigs Bett unterrichtet war. Mir wollte nicht einleuchten, daß Ludwig sich nicht öffentlich zur Montespan bekennen durfte und daß selbst im Lotterleben noch der Schein gewahrt werden mußte, und welcher denn überhaupt?

Le Duc hat mich sehr mitleidig angesehen und mir erklärt, daß auch ein König sich nicht öffentlich als Bock gebärden dürfe und selbst in der Unmoral noch zu Anstand verpflichtet sei. Ich begriff das nicht, zerfloß dagegen vor Mitgefühl mit der armen Valliere, die langsam ihre Schönheit einbüßte. Schärfer als vorher sprang ihre Nase vor, und ihr voller Mund bekam etwas Ziegenlippiges in einem fleischlos werdenden Gesicht. Auch mir erschien ein vollblütiges Weib wie die Montespan inzwischen geeigneter für die Rolle der Maitresse. Um den unangenehmen Eindruck abzuwehren, daß ich neuerdings zur Treulosigkeit neigte, weil ich die Schönheit der Montespan bewunderte, lenkte ich das Gespräch auf andere Themen.

Irgendwann kamen wir auf Descartes zu sprechen, und ein paar Gläser später erzählte ich ein bißchen von Ahasver. Das Halstuch hatte ich abgelegt und mir zudem wegen der dumpfen Luft in Le Ducs Unterwelt das Hemd aufgerissen. Le Duc war fast eingeschlafen und wurde allmählich wieder munterer. Sein Blick hing an der goldenen Münze, die ich an einer Kette am Hals trug.

Der Morgen mußte bereits grauen, als ich den Dieb im Licht stark herabgebrannter Kerzen fixierte. »Le Duc, wie komme ich in die Gesellschaft hinein? Ich habe es satt, draußen zu stehen.«

Le Duc legte den Kopf zurück, strich mit einer Bewegung das lange strähnige Haar nach hinten und lachte mich derart aus, daß sich alte Bedenken gegen den Dieb regten.

»Hab mich schon seit Stunden gefragt, wann du endlich zur Sache kommst. Du willst also den Tanz ums goldene Kalb mitmachen. Es wird mir ein Vergnügen sein, dir zu helfen, aber aus Freundschaft will ich dich vorher noch einmal warnen. Du mußt den Preis bezahlen, und den bestimme ich nur teilweise.«

Aufgeschreckt umklammerte ich mein letztes Kleinod, die Münze.

Le Duc schielte auf meine Hand. »Nicht den, obwohl du mir gelegentlich gestatten mußt, einen Blick auf deinen Talisman zu werfen. Wir schulden dir noch etwas. Du hast uns in den letzten Jahren ungehindert arbeiten lassen, das ist was wert.«

Ich hatte nicht bemerkt, daß wir nicht mehr allein waren. L'Escargot und Belette schoben sich heran und feixten komplizenhaft, aber auch gutmütig und zutraulich, was mich mehr verdroß, als wenn sie unverschämt geworden wären.

»Unser Freund hier«, sagte Le Duc laut, »geht zu Hofe. Merkt ihn euch, daß ihr ihn nicht demnächst mit der Kundschaft verwechselt. Bei ihm ist sowieso nichts zu holen.«

Noch mehr von dem Gelichter war herangekommen. Das Gelächter, in das die Diebsgesellschaft ausbrach, dröhnte mir in den Ohren. Im nachhinein scheint mir, als hätte ich mit meiner unbedachten Frage eine Maschinerie in Gang gesetzt, die schon eine Weile auf ihren Einsatz wartete, ich hätte den Lauf der Dinge aber nicht mehr aufhalten können.

Auf ein paar kurze Befehle Le Ducs erschienen Seidenstrümpfe, eine hellgelbe Kniehose, ein taubenblauer Seidenrock nebst Rüschenhemd und eine gestickte Weste. Einer von Le Ducs Kumpanen hob aus einer Schachtel eine dunkle Lockenperücke und schüttelte sie sacht aus. Zwei andere drückten mich unversehens in einen Armlehnstuhl.

Mit der Unerbittlichkeit versierter Kammerdiener sind die Diebe über mich hergefallen, haben mich rasiert, mir das Haar gestutzt, mich gesalbt und parfümiert und am Schluß gepudert wie einen Säugling. Der Augenblick der Überraschung kam für uns alle, als ich mich in meiner neuen Gewandung, die Perücke auf dem Kopf, in Positur stellte, einen Fuß vorgestreckt, den Oberkörper leicht zur Seite gedreht, eine Hand an der Hüfte. Im Spiegel, der auf einem Stuhl lehnte, erblickte ich einen echten Höfling.

Ein Moment absoluter Fremdheit mir selbst gegenüber hielt mich gefangen. Ungläubig musterte ich das glatte Gesicht und das dunkle Haar, zu dem meine Augen wieder paßten, mein neues Erscheinungsbild, in das ich erst innerlich hineinwachsen mußte. Unversehens drängte sich eine Rechnung auf, ich summierte die gelebte Zeit und kam auf fünfzig oder sechzig Jahre. Danach hätte der Mann im Spiegel längst das Greisenalter erreicht und wäre reif fürs Grab.

Oft habe ich mir gewünscht, ich hätte mich im entscheidenden Moment Leonardos Degen entgegengestemmt und gespürt, wie der Stahl mein Herz durchbohrt, eine kalte Flamme der Liebe. Ich wäre dann geborgen gewesen.

Es ist merkwürdig, daß ich hier, wo ich Geborgenheit gefunden habe, wie man meinen könnte, doch seit einigen Jahren zunehmend

Enge fühle und zuletzt die Notwendigkeit, mich ein letztes Mal aus allem zu lösen, und zwar freiwillig. Mein alter Traum zieht mich noch immer fort.

Aus meinem abgeschnittenen Bart hat Le Duc sofort einen künstlichen fertigen lassen, dessen ich mich bedienen konnte, um weiter unauffällig als La Pomme tätig zu sein. Mein Auftreten als Hofmann sollte ja nicht mehr als eine Kaprice, eine Laune sein, um das Ergebnis meiner gärtnerischen Arbeit aus einer anderen Perspektive zu studieren.

Es dauerte allerdings noch eine Zeit, bis ich mich in der Gesellschaft von Versailles umtun durfte. Nur in den kurzen Pausen eines Feldzugs in der Franche-Compté kehrte König Ludwig mit seinem Gefolge nach Paris und Versailles zurück. Die Abwesenheit nutzte Le Duc, sich als Zuchtmeister aufzuspielen, nachdem er mir begreiflich gemacht hatte, daß mir das Staatsgewand nichts nutzen würde, wenn ich mich nicht darin zu bewegen verstand, das hieß, die rechte Art Kratzfüße und Handküsse beherrschte sowie die in den höheren Kreisen angemessene Konversation.

Le Duc warf sich für die Unterrichtsstunden in eine reichlich lumpige Variante meines eigenen blendenden Staates, äffte theatralisch meine zu hölzernen Bewegungen nach und spielte sich derart als Kenner auf, daß ich mehr als einmal geneigt war, ihn aus lauter Verdruß totzuschlagen.

Nach ein paar Wochen stellte er endlich seine Bemühungen ein. »Ein eleganter Mensch wirst du nie«, erklärte er mit Resignation und einem unterschwelligen Ton von Bosheit. »Also müssen wir mehr auf deine Kraft setzen, das hat auch seinen Reiz bei manchen Damen, ein Hauch Militärisches im Auftreten könnte nicht schaden.«

Er präsentierte fast sofort einen passenden Namen für meine neue Existenz: Chevalier du Jardin.

»Von Pomme de cheval zum Chevalier. Ist das nötig?« Mein Mißbehagen interpretierte der Gauner falsch.

»Ich könnte dir sagen, wie viele falsche Barone und Marquis bei Hofe herumscharwenzeln. Dagegen bist du außerordentlich bescheiden.«

Ich hatte kein Verlangen, Le Duc darüber aufzuklären, daß ich keineswegs Bescheidenheit verspürte. Als Mann meiner Art und Geschichte war es mir geradezu unangenehm, mich kleinkrämerisch mit einem Titel in die gegebene Hierarchie einzufügen.

»Nimm die Sache nicht so ernst«, fuhr Le Duc fort. »So genau will das keiner wissen. Du wirst dich ohnehin nur unter das Fußvolk der Gesellschaft mischen. Um wirklich dazuzugehören und zu den Soupers, Dîners, den Jagdgesellschaften und Kutschfahrten eingeladen zu werden, brauchst du einen echten Titel und die offizielle Vorstellung bei Louis. Aber dir bleiben ja immerhin die Ballette, die Konzerte, das Flanieren, und wenn du Glück hast und einen günstigen Platz erwischst, darfst du beim Souper royale zuschauen. Das war's doch, was du wolltest. Und nun zum Geschäft.«

Ich muß recht blöd dreingeschaut haben.

»Du dachtest, es wäre alles umsonst? Nein, kein Geld, das sagte ich schon. Du wirst dort deine Augen und Ohren gebrauchen. Erzähl mir, was du gesehen und gehört hast. Nichts weiter, keine Mutmaßungen, keine Kommentare, darauf verstehst du dich ohnehin nicht.«

»Und ich dachte, du seiest von Natur aus allwissend, dir flögen die tieferen Einsichten nur so zu. Wie viele wie mich hast du noch am Hof herumlaufen?«

»Ich hab dir gesagt, alles hat seinen Preis. Das ist meiner. Zahl ihn, wir haben eine Abmachung.«

Es wäre nicht die erste, die nicht eingehalten wird, dachte ich, als ich aus Le Ducs Kavaliersschule entlassen war.

Die ersten Gehversuche auf dem höfischen Parkett fanden im Spätsommer statt und fielen reichlich unsicher aus, die innere Anspannung flaute aber ab, als ich bemerkte, daß die Gesellschaft nicht mehr gleichsam durch mich hindurch oder über mich hinweg agierte, es gab flüchtig taxierende Blicke, ein Nicken, dann erste, oberflächliche Bekanntschaften.

Die Schöne in der rostbraunen Seide sah ich öfter, es war eine Marquise de Coulommieres aus altem Adel, verheiratet mit einem Langweiler von weniger altem Adel, dafür aber reich. Diese Information mußte ich aus Schichten von Floskeln und Andeutungen herausschälen, in denen sich meine neuen Bekannten ergingen, unbedeutende Höflinge, von brennendem Ehrgeiz erfüllt, wo ich nur ein Spiel spielte.

Ich schrak regelrecht zusammen, als mich die Marquise an einem Herbsttag anlächelte. Trotz Le Ducs sorgfältigen Unterweisungen unfähig, das Lächeln zu erwidern, stand ich auf einem der Kieswege des Gartens, als sie auf mich zu trippelte.

»Chevalier, wir sind nicht miteinander bekannt, verzeiht daher die Ungezogenheit, wenn ich eine Bitte an Sie richte. Aber Sie scheinen einer der wenigen, denen die Hitze nicht zu schaffen macht.«

Es war Herbst, wie gesagt, Spätnachmittag, die Sonne verbreitete allenfalls eine milde Wärme, und trotzdem vermutete ich keinerlei Hintersinn, als Eloise de Coulommiers mich aufforderte, ihren Fächer zu holen, der in einem der Salons lag.

Beschwingt und mich wesentlich eleganter als zuvor bewegend, eilte ich zum Schloß zurück. Jetzt erst gelang es mir, La Pomme, den Gärtner, abzustreifen und den Garten als Chevalier zu betrachten. Der Widerschein des Lichts auf der taubenblauen Seide meines Rocks ging mit dem matten silbrigen Glänzen der Buchshecken und dem Schillern der Wasserflächen eine Farbharmonie ein, der Garten wurde sozusagen zu meinem Hintergrund, ich diente nicht mehr ihm, sondern er mir.

Von diesem Augenblick an habe ich von dem unablässigen, schmerzhaften Pochen in meinen Sohlen keine Notiz mehr genommen, bis ich mich wieder in La Pomme verwandelte, den Gärtner, der wegen häufiger Gichtanfälle manchmal kaum noch auftreten konnte.

Mit einem Verweis auf unsere Bekanntschaft bat mich die schöne Eloise schon wenige Abende später, sie in den Garten zu begleiten. Wir spazierten über das Nordparterre und wandelten an den neuen Bosketten entlang, in die hier und da verschwiegene Wege führten. Nachdenklich betrachtete mich die Marquise über den aufgeschlagenen Fächer hinweg, den sie diesmal nicht vergessen hatte.

»Ich frage mich«, sagte sie, bevor sie zielstrebig in das nächste Boskett abbog, »seit ich Sie in den Salons erblickt habe, ob alles, wirklich alles an Ihnen von diesen überwältigenden Proportionen ist.«

Leider war ich mit der höfischen Konversation noch zu wenig vertraut. In völliger Unschuld oder auch Begriffsstutzigkeit schritt ich neben ihr her, von Ritterlichkeit gegenüber einer Dame erfüllt, wobei mir ihr hoher Rang weniger bedeutete als ihre Schönheit und Eleganz, ich kam aber nicht umhin, wahrzunehmen, daß ich an der Seite der Marquise bereits mehr als zuvor beachtet wurde, allerdings begaben wir uns in zunehmende Einsamkeit.

In der Mitte des Bosketts befand sich ein kleines Rondell mit einem runden Brunnen. Der Ort war erfüllt von der Kühle des Wassers, dem Flüstern der Fontänen, vom Duft des Waldes und den Aromen des Heckenlaubs, die sich auf wunderbare Weise mit dem Moschusparfüm von Eloise vereinten, so daß sich meine Sinne angeregt fühlten und ich darüber nachzudenken begann, wie ich dem in mir aufquellenden Bedürfnis nach Zärtlichkeit Ausdruck verleihen konnte, ohne meine anmutige Gefährtin zu verschrecken oder gar gegen die Etikette zu verstoßen.

Die Marquise drehte sich um sich selbst, versonnen die Ausblicke in die menschenleeren Wegeachsen betrachtend. Dann raffte sie ihre Röcke, beugte sich nach vorn über das Brunnenbecken und streckte mir, in ihr Spiegelbild im Wasser vertieft, ihr blankes Gesäß entgegen.

Einen langen Moment betrachtete ich verblüfft die zwei prächtigen, hellen Halbmonde, bevor ich mich sehr schüchtern und unschlüssig näherte und wie ein Schuljunge, der erste Erfahrungen auf verbotenem Gebiet sammelt, die Hände auf die glatten Wölbungen legte. Ohne weiter nachzudenken – die Fähigkeit zu denken kommt einem in solchen Augenblicken sehr gründlich abhanden – schob ich die Röcke und Unterröcke weiter hinauf, bis ich die unvergleichlich wohlgeratenen Hüften unter meinen Händen spürte.

Leider drängte die Marquise auf rasche Erledigung. »Chevalier, bitte, oder können Sie Ihr Schwert nicht gebrauchen?«

Mich auf Le Ducs Unterweisungen im Umgang mit der vornehmen Gesellschaft besinnend, ließ ich die Marquise nicht länger warten.

»Chevalier«, plauderte Eloise auf dem Rückweg, »sicher ist Ihnen die bezaubernde Sage von Europa und dem Stier bekannt.

Ich habe mich bislang gefragt, welche Empfindungen die göttliche Kraft in der kleinen Jungfrau Europa ausgelöst hat, und nun bin ich in der glücklichen Lage, es mir vorstellen zu können.«

Die mythologische Verbrämung meiner Rolle bei unserer recht kurzen Belustigung trieb mir eine brennende Röte in die glattrasierten Wangen. Mit dem eher zwiespältigen Gefühl, endlich nachdrücklich Eingang in die elegante höfische Welt erlangt zu haben, begleitete ich die Marquise zum Schloß zurück.

Alles in allem führte ich ein unterhaltsames Doppelleben. Tagsüber war ich der Gärtner La Pomme, ein mürrischer, nur für die Bäume lebender Mensch, der mit den anderen Gärtnern über die Hinterlassenschaften der feinen Gesellschaft fluchte, die den Garten in eine riesige Kloake verwandelten, weshalb der Hof sich auch immer nur für einige Wochen am gleichen Ort aufhielt.

Ich ging krummbeinig und gebeugt und tastete häufig nach meinem falschen Bart, um mich zu vergewissern, ob er noch festsaß.

Wenn der Hof sich in Versailles traf, zelebrierte ich mit geheimer Lust allabendliche Rituale wie das Schminken, das dazu diente, die obere, gebräunte Gesichtshälfte des Gärtners der unteren blassen des Chevaliers anzugleichen. Damit glitt ich so vollständig in meine andere Existenz, daß der Chevalier weder einen Blick noch einen Gedanken auf die Gärtnerkollegen La Pommes verschwendete, denen er zuweilen begegnete.

Die Marquise spielte weiter die Jungfrau Europa und ich den Stier. Wenn sie meine besonderen Dienste wünschte, trug sie Rubinohrringe. Es war mir daher eine Pflicht und ein Anliegen, sobald ich die Salons betrat und nach ihr Ausschau hielt, nach ihren Ohren zu schielen.

Durch sie lernte ich auch das zweifelhafte Vergnügen an den Spieltischen kennen. Als ich ihr zum erstenmal dabei zuschaute, gewann sie recht ordentlich, was sie auf meine stimulierende Anwesenheit zurückführte und veranlaßte, den Gewinn mit mir zu teilen; allerdings unter der Voraussetzung, daß ich mein Kartenglück sofort selbst herausforderte.

Was soll ich lange darum herumreden: ich verlor, sie borgte mir Geld, und ich verlor wieder, manchmal gewann ich auch, letztlich stand ich aber immer und leider mit allmählich bedeutenderen Summen bei ihr in der Kreide. Ich begann zu ahnen, wie das große Netz des Hofes mit all den kleinen Spinnen und Fliegen in ihm funktionierte.

Zur Hofgesellschaft gehörte eine Dame, die amüsanter als die meisten zu plaudern verstand, weshalb ich hin und wieder ihre Gesellschaft suchte, obwohl sie nicht von besonderer Schönheit war und keineswegs mehr jung. Überdies hatte sie die lästige Gewohnheit zum Fanatismus neigender Leute, sich zu häufig über ein und dasselbe Thema zu verbreiten. Le Duc zeigte sich erfreut über meine Bekanntschaft, als ich ihm, unserem Abkommen gemäß, davon berichtete.

»Mein Kompliment zu Madame de Sévigné, Chevalier«, schnurrte er, »ich hegte schon die Befürchtung, du hättest deinen Verstand in den Unterröcken einer gewissen Marquise begraben.«

Ungerührt nahm ich zur Kenntnis, daß er über meine amouröse Verwicklung Bescheid wußte, genaugenommen schmeichelte es mir sogar, von den Huren Le Ducs konnte keine mit Eloise mithalten.

»Die Marquise Marie de Sévigné ist eines der größten Klatschmäuler des Hofes«, fuhr er belehrend fort, »was sie nicht weiß, weiß keiner – außer mir vielleicht. Ohne selbst von Bedeutung zu sein, kennt sie doch alle wichtigen Leute, das gibt ihr das Gefühl, über einen gewissen Einfluß zu verfügen. Außerdem besitzt sie einen klaren Verstand und eine Lästerzunge und hat außer allgemeiner Eitelkeit nur eine gravierende Schwäche.«

Ich nickte. »Die Tochter Francoise. Sehr schön, aber ein Eisblock. Die Mutter ist vernarrt in sie und redet stundenlang über nichts anderes als die Aussichten des Mädchens bei Hof und die vorteilhafte Heirat, die sie für das Fischblut arrangieren will.«

»Auch wenn dir die Tiraden auf die Tochter bald zu den Ohren herauslaufen, halt dich an Madame de Sévigné. Durch sie lernst du andere kennen, das liegt in der Natur dieser geschwätzigen Dame.«

Le Duc warf mir einen durchdringenden Blick zu als Aufforderung, in meinem Rapport fortzufahren. Ich klimperte mit ein paar Goldmünzen in meiner Tasche, meinem letzten Spielgewinn, und sah amüsiert zu, wie Le Duc vor Ärger über meine Maulfaulheit ein Glas Wein hinunterstürzte.

»Der Abbé«, knurrte er schließlich.

»Den hatte ich vergessen«, warf ich leichthin ein. »Ein großer, hagerer Mann mit finsteren Zügen. Schwarze Augenbrauen, über der Nase zusammengewachsen, reichlich dunkle Haut trotz Puder. Im Gehabe ein bißchen was von einem Komödianten. Er gesellte sich zu Madame de Sévigné und mir, sie kennt ihn, er heißt …«

»Antonio Francelli, Italiener, aus Pisa.«

»Ein Toskaner. Pisa gehört zu Florenz. Früher zur Republik Florenz, später zum Herzogtum Toscana.«

»Ich vergaß, daß du von irgendwo dort unten herkamst. Aber du bist kein Italiener, auch kein Franzose, das verrät die Sprache. In welchem Land der Erde bist du eigentlich zu Hause?«

»In den Gärten.«

»Also ein Weltbürger wie die Diebe, und wir bevorzugen die gleichen Plätze für unsere Gewerbe, solche, an denen das Leben heiter und unbeschwert ist, das macht die Menschen nachlässig.«

Er wußte, daß es mir verhaßt war, wenn er mich auf eine Stufe mit sich stellte.

»Wir waren bei Francelli«, schnappte ich.

Le Duc lächelte süffisant. »Ein interessanter Mann. Nicht so sehr wegen seiner geheimen Umtriebe, er soll Alchimist sein, aber auch Teufelsaustreiber oder Anbeter. Er kennt sich in der Lehre der Kabbala aus und einigen anderen sinistren Wissenschaften. All das ist mir gleichgültig, der Mann selbst völlig bedeutungslos, aber nicht die, mit denen er umgeht, denen er seine Geheimnisse teuer verkauft. Wie Madame de Sévigné sucht er überall dabeizusein, bemüht sich um Bekanntschaften, die sich irgendwann auszahlen.«

Er erzählte mir nichts, was ich nicht schon wußte. Der Mann hatte sich erst wenige Tage zuvor an uns herangeschlichen, als Madame sich wieder über die Tochter verbreitete und ich mich genötigt sah, hin und wieder in die Lobhudelei einzufallen, nur um nicht ständig den singenden Ton ihrer Stimme im Ohr zu haben.

»Sie verzeihen«, mischte er sich ein, und ich kann nicht sagen, daß ich nicht zunächst erfreut war, »daß ich mich an der Konversation beteilige. Ich höre so viele fremde Klänge in ihrer Aussprache, Chevalier, die mich verwirren, aber eine innere Eingebung sagt mir, daß manche davon aus meinem lieblichen Mutterland stammen. Am Ende sehe ich einen Landsmann vor mir?«

Ich verbeugte mich. »Zu viel der Ehre, Monsieur Abbé, obwohl Ihre Bemerkung von unvergleichlichem Scharfsinn zeugt. Ich hörte, daß Sie ein Mann der Wissenschaften sind.«

Madame de Sévigné unterbrach uns. »Ich sehe dort meine Tochter Francoise im Gespräch mit Monsieur de Caderousse. Ich sollte ihn begrüßen. Sie entschuldigen mich, Messieurs?«

Als ich der Davoneilenden nachsah, hoffte ich für Monsieur de Caderousse, daß es ihm gelang, rechtzeitig das Weite zu suchen.

»Abbé Francelli«, nahm ich den Faden meiner Konversation wieder auf, »Ihre Wissenschaften, von denen wir sprachen, scheinen ungebräuchlicher Art zu sein, nur etwas für Eingeweihte.«

»Und sind Sie einer?«

»Was treiben Sie? Suchen Sie nach dem Elixier, das ewiges Leben verleiht?«

Der Abbé ließ zu meiner Überraschung den Blick durch den Salon schweifen, deutete dann unauffällig auf einen winzigen Alten, der sich mühsam mittels eines Stocks fortschleppte. Eine ungeheure Lockenperücke drückte das verrunzelte Gesicht noch mehr zusammen, so daß es wie das eines bemalten Affen aussah. Gerade, als wir zu ihm hinschauten, kniff er mit einer raschen Geste einem hübschen Mädchen in den Busen und verlor dabei beinahe das Gleichgewicht.

»Haben Sie das gesehen, Chevalier? Kennen Sie den Marquis de Colesne? Ist er nicht erstaunlich? Wenn man ihn so rüstig, geradezu feurig inmitten des allgemeinen Treibens sieht, gibt man ihm keine Siebzig, dabei hat er die Achtzig überschritten und fühlt sich seit kurzem wieder jung.«

»Darf ich raten, worauf diese glückliche Verjüngung und das Wiedererwachen galanter Triebe zurückzuführen sind? Ein Elixier von Ihnen?«

Der Abbé lächelte geschmeichelt. »Natürlich ist die Rezeptur noch nicht vollkommen.«

Der Alte klammerte sich haltsuchend an das Mädchen, leckte ihr dabei rasch über das Dekolleté, bevor sie ihn von sich stieß.

»Wenn Sie mich gleich nach seinem Alter gefragt hätten, hätte ich Hundertzwanzig geschätzt, und außerdem scheint Ihr Gebräu eine Vermischung der Arten zu begünstigen. Abgesehen davon, daß der Marquis einem Pavian täuschend ähnlich sieht, hat er etwas von einem Ferkel an sich.«

Ich habe den Kerl stehenlassen. Schon während wir uns unterhielten, hatte ich ein, zwei Blicke von Eloise aufgefangen, sie ließ die Rubinohrringe aufblitzen.

In diese Erinnerung verloren, hatte ich einen Augenblick nicht auf Le Duc geachtet, nun bemerkte ich, daß er ein Buch auf den Tisch gelegt hatte.

»Das habe ich in einer Trödlerbude aufgetan, eine Schwarte besonderen Inhalts. Da du mal diesen Wicht erwähnt hast, habe ich es für dich gekauft.« Le Duc blätterte in den Seiten, es gelang mir ein paar Worte zu erhaschen, vor allem einen Namen, Ahasver. Bevor ich nach dem Buch greifen konnte, klappte er es zu und legte seine Hand darauf.

»Statt dich mit solchen Märchen zu beschäftigen, tu das, wofür du begabt zu sein scheinst. Widme dich den Damen und achte genau auf die Marquise de Montespan, vor allem in Louis' Gesellschaft. Apropos Louis. Du hast nicht zufällig gesehen, daß ihm nach Tisch übel war oder ein wenig schwindlig, irgend etwas, das auf ein gestörtes Wohlbefinden schließen läßt?«

Ich schielte nach dem Buch. »Le Duc, ich habe den König erst zweimal in Versailles aus der Nähe gesehen, und nur einmal beim Essen. Er hat bei dieser einen Mahlzeit einen Kapaun, einen gefüllten Schwan, einen gespickten Rehrücken, Schweinebraten vom Spieß und gebackenen Schinken, dazu jede Menge hartgekochter Eier, Obst, Gemüse und Salat gegessen, abgesehen von den Kuchen und anderen Süßspeisen. Wenn ich derart schlingen würde wie er, käme ich nicht mehr vom Stuhl hoch und hätte auch ein gestörtes Wohlbefinden.«

Le Duc winkte ärgerlich ab. »Ein Mann mit Appetit. Nach seinem Einfall in die Franche-Compté hat er halb Europa gegen sich, dabei hat ihm sein Feldzug nichts außer ein paar Festungen eingebracht, gegen die er die Franche-Compté wieder ausspucken mußte. Also glaub nicht, daß er satt ist.«

»Warum interessiert dich der König so? Ich komme nicht dahinter, ob du ihn nun bewunderst oder haßt.«

Le Duc gab keine Antwort.

Ich habe mich, noch bevor ich wieder in Versailles war, auf das Buch gestürzt, das mir Le Duc endlich überlassen hatte. An eine Mauer gelehnt, habe ich gelesen, während mich vorbeifahrende Kutschen mit Dreck bespritzten.

Begierig überflog ich die Geschichte Ahasvers und drang zu den späteren Begegnungen mit ihm vor. Mal war er in Italien, mal in Norddeutschland gesehen worden, dort vor allem bei einem Paulus Eitzen, einem Kirchenmann im Rang eines Bischofs und Anhänger Luthers. Ich suchte nach Hinweisen, daß Ahasvers Schicksal mit meinem verbunden war. Wieder wurden die verdickten Fußsohlen erwähnt, darüber hinaus Unverwundbarkeit und die Fähigkeit, jung zu bleiben. Ihm sollten ein paar sich selbst erneuernde Goldmünzen zur Verfügung stehen, ein Vorteil, der mir offenkundig nicht zu Gebote stand. Ein Kennzeichen gab es, das mir mehr als alles andere bisher Gelesene zu schaffen machte. Ein kreuzförmiges Mal an der Stirn, Zeichen seiner Schuld gegenüber dem Erlöser.

In meiner Wohnung habe ich an dem blassen Fleck auf meiner Stirn gerieben und mir mit einem Messer in die Hand geschnitten und erleichtert zugesehen, wie mein Blut floß, der Schmerz war mir willkommen. Ich geriet in Versuchung, die alte Münze wegzuwerfen, um zu sehen, ob sie aus eigenem Antrieb zu mir zurückfand, schließlich nahm ich von weiteren Proben dieser Art Abstand und dachte über den Mann selbst nach. Vielleicht war er nur einer, der wie ich die Erde zu sehr liebte und dem der von Christus verheißene Himmel zu fern war.

Le Duc hatte eine eigene Erklärung parat, die er mir bei unserem nächsten Treffen ungefragt unterbreitete. »Hast du das Machwerk gelesen? Wir sind nicht mehr als Staub und ein kleiner Schatten im Lauf der Geschichte, und da soll es einen geben, bei dem dies Elend über den natürlichen Verfall der Materie anhält?«

»Und was ist mit diesem Bischof Paulus Eitzen?«

»Ein Wichtigtuer. Ahasver, das ist nicht einer, das sind viele. Das ganze Volk der Juden, das ohne festen Wohnsitz seit über tausendsechshundert Jahren auf der Wanderschaft ist, seit die Römer ihren Staat zerschlagen haben. Alles andere ist Brimborium.«

»Der Rationalist Le Duc, der nur glaubt, was er weiß und kennt und anfassen kann. Keine Engel, keine Heiligen.«

»Und der Teufel hat sich selbst erfunden.«

Obwohl ich ja ein Beweis für etwas war, das außerhalb der normalen menschlichen Erfahrung lag, neigte ich dazu, Le Duc in bezug auf Ahasver Glauben zu schenken. Als Akt der Befreiung von einem lastenden Schatten verbrannte ich das Buch zusammen mit Totholz, Reisig und Unkraut in einem Herbstfeuer.

Etwa zu dieser Zeit trat erstmals das Ungeheuer auf. Einer meiner Untergärtner berichtete, daß ihm spätabends, als die Bäume voller Schatten und Tau hingen, aus dem Dunst eine riesenhafte Kreatur mit erhobenen Armen und wild zerzaustem Haar entgegengekommen war. Fast schien es, als ob die Kreatur um Hilfe oder Erbarmen schrie, der Mann war allerdings nicht sicher, ob es sich um menschliche Laute handelte, denn das Seltsamste war, daß dieses Wesen auf unbeschreibliche Weise einem Baum glich. Trotz der vorherigen Hilferufe lief es erschrocken weg, als es den Gärtner sah. Eine kuriose Geschichte, mit der ich den Cartesianer Le Duc nicht behelligte.

Nach zwei Jahren hatte ich das Hofleben noch immer nicht satt. Nicht eine der Hofkrankheiten hatte mich angeflogen, weder Rheuma noch Blasenkatarrh, noch das Fieber, das eben nicht nur die Arbeiter und Soldaten dezimierte.

Weder die stickige, heiße Luft im Sommer, zusätzlich aufgeheizt durch Tausende von Kerzen, verursachte mir Beschwerden, noch die zuweilen klirrende Kälte im Winter, die das Tafelwasser schon mal gefrieren ließ, bevor Kerzen und Menschen selbst einen Hauch von Wärme erzeugten. Versailles war nicht zu heizen. Ohne Vorbehalt bewunderte ich die Eiskristalle in den Gläsern, ergänzten sie doch den Glanz der Spiegel, der Vergoldungen, der Kristallüster, an denen sich das Licht in blitzenden farbigen Facetten brach, die sich in den Juwelen der Damen und Herren wiederholten. Die rauschenden Feste dehnten sich im Sommer von den Salons ins Freie aus, wo bei besonderen Gelegenheiten Girlanden, Triumphbögen, Theaterbühnen aus

Gobelin- und Tapetenwänden die Aussichten auf Wasserspiele, Boskette und Parterre noch mehr verzauberten. Da machte auch der Urin- und Fäkalgeruch, der den gesamten Garten durchzog, nicht mehr viel aus, ohnehin mischte er sich mit den Parfüms und den starken Körpergerüchen der Menschen, der Boden von Versailles fügte seine eigene Note hinzu, den der Fäulnis.

Natürlich bot sich mir keine Gelegenheit, beim Lever oder dem Coucher des Königs zugegen zu sein, geschweige ihm einen Ärmel des Hemdes zu halten oder einen ähnlich wertvollen Dienst zu erweisen. Mehrfach aber sah ich ihn inmitten seiner Familie, der Maitressen und anderer Würdenträger speisen, die in den Pausen zwischen den Gängen würgten und hinter Vorhänge kotzten und bei Tisch sich nicht selten auf die freimütigste Art über die Einzelheiten ihrer morgendlichen Stuhlgänge, über Ausflüsse, Abszesse und andere nicht weniger unappetitliche Themen verbreiteten und damit bewiesen, daß ein wirklich Vornehmer über alles zu reden versteht.

Ich bin sicher, daß mir das Vergnügen so lange erhalten blieb, weil ich zwei Existenzen führte, außerdem kam ich mit sehr wenig Schlaf aus. Es blieb mir allerdings nicht verborgen, daß so manchen aus der illustren Gesellschaft der Müßiggang nicht recht bekam.

»Wieso«, fragte ich einmal Madame de Sévigné, »haben viele von den Leuten keinen Saft in den Adern? Sie tun doch den ganzen lieben langen Tag nichts.«

Madame de Sévigné musterte mich belustigt. »Ich vermute, Chevalier, daß Sie einer der Glücklichen sind, die ein Quartier in der Nähe besitzen. Wahrscheinlich ziehen Sie deshalb die Lustbarkeiten hier vor. Man sieht Sie ja so gut wie nie in den anderen königlichen Residenzen, im Louvre, in den Tuilerien oder in St. Germain. Oder haben Sie sogar in Versailles gebaut? Das wäre sehr klug von Ihnen. Ich habe von dem königlichen Dekret gehört, nach dem der Grund- und Hausbesitz in Versailles nicht gepfändet werden darf, das wird vielen, die sich an den Spieltischen ruinieren, wenigstens ihr eigenes Bett erhalten.«

»In dem sie sich dann ruhelos herumwälzen. Wirken sie deshalb so welk? Wegen der Sorgen um ihre Schulden?« fragte ich, eingedenk meiner eigenen Lage.

»Chevalier, etwas inzwischen so Allgemeines und Alltägliches wie Schulden beeinträchtigt den Schlaf wohl nur selten.«

»Was ist es dann?«

»Ich nehme an, es geht den meisten wie mir. Ich nehme mittags einen Imbiß zu mir, bevor mein Coiffeur kommt und das Anlegen der Hoftoilette beginnt, das einige Stunden in Anspruch nimmt, bis ich denke, am Hofe bestehen zu können. Am späten Nachmittag dann fahre ich von Paris ab. Das weitere kennen Sie.« Ich nickte bestätigend. Das weitere hieß: ein hastiger kleiner Imbiß im Stehen nach der Ankunft, dann in wechselnder Reihenfolge Ballett, Oper oder Schauspiel, anschließend der Ball und das späte Souper nur für den König und wenige andere, und für die übrigen die Spieltische. »Ich ziehe es vor«, fuhr die Sévigné fort, »noch in der Nacht nach Hause zurückzukehren, statt wie so viele auf einem Feldbett im Flur oder in einer vollgestopften Kammer ein paar schlaflose Stunden zu verbringen. Paris erreiche ich wieder gegen acht Uhr morgens und sinke halbtot in mein eigenes Bett.«

Ich gab einer momentanen Laune nach, als ich beschloß, eine Weile nur La Pomme zu sein, ich habe mich sehr gern nach meiner Arbeit wieder in die Schriften Descartes' vertieft, auch die Gelehrsamkeit gehört ja zu meiner Natur.

Erst hat mir Le Duc gedroht, dann hat mich Eloise ermahnt, aber diese natürlich erst, als ich für eine kurze Visite wieder bei Hof erschien. Sie sprach von der Ungnade des Königs, die solche unbegründeten, längeren Abwesenheiten unfehlbar nach sich zögen. Die königliche Ungnade hielt ich für eine Erfindung, Ludwig hatte noch nie von mir Notiz genommen, schließlich war ich ja auch nicht offiziell vorgestellt. Es war also wohl die Ungnade von Eloise, mit der ich zu rechnen hatte.

Ich bin wie gesagt nicht müde und welk geworden, nur erfahrener, ich nahm die Züge von Langeweile deutlicher an anderen wahr und begriff die Notwendigkeit, den Garten von Versailles mit immer neuen Attraktionen zu bestücken, um den nach Abwechslung verlangenden noblen Haufen bei Laune zu halten.

Die Arbeiten in Versailles weiteten sich derart aus, daß ich ernsthafter mit dem Gedanken spielte, den Chevalier für ein, zwei Jahre an den Nagel zu hängen, wegen Eloise zögerte ich.

Nach einem kleinen Zerwürfnis mit ihr war ich gerade mehr denn je entschlossen, als ein nicht ungewohnter, aber in den Salons ungewöhnlicher Duft mich irritierte, dann faszinierte und schließlich rückhaltlos entzückte, so daß ich in einem Augenblick alle misanthropischen Verstimmungen vergaß.

Die Hofgesellschaft bevorzugte Moschus- und Zibetparfüms, starke Gerüche, die weniger angenehme eigene überdeckten, an diesem Abend aber sog ich unverhofft ein frisches klares Zitronenaroma ein. Es stieg von einem blendend weißen, jungen Nacken auf, in den sich eine Flut brauner Haare wellte. Wie eine Fliege vom süßen Leim angezogen, schob ich mich näher heran und beugte mich unauffällig über diesen Nacken, vollständig eingefangen von dem Duft, der durch die Haut eine besondere, unnachahmliche Note erfuhr. Ich schloß die Augen und allerhand idyllische Traumbilder stiegen vor mir auf, bukolische Szenen eines schönen, schlichten Hirtenlandes mit einem Schäfer und einer anmutig süßen Schäferin.

Das Mädchen mit dem ungewöhnlichen Duft war eine Neuerscheinung bei Hof, Sophie de Mèreville, Tochter eines vermögenden, erst kürzlich geadelten Steuerinspektors, der für sein einziges Kind nach einer passenden Partie suchte, als die ich weiß Gott nicht gelten konnte.

Eloise hatte beinahe schneller als ich begriffen, daß eine Rivalin für meine Gunst aufgetaucht war, und suchte mir die Kleine madig zu machen.

»Die Frische an ihr riecht nach Land«, insistierte sie, »nach wenig ersprießlicher, ungeordneter Natur, Chevalier, alle unsere verfeinerten, zur Delikatesse erzogenen Sinne fühlen sich abgestoßen von diesem Ansturm ungeschliffener Natürlichkeit.«

An meiner Anbetung dieses naturbelassenen Juwels vom Land mag La Pomme einen Anteil gehabt haben.

Das Hofleben erschien mir nun wunderbar belebt. Mit mehr Eifer widmete ich mich an den nächsten Abenden auch meinen galanten Verpflichtungen Eloise gegenüber, so daß sie sich bewogen fühlte, ihren Anflug von Eifersucht zu vergessen. Um mir zu beweisen, daß sie an meiner Ergebenheit ihr gegenüber nicht länger zweifelte, stellte sie mir sogar eine neue Bekannte vor, Paulette d'Anet, ebenfalls ein Neuzugang bei Hof, eine hellblonde, üppige Schönheit in Sophies Alter, die mich vage an jemanden erinnerte, den ich nicht benennen konnte, und die Wünsche in mir wachrief, die sich gegenüber der ahnungslosen Unschuld Sophies nicht einmal zu regen wagten.

Erstaunlicherweise forderte Eloise mich sogar auf, Paulette auf einen Gang über die Alleen und in die Boskette zu begleiten, also an die intimen Orte, die ich sonst mit der Marquise aufzusuchen pflegte.

Die Art, wie sich Paulette bewegte, und das für ein Mädchen ihres Alters unpassend freizügige Dekolleté verführten mich zu der Annahme, es mit einer leichten, flüchtigen Eroberung, im Genuß einem kleinen Dessert ähnlich, zu tun zu haben.

Meinem ersten, recht unverblümten Angriff auf ihre Tugend begegnete Paulette mit einer sehr ernsthaft vorgetragenen Frage zur Gartengestaltung, ich ließ mich auf langatmige Erklärungen ein und versuchte danach mit mehr strategischem Kalkül, mich ihr zu nähern. Sie aber drehte sich geschickt immer wieder aus meiner Reichweite, mich gleichzeitig mit koketten Blicken über den aufgeschlagenen Fächer hinweg reizend. Am Ende gelang es mir, ihre Hand zu ergreifen und mich küssend bis zu der Stelle zu bewegen, an der ihr weicher, runder Arm in den Spitzen des Ärmels verschwand.

»Aber Chevalier«, wies sie mich mit süßer Stimme in die Schranken, »doch nicht alles auf einmal!«

Es war ein Versprechen, nicht wahr?

Doch meine Erregung beengte mich mittlerweile derart, daß ich befürchtete, die Knöpfe von der Hose zu sprengen. In äußerster, gerade noch schicklicher Eile führte ich Paulette zurück und spähte nach Eloise aus, die zu meiner großen Erleichterung auf einmal ihre Rubinohrringe trug.

Kaum noch höflich, überließ ich Paulette einer Gruppe anderer Flaneure und hastete mit Eloise davon.

Schließlich machte mir Paulette begreiflich, daß die Gewährung ihrer Gunst davon abhing, wieweit ich ihre Wünsche erfüllte. Als ich ganz allgemein Unmut über zu materiell eingestellte junge Damen äußerte, kam Eloise auf Paulettes Lage zu sprechen. Das Mädchen sei ohne Mittel und nennenswerten Hintergrund ein Nichts, angewiesen auf Wohlwollen und Protektion, erklärte mir meine liebe Freundin. Mit einiger Mühe hatte sie ihrem Schützling – ich glaube, es handelte sich um entfernte Verwandtschaft – die Stelle einer Ehrenjungfrau Madames besorgt, der Schwägerin des Königs.

Ich habe recht lange gebraucht, um an den Spieltischen genug Geld zusammenzuraffen, damit ich an das Strumpfband Paulettes gelangen konnte.

Über den erotischen Scharmützeln mit Paulette und Eloise hatte ich keineswegs die anbetungswürdige Sophie aus dem Sinn verloren. Die meisten Kavaliere stießen sich an ihrer Größe, ein Makel, der mir gestattete, ihr mit dem Segen des Vaters den Hof zu machen – auf die übliche, unverbindliche Art –, denn nur an meiner Seite gelang ihr der Eindruck jener puppenhaften Niedlichkeit, den der Geschmack der Zeit von jungen Damen verlangte.

Leidenschaft, die zwischen den Schenkeln, aber nicht im Herzen brennt, ist leicht zu befriedigen und leicht zu vergessen, wenn aber das Herz angesprochen ist, werden andere, das ganze Leben umfassende Wünsche wach, eine Zeit der Sehnsüchte und des Träumens beginnt. In ruhelosen Nächten durchstreifte ich nach den Lustbarkeiten die Boskette. Ab und an war ein merkwürdiges, hohles Stöhnen oder Jaulen zu hören, das aber kaum in mein Bewußtsein drang, denn meine Träume von Sophie hielten mich in Atem und eine Idee beschäftigte mich, die mich bewog, die Nähe des Finsterlings Francelli zu suchen.

Bisher hatte ich den Abbé stets auf die gleiche unhöfliche Weise abgewiesen, nun mußte ich mich gedulden, bis er einen weiteren Versuch der Annäherung unternahm. Eine gewissermaßen glückliche Fügung beschleunigte mein Anliegen. Bei einer Drehung im Menuett fiel mir der Marquis de Colesne praktisch tot vor die Füße.

Ich kniete neben dem Alten nieder, der nun wirklich von einem Affen nicht mehr zu unterscheiden war, zu lächerlich staken krumme dürre Arme und Beine aus den Rüschen. Die Perücke war ihm vom Kopf gefallen und hatte einen eingetrockneten, blanken Schädel enthüllt. Ich legte rasch die Hand auf die Brust des Alten und stellte laut fest, was jeder schon begriffen hatte, daß nämlich das Herz nicht mehr schlug. Als ich in die erschrockenen Gesichter der Umstehenden schaute, begegnete ich dem Blick Francellis. Nach dem Abtransport der Leiche war es leicht, mit dem Abbé ins Gespräch zu kommen.

»Ihr Elixier, Abbé, hat bei Monsieur de Colesne ausgedient.«

»Aber es hat ihm immerhin zweiundachtzig Jahre beschert, und selbst die letzten waren recht vergnüglich.«

»Ich frage mich, Monsieur Abbé, ob die Wirkung eines solchen Elixiers wohl für jeden auf Dauer so ersprießlich ist, mir fällt dazu die Legende von diesem armen Esel Ahasver, dem Ewigen Juden, ein, der sich angeblich seit tausendsechshundert Jahren Schwielen an die Füße läuft.«

»Es muß ein paar Jahre her sein, seit ich Monsieur Ahasver das letzte Mal getroffen habe, kennen Sie ihn? Treibt er sich gegenwärtig wieder in Europa herum?«

»Verstehe ich Sie recht, Abbé, Sie haben einer Legendengestalt zu Fleisch verholfen und erhalten diesen Golem mit ihren alchimistischen Elixieren?«

Francelli verzog nicht einmal die Miene. »Es war eine Notwendigkeit für Monsieur Ahasver, hat er mir einmal anvertraut, seiner realen Existenz das Mäntelchen der Fabel umzuhängen, was umso leichter funktionierte, da in unserer aufgeklärten Zeit jedermann nur noch an das glaubt, was er wiegen und messen kann.«

»An den Scheißhaufen, sobald er sichtbar und stinkend unter seinem Schuh klebt? Aber warum dann noch der Aufwand?«

»Monsieur Ahasver hätte sich anders nicht mehr vor Verfolgern retten können, die trotz Aufgeklärtheit und Skeptizismus hinter seinen Geheimnissen herjagen.«

»Was das Geheimnis der Unsterblichkeit betrifft, wage ich zu bezweifeln, daß es irgendwelche Anstrengungen lohnt. Aber Sie kennen das Elixier, das ihn am Leben erhält?«

»Leider verwendet Monsieur Ahasver seine eigene Mixtur, und einem unkollegialen Zug zufolge gibt er die Mischung nicht preis, ich bin bei meinen Experimenten auf kleine Hinweise und Mutmaßungen angewiesen.«

»Und wohin führen Sie die?«

»In den Osten. Ex oriente Lux.«

Ich starrte auf die wieder Tanzenden, sie glitten an mir vorbei, ihre Kleider verbanden sich zu einem wirbelnden Farbenrausch, den ich schon nicht mehr wahrnahm, weit weg in einem fernen Land schaute ich einem alten Mann zu, der ein Gebräu in eine kleine Glasflasche füllte. Maruk.

»Chevalier?«

Ich schrak zusammen. »Aus dem Osten kommt das Licht, ich habe Sie sehr wohl verstanden. Dieses Elixier Ahasvers weckt in mir eine Erinnerung. Haben Sie schon einmal von den Feueranbetern gehört, von ihrem Propheten Zarathustra und von Ahura Mazda?«

»Chevalier«, dem Abbé schien unvermutet etwas in der Kehle zu stecken, er hustete, »Sie sind wahrhaftig ein Mann der Überraschungen. Um ehrlich zu sein, ich habe Sie bisher für einen Ignoranten gehalten.«

»Um ehrlich zu sein, Abbé«, antwortete ich und fixierte Francelli, »ich mich auch. Was wissen Sie über das Elixier der Feueranbeter, über das Haoma?«

»Daß es sehr schwer zu bereiten ist, man muß nicht nur die genaue Rezeptur kennen, sondern auch die Vorgänge des Opferrituals, auf denen seine eigentliche Wirksamkeit beruht.«

Ich hatte den Kerl für einen Scharlatan gehalten, schon wegen seines betont finsteren Auftretens, jetzt, als ich einen geheimen Wunsch unvermutet in den Bereich des Möglichen gerückt glaubte, fühlte ich mich außerstande, mich nicht an diese Möglichkeit zu klammern.

»Sie kennen das Opfer, das Ritual und was sonst dazu gehört?«

Der Abbé streifte mich mit einem spöttischen Blick. »Ihr Interesse an meinen kleinen Experimenten schmeichelt mir. Aber wie ich schon sagte, weiß ich zwar einige, aber nicht alle Geheimnisse des langen Lebens von Monsieur Ahasver. Ihre Fragen darf ich dahingehend verstehen, daß auch Ihnen an einer Verlängerung der natürlichen Lebensspanne gelegen ist?«

Meine Hand krallte sich in die Soutane des Abbés, ich zog ihn langsam zu mir heran. »Abbé, ich hege großes Interesse für den umgekehrten Prozeß. Wie läßt sich die Wirkung des Elixiers aufheben?«

Der Abbé befreite sich abrupt und trat zwei Schritte zurück. »Das ist es also. Ein Rezept zur Lebensverkürzung. Nun,

Chevalier, das ist nicht allzu schwer zu beschaffen. Ich habe das untrügliche Gefühl, daß wir uns noch manches mitzuteilen haben und schlage vor, Sie nehmen an einer meiner geheimen Zusammenkünfte teil, die in einem Kreis von Eingeweihten stattfinden. Ich lasse Sie Ort und Zeit wissen.«

Der Abbé mißfiel mir mehr als zuvor, trotzdem war ich entschlossen, der obskuren Einladung zu folgen, vielleicht wußte er ja doch etwas, das mich dem Ziel meiner Wünsche näher brachte.

So kam mir zwei Wochen später die Nachricht, daß eine Geheimgesellschaft stattfinden sollte, sehr gelegen. Allerdings ärgerte mich Francellis Aufforderung, zu dem Ereignis in einem schwarzen Umhang und einer schwarzen Gesichtsmaske zu erscheinen. Es widerstrebte mir, für einen Mummenschanz Geld auszugeben. Als die Nacht der Versammlung unmittelbar bevorstand, entwendete ich kurzerhand einen dunklen Kutschermantel und zerschnitt eine alte Gärtnerschürze, deren Ursprungsfarbe sich beim besten Willen nicht mehr feststellen ließ. Daraus ließ sich so etwas Ähnliches wie die geforderte Maske fertigen.

Am vereinbarten Treffpunkt in einer stillen Gasse hinter dem Stadttor von Paris musterte mich der Abbé mit einem ungläubigen Blick. »So gründlich hätten Sie die Maskierung nicht zu nehmen brauchen, Chevalier, die Herrschaften kennen sich alle, und Sie verraten sich ohnehin auf den ersten Blick durch Ihre Größe.«

»Warum dann das Theater?« fragte ich unwirsch.

»Der Atmosphäre wegen, Chevalier.«

Zu dieser, sollte ich später feststellen, paßte meine Ausstattung besser als die der anderen Geheimgesellschafter, die in Seidendominos und Samtmasken gehüllt auftraten. In einem verrufenen Viertel der Stadt führte mich der Abbé in ein baufälliges Gebäude und über brüchige Stiegen in ein Kellergewölbe, das stark an Le Ducs Rattenloch erinnerte. Die Kultstätte – um eine solche handelte es sich zweifellos – erhellten schwarze Kerzen auf hohen Leuchtern, die um einen mächtigen Stein standen, einen Altar aus alten Zeiten. Ein Geräusch aus dem Hintergrund ging mir mit seinem sonoren Ton auf die Nerven, bis ich merkte, daß es die Anwesenden erzeugten, die summend aus den verschatteten Bereichen nach vorn traten und einen Kreis um Altar und Kerzen bildeten. Natürlich erkannte ich einige von den Leuten.

Der Abbé trat als Satanspriester auf, in ein wallendes rotes Gewand gekleidet, mit einem schwarzen Lederhelm auf dem Kopf, der nur Augen, Nase und Mund freiließ. Kritisch beäugte ich den eiförmigen Lederschädel und vermißte die zwei Auswüchse, die das Erscheinungsbild pittoresker hätten wirken lassen, auch fehlte der Pferdefuß im linken Schuh. Über diesen Betrachtungen entging mir, daß sich die Stimmung änderte.

Auf dem Altar brannte ein Kohlenfeuer in einer Kupferschale, der Abbé hatte von Zeit zu Zeit Räucherwerk hineingeworfen, aromatische Schwaden stiegen auf und legten sich auf die Sinne der Besucher. Um welche Art von Droge es sich handelte, wußte ich nicht, über die Auswirkungen konnte kein Zweifel bestehen, zu eindeutige Seufzer klangen auf, und tastende Hände suchten sich Eingang in fremde Dominos.

Der Abbé packte einen schwarzen Hahn, der bis dahin ängstlich in einem Weidenkorb gegluckst hatte, hielt ihn über das Feuer und köpfte ihn mit zwei ungeschickten Schlägen eines Messers, das er vorher über der Glut hin- und hergeschwenkt hatte. Der arme Vogel flog ihm kopflos aus der Hand, flatterte zu Boden und verendete vor den Füßen einer Dame. Sie sank einem hinter ihr stehenden Kavalier in die Arme, wurde aber sogleich von mehreren ergriffen und in die Mitte des Kreises vor den Altar gezerrt, wo sie sie lüstern zu betatschen begannen und an ihrer Kleidung fingerten.

Ungefähr in diesem Moment fiel mir eine Maskierte auf, der ich irgendwo schon einmal begegnet sein mußte, wahrscheinlich in den Salons von Versailles.

Der angebliche Satanspriester hatte den Hahn aufgehoben, ihn tropfend über dem Kopf der Frau in unserer Mitte kreisen lassen und danach das restliche Blut in ein Fläschchen gefüllt, das der Unbekannten im Hintergrund zugesteckt wurde, die sich daraufhin umwandte und verschwand. Ich folgte ihr ohne nachzudenken, das weitere Spektakel reizte mich nicht, trotz meiner inzwischen angeregten Sinne. Als ich auf der Straße vor dem Haus stand, war die Maskierte bereits verschwunden.

An einem Sonntag im folgenden Frühjahr erhielt ich Gelegenheit, meiner schönen Sophie das neuerbaute Trianon de Porcelaine zu zeigen. Ihr Vater war mit dem kleinen Ausflug einverstanden. Ein Mann wie er, der nur von Geld etwas verstand, konnte nicht ahnen, welche verführerischen Kräfte in Trianon wirkten.

Das Schlößchen, unweit von Versailles gelegen, diente Ludwig als Sommerrefugium vor der Hitze und als Abwechslung vom steifen Pomp seiner Residenz. Hier nahm er mit der Montespan in geheimen Tête-à-têtes den Tee ein.

Das halbe Dorf Trianon hatte dem Bau weichen müssen, ich konnte mich daran erinnern, wie die Bewohner ihre Habe auf Karren luden und ihr Vieh vor sich her in die Fremde trieben. Das Schicksal der Leute, die dem Bedürfnis ihres Monarchen nach etwas intimeren Zerstreuungen im Wege standen, war bedauerlich, aber nicht einzigartig, flüchtig kam mir Tivoli in den Sinn, die Allüren der Herrschenden blieben sich durch die Jahrhunderte erstaunlich gleich.

Das Schlößchen bestand aus einem Haupthaus und zwei Pavillons, zusammen umschlossen die drei Gebäude einen kleinen Ehrenhof. Hellgelb leuchteten die Außenwände, über ihnen erhoben sich anmutig geschwungene Walmdächer. Mit den Dachpfannen, die dem Refugium seinen Namen gaben, wurde die Mode der chinesischen Pavillons und Teehäuser eingeläutet, *die bis in die jetzige Zeit andauert*, denn diese Pfannen bestanden aus blau-weiß bemalter Fayence, die von weitem wie echtes Porzellan wirkte. Ergänzt wurde diese erstaunliche Dekoration durch blauweiße Fayence-Vasen entlang der Dachbalustraden, das Ganze wirkte verspielt und heiter.

Sophie lauschte mit bereitwilliger Aufmerksamkeit, als ich ihr von dem chinesischen Vorbild für Trianon erzählte, einer Pagode in Nanking, die mit richtigem Porzellan verkleidet war. Gesehen hatte keiner der verantwortlichen Künstler dieses Tempelchen, das als Weltwunder galt; es war nur durch eine illustrierte Reisebeschreibung bekannt geworden, die in den Kreisen der Gebildeten kursierte.

Sophie hörte nicht mehr auf, mir Fragen zu stellen, und so erzählte ich ihr von maurischen Palästen, ihren Höfen und Bädern mit schimmernden Fliesen in Blau und Rot. Unser Gespräch folgte nicht den eingetretenen Pfaden höfischer Konversation, denn ich sprach mit mehr Feuer und Anteilnahme, als von einem bloßen Betrachter von Sehenswürdigkeiten zu erwarten war. Unmerklich entstand etwas wie Intimität zwischen uns. Ganz nah war Sophie an mich herangerückt, um sich nichts von meinen Erläuterungen entgehen zu lassen.

»Wissen Sie, Chevalier«, sagte sie andächtig, »wenn man dies hier gesehen hat, die Kostbarkeit, den Reiz der kleinen Proportionen, die Anmut, die mich an ein Menuett denken läßt, beginnen sich Träume zu regen, und ich frage mich, ob sie je in Erfüllung gehen werden.«

Prüfend betrachtete ich ihr mir zugewandtes Gesichtchen, eine frische Röte belebte ihren Teint, die Farbigkeit und Lebendigkeit unserer Umgebung spiegelte sich in ihren Augen, die die Mattigkeit des Hofes noch nicht verschattet hatte. Das Beste aber wartete noch auf uns.

Der Garten von Trianon erstreckte sich über zwei flache Terrassen, die erste beherrschten Broderien und die kostbaren Zitrusgewächse aus Vaux le Vicomte. Erst wenige Tage zuvor waren die Bäume aus ihrem Winterquartier entlassen worden. Schon verzauberten sie mit ihren Blüten und Früchten den Garten.

Auch Sophie hatte sich wieder ihres Zitrusparfüms bedient, und ich sog nun dieses helle Aroma ein, das vervielfältigt die obere Terrasse durchwehte und alle Sehnsüchte meines Herzens in einem Schleier von Duft in sich trug, der uns von allen Seiten einhüllte.

Viel später gestand mir Sophie, daß sie den eigenen Geruch zutiefst verabscheute und sich das Zitronenparfüm mehr als die schweren und schwülen Moschus- und Zibetdüfte dazu eignete, ihn zu überdecken.

Wie zwei Kinder faßten wir uns an die Hände und stiegen die wenigen Stufen zum zweiten Parterre hinab. Dieser Teil des Gartens gehörte den Blumen. Le Nôtre hätte sie gern als zu plebejisch für einen königlichen Garten abgelehnt, aber es war Ludwig selbst gewesen, der darauf bestanden und außerdem angeordnet hatte, daß vor allem die stark duftenden Sorten zu bevorzugen seien.

Hier habe ich meine keusche Fee zum erstenmal geküßt. Es war ein ganz sanftes Berühren der Lippen, aber in Sophies Augen glühte der Funke der Leidenschaft auf, den ich so lange vermißt hatte, und die Gewißheit, daß wir von nun an zusammengehörten. Denn so einen Augenblick der Hingabe teilt man nicht ohne den Wunsch, bis in alle Ewigkeit festzuhalten, was man an Innigkeit erfahren hat.

Beinahe wäre mir La Pomme zum Verhängnis geworden. Da der König erwartete, daß der Garten ständig blühte, mußten die Gärtner täglich, auch sonntags, verwelkte Pflanzen auswechseln, weshalb die schnell verblühenden Sorten in Töpfen eingesetzt wurden. An diesem Tag oblag diese Pflicht zwei älteren Lehrlingen. Der eine war ein fauler, begriffsstutziger Bursche, über den ich mich schon öfter geärgert hatte. Ich merkte, daß er uns heimlich beobachtete. Wir waren bis ans Ende des Blumenparterres gegangen, als ich nicht mehr an mich halten konnte, die spähenden Blicke leid, habe ich ihn angefahren.

»Was hältst du Maulaffen feil, statt zu arbeiten? Außerdem verhunzt du das Pflanzschema. Es heißt, A-B-C, A für Glockenblume, B für Nelke, C für Lilie, im Wechsel mit D-E-F, D für Lichtnelke, E für Veilchen und F für Kamille. Starr nicht mich an, schau auf deinen Plan. Seit ich hier stehe, hast du dich schon viermal vertan.«

Sophie musterte mich mit großen runden Augen. »Chevalier«, hauchte sie, »Sie sind der erstaunlichste Mann, dem ich bis jetzt begegnet bin. Sie sagen und wissen so ungewöhnliche Dinge, Sie sind so ganz verschieden von den anderen am Hofe, die alle das Gleiche sagen und wohl auch denken.«

Ich habe sie nicht gleich gebeten, die Meine zu werden, das hätte sich für einen Habenichts wie mich nicht gehört.

Ein letztes Mal betrachteten wir den Garten, bevor wir zurückgingen. Die bunten Tupfen der Blumen in den reinen Farben von weiß, blau und rot in den Geometrien der Beete verschmolzen zu einer wie mit Email überzogenen Fläche und bildeten das farbensprühende Pendant zur gemäßigteren Blau-Weiß-Gelb-Harmonie des Schlößchens.

Auf die Gärtnerburschen habe ich nicht mehr geachtet, ich war wieder ganz Chevalier.

Aus meiner Hoffnung auf eine Zukunft mit Sophie ergab sich dringender als zuvor die Notwendigkeit, zu Geld zu kommen, zu viel Geld, um den Ansprüchen eines Emporkömmlings wie Méreville zu genügen. Ich spielte riskanter und verlor mehr als sonst und stand höher bei Eloise in der Kreide, außerdem bedrängte Le Duc mich, die Geheimnisse des Hofes intensiver auszuspähen.

Zur gleichen Zeit stellte ich weiter Paulette nach, über deren Strumpfband ich nicht hinauskam. Ich brauchte diese kleinen erotischen Sensationen, wenn sie mir erlaubte, ihre Schenkel bis zu jenem gekräuselten Spitzenband zu streicheln und mit den Lippen über ihren Busen zu streifen, immer tiefer und heftiger unter die Rüschen ihres Mieders vordringend, bis sie mir auflachend Einhalt gebot und ich mich anschließend bei Eloise abkühlen mußte.

Du magst dich wundern, daß ich diese Spielchen mit den Damen fortsetzte, während doch gleichzeitig die Liebe zu Sophie in meinem Herzen blühte. *Laß dir sagen*, es war die Materie Mensch, die ihren eigenen Mechanismen folgt, von denen der Geist zuweilen nichts wissen will.

Am Ende hätte ich Paulette wohl doch zum Teufel gejagt, eines Abends aber unterbreitete sie mir unerwartet das Angebot, sie nach dem Ball in ihrer Kammer aufzusuchen, die unter dem Dach lag. Zur vereinbarten Zeit öffnete ich verstohlen ihre Tür, besorgt um jedes Quietschen der Angeln, das ihre Nachbarinnen aufstören konnte oder schlimmer noch die Ehrendame, eine Art weiblicher Zerberus fortgeschrittenen Alters, der über die Tugend der Ehrenjungfrauen zu wachen hatte.

Im Schein einer Kerze lag Paulette auf ihrem Bett, halb auf der Seite, den Kopf in ein Kissen geschmiegt. Sie trug nur ein Hemd, die Träger waren ihr über die Schulter herabgerutscht und der Saum hatte sich weit über die Schenkel hinaufgeschoben. Ich sank vor dem Bett in die Knie, strich über ihre appetitliche Kehrseite und über ihre Hüfte und versuchte, Paulette mit einem Griff in eine für die endgültige Eroberung günstige Lage zu bringen.

»Aber Chevalier!« Unversehens brach Eloise in unser Tête-à-tête ein. Sie schob den Paravent beiseite, hinter dem sie gelauert hatte. »Sie vergessen sich. Haben Sie denn noch nicht begriffen, daß Sie die Festung zwar bestürmen, aber nicht einnehmen dürfen?«

Ich machte es den beiden Intrigantinnen nicht leicht, mir zu erläutern, warum der Erhalt der physischen Unschuld bei gleichzeitigem Erwerb aller nur denkbaren Fertigkeiten, das männliche Begehren zu schüren und möglichst lange aufrechtzuerhalten, von so großer Bedeutung sei. Ziel der Anstrengungen war eine Liaison mit einem hochgestellten Liebhaber, der in Anerkennung von Paulettes Diensten ihre Zukunft in der Gesellschaft sichern sollte.

»Ich habe Ihnen also lediglich als Versuchsobjekt gedient, Mademoiselle Paulette?« fragte ich ernüchtert und stopfte mir das Hemd in die Hose zurück.

»Nach dem, was mir Paulette erzählt hat«, sagte meine liebe Freundin Eloise, »sind Sie darin unübertrefflich gewesen, und nur ihr hohes Ziel konnte sie davon abhalten, Ihren begreiflichen Wünschen entgegenzukommen. Sie hat viel durch Sie gelernt, aber es bleibt noch manches offen, was der Verschwiegenheit eines Schlafgemachs bedarf.«

»Marquise«, ich deutete eine ironische Verbeugung in Anerkennung der hübschen Inszenierung an, in die ich wie ein honigsuchender Bär getappt war, »wollen Sie damit andeuten, daß meine Leidenschaften weiteren Proben unterzogen werden sollen, ohne die Früchte dieser Betätigungen ernten zu können?«

Eloise setzte sich auf die Bettkante und ließ sich seelenruhig von Paulettes geschickten Fingern die Verschnürungen ihrer Robe öffnen.

»Warum so verstimmt, Chevalier? Haben Sie denn gar kein Verständnis für die reizende Paulette? Für ihren begreiflichen Ehrgeiz, ihre Ambitionen? Sie ist auf die Ausnutzung ihrer natürlichen Talente und Vorzüge angewiesen, mir scheint, daß Ihnen so etwas geläufig sein müßte. Was die erwähnten Früchte betrifft, Chevalier, halten Sie uns doch nicht für ungeschliffen, als wüßten wir nicht mehr, was sich schickt. Kommt es Ihnen auf einmal so sehr darauf an, wer sie Ihnen darreicht?«

Wer der vorgesehene hochgestellte Liebhaber war, erfuhr ich nicht, ich war mir aber sicher, daß mit den Bemühungen, denen ich mich anfangs noch mit dem Gefühl des gekränkten Liebhabers widmete, ein bestimmtes und kein allgemeines Ziel anvisiert wurde.

Als ich Paulette einmal neben der La Valliere sah, die offziell noch immer den Posten einer Maitresse en titre innehatte und sogar zur Herzogin von Vaujours aufgestiegen war, fiel mir die vage Ähnlichkeit der Damen auf. Ich schalt mich, das Komplott nicht früher durchschaut zu haben.

»Warum«, fragte ich die Marquise, »begnügen Sie sich mit der bescheidenen Rolle der Helferin? Denn um ehrlich zu sein, übertreffen Sie an Witz, Eleganz und Schönheit Paulette ohnehin und selbst Madame de Montespan.«

»Ich danke Ihnen für das Kompliment, Chevalier. Die Ehre, die Gunst des Königs zu genießen, ist nicht hoch genug zu veranschlagen, aber leider an eine Fülle von Verpflichtungen gebunden. – Tatsächlich«, fügte sie nach kurzer Pause nachdenklich hinzu, »stört mich schon der Gedanke an die königlichen Bastarde, die sich unweigerlich einstellten. Es macht mir außerdem mehr Freude, an den Fäden zu ziehen, als selbst als Marionette auf der Bühne zu stehen.«

»Aber Madame«, wandte ich, auf eine Idee gebracht, ein, »was ist, wenn nun unser gemeinsames Vergnügen zu entsprechenden Folgen führt, ich wundere mich, daß dieser Fall nicht längst eingetreten ist.«

»Chevalier, seien Sie doch nicht naiv! Es gibt doch vorbeugende und nachsorgende Mittel, die natürlich nicht in Frage kommen, wenn man es mit dem König zu tun hat. Es käme einer Majestätsbeleidigung gleich und wäre ein Skandal sondergleichen.«

Ich gewann nun ein sehr viel persönlicheres Interesse daran, die Umgebung des Königs zu studieren. Es machte mir mehr Vergnügen als erwartet, Paulette gemeinsam mit Eloise in erotischen Künsten zu unterrichten und zu beobachten, wie das Mädchen begann, ihre körperlichen Vorzüge und ihre durch mich stimulierte Sinnlichkeit herauszustellen. Die Waghalsigkeit, die Ähnlichkeit mit der ehemaligen Geliebten auszunutzen, um die neue auszustechen, gefiel mir, ich begann, den kitzligen Reiz dieser Intrige zu spüren.

Da ich der Montespan jetzt mehr Aufmerksamkeit widmete, erkannte ich sie im Bruchteil eines Augenblicks, als eine dunkle Kutsche an mir vorbeiratterte und ein Gesicht am Fenster erschien, halb verdeckt von einem schwarzen Spitzenschleier. Ich befand mich auf dem Rückweg von Le Duc. Wir hatten eine unerfreuliche Auseinandersetzung um eine Anleihe gehabt, es sei die letzte, hatte der Dieb geknurrt. Er kam mir sogar mit unbestimmten Drohungen wegen meiner zu spärlichen Nachrichten vom Hof, ich hatte Eloises und Paulettes Komplott aus naheliegenden Gründen verschwiegen. Trotzdem war es mehr Neugier und weniger Pflichteifer und schon gar keine Furcht vor dem alten Beutelschneider, die mich hieß, der Kutsche zu folgen, die noch tiefer in das üble Viertel vordrang, in dem Le Ducs Räuberhöhle lag.

An einer Ecke stieg die Montespan aus und lief ein paar Schritte in eine schmale, vor Unrat stinkende Gasse. Ich drückte mich in einen Torbogen, als sie an einer Tür kratzte und dahinter verschwand.

Der alten Freundschaft wegen habe ich Le Duc noch einmal aufgesucht, und nachdem ich meine Geschichte losgeworden war, hat er ohne Einwände einer Erhöhung des Darlehens zugestimmt.

»Du hast mir«, sagte er, als er mir die Ecus aufzählte, »den Beweis erbracht für etwas, was ich vermutete, der Ungeheuerlichkeit wegen aber bisher als absurd abtun mußte.« Er legte unaufgefordert noch zwei Goldstücke drauf, blieb mir aber jede Erklärung schuldig.

Um selbst der Sache nachzugehen, fand ich es nützlich, auf die Bekanntschaft mit dem Abbé wieder etwas Zeit zu verwenden. Seit der lächerlichen schwarzen Messe gab er sich reichlich verschnupft. Das Eis wurde mit einem Angebot gebrochen, das mir wieder einmal bewies, daß die angeblich so besonders hinterlistigen Gauner am ehesten auf jeden breit aufgestrichenen Leim kriechen.

»Abbé, Sie werden mir verzeihen, daß ich Ihre letzte Versammlung überstürzt verließ.« Ich mußte ihn an der Soutane festhalten, damit er mich weiter anhörte. »Ein Mann, der mit den Mächten der Zeit ringt, sollte sich nicht mit billig getarnter Hurerei befassen. Nehmen wir dagegen an, Sie veranstalten eine Zeremonie mit dem Elixier des Lebens und bräuchten jemand, der sich jedwedem Experiment unterwürfe, selbst auf die Gefahr, daß sich das Elixier eher nicht als lebensverlängernd erweist.«

Der Abbé kniff abwägend die Augen zusammen. »Um eins ganz klar zu stellen, Chevalier, es handelt sich nicht schlicht um Gift? Das wäre billiger zu haben.«

Ich schüttelte sacht den Kopf. »Würde ich mich dann selbst zur Verfügung stellen?«

»Das wäre in der Tat bedenkenswert. Wissen Sie, einige der bei unserer gemeinsamen Zeremonie anwesenden Damen würden es sehr begrüßen, wenn Sie diesmal bis zum Ende aushielten.«

Ich gebe zu, die Sache war etwas heikel. Natürlich glaubte ich keinen Augenblick, daß Francelli ein derartiges Experiment gelänge, mich streifte aber der Gedanke, daß sein Gebräu eventuell geeignet wäre, die Wirkung von Maruks Teufelstrank aufzuheben. Nachdem die Sache abgesprochen war, zweifelte ich an meinem Verstand, der mir den Humbug eingeblasen hatte, und ich fragte mich, wie weit es mir tatsächlich darum ging, eine Identität zu klären.

Dieser Punkt erledigte sich rasch. Es handelte sich unzweifelhaft um die Montespan, die in Seidendomino und Maske an dem unterweltlichen Hokuspokus teilnahm.

Ich fühlte nichts als Widerwillen und Langeweile, als der rot kostümierte Abbé zu seiner Vorstellung ansetzte. Zunächst reinigte er den Altar rings um die Feuerstelle mit Wasser, dann ließ er tropfenweise eine weiße Flüssigkeit – Milch vermutlich – in der Glut verzischen. Alles in mir spannte sich, als ich die Rituale Maruks, des Feueranbeters, erkannte.

Murmelnd las Francelli aus einem uralten Buch und warf dabei aus diversen Schüsselchen und Näpfen getrocknete Kräuter und Pulver in die kleine Steinschale, die er mitten ins Feuer gestellt hatte. Die Erregung trieb mir jeglichen Spott aus. Ich wünschte nichts sehnlicher, als daß sich aus den alchemistischen Albernheiten doch etwas Ernsthaftes herauskristallisierte und ein Wunder ereignete, das mich in die Reihen der gewöhnlichen Sterblichen zurückwarf. Ich begehrte es mit aller Inbrunst.

Der Abbé wandte sich um und winkte mich mit der einen Hand in die Mitte des Kreises vor den Altar, mit der anderen griff er hinter sich in einen Napf und warf eine weitere Zutat sowohl in die Glut als auch in die Steinschale, bevor er zurücktrat. Ein dumpfer Schlag ließ die Wände und den Boden erzittern. Rauch kräuselte auf, die Schwaden hüllten mich unversehens ein und stiegen an mir in einer schwindelerregenden Spirale auf, die sich über meinem Kopf teilte. Starke Äste trieben hervor, schoben sich über alle Anwesenden hinweg, eine ungeheure Baumkrone bildete sich. Sie war so dunkel, als hätte sie alle Nächte seit Anbeginn der Zeit in sich aufgesaugt. Mit dem Ausbreiten der Krone erhob sich ein pfeifender Ton wie das Brausen eines Sturms. Und noch immer dehnte sich der Baum und drohte den Raum zu sprengen. Danach begann ein Stöhnen und Ächzen, unerträglicher als das Jaulen des Sturms.

Von da an fehlt mir jede Erinnerung, ich wachte auf und fand mich lang ausgestreckt auf dem Boden. Abgründige Stille herrschte, all diese angeblich Eingeweihten waren geflohen. Jemand mußte wohl an die Schale im Feuer geraten sein und hatte sie umgekippt. Schwach glühende Kohlen beleuchteten die Reste des verbrannten Zauberbuchs. Die letzte Kerze flackerte. Ein Stöhnen, ein klägliches Echo des vorherigen, ließ mich zusammenfahren. Hinter dem Altar lag der Abbé in seiner zerfetzten roten Robe, matt winkte er mit der Hand, als er mich sah.

»Wisssen Sie's?« flüsterte er. »Haben Sie's bemerkt?«

»Was?« fragte ich barsch und zog ihn mit einem Ruck auf die Füße.

Francelli stürzte sich auf die umgeworfene Schale, wischte die letzten Krümel auf und leckte sie sich von den Fingern. Dann packte er mit beiden Händen meinen Kutschermantel. »Ich muß es wissen.«

»Aber ich nicht!« schrie ich und schob Francelli zurück, der im nächsten Moment auf die Knie sank und meine Beine umklammerte.

»Sagen Sie's mir, sagen Sie mir, was ich als letztes in die Schale geworfen habe.«

Ich stutzte und wandte mich zum Altar um. Aufs Geratewohl ergriff ich eines der Näpfchen, schüttete den Inhalt dem Abbé über den Kopf und ließ das Gefäß zu Boden fallen. Francelli sammelte unter Verbeugungen, auf den Knien herumrutschend, die Scherben ein.

»Ich danke Ihnen, Chevalier, Sie haben der Wissenschaft einen großen Dienst erwiesen. Ich hoffe, Sie sind noch einmal bereit ...«

Ich hörte schon nicht mehr zu, sondern schaute zur Decke, unter der noch immer wie ein Schatten Rauch zu wogen schien. Das Phantom, der Dämon. Vorsichtig bewegte ich mich rückwärts zur Treppe, jedes Geräusch vermeidend, um nichts aufzuscheuchen, um gewiß in diesem Keller zu lassen, was dort unter der Decke hing. Ich bedurfte keines Zaubertranks mehr. Ein überwältigendes Gefühl der Befreiung kam über mich, als ich die Sterne am Himmel funkeln sah.

Am nächsten Tag habe ich die dickste Kerze, die ich auftreiben konnte, in der Schloßkapelle von Versailles geopfert und zwei Stunden auf den Knien gelegen, um durch Bußübungen meine wunderbare Errettung aus den Klauen des Dämons zu festigen. Erst ein paar Tage später bin ich wieder am Hof erschienen, um auf gewohnte Weise mit Paulette und Eloise zu sündigen, habe aber bei unseren Spielchen nicht jeden Kitzel ausgereizt.

Die Glückssträhne, in der ich mich wähnte, blieb mir tatsächlich treu. Ich gewann 20000 Ecus von Maria Theresia, der Königin. Diese Frau mit dem Gesicht eines Puddings galt als leidenschaftliche, aber außerordentlich dumme Spielerin. Gegen sie setzen zu dürfen, kam einem Lotteriegewinn gleich. Daher war es schwierig, beinahe unmöglich für einen Mann niederen Ranges, einen Platz an ihrem Tisch zu ergattern. Ich hatte nur einen Blick auf das Spiel werfen wollen und mich bereits wieder abgewandt, als hinter mir jemand aufstand, gegen mich stieß, haltsuchend meinen Rockschoß ergriff und sich mit mir drehte, bis ich den freigewordenen Stuhl an meiner Wade spürte und mich fallen ließ. Die Königin verteilte gerade die Karten zu einer neuen Runde, ich ergriff die, die vor mir lagen, und die mir gebotene Chance.

Ich hätte noch mehr gewonnen, wenn Maria Theresia nicht nach ein paar Einsätzen jemandem hinter mir zugelächelt hätte, einer Dame aus der königlichen Familie, die mich kurzerhand eines Platzes verwies, der mir nicht zustand.

20000 Ecus stellen in den Händen einer energischen Frau kein großes Problem dar, Eloise hatte das Geld denn auch untergebracht, bevor ich dazu kam, eigene Pläne dafür zu entwickeln.

Mit der Hilfe ihres gefälligen Gemahls, der eine moderate Vermittlungsgebühr einstrich, verschaffte sie mir ein unbedeutendes

Baronat und ein kleines Hofamt, für das sie noch eine Summe aus der eigenen Schatulle beisteuern mußte, so daß ich nach Abschluß der Transaktion bei ihr nicht weniger als zuvor in der Kreide stand. Als billigen Trost verfügte ich nun über zwei weitere Einkommen – aus der Baronie und dem Hofamt –, sah mich aber mit Verpflichtungen geschlagen, die aus dem frivolen Spiel bei Hof endgültig Ernst machten. Le Duc zeigte sich über die Entwicklung nicht unzufrieden und gewährte mir großzügig einen weiteren Kredit.

Ein Moment der Kleinmütigkeit und Verzagtheit überfiel mich, angelegentlicher als sonst spielte ich in Gedanken mit dem Ausweg, mich dauerhaft hinter der Gärtnerschürze zu verkriechen. Ich erwog, mich Le Nôtre enger anzuschließen, der neben seiner Arbeit ein sehr beschauliches Leben inmitten einer großen Familie führte und ohne Titel die Freundschaft des Königs genoß. Er dürfte der einzige Untertan gewesen sein, der seinem Souverän ohne Zurückhaltung um den Hals fiel und ihn herzlich auf die Wange küßte.

Als ich mich nach einer mit Gärtnern und Zweifeln verbrachten Woche wieder auf das eisglatt gewordene Parkett von Versailles begab, wartete Paulette mit einer Überraschung auf.

Das allerhöchste männliche Organ hatte geruht, das zarte Hindernis zu beseitigen, das sich so erstaunlich hartnäckig zwischen mir und der Erfüllung des Liebesgenusses mit Paulette gehalten hatte. Das Mädchen fiel mir jubelnd und weinend um den Hals und drängte mich ohne Aufschub aufs Bett. Erstaunlicherweise erwiesen sich im nachhinein die kapriziösen Genüsse der Beinahevereinigungen als amüsanter. Vielleicht mochte ich mir nicht eingestehen, daß es mich ärgerte, der zweite zu sein.

Als frischgebackener Baron habe ich bei Mèreville um die Hand Sophies angehalten. Er lachte mich nicht geradezu aus, seine Abfuhr fiel aber unmißverständlich deutlich aus. Angesichts der Tatsache, daß sein eigener Adel keine bessere Herkunft als meiner vorweisen konnte, ein starkes Stück. Ich erzählte Le Duc von meiner Kränkung.

Mit seinem schmutzigen Zeigefinger klopfte er sich nachdenklich an die Zähne. »Der gute Mèreville ist Steuereinnehmer, nicht?

Laß mir ein bißchen Zeit und sorg dafür, daß deine Angebetete inzwischen keinen anderen heiratet. Warum willst du überhaupt heiraten, wo du die meisten Frauen auch so haben kannst?«

Einige Wochen später sah sich Baron de Mèreville mit einer Prüfungskommission konfrontiert, die Licht in das Dunkel seiner Steuerangelegenheiten zu bringen gedachte, die wohl nicht anders aussahen als die vieler Kollegen: er nutzte sein Amt zu seinem Vorteil aus. Als Ergebnis der Untersuchung saß er einige Zeit im Gefängnis, büßte aber als gemäßigter Fall von Veruntreuung nur gut die Hälfte seines Vermögens ein.

Nach seiner Freilassung konnte er froh sein, daß sich für seine Tochter noch ein einigermaßen passender Heiratskandidat fand, er selbst war vom Hof verbannt. Daß er überhaupt so rasch aus dem Gefängnis kam, glich einem Wunder. Fouquet saß, vom Haß des Königs verfolgt, immer noch ein, dabei waren ihm keine Verfehlungen nachzuweisen, die eine Haft rechtfertigten. Nicht daß mich der Verbleib Fouquets in einer ungemütlichen Festung sonderlich bekümmerte, das Beispiel seines Schicksals zeigte mir nur, daß Mèreville Glück gehabt hatte, trotzdem fuhr ich Le Duc seinetwegen an.

»Mußtest du ihn gleich so hernehmen lassen?«

»Was willst du?« schnauzte Le Duc zurück. »Der Mann ist ein Betrüger, er hat nicht einmal bekommen, was er verdiente. Ich habe dafür gesorgt, daß für dich und deine Sophie noch etwas übrigbleibt, und dem Alten wird die Landluft guttun.«

Mein Gewissen beruhigte sich so schnell, wie es sich aufgeblasen hatte. Ich lenkte ein. »Ich glaube, Madame de Sévigné hat jetzt den Richtigen für ihr Herzblatt von Tochter gefunden. Francois de Grignan heißt der Auserwählte, sehr alte Familie, er selbst ist Gouverneur der Provence.«

Le Duc lachte. »Diese alte Närrin. Man hätte schon sehr suchen müssen, um eine dümmere Verbindung zu finden. De Grignan ist bis unters Dach seiner zugigen Burg in der Provence verschuldet, er wird die Mitgift verplempern und noch mehr Schulden machen, er liebt schöne Bilder, kostbare Möbel und ähnlichen Flitterkram, und er spielt zuviel. Danke für die Nachricht, La Pomme, aus einem passionierten Schuldenmacher wie Grignan läßt sich allerhand herausholen.«

»Manchmal, Le Duc, kotzt du mich an.«

»Besser als umgekehrt«, sagte der Dieb und starrte mir herausfordernd ins Gesicht.

Sophie und ich heirateten im Sommer 1671 und wohnten in Versailles, denn ihr Vater hatte dort ein Haus gebaut, um sich die beschwerlichen Fahrten von Paris zu ersparen. Er war nicht der einzige, und so hatte sich der Ort nach den Plänen Le Vaus und dem Willen des Königs rasch ausgebreitet. Das königliche Dekret der Unpfändbarkeit erwies sich jetzt als Segen. Haus und Grundstück waren bei der Festsetzung der Strafe außer Betracht gelassen worden. Als Gattin des Barons du Jardin erhielt Sophie einen Freibrief, der die Verbannung für sie aufhob, was zugleich bedeutete, es war eine Pflicht, am Hofleben wieder teilzunehmen.

In der Hochzeitsnacht hatte ich erwartet, eine Venus zu leidenschaftlicher Liebe zu erwecken, fand mich aber mit einer Diana geschlagen, einer kühlen keuschen Schönen.

Ich warb um sie, um ihre Zärtlichkeit, um ihr Einverständnis und ihre Bereitschaft, leiblich und seelisch mit mir zu verschmelzen, um ein Band zu knüpfen, das uns auch in schlechteren Tagen zusammenhielte. In den langen Jahren unseres Ehelebens erlebten wir nur Augenblicke der Annäherung, aber keinen gemeinsamen Rausch, kein Schweben in der Zeitlosigkeit, wenn Körper und Seele befriedigt sind.

Als einen kleinen Trost begriff ich Sophies Ankündigung, ein halbes Jahr nach der Hochzeit, daß sie ein Kind erwarte. Es war mir wohl nicht zu verübeln, daß ich mich Eloise und Paulette wieder zuwandte, als meine Gattin das Schlafzimmer ganz für sich beanspruchte. Wir feierten meine Rückkehr in die Welt ausgelassener Sinnenlust im Labyrinth, das nichts weiter als ein Irrgarten war, ein Boskett mit einem Wegenetz von Alleefluchten und Aussichten auf kleine, mit Fontänen bestückte Plätze. Der ganze Irrgarten stand unter der Herrschaft von Äsop und Amor, die als Figuren den Eingang bewachten. Amor hielt den Ariadnefaden in Händen. Ich kenne die Fabeln des Dichters, von denen einige als Lehrstücke für Liebende galten, und sah eine gewisse Gerechtigkeit darin, an einem der Brunnen, umgeben von Treillagen, die sich domartig über uns zusammenschlossen, mit meinen munteren Gefährtinnen in labyrinthischen Verschlingungen der Liebe Apoll und die Nymphen zu spielen.

Meine Tochter kam in einer Zeit zur Welt, als es in Versailles sehr ruhig zuging. Der König hatte seinen zweiten Eroberungskrieg gegen Holland begonnen, einen Krieg, der so wenig notwendig und zu rechtfertigen war wie der erste und seinen Ruf als bestgehaßter Fürst von ganz Europa festigte. An dem Tag, als die Holländer in äußerster Not die Deiche öffneten und ihr kleines hübsches Land dem Meer preisgaben, am 20. Juni 1672, setzten bei Sophie die Wehen ein. Ich sah darin kein schlechtes Omen.

Mitten in der Nacht, ein paar Stunden nach der Geburt, als sich das Haus von Freunden und entfernten Verwandten geleert hatte, schlich ich noch einmal an die Wiege. Die Kleine schlief, die Hände zur Faust geballt. Vorsichtig schob ich einen Finger in ein Fäustchen, es öffnete sich kurz und schloß sich dann fest. Ich wagte nicht, mich zu bewegen, spürte den Druck der kleinen Finger und legte in diese Berührung eine tiefere Bedeutung: ich schloß einen Bund mit meinem Kind. Giovannas Kind, Bernardo und Violetta, sie alle kehrten in diesem neugeborenen Geschöpf zu mir zurück und gaben mir endlich meinen festen Platz in der langen Kette der Generationen.

Erst als mir der Nacken steif wurde, und das Blut aufhörte, in Arm und Hand zu zirkulieren, löste ich mich.

Sophie bestand darauf, den Säugling zu einer Amme aufs Land zu schicken, wie es in gehobenen Kreisen üblich war. Es erübrigte sich, darüber zu sprechen, daß diese Maßnahme eine bequeme Methode der Geburtenregelung war, da nur wenige Kinder das erste Jahr meist mangelhafter Pflege überlebten. Schließlich, wandte sie ein, um ihr Desinteresse an dem Kind zu begründen, handelte es sich nur um ein Mädchen.

»Meine Liebe, schauen Sie sich doch in der königlichen Familie um, die wir gut genug vor Augen haben.« Ich sprach ganz ruhig zu ihr. »Dem König sind bisher fünf eheliche Kinder geboren worden, davon lebt nur noch eins, und bei seiner illegitimen Brut sieht es nicht besser aus. Von den vier Kindern der Valliere sind noch zwei am Leben, die Montespan hat ihr erstes verloren. Frankreich scheint mir kein Land für Kinder zu sein, weil es mit diesen kleinen Geschöpfen zu nachlässig umgeht. Junges Leben braucht viel Pflege, wenn es gedeihen soll. Und glauben Sie mir«, erklärte ich meiner verblüfften Gattin, »ich verstehe etwas davon.«

Ihr Überleben hat Anne-Marie meiner Fürsorge zu verdanken, ich ließ es mir nicht nehmen, der Amme selbst auf die Finger zu sehen. Im großen und ganzen ging ich mit dem Kind nicht viel anders um als mit den Zöglingen in der Baumschule, die ich zur rechten Zeit wässerte, Sonne und Wind überließ und, wenn es an der Zeit war, erzog. Sophie vertrat die Ansicht, daß ich das Kind mit zuviel Aufmerksamkeit verdarb.

Meine Arbeit als Gärtner gab ich nicht auf, obwohl es vieler Ausreden und Winkelzüge bedurfte, um beide Existenzen aufrechtzuerhalten. Es fesselte mich viel zu sehr, daran teilzuhaben, daß sich der Garten von Versailles weiter ausdehnte und an Pracht zunahm. 1674 wurde südwestlich vom Schloß mit der »Île Royale« begonnen, dem riesigen Wasserparterre, für das gigantische Fontänen und Kaskaden vorgesehen waren und strahlenförmig verlaufende Alleen, für die ich verantwortlich war.

Eines Abends, als Sophie allein an einem Souper in St. Germain teilnahm und ich die Wiege mit dem schlafenden Kind neben mich gestellt hatte, schrieb ich einen Brief.

Christoph an Antonius, Mönch im Kloster San Giorgio in Venedig.

Ich möchte dir das Großartigste schildern, das die Kunst der Gärten je ersonnen hat, und ich weiß nicht, wo ich anfangen soll.

Nach Descartes verfügt nur der Mensch über Geist, alles andere in der Welt gehört zur Materie, die der Geist beherrscht, sobald er ihre Regeln und Mechanismen erkannt hat. So wird eine Pflanze vollkommen verfügbar, plastisches Material, das der höheren Idee der Gestaltung unterworfen werden kann, nicht anders als Stein, Metall, Ton. Die Pflanze wird zur Farbe in den Beeten. Aber gegenüber der üblichen Kunst der Architektur und der Plastik, mit denen sie ein inniges Verhältnis eingeht, bietet die Gartenkunst den Reiz des Lebendigen. Die Herren der Gärten behalten all die Dianen, Letos, Neptune und Nymphen bei, um diesen Schimmer des Lebendigen noch immer durch den Reigen der Götter und Halbgötter ideell zu erhöhen. Der Garten wird zu einem mythischen Ort und über der banalen Wirklichkeit stehend zu einem Paradies, für das der Mensch klare Regeln der Gestaltung ersonnen hat, indem er die Regeln der Kunst, Mathematik und der Optik mit den erkennbaren der Natur, den Bedingungen des Pflanzenwachstums, verbindet.

Versailles steht im Zeichen des Sonnengottes Apoll, als den sich König Ludwig selbst sieht. An einem Tag vor drei Jahren wurden die Figuren im Apollo-Brunnen aufgestellt. Aus der blanken Fläche des Wassers steigt jetzt der Sonnengott in seinem von den vier Sonnenrossen gezogenen Wagen zur Reise über den Himmelsbogen auf. Es ist ein wunderbares Bild der Kraft, der Bewegung, ein erhabener Moment, wenn die Sonne die goldglänzenden Figuren zu überirdischer Schönheit verklärt. Im Gold selbst (die Figuren sind aus vergoldetem Blei) verkörpert sich die Sonne. Mit diesem Apoll ist das Herzstück des Gartens zum Leben erwacht, alles andere ist ihm zugeordnet.

Das Apollo-Becken befindet sich vor dem großen Kanal, der als spiegelnde blaue Fläche dem Gold der Figuren einen transparenten, schimmernden Hintergrund verleiht. Als Pendant ist ihm der Latona-Brunnen zugeordnet. Latona oder Leto ist die Mutter des Apoll. Zwischen und um diese beiden Brennpunkte entfaltet sich der Garten, auf sie bezieht sich alles. So mußt du das neue Wasserparterre vor der Westfassade des Schlosses, so benannt nach den zwei großen Bassins, die die alten Broderien ersetzen, eine jetzt gleißende unwirklich helle Fläche, als Vorbereitung auf den Höhepunkt verstehen. Der Kies um die Becken und das Wasser sammelt das Licht, spiegelt es, hier fängt es sich noch unwesenhaft, um sich im Apollo zu verkörpern.

Ich sagte schon, Apollo ist Ludwig und Ludwig ist Frankreich. Alles hat sich ihm unterzuordnen, er greift in letzter Konsequenz nach den Sternen und dem Kosmos. Die Sonne, um die sich das Weltall dreht. So fehlen in diesem Garten nicht die Figuren der vier Elemente, der vier Jahreszeiten, der vier Erdteile und des Ozeans, der vier Temperamente und der vier Lebensalter, die sich um Apollo/Ludwig scharen. Es ist die Weltordnung schlechthin, verkörpert in Gottheiten wie Venus, Diana, Ceres, Galatea, Proserpina, Aurora, Amphitrite, zu denen sich das Gefolge der

Halbgötter gesellt, die Nymphen, Tritone, Nereiden, Faune, sowie aus dem mythischen und dem tatsächlichen Reich der Natur Fabelwesen und Tiere vom Drachen bis zur Gans. Eben alles, was sichtbar und unsichtbar diese Welt bewegt und bevölkert. Der Anspruch von göttlicher Omnipotenz erinnert an die Gottkönige des alten Ägypten. Ich hatte nicht erwartet, daß so etwas in heutigen rationalen Zeiten noch möglich wäre. Allerdings sehe ich auch, daß anstelle der mystischen Einheit von Gott und König, die für den Pharao galt, hier das wohldurchdachte Kalkül eines Herrschers getreten ist.

Es gehört auch zum Kalkül, daß mit relativ gleichbleibenden Elementen stets neue überraschende Effekte erzielt werden, um eine Gesellschaft bei Laune zu halten, die nach Abwechslung verlangt wie ein Kind nach einem neuen Spielzeug. So nimmt der Garten einen doppelten Charakter an: den des Planmäßigen, Überschaubaren und den des Unerwarteten, es ist ein Garten der großen Perspektiven und der intimen Räume, einer der Ruhe in den weiten, ebenen Flächen und der Bewegung im Aufrauschen der Fontänen oder im Aufscheinen der wechselnden Prospekte beim Durchschreiten.

Vor allem ist der Garten eine Bühne. Es werden hier die Stücke Molieres aufgeführt, und der König amüsiert sich ganz menschlich über die Karikaturen allzumenschlicher Schwächen und Torheiten. Aber ich sage dir, das eigentliche Theater, ein Puppentheater, findet vor der Bühne statt, und du weißt nun, wer die Fäden bewegt.

Ich habe mit Descartes diesen Brief angefangen und möchte ihn mit ihm beenden. Er hat mir noch eine Erkenntnis beschert. Er sagt in seinem *Discours de la Methode*, daß der Materie Ausdehnung, Teilbarkeit und Vergänglichkeit zu eigen sind, dafür der Seele, dem denkenden, vom Leib unterschiedenen Teil, Unteilbarkeit und keine faßbare Größe. Sie ist vom Körper vollkommen unabhängig und folglich nicht verurteilt, mit ihm zu sterben. So ist also das Schicksal meiner Seele wahrhaftig nicht das meines Körpers, das mich nicht mehr zu kümmern braucht. Ich hoffe, es stimmt.

Gottbefohlen – Christoph

Mein Körper kümmerte mich tatsächlich wenig, solange mich meine Beine unbeirrt trugen und auch Schultern und Arme keine Schwäche zeigten. Nur meine Füße hätten mich an das seltsame Wechselspiel meines Lebens mahnen können, wenn ich, in den Schuhen des Chevaliers einherstolzierend, offen für Mahnungen gewesen wäre, die breiten Klotschen La Pommes ließen mich glauben, daß ich fest in dieser Zeit stand.

Besonders glücklich war ich indes nicht, obwohl meine Wünsche doch einigermaßen in Erfüllung gegangen waren. Ich besaß sogar einen eigenen Garten hinter dem Haus, der leider nicht der meiner Sehnsucht war, sondern viel zu klein, um meine Vision zu fassen.

Um die finanziellen Probleme meines Haushalts in den Griff zu bekommen – das Hofleben verbrauchte Sophies Mitgift allzu rasch –, nahm ich die Dienste gewerbsmäßiger Geldverleiher in dem törichten Glauben in Anspruch, durch die Verteilung meiner Abhängigkeiten Le Duc und Eloise weniger verpflichtet zu sein.

Auch bei den Wucherern fand ich schließlich immer weniger Kredit, so daß mir ein weiterer Bittgang in die Unterwelt von Paris nicht erspart blieb. Le Duc und ich hatten uns etliche Monate nicht gesehen. Der Dieb sah schmieriger aus denn je und stank wie ein offener Abwasserkanal. Sein Kopf begann kahl zu werden, er bleckte eine Reihe verdorbener Zähne.

»Unser geschätzter Baron ist wieder da, schaut ihn euch an, den feinen Pinkel, er kommt wieder betteln beim Dieb, hab ich recht?«

Mit beleidigter Miene setzte ich meinen Dreispitz wieder auf, griff nach meinem Stock mit dem Silberknauf und wandte mich zum Gehen. Wie ich es gehofft hatte, kam Le Duc mir nach und ergriff mich am Rockschoß.

»Es gibt bessere Methoden, als auf Pump zu leben und sich der Kamarilla der Halsabschneider und Geldverleiher auszuliefern.«

»Und die Methode wäre?« fragte ich kühl, mein Erstaunen überspielend, daß der Dieb wieder allzu genau über mich Bescheid wußte.

»Nur Narren vertrauen dabei blind auf ihr Glück.«

»Was würdest du tun?«

»Betrügen.«

Falls mich anfangs Gewissensbisse geplagt haben, ist es mir nicht mehr erinnerlich. Nur zu bereitwillig lernte ich Karten und Würfel zu manipulieren. Le Duc hatte auch dafür seine Fachleute, die mich die Gesetze der Mechanik, des psychologischen Kalküls und der Fingerfertigkeit lehrten. Ich war von ihrem wissenschaftlichen Ernst so angetan, daß ich zeitweise den anrüchigen Zweck der Übungen vergaß.

Nach einigen Monaten stellten sich planmäßig erzielte, unauffällige, aber stetige Gewinne ein. Der Dienst Le Ducs kostete mich, wie alle seine Dienste, außer dem weiteren Sinken meiner Moral und Selbstachtung einen gepfefferten Anteil an jedem Gewinn, um den ich ihn seiner andern Spitzel wegen nicht betrügen mochte, was ich herzlich gern getan hätte. Denn mit dem, was mir übrigblieb, kam ich auf keinen grünen Zweig.

Reine Freude empfand ich nur noch in der Gesellschaft meiner Tochter. Ich entdeckte, wie es ist, wenn man sich in einem Kind wiederfindet wie in einem klareren Spiegelbild. Manchmal streifte mich der Eindruck einer Ähnlichkeit mit Bernardo, als griffe die Vergangenheit mit einem langen Arm in die Gegenwart, eine jener unerwünschten, unterschwelligen Mahnungen, die zuweilen an meiner Seele kratzten. Wie Violetta war Anne-Marie ein kecker, fröhlicher Wildfang, ein ständiges Ärgernis für Sophie.

Meine Kleine fand als einzige im Haushalt nichts dabei, daß ich zuweilen in unserem Gärtchen arbeitete, und wühlte selbst schrecklich gern in der Erde. Sie verdarb sich ihre Kleider beim Blumenumtopfen und Herumrutschen in den Beeten, wo sie ohne Ekelgefühle Schnecken ablas und anderes Ungeziefer.

Zu ihrem sechsten Geburtstag nahm sich La Pomme frei, verwandelte sich in den Baron Du Jardin und führte sie in Versailles herum. Als ich mit ihr das Nordparterre durchquerte, begegneten wir am »Bad der Nymphen« dem promenierenden König. Wir sanken in die vorgeschriebene Reverenz, meine Tochter mit unerwarteter Sittsamkeit. Der König trat überraschend auf uns zu und erwiderte gemessen den Gruß.

»Ihre Tochter, Baron?«

»Ja, Majestät, meine einzige.«

Der Blick des Königs ruhte einen Augenblick auf Anne-Marie,

die noch im graziösen Knicks verharrte, aber mit einem raschen Lächeln aufschaute.

»Demoiselle«, sagte der König, »würden Sie mir die Freude machen, mich ein paar Schritte zu begleiten?«

Mir blieb nichts übrig, als mit dem Gefolge hinter den beiden die »Allée d'Eau« hinabzuwandeln. Sie hieß auch »Alleé des Enfants« wegen der zweiundzwanzig kleinen runden Brunnenbecken mit je einer Puttengruppe, reizenden Kindern, die in luftiger Höhe herumtollten, vom Wasser wie von Schleiern umhüllt. Mit den Kindern war natürlich wieder Frankreich gemeint, das lebensvolle, aufstrebende junge Frankreich. Eine sehr passende Umgebung für die in Rosa gekleidete junge Dame, die neben dem König mit gezügeltem Temperament einhertrippelte. Ich sah mit Rührung, aber auch Erstaunen, wie der König sich wiederholt dem Kind zuwandte, mit ihm sprach, ein Lächeln schenkte. Kurz lag seine Hand auf ihrem dunklen Lockenkopf.

Als ich mit meiner Tochter wieder allein war, fragte ich sie nach der Unterhaltung mit dem König.

»Er ist sehr liebenswürdig, freundlicher als die meisten Erwachsenen mit Kindern. Ich glaube, er schlägt seine Kinder ebensowenig wie Sie, Papa. Der König und ich haben eine gemeinsame Passion.«

Ich zog die Brauen hoch. »Die wäre?«

»Gärten. Papa, ich habe ihm gesagt, ich möchte Gärtnerin werden.«

Irgendwann fiel mir auf, daß die süße Paulette unseren Liebesspielen nicht mehr mit dem gewünschten kapriziösen Eifer nachging, was mich verdroß, eine kalte Frau im Bett genügte mir.

Dabei hatte Paulette allen Grund zur Sorglosigkeit. Die Affäre mit dem König – sie hatte fünf Monate gedauert und damit länger als die meisten seiner Nebenverhältnisse – hatte ihr einen alten, aber reichen Marquis als Ehemann beschert, der freundlicherweise nach sechs Jahren Ehe verstorben war und sie in guten Verhältnissen zurückgelassen hatte. Ohne sich von mir zu verabschieden, zog sich Paulette plötzlich aufs Land zurück, zu einer langweiligen Tante, weil, wie mir Eloise erklärte, wohlmeinende Freunde ihr gesagt hatten, das Landluft unter gewissen

Umständen sehr bekömmlich sei. Auch Abbé Francelli verschwand von einem Tag auf den anderen.

Im Jahr 1678 häuften sich in der Hofgesellschaft unerwartete Todesfälle. Mich amüsierte das eher, denn bei den Lebensgewohnheiten der Aristokratie gab es genug Ursachen für einen vorzeitigen Abgang, und das aufkommende Gerede über Gift hielt ich für lächerlich. La Pomme, der Gärtner, sah in den Todesfällen gar Akte ausgleichender Gerechtigkeit, es starben ja noch wesentlich öfter arme Teufel bei den Bauarbeiten für Schloß und Garten, und gerade standen wieder Umwälzungen der gesamten Anlage bevor.

Louis Le Vau war ebenfalls gestorben, sein Nachfolger Jules Hardouin-Mansart hatte dem König einen Plan zur einer gigantischen Schloßerweiterung vorgelegt. Eine sechshundertsiebzig Meter lange Front würde sich auf den Garten öffnen. Dementsprechend gab es auch wieder Pläne für diesen: noch mehr Salles und Cabinets in den Bosketten, noch riesigere Wasserflächen und ein Wassertheater aus neunundneunzig verschiedenen Effekten am Ende der Nordachse. Der große Kanal hinter dem Apollo-Brunnen sollte zu einer kreuzförmigen Anlage erweitert werden, die mit ihren vier Armen beträchtlich in die aufgeforsteten Gebiete jenseits des Brunnens eingriffe.

Unter dem Vorwand, in meiner Baronie nach dem rechten zu sehen, verabschiedete ich mich für eine Weile vom Hof. Meiner Baronie habe ich tatsächlich einen kurzen Besuch abgestattet, fand aber alles derart verwahrlost, daß ich gleich wieder abgereist bin. Meine Bauern pflügten noch mit Holzpflügen und benutzten Sicheln zum Einbringen des wenigen Korns. Nicht, daß sie rückständiger als andere waren, sie handhabten den Ackerbau wie die meisten als pure Mangelwirtschaft. In einer Aufwallung von Mitleid und Verantwortungsbewußtsein hatte ich ihnen Sensen versprochen, außerdem reineres Saatgut und gesünderes Vieh.

Nichts habe ich für sie getan, sondern sie einfach ihrem Elend überlassen, wie es damals üblich war, und es dem Verwalter anheimgegeben, sie für mich auszupressen. *Meine Versäumnisse reuen mich heute, und daß es unseren Bauern gutgeht, vermindert nicht meine Schuld den längst Toten gegenüber.*

Als ich nach Monaten wieder am Hofleben teilnahm, hatte sich die Atmosphäre in den Salons merklich geändert. Von Sophie, die mich nach meiner Abwesenheit mit einem Anflug von Zärtlichkeit begrüßt hatte, erfuhr ich einiges, was ich kaum glauben mochte.

Der Stern der Montespan glänzte nicht länger an Ludwigs Liebeshimmel, eine andere hatte sie verdrängt. Ich sah in diesem Wechsel zunächst nicht mehr als die Laune eines Übersättigten. Denn diese Neue zeichnete sich weder durch Schönheit noch Jugend aus, sie war sogar etwas älter als der König, eine Witwe, die seit ihrem fünfundzwanzigsten Jahr, seit dem Tod ihres Ehemannes, Schwarz trug, sehr elegantes Schwarz, das sie trotzdem wie eine Krähe unter Paradiesvögeln erscheinen ließ. Diese Marquise de Maintenon, verwitwete, bürgerliche Scarron, erzog die uneheliche Brut der Montespan.

Mit ihr zog ein Geist komischer Sittsamkeit und prüden Getues in Versailles ein. Man mußte schon sehr suchen, um noch ein offenherziges Dekolleté zu Gesicht zu bekommen. Eine heiße Sehnsucht nach meiner Gartenschere überkam mich an den nunmehr nur noch langweiligen Abenden bei Hof.

Ich habe mit der Sévigné über die Veränderungen gesprochen.

»Was macht diese sicher vortreffliche Erzieherin bei Hofe? Sollte sie sich nicht lieber ihrer delikaten Aufgabe widmen?«

»Ach, Chevalier, wenn sie es doch täte. Aber unser königlicher Freund hat nicht nur die Existenz der Montespan-Kinder anerkannt und ihr Erscheinen bei Hofe zugelassen, sondern auch bedauerlicherweise das der Erzieherin.«

»Was interessiert ihn an der Dame?«

»Ich weiß es nicht, es heißt, sie sei geistreich, aber vor allem hält sie ihm unaufhörlich Moralpredigten wegen seines Lebenswandels.«

»Ich habe mich schon gefragt, Madame, warum unser königlicher Freund so gelb im Gesicht aussieht, und habe auf die Galle getippt. Jetzt ist mir auch klar, was dieses empfindliche Organ gereizt hat. Es tut nicht gut, gekrönten Häuptern das bißchen Privatvergnügen madig zu machen, das sie sich gelegentlich gönnen. Aber verraten Sie mir, warum trägt er jetzt ständig diese ausladenden Perücken?«

»Er wird kahl, Chevalier.«

Die Erklärung, daß Ludwig neuerdings ganz auf Moral statt auf sündiges Vergnügen setzte, genügte mir nicht. Bei offiziellen Anlässen spielte die Montespan weiter die Rolle der Maitresse, wurde aber von Ludwig kaum noch beachtet. Ich konnte mir nicht denken, daß sie diese Zurückweisung so widerspruchslos wie ihre Vorgängerin hinnahm. Ich begann, sie wieder etwas ausdauernder zu bespitzeln.

Eines Abends gelang es mir, sie in jenes verrufene Viertel in Paris zu verfolgen, in welchem ich sie bereits früher einmal angetroffen hatte. Dort stolperte ich unversehens über alte Bekannte, Belette und L'Escargot. Die beiden hatten, wie ich selbst bei der herrschenden kümmerlichen Beleuchtung sehen konnte, ihre besten Zeiten hinter sich. Belette schlotterte in einem durchgewetzten Rock, obwohl es nicht einmal kalt war.

Es stellte sich heraus, daß sie dem gleichen Wild nachjagten, nur, die beiden wußten mehr als ich.

»Sie ist so blöd«, erklärte Belette, »noch immer die Voisin aufzusuchen, die Giftmischerin, dabei ist die längst der Polizei verdächtig.«

»Seid ihr nicht ein bißchen alt für solche Gänge in der Dunkelheit?«

»Was kümmert das Le Duc«, antwortete L'Escargot.

»Das frag ich mich auch«, sagte ich, packte unversehens Belette und zog ihm den Rock über der eingefallenen Brust zusammen, bis der Dieb stöhnte.

»Warum interessiert sich Le Duc so für das Treiben bei Hofe, Belette, besonders für den König?«

Das Wiesel wand sich. »Das weißt du doch. Viele aus der feinen Gesellschaft hat er in der Hand, er leiht ihnen Geld und erpreßt sie ein bißchen mit dem, was er über sie ausgekundschaftet hat.«

Ich verstärkte den Druck, Belette winselte. Vergeblich versuchte L'Escargot, seinem Kumpan beizustehen. Ich drückte beide ohne sonderliche Mühe gegen eine alte Ziegelmauer.

»Mich auch, wie euch bekannt ist. Da ist es gut, auch etwas Spezielles über ihn zu wissen. Also?« Ich griff etwas fester zu, Belette liefen Tränen über die grauen Wangen.

»Wegen der Fronde, es ist wegen der Fronde. Er ist von altem Adel, und seine Leute haben bei der Fronde mitgemacht und sind der Säuberung zum Opfer gefallen, da war Louis, er heißt nämlich wie der König, noch ein Kind.«

Verblüfft ließ ich die beiden los. »Wegen so einer alten Geschichte haßt er den König?«

»Seine Familie hat halt alles verloren, Besitz, Titel, Ehre, das verbittert ein bißchen. Aber er bewundert ihn auch, nur zugeben würde es das nie.«

Ich musterte die beiden, dann änderte ich die Taktik und lud die zwei in ein Gasthaus ein, in dem die ganze Nacht Betrieb herrschte, das war meine Art der Entschuldigung.

L'Escargot wischte sich zwischen den Gängen und nach ein paar Bechern Wein den Mund und beugte sich leicht angesäuselt über den Tisch. »Le Duc ist verrückt. Es soll eine Geschichte zwischen seiner Mutter und dem König gegeben haben, nicht dem jetzigen, sondern dem alten, Louis XIII..«

»Du meinst, er hält sich ...?« fragte ich ungläubig.

Die beiden nickten einmütig. »Schau sie dir doch beide genau an. Die Brüder Louis und Louis«, kicherte Belette.

»Ich sag dir doch, er ist verrückt«, flüsterte L'Escargot und beugte sich noch weiter über den Tisch, so daß ich seinen faulen Atem roch, »und er wird immer habgieriger. Läßt uns alten Kumpeln kaum etwas zum Leben.«

Was ich an Geld in der Tasche trug, schenkte ich ihnen. Die grobe Behandlung nahmen sie nicht weiter krumm, sahen darin wohl ein Zeichen alter Komplizenschaft.

Erst im Jahr darauf erregte und erschütterte der nun offenkundige Giftskandal um die Voisin den Hof. Ein paar Adlige verschwanden blitzschnell von der Bildfläche, man munkelte von Verhaftungen. Jeder Todesfall gab Anlaß zu Spekulationen. Verspätet machte auch ich mir Gedanken um das Ableben von Paulettes Ehemann.

Mein Schwiegervater war eine Weile, bevor der Sturm losbrach, fern auf dem Land an einer Influenza gestorben und hatte hauptsächlich Schulden hinterlassen. Ich wußte mir keinen anderen Rat, als wieder einmal Hilfe bei Le Duc zu suchen, da sich wegen der angespannten Lage bei Hof das Falschspiel augenblicklich nicht sonderlich empfahl.

Eine trübe Leere erfüllte die unterirdischen Gelasse, als wäre das misanthropische Klima der Salons bis in das Höhlenreich der Diebe durchgeschlagen.

Le Duc fand ich umgeben von halbgepackten Kisten und Körben, eine einzige Kerze erzeugte eher Schatten als Licht.

»Der König der Diebe ganz allein, ohne den Hofstaat. Was ist, bist du in Ungnade bei deinen Leuten gefallen?« begrüßte ich ihn mit einem so ironischen Unterton, daß er mich für einen langen Augenblick anstarrte, ehe er den Blick abwandte.

»Wenn du dir von mir noch etwas erhoffst, kommst du umsonst, ich bin im Begriff abzureisen.«

»Warum der plötzliche Luftwechsel? Obwohl jede Veränderung eine Verbesserung sein müßte. Es wundert mich, daß du hier nicht verfault bist.«

»Ich gehöre zu einer zähen Rasse, aber Razzien machen die Gegend ungesund, die Polizei kehrt jedes Viertel wegen der Voisin um. Hab zwar meine Verbindungen, aber momentan gelten die Abmachungen nicht mehr. Louis hat auf den unteren Ebenen eine große Säuberung angeordnet.«

»Auf den oberen greift er auch durch. Aber eine läßt er ja wohl aus.«

Le Duc winkte müde ab. »Die war nie eine begabte Giftmörderin, dabei hatte ich auf die Montespan meine Hoffnung gesetzt. Es fing ja doch ganz vielversprechend an. Sie hat ihren Louis von Anfang an mit speziellen Tinkturen traktiert, Liebestränken, um ihn an sich zu binden. Die Voisin hat das Zeug zusammengebraut, es hätte ihn schön langsam umbringen müssen. Aber der Kerl hat Eingeweide wie ein Ochse.«

Ich hatte wenig Lust, mir diese Tiraden länger anzuhören.

»Dem König geht es nicht gerade prächtig, so ganz ohne Wirkung sind die Mittelchen nicht geblieben. Was jetzt?«

»Die Montespan bleibt ungeschoren, das Beweismaterial gegen sie wird unterdrückt, weil eine Verhaftung dem Ansehen Louis' schaden würde, alle anderen Giftmischer müssen dran glauben. Louis wartet darauf, daß er die Montespan offiziell abschieben kann. Verspielt hat sie schon lange. Hab gehört, daß sie ihm ins Gesicht geschrien hat, daß er stinkt! Warum erzählst du mir so was nicht?«

»Wozu? Es stinken doch alle. Er stinkt schlimmer als ein alter Ziegenbock, aber nicht schlimmer als du. Du müßtest mal seinen ranzigen Hut in die Hand nehmen, an dem er sich jedesmal die Finger wischt, wenn er nach ihm greift.«

Wir haben uns verblüfft angesehen und fingen gleichzeitig an zu lachen.

Beim Abschied fragte ich. »Sag ehrlich, Le Duc, war's das wert?«

Le Duc verstand, was ich meinte, er zuckte die Schultern. »Ich hab meinen Spaß gehabt.«

1682 verlegte der König den Regierungssitz nach Versailles. Schon vor dem endgültigen pompösen Einzug gab es neue Erweiterungspläne für den Garten. Laforge befehligte wieder ein Heer von Soldaten, diesmal Schweizern, um im Anschluß an das Südparterre eine riesige Grube für einen auf siebenhundert Meter Länge geplanten See auszuheben, ein letzter Versuch, das sumpfige Gelände trockenzulegen. Nachts rumpelten wie gehabt die Karren mit den Fiebertoten nach Paris, und in der Hofgesellschaft ging ein neues Bonmot um: Versailles war »favorite sans mérite«, bevorzugt, ohne es zu verdienen. Es war kein glücklicher Ort.

Die Maintenon beherrschte unangefochten den Hof, und ich sehnte mich in die Zeiten der anrüchigen, gefährlichen, aber auch brillanten und lebenslustigen Montespan zurück. Der König setzte Bauch an, seine Pockennarben traten deutlicher hervor, er stank noch ranziger und trug meist denselben alten Hut. Erst jetzt fiel die Ähnlichkeit mit Le Duc auf.

Meine Ehefrau und meine offizielle Geliebte hatten jeglichen Schmelz der Jugend eingebüßt, aus reiner Sentimentalität suchte ich mit der Marquise noch immer die gleichen Orte auf, mehr die Umgebung, die Wasserspiele und Kaskaden genießend als die schaler werdenden Frivolitäten unseres Zusammenseins.

Ganz elend wurde mein Leben, als Anne-Marie eine Klosterschule besuchte, ein vornehmes Institut für junge Damen. Das sei eine unerläßliche Maßnahme, machte mir meine Ehefrau unerbittlich klar, damit unsere Tochter für das Leben bei Hof abgerichtet würde und genug Schliff erhielte, um bei der Jagd auf einen reichen, vornehmen Ehemann ihre Konkurrentinnen auszustechen.

In dieser Zeit der Trübsal, Anne-Marie war schon eine Weile von zu Hause fort, ereilte mich ein weiterer Verlust, und wahrscheinlich trug ich selbst die Schuld daran. Der Oktober 1685 war so mild, daß ich Eloise in die Allée Royale entführte, eines der mittlerweile seltenen Tête-à-têtes im Sinn. Eloise trug ein rostrotes Kleid, das ich besonders liebte, an ihren Ohren klingelten auf meinen Wunsch die Rubinohrringe. Wir verließen den Rasenteppich, der bereits von glitzerndem Abendtau benetzt war, und folgten links dem kurzen Weg in das letzte Boskett vor dem Apollo-Brunnen. Ein kreisförmiger Platz tat sich vor uns auf, von Kolonnaden gesäumt: Bögen aus hellem Stein auf kostbaren, farbigen Marmorsäulen rahmten eine Serie runder, feinornamentierter Brunnenschalen ein. Der Platz war noch nicht ganz fertig, wir wollten ihn auf unsere spezielle Art einweihen.

Das Geplätscher der Fontänen begrüßte uns, das Licht der Sterne und des Mondes versilberte die Tropfen, schuf einen dämmrigen Raum hinter den Fontänen, erfüllt vom Rauschen des nächtlichen Hains ringsum. Ich griff in das flache Ringbecken unterhalb der Brunnenschalen. Niemand störte uns, als wir den gekühlten Wein aus Kristallgläsern tranken. Galant streifte ich der Marquise die Schuhe ab, die Strümpfe, wickelte mir die Strumpfbänder um das Handgelenk und stellte Eloise übermütig in das Wasserbecken, so daß sie schon jetzt die Röcke raffen mußte. Ich trieb ein fast vergessenes Spiel mit ihr zwischen den Wasserschleiern, die von den Brunnenschalen rieselten und ließ sie aufschreiend Halt an den Säulen suchen, als ich sie mit jäh erwachter Leidenschaft bedrängte.

Die Nacht verhüllte gnädig, was keiner sehen sollte: die blaue Äderung der Beine, die Runzeln an Hals und Busen, in denen der Puder krümelte. Dagegen schuf die Nässe einen trügerischen Schimmer auf den Wangen, die Säulen liehen im Schein von Kerzen ihren Rosaton, eine letzte Illusion von Frische und Jugend. Auf dem Höhepunkt des Vergnügens raschelte es stärker jenseits des Lattenwerks hinter den Brunnen, etwas wie Ranken oder bewegliches Astwerk schob sich zwischen die begrünten Hölzer, wuchs in Sekundenschnelle hindurch, und ein Stöhnen, ein klagender Laut, brach in das Plätschern ein, in die kleine Symphonie aus Wassermusik und spitzen Liebesschreien. Eloise hastete, zu Tode erschreckt, aus dem Wasser, ließ die Schuhe zurück und rannte mit nassen Röcken und wirrem, strähnigem Haar aus dem Rondell, ich folgte ihr, obwohl ich sehr viel lieber den fremdartigen Geräuschen nachgegangen wäre.

Ein bißchen Glück war uns hold, wir erreichten ohne Aufsehen den Stallhof und die Kutsche, die Eloise nach Paris zurückbringen sollte.

An den darauf folgenden Abenden suchte ich sie vergeblich in den Salons, zwei Wochen später erreichte mich eine Nachricht des Marquis, ihres Ehemannes. Ich fuhr nach Paris.

Schon an der Tür ihres Schlafgemachs hörte ich durch das Geplauder Schokolade trinkender Freunde und Verwandter ihren quälenden Husten. Von bösen Ahnungen geplagt, bahnte ich mir einen Weg zum Bett. Auf untrügliche Art vom Schmerz kommenden Verlustes gezeichnet, lehnte der Marquis in einem Sessel.

»Ich sterbe, mein Freund«, begrüßte mich Eloise heiter. Sie keuchte, ihr Körper bog sich, ein Blutrinnsal trat aus dem Mundwinkel. Für einen Moment stockte das Geplauder. Behutsam tupfte ich der Kranken den Mund ab.

»Marquise, ich bin untröstlich und schwer von Schuld geplagt. Unser letzter Spaziergang …«

Eloise winkte ab, streifte dann langsam den Ärmel ihres Nachthemds hoch.

»Grämen Sie sich nicht. Sehen Sie, Baron, was die Zeit, nicht die Krankheit mir angetan hat. Die Zeit ist unbarmherzig. Sie verwandelt uns in räudige, scheußliche Kreaturen, in denen wir uns vergeblich suchen. Lieber jetzt sterben, als noch länger dem eigenen Verfall zuschauen zu müssen. Nur Sie, mein Freund, scheinen vom Diktat der Zeit verschont.«

Ich strich ihr über die runzlige Haut, küßte sie auf die Stirn, die Wangen, ein letztes Mal auf den von Rouge und Puder verschmierten, in Falten eingebetteten Mund. Ekel und Zärtlichkeit für die Gefährtin so vieler Jahre mischten sich. Ich blieb, bis ihr Atem stillstand. Als ich als einer der letzten ging, tief in der Nacht, umarmte mich der Marquis und dankte mir für die Anteilnahme, für die zärtliche Freundschaft, mit der ich seine Gattin all die Jahre beglückt hatte. Er hielt sich schluchzend ein Tuch an die Augen.

Anne-Maries Rückkehr aus dem Kloster sollte der Auftakt zu einer neuen Zeit des Glücks werden. Eine Spur Kindlichkeit hatte sich meine Tochter bewahrt, die ihren graziösen Bewegungen den Schimmer frischer Unschuld verlieh. Diese Unschuld verleitete mich, sie wie früher in die Arme zu schließen und auf meinen Schoß zu ziehen. Ein junger fester Körper, der sich an mich schmiegte, weiche Arme legten sich um meinen Hals, ich sog begierig den Duft der Jugend ein. Das Herz wollte mir vor Zärtlichkeit überquellen, eine sanfte Erregung erfaßte mich, sobald ich meine Kleine sah. Ich hatte sie so lange entbehrt, daß ich sie nun ständig dicht neben mir haben wollte, im Garten, im Haus, wenn die Zofe sie unter Sophies wachsamen Augen für die ersten Empfänge bei Hof zurechtmachte.

Meine Nymphe im Spitzenhemd, das die runde Brust kaum bedeckte und den Blick auf Knie und Waden erlaubte. Gab es etwas Schöneres als die Hoffnung auf Erneuerung, auf einen neuen Frühling?

Natürlich waren mir die Freier zuwider, die nur zu bald in ihr Leben traten. Ein Marquis war darunter, reich, von angenehmen Manieren. Nicht, daß er nicht gepaßt hätte, später vielleicht, in ein, zwei oder besser drei Jahren.

Sophie machte allem ein Ende. Sie stellte mich zur Rede, nachdem ich den Marquis eines Abends, fast grob schon, ein weiteres Mal auf eine sehr ferne Zukunft verwiesen hatte.

»Sie wollen sie nicht verheiraten. Sie wollen sie für sich behalten.«

»Madame, ich hab meine Tochter in den letzten Jahren kaum gesehen. Ist es da nicht natürlich, daß ich sie noch ein wenig im Haus haben will?«

»Nichts ist daran natürlich«, antwortete Sophie giftig. »Finden Sie es natürlich, daß ein Vater seine Tochter derart häufig in die Arme schließt und ihr über die nackte Haut streicht?«

»Die Zärtlichkeit eines Vaters.«

»Nein, Monsieur, keineswegs. Das ist die Leidenschaft eines Mannes, meinen Sie, ich kenne das nicht? Schließlich war ich selbst einmal Gegenstand solcher Aufmerksamkeiten. Sie lieben in ihr nicht die Tochter, sondern die Frau, falls man bei Ihrer verdorbenen, abgeschmackten Lüsternheit überhaupt von Liebe sprechen kann. Sie sind ein widernatürliches Monstrum.«

Tausend Erinnerungen an Anne-Marie als kleines Mädchen schossen mir durch den Kopf, Gespräche, Spaziergänge, gemeinsame Arbeit und Studien im Garten. Alles vergiftet.

Langsam wich ich rückwärts zur Tür, verließ den Salon, das Haus. Ohne zu überlegen, schlug ich den Weg zu den Versailler Gärten ein. Ich durchquerte das Parterre du Midi, betrat das Labyrinth und drang in seine grüne, abendliche Dämmerwelt ein. Auf einem der Wege wehte mir ein Stöhnen entgegen. Vielleicht war es nur der Wind, der die Äste ächzen ließ. Eine Wegbiegung weiter sah ich mich einer riesenhaften Gestalt gegenüber, die ihre knorrigen Arme nach mir ausstreckte, den Spalt des Mundes in schierer Qual geöffnet, ich erkannte die dunklen Augen wie in einem Spiegelbild.

In Panik rannte ich vor der Kreatur davon, lockerte im Laufen das Halstuch und streifte den Rock ab. Der Riese folgte mit raumgreifenden Schritten, die den Boden zittern ließen. Ich glitt aus den Schuhen, wußte aber schon, daß ich nicht entrinnen konnte. Wir ließen den Garten hinter uns, durchquerten abseits der Alleen den Wald, ein locker mit Bäumen und Buschwerk bestandenes Feld, liefen immer weiter bis in welliges Gelände, es war sumpfig, von Modergeruch durchdrungen. Eine leichte Anhöhe mit dichterem Wald, ein Dickicht. Ich spürte die Berührung an der Schulter als merkwürdigen Schmerz. Er hatte mich eingeholt. Schlaf umfing mich.

Kapitel 10
Stowe

Es war kühl und es war Herbst. Beidem schenkte ich nach meinem Erwachen wenig Beachtung, in einer Art Traumzustand oder Halbbewußtsein verließ ich meinen Schlafplatz in den Hügeln und schob mich schon bald nackt an den Tiergehegen nahe des Potagers vorbei, wie ein Bär unter Bären, seelenlose Materie wie sie. Es fehlte nicht viel, und ich hätte mich hinter den Gittern zu ihnen gesellt, die wilden Tiere nahmen keinerlei Notiz von mir.

Menschlicher fühlte ich mich, als ich alte Sachen in einem Stallgebäude aufgetrieben hatte, das zum Potager gehörte. Allerdings konnte ich mich nur in die Kleidungsstücke zwängen, indem ich Nähte aufriß. Die flatternden Stoffbahnen hielt ich mit einem Strick zusammen.

Zunächst schien es, als ob nur wenig Zeit vergangen wäre, seit ich in die Hügel gerannt war, denn Versailles bot das gewohnte Bild. Das Parterre d'Eau reflektierte gleißend das Sonnenlicht, und hell strahlten die Fenster der Schloßfassade. Nur nach und nach tröpfelten Anzeichen von Veränderungen in meine noch diffuse Wahrnehmung. Das alte System der Wege, Parterres und Boskette war geblieben, erst in den Details zeigten sich die Abweichungen, so daß ich zunächst dachte, mich hier und da in meinen eigenen Erinnerungen zu verirren. Einige von den besonders kostspieligen Schöpfungen Le Nôtres existierten nicht mehr, andere waren vereinfacht worden, nichts hätte mir allerdings gleichgültiger sein können.

Für mein Umherstreifen paßte ich die Stunden ab, in denen der Garten verlassen lag. Ansonsten verbarg ich mich im Unterholz und spähte durch das Lattenwerk der Treillagen auf eine Gesellschaft von Puppen, niedlichen, weißgepuderten Damen und gezierten Kavalieren, die ich mit einer Hand an ihrem Spitzengekräusel hätte packen und wie bunte Früchte in die Bäume hängen können. Ich hatte nichts mit ihnen gemein.

Während der Zeit, in der sich der Garten belebte, bevorzugte ich das Boskett »Le Marais« als Unterschlupf, weil dieses Boskett nur einen kleinen Platz inmitten der dichten Bepflanzung enthielt. Der Platz selbst war völlig verändert worden. Zu meiner Zeit hatte sich hier ein Kunstsumpf befunden, ein rechteckiges Becken mit einem Rand aus Metallschilf, an den Schmalseiten standen Marmortische mit Körben voll künstlicher Blumen, vom Wasser einer Fontäne übersprüht. Als ich wieder einmal diesen Platz überquerte, stand mir aus der Erinnerung plötzlich ein Baum vor Augen, ein gleichfalls künstlicher, reich belaubter Baum aus vergoldetem Metall in der Mitte des Beckens.

Ich hatte dem Boskett du Marais nie besondere Aufmerksamkeit geschenkt, weil der Platz in ihm zu nah an einem der Hauptwege lag und sich daher für meine Spielchen mit Eloise und Paulette nicht eignete. Daher habe ich über den Baum nie nachgedacht und versäumt, Le Nôtre zu fragen, ob er bewußt ein Abbild des Paradiesbaumes in den Garten gestellt hatte.

Bilder stiegen in sachten Wellen auf. Der vergoldete Baum am Thron des byzantinischen Kaisers schien glitzernd darin auf und ein ähnlicher im Palast von Bagdad, ihre Erscheinungen schoben sich über die des Baumes im Marais. Noch bevor ich erfaßt hatte, was das zu bedeuten hatte, sah ich mich von vertrauten Gestalten umgeben, beinahe greifbarer als die kleinwüchsige Gesellschaft draußen traten sie mir vor Augen. Antonius und Anselmus, Enrico, Roberto und Fulco, einer nach dem anderen kamen sie gelassen und fest aus einem diffusen Raum ins Licht und lächelten mir ernst und aufmunternd zu. Fulco schlug lässig an sein Schwertgehänge, ich hörte das Eisen klirren. Sie schritten an mir vorbei auf den Baum zu, der nicht länger aus Metall bestand, sein Stamm drehte sich in die Höhe, und seine Blätter funkelten grüngolden.

Eine heilige Scheu hielt mich davon ab, auch nur die Hand nach meinen alten Gefährten auszustrecken.

Tatsächlich war es grauer Abend, als ich sie sah, aber eine unirdische Sonne bestrahlte sie. So gleißendes Licht traf meine

Augen, daß die Erscheinungen vor mir zu flimmern begannen, bis ich sie nicht mehr voneinander unterscheiden konnte. Zu spät flehte ich meine Gefährten an, auf mich zu warten, stolperte ihnen ein paar Schritte nach und fiel in ein Brunnenbecken. Die Abkühlung brachte mich wieder zu mir, und wie ein Fegefeuer loderte meine alte Sehnsucht nach Eden auf, mein Traum, meine Vision.

Kaum zu bändigende Unruhe trieb mich ziellos durch die Boskette und am Schloß vorbei, unversehens geriet ich in die Straßen von Versailles. Plötzlich stand ich vor meinem Haus, ich schwöre, ich habe es nicht gesucht. Eine alte, lebhafte Dame, auf einen Stock gestützt, trat vor die Tür.

Für einen Moment begegneten sich unsere Blicke, und dabei habe ich meine Tochter zweifelsfrei erkannt und auch die Wahrheit, die mir Sophie ins Gesicht geschrien hatte. Ich habe meine kleine Anne-Marie zu sehr geliebt, und nicht nur als Vater. Von dieser Liebe war nichts mehr übrig, ich spürte nichts als eine schreckliche Taubheit des Gefühls, nicht einmal nennenswertes Schuldbewußtsein. Die Begegnung mit den Geistern aus meiner Vergangenheit wirkte noch nach; heute wage ich zu behaupten, meine alten Gefährten standen mir in diesen Augenblicken näher als mein eigenes Kind.

Sie wandte sich um, ohne die zerlumpte Gestalt auf der anderen Straßenseite mehr als flüchtig zu beachten. Nach ihr traten junge Leute aus dem Haus, Kinder, oder wahrscheinlicher noch, Enkel. Die kleine Gesellschaft meiner Nachkommen stieg in eine Kutsche und rollte in ihr davon.

In der Nacht, bevor sie zurückkehrten, brach ich in mein Haus ein und nahm außer ein paar Kleinigkeiten und etwas passenderer Kleidung, die ich in einer Bodenkammer fand, zwei alte schwere Silberleuchter mit, die mein Wappen trugen, genauer das des Barons du Jardin, der ich nun nicht mehr war. Trotzdem hatte ich nicht das Gefühl, einen Diebstahl zu begehen. Der Pariser Hehler, bei dem ich die Leuchter losschlug, lamentierte zwar über die veraltete Form – fünfzig Jahre hatte ich verschlafen –, bezahlte mir aber einen anständigen Preis, nachdem ich einen der Leuchter drohend über seinem Kopf hatte kreisen lassen.

Ich bin nach Norden gereist, bis mich das Meer bei Amsterdam aufhielt. Auf dem Weg dorthin besuchte ich Gärten, die die Niederländer für französisch hielten, Heemstede bei Utrecht und Zuylesteyn: Folgen artiger Broderiebeete, exakte Rasenparterre, kunstvoll geschnittene Buchshecken und eine Fülle an ars topiaria, die hier eine in Frankreich verpönte Blüte hatte entwickeln dürfen. Es fehlten diesen Gärten die großen Perspektiven. Nicht nur deshalb reizte es mich nicht, mich wieder um eine Stelle als Gärtner zu bemühen.

In Amsterdam hielt ich mich sehr lange in der Hafengegend auf. Ich sah die Speicherhäuser, vor denen Lastkähne lagen, von der See drang der Salzgeruch bis zu den geschützten Ankerplätzen herein. Vor mir im inneren Hafenbecken dümpelten sachte verfaulende Kohlblätter auf dem schmierigen Spiegel des Wassers und bewegten sich doch unmerklich vorwärts, dem Meer entgegen.

Nach einer Woche stieß ich zufällig auf einen Buchladen. Über der Tür des schmalbrüstigen Hauses stand auf einer blinden Glasscheibe »Abraham de Vries, Bücher und Raritäten« in kaum noch leserlichen Lettern. Als ich den Laden betrat und mich umsah, bemerkte ich bald belustigt, daß »Bücher« und »Raritäten« als Synonyme gemeint waren. Ein Lichtstrahl fand den Weg durch das verschmutzte Fenster, ließ tanzende Staubpartikel golden aufleuchten, und seine Wärme kitzelte mir flüchtig die Hand wie ein Kobold, der in diesen Büchergelassen hintersinnig und verstohlen seine Späße trieb. Mein Blick wanderte über ungeordnete Bücherstapel und hohe Regale und unversehens traf mich wieder eine sehr alte Erinnerung, die an den Griesgram Ibn Sura in seiner ägyptischen Bücherhöhle. Obwohl mich der Fettwanst nie sonderlich freundlich behandelt hatte, rief das jetzt heraufbeschworene Bild Rührung hervor.

Der alte Abraham de Vries, in einen verschossenen roten Brokatmantel gekleidet, hätte sehr wohl als ein wiederauferstandener Ibn Sura gelten können. Er stand vor einem der Regale und versuchte, ohne Hilfe der Leiter, die neben ihm an der Wand lehnte, ein Buch zu erreichen.

»Komm her, du«, raunzte er, »hol mir das Buch da herunter.« Er deutete nach oben. Ich folgte der Geste, von der Sprache verstand ich nicht viel, sie bestand aus einer Folge von Rachenlauten, die sich tief hinten in der Kehle zu bilden schienen und entfernt an meine fast vergessene Muttersprache gemahnten.

Ohne viele Worte hat mich Abraham als Gehilfe eingestellt. Am Abend saß ich bereits in einem mit dunkelrotem Samt bezogenen behäbigen Sessel vor einem Feuer, das in einem hohen Sandsteinkamin gloste. Der Kamin nahm fast die gesamte hintere Wand des langgestreckten Verkaufsraums ein.

Der Buchhändler entzündete mit einem Span eine lange Pfeife und wunderbarer Tabakduft, ein ganzer Reigen süßer bis kräftiger Aromen füllte das Gemach. Einträchtig und doch jeder für sich lasen wir, ich hatte mir als Lektüre Ovid herausgesucht.

Nur beiläufig nahm ich in der Stille, in der nur das Knistern des Holzes und der Buchseiten beim Umblättern zu hören waren, ein Tappen von Pfoten wahr, das nach kurzem Innehalten wieder einsetzte und sich Abrahams Sessel näherte. Eine große, rotgestromte Katze sprang mit einem Satz auf den Schoß des Buchhändlers, der, ohne hinzuschauen, sein Buch etwas höher hielt, bis es sich die Besucherin bequem gemacht hatte.

Erst viel später, als das Feuer heruntergebrannt war, deutete ich auf das Tier. »Wie heißt sie?«

»Weiß nicht«, brummte Abraham in einem Kauderwelsch aus Deutsch und Holländisch, in dem wir uns fortan verständigten, »ist nicht meine.«

Er scheuchte die Katze von seinem Schoß, starrte noch einen Augenblick in die glühende Asche und folgte dann dem Tier, das mit hocherhobenem Schwanz davonstolziert war. Nach kurzem Warten ging ich hinterher und entdeckte die beiden in der Küche, die sich am Ende eines kurzen Gangs als Anbau in den Hof hinter dem Haus schob. Die Katze fraß Fisch aus einem irdenen Schüsselchen, das Abraham mitten auf den Tisch gestellt hatte.

Eine Art Hühnerleiter schraubte sich in ein paar Windungen bis in den dritten Stock des Hauses, in dem meine Kammer lag. Von dort oben schaute ich in ein Höfchen hinab, in dem sich allerhand Kraut mit Flieder und Rosensträuchern ineinanderrankte. Mein Angebot, Ordnung in dieser Wildnis zu schaffen, hat Abraham strikt abgelehnt. Um mich davon abzuhalten, eigenmächtig die Hand an den Hof zu legen, beschäftigte er mich in den ersten Tagen damit, ramponierten Buchdeckeln mit Fett und Ruß trügerischen Glanz zu verleihen, so daß die Bände ein, zwei Taler mehr einbrachten.

Viel verkaufte de Vries allerdings nicht, einmal am Tag ging er aus und überließ mir den Laden. Als Ergebnis dieser Ausflüge traf ab und an eine Kiste mit Büchern ein, die irgendwo unterzubringen war. In den übrigen Räumen stapelten sich bereits Truhen, die teils mit Büchern, teils mit exotischem Zeug aus aller Herren Ländern vollgestopft waren. Nach und nach erfuhr ich, daß mein Brotgeber einige Jahre auf holländischen und englischen Schiffen zur See gefahren war. Wohl deshalb bevorzugte er bei seiner Abendlektüre englische Bücher, die mich nicht interessierten, weil ich die Sprache nicht verstand. Eines Abends jedoch fiel mir auf einem Titelblatt ein Wort ins Auge, das nicht schwer zu enträtseln war. Ich hielt dem Alten das Buch unter die Nase.

»Was heißt das, was hier steht?«

Abraham entzog mir das Buch mit einer besitzergreifenden Geste. »Nimm dir eins von deinen französischen oder lateinischen Büchern und laß mich mit meinen englischen in Frieden.«

Schon aus Eigensinn ließ ich nicht locker. »Es nützt dir nichts, wenn du deine Pfote auf dem Buch hältst, auch so weiß ich, daß es vom Paradies handelt.«

»Was fragst du Esel dann noch?« Er fuhr dann doch fort. »*Paradise lost* heißt das Buch, *Das verlorene Paradies*, von John Milton. Und jetzt laß mich zufrieden.«

Eine Weile schlich ich um dieses Buch herum, bis Abraham von sich aus damit begann, mir mit seiner rauhen Baßstimme daraus vorzulesen und das Vorgelesene zu übersetzen. Bald schon merkte ich, daß es ihm Spaß machte, den Inhalt ab und zu unvollkommen wiederzugeben, ich achtete genau auf die Anzahl der Worte und den Reimrhythmus. Diese Spielchen ließ er erst, als ich ihm eines Tages das Buch aus der Hand nahm und meinerseits daraus vortrug, zunächst auf Englisch und dann, wenn auch stockend, auf deutsch.

Sprachen habe ich immer leicht gelernt, diesmal kam mir ein Wörterbuch zu Hilfe, das ich ohne Abrahams Wissen bei einem seiner Konkurrenten gegen eine Bibel des Ketzers Luther eingetauscht hatte, ein gutes und nützliches Geschäft in meinen Augen. Wir haben dann abwechselnd weitergelesen:

»So war der Ort ein glücklicher Bezirk
Der ländlich schönen Mannigfaltigkeit;
Gehölz, wo Bäume balsamreiches Harz
Und Salben weinten oder deren Frucht,
gebräunt mit goldner Rinde, lieblich hing
(Hier wurde Hesperidenfabel wahr)
Und köstlich schmeckte. Weites Rasengrün
Und sanftgewellter Höhen ebne Flur
Und Äsende auf zarter Kräuterweide
Vermittelten dazwischen Palmenkuppen
Oder die blütenreiche Sohle dort
Des wohlbenetzten Tales breitete
Die Schätze aus, der Blumen bunte Zier,
Und ohne Dornen die Rose. Andrerseits
Schattige Grotten, kühle Höhlenbuchten,
Von purpurtragendem Gerank
Der Reben üppige – leise überwachsen;
Daneben drehen über Bergeslehnen
Die munteren Bäche murmelnd sich zu Tal,
Vereinzelt oder sammelten ihre Wasser
in einem See, der dem gesäumten Strand,
Dem heidelbeergekrönten, seines Spiegels
Kristall entgegenhält. Die Vögel singen
Im Chor; die Lüfte frühlingshaft gestimmt,
Eratmen Duft von Feld und Wald und tönen
Im Laub erzitternd mit. Indessen führt
Der allgemeine Pan, im Tanz der Stunden
Und in der Grazien Runde eingereiht,
Den ewigen Frühling an.«

Die letzten Zeilen ließ ich wieder Abraham vortragen, ich hatte mich erhoben und war an den Kamin herangetreten. Auf dem breit vorspringenden Steingesims über der Feuerstelle lehnten zwei Bildchen, die ähnliche Landschaften zeigten. Ein leicht geschwungenes Flußufer mit ein paar Bäumen am Wasser, eine Aue mit Hirten und grasendem Vieh, im Hintergrund erhoben sich sanfte, mit Gehölz bestandene Hügel, ein Tempelchen krönte den einen. Ich entzifferte die Signaturen der Maler, es waren zwei Franzosen: Nicolas Poussin und Claude Lorrain. Ich hatte noch nie von ihnen gehört, die schlichte Landschaftschaftsmalerei erschien mir belanglos.

»So stellte sich also ein englischer Dichter das Paradies vor, das doch zwischen Euphrat und Tigris lag: mit Rasenhügeln und Heidelbeeren«, sagte ich, um Abraham zu ärgern, als er innehielt.

»Das ist England«, brummte er, »Hügel und Bäche und Wiesen, ich hab's gesehen.«

»Und die Palmen?«

»Schnickschnack, da ist Milton die Phantasie durchgegangen.«

»Wenn England das Paradies ist, warum bist du nicht dageblieben?«

»Nicht mein Paradies, zu viele Schafe, Hügel und krumme Wege«, sagte Abraham und las für sich weiter.

Du mußt Abraham verstehen. Holland liegt unter dem Meeresspiegel, es ist flaches Land mit fetten Kühen auf fetten Weiden und schnurgeraden Deichen und Kanälen, die sich endlos wie das Meer bis zum Horizont hinziehen.

Nach fünf Jahren habe ich Abraham im Hof unter dem Flieder begraben, er hatte es so gewollt. Er hatte mir seinen Besitz vermacht und damit das Recht eingeräumt, nach Belieben mit allem zu verfahren, und wohl gerade deshalb ließ ich das Kraut im Hof weiterwuchern.

Abrahams Geschäfte fortzuführen, erwies sich als nicht allzu schwierig, hier und da kaufte ich Bücher dazu, und andere, die mir nicht gefielen, schlug ich los. Unter denen, die ich für mich erwarb, waren zwei, die mich veranlaßten, mich wieder mit der Gartengestaltung zu beschäftigen. Allabendlich schlüpfte ich in den alten Brokatmantel, saß lesend vor dem Kamin, die leise schnurrende Katze auf dem Schoß. Das Feuer entließ gelegentlich einen Schwall Rauch in mein Zimmer, wenn der Kamin schlecht zog. Der Qualm vermischte sich mit den Tabakschwaden aus meiner Pfeife und dem allgegenwärtigen Staub der Bücherstuben, und aus all diesem grauen, papiertrockenen Dunst stiegen gemächlich Bilder sattgrüner Gärten auf und ließen eine sehnsuchtsvolle

Ahnung von duftender Frische aufkommen, gerade genug, um die träge Behaglichkeit der Abendstunden so weit aufzurühren, daß ich mich bemüßigt fühlte, nach langer Zeit einen Brief zu schreiben.

Christoph der Gärtner an Antonius im Kloster St. Giorgio in Venedig.

Ich wünschte, du wärst hier und auch Anselmus, und ihr beiden würdet mir in meiner klösterlichen Abgeschiedenheit Gesellschaft leisten. Wir drei würden ein beschauliches Dasein zwischen Büchern führen, unseren Gedanken nachhängen und unbelästigt vom Weltgetriebe unsere Einsichten austauschen, wie es nur Gelehrte können, die über den Dingen stehen. Gern würde ich eure klugen Ausführungen über das hören, was mich zur Zeit beschäftigt, wobei diese Beschäftigung nicht sonderlich von Belang ist, mehr ein müßiges Gedankenspiel.

Ich habe hier das Buch eines neueren Gartentheoretikers zur Hand: *La Théorie et la Pratique du Jardinage* von Antoine Joseph Dezallier d'Argenville, ein recht verbreitetes Werk, es ist bereits mehrfach aufgelegt worden.

Dir fiele sogleich auf, daß Dezallier den guten alten Plinius gelesen hat, denn wie dieser verbreitet er sich über die Aussicht, die man vom Haus aus genießen soll und zwar nicht nur in den Garten, sondern darüber hinaus in die Landschaft. Von Gittern durchbrochene Mauern sollen den Garten durch die Ausblicke quasi mit der Landschaft verbinden. Daher kommt es Dezallier darauf an, einen angenehmen Platz für den Garten zu wählen in einer von Bächen, Feldern, Hügeln und Wiesen gebildeten Umgebung, in die sich Ausblicke lohnen.

Du weißt, in Versailles gab es die großen Alleen und Sichtachsen, aber sie führten auf Aussichtspunkte oder verloren sich in einer Ferne, in der Einzelheiten kaum noch erkennbar waren. Mit Landschaft haben sich Le Nôtre, Mollet und die anderen nicht befaßt, das war schon eher Sache der Italiener gewesen, bei einem Hanggarten läßt sich die Aussicht schlecht vermeiden. So scheint mir der Gedanke an die Landschaft nur für einen Franzosen neu zu sein.

Soweit bietet das Buch nichts besonders Fesselndes, warum es soviel Anklang findet, begreife ich nicht. Interessant wird es für mich erst, wenn Dezallier auf die Natur zu sprechen kommt und alles auf den Kopf stellt, was in den letzten Jahrhunderten als Gesetz in der Gartengestaltung galt. Er sagt nämlich, daß die Kunst der Natur zu weichen hat. Der Garten soll sich mehr an der Natur als an der Kunst orientieren und von der Kunst nur das nehmen, was der Verstärkung der Natur dient. Alle gezwungenen und nicht natürlichen Bildungen, die außerdem zu kostenaufwendig sind, lehnt er ab. Das vom Menschen Gemachte ist für ihn nicht höher wertig als das von der Natur Geschaffene.

Ihr beide, du und Anselmus, würdet mich an dieser Stelle daran erinnern, daß die Natur direkt aus Gottes Hand stammt.

Von Dezalliers Hinwendung zur Natur ist allerdings wenig zu spüren, wenn er sich mit den Details des Gartens befaßt, denn diese bestehen wie gehabt aus Parterre, Bosketten, Rabatten, Alleen und diversen, kompliziert gestalteten Hecken, die allgemeine Vereinfachung scheint mehr im Weglassen aufwendiger Treppenanlagen und Brunnenbauten zu bestehen.

Der Natur ist auch das andere Buch gewidmet, mit dem ich mir die Zeit vertreibe. Es ist das Werk eines englischen Philosophen und Schriftstellers, Antony Shaftesburys *The Moralists*. Shaftesbury spricht sogar vom Eigenrecht der Natur und ihrer Vollkommenheit in ihrem ursprünglichen Zustand. Die Natur und nicht der Mensch gilt auch ihm als Maß der Dinge, und von ihr leitet er das Recht des Menschen auf eine freie Entfaltung und Selbstbestimmung seines Lebens ab.

Von dieser Ansicht ist auch Shaftesburys Vorstellung vom Garten geprägt. Die Moral, die er in der Natur selbst angelegt sieht, und der gute Geschmack bestimmen den idealen Garten und sollen für Ausgewogenheit zwischen Freiheit, Harmonie und Frieden sorgen.

Ich habe meine Schwierigkeiten damit, mir einen moralischen Garten vorzustellen, auch wenn ich mir sage, daß es in Fragen der Moral nicht immer nur um die Wahl zwischen Venus und Diana geht. Ab und zu betrachte ich die beiden Bildchen von Lorrain und Poussin am Kamin und lese Milton in der Hoffnung, daß mir seine Verse etwas vermitteln, was sich meinem Begreifen entzieht. Du würdest einwenden, daß der Garten, wie ich ihn aus

Versailles kannte, am Endpunkt seiner Entwicklung angelangt ist und folglich etwas Neues nur aus der Umkehr entstehen kann. Ein Gedanke, der mir so wenig behagt, wie es einem Gourmet gefällt, sich von heute auf morgen mit Brot und Wasser zu begnügen.

Noch einmal, ich wünschte, du wärst hier und auch Anselmus, der soviel Sinn für das Praktische besitzt.

Gottbefohlen – Christoph

Es geschah, daß ich mit Milton auf den Knien im Frühling im Hofgarten einschlief und im Herbst wieder aufwachte. Genauer gesagt, verfiel ich weniger in Schlaf als in einen Dämmerzustand, in dem ich äußerlich starr auf meinem Stuhl verharrte und doch das Leben um mich herum auf eine ganz ungewöhnliche Weise wahrnahm.

Am genauesten erinnere ich mich aus dieser traumverlorenen Zeit an eine Brombeerranke, die sich näher an mich heranschob und dabei hin- und herpeitschte; es war mir, als beobachte sie mich einen Augenblick prüfend, dann schlang sie sich um meinen Schenkel. Andere Ranken derselben Art tauchten auf und überwanden mühelos Entfernungen von einigen Metern. Sie haben den Raum erobert und machten ihn sich zielstrebig zu eigen.

Was sich vor mir abspielte, widersprach allem, was Descartes über das Reich der Materie behauptete. Ich habe gesehen, wie sich Wassertropfen bei Regen in den Rillen der Blätter sammelten, an ihnen entlanggeleitet wurden und von den Blattspitzen abperlten, es war ein Wunder sinnvoller Form, nicht viel anders als die Meisterleistungen der Ingenieure, die das Wasserwerk von Versailles entwarfen.

Es ist alles Leben in der Natur, Bewegung in unvergleichlicher Fülle und Variation, und nichts davon ist zufällig oder absichtslos. Solche Beobachtungen und Erkenntnisse fluteten durch meinen Geist, ohne innezuhalten oder sich gar bis zur sprachlichen Ebene zu verdichten. Der Dämon in mir regte sich, aber ich kämpfte nicht mehr mit ihm, ich versöhnte mich mit seiner Existenz.

Und ich begann, Shaftesbury zu verstehen.

Ein paar Jahre habe ich auf diese Weise verbracht, und irgendwann stellte ich fest, daß ich mich äußerlich veränderte. Echtes

Grau zeigte sich in meinem Haar, und in meinem Gesicht bildeten sich Falten, ich tauchte in den Strom der Zeit ein.

Zu den beiden Männern, die im Frühjahr 1746 meinen Laden betraten, wurde ich erst freundlicher, als ich erkannte, woher die Besucher stammten. Es waren Engländer: der ehrenwerte Robert Fortescue, Sohn eines Lords, mit seinem Erzieher Reverend Carlisle, der wohl zwanzig Jahre älter als sein Zögling war. Beide stellten sich sehr höflich vor, beide zeigten sich sehr interessiert an alten Büchern, offenkundig eine englische Leidenschaft.

»Ihnen ist an einem bestimmten Buch gelegen, so daß ich Ihnen bei der Suche behilflich sein könnte?« fragte ich, als ich bemerkte, wie die beiden mit Habichtsaugen im Laden herumstreiften und hier und da ein Buch in die Hand nahmen. Mir fiel ein, daß ich versäumt hatte, ein paar meiner unverkäuflichen Bücher, die ich kurz zuvor noch studiert hatte, wieder fortzuräumen.

»Nicht direkt«, antwortete Mr. Fortescue, »die Wahrheit ist die: wir sind auf der Rückreise nach England, nachdem wir uns in Frankreich und Italien herumgetrieben haben, die ›grand tour‹, verstehen Sie? Jetzt habe ich für alle etwas mitgebracht, für Vater, meinen Bruder John, meine Schwestern, nur für Mutter hab ich nichts Gescheites auftreiben können. Carlisle meint, ein illustriertes Buch könnte das richtige sein.«

Der junge Fortescue strich am Kamin entlang, stutzte und ging weiter. Ich nahm einen kurzen Blickwechsel mit dem Reverend wahr, ein Nicken und eine flüchtige Geste. Nicht, daß ich sie direkt für Diebe gehalten habe, aber sicherheitshalber klemmte ich mir möglichst unauffällig meine besonderen Bücher unter den Arm.

»Irgend etwas mit Landschaften wäre schön, sonnige Täler und Flußauen würden Mylady gefallen«, mischte sich der Reverend ein.

Ich deponierte die Bücher unter einem Tisch, schob sie mit dem Schuh weiter darunter und bezog mit gekreuzten Armen Stellung davor.

»Sie sagten, Sie sind in Italien und Frankreich herumgereist. Haben Sie dort die großen Schlösser und Gärten besichtigt?«

»O ja«, sagte Mr. Fortescue und lachte auf.

Ich fragte mich, was den jungen Mann so amüsiert haben könnte.

»Versailles, meinen Sie«, fuhr er fort. »Wir waren dort, auf einem Empfang beim König. Wissen Sie, meine Familie ist nicht ganz unbedeutend. Auf soviel antiquierten Geschmack in einer Residenz waren wir nicht gefaßt.«

Ich war so verdutzt, daß mir nicht gleich etwas einfiel, um dem jungen Laffen übers Maul zu fahren.

»Ich habe noch nie etwas so Lächerliches gesehen«, fuhr der Engländer unverdrossen fort. »Wäldchen, die wie Würfel geschnitten sind mit glatten Kanten ringsum, und dann diese schnurgeraden eintönigen Alleen mit den beschnittenen Hecken, ich mußte ja meinen ganzen Mut zusammennehmen, um weiterzugehen, immer geradeaus, man kam sich dabei wie eingesperrt vor.«

»Haben Sie eine Ahnung, wieviel Mühe und Geschick dazugehört, Würfelboskette zu erzeugen und zu erhalten?«

»Mein Herr, Sie scheinen Anteil an der Gartenkunst zu nehmen, ungewöhnlich für einen Buchhändler. Das Interesse ist wohl durch die Lektüre begründet, die ich Sie vorhin unter diesem Tisch dort verstauen sah«, mischte sich der Reverend ein, »der Aufwand, der uns in Versailles begegnete, mit Broderien, Brunnen und dem geschnittenen Zeugs, ist maßlos, ist übertrieben, ist ...«

»Geradezu obszöner Prunk, will der Reverend sagen, alles wirkte auf uns so römisch-katholisch«, ergänzte Fortescue.

»Ich würde es nicht ganz so ausdrücken«, begann der Reverend wieder. »Sehen Sie, der Natur wird ihr Recht auf freie Entfaltung aberkannt wie den Bürgern, die in Frankreich zu Untertanen herabgewürdigt werden.«

»Moment«, widersprach ich, »was ist mit der aristotelischen Vorstellung, die schlimmen Zufälle der Natur zu korrigieren, sie durch das menschliche Eingreifen zur Vollkommenheit zu führen?«

»Die Natur bedarf keines Eingriffs, die Natur ist von sich aus schön und vollkommen.«

»Shaftesbury«, sagte ich knapp.

»Sie haben das Buch von Lord Shaftesbury gelesen? *The Moralists*? Dann wissen Sie doch, was ich meine.«

»Wir haben ein paar tausend Jahre Mühe darauf verwandt, der Wildnis den Garten abzuringen und zur höchsten Blüte der Form zu entwickeln, und jetzt soll der Garten wieder zur Wildnis werden? Wie muß man sich denn Ihre Gärten in England vorstellen? Mit Disteln, Stechginster und anderem Unkraut?«

Die Blicke der beiden Besucher flogen zum Kamin und wandten sich rasch wieder ab. Ich habe die Engländer zu einer Tasse Tee eingeladen, weil mir ihr ganzes Gehabe und Gerede bei allem Ärger doch recht spaßig vorkam. Sie lehnten ab, wollten aber an einem der nächsten Tage noch einmal hereinschauen.

Am Abend saß Abraham in seinem Sessel, sein Auftauchen überraschte mich nicht sonderlich. Ich hatte seit meinem Brief häufig von Antonius und Anselmus geträumt und auch tagsüber ihre Gegenwart so deutlich gespürt, daß ich mir angewöhnte, Unterhaltungen mit ihnen zu führen, und jetzt hatte sich der alte Buchhändler auch noch eingefunden.

»Hast du's gemerkt?« fragte er.

»Was?«

»Sie sind hinter den Bildern her. Die sind viel mehr wert als die Bücher, die du so dämlich versteckt hast. Engländer sind ganz besonders wild auf solche Bildchen. Laß dich nicht reinlegen wie damals, als du Idiot die Lutherbibel gegen ein Wörterbuch getauscht hast. Hat mich 'ne Menge Mühe gekostet, dem Betrüger Frans Vermeer die restlichen Gulden für das Buch abzunehmen.«

Ich sparte es mir, auf Abrahams letzte Bemerkung einzugehen.

»Hab mich schon gefragt, warum sie um die Bilder schleichen wie die Katze um den Milchtopf. Begreif aber immer noch nicht, warum. Woher hast du sie?«

»Aus Italien mitgebracht, sie sind dort gemalt worden. Waren damals noch erschwinglich. Kram mal ein bißchen im Haus herum. In irgendeinem Kasten müssen noch Zeichnungen von Lorrain sein. Verkauf ihnen davon ein oder zwei, wenn du Geld brauchst, aber laß sie vorher zappeln.«

Zwei Tage später waren meine Besucher wieder da. Ich registrierte belustigt ein unmerkliches Aufatmen, nachdem sie die Bilder erspäht hatten. Noch viel amüsanter erschien mir ihre augenscheinliche Vorfreude auf das Übertölpeln eines Dummkopfs. Ich ließ mir Zeit mit der Teezubereitung, um den Besuchern Gelegenheit zu geben, sich am Anblick der Landschaften zu erwärmen. Das Ganze hatte etwas Sportliches an sich.

»Sie hatten mir etwas über Ihre englischen Gärten erzählen wollen«, eröffnete ich das Gespräch, als ich die Teekanne hereintrug.

»Tatsächlich? Der französische Garten ist bei uns schon eine Weile aus der Mode«, begann der Reverend.

»Milton«, fiel ihm sein Schützling ins Wort, »damit, glaub ich, fing's an.«

»Nein, mein Junge, Milton hat nur den Boden bereitet. Es war Addison, im ›Tatler‹, oder stand es im ›Spectator‹? Und natürlich Pope im ›Guardian‹, aber der hat gegenüber Addison eigentlich nichts Neues gesagt. Ich denke, Addison war wohl der erste.«

»Aber Popes Garten in Twickenham! Addison hat nie einen Garten gehabt.«

»Gentlemen«, ich fühlte mich wie ein Kind, über dessen Kopf hinweg sich Erwachsene unterhalten, »von Alexander Pope habe selbst ich schon gehört, aber wer ist Addison?«

»War, mein Bester, der wackere Joseph Addison starb schon 1719.«

»War er nicht ein Whig, Robert?«

Im stillen erhöhte ich den Preis für die Zeichnungen, je öfter sie zum Kamin sahen.

»Sie müssen wissen, Mr. de Vries«, erläuterte der junge Fortescue, »der Reverend ist ein Tory, ein Konservativer, während Addison zu den Whigs gehörte. Whigs vertreten den Geist des Fortschritts und der Freiheit gegen die Feudalaristokratie der Tories, ich gehöre selbst der Fortschrittspartei an, obwohl ich Aristokrat bin.«

»Mr. Addison«, fuhr Carlisle belehrend dazwischen, »war Herausgeber von drei moralischen Wochenzeitschriften, dem ›Tatler‹, dem ›Spectator‹ und dem ›Guardian‹. Sagen Sie, Mr. de Vries, Sie haben da zwei nette Bildchen am Kamin.«

Die letzte Bemerkung kam nun doch etwas unverhofft, ich hatte Mühe, der urplötzlich unverhohlenen Gier der beiden mit Würde und Gelassenheit zu begegnen. Ich habe ihnen gesagt, daß es sich um unverkäufliche Erbstücke handelt, ganz falsch lag ich damit ja nicht. Sie sind bald gegangen, aber ich war mir sicher, sie würden wiederkommen.

Am Vortag hatte ich auf der Suche nach den Lorrain-Skizzen im Keller einen ganzen Packen alter englischer Zeitungen entdeckt, ich meinte sogar, die von meinen Bilderjägern erwähnten gesehen zu haben. Als ich die Engländer vom Hals hatte, stieß ich tatsächlich auf mehrere der fraglichen Ausgaben vom »Tatler« und »Spectator«. Durch sie konnte ich mir Addisons Gartentheorie recht gut zusammenreimen.

Wie Shaftesbury wies auch Addison der Natur moralische Werte zu, wobei er häufig Landschaft und Natur gleichsetzte, und nur allmählich habe ich herausbekommen, welche Tugenden den beiden vorschwebten.

Dezallier meinte mit seiner Landschaft noch eine von Menschen gemachte mit Wiesen und Feldern, Addison hatte dagegen die Wildnis im Sinn und in ihr sah er vor allem Freiheit, Größe, Schönheit, Ungewöhnlichkeit, um endlich auf die von ihm geschätzten Tugenden zu kommen, die mir als solche nicht unbedingt einleuchten wollten.

Diese modernen Theoretiker schielten immer mit einem Auge nach Frankreich, nach dem Hof mit seinen gezierten Damen und Herren, die auch mir zuletzt ein bißchen überdreht und albern vorgekommen waren.

Betrachtete man nun die neuen Ideen genauer, stellte sich bei fast allen heraus, daß sie in der einen oder anderen Form längst schon entwickelt worden waren. Was die Moral betrifft, möchte ich nur auf Ippolitos Garten in Tivoli verweisen. Auch die Idee, die Wildnis in den Garten zu holen, hatte Pirro Ligorio bereits in Tivoli verwirklicht, als er das Tuffsteingebirge über dem Ovato-Brunnen auftürmen ließ, ganz zu schweigen von Bomarzo.

Und jetzt also Addison, der einen Baum lieber in seiner »schwelgerischen Wildheit von Ästen und Zweigen sehen« wollte als mathematisch präzise in Form gehackt. An Stelle von kunstvollen Brunnen und Broderien bevorzugte er Bäche, Wasserfälle, Felsen, natürliche Grotten und Rosendickichte, statt Alleen geschlängelte Wege, summa summarum eine Bankrotterklärung der bisherigen Gartenkunst. Die Wildnis sollte ein Wechselbad der

Gefühle und Empfindungen hervorrufen, Überraschung, Entzücken, aber auch Furcht und Erschauern.

Ich habe mit den Mönchen über diese Merkwürdigkeiten diskutiert.

»Heißt es nicht Gott versuchen, Antonius, wenn der Mensch die Wildnis hereinholt und damit das Geschenk des gesitteten Gartens mißachtet, Hybris, Überheblichkeit menschlichen Geistes?«

»Ist dir schon einmal aufgefallen, daß du nur dann auf Gott kommst, wenn dir etwas nicht paßt?«

»Hör dir das an«, drängte Anselmus. »›Die Natur ist der Tempel Gottes, Schöpfung und Wohnung Gottes zugleich, gegenüber dem Werk der Natur ist jedes Menschenwerk mangelhaft, es fehlt ihm an der Größe und Unermeßlichkeit der Natur.‹«

»Trotzdem ist der Natur noch ein bißchen aufzuhelfen. Hast du das hier gelesen? Die Werke der Natur sind dem Auge um so angenehmer, schreibt Addison, je mehr sie Kunst gleichen. Also doch noch der alte Aristoteles.«

»Kaum«, widersprach Antonius. »Es geht um den Vergleich zwischen Kunst und Natur. Das Werk der Kunst wirkt edler durch sein Vorbild in der Natur, das von beiden das vollkommenere ist.«

Die Kunst war also noch nicht ganz aus dem Feld geschlagen, und es gab durchaus Bauten und Figuren in Addisons Idealgarten, Tempel der Tugenden und zur Mahnung einen des Lasters und marmorne Statuen von Helden und Staatsmännern, eine Idee, die Cosimo in seiner Ahnengalerie, die zugleich antike Tugenden verkörpern sollten, längst verwirklicht hatte. Die Moral leuchtet uns wohl doch nicht ohne weiteres aus der Natur entgegen.

Addison mag zusammen mit dem Dichter Alexander Pope und dem Literaten Shaftesbury einer der ersten gewesen sein, der die Abkehr vom französischen Garten vertrat und die aus der Geometrie abgeleiteten Gestaltungsprinzipien verwarf, andere schrieben später im wesentlichen von ihnen ab. Alle haben sie die Reize der Natur gelobt und ihre Eigenschaft, Einbildungskraft und Empfindsamkeit des Menschen anzuregen, es hat aber sehr lange gedauert, bis sie eine umsetzbare Vorstellung vom neuen Garten entwickelten. Addison, der nie einen Spaten in der Hand gehalten hat, wollte Küchen-, Parterre-, Baum-, Obst- und Blumengarten mit seiner Wildnis verflochten sehen, ein Unding. Das habe ich Anselmus gesagt, der es hätte verstehen müssen.

»Lies, was hier steht«, sagte mein ehemaliger Lehrer ungerührt, »›Ein Garten war der Wohnsitz unserer ersten Eltern vor dem Fall. Er füllt natürlicherweise die Seele mit Ruhe und Heiterkeit und besänftigt alle ihre Leidenschaften.‹«

»Das wäre doch das Beste, was man von einem Garten sagen kann, selbst wenn Obst und Gemüse etwas durcheinandergeraten sind«, schloß Antonius unser Gespräch.

Als der ehrenwerte Fortescue und der Reverend einen Tag später wieder aufkreuzten, bremste ich ihren entschlossenen Gang zum Kamin, indem ich ihnen die Zeitungen unter die Nase hielt.

»Ihr Mr. Addison ist ein Hohlkopf. Einerseits schreibt er von Obst und Gemüse und andererseits viel von Landschaft. Was bitte hat das mit einer geordneten Vorstellung vom Garten zu tun?«

Reverend Carlisle ignorierte meinen Einwand und griff entzückt nach den Zeitungen.

»Sie besitzen alle diese Blätter? Würden Sie mir gestatten, Sie davon zu befreien, offensichtlich trifft das Geschriebene doch nicht ihren Geschmack.«

Fortescue nahm vor dem Kamin Platz. »Reverend, wir sollten Mr. de Vries' Frage beantworten. Was neuerdings überall in England entsteht, nennen wir Landschaftsgarten. Sehen Sie, solche Bilder haben Addison wohl angeregt, und auch mein Vater plant, unseren Ziergarten zu verändern, meine Mutter ist sehr dafür, und ich könnte ihr eine große Freude machen, wenn Sie mir erlaubten, diese Bildchen zu erwerben. Als Anschauungsobjekte sozusagen. Außerdem gibt es da noch den Erinnerungswert.«

Ich schob mich vor den Kamin und verdeckte mit meinem breiten Kreuz die Bilder. »Welchen Erinnerungswert?«

»Sie haben mich doch nach den Gärten in Italien gefragt. Das kleinteilige Geschnipsel von früher ist verschwunden, die Bäume haben mächtige Kronen angesetzt und neigen sich jetzt über zugerankte Teiche und Brunnen. Statuen sind umgefallen oder zerbrochen. Die Gärten haben sich in etwas verwandelt, an das mich diese Gemälde erinnern.«

Auf diesen Schlag war ich nicht vorbereitet. Meine wunderbaren Gärten – Tivoli, Castello und Boboli – erstickt in schleichendem Unkraut, verschattet von riesenhaften Bäumen, entfesselte Natur, Wildnis. Ich hätte den beiden gern den »Tatler« und den »Spectator« um die Ohren geschlagen, was teilweise ungerecht gewesen wäre, da sie weder für den Inhalt der Blätter noch für das Verkommen der Gartenkunst in Italien verantwortlich zu machen waren, aber sie billigten das!

Bei ihrem nächsten Besuch nahmen die Engländer wie selbstverständlich in den Sesseln vor dem Kamin Platz.

»Kennen Sie Popes *Odyssee*-Übersetzung? Die Stelle über das Elysion?« begann der Reverend das Gespräch.

Sie rückten ihre Sessel viel zu nah, aus ihrer Beharrlichkeit schien langsam ein moralischer Anspruch zu erwachsen.

»Die Inseln der Seligen, Eilande des ewigen Frühlings, die die antiken Götter den Helden nach ihrem Erdenleben als Aufenthalt zugedacht haben?«

Der Reverend nickte.

»Sagen Sie mir, Reverend, solche elysischen Gärten, bestehen sie tatsächlich in England, und sind dafür Pope und Addison verantwortlich und vielleicht noch der Einfluß solcher Bilder?«

Der Reverend lächelte dünn. »O nein, da wäre noch Stephen Switzer mit seinem Buch *Ichnographia Rustica*, und der königliche Gärtner Henry Wise, der schon kurz nach der Jahrhundertwende begonnen hat, die Formen des Gartens zu vereinfachen, aus Kostengründen, wie ich gestehen muß, Queen Ann kürzte die Mittel für ihre Gärten.«

Fortescue feixte. »Wissen Sie, der Anfang von all dem Neuen bestand in königlicher Knickrigkeit.«

Später, als die beiden endlich gegangen waren, half mir Abraham, besorgt um den Ausgang der Geschichte, auf die Sprünge. »Es ist mir gerade eingefallen. Die Lorrain-Skizzen liegen in einer Schachtel auf dem Dachboden. Du hast sie dort vor Jahren hingeräumt.«

Ich schloß den Laden für ein paar Tage, weil ich dies und das zu besorgen hatte. Auf meinen Gängen bin ich nach all den Jahren seit meiner Ankunft in Amsterdam zum erstenmal wieder am

Binnenhafen gewesen. Eine Seebrise trug den Duft östlicher Gewürze wie Zimt und Nelken und damit das Aroma ferner Weiten heran. Ein großer flacher Kahn segelte herein. An Deck stapelten sich Säcke und Ballen. Neben mir fanden sich weitere Schaulustige ein, aus ihrem Geplauder schnappte ich exotische Namen auf: Batavia, Surinam.

Mein Blick wurde von einer Gestalt angezogen, die sich aus dem Hintergrund des Bootes der Reling näherte. Es war einer der Wilden aus fernen Ländern. Ein locker fallendes Gewand verhüllte zwar den Körper, ließ aber seine Geschmeidigkeit ahnen und seine feine, doch kraftvolle Bildung. Der Kahn glitt so nahe am Ufer vorüber, daß ich die Gesichtszüge erkennen konnte, deutlich sah ich das Erstaunen in den braunen, tierhaften Augen und die Sehnsucht nach einer anderen, freieren Welt als der unter dem blaßblauen Himmel Hollands. Der Wilde fröstelte.

Ich ließ meinen Blick unwillkürlich den Kanal hinabschweifen, der zum offenen Meer führte. Das Entladen habe ich nicht mehr abgewartet, ich kehrte in die engen Gassen Amsterdams zurück.

An diesem Tag habe ich das Buch von Stephen Switzer aufgetrieben. Es war zu merken, daß hier ein Fachmann, ein Gärtner, das Wort ergriff. Ich will hier nicht weiter darauf eingehen, daß er sich über die gekräuselten Winzigkeiten und obskuren Nichtigkeiten französischer Gartenkunst ausließ, bevor er auf bowling-greens kam, einfache, vertiefte Rasenflächen anstelle der aufwendigeren Rasenparterre, er verwarf kostspielige Buchshecken und begnügte sich mit Gras und Kies.

Er trennte die verschiedenen Bereiche, den eigentlichen, hausnahen Garten mit der Terrasse und besagten »greens« und die fernen, schon der Landschaft zugehörigen Partien mit Kornfeldern, Viehweiden, Hecken und Waldstücken, und zog zwischen beiden Gräben, die er »Ahas« nannte. Sie sollten das Vieh aus dem Garten halten, ließen jedoch die Aussicht unverstellt, so daß der Garten scheinbar in die Landschaft überging.

Switzer hatte als Küchengärtner unter Henry Wise angefangen, und ich glaube, das machte mir seine Gartenvorstellungen sympathisch, ich hatte ja auch die toskanischen Hügel geliebt mit ihren

Weinreben und Wiesen, eine Sehnsucht nach unverfälschtem Bauernland, einem friedlichen Arkadien, stieg unversehens in mir auf.

Den Engländern verkaufte ich schließlich ein paar Skizzen, ließ sie ordentlich dafür zahlen und schenkte ihnen als Dreingabe die alten Zeitungen. Der Abschluß des Geschäfts brachte mir längst nicht die erhoffte Befriedigung ein. Als ich am Abend verdrossen vor dem Feuer saß, eine Nachfolgerin der alten Katze auf den Knien, gesellten sich Antonius und Anselmus zu mir.

»Wie lange willst du hier noch herumschmollen?« fragte Antonius. »Du weißt doch längst, daß die Engländer recht haben.«

»War alles falsch, was ich in den Gärten Frankreichs und Italiens gemacht habe?«

»Die Frage kannst nur du beantworten. Geh nach England«, antwortete Anselmus.

Als ich damit begann, die Regale zu räumen und verstärkt Bücher zu verkaufen, habe ich mir noch eingeredet, eine Rücklage für mein Alter schaffen zu wollen. Für welches Alter? hat mich Antonius gefragt.

Die Bücher, die für meinen Lebensweg von Bedeutung waren wie die *Metamorphosen* Ovids, Descartes' *Meditationes*, auch den Dezallier verstaute ich in ein paar Kisten und Kästen. Bevor die beiden Sessel und die Kisten abgeholt wurden, um auf ein Schiff nach England verfrachtet zu werden, legte ich die restlichen Skizzenblätter und die Kaminbilder, in den roten Schlafrock gewickelt, zuoberst in die letzte Truhe.

Es mag Glück, Zufall oder Vorsehung gewesen sein, daß mir einige Wochen zuvor ein Mann ins Haus geschneit war, der sich nach seinen Seefahrtsjahren zur Ruhe setzen wollte, dem das Haus, der verkrautete Garten und die Katze gefielen, und der für alles einen annehmbaren Preis zu zahlen bereit war.

Antonius, Anselmus und sogar Abraham haben mich zu dritt bearbeitet, das Angebot anzunehmen.

»Wenn ich aber zurückkehren möchte?«

»Du kehrst nicht zurück«, antwortete Antonius.

»Wenn mich aber wieder der große Schlaf überkommt?«

»Überweis das Geld vorab auf eine Londoner Bank«, riet Abraham, »dort liegt es sicher, bis du dich meldest, und wenn es in hundert Jahren sein sollte.«

Am Ende hatte ich nur noch eine Frage zu stellen. »Kommt ihr denn mit?«

Die drei lächelten nur sibyllinisch.

Gleich ob mir der Regen warm oder kühl in den Kragen tropft, er ist mir willkommen, jedenfalls einem Teil meiner Natur, dem anderen mißfiel der stahlgraue Himmel, den zusätzlich die Ruß- und Rauchschwaden aus unzähligen Londoner Kaminen verdunkelten. Auf der Fahrt mit der Postkutsche zur Hauptstadt hatte ich vergeblich durch die Regenfluten nach dem insularen Arkadien Ausschau gehalten, das mir die beiden Engländer und meine drei hinterlistigen Freunde versprochen hatten. Bis ich in einer Herberge am Stadtrand Quartier bezogen hatte, war mir jegliche Lust vergangen, den von den Engländern erwähnten Sehenswürdigkeiten wie Kew Gardens oder Popes Villa in Twickenham, nahe bei London an der Themse gelegen, einen Besuch abzustatten. Twickenham habe ich mir erspart, nachdem mir mein Wirt genügend über Popes Anwesen erzählt hatte. Im großen und ganzen gewann ich den Eindruck, daß Popes Garten bestrebt war, das Korsett der Symmetrie abzuschütteln, und dabei in einer halbherzigen Asymmetrie steckengeblieben war, in der das scheinbar Zufällige und Natürliche sich noch recht zaghaft Bahn brach. Ein bißchen glich dieser Garten meiner eigenen Lebenssituation.

Den halben Winter blieb ich in meinem Gasthof, von schierer Lethargie an den Ort gefesselt, und verwünschte die drei Geister, die mich herzlos im Stich gelassen hatten. Ich wollte mir keine Wohnung suchen, es schien mir überflüssig, für einige Monate meine roten Sessel und die Bücherkisten aus dem Lagerhaus zu holen, in dem ich sie untergebracht hatte, ich war mir sicher, wieder über den Kanal zu setzen, sobald sich der bleierne Himmel über England im Frühling gelichtet hätte.

Ich bin kein eifriger Zeitungsleser, der monotone Müßiggang in der Herberge bewog mich aber, hin und wieder in das Blatt zu schauen, das der Wirt abonniert hielt. Anfang Februar entdeckte ich eine kuriose Anzeige. Ein Lord Archibald Horsham suchte für die Eremitage auf seinem Besitz nahe Londons einen Einsiedler, um den Eindruck der Einsiedelei zu vervollkommnen. Unter den Arbeitsbedingungen wurden das Wachsenlassen von Haar und Bart genannt, Schweigen und das Tragen einer Wollkutte. Geboten wurden Kost und Logis in der Einsiedlerklause, Bücher nach Wunsch und nach fünf Jahren eine Abfindung von fünfhundert Guinees.

Ich will nicht behaupten, daß mich die Anzeige direkt aufgemuntert hat. Erst allmählich begriff ich, daß ich auf einen Geist gestoßen war, der im künstlerischen und innovativen Gartenbau aufs Ganze ging und mithin über Halbheiten à la Pope hinaus sein müßte. Ich durfte erwarten, bei ihm auf die Blüte des englischen Arkadien zu stoßen, das freie und edle Spiel der Natur, das mich letztlich aus meiner staubgesättigten holländischen Bücherstube gelockt hatte.

Ein Blick in den von der englischen Feuchtigkeit halb zersetzten Spiegel meines Zimmers bewies mir, daß ich mit meiner Haar- und Barttracht dem Idealbild eines Einsiedlers bereits recht nahe kam.

Die Antwort auf mein Schreiben an den Lord erfolgte recht prompt und enthielt die Aufforderung, mich möglichst bald bei Lord Horsham einzufinden. Die Dringlichkeit der Aufforderung ließ vermuten, daß sich bereits zahlreiche Bewerber gemeldet hätten. Daher machte ich mich mit der Befürchtung auf den Weg, gegenüber klausurerfahrenen Engländern bei der Vergabe des Postens ins Hintertreffen zu geraten, die seltsame Anstellung erschien mir auf der Fahrt immer begehrenswerter.

Die imposante Halle des Hauses, in der ich mich ganz allein befand, um auf den Hausherrn zu warten, war mit Trophäen geschmückt, die den Lord als Jagdherrn auswiesen. Als er sich endlich zu mir bemühte, konnte ich mir den Mann allerdings kaum auf einem Pferd bei der Fuchsjagd vorstellen. Horsham erwies sich als klein und fett und zeigte äußerlich keine Spur jener Sportlichkeit, die ich als Nationaleigenschaft allen Engländern zuschrieb. Allerdings ließ die Gesichtsfarbe – ein sattes Rot – auf häufige ausgedehnte Aufenthalte im Freien schließen, eine nur teilweise richtige Annahme, stellte sich dann später heraus.

Horshams Augen leuchteten auf, als er mich sah. Er ließ mir kaum Zeit für eine angemessene Begrüßung und wehrte Fragen beinahe unwirsch ab, weil er mir als erstes seinen Garten zu zeigen beabsichtigte.

Im Grunde genommen hatte ich nichts anderes gewollt, als diesen Garten zu sehen, warf aber im Vorübergehen einen Blick in einen Salon, dessen Tür Horsham offengelassen hatte. Eine schlanke, ansehnliche Dame lehnte hoch aufgerichtet am Kamin. Obwohl ihr Gesicht der Halle zugekehrt war, ignorierte sie mich und den Lord so vollständig, wie es nur eine echte englische Lady fertigbringt.

Horsham hatte wohl doch nicht den Mut aufgebracht, ganz auf das Herkömmliche zu verzichten. Vor der Südterrasse seines Hauses breiteten sich zwei spiegelbildliche bowling-greens aus, vertiefte Rasenflächen mit geschnittenen Taxushecken eingefaßt, und an der Seite befand sich ein Garten mit französischem Blumenparterre und Buchsbaumhecken.

Horsham wies auf die Blumenbeete. »Müßte natürlich alles weg. Aber es gilt, Rücksichten zu nehmen. Meine Gattin hat sich mit der neuen Gartenkunst noch nicht recht anfreunden können.«

Er schaute noch einmal rasch über die Schulter zum Haus zurück und führte mich dann eine gerade Eichenallee hinab, die in die Tiefe des Gartens leitete und an einem zum See verbreiterten Bach endete, der sich in Windungen quer durch das Terrain zog. Baumgruppen säumten die Ufer, von denen das Gelände zu kleinen Hügeln anstieg.

Während des Rundgangs auf einem Kiespfad um den See trat Horsham ab und zu ein paar Schritte zurück oder zur Seite, und ich gewann den Eindruck, er versuchte, sich einen zukünftigen Kuttenträger vor dem jeweiligen Hintergrund als pittoreske Zutat vorzustellen. Diese Hintergründe waren schon kurios genug. Ein kleiner Rundbau mit Säulen wurde mir als Tempel der britischen Tugenden offeriert. Da die Säulen nur die vordere, vom Bachufer sichtbare Hälfte des Gebäudes umstanden, fragte ich mich, ob diese Halbheit ein Licht auf die britischen Tugenden werfen könne. Auf der Rückseite, erklärte der Lord, seien die Säulen unnötig, da sähe sie ja keiner.

Ein Stück weiter erhob sich eine gotische Ruine, Symbol der Vergänglichkeit und eines fabelhaft dunklen, chaotischen Mittelalters, das Horsham aber auch als eine Zeit des britischen Heroismus verstand.

Eines der sonderbarsten Monumente bildete eine mächtige Steinurne auf einem hohen, würfelförmigen Sockel, von einer Gruppe von Trauerbirken eingerahmt, ein Mausoleum, vermutete ich.

»Ihr Einwurf zeigt mir, daß Sie über das nötige Gespür verfügen«, erläuterte Horsham. »Die Steinurne dient dazu, einen allgemeinen Eindruck von Melancholie zu vermitteln, den die hängenden Zweige der Birken auf ihre natürliche Art unterstützen. Kunst und Natur in einem Ausdruck vereint, wie es treffender nicht sein könnte. Ich greife vielleicht vor, aber es reizt mich, Sie zu fragen, haben Sie schon mal eine Kutte getragen oder ist Ihnen der Gedanke noch völlig fremd?«

So lächerlich mir einerseits die Erklärung des Lords erschien, und so wenig ich bis dahin geneigt war, meine Bewerbung noch ernst zu nehmen, so sehr und vollkommen empfand ich tatsächlich die Melancholie dieses kleinen Platzes, sie hüllte mich auf wohltuende Weise ein und kam meiner Seele entgegen, die sich auf einmal weniger unbehaust fühlte.

»Mylord, ich habe bereits in zartem Alter mit dem Kleide der Demut Bekanntschaft geschlossen. Obwohl meine Erfahrungen auf diesem Gebiet lange zurückliegen, sehe ich mich durchaus in der Lage, allen Anforderungen einer Klausnerei zu genügen. Mein Griechisch mag unvollkommener sein als das Latein, mit den lateinischen Gebeten bin ich noch vertraut, und nach diesem Weg durch Ihren bemerkenswerten Garten ist mir der Gedanke an Abgeschiedenheit und Stille willkommen.«

Horsham verhielt mitten auf dem Weg. »Sie sind doch wohl kein Papist?«

Die Klause aus ungefügen Steinen war nicht weit vom Ende des Sees an eine kleine Bachbucht mit sandigem Ufer gesetzt und enthielt, wie es für einen Einsiedler als angemessen erachtet wurde, nur wenige, roh gezimmerte Möbel, die als ein Versprechen auf ein unkomfortables, büßerfreudiges Leben gelten konnten. In einem Winkel befand sich ein Lager aus Stroh, unter dem sich überraschenderweise eine anständige Matratze verbarg.

Bis wir diese Klause erreichten, hatte sich einiges im Benehmen des Lords geändert, inzwischen war ihm anzumerken, daß er in mir eher einen Gast als einen potentiellen Bediensteten sah.

»Mr. Gardener«, fragte er, »Sie sagten, Sie wären von Holland herübergereist. Was reizt Sie an England?«

»Ich dachte, es wären die Gärten.«

Horsham betrachtete mich nachdenklich. »Ich beschäftige mich seit zwanzig Jahren mit der Gärtnerei. Es würde mir ein Vergnügen sein, Sie über alles, was ich über sie weiß, zu unterrichten. Waren Sie schon in Kew Gardens?«

Ich hatte mir gedacht, daß es ersprießlicher sein könnte, den Rest des Winters in der Klause abzusitzen als in einem verrußten Gasthaus. Bevor ich aber irgendeine Art von Zusage gab, habe ich noch einen zweiten Rundgang unternommen, diesmal allein.

Es schien mir sicher, daß Horsham die Theorien seines Landsmannes Addison kannte. Dafür sprachen die Gebäude und Monumente, die den einzelnen Plätzen Bedeutung verleihen, Gedanken wecken und Emotionen hervorrufen sollten, die sich nicht unbedingt von selbst einstellten.

Die Abfolge von Ausblicken, die sich darboten, hatte etwas Theaterhaftes, wie ja auch der seltsam unfertige Tempel an die Bühnendekorationen gemahnte, die ich von den Festen in Versailles kannte. Ich habe darüber mit Horsham gesprochen, nachdem er mich, ganz zuvorkommender Gastgeber, zu einem Glas Portwein in die Bibliothek gebeten hatte. Unauffällig musterte ich die Bücherwände.

Der Lord geriet über meine Eindrücke ganz aus dem Häuschen, seine Wangen färbten sich in einem intensiveren Rot. »Ich habe gleich gemerkt, daß Sie den richtigen Blick haben. Sie müssen die Gartenansichten als Szenen begreifen, poetische Bilder. Lord Burlington, der Herr von Chiswick, hat das klar erkannt, als er ein Konvolut von Bühnenentwürfen erwarb, um sich davon für seinen Garten inspirieren zu lassen. Wissen Sie, die Absicht ist, die Dichtkunst auf den Garten zu übertragen.«

»Und die Malerei von Lorrain und Poussin?«

»Das ist die andere, die malerische Richtung, die Richtung Kents. Sie müssen sich Stowe ansehen, oder Shenstowes Garten Leasowes und Stourhead. Die meisten Gärten weisen Tendenzen beider Richtungen auf, der malerischen und der poetischen. Es gibt keine klare Abgrenzung.«

Ich bin erst gar nicht nach London zurückgefahren, sondern habe mit einem Buch aus der Bibliothek die Nacht in der Zelle zugebracht, diesmal noch ohne Kutte, aber sehr behaglich unter einigen prächtigen Wolldecken, Lord Horsham war auf das rührendste um mein Wohlergehen besorgt.

Vom Winter in England hatte ich in meinem Gasthaus nicht viel mehr als rußende Öfen und Matsch auf den Straßen mitbekommen. In den folgenden Wochen überzog Rauhreif Gras und Weiden neben der Klause. Wie lange Silberschnüre hingen die Zweige herab, bildeten filigrane, sanft bewegte Behänge, wenn der Wind in sie fuhr und die kühle Sonne sie glitzern ließ. Die Hügelchen jenseits des Sees verschwammen in hellem Nebel und Dunst, der Garten lag im Dämmerschlaf. Im März beobachtete ich, wie von Tag zu Tag die Knospen der Blätter anschwollen. Dann war der Morgen da, an dem sich an den gelben Zweigen winzige grüne Spitzen zeigten. Ich habe meine Abreise nach Holland auf den Herbst verschoben und einen typischen englischen Sommer mit Regen und überraschenden Aufheiterungen erlebt. Der Regen erzeugte das unverwechselbare Grün englischer Gärten, das in einer Farbtiefe leuchtete wie sonst nirgendwo. Ich verstand, daß die Farben der Blumen dem wenig entgegensetzen konnten.

Die klimatischen Bedingungen in England verlocken, *wie du genau weißt,* nicht zu dauerhaftem Aufenthalt im Freien, und von diesem Umstand leitete ich die Hauptunterschiede zu den französischen Gärten ab. Diese bildeten Räume im Freien, die dem Verweilen, Posieren, der Begegnung, der Unterhaltung zugedacht waren, Orte rauschhaften Lebensgenusses, einer fête champêtre, die in England undenkbar ist und den Engländern auch nicht entspricht. Sie lieben es spazierenzugehen, was etwas anderes ist als das Flanieren in Gesellschaft, das ich aus den südlichen Ländern kenne. Spazierengehen bedeutet eine stetige Bewegung, der sich der Garten von Lord Horsham mit seinen gewundenen Wegen anpaßte, mit den rasch wechselnden Eindrücke vom Schönen zum Schrecklichen, zum Erhabenen und Melancholischen, mit Tempelchen, Urne und Trauerbirken. Ich stellte nun als Eremit eines der Betrachtungsobjekte dar.

Oft saß ich am Bachufer, die nackten Füße im Wasser, ein Buch auf den Knien. Einmal nur näherte sich Lady Horsham in Begleitung einiger Besucher und fragte mich nach meiner Lektüre. Es gelang mir nicht festzustellen, ob es sie enttäuschte, daß ich Boccaccio las, das *Decamerone*.

Gegen Ende des Sommers habe ich um ein paar Tage Urlaub gebeten, die mir Horsham ohne Einwände gewährte. Auf seine dringende Empfehlung habe ich die Kew Gardens besucht und die Reise nach London auch dazu benutzt, nach meinen Büchern und den zwei roten Sesseln zu sehen, ich fand alles in erfreulich gutem Zustand vor.

Kew Gardens hat Charles Bridgeman angelegt, einer der bedeutendsten Gartenarchitekten seiner Zeit, und später führte William Kent seine Arbeit mit eigenen Schöpfungen fort. Kew Gardens bot mir also den Mischmasch aus traditionelleren und fortschrittlicheren Elementen, den ich bereits von Horshams Anwesen kannte. Sehr verwirrend fand ich vor allem die vielen Gebäude und Monumente, die wie eine Spielzeugsammlung anmuteten, so wenig paßten sie zusammen.

Am meisten verwunderte mich Merlins Höhle, eine Art strohgedeckter Hütte mit einem imposanten Eingangstor im Tudorstil. Diese Hütte lag im Zentrum eines Wegelabyrinths und enthielt eine Sammlung von Wachsfiguren: Merlin und sein Sekretär, die Mutter Heinrich VIII., Minerva, Königin Elisabeth und die Amazonenkönigin.

Nachdem ich das alles auf mich habe wirken lassen, bin ich recht gern in meine bescheidene Klause zurückgekehrt.

Über die Episode meines Lebens, zu der ich jetzt komme, spreche ich ungern, habe ich dabei doch wieder Schuld auf mich geladen, indem ich meinen freundlichen und arglosen Gastgeber hinterging. Ich tat es mit gehörig schlechtem Gewissen, konnte mich aber der Sache nicht mit Anstand entziehen oder erst reichlich spät. Die Kutte, die dabei eine Rolle spielte, gab dem Ganzen einen besonders sündigen Anstrich, obwohl ich sie in entscheidenden Momenten meist abgelegt habe.

Ich habe dir erzählt, wie sehr die französischen Damen und Kavaliere gestunken haben, es war daher eine angenehme Erfahrung, daß die Engländerinnen – und Lady Horsham war die erste, an der ich das wahrnehmen durfte – wie Rosen duften, natürlich wie englische Rosen. Die Frische der Luft verleiht ihrer Haut einen anderen Schimmer als die Hitze des Südens, eine transparente Reinheit, die ebenfalls den Vergleich mit einer Rosenblüte herausfordert. Ich nahm noch etwas Herberes wahr und erfuhr so nach und nach, daß englische Ladies ihre Alabasterkörper öfter Badebottichen und Sandelholzseife anzuvertrauen pflegen. In dieser Zeit der Rosen- und Seifendüfte habe ich mich sehr nachhaltig in dieses kühle Land verliebt, es war eine Liebe, die noch im Allgemeinen schwebte, aber dazu führte, daß ich den Gedanken an eine baldige Abreise aufgab.

Mein schlechtes Gewissen veranlaßte mich ein Frühjahr später, Erholung und Abstand suchend, zu einer weiteren Reise durchs Land. Lord Horsham empfahl mir, als wir wieder einmal in seinem Bücher- und Portweinkabinett zusammensaßen, Chiswick und Stowe.

»Sie können sich in beiden Gärten mit dem Werk William Kents auseinandersetzen. Schade, daß er im letzten Jahr gestorben ist und Ihnen so die Gelegenheit einer persönlichen Begegnung genommen ist.«

»Dann erzählen Sie mir doch von ihm«, fragte ich, neugierig gemacht.

»Soviel gibt es von ihm nicht zu sagen, geschrieben hat er auch nichts, Sie müssen die Gärten studieren. Nur soviel will ich Ihnen mitteilen. Kent war Lehrling eines Karosseriebauers, weil er aber Talent zur Malerei zeigte, ging er nach Italien, um dort zu lernen. Er muß die Landschaftsmalerei Poussins und Lorrains kennengelernt haben, die er in seine Gartenschöpfungen zu übertragen gesucht hat. In Italien hat er mit Lord Burlington Freundschaft geschlossen, und dieser hat ihn nach Chiswick mitgenommen. Als Maler mag Kent nicht viel getaugt haben, aber als Gartengestalter war er nicht übel.«

In Chiswick führte mich Lord Burlington selbst herum, nachdem ich ihm ein Empfehlungsschreiben Horshams übergeben hatte. Bevor Kent die Gestaltung des Gartens übernahm, hatte sich Lord Burlington selbst daran versucht, und so gab es wieder diese

Vermischung alten und neuen Stils. Verwirrend für mich war, daß ich die geraden Alleen, die Treillagen und die runden Wasserbecken als Ärgernis empfand und die Spannung spürte, die aus der Vermengung von Herkömmlichem und Fortschrittlichem entsprang. Auf den geschlängelten, lauschigen Wegen atmete meine Seele dagegen in Wohlbefinden auf und war angenehm berührt durch den Anblick des einen oder anderen Tempelchens, ich glitt also durch ein Wechselbad der Empfindungen, so daß ich erfrischt diesen bemerkenswerten Garten verließ.

Mit mehr Verständnis für die neue Gartenkunst bin ich nach Stowe weitergereist. Seit meinem ersten Besuch hat sich dort einiges geändert, damals sah es ähnlich wie in Chiswick aus, und erst später gestaltete Lancelot Brown, das Genie der englischen Landschaftsgärtnerei, den Garten vollständig im neuen Stil um. Stowe gehörte Lord Cobham, einem anderen Bekannten von Horsham.

Nach meiner Rückkehr bat mich Horsham gleich in seine Bibliothek, er brannte darauf, von meinen Eindrücken auf der Besichtigungstour zu erfahren, seine Anteilnahme hatte etwas Rührendes.

Ein Feuer gloste im Kamin, ein milderes glühte in der Portweinkaraffe neben Horshams Sessel, der Raum roch angenehm nach den Wachsen und Polituren, mit denen fleißige Hände die Mahagonivertäfelung und die Schweinsledereinbände der Bücher so lange bearbeitet hatten, bis sie glänzten. Ich zündete bedächtig meine Tabakpfeife an.

»Nun?« Horsham beäugte den Rest des Portweins in seinem Glas, seine Hand tastete nach der Karaffe.

»Es gibt in Stowe«, begann ich, »immer noch die Partien, die Bridgeman gestaltet hat, wie die gerade Allee in der Hauptachse und das achteckige Bassin an ihrem Ende. Ich glaube, das fortschrittlichste, was Bridgeman geschaffen hat, sind die Aha-Gräben.«

»Hat Cobham Ihnen nicht erklärt, daß Kent das alles ändern wollte?«

»Es war nur ein Gärtner da, der mich auf Ihr Schreiben hin herumgeführt hat. Kent ist wohl über seinen Plänen gestorben. Ich bedaure, Lord Cobham nicht gesprochen zu haben. Der Bursche, der mich begleitete, wußte wenig, und das, was er sagte, war mir unverständlich. Irgendwas Politisches soll an dem Garten sein, es stand tatsächlich mehr drin herum als nur die üblichen Tugend- und Lastertempel.«

Horsham goß nach, seine Wangen glühten in Portweinrot. »Alle paar Meter stolpert man über Tempel, Säulen, Monumente, bißchen viel, hab ich Cobham schon mehrfach gesagt. Cobham ist Whig, und er kann das Schlitzohr Walpole, unseren Premierminister, nicht ausstehen. Er will seine Meinung auch in seinem Garten ausdrücken, eine ganz verrückte Mode. Sie haben doch sicher die Monumente gesehen? Alle großen Männer, die sich der Wohlfahrt der Menschheit verpflichtet haben, werden da sozusagen gegen unsere unmoralische Zeit aufgerufen, gegen Ausschweifungen und Zügellosigkeiten der besseren Kreise, diese ganze Verderbtheit, um mal deutlich zu werden, für die Cobham Walpole verantwortlich macht.«

Ich begann, mich unbehaglich zu fühlen, und versuchte, das Gespräch in ein anderes Fahrwasser zu lenken. »Von Politik versteh ich nichts und Ausschweifungen …«, ich wagte den Satz nicht zu beenden, die Sache mit der Lady des Hauses stopfte mir sozusagen das Maul. Mein Zögern und meine Verlegenheit nicht bemerkend, tastete Horsham nach der Glocke, die Portweinkaraffe war leer.

»Was wollten Sie gerade sagen?« fragte er. Ein Diener trug eine frisch entsiegelte Flasche herein, er kannte die Gepflogenheiten seines Herrn.

Die rubinrote Flüssigkeit rann mit leisem Gluckern in die Karaffe.

»Ich habe auch die neuen Gartenanlagen von Kent östlich des Bridgemangartens gesehen.«

»Kent war eigentlich Kutschenmacher, wußten Sie das?« Horshams Stimme klang auf einmal undeutlich, sein Kopf sank gegen die Rückenlehne des Sessels, bald war sein Schnarchen zu hören. Das Verhalten meines Gastgebers nahm ich als Zeichen, mich zurückzuziehen, ich blieb aber und hing, ins Feuer starrend, den Bildern von Stowe nach: weiche, gefällige Formen, Rasenflächen, sanfte Täler und Hügel, Grüppchen von Bäumen – ich hatte den Ausdruck »clumps« dafür gelernt –, die die »Elysischen

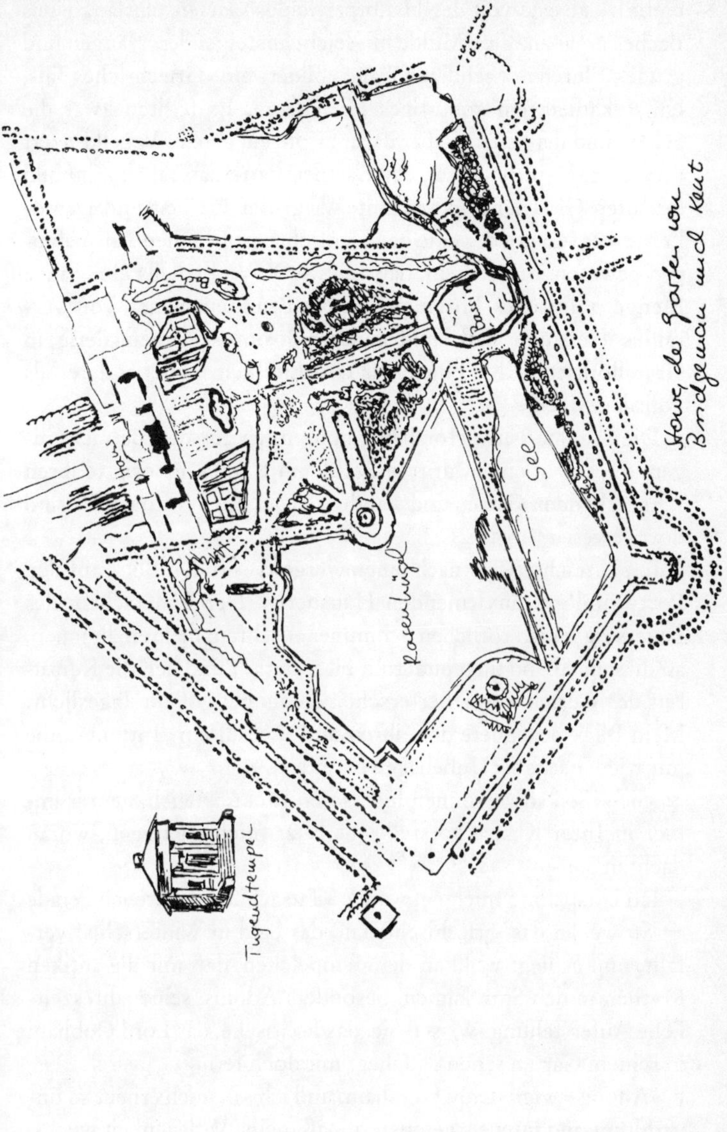
Stowe, der Garten von
Bridgeman und Kent
Haus
Bach
Bassin
See
Rosenhügel
Tugendtempel

Gefilde« abseits von der Hauptpartie des Gartens entlang eines Baches ergaben. Eine Mulde mit leicht ansteigenden Hängen und grünen Fluren mit sandigen Wegen bildete ein »Griechisches Tal«, ein Arkadien, ein anmutiges Hirtenland. Es fehlten zwar die Schafe und der Schäfer, aber dafür zirpte ein ganzes Vogelkonzert im Geäst. Mein Begleiter, der Gärtner, hatte das Tal ein Sinnbild des alten Griechenland genannt, Wiege der Freiheit und Demokratie – es war wieder eine der komischen politischen Anspielungen gewesen. Mir fiel ein, daß Ludwig XIV. ebenfalls eine ganze Menge politisches Programm in die Brunnenanlagen von Versailles einbauen ließ, und hinter Cosimos Ahnengalerie in Castello hatte außer einem Haufen Eitelkeit nichts anderes als Politik gesteckt.

Die Stimme Lady Horshams holte mich aus den Betrachtungen. Sie saß in einem dritten Sessel am Kamin, ignorierte ihren schnarchenden Gatten und wandte sich an mich. »Stowe. Sie sind dort gewesen?«

Ich betrachtete sie nach einem vergewissernden Blick auf den Portweindunst ausatmenden Hausherrn. Der Widerschein des Feuers rief einen rötlichen Schimmer auf ihrem dichten, braunen, an diesem Abend ungepuderten Haar hervor und ließ die Konturen des Gesichts weicher erscheinen als bei vollem Tageslicht. Mein Blick begegnete dem ihren und traf auf eine Intimität, die mir wieder sachtes Unbehagen bereitete.

»Sie saßen so versonnen hier, so entrückt, wie ich Sie mir immer in Ihrer Klause vorstelle. Es reizt mich zu fragen, woran dachten Sie?«

Ich entspannte mich ein wenig. »Tatsächlich dachte ich gerade an Stowe, an das ›griechische Tal‹, das bald in Winterschlaf verfällt, und es liegt wohl an den Tempelchen, daß mir die antiken Mythen in den Sinn kamen, besonders Adonis, seine jahreszeitliche Auferstehung. Wissen Sie, das Politische, das Lord Cobham in seinem Garten sehen will, liegt mir doch fern.«

»Adonis«, sagte Lady Horsham, und ich sah mich erneut so unverblümt und intensiv gemustert, daß meine Verlegenheit wuchs. »Er war der Geliebte der Venus. Wußten Sie, daß im alten Griechenland die Frauen ein Adonisgärtchen zu hegen pflegten? Sie nahmen damit am Wirken der Natur auf ihre Weise teil, fast

das griechische Tal

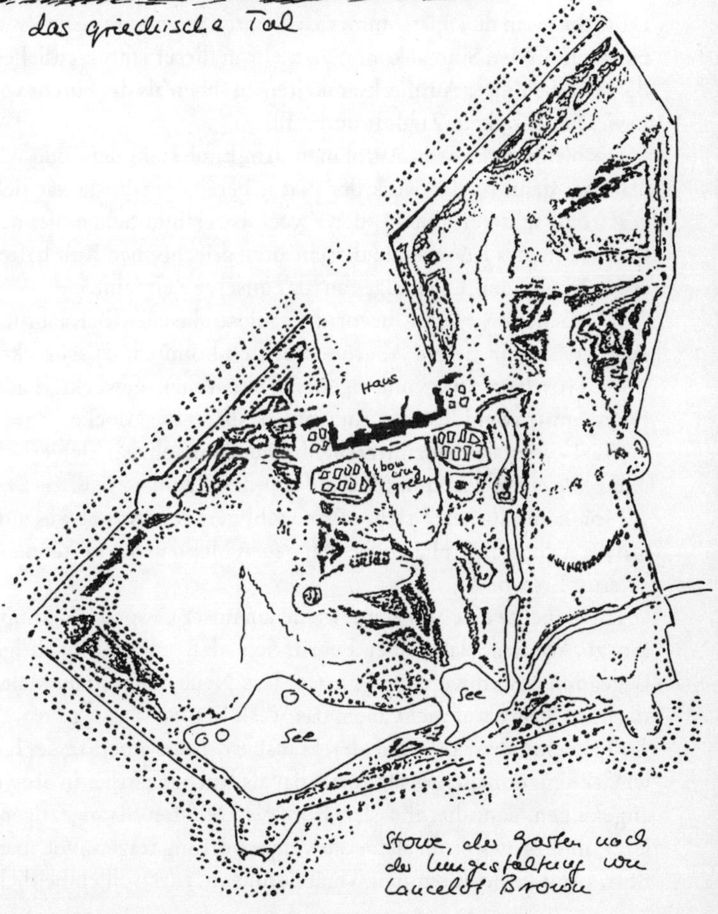

Stowe, der Garten nach der Umgestaltung von Lancelot Brown

könnte man sagen, sie vollzogen es nach, sie beherrschten es in seinen grundsätzlichen Abfolgen. Ich bedaure es, daß solche feinsinnigen Sitten aus der Mode gekommen sind. Mir scheint, wir denken zu wenig über diese Dinge nach, dabei bietet sich das Wunder der Erneuerung, des Aufblühens und der Fruchtbarkeit so sinnfällig dem Auge dar, daß sich kein Mensch mit feinerem Gespür dem entziehen kann. Darin besteht der Vorteil der neuen Gartenkunst gegenüber der alten, die dem ewig Grünen, Unveränderlichen den Vorzug gab. Nebenbei, ich halte auch wenig von dem politischen Gefasel.«

Nun muß ich noch erwähnen, daß mich die Lady nur vom Frühjahr bis in den Spätsommer zu beehren pflegte. Bis dahin war mir nicht in den Sinn gekommen, mehr in dieser jahreszeitlichen Begrenztheit ihrer Aufmerksamkeiten zu sehen als die Furcht vor zuviel Feuchtigkeit, Zugluft und Kälte.

»Es bleibt nicht beim Aufblühen. Am Ende steht der Tod.«

»Aber dann ist das Werk der Natur bereits getan, sie hat sich verströmt und verschenkt, der Zweck ist erfüllt. Sehen Sie, der Geschichte des Adonis und diesem alten griechischen Kult haftet etwas Vitales und Lebendiges an, das unserer Zeit fehlt.«

Ich dachte an Flucht, bevor die philosophischen Betrachtungen der Lady in tiefere Abgründe driften konnten, da schreckte Lord Horsham auf, vom eigenen Schnarchen geweckt. Lady Horsham schwenkte einen Augenblick später die Glocke.

»Tee!« wies sie den eintretenden Diener an, ehe sie sich erhob und ohne einen weiteren Blick auf uns den Raum verließ.

Horsham räusperte sich. »War wohl gerade etwas abwesend. Stowe, nicht wahr? Haben Sie den neuen Mann in Stowe kennengelernt, Brown?«

Ich brauchte eine Weile, um wieder an unser Gespräch anknüpfen zu können, dann aber begriff ich, daß ich eine wichtige Begegnung in Stowe verpaßt hatte. Das Neue, Anmutige, Malerische in Stowe war nicht allein das Werk Kents.

»Lancelot Brown«, fuhr der Hausherr, nach einer Tasse Tee wieder einigermaßen wach, fort, »hat als Küchengärtner in Stowe angefangen, dann hat ihn sich Kent als Gehilfen herangezogen, jetzt muß Brown wohl allein die Verantwortung tragen. Wie man hört, plant er noch ein paar Veränderungen, alles soll einheitlich gestaltet werden. Aber das müßten Sie jetzt viel besser wissen als ich.«

»Die Tempel in den Hainen von Stowe, geht mir gerade auf, fußen wohl unbewußt auf sehr alten Vorbildern. Mich erinnern sie an die heiligen Stätte von Elam oder Mesopotamien, auch noch von Ägypten, die aus Hain und Tempel bestanden. Anstelle der Vollkommenheit Gottes sind die neuen Tempel der Natur geweiht, und wenn man sich dem Wesen der Natur nähert ...«

»Mr. Gardener«, unterbrach mich Horsham, »trinken Sie noch von dem Portwein, Sie brauchen Wärme von innen, ich fürchte, die feuchte Kühle da draußen tut Ihnen nicht gut.«

»Moos im Hirn?« Ich lächelte, hielt Horsham mein Glas hin und ließ es mir nur wegen der Gesellschaft und aus Anstand füllen.

»Was den feierlichen Ernst und ähnliche Eindrücke betrifft, wenn Ihnen dazu mein bescheidener Garten nicht reicht, sollten Sie als nächstes Leasowes besuchen, Shenstones Garten, sehr poetisch und malerisch zugleich, wie man es von einem Dichter erwarten kann.« Horsham musterte mich von der Seite, vielleicht wollte er sehen, ob das Grillenhafte nachließ. »Und Stourhead. Obwohl der Garten von Henry Hoare und nicht von Kent ist, veranschaulicht er doch recht nett Kents bedeutendste Erkenntnis: ›Die Natur verabscheut die gerade Linie.‹«

Ich nickte versonnen. »Wußten Sie, daß Kent abgestorbene Bäume irgendwo ausgrub und in seine Gartenszenen einfügte?«

»Das hieß doch wohl die malerische Note zu weit treiben.«

»Er war eben Perfektionist«, antwortete ich und erhob mich, um mich wieder in die Feuchte und Kühle meiner Klause zu begeben.

Im Herbst wurden die Besucher weniger, manchen Abend verbrachte ich mit Horsham in der Bibliothek, meist aber saß ich vor der Klause. Die Blätter der Weiden kräuselten sich an den Rändern und färbten sich in helles Sonnengelb, sie begannen herabzurieseln. Auch das Laub der anderen Bäume wechselte die Farbe, erglühte in Rot-, Orange- und Brauntönen. Der Geruch von Rauch hing in der Luft. Natürlich rauchten alle Schornsteine des Hauses, aber ich stellte mir vor, daß es die kleinen Laub- und

Abfallfeuer im Hausgarten waren, die ihre herbstlichen Botschaften zu mir herübersandten. Eine friedvolle Stille umgab mich, untermalt von den Schreien der Wildgänse, die gelegentlich im Bach wasserten und zu mir herangewatschelt kamen vor dem Weiterflug nach Süden. Ich strich ihnen über das wie Metall schimmernde Gefieder und spürte, wie sich das pflanzliche Leben ringsum zur Ruhe bettete oder wieder aufging in dem gleichen Urgrund, dem es entstammte.

Zum erstenmal kam mir der Gedanke, daß es etwas Gutes sein könnte, in den allgemeinen Zusammenhang zurückzutreten, sich zu vollenden, indem man sich aufgab und auflöste, um irgendwann in einer fernen Zeit in anderer Gestalt wiederzuerstehen. Vielleicht ist das die bessere Art der Unsterblichkeit.

Nach einem weiteren Sommer, in dem ich außer von der Dame des Hauses einige Male von einer ihrer Cousinen in meiner Klause beehrt worden war, unternahm ich wieder zur Zerstreuung und Entspannung eine kleine Reise.

Zunächst sah ich mir den Garten des Dichters Shenstone in Leasowes an. Im Durchwandern dieses in den Ausmaßen und dem baulichen Zierrat eher bescheidenen Geländes erfuhr ich die Raffinesse einer Einrichtung, die in besonders nachdrücklicher Weise den Garten der Betrachtung erschloß. Es war der »beltwalk«, ein Rundweg, der in berechneten Windungen am Rand der Anlage verlief und die Innenansichten nahtlos mit den nach außen gerichteten Sichten in die Landschaft verband. Er ließ den Garten viel größer erscheinen, als er eigentlich war und in wechselnden Perspektiven als schöneres, edleres und konzentrierteres Bild der freien Natur.

Ich wurde noch mit einer weiteren Erfindung der Gartenkunst vertraut, der Verquickung von Landwirtschaft und herrschaftlichem Garten, denn es handelte sich bei dem Anwesen des Dichters um eine »ferme ornée«, ein künstlerisch gestaltetes, bäuerliches Anwesen. In Leasowes habe ich wieder einen entscheidenden Impuls für meine eigene Zukunft empfangen.

Mein nächstes und letztes Ziel war Stourhead.

Der Besitzer, Henry Hoare, ein Londoner Bankier, hat hier als reiner Amateur sein eigenes Paradies geschaffen und mir damit bewiesen, was möglich ist, wenn nur die Kraft der Imagination stark und strahlend genug ist. Mein so lang schon gehegter Wunsch nach einem eigenen, ganz mir zugehörigen Garten, nach einem Paradies meiner Seele, wurde so übermächtig, daß meine Entschlüsse schon feststanden, als ich noch dem belt-walk um den See folgte.

Im Grunde genommen bestand der Garten aus diesem See, zu dem ein Bach aufgestaut worden war, und den lieblichen Uferpartien, über denen jetzt ein zarter Herbstdunst lag. Eine kleine, steinerne Bogenbrücke überspannte die Ufer dort, wo der See wieder zum Bach wurde, so nahm man sein Ende gar nicht recht wahr. Nur zwei Tempel spiegelten sich im Wasser, wuchsen aus den verschiedensten Perspektiven in die Bilder, die sich im Umschreiten des Sees entwickelten. Ich sah ganz deutlich dreidimensionale Lorrain-Bilder, die in jedem Aspekt an ihren zweidimensionalen Ursprung gemahnten und fast mit ihm zusammenfielen.

Nahe ans Ufer hat Hoare zwei Grotten gesetzt, die noch etwas feuchter und finsterer als meine Klause waren. In ihnen verbrachte ich ein paar Stunden in der Gesellschaft einer steinernen Nymphe und eines Flußgotts und hing alten und neuen Träumen nach, bevor ich wieder aus dem Dunkel zwischen tropfenden bemoosten Wänden ans Licht trat, um meine Seele in der Fülle von Grün und Wassergrau zu baden.

Kaum zurück, bat ich Lord Horsham um eine Unterredung. Erst nach einigen Gläsern Portwein löste sich meine Zunge so weit, daß ich das delikate Gespräch, das ich im Sinn hatte, beginnen konnte. Es war das letzte Mal, daß ich ein geistiges Getränk genossen habe.

»Das Eremitendasein bietet doch mehr Aspekte, als ursprünglich zu erwarten waren.« Ich näherte mich sehr behutsam dem Thema. »Es ist nicht die Feuchtigkeit, die mir Probleme schafft, die Kälte oder die Zugluft, die jedem außer mir längst die Gesundheit ruiniert hätten. Im Gegenteil, die Aussicht, daß mir allmählich Moos zwischen den Zehen wachsen könnte, entbehrt nicht eines gewissen Reizes. Für mich ist selbst am Strohsack auf der Matratze nichts auszusetzen, obwohl eine derart stachlige Unterlage …«, ich stockte kurz, »sich nicht allgemeinen Beifalls erfreut. Die Möbel fasse ich nie näher ins Auge, die Bücher Ihrer Bibliothek treffen meinen Geschmack, wenn ich so frei sein darf, das zu erwähnen.«

»Also dann?« fragte Horsham, dem allmählich die Geduld ausging.

»Es sind die Beichten.« Ich ließ etwas Zeit verstreichen, um die für Protestanten nebelhafte Bemerkung in Horshams Hirn einsickern zu lassen und den Boden für weniger unverfängliche Eröffnungen zu bereiten.

»Sie kommen den Pfad herabgewandelt, allein, wohl in der Meinung, das äußere Bild durch eigenes Zutun noch pittoresker abzurunden, dem Schein mehr Wahrhaftigkeit, mehr Leben einzuhauchen. Ich denke, der Mensch ist eigentlich ein handelndes, kein betrachtendes Wesen, stimmen Sie mir zu?«

Horsham rutschte unruhig in seinem Sessel herum.

»Dieses Geflüster im Dunkeln«, fuhr ich unbarmherzig fort, »die süßen Stimmen, die sich mit dem weichen Schlag abendlicher Vogellaute mischen, der Duft des Gartens und der Duft – englischer Rosen.«

Seinem Schnaufen nach begann Lord Horsham allmählich zu begreifen, auf was ich hinauswollte.

»Mylord, ich mag zwar eine Kutte tragen, doch darunter befindet sich ein ganz gewöhnlicher – Mensch. Sie sehen also, das Theater Ihres Gartens birgt auch Gefahren, wenn die Illusion für die Wirklichkeit genommen wird. Eine Falle, in die bei einem bestimmten Grad der Vollendung der Szenerie leicht zu tappen ist, die Verführung entsteht aus der Situation, und die Damen des Hauses …«

Horshams roten Ohrenspitzen sah ich an, daß er auf jedes Wort achtete, auch auf die Schwingungen meiner Stimme und das Nichtgesagte.

»Kennen Sie die Geschichte vom heiligen Nepomuk?« fuhr ich geschmeidig fort. »Er war der Beichtvater einer Königin und zog es vor, mit einem Mühlstein um den Hals in einen Fluß geworfen zu werden, als die Geheimnisse der königlichen Beichte auszuplaudern. Sehen Sie, auch ich nehme die Kutte ernst.«

Unschwer erriet ich, woran er dachte. Mit einiger Wahrscheinlichkeit malte er sich aus, wie ich von einem Mühlstein beschwert in seinen Bach sank und wie mit der Zeit meine von den Fischen

Stourhead, Henry Hoares garten

blankgenagten Knochen grünlich vom Grund heraufschimmerten, ein Bild der Standhaftigkeit, ein sowohl in malerischer wie poetischer Hinsicht konkurrenzlos origineller Einfall. Ein langes Schweigen senkte sich auf den Raum.

Am Ende fragte Horsham höflich: »Was werden Sie tun, wenn Sie den Posten aufgeben?«

»Ich dachte daran, mich niederzulassen. Bei meinem letzten Herumreisen bin ich auf eine Gegend gestoßen, die mir zusagt, auf Kent.«

Ich sah die gewellten Hügel Kents vor mir, mit den weißen Flecken grasender Schafe betupft, kleine Haine, Flüsse, kaum mehr als Bäche, mit sanften Ufern.

Horsham ließ mich in Frieden ziehen, bezahlte sogar die volle, für fünf Jahre vereinbarte Summe. Ich nahm sie ohne Gewissensbisse.

Ich habe billig ein kleines, heruntergekommenes Gut erworben; daß es in den letzten zehn Jahren so schlecht bewirtschaftet worden war, erschien mir geradezu als Glücksfall, als Fingerzeig des Himmels, endlich etwas ganz eigenes zu schaffen, wo ich bisher immer in den Fußstapfen anderer einhergegangen war. Mir schwebte eine Gestaltungsidee vor, die ich aus meinen vielen Betrachtungen englischer Gärten herauszukitzeln suchte, die sich aber noch nicht genau fassen ließ. Daher fing ich ganz bescheiden als Landmann an und prüfte eingehend die Qualität des Bodens. Es war guter Boden, nicht zu schwer, nicht zu leicht, Obstbaumboden.

Nahe beim Haus, einem verwohnten, aber ansprechend proportionierten Bau, befand sich ein verwilderter Rosengarten. Eine meiner ersten Arbeiten bestand darin, das Rosarium zu pflegen, im Haus waren währenddessen Handwerker tätig. Nach zwei Monaten konnte ich von einem Nebengebäude, in dem ich mich provisorisch eingerichtet hatte, ins Haupthaus ziehen, in einem der verschlissenen Amsterdamer Sessel vor dem Kamin sitzen und den zweiten einladend heranrücken, nachdem auch die zwei Landschaftsbildchen wieder über dem Kamin hingen. Weder Antonius noch Anselmus oder wenigstens Abraham kamen meiner subtilen Aufforderung nach, dafür stellte sich ein anderer Besuch ein.

Du kennst die Geschichte, ich habe sie dir und deinen Schwestern mehrfach erzählt.

Mr. Hereford, mein nächster Nachbar, der Squire der Gegend, dessen Anwesen eine dreiviertel Stunde zu Pferd entfernt lag, machte seine Aufwartung. Seine Tochter Mary begleitete ihn. Die beiden trabten auf kräftigen, rotbraunen Pferden heran, wirkten selbst stark und lebenstüchtig und sprangen ohne Begrüßungszeremoniell aus den Sätteln.

»Dachten, wir kommen mal herüber und sehen, ob Sie Hilfe brauchen, sind froh, daß wieder einer in diesem Haus wohnt«, sagte Hereford.

Ganz unbedacht sprach ich eine Einladung zum Tee aus und installierte meine Besucher im »Salon«, einem Raum, der mir als Wohn- und Eßzimmer und als Bibliothek diente, weil er als einziger außer einem Schlafzimmer und der Küche bereits so etwas wie eine Einrichtung aufwies.

»Nehmen Sie nur einstweilen an dem Tisch da Platz«, forderte ich die beiden auf, »er wackelt auch nicht mehr, seit die Fußbodendielen erneuert wurden. Machen Sie es sich bequem, so gut es geht, ich spring derweil in die Küche.«

»Welche Ehre«, empfing mich Hereford, ohne eine Miene zu verziehen, bei meiner Rückkehr mit dem Teetablett, »daß Sie uns selbst aufwarten.«

In einem Augenblick nahm ich vieles gleichzeitig wahr: mich selbst, angewurzelt mitten im Raum stehend, wie ein Lakai mit dem Tablett auf der Hand. Nur daß Lakaien, zumindest in besseren Häusern, weniger nachlässig gekleidet zu sein pflegen. Ich kam auch nicht umhin, einen Blick auf meine Stiefel zu werfen, die vor längerer Zeit einmal blankgeputzt gewesen waren. An meinem Rock, direkt über der Teekanne, fehlte ein Knopf, aus meiner Rocktasche ragte die Rosenschere.

An meinen Besuchern hatte ich zunächst nur eine trügerische Schlichtheit bemerkt, erkannte jetzt aber, daß Herefords Rock aus feinstem Tuch geschneidert war und trotz des Ritts kein Stäubchen aufwies. Ein perfekter Landedelmann, und ebenso vollkommen war die sehr junge Dame, die mit geradem Rücken auf dem Stuhl saß. Mich auf französische Manieren besinnend, verfiel ich in einen Trippelschritt, setzte das Tablett mit einer einzigen Handdrehung auf den Tisch, vollführte einen eleganten Kratzfuß und begegnete im Aufrichten Marys ungläubigem Blick, *einem Blick aus klaren, grauen Augen, die ich auch jetzt wieder vor mir sehe, du hast ja die gleichen.*

»Wenn Sie mich für einen Augenblick entschuldigen wollen?«

In fliegender Hast kleidete ich mich um, rannte durch die Küche in den Hof und las einen Knecht auf, der an der Stalltür lümmelte. Als ich erneut den Salon betrat, folgte er mir, nachdem ich ihn kurzfristig vom Pferdeknecht zum Diener befördert hatte, mit Portweinkaraffe und Gläsern.

Mein neuerlicher Auftritt in blaßblauer Seide und Spitzenjabot und – wie ich jetzt bemerkte – den alten staubigen Stiefeln trug zur Belustigung meiner Gäste bei, die jetzt wesentlich ungenierter und mit einem Blinzeln in den Augen mich und meinen Salon einer weiteren Musterung unterzogen.

»Sie haben aber doch vor, sich hier niederzulassen?« fragte Hereford.

»Unbedingt.« Ich legte so viel Ehrbarkeit in den Klang meiner Stimme, wie ich konnte.

»Noch nicht ganz eingerichtet, was? Sah da noch ein paar Leute mit Maurerkelle und Pinsel im Hof.«

»Vielleicht«,wandte Mary mit verhaltenem Lächeln ein, »möchte Mr. Gardener das einfache Leben ausprobieren. Zurück zur Natur, wie es Monsieur Rousseau propagiert oder etwas Ähnliches. Ich habe auch von Thoreau gelesen, der ein Leben in den Wäldern vorzieht, fern der Zivilisation, ohne Annehmlichkeiten wie gebügelte Wäsche, eine Köchin und andere Dienstboten.«

Ihr Blick blieb an dem Knecht haften, der sich unauffällig im Hintergrund hielt, wo seine Stallstiefel weniger ins Auge fielen.

»Aber nein«, protestierte ich, »ich bin sehr für gebügelte Laken und Lakaien und das ganze Dekorum eines ordentlichen Haushalts. Ich bin noch nicht dazu gekommen, mich um all das zu kümmern und biwakiere bis dahin hier wie in einem Feldlager oder der von Thoreau gepriesenen Wildnis. Das Haus ist gerade erst fertig geworden.«

Hereford stieß einen hörbaren Seufzer aus, ich interpretierte eine gewisse Erleichterung darein.

»Wenn Sie wirklich um Dienstboten verlegen sind – und es

hat tatsächlich den Anschein, wenn Sie mir die Bemerkung verzeihen –, kann Ihnen geholfen werden. Mrs. Hereford wird Ihnen gern Leute aus dem Dorf, aus Mayfield schicken, und Sie können auf ihre Zuverlässigkeit bauen.«

Ich lavierte noch eine weitere halbe Stunde durch eine Konversation, bei der ich zu meiner eigenen Verblüffung abwechselnd in eine leichte Entspannung und dann von neuem in Nervosität fiel, wenn meine Gäste ihre Blicke wandern ließen. Mary half mir schließlich aus den Verlegenheiten.

»Darf ich mir Ihren Rosengarten ansehen?« bat sie. »Ich war ein paarmal hier, als das Haus leerstand, und fand es schade, daß der Garten verwilderte. Es sind alte englische Rosen, wissen Sie.«

Als wir den Raum verließen, bemerkte ich meine Perücke, die am Knauf einer Polsterbank baumelte.

Ich führte meine Besucher selbst herum.

Mein Rosarium ist, *wie du ja weißt*, eine schlichte Anlage mit einem Wegekreuz und einem Rondell in der Mitte, dessen Zentrum eine runde Brunnenschale aus hellem, geädertem Marmor einnimmt. Ich liebe es, der kleinen Fontäne zu lauschen, während der Wind mir die Aromen der Rosenblüten zuträgt, die von pfeffrigem Nelkenduft bis zu dem reifer Äpfel und Pfirsiche variieren. Die Mischung berauscht und beglückt mich. Während ich die puderfarbenen Blüten betrachte, die ein bißchen wie eine Kollektion rüschenbesetzter Unterröcke junger Mädchen wirken, streife ich über die vollen Köpfe von Rosen, die in dunklen, samtigen Purpurtönen leuchten.

Eine Rose muß Zeit haben, sich zu entfalten, je edler die Rose, desto länger braucht sie, um ihr Aufblühen zu zelebrieren, Blatt für Blatt zu entknittern und zu feinster Seide zu glätten, bis sie schimmert und leuchtet, ganz besonders frühmorgens, wenn die Tauperlen wie verschwenderisch und sorglos verteilte Juwelen ihre Kostbarkeit noch steigern.

In Begleitung bin ich im Rosengarten nie gern gewesen, ich will mich dort nicht beobachten lassen, an diesem Tag aber betrachtete ich beim Herumflanieren das Landkind Mary, das mir ohne Koketterie in die Augen schaute. Ich entdeckte an ihr nichts Ungewöhnliches, nur die Robustheit ihrer kräftigen Gestalt, die regelmäßigen, aber nicht aufregenden Züge, das dichte, braune, ungepuderte, nur von einer Spange gehaltene Haar, *du hast das alles von ihr geerbt.*

Sie lief voraus zu einem Rosenbusch, der in letzter Blüte stand. »Diese sind mir die liebsten, die Damaszener Rosen, eine ganz alte englische Sorte, ihr zartes Rosa, die Fülle ihrer Blüte, ihr Duft ...«

»... wurden schon von Herodot gerühmt«, unterbrach ich sie ungalant. »Er schrieb, sie blühte bereits in den Gärten des sagenhaften Königs Midas, dem alles zu Gold wurde, was er berührte. Sie wird auch syrische Rose genannt, weil sie ursprünglich in Syrien beheimatet war, und diese dort, die Sie so betört hat, ist die Rose von Paestum, Ovid erwähnt sie und Vergil. Es handelt sich um eine Herbstdamaszener, sie blüht zweimal.«

Ich rechnete es ihr hoch an, daß sie sich nicht so leicht beeindrucken ließ.

»Aber diese weiße Rose ist die Rose von England, das werden Sie nicht bestreiten können, das Haus York führte sie in seinem Feldzeichen während der Rosenkriege.«

Ich deutete eine Verbeugung an. »Ich zolle Ihrem Sachverstand die gebührende Achtung, Miss Mary. Es ist tatsächlich die Rosa alba, eine Kreuzung der Damaszenerrose mit der gemeinen, in ganz Europa beheimateten Hundsrose, bereits der Historiker Plinius leitete den Namen ›Albion‹ für England von der Rosa alba ab, die, wie er schreibt, dort in Fülle blüht. Er empfiehlt auch, sie im Februar umzupflanzen und ihre Blüte mit heißem Gießwasser voranzutreiben, eine Methode, die ich nicht unbedingt gutheiße, es ist besser, der Natur ihren Lauf zu lassen, zumindest bei der Rosenblüte.«

Mary gab sich nicht geschlagen. »Aber die Damaszenerrose ist rosa und auch die meisten wilden oder Hundsrosen. Wenn die Rose von England nur eine Kreuzung und nichts Ursprüngliches ist, wie kommt sie dann zu ihrem Elfenbeinton?«

»Die Farbe einer Rose, Miss Mary, ist eine schwierige Sache.« Ich sah ihre Augen mutwillig aufblitzen und fuhr bedächtiger fort: »Nehmen wir doch einmal die Rosa gallica, auch Essigrose genannt, Ihnen natürlich wohlbekannt, denn es ist die rote Rose des Hauses Lancaster, der anderen Partei im Rosenkrieg, eine der ältesten Rosen überhaupt, persische und arabische Ärzte haben sie schon vor sehr langer Zeit als Arznei verwendet, weswegen sie zuweilen Apothekerrose genannt wird. Aber wir waren bei der Farbe, ich fürchte, ich langweile Sie mit meinen Abschweifungen. Theokrit schreibt, ursprünglich sei die Blüte der Rose weiß gewesen, aber das Blut der Göttin Venus habe sie rot gefärbt. Andere antike Geschichten sagen, Bacchus habe roten Wein auf eine weiße Blüte geträufelt. Dann gibt es noch eine christliche Legende, die den Vorgang umkehrt: Maria Magdalenas Tränen fielen auf eine rote Rose und färbten sie weiß. Wem geben Sie den Vorzug, Miss Mary? Bacchus mit der Farbe des dunklen Weines, Magdalena mit den weißen Tränen der Reue oder dem Blutrot der lieblichen Göttin Venus?« Interessiert beobachtete ich, wie sie sacht errötete.

»Übrigens, um noch mal auf England zu kommen. Sie wissen natürlich, daß Königin Elisabeth den aparten Einfall hatte, die Tudorrose zu erfinden, eine weiße Rose verschlungen mit einer roten. Sie fügte sie in ihr Wappen ein und verband es mit dem Motto ›Rosa sine spina‹, Rose ohne Dornen.« Ich zwinkerte Mary zu und wandte mich an Hereford. »Welche Sorte bevorzugen Sie, Sir, die mit oder die ohne Dornen?«

Bevor sich Hereford zu einer Antwort aufraffen konnte, fuhr Mary mit der unvermeidlichen Frage dazwischen: »Woher wissen Sie so viel über Rosen?«

»Ich bin Gärtner.« Kein Gentleman, meine Dame, wollte ich aus einem übermütigen Impuls heraus eigentlich sagen. Nichts als ein Bauer, der versuchen wird, ein brachliegendes Stück Land wieder fruchtbar zu machen.

»Was wollen Sie hier anfangen?« fragte Hereford in meine Gedanken hinein. »Sie haben eine Schafherde auf Ihrem Grund. Verstehen Sie etwas von Schafen?«

»Die paar Schafe sollen bleiben, wo sie sind, der Schäfer wird sich weiter um sie kümmern. Hier«, ich deutete mit einer weiten Armbewegung über die Landschaft, »werden in ein paar Jahren Obstbäume blühen und Kirschen, Äpfel und Birnen reifen, die besten Früchte, die Sie sich vorstellen können für die Märkte in London.«

»Ein Obstbauer.«

Mir gefiel der Ausdruck. »Und Gärtner und Besitzer einer ferme ornée, denn um das Haus und das Rosarium wird ein Garten entstehen, ein Landschaftsgarten, wie Shenstone sagen würde.«

Hereford musterte mich aufmerksam. »Sie sind Fachmann, Mr. Gardener, ich hatte schon befürchtet, Sie sind so einer wie Ihr Vorgänger, der in zehn Jahren nicht einmal hier war und ein Schaf nicht von einem Bock unterscheiden konnte. Also willkommen, Herr Nachbar.«

Das Gut hieß von nun an »The Garden«, ein Name, der mir passend schien und rasch den alten verdrängte, die Leute der Umgegend leiteten ihn von meinem Namen ab, ohne zu ahnen, daß sich dahinter ein Programm verbarg.

In den folgenden Monaten bereiste ich die halbe Insel auf der Suche nach passenden Setzlingen für meine Obstkulturen. Ich bin auch in Blenheim gewesen und habe die gewaltige Brücke des Architekten Vanbrugh gesehen, der noch den barocken Stil vertrat. Das Bauwerk gefiel mir nicht so recht, ich zog die schlichtere von Stourhead vor. Auf alle Fälle wollte ich auch eine Brücke haben, ein Brückchen, es schien mir unentbehrlich wie der Bach, der durch meinen zukünftigen Garten floß. In Woburn Farm erkundete ich den dortigen »belt-walk«, weil er als erster seiner Art galt, und mir so ein Element ebenfalls unverzichtbar schien. Aber die alles umschließende Gesamtidee fehlte mir noch. Es mußte eine geben, einer magischen Formel gleich, die die Quintessenz Arkadiens in sich barg und das Paradies auf Erden umschrieb. Auf keinen Fall wollte ich einen Pfad der Tugenden und Laster, auch keine gotische Ruine, keine pittoreske Molkerei, keinen chinesischen Turm, nichts dergleichen, erst recht keine Eremitenklause. Wenn man aus einem Landschaftsgarten den ganzen Zierat heraushielt, fragte ich mich, was blieb dann?

Einige Male querte ich die Spur eines Mannes, den ich nicht selbst zu fassen bekam. Lancelot Brown war noch in Stowe tätig, und von seinem Dienstherrn Lord Temple, dem Erben des gerade verstorbenen Lord Cobham, erfuhr ich, daß er ihn an andere Landgutbesitzer ausgeliehen hatte. Brown schuf Gärten, oder er gestaltete alte auf eine Weise um, die mir außerordentlich gefiel, hier spürte ich das Grundprinzip, nach dem ich suchte.

Im ersten Jahr legte ich einen Apfelgarten an und revidierte dabei ein paar Meinungen über England. Es regnete keineswegs ständig. Das alte Vorurteil fußte auf den häufigen Wetterwechseln, an die ich durch mein Leben in südlichen Ländern nicht gewöhnt war. Es gab warme Frühlings- und Sommertage mit einem weichen Schimmer des Lichts – ganz anders als das harte, heiße Licht des Südens. Nicht alle englischen Ladies besaßen den Vorzug eines wunderbaren Teints, Mrs. Boxum, meine Haushälterin, gehörte zu den Ausnahmen, und ebenso Mrs. Hereford, die den Mangel mit Freundlichkeit ausglich. Aber Mary zeichnete jener klare helle Grundton des neuen kostbaren europäischen Porzellans aus – von kräftigem Rosa überhaucht. Ich überraschte mich dabei, wie ich über das Farbenspiel auf Marys runden Wangen nachsann. Es war im Herbst, als ich ihr zeigte, wie man Rosen nach der letzten Blüte schneidet.

Sie sah mich dabei von der Seite an. »Sie wollten Vater und mich ein wenig hochnehmen, als Sie uns weismachten, Sie seien nicht mehr als ein Bauer.«

»Glauben Sie mir den Bauern etwa nicht, Miss Mary?« Ich wies auf meine derben Stiefel.

»Mr. Gardener, ich bin auf dem Land aufgewachsen, ich erkenn einen Bauern – wenn's sein muß auch mit geschlossenen Augen.«

»Woran?«

»Am Gang, am Geruch, an der Stimme vor allem, ganz egal, wie jemand gekleidet ist. Sie sind etwas anderes gewöhnt als unsere schlichten Unterhaltungen. Ich sehe jedesmal, wenn Sie vor Langeweile gähnen.«

Ich zog vor ihr den Hut. »Miss Mary, für ein so junges Mädchen haben Sie einen sehr scharfen Blick.«

Es war wohl kein Kompliment für eine Dame. Sie errötete.

»Ich danke Ihnen, ich möchte keinesfalls für eine dumme Gans gelten.«

John Hereford hatte Glück mit dieser Tochter, die kein Ausbund an Schönheit und doch erfreulich war und ohne Raffinesse, so paßte sie in diese Landschaft der Wiesenhügel und Schafe.

Zwischen dem Kultivieren der Obstpflanzungen fand ich Zeit, einen Bach aufzustauen, der das Areal des zukünftigen Gartens durchfloß. Die Wiesenmulde füllte sich mit Wasser, die Fluten leckten an den grasigen Hängen, stiegen langsam an und kamen zitternd zur Ruhe. Eine wundersame Stille ging von der grünblauen Fläche aus, die erste Ente flog ein, wippte auf dem Wasser und zog Kreise.

Mehr Aufmerksamkeit konnte ich anfangs nicht für den Garten erübrigen, für den es immer noch keinen eigentlichen Plan gab, nur eine Vorstellung über seine Ausdehnung. Im darauffolgenden Frühjahr ließ ich Ahagräben ausheben, um die Schafe aus dem Gartenbereich zu halten, und gab eine Brücke in Auftrag, ein Bauwerk, das mit drei simplen Bögen ähnlich wie in Stourhead in sanftem Schwung das Ende des Sees markierte, bevor er wieder zum Bachlauf wurde.

In den folgenden Jahren begann ich, neue Kirschsorten zu ziehen, die dem Regen besser standhielten, und dachte daran, nicht nur Obst, sondern auch Setzlinge zu verkaufen. Einige Zeit experimentierte ich mit Apfelbäumen, vor allem den rotbäckigen Sorten, ich wünschte sie mir mit einem goldenen Schimmer, der das Sonnenlicht spiegelte und ganz entfernt an die Hesperidensage gemahnte. Süß sollten sie sein und saftig, wie der erste Apfel, den mir Anselmus schenkte.

Nebenbei pflanzte ich silbrige Weiden in clumps am Seeufer. Später veränderte ich das Profil des Gartengeländes zu einer Abfolge von flachen und einigen höher aufragenden wohl gerundeten Hügelchen. Ahorn, Rotbuchen und Pappeln markierten die Kuppen und zogen sich in sanften Schwüngen die Hänge bis zu den Rasenflächen am Ufer hinab.

Mary kam eines Morgens, um die Fortschritte zu begutachten.

»Ich mag die Art, wie Sie mit den Bäumen sprechen.«

Ich pflege nicht mit Bäumen zu sprechen wie Don Quichotte mit Windmühlen. Sicher fasse ich sie an, recht fest sogar, um die Rinde wie Haut an Haut zu spüren und dabei zu erfahren, ob ihre Säfte wieder zirkulieren, nachdem ich ihren Wurzeln ein neues Bett in der Erde bereitet habe.

»Ich habe gesehen, wie Sie die Stämme berühren und über die Äste streichen. Es mutete an wie eine Zärtlichkeit. Ich geh mit meinem Pferd in dieser Weise um, und ich denke, es ist eine Art der Verständigung«, fuhr das Mädchen fort.

»Mary«, tadelte ich, »Sie verbringen viel zu viel Zeit mit einem alten ungehobelten Griesgram wie mir, es muß doch genug junge Burschen geben, die darauf erpicht sind, Ihnen ihre Aufwartung zu machen.«

Sie erschreckte mich mit ihrer Antwort.

»Manche Vorstellungen über das Alter sind falsch. Es gibt Menschen, so wie Sie, an die man nicht im Zusammenhang eines bestimmten Alters denkt, sie scheinen jenseits der üblichen Zeitbezüge zu leben.«

Ich war nicht so eingerostet in meinem selbstgenügsamen Landleben, daß ich nicht spürte, daß Gefahr in Verzug war. Dieses junge Mädchen begann in aller Unschuld, meinen Seelenfrieden zu stören. Um ihrer albernen Schwärmerei ein Ende zu setzen, ging ich den Herefords für eine Weile aus dem Weg.

Die Pause in den nachbarschaftlichen Beziehungen hätte länger angehalten, wenn nicht Edward, der zwölfjährige Sohn, im Spätsommer an einem bösartigen Fieber erkrankt wäre und wenn nicht meine geschwätzige Mrs. Boxum mir davon erzählt hätte. Ich zauderte und vertat wertvolle Zeit damit, über Abrechnungen zu brüten, bis ich endlich doch mein Pferd satteln ließ und den Samariter in mir verwünschte. Zwei Tage und Nächte habe ich mit den Fieberteufeln gerungen, dabei ging mir Mary unerschrocken zur Hand. Das Fatale an zusammen durchwachten Nächten ist die Vertrautheit, die sie schaffen. Ich begann, immer väterlicher für das Mädchen zu empfinden, und das war mir herzlich lästig. Als daher das Fieber den kritischen Punkt überschritten hatte und die Genesung einsetzte, floh ich aus der Krankenstube.

Ich traf Hereford in seinem Wohnzimmer vor dem Kamin an, wo er sich vor lauter Erleichterung betrank.

»John«, sagte ich ernst, »denken Sie nicht, daß es Zeit ist, für Mary einen Ehemann zu suchen? Wie alt ist das Mädel jetzt?«

Hereford schwenkte den Wein im Glas, er vermied es, mich anzusehen.

»Zweiundzwanzig, aber sie denkt nicht ans Heiraten, ihre beiden Schwestern waren in ihrem Alter längst aus dem Haus.«

»Wir dürfen nicht zulassen«, mahnte ich, »daß aus einem so prächtigen Mädchen eine alte Jungfrau wird.«

Sie stand plötzlich vor uns. »Christopher Gardener, jetzt übertreiben Sie ein bißchen, ich will es Ihnen nachsehen, meines Bruders wegen. Über meine Zukunft bestimme nur ich.«

»Da hören Sie's, so ist sie. Und damit soll ein junger Ehemann fertig werden?« regte sich Hereford auf.

Zwei Wochen später, es war Kirschenzeit, und die erste richtige Ernte stand bevor, fuhr Mary ganz selbstverständlich bei mir mit einem Karren vor, der hoch mit leeren Körben beladen war und dem alle im Hereford-Haushalt entbehrlichen Kräfte von der Küchenmagd bis zum Stallknecht folgten. Es war mir nicht recht, daß Mary wie eine gemeine Magd Kirschen pflückte, aber es war nicht zu übersehen, daß sie sich recht gut inmitten des glänzenden Laubes und der prallen roten Früchte machte.

Ich armer Narr besaß noch die Blödheit, Hereford ein weiteres Mal auf die Zukunft seiner Tochter anzusprechen. Hereford seufzte nur und schlug einen Gang durch die Ställe und den Garten vor, er redete viel vom Wetter, ein in diesem Land bekanntermaßen unerschöpfliches Thema.

»Was sind Sie für ein lausiger Vater«, brauste ich auf.

Hereford, auf einmal wütend, fuhr mich an. »Es ist an Ihnen, nicht zuzulassen, daß Mary zu einer alten Jungfrau verdorrt. Sie ist halsstarrig, rechthaberisch, liebt viel zu sehr ihre Freiheit, das weiß ich alles, und ich sage es Ihnen in aller Deutlichkeit. Mary will nur einen Mann – Sie.«

Jetzt saßen wir beide hübsch in der Patsche. Ich entsann mich des Gesprächs mit Mary über das Alter im allgemeinen und meines im besonderen, und daß mir bereits dabei nicht sonderlich wohl zumute gewesen war.

»Aber der Altersunterschied?« konnte ich nur noch kleinlaut einwerfen.

Mit meinen Kirschen bin ich nach London gereist, die Herefords über Marys Zukunft im unklaren lassend, was unerträglich egoistisch war, aber es drängte mich ganz hemmungslos zur Flucht.

Nachdem ich alle meine Angelegenheiten zu meiner Zufriedenheit abgewickelt hatte und mir nichts mehr einfiel, womit ich einen längeren Aufenthalt begründen konnte, besuchte ich ein zweites Mal die Kew Gardens.

In Merlins Höhle stieß ich auf einen eleganten, freundlich wirkenden Herrn, der wie ich amüsiert das Wachspanoptikum betrachtete.

»Schaurige Sammlung, nicht? Das gehört längst abgeräumt, finde ich. Sind Sie nicht auch der Meinung?«

Da war auf einmal eine flüchtige Bewegung hinter dem eleganten Herrn, einen Augenblick später schob sich ein seltsames Individuum an ihm vorbei. Unter einer verrutschten, fusseligen Perücke zeigte sich das Gesicht eines Menschen, das tiefstes Entsetzen und eine Art wilder Trauer verzerrte. Ein Blick aus nahezu irren Augen traf mich, dann verschwand der Mensch lautlos wie eine Erscheinung durch eine offenstehende Tür in eine Art Bibliothek, aus der ein diffuses Licht in den Ausstellungsraum fiel.

Erst draußen sprach mich der Fremde wieder an. »Haben Sie ihn gesehen, Stephen Duck? Er ist der Wärter dieses Hauses, ein Bauer, der Gedichte schreibt und die Stelle eines Bibliothekars bekleidet. Er hütet diese Anhäufung von Scheußlichkeiten mit einer Leidenschaft, als handle es sich um die Kronjuwelen. Es wird schwer werden, den armen Kauz von hier zu lösen.«

Ich hatte immer noch das entsetzte Gesicht vor Augen: der Gegensatz zwischen der Maßlosigkeit der Emotionen und der Albernheit der Objekte ging mir auf, und gleichzeitig fragte ich mich mit Bedauern, wie weit es zurücklag, daß mich eine derart unbedingte Hingabe an eine Sache oder Idee gefangengenommen hatte.

»Kann dieser seltsame Vogel Duck«, fragte ich mit belegter Stimme, »nicht woanders dichten? Der Tempel des Konfuzius würde sich empfehlen, um sein Gemüt auszugleichen.«

Wir flanierten noch ein wenig weiter zusammen, bis wir die Pflanzungen mit exotischen Gewächsen erreichten, die mittlerweile einige tausend Exemplare enthielten. Als wir uns schließlich trennen wollten, zog mein Begleiter mit einer Abschiedsgeste den Hut.

»Hat mich gefreut, Sir, ich vergaß, mich vorzustellen. Mein Name ist Lancelot Brown.«

Ich lachte laut auf, was mir einen mißtrauischen Blick eintrug, und entschuldigte mich hastig. »Verzeihen Sie, mein Verhalten muß Ihnen sonderbar, wenn nicht beleidigend vorkommen, dabei habe ich nichts dergleichen im Sinn. Ich bin selbst Gärtner, Mr. Brown, und nach England gekommen, um die hiesige Gartenkunst kennenzulernen. Seit Jahren schon studiere ich Gärten, und wo immer ich hinkomme, sind Sie gerade abgereist.«

Brown betrachtete mich noch immer leicht verunsichert. »Verstehe ich Sie richtig, Sie mögen meine Gärten, Sie sind kein Anhänger Chambers'?«

»Gott nein, falls Sie mir verraten, wer Chambers ist, von dem ich noch nie etwas gehört habe, ich vergrabe mich seit ein paar Jahren auf meinem Land. Was nun Sie betrifft, werde ich nicht anders können, als mich an Sie zu heften, bis ich von Ihnen selbst etwas über ihre Gartenkunst erfahren habe.«

Brown lächelte. »Dann begleiten Sie mich noch ein Stück. Vielleicht sollte ich mit meinem Spitznamen anfangen? Ich werde ›Capability‹ genannt, weil ich die Angewohnheit habe, beim Prüfen einer Landschaft oder eines Gartens zu erklären, ich sähe Möglichkeiten, eben ›Capabilities‹, um das Vorhandene zu vervollkommnen. Tatsächlich erfinde ich nichts Neues, ich entlehne die Proportionen, die harmonischen Verhältnisse aus der Natur selbst und gestalte keine malerischen oder poetischen Bilder wie William Chambers sie überall haben will, daher finden Sie in meinen Gärten so wenig Gebäude und Statuen.«

»Aber Sie verzichten nicht ganz darauf.«

»Nein, ein kleines Gebäude hat durchaus seinen Reiz, wenn es in die Landschaft paßt.«

»Mr. Brown, Sie kehren um, was dreihundert Jahre in den Gärten als Gesetz galt: daß die Natur sich der Architektur einzufügen hat, Sie geben den Garten den Gärtnern zurück.«

Brown nickte gelassen. »Wir wollen doch auch Gärten und nicht Architektur gestalten. Ich entwerfe daher die Gartengebäude möglichst selbst, darin liegt noch eine Umkehrung. Ich bin von Haus aus Gärtner und aus schierer Notwendigkeit zum Architekten geworden.«

Ein Mann in Arbeitskleidung näherte sich uns, ich legte daher Brown die Hand auf den Arm, als wollte ich ihn festhalten, und sprach eilig auf ihn ein.

»Mr. Brown, mit welchen Elementen arbeiten Sie im Garten?«

»Mit wenigen. Licht, Schatten, Perspektive, Rasenhängen und stillen, spiegelnden Seen. Ich komme mit sieben oder acht Baumsorten aus, beschränke mich auf diejenigen mit charakteristischer, auch aus der Ferne leicht erkennbarer Gestalt, meine Gärten gelten daher bei meinen Gegnern als beklagenswert simpel. Wissen Sie, im Augenblick bin ich hier in Kew tätig, um unter anderem Merlins Höhle zu entfernen.« Er stockte kurz und ich wußte, er dachte an den verrückten Duck. Brown fuhr fort: »Es tut mir leid, aber Sie müssen mich jetzt entschuldigen.«

Ich hielt ihn noch einmal zurück. »Ich habe ein Gut in Mayfield, ›The Garden‹, und habe vor, dort einen Garten in Ihrem Stil anzulegen, bisher fehlten mir Zeit und Kenntnisse, die Sache richtig anzugehen. Wenn Sie einmal in der Gegend sind und die Zeit fänden vorbeizuschauen?«

»Im Namen Ihres Gutes scheint schon eine gewisse Verpflichtung für jemanden wie mich zu liegen, Mr. ...?«

Ich zog meinen Hut. »Christopher Gardener, Mr. Brown, und werden Sie gnädig mit Duck verfahren?«

Als ich zu meinem Gut zurückgekehrt war, ergab ich mich in die Notwendigkeit einer Bindung, die ich nie wieder hatte eingehen wollen, setzte aber eine längere Verlobungszeit durch, weil ich insgeheim hoffte, daß sich Mary doch noch auf einen anderen besänne, und nur ganz langsam begriff ich, daß ich sie mit einer mir bis dahin unbekannten Zärtlichkeit des Herzens liebte.

Brown kam uns überraschend besuchen, als die Hochzeitsvorbereitungen gerade in vollem Gang waren. Nach einem Lunch zeigte ich ihm das Gelände, das einmal ein Garten werden sollte.

»Sehen Sie Möglichkeiten, Mr. Brown?«

Der Gärtner blickte über die leicht gewellte Landschaft, die Baumgruppen, den kleinen Hain, der sich hügelan zog, die ruhige Fläche des Sees mit den Uferbuchten und der Brücke.

»Ihr Garten, Mr. Gardener, ist fertig.«

»Aber was ...?« Ich stockte verblüfft.

»Sehen Sie, darauf bin ich bei unserem Gespräch in Kew nicht mehr gekommen. Auf das Grundprinzip. Es besteht in der Linie, ich nenne sie ›undulated‹, diese leicht gewellte Linie der Landschaft, von anderen ›Schönheitslinie‹ genannt. Wenn Sie die erzielen, haben Sie Ihren Garten. Ihre ist perfekt. Sie haben das Prinzip angewandt, wohl ohne es zu kennen.«

Ich bin Gärtner, kein Gartenarchitekt, das habe ich damals end-

lich ganz klar und ohne Bedauern erkannt. Meine besondere Begabung liegt darin, Gärten grünen und blühen zu lassen, was wäre denn auch der raffinierteste Gartenplan ohne dieses Talent des Gärtners? Eine Wüste.

Wir betrachteten gemeinsam den Garten, und ich erkannte, daß Brown recht hatte.

Er schwieg eine Weile. »Ich muß Ihnen etwas gestehen und hoffe, es beeinträchtigt Ihre Stimmung nicht allzusehr. Stephen Duck hat sich umgebracht, nachdem Merlins Höhle abgerissen worden war. Er mochte ohne sein Wachsfigurenkabinett nicht mehr leben. Können Sie das verstehen?«

Wir haben im Herbst 1757 geheiratet, als sich die Weiden am See wieder golden färbten. Mary überreichte mir als Hochzeitsgabe das eben erschienene Werk von William Chambers, *Design of Chinese Buildings, Furniture, Dresses, Machines and Utensiles …*, und wir haben die beiden ersten Nächte unseres gemeinsamen Lebens mit Lesen verbracht, es war meine Idee, die Intimität des ehelichen Schlafzimmers machte mich über die Maßen befangen.

Chambers wetterte gegen englische Gärtner, die nur Küchengärtner seien, sich auf Salatanbau, aber nicht auf Gartenkunst verstünden, die ihnen als zu platte und einfallsarme Abbildung der Natur mißriete. Außer diesen Pöbeleien gegen Brown bot Chambers nichts Neues. Seine schrecklichen, zauberhaften und gefälligen Szenen, die er im Gartenpanorama aufscheinen sehen und die er angeblich bei den Chinesen kennengelernt haben wollte – ein Trick, um auf sich aufmerksam zu machen –, wiederholten mit ein paar Variationen die seit Addison bekannten Thesen und Ansichten. Diese Szenerien wirkten mit Wasserfällen und Felsen auch naturhaft, aber sie waren eben nicht Natur. Immer stärker begann ich über die Natur selbst nachzudenken, ihr eigentliches vom Menschen unverfälschtes Wesen.

Du hast dich gewundert, daß ich, der sonst so mustergültige Landwirt, das kleine, am östlichen Rand unseres Guts gelegene Waldstück nie kultiviert habe, die Kreisläufe der Natur ungestört lasse und mich so gern dorthin zurückziehe, in den letzten Jahren immer öfter. Es ist mir ein Bedürfnis, ab und zu den Wald- und Modergeruch des sumpfigen Geländes einzuatmen, auf einer

Lichtung zu sitzen, und das weiche Moos auf den verrottenden Stämmen zu spüren.

Mary hat mir in der dritten Nacht, als ich wieder lesen wollte, das Buch aus der Hand genommen. Der Augenblick, den ich gefürchtet hatte, war gekommen.

Ich habe sie in meine Arme geschlossen, und das, was folgte, erinnert mich heute an den ruhigen Spiegel des Sees draußen, an den weichen Schwung der Hügel und das milde Sonnenlicht an Sommertagen. Die wilden und die pikanten Leidenschaften früherer Jahre vermißte ich nicht.

Ein Jahr später kamst du zur Welt, Peter, deine Geburt hat mich beglückt, unruhig machte mich die Ankunft deiner Schwestern, zumindest so lange, bis ich begriff, daß eure Mutter über die Kinderstube herrschte und daß es mir leicht gemacht wurde, mich von meinen Töchtern fernzuhalten. Ich wollte nicht noch einmal so schuldig werden wie an Anne-Marie. Weil ich Ungerechtigkeit nicht mag, habe ich euch alle gleich behandelt, war daher auch dir ein Vater, der immer recht fern stand, jedenfalls erscheint es mir so aus der Rückschau. Ich habe nie gewagt, euch zu umarmen, euch zu trösten, wenn ihr weintet, ich bin nicht an euer Krankenbett getreten, wenn ihr krank wart. Die Beschränkung, die ich mir auferlegte, der Verzicht, hat mich zuweilen sehr müde gemacht.

Aber ihr hattet einen Vater, der mit den Bäumen redete und mit den Vögeln, die ihm auf der Schulter saßen und ihm ins Ohr zwitscherten. Ich habe euch von fernen Ländern erzählt, von vergangenen Zeiten und Gärten und Königen, und ihr habt begriffen, daß es keine erfundenen oder bloß irgendwo gehörten Geschichten waren.

Ihr seid so schnell der Kinderstube entwachsen, und als ich sah, daß ihr mehr Unterweisung brauchtet, als Kindermädchen und eine fürsorgliche Mutter euch geben konnten, habe ich einen Lehrer nach »The Garden« geholt, der euch nichts geschenkt hat. Nur was im Obstanbau und bei der Führung eines Gutes wichtig ist, hast du von mir gelernt, ich denke, du weißt jetzt genug darüber.

Das letztemal befaßte ich mich mit der Gartenkunst, als mir Lancelot Brown bei einem seiner Besuche das Werk von Thomas Whately mitbrachte, *Observation on Modern Gardening*, es war 1770 herausgekommen. Whately zählt die Gartenkunst zu den freien Künsten und erklärt sie ganz ausdrücklich als unabhängig von Architektur und Malerei. Ein Gemälde, sagt er, kann eine Anregung geben, aber nicht mehr, es ist nicht Vorbild, die Elemente des Gartens sind die der Natur, Böden, Gehölze, Wasserfälle und Felsen, und er sagt, daß alles, was in der Natur groß und schön ist, Gott zuzuschreiben ist. *Verstehst du?* Es war, als kehrte ich zu meinen Anfängen zurück.

Die Jahre machten mich immer ruhiger, und beinahe hätte ich die Sehnsucht nach Eden vergessen. Aber da hast du mich überraschend gebeten – du warst inzwischen ein Junge von vierzehn Jahren –, mich nach London begleiten zu dürfen, auf eine meiner Geschäftsreisen, und in London hast du mich überredet, dich in die Kew Gardens mitzunehmen. Kaum waren wir da, zogst du mich am Ärmel und deutetest auf einen gut gekleideten Herrn, der mit einigen anderen Gentlemen vor uns auf dem Weg stand.

»Vater, bitte, du mußt ihn ansprechen«, hast du gefleht, »die anderen gehen gerade.«

Ich habe deine Hand abgeschüttelt. »Bin ich ein Esel, daß du an mir ziehst? Und wer, bitte, ist der Herr, den zu sehen du augenscheinlich hergekommen bist, ohne eine Silbe zu verraten?«

»Banks, Vater, es ist Joseph Banks, er muß es sein, mein Lehrer hat ihn mir beschrieben, ich habe gewußt, daß ich ihn hier finde, er hat mit Cook die Welt umsegelt auf der Suche nach dem letzten großen unbekannten Kontinent der Erde, der terra incognita.«

Mr. Banks selbst unterbrach unseren Wortwechsel. »Terra australis incognita haben wir diesen unentdeckten Erdteil genannt, von dem die Gelehrten überzeugt sind, daß es ihn gibt, ihn geben müsse, da die Landmasse auf der Nordhalbkugel der Erde eines Gegengewichts im Süden bedarf, es können nicht drei Viertel der Südhalbkugel von nichts als Wasser eingenommen werden. Ich hoffe, Sie verzeihen die Einmischung, ich konnte den wißbegierigen Augen dieses Jungen nicht widerstehen und meinte, meinen Namen zu hören.«

Selbst ich wußte etwas von Cooks Weltumseglung. Banks, hast du mir aufgeregt erklärt, war der Direktor der Pflanzensammlungen in Kew Gardens, er hatte von seiner Reise mit Cook Tausende von unbekannten Gewächsen mitgebracht. Du mußt dir also keine Vorwürfe machen, daß du mich mit ihm bekannt gemacht hast, früher oder später wären Banks und ich uns sowieso über den Weg gelaufen. Ich erinnere mich daran, wie wir gemeinsam weitergingen und du ihn mit unzähligen Fragen traktiert hast, die dieser nachsichtig beantwortete. Schon bevor wir das erste Gewächshaus mit den Exoten erreichten, glitt mir England langsam davon und verschwand mit einem Schlag, als die Tür hinter uns zuklappte. Selbst jetzt spüre ich noch den feuchten heißen Dunst, der uns empfing, ich sehe das grüne Dämmerlicht, das durch die Blätter der Pflanzen fiel, die in Körben an der Decke schaukelten und von dort lange Ranken herabsenkten. Palmwedel strebten mit beinahe sichtbarer Eile nach oben, in einem in unseren Breiten unbekannten Wachstumsrausch. Der Duft der Tropen hat mich ergriffen.

»Haben Sie ihn gefunden, den fünften Kontinent?« hast du Banks gefragt.

»Das ist eine Frage, die du Cook stellen müßtest. Wir haben eine Menge Eilande entdeckt, die schönsten von ihnen im Pazifischen Ozean, smaragdgrüne Inseln. Wir sind an Küsten entlanggesegelt, von denen man noch nicht sagen kann, ob sie zu einer ausgedehnten Landmasse oder zu einer Insel gehören.«

Plötzlich mußte ich an den Wilden in Amsterdam denken, an sein Frösteln, die Fremdheit. »Batavia«, habe ich unwillkürlich gemurmelt.

»Im Hafen von Batavia«, erläuterte Banks leicht verwundert, »ankerten wir auf der Rückreise mit einem halb auseinandergefallenen Schiff. Ein schrecklicher, von Fieber verseuchter Ort, wir verloren die halbe Mannschaft. Die ehemals hübschen Gebäude waren nur noch Ruinen, es wimmelte von Ungeziefer.«

Du bist ungeduldig von einem Fuß auf den anderen getreten. »Stimmt es, Sir, daß Sie die Reise auf einem Kohlenschiff unternommen haben?«

»Einer Whitby Cat, tasächlich ein Kohlenschiff, ein ziemlich häßliches, das doch für eine Forschungsreise Vorteile bietet. Eine der Aufgaben Cooks bestand darin, Küsten zu vermessen und Karten zu erstellen. Mit der Cat konnte er nah genug ans Land heransegeln, denn das Schiff hat nur geringen Tiefgang und ist außerdem leicht zu steuern.«

Ich bin eurem Gespräch nicht mehr gefolgt, sondern habe mich entfernt und über die Blätter gestrichen und die Schulter am Stamm einer jungen Palme gerieben. Es hat dich in Unruhe versetzt, nicht wahr, obwohl du so ein Verhalten von mir gewöhnt warst.

»Vater?« riefst du zaghaft.

»Welche Insel erschien Ihnen als die schönste?« habe ich gefragt.

»Tahiti«, antwortete Banks, ohne zu zögern. Für einen Moment der Erinnerung tauchte sein Blick in das grüne Blattgewirr über uns. »Stellen Sie sich einen Ort der Freiheit, der Unberührtheit, überquellenden Fülle und Fruchtbarkeit vor. Die Eingeborenen sind heitere, schöne Kinder, die Männer wohlgestaltet und die Frauen ...«

Eine Handbewegung Banks', ein Auf- und Abgleiten, beschrieb geschmeidig ein paar weiche Kurven. Die Schwüle in dem Gewächshaus setzte dir mittlerweile sichtbar zu, und du hast schon recht unhöflich darauf gedrängt, den Ort zu verlassen.

Du warst ein kluges Kind, Peter.

Du hast auch schnell herausgefunden, daß ich mich später noch einige Male mit Banks getroffen habe, ich weiß, daß du unsere Korrespondenz gelesen hast, weil du die Gefahr ahntest.

Es ist jetzt eine beschlossene Sache, daß ich Cook auf seiner dritten Weltreise begleite, Banks hat das für mich eingefädelt, auch das weißt du. Ich verlasse euch noch heute, gleich, denn es beginnt zu dämmern, schon seit einer Weile höre ich die Vögel draußen.

Ich verlasse euch nicht leichten Herzens, aber meine Sehnsucht trägt mich an die fernen Gestade der Inseln der Seligen, nach Kythera und Arkadien und in das wahre Paradies, dorthin, wohin mir meine alten Gefährten vorangegangen sind. Ich sehe es auf einmal sehr deutlich vor mir, ich kenne jetzt genau den Ort.

Der Wald

Im Kamin hat die Asche geglost, sie mischte sich mit angesengten Schnipseln, auf denen noch einzelne Worte zu lesen waren. An der Menge erkannte ich, daß mein Vater in der Nacht, bevor er wegging, sehr viel geschrieben haben mußte. Ich nahm den Brief an mich, der auf dem Schreibtisch lag.

Wir wußten alle bereits eine Weile, daß er uns verlassen würde, es konnte gar nicht anders sein, nach der Begegnung mit Banks und den Briefen der beiden und all dem, was uns Vater hier und da über sein Leben erzählt hat, auch Märchen und phantastische Geschichten. Er ist immer ein Vagabund gewesen, nirgendwo richtig zu Hause, ich glaube nicht einmal hier.

Mutter wird es am meisten treffen.

Er ist jetzt seit vier Tagen verschwunden, und gestern brachte ein Bauer sein Pferd, es ist ihm zugelaufen. Jeder kennt hier Vaters Pferd, einen großen, rabenschwarzen Hengst, den außer ihm niemand bändigt. Das Tier schien sehr verstört, sagte der Bauer.

Einer unserer Knechte fand Vaters Sattel in einer alten Kiste, ich habe den Mann angewiesen, daß er den Fund für sich behalten soll, ich will kein unnötiges Getratsche. Es wird Zeit, daß ich an Banks schreibe, damit er nachforscht, ob Vater wirklich mit Cook abgesegelt ist, obwohl ich schon nicht mehr daran glaube.

Eine Woche ist er jetzt fort, er hat nicht die Postkutsche genommen, ich habe mich erkundigt. Das beste ist, ich lasse den Rappen am Zügel laufen und sehe, wohin er geht, Vater hatte nicht nur zu Bäumen und Vögeln ein seltsames Verhältnis.

Ich habe heute etwas entdeckt, das ich nie jemandem sagen werde, ich schreibe es auf, um nicht daran zu ersticken oder darüber verrückt zu werden. Vaters Pferd hat mich zu dem Waldstück geführt, das Vater seinen Urwald genannt hat. Es handelt sich um eine furchtbare Wildnis, in die er sich gelegentlich verkrochen hat, wenn es ihm mit uns zu laut und zu lebhaft wurde. Ich bin einem kaum erkennbaren Pfad über umgestürzte Bäume gefolgt und mehrmals in Dickicht und Sumpf steckengeblieben, einer meiner Schuhe ging dabei verloren.

Etwa in der Mitte tat sich eine kleine Lichtung auf. Es ist ein Platz mit weichem Gras, auf das goldenes und grünes Licht fiel wie durch farbige Fenster in das Innere einer Kirche, die Vogelrufe hallten.

Er saß auf einem Baumstamm, vollkommen unbewegt, den Kopf zur Seite geneigt, als lausche er. Es war mir nicht möglich, mich ihm zu nähern, etwas Unsichtbares hielt mich auf. Ich blieb wie gelähmt stehen, dieser ganze Wald ist unheimlich, fast wie ein verzaubertes Wesen.

Die Antwort von Banks habe ich verschwinden lassen, Mutter soll weiter an die Reise glauben, es ist leichter für sie. Täglich war ich im Wald, und noch immer sitzt Vater unverändert auf diesem Stamm. Nein, doch nicht unverändert, er ist weniger menschlich inzwischen.

Jetzt gehe ich seit sechs Monaten, aber nicht mehr täglich, in den Wald, und wenn ich in die Lichtung spähe, sehe ich dort nur noch einen Baumstamm, der quer über einem anderen liegt und an dem Kleiderreste hängen.

Gestern habe ich mich zum erstenmal ganz nah herangetraut. Die Borkenkäfer sitzen bereits unter der Rinde. Der Stamm verrottet.

Wenn mich das Grauen zu sehr packt, lese ich seinen Brief.

Christoph der Gärtner an Peter, den Sohn.

Wenn ich daran denke, an was für Dummheiten wir noch geglaubt haben, meine Gefährten Anselmus und Antonius in den Klostergärten des Mittelalters: die Erde sei eine Scheibe, von deren Rändern man ins Nichts hinabstürzen könne. Dabei ist sie ein wunderbarer Planet, der im unendlichen All schwebt, sie ist das Paradies, sie ist es immer gewesen, es gibt kein anderes.

Du und deine Kindeskinder, ihr werdet so viel weiser sein als ich gewesen bin, ihr werdet das Wunder der Erde erkennen und es zu bewahren wissen, dessen bin ich sicher, und ihr werdet verhüten, daß das Paradies jemals zerstört und damit die endgültige Vertreibung aus dem Garten in Eden besiegelt wird.

Es ist nicht Gott, der den Menschen aus dem Paradies treibt.

Ich aber werde das Zentrum des Labyrinths erreichen.

Gottbefohlen – Vater

Ich werde den Wald auch nicht roden lassen.

Glossar

Kapitel 1: Tegernsee (die mittelalterlichen Klostergärten)

Klostergärten – Bestanden aus Hortus (Kohl- oder Krautgarten für Gemüse), Herbularius (für Heilpflanzen und Kräuter, aus ihm entwickelte sich in der Renaissance der Blumengarten oder giardino segreto, gelegentlich wurde auch zwischen Heilpflanzen- und Gewürzgarten, Wurzgarten, unterschieden) und Pomarius (Baumgarten für Obst). Hecken, Zäune und Mauern gegen Wildtiere und Diebe waren für ein Kloster unverzichtbar, galten aber auch als Symbol des Claustrums, des von der Welt abgeschiedenen Raumes. Ein Zaun schuf überdies einen besonderen Rechtsraum.

der Baum des Lebens im Paradies – Oft mit doppelt oder dreifach verschlungenem Stamm dargestellt.

Innozenz III. – 1161–1216, Papst von 1198–1216.

Vierter Kreuzzug – 1198 (Propagierung des Kreuzzuges in Frankreich) bis 1204 (Eroberung Konstantinopels).

Die vier Flüsse des Paradieses – Nach Ambrosius von Mailand (330–397) Klugheit, Mäßigung, Tapferkeit, Gerechtigkeit, mit Christus als Quelle. Der Kirchenlehrer Augustinus (354–430) setzte die vier Flüsse mit den vier Evangelisten gleich, die Bäume des Paradieses mit den Heiligen, der Lebensbaum verkörperte Christus.

Similia similibus – Der Satz »Gleiches heilt man mit Gleichem« stammt aus der Signaturenlehre des Schweizer Arztes und Philosophen Paracelsus (Bombastus von Hohenheim, 1493–1541), fußt aber auf der mittelalterlichen Kräuterkunde.

Herrad von Landsperg – 1125/30–1195, Äbtissin von Hohenburg; ihre Schrift »hortus deliciarum« (Wonnegarten) stellt eine Enzyklopädie des theologischen und profanen Wissens ihrer Zeit dar und fußt u.a. auf den Texten verschiedener Kirchenväter.

Hieronymus – 350–420, Dogmatiker, Übersetzer der Bibel aus dem Hebräischen und Aramäischen ins Latein, hinterließ eine Briefsammlung mit Mitteilungen über seine Zeit; pflegte einen sehr asketischen Lebensstil.

Der Heilige Pirmin – gest. 753, gründete um 730 das Kloster auf der Insel Reichenau, die Legende von der Vertreibung des Ungeziefers spiegelt die Ausrottung des Heidentums wider.

Walahfrid Strabo – 808/809–849, ab 839 Abt auf der Insel Reichenau. Seine Schrift »hortulus« über die 24 Beete seines Gartens mit 23 Gewächsen fußt auf dem Werk »De re rustica« (Über die Landwirtschaft, insgesamt 12 Bücher, das 10. über den Gartenbau) von L. Junius Moderatus Columella, einem antiken Schriftsteller des 1. Jh., ist aber auch von dem Lehrgedicht »De rerum naturi« seines Lehrers Hrabanus Maurus (822 bis 847, Abt von Fulda) beeinflußt.

Kapitel 3: Konstantinopel (die byzantinischen Gärten)

25. 8. 1202 – Öffentliche Verkündung des Vierten Kreuzzuges durch den Dogen Dandolo.
17. 7. 1203 – Erster Sturm auf Konstantinopel, der abgewehrt werden konnte.
19. 8. 1203 – Weil die Kreuzfahrer eine Moschee angezündet hatten, brannte die halbe Stadt ab, es kam zu heftigen Plünderungen.
Januar 1204 – Alexios IV. und sein Vater Isaak II. werden ermordet.
Markion – 85–160, Sohn eines Bischofs, entwickelte eine Lehre, die im Widerspruch zur offiziellen kirchlichen Lehrmeinung stand, deshalb vom Vater exkommuniziert. Werke: »Antithesen« und das »Evangelium«, eine eigenständige Fassung des Neuen Testaments. Markion propagierte Ehelosigkeit, seine Anhängerschaft hielt sich bis ins 8. Jh.
Plotin – 204–270, Asket und bedeutender Philosoph, kein Christ.
Hippodrom – 203 v. u. Z. von Septimus Severus erbaut, unter Konstantin I. (273–337) ausgebaut; 400 m lang, 150 m breit, 30 aufsteigende Sitzreihen, auf der Längsachse standen unter anderem die delphische Schlangensäule und ein ägyptischer Obelisk, an der Schmalseite die vier Bronzepferde, die heute San Marco in Venedig krönen.
Hagia Sophia – Gründung Konstantins, unter Justinian (483–565) neu erbaut.
Blachernen Palast – Um 1180 von Manuel I. erbaut.
Manganenpalast – Privatpalast von Basileios I. aus dem 9. Jh., verfiel unter Andronikos I. und Isaak II.
Der große Kaiserpalast – umfaßte ein ganzes Stadtviertel mit Kirchen, Wohn- und Repräsentationspalästen, Werkstätten, Kasernen und Gartenanlagen, zum Palastbezirk gehörten der Bukoleon Palast und der Magnaura Palast.
Eusthatios Makrembolites – 2. Hälfte des 12. Jh. In seinem Liebesroman »Hysmine und Hysminias« wird die Natur in die erotischen Schilderungen einbezogen. Vorbild war dabei Achille Tatios' (geb. Ende des 2. Jh.) Roman »Leukippe und Kleitophon«, der fast pornographische Verführungsszenen enthält, aber auch Natur- und Gartenbeschreibungen. Szenen, in denen Liebespaare oder Knaben und Mädchen beim Baden beobachtet wurden, waren in der Literatur beliebt.

Dioskurides – 1. Jh., seine Schrift »De materia medica«, das bedeutendste pharmakologische Werk der Antike, beschäftigt sich außer mit Kräuterkunde und pflanzlichen Arzneimitteln mit Weinsorten, Mineralien und tierischen Produkten wie Milch, Honig, Fett. Dioskurides stellte eine Systematik der Pflanzen nach Eigenschaften, Herkunft, Zubereitung und Heilwirkung auf.

Michael Psellos – 1018–1081, gibt in der Schrift »vitae« Lebensbeschreibungen der Kaiser, u. a. von Heraklios (575–641), Kaiser ab 610, der mit seiner Nichte Martina (geb. 598) verheiratet war. Aus der Ehe, die im Sinne der Kirche als blutschänderisch galt, gingen 10 Kinder hervor, von denen einige geistig behindert waren, was als Strafe Gottes für die Blutschande gewertet wurde. – Theophilos (813–842), Kaiser ab 829, wetteiferte mit dem Kalifenhof von Bagdad, indem er an seinem Thron einen vergoldeten Paradiesbaum mit künstlichen singenden Vögeln aufstellen ließ.

Konstantin IX. – 1000–1055, Kaiser ab1042, ein großer Gartenfreund, lebte eine Ménage á trois mit seiner Ehefrau Zoé, einer Kaisertochter, und seiner Geliebten Skleriana.

Staurothek – 1204 wurde ein kostbares Kreuzreliquiar von einem Kreuzritter geraubt.

Geoponika – Wahrscheinlich 944–959 entstanden, der oder die Verfasser unbekannt, ein völlig unerotisches Buch über Garten- und Ackerbau, das wegen seines Ideenreichtums in den Kreisen der Adels sehr beliebt war.

Gärten – Als Allegorie des Paradieses auch von der Kirche des Ostens geschätzt, Klöster und Kirchen lagen daher oft inmitten üppiger Gärten.

Kapitel 4: Kairo (die altägyptischen Gärten)

Saladin – 1138–1193, teilte sein Reich unter die drei Söhne auf, aber sein Bruder al Malik al-Adil (genannt Saphardin) trat die Nachfolge an.

Bundeslade – angeblich 1207 von den Templern nach Axum in Äthiopien gebracht.

Ibn Sura – gest. 1211, bedeutendster Buchhändler Kairos. Er öffnete seinen Laden mit seltenen und kostbaren Büchern nur montags und mittwochs.

Buchbesitzer – Christen, Juden, Hindus; sie wurden toleriert, Heiden ohne schriftliche Überlieferungen dagegen verfolgt.

Al-Aziz Moschee – 972–974 errichtet, bildete den religiösen Mittelpunkt der Stadt. Ihre Bibliothek umfaßte 1 600 000 Werke, davon 98 000 philosophische und 6500 mathematische Schriften, astronomische Instrumente, Himmelsmodelle und eine Erdkarte auf blauer Seide.

Al-Hakim – gest. 1021, stiftete Kairo eine 2. Bibliothek mit 60 000 Werken und 2 Globen.

Hathor – Ägyptische Entsprechung der griechischen Liebesgöttin Aphrodite, bevorzugte die Sykomore als Aufenthaltsort.

Osiris – Seine Auferstehung versinnbildlicht das Pflanzenwachstum und den Naturkreislauf, als Mumiengestalt wurde er oft in einen Baum einbeschrieben, Baum und Gott verschmelzen zum Symbol der Auferstehung.

Ptolemäerzeit – benannt nach Ptolemaios, einem Gefährten von Alexander dem Großen; griechische Eroberung Ägyptens ab 300 v. u. Z. Man unterschied bereits zwischen Gärtner und Gartengestalter.

die vier Flüsse des islamischen Paradieses – Nil, Euphrat, Iaxartes, Oxus.

Sykomoren – flankierten den Tempeleingang, sie schützten auch den Eingang zum Jenseits.

Hatschepsut – Pharaonin von 1501–1480 v. u. Z.

Skarabäus – Symbol des Weltschöpfers.

Kapitel 5: Bagdad (der islamische Garten und die alten Gärten Mesopotamiens)

Sanherib – 705–681 v. u. Z., assyrischer König.

Diodoros von Sizilien – 1. Jh. v. u. Z., bereiste weite Teile Asiens und Europas. Sein Werk »Bibliotheke« ist eine universale Weltgeschichte.

Nebukadnezar II. – 604–562 v. u. Z., babylonischer König.

Feueranbeter – Religion des Mazdaismus, von Zarathustra etwa 2000 Jahre v. u. Z. in Westsibirien gegründet, von dort wanderten seine Anhänger in den Irak ein. Die Religion Zarathustras förderte die Wahrnehmung pflanzlichen Lebens, und seine Anhänger galten als gute Gärtner. Niedergang im 10. Jh. unter dem sich ausbreitenden Islam.

Muhammed Ibn al-Arabi – 1165 in Murcia–1240 in Damaskus, Rechtsgelehrter, Theologe, Mystiker, Philosoph.

An-Nasir li-din Allah – 1180–1225, nach der Absetzung der Seldschuken als militärische Führer und Sultane vereinte er als erster wieder die Macht von Kalifat (religiöser Führerschaft) und Sultanat.

Futuwwa – stand dem Sufismus, der islamischen Mystik, nahe.

Hasan Ibn Sabbah – gest. 1124, berühmter Führer der Nizarija, wurde als »Alter vom Berge« zur Legende. 1256 zerstörten die Mongolen seine Burg Alamut.

Schiiten – Anhänger des Imams Ali, des letzten Kalifen aus der Gefolgschaft Mohammeds.

Ischtar/Nergal – Sumerisch-akkadische Gottheiten.

Elam – Altorientalisches Reich nordöstlich der Einmündung von Euphrat und Tigris; Hauptstadt Susa, Blütezeit 2.–1. Jahrtausend v. u. Z.

Assur – Hauptstadt Assyriens, hatte bereits unter Sanherib einen botanischen Garten.

Pasargadae – 1550 v. u. Z. erbaute Hauptstadt persischer Großfürsten.

Mesopotamien – war bereits im 3. Jahrtausend v. u. Z. hochkultiviert. Es gab große Gartenanlagen, die in Nutz- und Lustgärten unterschieden wurden.

Gaius Plinius d. J. – 61/62–113, verfaßte Abhandlungen über verschiedene Themen in Briefform, in den Villenbriefen beschreibt er seine Villa Laurentinum und sein Landgut Tuscum (Erstdruck Venedig 1469).

Haoma – Um welche Pflanze es sich handelte, ist nicht mehr bekannt; aus ihr wurde ein narkotisches Getränk bereitet.

Seldschuken – zogen 1055 in Bagdad ein und dienten den Kalifen als militärische Machthaber. Sie eroberten auch Teile Kleinasiens und leiteten die Islamisierung der ursprünglich byzantinischen Gebiete ein.

Kapitel 6: Granada

Nasriden – Letzte arabische Dynastie in Granada (1232 bis zum Ende der maurischen Herrschaft in Spanien 1492).

Omaijaden – Erste maurische Dynastie in Spanien.

Muhammed V. – Herrscher der Nasridendynastie von 1354–1359 und 1362–1392.

Qal'at al-Hamra – »Die rote Burg«, später zu »Alhambra« verschliffen, liegt auf dem Sabikah-Hügel über der Stadt.

Marcus Terentius Varro – 116–27 v. u. Z., Gelehrter, Vielschreiber, sein größtenteils verlorengegangenes Werk umfaßte 600 Bücher; »De re rustica« beschäftigt sich mit Landbau, Viehzucht und Kleintierhaltung (37 v. u. Z., Erstdruck Venedig 1472).

Jinnaf al-Arif – »Der Garten des Architekten«, später zu »Generalife« verschliffen, 1319 vollendet.

Alcazaba – Die eigentliche Burg der Alhambra, unter Muhammed I. (1237 bis 1273) erbaut.

Yusuf I. – Herrscher der Nasridendynastie von 1333–1354, ließ seine Residenz auf den Sabikah-Hügel verlegen.

Palmetten – Ornament, das einem Fächer aus Palmblättern ähnelt.

Muquarra-Kuppeln – Mit Stuckornamenten verkleidet, die wie Bienenwaben oder Stalaktiten wirken. Das Trägergerüst ist aus Holzbalken.

Abd ar-Rahman III. – Emir, nach 929 Kalif, sein Palast bei Cordoba wurde 1010/11 zerstört.

Abd ar-Rahman I. – Begründer der spanischen Omaijadendynastie, Emir von 756–788.

Löwenbrunnen – 11. Jh., wurde im Löwenhof wiederverwendet.

Harem (Löwenhof) – von Muhammed I. erbaut.

Der Gartenarchitekt Abdul Ibn Ishak ist eine erfundene Figur.

Kapitel 7: Castello (Renaissance und Übergang zum Manierismus)

Fiesole – Ab 1458 für Giovanni de' Medici, Sohn von Cosimo il Vecchio, gebaut.

Die Medici – Cosimo il Vecchio (1389–1464). – Giovanni de' Medici, Sohn Cosimos. – Lorenzo der Prächtige (1449-1492), Enkel Cosimos.

Angelo Poliziano – 1454–1494, Dichter, Humanist, 1478 Lehrer von Lorenzo de' Medicis Sohn in Fiesole.

Leon Battista Alberti – 1404–1472, Architekt; »De re aedificatoria« (1443 bis 1452, Erstdruck Florenz 1485).

Giovanni Pico della Mirandola – 1463–1494, Philosoph, Lehrer an der Platonischen Akademie in Florenz.

Marsilio Ficino – 1433–1499, Philosoph, Lehrer an der Platonischen Akademie in Florenz.

Castello – Ehemalige Benediktinerabtei, Besitz Cosimo I., Entwurf von Niccolò Tribolo, ikonographisches Programm von Benedetto Varchi, Ausführung unter Tribolo bis 1550, Giorgio Vasari leitete die Arbeiten von 1554–1574, ab 1588 Erweiterung des Hauses durch Buontalenti, ausführende Bildhauer waren u.a. Giambologna (Fiorenze, 1572) und Ammanati (Herkulesbrunnen, 1559, Apennin, 1565).

Francesco Colonna – wahrscheinlich ein Dominikaner; »Hypnerotomachia Poliphili« (Roman, Erstdruck Venedig 1499).

Bernardo Buontalenti – 1536–1608, war erst ab 1588 in Castello tätig, kannte den Garten aber bereits unter Tribolo, die Grotte im Boboli-Garten entstand 1583–1593.

Giorgio Vasari – 1511–1574, Maler, Architekt, Bildhauer, prägte den Begriff Manierismus (»maniera«), er verfaßte die Vitae der Künstler und ist damit praktisch der erste Kunsthistoriker.

Sandro Botticelli – 1444–1510, italienischer Maler; »Primavera« (1477/78), »Geburt der Venus« (1482–1486), »Geburt Jesu« (um 1500).

Niccolo Tribolò – 1500–1550, schuf den Gesamtplan für Castello, wo er ab 1540 tätig war, den Boboli-Garten, den ersten Umbau des Pittipalastes (ab 1550 nach Tribolos Tod ausgeführt) und den Entwurf für die Ziegengrotte am Madama-Garten (1553–1555 ausgeführt).

Pirro Ligorio – 1510–1583, Archäologe, Architekt.

Belvedere-Hof in Rom – Entwurf von Bramante 1503, Bauleitung bis zu seinem Tod 1514.

Boboli – 1549 von Eleonora von Toledo, Ehefrau von Cosimo I., gekauft, erste Pläne von Tribolo, ab 1550 Bauleitung durch Ammanati, später durch Buontalenti.

Otto Brunfels – 1488–1534, Pfarrer in Steinheim, Botaniker, Mediziner; »Herbarum vivae eicones« (1530).

Hieronymus Bock – 1498–1554, Theologe, Mediziner; Kräuterbuch (1539).

Leonhart Fuchs – 1501–1566, Mediziner; »De historia stirpium commentarii« (1542).

Villa d'Este in Tivoli – Ehemalige Benediktinerabtei, Bauherr Kardinal Ippolito d'Este (1509–1572), Gouverneur von Tivoli, Konzept und Bauleitung Pirro Ligorio, Entwürfe 1550, Ausführung der Pläne 1560 bis 1572.

Kapitel 8: Bomarzo (Manierismus)

Einzelne Baudaten von Brunnen und anderen Einrichtungen in den Gärten sind nicht immer beachtet worden, manches wurde erst später ausgeführt als im Text dargestellt, die Pläne lagen aber bereits vor. So wurde der Drachenbrunnen im Garten der Villa d'Este in Tivoli erst 1572 aufgestellt.

Die Medici – Herzog Cosimo I. (1519–1574), ab 1669 Großherzog von Toskana. – Francesco (1541–1587), Sohn Cosimos, ab 1574 Großherzog, Ehe mit Johanna von Habsburg (Madama). – Ferdinando (1549 bis 1609), Sohn Cosimos, Kardinal, ab 1587 Großherzog, Ehe mit Christine von Lothringen.

Bartolomeo Ammanati – 1511–1592, Bildhauer, Architekt, Festungsbaumeister, errichtete die Seitenflügel des Pittipalastes.

Giambologna – Giovanni da Bologna, 1524–1608, Bildhauer; »Venus pudica« (1570, im Boboli-Garten).

Francesco Patrizzi – 1529–1597, Philosoph; »Nova de universis philosophia« (1591).

Pietro Pomponazzi – 1462–1524, Philosoph; »De immortalitate animae« (1516).

Bomarzo – Besitzer Pier Francesco Orsini, genannt Vicino, Herzog von Bomarzo (gestorben 1585); Beginn der Arbeiten etwa 1532. Von wem der Entwurf zum sacro bosco stammt, ist unklar.

Kapitel 9: Versailles (Barock)

Historische Ereignisse: Frondeaufstände 1648–1653. – 1. Feldzug gegen die Niederlande ab Mai 1667. – Einfall in die Franche-Compté Februar 1668. – Friedensschluß mit den Niederlanden 1668. – England, Holland und Schweden schließen 1668 eine Allianz gegen Frankreich. – 2. Eroberungskrieg gegen die Niederlande 1672–1678.

Vaux le Vicomte – 1656–1661, das große Einweihungsfest mit dem König fand am 17.8.1661 statt.

Nicolas Fouquet – Seit 1653 Oberintendant der Finanzen im Rang eines Ministers, am 5.9.1661 verhaftet, zu lebenslanger Festungshaft verurteilt, obwohl man ihm keine eindeutige Schuld nachweisen konnte.

Ludwig XIV. – 1638–1715, 1660 Heirat mit Maria Theresia, Infantin von Spanien, Nichte von Ludwigs Mutter Anna. Ludwig XIV. trug ab 1670 die ausladenden Allongeperücken, weil er kahl wurde. Ab 1673 gehörten Perücken zur Hoftracht.

André le Nôtre – 1613–1700, Lehre beim Vater Jean und bei Claude Mollet, 1637 in das Amt des Vaters nachgerückt, der als Hauptgärtner unter Claude Mollet in den Tuilerien tätig war, 1657 Controleur Générale des Bâtiments Royaux.

Louis le Vau – um 1612–1670, Architekt.

Charles le Brun – 1619–1690, französischer Maler, entwarf das gesamte Figurenprogramm für Versailles.

Versailles – 1631 als Jagdschloß für Ludwig XIII. erbaut, 1661 Auftrag für Umbau und Erweiterung durch Ludwig XIV., 1662 Beginn der Arbeiten in den Gartenanlagen, in den ersten sechs Jahren wurden bereits die großen Achsen angelegt. – *Großer Kanal:* 1667 begonnen, in der Kreuzform erst 1680 vollendet. – Erste *Schloßerweiterung* durch Le Vau 1668. – *Apoll und der Sonnenwagen:* Entwurf von Charles Le Brun, Ausführung Jean-Baptiste Tuby, 1671 aufgestellt. – *Bosquet du Marais:* 1671 bis 1673. – *Schweizer See:* 1672–1682. – *Île Royale:* 1674. – *Parterre d' Eau vor der Westfassade:* erst 1683–1685 endgültig gestaltet. – *Die Orangerie von Hardouin-Mansart:* 1684–1686, mit 155 m langer Hauptgalerie. – *Kolonnade von Hardouin-Mansart:* 1685 begonnen. – Die Abendunterhaltungen in Versailles fanden montags, mittwochs und freitags statt. – 1688 wurden 25000 Bäume aus dem Artois nach Versailles transportiert.

Claude Mollet – Chefgärtner in den Tuilerien; »Théâtre des Plantes de Jardinage« (1652).

André Mollet – Sohn Claude Mollets; »Le Jardin de Plaisir« (1651).

Jacques Boyceau de la Barauderie – Oberaufseher der Gärten unter Ludwig XIII. und Kammerherr; »Traité du Jardinage selon les Raisons de la Nature et de l'Art« (1638 post mortem erschienen).

René Descartes – 1596–1650, Philosoph, Naturwissenschaftler, Begründer des Kartesianismus (geistige Haltung streng logischer Denkformen); u.a. »Discours de la Methode« (1637).

Louise de la Valliere – Ab 1661 Maitresse von Ludwig XIV., mit dem sie fünf Kinder hatte, 1667 zur Herzogin erhoben und gleichzeitig fallengelassen, 1674 Abschied vom Hof und Eintritt ins Karmeliterinnenkloster in Paris.

Jean-Baptiste Colbert – 1616–1683, Finanzminister, war Gegner des Ausbaus von Versailles und der enormen Verschwendung von Steuergeldern.

Athénais de Montespan – 1641–1707, ab 1667 Maitresse von Ludwig XIV., mit dem sie sieben Kinder hatte, sechs davon 1673/74 legitimiert und mit der Erzieherin, der Witwe Scarron und späteren Marquise de Maintenon, bei Hof zugelassen. Abkühlung des Verhältnisses 1677, Verabschiedung vom Hof erst 1691.

Marie de Sévigné – 1683 zum erstenmal in Versailles; ausgedehnte Korrespondenz mit ihrer Tochter Françoise de Grignan.

Trianon de Porcelaine – 1670–1672 von François D'Orbay nach Plänen Le Vaus erbaut, 1687 abgebrochen, durch das prächtigere Trianon de Marbre oder Grand Trianon ersetzt.

Françoise de Maintenon – Verwitwete Scarron, nähere Bekanntschaft mit Ludwig XIV. ab 1677, stärkerer Einfluß ab 1680, kaufte sich 1674 das Marquisat von Maintenon vom Erziehungsgeld, ab 1682 Maitresse.

Der Giftmordskandal – begann etwa 1677, 1679 setzte Ludwig XIV. eine Sonderkommission ein, 1680 wurde die Hebamme, Engelmacherin und Giftmischerin Voisin verbrannt, beendet war die Affäre erst 1682.

Jules Hardouin-Mansart – 1646–1708, Architekt, seit 1674 im Dienst Ludwig XIV., ab 1678 mit der Erweiterung von Versailles betraut.

Kapitel 10: Stowe (englischer Landschaftsgarten zur Zeit des Rokoko)

John Milton – 1608–1674, englischer Dichter; »Paradise lost«(Versdichtung, 1664).

Nicolas Poussin – 1594–1665, französischer Maler.

Claude Lorrain – 1600–1682, französischer Maler.

Joseph Dezallier d'Argenville – 1680–1765, hoher Beamter und Schriftsteller, betrieb Gartenkunst als Liebhaberei. Sein Buch »La Théorie et la Pratique du Jardinage«, zwischen 1709 und 1760 achtmal aufgelegt, in mehrere Sprachen übersetzt, galt als »Bibel der Gartenkunst« und gibt im wesentlichen die Gartenarchitektur Le Nôtres wieder.

Antony Ashley Cooper, Graf von Shaftesbury – 1671–1713, Philosoph und Schriftsteller. Nachdem er die idyllische Landschaftsmalerei von Poussin und Lorrain in Italien sah, entstand sein Buch »The Moralists« (1709).

Joseph Addison – 1672–1719, englischer Schriftsteller, Herausgeber von drei moralischen Wochenzeitschriften: »The Tatler« (1709–1711), »The Spectator«(1711–1714), »The Guardian« (1713); gilt als »Erfinder« des Landschaftsgartens.

Alexander Pope – 1688–1744, englischer Schriftsteller, war mit Bridgeman befreundet; sein Anwesen Twickenham, 1718 erworben, gilt als Ausgangspunkt des englischen Landschaftsgartens. Übersetzung der »Odyssee« von Homer ab 1715.

Whigs – Demokraten.

Tories – Konservative.

Stephen Switzer – 1682–1745, begann als Küchengärtner in St. James, Ausbildung bei Wise; »Ichnographia Rustica« (1718).

Henry Wise – gest. 1738, königlicher Gärtner unter Queen Anne.

Lord Archibald Horsham – samt Gattin und pittoreskem Anwesen erfunden. Die Anzeige, in der nach einem Eremiten gesucht wurde, gab es dagegen wirklich, und zwar suchte Charles Hamilton für die Klause auf seinem Besitz Painshill einen Bewohner.

William Kent – 1684–1748, Baumeister, Maler, Gartenarchitekt, befreite den Garten von den letzten Spuren der französischen Gartenkunst. Der ehemalige Kutschenmaler kannte sich in Pflanzenkunde und praktischer Gartenarbeit wenig aus.

Chiswick – Besitz von Richard Boyle, Lord Burlington (1695–1753), Amateurarchitekt. 1725 Errichtung von Chiswick House, das bald Versammlungsort der Whigs wurde. 1727 Auftrag an Kent, den er 1719 auf einer Italienreise kennengelernt hatte, zur Umgestaltung des Gartens.

Leasowes – Gut des Dichters William Shenstone (1714–1763), der 1743 mit der Instandsetzung als »ferme ornée« nach Addisons Vorbild begann.

Stowe – Besitz von Richard Temple, Lord Cobham, Neubau des Schlosses durch Vanbrugh 1716; Bridgeman und Kent arbeiteten in den dreißiger Jahren an der Gartenanlage, später Kent und Brown. Die »elysischen Gefilde« entstanden 1733–1735, das »griechische Tal« 1741.

Stourhead – 1717 von Henry Hoare d. Ä. erworben, Villa im palladianischen Stil von Colin Campbell (1725). Henry Hoare d. J. (1705–1785), Bankier, gestaltete den Garten – den schönsten und stimmigsten der englischen Landschaftsgärten, den ich kenne – als Autodidakt.

Charles Bridgeman – gest. 1739, Gartenarchitekt, lockerte die strenge Geometrie des französischen Gartens auf und überwand die Symmetrie.

Lancelot Brown – 1716–1783, begann als Gärtnergehilfe, später Küchengärtner, dann Hauptgärtner in Stowe, ab 1751 selbständiger Gartenarchitekt und Baumeister.

John Vanbrugh – 1664–1726, Architekt, schuf die berühmte Brücke im Garten Blenheim/Oxfordshire.

Woburn Farm – 1735 von Philip Southcote errichtet, »ferme ornée« wie Leasowes.

Stephen Duck – hat sich leider tatsächlich umgebracht, als Merlins Höhle abgerissen wurde.

William Chambers – 1723–1796, als Hofarchitekt unter Georg III. Ausbau von Kew Gardens (1757–1762); Chinareise; »Design of Chinese Buildings, Furnitures, Dresses, Machines and Utensiles …« (1757), »Dissertation on Oriental Gardening« (1772).

Thomas Whately – gest. 1772; »Observation on Modern Gardening« (1770).

Joseph Banks – 1743–1820, Botaniker, Mitglied der Royal Society, als 25jähriger Teilnahme an der ersten Forschungsreise von James Cook (1768–1771), brachte 7000 Pflanzen für die königlichen Gärten von Richmond heim, ab 1772 Direktor der Pflanzensammlung von Kew Gardens.

Auf landes- und zeittypische Längenangaben wurde weitgehend verzichtet, um Größenverhältnisse für heutige Leser leichter verständlich zu halten.

Geschichten von starken Frauen: Heldinnen bei AtV

LISA APPIGNANESI
In der Stille des Winters
»›In der Stille des Winters‹ ist ein Thriller für alle, die sich an Henning Mankells Büchern erfreuen, weil sie Muße haben für viel Atmosphäre und nachdenkliche Momente.« NORDDEUTSCHER RUNDFUNK
Roman. Aus dem Englischen von Wolf-Dietrich Müller. 412 Seiten. AtV 1812

LISA HUANG
Jade
Das exotische China zu Beginn des 20. Jahrhunderts: Jade führt als Tochter eines hohen kaiserlichen Beamten ein behütetes Leben. Der Tod ihres Vaters jedoch markiert das jähe Ende ihrer Kindheit. Während das Kaiserreich durch heftige Unruhen erschüttert wird, verliert ihre Familie beinahe all ihren Besitz. Jade muß heiraten, um sich in den Schutz einer neuen Familie zu begeben, doch stellt sich ihr angeblich wohlhabender Mann als opiumsüchtig und bettelarm heraus.
»Besser kann man Geschichte nicht erzählen.«
NÜRNBERGER NACHRICHTEN
Roman. Aus dem Amerikanischen von Wolfgang Neuhaus unter Mitwirkung von Michael Kubiak. 576 Seiten. AtV 1759

PHILIPPA GREGORY
Die Schwiegertochter
Elizabeth ist die perfekte Schwiegermutter. Nur leider hat ihr Sohn Patrick mit Ruth nicht die perfekte Schwiegertochter geheiratet. Was bleibt Elizabeth da weiter, als sich selbst um Patricks Wohlergehen zu kümmern, vor allem aber um das ihres kleinen Enkels Thomas. Für Ruth wird ihre mehr als gutgemeinte Fürsorge bald zum Alptraum.
»Ein Gänsehaut machendes Psychodrama.« JOURNAL FÜR DIE FRAU
Roman. Aus dem Englischen von Ulrike Seeberger. 400 Seiten. AtV 1649

GILL PAUL
Französische Verführung
Nach einem wunderschönen Wochenende in der Bretagne verschwindet Jennys Geliebter Marc spurlos. Ein New Yorker Privatdetektiv arrangiert für sie ein »zufälliges« Zusammentreffen mit ihm. Doch vor Jenny steht ein Fremder. Wer aber ist der Mann, den sie liebt? Die Geschichte einer Obsession verbindet gekonnt Kriminalistisches, Erotisches und politisch Brisantes zu einem hochspannenden Roman.
Roman. Aus dem Englischen von Elfi Schneidenbach. 412 Seiten. AtV 1796

Mehr Informationen erhalten Sie unter www.aufbau-verlag.de oder bei Ihrem Buchhändler

AtV